중국 현대 소설사

중국 현대 소설사

박재범 지음

보고사

머리말

문학에 대한 정의는 여러 가지로 논리와 설명으로 정리될 수 있는데, 그런 정의 가운데 하나가 문학은 일종의 이데올로기와 같다는 것이다. 이데올로기는 사회전반에 퍼져있는 보편적이고 일반적인 사상을 의미한다고 할 수 있는데, 문학은 작품이 탄생한 그 시대, 그 사회를 구성하는 사람들의 감정과 가치, 인식, 신념 등을 반영하고 담아낸 결과물이기 때문에, 이데올로기의 결과물과 같은 역할을 한다고 보아도 틀린 말은 아니다. 이렇게 볼 때, 文學史는 어느 한 시대 이데올로기의 역사이자, 精神文化史로서의 역할을 할 수 있는 것이다. 그리고 이러한 논리의 연장선상에서 볼 때, 중국의 現代小說史 또한 중국 현대 이데올로기 역사의 일부이자 중국 현대 精神文化史의 한 斷面이 된다고 보아도 무방하다고 할 수 있다. 소설문학은 본질적으로 현실 속에서 살아가는 인간문제에 중점을 두는 문학양식이기 때문에, 이 같은 소설양식의 史的 흐름을 담은 中國現代小說史는 中國現代史 일부로서 중국 현대 이데올로기의 역사 내지 중국현대 精神文化史의 一面이 되기에 크게 부족함이 없다. 중국 현대 이데올로기 역사의 성격을 띨 수 있는 本書는 중국의 現代小說이 어떻게 변천하며 발전해 왔는가에 대한 일련의 과정을 탐구 관찰하는데 목표를 두고 기술되었다.

중국에서는 현대문학의 발생과 발전의 기간을 5·4운동이 발생했던 1919년을 전후한 시기부터 1949년 중국이 공산화되어 통일되기까지의 약30년의 시기로 설정하고 있다. 本書에서도 이 같은 시기구분의 설정 논리를 그대로 수용하여 1919년 5·4운동 때부터 1949년 공산주의 중국인 중화인민공화국의 건국까지의 기간을 현대소설사의 기간으로 설정하였다. 이 책에서는 중국 現代小說史의 전개과정과 흐름, 그리고 30여 년 간의 中國現代小說史의 시기를 총체적으로 파악할 수 있도록 하기 위해 작품의 변천 및 발전시기를 시대적 변화와 흐름에 따라 20년대, 30년대, 40년대 등 세 단계로 구분 기술하였고, 각각의 시기 내지는 년대를 대표한다고 할 수 있는 주요 작품들을 선정하여, 이들 작품들에 대한 탐구와 평가를 서술의 중심 대상으로 하였다. 1920년대는 소설에 대한 다양한 실험과 탐색이 이루어지는 가운데 발전의 토대가 형성된 시기라고 할 수 있는데, 이 시기의 중국의 소설은 寫實主義를 主唱하고 이를 실천했던 魯迅 및 文學硏究會 출신의 작가들과 浪漫主義를 강조했던 創造社라는 두 단체에 의해 발전되었기 때문에, 20년대 소설의 흐름과 양상에 대한 특징으로 "현실에 대한 각성과 타파, 문학을 보는 두 개의 시각"이라는 副題를 붙여 보았다. 30년대는 20년대에 이루어졌던 토대를 기반으로 작가의 인식과 관심이 확대되고 확산되면서 소설의 융성기가 시작되었던 시기였다. 게다가 장편소설의 본격적인 등장과 발전은 작가들의 인식과 관심의 확대 내지 확산을 보여주는 대표적 사례였는데, 이러한 현상들을 고려해 볼 때, "소설영역의 확대와 다양화"라는 표현이 이 같은 현상을 함축적으로 나타내는 용어라고 사료되어 이 같은 표현을 副題로 넣었다. 그리고 40년대는 抗日戰爭 및 國民黨 共産黨 사이의 內戰이라는 정치 사회적 환경 속에서 문학이 정치 환경과 사회적 현실에 따라 비판과 투쟁의 무기가 되기도 하고, 때로는 공산주의 이념의 순종적 도구가 되어버린 그런 시기였던바, 이러한 상황적 특징을 고려하여 "문학과 정치의 융합, 그리고 투쟁의 도구화"라고 副題를 붙여 보았다.

이 책은 제목에서 이야기되고 있는 바와 같이, 5·4이후 1949년까지의 기간에 탄생된 중국 現代小說이 어떻게 변천 발전하여 왔는가에 대해 그 흐름을 정리하고 체계화한 小說史硏究書로 성격을 지닌다. 그러나 本書에서는 小說史에 등장한 주요 작가들의 작품세계를 정리한 작가연구서로서의 성격에 무게를 두지 않았고, 작품의 史的 흐름과 史的 양상에 대한 서술에 우선적인 관심을 두지 않았다. 다시 말해, 중국의 현대소설이 발생하고 변천 발달해 온 과정에 대한 사적 흐름 그 자체에 대한 記述보다는 史的인 전개과정 내지 史的 흐름만을 총체적으로 파악하는데 목적을 두지 않았다는 것이다. 작품중심의 記述을 우선시하면서, 작품 개개의 특징과 의미, 가치를 파악하는데 주력하고자 하였다. 小說史의 흐름을 객관적으로 파악하기 위해서는 筆者는 小說史 전체를 조감하고 소설사 전체와의 관계 속에서 개별적 작품들을 바라보는 시각이 필요하다고 생각하였고, 또한 중국현대소설사도 결국에 있어서는 중국현대문학에 대한 연구서이고, 문학연구의 궁극적 목표는 작품에 대한 가치 평가로 집약되는 것이라고 생각하였기 때문이다. 筆者는 각 시기를 대표하는 중요 작품의 의미와 특성을 규명하고, 그 소설사적 의의와 가치를 파악하는 데 많은 관심을 기울였다. 따라서 이 책은 중국 현대소설사로서의 성격과 함께 중국 現代小說 研究書로서의 역할도 겸할 수 있게 된 것 같은 느낌을 갖게 된다. 本書는 小說史이지만, 작품 연구에 보다 더 많은 무게를 두었고, 그 결과 本書는 小說史로서 뿐만 아니라, 小說 研究書로서의 특징도 갖게 되었다고 할 수 있다.

아울러 필자는 이 책에서 소설에 대한 다양한 이론과 논리 등을 가지고 중국의 현대소설작품들을 분석·평가하고자 했다. 소설작품은 역사와 미학의 융합체로서의 특징과 성격을 갖기 때문에, 작품의 外現的 성격과 內在的 性格을 함께 고려해야 해야 하는 등, 작품 평가를 위해 다양한 이론과 논리가 필요하다고 생각하였다. 어느 평론가가 말했듯이, 문학을 평가하다는 것은 그 문학작품이 갖고 있는 특성과 장점, 가치 등을 찾아 이를 칭찬하고 알리는 것이라고 했다. 문학연구의 궁극적 목표는 작품에 대한 가치와 특성을 평가하는 데 있는 만큼, 문학작품이 가지고 있는 특성과 가치 등을 올 곧게 파악하기 위해서는 다양한 접근적 視覺 등이 전제되고, 여러 가지 비평 논리와 방법을 적용하는 것이 필수적인 일이라고 생각하면서, 필자는 작품의 문학적 특징과 성격, 의미 등을 파악하고 이를 드러내 보이는데 주력하였다. 本書에서는 이같은 태도와 방법을 가지고 중국현대소설사를 구성하는 주요 작품들의 특성과 가치 등을 찾아 이를 알리는 일에 더 큰 무게를 싣고자 했다.

집필을 마치며, 現代小說史에서 마땅히 거론되고 논의되어야 할 여러 작품들이 누락된 것 같은 생각이 들어 적지 않은 아쉬움과 함께 부족함 느끼지 않을 수 없다. 그 간 학계에서 이루어진 연구 성과를 제대로 반영하였는지, 또한 필자의 독단적 思考와 평가 등으로 인해 記述에 오류가 있었는지 여러 가지 면에서 憂慮感을 갖게 된다. 앞으로 補正, 補完해야 할 것으로 생각한다. 이제 中國現代小說史를 세상에 내놓으며, 이 책이 중국의 현대문학 또는 현대소설을 공부하는 대학 대학원생들과 중국 현대문학 연구에 관심을 가진 사람들에게 도움이 되기를 기대해 본다.

筆者는 지난 2003년에 『중국현대소설의 전개』라는 책을 보고사에서 출간하였다. 이번에 다시 보고사의 도움을 받아 『중국현대소설사』를 출간하게 되었으니, 김흥국 사장님께 재차 고맙다는 이야기를 하지 않을 수 없다. 『중국현대소설의 전개』에 이어, 『중국현대소설사』가 세상에 나올 수 있도록 흔쾌히 출간을 허락하여 주신 김흥국 사장님께 다시 한 번 감사의 말씀을 드린다. 또한 보고사의 이경민 선생은 本書의 내용이 적지 않은 분량이었음에도 불구하고, 이를 꼼꼼히 살피며 편집하느라 노고를 아끼지 않았다. 지난 넉 달 동안 편집 출판하느라 고생한 이경민 선생께도 심심한 감사의 뜻을 전한다.

2015년 9월
저자 박 재 범

目 次

Ⅲ. 1940년대의 소설
문학과 정치의 융합, 그리고 투쟁의 도구화

생된 1915년을 신문화운동의 시발점으로 삼고 있다. 이후『靑年雜誌』는 新靑年으로 이름이 바뀌었고, 이를 계기로 신문화 개혁운동을 본격적으로 주도해 나갔다.『新靑年』의 발간과 함께 그 시기에 즈음하여 북경대학의 총장이 된 蔡元培의 주도하에 자유와 혁신의 교육운동이 펼쳐졌는데, 신문화운동은 이에 크게 힘입어 적극적으로 전개되어 나갈 수 있었다. 胡適은 1917년 1월『新靑年』에「文學改良芻議」라는 글을 발표하여 신문학이 따라야 할 원칙을 제시하였는데, 이글은 문학혁명운동의 嚆矢的 역할을 하였다. 뒤이어 陳獨秀는 다시「文學革命論」이라는 글을『新靑年』에 발표하여 봉건문화를 상징하는 貴族文學, 古典文學, 山林文學을 타도하고 國民文學, 寫實文學, 社會文學을 건설할 것을 제창하면서. 비합리적이고 비민주적인 봉건문화, 봉건 제도의 타도와 척결을 다시 한 번 주장하였다. 호적의 주장이 문학 형식의 개혁에 초점이 맞추어졌다고 한다면, 陳獨秀의 主張은 문학의 내용을 변혁해야 한다는 당위성에 목표가 맞추어졌다고 할 수 있다.

  이처럼, 5·4신문화운동의 主唱者들은 민주와 과학의 기치를 높이 들고, 봉건으로 상징되는 낡은 도덕과 사상, 그리고 낡은 문학을 타파하고, 새로운 도덕과 사상, 새로운 문학을 추구할 것을 주장하였다. 의식과 정신의 혁명은 실천방향에 있어 새로운 사회도덕, 새로운 사상 및 이념, 그리고 새로운 문학의 추구로 표출되었던 것이다. 신문화운동의 주창자들은 당시의 停滯되고 復古的인 政治風土와 社會環境 등이 유교 및 공맹사상과 철저하게 연관되어 있다고 보고, 봉건 정치, 봉건도덕, 봉건문화의 근간을 형성했던 유교와 유교 등에서 파생된 전통사상에 대한 비판과 타도운동을 전개하였다. 유교와 유교문화 그리고 이런 것들로부터 파생되었던 각종 이념과 제도, 관습 등이 국가의 발전을 저해하고, 사회를 퇴보시키고 있음은 물론, 개인의 자유와 個性마저 억압하며 말살시키고 있다고 주장하였다. 이들은 개인의 자유와 재능을 억압하는 존재, 그리고 정체와 복고라고 하는 당시의 정치 사회적 상황이 봉건사상과 이념, 관습의 常存에 있다고 보고, 이천 여년에 걸쳐 중국의 정치와 사회, 사상과 문화 등을 지배해 온 유교와 유교문화에 대한 비판과 타파에 주력하였다. 신문화운동의 주창자들은 의식과 정신의 혁명은 유교와 유교문화 등으로 틀 지워져있던 기존의 윤리와 도덕, 사상과 이념 등을 改造하는 것이었고, 改造는 유교와 유교적 傳統에서 파생되었던 봉건적 이념과 사상, 관습의 속박으로부터의 해방에서 시작된다고 생각하였다. 따라서 이들 주창자들은 무엇보다도 봉건의 구속과 속박으로부터의 해방, 즉 개인의 자유와 개성의 해방부터 실천해야 한다고 주장하였던 것이다.

봉건의 속박으로부터 사회 구성원들이 해방되고 사상과 이념 등에 있어 자유를 얻어야, 의식과 정신의 혁명이 시작되고, 의식과 정신의 혁명을 통해 사회와 국가가 개혁되고 발전해 나간다는 것이 신문화운동 주창자들의 일관된 생각이었다. 이들은 유교의 忠, 孝, 節 등 전통적 이념은 개인을 노예화하는 봉건이념이라고 주장하고, 독립과 자립을 가진 인격과 인간행동의 회복, 즉 개성의 회복되고 해방되어야 함을 호소하였다. 이들이 외친 "孔家店打倒"라는 구호는 바로 신문화운동의 목표를 응집하여 나타내는 것으로, 이들은 "孔家店打倒"를 제기하여 유교적 이념과 제도 등으로 대변되는 봉건사상과 그 문화에 대해 전례 없는 맹렬한 비판과 함께 타도운동을 전개해 나갔다. 儒敎를 중심으로 하는 중국의 전통사상과 관습에 대한 부정과 포기는 서구의 이념과 사상의 수용으로 이어졌다. 서구의 이념과 사상은 중국 지식인들에 의해 선호되면서 중국의 전통에 대한 부정으로 생길 수 있는 공백을 채우며 하나의 대안적 수단으로서의 역할을 하였던 것이다. 이들이 추구하고자 했던 신문화운동의 핵심은 과거의 전통과 사상, 이념과 관습 등, 봉건 舊文化를 否定, 打破하고 서구의 사상과 과학적 이론을 추구하며, 민주주의, 자유주의, 개인주의를 적극적으로 지향하고자 했던 문화개조 내지 혁신운동이었다고 할 수 있다. 봉건·구문화의 타파와 서구문화의 수용과정을 거쳐 이들이 얻은 것은 인간과 개성의 발견이었다. 周作人은「人的文學」, 胡適은「易卜生主義」라는 글에서 개성의 의미를 이야기하며, 人道主義를 주창하였다. 胡適은「易卜生主義」에서 "사회에서 개인의 천성을 꺾고, 개인을 자유롭게 발전하지 못하게 하는 것보다 더 큰 죄악은 없다"라고 함으로써 인간의 개성과 자유의 소중함을 강조하였다. 周作人은「人的文學」에서 인간 스스로 인간으로서의 가치를 인정하는 개인본위의 인도주의를 강조했다.

5·4신문화운동은 정치, 사회적 위기에서 일어난 대규모 思想啓蒙運動이자 문화혁신 운동으로서, 20세기 중국인의 언어, 사유규범, 문화를 새롭게 확립함으로써 봉건과 전통에서 변혁과 현대로의 전환의 길로 나가는 것을 의미하는 것이었다. 신사상운동과 신문학운동은 봉건으로 규정되는 기존의 전통사상과 이념, 관습 등을 剔抉, 打破하고 자유롭고 인간적이며, 합리적이고 과학적인 규범과 질서, 형식 등을 추구하

고자 했던 아른 바 개혁운동이었던 것이다. 한마디로 말해, "봉건과 전통의 타도 및 그 속박으로부터의 자유", "서구의 이론과 사상의 수용", 그리고 "민주와 과학을 바탕으로 한 사회개혁" 등이 5·4신문화운동의 주된 내용과 목표였다고 다시 한 번 정리, 요약해 볼 수 있다.

이러한 신문화운동을 올곧게 실천하며, 그 정신을 문학적으로 구현한 것이 바로 20년대의 소설이었다. 다시 말해서, 20년대의 소설은 신문화운동의 문학적 표현이었던 바, 20년대 소설의 발전과정과 특징은 신문화운동의 정신과 문학적 구현의 과정에서 찾아져야 한다는 것이다. 사실 소설은 5·4신문화운동이 일어나기 훨씬 이전부터 민간문학의 중심적 존재이자 사회를 대표할 수 있는 문학의 장르로 자리 잡기 시작했다. 淸朝, 특히 淸朝 末期에 들어오면서 소설은 더욱 더 광범위하게 대중의 지지를 받아 전례 없는 발전을 이루며, 어느 한 계층의 기호에 국한된 雜文學 내지 俗文學과 같은 低級文學이 아닌, 사회의 중심문학으로서의 인식을 얻기 시작했던 것이다. 梁啓超는 이미 1898년 『淸議報』라는 잡지를 창간하고, 창간호에 「譯印政治小說序」라는 글을 발표하였는데, 그는 이 글에서 외국의 정치소설을 번역하여 정치개혁에 기여해야 한다고 말했다. 그는 또 1902년 4월 『新小說』이라는 소설전문잡지를 창간하였는데, 창간호에 발표한 「論小說與群治之關係」라는 글에서 소설은 인간의 정신을 계도하는 교육적 사회적 정치적 功能이 있어야 한다고 주장하였다. 또 梁啓超는 이 글에서 처음으로 "小說界革命"이라는 용어를 사용하였는데, 小說界革命이라는 용어의 사용으로 인해 소설의 사회적 지위와 역할은 크게 향상되었다. 5·4문화운동 시기 이전부터 소설의 사회 정치적 역할에 대한 일련의 논의를 거치면서, 사회적 지위와 역할을 크게 인정받은 소설은 5·4신문화운동을 거치며 문화혁명, 문학혁명의 조류에 힘입어 다시 한 번 크게 변혁된 대중의 문학으로 그 모습을 드러내며, 명실공히 시대와 사회를 대표하는 문학의 선두로서의 위치를 차지하게 된다. 이는 소설이 그 어느 다른 장르의 문학보다 현실을 올 곧게 반영할 수 있고, 시대의 정신을 구현하며 현대화를 추구하는 데 있어 가장 적합한 도구로서의 역할을 할 수 있었기 때문에 가능한 일이었다. 따라서 5·4신문화운동의 정신과 이념을 가장 잘 실천해 나갈 수 있었던 문학의 장르가 바로 소설이라는 것을 알고, 또한 소설이 갖고 있는 사회적 가치와 역할 등에 대한 확고한 인식을 갖기 시작한 문인들이 소설을 통해 사회의 현실을 말하고 인간을 표현하는 것은 매우 자연스러운 일이었다.

전술한 바와 같이, 비합리적이고 비민주적이고 비과학적이었던 봉건과 전통을 타도하고 자유를 쟁취하며, 서구의 과학이론과 인권사상의 수용하며, 그리고 "민주와 과학을 바탕으로 한 사회개혁의 추구" 등이 5·4신문화운동의 목표였는데, 이러한 목표는 1920년대 소설 발전의 토대로서의 역할과 함께 원동력으로 작용했다. 한마디로 말해서, 5·4신문화운동의 핵심 모토였던 봉건과 전통의 타도 그리고 그 속박으로부터의 해방과 자유에서 1920년대의 소설은 시작되었다. 봉건과 전통의 속박으로부터의 해방과 자유는 문학에 있어서 문체의 해방, 개성의 해방으로 이어졌다. 그렇기 때문에, 1920년대의 소설과 함께 본격적인 중국 현대소설의 발전은 "文體의 解放"과 "個性의 解放"에서 비롯되었다고 말할 수 있는 것이다.

문체의 해방은 표현형식에 있어 자유를 얻었음을 의미한다. 문체의 해방을 통해 표현형식에 있어 자유를 얻었다는 것은 표현의 도구로서의 의미로 끝나는 것이 아니라, 舊文學에 구속되지 않고, 또한 격식에 얽매임이 없이 작가가 자신의 생각 그대로를 자유롭게 표현할 수 있는 계기를 마련하였음을 의미한다. 1918년 5월에 발표된 단편소설 「狂人日記」는 문체의 해방을 보여주는 嚆矢的 예로서 白話로 창작된 중국 최초의 소설이었는데, 문체의 해방, 즉 백화문의 사용은 20년대의 중국소설이 현대적 면모의 소설이 될 수 있게 한 기폭제로서의 역할을 하였다.

이와 더불어, 자유에 대한 의지는 個性의 解放과 個性의 발견을 가져왔다. 個性의 解放과 발견은 개별적 인간으로서의 존재가치와 의미를 발견하는 것이면서, 동시에 작가의 주관 내지 주체성을 발견하는 것이었다. 다시 말해, 개성의 해방과 발견은 작가의 주관 내지 자아가 주체가 되어 작품에 자신의 개성을 표현하는 것이었다. 따라서 개성의 발견은 작가의 자율적인 思考와 감정, 의지의 자유로운 표현이 항상 전제되는 것이었고, 작가는 개성의 발견과 이성의 각성을 통해 자신의 주관과 삶에 대한 표현은 물론, 자신의 주관이 투영된 동시대 인간 삶의 諸모습과 현실적인 경험공간인 당대의 사회현실에 자신의 관심을 吐해낼 수 있었다.

개성의 해방과 발견으로 작가들은 동시대의 사회 현실 속에서 살아가는 인간의 존재양식과 그것이 가지게 되는 의미에 대해 탐구하고 표현하였다. 한 마디로 말해서, 그들은 개성의 발견을 통해 인간을 발견하였던 것이다. 개성의 해방은 사람의 존재가치와 의미에 대한 발견과 그것에 대한 覺醒으로 이어졌다. 錢理群은 五四時期 부녀자 아동, 농민을 주체로 하는 하층민들에 대한 발견이 "人"의 發見이라고 했다. 그는 부녀, 아동 및 농민을 주체로 하는 하층민들의 독립된 존재의의와 가치를 발견하고 긍정하는 것이 五四時期 人의 覺醒의 중요한 일면이라고 했다.3) 이처럼, 작가와 문인들은 人, 즉 개인의 실제적 삶의 모습을 검토하면서 삶의 의미와 목적에 대해 표현하였다. 그 결과 작품의 주제가 현실적이고, 이야기의 구성이나 전개방식 등 모든 면에 있어 그럴 듯한 논리에 근접해 나가게 되었을 뿐만 아니라, 이야기의 주인공들의 삶이 실상과 어울리고, 개인적 삶의 세부적 내용이 소설 속에서 매우 중요한 부분으로 자리 잡게 되면서, 정밀한 묘사가 이루어지고, 개인의 심리 또한 작품 제재의 주요대상이 되었던 것이다.

개성의 발견은 또한 작가들의 자율적인 선택과 개인적인 관찰의 의지, 작가 자신만의 미적 감각과 인생관 등의 적극적 반영으로 이어졌다. 다시 말해서, 작가는 자신들만의 주체적 선택의 원리로써 주제와 대상을 선택했고, 또한 그 대상을 개인 나름대로의 미적 감각과 인생관으로써 관찰하며 표현해 냈다는 것이다. 그러나 여기서 간과할 수 없는 중요한 사실은 인간을 발견하고 표현하는 데 있어 서구로부터 유입되어 들어 온 문예사조와 문예기법 등이 큰 역할을 하였고, 또한 많은 작품들이 서구 문예사조의 깊은 영향 하에 이루어졌다는 것이다.4)

---

3) 錢理群, 「試論五四時期 "人的覺醒"」(王曉明 主編, 『二十世紀中國文學史論』, 東方出版中心, 1997, p.320) (原載, 『文學評論』 1989年 第3期)

4) 1920년대의 서구문학사조의 유입과 그 영향에 대해서 McDougall은 이 글을 통해 자세하게 밝힌 바 있다. 또 嚴家炎은 서구의 문예사조와 관련하여 작가가 運用하고 영향 받은 창작방법과 문예사조가 중국현대소설의 流派를 형성하는 가장 근본적인 것이라고 전제하고는, 현실주의, 낭만주의, 현대주의 등 이 세 가지 창작방법과 문예사조가 서로 어우러지고 상호 영향을 주면서 20년대에서 40년대에 이르기까지 소설계의 각 유파를 형성했다고 말했다. 그리고 葉子銘은 "이 시기 五四문학은 반봉건을 기점으로 하였는데, 당시의 세계문학은 봉건적 중세기문학에 대한 반대를 거쳐 계몽주의, 낭만주의, 현실주의. 자연주의 및 현대주의 등의 단계를 거쳐 프롤레타리아 혁명문학을 일으키고 있었다. 五四시기는 세계조류를 시대정신으로 하여 작가들은 아주 열심히 각종 외국의 문예사조를 받아들임으로써 전에 없던 새로운 소설을 창조해냈다."고 하였으며, 鄭伯奇 또한 「中國新文學大系 小說三集 導言」에서 "서구 이백년의 문예사조의 역사가 이 시기에 한 번에 다 재현되었다."고 했다.

Bonnies S. McDougall, 「The Impact of Western Literary Trends」, 『Modern Chinese Literature in the May Fourth Era, edited by Merle Goldman』, Harvard Univ. Press, 1977, pp.37~61.

嚴家炎, 『中國現代小說流派史』, 人民文學出版社, 1989, pp.11~15.

葉子銘 主編, 『中國現代小說史(第一卷)』, 南京大學出版社, 1991, p.157.

5·4신문화운동의 주창자들은 반봉건 운동을 펼쳐 나가면서 서구의 문학을 적극 받아들이고자 노력하였는데, 이들은 서구의 문예사조와 문학을 수용하고 모방하면서 신문학을 창조하였다. 서구의 문예사조와 함께 서구의 소설이 번역 소개되면서 많은 문인들은 서구의 소설로부터 여러 기법을 배우고 이를 자신의 문학에서 활용해 나갈 수 있었다.[5] 현대소설의 개척자이면서, 민족의 각성과 함께 민족의 자립과 자존을 그 누구보다도 중시했던 魯迅조차도 문학의 길을 걸으면서, 외국문학의 소개와 번역에 적극적이었다.

이와 같은 흐름과 사회적 배경 속에서 시작된 중국의 현대소설은 노신에 의해 첫발을 내 디디게 된다. 중국 최초의 현대소설로서 1920년대 소설의 서막을 장식한 작품은 魯迅의 「狂人日記」였다. 이후 1919년 1월에 창간된 『新潮』라고 하는 잡지에 汪敬熙, 楊振聲, 葉紹鈞 등 몇몇 작가들이 소설을 게재하였고, 謝冰心과 廬隱 등 여성작가들이 등장하여 작품을 발표하기 시작하였다. 5·4신문화운동을 전후하여 前近代的인 사회습속과 제도 등, 봉건과 관련된 사회의 諸問題들이 분출되어 나올 때, 謝冰心, 廬隱 등 일부 작가들은 이러한 문제들에 대해 생각하기 시작했다. 이들은 봉건사회 속에서 고통받는 여성과 청년지식인들의 삶에 대해 고민하였는데, 이 같은 고민을 표현한 작품이 바로 問題小說이었다. 그러나 問題小說은 분명 현실주의에서 출발하였지만, 현실성이 부족하였다. 작가의 주관과 인생관 등이 지나치게 작용하는 바람에 哲理만 부각되고 작품의 逼眞性과 문학성이 떨어지는 모습을 보였던 것이다. 이들은 낙후된 봉건적 문화, 봉건적 관습으로 인해 야기되는 억압을 인식하고 그 타개책을 진지하게 고민했다. 이들의 단편소설들은 현실의 어두운 면을 폭로하는 한편, 아직 적극적인 현실변혁의 전망을 획득하지 못한 상태에서 고민하는 지식인의 내면세계를 비교적 세밀하게 묘사하는 데 만족해야 했다. 謝冰心, 廬隱 등을 중심으로 한 소위 문제소설은 인생과 사회에 대해 苦悶하는 사실주의 소설로서의 의미를 드러냈지만, 관념적이고도 편벽된 작가의 의식을 나타내기도 했다. 이러한 사실은 작가의 인생관과 철학이 지나치게 집중적으로 표현된 결과라고 할 수 있다.

鄭伯奇, 「中國新文學大系小說三集·導言」(蔡元培 等著, 『中國新文學大系導論集(影印本)』, 上海良友復興圖書印刷公司印行, p.146)

5) 楊義, 『中國現代小說史』, 人民文學出版社, 2001, p.113.

1920년대의 소설은 5 · 4운동이 끝나고 2, 3여년이 지난 1921년부터 새로운 단계에 접어들기 시작한다. 1921년부터 문학단체 내지 유파의 출현으로 인해 소설이 본격적으로 발전하기 시작했다는 것이다. 1921년에 들어서면서 여러 작가들은 一種의 流派 내지 文學團體를 만들어 작품을 발표하였는데, 이를 계기로 20년대의 소설은 본격적인 발전의 기틀을 마련하기 시작하였다. 이러한 사실은 한편으로는 작가들은 자신들의 개성과 창작이념에 따라, 아울러 자신이 관심을 가지고 있거나 자신들이 속해 있는 계층을 향해 글을 썼다는 것을 말하는 것이다. 다시 말해, 문학적 취향과 목표 내지 관심이 같은 작가들끼리 모이고 또한 독자들을 공유할 수 있는 작가들끼리 모여 소설을 썼다는 것을 의미하는 것이다. 20년대에는 여러 流派와 문학단체가 있었지만, 20년대 중국 소설의 방향을 설정하고 발전을 주도한 단체는 文學硏究會와 創造社라고 하는 두 개의 문학단체였고, 20년대 중국의 소설은 실제로 이들 두 단체가 추구하고자 했던 문학이념과 방향에 따라 각기 나뉘어 발전하였다. 이와 함께 서구의 문예사조 또한 신문학 운동에 큰 영향을 주면서 5 · 4소설에 수용되는 가운데, 문학사단과 작가 개인을 통해 구현되었음은 주지의 사실이다.[6]

1920년대의 소설은 "문학은 인생을 위하고 사회의 현실을 그려야 한다."는 視覺과 주장, 그리고 "문학은 예술을 위하고 인간의 감정과 체험 등, 개인적 정서를 우선시 해야 한다."는 視覺과 주장, 이 두 가지 논리와 주장에 의해 창작되었다고 보는 것이 일반적이다. 다시 말해, 동시대 사회적 현실에 관심을 갖고 인간 삶의 사회적 일상적 경험에 깊은 관심을 기울이고자 했던 문인들과 인간의 감정과 인간의 개별적 특성에 큰 관심을 갖고자 했던 작가들에 의해 唱導되었다는 것이 보편적 논리라는 것이다. 楊義는 "5 · 4소설, 즉 20년대의 가장 고귀한 점은 새로운 예술을 개척한 사람들의 창작태도이고, 이는 5 · 4소설의 무형적 성취였지만, 그 영향은 매우 멀리 뻗어 나갔던 성취였고, 중국소설의 발전을 위해 장중한 예술태도, 적극적인 藝術宗旨, 그리고 고상한 예술적 격조를 제공하였을 뿐만 아니라, 중국소설발전을 위한 새로운 방향, 새로운 내용, 새로운 깊이를 제공하였다."[7]고 하면서 5 · 4소설의 의미와 가치, 그 역할에 대해 평가하였다. 茅盾은 20年代 小說界의 흐름에 대해 "10년의 전반기 창작

6) 葉子銘 主編, 『中國現代小說史(第一卷)』, 南京大學出版社, 1991, p.157.
7) 楊義 著, 『中國現代小說史(第一卷)』, 人民文學出版社, p.133, p.136 참조.

계는 아주 적막해 보였다. 작가가 많지 않았고, 발표기관 또한 드물어 셀 수 있을 정도였다. 그러나 후반기의 상황은 크게 달랐다. 1922년부터 보편적인 전국의 문학 활동이 시작되었다. …(중략)… 이 시기는 청년의 문학단체와 소형의 문예 정기 간행물이 왕성하게 출현하던 시기였다."고 했다.[8] 고 한 茅盾의 이러한 이야기는 20년대의 소설은 시작점에 있었으나, 그 발전만큼은 분명하고도 확고하게 이루어졌다는 사실을 강조하고 있는 것이다.

1920년대 소설은 그 유형과 주제, 작가가 소속된 문학단체의 성격에 따라 다양하게 분류되고 있다. HSIA.C.T, 夏志淸은 1920년대 소설을 성격에 따라 魯迅, 文學硏究會 작가들의 소설, 創造社 作家들의 작품으로 나눠 설명하였고[9], 黃修己는 작품의 성격 내지 주제에 근거하여 『吶喊』, 『彷徨』의 노신 소설, 인생파 소설, 향토파의 소설, 서정파의 소설 등으로 분류하여 그 특징을 논하였다.[10] 錢理群, 吳福輝 등은 작가, 간행물 작품의 성격 등에 따라 魯迅의 소설, 新潮社의 작품, 問題小說, 抒情小說, 鄕土小說로 분류하여 설명하였고[11], 楊義는 작품의 주제와 목표, 성격에 따라 魯迅의 소설, 여류작가군의 소설, 人生派 소설, 鄕土寫實派 소설, 浪漫抒情派 소설 등으로 나눠 논의하였다.[12]

위의 논리와 분류 방법 등을 종합해 볼 때, 1920년대의 중국 소설은 魯迅의 소설과 文學硏究會 출신 작가들의 작품을 중심으로 한 사실주의 성격의 소설, 그리고 서정성과 함께 낭만주의를 지향했던 創造社 작가들의 소설이 근간을 형성하며 중심을 이루고 있다고 보는 것이 가장 적확하고도 객관적이라고 할 수 있다.

文學硏究會는 문학은 반드시 인생을 위한 것이 되어야 하고, 사회생활을 반영해야 한다는 사실주의 문학의 이념을 主唱하였다. 인생을 위한다는 것은 인간 삶의 가치를 중시하며 그것을 표현한다는 것을 말한다. 다시 말해, 사람들의 삶의 모습을 직시하

---

8) 茅盾, 「中國新文學大系·小說一集 導言」(吳福輝 編, 『二十世紀中國小說理論資料(第三卷) 1928-1937』, 北京大學出版社, 1997, p.305)

9) HSIA.C.T, 夏志淸, 『A History of MODERN CHINESE FICTION』, Yale Univ. Press, 1971, xv 참조.

10) 黃修己 著, 『中國現代文學發展史』, 中國靑年出版社, 1996, p.2 참조.

11) 錢理群·吳福輝·溫儒敏 外, 『中國現代文學三十年』, 上海文藝出版社, 1987, pp.5-6 참조.

12) 楊義 著, 『中國現代小說史(第一卷)』, 人民文學出版社, pp.1-3 참조.

고, 아울러 사람들의 삶을 에워싸고 있는 사회의 현실에 관심을 갖고, 그 현실을 묘사하고 표현한다는 것을 의미하는 것이다. 동시대 중국 사회의 현실과 그런 현실 속에서 살아가야 했던 사람들의 삶의 모습을 올곧게 드러내고 형상화하는 것이 그들의 문학적 목표였던 것이다. 그렇기 때문에, 그들은 가급적 가공적인 인위성을 거부하고 동시대 사람들의 삶의 모습을 있는 그대로 파악하기 위해 노력했다. 사회의 현실을 미화하거나 糊塗하려 하지 않고 이를 사회적 진실로서 받아들여 형상화하기에 노력했다.

문학연구회의 작가들은 동시대 사회의 현실을 올 곧게 반영하고 사람들의 다양한 삶의 모습을 진실하게 형상화했다는 평가를 받고 있다. 문학연구회와 그 계열에 속한 작가들의 작품은 크게 세 가지 유형으로 분류될 수 있다. 첫째는 謝冰心, 廬隱, 凌叔華 등을 중심하는 여성작가들의 작품이 하나의 부류를 형성하였다. 여성 특유의 논리와 관점, 필치를 통해 여성의 해방과 관련한 여성문제, 동시대 청년 지식인들 내지 젊은이들이 결혼과 연애, 인생사와 관련하여 가정과 사회에서 겪어야 했던 여러 가지 고민을 표현하였다. 謝冰心의「兩個家庭」,「莊鴻的姊姊」,「最後的安息」,「去國」, 廬隱의「一封信」,「麗石的日記」,「海濱故人」, 凌叔華의「繡枕」,「吃茶」 등이 여성작가들의 대표적 작품이다.

두 번째 부류의 작품으로는 농촌의 현실과 농민들이 겪어야 하는 여러 가지 고통과 불행을 묘사한 소위 鄕土小說이 있다. 鄕土小說 작가들의 특징이라고 한다면, 魯迅으로부터 직간접적으로 문학수업을 받는 등, 노신의 영향을 크게 받았다는 것이며, 작가들 대부분이 농촌출신이었기 때문에, 작품들 대부분의 내용이 작가의 실질적 경험과 관찰로부터 나왔다고 하는 것이다. 1923년 이후 鄕土小說은 본격적으로 등장한다. 鄕土小說의 작가들은 대부분은 문학연구회의 회원이었고, 이들은『小說月報』,『文學週報』,『新報副間』 등에 작품을 발표하였다. 향토소설의 작가들은 관심의 초점을 농촌의 현실과 농민들의 삶에 집중하며, 농촌의 봉건적 악습과 농민들의 우매하고 마비된 의식을 섬세하게 묘사하였다. 그들은 주로 농촌의 낙후되고도 우매하게 살아가는 농촌의 현실과 농민으로서 겪어야 하는 여러 가지 고통과 불행을 묘사하였다. 향토소설의 대표적인 작가와 작품으로는 王魯彦의「阿張賊骨頭」, 許欽文의「鼻涕阿二」,「石宕」, 彭家煌의「陳四爹的牛」,「慫慂」, 蹇先艾의「在貴州道上」 등이 있는데,

이들 작품들은 우매할 뿐만 아니라, 때로는 의식마저 마비된 농민들의 모습, 봉건종
법제도가 지배하는 농촌의 현실, 각종 문제 등으로 인해 악성 빈곤상태에 놓여 있는
농촌의 환경 등을 주제로 하고 있다.

끝으로, 사회의 현실적인 여러 가지 問題를 작가 나름대로의 개성적이고 철학적인
방법으로 관찰한 작품도 등장했다. 소위 "人生派"로 분류되는 작가로는 王統照, 許地
山, 葉紹鈞 등이 있다. 이들 가운데 王統照, 許地山의 작품은 청년지식인들의 방황과
시대적 고민을 다룬 여류작가들의 작품과 비슷한 모습을 드러내고 있다. 이들이 5·4
시기를 전후 해 쓴 20년대의 주요 작품은 작가의 주관적 철학과 사상 등이 농후하게
배어 있어 여류작가들의 작품과 함께 비교해 성격과 내용 등에 있어 유사함 면을 보
이고 있고, 그 가운데 일부 작품은 소위 問題小說로 평가받고 있다. 또한 이들의 작
품은 농민들의 불행과 고통을 다룬 향토소설과는 달리, 대상을 어느 한 곳이 아닌,
서민 내지 하층민들을 중심으로 그런 사람들의 삶과 행동에 관심을 갖고 그것을 중점
적으로 표현하고자 했던 작품 있었으니, 이런 작품을 두고 世稱 人生派 소설이라고
하였다. 王統照는 20년대에 「微笑」, 「雪後」, 「湖畔兒語」, 「沈船」 등의 작품을 남겼
고, 許地山의 주요 작품으로는 「命命鳥」, 「商人婦」, 「綴網勞蛛」 등이 있다.

人生派 소설은 사회의 여러 계층으로 관심의 폭을 넓혔다. 소위 인생파의 작품들은
문제소설과는 달리 시대와 사회실의 문제를 어느 한 두 분야에 고정시키지 않았다.
사회생활의 모든 구석과 여러 가지 문제에 주의를 돌렸으며, 그들의 목표는 마치 사
회 전체를 드러내 놓으려는 듯하였다.[13] 葉紹鈞은 苦痛 받는 서민들의 生活相을 냉
정하게 묘사했다는 평가를 받고 있는데, 그의 작품으로는 「隔膜」, 「火滅」, 「潘先生在
難中」, 徐玉諾의 「一只破鞋」, 「祖父的故事」 등이 있다.

문학연구회의 문학이념에 동조했던 작가들이 동시대 사회 현실에 깊은 관심을 갖
고, 일상적 삶의 경험에 관심을 기울였던 것과는 다르게, 郭沫若, 郁達夫 등을 중심
으로 創造社의 작가들은 현실과 理性보다는 감정을 중요시하며 자신들만의 이상세
계 내지 내면세계를 추구하기 위해 노력하였다. 그들은 일본이라는 낯선 異國 땅에
서 겪어야 했던 경험과 그 경험적 감성을 현실적이고 객관적으로 표현하기보다는 낭

---

13) 溫儒敏 지음, 김수영 옮김, 『현대중국의 현실주의 문학사』, 문학과 지성사, 1991, p.96.

만적으로 표현하고자 노력하였다. 이들의 작품은 낭만주의 소설로서의 특징뿐만 아니라, 사소설로서의 특징도 함유하고 있다. 작가 자신들의 감정을 지나치게 강조한 나머지, 자신들의 삶과 경험을 고백의 형태로 가차 없이 드러내고 있기 때문이다. 郭沫若의「月蝕」,「未央」,「行路難」,「漂流三部曲」,「三詩人之死」 그리고 郁達夫의 「沈淪」,「南遷」,「銀灰色的死」 등이 바로 創造社 소설의 좋은 예라고 하겠다. 작가의 체험이 작품 속에 그대로 표현되고, 작품이 그 체험의 서술을 통해 작가 자신을 告白하는 自敍傳的인 樣式을 이루면서, 심지어는 작가 자신의 內面世界까지도 거침없이 赤裸裸하게 드러내는 소설이 있다면, 그러한 소설은 그 樣式에 있어 새로운 方法을 시도하고 개척했다는 사실만으로도 그 의미를 갖는다고 할 수 있다. 1920년대 중국의 문학은 다양한 文學流派로부터 발전했다고 할 수 있다. 각 流派의 문학적 주장과 그 이념에 따라 탄생된 작품들이 드러내는 다양한 풍격과 내용은 20년대 신문학 발전의 견인차의 역할을 담당했다. 이러한 시기에 郭沫若, 郁達夫 등을 중심으로 하는 創造社 작가들은 所謂 身邊小說을 탄생시켜 創造社 문학의 특성을 만들어 내었고, 그 특성은 20년대 문학의 다양화와 그 발전에 一助하기도 했다.

2. 中國 現代小說의 開祖

魯迅의 小說

　　魯迅은 중국 현대소설의 선구자이자 개척자였고, 아울러 사상가이자 혁명가였다. 魯迅에게 붙어 다니는 여러 별칭이 말해주듯, 魯迅은 중국사에 있어 현대문학의 求心的 인물로서의 次元을 넘어 거의 절대적인 존재가 되었다고 할 수 있다. 수많은 중국의 현대작가들 가운데, 魯迅처럼 그렇게 많이 관찰되고 연구된 文人이 없다는 사실을 통해서도 느낄 수 있으려니와, 지금까지 연구된 양에 있어서도 압도적일 정도로, 魯迅에게 매우 편중되어 있다는 사실 또한 이를 증명하고 있다. 이러한 두 가지 사실은 絕對的 存在로서의 魯迅의 價値와 그에 대한 사람들의 인식을 반영한다고 할 수 있다. 魯迅이 중국현대문학 발전의 啓導者 내지는 求心的 存在로서 등장할 수 있었던 것은 바로 그의 소설이 있었기 때문이다. 그의 소설이 존재하지 않았다면, 훗날 思想家, 革命家로서의 變身도 어려웠을 것이고, 또한 사상가, 혁명가로서 그런 명성과 지위를 누리지 못했을 것이다.

　　魯迅의 문학정신과 그의 소설은 1920년대 활약한 여러 작가들의 典範이 되었다. 魯迅이 현대소설의 啓導者 내지 선구자의 역할을 하며, 가장 뛰어난 작품을 남길 수 있었던 데에는 다음 두 가지 요건을 갖추었기 때문으로 풀이해 볼 수 있다. 첫째, 그 어느 누구보다 철두철미한 사회의식, 역사의식을 가지고 창작에 임했다는 것, 둘째, 그런 의식을 통해 탄생된 소설이 인간을 탐구하고, 현실을 그려내는 데 있어 다양하고 深度 있는 기법을 보여주었다는 것, 즉 무엇을 그리고 어떻게 표현했는지에 대한 문제에 있어 모범적인 정답을 보여주었다는 사실이 바로 두 가지 요건에 해당된다고 할 수 있다.

　　魯迅은 동시대 그 어느 작가보다도 뚜렷하고 확고한 목적을 가진 작가였다. 魯迅은 중국인들을 迷夢을 깨우치고, 국민의 정신을 개조해 나갈 先覺者 내지 戰士로 自任하면서, 자신의 문학을 蒙昧를 打破하고 정신을 개조하기 위한 도구 내지 무기로 삼았다. 이러한 목표 의식과 함께 魯迅이 중국현대소설의 개척자로서 선구자로서의 역할을 할 수 있었던 것은 뛰어난 통찰력과 문학적 재능이 있었기 때문이었다.

소설가로서의 魯迅은 많은 작품을 남기지 않았다. 양적인 면에 있어 25편 안팎에 불과하다. 唯一無二한 중편 「阿Q正傳」을 제외하면 모두 단편소설이다. 그러나 질적인 면과 魯迅 이후에 등장한 작가들에게 끼친 影響면에서 볼 때, 그의 소설이 가지는 문학적 의미와 가치는 절대적이라고 할 수 있다. 그는 중국 현대소설의 개척자이자 선구자로서 문학을 하고자 했던 동시대 모두 문인들의 모범이 되었다. 그의 작품은 사실주의소설의 탁월한 典範이었음은 물론, 1920년대 중국소설의 집합체라 해도 과언이 아닐 정도로, 동시대에 탄생했던 다른 諸 小說의 문학적 특징과 장점 등을 함유하고 있다.

이처럼 魯迅이 중국 현대소설의 개척자이자 선구자가 될 수 있었던 것은 그의 소설이 이룩한 다양한 문학적 실험의 성공과 성취가 있었기 때문이다. 따라서 魯迅 소설의 전반적 성격과 문학적 가치는 자신이 指向하며 추구하고자 했던 문학적 目標와 大衆性, 그리고 그의 작품에 나타난 文學的 특징 등, 이 세 가지 면에서 관찰되어야 한다.

魯迅의 소설은 1918년부터 1925년 사이에 탄생된 『吶喊』과 『彷徨』, 이 두 소설집에 담겨진 25편의 소설이 주류를 이룬다. 이 두 소설집 이외에 『故事新編』이라고 하는 소설집이 존재하나, 여기에 실린 작품들은 歷史, 神話, 傳說 등에서 그 제재를 취한 작품, 다시 말해 신화와 전설을 패러디화한 소설들이라고 할 수 있다. 기존 두 작품집에 나타난 소설세계와는 그 성격을 달리하고 있어, 別途의 연구가 필요한 것은 사실이지만, 魯迅의 소설세계를 대표하거나 대변할 만한 작품으로 보기 어렵기 때문에, 본서에서는 다루지 않기로 한다.

1) 魯迅 小說의 目標

魯迅은 처음부터 뚜렷하고도 확고한 목적을 가지고 문학을 시작하였다. 중국 현대 문학사에 등장한 수많은 작가들 가운데, 魯迅만큼 확고하고도 철저한 목표의식을 가진 사람은 없었다고 해도 과언이 아닐 정도로, 魯迅은 혁명 투사처럼 "봉건사회 혁파"와 "민족정신개조"라는 원대한 목적과 목표를 가지고 문학 활동을 시작하였다. 봉건사회를 혁파하는 것은 봉건사상과 관습에 젖어 버린 病態社會를 타도하는 것이고, 봉건의 늪 속에 빠져 있는 우매한 국민들을 각성시키는 것이었다고 할 수 있는데, 이것이 바로 魯迅 문학의 궁극적 목표였다.

魯迅에게 있어 계몽은 봉건적인 병태사회의 불행한 현실을 문학, 즉 소설의 힘을 빌려 폭로, 비판함으로써 몽매한 사람들을 깨닫게 하고 사회를 변혁시키는 것이었다. 魯迅이 堅持했던 문학적 의지 내지 목표는 봉건사회의 病態的 관습과 제도, 사상 등을 타파하고 중국인의 몽매한 정신을 깨우치고 개조하는 것이었다. 이 같은 魯迅의 의지는 그의 일관된 삶의 목표였으며, 그의 소설 전체를 일관하고 있는 주제로 작용하고 있다. 魯迅은 이러한 문학적 목표를 위해 거침없이 글을 쓰기 시작했다. 『吶喊』과 『彷徨』에 실린 25편의 작품 가운데 어느 한 작품도 자신의 이러한 목표에서 벗어나지 않았다.

魯迅이 의학에서 문학으로 목표의 방향을 전환하게 된 계기는 일본에 겪은 소위 환등기 사건에서 비롯되었다. 1902년 국비유학생의 신분으로 일본에서 유학생활을 시작한 魯迅은 의학을 공부하던 도중, 예기치 못했던 환등기사건을 경험하게 된다. 환등기의 映像에 등장하는 나약하고 무지몽매한 중국인들의 모습을 보았던 것이다, 스파이로 간주되어 일본인들에게 잡혀 처형당하는 어느 한 중국인과 그를 둘러 싼 채, 처형당하는 모습을 아무 생각 없이 무감각하게 바라보는 중국인들의 모습은 魯迅에게 엄청난 충격을 가져다주었다. 환등기사건을 겪은 魯迅은 나약하고 몽매한 중국인들의 모습을 통해 드러난 중국인들의 국민성 내지 민족성의 문제가 얼마나 크고 심각한 것인지를 깨닫게 되었다. 이에 魯迅은 중국 국민들의 의식과 정신 상태를 바꾸는 것이 가장 시급한 일이고 그 일을 효과적으로 수행할 수 있는 수단은 문학이라고 생각하였다. 글을 써서 중국인들의 정신을 고치고자 결심하였던 것이었다. 중국인에게 필요한 것은 몸의 병을 고쳐주는 몸의 의학이 아니라, 마비된 의식을 고치고 정신을 일깨워 줄 수 있는 정신 치유 및 개조로서의 도구, 즉 문학이라고 생각했던 것이다. 魯迅이 의학을 중도에 포기하고 문학의 길로 들어선 것은 오직 무지몽매한 중국인들의 정신을 일깨우며, 마비된 그들의 의식을 고치기 위함이었는데, 이를 한 마디로 표현하자면, 계몽 또는 개조라는 말로 설명될 수 있다. 봉건적 구습, 종교와 사상적 전통에 의한 무지, 미신, 도그마에 지배당했던 민중의 蒙昧를 이성을 통해 치유하고, 이와 아울러 그들로 하여금 자유사상, 과학적 지식, 비판 정신을 갖게 하면서 인간의 존엄을 자각시키는 것이 계몽의 의미이자 목표라고 할 때, 魯迅은 확고하고도 철저한 啓蒙主義者였다. 魯迅은 낡은 중국을 뜯어 고치고 중국인의 정신을 개조함으로써 새로운 중국, 새로운 중국인의 모습을 찾고자 했던 啓蒙家였던 것이다.

魯迅은 계몽을 실천하는 도구로서, 다시 말해, 중국인의 정신을 개조하고 사회를 개혁하는 데 있어 가장 중요한 도구로서 문학을 선택하였다. 魯迅은 문학의 사회적 역할과 가치를 일찍 인식한 사람이었다. 왜 문학이 필요하고, 또 무엇 때문에 문학을 해야 하는가 등, 문학의 사회적 역할과 필요성, 기능을 중시하며 魯迅은 다음과 같이 말했다.

> "문학은 사람의 정신과 마음을 함양할 수 있다. 사람의 정신과 마음을 함양할 수 있다는 것이 문학의 직분이며 쓰임새인 것이다. 무릇 세계의 위대한 문학은 인생의 오묘함을 드러낼 수 있고, 인생의 사실과 법칙을 직접 이야기 할 수 있으니 이는 과학이 할 수 있는 바가 아니다.[1]

魯迅은 또한 "인류가 후세 사람들에게 남겨주는 문화 중에서 가장 힘 있는 것은 문학작품이다. 문학작품은 세월을 거치면서 사람들의 마음속에 들어가면, 쇠락한 종족처럼 없어지지 않고 오히려 더욱 번성하는 것이니, 그 종속과는 대비된다."[2]고 했는데, 이는 문학의 사회 역사적 가치에 대해 강조한 것으로서 위 글과 함께 魯迅이

---

1) 본서에서 魯迅 작품의 연구대상으로 삼은 텍스트는 1991년 人民文學出版社版 『魯迅全集』이다. 이하 본서에서 다루어지는 魯迅의 작품은 모두 이 전집에 실려 있는 작품을 기본 텍스트로 한다. 「摩羅詩力說」(『墳』魯迅全集 卷1, p.71~72)
2) 「摩羅詩力說」(『墳』魯迅全集 卷1, p.63)

문학의 사회적 기능과 역할에 대해 얼마나 중요하게 생각했는가를 증명하는 대목이라고 할 수 있다.

　蒙昧한 중국인들의 정신을 일깨우고, 민족정신을 개조하는 일은 魯迅이 평생에 걸쳐 고민하며 추구하고자 했던 생애 최대의 과업이었다. 留學을 중도에 포기하고 귀국한 후, 중국의 현실을 타파하고, 중국인들의 정신과 민족성을 개조하기 위해 치열하게 고민하며 勞心焦思했던 魯迅은 중국인들의 정신은 바로 문학을 통해 개혁·개조될 수 있다는 신념을 갖게 되었다. 위의 글은 魯迅이 왜 문예에 종사하게 되었는가와 문학이 사회와 사회구성원들을 위해 무엇을 할 수 있는가, 즉 문학과 사회와의 관계에 대해 魯迅이 견지했던 신념을 보여주고 있다.

　魯迅은 「摩羅詩力說」이라는 글에서 정신계의 투사를 찾고자 했다. 精神界의 투사란 서구사회에서 악마파라고 불렸던 문인들의 역할을 상기하며 만들어진 존재로서, 기존의 낡은 질서에 저항하는 사람을 말하는데, 자신도 이 글에서 문예를 통해 정신계의 투사가 되어 무엇을 할 것인가를 분명히 밝히고 있다. 魯迅은 사회에 저항하고, 낡은 인습을 타파하며, 용렬한 무리들과 싸워 이길 수 있는 서구 악마파 시인들과 같은 사람들이 중국에도 나타나기를 희망하였다. 그는 이 글에서 영국의 바이런과 쉘리, 소련의 푸시킨, 투르게네프 등 혁명을 추구했던 시인들의 작품과 그들이 사상 등을 소개했는데, 그 목적은 중국인들을 각성케 함으로써 오랜 세월 봉건문화와 사상에 찌들어 버린 사회에 저항하고 그런 사회를 타파하는데 도움을 주기 위함이었다. 이러한 사실을 통해 봉건타도와 민족정신의 개조라고 하는 목표를 실현하기 위해 魯迅이 문예에 얼마나 많은 관심을 가졌고, 또한 얼마나 절실하게 문학을 필요로 했는가를 짐작해 볼 수 있다. 魯迅은 「摩羅詩力說」에서 이야기했던 자신의 주장을 다시 한번 강조했다.

　　문학은 민족정신을 채찍질하는 맹렬한 불꽃임과 동시에 민족정신이 나아가야 할 길을 밝혀주는 등대이다. …(중략)… 중국 사람들은 정면으로 삶을 볼 수 없었기 때문에, 그들 자신을 속이고 숨겨야만 했다. 그래서 속임과 기만의 문학이 태어났으며, 그 영향 하에 중국 사람들은 점점 깊이 바닥없는 나락으로 잠겨 들었다. … 세상은 날마다 변해간다. 이제 가면을 벗어 던지고 용기 있게 삶에 대하여 진실된 모습을 포착할 때가 왔다. 피와 땀에 대하여 쓰기 시작해야 한다. 이제야 말로 우리는 전적으로 새로운 문학의 기초가 필요하며 용기 있고 단호한 전투가 필요한 때이기 때문이다[3]

　문학의 사회적 기능과 역할에 대해 切感했던 魯迅은 문학 가운데에서도 특히 소설의 기능에 대해 주목했다. 魯迅은 정신과 마음의 훈련 내지 교화의 도구로서의 소설의 기능에 대해 훗날 다음과 같이 술회했다.

　　과학적 사상을 진술하면 일반인은 항상 싫증나서 끝까지 읽지 못하고 잠에 들게 된다. 사람에게 억지를 강요하니 필연적으로 그러한 결과가 나타나게 되는 것이다. 소설을 빌어 优孟의 의관을 차용했던 형식을 본받는다면, 비록 분석과 담론이 현학적이더라도 머리에 잘 들어가게 되고, 권태감을 느끼지 않을 수 있게 할 수 있다.[4]

　위의 언급은 魯迅이 문학적 목표를 실행하기 위한 가장 좋은 도구가 소설, 즉 전달 내지 소통의 도구로서 소설의 기능을 확고하게 인식하고 있음을 보여 주는 것이라고 할 수 있다. 문예의 사회적 기능과 힘을 인식한 魯迅은 문예를 통한 자신의 의무와 역할이 무엇인가를 「我怎麽做起小說來」와 「吶喊 自序」라는 글에서 다시 한 번 밝히고 있다. 글을 통해 혁명을 추구했던 유럽의 시인들처럼, 魯迅은 다음과 같은 글에서 자신이 왜 소설을 쓰게 되었는가를 구체적으로 말하고 있다.

　　이를 테면, '무엇 때문에' 소설을 쓰기 시작했는가라는 것에 대해 나는 이미 십 수 년 전부터 계속 '계몽주의'를 마음에 품어왔었기 때문에, 반드시 인생을 위해서가 아니면 안 된다. 더구나 이 인생을 개량하지 않으면, 안된다고 생각했다. 나는 소설을 '閑書'라고 하는 옛날의 사고방식을 아주 싫어하였고, 또한 '예술을 위한 예술'은 심심풀이의 또 다른 이름에 지나지 않는다고 생각했다. 따라서 나는 되도록 병태사회의 불행한 사람들에게서 제재를 찾으려고 했다. 病苦를 폭로함으로써 치료에 대한 주의를 촉구하고 싶었기 때문이다.[5]

---

3) 「論睛了眼看」(『墳』魯迅全集 卷1, pp.240-241)
4) 「月界旅行 辨言」(『譯文序跋集』魯迅全集 卷10, p.152)

나는 어떻게 소설을 쓰게 되었는가? 그 이유는 이미 「吶喊」의 서문에서 대략 기술해 두었지만, 여기서는 조금 보충해두기로 한다. 내가 문학에 뜻을 두었던 때는 지금과는 사정이 전혀 달랐다. 중국에서 소설은 문학으로 간주하지 않았고, 소설가도 문학가라 부르지 않았다. 나는 단지 그 힘을 이용하여 사회를 개량하고자 의도했을 따름이다.[6]

上述한 바와 같이, 魯迅은 자신의 문학적 목표가 병들어 버린 同時代 중국의 사회를 고발하고, 중국인들의 마비된 의식과 몽매한 삶을 개량하는데 있다고 하는 사실을 분명히 했다. 魯迅은 重病에 걸린 사회를 고발하고, 重病에 걸린 사회 속에서 살아가는 無知蒙昧하고, 의식마저 마비된 사람들의 정신을 치유하고, 의식을 개조하는 것이 가장 시급한 문제라고 생각했는데, 魯迅이 이와 같은 생각을 하게 된 결정적인 이유는 바로 辛亥革命이 실패했다고 생각하였기 때문이다.

魯迅의 문학목표가 이처럼 확고하게 굳어지게 된 배경을 생각한다면, 辛亥革命의 실패를 고려하지 않고는 생각하기 어렵다. 그의 소설에서 다루어지는 시공간적 배경은 辛亥革命을 전후한 시기였고, 대다수 작품의 주제 또한 辛亥革命이 발생하기 전후한 시기의 사회적 현실과 깊이 연관되어 있다. 辛亥革命이라는 엄청난 사회변혁을 겪었지만, 이렇다 할 결과가 없는 현실은 魯迅에게 뿐만 아니라, 동시대 대다수 지식인들에게 정신적 상처와 좌절감만을 가져다주었다. 혁명의 果實은 권력욕에 사로잡힌 袁世凱와 일부 군벌들의 소유로 돌아갔고, 봉건문화, 봉건예교사회의 淸算과 함께 근대적 민주사회로의 진입이라는 혁명의 과제는 履行될 기미조차 보이지 않았다. 魯迅을 비롯한 많은 지식인들은 정치와 사회제도의 변혁에 앞서 국민 개개인 모두의 자기각성과 개혁이 선행되지 않으면 혁명은 이루어질 수 없다고 생각했다. "무릇 우매하고 약소한 국민은 아무리 체격이 튼튼하고 아무리 왕성하다고 해도 다만 아무 의미 없는 군중시위의 재료나 관객이 될 뿐이다. 몇몇 사람이 병들어 죽는 것을 반드시 불행한 것이라고 볼 수 없다. 따라서 우리들이 해야 할 첫 번째 것은 그들의 정신을 바꾸는 일이고, 정신을 바꾸는 데 가장 좋은 것으로 그 때 나는 당연히 문예를

5) 「我怎麼做起小說來」(『南腔北調集』 魯迅全集 卷4, p.512)
6) 「我怎麼做起小說來」(『南腔北調集』 魯迅全集 卷4, p.511)

떠 올렸고, 그래서 문예운동의 제창을 생각하게 되었다."[7]는 魯迅의 이야기는 사람들 개개인의 각성과 정신개조를 최우선적으로 생각했던 魯迅의 생각을 보여주는 하나의 예라 하겠다.

魯迅은 중국인들을 각성시키고 또 그들의 의식을 개혁하기 위해 본격적으로 소설을 쓰기 시작했다. 물론, 글을 통해 국민들의 의식을 일깨우고 교화하는 일에 대한 魯迅의 관심은 소설을 쓰기 이전, 즉 일본 유학시절 환등기사건을 접한 이후부터 시작되었다. 환등기 사건이 발생한 후, 서구의 여러 문학을 두루 접하며 많은 영향을 받은 魯迅은 문예를 통한 국민계몽과 의식개혁에 심혈을 기울이며 글을 발표하였다. 그러나 辛亥革命의 좌절을 경험한 이후 魯迅의 글쓰기와 소설쓰기는 이전의 그 어느 때보다 절실하고 간절한 심정에서 시작된 것이었다. 봉건예교사상과 그런 문화에 찌들어 버린 病態社會의 현실과 病態社會 속에서 살아가는 사람들의 불행한 삶의 모습을 소설을 빌려 고발, 폭로하고, 그런 사람들의 정신을 치유하며 개조한 일은 魯迅에게는 미완의 혁명을 완성시키는 과제와도 같은 작업이었다. 따라서 일본 유학시절 환등기 사건에 큰 충격을 받아 의학공부마저 포기하고 돌아 와 국민정신을 일깨우는 일에만 몰두 해 온 魯迅의 입장에서 볼 때, 이러한 과제의 해결이 문학 활동의 궁극적 목표가 된 것은 지극히 당연한 일이라고 할 수 있다.

魯迅은 辛亥革命을 전후한 시기 중국사회의 현실을 암흑에 비유하였다. 辛亥革命의 실패로 인해, 봉건예교사상과 그 제도에 찌들어 낙후되어 버린 病態社會를 암흑사회로 보았고, 암흑에 대해 철저하게 저항하고 공격하는 것은 바로 봉건에 의해 오염된 病態社會를 무너뜨리는 것과 같은 것이라고 魯迅은 생각하였다. 魯迅은 小說을 통해, 암흑을 부숴버려 그 곳에서 사람들을 벗어나게 하는 것을 자신의 임무로 생각했던 것이다. 魯迅은 암흑의 현실을 무쇠로 만들어진 창문 없는 방에 비유했다. 魯迅은 당시 "新靑年"이라는 잡지의 편집자로 있었던 錢玄同과의 대화에서 다음과 같이 말한 적이 있다.

---

7) 「吶喊 自序」(『吶喊』 魯迅全集 卷1, p.417)

가령 무쇠로 지은 방이 있다고 합시다. 창문은 하나도 없고, 부숴 버리기 매우 어려운 방입니다. 방 안에서 깊은 잠에 빠진 많은 사람들은 곧바로 숨이 막혀 죽을 것입니다. 그러나 깊은 잠을 자다가 죽는 것이니까 죽음의 고통을 느낄 수 없겠지요. 그런데 당신이 큰 소리를 쳐 잠이 덜 든 몇 사람을 깨워 놓는다면, 그 불행한 몇몇 사람들은 임종의 쓰라린 고통을 피할 수 있겠지만, 그렇게 못한다면 당신은 그들에게 미안하지 않을 수 있겠습니까? 몇 사람이 일어났으니, 이 무쇠 방을 부숴버릴 희망이 없다고 말할 수 없겠지요.

나는 내 나름의 확신이 있었지만, 그러나 그의 희망을 없앨 수 없었다. 희망은 미래에 관한 것이기 때문에, 희망이 전혀 있을 수 없다는 것을 입증하여 희망이 있을 수 있다는 그의 주장을 꺾을 수 없었던 것이다. 그래서 결국 나는 글을 쓰겠다고 응낙했고, 그렇게 해서 쓰이어진 것이 최초의 작품「狂人日記」였다.[8]

魯迅은 국민들의 정신을 마비시키고, 또 그들을 노예와 같은 처지로 몰아 버린 病態社會는 食人社會와 같은 것이라고 생각했다. 식인사회에 빠져 있는 국민들을 구해내는 것, 다시 말해 식인사회를 타도하고 식인사회에 빠져 있던 사람들을 구해내서 그들의 의식을 改造하는 것이 魯迅이 자신의 소설을 통해 실현코자 했던 최대의 과업이었다.

그러면, 중국인들을 몽매하게 하고, 그들의 의식을 마비시키며, 중국사회를 식인사회 같은 暗黑的 상황으로 몰아넣은 것은 무엇인가? 魯迅은 그 원인이 봉건사상, 봉건문화에 있다고 보았다. 魯迅이 글을 쓰고, 소설을 쓴 궁극적 목적은 魯迅 자신이 보기에 바로 식인문명과 비교해 하나도 다를 게 없는 중국의 전통문화, 즉 봉건문화, 봉건사상 등을 파괴하는 데 있었다. 魯迅은 봉건으로 찌들어 버린 중국의 전통사상과 그 문화의 폐해에 대해 나름대로 條目條目 근거를 제시하며 설명하였다. 먼저 魯迅은 과거 고대로부터 자신이 살고 있는 현재에 이르기까지의 중국의 역사와 문화를 살인의 역사, 살인의 문화로 규정했다.

---

8)「吶喊 自序」(『吶喊』魯迅全集 卷1, p.419)

사회가 옛 사람들로부터 내력이 분명치 않게 전해 내려오는 도리들은 대개 이치가
통하지 않는 것이지만, 역사 또한 수량상의 힘으로 거기에 따르지 않는 사람들을 억
압했다. 예로부터 이러한 이름도 이데올로기도 없는 殺人團으로 인하여 얼마나 많은
사람이 죽음을 당했는지 모른다.[9]

소위 중국의 문명이란 사실 부자들을 위해 차린 人肉으로 만들어진 연회석일 따름
이다. 소위 중국이라는 것은 사실 이 人肉으로 된 연회석을 마련하는 주방에 지나지
않는다. …(중략)… 수 없이 크고 작은 인육으로 된 연회석은 문명이 나타난 이래로
지금까지 줄 곧 벌려져 왔다. 사람들은 여기에서 사람을 잡아먹고, 또 잡아먹히면
서….[10]

상술한 바와 같이, 魯迅은 추호의 거리낌이나 숨김없이 중국의 역사, 중국의 문명
을 사람이 사람을 죽이는 食人的 존재와 같은 것으로 규정했다. 魯迅은 중국의 전통
사상과 문화를 인간을 말살시키는 존재의 핵심으로 보고, 살인적인 존재의 핵심이
무엇인가를 파헤치고자 하였다. 魯迅은 古代에서 현재에 이르기까지 중국의 정치와
사회를 이끌어 왔던 儒敎 사상과 그 논리가 인간으로 하여금 서로 잡아먹고 먹히게
하며, 사회를 암흑으로 만들었던 존재의 핵심이라고 여겼다. 다시 말해, 魯迅은 중국
인들의 몽매와 마비된 의식은 바로 유교사상과 그 논리로 점철된 중국의 역사와 문화
에 있다고 보았고, 또한 그런 역사와 문화로 인해 중국의 사회는 病態社會, 暗黑社
會, 食人社會가 되었다고 생각했던 것이다. 유교는 봉건예교주의의 본질이고, 봉건
예교주의 사상이 점철되어 만들어진 병태사회, 암흑사회는 사람의 이성을 억압하고
性情을 왜곡하며 自由를 말살하였고, 그 결과 중국 사람들을 무지몽매하게 만들었음
은 물론, 의식마저 마비된 族屬으로 변질시켜 놓았다는 것을 魯迅은 너무 잘 알았기
때문에, 魯迅은 주저 없이 유교사상과 유교문화, 그 제도 등을 살인의 도구로 보았던
것이다.

魯迅은 자신의 첫 번째 소설 「狂人日記」에서, "옛날에는 사람을 잡아먹는 것이 보
통이었다고 어디선가 들은 것 같았으나, 분명하게 알 수 없었다. 이 역사책에는 연대

9) 「我之節烈觀」(『墳』 魯迅全集 卷1, p.116)
10) 「燈下漫筆」(『墳』 魯迅全集 卷1, p.216)

는 없고, 각 페이지마다 비스듬하게 '仁義道德'이라는 글자가 쓰이어 있었다. 나는 어차피 잠을 이룰 수 없었기 때문에, 밤늦게 까지 자세히 살펴보다가 비로소 글자와 글자 사이에 또 다른 글자를 찾아냈는데, 책 가득히 쓰여 있는 글자는 '食人'이라는 것이었다."11)고 하면서, 중국의 사회를 식인사회와 다를 게 없다고 기탄없이 지적했다. 魯迅은 仁義를 강조하는 유교사상과 문화가 바로 중국 식인문화의 根幹임을 분명히 했다. 「狂人日記」에서부터 시작된 그의 소설은 모두 仁義道德을 상징하는 유교사상과 문화, 제도 등을 타도하고 또 그것으로 인해 마비된 중국인들의 정신을 일깨우는 데에 목표를 두었음은 두 말할 나위 없는 사실이었다.

魯迅은 또한 식인 사회에서 사는 중국인들을 노예 내지 노예보다 못한 존재로 보았다. 중국인들은 무지몽매한데에다가 의식마저 마비되었기 때문에, 그들은 노예에 불과했고, 경우에 따라서는 노예보다 못하다고 본 것이다. 魯迅은 "중국인들은 본래부터 인간의 가치를 갖기 위해 싸워 본 적이 없다. 그들은 잘해 봐야 노예에 불과했고, 현재에 있어서도 마찬가지이다. 그러나 노예보다 못한 때도 적지 않게 있었다."12)고 하였는데, 중국인들을 그렇게 만든 것은 유교로 상징되는 봉건문화였고, 이런 봉건문화에 의해 중국인들의 정신이 오랫동안 침탈되어, 무지몽매하게 되었고, 의식마저 마비되어 노예 내지 노예보다 못한 상태가 되었다고 魯迅은 생각했던 것이다. 魯迅은 또 "사람들이 사회에서 살 때, 처음에는 이렇게 서로 관여하지 않았던 것은 아니었다. 표범과 이리가 길을 막아서자 이로 인하여 수많은 희생을 치르게 되어 후에는 자연스럽게 모두 이 길로 나서게 되었다."13)라고 했는데, 여기서 표범과 이리는 봉건예교주의 또는 그런 봉건예교주의를 상징하는 帝王 또는 정치 권력자들 비유하는 말이다. 이 같은 언급을 통해 魯迅은 표범과 이리 같은 권력자들의 힘으로 인해, 중국의 백성들은 모두 우매한 봉건노예집단으로 변질되었고, 사람들이 서로 잡아먹고 또 잡아먹히는 변질된 사회 환경에 대해 중국인들이 아무런 의식 없이 무감각해졌음을 지적하고 있다. 이러한 사실과 관련해, 魯迅은 "옛날부터 시작해서 지금까지 내려 온 수많은 차별은 사람들을 뿔뿔이 흩트려 놓았기 때문에, 마침내 다른 사람들의 고통을 더

---

11) 「狂人日記」(『吶喊』 魯迅全集 卷1, pp.424-425)
12) 「燈下漫筆」(『墳』 魯迅全集 卷1, p.212)
13) 「經驗」(『南腔北調集』 魯迅全集 卷4, p.540)

이상 느낄 수 없게 만들었다. 뿐만 아니라, 자신들을 위해 다른 사람들을 노예로 부려먹고, 다른 사람들을 잡아먹어 버리는 희망을 각기 품고 있기 때문에, 훗날 자신들도 또한 똑같이 노예가 되고 잡혀 먹힐 수 있다는 것을 잊고 있다."[14]라고 했는데, 이는 식인사회에서조차 무감각해진 중국인들의 정신 상태를 평가하는 것이면서, 한편으로는 사람들을 노예와 같은 상태로 전락시킨 主犯이 바로 유교사상으로 대표되는 봉건예교주의에 있음을 다시 한 번 강조하는 것이라고 할 수 있다.

進化論을 적극 수용하며, 중국의 문화와 傳統에 대해 철저히 비판하고자 했던 魯迅은 중국인들을 노예로 만든 것은 바로 유교 사상에 있다고 하며, 유교사상으로 상징되는 봉건 전통문화의 反人間的이면서 破壞的인 요소와 특성에 대해 하나하나 파헤치고자 했다. 魯迅은 옛 것, 즉 儒敎思想으로 똘똘 뭉쳐진 봉건문화 즉 봉건예교주의의 危險性에 대해 다음과 같이 一喝했다.

> 바로 여기에 옛 것의 무서운 점이 있다. 가령 그것이 해롭다고 생각된다면 우리는 그것을 경계할 수 있다. 그런데 바로 그것이 그렇게 해로운 것이라고 생각되지 않기 때문에, 우리는 그것의 치명적인 해독을 느끼지 못하게 된다. 왜냐하면 그것은 보이지 않는 칼이기 때문이다.[15]

封建禮敎主義의 위험성을 독과 칼에 비유한 魯迅은 중국의 국민들이 위험하기 그지없는 독과 칼에 너무 익숙하기 때문에, 독과 칼이 주는 昏迷와 暴力에 너무 취해 있고, 또 너무 취해 있다 보니, 그것이 얼마나 잘못되고 위험한 것인지 조차 인식하지 못한 채, 오히려 희생만 당하고 있다고 말하고 있다. 魯迅의 글과 문학작품에는 매우 다양한 계층의 인물들이 등장하고 있는데, 이는 동시대 대부분의 중국인들이 역사의 중량과 수적 우세라는 무의식적인 덫에 걸려 이름 없이 죽어 간 희생물이 되었다고 생각한 魯迅의 관점에서 비롯된 것이었다.

먼저, 魯迅은 유교사상의 핵심적 덕목의 하나이자, 중국의 전통적인 도덕관념 즉 봉건예교주의 실천 덕목의 일부로 여겨졌던 節烈에 대해 비판했다. 결혼한 부인이나

---

14) 「燈下漫筆」(『墳』魯迅全集 卷1, p.217)
15) 「老調子已經唱完」(『集外集拾遺』魯迅全集 卷7, p.311)

약혼한 젊은 여자들이 '부녀의 덕행'이라는 이름으로 그들의 남편이 죽은 뒤에도 그 亡人에게 貞節을 지키기 위하여 재혼하지 말아야 하는 德目인 節과 심지어 강간을 당하는 경우에도 貞節을 지키기 위하여 스스로를 희생시켜야 한다는 烈의 반인간적이고 파괴적 성격에 대해 비판했다. 魯迅은 節烈이라는 美名으로 포장된 봉건예교주의의 본질은 자신은 물론 다른 사람까지 파괴하는 존재라는 사실을 다음과 같이 강조하며 이야기했다.

> 節烈이란 것이 오늘 날 존재할 생명력과 가치를 이미 상실하였다면, 節烈하는 여자에게는 그것이 한 번의 헛고생으로 끝나는 것이 어찌 아니겠는가? 그러므로 애도할 가치가 있다고 대답할 수 있다. 그들은 불쌍한 사람들이다. 불행하게도 역사의 중량과 수적 우세라는 무의식적인 덫에 걸려 이름 없는 희생물이 되고 말았다. 그러므로 추도대회를 열 수 있을 것이다. 우리는 과거의 사람들을 추도한 후에 또한 발원해야 한다. 자신들과 다른 사람이나 모두 순결하고 총명하고 용감하게 전진해야 한다는 것, 허위의 가면을 벗어야 한다는 것을, 자기를 해치고 남을 해치는 세상의 昏迷와 폭력을 제거해야 한다는 것을. 우리는 과거의 사람들을 추도한 뒤에 또한 발원해야 한다. 인생에 털끝만큼도 의의가 없는 고통을 없애야 한다는 것을. 남의 고통을 만들어 내고 또 그 고통을 감상하는 혼미와 폭력을 없애야 한다는 것을. 우리는 또 발원해야 한다. 인류 모두가 정당한 행복을 누려야 한다는 것을.[16]

魯迅은 봉건사상과 봉건예교는 節烈이라는 미명하에 자신과 남을 파괴하는 존재, 그러니까 생명력과 가치라고는 전혀 없이, 오직 昏迷와 暴力을 만드는 존재의 핵심이라고 규정했다. 또한 魯迅은 식인적인 환경으로 인해 중국 사회는 昏迷와 强暴으로 점철되어 있다고 주장하고, 용기를 가지고 昏迷와 强暴을 제거해야 한다고 주장했다.

> 정말, 반드시 올바로 볼 수 있어야만 대담하게 생각하고, 대담하게 말할 수 있으며, 대담하게 행동하고, 대담하게 맡아 할 수 있는 것이다. 만일 올바로 쳐다보는 것조차 두려워한다면, 그 이외에 아무런 성취도 이룰 수 없을 것이다. 그러나 불행하게도 이러한 용기가 우리 중국인들에게 가장 缺乏되어 있다[17]

---

16) 「我之節烈觀」(『墳』魯迅全集 卷1, p.125)

상술한 바와 같이, 昏迷와 暴力은 바로 동시대 중국의 정치 사회적 현실이었고, 魯迅은 중국인들에게 昏迷와 暴力으로 이루어진 현실을 正視하고, 이에 맞서 싸워 이길 수 있는 사람이 될 것을 요구했다. 魯迅은 "우리 작가들이 가면을 벗고, 진실하 게 깊이 있게 그리고 대담하게 인생을 관찰할 시기, 그리고 자신의 피와 살을 써낼 시기가 이미 이르렀다."고 주장하고 "참신한 문단이 있어야 했고, 맹렬한 용사가 있 어야 한다."[18]고 했다. 이러한 언급은 昏迷와 暴力에 맞서 싸워나가는 것을 자신의 임무로 간주했던 魯迅의 생각을 보여줌과 동시에, 昏迷와 暴力을 正視하며, 용기로 써 이에 맞서 싸울 수 있는 사람들을 양성하고자 했던 魯迅의 意志를 다시 한 번 드러 내는 것이다. 현실을 正視하는 勇氣의 결여 때문에, 자기 자신까지 기만하며 살아가 고 있고, 또 용기가 부족하기 때문에, 위기상황이 오면 눈감아 버리고 환상 속으로 빠져 들어가는 것, 이것이 바로 중국인들의 屬性이라고 魯迅은 판단했던 것이다.

현실을 正視하고, 용기를 가진 사람을 魯迅은 자립적 인간이라고 평가했는데, 魯迅 문학의 궁극적 목표 또한 이와 같은 자립적 인간의 육성에 있었다고 보아야 한다. 魯迅의 문학적 목표를 한마디로 표현한다면, 유교로 상징되는 봉건문화, 즉 봉건예 교주의와 그 사상 등, 낡은 것을 청산하고, 인간의 삶과 행복이 스며들어 있는 새로운 문화, 새로운 길을 개척하는 것이라고 할 수 있다. 새로운 길을 개척하는 것은 바로 현실을 正視하고, 용기로써 현실에 대항해 나갈 수 있는 사람을 만드는 것이었다. 이런 일을 할 수 있는 사람을 魯迅은 자립적 인간이라고 불렀는데, 자립적 인간의 모습과 사회적 역할에 대해 다음과 같이 주장했다.

따라서 오늘 날 귀하게 여기고 소망하고자 하는 것은 대중에게 흔들리지 않으며, 홀로 자신의 견해를 지켜나가는 선비인데, 선비는 어둠을 꿰뚫고, 문명을 비판하며, 망령되고 미혹한 사람과 시비를 말하지 않고 오직 자신이 믿고 있는 바를 따라 행한 다. 온 세상이 그를 칭찬하여도 이에 고무되지 않으며, 온 세상이 그를 폄훼하여도 이에 구애받지 않는다. 그를 따르는 사람이 있으면 자신을 쫓아 와 같이 함께 가도록 한다. 만일 어떤 사람이 자신을 비웃고 욕하면서 세상에서 고립시킨다고 하더라도

---

17) 「論睜了眼看」(『墳』 魯迅全集 卷1, p.237)
18) 「論睛了眼看」(『墳』 魯迅全集 卷1, p.241)

그는 두려워하지 않는다. 그렇게 하는 것은 막으려고 해도, 태양 빛으로 어둠을 밝히
는 것이 되어 국민들의 마음은 환하게 빛나게 되고, 사람들은 각자 자신의 모습을
가지게 되어 풍파에 휩쓸리지 않게 될 것이니, 따라서 중국은 마침내 바로 세워질
것이다.[19]

　　魯迅은 자립적 인간의 역할과 역할에 대한 기대 심리를 다시 한 번 나타냈다. 魯迅
은 "그러나 유럽과 미국이 강성함이 천하에 밝게 빛나고 있는데, 그 근원은 사람에게
있다. 그 근본은 깊게 있어서 보기가 쉽지 않고, 榮華만 반짝 거리며 나타나있기 때
문에, 쉽게 알 수 있다. 따라서 천지사이에서 생존하며 세계열강과 각축을 벌이려면
먼저 사람을 길러야 한다. 사람을 기르고 나면, 모든 일을 다 할 수 있다. 사람을
기르는 방법은 개성을 존중하고 정신을 발양하는 것이 필수적인 일이다."[20]라고 하
면서, 자립적 인간의 육성과 함께 자립적 인간의 역할에 대해 강조하였다. 위의 글은
자립적 인간에 대한 기대와 이를 통한 魯迅의 애국심을 보여주는 부분이다.
　　사람들의 의식을 일깨우고, 그들의 정신을 바꾸는 사람, 또 혼미와 폭력으로 가득
찬 현실을 正視하고, 용기를 가지고 현실에 맞서 싸워 이길 수 있는 사람이 바로 자립
적 인간이며, 이러한 자립적 인간을 양성하는 것이 魯迅 문학의 또 하나의 목표라고
할 수 있는데, 魯迅은 이 같은 목표를 실천할 수 있는 가장 효율적인 도구가 바로
문학, 즉 소설에 있다고 생각했다.
　　전술한 바와 같이, 魯迅은 자신이 소설을 쓰게 된 동기와 목적에 대해 "사회의 病苦
를 폭로함으로써 치료에 대한 주의를 촉구하기 위해서", 그리고 "사회를 개량하고자
위해서"라고 했다. 사회의 病苦를 폭로하기 위해 魯迅은 사회의 病苦가 어떤 것이고
또 왜 생겼는지에 대해서 자세히 이야기했다. 魯迅은 사회를 病苦하게 만든 것은 古
代에서 現在에 이르기까지 중국사회를 지배해 왔던 봉건예교주의와 봉건사상이라고
규정하면서, 이 같은 사회의 병고로 인해 중국 사람들은 무지몽매하게 되었을 뿐만
아니라, 또 의식마저 마비된 노예와 같은 존재로 전락하게 되었다고 했다. 魯迅은
이 같은 사회를 식인사회로 규정하고 식인사회를 부숴 없애고, 사람들의 의식을 일깨

---

19) 「破惡聲論」(『集外集拾遺補編』 魯迅全集 卷8, p.25)
20) 「文化偏至論」(『墳』 魯迅全集 卷1, pp.56-57)

우고 정신을 개조하기 위한 하나의 도구로서 소설을 썼던 것이다.

魯迅의 문학 목표는 애국사상의 실천과 같은 것으로 보아야 한다. 문학을 통해 사회의 병고를 치료하고 사회를 개량하며, 몽매한 사람들의 정신을 일깨우고 그들의 의식을 개조한다는 것은 사실 塗炭에 빠진 사회와 사람들을 위기에서 구해내겠다는 의지의 실천으로 魯迅의 愛民愛國사상의 실현을 의미하는 것이다. 魯迅의 문학 목표 내지 문예활동과 관련하여 王士菁은 魯迅의 중심사상은 저항과 투쟁, 애국주의에 있다고 했다. 王士菁은 "魯迅은 문학예술의 불꽃으로써 압박받는 민족과 민중들의 마음속에 투쟁의 불길을 지폈고, 압박받는 사람들로 하여금 각성케 하여 압제자들에게 저항하게 하였으며, 그렇게 함으로써 멸망의 위기에 빠진 자신의 조국과 민족을 구출 하였다. 억압과 침략에 반대하고 조국의 독립과 자유를 수호하며 민족과 민족의 해방을 쟁취하는 것이 바로 문학 활동에 종사한 魯迅의 가장 기본적인 중심사상이었다."21)고 함으로써 魯迅문학의 궁극적 목표는 바로 애국사상이라고 했다.

봉건사회를 혁파하는 것은 봉건사상과 관습에 젖어 버린 病態社會를 타도, 즉 사회의 병고를 없애는 것이고, 병든 봉건 사회의 늪 속에 빠져 무지몽매해지고 의식마저 마비된 중국인들의 정신을 일깨우고, 마비된 그들의 의식을 개조하며 각성시키는 것이었다고 할 수 있는데, 이를 한 마디로 표현하자면, 계몽이라는 말로 설명할 수 있을 것이다. 魯迅은 낡은 중국을 뜯어 고치고 중국인의 정신을 개조함으로써 새로운 중국, 새로운 중국인의 모습을 찾고자 했던 啓蒙家였고, 계몽을 위한 주된 도구가 바로 소설이었던 것이다. 魯迅에게 있어 계몽은 봉건적인 병태사회의 불행한 현실을 문학, 즉 소설의 힘을 빌려 폭로, 비판함으로써 몽매한 사람들을 깨닫게 하고 사회를 변혁시키는 것이었다.

2) 社會 大衆性과 典型性의 獲得

魯迅의 소설이 갖는 여러 가지 문학적 공헌 내지 업적 가운데, 우선 꼽을 수 있는

---

21) 王士菁 著, 『魯迅傳』, 中國靑年出版社, 1991, pp.57-58.

것은 놀라울 정도의 典型性을 이루었다는 사실이다. 魯迅의 소설은 한 시대의 사회의 모습과 그 시대, 그 사회를 살아갔던 사람들의 삶의 모습을 그대로 照映한 하나의 典範이었다는 점에서 놀랄 정도의 典型性을 드러내고 있다. 典型性이란 어떤 특정한 사회의 성격과 내부적 모순을 가장 잘 드러내 보여주는 대표적인 성질들, 혹은 그런 성질을 가지고 있는 요소들이 소설 속에 잘 反映된 경우를 지칭하는 것을 말한다.[22) 또한 전형성은 어느 한 개인이나 사회가 갖는 가장 심오한 특성을 드러내는 인간 경험으로 이해될 수 있는데, 이럴 경우 전형성은 매우 리얼하다는 사실과 일맥상통한다. 앞서 설명한 魯迅 문학의 목표가 작가가 무엇을 위해 썼느냐에 관한 것이라면, 여기서 언급하게 될 전형성의 문제, 대중성의 획득이라는 것은 그 대상을 어떻게, 즉 어떤 (문학적) 논리를 통해 썼느냐에 관한 문제라고 할 수 있다.

사회현실과 그 사회가 앉고 있는 문제는 보편적인 개인들에 의해 나타나기 마련인데, 그럴 듯한 인물의 묘사, 새로운 성격의 창조, 인간 내면의 奧妙한 세계의 추구가 전형성의 획득을 통해 망라되기 때문이다. 소설은 사회적 요소의 척도가 될 수 있는데, 사회적 요소의 척도를 부여하는 것은 항상 인물에 의해서 나타나는 개인적 요소[23)라고 할 수 있다. 그렇기 때문에, 소설은 인간성 탐구에 궁극적 목적을 갖게 되는 것이고, (작중)인물 창조는 작품의 성패를 결정하는 요인으로 작용하면서, 소설 구성에 있어 가장 중요한 요소로 인식되고 있는 것이다.

이처럼, 소설의 궁극적 목적이 인간성을 탐구하는 데에 있음을 고려해 볼 때, 魯迅의 소설이 중국 현대소설사에 있어 뛰어난 典範이 될 수 있었던 것은 인물묘사를 중시하는 등, 개인적 요소를 적극적으로 운용함으로써 인물 탐구에 있어 성공을 거두었고, 또 인물 탐구의 성공을 통해 뛰어난 전형성을 획득할 수 있었기 때문이었다.

魯迅의 소설은 辛亥革命을 전후한 시기의 사회현실과 그 시대를 살아갔던 사람들의 삶의 본질적인 모습을 가장 잘 표현하고 있다. 魯迅의 소설은 동시대 중국인들 모두의 자화상이자 거울이라 해도 과언이 아닐 만큼, 그의 소설은 淸朝가 멸망한 전후의 시기, 즉 辛亥革命을 전후한 시기 중국 사회의 현실과 중국인들의 삶의 모습을 적확하고도 예리하게 描破해 내고 있다. 魯迅은 자신의 작품에 지식인, 노동자, 농

---

22) 한용환 지음, 『소설과 사회』, 고려원, 1992, p.381.
23) M, 제라파, 이동렬 역, 『소설과 사회』, 문학과 지성사, 1977, p.52.

민, 부녀자 등 여러 가지 유형의 인물을 등장시켜, 그들의 桎梏된 삶의 이야기를 풀어 놓으면서 그들의 형상을 통해 사회의 모습을, 또 그들의 桎梏된 삶의 이야기 속에서 동시대를 살아갔던 사람들의 삶의 보편적인 사실을 발견하고 끄집어내 이를 예술적이고 설득력 있게 표현하고 있다. 다시 말해, 魯迅은 어느 한 시대를 살아갔던 사람들의 모습에서 그 시대, 그 사회의 보편적이면서 본질적인 현상을 찾아내, 그것을 자신이 그려 낸 인물을 통해 구체화하고 개성화하였던 것이다.

魯迅의 소설은 전술한 바와 같이, 典型性의 成就라는 面에 있어서도 赫赫한 성과를 올렸다. 魯迅은 자신의 소설이 이룩한 놀라울 정도의 전형성으로 인해 장편소설 한편도 없이, 오직 중편 작품 하나에 24편에 불과한 단편소설만을 가지고도 동시대 중국사회의 현실을 정확하게 描破하였음은 물론, 동시대 중국인들의 삶의 진실한 모습을 올 곧게 담아 낼 수 있었다. 이처럼 魯迅의 소설이 한 시대의 典範으로서의 역할을 충분히 수행할 수 있었던 것도 高度의 典型性을 획득하였기 때문이다.

魯迅이 자신의 작품에서 고도의 전형성을 획득하였다는 것은 인물 창조에 있어 커다란 성공을 거두었다는 것을 의미하는 것이고, 인물창조에 있어 성공을 거두었다는 것은 작가가 자신의 작품에 그려 넣은 인물의 형상이 자신의 소설을 읽은 독자들의 마음속에 살아 숨 쉬며 생생하게 기억되고 있음을 말하는 것이다.

魯迅은 평소 문학의 典型化에 많은 관심과 정성을 기울여 왔다. 전술한 바와 같이, 봉건사회를 타파하고, 몽매한 국민들을 일깨우며 그들의 의식을 개조하는 것, 즉 낡은 것을 청산하고 새로운 길을 개척하며, 그들 스스로 올바른 삶의 방향으로 나갈 수 있는 정신을 發揚하는 것이 바로 魯迅의 문학 목표였는데, 이 같은 자신의 문학적 목표를 달성하기 위해 魯迅은 어떻게 소설을 써야하는가에 대해 항상 진지하게 생각하고 고민하는 모습을 보여 주었다. 魯迅은 이를 위해 먼저 예술의 진실성을 강조하며, 철저한 사실주의 정신에 입각해 글을 써야 한다고 했다.

나는 한 작가가 세련된 필치로 혹은 아예 좀 과장된 필묵으로- 물론 그것은 반드시 예술적이어야 한다. 일군의 사람 혹은 한 방면의 진실을 그릴 때에는 풍자의 생명은 진실에 있다. 반드시 발생했던 사실이어야 할 필요는 없을지라도, 반드시 발생할 가능성이 있는 사실이어야 한다. 그러므로 그것은 날조가 아니며, 誣陷도 아니며,

은밀한 것을 밝히는 것도 아니며, 일부러 사람을 놀라게 하는 소위 奇聞이나 稀怪한 일도 아니다. 작품에 쓰이어진 것은 공개적인 것이며, 늘 보는 것이지만 평소에는 누구 하나 이상하게 여기지 않았고, 또한 자연히 누구도 주의를 일으키지 않았던 것이다.24)

위의 글은 사실주의에 대한 이해와 함께 사실주의의 실천을 강조했던 자신의 의지를 나타내고 있다. 작가가 독자들에게 진실을 보여 줘야 독자들이 신뢰를 느끼고 감동을 받을 수 있다는 것이다. 魯迅은 "창작은 사회성이 있어야 된다. 창작은 비록 자신의 마음을 펼쳐내는 것이지만, 다른 사람들이 항상 그것을 보게 해야 한다."고 함으로써 사회성, 즉 사실주의가 창작의 기초가 되어야 함을 강조했다. 사실주의 창작에 대한 魯迅의 실천의지는 "중국인들은 줄 곧 인생을 正視하지 못했기 때문에, 기만과 속임을 당해 왔다. 이로 인해 감추고 속이는 문예가 생겼고, 이 같은 문예는 중국 사람들을 기만과 속임이라는 큰 수렁 속에 깊이 빠지게 하였고, 심지어는 자신들도 모르는 지경에 까지 이르게 되었다. 세계는 나날이 변하고 있다. 우리 작가들은 假面을 벗어 던지고, 진실 되게 깊이 있게 대담하게 인생을 파악하여야 한다. 사람의 血肉을 그려내야 할 때가 이미 이르렀다."25)는 말로써 집약될 수 있을 것이다.

앞서 말한 바와 같이, 魯迅은 人生을 正視할 것을, 즉 人生을 있는 그대로 똑 바로 보아야 할 것을 주장했는데, 正視의 목적은 다름 아닌 진실을 보기 위함이었다. 正視를 주장했던 魯迅에게 있어, 진실을 찾아 내 진실을 써야 한다는 것은 바로 正視를 문학적으로 실천하는 것이었다.

魯迅은 고전문학은 欺瞞文學이라고 생각하면서, 고전문학을 폄훼하고 비판해 왔는데, 古典小說인 『紅樓夢』에 대해서는 예외적으로 긍정적인 평가를 하였다. 그는 紅樓夢에 대해 "홍루몽에 등장하는 작은 비극은 사회에 흔히 있는 일인데, 저자가 비교적 과감하게 사실 그대로 썼으며, 그 결과도 그리 나쁘지 않다."26)고 하면서, 사실적 서술을 높이 평가한 적이 있는데, 이러한 언급은 魯迅이 寫實性을 얼마나 중

---

24) 「什么是諷刺」(『且介亭雜文』 魯迅全集 卷6, p.328)
25) 「論睜了眼看」(『墳』 魯迅全集 卷1, p.241)
26) 「論睛了眼看」(『墳』 魯迅全集 卷1, p.239)

요시했는가를 증명해 주는 것이라고 할 수 있다. 그러나 魯迅에게 있어 眞實 내지 寫實이라는 것은 반드시 있는 그대로의 사실만을 의미하는 것이 아니었다. 魯迅은 "예술의 진실이 역사의 진실이 아니라는 것을 우리는 들은 적이 있다. 왜냐하면 역사의 진실에는 실제 사실이 있어야 하지만, 창작에서는 이것저것 한데 끌어 모아 엮어 서술할 수 있는데, 그렇게 해서 진실감이 있기만 하면, 그런 사실이 실제로 존재하지 않아도 되기 때문이다."[27]라고 했다.

寫實主義는 작가의 정신이 시대사회상과 결부되어 하나의 모형을 창출하는 것에서 시작된다. 따라서 사실주의와 사실주의에 대한 해석은 단순히 그 존재의 외형에 대한 複寫 내지 反映을 뜻하는 것이라기보다는, 作家精神이 時代相 내지 社會相과 결부되어 하나의 모형을 창조하는 것에서 시작되고 또 실현되는 것이라고 보아야 한다. 그렇기 때문에, 사실주의는 시대와 사회 현실내지 상황에 따라 새로운 리얼리티가 창조되고 현실과 상황이 變容되는 과정 속에서 찾아져야 된다고 하는 것이 일반적인 원리인데, 魯迅은 작품의 진실성과 사실주의에 대한 이 같은 개념과 원리를 일찍부터 파악하고 있었음을 알 수 있다.

魯迅은 작가의 경험과 체험을 중요시했다. 사실주의 관점에서 볼 때, 典型性은 개인 내지 사회의 인간경험 그 자체라고 할 수 있는데, 문학의 眞實性과 함께 대중성을 강조했던 魯迅의 입장에서 볼 때, 경험의 重視는 지극히 당연한 것이라고 할 수 있다. 이 같은 사실과 관련해 魯迅의 소설 대부분이 작가 자신의 직접적인 경험과 관찰에서 시작되었다고 보고 있다. 周遐壽는 자신의 저서『魯迅小說裏的人物』에서 이 같은 사실을 증명하고자 했다. 「孔乙己」의 주인공 孔乙己는 작가 魯迅이 어렸을 때, 실제로 접했던 사람으로 그는 魯迅과 같은 마을인 紹興의 東昌마을에 살았으며 姓이 孟이었다고 했다. 그래서 주위 사람들에 의해 孟夫子로 불리었는데, 魯迅이 그를 모델로 했다는 것이다.[28] 周遐壽는 「白光」의 주인공 陳士成에 대해서는 魯迅의 아저씨 벌 정도 되는 친척이면서, 한 동안 魯迅을 가르친 적이 있는 이름이 子京이라고 하는 사람이 있었는데, 그 사람이 바로 이 陳士成의 모델이라고 주장하고 있다.[29] 또 그는

---

27)「致徐懋庸」(『且介亭雜文』魯迅全集 卷6, p.28)
28) 周遐壽,『魯迅小說裡的人物』, 上海出版公司, 1954, pp.14-16 參照.
29) 周遐壽,『魯迅小說裡的人物』, 上海出版公司, 1954, pp.122-123 參照.

「在酒樓上」, 「孤獨者」의 주인공인 呂魏甫와 魏連殳는 魯迅과 한 때 절친했던 친구였던 范愛農이라고 했다.[30] C. T. HSIA夏志淸은 「在酒樓上」은 1919년에서 1920년 사이 작가가 紹興을 여행하면서 얻은 경험을 작품화한 것이라고 했다. 夏志淸은 작가가 紹興에 머무를 때, 식당에서 술을 마시다가 오랫동안 보지 못했던 학교동창이자 소흥 중학교의 동료교사였던 친구를 만났는데, 그 사람이 바로 작품의 주인공 呂緯甫라고 말했다.[31]

이 같은 논리에 대해 許欽文 같은 사람은 否定적인 입장을 취하였다. 孔乙己는 魯迅의 고향에 살았던 孟夫子라고 불리었던 어떤 특정한 사람을 그린 것이 아닌, 과거 제도의 희생물이 되고 말았던, 일하기 싫어하고 술 마시고 게으름 피우기 좋아했던 사람, 즉 곧 붕괴될 舊社會의 전형적인 인물들 가운데 한 사람일 뿐이라고 했다.[32] 다시 말해 許欽文의 주장은 孟夫子, 子京, 范愛農 등은 실제 존재했던 사람으로서 인물설정의 상징적, 基礎的 素材가 되었을지는 몰라도, 魯迅이 諷刺, 批判하고자 했던 모델로서의 직접적 인물은 아니라고 보는 것이 타당하다는 것이다.

상술한 바와 같이, 작품에 등장하는 주요 인물들의 형상이 작가 자신이 알고 있던 주변의 실제 인물에서 나왔다고 하는 평가는 사실 여부와 관계없이, 魯迅이 작가의 경험을 얼마나 중시했고, 또 활용했는가를 증명해주는 것이라고 할 수 있다. 魯迅은 경험의 중요성, 즉 작가의 직접 경험을 강조하였지만, 그렇다고 직접 경험만을 중시하지는 않았다. "작가가 창작할 때, 그 안의 사실은 반드시 몸소 겪을 필요는 없지만, 그래도 가장 좋은 것은 경험해보는 것이다. 이를 비난하는 사람이 이렇게 물을 것이다. 그렇다면, 살인에 대해 글을 쓸려면 살인해 보는 것이 가장 좋고, 기녀에 대해 글을 쓰려면, 賣淫을 해야 한다 말인가? 라고. 대답은 그렇지 않다 이다. 내가 말하는 경험이란 만나고, 보고 듣는다는 것이지, 반드시 직접 해 보아야한다는 것이 아니다. 그러나 자연스럽게 해 보는 것도 그 안에 포함될 수 있다."[33] 고 함으로

30) 周遐壽, 『魯迅小說裡的人物』, 上海出版公司, 1954, pp.165-166 參照.
31) C.T.HSIA(夏志淸)은 이 같은 언급과 함께, 魯迅에게 있어 이 작품은 자기 자신의 不確實性과 彷徨에 대한 낭만적 고백이라고 했다.
   C.T.HSIA, 『A History of MODERN CHINESE FICTION』, Yale Univ. Press, 1971, pp.40-41.
32) 許欽文 著, 『吶喊分析』, 香港南國出版社印行, pp.21-22 參照.
33) 「葉紫作『豊收』序」(『且介亭雜文二集』 魯迅全集 卷2, p.219).

써, 작가의 직접 경험을 통해 얻어지는 주관적 경험과 더불어 간접 경험을 통해 얻어지는 일종의 객관적 경험의 중요성에 대해서도 강조했다. 이는 직접 체험을 통해 만들어진 간접 경험 내지 허구화된 경험의 중요성을 설명한 것이라고 할 수 있는데, 魯迅은 이처럼 직접 경험과 함께 직접 경험을 토대로 生成될 수 있는 간접 경험과 간접 경험의 필요성 및 그 역할에 대해서도 강조하였다. 작가의 경험이 아무리 중요하다고 할지라도, 작가가 모든 것을 다 경험할 수 없다. 작가의 경험이 부족하다면, 부족한 경험을 보충해 줄 수 있는 간접 경험 내지 허구화된 경험이 반드시 필요하기 때문에, 따라서 간접경험은 직접 경험만큼 중요할 수밖에 없다는 사실을 魯迅은 이야기하고 있는 것이다.

　작가의 간접 경험은 문학적 상상력으로 이어지고, 상상력 특히 객관적 상상력은 진실 표현의 중요한 도구가 된다고 할 수 있는데, 이처럼 간접 경험을 통해 우러나오는 일종의 문학적 상상력의 중요성에 대해 魯迅은 다음과 같이 말했다.

　　　"쓴 내용은 대개 보았거나 들은 사실에 근거하였지만, 전부 그 사실을 취하지 않고 단지 그 一端을 취하여 개조하거나 전개하였다. 인물의 모델도 마찬가지로 어느 한 사람만을 전문적으로 쓰지 않고 모아 만든 것이므로 입은 浙江에 있고, 얼굴은 北京에 있으며, 옷은 山西에 있는 등 여기저기서 합성된 것이다."[34]

　여기서 끌어 모은다는 것은 이 것 저 것 가지고 평면적으로 적절히 조합 내지 합성한다는 것이 아니라, 작가 자신의 경험과 논리의 토대 위에서 만들어진 문학적 상상을 통한 입체적 조합을 말하는 것으로 보아야 한다. 이는 인물을 설정하고 묘사함에 있어, 인물의 특성과 성격을 작가의 경험적 범위에서 찾은 것이 아니라, 그 인물과 관계있는 여러 가지 인물의 형상, 즉 그런 인물이 속해 있는 광범위한 유형적 범주에서 여러 가지 보편적 특징들을 총괄하여 종합화했다는 것을 의미하는 것이라고 할 수 있는데, 魯迅은 이 같은 방법을 통해 작품을 읽은 독자들에게 작품의 인물들은 사건 속에서 사실적으로 살아 숨 쉬는 인물이라는 느낌과 함께 중국 사회의 곳곳에서 실제 존재하고 있는 사람들이라는 확실한 공감대를 심어 줄 수 있었다. 魯迅은 바로

---

34) 「我怎麼做起小說來」(『南腔北調集』 魯迅全集 卷3, p.513)

이 같은 기법, 즉 유형적 범주에서 拔取되는 諸 특성을 융합하고 총괄하는 방법을 통해 인물의 성격에 보편성과 생동감을 부여하였고, 그렇게 함으로써, 독자들을 설득하고 또 그들에게 감동을 주면서 인물의 전형화를 꾀할 수 있었던 것이다.[35]

魯迅은 사실성과 함께 작품의 題材 내지 材料 선택의 중요성에 관해서도 一喝했다. 魯迅은 「關於小說題材的通信」이라는 글에서 "자료선택은 엄밀해야 하고, 내면세계는 깊이 파고들어야 한다. 아무런 의의도 없는 자질구레한 이야기를 가지고 글을 한편씩 써 냄으로써 스스로 창작성과가 풍부하다고 기뻐해서는 안 된다고 본다."[36]고 이야기 하였다. 먼저 제재 선택의 엄밀성에 대해 魯迅은 "세상에는 소설의 재료로 쓸 수 없는 것도 있다. 만일 소설 속에서 가치 없는 소재를 너무 진실하게 묘사하다가는 그 소설은 끝장나고 만다. 이는 소위 화가들이 뱀, 악어, 자라, 과일껍질, 쓰레기통은 그리지만, 송충이, 부스럼, 콧물 등과 같은 것은 그리지 않는 것과 같은 이치이다."[37]라고 함으로써 제재 선택의 중요성을 강조했다. 제재의 선택을 엄밀하게 했다는 것은 소설의 제재를 작가 자신의 체험으로 간주하며, 작품에서 자신이 말하고자 하는 목적

---

35) 재료의 선택을 엄밀하게 하고 내면세계를 깊이 파고 들어가야 한다는 魯迅의 주장은 작품의 진실성 내지 사실주의 정신을 올바로 구현하기 위한 필요조건으로서 인식될 수 있다. 작품의 진실성은 제재의 선택과 인물의 심리를 얼마나 어떻게 담아 낼 수 있느냐에 달려있다는 것을 말하는 것이다. 주인공을 포함한 모든 作中人物은 곧 작가의 自畵像 내지는 작가의 현실적 체험세계로부터 그 모델을 구해온 것이라는 사실이 作中人物에 대한 일반적 견해이다. 포스터E. M. Poster는 『Aspect of the novel』에서 作中人物의 개념에 대해 "소설가는 다른 예술들과는 달리 자기 자신을 대충 묘사하는 語群을 만들어 내고 그 말들에다가 이름과 성별을 붙이고 각각 그럴듯한 몸짓을 배당하고 인용부호를 사용해서 말을 하게하고, 또 이런 작업이 앞뒤가 서로 논리가 통하게끔 한다. 이러한 語群이 바로 작중인물이다."라고 말했다. 그는 이어 역사가 실존인물을 다루는 방법과 소설가가 실존인물을 다루는 방법을 비교하면서 소설가는 그 실존인물의 '감추어진 생활의 근원'을 찾아내려 한다고 파악했다. 그런데 '감추어진 생활의 근원'을 찾아서 나타내려다 보면, 그 때의 인물은 원래의 실존인물과는 상당히 달라진 모습을 드러낼 수 밖에 없게 되는 바, 작중인물이란 결국 작가가 자화상을 변형 내지 객관화한 끝에 나온 것으로 본 것이다. 포스터와 비슷한 논리의 연장선상에서 Wellek과 Warren 또한 "문학작품은 傳記를 위한 문헌이 아니므로 개개의 예술작품을 傳記로 해서 해설하는 것과 傳記를 위해서 개개의 예술작품을 이용하는 것은 개개의 경우에 따라 신중히 음미하고 검토할 필요가 있다고 우리들은 결론을 내리지 않으면 안된다."고 말함으로써 문학연구에 있어 지나치게 작가의 傳記的 사실이나 체험을 강조하는 것은 결코 바람직하지 않다고 했다.

E. M. Forster, 『Aspect of the novel』, Penguin books, 1977, pp.54-57.

Rene Wellek & Austin Warren, 『Theory of Literature』, Penguin books, 1966, pp.78-79.

36) 「關於小說題材的通信」(『二心集』 魯迅全集 卷4).

37) 「半夏小集」(『且介亭雜文末編』 魯迅全集 卷6, p.598)

에 맞춰 대상을 정확히 선택했다는 것을 의미한다. 다시 말해, 어떤 한 인물을 등장시켜 작품을 만들 때, 魯迅은 주변을 관찰하는데 세심한 주의와 관심을 기울이는 한편, 묘사해야 할 인물이 정해지면 그 인물의 성격에 맞는 보편적 특징과 요소들을 찾아 융합하여 묘사하였음을 말하는 것이다.

魯迅은 인물의 성격에 보편성과 생동감을 부여하였고, 그 결과 독자들에게 감동을 줄 수 있었다. 作中人物의 생동감은 인물의 심리를 꿰뚫고 파악해 낼 수 있는 작가의 注意力과 通察力에서 비롯되는 것인데, 魯迅은 자신만의 注意力과 通察力을 가지고 인물의 심리를 描破하여 생동감 있는 인물을 그려 낼 수 있었다.

> 한 인물의 특징을 아주 철저하게 그려내려면 그의 눈을 그리는 것이 가장 좋은 방법이라는 설이 있다. 이 설이 매우 옳다고 나는 생각한다. 만일 머리털을 그린다면 아무리 미세하게 그리더라도 그것은 하등 의미가 없다.38)

여기서 눈이라는 것은 인물의 개성을 의미하는 것이라고 할 수 있다. 작품의 성공여부는 작중인물의 개성을 얼마나 생생하게 창조하였는가에 달려 있다. 魯迅이 말한 눈을 그 사람 특유의 정신 내지 영혼 또는 개성이라고 볼 때, 魯迅의 이 같은 이야기는 인물 형상화에 있어 개성을 얼마나 중요하게 생각하였는가를 보여주는 一例가 된다.

인물의 내면세계, 즉 인물의 영혼을 그려내는 것이 소설 창작의 궁극적 의미임을 간파한 魯迅이 인물의 내면세계, 개성탐구에 盡力한 것은 생동감 있는 인물을 그려내기 위함이었다. 인간의 내면세계를 깊이 파고들어 가게 되면, 그것은 개성의 탐구로 이어지고, 개성의 탐구는 살아 움직이는 생동감 있는 인물을 창조로 이어진다는 사실을 魯迅은 인식하고 있었다. 魯迅은 "높은 의미에 있어 사실주의자의 실험실에서 처리해야 할 것은 사람 전체의 영혼이다. … 깊은 영혼 속에는 殘酷이라고 할 것도 없고, 더욱이 慈悲라고 할 것 도 없다. 그러나 이런 영혼을 사람에게 보여주는 것이 높은 의미에 있어 사실주의자인 것이다."39)라고 함으로써 영혼의 탐구와 표출을 그 무엇보다 강조하였는데, 여기서 魯迅이 강조했던 영혼은 "침묵 속에 잠겨 있는 국민

---

38) 「我怎麽做起小說來」(『南腔北調集』魯迅全集 卷3, p.513)
39) 「"窮人"小引」(『集外集』魯迅全集 卷7, pp.103-104)

의 영혼"40)을 의미한다고 할 수 있다. 인물(성격) 창조 등에 관한 작가의 여러 가지 주장과 이론을 통해, 독자의 뇌리 속에서 살아 숨 쉬며, 오랫동안 기억될 수 있는 인물을 그려내고자 했던 魯迅의 의지를 읽어 볼 수 있다.

작품에서 등장인물은 개성을 표출하지 않고는 독자의 뇌리에서 살아 숨 쉬며, 오래 머무를 수 없다. 개성이 발견되지 않는 평범한 인물은 독자들에게 깊은 인상을 줄 수 없다는 것이다. 실제의 인물 보다 더 큰 생동감을 주는 인물을 만드는 것이 작가의 의무라고 할 때, 그 의무는 바로 개성이 있는 인물을 만드는 것이다. 작품에 등장하는 인물이 자신만의 개성을 가지고 독자들에게 생동감과 호기심을 제공할 때, 독자들은 그런 인물들을 통해 감동과 진실감을 느끼게 된다. 魯迅의 작품이 인물 창조에 성공할 수 있었던 것은 작가가 개개의 인물에게 개성을 부여했고, 또 인물의 영혼을 찾아 냈기 때문이다. 영혼 또는 개성을 찾아 내 그것을 담기위해 작가 魯迅은 인물의 심리를 파헤치는 기법을 과감하게 사용하였다. 이를 위해 魯迅은 베일을 벗기고 깊이 있고도 과감하게, 그리고 진솔하게 인생의 면모를 파악하고, 그 眞髓를 그려내야 한다는 사실을 강조하였다.

魯迅은 심리묘사의 수법을 과감하게 활용하였고, 이를 통해 그들이 어떤 마음을 가지고 생각하고 행동하게 되었는가를 속속들이 파헤칠 수 있었다. 魯迅의 심리묘사와 관련해, 吳國群은 魯迅은 소위 世態와 心態를 소통시키는 기법, 다시 말해 세태를 묘사하는 가운데, 세태를 표현하거나 상징하는 사람들의 심리를 함께 描破해 냈다고 평가하면서, 「阿Q正傳」, 「風波」, 「祝福」, 「肥皂」, 「高老夫子」 등에서 世態와 心態의 소통이라고 하는 사실주의의 현대적 흐름의 새로운 방법이 발현되었다고 했다.41)

魯迅의 소설에 등장하는 諸 類型의 인물들은 모두 동시대 중국인들의 諸 形象이었다. 외형적으로는 어느 한 부류에 속하는 특정 인물이었지만, 실질적으로 그 사람은 어느 하나의 특정인물로서의 성격이 아닌, 동시대 중국인들의 일반적이고 보편화된 삶의 한 모습을 보여주었다. 魯迅의 작품 속에 담긴 인물이라면, 그 사람이 어떤 부류의 인물이든지 관계없이, 그 사람의 행동과 삶에는 동시대의 중국인들의 가장 보편적이고도 일반적인 삶의 모습이 담겨져 있는 것이다.

---

40) 「俄文譯本"阿Q正傳"序及著者自敍傳略」(『集外集』 魯迅全集 卷7, p.82)
41) 吳國群 著, 『魯迅小說創作論』, 團結出版社, 1991, p.59.

한마디로 말해서, 그가 남긴 25편의 소설은 동시대 중국사회의 현실과 중국인들의 삶과 의식이 어떠했는가를 올 곧게 설명해 줄 수 있는 정확한 指標이자 척도였다. 그의 소설에 등장하는 諸 인물의 형상은 동시대 중국인들의 삶의 諸 모습을 모두 함축하고 있기 때문이다. 魯迅의 소설이 동시대 중국인들의 삶의 諸 모습을 모두 함축하며, 그 시대 삶의 指標이자 尺度가 된 것은 운 좋게 또는 우연하게 이루어진 것이 결코 아니었다. 상술한 바와 같이, 魯迅은 전형화 내지 대중화를 위한 자신만의 서사이론과 방법론을 가지고 치밀하고도 치열한 창작활동을 벌였고, 그 결과 그의 작품은 동시대 중국인들의 삶의 모든 모습을 보여주는 尺度이자 指標가 되었던 것이다.

3) 봉건사회의 현실과 삶의 고뇌

(1) 前近代的 세상과 삶의 다양한 모습

魯迅의 小說이 중국현대소설의 발전의 초석으로서 뿐만 아니라, 모든 문인의 龜鑑的 존재가 될 수 있었던 것은 소설의 궁극적 목적이라고 하는 인물 창조에 있어, 동시대 기타 작가들의 추종을 불허할 정도로 뛰어난 성과를 거두었기 때문이다. 인물 창조에 있어 뛰어난 성과를 올렸다는 것은 換言하여 말한다면, 高度의 典型性 내지 大衆性을 추구하는 데에 있어 성공했다는 것을 의미하는데, 이 같은 高度의 典型性, 大衆性은 魯迅이 보여준 精巧하고도 다양한 기법의 驅使를 통해 형성되고 있음을 볼 수 있다.

魯迅의 小說世界를 대표하는 두 小說集 『吶喊』과 『彷徨』에 등장하고 있는 작품들의 數는 모두 25편이다. 魯迅의 소설은 量的인 면에 있어서는 적은 편이지만, 그 적은 편수에서 나오는 質的 가치와 의미만은 결코 적은 것이 아니다. 그가 남긴 25편의 작품에는 20년대 중국소설의 모든 것이 담겨져 있다고 해도 과언이 아니라고 할 정도로, 동시대 소설문학의 眞髓를 보여주고 있다.

魯迅의 소설에는 봉건지식인에서부터 사회의 현실을 고민했던 靑年知識人, 勞動者, 農民, 婦女子 등에 이르기까지 동시대 사회 구성원들의 다양한 모습이 작품에 망라되고 있다. 봉건예교주의와 봉건윤리도덕에 저항하며, 이를 타파하고자 했던 사람들, 봉건예교사상과 관습을 옹호하며 그 속에서 권리를 누리고자 하는 봉건지식인들, 봉건사회의 현실에 맞서 싸우고자 했던 청년지식인들, 봉건제도와 습속 등으로 인해 피해는 물론, 목숨까지 빼앗겨야 했던 농민, 부녀자, 노동자들의 모습에 이르기까지 매우 다양한 유형의 인물들이 묘사되고 있다. 魯迅은 서술양식과 표현양식 등 技法的인 面에 있어서도 이들 등장인물의 유형만큼이나 다양성을 추구하였고, 또 다양한 技法을 통해 이들의 형상을 예리하고 생동감 있게 묘파하였는데, 인물묘사에 있어 다양한 기법을 추구한 것이 바로 魯迅小說의 特徵이자 文學的 價値라고 할 수 있다. 한 마디로 말해, 魯迅小說의 文學的 成就 내지 價値는 여러 가지 기법을 운영하고 또 이를 정교하게 융합하는 솜씨를 통해 인물의 성격을 다양하고도 심도 있게 표현해냈다는 것으로 요약될 수 있다.

전술한 바와 같이, 魯迅은 철두철미한 사실주의 작가였고, 사실주의 정신은 그의 소설의 根幹으로 작용하고 있다. 그러나 사실주의를 추구하면서도, 서정적이고 상징적인 기법, 즉 여러 가지 비사실주의적 요소들을 끌어 들여 사용하는 데 있어 인색하지 않았다. 魯迅 小說 의 특징은 철저한 사실주의를 추구하면서도 인물의 유형에 따라 그 인물의 성격을 표현함에 있어 일반적인 사실주의소설에서 찾기 어려운 서정적이고 상징적인 요소와 기법 등을 동시에 사용하고 있다는 것이다. 이것을 두고 魯迅 的 寫實主義라고 할 수 있는데, 이와 같은 魯迅的 寫實主義에서 魯迅소설의 문학적 특성과 가치를 발견할 수 있다. 이러한 사실과 관련해, 溫儒敏은 "魯迅은 주관성이 리얼리즘 창작에 개입될 수 있다면, 사실적 수법 또한 낭만적 수법, 상징적 수법 및 기타 비사실주의적인 수법을 받아들일 수 있다고 생각하였다"[42]고 했는데, 이는 魯迅이 추구했던 사실주의의 특색이 무엇인가를 확인해 주고 있음과 동시에, 魯迅 소설이 인물묘사에 있어 성공할 수 있었던 이유와 배경이 어디에 있었는지를 방증하는 것이라고 할 수 있다.

魯迅은 25편의 작품에서 諸 인물을 형상화하면서, 상징적인 기법을 과감하게 사용하기도 했고, 匕首와도 같은 풍유와 풍자로써 인물을 묘사하기도 했으며, 또 반어적

---

42) 溫儒敏, 『중국현대 현실주의 문학사』, 문학과 지성사, p.79.

표현기법으로써 그들의 내면을 예리하게 諷刺하기도 했고, 때로는 抒情的, 獨白的
表現을 통해 독자들의 마음을 자극하며 사람들의 연민과 悔悟의 감정을 불러일으키
기도 했는데, 이 같은 기법은 魯迅 소설의 특징으로서 뿐만 아니라, 중국 현대소설의
발전을 견인한 하나의 거대한 초석이 되었다. 「狂人日記」을 필두로 등장한 후속 작품
들에서 작가 魯迅은 새로운 기법을 가지고 끊임없이 실험하였다[43]는 말은 魯迅이
인물창조와 묘사 등, 敍事에 있어 얼마나 많은 노력을 傾注하였는가를 증명하는 것이
면서도, 한편으로는 魯迅 소설의 특징과 가치가 어디에 있는가를 암시하고 있는 언급
인 것이다.

　각 작품에 대한 평가에 앞서 먼저, 『吶喊』, 『彷徨』 두 작품집의 성격을 개괄해볼
필요가 있다. 『吶喊』, 『彷徨』 두 작품집의 성격을 한 마디로 말하자면, 『吶喊』에서
『彷徨』으로의 轉移過程은 批判에서 同情으로, 외향적 세계에서 내향적 세계로, 객관적
묘사에서 주관적 묘사로의 轉移過程이었다고 생각해 볼 수 있다. 다시 말해서 『吶喊』의
小說에서는 激昻된 雰圍氣 속에서 적극적이고도 攻擊的 態度를 維持하고 있는 反面에,
『彷徨』의 작품들에서는 多少 冷靜하고 차분한 태도로써 인물의 내면 관찰을 우선시하
며, 그런 가운데 일면 溫情的이면서도 同情的인 姿勢를 드러냈다는 말로 요약될 수
있다.

　『吶喊』의 작품들에서 작가는 客觀的 서술방법을 유지하고 있음에 반해, 『彷徨』의
작품들에서는 작가의 개입이 비교적 강하게 드러나는 主觀的 서술방식을 통해 描寫
가 이루어지고 있다. 『吶喊』의 小說에서는 批判的이고 攻擊的인 態度를 維持하며 인
물의 외적 행동에 대한 묘사에 치중한 反面에, 『彷徨』에 登場하는 작품들에서는 비판
적이기는 하나, 때로는 비교적 同情的이고 憐憫的인 姿勢를 보여 주면서, 인물의 내
적 경험과 함께 인물의 내면세계를 드러내는 데 주력했다는 사실로써 그 특성을 설명
해 볼 수 있다. 일인칭 소설의 경우, 『吶喊』의 작품들에서 비판적 자세와 함께 관찰
자적, 객관적 서술양식을 드러냈다면, 『彷徨』의 소설들에서는 同情的 姿勢와 同情的

43) Leo Ou-fan Lee는 이와 함께 "8년이라고 비교적 짧은 시간 동안, 魯迅은 기법 실험에 있어 비할
　　데 없을 정도의 폭과 다양성을 보여주었다는 사실에 주목해야 한다."고 했다.
　　Leo Ou-fan Lee, 『Voice from the Iron House, A Study of LuXun』, Indiana University Press,
　　1987, p.57.

姿勢로부터 우러나오는 인물 내부에 대한 주관적 내지 자전적인 서술태도를 보여주고 있다. 삼인칭 作品의 경우, 『吶喊』의 작품들에서는 철저한 비판정신을 기초로 객관적 서술태도를 유지하였지만, 『彷徨』의 소설에서 話者는 분석적 심리서술, 전지적 논평 등의 기법을 활용하기도 하고, 등장인물의 말을 삽입하고 代行하면서도, 경우에 따라서는 인물의 知覺과 말을 다시 話者의 입장에서 재해석하는 등, 話者의 태도로써 서사를 이끌어 나가고 있음을 볼 수 있다.

5·4운동의 결과가 辛亥革命의 그것과 별로 다름이 없음을 확인한 魯迅은 다시 한번 失望과 挫折의 苦痛을 맛보아야 했는데, 이러한 이유 등으로 인해, 『彷徨』의 작품을 집필할 때, 魯迅이 드러냈던 現實眼 내지 現實認識은 이전과는 다소 다른 모습을 보여주고 있다. 물론, 『吶喊』에서와 같이 일관되게 봉건사회의 현실을 비판하고 공격하는 데에 있어 한 치의 어긋남이 없었으나, 그가 堅持했던 意識과 現實眼은 『吶喊』에서 보여준 것과는 다소 달랐다는 것이다. 공격과 비판적인 태도는 일관되게 유지되고 있지만, 『吶喊』에서와 같이 激昻되거나 흥분된 태도를 보여 주지 않았다. 오히려 希望의 喪失的 분위기 속에서 자신의 무거운 심정을 드러내며 비교적 冷靜하고 沈着한 姿勢를 유지하였던 것이다. 이것이 바로 『彷徨』을 쓰면서 작가가 가졌던 現實認識態度라고 할 수 있는데, 이러한 인식 속에서 쓰이어진 『彷徨』의 작품들은 激昻되고 흥분된 감정을 드러내기 보다는 비교적 냉정하고 內面 觀察的인 분위기 속에서 봉건현실을 비판했고, 한편으로는 비교적 溫情的인 자세로써 封建社會에서 상처받고 희생된 사람들에 대해 同情과 憐憫의 감정을 表하기도 하면서 自己 反省의 情調를 드러내기도 했다.

全般的으로 볼 때, 일인칭 소설이건 삼인칭 소설이건 『吶喊』에서 『彷徨』으로의 轉移過程은 서술자가 主觀性과 全知性을 가지고 人間心理와 그 내면에 대한 묘사와 분석을 심도 있고도 원숙하게 運用해 나가는 과정이었다고 할 수 있는데, 이는 魯迅 소설의 발전과정에 있어 매우 중요한 特徵으로서 '중국인의 영혼'을 새롭고 깊이 있게 그려내는 작업이었다고 할 수 있다.

문학의 기능이 사람들이 이미 알고 있다고 전제하는 客觀的 現實을 지금까지 알고 있는 시각과는 다른 새로운 각도에서 새롭게 조명함으로써, 현실을 새롭게 볼 수 있는 가능성을 마련하는 작업이라고 할 때,44) 『彷徨』 작품들에서는 이 같은 가능성을 크게 확대해 주었다고 할 수 있다.

중국 현대소설의 嚆矢로서 기록될 수 있는 魯迅의 「狂人日記」는 1918년 5월 15일 『新青年』 제4권 5호에 발표되었다. 「狂人日記」는 같은 시기에 등장한 다른 작품과 비교해, 몇 가지 특별한 문학적 의미를 갖고 있다. 「狂人日記」가 갖는 특별한 문학적 의미는 이 작품이 중국 현대문학사상 최초의 白話小說이라는 사실을 통해서 우선 드러나기도 하지만, 내용과 형식에 있어서의 파격적인 면모를 통해서도 확고히 나타나고 있다. 「狂人日記」는 그 내용에 있어 象徵手法을 사용, 중국사회의 모든 제도와 규범을 反人間的인 것으로 규정하며 이를 과감히 비판하였고, 또한 기존 章回體의 형식과는 달리 日記體의 額子小說의 형식을 취하는 등, 동시대 다른 작품에서 볼 수 없는 특징을 보여주고 있다.

「狂人日記」는 먼저 작품형식에 있어 日記體의 構成形式을 취하는 가운데, 한편으로는 두 명의 話者가 등장하는 이중적 서술구조, 즉 額子小說로서의 敍述樣式을 나타내고 있다. 額子小說이란 하나의 이야기 속에 다른 이야기들이 액자 속의 사진처럼 끼워져 있는 다시 말해, 하나의 이야기 속에 하나 또는 여러 개의 비교적 짧은 내부 이야기가 존재하는 것을 서사적 특징으로 삼는 작품이다. 따라서 額子小說은 하나의 작품 속에 두 가지 이상의 이야기가 존재하는 가운데, 이야기의 外側에 또 하나의 敍述者視點이 이루어지면서, 한 작품 속에 이중의 인물시점의 방법이 취택되기 마련이다. 「狂人日記」는 額子小說의 양식을 가진 작품으로서 작품 안에는 두 가지의 이야기와 이에 따르는 두개의 敍述視點이 존재하고 있다. 작품의 序分이 되는 導入部에서 主分이 되는 狂人의 日記를 소개하는 話者 '나'가 존재하는데, 여기에서의 話者 '나'는 일종의 내포된 작가(implied author)로서의 역할을 한다고 할 수 있다.[45] 이 內

---

44) 박이문, 『문학과 철학』, 민음사, 1997, p.101.
　　이와 더불어 박이문은 문학이 주는 감동이란 새롭게 제안된 시각에 의해 나타난 객관적 대상의 신선한 측면을 의식하고 생각하며 지각할 때, 생기는 일종의 지적 경이와 감동이라고 했다.

45) 구조 시학에서는 문학작품에서의 실제 작가를 내포작가 및 화자와 명확히 구별한다. 내포작가는 작가의 진술 토대 위에 재구축된, 오직 텍스트 안에서만이 존재 가능한 작가이다. 내포작가는 텍스트와 불가분하게 묶여 있지만, 실제 작가는 그렇지 않다. 작품 속에 표현되어 있는 개념들과 견해들은 내포작가의 것이기는 하지만, 그것이 반드시 실제작가의 그것과 일치하지는 않는다. 話者는 보통 內包作家와 서사물 사이를 연결하는 역할을 하는 존재로서 서술된 사건에 참여하거나 혹은 그것들에 대해 알고 있는 인물로 가정된다. 話者에 해당하는 등장인물이 작품에 극화되어 있지 않을 때에도 話者는 여전히

包된 作家는 이 부분에서 狂人이 지식인이었음을 말하고 있다. 또한 내포된 작가는 주인공 狂人이 자신과 중학교 시절의 친한 친구와 같은 존재였고, 또 狂人이었던 그 사람이 이제는 某地에 가서 관리가 되기를 기다리고 있다고 하는 사실(赴某地候補矣)을 설명함으로써, 주인공 狂人은 적어도 어느 수준 이상의 교육을 받은 지식인이었음을 암시하고 있다.

「狂人日記」는 작품의 제목이 말하고 있는 바와 같이, 어떤 한 미친 사람의 언행에 대한 기록이다. 주인공이 精神錯亂을 일으켜 狂人노릇을 했던 시기에 자신의 주위에 있던 여러 사람들을 접해 가면서, 그들이 어떤 사람들이었는가에 대해 하나하나 깨닫고 확인해 나가는데, 이렇게 현실을 확인하며 인식해 나가는 과정이 이 작품의 내용이다.

표면상, 「狂人日記」 말 그대로 정신병에 걸린 어느 한 狂人의 황당무계한 언행을 이야기하고 있는 작품이다. 주인공 狂人은 자신의 주변 사람들이 자신을 해치고 또 잡아먹으려고 한다고 생각한다. 주인공 狂人은 처음에는 趙貴영감을 비롯해 길거리에서 만나 사람들이 이상한 눈초리를 한 채, 자신을 해치며 잡아먹으려고 한다고 생각한다. 계속해서 狂人은 사람을 잡아먹으려는 듯한 마을 사람들의 흉악한 얼굴을 보고, 狼子村의 악당들이 사람의 간과 심장을 기름에 튀겨 먹었다는 소식을 듣게 된다. 그리고 형마저 다른 사람들과 똑 같이 이상한 눈초리로 자신을 쳐다보고 있다는 것을 느끼게 된다. 狂人은 자신의 형을 포함한 주변 사람들이 왜 자신을 잡아먹으려하는가에 대해 의문을 가졌는데, 시간이 지나며 궁리한 끝에 그 이유를 알게 된다. 사람을 잡아먹는 행위가 과거부터 전해내려 온 것임을 인식하게 된다. 이어서 狂人은 식인의 관습이 매우 역사적으로 매우 오랜 된 것임을 확인한다.

"모든 일이란 연구해 보아야 비로소 알 수 있는 것이다. 옛날부터 사람을 잡아먹어 왔다는 것은 나도 기억하고 있지만, 그렇게 확실하지는 않다. 그래서 역사책을 펼쳐서 조사해 보았더니, 이 역사책에는 연대는 없고 각 페이지마다 비스듬하게 '仁義道

텍스트 안에 존재하며 실제 작가는 작품 외부에 존재하지만, 내포작가는 화자와 함께 작품의 예술적 전달을 이루는 하나의 成分要素라고 하겠다.

Wayne C. Booth, 崔翔圭 譯, 『小說의 修辭學』(The Rhetoric of Fiction, The Univ. of Chicago Press, 1961), 새문사, 1985, pp.193-195 참조.

德'이라는 글자가 쓰이어져 있었다. 이 역사책에는 연대는 없고 각 페이지 마다, 비스 듬하게 仁義道德이라는 글자가 쓰이어져 있었다. 나는 어차피 잠을 잘 수 없었기 때문에 오밤중까지 자세히 살펴보다가 비로소 글자와 글자 사이에서 또 다른 글자를 찾아내었는데, 책 가득히 쓰여 있는 두 개의 글자는 '食人'이라는 것이었다.[46]

狂人의 확인 작업은 계속 이어진다. 狂人은 중국의 전통 의학도서인 本草綱目이라는 책에서 사람고기를 먹을 수 있다는 내용을 알게 된다.

그의 위대한 스승 李時珍이 쓴 "本草 무엇"이라는 책에는 분명히 사람 고기를 구워 먹을 수 있다고 쓰여 있었다.[47]

狂人이 사람 고기를 먹을 수 있다는 사실을 옛 의학서적에서 발견하였다는 사실은 사람을 잡아 약으로 쓰는 것이 중국 전통 醫學의 處方 가운데 하나라는 것을 알게 되었다는 것을 의미한다. 그 의학서적은 현재에도 통용되고 있는데, 지금 사람들, 특히 자신의 주위에 있는 사람들이 사람을 잡아먹는 것을 자연스러운 일이라고 생각하는 것은 이 같은 食人을 당연시하는 역사와 文化 속에 醉해 있기 때문이라고 狂人은 인식하게 되었다.

仁義道德이 常存하는 사회와 家庭에서 구성원들은 서로 잡아먹고 잡아먹히는 관계만이 존재했다고 주인공은 주장하고 있다. 사회와 가정 그 어느 곳에서건 서로 잡아먹고, 잡아먹히는 관계에 있음을 주인공 狂人은 다음과 같이 이야기하고 있다.

잡아먹힌 자들의 행렬에는 知縣에게 곤장을 얻어맞은 자들도 있고, 紳士에게 귀싸대기를 얻어맞은 자도 있으며, 하급관리에게 자신의 妻子를 빼앗긴 자도 있고, 빚쟁이에게 시달려 자살한 할아버지 할머니도 있다.[48]

---

46) 「狂人日記」(『吶喊』 魯迅全集 卷1, pp.423-434)
47) 「狂人日記」(『吶喊』 魯迅全集 卷1, pp.423-434)
48) 「狂人日記」(『吶喊』 魯迅全集 卷1, pp.423-434)

자신은 사람을 잡아먹으려 하면서도 다른 사람에게 잡아먹히는 것은 두려워서 모두들 지극히 의심스러운 눈초리로 서로 상대의 얼굴을 몰래 훔쳐본다. …(중략)… 그들은 父子, 兄弟, 부부, 친구, 師弟, 원수들과 서로 모르는 사람들이 모두 한패가 되어 서로 격려하고 견제하면서 죽어도 한걸음을 넘어서려고 하지 않았다.[49]

易牙가 제 자식을 삶아서 桀紂에게 먹인 것은 먼 옛날 일이다. 그러나 盤古가 천지를 개벽한 이래 易牙의 아들까지 잡아먹게 되고, 易牙의 아들로부터 徐錫林을 잡아먹는 데까지 이르고, 徐錫林으로부터 늑대촌에서 사람을 잡아먹는 데까지 이를 줄 누가 알았겠습니까?[50]

이처럼 사람을 잡아먹는 일은 과거에는 橫行한 일이었고, 현재에 이르기까지 그대로 이어지면서 중국의 전통과 풍습이 되었기 때문에, 현재 자신의 주변 사람들이 자신을 잡아먹으려 한다고 狂人은 이야기하고 있다.

앞서 말한 바와 같이, 狂人은 仁義道德이라는 글자 안에 食人이라는 글자가 숨어 있었다고 했는데, 仁義道德은 古代에서 狂人이 살고 있는 현재에 이르기까지 중국의 정치와 사회를 지배해 왔던 유교의 근본정신이자 윤리이념의 최고덕목이었다. 仁義道德이라는 글자 사이에 食人이라는 글자가 숨어 있다고 狂人은 주장하였는데, 이 같은 주장은 仁義道德은 殺人의 수단 내지 도구와 다를 게 없다는 것으로 중국의 역사와 정치사회를 지배 해 온 최고 이념에 대한 철저한 공격이며 비판이었다. 狂人은 本草綱目도 살인의 도구로 보았는데, 이는 중국의 전통사상과 이념뿐만 아니라, 전통문화까지 살인의 도구로 인식했음을 말하는 것이다. 주인공을 狂人이라 하고, 또 狂人을 잡아먹으려고 하는 존재는 바로 중국의 식인적인 역사와 문화 속에서 길들여져 살아 온 사람들인데, 이러한 사람들은 모두 식인적인 역사와 문화 속에서 살아왔기 때문에, 식인종이 될 수밖에 없다는 것이 주인공 狂人의 주장이었다.

이렇게 볼 때, 狂人은 고대에서 현재에 이르기까지 중국의 사회를 지배해 온 전통적인 이념과 제도 등에 대해 敵對視 하는 사람, 다시 말해 중국의 봉건예교주의와

---

49) 「狂人日記」(『吶喊』 魯迅全集 卷1, pp.423-434)
50) 「狂人日記」(『吶喊』 魯迅全集 卷1, pp.423-434)

제도, 전통문화 등을 부숴 없애기 위해 싸우고자 했던 사람이었음을 類推해 볼 수 있다. 그렇다면, 주인공은 왜 狂人이 된 것일까? 중국의 봉건예교주의와 제도, 전통문화를 비판하며, 싸움을 벌였기 때문에 狂人이 된 것이다. 앞서 말한바와 같이, 주인공을 狂人이라 하고, 또 狂人을 잡아먹으려고 하는 존재는 바로 중국의 식인적인 역사와 문화 속에 길들여져 살아 온 사람들이고, 그들 모두는 식인종이 될 수밖에 없다는 것이 주인공 狂人의 주장이었다. 仁義道德으로 상징되는 봉건예교주의와 유교적 이념을 추종하는 사람들, 또 중국의 전통문화를 국수적으로 옹호하는 사람들은 주인공 狂人이 자신들이 추종하는 이념과 문화를 공격하며 없애고자 했던 존재이었기에 주인공을 狂人이라 취급하며 잡아 없애고자 했던 것이다. 狂人의 형을 포함해 광인의 주위에 있는 사람들은 모두 食人을 當然視하는 중국의 봉건예교주의와 그 문화에 빠져 있는 사람들이고, 자신은 그것에 반대하며 공격하는 사람이기 때문에, 주위의 사람들이 자신을 잡아먹으려 한다는 것이 주인공 狂人의 생각이었다. 따라서 逆說的으로 이야기하자면, 주인공 狂人의 말은 미친 소리가 아닌, 올바른 외침인 것이고, 그렇기 때문에 狂人은 당연히 정상적인 사람이 되는 것이다.

중국의 봉건예교제도와 전통문화 등이 모두 식인적인 것이 사실이라면, 그것들을 없애야 한다는 狂人의 생각과 말은 지극히 옳은 것이 된다. 그렇다면, 狂人은 중국의 봉건예교주의와 전통문화를 타파하고자 했던 사람들과 그런 세력을 대변하는 사람이 되는 것이고, 狂人의 주변에 있던 모든 사람들은 봉건예교주의자 내지 봉건예교주의의 옹호자로서의 성격을 갖는다고 할 수 있다. 狂人의 입을 통해 나온 역사적 사실에 대한 언급은 현실의 모습을 강조하는 역할을 한다. 과거는 현재를 만들어 낸 존재로서의 의미뿐만 아니라, 현재의 모습을 비추는 거울과 같은 존재로서의 의미를 갖기 때문이다. 작가는 狂人의 입을 빌려 행해진 과거에 대한 언급을 통해 과거가 반복되고 있는 중국의 현실, 즉 현재 중국의 모습이 바로 과거 중국의 再現이라는 사실을 暗黙的으로 말하고 있다. 그렇기 때문에, 이 같은 역사적 사실의 언급은 狂人의 말이 겉으로는 황당무계한 이야기처럼 보여도, 황당무계한 이야기가 아닌, 즉 진실을 언급하는 일종의 逆說的 표현의 수단이 되는 것이다. 사람을 잡아먹는 인간들과 그런 인간들의 사회라는 狂人의 주장이 틀린 것이 아니라고 부정함으로써, 逆說的으로 狂人의 이야기는 미친 사람의 황당무계하고도 헛된 이야기가 아닌 정상적인 사람이 외치는 진실의 이야기인 것이다. 이렇게 볼 때, 狂人의 形象, 狂人의 言行, 狂人을 에워싸고 있는 주위의 환경은 모두 역설적 의미를 갖게 됨과 동시에 모두 상징적 존재로서의 의미를 갖게 된다. 「狂人日記」의 藝術上의 특성을 선명한 象徵主義 色彩라고 하면서, 소설이 표현하는 내용과 象徵主義는 상당히 근접해 있다고 한 伊滌의 설명[51])이나 奇妙한 雙軌論理와 상징주의수법을 사용했다고 하는 范伯群·曾華鵬의 주장[52])은 象徵主義 小說로서의 「狂人日記」의 특징을 강조하고 있는 것이다.

거듭 말해서, 주인공은 精神錯亂症에 빠진 狂人으로 등장하나, 그것은 피상적인 모습이었을 뿐, 실제로는 狂人이 아니었다. 封建禮敎思想에 빠져 있는 사람들, 封建制度에 안주하는 사람들의 입장에서 볼 때, 주인공은 자신들을 적대시하며 타파할 것을 주장하는 사람이었기 때문에, 미친 인간인 狂人이었을 뿐이다. 봉건예교사상을 타파하고 봉건제도를 滅해야 할 것을 주장하였기 때문에, 狂人이었던 것이다. 따라서 주인공은 황당무계한 이야기나 떠드는 진짜 狂人이 아닌, 食人社會나 다름없는 封建禮敎社會, 食人野獸나 다름없는 封建禮敎主義者들과 맞서 싸우고자 했던 鬪士였고, 주인공 狂人이 외치고자 했던 이야기는 모두 진실이었다는 사실이 자연스럽게 감지될 수 있다.

일반적으로 작가는 象徵을 사용하여 구체적이고 객관적인 실체를 표현하면서 실제

---

51) 伊滌는 "象徵主義는 개인의 內心의 幻想과 순간의 느낌 등과 같이 사람의 주관적 정신세계의 묘사를 강조한다."고 전제한 다음, 「狂人日記」에서 묘사하고 있는 것이 바로 주인공이 被害妄想으로 인해 나타나는 食人(吃人)에 관한 幻覺과 錯覺이라고 했다. 또한 그는 象徵主義는 客觀과 再觀과 직접적인 抒情을 배척하고 상징적인 암시와 연상을 주요 예술수단으로 삼는다고 하면서, 「狂人日記」는 주제를 표현하고 창작의도를 완성했을 때, 일반적인 현실주의 소설처럼 전형적인 인물을 창조하는데 힘 쓴 것이 아니라, 狂人의 형상 속에 상징의 의미를 이입시켜 작가의 觀念과 思想을 암시하고 있다고 했다.
　伊滌, 「狂人日記」(魏洪丘 主編, 『魯迅小說導讀』, 華東師範大學出版社, 1993. p.17)
52) 이 작품에서 주인공이 앓았던 병은 "迫害狂"으로, 偏執妄想 속에서 주인공은 자기를 해칠 것으로 생각하는데, 이러한 謀害의 陰謀는 集團的 性格의 것이다. 魯迅은 주인공을 심리적으로 생리적으로 모두 病態的인 형상으로 그려내고 있다. 주인공은 狂人으로서 偏執狂의 황당한 망상에 따라 추리하고 있다. "吃人"이 두 글자는 주인공의 일기에서 禮敎에 대한 자각적인 고발이 아닌, "假想敵"의 집단적 謀害에서 나온 "判斷錯誤"인 것이다. 그의 推理는 가면 갈수록 不正確한 것으로, 근본적으로는 날조된 것이다. 이 모든 것은 핵심적 개념-吃人에 있다. 그리고 이러한 핵심적 개념은 "逆轉的 擴散"으로, 病을 앓기 전의 생활을 매우 무서운 것으로 해석하고 있다. 그러나 작품은 偏執狂환자의 荒唐無稽한 논리 이외에, 작자가 엄격하게 제어하고 哲理性이 있는 내재된 논리의 흔적이 있어, 독자로 하여금 글자行間의 번뜩이는 진리를 읽게 한다. 范伯群·曾華鵬은 이것이 바로 이 작품이 주는 奇妙한 雙軌論理라고 했다.
　范伯群·曾華鵬, 『魯迅小說新論』, 人民文學出版社, 1986, pp.13-25.

이상의 附加的 意味를 제시하는데,53) 魯迅이 실제 이상의 附加的 의미를 제시하기 위해 사용된 것이 바로 상징적 수법이었다. 魯迅은 동시대 사회의 모습과 그 현실을 강조하기 위해 이 같은 상징적 수법을 적극 사용하였다.

　魯迅은 이 작품을 통해 舊社會, 즉 封建社會의 病根을 폭로하여 사람들에게 주의를 환기시키고, 한편으로는 그것에 대항하는 방법을 강구하며 病根을 없애고자 노력하였다. 작품에서 작가가 폭로하며 비판하고자 했던 封建社會의 본질은 무엇이고, 또 그것이 가져다주는 해악이 어떠했는가는 주인공 狂人의 가족과 친구, 그리고 주변 사람들의 행태를 통해 상징적으로 드러난다. 이들의 행태는 사회 문제의 본질로서 봉건예교, 봉건윤리를 상징하고 있다. 주인공 狂人은 과거 오래전부터 현재에 이르기까지 중국사회를 지배해 왔던 封建예교제도와 그 질서의 타도를 부르짖는 鬪士의 모습을 나타내고 있다. 狂人을 둘러싸고 있는 주위의 모든 사람들은 非人間的이다 못해 反人間的이기까지 한 봉건예교주의에 젖어 이성적 감각이 마비된 사람들을 의미한다. 작품에 등장하는 仁義道德, 本草綱目 등은 봉건사상, 봉건문화의 要諦를 대변하는 것이고, 고구선생의 오래된 장부는 중국의 유구한 봉건 역사를 상징하는 것이며, 사자와 같은 凶暴함, 토끼 같은 怯弱, 여우같은 교활함은 봉건주의자들의 凶暴하면서도 懦弱한 모습, 때로는 교활하기까지 한 모습 등을 그대로 상징하고 있는 것이다. 이들 봉건예교주의자들은 이 같이 다양한 모습으로 또 다양한 방법을 통해 사람들을 괴롭히고 파괴하며, 죽이기까지 했다는 것이 작가 魯迅의 주장이다. 王士菁은 작품의 배경이 되는 중국 사회의 이 같은 현실에 대해 "食人 관계는 사회에 보편적으로 존재할 뿐만 아니라, 가족제도에서도 존재하고 있다. 중국에서는 오래전부터 어리석고 분별없는 흉악범들의 고함소리가 약자들의 비참한 비명소리를 삼켜버리는 가운데, 사람을 잡아먹는 잔치를 벌이고 있었으며, 그 잔치는 문명이 생긴 그 날부터 오늘까지 줄곧 계속되고 있다. 이것이 바로 魯迅이 봉건사회의 추악한 食人圖이다"

---

53) 작가는 상징을 사용하여 구체적이고 객관적인 실체를 표현하면서 실제 이상의 부가적 의미를 제시한다. 소설의 상징은 그것이 어떻게 사용되어지는가에 따라, 보통 세 가지 효과를 지닌다. 첫째로 소설의 중요한 순간에 나타나는 상징은 그 순간의 의미를 강조하는 것이다. 둘째로, 여러 번 반복 사용된 상징은 우리에게 그 소설의 세계에서 어떤 확고부동한 요소들을 상기시켜 준다. 셋째로, 다양한 문맥 속에서 반복되는 상징은 주제를 정의하고 뚜렷하게 하는 것을 돕는다.
　朴德垠 編著, 『現代小說의 理論』, 博英社, 1989, pp.122-123 참조.

라고 했다.54) 이 같은 食人圖에서 狂人은 食人으로 상징되는 봉건예교주의와 봉건사상의 본질을 사람들에게 바로 알리면서 한편으로는 그것을 부숴 없애고자 했던 사람이었고, 狂人을 잡아먹으려는 주위의 사람들은 바로 봉건사회제도와 봉건문화의 擁護者이자 實踐者들이었던 것이다.

작가의 처녀작인 「狂人日記」는 어떤 특정 계층의 인물이나 어떤 부류의 인물을 비판한 작품이 아니라, 여전히 봉건의 틀 속에 갇혀있는 당대 중국 사회의 현실을 포괄적으로 드러내고 비판한 작품이었다. 중국사회를 지배하고 있던 封建禮敎主義와 封建思想 등을 타파하기 위해서, 그리고 西勢東漸의 到來 등, 세상은 걷잡을 수 없이 변화하는데, 봉건 사회규범과 윤리에 어긋나면 狂人으로 몰아치는 몽매한 사회의 현실을 여실히 드러내기 위해서 이러한 기법을 사용한 것으로 생각해 볼 수 있다. 「狂人日記」에서처럼 총체적인 관점에서 사회의 현실을 폭로하고 비판할 때 작가는 주로 상징적 수법을 사용했는데, 이는 魯迅 소설의 주요 특징 가운데 하나라고 할 수 있다.

「狂人日記」와 비슷한 성격을 가진 작품으로는 「長明燈」이라는 작품이 있는데, 이 작품은 1925년 3월, 3일간에 걸쳐 北京 『民國日報副刊』에 連載되었다. 「長明燈」은 「狂人日記」와 비교해 약 7년 정도 늦게, 비교적 긴 시간적 격차를 두고 탄생한 작품이지만, 「狂人日記」와 여러 가지 면에서 공통점을 보이고 있다. 두 작품 모두 미치광이가 주인공으로 등장하여 투쟁을 벌이고 있고, 대립과 타도의 서사구조를 取擇하는 등 여러 가지 면에서, 「狂人日記」와 유사점을 드러내고 있다.

「長明燈」은 吉光이라고 하는 어느 한 시골마을의 부자 집 子孫 출신인 주인공 瘋子(미치광이)가 그 마을의 祠堂에 있는 長明燈을 꺼 없애기 위해 마을 사람들과 벌여야 하는 갈등과 투쟁의 이야기를 다루고 있다. 작품은 마을 사람들이 찻집에 모여 어떻게 하면 瘋子의 행동을 막을 것인가에 대해 이야기하는 것으로 시작한다. 이들은 瘋子를 어떻게 처리해야 할 것인가에 대해 분분하게 논의한 끝에 한 사람은 마을의 유지들과 상의하고, 또 나머지 사람들은 祠堂으로 달려가 瘋子의 행동을 저지할 것을 결정한다. 그들은 瘋子와 서로 對峙하였고 결국에는 瘋子의 행동을 저지하게 된다. 마을의 유지들은 長明燈이 마을 전체의 평안과 행복을 지켜주는 守護物로 생각하며,

54) 王士菁, 『魯迅傳』, 中國靑年出版社, 1991, p.82.

여러 방도를 생각한 끝에 이 瘋子를 사당의 서쪽 옆 빈 방에 감금시키기로 결정하며 결국에 있어서는 그를 감금시켜 버린다는 것이 작품의 要旨이다. 마을의 수호신을 지키는 사당에 晝夜로 켜 놓은 등불인 長明燈을 지키려고 하는 마을 사람들과 이를 파괴하려는 鬪士 같은 사람인 瘋子, 兩者 이 사이에서 벌어지는 갈등과 투쟁이 이 작품의 주제라고 할 수 있다.

이 작품도 一見, 마을의 등불을 없애려고 하는 어느 한 미치광이 남자의 언행을 그린 작품인 것처럼 보이지만, 그것이 아니라는 사실을 작가는 곧 바로 드러낸다. 작가는 작품 서두에서부터 작가는 작품의 공간적 배경이 되는 吉光이라는 마을에 대해 이야기한다.

> "吉光 마을사람들은 잘 돌아다니지 않는다. 舉動할려고 하면, 曆書를 뒤져 혹시 거기에 외출하면 좋지 않은가라는 말이 있나 없나를 살핀다. 만일 曆書에 그런 말이 없으면, 외출할 때에는 반드시 그 해의 干支에 따라 좋다고 하는 방향으로 가서 경사스러운 일을 맞이하고자 할 정도로 曆書에 집착하며 사는 사람들이다."[55]

위의 이야기는 吉光 마을의 사람들이 미신과 봉건습속에 젖어 사는 무지몽매한 사람들이라는 것을 그대로 보여 주고 있다. 이들의 무지몽매는 작품의 핵심 소재인 長明燈에 대한 생각에서 결정적으로 드러난다. 이들은 長明燈이 자신들과 자신들의 마을을 지켜주는 수호신으로 생각하고 있다. 이들은 심지어 長明燈이 꺼지면 그 곳은 바다로 변하고, 자신들은 미꾸라지가 되어버린다고 생각한다. 瘋子는 이들이 신주단지 그 이상으로 받드는 長明燈을 꺼 없애고자 하는 사람이다. 주인공이 마을 사람들에 의해 瘋子라고 불리 우는 것은 마을사람들이 보기에 주인공이 하는 짓이 미친 짓이기 때문이었다. 그들이 볼 때, 천년이 넘게 보배처럼 지켜져 오던 長明燈을 파괴하려는 것은 精神病者와 미치광이나 할 수 있는 일이지, 그렇지 않은 사람이라면 절대 할 수 없는 일이라고 생각했기 때문이다. 그래서 그는 마을사람들에 의해 瘋子로 취급되면서 瘋子로 불리게 된 것이다.

長明燈은 祠堂이나 神廟 등에 밤낮으로 켜두는 등불을 말하는데, 이는 중국 봉건문

---

55) 「長明燈」(『彷徨』魯迅全集 卷2, p.56)

화 또는 봉건습속의 要諦를 상징하는 것이다. 마을 사람들은 長明燈을 이야기하며 "梁나라 武帝가 켠 이래 지금까지 쭉 전해 내려오면서, 한 번도 꺼뜨려 본 적이 없다는 거야. 장발적의 난 때도 꺼지지 않았다지. … 보라고 저 푸른빛이 정말 아름답지 않은가"56)라고 한다. 이 말은 長明燈에 대한 歷史的 事實性을 부여할 뿐만 아니라, 중국 봉건문화의 역사와 뿌리가 얼마나 길고 견고한가를 설명하는 것인데, 瘋子는 이 같이 뿌리 깊고 견고한 중국의 봉건문화, 봉건관습을 없애기 위해 투쟁하고자 했던 鬪士였다. 주인공 瘋子는 봉건문화, 봉건관습의 추종자들이 볼 때 미치광이였을 뿐이지, 봉건문화, 봉건습속에 젖어 버린 사람들의 정신을 일깨우고자했던 先覺者이자 그것을 부숴 없애고자 했던 투사, 즉 反封建투쟁에 앞장섰던 투사의 모습을 대변한다.

다음 場面은 마을사람들이 찻집에서 나온 후, 祠堂으로 달려가 瘋子를 만나면서 벌어지는 광경을 묘사하고 있는데, 그들과 瘋子 사이의 대립과 갈등이 최고조에 이르고 있음을 볼 수 있다. 반봉건주의자로서의 瘋子가 봉건문화의 수호자임을 자처하는 闊亭, 莊七光, 세모꼴 얼굴 등과 직접적으로 대치하면서 투쟁을 벌이고 있는 모습이다.

"나도 알고 있어. 불을 끈다 해도 없어지지 않는다는 것을." 그는 갑자기 험상궂게 웃는 모습을 보이더니 곧 웃음을 거두고 침착하게 말했다. "그러나 나는 이렇게 할 수 밖에 없어. 내가 먼저 그렇게 하는 것이 쉽단 말이야. 나는 불을 끄겠어. 혼자서 끄겠다구!" 그는 말하면서 몸을 돌려 있는 힘을 다해 사당 문을 밀었다. "이봐!" 闊亭이 화를 냈다. "넌 이곳 사람이 아니냐? 넌 꼭 우리 모두를 미꾸라지로 만들겠다는 거냐? 돌아가! 넌 문을 열 수 없어. 문을 열 방법이 없다구! 그리고 불도 끄지 못해, 역시 돌아가는 게 좋을 거야!" "난 돌아가지 않겠어! 난 불을 끄고 말테야!" "안 돼, 넌 문을 열 수도 없어!" "……" "넌 열 수 없어!" "그렇다면 다른 방법을 쓰겠어." 그는 얼굴을 돌려 그들을 쳐다보며 침착하게 말했다. "홍, 다른 방법이란 게 뭐야, 말해 보라고." "……" "말해 봐. 다른 방법이란 게 뭔지." "불을 지르겠어!"57)

56)「長明燈」(『彷徨』魯迅全集 卷2, p.57)
57)「長明燈」(『彷徨』魯迅全集 卷2, p.61)

  이 부분은 「長明燈」의 核心 부분이라고 할 수 있는데, 주인공 瘋子의 성격과 존재의미가 무엇이었나를 가장 잘 보여주고 있다. 주인공 瘋子의 역할과 행동은 위의 장면에서 드러난 바와 같이, 봉건세력과 투쟁하며 반항하는 투사로서 모습을 잘 드러내고 있다. 마을의 모든 사람들이 몽매한 封建의 습속에서 깨어나고 있지 못할 때, 홀로 그 습속에서 깨어나, 이를 타도하고자 했던 瘋子의 모습은 先覺者, 反封建鬪士를 상기시킨다. 반면 吉光 마을 사람들은 봉건습속에 안주하며, 기득권 지키기에 급급했던 무지몽매한 봉건문화의 추종자들을 상징한다고 하겠다. 작가는 몽매하고도 추악한 이들의 모습을 드러내기 위해 여러 가지 상징적이고도 은유적인 표현을 과감하게 사용하였다. 등불이 꺼지면, 자신들은 진흙탕의 미꾸라지로 변한다는 말은 극도의 어리석음과 함께 세상이 바뀌면 기득권을 잃게 되어 자신들의 지위가 상상할 수 없을 정도로 추락해 형편없는 미물과 같은 존재가 될지도 모른다는 두려운 마음을 상징하는 것이다.

  장명등을 수호신으로 받드는 마을 청년들은 자신의 입으로 사당 안에 모셔진 存在物에 대해 이야기한다. "저 등불은 반드시 불어 꺼야하기 때문이다. 보라고, 머리 셋에 팔뚝이 여섯 개인 푸른 귀신, 눈 셋 달린 것, 긴 모자를 쓴 것, 머리가 반 밖에 없는 것, 소머리에 돼지 이빨을 한 괴물들을 모두 불어서 꺼버려야 한다 말이야."[58] 祠堂 안에 모셔진 존재는 하나 같이 기형적인 괴물인데, 이 같은 괴물들은 봉건문화 봉건습속의 본질을 상징하고 있다. 봉건문화, 봉건습속 모두 기형적인 괴물과 같은 것임을 암시하는 것임과 동시에, 이를 받들고 추종하는 등, 봉건의 미몽 속에서 깨어나지 못하는 吉光 마을 사람들의 무지한 모습을 여실히 보여주고 있다.

  앞서 말한 바와 같이, 「長明燈」은 「狂人日記」에서처럼 상징수법을 적극적으로 활용하고 있을 뿐만 아니라, 플롯의 전개방식과 구도 등에 있어서도 커다란 유사점을 드러내면서, 「狂人日記」의 후속편과 같은 느낌을 주고 있다. 唐弢는 瘋子의 성격에 대해 "작가가 봉건세력에 대해 宣戰포고를 한 사람들의 형상으로 다시 한 번 선택한 것이 瘋子"라고 했는데,[59] 이는 「長明燈」의 주인공 瘋子와 「狂人日記」의 주인공 狂人, 이 두 사람은 공히 반봉건투사로서의 상징적 존재라는 사실에 있어 한 치의 어긋

---

58) 「長明燈」(『彷徨』魯迅全集 卷2, p.60)
59) 唐弢 主編, 『中國現代文學史 一, 二』, 人民文學出版社, 1984, 北京, p.106.

남이 없다는 것을 의미한다. 두 주인공 모두 미치광이로 등장해, 주위의 敵對的 환경
속에서도 꺾이지 않는 불굴의 모습을 보이고 있는데, 이들의 형상은 어떤 특정한 계
층 내지 어떤 한 부류에 속한 사람을 의미하는 것이 아니라, 반봉건운동에 나선 정신
혁명가 내지 투사의 當爲的 모습을 상징하고 있다고 보아야 한다. 차이점이라고 한다
면, 「狂人日記」의 공간적 배경이 都市的 이고, 비판의 대상이 중국 전체의 역사와
문화를 아우르고 있음에 비해, 「長明燈」에서는 비판의 대상을 봉건문화의 전형적 부
류인 시골 마을의 어느 한 사당에 있는 장명등에 국한시켜 초점화 하는 양상을 보이
고 있다는 것이다. 田仲濟·孫昌熙는 이 두 작품에 대한 평가에서 "「長明燈」의 寫作
은 「狂人日記」와 근 7년의 차이를 두고 있으나, '瘋人'의 형상은 '狂人'의 형상과 매
우 비슷하다. 그러나 서로 다른 점은 狂人이 반대하고 부정한 것은 家族制度 속에서
유지되고 있는 封建禮敎이고, '瘋人'이 반대하고 부정한 것은 가족제도 속에서 유지
되고 있는 封建迷信이다. 狂人의 부정과 반대가 言에 무게가 주어졌다고 하면, 瘋人
은 行에 무게가 실렸다."[60]고 하면서 이들 두 작품을 비교 설명하였다.

　巨視的 관점에서 봉건사회의 害惡을 폭로 고발하며, 중국의 현실을 批判한 작품으
로 「狂人日記」, 「長明燈」 이외에 「藥」이라는 작품이 있다. 「藥」은 자신의 아들이 肺
病에 걸리자, 사람의 피를 먹으면 낫는다는 미신적 俗說을 믿고, 처형되었던 혁명가
의 피가 들어간 만두를 사서 아들의 병을 고치고자 했던 어느 한 아버지의 모습을
그리고 있는데, 「藥」은 이 같은 모습을 통해 無知蒙昧했던 동시대 일반 민중들의 삶
의 행태를 비판하고 있다.

　작품에서 주인공과 같은 존재로 등장하는 華老栓은 작은 茶館의 주인이다. 그의
아들 華小栓은 심한 폐병을 앓고 있었다. 아들의 병을 고치기 위해 華老栓은 여러
해 동안 악착같이 모아둔 은화를 가지고 사람의 피로 만든 만두 人血饅頭를 사서 그
것을 아들에게 먹인다.

　　小栓은 그 검은 물건을 집어 들고 한참 쳐다보았다. 마치 자기 목숨을 들고 있는
　　듯한, 뭐라 말할 수 없는 기묘한 느낌이었다. 살며시 조심하며 두로 가르자, 거뭇거
　　뭇 탄 만두 껍질 속에서 흰 김이 피어올랐다. 김이 사라지자 그것은 둘로 갈라진 밀가

60) 田仲濟·孫昌熙 主編, 『中國現代小說史』, 山東文藝出版社, 濟南, 1984, p.6.

루 만두였다. …(중략)… 얼마 지나지 않아 전부 뱃속으로 삼켰는데, 무슨 맛이었는 지 전혀 생각이 나지 않았다. 눈앞에는 단지 빈 접시가 한 개 남아 있을 뿐, 그의 옆에는 한 쪽에 아버지, 다른 한 쪽에는 어머니가 서 있었다. 마치 그의 몸 안에 무엇 을 부어 넣고, 또 무엇을 꺼내려는 듯 한 두 사람의 눈초리에 그는 그만 가슴이 두근 거려, 가슴을 누르며 다시 한바탕 기침을 했다.[61]

아버지는 병을 치료하기 위해, 은화까지 들여서 어렵게 구한 人血饅頭를 아들에게 먹여 주었으나, 아들은 아무런 효과를 보지 못하고 결국에는 죽게 된다. 만두가 아들 小栓의 뱃속으로 들어갔는데, 정작 小栓은 무슨 맛인지 전혀 느끼지 못했다. 무슨 맛인지 몰라서 효과를 못 보았기 때문인지 小栓은 결국에는 죽고 말았던 것이다.

이 작품은 먼저 가련하면서도 몽매하게 살아가는 일반 민중들의 삶의 모습을 독자 들에게 말하고 있다. 가련하고도 몽매하게 살아가는 민중들의 모습은 어두운 새벽에 처형장 가까이 가서 애써 모은 은화를 지불하고 얻어 온 피 묻은 만두를 만병통치약 으로 생각하고 이를 자식에게 먹이는 華老栓과 華大媽 같은 사람들의 모습을 통해 일차적으로 드러난다. 자식의 병을 약이 아닌, 인혈만두로 고치겠다고 생각하는 사 람의 행태는 무지한 俗說을 그대로 추종하는 몽매한 민중의 전형적인 모습이다. 그런 데 작가가 궁극적으로 말하고자 했던 민중들의 몽매함은 食人種처럼 사람의 피가 들 어간 만두를 먹었다는 외형적 사실로 끝나지 않는다. 작가는 민중들의 몽매한 행태를 설명하기 위해 만두의 재료로 들어간 사람의 피가 누구의 피였는지 숨기지 않고 다음 과 같이 말한다.

"夏씨네 셋째 아들은 정말 빈틈이 없는 놈이지. 만약 그 놈이 미리 고발하지 않았 다면, 그 놈 역시 일가가 몰살당하고 재산도 통째 빼앗겼을 거야. 지금은 어떤가? 은화를 받았으니, 그 죽은 놈도 얼간이 같은 놈이군! 감옥에 들어가서도 우리들에게 모반을 선동했다니."[62]

---

61) 「藥」(『吶喊』魯迅全集 卷1, p.443)
62) 「藥」(『吶喊』魯迅全集 卷1, p.445)

華小栓이 먹은 피 묻은 만두는 처형당한 혁명가 夏瑜라는 사람의 피로 만들어진 것이었다. 夏瑜는 사람들을 선동하다가 잡혀 곧바로 감옥에 가게 되었는데, 감옥에 가서도 감옥의 책임자에게 반란을 일으키라고 권하다가 마침내 처형당하고 말았다. 이 같은 사실은 다음 날 茶館에 나타난 흰 수염장이라는 사람과 康大淑, 그리고 그들의 주위에 있었던 몇 몇 마을 사람들과의 대화에서 밝혀진다. 이들은 사람의 피가 들어간 만두를 먹었으니 사람의 병이 반드시 나을 것이라는 미신에 사로잡혀 있을 뿐만 아니라, 人血만두의 주인공인 夏瑜에 대해서도 이해하기는커녕 오히려 욕을 하며 바보취급을 한다. "누구 집 아들이라뇨? 그야 물론 夏씨 집 넷째 아줌마의 아들이죠. 그 병신 같은 놈!, 셋째 이들은 정말 빈틈없는 놈이지."63)라고 주위 사람들은 말한다. 夏瑜에 대한 주위 사람들의 이 같은 생각은 혁명에 대한 일반 민중의 반응으로 간주될 수 있다.

이들의 蒙昧性은 위의 夏瑜에 대한 평가에서 두 번째로 드러난다. 이들은 夏瑜가 무슨 일을 하려고 한 사람이었고, 그가 왜 감옥에 갔고 또한 감옥에서 무엇을 하고자 했는가에 대해 이해와 관심을 표하기는커녕, 오히려 그를 못난 바보로 치부해 버린다. 몽매한 민중의 전형적인 모습이다. 동시대 다수 민중들의 몽매한 모습과 관련해 王士菁은 이 작품에서 작가는 아직 각성하지 못한 민중들의 정신 상태를 표현해 내고 있고, 작품은 辛亥革命 실패의 중요원인을 객관적으로 반영하고 있다고 했다.64) 康大叔, 흰 수염장이는 물론, 華老栓과 華大媽가 벌이고 있는 행태는 동시대 무지몽매한 민중들의 행태를 그대로 대변하고 있다. 이들 모두 자신들이 살고 있는 세상의 모습과 사회의 현실 등에 대해서는 인식조차 하지 못하고, 눈 앞의 자신들의 이익만을 생각하는 일반 민중들의 무지몽매한 모습을 그대로 보여주고 있다. 따라서 夏瑜의 피가 이같이 몽매한 사람들에게 엉뚱한 약으로 밖에 쓰이지 못했다는 것은 다수의 민중들은 혁명에 대해 털 끝 만큼도 인식하지 못했음을 상징하는 것이기도 하다. 세상과 사회에 대한 의식도 없고 관심도 없는 몽매한 사람들의 손을 거쳐 들어간 만두를 먹은 小栓이 무슨 맛인지 전혀 생각이 나지 않았다는 것은 당연한 것일 수 있다.

夏瑜라는 사람은 봉건정치를 타도하고 사회를 개혁하고자 했던 투사라고 할 수 있

---

63)「藥」(『吶喊』魯迅全集 卷1, p.445)
64) 王士菁, 『魯迅傳』, 中國靑年出版社, 1991, p.88.

다. 따라서 夏瑜의 피는 반봉건투사이자 사회혁명가의 피로서 봉건사회를 타파하기 위한 혁명가들의 의지와 정신을 상징한다. 이처럼 몽매한 사람들의 손을 거쳐 간 혁명가의 피는 아무런 효과도 나타낼 수 없었기 때문에 小栓은 그 만두를 먹고 아무런 맛을 느낄 수 없어서 결국에는 죽고 말았던 것이다. 그런데 혁명가의 피로 만들어진 만두를 華大栓의 아들 小栓이 먹었음에도 죽었다는 것은 夏瑜라는 선각자의 정신이 후대의 청년에게 전혀 전달되지 않았음을 상징하는 것이기도 하다. 따라서 夏瑜의 죽음과 夏瑜의 피를 먹은 小栓의 죽음은 자연인 두 사람만의 죽음이 아닌, 혁명의 실패와 혁명정신의 계승마저 실패, 즉 혁명의 정신을 이어 받아야 할 사람들의 소멸을 의미한다. 혁명을 일으켰으나 실패로 끝났다는 사실과 함께, 혁명의 정신을 이어 받아야 할 후대, 즉 젊은 세대의 사람들이 혁명의 목표와 의미를 잘 몰라 혁명의 정신이 제대로 繼承되지 못했음을 상징적으로 나타내는 것이다.

이 작품은 사람의 피, 혁명가의 피를 통해 여전히 無知蒙昧한 삶을 살고 있는 일반 민중들의 精神狀態와 그로 인해 혁명이 실패할 수밖에 없었던 상황을 복합적이고도 암묵적으로 말하고 있다. 한 마디로 말해서, 「藥」은 封建이념과 제도가 주는 폐해에 대한 기본적인 인식조차 하지 못한 채 살아가는 일반 사람들의 精神狀態와 그러한 정신상태가 만들어 낸 현실의 一面을 인혈만두를 통해 드러내고 있는 작품이라고 할 수 있다.

「狂人日記」, 「長明燈」, 「藥」 등 이들 세 작품은 총체적 관점에서 봉건예교주의와 봉건 관습이 지배하는 사회의 현실, 그리고 그러한 이념과 관습의 희생양이 되어 노예처럼 몽매하게 살아갔던 민중들의 思考와 삶의 방식 등에 대한 폭로와 비판을 주제로 삼고 있는데, 이 같은 폭로와 비판이 비유와 상징적 기법을 통해 이루어지고 있다는 것이 이들 세 작품이 갖는 가장 큰 문학적 특징이라고 할 수 있다. 또한 이들 세 작품에서는 작가적 서술의 외부시점이 비교적 지속적이고 일관되게 작용하고 있음을 볼 수 있는데, 화자는 어느 특정한 인물의 시각에 密着해서 사건을 서술하지 않고, 話者 자신의 시점인 외부의 관점에서 초점대상을 자유롭게 교체하면서 事件을 敍述하였다. 화자는 이야기밖에 있으면서, 인물과 일정한 거리를 유지하며 사건을 이끌어 나가는데, 이 같은 서술태도는 독자와 작품과의 거리를 일정하게 유지하게 하면서, 독자들로 하여금 이들 몽매한 사람들의 살아가는 과정을 냉정하게 바라 볼 수 있게 한다. 끝으로 이들 세 작품 갖는 또 하나의 특징이라고 한다면, 過激하고 刺戟的인 표현을 사용하는데 주저하지 않았다는 것인데, 吃人, 燒燬, 放火, 人血饅頭 등 파괴와 죽음을 상징하는 격렬하면서도 과격한 용어가 자주 등장하고 있다. 魯迅은 封建思想과 그 제도, 그 관습 등을 일종의 野獸 내지 살인 무기처럼 인간을 파괴하고 죽이는 존재처럼 생각하였다. 封建이념과 관습은 너무 잔인하고 파괴적인 것이기 때문에, 들판에서 맞닥뜨린 야수와의 투쟁에서처럼 지게 되면 먹혀버리게 되니, 인간이 올바로 생존하기 위해서 반드시 없애버려야 할 존재로 魯迅은 간주했다. 魯迅은 봉건의 본질을 인식시키기 위한 비유적 어휘 내지 도구로서 이 같은 용어를 사용한 것으로 생각해 볼 수 있다.

魯迅의 작품에는 여러 가지 유형의 知識人이 등장한다. 封建思想의 틀 속에서 또는 封建規範과 思考의 늪에 갇혀 결국에는 그것의 희생물로 전락하는 封建知識人이 등장하는데, 「孔乙己」, 「白光」의 주인공인 孔乙己와 陳士成과 같은 사람이 이 같은 봉건지식인의 대표적인 예가 된다. 이들의 머릿속은 虛威意識으로 가득 차 있는데, 허위의식은 封建慣習 내지 규범에 찌들어 버린 그들의 사고방식에서 비롯되었다. 그런데 이들은 그런 허위의식에 의해 파멸당하면서도, 그 파멸이 허위의식에서 의한 것이고, 또 그런 허위의식이 봉건관습과 규범에 의한 한 것임을 알지 못한다. 그렇기 때문에 이들은 어떠한 동정도 받지 못하고 있다.

그러면 먼저 魯迅이 자신의 작품 가운데 가장 좋아했다고 하는 「孔乙己」에 대해 살펴 보자. 「孔乙己」는 「狂人日記」를 뒤이어 나온 魯迅의 두 번째 白話小說로서 1919년 4월 『新靑年』 제6권 제4호에 揭載되었던 작품이다. 「孔乙己」는 儒生출신인 듯한 孔乙己라는 사람이 생계가 어려워지자 도둑질로 延命하게 되고, 그로 인해 사람들의 멸시와 비웃음거리의 대상이 되어 살다가, 終當에는 그런 도둑질로 인해 비참하게 생을 마감한다는 내용을 그리고 있다. 작가는 이렇게 몰락한 儒生의 모습을 통해 전근대적인 봉건사상과 제도가 사람들의 정신을 어떻게 파괴하며, 인생을 몰락시키고 있는가를 말하고 있다.

주인공 孔乙己의 모습과 그의 언행은 선술집에서 일하는 소년으로 등장하는 話者인

'나'에 설명되고 있는데, 話者 '나'가 소개하는 孔乙己의 모습은 대강 이런 것이었다.

> 孔乙己는 서서 술을 마시는 사람들 중에서는 長衫을 입은 유일한 사람이었다. 그는 키가 꽤 컸고, 창백한 얼굴을 띠었는데, 창백한 얼굴의 주름 사이에는 항상 상처자국이 있었고, 마구 흐트러진 허연 수염을 하고 있었다. 입은 옷이 비록 장삼이긴 하나, 더럽고 너덜너덜하여, 십 몇 년 동안 꿰매지도 않고 세탁도 한 번 안한 것 같았다. 그가 사람들에게 하는 말은 알쏭달쏭한 文語 투성이었다.[65]

한마디로 말해서 孔乙己는 비렁뱅이였다. 이런 孔乙己가 다행스럽게도 약간의 지식이 있는 데에다가 글씨를 잘 썼기 때문에 책을 베껴 주고, 그 대가로 겨우 입에 풀칠이나 하며 살아 갈 수 있었다. 그런데 그것마저 여의치 않게 되자, 도둑질을 시작했다. 그러나 주인공 孔乙己에게 도둑질 이상으로 더욱 문제가 되는 것은 도둑질을 아무렇지 않게 여길 정도로 타락하고, 意識마저 마비된듯한 모습을 보이고 있다는 사실이다. 그렇다면, 무엇 때문에, 孔乙己의 정신이 타락하고 의식이 마비되었던 것일까? 한마디로 말해 봉건사상과 관습으로부터 몸소 익힌 배운 虛威意識 때문이었다. 孔乙己는 허위의식에 철저하게 지배당한 사람이었기 때문에, 어리석고 후안무치한 행동을 하였고, 그것으로 인해 항상 주위 사람들의 놀림감이 되었던 것이다. 주위의 사람들은 孔乙己를 볼 때마다, 그를 조롱하며 멸시한다.

> "자네 또 남의 물건을 훔친 게로군" 孔乙己는 눈을 부릅뜨면서 대답한다. "왜 또 터무니없이 남의 청백을 더럽히려 하지?…" "청백이라고? 내가 엊그제 이 눈으로 똑똑히 보았는데, 자네가 何씨 집의 책을 훔치다가 들켜 거꾸로 매달려 매 맞고 있던 걸!" 孔乙己는 금방 얼굴이 새빨갛게 달아오르더니 이마에 퍼런 힘줄을 세우면서 열심히 변명을 한다. "책을 훔치는 것은 도둑질이라고 할 수 없지 … 책을 훔치는 건! … 독서인이 하는 일이야. 어떻게 훔쳤다고 말할 수 있어?" 그리고 잇달아 알아듣기 어려운 말을 하는데, 무슨 군자는 원래 가난하다느니, 무슨 뭐라느니 하면서 지껄여 대 모두들 껄껄대고 웃게 만들었다. 그러면 가게 안 팎 에는 유쾌한 분위기가 가득 차는 것이었다.[66]

---

65) 「孔乙己」(『吶喊』魯迅全集 卷1, p.435)

거지 노릇을 하면서 거지가 아닌 것처럼 행동하고, 도둑질을 하면서 도둑질을 안한 것처럼 행동하는 孔乙己의 모습을 통해 虛威意識의 表象을 볼 수 있다. 孔乙己는 생계를 위해 도둑질을 하였지만, 사실 도둑질도 허위의식에서 시작되었다고 볼 수 있다. 돈이 있어야 선술집에 가서 행세를 할 수 있는데, 돈이 없는 것이 문제였다. 그러면, 노동을 해서라도 돈을 벌어야 하는데, 지식인이라서 노동은 못하고, 어쨌든 술집에서 행세를 하기 위해 도둑질까지 한 것이니, 孔乙己가 도둑이 된 것은 자신의 허위의식에서 비롯된 것으로 보아야한다. 도둑질을 하고서도 아닌 것처럼 둘러 대며 합리화하는 孔乙己의 모습을 보고 주위의 사람들은 항상 조롱하며 멸시하였다. 孔乙己의 이 같은 모습은 그가 자주 다녔던 그 술집에서 일하는 소년에 의해 관찰되고 있다. 소년인 '나'는 話者로 등장하여 始終一貫 孔乙己의 행동을 관찰하고 있다. 孔乙己는 봉건사상과 관습에 젖어 버린 몰락한 봉건 지식인의 전형적 특성 등을 두루 갖춘 사람이라고 할 수 있다. 현학적이고 도덕적이며 잘난 것처럼 행동하고 싶어 하는 생각 즉 허위의식에 가득 찬 孔乙己의 모습을 話者는 周到綿密하게 관찰하고 있다.

話者인 '나'는 孔乙己에 대한 느낌과 감정 표현 등을 가급적 절제하면서, 話者 자신의 눈에 비친 孔乙己의 모습만을 있는 그대로를 보여 주고 있다. '나'는 孔乙己의 언행에 추호의 간섭이나 개입도 하지 않음은 물론, 이렇다 할 어떠한 느낌이나 평가도 내리지 않고, 孔乙己와 철저하게 거리를 유지한 채, 이야기를 이끌어 나가고 있다. 타락한 봉건 지식인 孔乙己의 무능과 허위의식을 비판함에 있어, 인물의 그런 모습을 간접 제시나 묘사, 대화 등을 통해 드러낼 뿐, 인물에 대한 어떠한 논평이나, 감정적 서술 등을 일체 드러내지 않으며, 객관적으로 표현하고자 하는 모습이 話者인 '나'의 서술태도라고 할 수 있다. 話者의 태도를 통해 독자들에게 孔乙己라는 폐인이 되어 버린 封建 知識人에 대한 이야기를 보다 現實感 있고 信賴性 있게 전달하고자 했던 작가의 의도를 읽어 볼 수 있다.[67]

孔乙己의 허위의식에 대한 조롱과 질타는 계속 이어진다. 주위의 사람들은 文士인

---

66) 「孔乙己」(『吶喊』魯迅全集 卷1, p.435)

67) 이 같은 서술방법은 話者가 자기 자신이 체험한 이야기를 하는 懷顧談式의 형식을 취하기 때문에, 비현실적이며 믿기 어려운 이야기를 보다 현실적이면서 신뢰가 가는 것으로 독자들에게 알려주는 데 적합하다고 할 수 있는 서술방법이다.

　　曹南鉉 著, 『小說原論』, 고려원, 1985, p.219.

것처럼 허풍을 떠는 孔乙己의 모습을 보며 다음과 같이 이야기한다.

> "孔乙己 자네 정말 글을 아나?" 孔乙己는 이렇게 묻는 사람의 얼굴을 빤히 쳐다보
> 면서 변명하기조차 귀찮다는 표정을 짓는다. 그들은 계속해서 묻는다. "그렇다면 자
> 네는 어째서 반쪽짜리 秀才도 따내지 못했지?" 그러면 孔乙己는 곧바로 당혹스럽고
> 불안한 표정을 짓고는 얼굴에 잿빛을 드리우며 입속에서 무어라고 중얼거리는데, 이
> 번에 온통 文語투성이라 조금도 알아들을 수 없었다. 그럴 때면 모두들 껄껄 웃었고,
> 술집 안팎에는 유쾌한 분위기가 가득 찼다.[68]

사람들은 허위의식으로 굳어 버린 孔乙己의 언행을 철저하게 조롱하고 있는 것이
다. 어느 날 孔乙己는 다리가 부러져 걷지도 못한 채, 기어서 술집으로 들어 왔다.
丁擧人이라는 사람의 집에 도둑질하러 들어갔다가 발각되어 얻어맞고 그만 不具者가
되었다는 것이다. 그렇지만, 孔乙己는 不具의 몸이 되었음에도 그런 몸을 이끌고 술
집에 와서 술을 마신다. 주위 사람들의 놀림감이 되면서까지 거짓말을 하며 술을 마
시고 있는 孔乙己의 모습이 다음과 같이 묘사되고 있다.

> "孔乙己 자네 또 도둑질 했지!" 하지만 그도 이번에는 별로 변명하지 않고 그저
> 한 마디만 했다. "놀리지 마시오!" "놀리다니? 도둑질하지 않았다면 왜 다리가 부러
> 졌지?" 孔乙己는 낮은 소리로 말했다. "넘어졌소. 너 넘어져서." "넘어졌소. 너 넘어
> 져서…." 그의 눈빛은 더 이상 말하지 말라고 주인에게 애원하는 듯 했다. 이 때 이미
> 몇 사람이 모여 주인과 함께 웃고 있었다.[69]

이처럼 孔乙己는 주점에 나타나기만 하면 항상 주위 사람들의 조롱과 멸시를 받아
야 했는데, 이는 孔乙己의 상습적이고도 상투적인 거짓말에서 비롯된 것이었고, 그
런 거짓말은 바로 孔乙己의 허위의식에서 시작된 것이었다. 그는 술 먹고 노는 것만
좋아하고 일하기는 싫어하는 못된 버릇 때문에 그나마 생계수단이었던 책 베껴 주는
일마저 끊어지고, 먹고 살기 위해 도둑질까지 하는 형편에 이르렀다. 그러면 孔乙己

---

68) 「孔乙己」(『吶喊』魯迅全集 卷1, p.436)
69) 「孔乙己」(『吶喊』魯迅全集 卷1, pp.437-438)

는 왜 이러한 형편에까지 이르게 되었던 것일까? 태어나서 현재에 이르기까지 어줍
지 않게 유학공부에만 몰두해 온 孔乙己의 입장에서 볼 때, 封建倫理나 봉건예교주
의가 몸에 배는 일은 당연한 일이었고, 또 그렇게 되다보니 자연스럽게 나태해지고
허례의식과 함께 터무니없는 우월의식만을 갖게 되면서, 허위의식이 固着되었던 것
이다.

　　글을 배웠다고! 그럼 내 너를 시험해 보겠다. 회향두의 회자는 어떻게 쓰지? 하고
　　물었다. 나는 거지나 다름없는 사람이 나를 시험한다고 생각하니 참을 수 없어 고개
　　를 돌리고 상대하지 않았다. 공을기는 한 참 있더니 매우 간절하게 말했다. "쓸 줄
　　모르나 보지? … 내가 가르쳐주마. 이런 글자는 외워두어야 한다. 70)

　아이에게 漢字를 가르쳐 줌으로써, 자신이 유식한 문사인 것처럼 행동하며 체면과
권위를 보여주고 싶어 하는 모습을 통해 허황된 體面과 權威를 지키고 싶어 하는 孔
乙己 마음의 일면을 엿볼 수 있다.
　孔乙己는 주위 사람들의 蔑視와 嘲弄에도 아랑곳하지 않고, 왜 그렇게 후안무치한
행동을 벌였던 것일까? 거듭 말해서, 그것은 바로 허위의식에서 비롯된 것이었고,
孔乙己에 대한 주위 사람들의 조롱은 바로 孔乙己의 허위의식에 대한 조롱이었다.
그렇다면, 孔乙己의 허위의식은 어디서 나온 것일까? 그것은 봉건사상과 관습, 규범
의 산물이라는 것이다. 孔乙己의 허위의식은 평생 동안 봉건사상과 규범을 받들며
그 관습에 젖은 사람들의 일상적인 삶 속에서 자연스럽게 우러나온 것이라는 것이
작가의 주장이었다.
　「孔乙己」는 자신들의 거짓된 체면과 권위를 유지하기위해 虛僞意識에 사로잡힌 當
代 封建知識人들의 속성을 엿 볼 수 있는 하나의 의미를 제공하고 있다. 「孔乙己」는
孔乙己라고 하는 封建禮敎主義와 思想 관습에 빠진 어느 한 知識人의 타락한 모습을
통해, 舊態依然한 當代의 知識人들을 비판하고 있는데, 魯迅은 그들에 대한 비판의
초점을 그들 특유의 허위의식에서 찾았고, 이를 조롱의 형식을 빌려 표현해내고 있
다. 자신들의 헛된 체면과 권위를 유지하기 위해 허위의식을 갖게 되었지만, 결국에

---

70)「孔乙己」(『呐喊』魯迅全集 卷1, p.436)

있어서 허위의식으로 인해 의식과 양심마저 상실하며 厚顔無恥한 존재가 되어 버린 孔乙己의 모습을 작가는 封建思想과 관습, 규범에 젖어 버린 사람들의 공통적 屬性이라고 보고 있다.

이 작품은 한마디로 말해, 봉건예교주의와 사상, 관습 등의 病廢를 고발한 작품이다. 이러한 사실과 관련해, "「孔乙己」는 곤궁한 知識人의 형상을 창조하여, 이러한 형상을 통해 封建制度(科擧制度를 포함해)와 봉건문화사상이 知識人에게 해악을 끼치는 죄악을 폭로·고발하고 있을 뿐만 아니라, 당시 尊孔讀經을 주장하는 復古主義者들을 강력하게 공격했다."[71]고 한 주장이나 "「孔乙己」의 목적은 문학혁명의 발전을 촉진시키고, 봉건제도와 봉건통치의 죄악을 드러내며, 당시 신문화운동을 향해 무자비한 공격을 가했던 封建 復古派들을 공격하고, 사람을 잡아먹는 봉건윤리의 三綱五倫을 규탄하고, 愚弱한 국민의 低劣的 根性을 비판하기 위한 것"[72]이라는 이야기는 작품을 통해 봉건예교주의와 그 관습의 폐해를 폭로하고 그것을 사람들에게 인식시키고자 했던 작가의 의도를 설명하는 것이라 하겠다.

「白光」 또한 봉건 지식인으로서 평생 經學만을 공부한 어느 한 儒生의 悲劇的 삶을 다루었다는 점에서 「孔乙己」와 매우 유사한 작품이라고 할 수 있다. 「白光」은 1922년 7월 10일 『東方雜誌』 제19권 제13호에 발표된 작품이다. 官吏가 되기 위해 평생을 바쳐 공부하며 地方試(縣考)에 응시한 陳士成이라는 어느 儒生이 16번째 낙방을 하고 난 뒤, 계속된 실패와 좌절의 충격 속에서 幻聽과 幻視에 시달리다가 마침내 滿月의 白光이 비추는 가운데 호수에 投身, 自殺한다는 것이 작품의 주된 내용인데, 主人公을 제외하고는 등장인물이 거의 없다는 것과 엄청난 정신적인 충격을 받고 煩悶하며 葛藤하는 주인공의 심리변화와 그 推移에 대한 세밀한 묘사 등이 작품의 주된 특징이 되고 있다.

주인공 陳士成에게는 科擧試驗의 及第가 삶의 목표이자 또한 전부였다. 과거급제는 중년이 넘도록 결혼도 못하고 있는 그에게 관리로서의 身分上昇과 함께 명예와 부를 가져다 줄 수 있는 유일한 수단이자 희망이었다. 그렇기 때문에 陳士成의 입장에서는 과거시험의 실패는 인생의 실패이며, 希望의 喪失이었다. 陳士成이 과거시험

---

71) 廣西師範學院中文系 中國現代文學研究室 編寫, 『魯迅小說詩歌散文選講』, 廣西人民出版社, 1979, p.40.
72) 張曲品, 「孔乙己」(魏洪丘 主編, 『魯迅小說導讀』, 華東師範大學出版社, pp.23-24 參照).

에 걸었던 인생의 목표와 꿈이 어느 정도인지는 다음과 같은 단락을 통해 드러나고
있다.

秀才의 자격을 얻어 省에 향시를 보러가고, 차례차례 시험을 돌파한다. … 그렇게
되면 지방 유지들이 온갖 방법으로 앞을 다투어 혼담을 내놓을 테고, 사람들은 흡사
신을 우러러 보듯 그를 두려워하고 존경할 것이며, 이제껏 그를 경멸했던 것을 깊이
후회하겠지 … 지금 그의 낡은 집에 세들어 살고 있는 사람들은 쫓아 내고 … 아니
쫓아낼 것도 없다. 그가 나가면 되니까 … 집은 모두 새로 짓고 대문에 깃대와 扁額을
건다 … 높은 자리에 앉으려면 중앙의 관리가 되는 것이 좋겠고, 그렇지 않으면 차라
리 지방관이 되는 쪽이 낫겠지 … 그가 평소에 계획해 두었던 입신출세의 앞날이 이
때, 물 먹은 설탕 탑처럼 한순간에 무너져 산산이 부서진 조각만이 남았다. 그는 무의
식적으로 조각조각 흩어진 것 같은 몸을 돌려 망연히 집으로 향했다.73)

과거시험에 자신의 모든 것을 걸었던 陳士成의 입장에서 볼 때, 과거시험의 실패는
하늘이 무너지는 충격과 같은 것이었다. 과거시험의 합격은 관리로서의 立身揚名하
는 등, 자신을 과시할 수 기회를 얻는 것이었는데, 이런 기회를 완전히 상실하고 만
것이다. 16번 정도 과거시험에 응시했다는 것은 陳士成이 立身榮達을 위한 욕망이
얼마나 강한지를 그대로 보여주는 것이리라. 과거시험을 16번이나 실패한 그에게 이
제 해결해야 할 새로운 문제가 생겼다. "그가 자리에 앉자 아이들은 오후의 숙제를
제출했는데, 얼굴에는 모두가 그를 깔보는 기색이 역력했다."74) "문간에 다가서자
눈앞이 훤히 밝아지며 닭들까지도 그를 비웃는 것 같이 보였다."75)는 표현을 통해
알 수 있듯이, 陳士成은 자신의 제자인 아이들과 주위 사람들로부터 비웃음을 받아야
할 형편에 처하게 되었고, 따라서 어떻게 해서든 비웃음의 처지에서 벗어나야 되는
것이 그에게 닥친 과제였다.

陳士成은 과거시험에 16번이나 떨어진 충격과 그로 인해 받아야 할지 모르는 주위
의 비웃음과 멸시에서 벗어나야한다는 압박감에 눌리기 시작하였다. 과거시험의 실

---

73)「白光」(『呐喊』魯迅全集 卷1, p.542)
74)「白光」(『呐喊』魯迅全集 卷1, p.543)
75)「白光」(『呐喊』魯迅全集 卷1, p.543)

패로 인해 주위로부터 받아야 할 嘲弄과 蔑視에서 벗어나야 한다는 것과 그렇게 함으로써, 주위 사람들에게 자신이 실패한 사람이 아니고, 성공한 사람이라는 것을 보여야 한다는 것이 바로 그 壓迫感의 원인이었다고 할 수 있는데, 이 같은 압박감은 진실을 감추고 거짓을 통해서라도 자신을 과시하려는 虛威意識에서 비롯된 것이었다.

　그는 압박감에 시달리면서 幻視와 幻聽을 경험한다. "많은 작은 머리들이 검은 동그라미와 눈앞에서 춤을 추고 있는 것을 보았다. 이번으로 또 다시 끝나버렸다.'라는 말을 들을 정도로 … 그는 깜짝 놀라 벌떡 일어났다 분명이 귓가에 그렇게 말하는 소리가 들렸다."[76] 16번이나 떨어진 데 대한 자책감과 수치심, 그리고 주위의 비웃음에서 벗어나야 한다는 압박감이 그를 짓누르고 있었음을 보여주는 대목이다. 陳士成의 幻視와 幻聽은 계속 이어지며 정도가 심해지기 시작한다. 그의 눈에는 여러 가지 물건들이 나타났다가 사라지고, "왼쪽으로 돌아, 오른 쪽으로 돌아…" 하는 환청이 들린다. 그는 환청을 들으면서 돌아가신 할머니에게서 들은 이야기를 생각해냈다. 할머니의 말은 부자였던 陳士成의 祖上이 복 많은 자손이 찾아낼 수 있도록 무수한 銀덩이를 이곳에 묻었다는 것이다. 陳士成은 할머니가 이야기한 은덩이를 찾으면 과거시험에 합격한 것과 비슷한 효과가 있을 것으로 생각했다. 은덩이는 과거시험에 떨어진 陳士成의 체면을 세워주고 부와 명예를 가져다준다는 허위의식을 충족시켜 줄 수 있는 代案이 될 수 있었다. 그러나 차마 파러갈 용기를 내지 못했다. 그동안 그는 시험에 떨어질 때마다 發作的으로 자신의 집 여러 군데를 파헤치곤 했는데, 이번에도 파헤쳐서 못 찾게 되면 자신이 시험에 또 떨어진 것처럼 될까봐 두려워졌던 것이다. 그런데 이번에는 흰 빛(白光)이 마치 흰 부채처럼 그의 방 안에서 일렁일렁 번쩍이면서 그 곳을 파보라고 陳士成을 유혹하였다. 그는 급히 자기 방 안으로 들어갔으나, 흰 빛은 보이지 않았다. 멍청히 가만히 있으니까, 흰 빛이 동쪽 벽에 붙은 책상 밑에서 솟아오르고 있었다. 陳士成은 그 곳을 파보기 시작했다. 그러나 기대했던 은덩이는 나오지 않고 썩은 뼈 조각만이 나왔다. 陳士成은 사람의 아래턱뼈 같이 생긴 그 뼈를 집어 들었는데, 그 아래턱뼈가 그의 손에서 덜컥덜컥 움직이더니 빙그레 웃는 모양으로 나타나 마침내는 입을 열어 이렇게 말하는 것이었다. "이번으로

---

76) 「白光」(『吶喊』 魯迅全集 卷1, p.543)

끝장났다!" 그는 그 뼈다귀를 손에서 놓아 버렸다. 아래턱뼈가 굴러 그 구멍 속으로 떨어지고 陳士成도 마당으로 도망쳤다. 잠시 후 그가 방안을 엿보니 등불은 여전히 휘황찬란했고 아래턱뼈는 다시 陳士成을 향해 嘲笑하고 있었다. 頭蓋骨의 뼈다귀조차 陳士成의 落榜과 虛威意識을 조롱하는 것이었으리라. 그는 너무나 무서워 다시는 그 쪽을 쳐다볼 수 없었다. 그는 멀리 떨어져 있는 처마 밑의 어둠 속에 몸을 숨고서야 마음이 약간 평온해졌다. 그러나 그 평온 속에서 문득 희미하게 속삭이는 소리가 귓가에 들려 왔다. "여기엔 없다 … 산으로 가라." "여기엔 없다. … 산으로 가라."라는 幻聽을 들은 陳士成의 주위에는 넓고 크게 번쩍거리는 흰 빛이 퍼지고 있었다. 그런데 그 빛은 아득하면서도 바로 눈앞에 있었다. 과거시험의 실패를 덮고 명예와 부를 추구하기 위한 수단으로 등장한 금덩이 은덩이에 대한 집착으로 인해 幻聽과 幻視는 가속화되었다. 陳士成은 이 흰 빛을 쫓다가 그 빛 속으로 사라지고 말았다. 陳士成은 거의 미치광이가 된 채, 흰 빛 다시 말해 자신의 허위의식을 충족시켜줄 수 있는 대상을 쫓아 산속을 헤매다가 결국에는 어느 한 호수에 빠져 죽고 말았다.

과거시험에 떨어져 자신의 이상이 좌절되었다고 할지라도, 陳士成이 은덩이를 찾아 헤매는 엉뚱하고 이상한 행동을 하면서까지 죽어야 할 이유가 없었다. 그가 은덩이를 찾아 헤매게 된 것은 16번의 과거시험 낙방이라는 자신의 無能을 은폐하고, 과거시험 대신 은덩이를 통한 致富의 방법으로써 체면과 권위를 세워보고자 했던 意識에서 비롯된 것이었다. 남들로부터 비웃음과 멸시를 받아야 했기 때문에, 두려움을 느끼면서도 한편으로는 자신은 실패자가 아닌 성공한 사람으로 보여야 한다는 의식, 즉 허위의식은 陳士成을 미치광이로 만들고 마침내 죽음에까지 이르게 하였다.

例文을 통해 알 수 있듯이, 「白光」에서는 내적 焦點化를 통해 陳士成의 의식세계를 낱낱이 드러내고 있다. 話者는 외부의 영역에 있으면서 작중인물의 내면까지 투시하는 全知的 행동을 펼치고 있다. 작품이 시작되면서 話者는 중개적 역할을 적극 발휘하며 주인공의 내면세계를 관찰한다. 작품에서 話者는 처음부터 주인공의 操縱者가 되어 그의 內面 속으로 들어가 이야기를 이끌어 가고 있다. 話者는 주인공에 대해 끊임없이 논평과 주석을 가하며 이야기를 진행시켜 나가고 있음은 물론, 주인공의 관리자가 되어 그의 행동을 처음부터 끝까지 조종해 나가고 있다. "높은 자리에 앉으려면 중앙의 관리가 되는 것이 좋겠고, 그렇지 않으면 차라리 지방관이 되는 쪽이 났겠지"[77]라는 표현은 그 한 예라고 할 수 있다.

작가가 이 작품에서 비판하며 풍자하고자 했던 것은 16번이나 과거시험에 떨어진 陳士成의 모습이 아닌, 자신의 초라한 모습을 가리기 위해 發狂하다가 죽는, 다시 말해 虛威意識에 빠져 자멸하는 陳士成의 몰골이었다. 작가 魯迅은 주인공 陳士成의 모습을 통해 무엇을 전달하려 했을까? 거듭 말해서, 그것은 孔乙己의 경우와 비슷하게 儒敎的 封建思想과 그 규범에 빠진 知識人들의 허위의식이었고, 陳士成의 허위의식은 封建思想에 陷沒되어 있던 當代 知識人들의 內面世界의 표출이었다.

「白光」의 주인공 陳士成의 모델은 科擧制度가 존재했던 시대에서나 볼 수 있는 時代에 逆行하는 封建知識人의 모습이다. 보다 구체적으로 이야기해서, 작가 魯迅이 科擧制度가 이미 없어진 시기에 科擧制度를 작품의 모티프로 하여 陳士成이란 인물을 그려낸 것은 여전히 중국사회에 잔존하고 있는 뿌리 깊은 봉건예교주의와 그 사상을 비판하고, 철저하게 時代에 逆行하는 守舊的 知識人들을 공격하기 위한 것이었다. 과거제도는 전형적인 봉건제도의 산물이면서, 봉건사상 봉건예교주의를 대변하는 도구와 같은 것이기 때문이다. 작가는 이들이 보편적으로 갖고 있던 虛威意識에 대한 조롱의 형식을 빌려, 이들 수구 봉건주의자들에 대한 비판과 공격을 감행했던 것이다.

魯迅이 「白光」을 쓰고 발표했던 시기에는 封建制度를 상징하는 科擧制度는 이미 역사 속으로 사라졌으나, 科擧制度 등 舊制度에 대한 봉건지식인들 鄕愁와 관심이 여전히 큰 힘을 발휘하고 있었다. 이 작품의 평가와 관련해 "중국이 가졌던 과거의 정신문명은 그대로 살아 있었고, 관료체제는 옛날 그대로 과거의 食人的 社會秩序를 유지하고 있었다. 교육적인 측면에 있어서도 봉건교육제도가 그대로 유지되는 등 봉건주의의 유령은 사상문화계를 움직이며 橫行하였다. 魯迅은 5·4시기를 전후로 이처럼 강렬한 증오의 감정을 가지고 존재하지도 않는 封建科擧制度를 공격한 것은 반봉건이라는 혁명목표를 실현해야 할 당위성에서 나온 것"이라는 黃平生의 指摘[78]은 작품 「白光」의 창작배경과 目的을 나타내주는 하나의 좋은 예라고 할 수 있다. 辛亥革命을 거치면서 淸朝는 무너졌지만, 근본적으로 사회는 변혁되지 않았으며, 封建

---

77) 「白光」(『吶喊』 魯迅全集 卷1, p.542)

78) 黃平生, 「白光」(魏洪丘 主編, 『魯迅小說導讀』, 華東師範大學出版社, 1993, p.104)

사상과 의식, 慣習, 制度 등이 여전히 常存하는 상황에서 "尊孔讀經", "尊孔尙孟" 등 儒學 尊崇의 구호에 집착한 채 허위의식에 빠져 있었던 당시 봉건 지식인들의 의식과 삶의 모습 등을 孔乙己, 陳士成이 여실히 보여주고 있다.

「孔乙己」, 「白光」, 이 두 편의 작품은 封建 知識人의 비참한 말로를 심도 있게 描破한 소설이다. 이들 두 작품 공히 시대적 배경을 淸朝 末期로 잡고, 시대착오적인 봉건 유교사상과 그런 논리에 젖어 버린 封建知識人들의 삶의 모습을 제재로 하여 이들의 사고방식이 얼마나 허황되며, 허위의식에 빠져 있는가를 조롱과 비웃음이라는 형식을 빌려 이야기한 작품이었다.

「孔乙己」, 「白光」에서 묘사된 인물이 封建의 틀 속에 묻혀 사는 허위의식으로 가득 찬 무능한 知識人이었다면, 이런 사람들과는 다르게 봉건사상과 제도 관습 등을 타파하고자 노력했던 反封建 知識人의 모습도 등장하고 있는데, 이 같은 유형의 知識人을 다룬 대표적 작품으로는 「在酒樓上」, 「孤獨者」 등이 있다.

「在酒樓上」은 1924년 5월 『小說月報』 제15권 5호에 발표되었다. 이 작품은 魯迅의 소설 가운데 문제작으로 꼽히는 작품이다. 과거 한 때에는 개혁을 외치고 反封建運動을 벌였으나, 자신이 하고자 했던 것을 이루지 못한 채, 좌절과 실의에 빠져 탄식하며 고뇌하는 지식인의 모습을 그리고 있다.

작품의 話者인 '나'가 어느 날 술집에서 혼자 술을 마시고 있다가, 오랫동안 만나지 못했던 옛 친구를 만나는 것으로 시작한다. '나'는 一石居라고 하는 술집에 들러 혼자 술을 마시게 되었는데, 그 자리에서 우연히 옛 친구였던 주인공 呂緯甫를 만난다. 그는 과거 봉건 타파를 제창하고 다니던 그 때의 그 사람이 아니었다. 주인공 呂緯甫가 話者인 '나'를 만나게 되자, '나'에게 다음과 같은 이야기를 하며, 懷抱를 풀어 나간다.

"太原에서 무엇을 하고 지냈나? 내가 물었다. 선생 노릇이지. 같은 고향 사람 집에서. 그 전에는? 그 전에 말인가? 그는 주머니에서 궐련 한 개를 꺼내서 불을 붙여 물고는 입에서 내뿜는 연기를 바라보면서 감개가 깊은 듯이 말했다. 쓸 데 없는 일을 한 거지 뭐. 아무 것도 안했던 거나 마찬가지야"[79)

그는 한 손에 궐련을 쥐고 한 손엔 술잔을 들고서 웃는 것 같기도 하고, 웃지 않는 것 같기도 한 표정으로 나를 향해 말했다. "돌아와 보니 우습다는 "나는 어렸을 때, 벌이나 파리가 한 곳에 있다가 무엇에 놀라면 곧 날아갔다 한 바퀴 빙 돌고는 곧 또 다시 원래의 위치로 돌아오는 걸 보고 정말 우습기도 하고 측은 하게도 생각했었지. 그런데 뜻밖에 지금 내 자신이 바로 그 조그만 원을 한 바퀴 돌고, 다시 날아 되돌아 온 거지. 또 생각지도 않게 자네도 돌아왔으니 말일세. 자넨 좀 더 멀리 날 수 없었 나?" "글쎄, 뭐랄까? 아마 나 역시 잠시 조그만 원을 한 바퀴 돈 것에 불과하겠지."[80]

上述한 내용은 주인공 呂緯甫가 자신의 처지와 심정을 술회하고 있는 부분인데, 그 모습이 서정적 주인공으로서 자신의 이야기를 마치 내적 독백의 형식으로 표현되 고 있는 듯 한 느낌을 주고 있다. 주인공 呂緯甫는 과거 한 때에는 反封建의 사회개혁 의 의지를 가진 覺醒한 靑年 知識人이었다. 話者는 呂緯甫가 과거에 얼마나 굳건한 反封建的 改革意志를 가졌던 청년지식인이었는가에 대해 직접적인 설명을 하지는 않 았으나, 그가 한 때는 그러했던 사람이었다는 사실을 다음과 같은 회고를 통해 나타 내고 있다.

아아 자네가 나를 그렇게 쳐다보는 것은 내가 어떻게 전의 모습과 이렇게 달라졌나 하고 이상하게 여기고 있는 거겠지? 그래 나도 아직 기억하고 있지. 우리들이 함께 성황당에 가서 神像의 수염을 뽑았던 일, 또 중국을 개혁하는 방법에 대해서 매일같 이 논의하다가 끝내 싸우기까지 했던 일들 말일세. 그런데 지금 이런 식으로 되는 대로 어물어물 살아가고 있네. 때론 나 자신도 옛날 친구가 날 보면 아마 친구로 여기 지 않을 거라고 생각하고 있지…[81]

呂緯甫는 성황당에 가서 神像의 수염을 뽑을 정도로 커다란 용기를 가진 사람이었 다. 그는 그런 용기로써 반봉건운동을 벌이며, 중국을 개혁하는 방법에 대해 논의하 고 고민했던 청년지식인이었다. 그런데 呂緯甫의 지금 모습에서는 과거의 그런 모습

79) 「在酒樓上」(『彷徨』魯迅全集 卷2, 人民文學出版社, 1991, pp.26-27)
80) 「在酒樓上」(『彷徨』魯迅全集 卷2, p.27)
81) 「在酒樓上」(『彷徨』魯迅全集 卷2, p.29)

을 전혀 찾아 볼 수 없었다. 얼굴은 창백한 채 수척하며, 기력도 없고 위축되어 있는 모습이 지금의 呂緯甫의 모습이었다. 話者 '나'가 呂緯甫를 처음 보았을 때, "廢墟가 된 정원을 볼 때의 눈빛은 사람을 쏘아보는 듯한 그 빛"이라고 했는데, 이러한 句節 또한 한편으로는 呂緯甫가 과거에는 전혀 그렇지 않았음을 迂廻的으로 나타내는 것이라고 할 수 있다. 廢墟가 呂緯甫 자기 자신의 현재 모습이라고 한다면, 폐허가 된 정원을 본다는 것은 현재의 자기 자신의 모습을 질시, 원망하며 비판하고 있다는 의미를 내포한다고 할 수 있다. 이처럼 話者 '나'는 주인공 呂緯甫의 마음을 투시하고 대변하는 듯 한 모습을 보이고 있다.

주인공 呂緯甫는 현재 자신의 心情에 대해서 뿐만 아니라, 자신이 되돌아 온 이유에 대해서도 회고하듯이 이야기했다. 첫 번째 목적은 세살 때 죽은 呂緯甫의 동생의 무덤을 이장하는 것이었다고 했다. 呂緯甫는 자신이 고향에 돌아 온 두 번째 목적은 阿順을 보기 위해서 온 것이라고 했다. 呂緯甫는 阿順을 보기 위해 온 것이 어머니의 부탁에 의한 것이라고 했으나, 사실은 자신이 阿順을 보고 싶어 왔음을 숨기지 않았다. 呂緯甫가 과거 자신의 모습을 잃은 후, 어떻게 변했는가는 죽은 동생의 무덤을 移葬하는 것과 呂緯甫 자신이 옛날에 알고 지냈던 阿順에게 벨벳으로 만든 리본을 전달해 주려고 했던 일, 이 두 가지 사건을 통해 여실히 드러나고 있다. 어떤 측면에서 볼 때, 변화된 그의 모습은 그가 多情多感했던 인간으로서의 면모를 보여주는 것일 수 도 있지만, 呂緯甫 자신이 말한 것처럼, 의미 없고 쓸 데 없는 일이나 하는 사람이 되었음을 말해주는 것이다. 呂緯甫는 移葬과 리본 전달, 이 두 가지 일에 관한 이야기를 마치면서 "이런 쓸 데 없는 일들이 도대체 뭐란 말인가?"라고 또 한 번 푸념의 소리를 했는데, 이는 자신이 한 일이 모두 부질없는 일이었고, 원했던 일이 아니었음을 스스로 고백하면서, 자기 자신도 오늘 날 이런 일이나 하게 되리라고는 생각지도 못했음을 말하는 것이라고 하겠다. 呂緯甫는 이 두 가지 일이 부질없는 것인지 알면서도, 의미 있는 것으로 생각하고 싶어 했다. 趙遐秋·曾慶瑞는 呂緯甫의 이러한 모습이 쓸 데 없이 부질없는 일에 정성을 들이는 사람으로 변질된 것을 드러내면서, 그의 사상변화의 寫眞이라고 지적했다.[82] 呂緯甫의 퇴락한 모습은 이러한

---

82) 趙遐秋·曾慶瑞, 『中國現代小說史(上)』, 中國人民大學出版社, 1987, pp.349-350 참조.

두 가지 일을 하는 사람의 모습으로서만 끝나는 것이 아니다. 그는 이제 아이들을 모아 놓고 論語, 詩經이나 가르치면서 먹고 살아야하는 사람이 되었다.

> "이런 쓸 데 없는 일들이 도대체 뭐란 말인가? 다만 적당히 얼버무려두면 되는 거지. 이럭저럭 새해가 지나가면 전과 같이 '孔子 가라사대, 詩經에서 이르기를'하며 가르치면 되는 거야"[83]

> "자네가 가르치고 있는 것이 '공자 가라사대, 시경에서 이르기를'인가? 나는 이상하게 생각되어 곧 물었다. "당연하지. 자넨 내가 ABCD라도 가르치고 있는 줄 아나? 내겐 전에 학생이 두 명 있었다네. 한 학생은 詩經을, 한 학생은 孟子를 배우고 있었지. 최근에는 하나가 더 늘었어. 여자 아이인데 女兒經을 배우고 있지. 산수는 안 가르치는데 내가 안 가르치는 게 아니라, 그들이 가르치지 말라는 거야."[84]

呂緯甫의 실패와 퇴락은 과거에는 타도하기 위해 싸웠던 封建思想과 관습을 지금에 와서는 타도는커녕 그것에 의존하며 한 몸이 되어 살아나가는 사람이 되었다는 사실에서 찾아야 한다. 城隍堂에 가서 神像의 수염을 뽑을 정도의 강한 용기로써 반봉건운동을 전개하고 중국을 개혁하는 방법에 대해 매일 논의했던 그런 青年 知識人이 이제는 아이들 몇 명을 데리고 論語와 詩經 등을 가르치면서 먹고 살아야 하는 사람으로 되어 버렸으니, 呂緯甫는 자신이 박차고 뛰어 나가려 했던 원래의 지점으로 돌아 온 것과 같은 꼴이 된 것이다. 봉건사상과 관습이 지배하는 현실 속에서 呂緯甫는 그런 현실을 타도하기 위해 운동을 벌였으나, 이제 그는 봉건사상과 관습의 傳敎者가 되어 그런 현실 속에 다시 묻혀버리고 말았으니, 이는 결국에 있어서 원래의 위치로 되돌아 온 것이나 다름없는 것이었다. 그렇기 때문에 呂緯甫는 자기 자신을 한 바퀴 빙 돌고는 곧 또 다시 원래의 위치로 돌아 온 파리에 비유했다. 한 바퀴 빙 돌고 제자리에 돌아 온 파리의 모습은 呂緯甫 자신의 모습뿐만 아니라, 呂緯甫 처럼 퇴락한 당대 지식인의 형상을 의미한다.

---

83)「在酒樓上」(『彷徨』魯迅全集 卷2, p.33)
84)「在酒樓上」(『彷徨』魯迅全集 卷2, p.33)

앞으로? … 나도 모르겠네. 자넨 우리들이 미리 예상했던 일 가운데에서 마음먹었던 대로 된 게 하나라도 있나? 난 지금 아무 것도 모르겠어. 내일 어찌 될지 조차도 모르겠고, 당장 일분 후의 일마저도…[85]

이러한 呂緯甫의 말에 대해 李希凡은 이것이 실제적으로 呂緯甫의 비극적 성격에 대한 하나의 상징성이 있는 개괄인 동시에 갈림길(岐路)과 곤궁한 처지(窮途)에서 배회하는 지식인들에 대한 寓意 깊은 경고로 볼 수 있다고 하였다.[86]

上述한 바와 같이, 작가는 퇴락한 지식인의 모습을 묘사함에 있어, 그 지식인이 변화하게 된 동기와 과정보다는 변화하고 난 다음의 모습, 즉 변화하여 퇴락한 모습에 초점을 맞춰 이야기를 서술하고 있다. 주인공 呂緯甫가 왜 변화하게 되었으며, 또 어떻게 퇴락하게 되었는가에 대한 설명은 거의 없다. 퇴락한 이후의 呂緯甫의 초라한 모습과 행동 등에 대한 묘사와 함께, 頹落한 지식인의 自嘲와 歎息 섞인 고백을 통해 우러나오는 애틋한 情緖와 感傷的 분위기 등이 작품의 흐름과 情調를 지배하는 가운데, 자기고백과 자기고백 속에서 우러나오는 애틋한 정서는 서정소설로서의 특징을 결정짓는 중요한 요소로 작용한다.

「在酒樓上」은 실패한 지식인의 고뇌와 고뇌하는 모습을 주제로 한 작품인데, 이러한 주제는 주인공의 回想과 自己告白의 양식을 통해 주로 나타나고 있다. 앞서 살펴본 바와 같이, 「在酒樓上」은 주인공 呂緯甫와 話者'나', 두 사람간의 만남과 對話로 구성되어 있으며, 呂緯甫의 回想과 自己告白이 대화의 중심을 이루고 있는 가운데, 주인공 呂緯甫의 탄식하고 고뇌하는 내면의 모습이 회상과 자기고백을 통해 고스란히 나타나고 있다. 주인공의 회상과 고백, 그리고 이로부터 표출되어 나오는 내면세계의 표출은 독자들의 정서를 자극하며 서정적 분위기를 크게 자아내고 있는 것이다. 이처럼 회상과 자기고백을 통해 자신의 내면 의식을 과감하게 표출하는 주인공 呂緯甫는 수동적이며 내성적인 인물로서의 전형적인 모습을 드러내고 있다. 주인공의 내면 의식은 앞서 언급한 것 이외에도 다양한 모습으로 나타난다. 자신의 처지를 조그만 원을 한 바퀴 돌다 돌아 온 한 마리의 파리에 비교한 것에서부터 시작하여 "자네의

---

85) 「在酒樓上」(『彷徨』魯迅全集 卷2, p.34)
86) 李希凡 著, 『"吶喊", "彷徨"的思想與藝術』, 上海文藝出版社, 1981, p.158.

표정을 보니 자네는 아직도 나에 대해 조금 기대를 하고 있는 것 같은데 ⋯ 나는 지금 크게 마비되어 있다네. 그러나 분별할 수 있는 일도 조금은 있지. 이는 나를 감격하게 하기도 하지만, 불안하게 하기도 하지. 나는 결국 아직까지 나에 대해 호의를 가지고 있는 옛 친구들을 배반하는 것은 아닐까 하고⋯"87) "자넨 모르지만, 난 전보다 더 사람을 방문하는 게 두려워졌다네. 나는 이미 자신에 대한 혐오를 깊이 자각하고 있기 때문에 자기 자신조차 싫어하면서 하필이면 고의로 남을 암암리에 불쾌하게 만들어서야 되겠나?"88) 등과 같은 내용에 이르기까지, 여러 부분에서 나타난다. 이 같은 自己告白을 통해 드러나는 내면의 의식은 슬픔과 괴로움, 서글픔 등의 감정이 복합적으로 投射되어 나타나는 抒情的 感傷의 표출인데, 이 같은 抒情的 感傷의 표출을 통해 작품의 서정적 성격은 한 층 더 강화되어 나타난다.

上述한 바와 같이, 작품은 처음부터 끝까지 주인공의 自己告白의 형식으로 구성되어 있다. 자신의 과거와 현재를 回想하며 이야기를 이끌어 나가는 주인공과 더불어, 話者인 '나' 또한 주인공의 내면풍경을 적극 드러내고 있는데, 話者의 이 같은 역할이 덧붙여져 「在酒樓上」은 한 층 더 서정소설로서의 성격을 드러내고 있다. 작품에서 話者인 '나'의 역할은 만남에서 헤어질 때 까지 始終一貫 頹落한 지식인의 모습을 관찰하는 것이다. 話者 '나'는 퇴락한 지식인의 모습을 묘사함에 있어 주인공이 변화하게 된 동기와 그 과정보다는 변화한 결과에 초점을 맞춰 이야기를 서술해 나가면서, 현재의 현실적인 삶과 과거의 理想에 대한 의식사이에서 번민하고 고뇌하는 知識人의 모습을 제시함으로써 독자들에게 '실패한 지식인의 갈등하는 모습'을 보여주고 있다. 話者 '나'는 관찰자로 등장하지만, 단순한 관찰자가 아닌, 주인공의 內面 속으로 들어가 그의 처지를 파악하고 독자들에게 이를 전달하는 역할을 하기도 하는데, 아래의 내용은 그런 예의 하나가 된다.

창 밖에서 사사삭 하는 소리가 들렸는데, 나뭇가지가 휘어지도록 동백나무에 수북하게 쌓여 있던 눈덩이가 굴러 떨어졌다. 나뭇가지는 곧 바로 쭉 뻗어서 검게 윤기가 흐르는 잎과 핏 비처럼 붉은 꽃이 한층 더 돋보였다. 잿빛하늘은 더욱 짙어져 있었다.

---

87) 「在酒樓上」(『彷徨』 魯迅全集 卷2, p.29)
88) 「在酒樓上」(『彷徨』 魯迅全集 卷2, p.32)

쨉쨉 울어대고 있는 참새는 아마도 어둠이 가깝게 내린 데에다가 땅에는 온통 눈이
덮여 있어서 먹이를 찾을 수 없게 되어 일치감치 둥우리로 돌아 와 쉬고 있었다.[89]

話者는 실패하여 고향으로 돌아 온 주인공 呂緯甫의 모습을 온통 눈이 뒤덮여 먹이
를 찾을 수 없어 일찌감치 둥우리로 돌아 온 참새에 비유했는데, 위의 대목은 詩的
분위기를 자아내고 있을 뿐만 아니라, 繪畵的 描寫와 같은 이미지를 제공한다. 또한
이 대목은 呂緯甫의 처지에 대한 話者 자신의 同情心을 보여주는 주관적 표현체로서
서정적 감정을 불러일으키며 작품의 抒情性을 크게 高揚시키고 있다. 뿐만 아니라,
話者인 '나'는 주인공과 헤어지며, "나는 홀로 내 여관을 향해 걸어갔다. 차가운 바람
과 눈발이 얼굴에 와 닿았지만, 오히려 상쾌하게 느껴졌다. 하늘이 차츰 어두워져
갔고, 집과 거리는 모두 하얀 눈 속에 뒤덮여 고르지 못한 그물 속에 짜여 지고 있었
다."[90]고 하면서, 주인공 呂緯甫와 헤어진 다음의 느낌을 술회하고 있다. 話者 자신
의 주관적인 감정이나 느낌이 이야기 속에 투사되고 있을 뿐만 아니라, 話者 내면에
깃들어 있는 애틋한 정서와 감성이 詩의 여운이 남겨지듯 표현되고 있는 것이다.

許欽文은 이 작품에 대한 평가에서 意義는 知識人이 舊社會 속에서 出路를 찾지
못했고, 出路를 찾기 위해서는 먼저 사회가 개혁돼야 함을 암시하는 것이라고 했
다.[91] 또 落伍되고 頹敗하지 않으려고 발버둥 치면서도 그것으로부터 자신을 구해내
지 못하는 呂緯甫의 비극은 五四운동이 退潮되는 시기에 일부 혁명지식인의 공통된
비극을 개괄하고 있다고 했다.[92] 과거에는 反封建運動에 앞장 선 행동하는 지식인이
었으나, 지금은 자신이 그토록 반대했던 封建文化의 遺産 속에 寄生하며 살아가는
頹落한 실패한 지식인의 모습을 작가는 抒情的 筆致와 話法을 통해 표현하고 있다.

「孤獨者」는 1925년 10월에 창작되었으나, 단독 작품으로 발표되지 않고 소설집이
만들어 질 때, 수록된 작품이다. 봉건사회의 현실과 疏外 속에서 苦惱하는 고독한
지식인의 모습을 그린 작품이다. 이 작품은 내용과 의미구조 등에 있어 「在酒樓上」과

---

89) 「在酒樓上」(『彷徨』 魯迅全集 卷2, p.31)
90) 「在酒樓上」(『彷徨』 魯迅全集 卷2, p.34)
91) 許欽文, 『彷徨分析』, 香港南國出版社, p.17.
92) 田仲濟·孫昌熙 主編, 『中國現代小說史』, 山東文藝出版社, 1984, p.13.

적지 않은 유사점을 가지고 있다. 이 작품은 봉건 사회의 현실에 맞서 싸우고자 했으나, 결국에 있어서는 좌절하고 만 지식인의 삶을 다루었을 뿐만 아니라, 주인공의 형상이 話者 '나'의 관찰을 통해 드러나고 있다는 사실이 유사점으로 우선 지적될 수 있다. 또한 話者인 '나'가 고향을 방문하는 동안 우연한 기회에 주인공을 만나게 되고 또 그런 만남을 통해 주인공의 이야기를 듣는 형식을 취하고 있다. 더욱이 그러한 관찰이 話者 '나'와 주인공의 우연하고도 짧은 만남과 헤어짐 속에서 이루어지고 있다는 점에서 「在酒樓上」과 많은 유사점을 보이고 있다.

이 작품도 처음부터 끝까지 주인공 魏連殳가 話者인 '나'와의 만남과 대화를 통해 자신의 생각과 마음을 '나'에게 털어 놓는 心情의 述懷와 回顧의 형식이 서사의 근간을 이룬다. 작품의 주제는 話者인 '나'와 주인공 魏連殳 두 사람과의 만남과 그런 만남 속에서 이루어지는 대화를 통해 표출되고 있는데, 사실 對話는 回顧의 형식을 통해 표현되는 주인공인 魏連殳의 자기감정의 述懷와 告白이 중심이 되고 있다.

주인공 魏連殳의 述懷와 告白은 자신의 마음을 거리낌 없이 드러내는 주인공으로서의 모습을 보여주고 있을 뿐만 아니라, 그 내용 또한 독자들에게 시종일관 침울하고 외로운 느낌을 제공하며 짙은 抒情感을 불러일으키고 있다. 魏連殳는 행동적 실천이 어려운 현실에 맞서, 때로는 思索으로써 또 말로써 자신의 불만과 의견을 토로하는 내성화된 사람의 모습, 즉 서정적 주인공의 모습을 그대로 보여주고 있다. 주인공의 서정적 모습은 죽은 자신의 할머니를 회고하고 추념하는 장면에서, 아이들에 대한 실망의 표현에서, 그리고 話者 '나'에게 보낸 편지글에서 두드러지게 나타난다.

이 작품은 장례를 치루는 일에서 시작하여 장례를 치루는 일로 끝을 맺고 있는데, 이 같은 사실은 작품구성상에 있어서 하나의 특징이 될 수 있다. 처음의 장례는 魏連殳의 할머니의 장례였다. 장례행사 때문에 할머니의 집에 모인 魏連殳의 親戚, 마을 사람들은 魏連殳의 행동에 관심을 집중하고 있었다. 전통관례를 무시하는 그의 거만 불손한 행동이 나올지도 모르기 때문이었다. 주위 사람들이 그를 소위 '洋敎에 빠진 놈(吃洋敎)', '신식놈(新黨)'이라고 비판한 데에는 魏連殳가 전통관례를 모두 봉건관습으로 보고 이를 무시하는 태도를 보여 왔기 때문이다. 그래서 그는 항상 따돌림을 당하는 외로운 존재일 수밖에 없었다. 魏連殳는 할머니의 屍身을 入棺시키고 그 앞에서 大聲痛哭했다. 할머니의 죽음 그 자체도 하나의 슬픔이 될 수 있었겠지만, 魏連

얏는 자신과 할머니를 동일시하며, 그 속에서 자신의 죽음을 발견할 수 있었기 때문이었다. 魏連殳의 할머니는 魏連殳 아버지의 繼母로 들어 왔다. 그 할머니는 지금까지 생계를 이끌며 자신을 키워준 친어머니나 다름없었다. 魏連殳는 자신이 왜 그렇게 통곡했는가에 대해 다음과 같이 이야기했다.

> "어쩌면 그럴지도 모르겠지요. 하지만 당신이 말한 그 누에집은 실은 어디서 오는 겁니까? … 물론 세상엔 그런 사람이 얼마든지 있습니다. 예를 들면 우리 할머니가 바로 그랬습니다. 나는 비록 그 할머니의 피를 이어 받은 것은 아니지만, 그 운명은 이어 받았을지도 몰라요. 그러나 그건 뭐 대단한 일도 아니어서 나는 이미 함께 울어 버렸어요. …93)

> "그런데 나는 왠지 모르게 그 할머니의 일생을 눈앞에 떠 올렸습니다. 스스로 고독을 만들어 내고 그것을 입에 넣고 씹어 온 인간의 일생을 말입니다. 그리고 이런 사람은 아직 얼마든지 있다고 느꼈습니다. 그런 사람들이 나를 통곡하게 했던 것입니다, 그러나 무엇보다도"94)

위의 대목은 통곡에 대한 이유를 설명하는 것이지만, 자신의 할머니에 대한 주인공의 追念이자 述懷인 것이다. 주인공의 述懷와 고백을 통해 슬픔과 괴로움, 서글픔 등의 感傷的 情調와 함께 서정적 분위기가 생성된다. 魏連殳는 자신의 할머니를 孤獨者로 생각했다. 魏連殳의 할머니의 晩年은 그의 말대로 그다지 고생스러운 편이 아니었다고 할지라도, 그 할머니의 일생은 결코 순탄한 것이 아니었다. 아버지의 繼母로 들어 와 아버지의 어머니로서, 또 할머니로서 그 지위를 제대로 누리지 못했고, 언제든 묵묵히 자기 일만 하며, 게다가 삯바느질을 해서 집안의 생계를 꾸리며 고생했던 그런 할머니였다. 魏連殳는 先祖의 畵像을 걸어 놓고 성대하게 제사를 지냈던 일을 상기함으로써 집안에서의 그 할머니의 존재가 어떠했는가를 암시했다. 魏連殳는 그 할머니를 봉건제도에 의해 그렇게 될 수밖에 없었던 외로운 존재, 즉 또 하나의

---

93) 「孤獨者」(『彷徨』 魯迅全集 卷2, p.96)
94) 「孤獨者」(『彷徨』 魯迅全集 卷2, pp.97-98)

孤獨者로 생각하며 슬픔, 괴로움, 서글픔의 감정을 쏟아 부었다. 魏連殳는 그 할머니의 인생 속에서 자신의 삶을 발견하였으니, 그 할머니에 대한 통곡은 자기 자신의 현실과 미래에 대한 痛哭이었다. 그래서 그의 통곡은 외로운 孤獨者로서의 통곡이었고 그 통곡 소리는 상처받은 한 마리 외로운 이리의 울부짖음으로 들릴 수밖에 없었던 것이다.

서정적 주인공은 행동과 사건의 주체이기보다는 자아반영을 목적으로 하고 있기 때문에, 서정소설에서는 당연히 인물의 내면의식에 대한 서술의 비중이 더 높아지기 마련이다. 魏連殳는 현실에서 자신의 목표를 이룰 수 없음을 깨닫게 되고, 울분의 감정으로써 현실과의 갈등을 내면화하는 모습을 보이고 있다. 다시 말해, 현실과의 투쟁에서 행동으로써 대립하는 적극적인 인물이라기보다는, 수동적 지각자로서 갈등을 내면화하는 모습을 강하게 드러내고 있다. 자신의 할머니의 장례를 치루는 주인공 魏連殳의 모습은 서정소설로서의 「孤獨者」의 면모를 확고하게 보여준다.

魏連殳는 아이들을 무척 좋아했다. 아이들에 대한 관심과 사랑은 자기의 생명보다도 더 귀중한 것을 대하는 듯했다. 그가 아이들에 대해 지극한 관심을 기울이는 것은 중국의 미래가 바로 이들 아이들의 손에 달렸다고 믿으며, 아이들에게 자신의 모든 희망과 이상을 걸었기 때문이었다. 그런데, 魏連殳가 천진스러운 아이들로부터 미움을 받는 일이 발생했다. 이에 대해 주인공은 "생각해 보면 참 해괴한 일이오. 내가 여기 오다가 거리에서 한 어린애를 만났는데 갈대 잎사귀를 내게 들이 대면서 죽인다고 하더군요. 아직 걸음도 제대로 걷지 못하는 어린애였는데…"[95]라고 독백적 탄식을 내뱉는데, 이것 또한 주인공의 내면의식으로 독자들에게 感傷的 느낌을 주고 있다.

魏連殳의 갈등과 소외는 끊임없이 계속되었다. 그는 글을 통해 S市의 여러 사람들을 비판 공격하였고, 魏連殳의 삶은 항상 고통 속에서 비판과 공격의 대상이었다. 신문에서는 匿名의 인사들이 그를 공격하였고 학계에서도 언제나 그에 관한 流言蜚語가 있었다. 그는 실직하였고, 실직에 따른 生活苦는 깊어만 갔다. 그래서 그는 잠시 삶의 연장을 위해 현실 타협적으로 나오는 듯했다. 그는 便紙를 통해 자신의 상황과 심정에 대해 이야기 했다. 그것은 이제 더 이상 어찌할 수 없는 孤立無援的 처지에

---

95) 「孤獨者」(『彷徨』 魯迅全集 卷2, p.92)

있는 고독자의 마지막 절규 같은 것이었다.

> 인생의 변화란 정말 빠릅니다! 이 반년 동안 나는 거의 거지와 마찬가지였습니다. 아니, 사실 이미 구걸을 하고 있다고 할 수 있습니다. 그러나 나는 아직 할 일이 있습니다. 나는 그것을 위해서 구걸하고 그것을 위해서 굶주리고 그것을 위해서 추위에 떨고 그것을 위해서 쓸쓸하였고, 그것을 위해서 쓰라린 고생도 기꺼이 감수했습니다. 다만 멸망하는 것만은 원하지 않습니다. 내가 좀 더 살아 있기를 바라는 한 사람의 힘이 이렇게도 컸던 것입니다. 그런데 지금은 없어졌습니다. 한 사람도 없습니다. 동시에 나 자신도 살아갈 자격이 없다고 느꼈습니다. 다른 인간은? 역시 자격이 없습니다. 동시에 나 자신도 이렇게 느끼고 있습니다. 내가 살아가기를 원치 않는 인간들을 위하여 고집으로라도 살아가겠다고. 다행히도 내가 잘 살아가기를 바랐던 사람은 이미 없어졌습니다. 이제 아무도 마음 아파할 사람은 없는 것입니다. 나는 이런 사람에게 마음 아프게 하는 것을 원치 않습니다. 하지만 지금은 없습니다. 그 한사람마저 없어졌습니다. 무척 유쾌하며 무척 상쾌합니다. 나는 이미 나 자신이 이전에 증오하던 것, 반대하던 것들 전부를 몸소 실행했습니다. 그리고 내가 이전에 존경하고 주장했던 모든 것을 거부했습니다. 나는 이제 완전히 실패했습니다. … 하지만 난 승리했습니다.[96]

위의 내용은 주인공이 話者인 '나'에게 부친 편지의 내용이다. 주인공 魏連殳는 고백적 서술을 통해 자신의 심정을 그대로 드러내면서, 작품의 서정적 분위기를 한층 더 고조시키고 있다. 위의 내용을 통해서 알 수 있듯이, 주인공 魏連殳는 실패한 지식인이었지만, 주관과 신념을 갖고 끝까지 자신의 의지를 굳히지 않은 채, 자기 나름대로의 길을 살다 간 知識人의 모습을 보이고 있다. 그런데 그 지식인은 행동이 아닌 고뇌와 번민으로 자신을 드러내고 있었다. 이 작품의 주제라고 할 수 있는 어느 한 지식인의 고뇌와 번민의 心情은 거의 주인공 자신의 述懷를 통해 드러나 있는데, 이 같은 述懷 또한 애틋한 情緒이자 자기고백으로 독자들의 感傷을 자극하며 서정성을 형성하고 있다.

「孤獨者」의 서정적 성격은 주인공 魏連殳의 모습과 그의 술회로 끝나지 않는다.

---

96) 「孤獨者」(『彷徨』 魯迅全集 卷2, p.101)

話者 '나'는 보조적 인물에 불과하였지만, 話者는 처음부터 끝까지 魏連殳의 言行을 관찰하고 지켜보면서, 적절한 개입과 주관적 서술을 통해 자신이 보조적 인물과 주인공의 중간 위치에 있는 모습을 보여주기도 한다. 사건이 진행되면서 話者 '나'는 주인공 魏連殳에게 깊은 관심을 갖고, 때로는 그의 행동을 안타까운 心情으로 바라본다. 話者 '나'는 그가 보여준 사고방식과 행위에 다소 문제가 있음도 제기하고 있지만, 주인공에게 항상 온정과 연민의 정을 나타내며, 주인공과 항상 一體가 되는 느낌을 드러낸다. 그 결과 작품 전체가 주인공 魏連殳의 述懷와 함께, 話者 '나'의 情調, 즉 話者 자신의 내면적 감정의 흐름으로 일관하고 있음을 볼 수 있다. 이 같은 특징으로 인해 작품의 서정적 면모가 더욱 더 振作되어 나타난다.

> 그러다 별안간 그는 눈물을 흘리더니 울음을 터뜨리고 그것은 곧 커다란 통곡으로 변해갔다. 마치 상처를 받은 한 마리의 이리가 깊은 밤 曠野에서 울부짖는 것 같았는데, 그 참담한 울음 속에는 노여움과 슬픔이 뒤얽힌 듯이 들렸다.[97]

위의 대목은 주인공이 할머니의 장례를 치르며 흐느끼는 모습에 대한 話者의 표현이다. 話話인 '나'가 魏連殳를 상처 입은 이리에 比喩하는 것은 연민과 동정의 뜻임은 물론, 참담한 봉건현실에 대해 번민하고 괴로워했던 魏連殳의 心情에 동의하는 것으로, 정신적으로 주인공과 일치하는 모습을 보여주는 것이라고 할 수 있다. 주인공에게 동정을 표하고 있는 이 같은 표현은 시인과 같은 話者의 모습으로써 은유적이면서도 詩的인 이미지를 주며 작품의 抒情性을 한 층 더 강화시키고 있다. 「孤獨者」는 비록 실패한 사람의 영혼이었지만 처절한 絶叫가 작품 속에서 작가의 감정에 침투해 있다.[98]는 말은 이 같은 사실을 증명하는 것이라고 할 수 있다. 話者 '나'와 주인공과의 일체감은 다음과 같은 말을 통해 다시 한 번 드러나고 있다.

> 고향에서도 새해를 맞을 준비로 사람들은 한창 바빴다. 내 자신도 어렸을 때 처럼 뒷뜰 평탄한 곳에다 아이들과 함께 눈사람을 만들었다. 눈사람의 눈은 두 개의 조그

97) 「孤獨者」(『彷徨』魯迅全集 卷2, p.98)
98) 李希凡 著, 『吶喊彷徨的思想與藝術』, 上海文藝出版社, 1981, p.199.

만 숯 조각을 끼워 넣었는데, 색깔이 매우 까맣다. 그 때 별안간 번쩍하더니 連殳의 눈으로 변했다. "나는 아직 좀 더 살아야 해!"여전히 이런 목소리였다. "왜" 나는 실없이 묻고는, 곧 스스로 우스워졌다.[99]

이 부분은 話者인 '나'가 魏連殳의 近況에 대해 걱정하는 대목인데, 이 대목을 통해 話者인 '나'가 외부 대상인 주인공의 내면에 들어가 자신의 마음을 기탁하고 있음을 느낄 수 있다. 이는 다른 말로 話者가 주인공의 내면에 들어가 그의 심정을 파악하고, 그의 심정에 자신의 마음을 기탁하여 독자들에게 이야기하는 모습을 보인 것이니, 일시적으로나마 이 부분에서 주인공은 話者 자신이 된 것이다. 話者인 '나'는 주인공 魏連殳의 의식세계를 탐구하고 이를 주관적으로 드러내며, 경우에 따라서는 독백적 표현을 통해 독자들의 정서를 자극하고 있다. 거듭 말해서, 話者인 '나'는 魏連殳라는 사람을 관찰하면서도, 즉 외부세계를 지향하면서도 외부에서 느끼는 정감을 자신의 내부세계를 옮기고 있다.

前述한 바와 같이, 「在酒樓上」, 「孤獨者」와 같은 一人稱 敍述樣式의 작품들에서 話者는 주인공에게 憐憫과 同情의 뜻을 강하게 드러내고 있다. 憐憫과 同情을 노출하는 것은 作家의 意圖로 간주될 수 있는데, 이는 주로 內的 焦點化의 과정을 통해 표출되고 있음을 볼 수 있다. 內的 焦點化를 통해 드러나는 연민과 동정은 魯迅은 방황하는 당대 지식인들의 삶에서 心情的 一體感을 느꼈다는 하나의 징표가 될 수 있는 부분인데, 이 같은 서술태도는 현실의 문제를 자신의 문제로 體化하여 提示하려는 작가의 內的 氣質에서 비롯된 것이라고 생각해 볼 수 있다. 그리고 同情과 憐憫은 話者로 하여금 주인공의 內在的 心理描寫와 함께 內的 獨白을 이끌어 내고 있다. 이는 "인간의 영혼"[100]을 불러일으키기 위한 작가의 서술 전략의 일환으로 이해될 수 있는데, 이 같은 특징을 통해 이들 작품이 갖는 서정성이 확고하게 나타나게 된다.

나는 급히 걸어갔다. 마치 무겁게 억눌린 물건 속에서 뛰쳐나오는 것처럼. 하지만 그것은 불가능했다. 뭔지 내 귓속에서 몸부림치는 것이 있었다. 오랜 시간, 오랜 시

---

99) 「孤獨者」(『彷徨』魯迅全集 卷2, p.100)
100) 「俄文譯本"阿Q正傳"序及著者自敍戰略」(『集外集』魯迅全集 卷7, p.82)

간이 걸려서 마침내 몸부림치며 뛰쳐나왔다. 희미한 마치 기다란 울부짖음 같은 소리
였다. 상처를 입은 이리가 깊은 밤중에 광야에서 울부짖는 것 같은 참담함 속에는
한탄과 번민, 노여움, 그리고 슬픔들이 뒤섞여 있었다. 나의 마음은 가벼워졌다. 평
온한 걸음걸이로 질척질척한 돌길을 달빛 아래 걸어갔다.[101]

　話者인 ‘나’가 끝까지 魏連殳와 일체감을 느끼고 있는, 다시 말해 話者인 ‘나’와 주
인공 魏連殳가 心情的으로 완전히 일체가 되어 있는 모습을 다시 한 번 보여주는
부분이다. 봉건 질서와 봉건의식이 지배하는 사회는 곧 曠野였고, 또 그러한 사회
속에서 외로운 투쟁을 벌였으나, 결국에는 희생되고 마는 魏連殳의 모습이 상처 입
은 외로운 이리의 모습이었던 것이다. ‘驕傲’와 ‘玩世’의 방법으로 현실에 저항했던
외로운 孤獨者는 실패자로 죽었고, 이 실패한 孤獨者가 가졌던 煩悶과 恨, 노여움과
슬픔 등은 외로운 한 마리 이리의 울부짖음으로 표현되고 있다 이러한 표현은 일종의
은유적일 뿐만 아니라, 주체와 객체 사이의 거리가 압축되면서 자아와 대상이 융합되
는 현상을 보여주는 하나의 예로서, 「孤獨者」가 서정소설임을 나타내는 중요한 근거
가 된다.
　세상을 驕傲하고 玩世했던 知識人 魏連殳는 실패자였고, 항상 외롭고 고독하였으
며, 그 고독 속에 가졌던 울분과 절규는 마치 이리의 울부짖음과도 같았다. 이 작품에
서 작가는 그 이유가 어디에 있든, 魏連殳는 실패하였고, 또한 실패하였기 때문에
더욱 더 孤獨者로 남을 수밖에 없었다는 사실을 알리고, 이와 더불어 孤獨者로서 절
규하는 모습을 이리의 울부짖음과 같다고 표현함으로써 隱喻를 통한 詩的 분위기,
서정적 분위기를 크게 고조시키고 있다.
　「祝福」은 1924년 3월 『東方雜誌』 제21권 6호에 발표되었다. 無知했지만, 순박하
고 착하기만 했던 어느 한 농촌의 아낙의 삶이 봉건제도와 관습에 의해 철저하게 유
린 파괴되는 과정을 그린 작품으로, 서술기법과 구성방식 등에 있어서의 특색으로
인해 농촌을 소재로 한 여러 작품들 가운데 가장 우수한 작품으로 평가받고 있다.
　話者인 ‘나’는 歲暮기간에 고향인 魯鎭을 방문하게 되었는데, 우연히 四叔의 집에
서 식모로 일했던 祥林嫂라는 아낙을 만나게 된다. 그런데, 祥林嫂가 魯鎭의 중요한

---

101) 「孤獨者」(『彷徨』 魯迅全集 卷2, pp.107-108)

행사인 福神을 맞이하는 축복행사가 벌어지는 섣달 그믐날 죽게 된다. 그녀의 죽음을 안타깝게 생각한 話者인 '나'는 祥林嫂가 그 동안 살아 왔던 모습을 회상하며, 그녀에 대한 이야기를 해나가는데, 그녀의 삶에 대한 회상과 관찰과정이 작품의 실질적 내용을 이룬다. 話者인 '나'를 통해 祥林嫂의 일생은 다음과 같이 이야기한다. 주인공 祥林嫂는 남편이 죽자, 衛 노파의 소개로 魯四 어른 댁의 식모로 들어오게 되었다. 그때, 祥林嫂는 나이 26세였고, 그녀에게는 시동생과 완고하고도 탐욕적인 시어머니가 있었는데, 그녀는 그런 집안에서 도망치듯 빠져나왔다는 것이다. 祥林嫂는 魯四 어른 댁에 와서 자신의 몸을 사리지 않을 정도로 매우 열심히 일하였다. 설이 막 지날 갈 무렵, 祥林嫂의 시어머니가 魯四댁에 찾아 와서 그동안 祥林嫂가 벌어 놓은 돈 1750문을 대신 챙기고, 그 사이 강가에서 쌀 씻고 있던 祥林嫂를 묶어 납치하듯 데려 갔다. 祥林嫂가 돌아 간지 하루 만에 시어머니는 祥林嫂를 賀六老라는 남자에게 改嫁라는 이름하에 강제로 팔아 넘겼으며, 그 대가로 받은 돈을 가지고 시동생의 첩을 얻는데 충당했다. 祥林嫂는 강제 결혼식을 올리는 날에는 일부러 式床에 머리를 부딪치면서 까지 자해행위를 하며 이에 저항하였다. 이후 年末에 가서 祥林嫂는 阿毛라는 아들을 낳았고, 이것이 계기가 되어 그런대로 살아가는 듯했으나, 두 번째 남편이 장티푸스에 걸려 죽고, 아들인 阿毛마저 이리의 밥이 되고 만다. 이렇게 되자 죽은 남자의 큰아버지라는 사람이 와서 집을 몰수하고 祥林嫂를 내 쫓아 버린다. 더 이상 갈 곳이 없는 祥林嫂는 마침내 魯四댁에 식모로 다시 들어오게 되었다. 그러나 祥林嫂의 모습은 예전의 모습과는 너무 달랐다. 예전의 생기도 없어졌고, 근면성실하게 일하는 굳건한 모습도 사라지고, 오히려 자신과 결혼한 두 남자를 먼저 보냈다는 죄의식에 시달리는 모습을 보인다. 祥林嫂는 그 죄를 용서받기 위해 일 년 동안 번 돈을 써가며, 土地廟에 문지방을 만들어 주는데, 이 일이 화근이 되어 祥林嫂는 다시 쫓겨난 후 거지신세가 되었다가 복을 비는 제사 날에 마침내 죽게 된다.

「祝福」은 봉건제도에 의해 무참히 파괴되었던 여성의 삶을 폭로 고발한 작품이다. 작품은 祥林嫂라는 아낙의 삶의 과정과 그 모습을 통해 동시대 농촌사회에 만연했던 봉건제도와 관습이 얼마나 反人間的이고 破壞的이었던 것인가를 철저히 묻고 있다. 「祝福」은 이 같은 주제를 전달하고 표현함에 있어, 여타의 작품과는 다르게 봉건에 대한 직접적 비판에 의한 방법보다는 話者의 역할을 통해 感傷的으로 접근하고 있어 관심을 끌고 있다.

　이 작품은 두개의 플롯 형태를 취하고 있다. 話者인 '나'가 祥林嫂를 만나서 죽음과 영혼에 관해 질문을 받은 후, 불안감으로 밤새 고민하다가 다음 날 祥林嫂가 죽었다는 소식을 듣고 슬픔과 번민 속에서 그녀를 생각하는 부분이 첫 번째 플롯이라고 한다면, 그녀를 생각하다가 그녀가 살아 온 삶의 과정을 회고하며 술회하는 부분이 두 번째 플롯에 해당된다고 하겠다. 첫 번째 플롯에서 일인칭 관찰자 시점을 유지하다가 祥林嫂가 죽고 난 다음, 즉 두 번째 플롯에서 話者는 祥林嫂가 어떤 사람이었고, 또 그 동안 어떻게 살아 왔으며, 그리고 왜 죽게 되었는가를 설명하는 가를 기억하며 回顧하기 시작하는데, 바로 이 부분에서부터 시점의 형태가 조금 바뀌기 시작한다. 실제로는 이야기밖에 있으면서 인물들의 內面 속으로 들어가 이야기를 이끌어 나가는 느낌을 주고 있다. 話者는 이미 사건의 흐름을 완전히 알고 있는 것처럼, 그리고 인물과의 거리를 매우 가깝게 하면서 이야기를 이끌어 나가는 모습을 보이고 있다. 다시 말해, 話者인 '나'가 觀察者로서 보조적 내지는 기능적인 인물로 그 역할을 시작하다가 시간이 흐르면서 주인공 祥林嫂의 처지가 '나'에게 어떤 충격과 감동을 주게 되고 '나'의 의식이 변하게 되면서 서서히 '나'는 주인공과 같은 인물의 자리에 놓이고 있음을 보여준다. 이 작품이 갖는 抒情小說로서의 의미와 특징은 이 같은 話者의 역할에서 나타난다.

　話者인 '나'는 독자와 작품의 주인공 및 사건을 연결해주는 교량이다. 작품에서 이야기되고 있는 것은 '나'가 듣고 목격한 것이고, 또 '나'의 기억과 느낌이기 때문에, 이를 읽어 보게 되면 친밀감과 감동을 느끼게 되며, 진실감이 倍增된다."는 평가[102]나 "작품 전체가 처음부터 끝까지 일인칭 '나'가 듣고, 기억하고 느낀 것으로 일관되어 있어, 이야기의 진실감을 강화할 뿐만 아니라, 서정적 분위기를 북돋으며 작품의 주제를 심화시키고 있다."[103]는 평가는 話者의 역할과 작품의 서정적 성격과의 관계를 示唆해 주는 것이라고 할 수 있다.

　話者인 '나'는 일종의 관찰자로서 祥林嫂에 대해 깊은 동정심을 가지되, 격한 감정

---

102) 廣西師範學院中文係 中國現代文學敎硏室 編寫, 『魯迅小說詩歌散文選講』, 廣西人民出版社, 1980, p.236.
103) 劉正强 著, 『魯迅思想及創作散論』, 南開大學出版社, 1986, p.172.

을 표현하거나 흥분하는 태도 없이, 차분하고 비교적 냉정하게 그녀의 언행을 묘사해
나가고 있다. 祥林嫂의 삶은 항상 苦痛으로 가득 찬 것이었기에, 그녀의 언행은 처음
부터 끝까지 매우 우울하고 슬프게 묘사될 수밖에 없었고, 따라서 話者의 묘사 또한
매우 感傷的이어서 시종일관 독자들로 하여금 우울하고도 슬픈 감정을 갖게 하는데,
이 같은 슬픔과 憂鬱感이 작품의 분위기를 지배하며 서정성을 북돋아 내고 있다. 뿐
만 아니라 話者도 자신의 마음속에 동정과 슬픔을 가득 안은 채, 祥林嫂의 삶의 행적,
즉 그녀의 언행과 심리, 성격 등을 술회하는데, 이러한 述懷와 回顧를 통해 話者 '나'
의 내면의식이 주인공 祥林嫂와 융합되어 나나면서 작품의 서정성은 크게 고조되어
나타난다.

> 날씨가 잔득 찌푸리더니 오후에는 마침내 눈이 내리기 시작했다. 하늘 가득히 휘
> 날리는 눈송이는 큰 것은 매화 송이만 했으며, 자욱한 연기와 어수선한 세모 분위기
> 에 어울려 魯鎭의 모든 것을 하나로 감싸 버리는 듯 했다.[104]

> 나의 대답이 그녀에게 어떤 위험이 될 지도 모른다고 생각했다. 그녀는 아마도 다
> 른 사람들이 축복에 골몰해 있기 때문에 자신의 적막을 느꼈을 것이다. 그게 아니라
> 면 다른 어떤 뜻을 품고 있었던 것일까? 혹시나 어떤 예감이 있었던 것일까?[105]

> 나의 놀라움은 잠시 동안의 일에 지나지 않았다. 곧 이어 와야 할 일이 이내 지나가
> 버린 것이라는 생각이 들었다. 결코 정확히 말할 수 없다고 한 나 자신의 말과 또
> 방금 그가 말한 먹고 살기 어려워 죽었다는 말에서 오는 위안에 의하지 않더라도 내
> 마음은 점차 평정을 되찾았다.[106]

작품에서 祥林嫂에 대한 話者인 '나'의 독백과 회고가 서사의 근간을 이루며 작품
의 플롯을 이끌어 가는 핵심 요소로 작용하고 있다. 상술한 바와 같이, 話者 '나'의
독백과 회고는 슬픔과 憐憫으로써 독자들에게 감상적으로 다가가며, 작품의 서정성

---

104) 「祝福」(『彷徨』魯迅全集 卷2, p.6)
105) 「祝福」(『彷徨』魯迅全集 卷2, pp.7-8)
106) 「祝福」(『彷徨』魯迅全集 卷2, p.9)

을 高潮시킨다. 「祝福」의 주제는 바로 話者인 '나'의 독백과 회고에 의해 표현되고, 독백과 고백이 서정성의 근간을 형성한다. 작품의 서두 부분에서 話者인 '나'는 죽기 직전의 祥林嫂를 만나게 되는데, 祥林嫂가 "사람이 죽고 나면 영혼이라는 게 있나요?"라는 질문을 하자, 話者인 자신도 잘 모른다고 어물어물 대답하고는 집에 돌아와 불안감을 느끼게 된다.

> "그래도 나는 불안함을 느꼈다. 하루 밤이 지나도 여전히 기억이 되살아나 무슨 불안한 예감이라도 품고 있는 것 같았다. 눈 내리는 음울한 날씨에 무료하게 서재에만 틀어 박혀 있자니 불안스런 마음이 더욱 강렬해졌다. 아무래도 떠나는 것이 좋겠다. 내일 성안으로 가자. 福興樓의 상어지느러미 요리는 한 접시에 1원으로 값도 싸고 맛도 좋았지, 요즘 값이 올랐을까?"[107]

위의 대목은 祥林嫂가 자살하기 직전에 한 질문에 제대로 대답하지 못하고 어물쩍 넘긴 話者 '나'가 밤새 불안감에 싸여 초조해 하는 모습을 그리고 있는데, 이러한 모습은 話者인 '나'의 마음과 주인공의 마음이 一致되어 나타나는 과정에서 만들어진 것이다. 아울러 이 대목은 봉건예교주의와 그 관습에 의해 파멸되어 죽음의 길을 걷는 부녀의 모습을 보고도 어떤 도움을 주기는커녕 위로의 말 한마디도 해주지 못하는 지식인인 '나'를 대비시키고 있어 관심을 끌고 있다. 그런데, 話者의 불안감의 표시는 주인공 祥林嫂의 심리에 대한 話者인 '나'의 생각, 그러니까 祥林嫂에서 느끼는 정감을 話者가 자신의 내부세계를 옮기고 난 다음, 그것을 일종의 고백적 형식을 빌려 다시 드러내고 있는 것이라고 할 수 있다. 祥林嫂에 대한 관심을 자신의 내부로 끌어들여, 祥林嫂의 삶이 話者인 '나' 자신의 의식 내부에서 어떻게 지각되는가를 보여주는 부분으로 서정소설에서 흔히 볼 수 있는 주관적 인식태도라고 할 수 있다. 다음날 祥林嫂가 죽었다는 소식을 들은 話者 '나'의 인식태도는 계속 이어진다.

> 겨울날은 해가 짧고 또 눈 오는 날이기도 해서 어둠이 일찍 거리와 마을을 뒤덮었다. 사람들은 모두 등불 밑에서 부지런히 일하고 있었으나, 창밖은 매우 고요했다.

---

107) 「祝福」(『彷徨』魯迅全集 卷2, p.8)

눈꽃이 눈 밭 위에 겹겹으로 쌓이는 소리가 사각사각 들려 와 사람들의 마음을 더욱 쓸쓸하게 했다. 나는 노란 빛을 내는 아주까리 등불 밑에 홀로 앉아 생각에 잠겼다. 사람들로부터 먼지더미 속에서 버림을 받고, 싫증난 낡은 장난감이 되어 버린 의지할 곳 없는 祥林嫂는 이제까지 그래도 그 육신을 먼지더미 속에 드러내고 있었으므로 세상을 즐거움으로 사는 사람들이 보기에는 아마 틀림없이 그녀가 무엇 때문에 아직도 살아가려 하는지 이상하게 보였을 것이다. 하지만 그녀는 無常에 의하여 흔적도 없이 깨끗이 없어졌다.108)

「祝福」은 인간의 무지와 탐욕을 상징하는 봉건과 그 봉건에 의해 파멸되는 어느 한 여인의 불행한 삶을 주제로 하는 작품인데, 위의 대목은 작품의 주제를 함축하여 나타내는 부분이다. 주인공 祥林嫂의 삶의 결과에 話者 개인의 주관과 감정이 투영되어 나타나면서, 독자들로 하여금 詩的 여운을 느끼게 한다.

話者 '나'의 고백과 술회는 작품의 주제일 뿐만 아니라, 작품의 장르적 성격을 결정 짓는 중요한 요소가 되고 있다. 고백을 통한 인물의 내면이 중요하게 부각되면서, 개인의 내면 고백이나 심리문제, 자신의 존재에 대한 성찰이 강하게 드러나기 때문이다. 작품의 마지막 부분에서 話者는 "나는 몽롱한 의식 속에 희미하게 멀리서 끊임없이 들려오는 폭죽 소리가 하늘 가득 소리를 대낮부터 밤까지 계속되던 근심과 의혹은 '복을 비는 제사'의 공기 속에 자취도 없이 사라지고, 다만 하늘과 땅의 聖靈들이 제물과 香煙을 흠향하고 곤드레만드레 취하여 魯鎭 사람들에게 무한한 행복을 내려주려고 공중을 비틀거리며 거닐고 있듯이 느껴지는 것이었다."109)고 이야기했다. 작품의 주제라고 할 수 있는 祥林嫂의 죽음에 대해 애도와 연민, 그리고 그녀를 死地로 내 몰았던 그녀의 주위 사람들과 魯鎭 마을 사람들의 탐욕과 무지에 대한 비판이 話者인 '나'의 독백을 통해 진술되고 있는데, 이 같은 독백은 한 편의 시처럼 표현되고 있다. 「祝福」이 祥林嫂라는 농촌의 한 아낙의 죽음을 통해 잔혹했던 동시대의 봉건제도와 관습을 폭로하고 고발한 사실주의 작품이면서도, 서정소설로서의 의미를 가질 수 있는 것은 주인공의 삶에 대한 이야기가 한편의 시처럼 話者 자신의 주관적 감정

---

108) 「祝福」(『彷徨』 魯迅全集 卷2, p.10)
109) 「祝福」(『彷徨』 魯迅全集 卷2, p.21)

을 통해 感傷的으로 처리되었고, 그 결과 독자들이 주인공의 삶의 모습을 매우 情緒
的으로 수용하였기 때문이다.

「在酒樓上」, 「孤獨者」 등과 비교해 작품의 주제는 달랐으나, 서술양식과 화법 등
에 있어 이들 두 작품과 유사한 면을 보여준 작품 가운데, 「故鄕」이라는 작품이 있다.
이 작품은 1919년 말 魯迅이 마지막으로 고향을 찾았다가 고향에서 느낀 인상과 감회
등을 형상화한 작품으로 알려져 있다. 작가는 1919년 말 고향에 내려가 자신이 살았
던 옛 집을 정리하고 전 가족이 북경으로 이사 온 사실이 있었는데, 이 작품은 작가가
고향에 갔을 때의 경험을 작품에 옮겨 놓은 것이라고 한다. 그 내용을 간추려 보면
다음과 같다.

주인공이자 話者인 '나'는 20년 만에 고향에 내려갔는데, '나'는 고향의 모습이 그
동안 기억했던 것과는 너무 다르게 변한 것을 보고 충격을 받는다. 고향에 머무르는
동안 어머니는 '나'의 옛 고향친구 閏土를 한 번 만나보라고 권한다. 그래서 '나'는
閏土를 만나게 되고, 閏土와의 만남을 계기로 해 어릴 적 그와 함께 이야기하고 뛰어
놀며 나누었던 옛 추억을 想起한다. 그러나 지금 다시 만난 閏土의 모습은 생기를
잃고 황폐해져버린 고향의 모습과 다르지 않았다. 농촌에서 봉건적 관습과 수탈 등으
로 인해 고통스럽게 살아 온 閏土의 얼굴에는 옛 모습은 하나도 없고 고통과 疲弊만
이 가득했다. '나'는 閏土의 변한 모습을 보면서 사람과 사람 사이의 膈膜, 영혼의
疏遠을 느낀다. 이후 '나'는 서글픈 마음을 안고 閏土를 생각하며 배에 몸을 실고 고
향을 떠난다.

이 작품의 내용을 한마디로 정리한다면, 주인공이자 話者인 '나'의 感懷, 즉 고향의
달라진 情景에 대한 感懷의 吐露와 옛 친구 閏土와의 邂逅를 통해 느끼는 감정의 述
懷라고 할 수 있다. 그런데, 이 같은 吐露와 述懷의 대부분은 話者가 對象에 몰입하
면서 자신의 주관적인 사고와 느낌을 서술한 것으로 구성되어 있다. 述懷 또한 매우
감상적일 뿐만 아니라, 그 가운데 일부는 내적 독백의 형식으로 처리되고 있음을 볼
수 있는데, 이러한 특징 등으로 인해 「故鄕」은 魯迅의 작품 가운데에서 抒情的 성격
이 가장 농후한 小說로서의 장르적 의미 갖게 된다.

이 작품에서 작가는 봉건의 風波 속에서 갈수록 황폐해져가는 마을의 모습과 농촌
에 만연되어 있는 봉건관습과 제도 등으로 인해 疲弊해져버린 동네 마을 사람들, 특

히 閏土의 삶의 현실을 묘사하며 봉건의 害惡을 비판하고 있다. 이 같은 사실과 관련해 「故鄕」의 기조는 感傷인데, 感傷의 기조는 농촌이 파산하고 군벌이 날뛰는 냉혹하고도 슬픈 현실과 고향으로 돌아 온 작가가 고향의 모습을 대하며 느낀 처량하고 索漠한 심정에서 연유하는 것이라고 했다.[110) 그런데 작가는 이 같은 비판을 대상에 대한 객관적이고 직접적인 서술방법을 통해서가 아니라, 체험자아로서의 話者인 '나'의 주관적 느낌과 감정을 통해 표현하고 있다. 작품에서의 이야기는 객관현실에 대한 직접적인 표현과 반영의 형태가 아닌, 話者인 '나'의 독백과 주관적 정서를 통해 이루어지는 다시 말해, 객관적 대상에 주관적인 감정을 投射하여 이루어지는 이른 바 자아반영의 형태를 통해 주로 서술되고 있다. 작품에서 이 같은 자아반영을 통해 드러나는 감상적 분위기의 표출은 「故鄕」을 서정소설로 만드는 중요한 요인으로서의 역할을 한다. 작품은 주인공이자 話者인 '나'가 오랜 만에 고향을 찾았으나, 황폐해져 버린 고향 마을을 보고 충격을 받아 실망감을 표출하는 것으로부터 시작된다.

> "고향에 가까이 갈수록 찬바람이 "篷 사이로 밖을 내다보니 어슴푸레해지는 하늘 밑에 여기저기 몇 개의 쓸쓸하고 황폐한 마을이 생기를 잃은 채 가로 누워 있었다. 내 가슴에 울컥 슬픔이 솟아올랐다. 아! 이것이 내가 20년 동안 늘 기억하고 있던 고향이란 말인가?" 내가 기억하는 고향은 전혀 이렇지 않았다. 내 고향은 훨씬 더 좋았다. …(중략)… 기와지붕 위에는 잡초가 무성하고 시들어 부러진 줄기들이 바람에 떨고 있었다. 그것은 어쩔 수 없이 이 집의 주인이 바뀌어야 하는 원인을 말해주는 듯 했다.[111)

話者이자 주인공인 '나'는 20여년 만에 다시 찾은 고향의 情景을 접한 다음, 위의 내용과 같은 독백을 쏟아 내고 있다. 오랜만에 고향에 돌아 왔으나, 자신이 알고 있던 고향과는 너무 다른, 피폐해지고 황폐해져 초라하기 짝이 없는 그런 고향의 모습을 보고 충격을 받은 채, 좌절감을 그대로 드러내고 있는 것이다. 작품에서 話者 '나'는 작가 자신이라 해도 무방하다고 할 수 있는데, 주인공인 '나'는 고향의 情景을 보고

---

110) 包忠文 著, 『魯迅的思想和藝術新論』, 南京出版社, 1989, p.249.
111) 「故鄕」(『彷徨』魯迅全集 卷2, p.476)

발생한 심리적 충격과 갈등의 의식을 독백의 형식으로써 吐露하고 있다. 이러한 행위는 抒情的 話者로서의 모습을 그대로 보여준다. 話者의 이 같은 感懷의 吐露는 風景的 色彩와 情趣로써 感傷的이고도 詩的 분위기를 불러일으키며, 독자들의 정서를 자극한다. 그리고 풍경의 색채와 정취는 주인공인 話者 '나'의 심리적 갈등의 표출이자 自我反映의 한 형태라고 할 수 있다.

話者인 '나'는 자신의 고향의 과거와 현재, 주인공인 '나'와 '나'의 어릴 적 친구 閏土와의 과거와 현재, 자신들의 현재와 과거의 희망 등에 대해 차례대로 서술해 간다. 고향집에 도착한 '나'는 어머니를 만나 고향에 관한 이런 저런 이야기를 하면서 어머니로부터 어릴 적 옛 친구 閏土에 관한 이야기를 듣게 되고, 또한 고향에 왔으니 閏土를 한 번 만나 보라는 권유를 받는다. 閏土의 이야기를 들은 '나'는 감회와 추억에 젖는다. 옛날 閏土의 모습을 떠 올리고 그와 함께 뛰 놀며 시간을 보냈던 일을 상기한다.

> "쪽 빛 하늘에는 금빛의 둥근달이 걸려 있고, 그 아래로 끝없는 바닷가 모래밭에는 파란 수박이 열려 있었다. 은 목걸이를 한 열 두어 살 가량의 남자아이가 그 수박밭에서 삼지창을 들고 오소리를 힘껏 찌른다. 오소리는 획 돌아 서서 사내아이의 두 다리 사이로 빠져 나간다. 그 소년이 바로 閏土였다."[112]
>
> "그건 안돼. 큰 눈이 와야 해. 우리 모래사장에 눈이 오면, 우리는 눈을 쓸어 뿌려 놓았다가 새가 와서 쪼아 먹을 때, 막대기에 잡아 맨 줄을 멀리서 잡아당기기만 하면 그 새는 소쿠리 안에 갇혀 도망칠 수 없게 되지. 무엇이든 다 있어. 볏새 뿔새, 산비둘기, 파란새 등 …[113]
>
> "아아 閏土의 가슴 속에는 나의 보통 친구들이 모르는 신기한 일들이 무진장 간직되어 있는 것이다. 閏土가 바닷가에 있을 때, 그 애들은 모두 아무것도 모르는 채 나처럼 마당을 둘러친 높은 담장 위에 네모진 하늘만 바라보고 있었던 것이다.[114]

話者 '나'는 閏土와 보냈던 어린 시절을 회상하며, 그때의 추억을 이렇게 표현하고

---

112) 「故鄕」(『彷徨』 魯迅全集 卷2, p.477)
113) 「故鄕」(『彷徨』 魯迅全集 卷2, p.478)
114) 「故鄕」(『彷徨』 魯迅全集 卷2, p.479)

있다. 話者의 추억은 사람들의 어릴 적 추억과 동심을 자극할 뿐만 아니라, 독자들에게 한 폭의 수채화 같은 그림을 선사하며, 繪畵的 감각을 불어 넣고 있다. 이십 여년이 지난 閏土의 모습은 어린 시절 친구로서 함께 뛰어 놀았던 閏土의 모습이 전혀 아니었다. '나'는 찌들고 疲弊해진 오늘날의 閏土를 모습을 보고 크게 실망한다. 閏土가 돌아가고 난 후, '나'는 어머니로부터 많은 아이들, 흉작, 가혹한 세금, 군인, 도적, 관리, 鄕紳 그런 것들이 한 데 어울려져 오늘 날 閏土의 모습을 만들었다는 이야기를 들었다. 한 마디로 말해 가혹한 봉건정치의 風波에 그 원인이 있었다는 것이다.

話者 '나'는 피폐해진 고향의 풍경과 늙고 초췌해진 閏土의 모습에 심리적 갈등을 느끼며, 그 심리적 갈등과 주관적인 감정을 閏土의 모습에 投射하여 자신의 느낌을 서술하고 있다. 또한 어릴 적 閏土와 함께 뛰 놀았던 광경과 閏土의 어린 시절의 모습, 그리고 가난과 노동으로 피폐된 현재의 모습을 對比함으로써 感傷的 분위기를 고양시키며 抒情的 話者로서의 모습을 잘 드러내고 있다.

抒情的 話者는 敍事的 話者처럼 인물이나 사건의 진행과정을 이야기로 서술해가는 것이 아니라, 인물이나 사건에 대한 자신의 느낌과 감정 등을 펼쳐내 보이는 것이 주요 기능이다. 작품의 시작부터 마지막에 이르기까지 전체가 話者 '나'의 情調, 즉 주관적 감정이 내면의 흐름으로 일관되는 특징을 보여주고 있는데, 외부세계를 지향하면서도 외부에서 느끼는 정감을 話者의 내부세계를 통해 진술되는 등, 자아반영으로서의 감정의 내면적 흐름이 뚜렷이 나타나는 작품이 바로 「故鄕」인 것이다. 따라서 작품의 내용은 객관적 현실에 대한 직접적 반영이 아니라, 話者의 內面意識의 표출을 통한 농촌 현실의 표현이 주류를 이루고 있고 그렇기 때문에 「故鄕」은 서정소설이 되는 것이다.

옛 집은 점차 내게서 멀어져 갔다. 고향의 산천도 점차 내게서 멀어져 간다. 하지만 나는 아무 미련도 느끼지 않는다. 나는 단지 보이지 않는 높은 담에 둘러싸여 외톨이가 되고 몹시 풀이 죽어 있는 자신을 느낄 뿐이었다. 저 수박 위에 은목걸이를 작은 영웅의 영상은 원래는 아주 뚜렷했는데, 현재에는 갑자기 희미해지며 나를 매우 슬프게 했다.115)

115) 「故鄕」(『彷徨』 魯迅全集 卷2, p.485)

　"希望이라는 것을 생각한 나는 갑자기 무서워졌다. 閏土가 향로와 촛대를 달라고 했을 때, 그는 오로지 우상을 숭배하는 인간으로 언제나 잊지 못하고 있구나 하고 나는 속으로 그를 비웃었다. 그러나 지금 내가 말하는 희망 역시 내가 만들어 낸 우상이 아닌가? 단지 그의 소망이 현실에 아주 가까운 것이라면, 나의 소망은 막연하고 아득하다는 것뿐이다 몽롱한 나의 눈앞에 바닷가의 파란 모래사장이 떠올라 왔다. 짙은 남빛 하늘에는 황금빛 보름달이 걸려 있었다. 나는 생각했다. 희망이라 것은 본래 있다고도 할 수 없고, 없다고도 할 수 없다. 그것은 마치 땅 위의 길과 같은 것이다. 본래 땅위에는 길이 없었다. 걸어가는 사람이 많아지면 그게 곧 길이 되는 것이다."116)

　話者 '나'는 閏土와의 만남, 閏土와의 관계를 이렇게 회고하며 정리했다. 話者는 은유적이고 詩的인 표현을 통해 抒情的 話者로서의 역할을 다시 한 번 보여주고 있다. 「故鄕」은 주인공이자 話者인 '나'의 回顧와 獨白, 그리고 回顧와 獨白을 통해 드러나는 내면풍경을 제재로 한 작품인데, 이 같은 내면풍경이 처음부터 끝까지 작품을 압도하며 詩的 분위기를 만들어 내기 때문에, 서정소설이 되는 것이다. 서정소설로서의 「故鄕」은 처음부터 끝까지 話者인 '나'의 追憶과 感懷에 대한 진술, 농촌 현실에 대한 隨想 등으로 이루어졌다고 해도 과언이 아닐 만큼 매우 주관적이다. 이 같은 특징에 걸맞게 話者는 봉건사회의 風波를 외양적이고 직접적으로 묘사한 것이 아니라, '나'의 追憶과 感懷, 농촌 현실에 대한 隨想을 애틋한 자신의 내면풍경으로 융합시킨 후, 그것을 한 편의 詩를 쓰듯이, 한 폭의 水彩畵를 그려내듯이, 표현해 냈다.

　魯迅의 소설 작품 가운데, 抒情小說로 분류될 수 있는 작품은 少數에 불과하지만, 이들 작품들이 보여주는 抒情小說로서의 양식적 특성은 비교적 다양하고도 폭넓게 나타나고 있음을 볼 수 있다. 작가는 이들 작품에서 심리묘사, 내적 독백의 사용, 수동적 주인공의 등장, 화자의 주관적 정조와 화법, 수필적 회화적 성격 표출 등, 서정적 특성과 양식을 비교적 다양하고 폭넓게 펼쳐 보였다.

　魯迅의 抒情小說의 특징은 환경에 대한 詩的인 묘사와 더불어 그 분위기에 어울리는 등장인물을 통해 서정적 분위기를 창출하는 것으로 요약될 수 있다. 「在酒樓上」,

---

116) 「故鄕」(『彷徨』 魯迅全集 卷2, p.485)

「孤獨者」, 「祝福」, 「故鄕」에서는 먼저 內省化된 수동적 인물이 주인공으로 등장한
다. 행동적 주인공이 아닌 서정적 인물이었던 것이다. 이들은 맞서 행동하거나 싸워
나가지 못하는 어려운 현실 속에서, 항상 고민하며 사색하는 모습을 보여준다. 이들
은 자신의 이상 내지 자신이 원하는 삶을 구현할 수 없는 현실 속에서 현실과의 갈등
그리고, 갈등으로 인한 비애와 울분을 서정적 감상으로써 표출하고 있다. 특히 주인
공들이 표출하는 私小說的 풍취를 느끼게 할 정도의 일인칭 독백의 서술은 작품의
서정성을 크게 고조시킨다. 서정적 감상을 통해 표출되는 이들의 자아반영과 내면의
식에 대한 서술은 작품의 서정성을 형성하는 하나의 축으로 작용하고 있음을 볼 수
있다.

話者의 주관적 인식태도와 화법 또한 작품의 서정성을 형성하는 데 주인공의 모습
만큼이나 중요한 역할을 하고 있다. 話者는 사건의 진행에 대해 서술하고 있다기보
는 주인공의 느낌과 감정을 대상에 대해 서글프고 안타까운 심정과 같은 감정 투사적
형용사를 그대로 서술하면서 자신의 감정을 직접적으로 전달하고 있다. 話者는 직접
자신의 목소리를 발하고, 이에 따라 초점자인 주인공의 생각과 감정 또한 話者의 논
평적인 목소리를 통해 상당부분 전달되는데, 이 같은 주관적인 서술양식은 주인공의
내적 상황과 내적 상황을 밖에서 거리를 두고 바라보기보다는 철저히 인물의 내부에
서 조명한 결과에 기인한 것이었다. 이들 작품들은 인물과 사건에 대한 화자의 느낌
과 감정의 서술을 통해 작품 전체가 話者의 주관적 감정의 흐름으로 일관되는 특징을
보이고 있고, 이 같은 특징을 통해 작품의 서정성이 확고하게 나타나고 있음을 볼
수 있다.

『彷徨』의 작품을 쓰면서 작가 魯迅이 堅持했던 작가의 現實觀, 世界觀은 『吶喊』을
쓸 시기의 그것과 비교할 때, 분명히 달랐는데, 달라진 작가의 의식과 정신이 시대현
실과 결부되어 나온 것이 이들 抒情小說이었다고 할 수 있다. 내재적 심리묘사, 내적
독백 등 抒情小說에 나타난 話者의 서술태도, 즉 서술자의 주관적 서술 형태는 當代
현실의 문제, 知識人의 문제를 자신의 문제로 體化하여 나타낸 것으로, 이는 주인공
과 독자들과의 距離를 단축시키고, 또 독자들에게 친근감을 주면서 작가 자신의 의도
와 의지를 보다 容易하게 전달하고자 했던 전략으로 풀이해 볼 수 있다. 이러한 서술
태도와 內的 經驗을 중시하고 인간정신의 내부에서 외부현실을 조망한 것 또한 시대

와 사회를 반영하면서, 작가와 작품과의 거리, 즉 작가의 경험적 자아와 허구적 자아
와의 거리를 좁히고자 했던 작가의 사실주의적 표현을 위한 하나의 의도라고 볼 수
있다. 다시 말해, 소설적 리얼리티에 대한 작가의 태도 내지 서술 의도가 외향적이고
객관적인 관찰에 근거하기보다는 작가 자신의 경험을 직접적으로 표현하거나 작가
개인의 판단과 가치관 및 감정을 投射하는 태도를 유지하면서 허구적 자아와 경험적
자아간의 거리를 좁혀 독자들의 공감과 同化를 유도하는 방향을 취함으로써 내향적
리얼리티를 구축하고자 했다는 것이다.

『彷徨』의 주요 작품, 특히 抒情小說로 분류될 수 있는 작품들을 중심으로 그 속에
서 펼쳐지는 "인간의 영혼" 드러내기는 현실을 새롭게 보고자 하는 작가의 의도였고,
이러한 의도에 따라 抒情小說에서 주로 이루어진 "內的 視界의 묘사"라고 하는 서술
전략은 작가 魯迅에게 있어 소설적 리얼리티 구축의 새로운 방법이 될 수 있었다.
外向的이고 객관적인 관찰에 根據하기보다는 철저하게 그 상황의 내부에서 조명하
고, 경험자적 서술양식에 고착함으로써, 그리고 인물 특유의 내적 체험에 기댄 진실
성에 호소함으로써 소설적 逼眞性과 迫進感을 유도하며 내향적인 리얼리티를 構築한
것이라고 할 수 있다. 이것이 바로 魯迅이 자신의 소설, 특히 抒情小說을 통해 이룩
한 문학적 성취의 하나라고 할 수 있다.

溫儒敏은 『彷徨』의 작품들을 두고 『吶喊』에 비해 창작 방법에 있어 현실주의의 길
을 넓혔고, 보다 깊고도 원숙한 예술적 스타일을 形成하였다고 평가했는데,[117] 『彷
徨』에 주로 등장했던 抒情小說은 현실주의의 길을 넓히고 원숙한 예술적 스타일을
형성하는데 일조한 작품으로 평가받을 수 있다. 문학의 기능은 客觀的 現實을 지금
까지 알고 있는 시각과는 다른 새로운 각도에서 새로운 조명함으로써, 현실을 새롭
게 볼 수 있는 가능성을 마련하는 작업이었다고 할 때,[118] 魯迅의 抒情小說은 현실
을 새롭게 또는 다르게 보고자 했던 작가의 의도에서 비롯된 것이었고, 독자들에게
동시대 사회의 현실과 그 사회를 살아갔던 사람들의 삶의 진실을 새롭게 바라 볼 수

---

117) 온유민 지음, 김수영 옮김, 前揭書, 1991, p.71.
118) 이와 더불어 박이문은 문학이 주는 감동이란 새롭게 제안된 시각에 의해 나타난 객관적 대상의 신선
    한 측면을 의식하고 생각하며 지각할 때, 생기는 일종의 지적 경이와 감동이라고 했다. 박이문, 『문학과
    철학』, 민음사, 1997, p.101.

있는 또 하나의 계기를 제공해 주었다고 할 수 있다.

魯迅의 소설 가운데에는 지극히 사소하고도 일상적인 이야기를 소재로 하여 사회의 현실과 중국인들의 의식 세계 등을 비유했던 작품도 등장한다. 魯迅의 소설 가운데에는 한순간을 포착, 재기와 상상력으로 독자의 예상을 뛰어 넘는 결과를 드러내는 葉片 소설처럼, 가볍고 일상적인 이야기를 소재로 하여 그 이야기의 소재 범위를 크게 뛰어 넘는 사실을 말하면서 이야기의 범위를 확산시켜 나가는 작품이 있다. 이런 작품들은 사건의 시간적 인과적 전개라든가 주인공의 삶에 대한 묘사 없이, 어느 한 장소에서 발생하는 개인적인 사건 내지는 별 다를 것 없는 일상적이고도 사소한 사건의 한 순간을 통해, 동시대 사회의 현실을 표현해 내고 있어 魯迅小說의 또 하나의 특징을 이룬다. 이런 부류의 대표적 작품으로는 「頭髮的故事」, 「風波」, 「兄弟」, 「離婚」, 「示衆」 등이 있는데, 이들 작품들은 오늘 날 葉片 내지 掌篇小說과 같은 성격의 작품으로 분류될 수 있다. 이들 작품들은 표현하는 대상과 관계있는 사물이나 특징, 또는 부분으로써 전체 내지 그 대상을 빗대는 방법인 일종의 代喩法을 사용하고 있다고 보아도 무방하다.

그러면 먼저 「頭髮的故事」에 대해 살펴보자. 이 소설은 頭髮을 素材로 辛亥革命을 전후한 시기 지식인 계층의 정신적 分裂과 混亂 및 辛亥革命의 결과가 어떠했는가를 이야기하고 있는 작품이다. 이 작품의 특징이라고 한다면, 이렇다 할 플롯의 전개 없이 話者인 '나'와 N선생 간의 짧은 대화만이 존재한다는 사실이다. 다시 말해 대화로 시작해 대화로 끝나고, 대화의 내용 또한 주인공의 푸념에서 시작해 푸념으로 끝나는 것이 이 작품의 특징인 것이다. 話者인 '나'는 주인공 'N'의 행동을 지켜보면서, 그의 이야기만을 일방적으로 들어 주고 있다. 주인공 'N'이 겪고 있는 갈등과 고민에 개인적 감정 등에 대해, 話者인 '나'는 그 존재가 거의 느껴지지 않을 정도로 자신의 느낌이나, 판단은 일체 삼가 한 채, 그의 이야기만을 傳하고 있다. 따라서 독자들은 'N'의 일방적인 이야기를 통해서 지식인이 겪는 갈등과 분노 등을 느낄 수 있을 뿐이다. N선생이 처한 상황과 그가 겪고 있는 갈등과 번민 등이 話者인 '나'에 의한 暗示的, 補助的 설명도 없이 'N'선생의 이야기에 의해 일방적으로 설명되고 있는 것이니, 이는 철저한 객관적 서술의 일면을 보여 주고 있는 것이라고 할 수 있다.

  "아! 10월 10일이군! 오늘이 바로 쌍십절인데, 여기에 아무 표시도 없다니! 선배
  N선생이 마침 우리 집에 와서 한담을 하고 있던 참이었다. 그는 이 말을 듣자 매우
  불쾌한 듯이 나에게 말했다. "그들이 옳아! 그들이 기억하고 있지 않다고 해서 자네
  가 무얼 어쩌겠나? 또 자네가 잊지 않는다고 해서 무얼 어쩌겠단 말인가?"[119]

  상술한 바와 같이 話者인 '나'와 N선생과의 대화는 雙十節에 대한 평가에서 시작한
다. 그까짓 雙十節을 잊는 것이 무슨 일이라도 되는 것이냐는 N선생의 푸념은 辛亥革
命에 대한 사람들의 인식, 즉 雙十節이라는 기념일을 만드는 데 그친 신해혁명에 대
한 사람들의 인식을 반영하고 있는 것이다. 이어 N선생은 辛亥革命을 위해 목숨 바
친 청년들의 얼굴을 상기하며 그들의 희생정신마저 점차 사라져가는 현실을 원망한
다. 辛亥革命을 기념하기 위해 만들어진 雙十節이 사람들의 뇌리 속에서 잊혀지고,
관심 속에서 멀어지게 된 사실 등이 N선생의 頭髮에 관한 이야기를 통해 드러나기
시작한다. N선생은 먼저 頭髮에 대한 옛 중국인들의 관념과 의식, 頭髮 때문에 겪어
야 했던 수난과 고초를 이야기 하더니 이어 자신이 외국에 유학생활을 하는 동안 辮
髮이 없다는 이유 하나로 고통을 겪다가 강제 귀국 당해야 했다고 했다. 그리고 귀국
한 후에도 변발을 없애서 주위로부터 가짜 양놈이라고 욕을 먹었을 뿐만 아니라, 신
변의 위협 때문에 급기야 호신용으로 지팡이를 들고 다녀야 했던 사실 까지 이야기
했다. 계속해서 N선생은 시골 중학교의 감독교사가 된 다음, 학교에서 변발을 제거
했다는 이유로 죄인이 되어 퇴학까지 당해야 하는 학생들을 보았다고 이야기했다.
N선생은 퇴학당한 학생들이 최초의 雙十節이 지나고 나서야 죄인의 낙인에서 벗어
나게 되었다고 했다.

  N선생의 푸념 섞인 이야기에는 그 어떤 암시나 상징이 들어 있지 않다. N선생은
頭髮을 통해 辛亥革命을 전후한 시기 사회의 현실과 사람들의 정신을 말하고 있는데,
N선생의 두발이야기는 크게 보아 두 가지 사실을 보여주고 있다. 중국인들의 낙후된
의식과 정신세계, 그리고 겨우 머리카락 혁명으로 끝나버렸다고 해도 크게 틀린 말이
아닌 辛亥革命의 결과 등을 보여주고 있다. N선생은 "자네 머리털이란 것이 우리 중
국인에게 보배도 되고 怨讐도 되며 옛 날부터 지금까지 얼마나 많은 사람들이 그것

---

119) 「頭髮的故事」(『吶喊』魯迅全集 卷1, p.461)

때문에 털끝만큼도 값어치 없는 고통을 받았는가를 알고 있겠지!" "나는 얼마나 많은 중국인이 이 별 것 아닌 머리털 때문에 고통과 수난을 받고 목숨까지 잃었는지 알 수 없네."[120]라고 하면서 두발을 목숨처럼 받들며 살다가, 한편으로는 머리털 때문에 목숨을 부지하기도 하고, 또 그 반대로 수모와 고통을 당하며 목숨마저 잃어버린 중국인들의 현실에 대해 이야기했다. N선생의 이야기는 봉건예교주의에 빠져 헤어날 줄 모르는 중국인들, 다시 말해 고대에서부터 현재에 이르기까지 오랜 기간 "身體髮膚 受之父母"라는 유교적, 봉건적 사상에 매몰되어 무지몽매해져 버린 중국인들의 의식과 정신세계를 여실히 보여주고 있다. 世上이 어떻게 돌아가는지도 모른 채, 머리털에 인격과 목숨을 거는 사람들이 신해혁명의 목적과 의미를 제대로 이해한다는 것은 쉬운 일이 아니다. 당시 중국인들의 입장에서 볼 때, 혁명의 의미, 사회의 변혁의 의의를 辮髮의 有無如何의 정도로 받아들이는 것은 당연한 일이었고, 따라서 신해혁명이 소기의 목적을 이루지 못한 실패한 혁명이 될 수밖에 없었다는 사실을 N선생의 머리털 이야기가 말해주고 있는 것이다. "아아 조물주의 채찍이 중국의 등짝위에 내려쳐지지 않는 한 중국은 영원히 이런 식의 중국이지, 스스로 머리카락 한 올 조차 바꾸려 하지 않을 거야."[121]라는 N선생의 말은 변화와 혁신을 받아들일 수 있는 준비조차 안 된 중국인들의 세상인식과 현실관을 다시 한 번 보여 말하고 있다.

작가는 다시는 변발을 늘어트리고 살지 않아도 되는 것을 제외하고는 辛亥革命이 가져다 준 것은 실질적으로 아무 것도 없다는 사실을 통해 신해혁명이 실패할 수밖에 없었던 사회현실을 풍자 비판하고 있다. 작가는 혁명과는 이렇다 할 관계가 없어 보이는 두발이라는 소재를 통해 신해혁명의 실패와 함께 혁명이 실패로 끝 날 수밖에 없었던 동시대 중국사회의 현실, 그리고 이 같은 현실을 만들어 낸 중국인들의 생각과 의식 수준에 대해 토로하였다. 「頭髮的故事」는 소설의 구성 요소 대부분이 생략된 형식에 있어서 파격적인 작품이다. 독백이나 다름없이 행해진 N선생의 머리털 이야기는 외견상 어느 한 지식인의 푸념 섞인 자조와 한탄에 불과한 것이었지만, 근대 중국의 한 시대의 역사이자 사회현실을 대변하고, 동시대 중국인들의 의식과 思考를 含蓄하고 있다.

---

120) 「頭髮的故事」(『吶喊』 魯迅全集 卷1, p.462)
121) 「頭髮的故事」(『吶喊』 魯迅全集 卷1, p.465)

「頭髮的故事」와 비슷한 형식과 의미를 가진 작품으로 「示衆」이라는 작품이 있다. 「頭髮的故事」가 어느 한 지식인의 푸념과 불평의 언어를 통해 동시대 사회의 현실을 그렸다면, 「示衆」은 일부 사람들의 행동과 그들의 형상을 가지고 동시대 중국인들의 정신 상태와 의식 수준의 면모를 그리고자 했던 작품이라고 할 수 있다.

「示衆」은 1925년 4월 『語絲』 제22기에 발표되었다. 과거 봉건시대에는 죄인을 묶어서 거리로 끌고 다니며, 그 죄인을 사람들에게 보여주는 조리돌리기라는 형벌이 있었는데, 이 작품은 이런 조리돌리기를 구경하는 사람들의 행태를 묘사한 작품이다. 魯迅은 『吶喊』의 자서에서 일본 경찰에 의해 참수당하는 동포의 모습을 그저 도축당하는 동물을 바라보듯, 무감각한 표정으로 쳐다보던 중국인들의 모습에 대해 언급한 적이 있다. 이 작품은 소위 환등기 사건을 작품화했다고 해도 과언이 아니라 할 정도로, 그 내용이 작가가 일본 유학시절 겪었던 환등기 사건을 연상시키는 작품이어서 흥미를 더해주고 있다.

「示衆」은 '조리돌리기'라는 형벌을 소재로 하여, 조리돌리기 당하는 사람과 구경하는 일반 군중들의 生態와 심리를 풍자적으로 描寫하고 작품이다. 이 작품은 이렇다 할 사건의 인과 관계적 논리 없이 조리돌리기라는 하나의 사건만이 존재하며, 조리돌리기를 보려고 하는 구경꾼들, 그러니까 순경에게 잡힌 죄인을 보기 위해 모여 드는 사람들의 樣態를 묘사하는 것으로 구성되어 있다.

작품은 "만두요 만두, 따끈따끈한 …" 하며 만두를 사라고 외치는 소년이 길거리에서 두 사람이 멈춰 서 있는 곳으로 옮겨 가는 장면으로 시작된다. 한 사람은 담황색 제복에 칼을 차고 있는 순경이었는데, 그의 손에는 포승의 한 끝을 쥐고 있었다. 포승의 다른 한 쪽 끝은 남색 긴 무명 장삼 위에 흰 조끼를 입은 남자, 즉 죄인의 팔에 매어져 있었다. 이 소년이 이들 두 사람을 옆에서 보고 있자, 순식간에 구경꾼들이 몰려온다. 이런 저런 사람들이 모여 들었지만, 그 누구도 죄인이 누구이고 무슨 죄를 지었는지 등에 대한 질문을 하지 못하고, 또한 죄인에 대한 자신들의 느낌이나 판단 등에 대해서는 말 한마디 제대로 못하고, 어처구니없게도 자신들끼리 상호 간의 視線과 嫉視만을 주고받을 뿐이다.

"저 사람이 무슨 죄를 졌습니까…?" 사람들이 모두 깜짝 놀라서 보니, 노동자 같아 보이는 초라한 사내가 대머리 노인에게 낮은 목소리로 묻고 있었다. 대머리는 대답을 하지 않고 다만 눈을 크게 뜨고 그를 쳐다보았다. 그 바람에 그는 눈을 내리깔았다가 잠시 후에 다시 보았다. 대머리는 그때까지도 눈을 크게 뜨고 그를 보고 있었다. 뿐만 아니라 다른 사람들도 모두 눈을 크게 뜨고 그를 쳐다보는 것 같았다. 그러자 그 사나이는 마치 자기가 죄라도 지은 것처럼 안절부절못하더니 종당엔 천천히 뒷걸음질을 치면서 빠져나가고 말았다. 그 자리는 양산을 옆구리에 낀 키다리가 들어와서 메웠다. 대머리도 얼굴을 돌리고 다시 흰 조끼를 보기 시작했다.[122]

일반적으로 군중이 어느 한 대상을 본다는 것, 쉽게 말해 '구경 한다'는 행위는 '구경거리'가 생겼을 때 성립될 수 있다. 조리돌리기도 하나의 전형적인 경우이다. 집행인이 죄인을 끌고 나오면 사람들은 그를 반원형으로 에워싸고는 손가락질하기도 하고, 욕을 하기도 한다. 죄인은 군중들의 시선에 다시 한 번 낙인찍힌다. 이것이 조리돌리기가 하나의 형벌로써 작용할 수 있는 이유가 된다. 그런데, 위의 장면을 통해 알 수 있듯이, 「示衆」에서는 죄인이 구경꾼의 視線을 느끼기보다는 구경꾼들이 자신들 상호간의 시선을 느끼거나, 또는 구경꾼이 죄인의 視線을 느끼는 이상하면서도 다소 기형적인 현상을 보여준다. '그'가 한 일은 군중에게 에워싸인 죄인이 무슨 죄를 지었냐고 물어본 것뿐인데, 그 물음에 주위 사람들이 모두 그를 이상한 시선으로 쳐다본다. 마치 그 사람이 죄라도 지은 것처럼, 그래서 그 사람은 얼른 자리를 빠져나간다. 구경꾼들의 기이한 행태는 위의 例로써 끝나지 않는다. "뚱뚱한 아이도 그 때까지 소학생의 얼굴을 주시하고 있었으므로 이에 자기도 모르게 그 아이의 시선을 따라서 뒤를 돌아본다." "사람들은 모두가 거의 실망하면서도 행여나 하는 눈빛으로 사방을 둘러 찾아보고 있었다."

사람들이 보여주는 이 같은 행동을 통해 보면, 작품에서 누가 조리돌리기의 대상이고 구경꾼인가를 구별하기가 쉽지 않다. 순경에게 잡힌 죄인을 보기 위해 모인 구경꾼들은 죄인의 모습만을 보는 게 아니라 주위에 모인 다른 구경꾼을 쳐다본다. 만두팔이 소년이 흰 조끼를 입은 죄인을 보자 죄인이 소년을 보고, 죄인이 대머리노인을

---

122) 「示衆」(『彷徨』 魯迅全集 卷2, p.70)

보고 이를 따라 소년은 대머리 노인을 쳐다본다. 뚱뚱한 아이는 조리돌리기에 끼어든 소학생을 주시하고, 소학생의 시선을 따라 또 다른 구경꾼을 본다. 죄인을 보기 위해 모여든 사람들이지만, 그들의 시선은 서로 서로 연결되어 있다. 한 마디로 말해, 사람들의 시선은 자신들이 보아야 할 목표물에 있지 않고, 목표물과 관계없는 엉뚱한 곳을 향하고 있는 것이다.

　　대머리는 그 때까지도 눈을 크게 뜨고 그를 보고 있었다. 뿐만 아니라, 다른 사람들도 모두 눈을 크게 뜨고 그를 쳐다보는 것 같았다. 그러자 그 사나이는 마치 자기가 죄라도 지은 것처럼 침착하지 못하고 불안해하다가 마침내 천천히 뒷걸음질 치더니 빠져 나가고 말았다. 그 자리에 양산을 옆구리에 낀 키다리가 들어 와서 메웠다. 대머리도 얼굴을 돌리고 다시 흰 조끼를 보기 시작했다."[123]

　이들은 구경거리를 찾아 모였지만, 구경의 대상이 흰 조끼를 입은 죄인이 아니었다. 죄인을 보기 위해 모여드는 각양각색의 사람들이 오히려 죄인의 구경거리가 되거나, 서로 간의 구경거리가 되고 말았다. 그렇다면 이 같이 행동하는 이들의 공통점은 무엇일까? 그것은 자신들이 지금 무엇을 위해 모였는지도 모르고, 따라서 무엇을 해야 할지도 모르는 사람들의 집합체라는 말로 설명될 수 있다. 한 마디로 말해, 이들은 자신이 그 곳에 갔으면서도 왜 갔는지에 대한 생각과 의식도 없는 무지렁이 같은 존재일 뿐만 아니라, 이유 없이 다른 사람들의 시선을 두려워하는 비겁하고 나약하기 짝이 없는 사람들이다.

　무지하고 怯弱한 등장인물들의 성격에 걸맞게 작가는 이들의 외형을 특징 있게 묘사한다. 작품에서 작가는 순경과 순경에게 잡힌 죄인이외에 구경꾼 13인의 외모 내지 형상에 대해 세심한 설명을 가한다. 웃옷을 벗어 부친 빨강 코를 가진 뚱뚱한 사내, 장사하는 데는 별 관심도 없으면서 신기한 것만 보기 좋아하는 12살 먹은 뚱뚱이 소년, 머리는 온통 번들번들 빛나고 있었고, 귀 왼쪽 부근에 회백색 머리카락이 남아 있는 것 이외에는 별로 볼 만한 것이 없는 대머리, 어린 애를 안은 채 비집고 들어오는 할멈, 한 손으로 자기의 머리에 쓴 새하얀 작은 헝겊 모자를 누르고 사람들 틈을

123) 「示衆」(『彷徨』魯迅全集 卷2, p.70)

쑤시고 들어간 소학생, 자신이 죄를 지은 것처럼 느끼고 불안해 하다가 뒷걸음질 쳐 빠져 나가는 노동자 같이 보이는 초라한 사내, 입을 크게 벌리고 있어서 마치 죽은 농어같이 생긴 말라깽이 남자, 시커먼 손으로 만두 반 조각을 집어 들고 막 입 속으로 처넣으려는 고양이 얼굴 같은 사람, 빠르게 빈틈을 메우다가 갑자기 허리를 굽히다가 갑자기 일어나는 옆구리에 양산을 낀 키다리, 머리에 온통 기름땀과 먼지를 뒤집어 쓴 타원형의 얼굴 등의 형상이 구경꾼으로 등장했다가 사라진다.

작가에 의해 구체적으로 묘사된 13명의 사람들은 모두 하나 같이 변변치도 단정치 못한 몰골에다 바보스럽고도 우스꽝스러운 모습을 하고 있다. 또한 이들은 예외 없이 나약하며 겁이 많을 뿐만 아니라, 자신들이 무엇을 하고 있는지조차 모르는 채 右往左往하고 있다. 이들은 자신들이 지금 무엇을 하고 있는지도 모르는 天痴 바보나 다름없는 사람들이다. 또한 天痴 바보나 다름없기 때문에, 저렇게 아무렇지도 않다는 듯이, 우스꽝스럽게 행동하고 있는 것이다. 오랜 기간 봉건사상과 규범에 빠져 살았기 때문인지, 변화하는 현실에 대한 인식은 물론이려니와 옳고 그름에 대한 기본적인 판단력조차 상실한 채, 바보가 되어버린 중국인들의 현실을 13인의 구경꾼이 대변하고 있다. 작가는 13인의 구경꾼과 하등 다를 바 없는 동시대 중국인의 모습을 폭로하며 비판하고자 했다.

「風波」는 1920년 9월『新靑年』제8권 1호에 발표되었다. 辛亥革命 이후 벌어졌던 정치 사회의 혼란과 불안이 僻地 농촌에 까지 파급되어 무지한 농민들마저 불안과 혼란 속으로 내몰린다는 내용을 그린 작품이다. 「示衆」처럼 일상적이면서도 평범하고 사소한 사건을 통해 동시대 사회의 현실과 사람들의 의식세계를 함축하여 나타내고자 했던 작품으로 볼 수 있다.

작품은 변발의 유무와 관련하여 어느 한 작은 농촌 마을에서 벌어진 언쟁, 즉 七斤, 七斤의 마누라, 八一, 趙七 등 몇 몇 사람 사이에서 벌어졌던 언쟁으로 구성되어 있다. 언쟁의 본격적인 시작은 황제가 등극했다는 七斤의 한 숨 섞인 말에서 시작된다.

七斤은 천천히 고개를 들고 한 숨을 푹 내쉬었다. 황제께서 등극하셨대. 七斤의 처는 잠깐 멍청히 있더니 갑자기 크게 깨닫기라도 한 듯이 말했다. 참 잘 됐네요. 또 大赦免이 내리지 않겠어요. 七斤은 또 다시 한 숨을 내쉬며 대꾸했다. 나는 변발

이 없잖아. 황제께서는 변발을 요구하셨대요? 황제께서는 변발을 요구해. 당신이 그
것을 어떻게 알아요? 七斤의 처는 초조해져 다급히 물었다. "咸亨 술집에 있는 사람
들이 다 그렇게 말했어."124)

변발을 잘라버린 七斤은 울상 지으며 괴로워하고, 그 모습을 바라보는 그의 처는
남편에 대한 안타까움과 함께 미움과 원망의 감정을 드러낸다. 그들은 또한 혁명이후
에도 변발을 자르기는커녕 보란 듯이 그것을 늘어뜨리고 다니는 趙七爺의 모습을 보
면서, 더욱 큰 불안감을 갖기 시작한다. 더욱이 "변발이 없으면 벌을 받아 마땅하지"
라는 趙七爺의 말을 듣고는 七斤과 七斤의 처는 절망감에 휩싸인다. 七斤의 처는 七
斤을 증오하면서도, 한편으로는 七斤의 행동을 몹시 후회하며 다음과 같이 소리친다.

이 죽일 인간아! 다 자업자득이야 혁명 때, 내가 뭐랬어. 배를 젓지 말라. 성 안에
들어가지 말라. 그랬는데도 기를 쓰고 성 안에 들어가더니. 성 안에 들어가서는 변발
이 잘리고 말았지. 전에는 빛이 나는 새까만 변발이더니 지금은 승려도 아니고 도사
도 아니고, 저 죄인 놈은 자업자득이라지만, 거기에 끌려든 우린 어떻게 하란 말이야!
이 죽일 죄인 놈아!125)

변발문제로 인해 마을 七斤 부부는 물론이려니와 八一 부인 등 마을 사람들도 서로
얼굴을 붉히며 怨讐 같이 사이가 된다. 그러는 동안 七斤의 妻는 자신의 남편이 辮髮
이 없다는 이유 때문에 죽음을 맞게 될지도 모른다는 불안감에 빠지게 되고, 마을
사람들마저 七斤을 멀리하게 된다. 그러나 며칠이 지났음에도 마을에는 어떤 소식도
들려오지 않았고, 특별한 일도 발생하지 않았다. 이렇게 되자, 사람들을 협박하며
거드름을 피웠던 趙七 영감이 다시 辮髮을 머리위로 틀어 올리게 되는데, 이런 모습
을 본 七斤 부부는 그제 서야 살았다는 듯이 안심하게 되고, 마을의 風波는 사라지게
된다.

「風波」는 辛亥革命 이후 발생했던 사회의 혼란과 政情의 불안이 그것과 아무 관계

---

124) 「風波」(『吶喊』 魯迅全集 卷1, p.469)
125) 「風波」(『吶喊』 魯迅全集 卷1, pp.471-472)

없어 보이는 벽지 농촌에까지 미치게 되고, 그로 인해 무지한 농민들마저 혼란과 불안 속에서 방황해야 했던 모습을 그린 작품이다. 혁명은 지나갔지만, 성공하지 못한 혁명의 여파 속에서 일어나는 봉건회귀의 거센 風波, 즉 復辟이라는 風波가 僻地 농촌에까지 파급되면서, 그 風波가 농촌 마을에서 어떤 결과를 가져왔는가를 이 작품은 보여주고 있다.

무엇보다도 이 작품의 핵심은 七斤 부부와 趙七 영감의 言行에 있다고 할 수 있다. 핵심 인물인 이들 세 사람의 대화와 행동은 외견상 무지한 농촌사람들의 일상적인 것에 지나지 않는 것처럼 보이지만, 실제적으로 이들의 모습 속에는 辛亥革命 이후 중국의 정치 사회적 현실, 그리고 동시대 중국인들의 정신 상태 등이 고스란히 담겨져 있다. 봉건 왕조체제는 무너지고 공화제라는 국가체제가 섰지만, 여전히 그 세력을 유지하고 있는 봉건세력이 정치를 지배하고 있는 현실과 혁명의 목표와 의미를 변발을 잘랐느냐, 자르지 않았느냐의 문제로 인식하며 우왕좌왕하고 있는 중국 농민들의 의식세계를 함축 비유하고 있다.

張勳의 소위 복벽사건이 1917년 일어났는데, 그것은 폐위된 청나라 마지막 황제 溥儀를 다시 복위시키려던 사건이었다. 이 작품은 이러한 復辟事件을 시대적 배경으로 하고 있지만, 작품에서는 복벽사건과 관련하여 구체적으로 언급하고 있지 않고 있다. "황제의 등극"정도라는 간략한 언급만 있을 뿐, 그것도 七斤의 입을 통해서 나오고 있다. 작품에서 다루어지는 마을의 風波는 七斤 부부의 싸움, 八一 부인의 모욕, 九斤할머니의 심적 혼란, 그리고 봉건주의자 趙七 영감의 거드름과 威勢, 협박 등으로 표출되고 있는데, 이들의 이 같은 언행은 동시대 중국인의 정신과 의식세계를 그대로 함축하고 있다.

마을에서 風波를 일으키고 확대시킨 주역은 바로 趙七영감이었다. 趙七영감은 전통을 고수하는 봉건주의자임을 거침없이 드러내는 사람이다. 그는 "그런데 자네 집 七斤의 변발은 어떻게 된 거야. 변발은? 이거 요긴한 거야. 자네들도 알고 있겠지. 장발적의 난 당시에 모발이 있으면, 목이 없고, 목이 있으면 모발이 없도다."[126]라는 등의 말을 하면서 한편으로는 변발을 가지고 위세를 부리며 변발이 없는 사람을 협박

---

126)「風波」(『吶喊』 魯迅全集 卷1, pp.471-472)

한다. 사람들 앞에서 거드름을 피우고 협박하는 봉건수구주의자인 조칠 영감과 그의 말을 그대로 믿고 자포자기하며 절망에 빠지는 七斤의 妻, 또 생각도 없이 趙七영감의 말에 현혹되는 八一 부인, "대를 내려올수록 못돼간다"고 떠들어 대며 불평을 늘어놓는 九斤 老婆의 기회주의적인 망발 등, 변발을 둘러싸고 이들 사이에서 벌어진 언쟁 속에서 빚어지는 마을 구성원 간의 질시와 반목, 위세와 협박 등 일련의 행위가 농촌 마을에서 벌어진 풍파였는데, 이 같은 풍파를 통해 작가는 두 가지 사실을 이야기하고자 했다. 辛亥革命으로 봉건왕조는 없어졌지만, 張勳의 復辟사건의 발생 등, 봉건세력의 跋扈로 정치적 불안과 혼란에 빠진 사회 현실이 그 하나가 될 수 있다. 「風波」는 동시대 정치 현실에 대한 직접적 서술 없이, 辛亥革命 이후의 중국의 정치 사회적 상황과 현실 등을 비판한 작품이다. 독자들은 이 작품을 읽고 농촌 마을에서 한 바탕 벌어진 작은 소동을 통해 한 시기 중국 사회에 일어난 정치 사회적 풍파가 어떠했는가를 충분히 짐작해 볼 수 있다. 두 번째 사실은 이 작품은 중국인들의 정신 상태와 의식의 수준을 그대로 보여주고 있는 것이다. 「頭髮的故事」에서처럼 혁명의 의미를 변발이 있느냐 없느냐 정도의 문제로 생각하는 대다수 중국인들의 생각, 그리고 머리털을 목숨과 같이 취급했던 시대의 사고방식에서 한 치도 벗어나지 못한 중국인들의 의식수준, 즉 여전히 몽매한 채 낙후되어 있는 그들의 정신 상태와 의식세계를 비판 풍자하고 있다.

無知蒙昧한데에다가 최소한의 용기조차 없는 탓에 아무것도 모른 채, 불안과 공포에 떠는 七斤과 七斤의 妻, 변발이 없는 사람은 처벌된다고 생각하며 내심 고소하게 생각하다가 상황이 바뀌자 그런 사람을 존경의 눈빛을 보내는 九斤 할멈 같은 사람, 변발을 목숨처럼 생각하며, 변발을 가지고 거드름을 피우고 위세를 부리려고 하는 趙七 영감 같은 사람들의 행태는 僻地 시골마을의 농민들의 모습으로 끝나는 것이 아닌, 동시대 중국인들의 의식과 정신상태 등을 반영하는 것이다. 한 마디로 말해 이들 모두는 동시대 중국인들의 자화상이었다.

「離婚」은 1925년 11월 『語絲』 제54기에 발표되었다. 농촌에 사는 어느 한 여인이 남편의 외도로 인해 억울하고 부당한 처지에 놓이게 되자, 이에 저항하며 용감하게 싸워나가고자 했으나, 결국에 있어서는 봉건사회의 질서와 규범 등에 의해 굴복당하고 만다는 것이 이 작품의 주된 내용이다.

주인공 愛姑는 용감하면서도 반항적인 성격을 가진 동시대에 보기 드문 여인으로 등장한다. 그녀는 자신의 남편이 젊은 과부와 외도하는 바람에 가정이 破綻 나게 되자, 남편에게 당당히 이혼을 요구하는 여성이었는데, 이러한 愛姑의 모습은 다른 작품에서는 보기 어려운 여성의 모습이다. 男尊女卑 사상이 당연시되던 봉건시대에 남편이 바람 피웠다고 해서 이에 반항하고 이혼을 요구하는 愛姑의 행동은 분명 과단성 있는 용감한 사람의 모습이다. 愛姑는 더 나아가 시아버지를 '짐승 같은 아비' 남편을 '짐승 같은 아들 놈'이라고 욕을 해대고 자신의 시댁을 '패가망신 시키겠다'며 엄포를 놓는다. 愛姑는 자신의 아버지와 함께 慰老영감집에 가는 길에 七大人에게 들르게 된다. 七大人은 학문을 한 사람이라서 도리를 아는 사람이니, 사리에 맞지 않는 말은 하지 않을 것이라는 생각을 하면서, 요 몇 년 동안 내가 겪은 고생을 이야기하면 어느 쪽이 잘못 되었나를 판단해 줄 거라는 기대를 하며 七大人에게 간 것이다. 愛姑가 七大人을 만나 이야기하지만, 七大人의 표정을 보면서 그 동안 지켜왔던 당당한 모습을 잃어버리게 된다.

> 그녀는 몸을 부르르 떨면서 급히 일을 다물었다. 왜냐하면 七大人이 갑자기 눈을 위로 치켜뜨고 둥근 얼굴을 위로 젖히면서 동시에 가늘고 긴 수염으로 둘러싸인 입에서 높고 큰 꼬리를 길게 끄는 목소리가 튀어 나왔기 때문이었다. "이리 오너랏!" 하고 칠대인이 말했다. 그녀는 순간 심장이 머추는 것 같이 느껴졌다. 이어서 두근두근 하며 가슴이 뛰기 시작했다. 마치 대세가 물러가고 판국이 모두 뒤바뀌는 것 같았다. 마치 발을 헛디뎌 물속으로 빠지는 것 같았다. 그러나 그것이 사실은 자기의 잘못된 생각이었다는 것을 알았다.[127]

愛姑는 七大人의 위엄에 눌려 자신의 행동이 방자하고 어리석었다고 후회하면서 七大人에게 "저는 원래부터 오직 七大人의 부분에 따르려고 했는데…"라고 중얼거릴 뿐이다. 그 동안 그 누구보다도 강한 의지와 모습을 보여 주었던 愛姑가 이렇게 한 번에 무너지고 말았다. 의욕만 있었지 그것을 실천할 수 있는 방법과 전략이 없었기 때문이다.

---

127)「離婚」(『彷徨』魯迅全集 卷2, pp.151-152)

이 작품 또한 농촌에서 벌어지는 어느 한 가정의 이혼문제를 다루고 있지만, 작가는 이를 통해 중국 사회에 뿌리 박혀 있는 봉건적 계급구조와 그 질서, 그리고 봉건 관습이 얼마나 구조적이고 또 견고한 것인가를 말하고 있다. 작가는 개인적인 작은 사건을 통해 比喩的 對象으로서의 시대와 사회의 현실에 대해 말하고 있는 것이다. 작품은 지극히 개인적이고 사소한 사건이라고 할 수 있는 시골 아낙의 이혼 소동을 통해 封建秩序와 封建舊習이 중국 사회에 얼마나 견실하게 뿌리박혀 있는가를 보여주고 있다. 七大人이라고 하는 사람은 마을의 최고 어른으로서 모든 일을 좌지우지할 수 있는 절대적 권위를 가진 존재로 등장하는데, 七大人은 愛姑의 행동이 잘못된 것이라고 판정을 한다. 愛姑의 행동이 봉건 宗法과 규범에 어긋나는 것이기 때문이라는 것이다. 愛姑는 나름대로 최선을 다해 싸우고자 했고, 그의 부친과 형제도 나서서 도우고자 했으나, 제대로 저항할 능력이나 방법이 없었다. 작품의 서두에 언급된 "끌처럼 생긴 전족의 두 다리"를 가진 愛姑의 모습은 오랫동안 봉건관습 등에 의해 형성된 신체적 장애로서의 한계와 함께, 사상적 내지 정신적 한계를 상징하고 있는 것이다. 愛姑의 아버지 莊木三 또한 겉으로는 세도가인 척 하는 강한 사람처럼 보이지만, 七大人의 위세 앞에서는 말 한마디 제대로 못하는 사람이다. 또한 그는 자신의 딸의 불행에 대해 못 참는 것처럼 행동하지만, 정작 딸이 이혼함으로써 얻을 돈에 더 많은 관심을 드러내고 있다. 莊木三의 행동은 처음부터 목표달성을 위한 일관된 의지와 방법을 갖지 못했을 뿐만 아니라 사심과 사욕 등으로 인해 중도에서 목표를 포기하거나 목적의식을 상실한 사람들의 형상을 대변한다.

더 나아가 이 작품에는 辛亥革命의 과정이 含蓄 내지 비유되어 있음을 볼 수 있다. 愛姑의 저항에서부터 실패에 이르기까지 이혼의 과정은 辛亥革命의 발발에서 실패에 이르기까지의 과정을 함축 또는 비유하고 있는 느낌을 주고 있다. 愛姑가 남편과 시아버지에게 저항하며 용감하게 싸우고자 한 것은 辛亥革命의 발발과 시작을 의미하는 것이고, 七大人과 같이 전통질서를 고집하는 봉건주의자의 결정에 의해 愛姑가 굴복하는 것은 신해혁명의 실패를 나타내는 것이라고 할 수 있다. 타도와 변혁을 위한 의지와 욕구는 있었으되, 이를 끝까지 완수해 나갈 전략과 방법이 없어 결국에는 未完의 혁명으로 끝난 신해혁명의 결과는 愛姑의 모습에 비유될 수 있다. 그리고 辛亥革命을 미완의 형태로 만든 동시대 중국의 사회현실 및 중국인들의 의식세계와 莊

木三, 七大人 등 愛姑 주변 사람들의 행태 사이에서 긴밀한 相關關係가 나타난다. 이 작품의 핵심 제재이자 모티프는 離婚이었지만, 작가가 작품에서 주장하고자 한 것은 이혼문제와 관련된 어느 한 여성의 삶의 문제가 아니었다. 일상생활 속에서 흔히 일어 날 수 있는 離婚이라는 하나의 단순 사건을 통해, 동시대 사회의 현실을 풍자·비판하는 것이 작가의 의도였다. 이렇게 볼 때, 「離婚」은 이혼문제라고 하는 비교적 단순하고 일상적인 사건을 소재로 하였지만, 작품의 궁극적 의미는 이야기의 소재의 범위를 크게 뛰어 넘는 새로운 사실, 즉 신해혁명의 준비와 과정 등이 철저하지 못했다는 사실을 말하는 작품이었다. 「離婚」은 주인공의 삶의 모습을 통해 동시대 사회의 현실을 이야기한 작품이라기보다는, 개인적인 사건 내지는 흔히 일어 날 수 있는 일상적이고도 사소한 사건의 返照를 통해 동시대 사회의 현실을 표현한 작품이어서 魯迅小說의 또 하나의 특징을 만들어냈다.

「肥皂」는 1924년 3월 27일, 29일 이틀에 걸쳐 『晨報副刊』에 발표된 작품이다. 「肥皂」는 제목 그대로 비누라는 사소한 일상용품을 제재로 하고 있지만, 이런 비누를 통해 드러나는 四銘이라고 하는 封建 禮敎主義者의 이중적이고도 비열한 성격을 풍자 비판하고 있는 작품이다.

작품의 주인공 四銘은 중국의 전통 禮敎思想을 받들고 道德을 목숨처럼 중히 여기는 사람이나, 孔乙己, 陳士成처럼 허위의식에 빠져 몰락한 지식인의 모습으로 등장하지 않는다. 적어도 겉으로는 시대의 변화를 알고 있었기 때문이었는지, 비록 진심에서 나온 것은 아니었다고 할지라도 처음부터 서양식 학교 교육에 반대하지는 않았다.

작품의 이야기는 어느 날 저녁 외출했다가 집에 돌아 온 四銘이 비누 한 덩어리를 내놓는 데서 시작된다. 그는 그 날 있었던 사소한 사건에 매우 불쾌해 하며 가게에서 있었던 일을 이야기했다. 자신이 가게에서 비누를 사고 있었을 때, 몇몇 학생이 자신에게 영어단어를 사용하여 뭐라고 한 것 같았으나 그는 전혀 알아들을 수 없었다는 것이었다. 이에 그 소리를 듣고 화가 난 四銘은 집에 돌아 와 자기의 아들 學程에게 그 뜻을 물어 보았으나 아들 또한 그 뜻을 대답하지 못하자, 四銘은 현대의 신식교육은 아이들에게 無知와 無禮만을 가르쳤다고 막무가내로 욕을 하고 학교를 모두 없애야 한다고 떠들어댔다.

"요즘의 학생이란 것들은 사실 光緖年間에 나도 가장 열렬히 학교설립에 제창했던 사람인데 학교의 폐단이 이와 같이 크리라곤 정말 생각도 못했단 말이야. 무슨 해방이네, 자유네, 하면서 실제로 배우는 것도 없이 법석을 떨기만 할 뿐이야. 학정을 보라구 그 애를 위해서 적지 않은 돈을 썼는데 모두 헛쓴 거지. 가까스로 中西 절충식 학교에 집어넣고, 또 영어는 또 '말하고 듣는 것을 함께 중시한다.'고 하여 그것이 좋은 방법이라고 생각했더니 홍, 그런데 일 년을 배웠으면서도 '惡毒婦'조차 모르다니, 아마 여전히 죽은 글만 배운 모양이야. 홍, 학교가 무엇을 양성했다는 거야, 솔직히 말해서 전부 없애 버려야만 해."[128]

이처럼 四銘은 신식 학교의 교육이 잘 못 되었다고 비판하며 매도했다. 그런데 이같은 四銘의 비판은 도리어 그가 얼마나 이기적이고 편협 되며, 한편으로는 얼마나 몽매한 사람인가를 보여 주는 증거가 되고 있다. 四銘의 비난은 계속된다. 四銘은 이번엔 한걸음 더 나아가 여학생 교육에 대해서도 매도하기 시작했다.

"수아 같은 애들은 학교 같은 덴 보낼 필요가 없어. 전에 九영감이 여자애들에게 무슨 공부를 시키느냐? 면서 여자 교육에 반대했을 때, 난 그래도 구영감을 공격했는데, 지금에 와서 보니 역시 나이 든 노인의 말이 맞았어. 생각 좀 해보라고. 여자가 어정어정 거리를 나다니는 것도 점잖게 볼 수 없는데, 그들은 도리어 머리를 짧게 자르기까지 한다는 거야. 내가 가장 싫어하는 것이 머리를 짧게 자른 그런 여학생들이야. 솔직히 말해서 군인이나 匪賊들에 대해서는 그래도 용서할 수 있지만, 세상을 시끄럽게 하는 것들이 바로 여학생들이니 마땅히 엄하게 다스려야 해…"[129]

四銘은 여학생들이 머리를 짧게 하고 다니는 꼴이 전통과 관습에 어긋나니, 못마땅하다며 여학생들의 교육을 이처럼 싸잡아 비판하고 있다. 아들 學程이 자신의 질문에 대답을 찾지 못하자 이제는 그것을 핑계로 자신의 封建守舊的 性格을 더욱 노골적으로 드러낸다. "그들이 무슨 新文化, 新文化 하고 떠들어대던데, 이 모양으로 '化' 하고도 아직 부족하단 말인가?" "학생들에게 도덕이 없으면 중국은 정말 망하고 말거

---

128) 「肥皂」(『彷徨』魯迅全集 卷2, pp.46-47)
129) 「肥皂」(『彷徨』魯迅全集 卷2, p.47)

야."130)라고 말하면서 신문화에 대한 맹목적 거부감과 혐오감을 노골적으로 드러낸다. 중국의 전통 문화사상에는 道德이 있으나, 신문화, 서구식 교육에는 도덕이 없다는 것이 四銘의 주장이었다.

그런 그가 서양에서 들어 온 비누를 그것도 올리브냄새가 나는 비누에서부터 牧丹냄새가 나는 비누에 이르기까지 외제비누를 사들고 왔다. 그는 가게에서 비누를 사고 나온 다음, 큰 거리에서 두 걸인을 보았다고 했다. 四銘의 말을 빌리면 두 걸인 가운데 하나는 처녀로 나이는 18,9세 정도 되었고, 또 한 걸인은 6,70세 정도 되었다고 했는데, 그 처녀걸인은 자신도 배가 고팠음에도 불구하고 참아가면서 먹을 것을 할머니에게 주었다는 것이다. 그들 거지를 본 행인들은 시주하기는커녕, 그 가운데 있던 두 不汗黨은 "阿發아, 너 저 물건을 더럽다고 생각해서는 안 돼. 비누 두개를 사가지고 온 몸을 싹싹 씻겨 보라고. 썩 좋을 테니!"라고 말하더라는 것이다. 四銘은 이렇게 말하면서 기가 막힌다는 듯이 그게 말이 되냐고 자신의 부인에게 反問했다.

이 같은 反問은 外見上 四銘이 두 不汗黨을 비판한 것처럼 보이나, 실제로는 걸인여자에 대한 성적 호기심 내지 성욕을 간접적으로 드러내는 것, 다시 말해 음탕하고 비열한 욕구의 發露에서 시작된 것이었다. 한 마디로 말해서, 不汗黨이 四銘의 마음을 대신 말해주고 있는 것이다. 겉으로는 그렇게 중국의 전통문화와 도덕의 중요성을 떠들면서도, 뒤돌아서서는 도덕에 反하는 비열한 행태를 숨기지 않는다. 서양의 비누를 사가지고 와서는 그것을 자신의 부인을 앞에 드러내는 일에서부터 시작하여, 불쌍한 걸인 여자를 상대로 음탕하고 비열한 성적 욕구를 드러내는 일에 이르기까지 四銘은 이중적이고 추악한 행동을 벌이고 있는 것이다. 저녁에 되자, 四銘의 性的 好奇心이 다시 일어난다. 그는 자신의 아들을 앞에 두고 낮에 있었던 사건을 또 언급하며 도리, 즉 도덕성에 대해 또 한 번 떠들어 댄다.

> "흥 그것 봐, 학문도 없고 게다가 도리도 모르고 오로지 아는 건 먹는 것뿐이란
> 말이야. 그 효녀를 배우라고. 거지 노릇을 하면서도 어디까지나 할머니에게 효도를
> 다하면서, 자기는 배고픈 것을 참는다는 거야. 그런데 너희들은 학생들이 어디 그런
> 걸 알아? 그저 제멋대로 거리낌 없이 행동하니, 장차 그 不汗黨들처럼 될 수밖에…"131)

　四銘의 이 같은 말은 一見, 그 효녀 걸인을 칭찬하며, 그 두 不汗黨을 욕하는 것같이 보이기도 하나, 실제 그의 말에는 이러한 의도가 전혀 없다. 걸인 여자에 대한 性的 好奇心을 다시 한 번 드러내고 싶은 마음에서 不汗黨의 말을 핑계 삼은 것뿐이었다. 젊은 여자 걸인에 대한 四銘의 감추어진 性的 好奇心은 四銘 부인의 반응에 의해 쉽게 증명되고 있다.

　　"어째서 상관이 없어요? 당신이 특별히 그녀에게 사다준 것이니까 당신이 싹싹 씻어 주구료. 나 같은 것은 자격이 없으니까 필요 없어요. 나까지 효녀의 은혜를 입고 싶지 않으니까요?"

　도덕과 효를 중시한다고 하는 四銘이 그것도 걸인이 추하다고 하는 사실을 이용해 자신의 성적 호기심을 채우고 있다. 겉으로는 도덕을 외치는 사람이 실제로는 이렇게 비열하고도 비도덕적인 행위를 벌이고 있는 것이다.

　四銘은 신교육, 신문화에 道德性이 없기 때문에, 모두 잘못된 것이라며 줄기차게 비판해 왔다. 四銘은 신문화 신교육에는 도덕성이 없지만, 중국의 전통문화 즉 國粹에는 도덕성이 충만하다고 생각하는 사람이다. 四銘은 중국의 國粹를 찬양하며, 자기 자신도 國粹主義者임을 자처하기 시작한다. 四銘에게는 何道統, 卜薇園이라는 친구가 있었는데, 이들은 자칭 전통적 봉건 國粹主義者들로서 그날 저녁 四銘의 집에서 移風文社의 第 十八回 작품 모집의 제목에 관해 이야기하기 위해 모여 다음과 같은 대화를 나누었다.

　　"그렇다면 오늘 밤에라도 신문사에 보내서 내일 꼭 게재할 수 있도록 해야겠군."
"작품의 제목은 내가 이미 생각해 보았는데, 쓸 만한지 어떤지 좀 봐주게." 道統이 말하면서 손수건으로 싼 한 장의 종이를 꺼내서 그에게 주었다. 四銘은 촛대 앞에다가 앉아서 종이를 펼치고 한 자 한 자 읽어 내려갔다. "전 국민이 삼가 대총통께, 오로지 經典을 중히 여기고 孟母를 숭상함으로써 퇴폐풍조를 바로 잡고 國粹를 보존하도록 하는 명령을 특별히 반포하시기를 공동으로 청원하는 글, 아주 좋은데, 아주

---

131) 「肥皂」(『彷徨』魯迅全集 卷2, p.50)

좋았어, 그런데 자수가 너무 많은데"[132)

이들의 주장은 經典을 중히 여기고 퇴폐풍조를 바로 잡아야 하며, 國粹를 보존해야한다는 것이다. 중국의 전통문화와 사상에는 道德性이 있고, 道德性이 있으므로 그렇지 못한 신문화보다 우월하니 반드시 지켜지고 전승돼야 한다는 것이 이들의 생각이고 주장이었다. 이처럼 퇴폐풍조를 바로 잡기 위해 도덕을 중히 여기는 何道統, 卜薇園은 사명이 자신이 만난 걸인 처녀의 孝行과 부도덕한 不汗黨에 관해 이야기하자 기다렸다는 듯이 四銘의 욕구를 부추기며 즐거움을 만끽한다.

"하하하, 비누를 두 개씩이나!" "자네가 산다고? 하하 하하." "싸악싸악 이라 하하."
"흐흐 씻는단 말이지. 싸악…싹 히히히"(pp.53-54.)

겉으로는 禮儀凡節, 倫理 등을 따지는 道學者인체 하면서, 속으로는 걸인 처녀에 대해 肉慾을 느끼며, 이를 정당화하는 國粹主義者, 封建禮敎主義者의 이중적 행태에 대한 세심한 묘사와 함께 인물의 심리까지 정확히 꿰뚫어 보는 작가의 통찰력이 드러나고 있다. 四銘과 그의 친구 何道統, 卜薇園 등은 분명 經典을 중히 여기고, 孟母를 숭상함으로써 퇴폐풍조를 바로 잡고, 國粹를 보존하자고 주장하는 사람이었다. 그들이 함께 모인 것도 자신들의 주장을 글로 쓰기 위한 것이었다. 그러나 도덕을 주장하기 위해 모인 자칭 도덕주의자들이 보여준 언행은 음탕하며 비열하기 짝이 없는 反道德的인 짓이었다. 이들 도학자들은 비누를 가지고 걸인 여자들의 몸을 씻겨 주는 저속하고도 음탕한 상상을 통해 성적 호기심을 보란 듯이 드러내고 있다. "흐흐 씻는단 말이지. 싸악…싹 히히히"라는 말로 드러나는 反道德的인 언행은 봉건예교주의를 대변하는 이들 國粹主義者이자 道學者인 세 사람의 본심이었던 것이다.

上述한 바와 같이, 話者는 주인공 四銘의 언행을 중심으로 何道統, 卜薇園 등 이들세 사람의 어처구니없는 이중적 행태를 폭로 풍자하면서 독자들의 냉소를 유발시키고 있다. 작가는 처음부터 끝까지 주인공 四銘의 언행을 일목요연하게 독자들에게보여주고, 아울러 자칭 국수주의자이자 도학자인 이들 세 사람의 행태와 심리를 철저

---

132) 「肥皂」(『彷徨』 魯迅全集 卷2, p.52)

히 들어냄으로써 독자들의 嘲笑와 輕蔑을 자아내는 효과를 거두고 있다.

「肥皂」는 話者가 사건의 흐름에 따라 변해가는 인물의 심리를 하나하나 집어 가고, 또한 초점 대상을 자유롭게 교체하면서, 인물의 외적 행동과 내적 특성 심리 등을 명확하게 드러내는 작가적 서술상황으로 이루어진 작품이라고 할 수 있는데, 이러한 화법으로써 魯迅은 특유의 신랄한 풍자를 매우 짜임새 있게 보여주고 있다. 夏志淸은 이 작품의 諷刺性은 날카로운 상징에 있다고 하면서, 그 상징은 四銘과 같은 節道者에 대한 상징으로서 겉으로는 전통예교와 도학을 주장하지만, 속으로는 걸인여자의 더러운 몸을 생각하며 비누에 의해 씻겨 지는 그 걸인여자의 벌거벗은 몸이나 상상하는 貪淫한 모습이 그 상징이라고 했다.[133] 작가는 封建守舊的 國粹主義者였던 四銘의 형상을 당대 復古主義的, 守舊的이었던 지식인들에 비유하며, 그들은 四銘처럼 不道德的이고 二重的 성격을 가진 사람들이라고 비판하고 있다. 부도덕하고 이중적인 성격은 四銘과 같은 守舊이거나 國粹主義的인 知識人들의 屬性이자 本性이라는 것이다. 이러한 사실과 관련해 李希凡은 "魯迅은 封建 守舊人 四銘의 음험한 二重人格을 통해 위선자의 저속한 영혼을 우회적으로 폭로하여 사람들에게 國粹派들의 우매하고도 고집스러움 뒷면에 감추어져 있는 몰염치한 얼굴을 보여 주었다."[134]고 말했다. 작가가「肥皂」에서 말하고자 한 것은 道學者인 양 자신을 과시하고 싶어 하면서 舊思想과 舊道德을 지키려는 사람들의 僞善과 無恥였고, 또 僞善과 無恥한 행동을 통해 드러나는 그들의 부도덕한 이중적 행태였다. 작가는 작품에서 이들 사명과 같은 국수주의자들이 음탕하며 이중적이라고 모욕하며 경멸하고 있다. 도덕 운운하며, 전통문화만을 받드는 국수주의자들의 본질은 부도덕하기 짝이 없는 이중적 모습을 諷刺 비판하고 있다는 것이다.

「高老夫子」는 1925년 5월 11일『語絲』第26期에 발표된 작품이다. 이 작품은 高幹亭이라고 하는 사람의 언행을 묘사하고 있는데, 그의 언행에서 드러나는 타락한 國粹主義者들의 추악하고 이중적 성격을 풍자했다고 하는 점에서, 「肥皂」와 맥을 같이 하는 작품 또는 「肥皂」의 부족한 부분을 보충해주는 작품이라고 할 수 있다.[135]

---

133) C.T.HSIA, 『The history of Modern Chinese Fictions』, Yale Univ. Press, 1971, p.44.

134) 李希凡 著, 『《吶喊》《彷徨》的思想與藝術』, 上海文藝出版社, 1981, p.127.

135) 許欽文은 "魯迅이「高老夫子」를 쓴 것은 「肥皂」를 쓴 지 1년 정도 지난 다음으로, 이 작품 역시 「肥皂」

마작이나 하고 연극이나 보러 다니며, 술 마시고 여자들과 놀아나기 좋아 하는, 다시 말해 酒色雜技를 좋아하는 타락한 건달이면서 동시에 國粹主義者로 행세하는 高幹亭이라는 사람이 소위 "國史를 整理한다"는 글을 써 그 덕분에 운 좋게 여학교강단에 서게 되었는데, 이 기회를 이용하여 변신을 꾀하려 했으나, 무능과 실력의 결여로 결국에는 교사직을 내던지고 자신의 본업인 酒色雜技로 되돌아온다는 것을 그 내용으로 하고 있다.

이 작품은 하루 동안에 벌어졌던 사건의 흐름을 플롯으로 하고 있다. 플롯은 주인공 高幹亭의 행동에 따라 전개되는 형식을 취하는데, 그 양상은 세부분으로 나눠지고 있다. 첫째, 高幹亭이 수업 때문에 고민하는 가운데 집으로 찾아 온 친구 黃三을 만나는 모습, 둘째, 막상 수업에 들어갔으나 실력의 부족으로 고통과 갈등을 겪는 모습, 그리고 끝으로 더 이상 교직에 있기가 어렵다고 판단하며 결국에는 자기의 본업인 麻雀 판으로 되돌아가는 부분으로 구성되어 있는데, 각 구성 과정마다 주인공 高幹亭의 성격과 면모가 잘 드러나 있다.

작품은 주인공 고간정의 불만과 고민에 대해 이야기하는 것으로 시작된다. 역사교사로 초빙된 高幹亭이 교단에서 학생들 앞에 자신을 드러내야 하는데, 그는 외모에 대해 불만이 너무 많았다. 話者는 처음부터 高幹亭의 외모와 심리에 대해 적극적으로 설명 한다. 아래의 예문에서처럼, 話者는 매우 주권적이고 전지적인 입장에서 주인공에 대한 이야기를 이끌어 나가면서도 주인공의 發話를 時宜適切하게 드러내면서, 그의 性格을 그대로 노출시키고 있다.

> 그런데 부모가 전혀 보살펴주지 않았다. 한 번은 나무위에서 떨어져 머리를 다쳤는데, 치료도 제대로 해주지 않아 지금도 왼쪽 눈썹 위에 영원히 지워지지 않는 쐐기모양의 흉터를 갖게 되었다. 지금은 일부러 머리를 길게 늘어 뜨려 빗었으므로 그럭저럭 흉터는 숨길 수 있게 되었지만, 쐐기 끄트머리만은 숨길 수 없었다. 그런데 이는 분명한 결점이라 할 수 있으니, 만일 여학생들의 눈에 발견되기라도 한다면, 아마도

에서와 같이 虛僞者의 가면을 벗겨내어 그들의 추악한 眞相을 드러냄으로써 사람들이 그러 한 데에 유혹되지 않게 하였으니, 「高老夫子」의 창작은 「肥皂」의 부족한 부분을 보충해 주는 것이라고 말할 수 있다."고 했다.

許欽文 著, 『彷徨分析』, 香港南國出版社印行, p.64.

무시당하는 것은 피할 수 없게 될 것이다.[136]

高幹亭은 불만은 외모로 끝나지 않는다. 자신이 가르쳐야 할 부분이 자신도 모르는 "東晉의 興亡에서부터"라는 사실에 부담을 느끼며 매우 난감해 했다. 이런 高幹亭이 자신의 능력에도 맞지 않게 여학교 교사로 초빙되었다. "大中日報"에 〈論中華民國皆有整理國史之義務〉(중화민국은 모두가 국사정리의 의무가 있음을 논함)을 발표함으로써 그 덕분에 여학교 교사가 되었는데, 사실 여학교라는 존재와 여학교 교사가 된다는 것은 자신의 주장인 국수주의적 논리에서 본다면 매우 어긋나는 일이었다. 高幹亭은 일주일전까지만 해도 麻雀, 술, 여자에 빠진 건달에 불과했던 사람이었다. 그런 사람이 國粹主義者임을 自任하면서 〈論中華民國皆有整理國史之義務〉를 썼던 것이다. 건달과 國粹主義者, 이 두 개의 얼굴을 가진 사람이 여학교 교사가 되자, 그의 절친한 마작 친구 黃三은 高幹亭을 찾아 와서 다음과 같이 말했다.

> "이 곳에 남자학교가 있는 것만으로도 풍기가 꽤 문란해져 있어. 그런 데에다가 여학교까지 세우려 하다니 앞으로 어떤 꼴이 벌어질지 모르겠군. 무슨 일로 자네까지 나서나. 그만두게, 그만둬…"[137]

그와 뜻을 같이 하는 절친한 친구 黃三은 高幹亭에게 이렇게 충고했다. 高幹亭은 여학교 교사가 되기 전까지만 해도 黃三과 같은 사고방식을 가진 사람이었는데, 敎師 그것도 여학교 敎師가 된 것이다. 高幹亭이 여학교 교사가 되었다는 것은 그가 얼마나 이중적이고 모순적인가를 단적으로 보여주고 있다. 高幹亭의 二重的이고 모순적인 태도는 자신의 절친한 친구인 黃三을 대할 때부터 드러났다. 그는 자신이 賢良女學校 교사로 초빙된 직후 자신을 찾아 온 친구 黃三을 보자, 黃三을 저속하게 생각하며 깔보기 시작했다. "곧이어 賢良 여학교의 교사로 초빙서를 받은 뒤로는 웬일인지 이 黃三이라는 사내가 도무지 보잘 것 없는 저속한 인간으로 여겨졌다. 그래서 그를 돌아 볼 생각도 않고 무뚝뚝하게 정색을 하고 대답했다."[138] 자신이 교사가 되었다고

---

136) 「高老夫子」(『彷徨』魯迅全集 卷2, p.74)
137) 「高老夫子」(『彷徨』魯迅全集 卷2, p.76)

자신의 절친한 친구 黃三을 깔보며 멀리하고 싶어하는 高幹亭의 태도를 통해 그의 인간성을 확인해 볼 수 있다. 그는 또 러시아의 文豪 高爾基(고리끼)의 인품을 사모하고, 고리끼에 대한 경의를 표하기 위해 자신의 이름도 高爾礎라고 바꾸었다. 국수주의자로서 봉건예교주의를 옹호하며 〈國粹義務論〉이라는 글을 쓴 사람이 러시아에서 반봉건 개혁운동을 추구했던 고리끼를 숭상한다고 하면서 자신의 이름도 高爾礎라고 하였다. 이 같은 사실은 그가 기회주의적 속성을 가진 이중인격자임을 단적으로 보여주고 있다.

그리고 高幹亭이 女學校 敎師가 된 이유 가운데에는 사실 그의 추악한 부도덕한 마음이 숨겨져 있었다. 여학생을 보고 싶어하는 음흉한 마음이 깔려 있었던 것이다. 「肥皂」의 四銘이 걸인여자의 더러운 몸을 보고 비누로써 그녀의 몸을 싹싹 씻기는 모습을 연상하면서 성적 욕구를 가지려고 한 것처럼 高幹亭에게는 교사가 되어 여학생들을 보며 자신의 성적 호기심을 만족시키고자 했던 추악한 마음이 내재되어 있었던 것이다. 이러한 사실은 그의 친구 黃三의 입을 통해 드러나고 있다. 黃三은 高幹亭에게 "자네 鉢군에게 말하지 않았나? 교사가 된 건 여학생 얼굴을 보고 싶어서라고 말이야" 이렇게 볼 때, 高幹亭이라고 하는 사람은 國粹主義者로서 기회주의적이고 이중적인 성격을 가진 데에다가 여학생들을 통해 성적 호기심을 채우려고 하는 부도덕하고 음탕한 성격의 所有者라는 것을 알 수 있다.

그런데 여학교 교사가 된 高幹亭은 실력도 없고 준비도 제대로 못한 탓에 첫 시간부터 그만 수업을 망치고 만다. 高幹亭은 학생들에게 말 한번 시원스럽게 못하고, 학생들의 시선만을 의식한 채, 거의 바보가 돼서 나오다시피 했다. 高幹亭은 자기 집으로 돌아온 지 꽤 시간이 지났는데도 이따금 온 몸이 달아오르고 까닭을 알 수 없는 노여움이 치밀어 올랐다. 그런데 그 노여움은 자신의 무능과 잘못을 은폐하고 합리화하기 위한 데에서 나온 것이었다. 자신이 실력이 없어 그렇게 된 것은 생각하지 않고, 그 잘못을 여학교와 여학생에게 전가시키며, 여학교가 풍기를 해친다는 핑계를 대면서 여학교를 폐쇄해야한다는 못된 심보를 드러내고 있다. 조금 전 까지 자신의 희망이었던 여학교가 이제는 저주의 대상이 되었다.

---

138) 「高老夫子」(『彷徨』 魯迅全集 卷2, p.75)

폐쇄하는 것이 좋겠다. 특히 여학교 … 무슨 의미가 있는가? 허영만을 좋아하고!
"정말로 여학교라는 게 어떤 꼴로 되어갈지 알 수 없어. 자기가 무엇 때문에 그들과
한 패가 된다 말인가? 그럴 수는 없어."[139]

高幹亭은 黃三을 만난 자리에서 "나는 이제 강의하러 갈 뜻이 없네. 여학교라는
게 도대체 어떤 꼴로 되어 갈지 모르겠어. 우리같이 바른 사람은 확실히 함께 있을
수가 없어…" 하며 친구 黃三, 鉢군과 함께 마작 판으로 돌아갔다. 高幹亭은 이제
원래의 자기 장소로 되돌아 왔다. 마작 판에서 놀던 건달은 그 동안 쓰고 있던 가면을
벗어 던진 채, 자신의 원래 모습인 마작 하는 건달로 돌아 온 것이다.

上述한 바와 같이, 이 작품은 國粹主義者 노릇을 하는 건달의 二重的이고 추악한
행태를 묘사한 작품이다. 작가가 〈論中華民國皆有整理國史之義務〉(중화민국은 모두가
국사정리의 의무가 있음을 논함)이라는 실제 사건을 작품의 소재로 활용한 것은 高幹亭이
라고 하는 건달의 성격과 행동은 바로 守舊的인 國粹主義者들의 모습임을 직접 드러
내고 또 그것을 강조하기 위한 의도에서 비롯된 것이라고 할 수 있다.

주인공 高幹亭은 마작 판에 들락날락하는 건달에 불과한 사람이었다. 高幹亭은 자
신이 처지가 조금 바뀌었다고 해서, 절친한 친구를 깔보는 등, 지금까지의 태도를
바꾸며 친구를 배신하려고 한 사람이었다. 또 高爾礎라고 이름까지 바꾸면서 이를
통해 자신이 위대한 사람인 것처럼 보이고 싶어 했다. 그는 교사로서의 자질이나 능력
을 전혀 갖추지 못했으면서도 교육자, 그것도 여학교 교사로 행세하고 싶어 하면서도,
자신의 결점과 무능으로 인해 교사노릇을 못하게 되자, 화풀이 하듯 여학교를 맹비난
하는 사람이었다. 건달로서의 고간정, 자신의 이익을 위해서라면 어떠한 짓도 마다하
지 않는 추악한 高幹亭의 이 같은 모습은 당대 봉건예교주의자, 국수주의자들의 모습
이라는 것이 작가의 주장이다. 작가는 건달 高幹亭을 당대 봉건주의자 국수주의자의
모습에 빗대어 놓고, 이들의 행태를 비판·풍자하고 있는 것이다. 건달로서의 모습,
이중적이고 추악하기 짝이 없는 모습이 바로 封建守舊主義者들의 本能 내지 속성이
라는 작가의 주장이 高幹亭을 통해 매우 현실감 있게 나타나고 있음을 볼 수 있다.

앞서 언급한 바와 같이, 魯迅의 小說에 등장하는 知識人의 형상은 매우 현실감 있

---

139) 「高老夫子」(『彷徨』 魯迅全集 卷2, p.82)

게 나타나고 당시 사회 속에 여전히 잔존해 있던 封建性의 問題와 불가분의 관계를
맺고 있다. 「孔乙己」와 「白光」의 주인공인 孔乙己, 陳士成은 봉건 규범과 관습에 빠
져 그것의 희생물이 되는 불행한 封建 知識人이었지만, 음험하거나 二重的인 성격의
사람은 아니었다. 이들 작품의 주인공 四銘, 高幹亭은 외형적으로는 지나치게 偏僻
固陋해 보이지는 않으나, 실제로는 기회주의적이고 이중적이며 음험한 성격을 가진
추악한 인간들이었다. 「孔乙己」와 「白光」에 등장하는 孔乙己, 陳士成 등의 인물들은
오직 封建的思考의 틀과 제도 속에서 조금도 벗어나지 못한 舊國粹主義者에 비교된
다면, 「肥皂」, 「高老夫子」에 나오는 四銘과 高幹亭은 말로는 "學貫中西" 내지 "溫故
之新", "融化新知"를 주장하기도 하나, 실제로는 이중적 행태를 일삼는 소위 新國粹
主義者에 比肩된다고 하겠다. 魯迅이 바로 新國粹主義者들에 대한 이 같은 인식의
토대 위에서 만들어 낸 작품이 「高老夫子」라고 한 范伯群·曾華鵬의 설명은 140) 매
우 타당성을 가진다.

「肥皂」, 「高老夫子」 등의 작품에서 話者는 이야기의 세계에 적극적으로 개입하여
인물의 심리와 生態를 분석하고 논평한다. 그리고 이를 통해 드러나는 話者의 주관적
개입은 봉건적 삶의 畸形性, 不健全性을 戱畵的으로 드러냄으로써, 結果的으로 서술
자의 諷刺的 意圖를 구체화하는 動因이 되고 있다. 서술자의 설명과 논평, 분석을
통해 제공되는 외적 정보가 인물의 심리와 그 내부로부터 조망되기 때문에, 독자들은
그런 인물들에 대한 내면적 접근을 할 수 있고, 諷刺를 느낄 수 있는 것이다. 또한
인물과 항상 거리를 두며 나타나는 것은 작중인물의 세계가 작가나 서술자의 주관적
의도와는 無關하게 그 자체의 자율적인 논리에 의해 진행되는 것처럼 보이게 하려는
서사적 전략이라 할 수 있으니, 그러한 전략에 따라 작가는 봉건 지식인, 국수주의자
들의 二重的 病態的 성격을 파헤치며, 아울러 이를 戱畵化, 奇形化하여 나타냈던 것
이다. 四銘, 高幹亭이라는 형상을 통해 表裏不同함은 물론, 이중적인 의식과 규범이
몸에 배어 버린 인물군의 집합적인 모습을 비판 풍자함으로써, 독자들에게 당시의
封建 國粹主義者들의 眞相을 엿볼 수 있는 하나의 의미망을 제시하고 있다.

---

140) 范伯群·曾華鵬, 『魯迅小說新論』, 人民大學出版社, 1986, p.315.

끝으로 작가의 唯一無二한 中篇小說 「阿Q正戰」에 대해 살펴보자. 「阿Q正戰」은 魯迅소설의 특징과 성격을 모두 집약하고 있다고 해도 과언이 아닐 정도로, 魯迅의 소설세계를 대표하는 작품이다. 1921년 12월 4일부터 「阿Q正戰」은 모두 9장으로 나뉘어져 있는데, 각 장별로 그 장의 내용을 槪括해주는 제목이 부가되어 있어 독자의 이해를 돕고 있다. 장별 내용을 요약해 보면 다음과 같이, 정리될 수 있다.

제1장 序에서는 주인공과 작품의 소개에 대한 설명이 중심을 이룬다. 작가는 제목을 正傳이라고 한 이유와 배경에 대해 설명한다. 작가는 주인공이 구체적으로 무엇을 하는 사람이었고 또 어떤 사람인지에 대해 알려진 것이 없고, 심지어는 그의 이름과 성에 대해서도 제대로 아는 사람도 없다고 했다. 아는 것이라고는 단지 그의 이름을 부를 때, 그 발음에 Quei가 들어간다는 것뿐이어서 그의 이름을 阿Q라고 명명하고 그의 행적을 기록한 작품이기 때문에, 「阿Q正傳」이라고 작품을 命名했다고 말하고 있다.

제2장 승리의 기록(優勝記略)에서는 阿Q가 구체적으로 어떤 성격을 가지고 어떻게 살아가고 있는 사람인가에 대해 소개한다. 阿Q는 未莊이라는 마을에 살고 있는 농촌 빈민으로서 날품팔이를 하며 하루하루 벌어먹고 사는 사람이다. 그는 처지에 걸맞지 않을 정도로 자부심과 자존심이 무척 강한 사람처럼 행동했고, 또 그렇게 보이려고 했다. 그런데, 자부심과는 정반대로, 그는 주위 사람들로부터 항상 멸시당하고 구타당하며 살아갔는데, 그럴 때마다 阿Q는 자신만의 비법인 精神勝利法을 통해 이를 극복해 낸다.

제3장 속 승리의 기록(續優勝記略)에서는 阿Q의 이중적 행동이 묘사된다. 어느 날, 阿Q는 왕털보라는 사람에게 구타당하고, 가짜 양놈으로부터도 매 맞기까지 하는데, 이들은 阿Q가 평소에 경멸하던 사람들이었다. 阿Q는 이들에게 얻어맞고 나서는 평소 사용하던 정신승리법으로 그 분노를 극복하지 못한다. 그는 분풀이의 대상으로 자신보다 약해 보이는 비구니를 고른다. 자신보다 약한 비구니를 희롱하고 괴롭힘으로써 분풀이를 하며 승리의 쾌감을 맛본다.

제4장 연애의 비극(戀愛的 悲劇)에서는 阿Q의 수난에 대해 이야기한다. 젊은 여승을 희롱한 뒤, 뜻하지 않게 마음이 들 뜬 阿Q는 趙나으리 댁에서 일을 하게 된다. 그러다가 그 집의 하녀 吳媽에게 흑심을 품고 '나하고 자자'라고 외치며 그녀 앞에 무릎을

끓는다. 이로 인해 阿Q는 매를 맞고, 地保에게 술값을 뜯기며, 조나으리 댁에 피해 보상을 해준다. 이로 인해 阿Q는 털모자, 솜이불을 저당 잡히고 품삯과 웃옷마저 다 빼앗긴다.

제5장 생계의 문제(生計問題)에서는 阿Q의 생계문제가 다루어진다. 조나으리 댁 사건 이후, 阿Q는 품팔이 일거리가 없어져 생계에 위협을 받는다. 자기가 했던 일거리를 대신 맡게된 사람은 阿Q가 가장 경멸하였던 小D였는데, 阿Q는 분풀이로 小D를 때려주긴 했지만, 싸움은 무승부로 끝나고 만다. 阿Q는 암자의 처마 밭에서 무를 훔쳐 먹고 縣城으로 간다.

제6장 중흥에서 말로까지(從中興到末路)에서는 변신하는 阿Q의 모습이 그려진다. 새 옷을 입고 현금을 지닌 채 未莊으로 돌아 온 阿Q는 사람들의 존경을 받는다. 縣城에서 가져 온 물건을 팔면서부터 사람들의 관심과 총애를 받는다. 그러나 사람들은 그 물건들이 장물이며 그의 역할이 망보기였고, 한편으로는 그가 겁 많은 좀도둑에 불과했다는 사실을 알고는 그를 다시 멸시하기 시작한다.

제7장 혁명(革命)에서는 혁명에 가담하려는 阿Q의 모습이 묘사된다. 혁명당의 현성 입성으로 나으리들이 두려워하고 당황하는 모습을 보고 阿Q는 혁명이 나쁜 것이 아닌 나름대로 괜찮은 것이라고 생각하며 혁명당에 투항할 것을 결심한다. 마음이 들뜬 그는 '반란이다, 반란이다.' 등을 외치면서 활보하다가 조나으리 등 일부 사람들을 겁먹게 만든다. 그러나 다음 날 아침, 阿Q는 趙秀才와 가짜 양놈이 벌써 혁명을 한 것을 알게 된다.

제8장 혁명불허(不準革命)에서는 혁명당 가입의 실패로 오히려 위험에 처하게 되는 阿Q의 처지가 묘사된다. 혁명당의 혁명 입성에도 불구하고, 未莊은 물론 현성에서도 변발문제 이외에는 아무런 변화가 없었다. 阿Q는 새로 입당한 가짜 양놈에게 자기도 끼여 줄 것을 부탁하려다가 욕만 먹고 쫓겨난다. 그러던 어느 날 도둑들에게 조나으리 댁이 약탈당하는 광경을 목격한다.

제9장 대단원(大團圓)에서는 阿Q의 최후가 이야기된다. 阿Q는 조나으리 댁을 약탈한 강도단의 일원으로 간주되어 체포된다. 체포된 후 엉터리 조사과정을 거쳐 阿Q에 대한 총살형이 결정되고, 阿Q는 마침내 특별한 이유도 없이 영문도 모른 채 총살된다.

上述한 바와 같이 「阿Q正戰」은 阿Q라는 사람의 一代記를 그린 작품이다. 阿Q라는 사람이 어떤 생각을 가지고, 어떻게 행동하며 살았는가에 대한 이야기가 이 작품에서 작가가 말하고자 했던 주제였다. 작품에서 阿Q는 여러 가지 성격을 드러내고 있어, 그 성격을 한마디로 표현하거나 규명하기가 쉽지 않다. 阿Q는 똑똑한 사람은 절대 아니었지만, 그렇다고 항상 無知蒙昧하기만 했던 바보 같은 사람도 아니었다. 一面 매우 나약하면서도 愚昧한 사람처럼 보이기도 하나, 자신의 이익을 챙기기 위해 나름 대로 머리를 쓰고 계산적인 행동을 하며, 필요에 따라서는 도둑질도 마다하지 않을 정도로 과감하게 행동하는 모습을 보이기도 한다. 뿐만 아니라, 阿Q는 때로는 허위의식의 표출과 함께, 表裏不同하게 행동하는 機會主義者로서의 성향과 모습도 자주 드러내고 있다.

그러면 각 장마다 묘사된 阿Q의 삶의 방식에 대해 살펴보자. 제2장에서는 阿Q가 어떤 사람이고, 또 어떤 생각을 가지고 살아 왔는가 등, 阿Q의 삶의 방식과 세상인식에 대한 기본적인 태도가 드러난다. 그는 제대로 된 직업도 없이 날품팔이를 하며 생계를 유지하는 사람이다. 또한 거처할 집도 없어 未莊마을의 土地廟에서 기거하는 最下層 가난뱅이였다. 하지만 阿Q는 最下層民으로 살면서도 자신보다 나은 더 잘사는 사람들을 향해 자신도 옛 날에 잘살았다고 하면서 의식적으로 그들을 무시하곤 했다. "우리 집도 옛날에는 너희들 보다 훨씬 더 잘 살았다! 너 같은 것이 다 뭐야!"라고 하였고, 趙나으리와 錢나으리 등, 남의 집안의 자식들이 마을 사람들로부터 부러움을 받을 때에는 "내 아들이었다면 더 훌륭했을 거야!"라고 하는 등, 터무니없는 말과 행동으로써 다른 사람들을 무시하였고, 한편으로는 그렇게 함으로써 자기 자신을 慰安하곤 하였다. 阿Q는 평소 이렇게 생각을 해서 그런지 城 안에 사는 사람들을 매우 경멸하였다. 그러나 未莊 사람들은 阿Q를 항상 조롱하고 멸시하였다. 한마디로 말해서 阿Q는 자신 보다 잘 난 사람을 비난하고 욕함으로써 그들을 깎아 내리며 자신의 처지를 합리화하려고 하는 사람이었다. 阿Q는 자신이 보기에 상대방이 말을 서툴게 하면 욕설을 퍼붓고, 약해 보이면 덤벼들었다. 그러다 보니, 사람들과 자주 싸우게 되었지만, 싸우게 되면 항상 얻어맞으며 패하는 쪽은 阿Q였다. 이처럼 얻어맞고 지게 되면 阿Q는 자신만의 해결법을 가지고 해결하고자 하였다. 阿Q는 스스로 말했듯이, 精神勝利法이라는 자신만의 독특한 처세방법을 가지고 문제를 해결했고, 또 그 방법을 통해 그럭저럭 무난하게 살아왔다. 阿Q는 싸워서 얻어맞게 되면, "나는 또 아들놈에게 맞았네. 요즘 세상은 정말 돼먹지 못했어"라고 터무니없는 자기변명을 늘어놓으며 마치 아무렇지도 않고, 또 자신이 승리한 것처럼 得意揚揚해 했다.

이렇게 볼 때, 阿Q는 나약하고 비겁함을 넘어, 天痴 바보 같은 사람이라고 할 수 있다. 그러나 阿Q는 항상 천치 바보짓만 하는 사람은 아니었다. 阿Q는 총명하지는 못할지라도 항상 천치바보 노릇을 하고 다니는 사람은 아니었다는 것이다. 자신이 볼 때, 자신보다 강한 사람이거나, 강한 사람으로 증명될 때에는 그들에게 한 없이 약한 사람이 되고, 자신보다 약하거나 약하게 보이면 그들 앞에서는 한 없이 강한 사람처럼 보이려고 하는 행동하는 것이 阿Q의 일종의 행동전략이자 처세방식이었는데, 이를 두고 精神勝利法이라고 불렀다.

阿Q의 삶의 방식은 이 같은 精神勝利法만으로 이루어져 있는 것은 아니다. 정신승리법이 잘 통하지 않는 경우가 발생하기 때문이다. 제3장에서는 阿Q가 털보라는 이유로 평소 경멸해 온 왕털보라는 사람에게 구타당하고, 錢나으리 집안의 맏아들이기는 하나 변발을 자른 까닭에 또한 阿Q의 경멸대상이 되었던 가짜 양놈에게 매 맞는 사건이 발생하는데, 阿Q가 당한 이번의 치욕은 精神勝利法으로 극복되지 않았다. 이에 阿Q는 精神勝利法으로도 해결되지 않은 굴욕을 자신과 아무 관계는 없지만, 분명 자기보다 약해 보이는 比丘尼에게 모욕을 가함으로써 해결하였다. 만만한 비구니를 희롱함으로써 굴욕에 대해 조금이나마 보상받았다고 阿Q는 생각했다. 아둔한 것 같기만 한 阿Q는 이 같이 교활하고 비열한 짓거리도 벌이는 데 있어 서슴지 않았다. 사실 이 같은 행태는 정신승리법과 일맥상통하는 것으로 볼 수 있다. 자기보다 약한 사람에게 분풀이함으로써 위안과 쾌락을 얻으려는 심리는 一見 人之常情으로 볼 수 있으나, 이 같은 심리가 阿Q에게서 유달리 강하게 나타났던 것이다.

제4장에서 阿Q는 하녀 吳媽에게 "나와 함께 자자"라고 하면서 무릎을 꿇고 애원하는 모습을 보이며 남성으로서의 본능을 드러내 보이기도 한다. 지금까지 그런대로 그럭저럭 즐겁게 살아 온 阿Q는 吳媽에게 추잡한 짓을 하였다. 이 사건으로 인해 阿Q는 마을 사람들로부터 배척당하게 되고, 품팔이 짓마저 끊어지게 된다. 그 결과 생활이 어려워지자 阿Q는 未莊에서 사라져 버린다. 阿Q가 未莊에 다시 나타난 것은

그 해 가을이다. 이번에는 돈도 벌고 새 옷을 입고 나타나 혁명당을 이야기하고 다녔다. 그러자 사람들은 阿Q를 약간 敬畏하기 시작하는데, 이로 인해 잠시나마 阿Q는 마을에서 조나으리 다음 가는 사람처럼 보이게 된다. 그래서 그런지 조나으리와 趙秀才 조차 阿Q를 자신의 집으로 불러 들여 흥정을 벌이며 阿Q가 가지고 있는 물건을 사려고 했다. 그러나 阿Q가 가지고 온 물건들이 훔친 장물로 의심받게 되자, 阿Q는 도둑으로 몰리며 또 다시 위기를 맞이한다. 그러나 阿Q는 이러한 모습을 통해, 예전의 精神勝利法으로 무장된 阿Q가 아닌 새로운 모습의 阿Q를 보여 주었다. 필요하다면 도둑질도 할 수 있을 정도로 대담해졌고, 이익을 얻기 위해서라면 주변 사람들의 심리 까지도 이용할 줄 아는 어느 정도의 智略을 갖춘 모습을 阿Q는 보여주었다. 이 같은 상황 속에서 辛亥革命이 발생하고, 신해혁명의 여파는 미장 마을에까지 미치게 된다. 신해혁명의 발발을 보게 된 阿Q는 혁명의 내용과 목표가 무엇인지도 모른 채, 혁명이 나쁜 것은 아니라고 생각한다. 그 동안 항상 굽실거리며 노예의 위치에서 대해야 했던 趙나으리, 趙秀才, 錢나으리, 가짜 양놈, 白擧人 등에 대한 증오감과 혁명이 일어나면 이들을 잡을 수 있다는 막연한 기대감에 사로 잡혀, "반란이다! 반란이다!"를 떠들고 마을을 돌아다니며, 革命黨에 투항한다. 阿Q가 혁명을 떠들어 대며 마을을 돌아다니자, 마을 사람들은 阿Q를 무서워하면서도 존경하는 태도를 보이게 된다. 그러나 상황은 阿Q가 원하는 대로 흐르지 않았다. 趙秀才와 가짜 양놈이 먼저 혁명 놀음을 한 것이다. 이렇게 되자 阿Q는 혁명은 고사하고 조나으리 집을 약탈한 강도 사건에 연루된 도둑으로 몰려 총살형을 당하게 된다.

사실, 阿Q는 다른 사람들처럼 혁명가를 싫어했다. 그는 본능적으로 혁명가들은 반역자들이며 반란은 자신이 하는 여러 가지 일들을 어렵게 만든다고 생각했기 때문에, 싫어하였다. 혁명의 목표와 의미가 무엇인지, 또 어떻게 참가해야하는지 몰랐지만, 阿Q는 혁명이 많은 사람들, 특히 자신이 싫어하는 사람들을 겁나게 하는 것이라는 사실을 알고는 그것이 神明나는 것이라고 생각했다. 그래서 그는 두어 잔의 술을 마신 후, 혁명가인 척 행동하기로 마음먹었다. 그러나 阿Q가 생각하기에 마음껏 겁을 줄 수 있다고 생각한 사람들이 모두 혁명에 가담하게 됨으로써 阿Q의 혁명 참가는 효과도 발휘하지 못하고 오히려 그것이 자신을 해치는 부메랑이 되고 말았다. 그 결과 阿Q는 강도사건을 혁명으로 오해하면서 그것에 참여했다는 이유로 인해 마침내 강도로 몰려 체포되고 만다. 阿Q가 처형장으로 끌려가는 동안 阿Q의 주위를 에워싼 사람들의 모습은 「示衆」에 나오는 군중들의 모습을 연상시킨다.

阿Q가 총살되는 일은 辛亥革命이라는 거대한 사건의 발발과 그 여파 속에서 未莊이라는 시골 마을 사람들 사이에서 벌어진 하나의 해프닝에 불과한 것이었지만, 이 해프닝에는 辛亥革命에 대한 일반 민중들의 인식과 경험이 담겨져 있다. 未莊이라고 하는 어느 한 작은 시골마을에서 阿Q와 마을 사람들이 혁명을 둘러싸고 자신의 이익을 얻기 위해 주고받는 상호간의 神經戰과 공격행위 등은 아이들의 장난거리를 연상시키며, 한편의 웃음거리가 되고 있지만, 이들의 행동에는 신해혁명의 과정이 함축되어 있다. 당시 일반 민중들이 인식했던 신해혁명의 모습과 결과가 바로 阿Q가 총살형을 당해 죽기까지 겪었던 일련의 과정 속에 압축되어 있었던 것이다. 阿Q가 인식하고 경험했던 혁명의 과정은 辛亥革命에 대한 일반 민중들의 인식이자, 경험의 과정이었음을 추론해 볼 수 있다.

「阿Q正傳」은 동시대 중국인들의 정신과 의식을 풍자라는 형식을 통해 전달하고자 한 작품이다. 阿Q의 언행은 동시대 중국인들의 정신과 삶의 태도, 세상인식 등을 대변하였는데, 작가는 풍자를 통해 阿Q의 언행을 다양하게 나타내고자 했다. 특히 諷刺는 魯迅小說에서 빠질 수 없는 하나의 서술기법으로서 魯迅 소설의 문학적 특징 내지 예술적 성취라고 할 수 있는데, 이 같은 諷刺가 「阿Q正傳」에서 두드러지게 나타난다. 諷刺의 기능은 對象을 우습게 만드는 작업, 즉 그것에 대해 모욕, 경멸, 조소의 태도를 줌으로써, 대상을 깎아 내리면서 독자들에게는 冷笑를 주는 기법이다. 작품에서 작가는 始終一貫 주인공 阿Q를 우스꽝스러운 인물로 만드는 등, 철저하게 그를 조롱함으로써 독자들에게 웃음을 주는 이른 바 전형적인 諷刺 諧謔의 특징을 유감없이 발휘하고 있는데, 이를 통해 阿Q라는 인간에 대한 諷刺는 중국인들의 나약함과 무지, 허위의식, 위선, 이중적인 성격 등에 대한 분노이자 질책의 表出임을 顯示하고 있는 것이다. 懦弱하고도 비겁한 모습, 奴隷根性, 虛威意識, 기회주의 근성 등, 동시대 중국인들의 정신 상태와 삶의 모습이 阿Q의 모습에서 고스란히 나타나고 있다.

전술한 바와 같이, 阿Q는 겉으로는 자부심과 자존심이 강한 사람처럼 말하고 다녔지만, 그가 과연 털끝만큼이라도 자존심과 자부심이 있는 사람인지 의심이 들 정도로 그는 바보짓을 하였고, 경우에 따라서는 마치 동네북처럼 마을 사람들에게 항상 멸시당하고 구타당하곤 했다. 주위 사람들의 멸시와 구타에 대응하는 阿Q의 대처법은 精神勝利法이라는 것이었는데, 精神勝利法은 너무나 비상식적이고 奇想天外한 것이어서 그 누구도 감히 생각하지 못한 阿Q만의 방법이었다. 阿Q가 精神勝利法을 사용하는 장면에서 戲畵와 조롱의 풍자적 분위기는 크게 나타난다. 다른 사람들을 업신여기거나 그들에게 우월의식을 가질 만한 이유나 근거가 전혀 없는 阿Q가 얼토당토않게 주위의 사람들에게 우월의식을 가지고 깔보거나 경멸하면서 "우리 집도 그전에는 … 네까지 놈보다는 훨씬 더 잘 살았어! 네 따위가 뭐야" "내 아들이었으면, 더 훌륭했을 거야"라고 생각하며 떠들어 대는 모습, 그러나 그런 태도와는 너무나 다르게 남들로부터 항상 얻어맞고 난 다음 하는 말이 "내가 자식 놈에게 얻어맞은 걸로 치지. 요즘 세상은 돼먹지 못했어."라고 말하는 모습, 그런 阿Q의 天痴 같은 심리를 알게 된 사람들이 더욱 더 阿Q를 골려주기 위해 "阿Q 이것은 자식이 애비를 때리는 게 아니라, 사람이 짐승을 때리는 거야. 네 입으로 말해 봐! 사람이 짐승을 때리는 거라고." 말하고, 그 때 阿Q는 양 손으로 변발한 머리채를 잡고 머리를 꼬며 "벌레를 치는 거야! 됐어? 나는 벌레야 … 이래도 놓지 않겠어?"라고 떠들어 대는 모습은 독자들의 폭소와 냉소를 크게 이끌어 내고 있다.

阿Q의 이 같은 처신방법을 알게 된 사람들은 阿Q를 더 때렸는데, 그 결과 더 맞게 되면, "나 벌레새끼야, 그러면 됐지" 하고 애걸하며 빠져 나온다. 딱딱 소리가 나도록 가짜 양놈의 개화장을 얻어맞고도 바로 잊어버리고 유쾌해진다. 심지어 자기 손으로 제 뺨을 치고도 다른 사람을 때린 것처럼 생각하고 기뻐한다. 그는 스스로를 천덕꾸러기로 여기는 데 있어 천하제일이라고 여기는데, 앞의 것을 빼면 천하제일만 남는다고 생각하며 흡족해하고 自祝까지 한다.

阿Q의 우스꽝스러운 행동의 여기서 끝나지 않는다. 어느 날, 왕털보에게 얻어맞고, 가짜 양놈에게까지 매를 맞는 굴욕을 당하게 된다. "왕털보에게 변발을 휘어 잡히고 담으로 끌려가 그전처럼 머리에 처박히게 되었다. 군자는 말로하지 손으로 않는다더라" 하는 아큐의 모습이 펼쳐지는 장면은 한마디로 희극무대 그 체이다. 그런데, 이 같은 굴욕을 평소 견지해 왔던 精神勝利法으로 해결을 할 수 없게 되자, 자신보다 약해보이는 비구니(女僧)를 희롱하고 괴롭힘으로써 분풀이하며 승리를 맛보는 장면은 독자들의 폭소와 분노감을 자아내게 한다. 자신보다 약해 보이는 사람에게 가서 거들

먹거리며 화풀이하고 괴롭히는 모습은 못나고 비열한 모습으로 독자들에게 웃음을 던져주고 있다. 强者에 대해 굴욕을 자기 欺瞞을 통해 해결하는 것이 精神勝利法인데, 약자에 대한 분풀이 또한 넓게 보아서 또 하나의 精神勝利法으로 볼 수 있다. 정신승리법의 궁극적 목적이 자기만족이라고 할 때, 阿Q는 자신보다 강하거나 강하게 보이면, 自己妄想을 통해 자기를 欺瞞하고 또 그렇게 함으로써 自己滿足을 꾀한다. 그런데 이와 반대로 자기보다 약하거나 약하게 보이는 사람을 괴롭히며 분풀이하는 행위를 통해 자기만족을 꾀했기 때문에, 이것 또한 또 하나의 정신승리법이 되는 것이다. 阿Q의 이 같은 행동은 중국인들의 성격이었다. 강자에게는 한 없이 약하고 약자에게는 한 없이 강해보이고자 하는 중국인들의 속성이 阿Q의 행동을 통해 드러나고 있다.

阿Q 특유의 처세술 精神勝利法은 자신의 힘으로는 안 되는 불가항력적 현실에 대해 자신과 타협하며 자신을 위안하는 것이기도 하지만, 한편으로는 철저히 자신을 기만하는 것이기도 하다. 비현실적이고 터무니없는 관념적 방법으로써 철저하게 자기를 忘却하거나 欺瞞함으로써 자신을 합리화하는 황당한 자기방어의 논리가 바로 精神勝利法인 것이다. 한 마디로 말해서 精神勝利法은 나약함과 비겁함을 철저하게 위장하는 하나의 수법이자, 자신이 받은 굴욕과 멸시를 철저하게 합리화시키는 방법이었다. 精神勝利法은 극히 비현실적이고 터무니없는 자기망상 내지 자기비하에서 비롯된 것이다. 이 같은 精神勝利法은 동시대 중국인들의 사고방식을 과장하여 나타낸 것이라고 할 수 있다. 따라서 阿Q의 모습은 동시대 대다수 중국인들의 전형적인 모습이었고, 阿Q의 精神勝利法은 중국인들의 성격과 행동을 대변하는 모습으로 작가는 이를 阿Q의 형상으로써 풍자하고 있는 것이다.

話者의 설명과 논평, 분석을 통해 제공되는 외적 정보가 인물의 심리와 그 내부로부터 조망되기 때문에, 독자들은 그런 인물들에 대한 내면적 접근을 할 수 있고, 諷刺를 느낄 수 있는 것이다. 그렇기 때문에, 작가가 阿Q를 조롱하고 있는 동안, 독자는 작가와 같은 위치에 서서 阿Q를 지켜보며, 阿Q의 행위를 구경하는 관중이되기도 하고 또 阿Q의 행동을 평가하는 評者로서의 역할도 하게 되는데, 이 같은 서술적 특징은 바로 諷刺小說로서 「阿Q正傳」이 주는 또 하나의 특징이 된다.

조나으리 집의 하녀 吳媽에게 남성적 본능을 발산하는 장면은 독자들에게 다시 한 번 씁쓸한 웃음을 선사한다. 평소의 행동으로 볼 때, 그런 일 만큼은 못할 것이라고 여겨졌던 阿Q가 吳媽에게 무릎을 꿇으며 자기와 함께 자자고 애원한다. 吳媽는 이에 질겁하며 밖으로 나가 이 사건을 떠들어 댔고, 이로 인해 阿Q는 짐승 같은 놈이라고 욕먹으며 秀才에 의해 몽두이구타를 당했을 뿐만 아니라 이에 대한 배상비용 형식으로 四百文의 술값까지 지불해야 했다. 이 같이 얻어맞고 망신당하고 그것도 모자라 터무니없는 배상비까지 물어주는 阿Q의 모습은 서구 열강에게 패해 국제적으로 조롱당하고 전쟁비용 까지 배상하느라 경제적으로 만신창이 되어 버린 淸朝를 풍자하며 독자들에게 씁쓸한 웃음을 선사하고 있다.

상술한 바와 같이, 작가는 사회의 하층민으로 하루하루를 어렵게 살아가는 阿Q의 삶을 진지하고 심각하게 말하고 있는 것이 아니라, 우스꽝스럽고 한심하게 표현하고 있다. 그렇기 때문에, 작품은 비록 阿Q의 죽음으로 인해 비극적 결말로 끝나지만, 죽기 전까지 阿Q가 벌이는 기이하고도 우스꽝스러운 언행은 처음부터 끝까지 독자들에게 웃음을 주고 있다.

작품에서 話者는 이야기의 세계에 적극적으로 개입하여 인물의 심리와 生態를 분석하고 논평한다. 話者는 이 같은 방법을 통해 阿Q의 언행을 철저하게 戱畵化함으로써 諷刺의 의미를 더해주고 있다. 일반적으로 반어법은 표현하려는 내용과 반대되는 말을 함으로써 어떤 의미를 풍자의 의미를 강조하고 표현의 效果를 높이고 있다

이 작품이 魯迅의 문학을 대표할 수 있는 것은 魯迅 소설의 제 특징 등을 모두 함유하고 있기 때문이다. 우매하고 우스꽝스러웠던 주인공 阿Q가 辛亥革命을 전후한 한 시기 중국인들의 정신과 삶의 방식 등을 응집해 표현했다는 사실에서 찾을 수 있다. 다시 말해, 阿Q의 언행 및 그의 삶의 행태는 동시대의 삶을 살았던 중국인들의 가장 일반적이고 보편화된 모습을 보여주고 있다는 것이다. 다른 작품에서도 그러했겠지만, 魯迅은 「阿Q正傳」에서는 특히 중국인의 정신 즉 영혼을 드러내기 위해 상당히 고심하였던 것 같다. "비록 시험적으로 해 본 것이지만, 그것이 과연 현대 우리 중국인의 영혼을 제대로 묘사해 냈는지 별로 자신을 가질 수 없다"[141]고 했는데, 이는 작가가 인물묘사에 있어 얼마나 고심했는가를 보여 주고 있는 부분이다. 「阿Q正傳」

---

141) 「俄文譯本《阿Q正傳》序及著者自敍傳略」(『集外集』 魯迅全集 卷7, p.81)

이 연재 발표된 후, 작가는 「阿Q正傳的成因」이라는 글에서 "「阿Q正傳」이 한 단락 한 단락 발표되고 있을 때, 숱한 사람들이 앞으로 자기에게 욕이 쏟아 질 까 봐 두려워 겁을 먹었다."[142]고 했는데, 이는 「阿Q正傳」이 阿Q를 통해 동시대 중국인들의 삶과 정신의 보편적 모습을 적확하게 묘사하였고, 그들의 의식과 영혼을 심도 있게 그려내는 데 있어 크게 성공하였음을 반증하는 말이다. 따라서, 「阿Q正傳」은 魯迅소설의 모든 것을 응집해 놓은 하나의 結晶體라는 평가가 가능한 것이다. 阿Q는 「藥」에서 나타난 민중들의 愚昧性, 「孔乙己」에서의 孔乙己와 「白光」의 趙士成이 보여준 허위의식, 「肥皂」의 四銘, 「高老夫子」의 高幹亭 등이 갖고 있던 이중적이고도 추악한 기회주의적 성격 등이 고스란히 나타나 있다.

王士菁은 "阿Q라는 형상을 통해 몇 천 년 동안 이어져 온 봉건세력의 억압과 근 백 년 동안의 제국주의의 억압 하에서 온갖 수모를 다 겪으며 아둔하게 살아 온 지쳐 버린 중국민중들의 비참한 생활을 심도 있게 반영하였다."[143]고 했는데, 한마디로 말해 阿Q가 보여 준 삶의 방식과 태도 등은 동시대 중국인들 모두의 삶이자 정신세계라는 것이다. 茅盾은 "우리는 사회 곳곳에서 끊임없이 阿Q 모습의 인물을 만나게 된다. 우리가 때로 자신을 반성해보면, 우리 자신들에게서도 어느 정도 阿Q의 모습이 드러나 있지 않은가 의심해 본다."[144]고 하였다. 한 마디로 말해서, 阿Q는 중국인들 모두의 自畵像이라고 할 수 있다. 魯迅은 阿Q라는 인물을 형상화함에 있어 평소 자신이 주장했던 창작 원칙 내지 방법을 동원하였다. 작가는 「答北斗雜誌社問」이라는 글에서 "(인물)모델은 특정한 사람에 있는 것이 아니라, 갖가지 인물을 다양하게 취하여 한 데 모아 놓아야 한다.[145]고 했는데, 이 같은 논리에 따라 작가는 동시대 중국인들의 갖가지 모습을 阿Q에 집약시켰다. 따라서 주인공 阿Q의 형상은 동시대 모든 중국인들의 성격과 행동이 합성된 형상이라고 보는 일은 매우 적절하다고 할 수 있다.

그렇다면, 阿Q를 통해 나타난 동시대 중국인의 성격과 모습은 어떤 것이었을까?

142) 「阿Q正傳的成因」(『華蓋集續編』 魯迅全集 卷3, p.378)
143) 王士菁 著, 『魯迅傳』, 中國靑年出版社, 1991, p.114.
144) 茅盾, 「讀《吶喊》」(文學周報 題91期)(嚴家炎 編, 『二十世紀中國小說理論資料 第二卷』, 北京大學出版社, 1997, p.322)
145) 「答北斗雜誌社問」(『二心集』 魯迅全集 卷4, p.364)

懦弱하고도 비겁한 모습, 奴隸根性, 虛威意識, 기회주의 근성 등, 동시대 중국인들의 정신 상태와 삶의 모습이 阿Q의 모습에서 고스란히 나타나고 있다. 阿Q가 벌인 행동을 종합해 보면, 阿Q의 성격은 한두 가지 특징만을 가지고 규명하기 어려울 정도로 다양하다. 황당하고 터무니없는 精神勝利法을 통해 드러나는 유약하고 비겁한 모습, 그리고 이것을 합리화하는 태도, 또한 현실을 正視하지 못하고, 착각과 자만 속에 빠져 살면서 결국에는 자신마저 기만하는 모습, 강자에게 한 없이 약해지며 휘둘리는 奴隸根性, 하등의 근거 없이 드러나는 우스꽝스러운 권위의식, 이익을 위해서라면 도둑질마저 서슴지 않는 태도 등이 바로 阿Q의 모습을 통해 나타나는 동시대 중국인의 典型的 性格이라는 것이다.

작가는 침묵하는 국민의 영혼에 대해 언급한 적이 있는데, 阿Q의 형상은 오랫동안의 침묵으로 인해 마비되고 왜곡된 영혼의 결과적 모습이라고 할 수 있다. 마비되고 뒤틀려 버린 영혼은 오랜 기간 동안 봉건 禮敎主義와 專制制度에 의해 만들어진 것이다. 또한 이 작품은 阿Q의 형상을 통해 당대 중국인들의 의식과 정신을 함축하고 있을 뿐만 아니라, 阿Q의 비극적 결말을 통해 민중 특히 농민들과 辛亥革命과의 관계, 즉 그들은 신해혁명에 대해 어떻게 인식했는가를 보여주고 있다. 한마디로 말해, 「阿Q正傳」은 辛亥革命을 전후한 시기 중국인들의 정신세계, 세상인식과 중국 현실을 모든 것을 응축하고자 했던 소설이라고 할 수 있다. 「阿Q正傳」은 동시대 중국인들의 모든 것을 드러내고 있다고 해도 과언이 아닐 정도로 한 시대 농촌사회의 축도로서의 역할을 올 곧게 수행하고 있다.

작가는 풍자와 해학의 의미를 더하기 위해 反語的 表現의 사용도 마다하지 않았다. 魯迅은 현실을 고발하고 비판하고 표현하는 데 있어 사진작가 같은 模寫者로서가 아닌, 반어적 논리로써 현실을 관찰하려는 의지를 그 어느 작가보다 강하게 드러낸 작가였다. 反語란 겉으로 표현한 내용과 속마음에 있는 내용을 서로 반대되게 말함으로써 독자에게 강한 인상을 주면서, 諷刺의 의미를 심화시키는 역할을 한다. 독자들에게 실제의 내용과 반대되는 말을 함으로써 어떤 의미를 강조하고, 표현 효과를 높이는 것이다. 이 같은 反語的 표현은 「阿Q正傳」에서도 잘 나타나있다. 표면에 나타난 의미와 숨은 의미가 서로 상반되도록 함으로써 의미를 강조하는 기법, 즉 겉으로 표현한 의미와 의도하는 바가 정반대가 되도록 표현하는 방법인데 작가는 이 같은 反語

의 기법을 통해 阿Q의 모습을 더욱더 戱畵化시키고 있다. 反語는 인물의 의식과 심리를 조망하는 화자의 의도 다시 말해 阿Q의 허황되고 顚倒된 심리에서 유발되는 극도의 착각을 철저하게 드러냄으로써 話者의 의도에서 비롯된 것이다.

제2장 "우승의 기록"에서 話者는 阿Q가 어떤 사람인가에 대해 설명하기에 앞서 "阿Q가 옛날에는 잘 살았고, 견식도 높고, 게다가 정말 일꾼이니, 본래 완벽한 인간이라고 하지만, 가련하게도 그에게는 약간의 체질상의 결점이 있었다."146)라고 말한다. 그런데 아이러니하게도 견식도 높고, 유능해 보이는 阿Q는 주위 사람들로부터 항상 멸시받고 구타당하는 것도 모자라 몰상식적인 精神勝利法으로 이를 해결하는데, 話者는 阿Q의 성격과 행동을 묘사함에 있어 이렇게 반어적 수법을 종종 사용하고 있다. 일종의 언어사용의 아이러니를 통해 한편으로는 독자들의 호기심을 유발하였다가 잠시 후 철저하게 그 반대의 결과를 제시함으로써 허탈감과 함께 폭소를 자아내게 하고 있다.

話者는 또 "이상하게도 이 일이 있고 나서부터 과연 사람들이 각별히 그를 존경하는 것 같았다."147)고 말하는데, 사람들로부터 각별히 존경받는다고 하는 阿Q는 왕털보에 의해 변발이 휘어 잡히고 머리까지 처박히는 수모를 당하고, 심지어 가짜 양놈으로부터는 매까지 맞는 굴욕을 당한다. 話者는 4장 〈戀愛의 悲劇〉에서 阿Q의 행동거지에 대해 다음과 같이 다시 설명한다.

"阿Q는 본래 올바른 사람이다. … 우리는 그가 어떤 위대한 선생의 가르침을 받았는지는 알 수 없지만, 그는 남녀유별에 대해서 매우 엄격했다. 또한 이단을 배척하는 … 젊은 비구니라든지 가짜 양놈 따위를 배척하는 … 正氣가 매우 철저했다.148)

이처럼 話者는 阿Q는 남녀유별에 대해 엄격하고 이단을 배척하는 正氣를 가진 사람이라고 했지만, 그는 어처구니없게도 조나으리 집 하녀 吳媽에게 자신과 함께 동침하자는 말을 하는 바람에 망신당하고 재산까지 빼앗기는 굴욕을 경험한다. 話者는

146)「阿Q正傳」(『吶喊』魯迅全集(第一卷), p.491)
147)「阿Q正傳」(『吶喊』魯迅全集(第一卷), p.494)
148)「阿Q正傳」(『吶喊』魯迅全集(第一卷), p.499)

阿Q가 벌인 행동을 이야기하기에 앞서 阿Q가 벌인 어처구니없는 행동과 완전히 다른 성격의 이야기를 꺼내 독자들의 호기심을 유발하고 阿Q를 戲畵化한다.

唯一無二한 중편소설 「阿Q正傳」은 魯迅의 문학을 대표하는 작품이다. 작품의 주인공 阿Q의 형상은 한 시대 중국인들의 전형적인 자화상이었을 뿐만 아니라, 어느 시대와 어느 사회와 관계없이 사람들의 정신과 삶의 보편적 모습 속에 常存하는 속성이라는 점에서 문학적 가치기 있는 것이다. 이 작품은 국민정신 개조라고 하는 자신의 문학적 목표를 완벽하게 실현한 작품일 뿐만 아니라, 현대소설의 발전시기에 풍자, 반어, 해학의 기법 등을 과감히 도입하여 서술에 있어 기교의 가치를 보여 주며, 소설발전의 새로운 典範을 작품임에 틀림없다.

3. 寫實主義 小說의 形成과 發展

文學研究會 및 寫實主義 작가들의 登場과 그들의 小說

중국 신문학 발전의 역사는 사실주의문학의 발전사라고 해도 과언이 아닐 정도로 사실주의 문학은 중국 현대문학발전의 主流를 형성하여 왔다. 5·4신문화운동의 구호와 함께 본격적으로 첫발을 내 딛 중국의 사실주의 문학은 문학연구회의 창립과 더불어 발흥하기 시작하였다. 5·4운동의 기운이 서서히 퇴조하는 즈음인 1920년 11월 북경에서 鄭振鐸, 沈雁氷, 王統照, 葉紹筠, 許地山, 孫伏園 등 12명의 문인들이 모여 문학연구회라는 문학단체를 출범시킨다. 이들은 발기선언문에서 "문예를 즐거운 때의 유희로 삼거나 혹은 실의한 때의 심심풀이로 삼던 수단이 아니다. 문학은 일종의 작업이며 사람들에게 매우 절실한 작업이어야 한다. 문학을 하는 사람도"[1]고 했는데, 문학이 사람들에게 매우 절실한 작업이 되어야 한다는 이야기는 문학이 삶의 도구가 되어 인간의 실질적 삶의 문제와 직접적 관계를 가져야 한다는 것을 말하는 것이다. 한마디로 말해 문학은 공리주의의 도구로서 사회적이고 사실적이어야 하며, 인간의 실제적 삶에 대한 기록이 되어야 한다는 것이 문학연구회의 주장인데, 이러한 주장은 文學研究會 설립 이전부터 魯迅, 周作人, 傅斯年 등에 의해 제창되어 왔으나, 문학연구회의 창립과 활동을 계기로 구체화되면서 보편적으로 실천되었다고 할 수 있다. 문학연구회는 문언소설 잡지였던 『小說月報』를 백화로 개편하여 기관지로 삼았고, 같은 해 5월에는 신사신보의 후원으로 『文學旬刊』을 또 하나의 기관지로 창간하여, 회원 작가들의 문예활동을 이끌어 나갔다. 이들은 이 두 잡지에 작품을 게재하였고, 동시에 문학연구회가 나아갈 방향과 사실주의 문학 이론에 관한 여러 가지 주

---

1) 茅盾, 「發起宣言文」(賈植芳·蘇興良·劉裕蓮 외 編, 『文學研究會資料(上)』, 知識産權出版社, 2010, p.3).

장을 개진하였다.

鄭振鐸은 「中國新文學大系 文學論爭集 導言」에서 문학연구회의 성격과 활동에 대해 "문학연구회의 두 간행물은 모두 인생을 위한 예술을 고취하고 사실주의 문학을 표방하고 있다. 그들은 무병신음 하는 舊文學에 반대하고 문학을 遊戲로 삼는 鴛鴦蝴蝶派인 해파의 문인들에 반대하고 있다. 그들은 新靑年派보다 더욱 진일보하여 사실주의적 문학혁명의 기치를 높이 들었다."[2]고 함으로써 문학연구회의 성격을 정의했다.

문학연구회의 작가들은 문학은 일종의 공리주의의 도구로서 사회적이고 현실적이되어야 함을 강조하면서 문학연구회가 명실 공히 사실주의 문학의 실천 단체임을 闡明하였다. 이들은 먼저 문학의 사회적 역할과 사회적 기능 등 문학과 사회와의 관계등에 대해 이야기하였다. 문학연구회의 실질적 리더라 할 수 있는 茅盾(沈雁冰)은 문학연구회의 機關誌인 『小說月報』 등을 통해 문학의 기능과 목표 등에 대해 자신들의의견을 과감히 개진하였다. 그는 "문학을 탄생시키는 것은 그 시대의 사회배경이고, 시대를 반영하고 사회생활을 표현하는 문학만이 참된 문학"[3]이라고 하면서 문학의 사회적 기능과 역할의 당위성에 대해 강조하였다. 문학연구회의 문인들은 문학의 사회성 내지 사회적 역할을 매우 중시하며 이를 크게 강조하였던 것이다. 耿濟之는 「前夜"序」에서 "문학에서 묘사하고 있는 현실의 사회와 인생은 다른 면에서 묘사한 이면에서 표현된 작가의 理想이고 결과이다. 사회와 인생은 문학에서 묘사하고 있는 이로인해 개선되는 것이고, 이로 인해 진보하는 것으로 그렇게 새로운 사회와 새로운 인생이 조성되는 것이다. 이것이야 말로 진정한 문학의 효용이다."[4]라고 하면서 문학에서사회묘사의 중요성과 함께 문학과 사회와의 관계에 대한 자신의 생각과 이론을 피력했다. 王世英은 "만일 작가가 사회의 현실에 대해 알지 못하면 쓴 것과 실제와의 차이가 너무 커 文藝上의 진실된 가치를 잃어버린다. 소설가가 사회의 참모습 알지 못하면성공하지 못한다."라고 하면서 작가의 철저하고도 올바른 사회인식을 요구하였다.

---

2) 鄭振鐸, 「中國新文學大系 文學論爭集 導言」(賈植芳·蘇興良·劉裕蓮 외 編, 『文學硏究會資料(上)』, 知識産權出版社, 2010, pp.709-710)

3) 茅盾, 「社會背景與創作」(賈植芳·蘇興良·劉裕蓮 외 編, 『文學硏究會資料(上)』, 知識産權出版社, 2010, p.159)

4) 耿濟之, 「前夜"序」(賈植芳·蘇興良·劉裕蓮 외 編, 『文學硏究會資料(上)』, 知識産權出版社, 2010, p.79)

사실주의자는 사회를 자세히 관찰하여 사회의 모순점을 찾아내고, 그러한 모순점에 대해 관념적 설명은 피하고 실용주의적 내지 실증주의적 사회관에 입각하여 비판을 하는 것이 일반적이라고 할 정도로[5] 사실주의는 사회와 불가분의 관계를 맺고 있는데, 문학연구회의 모든 작가들은 사회의 중요성을 매우 잘 인식하고 있었을 뿐만 아니라, 이와 아울러 사실주의의 정신을 올 곧게 실천한다는 차원에서 이처럼 사회의 현실을 관찰하고 반영할 것을 강조하였다. 鄭振鐸은 사실의 문학, 현실의 문학을 피의 문학이라고 말하였다. 그는 "기억하라, 기억하라 우리에게 필요한 것은 피의 문학, 눈물의 문학이지 온화하고 점잖고 우아하며 즉 현실과 동떨어진 차가운 피의 산물이 아니다"[6]라고 하였다. 鄭振鐸은 문인들은 상아탑 속에서 살아가는 사람이 아니라 사람들 사이에서 살아가는 인물로서 일반인들 보다 더 깊이 있게 국가 사회의 고통과 재난을 느껴야 한다."[7]고 주장했는데, 이 같은 주장을 통해 문학연구회의 작가들이 시대와 사회를 얼마나 중시했는가를 파악해 볼 수 있다. 茅盾은 이어 "문학의 목적은 인생을 종합적으로 표현하는 것으로서 사실적인 방법을 사용하든지 아니면 어떤 상징이나 비유의 방법을 사용하든지 그 목적은 결국 인생을 표현하고 인류의 희열과 동정을 확대하며 시대적 특색을 배경으로 삼는 것이다"[8]라고 주장하면서, 문학의 목적과 임무는 시대와 사회를 반영하고, 사회 현실 속에서의 인간 삶의 진실적 모습에 대한 표현에 있음을 강조하였다. 심지어 茅盾은 「文學者的新使命」이라는 글에서 문학을 통한 사회의 혁명까지 언급하였다. 그는 "문학자들의 목전의 사명은 압박받는 민족과 계급의 혁명운동 정신을 찾아서 깊고 위대한 문학으로 이를 표현해 냄으로써 이러한 정신을 민간에 널리 펴지게 하고 압박받는 사람의 뇌리에 깊이 새겨 넣는 것이다."[9]라고 했는데, 문학으로써 사회 현실의 반영 그 이상의 것을 추구하고자 한다는 茅盾의

---

5) 이상섭, 『문학비평용어사전』, 민음사, 1992, p.115.

6) 鄭振鐸, 「血和淚的文學」(賈植芳・蘇興良・劉裕蓮 외 編, 『文學研究會資料(上)』, 知識産權出版社, 2010, p.77)

7) 鄭振鐸, 「中國新文學大系 文學論爭集 導言」(賈植芳・蘇興良・劉裕蓮 외 編, 『文學研究會資料(上)』知識産權出版社, 2010, p.705)

8) 茅盾, 「文學和人的關係及中國古來對於文學者身分的誤認」, 『小說月報』 제12권 제1기(賈植芳・蘇興良・劉裕蓮 외 編, 『文學研究會資料(上)』, 知識産權出版社, 2010, p.60)

9) 沈雁冰, 「文學者的新使命」(賈植芳・蘇興良・劉裕蓮 외 編, 『文學研究會資料(上)』, 知識産權出版社, 2010, p.146)

의도를 읽어 볼 수 있다.

문학연구회의 작가들은 문학의 사회반영과 함께 문학의 진실성을 강조하였다. 沈雁冰은 "문학은 인생의 진실한 반영이다. 문학은 인생을 진실하게 인생을 표현하는 것 이외에도 인생이 미래의 光明大路에 이르게 지시하는 하나의 직무를 가져야 하는데, 이는 원래 불가능한 것이 아니다."10)라고 했다. 茅盾은 "마음속에 어떤 생각이 들면 입으로 그렇게 말해야 한다. 솔직하게 그대로 표현해야 하지 사람을 속이면 안 된다. 이것은 근세의 시대정신이 문예에 표현된 예이다."11)라고 하면서, 있는 그대로의 사실적 표현과 진실성을 강조하였다. 謝冰心은 「文藝叢談(二)」에서 "자기를 표현하는 문학이 '眞'의 문학이라고 했다. 문학가들은 반드시 眞의 문학을 창조해야 한다."12)고 했는데 이들 작가들이 말하는 진실은 리얼리티에 의한 必然性이 드러나는 현실, 다시 말해 리얼리티에 의하여 진실이 나타나고 實際化 되는 作中의 현실을 의미하는 것이라고 할 수 있다.

이와 더불어 문학연구회의 작가들은 동시대 사회현실에 대해 그 누구보다 깊은 관심을 보이며 사실주의에 입각한 창작방법론을 피력하였다. 창작방법론을 피력한 대표적인 문인이 바로 葉紹鈞이었는데, 그는 "작품에서 取擇할 原料는 진실하고 深厚한 것이어야지, 효과도 없는 뜬 구름 같은 말을 해서는 안 된다. 집필할 때의 태도는 성실하고 엄숙해야 하지, 교활하고 경박하며 너무 비열한 태도를 취해서는 안 된다."13)고 했다. 이는 작가가 취해야 할 실제적 사실, 실제적 생활에 대한 세심하고도 정확한 관찰과 객관적 묘사, 실질적 태도와 자세의 중요성을 말하고 있는 것이다. 그는 또 "정확하고 적절한 재료의 취택, 일체의 내재적 실제를 표현할 것, 내용과 형식 모두 조화의 자유로움이 갖춰줘야 한다."14)라고 하며, 정확하고 합당한 소

---

10) 沈雁冰, 「文學者的新使命」(賈植芳 · 蘇興良 · 劉裕蓮 외 編, 『文學研究會資料(上)』, 知識産權出版社, 2010, p.145)
11) 茅盾, 「文學與人生」(賈植芳 · 蘇興良 · 劉裕蓮 외 編, 『文學研究會資料(上)』, 知識産權出版社, 2010, p.93)
12) 謝冰心, 「文藝叢談(二)」(賈植芳 · 蘇興良 · 劉裕蓮 외 編, 『文學研究會資料(上)』, 知識産權出版社, 2010, p.73)
13) 葉紹鈞, 「誠實的, 自己的話」(賈植芳 · 蘇興良 · 劉裕蓮 외 編, 『文學研究會資料(上)』, 知識産權出版社, 2010, p.126)
14) 葉紹鈞, 「創作的要素」 上揭書, p.158.

재의 선택, 인간 내재적 모습, 즉 영혼의 진실을 묘사하고 전달하는 것이 얼마나 중
요한 것인지 강조하였다. 謝冰心 또한 "나는 내가 보고 들었던 여러 가지 문제를 소
설의 형식을 빌려 써내고자 했다"[15]고 하면서 삶의 일상적 경험과 실제적 사실로부
터 제재를 취하였다는 사실을 주장하였다.

　문학연구회 작가들의 文學觀을 한 마디로 이야기한다면 '문학은 인간의 실질적 삶
을 다루어야 하고, 사회를 반영해야 하는 것'으로 요약할 수 있는데, 이는 다시 말해,
인생을 위한 문학, 즉 사람들의 삶을 관찰하고, 사람들의 삶을 위해 글을 써야 한다는
것으로 요약될 수 있다. 문학이 인생을 위한다는 것은 사회의 현실을 반영하고 표현
하는 것과 일맥상통한다. 인생을 위한 문학이란 인간의 삶을 에워싸고 있는 현실문제
에 대한 총체적인 시선을 통하여 인간을 탐구하고 인간의 삶을 표현하는 특성을 지니
게 마련인데, 문학연구회의 작가들이 동시대 사회의 현실에 깊은 관심을 갖고, 동시
대의 사회를 살아갔던 사람들의 삶의 모습을 구체적으로 표현하기 위해 노력하였다
는 것은 지극히 자연스러운 일이었다.
　문학연구회의 작가들은 문학연구회의 목표와 취지에 맞춰 사회의 현실을 반영하고
인간의 삶의 모습을 중시하는 문예, 사회의 현실을 묘사하는 문학을 만들어 나갔다.
이들은 이러한 문학적 목표와 취지하에 동시대 사회의 곳곳을 비춰보기 시작했고,
그 결과 이들은 사회의 이면 내지 사회의 구석 한 편에 존재한 채, 가려져왔던 여성,
도시서민, 농민들의 삶을 찾아내 이야기하였다. 문학연구회의 작가들은 물론이려니
와 기타 단체에 속한 작가들도 문학연구회의 창작 목표와 이념을 수용하며 동시대
사회의 현실과 사람들의 삶의 모습을 자신들의 작품 속에 담아 나갔다. 이들은 人生
苦, 生活苦, 現實苦를 반영한 문학, 인생에 대한 진지한 자세로 현실을 고발하고 타
파, 개조를 하는데 일조하는 문학 운동을 전개해 나갔던 것이다.
　이 같은 분위기 속에서 많은 문인들은 자신들의 관점과 관심대상, 문학적 목표에
따라 일종의 유파를 형성하며 창작활동을 펼쳐 나갔는데, 그 가운데 一群의 여류작가
들이 가장 먼저 등장하였다. 陳衡哲, 謝冰心, 盧隱, 石評梅, 凌叔華, 蘇雪林, 馮沅君,

---

15) 冰心, 「從五四到四五」(范伯群 編, 『冰心研究資料』, 北京出版社, 1984, p.91)

丁玲 등, 여류작가들은 자신의 경험과 작가 특유의 관점에 따라, 동시대 여성들의 삶, 청년지식인들의 고뇌와 행동 등을 이야기하며 자신들의 영역을 개척해 나갔다. 이들 여류작가들은 여성해방과 관련하여 5·4운동을 전후한 중국 근대화시기에 나타난 여러 가지 사회문제를 제기하였다. 여성 특유의 언어, 논리, 관점을 가지고 사회를 바라보고 사회와 가정의 문제, 여성들의 삶, 청년들의 삶의 모습을 조명하였던 것이다. 1920년대 여성작가들의 대거 출현은 동시대 5·4신문화운동기의 사회적 현상, 여성과 사회라는 특수하고도 밀접한 관계를 맺고 있다. 개성과 자유화를 추구하는 과정에서 여성문제는 사회문제의 일부로서 제기되었고, 여성문제에 대한 관심은 자연스럽게 여성작가들의 출현을 고무하였으며 여성작가들은 반봉건, 개성의 자유화 운동에 힘입어 여성문제 뿐만 아니라, 자유연애, 혼인의 자주성, 개성 해방 등을 요구하며 이를 소설화하였던 것이다. 뿐만 아니라, 사람들의 性情과 자유를 억눌렀던 봉건이념과 그 관습으로부터의 인간의 해방을 주장하면서 인생의 목적과 의미를 작가 나름대로 탐구하고자 했다.

 이들 여류작가들과는 일면 비슷하기도 하지만, 다른 시각과 방법을 가지고 사회와 인생을 관찰하고자 했던 작가들도 있었다. 許地山과 葉紹鈞, 王統照 등이 바로 그들인데, 이들 작가들은 인생파 작가라고 불리고 있다. 이들은 일반 서민, 농민, 도시의 소지식인 등 각 계층의 사람들이 보여준 삶의 모습을 통해 삶의 궁극적 의미와 목적이 무엇인가, 인생이란 무엇인가, 그리고 사회와 인간의 삶의 관계는 어떻게 연관되어 나타나는가에 대해 관찰하였다. 이와 더불어 동시대 농촌의 현실, 농촌생활, 농민들의 삶에 적극적 관심을 기울이며 농민들의 고통과 불행을 고발한 소설도 등장하였는데, 이러한 문학을 統稱하여 "鄕土文學"이라 하였고, 또 이러한 작품을 쓴 작가들을 鄕土作家라고 하였다. 蹇先艾, 許欽文, 王魯彦, 徐玉諾, 潘訓, 彭家煌, 許杰 등이 향토소설작가였다. 魯迅의 영향을 받은 이들 작가들은 농촌의 현실, 농민의 삶을 주제로 鄕土小說을 창작하였는데, 이들은 향토소설이라고 하는 자신들의 작품을 통해 봉건적 종법사상과 습속이 지배하는 농촌사회의 현실과 그런 현실 속에서 고통 받고 살아가는 농민의 비참한 모습, 농촌의 세태와 인정 등을 묘사했다. 향토소설과 그 작가들은 신문학 사실주의 소설의 발전과정에서 제일 먼저 형성된 유파로서 신문학의 창작 소재를 넓혀 주었다[6]는 사실에서 문학적 의미를 찾을 수 있다. 李葆琰은 문학연구회의 초기 단편소설의 발전과정과 그 성격에 대해 "연애, 혼인, 가정, 전란, 학생운동, 노동자, 농민, 지식인, 부녀, 아동 등등, 모든 것이 작품에 반영되었다. 작가의 애증이 분명하고, 작품에는 선명한 사상적 경향성이 있었으며, 사회에 대해 용감하게 비판하였고, 전투정신이 풍부했다. 작품은 시대, 사회, 인생의 여러 문제에 대한 탐색정신을 표현하고, 사회를 변혁할 것을 요구하였다. 작품에는 농후한 서정적 색채가 들어 있고 인물의 형상이 개념화되어 많이 나타나고 있다"[17]고 했다.

1) 女流作家들의 등장과 女性小說의 誕生
自敍傳的 告白體 문학으로서의 형식, 內面描寫의 중시

• 謝冰心과 廬隱 등의 소설

陳衡哲과 謝冰心, 廬隱, 凌叔華, 馮沅君 등, 이들 여류작가들은 비단 소설뿐만 아니라, 시와 산문 등에 있어 문학적 성과를 보여주었는데, 이 같은 여성작가들이 5·4시기 대거 문단에 등장하였다는 것은 사실 자체만으로도 의미 있고, 획기적인 것이라고 할 수 있다. 이들은 자신들만의 독특한 관점을 가지고 여성의 문제를 중심으로 동시대 사회의 제 문제를 형상화하였는데, 이 같은 형상화는 바로 이들 여류작가에 의해 이루어졌고, 동시대 문학발전에 적지 않은 기여를 하였기 때문이다. 봉건 속박으로부터의 여성의 해방과 자유를 위한 운동, 그리고 그 외침은 여류 작가들 사이에서 강렬한 반응을 얻었다. 또한 이들 여류작가들은 나라의 운명과 장래, 사회의 현실에도 깊은 관심을 표현함과 동시에 남녀 가리지 않고, 동시대 청년 지식인들이 가졌던 결혼 또는 연애관, 그리고 그들의 가정문제 등에 대해서도 적지 않은 동정과 이해심을 쏟았다. 陳衡哲과 謝冰心을 비롯한 廬隱, 凌叔華, 馮元君 등, 이들 여성작가들은 이 같은 여러 가지 주제를 가지고 자신들만의 독특한 문학적 논리와 언어, 방법을 통해 자신들의 소설세계를 창조해 나갔다.

---

16) 온유민 지음, 김수영 옮김, 『현대중국의 현실주의 문학사』, 文學과 知性社, 1991, p.88.
17) 李葆琰, 「論文學硏究會短篇小說」(『中國現代文學硏究叢刊』, 作家出版社, 1987, p.74)

1920년대 여성작가의 출현은 당시 봉건이념의 타파, 봉건이념의 억압으로부터의 해방이라는 사회분위기와 밀접한 관련성을 가진다. 당시 신문화 운동가들은 민주와 과학의 기치 아래 봉건이념의 타파를 부르짖었는데, 이러한 과정에서 여성의 문제는 사회문제의 중요 부분으로 제기되었다. 5·4신문화운동시기 여성문제에 대한 관심이 자연스럽게 여류작가들의 참여를 끌어 들였고, 이들 여성작가들은 봉건주의 사상과 습속 등에 의해 억압받던 부녀자들의 삶에 적극적인 관심과 주의를 기울이며, 여성문제를 문학화 하였던 것이다. 이 같은 사실과 관련해 楊義는 이들 여성작가들의 작품을 그 성격과 내용에 따라 크게 세 가지로 분류한 바 있다. 楊義는 "陳衡哲과 謝冰心은 인도주의와 계몽주의의 정신을 가지고 작품을 썼고, 특히 冰心은 '愛의 哲學'으로써 인생의 문제를 해결하고자 하였다. 盧隱과 石評梅는 비극적인 인생체험을 바탕으로 새로운 삶에 대한 추구와 좌절, 모색의 과정을 보여주고 있다. 凌叔華와 蘇雪林은 주로 구의식과 신사상 사이에서 갈등하고 번민하는 여성형상을 창조하였다. 馮元君과 丁玲은 자유로운 성을 추구하는 새로운 세대의 여성형상을 추구하였다."고 했다.[18]

• 凌叔華의 소설

凌叔華는 封建 大家庭에서 태어 낳다. 그녀의 아버지는 末期淸朝에서 뿐만 아니라 초기 民國政府에서도 고위 관료를 역임했던 전형적인 봉건지식인이었고 여러 부인까지 거느렸다고 한다. 凌叔華는 이러한 부친의 넷째 부인이 낳은 딸이었다. 고관이었던 아버지는 퇴임 후 '北京畵會'를 조직하며 예술 활동을 벌였는데, 그녀의 예술적 소향은 이 같은 집안의 환경에 기인했던 바가 컸다는 것이 중론이다. 凌叔華는 封建 大家庭에서 태어나고 성장한 때문인지, 그녀의 작품에는 전통적 봉건 가정의 체취와 삶의 체험이 비교적 뚜렷하게 반영되어 나타난다고 하는 사실이다. 20년대에 창작된 그녀의 작품은 크게 세 가지로 분류될 수 있다. 첫째, 봉건이념과 관습에서 조금도 벗어나지 못한 舊女性의 삶과 의식을 묘사한 작품이 있고, 둘째, 봉건이념 속에 갇힌 채, 새로운 문화와 사상의 충돌로 인해 갈등을 겪는 여성의 모습을 그린 작품이 있으며, 셋째 중상류사회의 여성의 내면 심리를 주로 묘사하고 있는 작품이 있다. 凌叔華

---

18) 楊義 著, 『二十世紀中國小說與 文化』, 業强出版社(臺北), 1993, pp.99-100 참조.

소설의 가장 큰 특징이라고 한다면, 작품의 분위기가 매우 靜的이면서 여성의 내면심리를 섬세하고도 세밀하게 묘사되고 있다는 점이다. 凌叔華는 동시대의 여타 작가들이 갖지 못했던 인생경험을 통해 封建 舊家庭 생활에서의 색다른 모습을 집중적으로 묘사함으로써 일종의 특색을 만들어 냈고, 그녀가 묘사한 봉건구가정의 내부 암흑은 동시대 작가들이 관심을 갖지 않았던 부분이었다.19)

「繡枕」은 1925년 3월『現代評論』제1권 15기에 발표되었다. 이 작품은 고풍적 색채와 정취 등이 크게 배어 있는 작품이다. 작품은 주인공 大小姐가 부친의 뜻에 따라 熱과 誠을 다해 베개에 수를 놓고 있는 모습을 중점적으로 묘사하였는데, 작가는 이러한 묘사를 통해 봉건 대가정 사이에서 벌어지는 혼인제도 속에 감추어진 여성의 비애와 운명을 말하고 있다. 주인공은 자신과 결혼하게 될 어느 명문가 집안에 보낼 베개에 정성스럽게 수를 놓고 있다. 대가정의 규수들이 자신이 결혼 할 시댁에 가져갈 베개를 만드는 것은 당시의 관례였다. 주인공이 수를 놓고 있을 때, 하녀와 하녀의 말괄량이 딸은 주인공이 수놓은 베개를 보며 연신 찬사를 쏟아 놓고 있을 뿐만 아니라, 주인공 자신도 많은 독백을 늘어놓는다. 이를 통해 자수 작업에 주인공이 얼마나 많은 정성과 노력을 쏟아 부었는가를 쉽게 느낄 수 있다. 34가지 각기 다른 실로 봉황무늬에 수를 놓았는데, 색깔을 잘못 맞추는 바람에 세 번이나 봉황에 수를 놓았는가 하면, 연잎의 색깔에 12가지 초록색 실로 배색을 맞춰 만들어진 지극 정성과 섬세한 노력이 들어간 것이었다. 「繡枕」작품의 특징이라고 한다면, 이 작품에서 여타 작품에서 흔히 볼 수 있는 인물간의 대립과 갈등이 나타나지 않는 다는 것이다. 인물 상호간의 다툼이나 갈등 없이 주인공이 嚴父의 청탁에 의해 수를 놓는 정적인 상황의 지속적 연출이 작품의 처음이자 끝을 이루고 있다. 작품의 주제는 정성스럽게 수를 놓는 주인공의 모습을 통해 하나 하나 전달되고 있다. 주인공이 심혈을 기울여 만든 베개에는 엄격한 가부장제와 봉건 대가족제도의 위세, 그리고 宗法主義가 지배하는 가정에 있어서 여성의 운명이 고스란히 담겨 있다.

「吃茶」에서는 햇빛에 잠겨 있는 싱싱한 분홍장미꽃으로 결혼을 갈망하는 전통적인 여성을 풍자한 작품이다. 자신을 철저하게 고결한 인격자라고 여기는 주인공 芳影은

19) 李毅萍, 「婚姻的故事-凌叔華小說世界散論」(『中國現代文學研究叢刊』, 作家出版社, 1990, p.127)

전형적인 규방소녀이다. 그녀는 항상 거울 속에 비친 자기의 모습을 보며 여인의 아름다움을 찬미하는 고전시를 읊는데, 이렇게 함으로써 그녀는 자신이야말로 가부장제가 만들어 낸 완벽한 여성의 표상이라고 자처하고, 봉건가정이 바로 진정한 여성의 아름다움을 갖게 해주는 도구라고 생각한다. 작가는 규방 속 이 같은 여성들의 이야기를 통해 봉건종법주의 이념과 풍습의 문제점과 함께 봉건 이념과 풍습이 여성의 삶과 의식을 어떻게 왜곡 변질시켰는가를 말하고자 했다. 새장에 갇혀 자유와 개성을 잃어 버렸음에도 불구하고 화려한 새장과 자신의 아름다운 자태와 노래에 취해 자신이 제일 행복한 존재라고 여기는 한 마리의 새의 모습이 바로 봉건 대가정의 규방여성의 모습이라는 것이 바로 작가 凌叔華의 주장인 것이다. 「中秋晚」에서는 결혼한 중년 부인이 주인공으로 등장한다. 이 작품에서 주인공 敬人부인은 항상 불안 심리에 휩싸여 사는 사람이다. 주인공의 불안 심리는 봉건가부장제가 주는 억압적 환경에 기인하는 것일 수 있다. 경인부인은 중추절 식사에 사람이 모이지 않으면 불길한 조짐이라고 생각하고, 명절에 죽은 사람에 대해 이야기해서는 안 된다고 믿으며, 화병이 깨지면 길조가 아니라는 미신적 관념에 집착하는 사람이다. 그녀의 이 같은 불안 심리와 이에 대한 강박관념은 현실에 대한 이성적이고 합리적인 판단보다는 매우 불합리하고도 때로는 미신적인 행동을 하게 된다. 이 작품은 경인부인이 어떻게 생각하고 행동하는가를 독자들에게 보여줌으로써 봉건적 사고와 습속에 사로잡혔으면서도 정작 본인은 그것에 대한 의식조차 없이 살아가는 동시대 여성들의 삶의 모습을 풍자하는 작품으로 평가되고 있다. 凌叔華의 소설에 등장하는 인물은 크게 보아 舊式 대가정의 규수, 新式 대가정의 규수, 반역사상을 가진 신여성, 구가정의 부인 등 네 가지의 유형으로 이루어져 있다고 했다.[20] 凌叔華는 이러한 여성들이 어떤 생각을 하고 어떤 행동을 하며 살아가고 있는가에 대한 묘사를 통해 봉건 사회의 현실과 여성의 문제를 보여주고자 했다.

　凌叔華 작품의 특징이라고 한다면, 독자들에게 특별한 긴장감을 주지 않는다는 데에 있다. 凌叔華의 작품에는 다른 작품에서 흔히 볼 수 있는 긴장감 내지 긴박한 갈등이 보이지 않기 때문이다. 억압과 갈등을 유발시키는 행동의 행위자 내지 가해자로서

---

20) 王家倫, 「它畵出了'高門巨族的精神'-論凌叔華的小說」(『中國現代文學硏究叢刊』, 1991, p.287)

의 남성의 모습이 특별히 나타나지 않는다. 봉건종법제도와 이념 등으로 발생하는 갈등과 충돌의 모습은 거의 드러나지 않고 있다. 주인공들의 은밀하고도 사적인 행동에 대한 묘사와 함께 단순하면서도 平易한 형태의 서사가 전개되고 있고 있을 뿐이다. 또한 인물지간에서 벌어지는 갈등과 대립은 없고, 일상적인 삶을 살아가는 주인공을 중심으로 한 몇 몇 인물들의 심리와 행동에 대한 話者의 섬세한 묘사와 설명이 주류를 이룬다. 한 마디로 말해, 일상적인 삶을 살아가는 주인공의 행동과 심리 등이 섬세하게 서술되고 있다. 沈從文은 이를 두고 "눈에 익숙한 일, 눈에 익숙한 사람, 언제 어디에서나 발생하는 갈등을 침착하게 관찰하여 인물 마음속의 비극 또는 마음속의 전쟁을 보여준다."[21]고 했다. 凌叔華 작품의 특성과 관련해 楊義는 "凌叔華는 사회의 불평, 인생의 응어리에 대해 쓰지는 않았지만, 정교한 시각을 취하고 여성 특유의 부드러운 마음과 어린아이의 稚氣로써 작품을 순수하고 담백하고 부드럽게 만드는 등, 山水花卉畵家로서 畵筆을 가지고 소설을 썼다고 했는데,[22] 이는 갈등과 대립의 모습을 거의 서술하지 않고, 그림을 그리듯, 주인공의 심리와 삶의 모습을 잔잔하게 펼쳐 가는 작가의 서사화법적 특징을 지적한 것이라고 할 수 있다. 魯迅은 凌叔華 작품의 이 같은 특징과 관련해 "凌叔華의 소설은 … 馮沅君의 대담함과는 다르다고 해야 한다. 대체로 조심스럽고 신중하게 적당한 정도에서 舊家庭의 온순한 여성을 묘사했다. 비록 사이사이에 궤도를 벗어나기도 했지만, 그것은 文酒之風의 영향을 우연히 받게 된 것이고, 결국에 있어서는 자신의 풍격을 회복했다.[23]라고 했다. 魯迅의 평가는 凌叔華 작품의 特異性 내지 독특한 풍격을 말하고 있는 것이다.

凌叔華의 소설은 봉건대가정의 閨秀의 생활, 중년 여성의 의식과 심리 등을 제재를 취하고 있어 동시대 여성소설에서 흔히 취택되었던 제재 및 대상과 차이가 있고, 또한 문제를 과감하고도 직접적으로 드러내고 있지 않지만, 본질적으로 동시대 여성들의 문제, 여성들이 해결해야 할 문제를 다루었다는 사실, 다시 말해 작품의 外形的인面에 있어서는 동시대 여성작가들의 그것과 다르면서도 본질적인 면에 있어서는 다

21) 沈從文, 「論中國現代創作小說」(『文藝月刊』2卷 4號, 1931)

22) 楊義, 『中國現代小說史(第一卷)』, 人民文學出版社, 2001, p.288.

23) 魯迅, 「中國新文學大系·小說二集 導言」(吳福輝 編, 『二十世紀中國小說理論資料(第三卷)』, 北京大學出版社, 1997, p.348.

르지 않다는 사실을 말하고 있는 것이다. 즉 봉건제도, 봉건관습으로부터의 여성해
방, 청년들의 자유연애 구가 등, 동시대 여성작가들이 추구하고자 했던 의지와 목표
를 그대로 표현하고 있음을 볼 수 있다.

• 盧隱의 소설

  盧隱의 작품 또한 매우 개성적이며 독특한 색채를 지닌 작품으로서 평가받고 있다.
이는 어려서부터 외롭고 어려운 환경 속에서 자란 작가의 성장배경에 기인한다고 할
수 있다. 작가는 엄격하고 고루한 아버지와 미신적 사고에 사로잡힌 어머니의 틈바구
니에서 성장하면서 다소 비정상적이고 건강하지 못한 삶을 살아야 했다. 아버지가
사망하게 되자, 그녀는 어머니를 따라 북경의 외삼촌 집에서 지냈는데, 이 기간 동안
어머니의 욕설과 매질 속에서 매우 어렵고도 힘든 시절을 보내야 했다. 모질고 고통
스러운 환경 속에서 작가는 인생의 의미, 삶의 의미, 특히 여성으로서의 삶에 대해
많은 생각을 하며 번민의 나날을 보냈는데, 이 때 겪은 번민과 갈등, 삶에 대한 의식
과 생각 등은 작품의 주제와 서사적 성격 등에 그대로 반영되어 나타났다. 한마디로
비극적 인생의식, 사회현실에 대한 예리한 비판의식, 현실도피 의식 등은 모두 그녀
의 성장과정 및 그 배경과 무관하지 않다고 할 수 있다.

  「海濱故人」은 1923년 10월『小說月報』에 발표된 작품으로 盧隱의 대표작이다. 이
작품은 盧隱의 인생체험이 담긴 자전적 작품으로서 이전 문제소설에서 자전적 소설
로 전환되기 시작한 시기의 첫 작품이라고 할 수 있다. 주인공 露沙를 포함한 다섯
명의 여성들은 해변에서 낭만적이고 환상적인 꿈을 꾸며 자신들의 미래를 설계한다.
어느 덧 시간은 흐르고, 다시 학교는 개학하였다. 주인공 露沙는 부모의 사랑도 받지
못한 채 외롭고 어려운 환경 속에서 성장해 왔다. 그녀는 천성적으로 감정이 풍부하
며 활달하기도 하지만, 성장하기까지 각박한 삶의 영향 때문인지 괴팍한 성격의 소유
자이기도 했다. 露沙는 "인생은 도대체 무엇인가?"에 대해 항상 고민하며 생각하곤
했다. 露沙는 梓靑이라는 남학생을 만나 서로 사랑하게 된다. 露沙는 梓靑의 영향을
받아 성격이 명랑해지고 인생관이 바뀌기 등 모든 면에서 크게 발전한다. 露沙는 梓
靑과 결혼하고자 했으나, 재청 집안의 반대와 주위의 비난에 좌절되어 뜻을 이루지는

못하나, 지극 정성으로 자신을 사랑하는 재청의 마음만을 받아들인다. 露沙의 친구 玲玉, 云靑, 宗瑩 또한 결혼하는데 집안의 방해에 부딪혀 우울한 세월을 보내야 했다. 졸업 후, 蓮裳은 天津에서 교편을 잡고, 결혼도 하게 된다. 玲玉과 宗瑩은 집안의 반대에도 무릅쓰고 자신이 좋아하는 사람과 결혼하게 되나, 云靑은 자신의 사랑을 버리고 은거한다. 로사는 재청과 결혼을 결심하고 새로운 사업에 몰두하기 시작하는데, 그 전에 그녀는 자신의 여자 친구들에게 헤어지자는 편지를 썼는데, 편지에서 옛날 해변에 만들어 놓았던 작은 집이 있는데, 성공할 경우 장차 이 집을 휴식의 장소로 쓰겠다고 말했다. 일년 후, 玲玉과 云靑은 해변에 왔다. 해변의 작은 집에는 "해변의 옛 친구"라는 글자가 적혀진 액자가 걸려있었는데, 露沙는 그 자리에 없었다.

이 작품은 봉건 관습, 봉건 家規 등이 지배하는 주변의 환경 속에서 정신적 방황과 억압을 겪으면서도, 이에 저항하며 자신들의 자유와 이상을 키워 나가는 젊은 여성들의 이야기를 그리고 있다. 그러나 이 작품에는 어느 한 여자의 哀愁와 感傷이 작품 전체를 지배하고 있다고 해도 과언이 아닐 정도로 강한 悲調가 일관되게 나타나고 있으며, 작가의 사상이 크게 함유되어 있는 여성 특유의 정서와 필치가 강하게 우러나오고 있다. 이 작품은 작가 盧隱이 북경고등여자사범 시절과 졸업 후 교직 생활, 그리고 첫 번째 남편 郭夢良과 있었던 연애 등을 제재로 하여 완성한 작품이라고 전해진다. 주인공 露沙는 작가 盧隱의 化身이고, 로사의 친구들 역시 실존 인물이다.

「或人的悲哀」는 9통의 편지글로 구성된 작품이다. 편지를 쓴 사람은 주인공인 亞俠이라는 처녀였고, 편지를 받는 사람은 KY라는 여성이었다. 亞俠은 병마에 시달리며 어렵게 살아가는 지식인여성으로 등장하는데, 그녀는 사랑과 인생에 대해 많은 생각하며 항상 고민하고 방황한다. 6월 10일에 쓴 첫 번째 편지에서 亞俠은 자신은 중병에 걸렸는데, 완치될 가능성은 없다. 인생의 귀착점이 있는가? 나는 동숙이라는 사람과 만났지만, 나를 사랑한다는 생각이 안 들어 거부를 하자 그는 혐오스러운 인상으로 나를 위협해 나는 불면증에 걸리게 되었다고 했다. 두 번째 편지에서 亞俠은 병원에서 어떤 한 간호원을 알게 되었는데, 그 간호원이 말하기를 종교에 의탁해보면 고통에서 약간은 벗어 날 수 있을 것이라고 했다. 작품은 이렇게 여덟 번째 아홉 번째 편지까지 이어지는데, 주인공 亞俠은 자신이 쓴 모든 편지에서 자신의 생각과 경험을 모두 털어놓으며, 인생의 목적과 의미, 삶의 방향에 대해 항상 고민하고 懷疑하였다.

　盧隱의 작품에는 자신의 삶을 추구하다가 좌절하는 주인공의 모습, 방황과 번뇌 속에서 탈출구를 찾기 위해 노력하는 모습, 시대적 현실의 벽에 가로 막혀 있는 젊은 청년들의 소망과 미래 등이 주로 묘사되어 있다. 五四운동이 퇴조하던 시기, 적지 않은 청년지식인들이 그랬던 것처럼, 작품의 주인공 亞俠도 삶의 올바른 방향, 미래를 향한 진정한 출구를 찾기 위해 고민하며 방황하였다. 亞俠은 자신의 인생과 삶의 방향을 찾기 위해 고민하는 지식청년들의 전형적인 모습을 보여주고 있다. 茅盾은 "盧隱의 전체 작품은 오사시기의 분위기를 흡수한 것 같다. 우리는 인생의 의의를 추구하고자하는 열정과 공사에 빠져 책 속에서 고민하며 배회하는 청년들을 보게 된다."24)고 하였는데, 亞俠의 모습 또한 茅盾의 指摘대로 五四時期 방황하고 고민하는 대다수 청년지식인들처럼 삶의 방향을 찾고, 이상을 실현하기 위해 고민하며 방황하는 모습을 여실히 보여주고 있다.

　盧隱은 "항상 마음속에 무엇인가에 막혀 있었으며, 어떻게든 그것을 통과해내야만 후련했다. 나중에 문학개론, 문학사를 읽었는데, 그 안에서 문예의 충동을 이야기했다. 나는 나에게 이러한 충동이 있음을 느꼈다. 그래서 나는 소설을 써야겠다는 마음을 먹게 되었다."25)고 했는데, 여기서 마음속에 무엇인가에 막혀있다는 것은 자신의 꿈과 삶의 목표, 방향 등이 사회현실의 벽에 막혀 있었음을 말하는 것이다. 盧隱의 이 같은 술회는 자신의 작품은 자전적이고 자기 고백적 성격이 강하게 배어 있음을 시사하는 것이다. 盧隱은 자신만의 독특한 방법을 통해 사회의 현실에 대항하고자 했다. 작가의 충동은 자신의 경험, 자신의 삶에 대한 표현 욕구였던 것이다. 「海濱故人」의 주인공 露沙의 모습과 별로 다르지 않으며, 작가 盧隱의 化身이라고 할 수 있다.

　盧隱의 소설은 자신의 작품 속에 자신의 감정과 이상을 솔직히 드러내는 자기고백적인 작품을 추구했다는 사실로써 그 특징을 정리해 볼 수 있다. 작가는 五四運動을 전후한 시기, 중국사회에 등장했던 여러 가지 여성의 문제를 자신의 문제로 同一視했기 때문에, 즉 자신의 문제로 생각하였기 때문에 그녀의 작품은 자연스럽게 고백적이고도 자서전적인 색채를 띨 수밖에 없었다. 盧隱은 작품에서 자신의 경험, 인생역정

---

24) 茅盾, 「盧隱論」(肖鳳 著, 『盧隱傳』, 北京師範大學出版社, 1982, p.137)
25) 錢紅 編, 『盧隱選集(上)』, 福建人民出版社, 1985, p.586.

과 이상을 주인공에 기탁하였고, 주인공의 언행을 통해 자신의 감정, 자신의 생각을 명확하고도 솔직하게 드러내고자 하였다. 이 같은 사실과 관련해 茅盾은 "나는 廬隱의 저작을 읽으면 그녀의 제재범위가 너무 좁다는 생각을 항상 하게 된다. 그녀가 우리에 보여주고자 한 것은 단지 그녀 자신, 그녀의 애인, 그녀의 친구들에 불과하다. 그녀의 작품은 농후한 자서전적 성격을 갖는다."26)고 했을 정도로 廬隱은 자기 자신의 삶, 자기 자신의 경험을 작품에 옮겨 놓았다.

廬隱 小說의 자기고백, 자서전적 색채는 書簡體와 日記體 양식의 빈번한 사용을 통해 쉽게 드러나고 있다. 廬隱의 여러 작품에서는 書信體과 일기 형식이 빈번하게 사용되고 있는데, 이는 작품의 서정성과 더불어 자기 고백적 성격을 크게 드러내는 하나의 문학적 장치라고 할 수 있다. 서간체 소설은 본질적으로 자기 고백적 서사양식인 바27), 작가는 자신의 경험과 생각을 하나의 고백처럼 독자들에게 드러내기 위해 일기체의 형식과 함께 서간체를 자주 사용한 것으로 추정해 볼 수 있다. 「勝利以後」, 「一封信」, 「或人的悲哀」 등은 모두 서간체의 형식을 사용하였는데, 이들 작품들은 서간체 내지 일기체적 양식을 통해 작가 자신의 내면적 의식과 고백의 의미를 잘 드러내고 있다.

•謝冰心의 小說

60여년에 걸친 謝冰心의 문학 활동은 보통 세부분으로 나눠지고 있는데, 5·4시기부터 1930년까지의 1920년대 前期時期의 문학28)이 그녀의 문학세계를 대표한다고 할 수 있다. 이는 기존의 현대문학사나 현대소설사에서 이 같이 前期에 이루어진 문학이 그녀의 대표적 문학으로 다루어지고 있다는 사실에 의해 쉽게 확인되고 있다. 그런데 작품의 성격과 내용에 따라 전기시기의 소설도 두 부분으로 나누어질 수 있다. 1919년에서부터 1920년에 이르기까지 소위 5·4운동의 高潮期에 주로 탄생한 부

---

26) 茅盾, 「廬隱論」(肯鳳 著, 『廬隱傳』, 北京師範大學出版社, 1982, p.139)

27) 한용환 지음, 『소설학사전』, 고려원, 1992, p.229.

28) 盧啓元은 謝冰心의 창작활동의 시기를 정함에 있어 五四운동시기부터 1930년까지를 前期로, 1931년부터 1951년까지를 中期로, 그리고 1952년 이후부터를 後期로 보았다.
    盧啓元 著, 『冰心作品欣賞』, 廣西敎育出版社, 1990, p.4.

류의 소설들이 前期時期의 첫 번째 소설인데,「兩個家庭」,「莊鴻的姉姉」,「最後的安息」,「去國」,「斯人獨憔悴」등의 작품들이 그 예가 된다고 하겠다. 이들 작품들은 봉건사회의 현실 속에서 좌절하고 고통 받으며 희생당할 수밖에 없는 여성과 청년지식인들의 문제를 주로 다루고 있는데, 작가는 봉건 사회를 비판하고 反封建的 저항정신과 사상을 주로 표현했다. 肖鳳은 謝冰心 문학의 사회비판적 성격과 관련하여 "五四運動의 파도와 문화혁신운동의 파도를 보게 된 冰心은 협소한 가정과 학교의 울타리에서 벗어나 사회를 접촉하였고, 이를 통해 순결한 여자 청년 빙심은 점차 半植民地와 半封建의 舊社會의 생활 속 곳곳에 존재하며 사람들을 질식하게 하는 사회문제를 보게 되었다. 그녀는 정직한 마음으로 자신이 보고 들었던 것과 또 자신이 생각하고 느꼈던 것을 붓으로 기록해냈다."[29]고 했는데, 이는 謝冰心 문학은 바로 사회에 대한 자각과 사실주의 정신의 발로에서 시작되었음을 말하는 것이다.

그리고 두 번째 부류의 소설들은 1921년「超人」을 필두로 소위 '愛의 哲學'을 담는 작품들이 주류를 이루고 있는데,「煩悶」,「悟」,「愛的實現」등이 바로 이에 해당된다. 이들 작품들은 암담한 사회현실 속에서 좌절을 겪은 젊은이들이 '愛의 哲學'을 통해 인생의 의미를 찾으려는 모습을 보여주고 있다. 사회와 인간의 문제를 다루었다고 할지라도, 이전의 작품에서 보여 준 것과 같이 단순히 문제를 고발하고 비판하는 식이 아닌 그 문제를 '사랑'으로 해결하면서 승화시키고자 했던 것이 두 번째 부류의 소설들이 갖는 특징이라고 할 수 있다.

「斯人獨憔悴」는 謝冰心의 處女作「兩個家庭」을 뒤이어 『晨報』에 발표된 그녀의 두번째 소설이었다. 이 작품은 1919년 5·4운동의 高潮期에 쓰이어진 작품으로 5·4운동의 정신이 이렇다 할 문학적 여과 없이 그대로 드러난 작품이라고 할 수 있다. 이 작품은 봉건적 사고방식 속에 빠져 완고한 성격을 가진 아버지와 愛國的이고 民主的 사상을 가진 穎銘, 穎石 형제 사이에서 벌어지는 갈등과 함께, 애국 청년지식인들이 겪는 고뇌와 좌절을 그리고 있다. 그 내용을 살펴보자.

제1차 세계대전에서 독일이 패배함에 따라 독일이 강점했던 靑島가 일본의 손에 넘어가게 될 즈음에 학생들은 나라의 주권과 자존심을 찾기 위한 애국운동을 벌인다.

---

29) 肖鳳, 『冰心傳』, 北京十月文藝出版社, 1987, p.81.

이 때, 남경의 모 대학에서 학생대표와 간사를 맡고 있던 穎銘과 穎石이라고 하는 형제는 애국운동을 벌이다가 봉건적이고 완고하기 그지없는 아버지 化卿에 의해 天津에 있는 집으로 강제 歸家된다. 穎石이 먼저 집으로 돌아오자, 아버지 化卿으로부터 심한 질책을 받는다. 아버지 化卿은 정부의 고위 관료인데, 그는 靑島가 일본의 땅이 된 것은 당연한 것이며 학생들이 이에 반대하고 데모하는 것은 부도덕한 반란 같은 짓이라고 생각하는 사람이었다. 이틀 후에 열린 어떤 강연회에 참석한 穎銘은 軍警에 의해 부상을 당하게 되는데, 이것이 빌미가 되어 그는 아버지에 의해 이끌려 집으로 돌아온다. 아버지 化卿은 그들 형제가 가지고 있던 책이고 인쇄물이고 모두를 찢어 없애 버린다. 이들 형제는 암흑과 같은 가정을 痛歎해 하지만, 이런 暴虐한 아버지에게 반항할 힘이 없었고 그저 눈물만을 흘릴 뿐이었다. 아버지 化卿은 이들 형제와 학교 친구들 간의 연락도 금지시켰고 穎銘과 穎石은 집안에 갇혀 답답한 고통의 시간을 보내야 했다. 이에 두 사람은 누나 穎貞에게 자신들의 문제를 해결해 줄 것을 부탁한다. 누나 穎貞은 그들 두 동생에게 다시 학교에 나가게 되면 공부에만 몰두하고 정치활동은 하지 말 것을 당부한다. 그들은 이에 따르기로 하고 다시 학교에 갈 날만을 기다리고 있었으나, 아버지 化卿은 이를 허락하지 않았다. 化卿은 穎貞의 의견을 거부하며, 이들 두 형제를 자퇴시킨 후 속박상태로 몰고 간다. 이들 두 형제는 아버지에 의해 희생되면서 "나만 憔悴할 뿐"이라고 울먹이며 중얼거린다.

穎石, 穎銘형제와 그들 아버지와의 갈등은 新舊 兩世代가 겪는 보수와 진보 사이에서의 갈등이 아닌 민주와 봉건, 제국주의 세력간의 갈등이 가정을 통해 반영된 것이다. 이 작품은 가정에서 벌어지는 아버지와 아들간의 충돌을 통해 사회의 갈등을 드러낸 작품으로 아버지와 아들 간의 충돌 이것이 바로 이 작품의 주제가 된다.[30]

謝冰心의 문학사상은 '愛의 哲學'으로 대변되고 있는데, '愛의 철학'은 「超人」이라는 작품을 통해 구체적으로 나타나고 있다. 「超人」은 1921년 『小說月報』 제2권 4호에 발표되었다. 주인공 何彬은 지극히 냉정하고 고독한 성격을 가진 청년이다. 그는 주위의 사람들과 말 한마디도 나누지 않으며, 교제도 없이 홀로 고독하게 살아가는 사람이다. 그는 세상은 공허한 것이고, 사랑과 연민 모두 악에 불과한 것이라고 생각

---

30) 田仲濟, 孫昌熙 編著, 『中國現代小說史』, 山東文藝出版社, 1984, p.29.

했다. 그런 그에게 우연한 사건이 발생한다. 어느 날 何彬은 앞쪽 아래층으로부터 끊임없이 새어 나오는 신음소리를 듣게 되는데 이로 인해 잠을 이룰 수 없게 되고 마음의 혼란이 일어난다. 신음소리는 何彬으로 하여금 어렸을 때 겪었던 많은 일들을 떠 올리게 하였다. 그로부터 7일째 되는 날 아침 何彬은 주인아줌마를 통해 밤새 신음한 사람이 12살 된 祿兒라고 하는 아이였음을 알게 되고 何彬은 祿兒의 병을 치료하라고 돈을 건네준다. 이에 대한 감사의 표시로 綠兒는 何彬에게 편지와 한 바구니의 꽃을 보낸다. 何彬은 크게 감동을 받는다. 何彬은 눈물을 흘리며 "愛"의 깨달음을 얻는다. 세상에서 어머니와 어머니는 모두 좋은 친구이고 세상에서 아이들과 아이들은 모두 좋은 친구로서 서로 연결되어 있으며 버릴 수 없는 존재임을 깨닫게 된다. 하빈의 성격과 행동이 아이의 신음소리에 의해 갑자기 바뀌며 자비를 베푸는 행동이 다소 추상적이고 비현실적이며 관념적으로 비춰진다.

이 작품에서 何彬은 5·4시기 삶의 방향과 목표를 잃고 방황하는 지식청년의 모습으로 등장한다. 사회현실과 세상사에 대해 무관심 내지 염세적인 태도를 지닌 주인공이 태도를 바꾼 것은 바로 소년의 인간애였다고 작가는 말하고 있다. 盧啓元은 주인공 何彬의 형상에 대해 "何彬의 형상에는 (일정한) 전형적 의의가 있다. 주인공의 형상을 통해 5·4운동 退潮時期 사상적으로 방황하며 고민에 빠진 일부 지식청년들의 생활을 진실 되고 객관적으로 개괄했으며, 청년계층 사이에 큰 反響을 불러 일으켰다. 청년들은 何彬에게서 자신들의 결점과 약점을 찾아냈거나, (何彬처럼) 그렇게 생활해서는 안 된다는 계시를 얻었고, 또 何彬의 변하는 생활태도에서 새로운 인생의 탐색을 시작했다."31)고 이야기하면서 「超人」의 문학적 의미와 목적에 대해 설명했다.

「超人」에 대해 몇 가지 문제점이 제기되었다. 「超人」에 나타난 '愛의 철학'이 주관적이고 관념적이어서 사회의 현실과 遊離되어 있다는 것인데, 작가는 사회의 갖가지 문제들의 발생의 원인을 '愛의 缺乏'으로 파악하고자 했다는 것이 작품에 대한 비판의 요지라고 할 수 있다. 蔣光赤은 氷心의 作品에는 가정에서 벗어나지 못한 어린소녀의 人生觀이 나타나 있다고 폄하했다.32) 茅盾은 「氷心論」에서 "작가는 사회현상을 단순하게 파악하였다. 사람의 일의 紛雜性을 愛와 憎 이 두 가지 뿌리가 얽혀 있는

---

31) 盧啓元, 『氷心作品欣賞』, 廣西敎育出版社, 1990, pp.145-146.
32) 蔣光赤, 「現代中國社會與革命文學」(范伯群 編, 『氷心硏究資料』, 北京出版社, 1984, p.193)

것으로만 생각했다. 愛와 憎, 이 兩者 사이에서 그 하나를 인생의 지침으로 생각했다.”고 했는데,[33] 이는 氷心의 작품이 매우 주관적이고 관념적이었음을 말하는 것이다. 주관적이고 관념적이었던 謝氷心의 소설은 수필적 색채를 크게 드러내고 있다는 사실에서 그 특징을 찾을 수 있다. 이 같은 사실과 관련해 黃修己는 “그녀는 줄거리를 투명하게 하였고 소설의 서정적 성분을 증가시켜 수필적 특성을 지닌 문체를 형성했다. 그녀의 소설은 일반적으로 완전한 줄거리도 없고, 인물 창조에 주력하지도 않았으며, 삶의 여러 편린 혹은 장면을 통해 삶 속의 문제를 제시하는 데 의미를 두면서, 작가 심중의 여러 견해를 표현했다.”[34]고 하면서, 謝氷心 소설의 특징을 설명하였는데, 이는 謝氷心 소설의 수필적 성격을 이야기한 것으로 해석할 수 있다. 謝氷心이 주창했던 愛의 哲學이 이 같은 수필식 서술방법으로 쓰이어진 작품을 통해 전달되었다고 할 수 있다. 盧啓元은 이 작품을 산문화한 소설이라 평가했다. 그는 이 작품이 산문적 수법을 쓴 것이 하나의 특성이라고 말하고 謝氷心은 생활에 대한 관찰과 인식, 이해와 예술구상에 근거해 세상사를 이야기하는 수법을 택해, 가식을 꾸미거나 과장함이 없이 객관적으로 서술하고 세세하게 묘사하고, 귀가 솔깃하게 묘사하였다고 했다.[35]

　謝氷心의 소설은 젊은이들의 자유추구 의지, 반봉건예교 사상 등을 다소 다르게 표현해 내고자 하였다. 기타 여류작가들의 작품들도 그러하겠지만, 謝氷心의 소설은 5·4운동이 퇴조하기 시작한 시기의 사회의 현실에 대한 탐구로부터 시작되었다고 할 수 있다. 그러나 이들 여류소설가들의 작품은 사회의 현실에 대한 탐구에서 시작되었지만, 객관적이고도 실제적인 관찰에서 나온 것 이라기보다는 작가 자신의 주관적 철학과 관념에서 출발하였다는 것이 보다 적확하다. 여전히 봉건적인 사회의 현실과 가정환경 속에서 범애로써 자유를 추구하고자 했던 젊은이의 삶의 방식 집중적인 탐구가 이루어진 것이라고 볼 수 있다. 사회 속에서 개인적 존재의 의미와 가치를 발견하는 데에 목표를 두고 있다.

　20년대 여성작가들이 보여준 사상 내지 사고의 폭은 매우 제한적이고 협소했다.

33) 茅盾, 「氷心論」(范伯群 編, 『氷心硏究資料』, 北京出版社, 1984, p.247)
34) 黃修己, 『中國現代文學發展史』, 中國靑年出版社, 1996, pp.106-107.
35) 盧啓元, 『氷心作品欣賞』, 廣西敎育出版社, 1990, p.132.

이들 여류작가들이 남긴 일부 작품과 소위 문제소설은 관념적이고 추상적인 면을 드러내기도 했다. 추상화, 관념화에 의해 야기된 이러한 문제와 관련하여 그런 이유 때문인지, 그들은 여성 문제와 사회 문제를 다룸에 있어 많은 한계를 드러냈다. 여성 문제 사회문제가 너무 주관적으로 표현되어 있고, 관념화되어 나타났던 것이다. 溫儒敏은 철학이나 사회 인생의 문제에 대한 명제로부터 출발하여 그 문제나 관점을 간단한 이야기나 빈약한 형상으로 천명하였기에 스토리나 인물이 단순히 사상을 담는 용기가 될 수밖에 없었으며 관념화 경향 또한 피할 수 없다고 했다.[36] 1920년대 이들 작가들이 만든 소위 여성소설은 이들의 소설은 여성작가에 의한 여성문제를 집중적으로 다루었다는 점에서 의의를 찾아 볼 수 있다. 작가 자신의 체험을 바탕으로 당시 사회문제화 되었던 여성문제를 비교적 다양한 각도에서 형상화함으로써 여성문학의 신기원을 열었다고 하는 점이다.

2) 농촌의 현실과 농민들의 마비된 의식, 고통스러운 삶

• 鄕土文學 작가들의 소설

1920년대 중반기에 접어들면서, 문단에는 또 하나의 作家群이 등장하였다. 1920년대 초기 농촌 생활, 농민들의 삶을 제재로 소설을 쓰는 일군의 작가들이 등장하였는데, 이들은 여류작가들에 이어 등장한 새로운 作家 群이었다. 이들은 자신들의 고향 농촌에서 듣고 보고 체험한 사실을 작품에 옮겨 놓았다. 이들 작가들은 농촌과 농민들의 삶을 자신들의 고향에서 벌어졌던 여러 가지 사건들을 제재로 한 소설을 발표하였다. 이들은 농촌에 만연되어 있는 봉건 제도와 악습을 폭로하고 농민들이 받는 핍박과 고통을 표현하면서 농촌의 특이한 풍토나 人情 등을 묘사한 소설을 창작했다. 이들을 세칭 鄕土文學派라고 일컫는다.

이들 향토문학파의 작가들은 농촌의 생활, 농민들의 삶을 주제로 새로운 소설 창작에 도전하였던 사람들이라고 할 수 있다. 문제소설과 여류작가들의 작품이 사회의

---

36) 溫儒敏 지음, 김수영 옮김, 「현대중국의 현실주의 문학사」, 문학과 지성사, 1991, p.53.

인생의 諸 문제를 다루며, 사실주의를 추구했던 작품이었음에도 매우 관념적으로 흐르는 바람에 작품의 逼眞性과 實質性이 약화되었던 것이 사실이다. 여류소설이 20년대 초반기에 크게 유행하였지만, 여류 작가의 작품들과 許地山 등 일부 인생파 작가 작품들 사이에서 나타난 관념화와 주관화에 대한 반발적 흐름에서 자연주의가 제창되었는데, 자연주의의 제창은 향토소설의 탄생과 발전으로 이어졌던 것이다.

이들은 자신들의 문학적 이념과 목표를 계몽주의와 현실주의에 두고, 농촌의 현실, 농민들의 삶을 묘사하는 진력했다. 이들은 농촌생활을 배경으로 농촌에 뿌리 깊이 박혀 있는 봉건세력, 봉건습속의 죄악을 들춰내고 그로 인해 고통스러운 삶을 살아야 했던 농민들의 현실을 그려내는데 자신들의 筆力을 집중하였다. 이들이 표현하고자 했던 농민의 모습과 농촌의 현실은 주로 봉건적 이념 풍습 등에 의한 의식의 마비, 우매성, 그리고 봉건종법사상에 의해 강요된 부녀의 비인간화, 兵亂과 농촌경제의 파산으로 야기된 농민들의 피폐상 등으로 집약·정리될 수 있다.

魯迅에 의해 "鄕土小說派"로 명명된 이들 작가군은 주로 문학연구회와 어사사 및 분원사 출신의 작가들로 구성되어 있었다. 蹇先艾, 許欽文, 魯彦, 이외에 許杰, 彭家滉, 臺靜農 등으로 구성된 소위 향토 작가들은 자신의 체험을 바탕으로 봉건제도와 관습에 의해 철저하게 지배받고 있는 농민들의 비참한 삶의 모습과 농촌사회의 현실을 그려냄으로써 인생을 위한 문학의 이념을 실천하며, 중국현대소설사상 최초로 농민소설이라는 장르를 형성하였다. 이들 鄕土小說 작가들의 공통점이라고 한다면, 대다수가 농민출신들로 자신의 고향에서 직접 체험하고 경험한 사실들을 작품화하였다는 사실과 함께, 이들 가운데 許欽文, 臺靜農, 馮文炳 등은 魯迅과 직간접적으로 관계를 맺으며 魯迅으로부터 많은 영향을 받았다는 사실을 거론할 수 있다. 농민의 삶을 제재로 한 魯迅의 「風波」, 「故鄕」, 「社戲」 등은 그들의 작품에 큰 영향을 주었다.

향토소설파의 작가들의 작품은 크게 세 가지로 나눠 생각해 볼 수 있다. 첫째, 피폐된 농촌사회의 모습과 비참한 농민의 삶을 묘사한 작품이 있다. 徐玉諾의 「一許雙破鞋」許欽文의 「石宕」王任叔의 「疲憊者」 등을 들 수 있다. 두 번째는 농촌의 봉건적 악습과 농민의 우매하고 마비된 의식을 나타낸 작품이다. 許欽文의 「鼻涕阿二」, 許杰의 「慘霧」, 「賭徒吉順」, 蹇先艾의 「水葬」, 臺靜農의 「天二可」, 彭家煌의 「鬼話」, 「陳四爹的牛」 등을 거론할 수 있다. "鄕土小說'의 작품들은 발전과정에 접어 든 실주의 소설의 범위를 확대하는데 큰 공헌을 하였다. 농촌지역에서 벌어졌던 실질적인 현상과 문제를 다룸으로써 여류작가 및 許地山과 같은 인생파 작가들의 작품이 드러낸 관념화와 주관화의 문제점을 보완, 극복하였던 것이다. 한 마디로 이야기해서, 인생을 위한 사실주의소설의 목적에 매우 충실했던 것이다.

•彭家煌의 소설

彭家煌(1898-1933)은 다른 작가들에 비해 많은 향토소설을 남긴 작가는 아니었지만, 그의 작품은 매우 심도 있고, 세밀하면서도 풍부한 유머까지 겸비하였다는 평가를 받고 있다. 彭家煌의 대부분의 작품은 溪鎭이라는 시골마을을 배경으로 하고 있다. 이 곳 溪鎭에서 벌어지는 농촌의 비극적 사건과 농민들의 고통이 그의 작품에서 깊이 있고 자세하게 묘사되고 있다. 그는 농촌사회의 부정과 비리로 인해 농민들이 겪어야 하는 경제적 곤궁, 봉건적 혼인제도와 그로 인한 비인간적 잔인성, 사회의 무관심과 냉대, 농민들의 우매성과 마비된 정신 등, 동시대 농촌이 안고 있던 갖가지 문제를 세밀하고 심도 있게 묘사했다. 이 같은 사실과 관련해 楊義는 "彭家煌은 예리한 눈빛으로 호남지방의 농촌상황을 관찰하고 농민의 심리를 정확하게 묘사하는 등, 鄕風民俗을 적확하게 서술하면서도 이를 희극적으로 방법으로 그려냈던 작가"로 평가하고 있다.[37]

彭家煌은 노신소설의 유머와 풍자수법의 영향을 받아서인지, 그의 작품에는 짙은 유머와 해학, 그리고 냉철한 풍자가 짙게 드러나 있음을 볼 수 있는데, 이 같은 유머와 풍자, 해학은 그의 작품의 성격과 특징을 결정짓는 중요한 요소로 작용하고 있다.

그의 대표작으로 「慫慂」이라는 작품이 꼽히고 있는데, 이 작품은 谿鎭이라는 곳을 배경으로 소박하고 선량하지만 무지했던 부부가 地主 사이에서 벌어지는 세력다툼에 말려들어 농락 유린당하는 이야기를 다루고 있다. 谿鎭의 富豪인 馮郁益과 그의 주구역할을 하는 禧寶, 평범한 농민인 政屛부부와 그의 친척 牛七 등 이들 사이에서 벌어지는 다툼과 갈등이 바로 작품의 제재 역할을 하고 있다. 端午日 보름 전에 유풍푸줏간 종업원 禧寶가 政屛부부에게서 돼지를 산다. 禧寶는 주인의 권세를 믿고 교활

---

37) 楊義 著, 『中國現代小說史(第一卷)』, 人民文學出版社, 1993, pp.520-521 참조.

한 방법으로 단돈 45원에 돼지 두 마리를 매수한다. 그리고 돈도 내지 않고 政屛이 집을 비운사이에 돼지를 몰고 와서는 도살해버린다. 이러한 사건은 牛七에게 전례 없는 좋은 기회를 제공한다. 牛七은 유풍정육점의 주인 친척에게 모욕을 당한 적이 있는데, 이번 사건을 이용해 철저하게 보복을 할 생각이었다. 牛七은 마땅히 산 돼지로 배상받도록 해야 한다고 政屛을 사주하였으며, 그의 아내 二娘子로 하여금 馮郁益의 집에 가서 목을 매달며 자살하도록 사주 종용한다. 政屛의 아내 二娘子는 남편이 시키는 대로 목을 매달았지만, 입에 대고 숨을 불어 넣는 上下通氣법에 의해 되살아난다. 작가는 上下通氣法이 시행되는 장면을 통해 농민의 愚昧性을 보여주고 있을 뿐만 아니라, 유머와 해학을 표현하고 있다. 특히 목을 매달다가 기절한 아내를 살리기 위해 입으로 숨을 불어 넣는 장면이 매우 희화적으로 묘사되고 있다. 이 작품에서 강조 묘사되고 있는 부분은 두 가족 사이에서 벌어지는 극한투쟁인데, 묘사된 투쟁의 모습은 동시대 중국 농촌의 현실이 얼마나 야만적이고 또 우매하였는가를 드러내고 있고, 작가는 이 같은 야만성과 우매성을 풍자와 戲畵의 기법을 통해 나타내고 있다.

茅盾은 이 작품에 대해 "그는 소박하고 선량하면서 무지한 어떤 한 부부가 토착지주와 건달배들 사이에 끼어 어떻게 농락당하며 희비를 연출하는가에 대해 묘사했다. 농후한 지방색채, 토음이 사용되는 대화, 긴장된 동작, 다양한 인물, 얽히고설킨 줄거리의 전개 등이 이 작품을 가장 뛰어난 농민소설의 하나로 만들었다"[38]고 했는데, 茅盾이 말한 지방색채, 긴장감 나는 다양한 동작 얽히고설킨 줄거리의 전개 등은 彭家煌 소설에서 발견되는 특징이라고 할 수 있다.

彭家煌 소설의 특징은 戲畵化와 함께 아이러니 수법의 운용에서 찾을 수 있는데, 이 같은 특징은 「活鬼」이라는 작품에서도 나타난다. 작품의 주인공 荷生의 집안은 재산은 많지만, 남자가 없는 탓에 과부며느리와 손녀에게 남자를 훔쳐 오도록 권한다. '아들 하나만 낳아 오면 된다'는 생각에 이것저것 해보지만 아무 성과도 거두지 못하자 13살의 어린 荷生을 열 살 가량 나이가 더 많은 여자와 결혼시킨다. 평소 鄒咸親으로부터 귀신의 존재를 듣고 믿어 왔던 荷生은 자기 집안의 여인들과 통정하는 鄒咸親에게 귀신을 쫓아 달라고 집안으로 불러들이는 희극을 연출한다. 그런데 鄒咸

---

38) 茅盾, 「新文學大系 小說一集 導言」(吳福輝 編, 『二十世紀中國小說理論資料(第三卷)』, 北京大學出版社, 1997, p.329)

親이 집에 오자 귀신은 없어진다. 귀신이 없어지자 咸親은 떠나는데, 咸親이 떠나자마자 귀신은 다시 나타나기 시작한다. 荷生은 검은 그림자가 집에 들어오는 것을 보고 엽총을 가지고 그 검은 그림자를 쏘아 버린다. 검은 그림자는 총을 맞고 도망가 버린다. 이 작품 또한 농촌사회에서 벌어지는 비인간적이고 몽매하기 짝이 없는 행동을 戲畫化하며 해학적으로 처리한 것이다.

앞서 이야기한 바와 같이, 대다수 향토소설의 작가들은 노신의 영향을 받았거나 노신으로부터 직접 문학수업을 받았기 때문에, 그들의 작품 속에는 노신의 소설에서 느낄 수 있는 체취와 風味가 쉽게 묻어나오고 있다. 그 가운데에서도 彭家煌의 작품은 노신의 소설을 연상시킬 만큼 노신의 영향은 직접적이고 절대적이었다. 그의 작품에는 해학적인 정취가 풍부한 이야기와 함께 야유하는 듯한 필치가 가미되어 농도 짙은 유머 색채와 냉혹한 풍자의 의미가 짙게 드러나고 있다.[39]고 했는데, 이는 노신으로부터 받은 영향의 흔적이라고 보아도 무방할 것이다.

彭家煌의 소설은 주제와 인물의 행동에 걸맞게 또는 인물의 행동이 자연스럽게 부각되어 나타날 수 있도록 사용된 자연스러운 언어, 정교한 플롯의 전개에서 문학적 특징과 장점을 드러내고 있다. 嚴家炎은 그의 작품에 대해 "구성을 대단히 중시하면서도 상당히 자연스럽게 하여 인위적인 가공의 흔적이 조금도 없다."[40]고 한 것은 바로 이 같은 사실을 대변하는 것이라고 할 수 있다. 彭家煌의 거의 모든 작품은 그 자신이 새롭게 창조하였다고 할 수 있을 정도로 여러 가지 형식과 수법 등을 실험되었고, 항상 여러 가지 수정을 거치고서야 발표되었다고 한다.

◆臺靜農의 소설

臺靜農 또한 魯迅의 文學弟子라고 보아도 무방할 정도로, 그 누구보다도 魯迅의 영향을 크게 받은 작가였다.1925년 4월 고향친구 張目寒의 소개로 魯迅을 알게 된 臺靜農은 魯迅이 사망하기까지 10여년에 걸친 오랜 기간 동안 魯迅의 관심과 지도 속에서 문학창작의 길을 걸으면서, 한편으로는 李霽野, 韋素園 등과 함께 未名社를

---

39) 楊劍龍 著, 『放逐與回歸 中國現代鄉土文學論』, 上海書店出版社, 1995, p.206.
40) 嚴家炎, 『中國現代小說流派史』, 人民文學出版社, 1995, p.64.

창립하는 등, 문학발전을 위해 크게 노력한 작가였다. 臺靜農의 향토소설에 나타난 사실주의의 취택, 소설구조의 면모, 백묘 수법의 사용, 비극적 풍격의 추구 등, 그의 작품의 모든 면은 노신소설로부터 크게 영향을 받아 이루어졌음을 분명하게 파악해 볼 수 있다.[41)

臺靜農은 봉건종법주의제도가 지배하는 농촌의 현실과 농촌의 비인간적 현실 속에 벌어지는 혈육지간의 생사의 문제를 그린 작품들을 많이 발표하였다. 臺靜農의 「紅燈」은 1927년 1월 『莽原』에 발표되었다. 이 작품은 아들을 잃어버린 어머니의 애절한 사랑을 주제로 하고 있다. 일찍부터 과부가 된 어머니는 아들의 성장을 희망의 등불로 삼아 온갖 고통과 고난을 무릅쓴 채 지금까지 버티며 살아 왔다. 아들 得銀은 성장 하였고 장사를 하면서 그럭저럭 생계를 유지하게 되었으나, 그 과정에서 토비 두목 三千七의 협박과 강요를 이기지 못해 도둑질을 하다가 붙잡혀 참수를 당한다. 평소 아들에게 장삼을 입혀보지 못한 것이 恨이 된 어머니는 종이로 장삼을 만들고 아들의 영혼을 고해를 넘어가도록 홍등을 강물에 띄어 보낸다. 아들의 영혼을 실은 홍등을 바라보며 어머니는 장삼을 걸쳐 입은 아들이 홍등을 따라 멀리 떠나가는 幻影을 보게 된다. 野獸 사회와 같은 동시대 농촌의 현실 속에서 펼쳐진 어머니의 인간적인 애달픈 사랑이 작품의 주제라고 할 수 있다.

「拜堂」은 시아버지 몰래 시동생과 결혼을 해야 하는 汪大嫂라는 아낙의 삶과 결혼을 주제로 이야기하고 있다. 술 마시기 위해 항상 돈 달라고 요구하는 시아버지는 과부가 된 며느리를 팔아 장사밑천으로 삼으려 하지만 그의 둘째 아들 汪二는 가난 때문에 아내를 구할 수 없게 되자 과부가 된 형수를 아내로 맞이한다. 이 작품에는 중국 농촌에서 벌어지는 전통적인 혼례절차가 상세히 묘사되고 있으며, 작가는 이 같은 전통절차를 따라 혼인식을 벌이는 두 사람의 태도와 심리를 섬세하게 묘사하였다. 이 작품은 봉건종법주의가 지배하는 농촌마을의 극도의 궁핍한 환경 속에서 불행을 강요당해야 하는 부녀의 삶을 그린 작품으로 史料에서조차 보기 어려운 것이어서 문학적 의미는 물론이려니와 사료적 가치까지 가진 작품이다.[42)

臺靜農의 대다수 작품들은 장면 위주의 플롯전개 방식을 취하다보니 장면이 작품

---

41) 楊劍龍 著, 『放逐與回歸 中國現代鄉土文學論』, 上海書店出版社, 1995, p.143.
42) 莊漢新·邵明波 主編, 『中國20世紀鄉土小說論評』, 學苑出版社, 2001, p.155.

의 서사의 근간을 이루는 특징을 갖게 되었다. 臺靜農의 소설은 또한 매우 質朴한 性格을 가지고 있는데, 文飾이 없었을 뿐만 아니라, 사건에 대한 서술, 인물 묘사, 인물 사이의 대화 등 모든 면에 있어서 간결하고 소박함을 느낄 수 있다.

臺靜農은 자신의 고향마을에서 벌어진 실제 사건, 실제 이야기를 작품의 소재뿐만 아니라, 그 지방의 방언까지 그대로 취택하여 작품에 사용하는 등, 深度 있는 사실주의 작품을 남긴 작가라는 평가를 받고 있다. 이와 함께 봉건 관습에서 유래된 야만적이고도 비인간적인 제도와 관행 등에 의해 철저하게 짓밟히며 유린당하고 희생되는 농민들의 삶을 주로 다루었다는 사실은 臺靜農 소설의 주요 특징이 되고 있다. 魯迅은 臺靜農에 대해 진정한 향토문학의 작가라고 평가했다. 魯迅은 "그의 작품에서 위대한 歡欣을 얻는 것은 쉬운 일이 아니다. 그러나 그는 문예에 공헌을 했다. 연애의 기쁨과 슬픔, 도시의 명암을 앞 다퉈 묘사할 때, 시골의 生과死, 흙의 숨결을 종이에 옮겨 놓는데 있어 이 작가보다 더 많이 했거나 부지런한 사람은 없다"[43)]라고 했다. 이는 봉건종법제도와 습속이 주는 해악적 문제의 본질과 관련하여 농촌의 현실, 농민 문제를 가장 적확하게 묘사한 사람이 바로 臺靜農이라는 작가였음을 말하고 있는 것이다.

• 許欽文의 小說

許欽文은 自稱 魯迅의 私淑弟子였던 작가였다. 私淑弟子로서 許欽文은 魯迅의 세심한 관심과 배려 속에서 성장한 문인이었는데, 그는 "나를 낳아 준 사람은 부모이자만, 나를 가르쳐 준 사람은 魯迅선생이다. 魯迅 선생이 나를 가르쳐 준 恩情은 영원히 말로 다할 수 없다."[44)]고 했다. 작가 스스로 이렇게까지 이야기할 정도로 許欽文은 魯迅의 가르침과 철저한 배려 속에서 탄생된 魯迅의 문하생이었다.

許欽文은 평이하고도 소박한 필치로써 소흥지방의 사람들의 삶을 그려낸 작가로 평가받고 있는데, 앞서 말한 바와 같이, 魯迅의 가르침을 크게 받은 작가였기 때문인

---

43) 魯迅,「新文學大系 小說二集 導言」(吳福輝 編, 『二十世紀中國小說理論資料(第三卷)』, 北京大學出版社, 1997, p.352)

44) 許欽文,「賣文六十年志感」(楊劍龍 著, 『放逐與回歸 / 中國現代鄕土文學論』, 上海書店出版社, 1995, p.165에서 재인용)

지, 그의 작품에는 魯迅의 풍격과 색채가 크게 드러나고 있다. 그의 代表作으로 「鼻涕阿二」는 중편소설이 있는데, 이 작품은 菊花라는 천덕꾸러기의 삶을 그린 소설이다. 주인공의 형상이 「阿Q正傳」의 주인공 阿Q를 연상할 만큼, 여러 가지 면에서 阿Q와 비슷한 모습을 드러내고 있다. 주인공은 마을 사람들과 집안 식구들의 천대와 모욕 속에서 성장했던 菊花라는 여자였다. 작품은 16살에 시집을 갔으나, 21살에 남편을 여의고 다시 첩으로 팔려가 고통스럽게 살다가 생을 마친 菊花의 삶의 과정을 그리고 있다. 菊花가 태어나서 죽을 때까지 菊花가 만난 사람들은 한 결 같이 마비된 의식을 가진 몽매한 사람들이었다. 마비된 의식과 몽매함은 마을 사람들과 집안 식구들, 그리고 주인공 菊花 자신의 의식 등 세 가지로 나뉘어 나타난다. 소설의 공간적 배경인 송촌 마을 사람들은 일을 많이 하지 마라. 일을 많이 할수록 실패도 많다는 격언을 금과옥조처럼 받들고 있다. 이들에게는 잘못된 일에 대한 반항이란 생각조차 할 수 없는 것이었다. 이 같은 사고방식을 가진 사람들은 뿌리 깊은 男尊女卑思想으로 철저하게 무장되어 있다. 이 같은 습속에 따라 菊花는 둘째 딸로 태어나자마자, 鼻涕阿二로 불리게 되고, 대개는 하녀로 팔리게 된다. 집안 식구들은 그녀에게 항상 욕설을 퍼붓고 구타하였으며, 그녀는 집안의 온갖 일을 도맡아 하는 하녀 노릇만 하였다. 그러다가 그녀는 시어머니의 강요에 의해 마을 세도가인 錢少英의 첩으로 팔려 간다. 錢少英의 총애를 받기 시작한 그녀는 경제권을 장악한 후, 본처를 학대하여 친정으로 쫓아 낸다. 봉건종법제도와 악습의 희생자였던 菊花가 이제는 가해자가 된 것이다. 그녀는 어릴 적에 당했던 고통을 분풀이하기 위해 하녀 海棠을 구타하고 멸시한다.

이 작품의 궁극적 목적은 봉건종법제도에 의해 철저하게 지배받는 사람들의 정신 상태와 심리를 보여주는데 있다. 작품에서 봉건습속, 봉건미신사상이 지배하고 있던 송촌 마을 사람들과 국화의 집안사람들의 의식과 행동이 속속들이 나타나고 있다. 죽기 직전 국화가 저승에서 톱으로 몸이 잘려지지 않도록 경문을 외워달라고 부탁하는 행위, 첩이 죽어 원귀가 될까봐 두려워 한 본처가 그녀에게 무언가를 먹이면서 解冤結을 49번 외우게 하는 행동 등이 그것이다. 이 작품에서 松村 마을을 구성하는 마을 사람들은 물론 菊花의 집안 식구들 모두는 봉건종법주의와 그 제도를 이용해 사람들을 괴롭혔던 가해자임과 동시에 그것 때문에 자신들도 피해를 받은 피해자였던 것이다. 한 마디로 말해 동시대 중국 농촌이 종법주의라는 틀에 갇힌 채, 농민들의 삶이 얼마나 우매하고 고통스러웠나를 말하고 있는 것이다.

작품의 구성방식과 주인공인 菊花의 행동 등이 魯迅의 「阿Q正傳」의 그것과 매우 유사한 모습을 드러내고 있어, 「鼻涕阿二」은 魯迅의 「阿Q正傳」 영향을 크게 받은 작품으로 평가되고 있다. 두 작품 공히 주인공이 겪는 연애의 비극을 통해 인물의 운명의 어떻게 轉變되고 있는가를 말하고 있고, 또한 주인공의 비참한 죽음으로써 결말을 맺고 있는 등의 공통점을 보여주는 등, 비극만을 만들어 내는 봉건전통의 宗法社會를 살아가는 사람들의 심리를 꾸짖고 있다.[45]

許欽文의 소설 가운데 농촌여성의 삶을 다룬 「瘋婦」라는 작품이 있다. 이 작품은 姑婦사이에서 흔히 벌어지는 불화와 갈등, 질시와 타박을 주제로 다루고 있다. 가장인 雙喜는 외지의 어느 한 주점에서 급사 일을 하며 생계를 유지하는 노동자였다. 그의 가족은 남편 雙喜가 일 년에 한두 번 집에 들러 그 동안 번 돈을 가져다주면 그 돈에 의지해 살아갔지만, 며느리는 시어머니를 봉양하고 집안 살림을 꾸려나가는 가운데에서도 틈틈이 납종이를 붙여 생계비에 보태면서도, 남은 돈은 시어머니와 자신의 용돈으로 썼다. 雙喜의 집안은 그런대로 평온하면서도 화목하게 지내는 것 같았다. 그러나 집안의 평온이 봉건습속에 사로잡힌 시어머니에 의해 파괴된다. 시어머니는 자신이 어렵게 아들을 키워 놓아 이 만큼 살게 되었는데, 그 혜택을 며느리가 다 빼앗아 가고 있다고 생각하는 등, 며느리의 행동이 자신의 마음에 들지 않는다며 며느리를 탄압하고 학대하기 시작한다. 시어머니는 집안 일이 조금이라도 잘못되면 며느리 탓으로 돌리며 며느리를 못살게 군다. 이 같은 고통 속에서 마침내 며느리가 자살의 길을 택하게 되자, 그 때서야 시어머니는 애통해하며 자신의 잘못을 뉘우친다. 許欽文은 종법주의 관습과 행태의 일면을 통해 그 본질이 무엇인가를 보여주는데 노력한 작가였다.

• 蹇先艾의 소설

蹇先艾 또한 자신의 문학적 스승이나 다름없었던 魯迅의 薰陶와 영향 속에서 문학

45) 楊劍龍 著, 『放逐與回歸 中國現代鄕土文學論』, 上海書店出版社, 1995, p.174.

을 길을 개척해 나간 작가였다. 貴州 출신의 작가였던 蹇先艾는 소박하고도 섬세한 필치로써 자신의 고향 貴州省의 시골 척박한 곳 또는 산간마을 사람들의 艱難하고도 몽매한 삶을 작품에 담아냈다는 평가를 받고 있다. 魯迅의 지도와 영향을 받은 蹇先艾는 생활의 일부분을 截取하여 시골의 외진 마을에 사는 사람들의 고달픈 삶을 써 내려갔다. 蹇先艾는 냉정하고 객관적인 사실적 필법으로써 20, 30년대 貴州 작은 도시지역의 생활을 묘사하며 독특하고도 개성적인 인물들의 형상을 창조해냈다. 魯 迅과 비교해 蹇先艾의 작품에는 노신이 보여준 낭만주의, 상징적 수법을 사용하지 않고 오직 白描手法을 주로 사용했다. 그의 소설의 언어는 비록 소박하고 냉담하기는 하지만, 섬세하고 유려 완곡 소탈한 특징이 있다.[46]

그의 대표작으로는 「水葬」을 들 수 있는데, 「水葬」은 귀주지방의 야만족 습속과 지역 주민들의 마비된 의식과의 결합을 보여주는 작품이다. 좀도둑인 駱毛를 水葬시 키러 가는 과정과 이를 뒤따르는 구경꾼들의 심리상태를 잘 드러내고 있다. 동촌이라 는 마을에는 도둑질에 대한 처벌로서 水葬을 시행하였는데, 水葬에 대해 그들은 예전 부터 그렇게 해왔다는 이유로 이에 대해 어떤 죄책감이나 잘못된 의식을 전혀 갖지 않는다. 호기심에 가득 찬 사람들이 앞 다퉈 구경하는 모습은 동시대 농민의식의 수 준을 그대로 반영하고 있다. 이 작품의 의미는 바로 주제에서 찾을 수 있다. 이 작품 이 강조하고자 했던 것은 貴州 일대에 펴져 있는 봉건구습의 야만성과 맹목적으로 이를 따르는 그 곳 사람들의 무지몽매였다. 여기서 駱毛의 水葬과 이를 지켜보는 사 람들의 모습은 魯迅의 「阿Q正傳」의 대단원에서 阿Q와 阿Q를 에워 싼 채 그를 지켜 보는 군중들의 모습을 연상시킨다. 이 작품은 어느 한 지방에서 흔히 볼 수 있는 평상 적인 이야기와 평상적인 인물, 평상적인 장면을 통해 사람들에게 결코 평상적이지 않은 느낌을 던져주고 있다. 魯迅은 이 작품에 대한 평가에서 "「水葬」은 우리들에게 퍽 오래된 貴州 시골마을 습속의 冷酷性과 이 같은 냉혹성을 뛰어 넘는 모성의 위대 함 보여 주었다. 貴州는 아주 멀리 있으나, 사람들이 느끼는 처지는 모두 같을 것이 다."[47]라고 했다.

---

46) 楊劍龍 著, 『放逐與回歸 中國現代鄕土文學論』, 上海書店出版社, 1995, p.190.

47) 魯迅, 「新文學大系 小說一集 導言」(吳福輝 編, 『二十世紀中國小說理論資料(第三卷)』, 北京大學出版 社, 1997, p.345)

• 許杰의 小說

許杰은 농촌의 현실, 농민들의 비극적 삶을 주제로 가장 많은 작품을 남긴 작가로 평가받고 있다. 彭家煌이 작품이 주로 湖南의 溪鎭이란 마을을 배경으로 했다면, 許杰의 소설 대부분은 楓溪라는 마을을 배경으로 펼쳐지고 있다. 許杰은 여타의 작가처럼 농촌 하층민들의 고난과 운명을 묘사하였지만, 고통의 상황 속에서도 자신들의 이익만을 도모하는 이기적이고 기회주의적인 사람들의 모습을 그려내는 데 주력했다. 작가는 농촌의 비참한 현실, 농민들의 곤궁한 삶을 객관적이고 사실주의주적으로 다루면서도 농민들의 삶과 현실, 그 이면에 나타나있는 농민들의 심리와 정신 상태를 의미 있게 다루고자 하였다.

이 같은 특징을 잘 드러내는 작품으로 「賭徒吉順」이라는 작품이 있다. 「賭徒吉順」은 인간의 이기심을 작가의 고향 浙江에서 행해지고 있는 典妻 또는 典子라는 악습을 통해 비판하며 고발한 작품이다. 주인공 吉順은 시골 마을에서 미장이를 하며 살아가는 사람이다. 어려서 양친을 잃었지만, 아버지가 생전에 정해 놓은 아내의 집에서 장인 될 사람의 지도를 통해 부지런히 미장기술을 익혀 16살 무렵이 되자 솜씨 좋은 미장이로 이름을 날리게 되었다. 吉順은 생전에 아버지로부터 많은 재산을 물려받은 데에다가, 솜씨 좋은 미장이 기술을 가지고 제법 돈을 벌게 되었는데, 돈을 벌게 되자, 그는 돈의 가치와 소중함을 잊어버린채 타락한 친구들과 함께 밤낮으로 도박장에 출입하게 된다. 吉順은 도박을 하면서 점점 돈은 잃게 되었는데, 돈을 잃을수록 도박에 대한 집착은 갈수록 강해져만 갔다. 마침내 모든 재산을 날리고 빚에 몰리게 된 吉順은 자신의 아내마저 저당 잡히기로 마음먹는다. 그는 자신이 順나으리라고 불리우고 趙나으리와 縣知事 같은 세력가들과 마작을 하거나 술을 마시는 환상에 젖는다. 그러나 막상 아내의 저당액이 너무 낮게 매겨지자 그런 생각을 접어 버리고 집으로 돌아가는데, 吉順은 처자식에 대한 한없는 연민과 그 동안 자신이 저지른 죄악에 대한 부끄러움과 참회의 심정으로 뒤 섞인 채, 눈물을 흘리며 슬퍼한다. 작가는 도박에 빠져 인간의 기본적 심성마저 잃어버린 吉順의 모습을 통해 농민의 타락상과 함께 타락을 통해 나타나는 일확천금을 꿈꾸는 사람들의 비열한 機會主義的 심리, 다시 말해 기회만 있으면 그것을 통해 자신의 욕망을 충족시키고자 하는 극도의 이기적

인간의 심성을 묘사하였다.

농민들의 이기주의 정신을 보여주는 작품으로 「慘霧」라는 작품이 있다. 「賭徒吉順」
이 개인의 욕심과 이기주의 정신이 야기한 야만적 타락을 다루었다고 한다면, 「慘霧」
는 대중적욕심과 이기주의적 정신이 만들어 낸 야만적 타락을 다룬 작품이라고 할
수 있다. 작가의 고향마을에서 벌어진 실제 사건을 소재로 창작되었다고 전해지는
이 작품은 始豊溪의 모래섬에 생긴 밭의 경작권을 둘러싸고 玉湖莊의 사람들과 環溪村
사람들이 벌이는 갈등과 다툼을 묘사하고 있다. 玉湖莊과 環溪村은 始豊溪를 사이에
둔 이웃마을이었다. 始豊溪의 물은 두 마을 갈로 질러 흘렀는데, 이 물이 오랜 기간
흐르다보니 중간에 모래섬을 만들어 놓았다. 玉湖莊의 사람들은 이 모래섬을 개간해
밭을 만들고 싶어 했다. 그러나 玉湖莊 사람들은 環溪村 사람들이 자신들 몰래 선수치
고 있다는 것을 알게 되면서 쌍방 간의 갈등은 격화되고, 갈등은 마침내 대규모이
싸움으로 발전하면서, 두 마을은 엄청난 인명 피해를 겪게 된다. 그런데 작품에는
주인공이나 다름없는 香桂라는 여인이 등장하는데, 香桂는 원래 玉湖莊 사람이었으
나, 環溪村으로 시집을 온 후, 環溪村 사람이 되었다, 그러나 자신의 친정이 玉湖莊이
었기 때문인지 玉湖莊에 대한 애정과 관심을 크게 가지고 있었다. 그러나 그녀는 두
마을 사이에서 갈등과 전쟁이 시작되면서 걱정과 불안에 잠 못 이루고, 밥조차 제대로
먹지 못하는 상황에 처하게 된다. 그녀의 남편은 전쟁 속에서 玉湖莊 사람을 찔러
죽이고, 매복에 걸려들어 자신도 사망하게 된다. 香桂는 자신의 남편의 시체를 거두며
하염없이 눈물을 흘린다. 작품에서 香桂의 삶은 이 작품의 주제와 의미를 압축하고
있다. 이 작품의 특징이라고 한다면, 秋英이라는 소녀의 눈을 통해 전개되는 사건의
흐름이 플롯을 형성하며 작품의 사실성을 강화시키고 있다는 사실과 함께 香桂라는
아낙을 등장시켜 작품의 비극적 성격을 섬세하고도 실증적으로 드러내고 있다는 것이
다. 茅盾은 이 두 작품에 대해 "「慘霧」에서 표현된 것은 종법사상이 지배하는 원시적
농촌이었다면, 「賭徒吉順」에서 표현된 것은 봉건종법사상에 의한 것이 아닌, 경제적
욕구로 인해 변형되어 버린 시골마을이었고, 이 같은 경제적 욕구는 생산적이 것이
아닌 소비적이고 파괴적인 것이었다."[48]라고 했는데, 이 두 작품의 공통점은 절제가

---

48) 茅盾, 「中國新文學大系 小說一集 導言」(吳福輝 編, 『二十世紀中國小說理論資料(第三卷)』, 北京大學
出版社, 1997, p.331)

안 되는 인간의 탐욕적 이기심이었다. 「慘霧」와 「賭徒吉順」이 두 작품은 인간의 탐욕과 이기심이 사람들의 정신과 삶을 얼마나 크게 파괴할 수 있는가를 보여주고 있다.

상술한 바와 같이, 향토소설이 갖는 문학사적 의미는 농민소설이라는 새로운 장르를 개척했다는 사실과 함께 20년대 리얼리즘 문학의 영역을 확대했다는 역할에서 찾을 수 있을 것이다. 이들의 소설은 농촌의 현실과 농민들의 실제 生活相을 있는 그대로 파헤치고자 했다. 농촌의 현실과 농민의 생활을 표현하고 묘사하며, 농촌이 안고 있는 구조적 내지 현실적 문제와 농민의 의식을 가감 없이 다루었다는 점에서 이들의 작품은 중국현대문학사상 최초의 농민소설로 자리매김 될 수 있다. 봉건이념에 의해 마비된 의식, 우매성, 그리고 봉건관습에 의해 파괴된 부녀들의 모습, 병란과 농촌경제의 파산으로 피폐해지고 파괴되어 버린 농민의 생활, 관병과 토비의 횡행과 이들의 약탈로 인해 농민들이 받아야 하는 고통 등, 동시대 농촌의 현실, 농민의 모습 등을 있는 그대로 드러내고 비판했던 작품이 바로 향토소설이었다. 향토소설이 없었다면 동시대 농촌의 현실과 농민들의 삶에 대해 제대로 인식하기 매우 어려웠다고 해도 틀린 말이 아니었을 정도로, 이들 작품들이 보여 주었던 문학적 사회적 역할과 기능은 결코 작은 것이 아니었다. 1920년대 초 문학연구회 소속 작가들의 많은 작품들은 사실주의를 지향하며 사회의 현실과 동시대 사람들의 삶의 모습을 담아냈지만, 그 가운데 여류작가들의 작품과 일부 문제소설은 사실주의를 지향하였음에도 불구하고 매우 관념적이고 주관적인 색채를 드러내기도 했다. 향토소설은 이 같이 관념적이고 주관적인 색채를 철저하게 배제하였다. 향토소설은 사회를 반영하고 '爲人生'에 입각한 인생의 참 모습을 그려야 한다는 사실주의 실천정신에 입각하여 창작된 작품으로 사실주의 소설로서 무엇을 어떻게 표현하고 또 묘사해야 하는가를 보여준 전형적인 작품이었다. 향토소설은 매우 객관적으로 묘사되었을 뿐만 아니라 경우에 따라서는 사실을 다룬 매우 실제적인 작품이었다. 따라서 향토소설은 리얼리즘의 발전과 성숙을 촉진시켰다.

嚴家炎은 향토소설의 문학적 공헌에 대해 첫째, 향토소설은 근대이후 소설사상에 있어 중국 농촌의 宗法形態와 半植民地 형태에 대해 처음으로 넓고도 진실한 화면을 제공해 주었고, 둘째, 제재가 다양하고 색채가 현란한 많은 풍속화를 제공해주었으며,

셋째, 新文學의 지역적 색채의 발전을 위한 촉진하였고, 넷째, 현실주의의 발전과 성숙을 촉진시켰다고 했다.[49] 향토소설의 탄생은 문학연구회에서 뿐만 아니라, 현대 문학 발전에 있어 매우 중요한 의미를 갖는다. 이들의 소설은 기존의 형식과 내용의 작품들과는 신변이야기나 자아표현의 한계를 넘어 주제와 제재의 변화를 촉진시켰다. 향토소설은 20년대 소설의 제재를 넓혀 주었다. 일부 論者들은 향토소설은 비참한 농민들의 삶과 낙후되고 마비된 그들의 의식 등을 다양하게 그려내고 있지만, 이들 작품들은 농민들의 불행하고도 고통스러운 삶을 객관적이고도 사실적으로 묘사하는데 머무르는데 만족해야 했다고 지적하며 작품들이 다루었던 범위의 내용이 협소하다고 이야기했다. 농촌 사회의 처참한 현실 속에 감추어진 본질적인 문제, 다시 말해 동시대 농촌의 현실과 농민들의 삶이 봉건풍습 내지 봉건이념 그리고 사회의 구조적 문제 등과 어떻게 관련되어 있는가에 대해 작가들이 제대로 표현하고 있지 못하고 있다고 지적하고 있다. 鄕土小說이 문학을 통해 농촌의 현실을 타파하고 농민의 문제를 해결 하기 위한 대안을 제시하지는 못했다는 이유만으로 작품의 범위의 내용이 협소하다고 말할 수 없다. 鄕土小說은 농민의 삶과 농촌의 현실을 소재로 하여 농촌의 실제 생활상, 농민들의 의식 등, 동시대 농촌의 현실과 농민의 삶에 대해 모든 것을 다루었던 작품이 었다. 魯迅 이외의 다른 작가, 다른 작품들에서는 거의 볼 수 없었던 소재를 다루었다는 점, 뿐만 아니라 농민의 삶을 주제로 한 노신의 작품에서조차 묘사되지 못한 농촌의 현실, 농민의 문제를 다양하게 광범위하게 다루었다는 사실은 향토소설의 소재가 결코 편협되지 않았다는 것을 증명하는 것이다. 20년대 중국현대소설의 발전시기에 있어 향토소설이 갖는 문학적 의의와 역할은 경시되거나 간과되어는 안 된다.

3) 사회의 현실과 인생

• 人生派 작가들의 소설

앞서 말한 바와 같이, 문학연구회의 작가들은 문학은 공리주의의 도구로서 사회적

---

49) 嚴家炎, 『中國現代小說流派史』, 人民文學出版社, 1995, pp.63-74.

이고 사실적이어야 하며, 인간의 실제적 삶에 대한 진실한 표현이 되어야 한다는 것을 주장하였는데, 이러한 주장을 편 작가들 가운데에는 작가 자신의 고유한 철학과 사상을 통해 개인적 삶의 방식과 방향을 표현하고자 했던 작가도 여러 명 있었다. 謝冰心, 盧隱 등과 같은 여류소설가들이 이 같은 창작을 주도했던 대표적 文人이라고 할 수 있는데, 여류 작가이외에 王統照와 許地山은 자신만의 고유한 철학과 사상을 가지고 인생을 표현하였다. 이들 두 작가는 여류작가들과 비슷하게 작가 특유의 사상과 철학을 통해 인생에 관해 이야기하였다. 이들 작가들을 일러 소위 人生派 작가라고 하는데, 이들은 인생을 작가 나름대로 理想鄕的 사고와 사상을 가지고 의미 있게 표현하고자 했던 사람이었다. 이에 반해 葉紹鈞은 작가 개인의 주관을 배제한 채, 냉정하고 객관적으로 인생을 해석하고자 했다. 葉紹鈞은 인생을 표현하는데 있어 사회의 환경과 모습을 함께 표현하고자 했고, 이와 함께 인생이 사회와 어떻게 결부되어 나타났는가를 이야기하고자 했다. 그는 특히 지식인의 삶의 모습이 사회의 현실과 어떤 관계를 맺는가에 대해 관찰하고자 했던 작가였다. 인생파 작가들이라고 불리 웠던 이들 작가들의 작품은 동시대 인간의 삶의 방식을 작가 특유의 관점과 방식을 통해 설명하고자 했다.

• 王統照의 소설

　王統照는 小說뿐만 아니라, 詩 散文 등 다방면에 걸쳐 자신의 문학적 재능을 발휘했던 문학연구회의 대표적 작가였다. 5・4시기와 20년대 초기 왕통조의 소설은 사실주의를 지향하고 추구하였지만 작가의 理想的 思考와 主觀이 크게 담겨져 있다. 작가의 이상적 사고와 주관은 '美'와 '愛'의 문학적 실현이었다. 茅盾은 "王統照의 초기 작품은 葉紹鈞 보다 '美'와 '愛'를 더욱 강조하였다고 하면서, 王統照는 美와 愛를 서로 결합 융합시킨 후, 그것을 번뇌와 혼란에 빠진 세계의 인류에게 가져다준다면, 인류는 즐겁고 편안해 질 수 있을 것으로 생각했다."[50]고 말하기까지 하였다. 20년대 王統照의 소설은 美와 愛의 실현이라는 관점을 통해 인생을 탐구하고 인생을 표현

50) 茅盾, 「中國新文學大系 小說一集 導言」(吳福輝 編, 『二十世紀中國小說理論資料(第三卷)』, 北京大學 出版社, 1997, p.324)」

하려고 했기 때문에, 사실주의 작품이었지만 주관적이고 철학적인 색채를 많이 드러내기도 했던 것이다.

5·4시기 王統照의 文藝思想은 "人道主義"였다.[51]고 인식되고 있다. 이 같은 美와 愛가 작품에 융합되어 나타났기 때문에 그의 문예사상은 人道主義로 인식되고 있는 것이다. 美와 愛가 융합된 王統照의 人道主義的 정신과 그 색채는 謝冰心이 실천하고자 했던 소위 "愛의 철학"과 許地山이 보여주고자 했던 慈悲와 空 思想과 매우 비슷했다. 따라서 王統照의 초기 작품은 謝冰心과 許地山의 작품의 구성상의 특징과 성격에 있어 매우 유사한 면을 보이고 있다.

王統照의 5·4시기 소설 즉 그의 초기소설은 사랑과 미를 표현하고 사랑과 미에 대한 추구를 통해 인생을 개조하는 방법을 제시하고자 했다. 謝冰心이 작품에서 소위 '愛'의 철학을 실현하고 싶어 했고, 許地山은 자비와 초월과 같은 불교철학사상을 강조했듯이, 王統照는 '愛'와 '美'를 통해 사회를 개량하고자 했던 사람이었다. 「微笑」라는 작품이 美와 愛를 구현하고자 했던 대표적이라고 할 수 있는데, 그 내용은 다음과 같이 요약된다. 阿根이라는 절도범은 감옥에서 우연히 어느 한 女罪囚의 얼굴에 띄워진 미소를 보게 된다. 그 이후 그는 자신의 어린 시절의 생활을 상기하고 어머니에 대한 그리운 심정에 빠진다. 나중에 阿根은 그 여죄수의 푸념을 듣고는 그 미소가 자신을 좋아해서 나온 것이 아니라, 사람, 구름, 나무 화초 나무 위의 작은 새에게도 늘 그렇게 미소 짓는다는 것을 알게 된다. 그는 그 여죄수는 누구에게도 다만 그렇게 미소 짓는다는 새로운 사실을 깨닫는다. 그녀의 미소는 작가가 동경하며 추구하고자 했던 사랑과 미의 실현에 대한 표현이었다. 결국에 있어, 阿根의 마음을 깨우쳐 그를 바른 길로 인도하였고, 이로써 그는 지식인 노동자가 된다. 王統照는 작품에서 사랑은 美이고 美는 사랑이라고 생각했다. 이 두 가지는 서로 교류를 통해 합쳐져야 이루어지며 만일 사랑과 미가 지구에서 보편화될 수 있다면 인생은 평화로워 질 수 있다고 주장했다. 이 작품은 謝冰心의 「超人」과 비교해 플롯의 전개와 내용에 있어 유사한 면을 보이고 있다. 「微笑」와 비슷한 유형의 작품으로 「雪後」라는 작품이 있다. 5,6세 정도 되는 어린 아이가 강가에서 눈을 가지고 맑고 깨끗한 작은 건물을 지어

---

51) 王立鵬 著, 『王統照的文學道路』, 學林出版社, 1988, p.72.

놓았는데, 그 아이는 자기가 지은 건물에 대해 자랑스럽게 생각했다. 그러나 밤이 되자 총소리가 들렸는데, 그 소리가 끊어졌다 이어졌다했고, 눈으로 지은 건물은 마침내 군인들의 말발굽과 군화에 밟혀 쓰레기가 되었다. 작품에서 아이가 눈으로 만든 건물은 5·4시기를 살았던 청년들의 꿈과 이상을 비유하는 것이고, 건물이 군인들에 의해 훼손되었다는 것은 청년들의 꿈과 이상이 군벌들에 의해 파괴되었다는 사실을 상징하는 것이라고 할 수 있다. 이 작품 또한 '愛'와 '美'의 실현을 위한 하나의 꿈이 담겨진 작품으로 아이가 강가에서 눈으로 만든 건물은 美와 愛가 담겨진 꿈과 이상이었던 것이다. 「沈思」 역시 사랑과 미에 대해 작가의 관념이 강렬하게 반영된 작품이다. 여자 모델인 瓊逸은 예술의 힘을 빌려 자신의 인생에 사랑과 미를 얻기를 기대한다. 그러나 그녀는 사람으로부터 이해를 받지 못한다. 사랑과 미에 대한 주인공의 이상이 현실 속에서 실현이 불가능하여 인생에 광명을 가져다주지 못하자 현실을 암흑과 같은 것으로 간주하고 만다. 위의 두 작 작품은 세상이 美와 愛로 가득 차기를 원했던 5·4시기 청년 지식인들이 그렇게 못했을 때 느끼는 단절감을 표현한 소설이라고 할 수 있다.

이후 그의 작품은 연민과 저항의 색채를 드러내기 시작한다. 「湖畔兒語」은 사회하층민들의 비참한 생활과 고통을 다룬 작품이다. 작중 화자인 '나'가 호숫가에서 우연히 만난 陳小順이라는 한 사내아이의 이야기를 통해 자신의 삶이 얼마나 고통스럽고, 또 자신의 가정이 얼마나 비참한가에 대해 듣게 된다. 小順의 아버지는 대장장이인데, 생계가 어려워 아편상점에서 아편을 흡입하는 사람들을 시중하며 몇 푼을 벌어 생활하지만, 그것가지고도 생계가 안 돼 喪妻한 후 새로 들인 부인은 매춘을 통해 생계비를 벌어야 했다. 어린 小順은 집에도 들어 갈 수 없고, 고아처럼 항상 호숫가를 어슬렁거리며 시간을 보내게 된다. 그러나 아버지마저 불법행동을 했다는 이유로 경찰에 체포되면서, 그 아이의 가정은 풍비박산 난 것이나 다름없게 된다. 小順의 가족이 겪는 비참한 생활과 고통은 화자인 '나'에게 小順이 자신의 처지와 신세를 말하는 것으로 서술되어 나타나는데, 서술의 형태가 매우 서정적 이이어서 연민의 정을 불러일으키면서, 이를 통해 사회현실에 대한 작가의 저항정신이 숨김없이 드러나고 있다. 「沈船」이라는 작품도 「湖畔兒語」과 유사한 내용을 보이고 있다. 이 작품은 어느 한 농민 가족이 배의 침몰로 인해 몰사한다는 내용을 그린 소설이다. 山東출신의 농민 闖關東은 일본 기선을 타고 일본을 가는 도중, 그 배가 過積하는 바람에 침몰하고 만다. 주인공 劉二曾의 일가 세 명이 조난당해 죽게 되고, 그 가운데 단 한명 劉二曾이 살아나게 된다. 그런데 그는 비록 살아났지만, 바보가 되고 만다. 이 작품 역시 하층민인 농민들에 대한 연민의 정이 담긴 작품으로 鄕土小說로서의 성격을 띠고 있었기 때문에, 황수기는 이 작품을 향토문학계열에 포함시켜야 한다고 했다.52)

　　이 작품은 기존의 작품과는 성격이 다른데, 향토소설의 성격과 비슷한 면모를 드러내고 있으며 본격적인 사실주의 작품으로 전이하기에 앞서 탄생한 일종의 과도기적 작품으로서 왕통조의 초기 문학사상인 '愛'와 '美'의 이념에서 벗어나기 시작했음을 보여주는 작품이다.

　　앞서 언급한 바와 같이, 謝冰心, 許地山, 王統照는 자신들의 주관적 사상과 관념을 표현하는 데 치중한 작가였다. 王統照의 초기 문예생활이 주관적 사상과 관념으로 흐르게 된 이유는 王統照 역시 5·4시기 청년들과 마찬가지로 인생, 사회문제를 탐색하고 글을 쓸 때, 대학생의 신분이었고 따라서 생활의 범위와 思考가 비교적 협소하였기 때문에, 空想 속에서 인물을 설계하고 설정하면서, 부득이 寫意에 치중할 수밖에 없었던 것으로 추정해 볼 수 있다. 그렇기 때문에, 그의 작품에는 농후한 주관 서정적 色彩가 들어가게 되었고, 哲理思考와 의미가 풍부해져서 어떤 작품에는 낭만주의적 요소가 들어가게 되었던 것이다.53) 한마디로 말해서 문학연구회의 중심 작가로서 王統照가 견지했던 사실주의는 주관적 글쓰기의 편중에서 객관적이고 진실 되게 인생을 반영해가는 하나의 발전과정으로서의 사실주의였다.54) 王統照의 작품은 30년대에 탄생한 「山雨」라는 장편소설을 계기로 이상과 주관적 사고에서 벗어나 명실상부한 사실주의 작품으로 전향하기 시작하였다.

• 許地山의 소설

문학과 종교와의 만남

　　許地山의 號는 空山靈雨인데, 空山靈雨라는 명칭이 암시하고 있듯이, 許地山은 불

---

52) 黃修己 著, 『中國現代文學發展史』, 中國靑年出版社, 1988, p.112.

53) 王錦泉, 『王統照作品欣賞』, 廣西敎育出版社, 1990, p.4.

54) 王錦泉, 『王統照作品欣賞』, 廣西敎育出版社, 1990, p.1.

교학자로서, 해탈을 추구하며 영적인 삶을 찾고자 했던 작가였음을 쉽게 유추해 볼수 있다. 사실, 그는 문인이기에 앞서 종교인이자 종교 철학자였다. 독실한 불자의집안에서 태어나고 자란 탓에 許地山은 어려서부터 자연스럽게 불교를 공부하며 불교에 대한 풍부한 지식과 조예를 가질 수 있었다. 청년이 되어서는 종교에 대한 더많은 지식과 경험을 쌓기 위해 燕京大 神學院에 입학하여 기독교에 대해서도 공부하였다고 한다. 불교는 물론, 기독교의 사상과 교리까지 두루두루 공부하고 섭렵했던許地山은 자신의 종교적 철학과 사상을 작품에 그대로 나타냈다.

20년대 許地山의 소설은 문학과 종교의 만남 그 자체였다고 할 수 있을 정도로그의 작품은 종교적 색채로 가득 차 있다. 특히 20년대 초기에 등장한 그의 소설은불교사상과 철학을 소설에 그대로 담아냈다고 해도 과언이 아닐 정도로 불교적 색채가 크게 드러나 있다. 이처럼 20년대 그의 대표적 작품은 불교사상을 문학화한 덕분에 그의 작품이 취한 주제와 제재는 특이하고도 새로울 수밖에 없었다. 1920년대 許地山의 주요 작품으로는 「命命鳥」, 「商人婦」, 「綴網蟳蛛」 등이 있다.

「命命鳥」의 배경은 미얀마의 수도 양곤이다. 주인공 敏明과 加陵은 서로 불법을공부하며 사랑을 쌓게 된 연인으로 등장한다. 그러나 敏明은 배우인 아버지를 도와일을 해야 한다는 이유로 더 이상 학교에 다닐 수 없었다. 한편 加陵은 승려가 되기를원하는 부친을 설득하여 앙광고등학교에 입학한다. 3개월 후 재회한 두 연인은 서로노래하고 춤을 추며 회포를 풀고 서로의 사랑을 확인한다. 이를 알게 된 敏明의 부친은 주술사까지 동원해 이들의 관계를 끊어 놓으려고 한다. 이 사실을 알게 된 敏明은크게 상심하고 加陵과의 관계에 대해 다시 한 번 생각하려고 한다. 그녀는 환상 속에서 속세의 사랑이 덧없음을 느끼게 되고, 결국 열반절에 속세의 사랑에 집착하지 않겠다는 맹세를 하고 세상을 떠나기로 결심한다. 그녀를 사랑하는 加陵은 세상이 싫지않았지만, 그녀를 사랑했기 때문에 그녀와 동행하기로 결정한다. 그들은 손을 맞잡고 綠綺湖로 걸어 들어간다.

주인공은 속세에서의 고통스러운 삶에 조금도 집착하지 않고 있음은 물론 來生에서의 새로운 삶을 추구하기 위해 今生에서의 삶을 기꺼이 버리는 모습을 보여 주고있다. 楊義는 이 들 두 사람의 행동과 관련하여 작품의 성격을 이야기하며 다음과같이 평가했다. "작가가 불교사상의 영향을 받아, 敏明이 꿈속에서 속세 남녀들의 정이 헛되고 쉽게 변하는 것임을 간파하고, 번뇌장애와 지식장애를 모두 끊어 버리며, 六根淸淨을 추구하여 안으로는 明心見性의 佛學을 얻게하였다. 敏明과 加陵이 열반절 전 날 물에 들어가 자살하는 장면은 사람들로 하여금 불교의 해탈, 즉 속박으로부터 벗어나 大自在를 얻는다는 느낌을 들게 한다."[55] 이 같은 평가는 이 작품의 성격과 주제가 어디에 있는가를 압축하여 설명하는 것이라고 할 수 있다. 독자들은 이들 두 사람의 행동을 통해 사바세계에서의 생에 대한 집착과 번뇌를 끊음으로써 彼岸에 이르게 된다는 불교 핵심사상의 하나를 느끼게 된다.

「商人婦」는 惜官이라고 하는 어느 한 商人의 부인이 겪었던 여러 가지 삶의 고초를 그린 소설이다. 주인공 惜官은 林蔭橋라는 상인의 아내였다. 그녀의 남편은 도박에 빠져 점포에 있는 물건까지 다 날리고 난 후, 부인을 내 팽개쳐 둔 채, 혼자 싱가폴로 도피해 버린다. 싱가폴로 도주한 남편은 한 두 통의 편지를 보낸 것 이외에 아무런 연락을 하지 않았다. 10여년을 기다리다 못해 惜官은 남편을 찾아 싱가포르로 떠난다. 그러나 그 남편은 이미 말레이사아인과 결혼을 하여 그 곳에서 살고 있었다. 10여년 만에 자신의 부인을 만나 남편 林蔭橋은 그녀를 거부하는 것은 물론 印度人의 첩으로 팔아넘기는 만행을 저지른다. 졸지에 인도인의 첩으로 전락한 惜官은 인도라는 낯선 곳에서 온갖 고생을 겪으며 살다가 자식 한 명을 낳게 된다. 어느 한 남자의 부인이자 중국인이었던 사람이 이제는 인도인이며 인도 남자의 첩이 되어 인도 아이를 낳아 기르는 사람이 되어 버렸다. 그러나 그녀는 이렇게 변해 버린 자신의 운명을 탓하지 않고 기꺼이 받아들인다. "인간의 모든 일에는 본래 고난의 구별이 없다. 당신이 일을 할 때에는 고통이요, 희망을 가질 때에는 樂이다. 일에 임해서는 苦이지만, 회상할 때에는 樂이다. 바꿔 말해서 눈앞에 닥치는 것은 困苦이나 미래의 회상과 희망은 모두 쾌락이다."[56] 惜官의 이 같은 이야기는 인간사 모든 일은 자신의 마음이 만들어 내는 것, 자신의 마음에 달려 있는 것임을 말하는 것이다.

주인공 惜官은 인간에게 본래 행복하다고 할 만한 것은 없으며, 사람은 단지 현실 속의 고난을 상상 속의 즐거움으로 변화시켜야만 비로소 생활의 용기를 유지할 있다고 말하고 있다. 주인공이 고난의 삶을 통해 얻은 것은 아무리 힘든 고난과 고통이라

55) 楊義 著, 『中國現代小說史』第一卷, 人民文學出版社, 2001, p.376.
56) 「商人婦」(巴金 主編, 『靈異小說 許地山』, 上海文藝出版社, 1991, p.39)

고 할지라도 그것을 즐거움으로 받아들일 수 있게 하는 것은 인간의 마음, 마음가짐
이라는 것이니 이는 분명 주인공이 "一切唯心造"라는 불교의 가르침을 체험을 통해
깨닫고 실천하는 것이었다.

「綴網勞蛛」는 말레이반도에서 벌어진 사건을 이야기한 작품이다. 주인공인 尙潔
은 어린 시절부터 어느 한 집안의 민며느리가 되는 바람에 오랜 세월 그 집안의 시어
머니의 학대 속에서 고통스러운 삶을 살아야만 했다. 그녀는 장차 남편이 될 장손
可望의 도움을 받아 잔혹하기 그지없는 시댁에서 탈출하였다. 그들은 혼례를 치루지
않았지만, 이 사건으로 인해 자연스럽게 같이 살게 되었다. 그런데 남편 可望은 성격
이 거친 데에다가 생각이 좁은 사람이었으나, 반면 尙潔은 집안에 침입한 도둑까지
치료해 줄 정도로 자비심이 강하고 雅量이 넓은 사람이었다. 어느 날 可望은 尙潔이
잠옷을 입은 채로 어떤 누워 있는 남자와 이야기하는 것을 목격하고는 크게 분노한
다. 가망은 尙潔이 淫行을 저지른다고 생각하며 이에 대한 보복으로 尙潔에게 칼부림
을 하였고 尙潔을 피를 흘리며 쓰러진다. 尙潔은 사부인의 도움으로 병을 치료할 수
있었다. 尙潔은 집과 재산 심지어 딸마저 포기하고, 남편 가망과 헤어지게 된다. 尙潔
은 말레이반도 서해안에 있는 土華島라는 섬에 들어가 진주 가게에서 일을 하게 된
다. 3년 후, 尙潔은 남편 可望이 자신의 행동을 몹시 후회하고 있으며, 다시 자신과
결합하기를 원한다는 소식을 접한다.

尙潔의 운명은 이렇게 전개되고 있으나, 尙潔은 자신의 운명에 대해 아쉬워하거나
후회하지 않았다. 그녀는 자신의 개인적 고통이나 불행에는 조금도 개의치 않았다는
것이다. 尙潔은 자신을 거미에 자신의 인생을 거미줄에 비유하였다. 尙潔은 또 "나는
거미와 같고, 운명은 곧 나의 그물이다. …(중략)… 거미는 그 그물이 언제 어떻게 파
괴될지 모른다. 일단 파괴되면 거미는 태연스럽게 숨어 있다가 기회가 돌아오면, 다
시 그물을 잘 짜낸다. …(중략)… 사람과 사람의 운명이 이렇지 않은 적이 있는가?
모든 그물은 스스로 만들어 가는 것인데, 그것이 완전하든 결함이 있든, 그것이 자연
적인 것임을 받아들일 뿐이다."[57]라고 했다. 작품에서 작가는 尙潔이라는 주인공의
형상을 통해 사랑과 자비를 이야기하면서도, 주인공 尙潔이 겪어야 하는 業識 내지

---

57) 「綴網勞蛛」(巴金 主編, 『靈異小說 許地山』, 上海文藝出版社, 1991, p.75)

業報로서의 宿命에 대해 이야기하고 있고, 業報로서의 宿命을 어떻게 받아들이고 또 극복해야 하는가에 대해서도 말하고 있다. 尙潔은 자신의 불행과 고통을 자신의 업과 숙명으로 으로 믿고 있다. 이를 억지로 거부하지 않고 담담히 수용하며 잠시 거쳐 가는 하나의 과정으로 여기고 있을 뿐이다. 사바세계의 業에 이끌려 윤회의 쳇바퀴를 도는 중생의 삶을 보여주고 있을 뿐이다.

상술한 바와 같이, 20년대 초기에 창작된 許地山의 작품에서 종교사상의 문학화 그의 작품은 종교사상, 특히 불교사상으로 철저하게 일관되어 있음을 볼 수 있다. 작가는 이들 작품을 통해 현실은 욕망으로 가득 찬 사바세계이며, 사바세계의 삶은 숙명적인 것이면서 고통스러운 것일 수밖에 없는 것이기 때문에, 고통과 숙명에 집착 하지 않고 순응하면서 때가 되면 그것을 과감하게 버릴 수 있어야 함을 말하고 있다. 따라서 작품의 주인공들의 모습은 한 결 같이 이렇게 행동하는 사람들이었다. 이들은 인간세계의 삶이 모두 業識에 따른 숙명적 삶이기 때문에, 운명은 모두 일시적이고 덧없는 구름 같은 존재임을 확고하게 인식하고 있었다. 이는 자신의 운명을 일시적인 하나의 과정, 지나가는 구름과 같은 것으로 인식하고 있었기에 가능한 것이었다. 그 렇게 때문에 자신의 운명에 喜悲하거나 집착하는 모습을 보이지 않는다. 자신의 운명 을 하나의 업으로 인식하고 있기 그것에 집착하지 않았던 것이다.

茅盾은 許地山의 소설에 대해 "이국을 배경으로 하여 연애라는 겉옷을 걸치고 작가 의 우주관과 인생관을 표현했다."고 했는데,[58] 이 말은 남녀 간의 연애와 사랑을 제 재로 하였으나, 작가가 주장했던 것은 남녀의 연애 애정의 이야기가 아닌, 작가의 불교적 철학, 즉 자비와 空思想이라고 하는 작가의 철학과 사상이었음을 강조하고 있는 것이다.

許地山의 소설은 객관적인 삶을 묘사하는 것처럼 보이지만, 매우 주관적이었다. 흔히 있을 수 있는 현실사회에서의 인간의 탐욕으로 인해 빚어진 탐욕과 갈등, 그리 고 이로 인한 고통에 대해 묘사하지만, 작가는 이에 대한 해결방안으로서 현실적 방 법이 아닌 자비와 초월이라고 하는 종교적이고 주관적인 방법을 제시했다. 한마디로 요약해, 작가는 인생의 문제, 삶의 고통을 이야기하였지만, 이름만 삶의 고통에 대해

---

58) 茅盾, 「中國新文學大系 小說一集 導言」(吳福輝 編, 『二十世紀中國小說理論資料(第三卷)』, 北京大學 出版社, 1997, p.311)

이야기한 것이지, 실제로는 삶의 고통을 벗어날 수 있는 방법에 대해 이야기 하였던 것이다.

• 葉紹鈞의 소설

사회현실과 지식인의 심리와 행동

葉紹鈞은 문학연구회의 대표적 작가라고 할 수 있다. 문학연구회의 창작이념과 목표를 가장 올 곧게 실천한 작가였기 때문이다. 唐弢는 葉紹鈞을 평가하며 문학연구회의 제 작가들의 창작 가운데 현실주의의 특색을 가장 잘 대표하는 작가라고 했다.[59] 葉紹鈞은 자신의 주관적 감정과 의지 등을 가급적 배제한 채, 자신의 실제적인 생활 경험을 토대로 하여 냉철하게 객관적으로 사회와 인생을 관찰했던 작가였다. 생활의 경험에서 우러나오는 깊이와 냉정한 관찰에서 나오는 細心함으로 인해 그의 소설 속에서의 인물은 매우 逼眞하게 묘사되었다고 했다.[60]

20년대 葉紹鈞의 소설에는 동시대 사회의 현실과 함께 소시민, 소지식인들의 삶의 적나라한 모습, 특히 회색적 인간의 양태가 담겨져 있는데, 바로 이러한 두 가지 모습에 대한 묘사에서 葉紹鈞 문학의 성격과 의미를 찾을 수 있다. 葉紹鈞은 5·4시기 이후 특히 군벌들이 混戰을 벌이는 시기, 그런 사회의 현실에 대한 묘사와 함께 그 속에서 때로는 구차하고 비열하게 살아가는 소시민과 소지식인의 삶을 묘사하는 데 주력하였다. 20년대 그의 작품에 있어서 학교 및 교육현장에서 벌어진 사건을 제재로 한 작품은 각별한 위치를 차지한다. 바로 이들 작품에서 동시대 사회의 현실과 소시민, 소지식인들의 삶의 적나라한 모습이 그대로 나타나고 있기 때문이다. 葉紹鈞은 1921년부터 시작하여 근 10여년에 걸쳐 소학교 중학교 등에서 교편을 잡은 적이 있었는데, 그는 교편을 잡았던 이 기간 동안 학교와 그 주변 환경 속에서 겪은 사건을 작품의 제재로 활용하였다. 그렇기 때문에, 그의 작품 가운데 학교에서의 생활과 경험을 제재로 한 작품 절대 다수를 차지하고 있다. 이 같은 이유로 인해 葉紹鈞에게는 교육소설가라는 별칭이 주어졌는데, 錢行村은 葉紹鈞의 작품이 학교와 교

---

59) 唐弢 等 主編, 『中國現代文學史』(劉增人·馮光廉 編, 『葉聖陶研究資料』, 北京十月文藝出版社, 1988, p.380)

60) 王瑤, 『中國新文學史稿』(劉增人·馮光廉 編, 『葉聖陶研究資料』, 北京十月文藝出版社, 1988, p.761)

육계 등에서 벌어진 사건 등을 주로 다루었다고 하여 그를 교육소설가로 불렀다.[61] 葉紹鈞에게 가장 친숙한 대상은 학교와 교육이었는데, 삶의 경험과 객관성을 중시한 작가의 입장에서 볼 때, 20년대 쓰이어진 작품 가운데, 상당수의 작품들이 지식인으로서의 교사의 삶의 굴곡과 청년의 교육문제를 제재로 取한 것은 당연한 결과라고 할 수 있다. 茅盾은 "냉정하게 인생을 들여다보고, 객관적이고도 사실적으로 하찮은 회색적인 인생을 묘사한 사람은 엽소균이다. …(중략)… 만일 어떤 사람이 질문하기를 어느 작가의 작품이 첫 번째 10년 중에서 소시민지식인의 회색적인 생활을 반영했느냐고 한다면 나의 대답은 葉紹鈞이라고 할 것이다."[62]라고 했는데, 茅盾의 이같은 평가는 소시민 지식인들의 사고와 행동에 대한 묘사가 바로 葉紹鈞 소설의 핵심이었음을 증명하고 있다.

20년대 창작된 그의 대표적 작품으로는 「一生」, 「潘先生在難中」, 「校長」, 「飯」, 「抗爭」 등이 있다. 먼저 「一生」에 대해 살펴보자, 작품의 주인공은 "伊"라고 하는 여자이다. 이는 가난한 농가에서 태어났다. 그녀의 부모는 그녀가 15세가 되었을 때 시집보냈다. 시집에서 그녀는 줄 곧 소처럼 일을 하며 고된 삶을 살았다. 일 년이 못 되어 애를 낳았는데 그 애는 6개월이 못되어 그만 죽고 말았다. "伊"가 너무 괴롭다는 듯이 통곡하자 시어머니는 욕을 퍼부었고 남편은 때리기까지 하였다. 그녀의 남편은 도박을 좋아 하였다. 그녀의 남편은 노름 돈을 충당하기 위해 그녀가 시집올 때 가져 온 몇 벌의 청포두루마기까지 팔아먹었을 정도로 도박에 미쳐 있었는데, 그녀의 남편은 그것도 부족해 "伊"에게 항상 욕하며 때리기까지 했다. "伊"는 앞으로의 생활이 두려워 집에서 탈출하여 읍내 어떤 집에 식모로 들어갔다. 伊가 새로운 생활을 시작할 무렵 시아버지가 소식을 듣고 이를 찾으러 왔다. 伊는 하는 수 없이 자신의 시집으로 돌아갔는데, 남편은 이미 뻣뻣하게 굳어 죽은 채 침대에 누워 있었다. 이 작품은 무지몽매한 데에다가 포악하기 짝이 없는 집안에서 학대 받으며 살아야 했던 어느 한 불행한 여인의 일생을 그린 작품인데, 葉紹鈞은 이처럼 동시대 사회의 현실

61) 錢行村, 「葉紹鈞的創作的考察」(劉增人·馮光廉 編, 『葉聖陶硏究資料』, 北京十月文藝出版社, 1988, p.768)

62) 茅盾, 「中國新文學大系 小說一集 導言」(吳福輝 編, 『二十世紀中國小說理論資料(第三卷)』, 北京大學出版社, 1997, p.323)

을 비판하고 고발한 작품을 가지고 자신의 문예 생활을 시작했다. 사회의 현실과 사람과의 관계는 그의 문학의 핵심 과제이자 서술의 대상이었다.

「抗爭」의 주인공인 郭先生은 소시민이었지만, 庸俗하고 低劣한 사람은 아니다. 그는 교직원연합회의 간사였다. 금년의 체불임금을 청산할 것인지에 대한 대답은 없고, 내년에는 월급을 삭감하는 정도가 아니라 학교 문을 닫을 것이라는 소식이 신문에서 발표되자 郭先生은 분노할 수밖에 없었다. 그는 이 모든 것이 상부에서 만든 것이라고 생각하였고, 모든 사람이 단결해 항쟁을 벌여야만 해결될 수 있을 것이라고 생각했다. 그는 교직원의 단결을 도모하기 위해 교직원연합회 회장에게 임시 전체 대회 개최할 것을 건의하였고, 전체 회의에서 교직원들은 교육당국은 금년도 체불임금을 청산하고 내년도 방침을 확정하라고 요구했다. 이와 아울러 일주일 이내에 만족할 만한 답이 없으면 파업에 들어가겠다고 발표했다. 그러나 일주일이 지났지만, 교육당국은 아무런 대답도 하지 않은 채, 교직은 신성한 것이므로 파업은 불가하다는 말만 늘어놓았다. 일주일이 지났지만 교육당국으로부터 아무 대답도 없고, 교직원들은 불안해하고 초조해지기 시작했다. 그러나 정작 파업을 하는 사람은 없었다. 곽선생은 매우 화가 다시 한 번 전체 회의를 소집을 요구했지만, 회장은 이를 거부하게 된다. 학기가 종료되자 郭선생은 당국에 반항적인 행동을 했다는 이유로 면직 통지를 받고 학교를 떠나게 된다. 그런데 남아 있게 된 적지 않은 사람들은 자신이 아무 것도 하지 않은 것을 다행스럽게 여겼다. 이 작품은 실속은 없고 이름뿐이었던 항쟁의 과정을 묘사하는데 주안점을 두고 있다. 교직원 연합회는 교직원의 이익을 도모하고 그들이 학교에 대해 가지고 있는 불평과 감정을 대변하는 존재이자 항쟁의 출발점 되어야 했다. 그러나 연합회에는 도장 찍힌 章程, 기록부 한 권, 書名簿 한 권 이외에는 아무 것도 없었다. 이는 조직이 얼마나 형식적이었고 有名無實한 것이었는가를 말하고 있는 것이다. 연합회의 교사들은 조직의 구성원이었지만, 교육자로서의 주장과 지조도 없이 그저 자신들의 保身만을 위해 존재하는 사람들에 불과 했다. 「抗爭」은 한편으로는 郭선생의 불굴의지와 저항 정신을 찬양하고 있지만, 자신의 이익과 보신만을 생각하는 연합회 회원 교사들의 근시안적이고 기회주의적인 속성을 질타하는 등, 抗爭이라는 사건을 통해서 동시대 교육계의 현실, 동시대 지식인으로서의 교사들의 정신과 의식 등을 총괄적으로 말하고 있는 작품이다.

「飯」은 제목에서 드러나는 바와 같이, 밥벌이가 삶의 핵심이 되어 버린 어느 한 소학교 교원의 이야기를 다루고 있다. 주인공 吳先生은 소학교 교사로 일하고 싶어 하는 사람이다. 吳선생은 학무위원을 찾아가 교사직을 얻으려고 한다. 그는 간신히 교사직을 얻기는 하지만 사범학교 출신이 아니라는 이유로 10원의 월급 중 6원의 월급을 받는다고 약정하였다. 그러나 실제 받은 돈은 그것의 절반인 3원 뿐이었다. 그는 그런 불이익을 받고서도 말 한마디 하지 못했다. 그는 또 수업에 늦었다는 이유로 받아야 할 월급 중 벌금을 제외하고 1원을 받게 된다. 상황이 이렇게 되자 그는 자신의 부당한 처우에 대해 회의감을 갖게 되고, 그런 현실 속에서 자신의 처지를 비관하며 심리적 갈등을 겪는다. 그러나 그는 자신의 자존심 등 모든 것을 포기한 채, 어렵게 얻은 직장을 잃지 않게 위해 쉽게 현실과 타협해 버린다. 그는 자신이 받은 부당한 대우로 인해 자신의 체면이 손상되고 굴욕까지 당했다고 생각하였지만, 자신의 생존을 위해 어쩔 수 없이 감내해야 할 대상으로 보았다. 생존이라는 목적을 위해서라면 지조와 양심 등 모든 것은 다 묻어 버릴 수 있다는 무능하고 나약하기 그지없는 지식인의 모습이다.

「校長」의 주인공 叔雅는 교장으로서 새로운 교학방침과 방법을 제정해 이상적인 학교를 만들고자 했다. 그러나 학교 내에는 이 같은 노력에 역행하는 존재가 있었다. 陳, 佟, 華 등을 중심으로 하는 몇몇 교원들이 바로 그들인데, 이들은 교사였지만 교육에는 정작 관심이 없고, 도박을 즐기며 기생집을 들락거리는 사람들이었다. 심지어 이들은 교사 대기실에서도 도박에 관한 이야기를 할 정도로 도박에 빠진 사람들이었다. 교장 叔雅는 그들을 해고하고 참신한 인재들을 충원하고자 한다. 그런데 이들을 해고하려고 마음먹었으나, 이전에 교장노릇을 했던 顧校長이 陳선생의 모함으로 학교를 떠나게 된 사건을 떠 올리게 된다. 叔雅가 이 문제를 두고 고민하고 있을 때, 교장으로서 교직원들을 해고할 수 있는 권한을 가지고 있음에도 자신의 사회적 지위의 안정을 위해 도박 교원들과 타협을 해버린다. 이 작품 또한 동시대 교육계의 실상과 함께 자신의 이익을 위해서라면 지조와 양심은 물론, 응당 행해야 할 기본적인 권리와 의무조차 망각해 버리는 지식인의 모습에 대해 이야기하고 있다.

「潘先生在難中」은 1924년에 벌어졌던 군벌 간의 전쟁을 배경으로 하고 있는데, 전쟁의 와중에서 벌어진 교장의 몰염치한 도피 행각에 대한 묘사를 통해, 지식인의 이기적이고 비겁한 속성을 보여주고 있다. 주인공 潘先生은 용기도 없는 평범한 사람으로 단지 눈앞의 安慰와 이익만을 추구하는 사람이다. 급변하는 주변의 환경 속에서 오직 자신의 이익과 안녕만을 추구하며 살아가는 소시민들의 전형적인 모습이 바로 潘先生의 형상이었다. 潘先生은 시골 소학교 校長 職을 맡고 있었다. 전쟁의 혼란 속에 난리를 피해 고향 讓里를 떠나 안전한 조계지 上海로 도망 나온다. 그러나 자신보다 훨씬 더 높은 자리에 앉아 있는 국장이 학교는 전쟁 중이라도 문을 닫지 않는다는 이야기를 했다는 소문을 듣고는 교장자리를 잃을 까 두려워, 처자식을 上海에 남겨두고 황급히 讓里로 돌아가 개학을 준비하였다. 그렇게 해서 교장직은 겨우 유지하였지만, 상황은 더욱 위험해지는 바람에 상해로 돌아가는 철도가 막혀버리게 되자, 潘先生은 새로운 생각을 짜내게 된다. 빨리 紅十字會로 달려가 회비를 납부하고 회원이 되었다. 회원이 되어 깃발과 휘장을 들고 다니면 그것이 전쟁 속에서 자신을 지켜주는 부적과 같은 역할을 해 줄 것으로 믿었기 때문이다. 전쟁의 위협에서 벗어나기 위해 외국인이 적십자를 보호해 준다는 것을 듣고, 적십자에 가입하면서 휘장과 깃발을 몇 벌씩 받아 온다. 그러나 潘先生은 이것 가지고도 불안할 것 같아, 결국에는 서양인의 붉은 집 교회당으로 도망쳐 들어가 서양인의 비호를 구걸한다. 그는 지식인으로서 자기 나름대로의 생존 아이디어를 짜 내며 행동하지만, 매사 비겁하고 비열하기 그지없는 극도의 이기주의적 속성만이 드러나고 있을 뿐이다.

　작가는 일종의 풍자적 수법을 통해 혼란스러운 사회의 현실 속에서 갈팡질팡하며 흔들리는 지식인의 모습을 그려냈다. 당시 내전으로 인한 정치 경제적 혼란의 상황에서 사람들의 삶은 더욱 곤궁에 빠질 수밖에 없었는데, 주인공의 삶은 이러한 현실을 그대로 대변하고 있다. 본능적일 수밖에 없는 인간의 이기적인 모습, 그리고 자신의 이기심을 충족시키기 위한 비굴하면서도 모순적인 행동을 교육자라는 지식인의 행위를 통해 여실히 보여주고 있다.

　작품에서 작가는 중심을 잡지 못하고 소신 없이 우왕좌왕하며 안절부절 못하는 반선생의 모습을 매우 우스꽝스럽게 묘사하는데 이는 바로 자신의 이익과 보신만을 위해 행동하는 동시대 지식인의 모습을 풍자 비유한 것이다. 피난하기 위해 도망가는 모습과 해고당할까 봐 다시 학교로 돌아오는 모습, 소신 없고 갈팡질팡하는 모습 등, 潘先生이 보여준 일련의 행동은 어느 시대 어느 사회에서도 흔히 볼 수 있는 비굴한 지식인의 모습을 형상화한 것이다. 이 작품은 潘先生이라는 사람의 갖가지 심리적 변화의 모습과 함께, 주변 환경의 변화에 따라 행동과 심리가 어떻게 움직이고 변화하는가를 보여주는데 초점을 맞추고 있다. 이기심, 의구심, 기회주의, 자신만의 이익과 안일을 탐하는 마음, 비열한 태도 등은 주변의 환경에 따라 正比例하여 나타난다. 이 같은 사실과 관련해 茅盾은 이 작품의 평가에서 "도시 소자산 계급 사람들의 사회의식 부재, 적당한 이기주의, 소심증, 겁먹고 실색하는 모습, 일시적인 안일을 탐하며 기뻐하는 모습 등과 여러 가지 심리 상황을 아주 透徹하게 묘사하였다."[63]고 했다. 이 작품은 인물의 表裏에 대한 묘사만을 통해 그 가치를 인정받은 작품으로 평가되고 있다.

20년대 葉紹鈞의 소설은 여러 유형의 인물, 특히 소지식인의 행동과 형상을 매우 사실적으로 그려냈다는 데에서 그 의미를 찾을 수 있다. 사회의 변혁과 교육에 종사하는 사람들의 사고와 삶의 방식에 대해 이야기하고자 했던 사람이 바로 葉紹鈞이었다. 그는 작품에서 지식인의 행동문제, 여성문제, 농촌의 현실, 연애와 결혼 등 다방면에 걸쳐 나타난 사회의 제 문제를 다루었다. 그는 사회현실에 대한 누구보다 정확하고 진지한 묘사를 통해 사회와 인생의 문제를 다룬 작가였다. 그는 자신만의 관점과 방법을 사용하되, 자신의 주관과 철학에 치우치지 않게 현실과 인생을 써 나가면서 특히 도시 소시민들의 삶과 교육에 종사하는 사람들의 사상과 행동, 특히 회색적 삶을 사는 사람들의 모습을 묘사하는데 노력한 작가였다. 그의 문학적 성과는 바로 이 같이 갈팡질팡하며 자신의 이익을 추구하는 소시민들의 회색적 삶을 모습을 매우 사실적이고도 적확하게 그려냈다는 데에 있다. 葉紹鈞이 소시민, 소지식인들의 회색적 삶을 모습을 매우 사실적이고도 적확하게 그려낼 있었던 것은 인물의 행동을 환경의 변화, 심리의 변화와 밀접히 연결시켜 표현해 냈기 때문에 가능한 것이었다.[64] 이 같은 사실과 관련해 楊義는 葉紹鈞은 인물의 심리발전의 변증법을 파악하는데 능한 작가라고 했다. 楊義의 주장에 따르면, 葉紹鈞은 인물의 심리적 갈등과 인물 상호

63) 茅盾, 「中國新文學大系 小說一集 導言」(吳福輝 編, 『二十世紀中國小說理論資料(第三卷)』, 北京大學出版社, 1997, p.311)

64) (蘇聯) 索羅金 著·理然 譯, 「葉聖陶和他的作品」(劉增人·馮光廉 編, 『葉聖陶研究資料』, 北京十月文藝出版社, 1988, p.788)

간에 나타나는 심리적 차이뿐만 아니라 상황의 변화에 따라 인물의 심리가 어떻게 변화하는가를 정확하게 파악해 냈던 작가라는 평가를 받고 있다. 소시민, 소지식인, 여성과 아동의 심리뿐만 아니라, 소시민들의 다면적인 심리, 이중적 행동 등에 대한 묘사 등, 그의 소설은 거의 다 심리해부를 다루었다는 평가를 받고 있다.[65]

---

65) 楊義, 「論葉聖陶短篇小說的藝術特色」(『中國現代文學研究叢刊』, 1980, 作家出版社, pp.207-208)

4. 浪漫主義 小說의 다양한 色彩

創造社 작가들의 小說

1) 創造社의 文學的 指向點과 小說의 特色

　1921년 7월, 創造社라고 하는 새로운 문학단체가 일본의 수도 東京에서 결성되었다. 郭沫若은 일본에서 留學生活을 하고 있었던, 郁達夫, 成仿吾, 田漢, 張資平 등과 함께 『創造』라는 문학잡지를 발행하기로 합의 결정하면서, 創造社라는 문학단체를 결성하였다. 이들은 이어 1922년 5월 『創造季刊』이라는 잡지를, 1923년 5월에는 『創造週刊』이라는 문예지를 발간하며, 자신들만의 문예활동을 전개해 나갔다.

　創造社는 앞서 등장한 문학연구회와 비교해 매우 相異한 성격을 가진 단체였다. 創造社 작가들은 문학의 사회적 목적 내지 이념 보다는 "自我"와 "內心의 要求"를 강조하고 主唱했다. 이는 "인생을 위한 문학"과 문학의 사회성을 주창했던 문학연구회 작가들의 목표와 비교할 때, 매우 대조적인 것이었다. 郭沫若은 『創造季刊』 제1권 제2기에 게재된 「編輯餘談」이라는 글에서 創造社의 문학이념과 방향에 대해 다음과 같이 말했다.

　　"우리들의 이념, 우리의 사상은 결코 같지 않으며, 또한 같게 되기를 강요할 필요도 없다. 우리는 章程도 機關도, 획일적인 이념도 갖고 있지 않다. 우리는 몇 몇 친구들의 뜻에 따라 모인 것이다. 우리의 이념, 우리의 사상은 같지 많다. 우리의 공통된 점은 단지 우리들 내심의 요구에 바탕을 두고 문예활동에 종사한다는 것뿐이다"[1]

---

1) 郭沫若, 「編輯餘談」(『創造社資料/上』, 福建人民出版社, 1985, p.469)

　　문학의 창작은 어떤 정해진 목적에 따라 이루어지는 것이 아니라, 자유롭게 자신의 감정을 표현해야 한다고 하는 郭沫若의 주장을 통해 創造社의 문학적 목표와 방향이 문학연구회의 그것과는 완전히 다르다는 것을 알 수 있다.

　　郭沫若은 1923년 5월「文藝之社會的使命」이라는 題下의 연설에서 "문예도 봄날의 화초와 같아 예술가가 내심의 지혜를 표현한 것이다. 시인이 한 편의 시를 쓰고, 음악가가 한 곡의 노래를 짓고, 화가가 한 폭의 그림을 그리는 것은 모두 그들 감정의 자연적인 發露인 것이다. 마치 한 줄기의 봄바람이 연못의 수면 위에 불어 만들어지는 微波처럼, 여기에는 목적이라는 것이 없다. …(중략)… 그러므로 예술 그 자체에는 목적이 없다"2)라고 함으로써 문학을 정해진 목표나 방향을 염두해 두지 않음은 물론, 어떤 사실이나 이념에도 얽매이지 않고, 자신의 취향 내지 마음 내키는 대로 글을 쓰겠다는, 즉 內心의 요구에 따라 글을 쓰겠다는 것을 분명히 했다. 郭沫若의 이 같은 주장에는 자아와 개성에 대한 중시가 내포되어 있음을 느낄 수 있다.

　　郭沫若의 이러한 주장에 화답이라도 하듯이, 成仿吾는 『創造週報』 제2기에 실린 「新文學之使命」이라는 글에서 문학 창작은 내심의 요구에서 출발해야 한다고 전제한 뒤, "문학이 우리들 내심적 활동의 하나이기 때문에, 우리들에게 가장 좋은 것은 내심의 자연적 요구를 문학의 원동력으로 삼아야 한다. …(중략)… 적어도 나는 모든 공리주의적 타산을 제거하고 오로지 문학의 全(perfection)과 美(beauty)를 구하는 것만이 우리가 종신토록 종사할 만한 가치의 가능성이 있다고 여긴다."3)고 했다. 또 成方吾는 "문학상의 창작은 본래 내심의 요구에서 나오기만 하면 되는 것이요, 어떤 예정된 목적이 꼭 있어야만 되는 것은 아니다. 만일 내심의 요구를 모든 문학에 있어 창조의 원동력으로 삼는다면, 예술과 인생은 우리를 간섭할 수 없으며, 우리의 창작은 그것의 노예가 되지 않아도 된다."4)라고 했는데, 成方吾도 內心의 要求가 문학창조의 근본이고, 예술과 인생 또한 내심의 요구대로 표현되어야 하는 것임을 강조하였다. 내심의 요구는 남과 다른 자기만의 감정이나 습성, 생각 등을 기탄없이 과감하게 드러내는 것을 말하는 것으로서 내심의 요구에 대한 강조는 自我와 個性에 대한 존중

---

2) 郭沫若, 「文藝之社會的使命」(『創造社資料/上』, 福建人民出版社, 1985, pp.100-102)
3) 成方吾, 「新文學之使命」(『創造社資料/上』, 福建人民出版社, 1985, pp.39-44)
4) 成方吾, 「新文學之使命」(『創造社資料/上』, 福建人民出版社, 1985, pp.39-44)

이며, 인간 감성의 우월성 내지 주관적 감정에 대한 절대적 신뢰의 표현이라고 할 수 있다.

郭沫若은 「論國內的評壇及我對於創作上的態度」에서 "개인을 표현하는 것도 좋고, 사회를 묘사하는 것도 좋고, 全人類를 대신해 말하는 것도 좋은데, 중요한 것은 항상 고민으로 겹겹 포위된 상태 속의 영혼 깊숙한 곳에서 우러나오는 悲哀가 있고 난 연후에야 독자의 혼백을 감동시킬 수 있다는 것이다."5)고 했다. 郭沫若의 이 같은 이야기 또한 내심의 요구를 강조했던 成仿吾의 주장을 敷衍 설명하면서 感性과 主觀을 강조했던 創造社 작가들의 낭만주의에 대한 깊은 관심과 집착 등을 보여 주는 하나의 예라고 할 수 있다.

郁達夫 또한 문학에 있어 美와 情感의 역할에 대해 언급하며, 創造社의 문학이 나아 갈 방향에 대해 다음과 같이 이야기했다.

> "끝으로 예술의 최대 요소인 美와 情感에 대해 이야기하겠다. 예술이 추구하는 것은 형식과 정신의 美이다. 나는 비록 유미주의자 만큼의 편파적인 지론에 동의하지는 않지만, 美의 追求가 예술의 핵심임에는 동의한다. …(중략)… 예술이 우리에게 이처럼 중요한 이유는 다만 우리들이 예술로부터 美的 陶醉를 얻을 수 있고, 우리를 일시에 世界苦에서 구출하여 열반의 경지에 들게 함으로써 우리로 하여금 생활의 향락을 추구할 수 있게 해 준다. 예술의 두 번째 요소는 바로 정감이다. 同情과 愛情은 정감 안에 포함되어 있다. 예술에서 美의 요소는 外延的인 것이고, 情의 요소는 내재적인 것이다"6)

위 글에서 郁達夫는 唯美主義에 동의한다고 했는데, 唯美主義를 지향한다는 것은 理性이나 교훈적 목적, 실질적인 현실생활과는 거리가 먼 목가적 환상, 감각적 이미지의 묘사, 모호하면서도 자기중심적인 주제 표현 등을 추구하는 것과 같은 의미로 이해할 수 있다. 이 같은 성격을 가진 唯美主義 또한 자기표현을 무엇보다도 우선시하는 浪漫主義와 그 성격이 공유될 수 있는 것임을 상기해 볼 때, 唯美主義 지향자로

---

5) 郭沫若, 「論國內的評壇及我對於創作上的態度」(『創造社資料/上』, 福建人民出版社, 1985, p.15)
6) 郁達夫, 「藝術與國家」(『創造社資料/上』, 福建人民出版社, 1985, pp.57~58)

서의 郁達夫의 주장은 낭만주의 문인으로서 자신의 성격을 다시 한 번 밝히는 것이라고 할 수 있다. 이러한 사실과 관련해 郁達夫는 몇 가지 글을 통해 자신의 文藝觀을 피력한 바 있다. 그는 「小說論」에서 "소설의 예술적 가치는 眞과 美 두 개의 조건으로 결정될 수 있다. 만일 소설이 진실 되게 아름답게 쓰이어진다면 소설의 목적은 이루어진 것이다. 소설의 목적은 인생의 진리를 표현하는 데 있고, 표현의 자료는 일종의 상상의 사실이며, 표현의 형식에 있어서는 아름답지 않으면 안 된다."[7]라고 하면서 유미주의와 낭만주의가 자신의 문학 이념임을 분명히 했다. 郁達夫는 이와 함께 개성과 내심의 요구에 대해서도 언급했다. 「文學槪說」에서는 "예술은 인생 내부에 깊이 저장된 예술의 충동이라면, 즉 창조욕의 산물이라면 이 같은 내부의 요구를 가장 완전하게 가장 진실하게 표현할 때 가치가 최고에 이르게 된다."[8]라고 했고, 또 "나는 작자의 생활은 작자의 예술과 반드시 단단하게 하나로 묶어야 하며, 작품에서 Individuality는 결코 상실될 수 없는 것이라고 생각한다."[9]라고 함으로써 개성과 내심의 요구가 문학에서 빠져서는 안 될 핵심 요소임을 강조했다. 이러한 주장은 郁達夫가 문학을 어떻게 생각했고, 또 문학으로써 자신이 추구하고자 했던 바가 무엇이었는가를 시사하고 있다. 郭沫若, 郁達夫 등 創造社의 작가들은 개인의 感性과 主觀을 문예창조의 원동력으로 보고, 또 感性과 主觀 표현에 최고의 문학적 가치를 부여하였으며, 그 결과 개성과 내심의 요구에 대한 표현은 그들 문학의 존재이유가 되었다. 審美性, 感覺性을 우선시하며, 개성과 내심의 요구를 강조했던 郁達夫의 文藝觀은 「沈淪」과 같은 초기 작품의 토대가 되었음은 물론이다.

上述한 바와 같이, 創造社 작가들은 사회의 현실을 직접 그려내기보다는 '自我와 個性'의 우선적 표현을 창작의 목적으로 삼았다. 이들 작가들은 '自我'는 남과 구별될 수 있는 작가 자신만의 감정이자 개성이며, 이 같은 자아의 표현은 바로 내심의 요구에서 비롯된 것이라고 생각하였다. 郭末若, 郁達夫는 남과 다른 자기 자신만의 감정, 습성, 생각을 감추거나 그것을 나타내는 것을 부끄럽게 생각하지 않고, 자신들이 주창한 대로 그것을 귀중하게 생각하며 기꺼이 드러내고자 하였다. 이들은 개성과 내심

7) 郁達夫, 「小說論」(『郁達夫文論集』, 浙江文藝出版社, 1985, p.226)
8) 郁達夫, 「文學槪說」(『郁達夫文論集』, 浙江文藝出版社, 1985, p.119)
9) 郁達夫, 「五六年來創作生活的回顧」(『郁達夫文論集』, 浙江文藝出版社, 1985, p.336)

의 요구를 위해 남과 다른 자기만의 감성과 주관을 과감하게 표출하며 작품에 쏟아 부었다.

이들은 자기 자신을 소설로 표현하기 위해 한편으로는 자기 고백체의 형식을 취하기도 했는데, 이 때 그들에게 있어 고백이라는 것은 응당 감추어야 할 그 무엇을 드러내거나 어떤 잘못을 고백하는 형식이라기보다는 자신의 내면세계를 진솔하게 표현하는 작업이었다. 이들은 개인적 체험과 고민, 반항적인 정서 등을 솔직하고도 과감하게 자신의 작품에 펼쳐 보였다. 異邦人으로서 일본에서 겪었던 다양한 경험과 느낌 등을 있는 그대로 또는 본능적 욕구를 빌어 표현하기도 하였고, 또 어떤 對象을 설정하고 설정된 대상에 依託하여 자신의 감정을 주관적으로 표현하기도 하였다. 이 같은 특징 등으로 인해 이들의 작품은 신변소설, 서정소설, 낭만주의 소설로 자리매김 되고 있는 것이다.

創造社 작가들의 소설은 "內心의 要求"와 "自我表現"을 창작의 근간 내지 모토로 取擇하며 감정과 감성의 우월을 주장하는 서정문학 낭만주의 문학을 가지고 독자들에게 다가갔다. 이들의 소설은 自我를 강조하고 내심의 요구를 표출하는데 중점을 두었는데, 자신의 체험과 감정 표현에 집중하고, 또 그런 과정을 통해 작가 자신의 신변 이야기를 다루다 보니, 이들의 소설은 身邊小說[10]이라는 別稱까지 얻게 되었다. 身邊小說은 작가 자신인 '나'를 직접적으로 드러내는 소설이다. 신변소설에서 話者인 '나'는 따로 설정된 허구적 존재로서의 '나'가 아닌, 작품을 쓰는 사람 내지 작가 자신의 化身으로서의 '나'인 것이다. 일반적으로 볼 때, 소설 속에서의 서술자나 서사적 자아는 작가가 작품 속에 설정한 人爲的 존재인 데에 반해, 身邊小說에서의 서술자는 작가 자신으로서 작가는 자신을 작품 속에 직접 露出시키며 자기의 內面世界를 숨김없이 나타낸다.

身邊小說은 이와 같은 문학적 특성으로 인해 抒情小說 내지는 隨筆式 소설이란 명

---

10) 신변소설이라는 용어는 創造社의 成員이었던 鄭伯奇에 의해 사용되었다. 鄭伯奇는 「中國新文學大系 · 小說三集 導言」에서 郭沫若의 소설은 크게 두 가지로 나뉘는데, 그 하나가 寄託小說이고 또 따른 하나가 身邊小說이라고 했다. 鄭伯奇는 「中國新文學大系 · 小說三集 導言」(『創造社資料』 下, 福建人民出版社, 1985, p.731)

칭을 갖기도 한다. 身邊小說이 보여주는 自己告白의 양식은 身邊小說 고유의 특징인
데, 자기고백의 양식은 마치 수필의 문학적 양식과도 같아서 신변소설은 隨筆式 소설
이라고 평가되기도 하고, 또 수필과 같은 양식을 띠면서도 작가 개인의 정서와 主觀
및 抒情性 등이 강조되다 보니 抒情小說로서의 특징도 갖게 된다.

　身邊小說에서 자아의 체험에 대한 표현은 自傳的 소설의 의미 차원을 넘어, 작가가
자신을 告白하고, 자신의 內面世界까지 거침없이 赤裸裸하게 드러내는 것으로 이어
지는데, 이러한 특징으로 인해 身邊小說은 小說樣式에 있어 새로운 부류의 형식을
가진 소설로 간주될 수 있다. 따라서 身邊小說에 대한 탐구는 自我와 內面의 요구를
중시한 초기 創造社 문인들의 소설이었다는 사실에서 소설사적 의미를 가질 뿐만 아
니라, 上述한 바와 같이 小說의 발전과정에 있어 기존의 소설양식과는 다른 새로운
양식을 개척했다는 사실에서 小說學的 차원의 의미를 드러내고 있다. 身邊小說은 동
시대 文壇에서 기존의 소설양식과는 다른 새로운 양식의 한 장르를 개척해냄으로써
小說史的 차원에서는 물론, 小說學的 차원에서도 그 意味를 나타내고 있다는 것이
다. 한 마디로 말해, 身邊小說은 1920년대 중국 현대소설의 새로운 장르를 개척하면
서, 이와 동시에 소설문단에 있어 하나의 類派를 형성했다고 하는 사실[11]에서 문학
적 의미와 가치를 찾을 수 있다.

　초기 創造社의 다른 작가들도 그러했겠지만, 郭沫若, 郁達夫 이 두 작가는 本格的
인 文藝創作活動을 하기에 앞서 일본에서 유학생활을 하면서 私小說로 대표되는 동
시대의 일본문학으로부터 커다란 영향을 받은 사람들이었다. 郭沫若, 郁達夫는 소설
창작에 있어 일본의 私小說이 없었다면, 그들의 소설은 존재하지 않았다고 해도 과언
이 아닐 정도로 일본 私小說의 영향은 절대적이었다고 할 수 있다. 이들의 작품은
일본 私小說을 모방했다거나, 일본의 私小說을 변형한 것이라고 해도 틀린 말이 아닐
정도로 이들의 身邊小說은 日本 私小說의 절대적인 影響하에 탄생되었고, 또 그런
이유에서 이들의 작품은 日本의 私小說과 분리해 생각하기 어렵다. 따라서 日本 私小
說에 대한 전반적 이해와 함께 소설학적 특성에 대해 파악하는 것은 郭沫若, 郁達夫
小說의 올바른 탐구를 위해 바람직한 일이 된다.

---

11) 嚴家炎 著, 『中國現代小說流派史』, 人民文學出版社, 1989, p.95.

私小說이란 앞서 언급한 바와 같이, 작가 자신의 주변과 생활에서 일어난 사건을 이야기하되, 그것을 고백의 형태로 가차 없이 진실 되게 드러내는 소설이다. 사소설은 작가 자신의 자기 고백적 양식의 소설이라는 것과 자기 고백을 통한 내면세계의 폭로 내지는 과감한 露呈을 문학적 특징으로 한다. 私小說은 일본에서 탄생, 발전된 日本的 小說樣式이다. 私小說은 일본 근대문학에 있어 가장 독특한 장르의 문학형태이자 일본 特有의 소설로서 간주되고 있다. 사소설과 자전적 소설과의 차이점은 무엇인가에 관해서는 일본 비평가들 사이에서조차 이론이 있다고 한다. 그러나 私小說이라는 용어를 어떻게 정의하든 간에 일반적으로 私小說은 단순히 작가 자신의 생활에서 일어난 사건을 이야기하는 것이 아니라 그 사건을 고백의 형태로 가차 없이 폭로하는 것이라는 생각이 通念化 되어 있다.

먼저 久米正雄(구메 마사오)은 私小說의 정의를 다음과 같이 내리고 있다.

> 내가 작금에 말하는 바, '私小說'이라 함은 …(중략)… 이히 로만(Ich-Roman)의 번역이 아니고, 차라리 다른 '自敍'라고나 할 것이다. 한마디로 말하면 작가가 자신을 가장 직접적으로 드러낸 소설, 그런 정도의 의미이다. 그렇다면 '자서전'이니 '고백'이니 하는 것과 같은가하면 그건 그렇지 않다. 그것은 어디까지나 소설이어야 한다. 이 미묘한 一線이야말로 나중에 설명할 심경문제와 더불어 소위 예술, 비예술의 경지를 이루는 것인데, 단순한 자서전 내지 고백은 가장 나의 '私小說'에 가깝고 原型과 비슷한 것이기는 하나 그 표현이 아닌 이상은 나의 '私小說'에는 들지 못하는 것이다.12)

久米正雄이 내린 私小說의 개념을 간추려 私小說의 개념을 요약해 본다면, 私小說은 작가 자신(一人稱)을 주인공으로 하여 그 體驗을 告白的으로 표현한 소설로서 자기의 생활기록에 의탁하여 인생관과 생활태도를 표현한 것이지만, 시야가 좁고 유럽에서 말하는 이히 로만(Ich-Roman)과는 본질적으로 다른 일본의 獨自的인 소설양식이라는 것이다. 私小說이 누구의 어떤 작품에서 비롯되었는가에 대해서는 견해가 일치되어 있지 않으나, 私小說은 서구로부터 수입된 自然主義를 일본 문인들이 수용하

---

12) 吉田精一·奧野健男, 柳呈 옮겨 지음, 『現代日本文學史』, 정음사, 1984, p.133에서 재인용.

는 과정에서 탄생하였고, 이후 大正時期를 거치며 발전을 이루었다고 보는 것이 정
설이다.

私小說의 출발점은 분명히 자연주의 문학운동의 실천에서 시작되었고, 私小說은
自然主義가 일본에 수용되는 과정에서 탄생된 소설이었으나, 終局에 가서는 자연주
의의 범주에 남아있지 않고 浪漫主義的 성격의 소설로 變換되었는데, 바로 이 사실
에 주목할 필요가 있다. 일반적으로 볼 때, 浪漫主義는 개인의 情緖를 해방하고 主觀
主義, 個人主義를 高揚한다. 浪漫主義는 또한 개인의 경험을 어떤 거리낌도 없이 표
현하는 예술가의 독창적이고 창조적인 재능을 강조하고, 또한 이런 이유에서 개인의
주관적이고 내면적인 감정을 중시하다보니, 작가의 자기 고백적 색채가 유난히 드러
나는 경향을 보이기도 한다. 浪漫主義 소설이 갖는 또 하나의 특징은 작품에 드러나
는 작가의 고백적인 성격을 들 수 있는데, 이것 역시 浪漫主義가 개인의 主觀的이고
內面的인 感情을 중시한 결과에서 비롯된 것이다.

거듭 말해서, 私小說은 단순히 작가 자신의 신변이나 생활에서 일어난 사건을 이야
기하는 것이 아닌 그 사건을 고백의 형태로 가차 없이 드러내고 폭로하는 소설이다.
私小說은 작가의 삶과 생활의 경험을 고백의 형태로 작품 속에 그대로 드러내며, 심
지어 작가의 개인적 감정까지 가차 없이 폭로하는 것을 하나의 특성으로 삼고 있다.
私小說은 근대 일본의 문인들이 서구의 자연주의를 수용하는 과정에서 정치, 사회적
인 여러 요인으로 인해 사회공동체의 의식, 다시 말해, 사회화된 '나'의 의식이 결여
된 채, 오직 기법만을 받아들이는 방식으로 수용하는 과정에서 탄생한 일본 특유의
소설 장르였다. 이러한 私小說은 大正時期에 중반에 이르러 크게 발전하면서 동시대
일본의 문단을 지배하였는데, 私小說이 크게 유행하던 바로 그 시기에 郭沫若, 郁達夫
가 私小說의 영향을 받아 만들어낸 새로운 형식의 소설이 바로 身邊小說이었다.

郭沫若, 郁達夫가 日本 私小說의 영향을 크게 받았다는 사실은 그들의 身邊小說에
대한 분석을 통해서도 드러나지만, 문예 내지 문학론에 대한 그들의 주장과 留學生活
回顧談 등을 통해서도 쉽게 확인해 볼 수 있다. 郭沫若, 郁達夫는 1920대 초반 일본
에 유학하며 당시 일본에 도입되었던 서구의 여러 가지 문예사조와 함께 동시대 일본
의 문학을 직접 접하며 생활했던 사람들이었다. 그래서 이들이 私小說과 같은 일본
문학의 영향을 크게 받았다는 것은 지극히 자연스럽고 당연한 일이었다.[13] 郁達夫의

경우도 그러하겠지만, 郭沫若의 일본유학 시기는 大正時代 중반기였는데, 이 시기는 私小說이 당대 일본문단을 지배하며, 절정을 이루었던 시기였다. 郭沫若은 유학시절 일본의 많은 문학작품을 읽었다고 했는데, 이는 "일본의 문학작품을 적지 않게 읽었다고 자신한다."[14]라는 郭沫若 본인의 이야기를 통해서도 직접 증명되고 있다. 여기서 언급된 일본의 문학작품은 당시 유행하였던 私小說이었다. 郭沫若은 "예술은 나의 표현으로, 이것은 예술가의 일종의 내재된 충동의 표현이다."[15]라고 했는데, 이는 郭沫若의 문학적 주장과 목표가 일본 私小說의 작가들의 그것과 거의 일치하는 것으로서, 郭沫若이 私小說의 문학적 지향점과 목표를 자신의 文學觀으로 수용했음을 나타내는 것이라고 할 수 있다. 郭沫若은 일본에 체류하면서 사소설에 깊은 관심을 가지고 탐독하였을 뿐만 아니라, 1919년 芥川龍之介의 작품 「密柑」의 飜譯을 시작으로 1922년까지 葛西善藏의 「馬糞石」, 志賀直哉의 「前鶴」 藤森成吉 등의 私小說을 번역하였다. 郭沫若은 1934년에는 일본의 私小說을 엮어 모아 만든 『日本短篇小說集』의 序를 쓰면서 일본의 私小說에 대해 긍정적인 평가를 내렸는데, 이러한 평가를 통해 일본 私小說과 郭沫若과의 관계를 다시 한 번 추론해 볼 수 있다. 郭沫若은 번역집 序에서 "日本人의 現代文學作品, 특히 단편소설에는 분명 확실히 교묘한 성과가 있다. 일본인들 스스로도 이런 小說類는 歐美文壇을 이미 능가했다고 과장하며 말하기도 하는데, 내가 공평하게 말해 본다면, 일본의 단편소설은 분명 歐美수준에 이르렀다고 말할 수 있다."[16]고 했다. 郭沫若은 일본의 문학, 특히 私小說을 적극 수용하면서, 사소설이 추구하며 지향하고자 했던 바를 창작의 토대로 삼고자 했음을 쉽게 파악해 볼 수 있다.

郁達夫 또한 어느 누구보다 私小說을 적극 수용하고자 했던 그런 작가였다. 뚜르게네프 등 러시아 작가의 문학을 중심으로 서구의 문학작품을 탐독하며 영향을 받기도

---

13) 郭沫若, 郁達夫 등 創造社 作家들의 身邊小說에 대한 논의에서는 이들의 身邊小說이 일본 私小說의 영향을 크게 받았다는 사실에 대해 예외 없이 이를 인정하고 있다. 여기에서 그 한 예를 들어 본다면, 그들은 多年間 일본에 유학하는 동안 자신들의 생활권 내에서 적절한 문학제재를 찾을 수밖에 없었는데, 당시의 일본문학에 눈을 돌렸다고 했다.
　盧正言・王爾齡・王文英 著, 『郭沫若文學傳論』, 新疆文藝出版社, p.247.
14) 郭沫若, 「暗无天日的世界」(『沫若文集』 第10卷, p.263)
15) 郭沫若, 「印象與表現」(『沫若文集』 第10卷, p.263)
16) 이 번역작품집은 나중에 『日本短篇小說集』이라는 이름으로 商務印書館에서 1935년 12월 출판되었다.

했지만,[17] 日本文學의 영향은 절대적이라 할 만큼 크고 직접적이었다. 郁達夫는 자신의 창작태도에 관해 다음과 같이 피력한 바 있다.

> "나의 창작태도에 대해 말하라면 어떤 사람들은 웃을는지 모르지만, 나는 문학작품은 작가의 자서전이라는 말이 틀림없는 것이라고 생각한다. 객관적 태도 객관적 묘사, 그것이 어떤 것이든 간에 참된 純粹 客觀的 態度, 客觀的 描寫가 가능한 것이라면, 예술가의 才氣는 필요치 않으며, 예술가의 존재이유 또한 사라져 버릴 것이다. … 그래서 나는 작가의 개성은 어떠하든지 간에 그의 작품 속에 들어 있어야 한다고 말하는 것이다. 작가가 이와 같은 강한 개성이 있어 충분히 훈련만 한다면 힘 있는 작가가 될 수 있다. 그렇다면 수양이란 무엇인가? 그것은 바로 자기 자신의 체험이다."[18]

앞서 말했듯이, 私小說은 작가 자신의 체험을 있는 그대로 드러내고 표현하는, 말 그대로 '眞'의 描寫에 傾倒된 소설이었는데, 郁達夫의 이와 같은 주장은 일본 私小說 작가들의 그것과 다름이 없는 것이었다. 郁達夫는 1919년 말경부터 본격적으로 일본문학을 접하기 시작했다. 郁達夫는 日本의 當代文學에 대해 깊은 흥미를 갖게 되어, 佐藤春夫, 志賀直哉 谷崎潤一郎, 芥川龍之介 등과 같은 사람들의 작품을 대량으로 읽었다고 했다. 郁達夫는 일본의 여러 작가들의 작품을 접했지만, 그 가운데에서 佐藤春夫와 葛西善藏의 영향을 가장 많이 받았다고 할 수 있다. 郁達夫는 1920년에는 같은 日本 留學生이었던 田漢의 소개로 당대 유명한 私小說 작가였던 佐藤春夫를 소개받아 그와 여러 차례 만나 교류하면서 그의 영향을 받기 시작했다.

그가 쓴 「上海通信」에 다음과 같이 언급되어 있다.

---

17) Mau-sang Ng는 이 책에서 러시아문학에서 郁達夫가 큰 영향을 받았음을 자세하게 거론했다. 또한 郁達夫 자신도 러시아작가의 소설탐독을 통해 그 영향이 있었음을 다음과 같이 간접적으로 밝힌 바 있다.
  Mau-sang Ng, 『THE RUSSIAN HERO IN MODERN CHINESE FICTION』, The Chinese Univ. Press, 1988, pp.83-127 참조. / "금년도의 수업은 비록 아주 많았지만, 나는 수업을 마친 후 여가 시간에 듯밖에 두 권의 러시아 작가 뚜르게네프의 영역소설을 읽게 되었다. 한 권은 「初戀」이었고 또 다른 한 권은 「春潮」였다." 郁達夫, 「五六十年來創作生活的回顧」(『郁達夫文論集』, p.333)
18) 郁達夫, 「五六年創作生活的回顧」(『郁達夫文論集』, 浙江文藝出版社, 1985, p.335)

일본의 현대 소설가 가운데에서 내가 가장 숭배하였던 사람은 佐藤春夫였다. 그의 소설은 周作人씨도 몇 편을 번역한 적이 있었으나, 그런 작품들은 결코 그의 최대의 걸작은 아니었다. 그의 작품들 가운데 제일 먼저라고 할 수 있는 것은 당연히 그의 출세작인 「病ぬる薔薇」, 즉 「田園の憂鬱」을 들어야 할 것이다.[19]

郁達夫는 眈美派의 浪漫主義 작가 佐藤春夫를 숭배하면서, 그의 작품을 모방하기까지 하였는데, 그의 處女作 「沈淪」이 바로 佐藤春夫의 「田園の憂鬱」을 模倣한 작품이라고 인식되고 있다.[20] 郁達夫는 佐藤春夫 뿐만 아니라, 葛西善藏이라는 작가의 작품도 좋아했으며, 葛西善藏으로부터도 적지 않은 영향을 받은 것으로 알려져 있다. 郁達夫는 중국에 돌아 온 다음에도 私小說에 대한 관심과 애정을 놓지 않았는데, "오후에 날씨가 너무 좋아서 나 자신도 모르게 밖으로 나갔다. 『新朝』新年號 한 권을 사게 되었다. 그 속에는 葛西善藏의 소설 「醉狂者之獨白」이 들어 있었는데, 정말 잘 쓴 소설이라고 생각했다."[21]라고 했다. 郁達夫의 이 같은 이야기는 비록 귀국 후 한 참 지난 후, 언급된 것이지만 적어도 日本 私小說에 대한 관심과 애착을 반영하는 것이라고 할 수 있다. 이 같은 언급을 통해 郁達夫는 葛西善藏의 私小說을 매우 긍정하였음은 물론, 자신의 문학이 葛西善藏으로부터도 직간접적인 영향을 받았음을 유추해 볼 수 있다. 郁達夫의 소설에 나타난 自我分析, 獨白의 수법은 葛西善藏의 소설의 그것과 너무 흡사하다는 느낌을 주고 있기 때문이다.

郭沫若, 郁達夫 등 창조사 작가들은 일본에 체류하는 동안 私小說을 탐독 수용하였고, 私小說에 대한 탐독과 수용을 통해 자신들의 문예창작의 목표와 방법을 정립해 나갔는데, 이렇게 만들어진 작품이 바로 身邊小說이었다.

---

19) 郁達夫, 「上海通信」(趙紅梅 編, 『郁達夫自敍』, 團結出版社, 1996, p.149)
20) 이들 두 작품은 의미와 내용에 있어서는 일치되는 면이 없지만, 구조와 기법에서는 공통적인 면이 크게 드러나 있다고 보고 있다.
　日本 伊藤虎丸 著, 『魯迅, 創造社與日本文學』, 北京大學出版社, 1995, p.269.
　黃川, 「外國作家和文藝思潮對郁達夫的影響」(陳子善, 王自立 編, 『郁達夫硏究資料』, 香港 三聯書店, p.425)
21) 郁達夫, 「村居日記」(趙紅梅 編, 『郁達夫自敍』, 團結出版社, 1996, p.204)

2) 청년지식인의 心理와 自我解剖

• 郁達夫의 소설

(1) 感傷과 우울의 自敍傳化

「沈淪」

郁達夫는 1921년 7월 「沈淪」을 필두로 1935년 10월 「出奔」에 이르기까지 40여 편의 작품을 남겼는데, 대체적으로 볼 때, 그의 소설은 창작시기에 따라 내용의 차이를 드러내고 있다. 그의 소설은 그 시기와 내용에 따라 일반적으로 두 시기 즉, 일본 유학시기에 쓴 작품과 귀국한 후에 쓴 작품으로 나눠지고 있다. 郁達夫의 소설[22]을 대표하는 작품은 주로 일본 유학시기에 쓴 작품이라고 할 수 있다. 「沈淪」, 「銀灰色的死」, 「南遷」, 「胃病」, 「空虛」, 「懷鄕病者」 등 여러 작품이 있는데, 이들 작품들은 郁達夫가 일본 유학시기에 쓴 작품으로 그의 문학을 대표한다고 할 수 있다. 그런데 그 가운데에서도 소설집 『沈淪』에 담긴 세 작품은 郁達夫의 소설세계를 응집하는 작품이어서 특히 주목할 필요가 있다.

「沈淪」, 「銀灰色的死」, 「南遷」 등 이 세편의 작품은 1921년 『沈淪』이라는 작품집으로 출판되었다. 『沈淪』은 郁達夫의 첫 번째 小說 創作集이자 중국 현대문학사상 최초의 단편소설집으로 기록되고 있다. 이들 작품들이 비록 初期 내지 前期文學 시기에 창작되어 한 시기에 국한된 작품이었지만, 그의 초기소설이 그의 소설세계를 대표하고 있음은 기존의 여러 논의를 통해서도 확인되고 있다. 夏志淸은 郁達夫는 자신의 개인적 치부까지 과감히 드러냈고, 또 그렇게 함으로써 중국현대소설의 심리적 도덕적 경계를 넘어섰기 때문에, 그는 20년대 가장 중요한 작가가 되었다는 했는데[23], 이는 郁達夫의 초기소설이 갖는 史的 의미와 중요성을 증명해 주는 한 예라고 할 수 있다.

「沈淪」, 「銀灰色的死」, 「南遷」 등, 이 세 편의 소설은 주제와 내용 등에 있어 매우

---

22) 본서에서 郁達夫 작품의 연구대상으로 삼은 텍스트는 1990년版 浙江文藝出版社 『郁達夫小說全編』이다. 이하 본서에서 다루어지는 郁達夫의 작품은 모두 이 작품집에 실려 있는 작품을 기본 텍스트로 한다.

23) C.T.HSIA, 『A history of Modern Chinese Novels』, Yale Univ. Press, 1971, p.109.

유사한 면을 드러내고 있다. 이 세 편의 작품은 모두 같은 시기에 등장하였을 뿐만
아니라, 『沈淪』이라고 하는 하나의 작품집에 수록되었는데, 이 같은 사실은 이들 세
작품들이 성격상 매우 類似할 수밖에 없다는 것을 시사하고 있다. 郁達夫는 「沈淪・
自序」에서 "第一篇인 「沈淪」은 병적인 청년의 심리를 그리고 있는데, 이는 靑春憂鬱
病의 해부였다고 할 수 있다. 작품에는 현대인의 고민 즉 性의 要求와 靈肉의 충돌이
그려져 있는데, 그러나 나의 묘사는 실패했다. 두 번째 작품인 「南遷」은 무위하는
이상주의자의 몰락을 그리고 있는데, 주인공의 사상은 그 편에 나와 있는 연설부분에
서 파악할 수 있다. 이 두 편의 작품은 (내용이) 같은 작품으로 연속된 소설로 보아도
또한 무방하다"[24]고 했다. 「沈淪」, 「銀灰色的死」, 「南遷」 등 이들 세 작품의 주인공
들은 일본에서 유학생활을 하고 있는 중국의 학생들이다. 이들 주인공은 유학생이었
지만, 異國 땅에서 받아야 하는 정신적 굴욕과 고통으로 인해 삶의 목표를 상실한
채, 異性에 대한 본능적 욕구를 추구하는 젊은이들이었는데, 여기서 주목해야 할 점
은 이들 주인공의 모습에는 작가 郁達夫의 경험과 욕구, 감정 등이 고스란히 담겨져
있다는 사실이다.

그러면 먼저 「沈淪」에 대해 살펴보자. 5・4 이후 1920년대 현대문학의 발전시기에
등장한 여러 소설작품 가운데 郁達夫의 「沈淪」만큼 커다란 反響을 불러일으킨 작품
은 많지 않았다. 郁達夫의 處女作으로서 초기소설의 대표작이자, 출세작이라고도 할
수 있는 「沈淪」은 일본에 유학한 중국학생이 중국인이라는 열등감과 사회현실의 부
적응에서 오는 우울증에 빠져 고민하고 방황하다가 끝내는 自殺한다는 내용을 그린
작품이다. 그런데 그 내용이 自我暴露的이고 지극히 감상적인 데에다가, 性과 관련
하여 묘사된 부분이 당시로서는 매우 대담하고 赤裸裸해서 퇴폐적이고 음란한 작품
이라고 비난을 받기도 했지만, 한편으로는 봉건사회의 舊道德을 과감하게 타파한 예
술작품이라는 찬사를 받기도 했다.

작품의 내용은 모두 8장으로 나뉘어져 있는데, 章節에 따라 그 내용을 요약해보면
다음과 같이 정리될 수 있다. 제1장에서는 感傷的이고 憂愁에 찬 주인공의 성격과
고독한 상황에 놓여 있는 주인공의 처지가 묘사되고 있다. 일본에 유학 온 중국학생

---

24) 郁達夫, 「沈淪 自序」(『郁達夫小說全編』, 浙江文藝出版社, 1991, p.815)

인 주인공은 개학한지도 보름이 넘었건만 학교생활에 적응하지 못하고, 고독과 우울 속에서 시간을 보내게 된다. 자연의 경치를 玩賞하며 자신의 우울과 고독한 심정을 달래려는 주인공의 절박한 모습이 1장에서 묘사되고 있다. 제2장에서는 학교생활에 적응하지 못한 주인공이 일본에 온 것을 후회하며 괴로워하는 등, 외로움과 우울증에 시달리면서 거기서 벗어나기 위한 한 방법으로 자신의 고독과 고민을 위로해 줄 수 있는 이성과의 사랑을 원하는 모습이 묘사된다. 제3장에서는 주인공의 고향과 가정적 배경, 그리고 주인공이 태어나서 성장해 현재에 이르기까지의 과정 등 일본에 유학 오기까지의 살아 온 履歷 등이 소개된다. 제4장에서는 異性과의 사랑이 성욕으로 변하면서 성욕을 갈구하는 모습이 묘사된다. 이성과의 교제가 이루어지지 않자, 주인공은 매일 아침 이불 속에서 手淫을 하며 그 욕구를 발산하는데, 이성에 대한 욕구가 성욕으로 바뀌고 성욕에 대한 渴求로 인해 생기는 죄책감 때문에 우울해 하며 괴로워하는 주인공의 모습이 그려진다. 제5장에서는 주인공의 性的 彷徨이 묘사되고 있다. 주인공이 이성을 그리워하는 가운데 마침 주인공이 묵었던 여관집 주인의 딸을 좋아하게 된다. 어느 날, 17세 된 그 딸이 목욕을 하고 있었는데, 주인공은 창문 너머로 보아서는 안 될 그 모습을 훔쳐보았다. 주인공은 매우 두려웠고, 매우 부끄러워했으나, 한편으로는 즐거워하는 등, 복합적인 심리를 드러내는 모습을 보여준다. 제6장에서는 어떤 한 쌍의 남녀가 들판에서 성행위하는 장면을 주인공이 목격하는데, 그 모습을 목격한 후 괴로워하는 주인공의 모습이 묘사된다. 여관에서 나와 새로운 거처를 정한 주인공은 들판을 거닐다가 갈대밭에서 교합하는 남녀의 모습을 보고 한편으로는 자신을 질책하면서, 한편으로는 온 정신을 그 광경에 쏟는다. 제7장에서는 妓女가 있는 어느 한 술집에서 하룻밤을 보내는 주인공의 모습이 묘사된다. 주인공은 불만과 고통이 뒤섞인 채, 자신도 모르게 어느 한 술집에 이르게 된다, 주인공은 자신이 중국인이라는 사실에 자책·분노하고 주위의 환경을 원망하면서도 그 기녀에 대한 肉慾을 갈망하는 이중적인 마음을 드러내는데, 만취한 후, 주인공은 술집에서 하루 밤을 보내게 된다. 제8장에서는 술집에서 하룻밤을 보낸 다음, 눈물을 흘리며 후회하고 자책하는 주인공의 모습이 묘사된다. 주인공은 지금까지 자신의 삶을 회고하고는 자신의 삶에는 사랑이 없고, 무의미하며, 고통으로 가득 차 있다고 한탄했다. 그리고 한편으로는 자신의 죽음이 조국에 의해 야기된 것이라고 주장하면서 한편으로는 조국이여 강해져라 외치면 자살한다.

전술한 바와 같이, 이 작품은 어느 한 청년의 병적 심리와 憂鬱症을 해부한 소설로서, 性的 욕구와 靈肉의 갈등이 집중적으로 서술되어 있다. 이 작품은 어느 한 청년의 苦悶과 彷徨, 그리고 性慾의 渴求 등이 작품의 전부라 해도 과언이 아닐 정도로 性에 대한 묘사가 과도하게 사실적으로 표현되어 있다. 뿐만 아니라 청년의 心理變化와 심리변화의 전 과정, 특히 성욕의 추구 등, 性 心理의 여러 과정 등이 적나라하게 표현되었는데, 이는 동시대 그 어느 작품에서도 찾아 볼 수 없는 것이었다. 이러한 이유 등으로 인해, 「沈淪」에 대한 대부분의 평가는 주인공의 우울증과 性的 방황, 性的 탐닉 등, 주인공의 심리와 행동에 초점이 맞춰졌다. 이 같은 사실과 관련해 張恩和는 이 작품의 주인공에 대한 평가에서 "「沈淪」이 보여 준 주인공의 생활에는 특수한 성격이 있다. 주인공은 애정을 渴求했으나 만족을 얻지 못하고, '孤冷'의 苦悶에 더욱 깊이 빠져 버렸고, 그것은 精神的으로 肉體的으로 자신을 갉아 먹는 결과로 이어져, 결국에 있어 그는 깊은 수렁에 빠져 자신을 건져 낼 수 없었다."[25]고 했다. 「沈淪」의 주인공은 일본 사회에 적응하지 못하는 것은 예견된 사실이었다. 어려서부터 규율이나 속박을 싫어하다보니 현실에 적응하는 것이 주인공에게는 쉬운 일이 아니었다. 또한 주인공은 평소 자기의식이 강하고 내향적인 성격을 가진 사람이다 보니, 타인들과 어울리는데 소극적이어서 제대로 교제하지 못했다. 따라서 주인공에게 日本이라고 하는 사회는 처음부터 적응하기 매우 어려운 너무나 거대한 장벽과 같은 공간일 수밖에 없었다. 주인공이 죽기 전까지 겪어야 했던 정신적 고통과 방황, 愛情에 대한 욕구 등은 모두 주인공의 현실 不適應에서 시작된 것이었다. 주인공이 겪은 갈등과 고통, 방황은 모두 현실부적응으로 인해 야기된 결과물이었다는 것이다. 주인공은 현실에 적응하지 못해 항상 고독할 수밖에 없었는데, 그는 고독과 외로움 속에서 본능적으로 자신을 이해해 줄 수 있는 異性을 찾았고, 異性을 추구하는 가운데 자신도 모르게 性慾에 耽溺하다가 결국에 있어서는 後悔와 恨歎 속에서 생을 마치게 되었던 것이다. 이는 바로 주인공의 현실적 위치 내지 상황을 압축해 표현한 것이라고 할 수 있다.

---

25) 張恩和 著, 『郁達夫小說欣賞』, 廣西敎育出版社, 1990, p.58.

주인공은 처음부터 愛慾을 추구하지 않았다. 자신이 의탁할 수 있는 안식처를 찾기 위해 노력했다. 처음에는 시골 길을 거닐며 자연의 풍경에서 위안을 얻고자 했다. 그러나 그것은 순간의 위안이었을 뿐, 그에게는 荒野나 다를 바 없는 학교생활이 기다리고 있었다. 주위를 둘러싸고 있는 일본 학생들의 무관심 내지 질시 속에서 민족적 열등감까지 느낀 주인공은 자신의 마음을 알아주고 위로해 줄 수 있는 異性을 원했다. 주인공은 異性으로부터 위로받고 싶어 했고, 또 그 異性과 사랑하기를 원했다. 이성과의 사랑을 원하면서부터 주인공은 매일 아침 이불 속에서 手淫을 하기 시작했다. 고독과 불만의 해결하기 위한 하나의 방편으로 이성과의 사랑을 추구하였는데, 이성과의 사랑 추구가 이성에 대한 성욕의 추구로 옮겨 가면서 性慾에 대한 渴求가 본격적으로 시작되었던 것이다. 性的 欲求의 해결은 고독과 불만, 우울증이 쌓여만 갔던 주인공에게는 현실의 脫出口이자 새로운 逃避處가 될 수 있었다. 異性에 대한 욕구, 性的 欲求의 해결은 고독과 불안의 문제를 해결해 줄 수 있었을 뿐만 아니라, 일본인에 대해 민족적 열등감을 느꼈던 주인공의 입장에서 볼 때, 性을 통해서나마 일본인을 지배했다고 하는 느낌을 줄 수 있는 것이었기 때문에 주인공은 일시적으로 고독과 불만을 해소할 수 있었다.

「沈淪」의 주인공의 모습은 전형적인 도피적 지식인의 형상이었다. 환경으로부터 소외되는 도피적 유형의 인물들은 작품 속에서 환경과의 관계에 따라 두 부류로 나누어지는데, 그 가운데 하나는 인물들이 고립되고 개인화되어 환경에 대처하는 경우이다. 이러한 인물들은 개인으로서 독특한 성격이 두드러지며 내면의식을 부각시킴으로써 성격화된다. 따라서 이들은 뚜렷한 행동의 연속성을 보이지 않으며, 살아가는 범위도 축소된다. 「沈淪」의 주인공은 이에 해당되는 인물이다. 나머지 한 부류의 인물들은 환경과 대결하고자 하지만 그 힘이 미약하여 결국 환경의 조건에 타협하거나 굴복당하게 된다. 批判的 유형의 지식인들이 자아의 확고한 志向性을 가지고 세계와의 관계맺음을 통해서 자신의 실존을 확인해 가는 주체적 존재라면, 逃避的 유형의 지식인들은 세계에 의해서 파멸을 겪는 존재들인데, 후자인 도피적 유형의 지식인의 파멸은 대개 '過剩된 自意識'에서 비롯된다. 「沈淪」의 주인공이 보여준 고민과 갈등, 性的 彷徨 등은 보편적이기보다는 개인적이며 특수한 것이라고 볼 수 있는데, 이는 다른 사람들과 애써 자신을 구별시키려고 하는 過剩된 自意識에서 비롯되었다고 보는 것이 적절하다. "郁達夫의 작품에서 일관되게 표현된 사상은 性慾問題이나, 그가 표현한 性的 苦悶은 일종의 病的 心理를 띤 色情描寫로 일반인의 형상에서 볼 수 있는 것이 아니다. 갈등과 방황 속에서 주인공의 본질적 모습은 일반적이고 普遍的이지 않다."26)라고 했다. 그러니까 「沈淪」의 주인공은 당대의 여느 중국 유학생처럼 민족적 열등감과 일본사회에서의 不適應 등으로 갈등과 방황을 겪었으나, 그는 보편적인 측면에서 자신의 방황과 갈등을 해결하려고 한 것이 아니라, 과잉된 자의식에서 시작된 性的 渴求를 통해 해결하려는 모습을 보였다는 것이다. 黃修己는 「沈淪」의 주인공이 겪게 된 정신적 고통과 우울증은 애국적 지식인 사이에서 볼 수 있는 보편적 현상이라고 전제한 뒤, 그러나 「沈淪」의 주인공은 知識人으로서의 자신의 고민과 갈등을 여타 유학생들의 경우와 같이 보편적이고 이성적인 차원에서 드러내고 있는 것이 아니라, 性的 苦悶이라고 하는 비교적 특수한 방편을 통해 드러내고 있다고 했다.27)

그런데, 이 같이 과잉된 자의식을 가진 주인공의 모습은 가공된 허구적 인물이라기보다는 작가의 모습, 즉 郁達夫의 自畵像이었다는 데에 작품이 갖는 또 하나의 특징이 있다. 주인공 '他'는 따로 설정된 허구적 의미의 '他'가 아니고 작가 郁達夫 자신이라는데 이 작품이 갖는 또 하나의 특징이 있다는 것이다. 현실 부적응에서 시작된 고독과 불만, 성적 苦悶을 포함한 심리적 방황 등은 작가 郁達夫가 겪은 심적 경험의 과정이었다고 할 수 있다. 현실에 적응하지 못해 생기는 고독과 불만의 감정, 또 그런 감정 등을 해소하기 위한 과정에서 동반되는 性的 욕구와 갈등 등, 人間의 본능적 욕망이 忌憚 없이 吐露되고 있는데, 작품에서 주인공이 겪은 고독과 고민, 갈등과 방황은 郁達夫가 일본 유학생활에서 겪은 경험의 일부였다고 할 수 있다.

鄭伯奇는 「沈淪」을 포함한 郁達夫의 작품들에 대해 "郁達夫 소설의 주인공은 거의 다 작자 자신으로 赤裸裸하게 자신을 폭로하며 때로는 거기에다 약간의 僞惡者의 면목까지 가미되어 나타난다."28)고 했다. 鄭伯奇와 작가의 이러한 설명은 독자들로 하여금 작품의 주제와 성격 창작목적 등을 이해하는 데 도움을 주고 있다. 郁達夫는 자신의 문예관 내지 자신이 추구해 나갈 문학적 목표와 이념에 따라 자신의 체험과

---

26) 尹雪漫, 『五四時代的小說作家和作品』, 成文出版社, 臺北, 1980, p.187.
27) 黃修己 著, 『中國現代文學發展史』, 中國靑年出版社, 1996, p.127.
28) 鄭伯奇, 「中國新文學大系·小說三集 導言」(『創造社資料』下, 福建人民出版社, 1985, p.731)

감정 등을 그대로 표현해 냈는데, 「沈淪」이 바로 자신의 체험과 감정 등을 거의 있는 그대로 기탄없이 표현한 첫 번째 작품이다. 前述한 바와 같이, 「沈淪」을 위시한 郁達夫의 小說의 대부분은 소위 身邊小說이었다. 郁達夫는 비교적 어린 시절부터 유학생활을 하며 느껴야 했던 복잡한 감정과 또 유학생활에서 실제 겪은 개인적 경험과 감회 등을 작품에 그대로 나타내고 있다.

郁達夫는 貧寒하고 고독한 환경에서 자랐다. 그런 탓에 그의 성격은 내성적이고 유약하였다. 겨우 세 살 되던 때에 아버지를 잃었고, 집안이 너무 가난한 탓에 어머니는 생계를 유지하느라 그를 돌볼 겨를도 없었으며, 그의 형제자매도 일찍이 집을 나가는 바람에 가족들의 사랑과 관심 한번 제대로 받지 못하고, 고아처럼 자랐다고 해도 크게 틀린 말이 아니었다. 그런 탓에 그의 성격은 고독하고 유약하며 소심할 수밖에 없었다. 1913년에 일본으로 유학 간 郁達夫는 민족적 멸시와 냉대를 받아야 했다. 약소국이 되어 버린 국가의 국민이라는 自愧感과 굴욕감, 게다가 他國的 환경 속에서 고독감을 느낀 郁達夫에게 위안과 함께 依支處로서의 역할을 한 것은 아이러니하게도 자신에게 모멸감을 주었던 일본이라는 나라의 私小說이었다. 서구의 문학작품을 多讀하며 일찍부터 낭만주의 정신을 受容한 郁達夫에게 있어 일본 사소설의 영향은 자신의 초기소설을 성격을 결정 지우는 절대적인 역할을 담당했다. 郁達夫는 일본에서 받은 멸시와 그로 인한 정신적 苦痛, 그리고 孤獨感 등을 저항과 투쟁이라고 하는 현실적 방법이 아닌, 인간의 본능적 욕구의 분출과 표현이라는 낭만적 방법을 사용하였다. 「沈淪」은 바로 작가의 이와 같은 의도에서 탄생하였던 것이다.

작가는 작품의 서두에서부터 주인공의 '타'의 출생과 성장과정과 배경 등, 身上에 관해 매우 자세하게 설명하고 있다. 어려서부터 일찍 아버지와 死別하고, 어머니의 사랑조차 받지 못한 주인공이 일본에 건너 와 유학생활을 하기까지 어떤 과정을 거쳐 왔는가, 즉 어떻게 성장하며 생활해 왔는가 등, 일본에 유학 오게 되기까지의 과정에 대해 상세하게 말하고 있다. 작품에서 주인공의 신상에 대해 다음과 같이 묘사되고 있다. 그의 고향은 중국의 杭州 근처의 富春 강가의 작은 도시였다. 그는 세살 때 아버지를 여의었으며, 그 때 그의 집안 상황은 몹시 窮乏했다. 그는 縣立 小學校를 졸업하고 이리저리 중학교를 옮겨 다녔다. 제일 먼저 K府의 중학교에 들어간 후, 반년도 못되어서 다시 갑자기 H府의 중학교로 전학하였고 H府의 중학교에 다닌 지석 달 만에 혁명이 일어나 그 학교가 휴교하는 바람에 더 이상 다니지 못했다. 그리고 그 다음 해 봄, 17세가 되면서 杭州市 밖에 있는 어느 한 대학의 豫科에 진학하였다. 그러나 그 대학은 미국 장로회의 기부금으로 세워진 학교여서 학생들에게 基督教 수용을 강요하는 등, 자유와 낭만을 허용하지 않는 매우 硬直되고도 폐쇄적인 학교였다. 그 대학은 원래부터 그에게는 맞지 않는 대학이었고, 결국에 그는 요리사의 학생구타사건이 발생하자 이에 대한 반항의 표시로 학교를 그만두게 되었다. 집에서 석 달 남짓 쉬었다가 다시 石牌樓의 W중학교에 들어갔으나, 저속한 그 학교의 교무주임과 싸우고 W중학교마저 그만 두게 되었다. 그리고 일본의 사법사무를 시찰하고자 일본에 파견된 그의 큰 형을 따라 함께 일본에 왔다가 어물어물 반년을 보내고 동경 제일고등학교에 입학하였다. 그런데 東京 제일고등학교가 개학할 무렵 그의 큰 형은 귀국하라는 본국의 명령에 따라 귀국했고, 주인공은 혼자만 일본에 남게 되던 것이다.

이 같은 주인공 '他'의 履歷은 작가 郁達夫의 실제 履歷과 별로 다르지 않다. 작가 郁達夫는 중국에서의 자신의 실제 履歷과 체험을 주인공 '他'의 그것에 그대로 옮겨놓았다. 郁達夫가 세살 때 아버지를 여윈 일부터 시작하여 여러 중학교를 옮겨 다니며 공부했던 일, 기독교학교에 다녔다가 역시 적성과 취향에 맞지 않아 그만 둔 일, 형의 도움으로 일본에 유학가게 되어 일본에서 학교를 다니게 된 것, 모두 작품의 주인공의 경력과 일치하는바, 작가 郁達夫의 인생과정이었던 것이다. 작가 郁達夫 본인의 述懷와 傳記를 통해 볼 때, 작품에서 묘사되는 이 같은 주인공의 모습은 바로 작가 郁達夫 자신의 모습이었다는 사실에 이론의 여지가 없다. 작품에서 주인공은 멸시와 고독 속에서 일본이라는 공간에 적응하지 못해 갈등하며 방황하는 가운데 성욕을 갈구하였는데, 이 같은 주인공의 모습 또한 일본 유학시절 郁達夫의 심경과 경험의 실제 일부가 압축 내지 윤색되어 나타난 것이었다.

郁達夫는 "문학작품이란 모두 작가의 自敍傳"[29]이라고 말한 적이 있는데, 郁達夫는 자신의 말 그대로 자신의 경험과 감정, 감각 등을 기꺼이 거침없이 敍事化하고자 한 작가였다. 앞서 말한 바와 같이, 郁達夫는 일본에 유학하는 동안, 일본인으로부터

---

29) 郁達夫, 「五六年來創作生活的回顧」(『郁達夫文論集』, 浙江文藝出版社, 1985, p.335)

엄청난 멸시를 받았고, 그로 인해 열등감과 함께 크나 큰 고독감을 느껴야 했다. 작가는 멸시와 고독 속에 갈등하며 방황하였으나, 이런 문제에 능동적으로 대처하거나 저항하며 해결할 수 없었다. 작가는 이를 異性의 따뜻한 손길과 본능적 욕구를 통해 위로받고 싶어 했는데, 이 같은 자신의 욕구와 내면세계를 서사화한 것이 바로 「沈淪」이었다.

다음과 같은 작가의 述懷는 「沈淪」이 어떻게 탄생되었고, 또 「沈淪」을 통해 말하고자 했던 바가 무엇이었는가를 암시해 주는 하나의 例가 된다 하겠다.

> "나의 서정시대는 荒淫하고 殘酷한 軍閥全權의 섬나라에서 보냈다. 눈으로 직접 본 고국의 沈沒, 몸으로 직접 받은 이국에서의 굴욕과 내가 느끼고 생각하며 경험한 것을 모든 것을 따로 따로 떼어내 생각해보더라도 실망이 아닌 것이 없고 근심이 아닌 것이 없다. 일찍 남편을 잃은 少婦처럼 아무런 기력도 없이 또한 용기도 없이 애절하게 悲鳴을 지른 것이 당시 많은 비난을 불러일으킨 「沈淪」이다."[30]

아울러 위의 글을 통해 멸시와 굴욕 속에서 방황하며 절규하고자 했던 유학시절 郁達夫의 心境을 가늠해 볼 수 있다. 이와 함께 郁達夫는 「懺餘獨白」라는 글에서 자신의 유학생활과 관련해 다음과 같이 술회한 적이 있다. "沈淪集에 있는 작품들을 쓸 때, 나는 동경제국대학 경제학부에 다니고 있었다. 그 때 생활수준은 매우 낮았고, 학교에서의 공부해야 할 것이 꽤 많았다. 그런데도 나는 매일 소설 읽으며 시간을 보냈고, 커피점에서 자주 여자들을 불러들여 함께 술을 마셨다. 그 때 나는 열심히 공부하려고 하지도 않았고, 더욱이 훗날 소설을 써서 생계를 꾸릴 것이라고 생각지도 못했다."[31]고 했다. 유학 시절 郁達夫의 행동과 생각이 어떠했는가에 대한 한 단면을 보여주고 있다. 정신적 고통과 부적응을 해결하기 위한 방편으로써 일본 여성들과 기꺼이 어울리고자 했던 郁達夫는 주점의 기녀와 성관계를 갖는 데에도 주저하지 않았다. 정신적 공황 속에서 이루어진 유학생활의 모습, 즉 郁達夫의 방탕한 삶은 여자와 어울려 커피 마시고 술 마시는 것으로 끝나지 않고 酒店의 妓女와 육체적 관계로

---

30) 郁達夫, 「懺餘獨白」(『郁達夫小說全編』, 浙江文藝出版社, 1990, p.832)

31) 「五六年來創作生活的回顧」(『郁達夫小說全編』, 浙江文藝出版社, 1990, pp.825-826)

까지 이어졌다고 했다.[32] 일본인들로부터 받은 멸시와 굴욕, 이로부터 시작된 현실 부적응과 방황, 여성편력, 성관계 등은 유학시절 작가의 경험이었다. 郁達夫는 이 같은 자신의 모습을 작품에서 있는 그대로 정신적 고통과 방황, 그리고 그런 고통과 방황 속에서 성욕을 갈구하는 도피적 지식인의 모습으로 표현했다.

郁達夫는 자신의 경험과 감정을 일부 각색하여 거침없이 적나라하게 작품에 쏟아 부었다. 그렇기 때문에, 郁達夫의 小說은 자신의 體驗과 感情 등을 그대로 적은, 다시 말해 어느 한 개인의 사생활과 감정 등을 정직하게 표현한 자기고백이었다. 郁達夫의 자기고백은 아이러니하게도 자신이 싫어했던 나라 日本의 私小說을 수용하고 모방하는 데에서 시작되었다. 앞서 언급한 바와 같이 「沈淪」은 일본의 대표적 眈美派 작가 佐藤春夫의 「田園の憂鬱」을 모방했다고도 하는데, 이 말은 「沈淪」의 私小說的 성격과 그 양상을 더 짙게 해 주고 있다.

이 작품은 주제에서 부터 제재에 이르기까지 동시대의 작품에서 보기 어려울 정도로 파격적이고 획기적이라고 할 수 있다. 현실 부적응에서부터 시작된 주인공의 고독과 불만, 이성에 대한 욕구와 성욕의 추구, 性的彷徨 등 주인공의 심리와 행태가 과감하게 묘사되면서, 이른 바 自我暴露, 自我解剖라는 새로운 주제와 제재를 독자들에게 전달했다. 郭沫若은 작품의 淸新性과 대담한 自我暴露라는 사실에 커다란 의미를 부여하고 있다. 이 같은 사실과 관련해 郭沫若은 「郁達夫論」에서 「沈淪」을 평가하며 말하기를 "그의 淸新한 필치는 중국의 메마른 사회 속에 마치 한줄기 봄바람을 불어 넣은 듯, 당시의 무수한 청년들의 마음을 일깨웠다. 그의 대담한 자아폭로는 천년만년 동안의 베일 속에 감추어진 士大夫의 허위와 허식에 실로 폭풍우와도 같은 電擊이 되어 가식에 빠져 있는 道學者, 才子들을 격분시킬 만큼 깜짝 놀라게 했다. 무엇 때문인가? 바로 이와 같은 露骨的 眞率이 그들로 하여금 虛僞的 행동에서 발생하는 困難을 느끼게 했기 때문이다."[33]라고 했다. 成仿吾의 평가 또한 郭沫若의 그

---

32) Leo Ou-fan Lee, 『The Romantic Generation of Modern Chinese Writers』, Harvard Univ. Press, 1973, p.90에서 재인용.

　Leo Ou-fan Lee는 『The Romantic Generation of Modern Chinese Writers』의 "Student Life and Sex in Japan 1944-1922"에서 郁達夫의 傳記的 글을 인용해 일본 유학시절 그의 활동과 경험 등에 관해 상세히 밝혔다.

33) 郭沫若, 「論郁達夫」(陳子善, 王自立, 『郁達夫硏究資料』, 三聯書店, 1986, p.86)

것과 기본적으로 그 맥을 같이 하는데, 그는 "驚人的일 정도의 題材의 선택과 大膽한 描寫"34)에서 「沈淪」의 문학적 특성을 찾고자 했는데, 「沈淪」에서의 驚人的인 제재와 대담한 묘사는 다름 아닌 대담한 자아폭로였던 것이다. 「沈淪」은 일부 허구화과정을 거치기는 했지만, 郁達夫가 자신의 심경을 고백하고 자아를 폭로한 작품이었는데, 바로 이러한 사실에서 「沈淪」은 日本 私小說의 특성을 드러내고 있는 것이다.

郁達夫 소설의 성격과 특징을 한 마디로 말한다면, 작가가 자신의 감정을 주관적으로 강렬하게 표출했다는 데에 있다. 郁達夫가 신변소설이라는 형식을 빌려 자신의 경험과 감정 등을 대담하게 묘사하고 또 과감하게 자아를 드러낼 수 있었던 것은 일본 私小說의 영향을 크게 받았기 때문에 가능했다는 것이다. 앞서 언급한 바와 같이 「沈淪」은 일본의 대표적 眈美派 작가 佐藤春夫의 「田園の憂鬱」을 모방했다고 하는데, 이 말은 「沈淪」과 일본 私小說과의 영향관계를 확고하게 증명해주고 있다. 「田園の憂鬱」은 작가가 그의 개 두 마리와 애인을 데리고 가나가와현(神奈川縣)으로 주거를 옮겼을 때, 그 곳에서 쓴 작품이었는데, 주인공이 보여주는 전원생활에서의 우울이나 인생의 권태 등의 심정을 그린 작품인데, 작품에서 주제로 다루고 있는 우울은 바로 작가 자신이 느꼈던 우울의 표현이었다. 처와 두 마리의 개를 데리고 무사시노로 이사한 젊은 시인의 전원생활을 그리면서 우울과 인생의 권태 등의 불안한 심상을 음지에 핀 '병든 장미'에 비유하였다.

「田園の憂鬱」은 줄거리가 거의 없는 작품일 뿐만 아니라, 등장인물 사이에서 흔히 벌어질 수 있는 최소한의 갈등의 모습조차 찾아보기 어려운 작품이다. 단지 주인공의 내면세계에서 고민과 괴이한 환상이 펼쳐질 뿐이다. 마치 환상을 누비는 것 같이 장미와 주인공과의 대화가 겹쳐져 가는 모습을 보이고 있는데, 이 같은 장면들이 상처받기 쉬운 청춘의 心象風景이 뚜렷하게 묘사되어 나타나는 부분이라고 할 수 있다. 「田園の憂鬱」에는 병적일 정도로 예민한 신경과 권태와 우수에 괴로워하는 모습이 알알이 새겨져 있는데, 작가 佐藤春夫는 니힐한 世紀末的인 憂愁를 바로 이 소설에서 표현하고자 했던 것이다. 작가는 전원의 자연을 아름다운 색과 빛을 가지고 油畵風으로 묘사한 것에 머물지 않고 근대인의 마음 속 깊이 간직되어 있는 두려움 같

---

34) 成仿吾, 「"沈淪"的評論」(陳子善·王自立, 『郁達夫研究資料』, 三聯書店, p.6)

은 것을 그려냈다.[35] 이에 반해 「沈淪」에는 그 나름대로의 줄거리가 분명히 존재하고 있을 뿐만 아니라, 갈등과 방황의 과정이 그 과정이 작품의 전부라 해도 과언이 아닐 정도로, 「沈淪」은 주인공이 겪게 되는 정신적 방황과 갈등, 그리고 그 갈등양상에 따른 인간의 본능적 내면세계의 모습을 적나라하게 드러내고 있는 작품이다. 이렇게 볼 때, 이들 두 작품은 외형상으로 이렇다 할 유사점이 없는 듯 보인다. 그러나 「沈淪」이 적나라하게 드러내고 있는 인간의 본능적 내면세계의 모습은 바로 주인공 '他'가 민족적 열등감 속에 괴로워하고 방황하며 드러낸 病態的 感情과 倦怠의 모습이 될 수 있다. 주인공 '他'의 방황과 倦怠와 憂愁는 민족적 劣等感과 사회부적응에서 오는 갈등으로 시작된 것이었지만, 그것은 결국 니힐리즘적 행동으로 이어져 자기 파멸을 가져 왔다. 작가의 내면세계에 대한 묘사와 관련해 바로 이러한 면에서 「沈淪」과 「田園の憂鬱」, 이들 두 작품의 類似性을 찾을 수 있다.[36] 또한 「沈淪」에서 묘사되는 전원의 풍경에는 주인공 '他'의 憂愁와 苦惱, 내면세계 등이 反映 投射되어 나타나는데, 이 같은 서사적 특징은 「田園の憂鬱」에서의 그것과 크게 다르지 않음을 알 수 있다. 「沈淪」이 「田園の憂鬱」의 영향을 받거나 모방했다는 사실은 바로 이 같은 공통점에서 찾아야 한다. 뿐만 아니라, 「沈淪」에서 작가가 보여준 주인공의 내면세계 드러내기가 일본의 佐藤春夫가 쓴 「田園の憂鬱」의 그것과 크게 一致하고 있고, 이와 함께 두 작품 공히 연약한 인간의 불안한 정서와 심리로 인해 퇴폐적인 환상의식에 빠져드는 청년의 모습을 그리고 있다는 점에서, 모방으로서의 私小說의 면모를 더욱 확고하게 드러내고 있다.

「沈淪」의 문학적 성격은 신변소설, 사소설로서의 특징뿐만 아니라, 전형적인 抒情小說로서의 면모를 드러내고 있다. 抒情小說로서의 「沈淪」의 성격 또한 간과할 수 없는 부분인데, 「沈淪」은 전형적인 서정소설로서의 특징을 빠짐없이 드러내고 있다. 작품의 서정성은 대부분의 身邊小說에서 발견되는 공통적 특징이지만, 郁達夫의 「沈淪」은 중국현대소설사에 있어 가장 대표적이고도 전형적인 서정소설로서 자리매김 될 수 있을 정도로 서정적 성격을 두드러지게 나타내고 있다.

抒情性은 音樂的 繪畵的 특성으로 표출되어 나타나는 것이 보편적이고 일반적이

---

35) 小田切進 著, 李廷秀 譯, 『日本의 名作(鑑賞과 研究)』, 進明文化社, 1977, pp.91-92 참조.
36) (日)伊藤虎丸 著, 『魯迅, 創造社與日本文學』, 北京大學出版社, 1995, pp.269-270.

다. 「沈淪」은 작품의 서두에서부터 음악적 감각과 회화적 색채를 통해 독자들에게
시적 정취를 전달하고 있다. 「沈淪」의 주인공은 매우 감성적인 사람이었다. 주인공
은 일반 사람들과는 많이 다른, 특이하고 유별난 성격을 가진 사람이었다. 주인공은
주위의 멸시로 인해 항상 고독감을 느끼며 방황하였다. 작품 서두에서 방황하는 주인
공은 한 손에 워즈워드의 시집을 들고, 야외 시골길을 거닐며, 자연과 벗하고자 하였
다. 시골을 배회하며 느끼는 자연의 경치는 주인공의 부적응과 고독을 위로해 줄 수
있는 유일한 친구였다. 다음과 같은 장면은 자아와 세계가 불화를 겪는 객관적인 현
실과는 대조적으로 '자아와 세계화의 화합 내지 일치'의 모습을 그리고 있다.

"사방을 둘러보니 태양이 이미 기울어 가고 있었다. 대평원 저 건너편, 서쪽 지평
선 위에 높은 산 하나가 온 하늘의 석양을 흠뻑 받은 채 거기에 떠 있는데, 산의 주위
에는 한 층의 몽롱한 산안개가 어리어 있어 일종의 자줏빛도 아니고, 붉은 빛도 아닌
그런 빛을 반사하고 있었다."

그가 사방을 둘러보니 주위의 초목들이 모두 그에게 미소 짓고 있는 듯했다. 또한
창공을 바라보니 영원불변한 대자연이 가만히 머리를 끄덕이고 있는 듯 했다. "여기
가 바로 너의 피난처이다. 세상의 凡人들이 모두 너를 시기하고, 너를 경멸하며, 너
를 우롱하지만 이 대자연, 이 만고토록 항상 새로운 창공의 밝은 태양, 이 늦여름의
미풍, 이 초가을의 맑은 기운만은 너의 친구요, 너의 인자한 어머니요, 너의 애인이
다. 그러니 너는 더 이상 세상으로 가서 저 경박한 남녀들과 함께 거처할 필요가 없
다. 너는 곧 이 대자연의 품 안에서, 순박한 시골에서 일생을 마쳐 보라."[37]

안식처로서의 자연의 풍경은 주인공의 정서와 함께 융합되어 "物我一體"의 情景을
구성하며 독자들에게 "繪畫의 美"를 전달하고 있다. 그런데 주인공은 자연의 풍경에
의탁하는 것을 가지고는 부족했던지 시를 읊었다. "보게나! 밭에 있는 홀로 있는 저
여인을! 고원에서 홀로 벼를 베며 노래를 부르네."[38] 주인공은 이 같이 시를 읽으며,
그 시에 등장하는 홀로 벼를 베며 노래하는 고원의 아가씨의 모습을 自我化하며 자신
의 처지에 비유하고 있다. 주인공은 "The Solitary Highland Reaper"라는 워즈워드

37) 「沈淪」(『郁達夫小說全編』, 折江文藝出版社, 1990, p.17)
38) 「沈淪」(『郁達夫小說全編』, 折江文藝出版社, 1990, pp.17-18)

의 詩를 읊조린다. 학교라는 현실로 돌아 온 주인공은 현실에서 벗어나려는 듯, 동경
의 중앙역에서 N시로 가는 기차에 홀로 몸을 싣는다. 주인공은 기차 안에서 감상에
젖은 채, 한편으로는 사람을 그리워하며 "아미 같은 달, 버들가지 끝에 솟아오를 때,
또 하늘가를 향해 옛 집을 떠나네. … 그대에게 의지해 南浦에서 雙魚를 찾으려하네."
라는 시를 써 친구에게 보내려고 한다. 이어 주인공은 "부박한 속세 무정한 남녀,
… 너희들이 결국 어디로 돌아가는지 웃으며 보리라."라는 하이네의 시 "Harzreise"
를 독백의 형식으로 읽는다. 이 같은 두 편의 서정시가 독백의 형태로 서술되고 있는
데, 사실 시는 등장 그 자체만으로도 작품의 서정적 분위기는 고취시킬 수 있다. 작품
에서 이 두 편의 시는 주인공의 정서와 내면세계를 그대로 투사 반영함으로써 독자들
을 시적 분위기에 젖어들게 할 뿐만 아니라, 音樂의 美까지 첨가시키며 작품의 詩的
風味를 더 한층 高揚시키고 있다. 한 마디로 말해서, 자연풍경에 대한 감각적 묘사와
주인공의 내면세계를 대변하기 위한 시의 의도적 삽입은 독자들로 하여금 한 편의
시를 낭송하게 하는 효과를 자아낸다.

「沈淪」의 서정성은 音樂美와 繪畵美의 出現만으로 끝나지 않는다. 주인공의 성격
과 언행은 매우 서정적일 뿐만 아니라, 주인공의 언행을 이야기하는 話者 또한 철저
하게 서정적 인물이다. 서사적 주인공은 세상과 맞서 나가는 인물임에 비해 서정적
주인공은 현실에 맞서기보다는 사색하고 고민하며, 현실을 자아의 내면의식으로 축
소시키는 사람, 다시 말해 항상 수동적이고 내성적인 인물로 나타나기 마련인데, 「沈
淪」의 주인공은 이 같은 성격에 정확히 들어맞는 사람이다. 「沈淪」은 주인공이 현실
을 자신의 내면의식으로 융해시켜가는 전 과정을 플롯으로 취하는 작품이라고 해도
틀린 말이 아닐 정도로, 주인공은 현실 부적응에서 시작되는 갈등과 방황, 고독과
비애, 성의 욕구 등을 모두 내면화하여 서정적 감상의 형태로 표출하고 있다. 앞서
언급한 주인공이 자신의 마음을 자연의 풍경에 의탁하고, 시를 통해 자신을 드러낸
것도 현실이 내면의식으로 융해되어 나타난 서정적 표현의 결과라고 할 수 있다.

주인공은 일본이라는 현실공간에 적응하지 못해 항상 고독감을 느끼며 방황하기
시작한다. 고독과 방황 속에 자신을 위로해 줄 수 있는 사람의 손길이 그리워하는
가운데, 인간에 대한 그리움은 異姓에 대한 애욕으로 전환된다. 그런데 주인공의 애
욕 추구가 자신이 원하는 대로 이루어지지 않게 되자, 심리적 갈등과 좌절감은 갈수

록 심화되고 주인공은 급기야 죽음에 까지 이르게 된다. 주인공은 내성화된 인물이었는데, 내성화된 인물로서 주인공은 현실 부적응에서 시작된 심적 고통 속에서 고독과 싸우고, 고독과 애욕으로 인한 갈등 속에서 죽음에 이르기까지의 제 과정을 自我化함으로써 그것을 내면의 의식으로 축소화한다. 自我化되고 내면의 의식으로 축소화되어 나타난 주인공의 심리와 심리적 갈등 등은 내적 독백, 그리고 감성적이고도 직접적인 묘사 방법을 통해 다루어지기 때문에 「沈淪」은 서정소설이 되는 것이다.

　작품에서 話者의 역할 또한 주인공 못지않게 서정적이다. 話者는 주인공의 고독과 방황, 이성에 대한 그리움과 渴求, 그리고 이로 인해 발생하는 靈肉간의 갈등과 충돌 등, 인간의 잠재적, 내재적 욕망으로부터 솟아나는 감정과 행위의 표현에 진력하고 있음을 볼 수 있는데, 이를 통해 작품의 서정성이 더욱 강화되어 나타난다. 또한 話者는 주인공의 감정과 판단을 공유하는 가운데, 외부세계와 주인공의 내면세계를 이미지의 언어로 융합하며 주인공의 지각과 인식행위를 직접 표현하고 있음을 볼 수 있는데, 이로 인해 작품의 서정성은 더욱 크게 드러나고 있다.

　「銀灰色的死」는 1921년 7월 上海 『時事新報』에 게재되었다. 「沈淪」이 郁達夫의 處女作으로 알려져 있으나, 엄격히 말한다면 「銀灰色的死」이 작품이 處女作이 된다. 작가 郁達夫는 「沈淪'自序」에서 제3편 부록의 「銀灰色的死」는 『時事新報』에 발표한 적이 있었다. … 「銀灰色的死」는 나의 試作이자, 곧 나의 處女作이었는데, 금년 정월 초 이튼 날 탈고했다고 했다.[39] 작품의 주인공으로 등장하는 Y라는 사람 역시 유학생이다. 고국에 있던 愛妻는 어머니의 학대를 받다가 폐병에 걸려 사망하게 된다. 충격을 받은 주인공은 모든 사람과의 왕래를 끊고 한없는 좌절감에 빠져 연일 술에 의지하면서 슬픔을 잊고자 한다. 술에 의존해 시간을 보내는 가운데 어느 한 술집에서 20세가량 되는 주인의 딸 '靜兒'를 알게 된다. 그는 늘 그녀에게 자신의 불행을 말해주었고, 그녀는 그의 처지에 동정하며 같이 눈물을 흘리기도 하였다. 그러나 주인공이 죽은 妻의 유물인 다이아몬드 반지를 저당 잡혀 받은 돈 160원마저 다 써 버리고 난 후, 아무것도 없는 빈털터리가 되었을 때, 술집 주인이자 靜兒의

---

39) 郁達夫, 「沈淪'自序」(『郁達夫文論集』, 浙江文藝出版社, 1985, p.17)

어머니였던 사람은 주인공을 멸시하며 푸대접을 하게 된다. 그 동안 술집주인의 딸인 靜兒에게 외로움을 의지하며 어렵게 생활해 왔는데, 주인공은 그녀마저 출가하게 된다는 소식을 듣고 말할 수 없는 고독감과 처량함을 느끼게 된다. 그는 헌 책 몇 권을 판돈으로 靜兒를 위하여 조그만 선물을 산다. 그는 靜兒가 출가하기 전날 밤 미친 듯이 술을 마시고 만취되어 결국 腦溢血로 銀灰色의 달빛이 비치는 길거리에서 죽는다.

「銀灰色的死」의 주인공 Y君의 전체적인 삶의 모습은 「沈淪」의 주인공의 그것과 대체로 일치한다. 외롭고도 척박한 현실에 적응하지 못해 이를 해결하기 위한 방편으로 異性을 갈구하다가 그 이성으로부터 버림받은 데 대한 자책감에 시달리며 끝내 자살하는 모습 등은 「沈淪」의 주인공의 그것과 별로 다르지 않다. 「銀灰色的死」은 전반적 내용과 주인공의 성격 등은 「沈淪」과 비교해 대체로 유사하지만, 주인공의 성격과 행동이 영국의 薄命詩人 Ernest Dowson의 그것과 너무 닮아 있다는 점에서 관심을 모으고 있다. 「銀灰色的死」는 비통한 人生苦와 失戀을 맛보고 매일 酒色에 빠져 살다가 결국에는 목숨마저 잃어버린 시인 Ernest Dowson의 생활을 제재로 하여 쓴 소설이라는 평가를 받고 있다. 郁達夫는 「集中于"黃面志"(The Yellow Book)的人物」라는 글에서 유럽 낭만주의 작가들을 소개하면서 영국 시인 Ernest Dowson의 삶과 詩에 대해서도 이야기했는데, 이 같은 설명을 통해 볼 때, Ernest Dowson의 삶을 주인공의 삶 속에 치환시켰음을 유추해 볼 수 있다.[40] Ernest Dowson이라는 사람은 영국의 시인으로 조그만 카페를 경영하는 소녀를 매우 사랑했으나, 그 사랑을 이해하지 못하는 소녀가 다른 남자와 결혼하자, 失戀으로 인해 술과 여자 속에 빠져 지내다가 요절했다고 한다. Ernest Dowson은 23세 때에 폴란드 출신인 레스토랑 주인의 딸과 사랑에 빠졌는데, 그 딸은 그 당시 겨우 11살짜리 소녀였다. 그런데 그 소녀가 8년 후 그 레스토랑에서 하숙했던 어느 의복재단사와 결혼을 하게 되자 Ernest Dowson은 失戀의 충격을 이기지 못하고 자살하고 말았다.

「銀灰色的死」의 주인공 Y君의 모습은 Ernest Dowson의 모습과 거의 흡사하다고 보고 있다. 작가는 자신이 겪은 고독과 소외감, 민족차별 등을 Dowson이 경험한 失

---

40) 郁達夫, 「集中于"黃面志"(The Yellow Book)的人物」(『郁達夫文論集』, 浙江文藝出版社, 1985, pp.85-
89)

戀에 비유하면서 자신의 처지가 궁극적으로는 Dowson의 그것과 다르지 않다고 말하고 있는 것이다. 따라서 주인공 Y군의 모습은 작가의 삶과 경험이 소설화된 것이라기보다는 일차적으로 Ernest Dowson라는 영국시인의 삶을 모델로 하여 그 모델의 삶에 작가의 마음과 처지를 寄託하고 비유한 것이라고 보는 것이 적절하다고 할 수 있다. 다시 말해, 작가는 Ernest Dowson의 삶과 자신의 삶을 동일시하고, 자기 자신의 삶을 Ernest Dowson의 삶에 비유하고 있다. 이렇게 볼 때, 이 작품은 작가가 유학생활에서 가졌던 경험의 직접적 반영 내지 술회라기보다는, 작가의 心情과 내면세계를 Ernest Dowson의 그것과 동일시하여 표현한 작품이라고 보는 것이 타당하다. 따라서 작품의 주인공 '伊人'은 작가 郁達夫의 化身으로서, 작가는 일본에서의 또 다른 자신만의 경험을 소재로, 그 속에 담겨진 자신의 내면세계와 形象을 드러내고 있는 것이다.

「沈淪」의 後續作으로서의 성격을 지닌 「南遷」의 주인공의 모습도 「沈淪」의 주인공과 비교해 볼 때, 별로 다르지 않다. 오직 다른 점이라고 한다면, 주인공 伊人은 처음부터 현실에 적응하지 못하는 現實 不適應者가 아닌, 상황에 따라서는 자신감도 느끼며 행동하고자 했던 이상주의자라는 사실이다. 작품의 주인공 '伊人'은 일본에 유학하고 있는 중국학생이었다. 주인공 '伊人'은 일찍 아버지를 여의고 홀어머니 밑에서 자란 탓에 항상 고독하고 우울한 성격을 가진 사람이었다. 18세에 일본에 유학을 왔지만, 사람들과 교류하지 못하고 외로운 생활을 해야만 했다. 그는 N市의 고등학교를 졸업하고 東京帝國大學에 진학하게 되면서 경제적으로도 약간의 여유를 가지게 되었다. 게다가 일본 여자까지 알게 되면서 어느 정도 자신감 넘치는 모습을 보여주기까지 했다. 자신감이 생기자 그는 자신의 이상 실현을 위해 마음속으로 세 가지 희망을 제시한다. 명예와 돈, 그리고 여자를 얻는 것이 바로 세 가지 희망이었다. 그는 제국대학에 입학하여 그 대학의 학생이 됨으로써 명예를 가지게 되었고, 돈도 1년여를 버틸 수 있을 정도인 280원을 가지고 있어 나름대로 두 가지 소원은 이루었다고 생각했다. 그는 세 가지 욕망을 채운다면, 자신의 인생에 대해 만족할 수 있다고 생각했다. 이제 여자만 갖게 되면 세 가지 소원 모두를 이루게 되는 것이다. 그는 여자를 얻기 위해 노력한다. 주인공의 이 같은 욕구는 차별과 고독을 물질적 욕구 실현을 통해 극복해 보고자했던 작가의 마음을 반영하는 것이다. 그러나 일본인 娼婦

에 의해 사기를 당하게 되자, 여자는커녕 돈도 잃게 되고 그 동안 쌓아 왔던 명예도 잃어다는 자괴감에 괴로워하며 방황하게 된다. 그가 세 들어 사는 학교 앞 'N'氏 집의 일본인 여자 'M'의 유혹에 빠져 정신적으로 육체적으로 기만을 당한 후, 실망과 좌절 속에서 회한의 눈물을 흘리며 비탄에 잠긴다. 이처럼 주인공은 아무것도 얻지 못하고 정신적 육체적 파멸을 맞게 된다.

정신적·육체적으로 충격을 받은 주인공은 어느 한 英國人 牧師의 소개로 조그만 해변가로 휴양을 가게 되는데, 그 휴양지에서 療養생활을 하고 있던 일본인 여학생 O양을 만나게 된다. 同病相憐의 처지에 있다고 생각된 그들은 서로 친해지게 되었다. 그 여자와의 만남으로 그의 마음의 상처는 치유되는 듯 했으나, 일본인 K에 의한 방해로 또 다시 좌절된다. K라는 日本人 남학생이 교회의 강단에서 伊人은 여자를 사귀기 위해 종교를 믿는다고 공개적으로 비난하고 모함을 한다. 이런 악의에 찬 중상모략은 주인공을 다시 충격과 고통에 빠지게 하고 결국에 있어서는 죽음에까지 이르게 한다. '伊人'은 충격과 좌절 속에 폐렴을 얻어 죽게 되는데, 그는 죽으면서까지 O양을 걱정하였다. 여기에서 추구하고자했던 O양에 대한 사랑은 인간적이고 충격과 좌절로부터 벗어나기 위한 안식처 추구로서의 순수한 인간적 욕구라고 할 수 있다. 따라서 「南遷」에서 주인공은 「沈淪」에서처럼 始終一貫 性에 대한 인간의 본능적 욕구만을 추구한 것은 아니었다.

본능적 욕구는 일본인의 멸시와 고독에서 벗어나기 위한 방편에서 시작되었으나, 그것은 처음부터 끝까지 오직 肉慾의 만족만을 위해 존재했던 것이 아니었다. 주인공은 자신이 죽는 순간까지 O양을 걱정하는 모습을 보이는데, 이는 분명 순수하고 人間愛的 관심의 표시였다고 할 수 있다. 이 같은 주인공의 모습은 「沈淪」의 그것과 비교해 볼 때, 확고하게 달라진 주인공의 모습으로서의 뿐만 아니라, 변화된 작가의 의식으로 이해되어야 한다.

이상에서 살펴본 바와 같이, 『沈淪』集의 세 작품은 작자가 직접 체험한 민족적 모멸감을 담고 있지만, 작품의 주제는 모두가 異性에 대한 갈망과 그 좌절이다.[41] 이들 세 작품 공히 彷徨과 追求, 失敗 그리고 死亡으로 이어지는 개인몰락의 구도를 플롯

---

41) 曾華鵬·范伯群 著, 『郁達夫評傳』, 百花文藝出版社, 1983, p.47.

으로 취하며, 異性에 대한 애정추구와 함께 性의 욕구를 공통적으로 다루고 있다. 異性에 대한 애정추구와 性의 욕구는 작품의 주제이자 모티프로서의 역할을 하고 있는 것이다. 작가는 작품에서 청년의 심리묘사라는 이름을 빌어 愛慾와 性慾, 이로 인해 발생하는 갈등과 충돌 등 인간의 잠재적 내재적 욕망으로부터 솟아나는 감정과 행위를 표현하였다. 작가는 이러한 감정과 행위를 매우 赤裸裸하고 대담하게, 그리고 상세하고 정확하게 표현하여 독자들로 하여금 자신들이 주인공과 같은 존재가 되어 주인공의 감정과 행위에 공감하게 한다.

(2) 知識人의 人間愛와 社會認識

「春風沈醉的晚上」

「春風沈醉的晚上」은 1924년 2월 『創造季刊』 第二卷 第二期에 揭載되었다. 郁達夫의 소설은 「春風沈醉的晚上」이라는 작품의 탄생을 계기로 성격의 흐름이 크게 바뀌기 시작한다. 이 소설은 궁핍하게 사는 어느 한 문인과 외롭고 가난했던 女工과의 友誼를 제재로 한 작품이다.

작품은 주인공 '나'가 上海의 한 貧民窟의 작은 방으로 이사 오는 것으로 시작한다. 주인공 '나'는 얼마 안 되는 원고료에 의지해 겨우 먹고 사는 문인이었는데, 원고청탁마저 별로 없어 방세도 제대로 내기 어려워 할 수 없이 다시 방값이 더 싼 현재의 이곳으로 옮겨 와 살게 되었다. 그런데 주인공 '나'는 이곳에서 외롭고 가난한 女工 陳二妹를 만나게 되는데, 그녀는 N煙草工場에서 힘든 노동을 하며 사는 나이어린 처녀였다. 처음에는 서로 서먹서먹하게 지냈으나, 점차 알게 되면서 서로를 이해하기 시작했다. 주인공은 그녀에 대해 친근감을 느끼기 시작하면서 그녀가 그 공장에서 重勞動에 시달리고, 심지어는 관리인에게 희롱까지 당하는 등 고통스럽게 살아가고 있다는 사실을 알게 되었다. 또 그녀도 주인공 '나'가 낮에는 방에서 잠이나 자고 밤에는 보이지 않아 '나'를 도둑으로 오해도 했지만, '나'가 글을 써 원고료로 僅僅히 살아가는 가난한 문인이라는 것을 알고부터 서로를 더욱 이해하고 동정하게 되었다는 것이 작품의 줄거리이다.

이 작품 역시 「沈淪」과 같이 작가 郁達夫가 자신의 생활 경험을 모델로 하여 쓴 신변소설이다. 따라서 작품의 주인공은 자연히 郁達夫이고, 작품은 중국으로 돌아온 이후 작가의 생활과 체험, 감정 등이 반영되어 있다고 보는 것이 무방하다. 이런 면에서 볼 때, 이 작품은 작가의 변화된 생활의 모습과 함께, 이전과는 많이 바뀐 변화된 감정과 의식을 보여주는 의미 있는 작품이 될 수 있다.

작품에서 주인공은 消極的이고 나약한 면도 드러내고 있지만, 성실하고 건강하게 살아가려는 의지와 그런 모습을 보여주고 있다. 주인공은 변변한 직업을 얻지 못하고 빈민가에 이사와 가난하게 살아가는 文人이었다. 女工 또한 올바른 생각을 하며 성실하게 살아가는 사람이었다. 그래서 이들 두 사람은 비교적 솔직하고 의미 있는 대화를 나눌 수 있었다. 서로의 처지가 비슷하다는 사실을 확인한 주인공 '나'는 그녀와 대화를 나누면서 그녀가 처한 고통스러운 현실을 발견한다.

> "하루에 몇 시간이나 일하세요?" "아침 일곱 시에 시작하여 저녁 여섯시에 끝나는데 중간에 한 시간 휴식하므로 매일 모두 열 시간 일합니다. 한 시간 휴식하므로 매일 모두 열 시간 일합니다. 한 시간이라도 덜하면 그 만큼을 월급에서 제한답니다. "얼마나 제하나요?" "매월 구원이니까 열흘에는 삼원이고, 한 시간에는 삼십 전이지요." "식비는 얼마나 되나요?" "한 달에 사원입니다." "이렇게 계산해보면 매월 한 시간도 쉬지 않아서 식비를 빼고 나면 겨우 오원 남는군요. 이것으로 방세 내고 옷 사 입는데 충분한가요?" "어떻게 충분하겠어요! 게다가 그 관리인이 또 … 아아! … 나… 나는 그래서 공장이 몹시 싫어요. 당신은 담배 안 피우세요?" "피웁니다." "당신께 권하고 싶은 것은 역시 안피우는 것이 가장 좋은 방법입니다만 혹 피우시더라도 우리 공장의 담배는 피우지 마십시오. 나는 정말 그것이 죽도록 싫어요." 나는 그녀가 이를 갈며 원망하는 모습을 보고는 더이상 말하고 싶지가 않았다.[42]

> 아래층 노인은 정말 좋은 사람이어서 나에게 지금까지 나쁜 마음을 갖고 있지 않아요. 그래서 나는 아버지께서 살아 계실 때와 같이 공장에 가서 일합니다만 李氏라는 공장 관리인은 아주 못된 사람이어서 저의 아버지가 돌아 가셨다는 것을 알고는 나를 희롱하려 한답니다.[43]

---

42) 郁達夫, 「春風沈醉的晚上」(『郁達夫小說全編』, 浙江文藝出版社, 1990, p.242)
43) 郁達夫, 「春風沈醉的晚上」(『郁達夫小說全編』, 浙江文藝出版社, 1990, pp.242-243)

그런데 고통스러운 현실은 女工 陳二妹에게만 국한된 것이 아니다. 그것은 노동자들이 겪는 일반적인 것이었다. 주인공은 陳二妹를 통해 일반 노동자들이 겪는 고통과 사회의 현실을 알게 되었다. 따라서 주인공 '나'는 女工과의 대화를 통해 同病相憐의 情과 함께 사회의 현실을 발견하게 되었던 것이다. 同病相憐의 정과 사회의 현실을 발견한 주인공은 그녀에게서 인간애를 느끼기 시작한다. 주인공이 보여주는 人間愛는 다음의 행동을 통해 구체적으로 확인되고 있다.

> 나는 언제인가 二妹가 나에게 사다 준 빵, 바나나 등도 생각해냈다. 두 번 생각할 것도 없이 나는 곧 제과점에 들어가서 일원어치의 초콜릿, 바나나 사탕, 카스테라 빵 등의 먹을 것을 샀다. …(중략)… 나는 배가 몹시 고팠으나 방금 사 온 과자봉지는 아무래도 뜯고 싶지가 않았다. 그것은 二妹가 돌아오기를 기다렸다가 그녀와 함께 먹고 싶었기 때문이었다. 나는 책을 꺼내 읽으면서도 입 안 가득히 군침을 흘렸다.[44]

매우 궁핍한 처지에 있는 주인공이 그나마 몇 푼 안 되는 적은 돈으로 二妹를 위해 먹을 것을 사는 것은 단순히 전에 얻어먹은 데 대해 신세를 갚는 일 이상의 의미를 지닌다. 그것은 먼저 同病相憐의 情이었고, 또 가난하고 고통 받는 노동자들에 대한 관심과 사랑을 상징하는 것이라고 했다.[45] 이 같은 人間愛의 표시는 작품의 주제 내지 작품의 문학적 목표가 무엇인가를 시사하고 있다. 錦明은 이 작품을 다음과 같이 평가했다.

> 『寒灰集』 중에서 가장 사람을 감동시키는 것은 「春風沈醉的晚上」이라고 생각한다. 이 작품이 우리에게 주는 슬픔의 전부는 주인공이었던 達夫 자신과 그의 친구인 가난하지만 성실했던 女工에게 있다. 이것은 얼마나 깊은 인상을 주는가! 내가 보기에는 「罪與罰」의 그 처참한 정경 속을 헤매는 것 같았다. 도스토예프스키는 인류의 영혼은 망하지 않을 것이라고 말하였다. 번화한 생활 속에 안거하는 남녀이건, 郁達夫와 같은 생활을 경험한 남녀이건, 생활이 郁達夫보다 못한 남녀이건, 「春風沈醉的

---

44) 郁達夫, 「春風沈醉的晚上」(『郁達夫小說全編』, 浙江文藝出版社, 1990, p.247)
45) 이 작품은 中國現代文學史上 처음으로 勞動者의 생활의 실상을 묘사한 작품으로 평가되고 있다.
   顔雄, 程凱華 主編, 『簡明中國現代文學史』, 湖南大學出版社, 1988, p.124.

晩上」이 그들의 영혼에게 준 감동은 같을 것이라고 나는 믿는다. 현대생활은 이미 마비되었고, 영혼도 마비되었다. 이 작품은 이러한 많은 마비 속에서 얼마나 많은 사람들을 일깨워 주었는가!(46)

위의 평가는 人間愛를 통해 나타나는 감동에 대해 이야기하고 있는데, 그 감동이란 바로 궁핍한 문인과 女工 사이에 있었던 뜨거운 友誼的 人間愛로 표현되고 있다. 이들 두 사람의 진실한 友誼와 人間愛에 대한 묘사가 독자들에게 커다란 감동을 주고 있는 것이다.

나는 그녀의 이러한 단순한 태도를 보자 마음속에 불현 듯 일종의 불가사의한 감정이 일어나 두 손을 뻗어 그녀를 한번 포옹하려고 했으나, 나의 이성이 도리어 나에게 명령하여 말했다. 너는 다시 못된 짓을 해서 안 돼! 너는 네가 지금 어떠한 상황에 처해 있는지 알아야 해! 너는 이 순진한 처녀를 독살하려 드느냐? 이 악마야! 악마야! 너는 지금 남을 사랑할 자격이 없어(47)

위의 내용은 작품의 마지막을 장식하는 부분이다. 사회와 인간을 바라보는 주인공의 '나'의 마음을 함축해 드러내면서, 주인공 '나'라는 사람이 어떤 사람인가를 대변하고 있다. 이 작품이 궁극적으로 나타내고 있는 주인공 지식인의 형상은 따뜻한 人間愛를 가지고 사회를 발견하는 知識人의 모습이었다. 주어진 환경 속에서 최선을 다하고 주위 사람들에게 관심과 동정을 보이며 사회의 현실에 눈을 돌리는 그런 지식인의 모습이다. 이전의 소설에 나타난 주인공 지식인의 모습이 방황 속에서 본능적 욕구에 빠진 知識人의 모습이었다면, 이 작품에 나타난 지식인의 모습은 척박한 환경 속에서 人間愛를 찾고 사회를 발견하는 지식인의 모습이었다. 그리고 앞서 이야기한 바와 같이, 이 같은 모습은 궁극적으로는 주인공 '나'의 역할을 하는 郁達夫의 새로운 모습이었다.

이처럼 작가는 이전과 전혀 다른 모습을 나타냈다. 과거 본능적 욕구나 추구하던

---

46) 錦明, 「達夫的三時期」(陳子善·王自立 編, 『郁達夫研究資料』, 香港 三聯書店, 1986, p.28.
47) 郁達夫, 「春風沈醉的晩上」(『郁達夫小說全編』, 浙江文藝出版社, 1990, p.249)

郁達夫가 아닌, 사회를 알고 그 사회 속에서 고통 받는 사람들에게 인간애를 느끼고 표현할 수 있는 郁達夫의 모습이었다. 「春風沈醉的晚上」은 郁達夫가 더 이상 본능적 욕구만을 쫓아 다니는 사람이 아닌, 이를 절제하며 理性的 人間愛를 찾는 완전히 달라진 모습을 보여주는 또 하나의 例라 할 것이다. 「沈淪」, 「南遷」, 「銀灰色的死」에서 인간의 본능적 욕구에 대해 낭만적 지각을 추구했던 감성적 지식인의 형상을 그렸다면, 「春風沈醉的晚上」은 사회의 현실에 대해 이성적 지각을 추구하는 현실적 지식인의 형상을 그렸던 것이다.

3) 낭만주의 소설의 다양한 形式과 運用

• 郭沫若의 小說

郭沫若의 소설은 郁達夫의 소설에 비해 그 성격이 매우 다양하다고 할 수 있다. 1919년 『新中國』에 발표된 「牧羊哀話」를 필두로 하여 1947년 발표된 「地下的笑聲」에 이르기까지 郭沫若은 모두 41편의 소설을 남겼다. 그의 소설은 1920년대를 기준으로 前後期의 작품으로 나눠지고 있다. 1920년대에 발표된 소설의 대부분은 自傳的 성격의 小說로서 낭만적이고 서정적인 성격을 강하게 드러냈다고 한다면, 1920년대 이후 등장한 소설은 그 성격이 사실주의로 바뀌면서 歷史小說이 주류를 이루었다고 할 수 있다.

1920년대 郭沫若의 小說은 그 대부분의 작품이 궁핍과 고독으로 인해 挫折과 失意를 겪지만, 그런 현실과 맞서 싸우며 자신의 뜻을 추구해 나가는 과정에서 탄생한 작품이었다. 그 결과 郁達夫의 소설처럼, 郭沫若의 작품도 自己告白, 自我表現을 중시하는 등, 작가 개인의 主觀 및 감정 등이 강조되다 보니 자연스럽게 낭만적이고도 抒情的인 성격이 강하게 흘러나오고 있다. 郭沫若은 創造社의 그 어느 작가보다 표현주의의 영향을 가장 많이 받았으며[48], 또한 가장 많은 작품을 남긴 작가였다. 20년대 탄생한 그의 작품은, 그것이 신변소설이었건 아니었건, 그 속에는 자신의 경험

---

48) 羅鋼, 「五四時期及二十年代西方現代主義文藝理論在中國」(藍棣之·解志熙 編, 『遠去的背影(淸華大學 中文系 紀念朱自淸新文學硏究論文集』, 中國社會科學出版社, 2002, p.151)

과 체험, 주관적 정서와 감정이 올곧게 담겨져 있다. 鄭伯奇는 1920년대 郭沫若의 小說에 대해 "이른 바 그의 身邊小說로서 이 시기 소설의 대부분은 五四 運動 退潮期에 작가가 窮乏과 困窮 속에서 挫折과 失意를 겪으면서, 저항정신의 발휘를 거듭해 가며 무언가를 추구하고자 하는 심정에서 탄생하였고, 抒情的 性格을 강하게 드러내고 있다고 했다.49)

郭沫若의 신변소설은 다양한 색채를 드러내고 있다. 「殘春」, 「喀爾美夢姑娘」 등이 이룰 수 없는 인간의 본능적 욕구를 感性的이고도 서정적인 관점에서 표현한 小說이었다면, 「月蝕」, 「未央」, 「行路難」, 「漂流三部曲」, 「三詩人之死」 등은 이루고 싶어 했던 사회적 욕구를 서정적으로 표현한 작품이었다고 할 수 있다. 이들 작품들은 작가의 유학시절 또는 귀국 후 조국에서 겪어야 했던 고통과 함께 이에 대한 저항의지를 표현하고 있는데, 고통과 저항의지를 표현하는 주인공의 모습은 작가의 分身 내지 化身으로서 작가의 실제 삶과 행동을 그대로 재현하고 있음을 알 수 있다.

郁達夫의 소설이 작가 자신의 감정 및 신변이야기 등을 과감하고도 직접으로 표현했다고 한다면, 郭沫若의 작품은 그것을 때로는 폭로의 형식을 빌려 직접적으로 드러내기도 하면서 필요에 따라서는 여러 가지 문학적 방법을 통해 우회적이면서도 다양하게 담아냈다고 할 수 있다. 郭沫若은 많은 작품들에서는 자신의 신변과 개인적 감정, 경험 등을 올 곧게 표현하기도 했지만, 일부 작품들 속에서는 제3의 인물이나 사건 등에 의존 내지 의탁하여 자신의 감정과 의지를 나타내기도 하는 등, 여러 가지 기법과 상상력을 통해 다양하게 표현하고자 노력하였던 것이다. 그렇기 때문에, 그의 소설은 비교적 다양한 형태로 분류되고 있다. 鄭伯奇는 1920년대 郭沫若의 前期 小說을 身邊小說과 寄托小說로 나누어 설명하고 있다. 鄭伯奇의 말 그대로 寄托小說은 옛사람이나 중국이 아닌 다른 나라 사람의 이야기에 기탁하여 자신의 감정을 펼치는 소설, 다시 말해 과거에 중국에 존재했거나 중국이 아닌 다른 나라에 실제 있었던 인물과 사건들에 관해 이야기하면서도 그 목적이 그러한 인물이나 사건을 정확히 서

---

49) 身邊小說은 이와 같은 문학적 특성으로 인해 抒情小說 내지는 수필식의 소설이란 명칭을 갖기도 한다. 身邊小說이 보여주는 自己告白의 양식은 身邊小說만이 갖는 특유의 것으로서 그 양식은 마치 수필의 문학적 양식과도 같아 隨筆式의 소설이란 평가되기도 하고, 또 수필식과 같은 양식을 띠는 가운데 작가 개인의 主觀 및 抒情性 등이 강조되다 보니 抒情小說로서의 특징도 갖는 것이다.

술하고 표현하는 데 있지 않고, 실제적으로는 그런 인물과 사건을 빌어 작가의 主觀的 意志와 감정 등을 표현하는 데 목적을 둔 소설이다. 오히려 寄托小說은 과거에 또는 외국에 존재했던 인물들과 사건들을 다루기 때문에, 작품의 意味에 있어서 歷史小說에 더 가깝다고 할 수 있다. 寄托小說 가운데에는 제3인칭을 사용하여 비교적 객관화된 것으로「落葉」,「萬引」,「葉羅提之墓」등이 있지만, 역시 서정적 색채가 농후하다고 했다."[50]

이에 반해 劉茂林・葉桂生 등은 鄭伯奇의 논리에 異論을 제기하면서 郭沫若의 소설을 抒情小說, 身邊小說, 思想小說, 外傾小說 등으로 나누어 각 작품의 성격을 언급하면서, 郭沫若 小說의 문학적 특징을 규명하였는데,[51] 身邊小說에서 抒情小說을 따로 분리 설정한 것과 思想과 外境 등 다소 생소한 용어를 써서 작품의 특징을 규명하고자 한 것이 이채롭다고 할 수 있다. 黃修己는 郭沫若의 身邊小說을 自傳小說이라 표현하였는데, 그는 自傳小說에는 두 가지의 유형이 있다고 하면서,「漂流三部曲」,「行路難」과 같이 자신의 신변에 관한 이야기를 다룬, 다시 말해 작가 개인의 삶을 솔직하게 그대로 서술한 수필식 소설이 있고,「殘春」,「喀爾美夢姑娘」과 같이 작가 자신의 경험을 허구화한 작품이 있다고 했다.[52]

劉茂林・葉桂生은 "郭沫若의 身邊小說은 플롯의 完整性, 변화하는 인물의 운명과 사회현실 사이의 본질적인 관계를 표현하는 데에 주력한 것이 아니라, 자신의 情緒와 情調를 작은 플롯으로, 사건발전의 모티프로 해서 자아표현의 목적에 이르고 있다."[53]고 설명하며 郭沫若 소설의 특징에 대해 평가했다. 卜慶華는『郭沫若評傳』에서 郭沫若 前期 身邊小說에 대한 분석을 통해, "예술표현에 있어 구성의 배치에 주의를 기울이지 않았고, 플롯의 기묘함을 추구하지 않았으며, 또한 줄거리의 세밀함을

---

50) 鄭伯奇,「中國新文學大系 小說三集 導言」(『創造社資料 下』, 1985, 복건인민출판사, p.731)

51) 劉茂林・葉桂生은 鄭伯奇는 그 제재가 서로 다르다는 것을 가지고 소설을 身邊小說과 寄托小說로 兩分했다고 하면서 여기에는 한편으로는 一理가 있음을 인정했다. 그러나 이러한 기준만을 가지고는 郭沫若의 前期小說 전체를 개괄할 수 없다고 하면서, 작품과 작가의 情感, 思想, 創作目的과의 관계에 따라 구분해야 한다고 했다. 그들은 그 예로서 郭沫若의 前期小說 전체를 抒情, 身邊, 思想, 外傾小說 등 네 가지로 분류하여 설명했다.
　劉茂林・葉桂生 等著,『郭沫若新論』, 社會科學文獻出版社, 1992, pp.218-220 참조.

52) 黃修己 著,『中國現代文學發展史』, 中國靑年出版社, 1996, p.125.

53) 劉茂林・葉桂生 等著,『郭沫若新論』, 社會科學文獻出版社, 1992, pp.230-231.

찾지 않았으나, 작가가 자아를 묘사할 때, 돌출적으로 자기의 심정을 묘사했다. 그러니까 여러 가지 심리활동과 정서는 짙은 서정적 색채를 가지고 있다."[54]고 함으로써 郭沫若의 소설이 작가의 情緖와 心情 등을 중히 여기는 소설이었음을 말하고 있다. 그러면 먼저 인간의 본능적 욕구를 서정적으로 표현한「殘春」, 「喀爾美夢姑娘」에 대해 살펴보자.

(1) 인간적 본능의 표출과 새로운 抒情形式

「殘春」, 「喀爾美夢姑娘」, 「牧羊哀話」

「殘春」은 1922년 上海『創造季刊』에 발표되었다. 일본으로 유학 온 어떤 한 지식인이 처자식이 있음에도 불구하고 일본인 간호사를 짝사랑하게 되며 겪는 해프닝을 그린 작품이다. 주인공 愛牟는 일본에서 공부하는 중국유학생으로 이미 妻子를 거느린 사람이었다. 주인공 愛牟의 친구인 白羊君은 어느 날 愛牟의 집을 찾아온다. 그는 愛牟에게 그들의 친구인 賀君이 정신병의 발작으로 배에서 바다에 뛰어 내리는 자살을 기도했으나, 다행히 水兵에 의해 구조되어 인근 병원으로 실려 갔다고 말한다. 愛牟는 백군과 함께 병원으로 賀君을 문병하러 간다. 병원에서 愛牟는 그 곳에서 看護員으로 일하고 있는 S양을 우연히 만나 알게 되고 그녀에 대해 戀情을 품게 된다. 그날 밤, 愛牟는 S양과 밀애를 나누는 꿈을 꾼다. 그런데 그 순간 친구 白君이 나타나 愛牟의 妻가 집에서 두 아이를 살해했다는 소식을 전하게 되면서 愛牟는 夢境에서 벗어난다. 비록 꿈에서 벌어지는 사건이었지만 이는 그에게 엄청난 충격이었고 애모는 커다란 자극을 받게 된다. 꿈에서 깨어난 愛牟는 자신의 행동을 자책하며 처자의 곁으로 돌아온다는 것이 이 소설의 내용이다.

「殘春」은 夢境과 잠재의식을 핵심 소재로 다루고 있다. 따라서 이 작품의 핵심요소로 등장하고 있는 잠재의식 즉 '꿈속에서의 애정행각'에 관해 살펴볼 필요가 있다. 주인공 愛牟는 꿈속에서 간호원 S양을 만나 S양이 천천히 자신의 상반신을 벗고 그에게로 다가오는 황홀한 유희를 즐긴다. 愛牟는 꿈을 통해 자신의 잠재의식을 과감하게 드러낸다.

---

54) 陳慶華 著, 『郭沫若評傳』, 湖南人民出版社, 1980, pp.117-120 參照.

　　"門司市 북쪽에는 뾰족한 봉우리가 있는데, 이름하여 筆立山이라고 했다. …(중략)… 나와 S양은 산 정상에 올라갔는데, 산 뒤쪽에 瀨戸內海를 향해 있는 찻집에서 서로 마주보며 앉아 있었다. …(중략)… 그녀는 꽃봉오리 같은 입술을 열었다."애모 선생 당신은 의사이고 폐결핵병을 고쳐야 합니다. 무슨 좋은 방법이 없을까요?"그녀의 목소리는 약간 떨렸다. …(중략)… 애모 선생! 그대로 말해 주세요. 나 같은 폐인도 생존할 가치가 있는 겁니까? …(중략)… 당신에게 어떤 병이 있다면 고명한 의사에게 진찰을 받으세요. 쓸데없이 걱정만 하면 도리어 몸에 해롭습니다. 그렇다면 애모선생이 저를 위해서 한번 진찰을 해 주세요. 나는 아직도 제대로 된 의사가 아닙니다. 어려워하지 마세요."라고 말하며 그녀는 천천히 자신의 상반신을 드러내고 내 곁으로 다가 왔다. 그녀의 몸은 대리석 조각 같았다. 그녀의 늘어진 두 어깨는 껍질을 벗겨 놓은 荔支같았다. 살짝 위로 향한 가슴 위의 두 개의 젖무덤은 아직 피어나지 않은 장미꽃 봉오리 같았다. 나는 급히 일어나 그녀에게 앉으라 했고, 그녀는 앉아서 자신의 雙子星을 내밀며 동그랗게 눈을 뜨고 나를 바라보고 있었다. 나는 두 손으로 문질러 따뜻하게 한 다음 그녀의 가슴 끝을 진찰하려는 순간 백양군이 헐레벌떡 뛰어 오더니 나를 향해 소리쳤다. "큰일 났어 큰일 났어[55]

　　愛牟가 평소 S양에 대해 가졌던 관심과 흠모가 꿈속에서 일련의 행동으로 재현되고 있음을 볼 수 있다. 위의 잠재의식이 꿈에서 실현되면서 S양과 愛牟는 함께 산에 오르며 대화를 나누다가 S양은 愛牟가 의학도임을 알고 자신의 병을 치료해 달라고 하고, 이에 愛牟는 어쩔 수 없이 상반신을 벗은 S양의 가슴에 손을 대려고 했지만 순간 白羊君이 나타나는 이 같은 일련의 행동은 愛牟의 잠재의식이 꿈속에서 재현되며 일종의 의식의 흐름과 같은 형태로 나타났던 것이었다.

　　이 작품의 핵심을 이루는 '꿈속에서의 애정행각'과 관련해 郭沫若은 「批評與夢」이라는 글에서, "내가 「殘春」을 쓰면서 역점을 둔 것은 사실의 진행을 중시하는 것이 아니었다. 나는 심리묘사를 중시하였다. 내가 묘사한 심리는 잠재의식의 흐름으로서 이것은 내가 그 소설을 쓰면서 얻고자 했던 과분한 욕심이었다."[56]고 이야기했다. 작가의 이 같은 自述을 통해 작품의 寫作意圖와 작품의 특성 등을 자연스럽게 파악해

55) 郭沫若, 「殘春」(『郭沫若全集 文學編(第九卷)』, 1985, pp.21-31)
56) 郭沫若, 「批評與夢」(『郭沫若全集第 文學編 15』, 人民文學出版社, 1990, p.236)

볼 수 있다. 또한 郭沫若은 같은 글에서 작가의 분신인 주인공 愛牟가 보여준 '꿈속에서의 愛情行脚'에 대해 다음과 같이 구체적으로 설명하고 있다.

> "주인공 愛牟가 S양을 향해 가졌던 것은 일종의 은밀한 애정이었으나, 그는 처자식을 둔 사람이었고, 따라서 그의 사랑은 당연히 실현될 수 없었다. 그렇기 때문에 그는 無形無影지간에 그것을 잠재의식 속에 넣어 둘 수밖에 없었다. … 이것이 바로 그런 꿈을 꾸게 된 주요 동기인 것이다. 꿈속에 S양과 筆立山에서 만나는데, 이는 현실 속에서는 채울 수 없는 욕망이나, 꿈속에서 표현되었던 것이다.57)

병원에서 우연히 만났던 간호원 S양에 대한 연정이 애모의 마음속에 감춰져 있다가 꿈을 통해 나타나는 이 같은 잠재의식의 표현은 주인공의 감춰진 욕구의 해방이자 숨겨진 감정의 배출처럼 일종의 의식의 흐름과 같이 나타났다고 작가는 이야기하고 있다. 「殘春」에서의 잠재의식의 표현은 비록 그것이 초보적 수준의 것이라고 할지라도, 의식의 흐름과 같은 것으로 간주될 수 있는바, 이는 이 작품이 갖는 문학적 특징으로서의 역할은 물론, 서정소설로서의 특성까지 보여 주는 중요한 단서가 되고 있다.

심리학자들은 의식을 "언어표현의 단계"와 "언어표현이전의 단계"로 나누고 있다. "언어표현이전의 단계"는 이성의 지배를 받지 않을뿐더러 이성도 존재하지 않는다고 했다.58) 작가들은 이 같은 의식을 "잠재의식"과 "무의식"으로 수용해 독자들에게 현대인의 복잡, 분란한 내적 세계와 심리의 구조를 보여주기도 하는데, 이를 위해 작가들은 일반적인 전통소설에서 나타나는 시간과 공간적 논리와 그 순서를 과감하게 파괴하기도 한다. 이 같은 특징으로 인해 잠재의식과 무의식이 묘사되는 상황을 그린 소설, 즉 "의식의 흐름"이 묘사되는 소설은 인간정신의 내면세계와 정서를 중심적 과제로 보여주게 되고 또한 그렇기 때문에 서정소설의 범주 속에 들어간다고 말하고 있다.

---

57) 郭沫若, 「批評與夢」(『郭沫若全集第 文學編 15』, 人民文學出版社, 1990, pp.238-239)
58) Robert Humphrey, 『Stream of Consciousness in the Modern Novel』, California Univ. Press (이우건, 유기룡 공역, 『現代小說과 意識의 흐름』, 형설출판사, 1991, pp.13-15)

「殘春」의 이 같은 특징은 서정소설로서의 의미뿐만 아니라 심리소설로서의 성격까지 확고하게 부여하고 있다. 의식의 흐름은 심리학적 용어로서 의식의 流動과 不確定性을 의미한다. 작가는 인간의 잠재의식을 주된 제재로 하여 작품을 구성했고, 이로 인해 어떤 論者들은 이 소설이 프로이드Freud의 정신분석학설을 이용해 만들어진 작품이라고 주장했다. 「殘春」은 인간의 감추어진 본능적 욕망이 潛在意識을 거쳐 어떻게 나타나고 있는가를 '의식의 흐름'의 기법이라고 보아도 무방한 심리소설의 기법을 사용하고 있다. 따라서 「殘春」은 중국 현대소설사에 있어 '의식의 흐름' 기법을 처음으로 사용한 心理小說로 기록될 수 있다는 사실에서 문학적 의미가 더해 질 수 있다. 심리 기법을 사용해 자신의 감추어진 내면세계의 一面을 표현한 소설로서의 성격과 의미가 설명해 볼 수 있다는 것이다. 郭沫若은 潛在意識에 대해 主人公 愛牟가 꾸었던 꿈은 潛在意識 속의 慾望이 꿈을 통해 자연스럽게 분출되어 나타난 것이라는 사실을 심리학적 이론으로써 다음과 같이 설명했다.

"나는 정신분석학자들이 정신분석의 연구에 가장 좋은 것은 꿈의 분석에 착수하는 것이라고 들었다. 꿈에 대한 설명 또한 정신분석학자에 따라 다르게 나타난다. 프로이드 같은 사람은 꿈이란 어렸을 때, 억제되어 잠재 의식하에 있던 욕망에 대한 만족이라고 주장했다. … 종합적으로 이야기해서 이런 학자들의 꿈에 대한 해석은 '꿈은 억제되어 잠재의식 속에 있던 욕망 혹은 감정의 강렬한 관념의 복합체로서, 잠을 잘 때 監視弛緩되는 의식 속에 나타나는 假裝行列이라는 것이다."[59]

郭沫若은 정신분석학자들이 말하는 潛在意識의 이론을 자신의 작품의 제재로 활용하여 기존의 작품에서 볼 수 없는 새로운 형식의 소설을 만들어 냈다. 郭沫若의 소설 대부분은 身邊小說인데, 「殘春」역시 신변소설로서 작가가 자신을 모델로 하여 자신의 의식세계를 반영하고 있음은 분명한 사실이다. 이는 작품의 주인공이 郭沫若의 餘他 身邊小說에서와 같이 愛牟이고, 그의 부인으로 등장하는 曉芙 또한 다른 身邊小說에서 볼 수 있는 曉芙인데, 曉芙는 郭沫若의 부인인 安娜이라는 사실은 여러 자료를 통해 증명되고 있다. 郭沫若은 이 작품이 자신의 모습을 부정하고 있지 않을 뿐만

---

59) 郭沫若, 「批評與夢」(『郭沫若文集 文學編15』, 人民文學出版社, 1990, p.236)

아니라, 論者들 또한 여기에 대해 이의를 제기하고 있지 않음도 이 같은 사실을 증명하고 있다. 따라서 이 작품은 작가가 유학생활을 하며 어떤 여성에 대해 품었던 戀情 내지 애정적 호기심을 표출해 낸 작품이라는 추측이 가능해진다.

작가가 평소 어느 여인에 대해 가졌던 애정적 호기심이 潛在意識 또는 內面世界의 一部로 수용되어 있다가 문학을 통해 분출되어 나온 것이 꿈을 통한 간호원 S양과의 愛情行脚이었다고 할 수 있다. 이렇게 볼 때, 애정을 갈구하는 知識人의 본능적 모습이 바로「殘春」의 주제가 될 수 있는 것이다. 劉茂林·葉桂生은 이 같은 작품들은 작자의 더욱 隱秘한 내심세계를 드러내고 있다고 전제한 뒤,「殘春」,「喀爾美夢姑娘」과 같은 抒情小說이 주로 표현한 것은 작가 자신의 심리적 진실이고, 반영한 것은 자신의 理想 추구였다."[60]고 했는데, 이 같은 설명을 통해 이 작품의 문학적 성격과 주제가 어디에 있었는가를 추론해 볼 수 있다.

黃修己는「喀爾美夢姑娘」과 함께「殘春」이 작품이 작가 자신의 어떤 경험에 근거하여 허구화하여 나온 것으로서 이들 작품들은 주인공의 체험이 작가와 서로 가까운 곳에 있지만, 바로 작가는 아니라고 했다.[61] 여기서 작가가 아니라는 것은 작품에서 주인공 愛牟가 보여준 꿈속에서의 애정행각이 작가의 직접적 체험은 아니라는 것이지, 주인공 愛牟의 존재가 작가와 직접적 관계가 없는 단지 허구적인 것에 불과하다는 것은 아니라는 뜻이다. 반영대상으로서의 작가 자신과 작가 자신의 감추어진 내면세계의 한 斷面이 작품에 吐露되고 있다는 사실, 이것이 바로 이 작품의 성격과 궁극적 의미로 평가될 수 있다는 것이다.

작가의 입장에서 볼 때, 작품에서 주인공 愛牟가 겪은 꿈의 체험이 郭沫若 자신이 직접 겪은 체험이라고는 단정할 수 없으나, 적어도 작가는 어떤 한 여성에 대해 은밀한 애정을 가졌고, 이것이 곧 작가의 潛在意識을 형성했다고 볼 수 있다. 이 말은 꿈속에서의 애정행각은 실제적 경험의 표현이 아니며, 이는 작가 郭沫若이 마음속에만 담아 두었던 어떤 潛在意識이 꿈의 형식을 통해 허구화되었음을 의미하는 것이라 하겠다. 작가는 자신의 潛在意識 속에 넣어 두었던 愛情追求의 욕망을 현실적으로 이룰 수 없음을 알고, 그것을 꿈의 형식을 통해 문학적으로 표현한 것이다.[62]

60) 劉茂林·葉桂生 等著,『郭沫若新論』, 社會科學文獻出版社, 1992, p.226.
61) 黃修己 著,『中國現代文學發展史』, 中國靑年出版社, 1996, pp.125-126 참조.

「殘春」과 매우 유사한 내용을 가진 작품으로 「喀爾美蘿姑娘」이 있다. 이 작품은 말 그대로 「殘春」의 亞流作品 내지 姉妹作品으로 간주될 수 있는 작품이다. 등장인물의 역할과 성격, 플롯의 진행, 背景 등, 작품의 諸 構成要素에 있어 「殘春」과 비교할 때, 매우 유사한 성격을 지니고 있다. 주인공이 처자식을 둔 有婦男이라는 사실에서부터 어떤 한 일본여자를 일방적으로 짝사랑하고, 또 그 사랑을 현실화시키지 못하고 꿈속에서나마 그 사랑을 맛보려고 한 것에 이르기까지 이 작품은 「殘春」과 매우 유사하다.

이 작품은 이미 결혼해서 처자를 거느린 중국 유학생이 糖菓를 파는 일본인처녀를 짝사랑하는 것으로부터 시작한다. 주인공은 그녀를 무척이나 좋아하였으나, 그녀에게 직접 고백할 용기가 없었다. 그는 매일 그녀가 있는 곳에 가서 糖菓를 산다. 그녀가 차를 타고 외출할 때, 그녀를 뒤따라갈 정도로 그는 그녀에게 푹 빠져버렸다. 사랑추구에 실패한 그는 학업을 마치지 못했고, 결국에 있어서는 실망과 후회, 고통에 빠져 바다에 뛰어들어 자살을 하려 했으나, 운좋게 구제되어 나중에는 妻子와 함께 귀국했다. 그런데 뜻밖에도 일본에 있었을 때, 알고 지냈던 이웃에 살았던 사람이 편지를 보내 그 糖菓를 팔았던 여자가 커피 집 종업원이 되었다는 것을 알려 주는데, 이것이 그의 마음을 다시 흔들어 놓았다. 그는 처자를 버리고 다시 일본으로 돌아가 그녀를 찾아 나선다. 소문에는 그녀는 결혼하여 동경으로 가버렸다고 하는데, 그 또한 필사의 마음으로 동경으로 가 그녀를 찾아다니는 것으로 끝을 맺는다.

작품은 이미 결혼해서 처자를 거느린 중국 유학생이 糖菓를 파는 일본인처녀를 짝사랑하는 것으로부터 시작한다. 주인공은 그녀를 무척이나 좋아하였으나, 그녀에게 직접 고백할 용기가 없었다. 그는 매일 그녀가 있는 곳에 가서 糖菓를 산다. 그녀가 차를 타고 외출할 때, 그녀를 뒤따라갈 정도로 그는 그녀에게 푹 빠져버렸다. 이에 그는 학업을 마치지 못했고, 결국에 있어서는 실망과 후회, 고통에 빠져 바다에 뛰어들어 자살을 하려 했으나, 운좋게 구제되어 나중에는 妻子와 함께 귀국했다. 그런데

---

62) 陳厚誠은 「郭沫若與弗洛伊德」에서 프로이드정신분석이론을 비교적 계통적으로 평가하고는 특히 성욕Libido승화의 이론이 곽말약 전기문학창작에 중요한 영향을 미쳤다고 했다. 그는 소설창작에 있어 곽말약은 의식적으로 정신분석학의 이론에 따라 꿈을 그려 인물의 잠재의식 속에 있는 은밀한 심리활동을 그려 냈다고 했다.

뜻밖에도 일본에 있었을 때, 이웃에 살았던 사람이 편지를 보내 그 당과를 팔았던 여자가 커피집 종업원이 되었다는 것이 그의 마음을 다시 흔들어 놓았다. 그는 처자를 버리고 다시 일본으로 돌아가 그녀를 찾아 나선다. 소문에는 그녀는 결혼하여 동경으로 가버렸다고 하는데, 그 또한 필사의 마음으로 동경으로 가 그녀를 찾아다니는 것으로 끝을 맺는다.

이 작품에서 묘사하고 있는 것은 전혀 알지도 못하는 일본인 처녀를 思慕해 쫓아다니는 어느 중국인 유학생의 모습이다. 비록 주인공은 자신의 비도덕적 행위로 인해 처자식에 대해 미안한 마음을 가지고는 있었으나, 그 미안한 마음은 마음으로만 그칠 뿐, 자신의 행동에 어떠한 영향도 미칠 수 없었다. 작품에서 주인공이 심적으로 겪는 자책과 갈등, 고통도 묘사되고 있지만, 주인공이 자신만을 위하는 일체의 모든 태도 또한 긍정되면서 동정적으로 그려지고 있다. 이는 바로 작가가 주인공이 애정을 마음의 최후의 안식처로 삼으려는 태도를 긍정하는 것일 뿐만 아니라, 궁극적으로는 작가 자신의 潛在意識과 內面世界를 긍정하는 것이기도 하다. 여기서 이 작품이 추구하는 목적을 읽을 수 있다.

끊임없는 애정추구는 주인공 '나'의 행위이지만, 그것은 실제로 異性에 대한 어떤 戀情에서 시작된 작가 자신의 潛在意識과 內面世界의 반영이다. 끊임없는 애정추구는 주인공 '나'의 행위이지만, 그것은 실제로 異性에 대한 어떤 戀情에서 시작된 작가 자신의 潛在意識과 內面世界의 반영이라는 것이다. 그리고 이 潛在意識과 內面世界의 분출로서 표현된 애정추구의 모습이 이 작품에서 드러내고자 했던 지식인의 궁극적 모습이라고 할 수 있다.

上述한 바와 같이, 「喀爾美夢姑娘」은 「殘春」과 비교해 내용과 형식에 있어 별로 차이가 없음을 알 수 있다. 사실, 餘他의 身邊小說에 등장하는 주인공이 모두 郭沫若의 化身이고, 이 작품 또한 日本 私小說의 영향을 받아 탄생한 身邊小說의 하나라는 사실만 가지고 고려해볼 때, 「喀爾美蘿姑娘」의 주인공은 흔히 쓰이는 삼인칭 愛牟가 아닌 '나'로 등장하고 있어 愛牟가 주인공으로 등장하는 餘他 신변소설과 다른 면모를 보이고 있다. 日本의 私小說은 그 대부분이 일인칭 주인공시점의 서술 형태를 취하고 있는데, 일인칭 주인공시점의 서술형태는 일면 이 작품이 私小說의 원칙을 보다 충실히 수행하고 있음을 보여주는 증거가 될 수 있다. 또한 일인칭 주인공시점의 특징이 "독자가 현실생활에서 경험하는 사건보다도 소설 속의 '나'가 말하는 사건은 정교하게 꾸며진 이야기이며 '나'가 넓은 의미의 경험을 해석하고 있다는 생각에서 받아들이게 되므로 이야기의 신빙성을 높여준다."[63])는 사실을 감안해 볼 때, 일인칭 주인공시점의 서술형태를 취하고 있는 이 작품은 작가의 체험 내지 경험이 강하게 표출하고 있음을 감지해 볼 수 있다.

　五四시기에는 애정의 자유를 쟁취하는 것이 반봉건투쟁의 중요목표 가운데 하나였고, 이에 따라 애정을 제재로 한 여러 가지 소설이 등장했다. 郭沫若, 郁達夫 등 창조사의 여러 작가들은 인간의 性 心理 등을 포함한 인간의 감추어진 내면세계를 과감히 들추어냈는데, 이 같은 행동의 배후에는 봉건예교사상에 대한 반항과 고발이 담겨져 있다고 보는 주장이 있다.[64]) 이 같은 사실과 관련해, 田仲濟 孫昌熙는 이를 철저하게 사회적 관점에서 고찰하고 있어 주목을 끌고 있다. 「殘春」, 「喀爾美夢姑娘」등의 작품에서 보여주는 비도덕적인 주인공의 애정추구는 민족적 울분과 암흑사회에 대한 반항의 결과라고 규정짓고 있는데, 일본사회와 조국의 현실에 대한 환멸이 결국은 자포자기식의 행동심리를 낳았고, 이러한 행동심리가 바로 이 작품에 드러난 애정행각이라는 것이다.[65]) 그러니까 이들의 논리는 郭沫若이 마음속에 품어왔던 은밀한

---

63) 鄭漢淑 著, 『小說技術論』, 高麗大學校出版部, 1977, p.136.

64) 劉茂林·葉桂生은 郭沫若의 「殘春」, 「喀爾美夢姑娘」등, 이러한 작품들이 과연 반봉건의 저항적 낭만주의 사상에서 나온 것인지에 대해 몇 가지 문제점을 제기한 바 있다. 그 예로서 「殘春」에서 보여주는 강렬한 서정성은 분명 內心에서 나온 작가의 주관적 감정의 자연적 발로이나, 이 작품이 표현하고 있는 것은 연애의 자유를 막는 봉건세력과 이러한 자유를 추구하는 개성의 해방 사이에서 벌어지는 갈등이 아닌, 일종의 도덕적 책임과 정신의 추구, 그리고 현실과 이상의 욕망 사이에서 벌어지는 갈등이라는 것이니 만큼, 그러므로 郭沫若이 이 작품에서 표현한 것은 일종의 형이상학적인 것에 대한 추구라는 것이다. 그리고 郭沫若이 남녀간의 愛情을 다루는 데에는 世俗에 구애받지 않고, 사회를 의식하지 않으며, 자유롭게 자아의 분방한 감정을 표현하고, 아무 거리낌 없이 내심의 진지한 애정을 드러내며, 사실 그대로의 자아의 진실한 의식을 표현해야 한다는 태도를 견지했지만, 이러한 작품들은 실제적으로 이러한 작가의 표현원칙에 완전 부합되지 않는다고 보았던 것이다. 그러나 이들도 郭沫若의 이러한 抒情小說이 주로 표현한 것은 작가 자신의 진실된 마음이고 반영한 것은 이상의 추구였고, 또한 郭沫若은 자기의 이상을 애정에 집중시키면서, 그 애정을 理想化시켰다고 함으로써 그의 소설이 낭만주의일 수밖에 없다고 결론을 내렸다.
　劉茂林·葉桂生 等著, 前揭書, pp.225-227 參照.

65) 田仲濟·孫昌熙의 설명에 따르면 「殘春」은 感傷的인 情調가 충만한 작품이다. 그리고 이러한 감상적인 정조를 구성하는 것은 세 명의 중국 유학생의 이상에 대한 환멸의 비애인 것이다. 이 소설은 일본의

내심세계를 토로했다기보다는 주인공이 암흑적인 현실사회 속에서 느꼈던 좌절과 분노 등이 이러한 결과를 가져왔다는 것이다. "근대의 정신 분석가들은 말하기를 소위 히스테리의 증상은 전에 부터 쌓여 온 여러 가지 불쾌한 경험이 일시에 의식적인 생활에 의해 잠재의식세계에 억압당한다. 그것은 잠재의식 속에 맺히게 되면서 사람들의 정신활동에 장애를 가져와 최대한도로 사람을 미치게 만든다. …(중략)… 민족이 여러 압박을 받고 그것이 오래되면 여러 불만이 능동적으로 수동적으로 잠재의식 속으로 들어가고 그것은 결국에 있어서는 혁명의 폭발로 이어진다."고 한 郭沫若의 설명66)을 예로 들었는데, 심리학적 論理에 근거한 이러한 주장은 일견 타당성을 가질 수 있다. 사회현실에 대한 불만과 개인적 좌절 그리고 그로 인한 실망 속에 빠진 주인공의 감정은 하나의 모티프가 되어 이성적이고 실질적인 행동을 하지 못하고 감정적이면서 본능적 행동을 하게 되는 결과를 가져 왔다고 볼 수 있기 때문이다. 이러한 논리는 낭만주의적 반항정신으로 귀결되는 작품들의 창작동기 및 그 배경을 밝혀 주는 데 중요한 역할을 하면서도 개인의 행동과 정서 등을 사회적 관점에서 수용 해석하려 했다는 점에서 그 의미를 찾을 수 있다.

五四시기에는 애정의 자유를 쟁취하는 것이 반봉건투쟁의 중요목표 가운데 하나였고, 이에 따라 애정을 제재로 한 여러 가지 소설이 등장했다. 郭沫若, 郁達夫 등 창조사의 여러 작가들은 인간의 性 心理 등을 포함한 인간의 감추어진 내면세계를 과감히 들추어냈는데, 인간의 등 모든 것을 거리낌 없이 그대로 표현할 수 있다는 것은 억압과 허위의식으로 상징되는 봉건사상 봉건의식에 대한 저항의 표시로 인식될 수 있다. 그러므로 愛慾과 愛情추구는 작가들의 기존의 봉건의식과 관습에 대한 반항 심리에

병원을 배경으로 하여 중국 유학생 賀君의 자살과 愛牟의 꿈을 나누어 그리고 있다. 하군은 천재적인 기질이 있는 사람이다. 그는 조국을 구하겠다는 이상을 갖고 병든 아버지까지 나 몰라라 하고 일본에 유학 온 사람이었다. 그러나 결과는 염세사상은 신경이상으로 변했고, 마침내는 그 고통에서 벗어나기 위해 바다에 뛰어들었다는 것이다. 작품에서 그가 미치게 되어 자살까지 하게 된 원인을 드러내지 않았지만, 바다에 뛰어 들어 자살할 때, '모자를 벗고 만세 三唱했다'는 데에서 이러한 사실을 추측하고 있다. 애모의 꿈은 賀君이 미쳐 자살하려고 한 이야기의 보충이라는 것이다. 애모가 꿈속에서 사랑을 벌이고 싶은 것은 작가가 賀君과 愛牟의 변태심리를 통해 표현하고자 했던 것은 바로 개인의 울분과 우울일 뿐만 아니라, 민족의 울분과 우울이라는 것이다. 작가는 자신의 반항정서와 애국심의 표현하기 위해 소설을 이렇게 썼다는 논리인 것이다.
田仲濟·孫昌熙 主編, 『中國現代小說史』, 山東文藝出版社, 1984, pp.36-37 參照.
66) 郭沫若, 「創造十年續編」(한국선 옮김, 『郭沫若 자서전2 학생시절』, 일원서각, 1990, pp.186-187)

서 출발하였다는 논리도 나름대로의 설득력을 가질 수 있다.

郭沫若 小說의 낭만성과 서정성은 비교적 다양하게 운용되고 있다. 「牧羊哀話」는 작가의 또 다른 성격의 낭만주의 소설의 예를 보여주는 작품으로 평가되고 있다. 이 작품은 식민지 한국을 배경으로 어느 한 처녀의 비극적인 이야기를 통해 작가의 排日 애국의 정을 그린 소설이다. 「牧羊哀話」는 작가 郭沫若이 일본에서 완성한 작품으로 자신의 첫 번째 백화소설이다. 이 소설이 특히 사람들의 이목을 끄는 것은 異國的 상황을 배경으로 식민지 한국의 이야기를 통해 작가 자신의 애국의지를 표현하였기 때문인데, 그래서 사람들은 이를 일러 "寄託小說"이라고 말하고 있다. 작품은 일인칭 서술시점을 채택하고 있는데, 소설의 주인공인 "나(내)"가 보고들은 이야기를 서술해 나가는 형식을 취하고 있다. 작품의 내용은 다음과 같이 정리될 수 있다.

나는 식민지 한국에 와서 금강산 아래 선창이라는 마을에 있는 성이 윤씨인 어느 어멈의 집에 머물고 있었다. 어느 날 저녁 나는 산골짜기에서 어떤 소녀가 양떼를 몰고 구슬픈 노래를 부르는 소리를 우연히 듣게 되었다. 윤씨 어멈의 소개를 통해 나는 여기에 슬픈 이야기가 있음을 알게 되었다. 노래를 불렀던 아가씨는 그 이름이 閔佩荑였고, 그녀의 부친은 閔崇華로 조선 말기에 子爵을 지냈던, 강한 애국심을 가졌던 사람이었다. 부친은 매국세력이 전횡하자 이에 모든 벼슬을 버리고 은거하며 살았다. 閔佩荑에게는 계모가 있었는데, 계모는 남편과 佩荑에 대해 일찍부터 불만을 품어 왔다. 어느 날, 계모 이씨는 남편이 쓴 反詩를 발견하고 윤씨 어멈의 남편인 尹石虎와 두 부녀를 살해할 음모를 꾸민다. 그러나 그 음모는 실패로 돌아가고, 佩荑의 친구이자 연인이었던 尹子英이 두 부녀를 대신해 음모의 희생물이 되어 목숨을 잃게 된다. 그 사건 이후, 佩荑는 子英이 쓰던 채찍을 들고 양떼를 키우며 구슬픈 노래를 부른다.

「牧羊哀話」의 서정성은 작가의 묘사와 서술방식에서 우선적으로 드러나고 있다. 작품의 발단부분에서 가장 먼저 묘사되고 있는 부분은 금강산 아래에 있는 조그만 산촌마을의 아름다운 풍경인데, 이 같은 산촌마을의 풍경이 작품의 배경을 이루고 있다. 이 같은 배경묘사는 한 폭의 산수화를 그려내는 화가의 움직이는 붓처럼 회화적 이미지를 강하게 전달하고 있다. 금강산의 아름다운 자태와 금강산 아래 작은 山

村에 대한 작가의 묘사는 독자들에게 한 폭의 산수화에 대한 정취와 함께 자연미를 선사하며 작품의 서정성을 크게 고취시키고 있다. 그리고 한 폭의 산수화와 같은 배경에서 출현하는 주인공 아가씨의 구슬픈 노래는 자연의 아름다움이 주는 시각적 서정미와 함께 청각적 서정미를 자아내고 있다. 다시 말해, 주인공 아가씨가 부르는 牧歌는 인간의 내심 깊숙한 곳에 간직되어 있는 감상적 정서를 불러일으키면서, 소설의 節奏美와 節奏美를 통해 만들어지는 청각적 서정미를 만들어 내고 있는 것이다. 또한 이 작품은 텍스트의 구조와 표현기법을 통해 서정성을 드러내고 있다.

소설텍스트의 전체적인 구조에 있어 이 작품은 일반적이고 전통적인 소설이 갖추고 있는 보편적인 플롯의 형태를 취하고 있지 않다. 이 작품은 금강산의 아름다운 풍경에 대한 묘사로써 시작되는데, 이 부분은 플롯전개과정에 있어 발단이 되는 부분이라고 할 수 있다. 묘사가 끝나면서 구슬픈 牧歌가 이어지는데, 牧歌는 전개의 부분을 형성하며 작품의 주제를 암시하고 있다. "나"의 꿈으로써 작품은 끝을 맺게 되는데, 이러한 텍스트 구조는 일반적인 소설에서 볼 수 있는 보편적 구조가 아님은 물론이다. 이는 다시 말해 플롯의 시간과 공간적 순서의 안배에 있어 불규칙적인 것으로서 구조상에 있어서의 문제점 내지는 논리적 비약이라고 할 수 있는데, 텍스트 구조상 이러한 비약은 서정소설이 갖는 문학적 특징으로 간주되고 있다. 서정문학을 가장 잘 대표하는 것은 시, 특히 서정시인데, 서정시가 작가 개인의 주관적 정서의 표현을 위주로 하고, 심미적 가치에 편중되며, 형식상에 있어서도 논리 정연한 질서를 요구하지 않는 문학의 장르임을 고려해 볼 때, 이 같은 구조에 나타난 비약적 논리는 서정소설이 보여주는 전형적인 문학상의 특징이 될 수 있다.

(2) 知識人의 反抗과 理想追求

「漂流三部曲」, 「月蝕」, 「行路難」, 「三詩人之死」

「殘春」, 「喀爾美夢姑娘」 등이 다룬 抒情的 藝術性을 통해 인간의 본능적 욕구를 다룬 작품이었다면, 「月蝕」, 「未央」, 「行路難」, 「漂流三部曲」, 「三詩人之死」 등의 작품들은 작가의 진솔한 삶과 행동을 바탕으로 인간의 저항적 욕구를 사실적으로 다룬 小說이라 할 것이다. 이들 작품들은 철저하게 사실주의를 지향하고 또 논리와 기법 등에 있어 사실주의를 기본으로 하면서도 한편으로는 이것과는 반대 되게 私小說의 면모를 강하게 드러내고 있어,[67] 하나의 특색을 이루고 있다. 이들 작품들의 주인공들은 거의 예외 없이 郭沫若의 分身이자 化身으로 등장하면서 郭沫若의 실제 삶과 행동의 궤적을 사실적으로 그대로 재현하였을 뿐만 아니라, 작가의 내면세계를 여과 없이 드러내고 있어 주목을 끌고 있다.

「月蝕」, 「未央」, 「行路難」, 「漂流三部曲」, 「三詩人之死」 등 이들 작품들은 처음부터 끝까지 의지할 곳 없이 표류하는 주인공의 현실적 상황과 이에 대한 비판의식으로 가득 차 있다. 작가는 이런 작품들을 통해 억압적이고 궁핍한 상황 하에서 유랑하며 安居하지 못하는 자신의 처지와 제국주의 일본사회에서 벌어지는 비인간적인 민족차별의 작태를 여실히 그려내고 있다.

그런데 이들 작품에 나타난 주인공 愛牟의 모습은 바로 작가 곽말약의 그것과 거의 데에 주목할 필요가 있다. 이들 작품들은 작가가 유학생활의 충실한 기록이자, 생활과 체험으로부터 느낀 개인감정의 솔직한 고백 그 자체였다고 할 수 있다. 따라서 이 같은 작품은 작가 개인의 삶과 행동을 진술하게 표현한데다가 소설 고유의 특징이라 할 수 있는 허구가 별로 가미되지 않아 한편으로는 수필식 소설이라 불리우고 있다. 그래서 앞서 논의한 「殘春」, 「喀爾美夢姑娘」과 비교해 볼 때, 작가의 삶과 행동을 반영했다는 점에서 신변소설로서의 공통점을 보이기는 하나, 한편으로는 소설 본래의 허구성을 크게 드러내지 않고 있어 또 하나의 특징이 될 수 있는 것이다.

그러면 먼저 『漂流三部曲』부터 살펴보자. 지금까지 살펴본 바와 같이, 郭沫若의 대표적 身邊小說로 꼽히고 있는 『漂流三部曲』은 「岐路」, 「煉獄」, 「十字架」라고 하는 세편의 소설로 구성되어 있어 일종의 連作小說의 형태를 띠고 있다. 1924년 2월에서 4월 사이에 걸쳐 『創造週報』 제41호, 제44호, 제47호에 발표되었고, 1926년 『漂流三部曲』이라는 제목으로 創造社叢書 『橄欖』에 수록되었다. 郭沫若은 創造社의 그 어느 작가보다 身邊小說을 가장 많이 쓴, 그러면서도 자신의 身邊과 感情을 기록하는 데

---

67) 趙遐秋·曾慶瑞는 郭沫若의 「未央」, 「月蝕」, 「三詩人之死」의 예를 거론하면서 초기 創造社의 작가들의 신변소설은 일본의 사소설과 같은 것이라 했다. 그러나 일본 私小說의 작가들은 작품 속에 사회성이 배제된 그런 작품을 썼으나, 「未央」 등 중국의 身邊小說은 인간과 사회와의 관계를 긴밀히 연계된 채 쓰여졌다고 했다.

趙遐秋·曾慶瑞, 『中國現代小說史』, 中國人民出版社, 1987, p.483.

매우 충실했던 작가였다. 郭沫若의 身邊小說은 郁達夫의 그것보다 더욱 순수한 自敍傳的 요소가 담고 있다고 평가받고 있는데,[68] 바로 이러한 사실과 걸맞게 그의 身邊小說은 자신의 體驗과 生活史를 그대로 적은 다시 말해 어느 한 개인의 정직한 자기고백 내지는 개인의 충실한 생활의 기록 그 자체라고 할 수 있다. 「岐路」, 「煉獄」, 「十字架」 등 위의 작품들은 바로 이 같은 郭沫若의 신변소설의 성격을 올곧게 드러내고 있다.

소설의 주인공 愛牟는 바로 작가 郭沫若 자신이다. 주인공 愛牟가 上海에 돌아 와 의학을 버리면서까지 문학 활동을 벌였지만 실패하고, 게다가 生活苦로 인해 처자를 일본으로 돌려보내는 등, 갖가지 고통을 당하면서도, 현실에 굴복하지 않고 자신의 이상과 가정의 행복을 지키기 위해 노력한다는 것이 『漂流三部曲』의 주된 내용이다. 『漂流三部曲』은 이렇다 할 문학적 수식 내지는 虛構性없이 작가의 경험과 삶을 그대로 토로하는 등, 그 어느 작품보다 뚜렷하고 분명한 자전적 색채를 드러내면서, 身邊小說의 전형적인 특성을 잘 갖추고 있어 郭沫若의 대표적 身邊小說로 꼽히고 있다. 『漂流三部曲』은 세편의 단편소설로 구성된 일종의 連作小說의 형태를 나타내고 있기 때문에, 플롯의 형태가 통일성 있게 짜여 져 있고 사건이 연속해서 전개되는 구성형태를 띠고 있는 등, 보는 관점에 따라서는 삽화병렬적 구성형태를 띠고 있다는 것이다.[69] 주인공이 드러내는 情緖의 起伏이 플롯진행의 중요한 역할을 하고 있다는 사실 또한 플롯이 삽화 병렬적 구성형태를 띠고 있음을 설명해주는 하나의 傍證이 된다 하겠다.

이 세작품의 내용은 다음과 같이 요약될 수 있다. 「岐路」에서 주인공 愛牟는 일본에서 의학을 전공하고 上海로 돌아 왔지만 학생시절부터 심취해왔던 문학에 대한 미련을 버리지 못하고 의사가 되는 길을 포기한다. 그래서 문학에 뜻을 둔 친구들과

---

68) 金宏達, 「論"身邊小說"」(『中國現代文學研究叢刊』 1982年 3, 北京出版社, p.173)
69) 삽화별렬적 구성은 피카레스크 구성이라고도 하는데, 이 구성은 단순하거나 복잡하게 전개되는 안과 관계에 의한 사건의 진행이라기보다 산만하게 사건이 전개되는 구성방법이다. 따라서 이러한 구성형태를 가진 소설은 그 양식에 있어서 사실주의적이고, 구조에 있어서 삽화적으로 몇 개의 하나하나 독립된 스토리를 가지고 있는 소설이 되는데, 여러 개의 스토리가 그것을 종합적으로 이어 놓은 하나의 플롯 위에 배열된다.
　R. Stanton, 『An Introduction to Fiction』 BY HOLT, RINEHART AND WINSTON, INC. p.66.

함께 문학운동을 벌인다. 그러나 문학으로 이상세계를 건설하고자 하는 愛牟의 노력
은 안팎으로 시련을 겪게 된다. 더구나 일본에서 보다도 어려운 生活苦로 말미암아
일본에서 데려온 아내와 어린 자식들을 제대로 부양하지도 못하고 처자를 다시 일본
으로 돌려보내야 했다. 문학으로 사회변혁에 앞장서겠다는 포부를 가진 사람이 한
가정의 가장으로서 가족들의 생계마저 책임지지 못하는 그런 사람이 되고 만 것이다.
주인공 愛牟는 일본에서 의학을 공부하면서 처음에는 당연히 의사가 될 생각을 했다.
그러나 暴惡 鄙劣하기 그지없는 일본사회에 대한 증오심으로 愛牟는 의사라는 직업
에 대해 회의를 갖는다. 그래서 주인공 愛牟는 일본에서 의학을 전공하고 상해로 돌
아 왔지만 학생시절부터 심취해왔던 문학에 대한 미련을 버리지 못해, 의사가 되는
길을 포기한다. 작가는 자신의 분신인 주인공 愛牟가 조국에 봉사하기 위해 유학까지
와서 공부한 醫學이 당시 일본사회에서는 仁術이 아닌, 오히려 비열하기 짝이 없는
商術이 되었음을 비판하고 있는데, 이는 일본의 의학을 비판했다기보다는 암흑적인
일본사회의 현실을 비판하는 것이다. 이러한 현실에서 의학을 공부한다는 것은 죄악
을 범하는 도구일 뿐, 그 이상의 의미는 없었다. 주인공 愛牟는 이러한 非人間的인
암흑사회와 그 암흑사회의 도구로 타락해 버린 의학을 포기함으로써, 그런 비인간적
암흑사회의 속박으로부터 벗어나 자신을 해방시키고 자기의 양심적 삶을 추구해 나
가는 것이다. 그래서 문학에 뜻을 둔 친구들과 함께 문학운동을 벌인다. 그러나 문학
으로 이상세계를 건설하고자 하는 愛牟의 노력은 안팎으로 시련을 겪게 된다. 더구나
일본에서보다도 어려운 生活苦로 말미암아 일본에서 데려온 아내와 어린 자식들을
제대로 부양하지도 못하고 처자를 다시 일본으로 돌려보내야 했다. 문학으로 사회변
혁에 앞장서겠다는 포부를 가진 자가 한 가정의 가장으로서 가족들의 생계마저 책임
지지 못하는 그런 사람이 되고 만 것이다. 妻子를 일본으로 돌려보낸 후, 겪게 되는
갈등과 煩悶 속에서 자신의 처지를 소나 돼지 등 짐승보다 못하다는 말로써, 자신의
심정을 나타낸다. 이것은 당시 郭沫若 가졌던 솔직한 감정이자 心境의 고백이다. 암
흑사회에서의 자신의 생활이 소나 돼지 등, 짐승들이 살아가는 모습보다도 훨씬 못하
다는 등의 격정적이고 거침없는 분노의 토로는 역시 비판적 지식인의 고통 받고 고뇌
하는 작가의 모습이다. 그러면서도 愛牟는 현실과 어떠한 타협도 하지 않는다. 타협
과 윤리의 저버림은 愛牟에게 있어 타락 그 자체가 될 수 있기 때문이다.

「煉獄」에서는 일본으로 처자를 돌려보낸 후에 겪는 주인공 愛牟의 心的 苦痛을 다루고 있다. 愛牟는 일본 땅에서 어린 세 아들을 벌어 먹이는 아내에 대한 한없는 죄책감에 사로잡혀 실의의 나날을 보낸다. 문학에 대한 열정도 이상세계를 갈구하던 정열도 어느덧 사라져 버리고 오직 술에만 의존해 살아가는 廢人과 같은 존재가 되어 버린다. 이러는 가운데 문학 활동을 같이 하던 친구들이 패배의식에 사로잡혀 헤어날 줄 모르는 愛牟를 위로하고 용기를 주기 위해 그를 데리고 여행을 떠나지만, 그것도 그에게는 도움이 되지 못했다. 친구들을 남겨두고 혼자 집으로 돌아 온 愛牟는 자신이 마치 煉獄에서 생활하고 있다고 생각한다.

「十字架」에서는 이상과 현실사이에서 갈등하는 愛牟의 모습이 그려지고 있다. 자신의 이상을 실현시키기 위한 노력을 계속할 것인가 아니면 현실에 안주하면서 일신상의 행복만을 추구할 것인가 하는 선택 속에서 갈등하며 방황하는 것이다. 일본에 있는 아내로부터 편지를 받은 愛牟는 아내의 헌신적인 사랑에 감격하는데, 때마침 고향 四川에서 노부모를 모시고 사는 큰형님으로부터 소식을 듣는다. 고향으로 돌아와 의사도 하면서 가족과 함께 살자고 하는 것인데, 愛牟는 선뜻 응할 수가 없었다. 일본으로 유학하기 전의 중국의 舊式 예교전통에 따라 본인의 의사와 관계없이 定婚한 적이 있었기 때문이었다. 또한 고향에 돌아가면 잘 살 살 있겠으나, 그렇게 하면 일본의 妻子에게는 차마 못할 짓을 하는 것일 뿐만 아니라, 자신이 하고자 한 문학을 버려야했기 때문이었다. 결국 그는 일신만을 위한 물질적 유혹을 떨쳐 버리고 봉건 잔재의 구속에서 벗어나야 한다는 생각을 한고 난후, 아내에게 자신의 의지와 마음을 담은 편지를 부치기 위해 밖으로 나선다. 이러한 상황 속에서 愛牟는 골고다언덕에서 예수와 함께 처형된 두 명의 도둑 중에 한명이 상해에서 復活하였음을 확신하게 된다.

상술한 바와 같이, 『漂流三部曲』은 고통스러운 현실 속에서 분노와 좌절을 거듭하지만 끝까지 자신의 이상과 희망을 놓지 않으려는 주인공 愛牟의 모습을 주제로 하고 있다. 이상과 현실의 대립과 갈등 속에서 때로는 좌절하고 갈등하는 주인공의 모습이 구체적으로 표현되고 있다.

創造社의 그 어느 작가보다 身邊小說을 가장 많이 쓴 작가였다. 郭沫若의 小說은 자신의 生活史에 대한 정직한 기록이라 해도 무방하리만큼, 郭沫若은 자신의 작품에

자신의 체험과 경험, 개인적 감정 등을 기록하는데 매우 충실했던 작가였다. 이 작품
을 위시한 郭沫若의 대다수 身邊小說은 그의 자서전이라는 사실에는 이론의 여지가
없다. 郭沫若의 自敍傳에 보면, 다음과 같은 글이 보이는데, 이 글은 『漂流三部曲』이
작가 자신이 겪은 그 동안 체험과 생활의 고백 그 자체였음을 증명하고 있다.

> 그 때 나는 확실히 인생의 갈림길에서 헤매었다. 처자를 보내고 난 후, 나는 그
> 『漂流三部曲』을 써서 지금까지 입고 있던 긍지의 갑주를 몽땅 벗어 던지고 말았다.
> 사람이 약이 오르면 유물적으로 말하여 사람이 체면도 모를 지경에 이르면 확실히
> 놀라운 힘이 생기게 된다. 듣자하니 나의 그 『漂流三部曲』을 읽어 보고 많은 사람들
> 이 나를 위해 눈물을 흘렸다고 한다.[70]

이러한 언급을 통해 『漂流三部曲』이 갖는 사소설적 성격과 신변소설로서의 의미
등, 작품의 創作 意圖와 目標가 무엇이었는가를 파악해 볼 수 있다.

『漂流三部曲』등 郭沫若 소설의 문제점을 가장 깊이 있게 지적한 사람으로는 먼저
劉納을 들 수 있다. 劉納은 『漂流三部曲』을 한 예로 분석하면서, 이 작품의 소설로서
의 문제점을 지적한 바 있다. 그는 "『漂流三部曲』은 투박하고 조잡할 뿐만 아니라,
자유롭게 서술되는 바람에 아무 거리낌 없이 마음 속의 분노와 고민을 발설하는 등
산만하고 어수선하게 쓰여졌다"고 했다.[71] 劉納의 이와 같은 지적은 작가 郭沫若이

---

70) 郭沫若, 「創造十年」(한국선 옮김, 『곽말약자서전2·학생시절』, 일월서각, 1990, p.182)

71) 劉納은 『漂流三部曲』을 한 예로 분석하면서, 이 작품의 소설로서의 문제점을 지적한 바 있다. 그는
『漂流三部曲』이 드러내고 있는 투박함과 조잡함은 이해될 수 있다. 조건 없이 느슨하게 예술적 구상을
했기 때문에, 郭沫若은 항상 一時의 느낌에 의지해 작품을 만들어 나갔다. 그는 제재와 소재를 취사선
택하고 잘 배합운용하지 못해, 작품 가운데에는 필요 없는 부분이 많았다. 문장의 구상이 세심치 못하
고 경박스러워 작품 속에는 음미할 부분이 많지 않았다. 『漂流三部曲』등의 작품들은 비교적 자유롭게
쓰여졌다. 곽말약은 붓 가는 대로 자신의 문장을 놀렸으니, 서술하고 싶은 대로 서술하고, 감정 따위를
표현하고 싶은 대로 표현하고, 의논하고 싶은 대로 의논했다. 곽말약은 있는 그대로 고통을 털어 놓았
으며, 아무 거리낌없이 마음 속의 분노와 고민을 발설했다. 『漂流三部曲』은 산만하고 어수선하게 쓰여
졌다. 蔣光慈의 소설창작에 대해 郭沫若은 "엄격하게 말해서 장광자의 소설은 너무 산만한 점이 있는
데, 그런 필치는 장편소설에는 그런대로 통할 수는 있어도, 단편소설에는 아주 맞지 않는다."고 말한
적이 있는데, 이러한 郭沫若의 평가는 오히려 자신의 소설, 특히 『漂流三部曲』에 적용하면 아주 적절할
것이다.
劉納, 「談郭沫若的小說創作」(『中國現代文學研究叢刊』 1983年 第4號, 北京出版社, pp.96-98 參照)

『漂流三部曲』을 창작함에 있어, 소설의 諸構成要素 가운데 가장 중요하다고 할 수 있는 '인물'과 '플롯'에 제대로 주의를 기울이지 않았음을 말하는 것이다. 소설 속에서 인물이 성공적으로 묘사되기 위해서는 인물은 개성과 보편성, 그리고 전형성을 가졌어야 함에도 郭沫若의 소설은 인물창조에 있어 전형성을 획득하지 못했고, 또한 플롯 또한 시간의 흐름에 따라 전개되는 사건들을 인과의 형식으로써 다시 얽어 짜는 형식으로서의 플롯 본연의 역할을 제대로 하지 못했다고 劉納은 주장하고 있는 것이다. 인물과 플롯의 창조에 실패했다고 하는 劉納의 지적은 다시 말해, 주인공의 文學的 形象化를 이루지 못했거나, 설령 이루어냈다 하더라도 그것을 제대로 표현해내는 데 있어 매우 미숙했다는 말과 相通하는 것이라고 할 수 있다.

작가의 체험은 「月蝕」에서도 고스란히 나타나고 있다. 郭沫若은 자신이 부인과 세 아이를 데리고 일본에서 上海로 돌아 온 이후 民厚南에서 잠시 거주한 적이 있었는데, 이 때의 경험을 작품화 한 것이 바로 「月蝕」이다. 주인공 'K'는 이제는 일본에서 겪어야했던 민족적 멸시감과 경제적 곤궁으로부터 벗어날 수 있으리라 기대하고 上海로 돌아 왔다. 그러나 조국인 중국에서의 생활은 오히려 일본 유학시절보다도 더욱 참담하기만 했으니, 'K'에게 上海에서 지낸 몇 개월은 마치 '監獄'에 갇혀 지낸 것 같았다. 그러던 어느 날, 마침 月蝕현상이 일어나는 날에 가족과 함께 외출하기로 굳게 약속한다. 그 외출은 실로 上海에 온 지 5개월만의 일이었다. 그러나 당시 외국의 組條地였던 上海의 공원에는 '개와 중국 놈은 들어 갈 수 없음'란 푯말을 내걸리는 등, 중국인들에 대한 민족차별정책을 자행하고 있었다. 이에 'K'는 공원에 가는 것을 포기하고 교외로 나가 월식을 구경하기로 결정한다. 'K'는 吳淞으로 가서 月蝕도 보고 또 오랫동안 보지 못했던 그 곳의 아름다운 海景을 볼 생각이었다. 그러나 그 곳까지 가는 기차비가 너무 비싸고 교통도 불편해 이것마저 여의치 않았고 결국에는 양복을 입고 중국인이 아닌 척하고 黃浦灘公園으로 갈 수 밖에 없었다. 민족적 굴욕감 속에서 黃浦江을 바라보며 'K'는 고향인 四川을 떠올린다. 고향에서 처자식과 함께 행복하게 사는 꿈을 꾸면서, 밤하늘에 펼쳐지는 신기한 자연현상에 감탄해하는 어린 아들들에게 月蝕현상에 얽힌 옛 전설을 들려준다. 하늘에 사는 악마 같은 큰 개(天狗)가 나타나서 달을 먹어 치운다는 이야기인데, 아들에게 말해준 전설 속의 天狗가 옛 날이야기에서 뿐만 아니라 오늘날에 다시 나타나서 달을 먹어 치운다는 것이다. 작품에서 月蝕은 중국인을 개와 동일한 짐승 같은 부류의 인간으로 취급하는 제국주의의 본질을 상징하고 있다. 또 天狗에 얽힌 옛 전설을 빌려 일본 제국주의를 포악스러운 天狗로, 天狗에 의해 먹혀 버리는 밤하늘의 달은 중국민족에 비유하여 좀 더 각성된 민족의식을 고취하고 있다. 작가는 이것을 아이들에게 뿐만 아니라 중국인 모두에게 적용된다고 말하면서 민족의 각성을 촉구하였다.

「行路難」은 1925년 上海『東方雜誌』제22권 제7,8호에 발표되었다. 스토리 전개에 있어 『漂流三部曲』의 後續編의 성격을 띠고 있는 中篇小說이다. 이 작품은 上, 中, 下 등 세부분으로 나뉘어져 連作소설의 형태를 유지하고 있고, 플롯의 진행 또한 삽화 병렬적 형태를 띠고 있어 여러 가지 면에서 「漂流三部曲」과 매우 유사한 모습을 보이고 있다. 아내 曉芙와 아이들을 일본에 돌려보내고 愛牟는 上海에서 고통의 세월을 보내고 있었다. 그러나 주인공 愛牟는 上海에서 더 이상 자신의 이상을 실현시킬 여력도 없었고, 또 경제적 곤궁에 빠져 다시 일본으로 돌아가게 된다. 일본에서 妻子와 재회하고 글을 써서 근근이 생계를 이어간다. 그러나 중국의 상황이 군벌전쟁으로 인해 혼란에 빠지게 되자 시, 소설, 번역물 등을 발표할 문예지가 없어지게 되면서 愛牟의 가족의 생활은 더욱 더 어려워지게 된다. 愛牟는 경제적 어려움으로 인해 마침내 이리저리 떠도는 流浪民의 신세가 되는데, 가는 곳마다 중국인이라는 이유로 멸시받으며 유랑민의 설움을 경험한다. 愛牟는 아이들이 자신들을 따라 유랑한 것이 몇 번인가를 분명히 기억하고 있다. 작은 아이는 7번, 큰 아이는 19번. 아버지가 중국인이고 어머니가 일본인이었기 때문에 이 아이들이 이렇게 유랑 생활을 하게 되었던 것이다. 愛牟 夫婦는 지출을 줄이기 위해 여관에서 한 칸 집으로 옮겨 가서 살게 되는데, 매일 같이 처자식 속에 싸여 살다보니 愛牟의 마음은 혼란스러워지고 글을 써 나갈 수 없었다. 그는 가족들의 생계를 위해 몸이 아파 자리에 누울 여유도 없이 글을 써 돈을 벌어야 했다. 愛牟는 집 밖 川上江의 계곡물이 밤낮없이 흘러 大海로 흐르는 것을 생각하고 약소국이 강대국이 될 것을 간절히 염원한다.

「行路難」은 일본 제국주의에 대한 반항정서와 함께 약소민족의 지식인이 타민족으로부터 받았던 억울함과 분노의 감정을 대비시켜 극명하게 표출시킴으로써, 중국인의 각성을 촉구하는 작가의 의지를 선명히 보여주었다. 「行路難」역시 「漂流三部曲」과 일본제국주의에 대한 반항정서를 드러내면서 중국민족의 각성과 부강한 중국을 열렬히 기원했다는 점에서 그 맥을 같이 한다. 작가는 다음과 같은 주인공의 독백으로써 「行路難」을 끝내고 있다. 그는 조국을 그리고 생각하는 애국심으로써 삶의 억압적 상황을 극복하고 자기의 존재를 확인해 나간다. 이것이 극한 상황 속에서 자기성찰을 통해 이루게 되는 자기각성, 즉 실존적 애국적 삶의 추구과정인 것이다. 시냇물이 흘러 흘러 결국에는 호탕한 大海에 들어가는 것을 믿듯이, 지금은 약소하지만 앞으로 빠른 시간 안에 중국이 부강해 질 것을 믿는다. 이러한 願望과 믿음은 비록 어려운 행로 속에서이지만, 주인공 다시 말해 작가 자아의 자신감의 표현인 것이다.

「三詩人之死」 또한 작가의 경험을 토대로 민족의식과 민족적 울분을 표현한 작품이라고 할 수 있다. 이 작품은 異民族으로서 받을 수밖에 없었던 민족적 냉대와 울분을 직설적으로 표현한 작품과는 다르게, 家庭에서 있었던 작은 일을 통해 중국인들의 민족의식을 일깨우고자 한 작품이라는 면에서 특색을 가진다. 작품의 이야기는 밖에 나가기만 하면 동네아이들에게 우롱당하는 어린 세 아이를 위로하기 위하여 '나'와 '나'의 아내 曉芙가 토끼를 사서 아이들의 놀이동무를 만들어 주는 것에서 시작한다. 아이들은 물론이려니와 '나'와 아내까지 온 가족은 그 토끼들을 극진히 좋아하고 아껴 주었다. 그러던 중 다섯 마리의 새끼를 낳았다. 그런데 한 마리는 태어나자마자 실수로 '나'의 발에 밟혀 죽었고, 또 한 마리는 어미 토끼의 무관심으로 죽게 되어 세 마리만 남게 되었다. 그래서 '나'는 남은 세 마리의 토끼에게 각각 바이런Byron, 쉘리Shelly, 키이츠Keats 등 외국의 유명시인의 이름을 지어주었고, 세 아들로 하여금 각각의 보호자가 되어 기르게 하였다. 그러나 시인이 된 이 세 마리의 토끼는 온 가족의 지극한 관심과 사랑에도 불구하고 모두 죽게 된다. 바이런은 검은 고양이에 의해 거리로 쫓겨 도망가다가 다시는 돌아오지 못했고, 쉘리는 병으로 죽고 말았으며, 키이츠는 어느 날 갑자기 사라져 버렸다. 이들 세 마리의 토끼에게 온갖 정성을 기울인 가족과 주인공 '나'에게는 시인이었던 세 마리 토끼의 죽음은 단순히 생명이 꺼져버린 것 이상의 의미였다. 작가는 이 작품을 통해 토끼를 중국민족에 비유하면서 토끼같이 겁 많고 연약한 약소민족은 토끼같이 비참한 운명을 맞게 될 수밖에 없음을 말하고 있다.

세시인의 이름이 붙여진 세 마리의 토끼는 주인공 '나'의 아이들만의 희망이 아닌 '나'의 자신의 희망이기도 했다. 세시인의 죽음 그러니까 세 마리의 토끼가 죽어 버린 것은 주인공 '나'에게는 곧 희망의 상실이자, 생명의 불꽃이 꺼져 버린 것과 같은 것이었다. 왜냐하면 세마리의 토끼는 곧 바로 중국민족의 운명을 상징하였기 때문이다. 그런데 그 가운데서도 특히 바이런의 죽음은 검은 고양이로 비유되는 일본 제국주의에 의해 침탈당한 중국민족의 비애를 상징적으로 표현하고 있다. 바이런을 죽인 검은 고양이는 일본 제국주의로서 작가는 토끼의 운명을 중국 및 중국민족의 운명에 비유하여 寓言的으로 표현하였다. 중국인이 각성하여 하루 빨리 강해지지 않으면 소멸될 수도 있다는 작가의 절박한 심정이 작품에 표현되고 있다.

「漂流三部曲」, 「行路難」 등은 모두 작가 자신의 신변에 관한 이야기를 다룬 작품으로, 작가의 삶과 체험에 대한 충실한 기록이자, 개인감정의 솔직한 고백 그 자체라 할 수 있다. 다시 말해, 이들 작품들은 작가 郭沫若이 일본 유학시절 동안 또는 유학을 마치고 귀국한 후에 생활에 대한 기록이자, 인간적 고뇌와 번민 갈등 등을 쏟 놓은 개인의 인생 고백과 같은 것이었다. 그래서 이러한 소설은 작가 개인의 삶과 행동을 진술하게 표현하는 데에다가 소설 고유의 특징이라 할 수 있는 허구가 별로 가미되지 않아 수필식의 소설이라 부르는 것이다. 이들 작품의 주인공은 모두 작가 자신이었다.

郭沫若의 대표적 身邊小說로는 「月蝕」, 「未央」, 「行路難」, 「漂流三部曲」, 「三詩人之死」 등을 꼽을 수 있다. 이들 작품들이 私小說的 양상을 가장 강하게 작품들이라 할 수 있는데,[72] 이들 작품들의 주인공 모두 다 작자 郭沫若의 分身이자 化身으로서 郭沫若의 실제 행동과 모습을 그대로 재현하고 있다.

이들 작품들이 드러내는 자기 고백적 면모나 양식은 자서전을 통해 본인 스스로 밝히기도 했지만,[73] 이들 작품과 작가의 자서전적인 자료와의 비교를 통해서도 쉽게 드러나는 사실이다. 「創造十年」과 「續創造十年」이라는 글에 나타난 郭沫若의 행적과 모습은 소설의 주인공 '愛牟', 'K', '我'가 보여준 그것과 거의 일치하고 있다. 이들

---

72) 趙遐秋·曾慶瑞는 郭沫若의 「未央」, 「月蝕」, 「三詩人之死」의 예를 거론하면서 초기 創造社의 작가들의 신변소설은 일본의 사소설과 같은 것이라고 했다. 그러나 일본 私小說의 작가들은 작품 속에 사회성이 배제된 그런 작품을 썼으나, 「未央」 등 중국의 身邊小說은 인간과 사회와의 관계를 긴밀히 연계된 채 쓰여졌다고 했다. 趙遐秋·曾慶瑞, 『中國現代小說史(上冊)』 中國人民大學出版社, 1985, p.483.
73) 郭沫若의 自敍傳이라 할 수 있는 「創造十年」과 「續創造十年」 등을 통해 본인 스스로 자서전적 소설이라고 직접 말한 것은 『漂流三部曲』, 「殘春」, 「犀災」 등이다.

작품들의 주인공들은 모두 다 작가 郭沫若의 分身이자 化身으로서 郭沫若의 실제 행동과 모습을 그대로 재현하고 있는 것이다. 이들 작품들이 드러내는 자서전적인 작품이라는 사실은 작가 스스로 밝히기도 한 사실이지만, 자기 고백적 특색이나 양식은 작가의 여러 가지 述懷를 통해서도 쉽게 파악되고 있다.

앞서 말한 바와 같이, 그의 소설은 작가 자신의 삶과 체험을 소설화한 신변소설로서 일본 사소설의 영향을 크게 받은 작품이었다. 자신의 주관과 감정을 추구한 낭만적 성격의 작품이었음에도 한편으로는 사실주의적 수법을 적극 활용하여, 자신의 삶의 모습을 보여주려고 하였다는 점이 하나의 특징이 될 수 있다. 郭沫若 소설의 이러한 특징은 大正時期 일본의 유명한 私小說 작가였던 志賀直哉의 소설에서 느낄 수 있는 그것과 비슷한 양상을 띠고 있어 주목의 대상이 된다 하겠다. 志賀直哉(시가 나오야)의 (1883-1871)는 당대의 어느 작가보다 강인한 自我心을 갖고 리얼리즘의 수법을 투철하게 활용한 작가로서 특히 단편소설 분야에서 뛰어난 작품을 많이 남겼다. 「淸兵衛と瓢簞」, 「網走まで"」, 「城の畸にて」, 「小僧の神樣」, 「和解」 등은 어느 것이나 다 감성과 지성의 조화로 이루어져 있으며 리얼리즘 수법으로 일관된 간결하고 정확한 구어문체로 묘사되고 있다. 그의 작품의 根柢를 지탱하는 것은 자기의 감정에 충실하고, 또 적극적이고도 순수하게 살려고 하는 자기 긍정인데, 위의 작품들은 개인적 고뇌를 심경소설로써 묘사한 것이라고 한다.[74] 志賀直哉는 사실을 어떻게 묘사하느냐하는 것보다 사실에 대한 관심을 어떻게 가지느냐, 흥미를 어떻게 가지느냐를 중시하고 사물의 輕重을 잘 못 보지 않도록 주의했는데,[75] 郭沫若의 身邊小說 속에 드러난 私小說의 樣相 문제와 관련하여 郭沫若의 소설은 志賀直哉의 소설과 비슷하다고 하는 말[76]은 바로 郭沫若의 身邊小說의 특징과 性格을 說明하는 것이라 할 수 있다.

작가의 주관과 개성적 감정의 강력한 표출이라고 하는 郭沫若 소설의 특징과 관련해 陳明華는 "郭沫若의 소설('寄託小說'과 '身邊小說'을 포괄해서)은 역사의 風貌와 현실 장면의 묘사에 중점을 둔 것이 아니고, 또한 인물 사이에서 일어나는 갈등과 충돌을

74) 申鉉夏 編著, 『日本文學史』, 學文社, 1994, p.194.
75) 吉田精一·奧野健男, 柳呈 옮겨 지음, 『現代日本文學史』, 正音社, p.114.
76) 王文英·王爾齡·盧正言, 『郭沫若文學傳論』, 新疆人民出版社, 1992, p.247.

드러내는 데 중점을 둔 것도 아닌, 『女神』에서와 같이 뜨거운 감정과 抒情的이고 浪漫的인 筆致를 사용하여 인물의 내심적 움직임의 묘사를 통해 피 끓는 "自我"의 형상을 창조해냈다."[77]고 했다. 또 그는 散文式 小說이었다고 하는 劉納의 지적을 그대로 인정하면서도 小說의 주인공이 표출한 내심의 고백 속에서 작가가 쏟아 낸 灼熱하는 감정이 있었고, 작가의 감정은 당시 보편성을 가지고 있었기 때문에, 청년독자들의 마음을 크게 움직일 수 있었다고 했다. 한마디로 말해 시집 『女神』에 나타난 작가의 정신과 의지가 소설에서도 똑같이 구현되었다고 하는 것이 그의 의견이다.

田仲濟·孫昌熙는 이들 작품의 浪漫主義 성격을 '自我'의 묘사와 함께 현실에 대한 反抗精神의 표현에서 찾고 있다.[78] 이들은 郭沫若의 作品이 현실에 대한 반항정신을 뛰어나게 표현했다고 보고 있다. 진보적 현실주의는 현실의 폭로를 중시하고, 현실의 어두운 면에 대한 묘사를 통해 사람들의 현실에 대한 증오의 감정을 일으킨다. 적극적 낭만주의는 현실의 반항을 중시하며 강렬한 반항적 정서의 토로를 통해 사람들의 현실반항의 혁명적 행동을 야기 시킨다. 郭沫若의 소설은 바로 이러한 반항정신의 표현이라는 것이 이들의 주장이다. 張毓茂 또한 郭沫若의 소설을 고찰함에 있어 五四시기의 『女神』을 떠올리지 않을 수 없다고 전제하면서, 郭沫若은 자신의 작품에서 광명을 渴望했고, 신세계의 탄생을 열렬하게 謳歌하였으며, 암흑의 舊世界가 빨리 멸망하라고 저주하였다고 했다. 그는 郭沫若이 小說에서 추구한 이 같은 의지와 목표는 『女神』에서의 그것과 아주 비슷하였으며, 主觀的 燃燒로써 강렬하게 독자를 끌어 들였다고 했다.[79]

郭沫若의 身邊小說의 특징은 終局에 가서는 항상 자신을 긍정하려고 했고, 또한

---

77) 陳明華 編著, 『郭沫若(中國現代作家叢書)』, 黑龍江人民出版社, 1982, p.144.

78) 田仲濟·孫昌熙 主編, 『中國現代小說史』, 山東文藝出版社, 1994, p.43.
　　현실에 대한 반항정신을 뛰어나게 표현했다는 것이다. 진보적 현실주의는 현실의 폭로를 중시하고, 현실의 어두운 면에 대한 묘사를 통해 사람들의 현실에 대한 증오의 감정을 일으킨다. 적극적 낭만주의는 현실의 반항을 중시하며 강렬한 반항적 정서의 토로를 통해 사람들의 현실반항의 혁명적 행동을 야기 시킨다. 郭沫若의 소설은 바로 이러한 반항정신의 표현으로써 낭만주의의 특색을 나타냈다. 먼저 그의 소설은 일련의 반항성격을 가진 형상을 창조했다. 그 다음으로는 다양한 예술수법을 사용하여 사람들의 현실에 대한 반항정서를 과장하고 강화시켰다. 이러한 반항적 정서를 표현하기 위해 소설은 한편으로는 인물의 반항적 행위를 묘사했고 또 다른 한편으로는 풍부한 감동력이 있는 詩的 언어를 사용하여 인물의 현실 반항적 심리를 드러냈다.

79) 張毓茂, 「論郭沫若小說的時代特徵」(『郭沫若研究1』, 文化藝術出版社, p.244)

낭만주의 소설이었음에도 불구하고 리얼리즘의 수법을 적극 활용하는 가운데, 자기 감정과 경험을 충실히 드러내면서 그것을 객관화하려 했다는 것이다. 郭沫若의 소설에서 주인공은 자신을 부정하거나 자학하지 않았으며, 특히 終局에 가서는 항상 자신을 긍정하려고 하면서 낙관적 태도를 보여주고자 했는데, 이는 郭沫若의 작품을 郁達夫의 작품과 비교할 때, 나타나는 하나의 특징이 될 수 있다. 뿐만 아니라, 郁達夫의 작품과 같이 낭만주의 소설이었음에도 불구하고 리얼리즘의 수법을 적극 활용하는 가운데 자기감정을 충실히 드러내면서 자신의 행적과 모습을 객관화하려 했다는 것도 郭沫若 소설이 갖는 하나의 특징으로 간주될 수 있다.

谷輔林 또한 魯迅 小說과의 비교를 통해 郭沫若 小說의 이러한 특성을 강조한 바 있다.[80] 일본과 半植民地化된 祖國에서 겪는 암흑적인 사회현실에 대한 반항적 자아와 그러한 사회현실을 극복하며 각성하는 삶의 추구자로서의 자아의 모습 등으로 정리될 수 있을 것이다.

---

80) 谷輔林 같은 사람은 郭沫若의 前期小說을 魯迅의 小說과 비교하면서 그 성과와 특색을 몇가지로 요약 설명한 바 있다. 그는 "노신의 소설이 예리한 분석을 통해 사회의 모든 것을 폭로하고 사회의 속속들이를 자세히 해부했다면, 곽말약의 전기소설은 감정의 토로를 해 인물의 내면세계를 드러내면서 대담하고 맹렬하게 사회의 어두운 면을 폭로했고, 폭풍우도 같은 力量으로 일체의 사악한 세력을 몰아내려 했다. 魯迅이 예리하고 근엄한 창작태도를 가졌다고 한다면, 郭沫若은 활달하고 호방한 풍격을 가졌다고 할 수 있다. 魯迅이 현실생활의 진실한 묘사로써 예술의 진실에 이르렀다면, 郭沫若은 감정토로의 굴절을 통해 생활이 예술의 진실에 이르렀다고 했다. 郭沫若은 형상을 창조할 때, 自我의 내심의 진실된 느낌을 비교적 진실되게 인물의 형상 속에 표현했다."고 설명했다.

黃候興 編著, 『郭沫若文學研究管窺』, 天津教育出版社, 1989, pp.150. 에서 再引用.

II. 1930년대의 소설

소설 영역의 확대와 다양화

1. 1930년대의 중국의 현실과 문학

1) 1930년대 중국의 정치 사회적 상황

1930년대의 중국사회의 성격을 한마디로 말한다면, 분열과 內戰, 서구 자본주의의 중국시장 侵奪로 點綴된 격변의 시기라고 규정해 볼 수 있다. 1930년대의 중국을 이끌었던, 남경정부 10년의 세월은 대외 종속이 한층 더 심해지고 국민경제, 서민경제도 崩壞되는 등, 질곡과 고통의 시간이라는 평가가 중심을 이루고 있는 것이 사실이지만, 국가의 주권이 착실하게 회복되었고, 민간자본을 중심으로 한 자본주의 발전이 어느 정도 이루어지는 등, 근대화가 보다 進陟되었다는 평가가 있는 것도 사실이다. 27년 4월 12일, 蔣介石은 반공 쿠데타를 단행하여, 공산주의자 소탕한 후, 남경에 새로운 국민당정부를 세운다. 이후, 북벌과 共産黨 殲滅 정책을 진행하다가 1937년 일본의 전면적 침략으로 야기된 이른바 중일전쟁으로 불가피하게 남경을 떠나, 重慶으로 임시수도를 옮겼는데, 약 10여년에 이르는 이와 같은 과정의 기간이 30년대 정치, 社會的 狀況의 배경이 된다.

蔣介石은 국공합작의 약속을 깨고, 上海에 入城, 반공테러를 감행하면서, 공산당원과 이에 반항하는 노동자들을 체포, 처형하였다. 이 사건을 계기로 蔣介石은 南京에 새롭게 수도를 정하고, 국민당정부를 수립하였다. 이후, 武漢에 있었던 좌파중심의 분열된 기존의 武漢정부를 흡수, 통합하면서 名實 共히 의 통일 국민당 정부의 최고 주석이 되었다. 1928년 4월, 蔣介石은 馮玉祥의 西北軍, 閻錫山의 山西軍 등과 연합하여 제2차 북벌을 시작하는데, 이들과 연합하여 그 동안 북방의 지배권을 행사해 왔던 張作霖의 軍隊를 擊破하고, 6월초 북경을 평정하였다. 이로써, 蔣介石은 비록 완전한 것은 아니었다고 할지라도 중국의 통일을 완성했다. 그러나 지방의 군벌이

국민당정부에 服屬되었다고는 하나, 여전히 세력을 유지하고 있었고, 공산당도 산간 시골에서 공작활동을 벌이며 勢力擴張을 기도하는 등, 불안한 상태가 계속 유지되고 있었다.

한편, 국공합작의 결렬과 이에 따른 국민당의 탄압으로 심각한 타격을 입고 궁지에 몰린 공산당은 瞿秋白을 총서기에 임명하고, 黨路線을 刷新하면서 각지에서 농민, 노동자 폭동을 일으켰다. 8월의 南昌 蜂起, 9월의 추수 봉기, 12월의 廣州蜂起 모두 실패하고 만다. 이때, 농민운동을 지도하여 湖南省에서 추수봉기를 일으킨 毛澤東은 봉기가 실패로 끝나자, 井崗山으로 그 근거지로 옮겼다. 毛澤東은 그 곳에서 농민의 혁명세력화를 꿈꾸면서, 농민혁명정책을 실행하며, 활발한 소비에트운동을 전개해 나간다. 이후, 공산당은 혁명근거지에 대한 蔣介石의 군사공격을 피하기 위해, 항일연합전선을 제의했으나, 蔣介石은 이에 아랑곳하지 않고, 군벌제압에 성공한 후, 5차례에 걸쳐 공산당소탕작전을 전개하였다. 공산당은 이를 피해 2만5천 여리의 대장정을 시작하여, 고난 끝에 1934년 11월 陝西省 延安에 도착, 겨우 연명하게 된다. 이 시기에 日本도 중국침략에 대한 야욕을 노골적으로 드러내기 시작했다. 1931년 만주사변을 일으킨 후, 滿洲國이라는 괴뢰정권을 세워 동북지방을 지배하였고, 37년 중일전쟁 이후 패망에 이르기까지 중국침략을 멈추지 않았다.

10여년에 걸친 이 기간을 "南京의 십년"이라고 불리 우는데, 南京의 십년 동안 국민당정부는 군벌평정, 경제건설, 산업화 등을 위한 노력을 기울였다. 그 동안 실추되었던 중국정부의 국제적 지위는 향상되었고, 1929년에는 관세자주권을 회복하게 되었다. 국민당정부는 국가 안팎의 자본을 끌어 들여 民族産業의 부흥, 産業路의 확대, 농촌경제의 부흥 등, 경제건설을 추진하였다. 그 결과, 경제에 있어 전체적으로는 외국자본, 민간자본을 중심으로 한 자본주의가 발전하기 시작했다. 물론, 1930년대 전반에는 세계 경제공황에 휘말려 들어 심각한 위기에 빠지기도 하였지만, 이 위기는 일면 상하이지역을 중심으로 경제적 통합을 가속시켰으며, 자본주의의 확대를 촉진하기도 하였다.[1]

---

1) 奧村哲 지음·박선영 옮김, 『새롭게 쓴 중국 현대사』, 소나무, 2002. p.93.
　奧村哲은 久保亨의 『戰間期中國自立への摸索』(東京大出版會, 1999)를 인용하여, 30년대 上海를 중심으로 한 자본주의의 발전과 확대에 대해 설명했다.

그러나 10여년의 걸친 남경 국민정부의 통치결과는 전반적으로 볼 때, 대외 종속의 심화와 경제의 붕괴 등, 부정적인 것으로 평가되고 있다. 우선 농업과 농민이 받아야 하는 고통이 매우 컸다. 국민당정부의 농업정책의 부재와 1929년부터 시작된 세계 경제공황은 농업공황이라는 형태로 나타났다. 중국의 수출이 감소되고, 농작물의 수출가격도 폭락하였다. 여기에다 雪上加霜의 格으로 계속된 내전과 자연재해는 농촌경제와 농민들의 삶을 破綻地境에 이르게 했다.[2] 이런 과정에서 외국자본과 농민구제, 저리금융 등의 명목으로 국민당정부의 자본에 의한 은행, 도시자본의 지배도 강화되었다. 농민들의 생활궁핍을 이용한 농촌의 지주, 고리대금업, 상업자본 등이 봉건적 형태의 착취관계를 한층 더 강화시켜 농민들의 삶을 압박하였음은 물론이다.[3] 농촌경제의 파탄과 농민들의 生活苦는 혁명투쟁이 공산당의 지도하에 농촌으로 퍼져 농촌을 혁명의 근거지로 만들었다. 국민당의 정책의 실패로 인해 더욱 더 피폐해진 농촌의 상황은 농촌의 생활을 반영하고 토지혁명을 歌頌하며, 무장투쟁을 묘사하는 좌익문예창작의 주요 대상이 되었음은 물론, 농민들은 공산주의자들에게 혁명의 자양분을 공급하는 힘의 저장소의 역할을 하는 등, 농촌 사회의 불만과 파탄은 잠재적 혁명가들을 끊임없이 제공하는 供給源으로서의 역할을 하였다.

또한 세계경제 공황의 여파는 도시경제, 공업, 금융방면에 있어서 위기를 초래하여 민족자산가의 몰락을 가져왔고, 동시에 國家에 유착하는 은행자본을 중심으로 한 官僚資本主義의 畸形的 發展의 基礎를 이루어냈다.[4] 농업의 파탄으로 離農한 농민들은 자연히 도시로 몰려들어 그렇지 않아도 어려운 도시경제의 궁핍을 가속화시켰다. 上海의 경우, 일반 도시노동자의 절대 다수가 최저생활비도 못 미치는 돈 때문에, 負債와 抵當의 압박 속에서 생활해야 했다. 공업 방면에 있어서는 약간의 발전이 있었지만, 이것도 일시적이었으니, 민족자본에 의한 경영이 일본경영에 의해 잠식되고 무너지는 현상이 곳곳에서 나타났다. 30년대의 중국사회는 封建과 反封建的 사상 및 이념의 대립과 갈등이라고 하는 二元的 구도의 현실세계가 아니었다. 굴절된 近代化의 過程 속에 벌어지는 정치혼란, 군벌의 난립, 國共間의 對立, 여기에다 外勢의

---

2) 조영명 엮음, 『중국현대사의 재조명』, 온누리, 1985, p.91.
3) 姬田光義·阿部治平 외, 편집부 옮김, 『중국현대사』(일월총서27), 1985, p.262.
4) 姬田光義·阿部治平 외, 편집부 옮김, 같은 책, pp.254-259 참조.

침략까지 더해져 30년대 중국사회의 현실은 말 그대로 複雜多難한 多元的 구도의 현실이었다고 규정할 수 있다.

2) 1930년대 중국의 문학과 소설의 발전

　1930년대 중국 문단의 상황은 左翼作家聯盟을 중심으로 하는 여러 가지 이념 지향적 문학단체의 성립, 문학의 발전방향을 두고 벌어졌던 문학단체간의 熾熱한 논쟁과 경쟁, 그리고 그러한 결과로서 드러난 다양한 作家群과 文藝誌의 出現 등으로 요약될 수 있을 것이다. 여러 가지 문학 그 가운데에서도 중국 좌익작가연맹의 역할과 활동은 문예발전, 특히 장편소설의 탄생과 발전에 적지 않은 기여를 했다고 볼 수 있다. 錢理群 등은 이 시기 문예상황과 관련하여, 무산계급문학과 민주주의·자유주의문학의 발전, 변화 등이 30년대 현대문학발전의 두 가지 기본 토대를 구성하고 있다고 하면서, 문예사상을 두고 이들 團體 사이에 벌어졌던 투쟁, 문학창작에서의 상호경쟁 등이 三十年代 현대문학의 발전을 촉진시켰다고 했다.[5]

　1928년 10월 南京 국민당정부 주석에 취임한 蔣介石은 공산당 및 좌익문예계에 대한 彈壓을 強化하였다. 한편, 좌익문예계는 혁명문학을 부정하는 新月派의 도전에 대응해야 하는 상황에서 혁명문학단체를 표방한 創造社와 太陽社가 魯迅과 茅盾을 쁘띠 부르주와 문학가라고 비판하고 나서자, 이에 대한 반박과 반론이 발생하는 등, 이른 바 "혁명문학논쟁"이 시작되면서 내부 갈등이 증폭되었다. 南京을 중심으로 국민당정부의 지배가 공고하게 되자, 좌파에 속하는 문인들은 上海로 집결하였다. 1928년 초 창조사와 태양사의 두 문학단체는 『文學批判』, 『創造月刊』, 『太陽月刊』 등의 잡지를 중심으로 혁명문학을 부르짖으며 좌익문학운동을 전개하였다. 30년대 들어 와 잇달아 등장했던 문학단체의 활동과 문학적 주장 또한 동시대 소설발전에 일조했다. 이런 渦中에 중국 공산당은 창조사와 태양사의 주장을 비판하는 한편, 좌익문예계의 단결을 호소하였다. 마침내, 魯迅, 錢行村, 馮雪峯, 沈端先 등 12명의

---

5) 錢理群·吳福輝·溫儒敏·王超冰, 『中國現代文學三十年』, 上海文藝出版社, 1987, p.203.

준비위원회가 마련되고 몇 차례의 모임 끝에 1930년 3월 2일 上海에서, 左翼作家聯盟의 결성식이 열렸다. 이 대회에서 左聯의 이론과 實踐綱領이 채택되었으며, 주석단에는 魯迅, 錢行村, 沈端先 등이 선출되었다. 그리고 그 傘下에 마르크스주의연구회, 문예대중화연구회 등이 설치되었으며, 『萌芽』, 『拓荒者』, 『文學月報』 등의 기관지를 발행했다. 이후, 左聯은 新月派를 비롯한 민족주의 문학파나 論語派 등과 논전을 벌이며, 문예대중화를 위한 여러 가지 사업을 벌여 나갔다.

 중국의 좌익작가연맹, 즉 左聯이 30년대 문학발전 내지 소설발전에 미친 영향은 결코 작은 것이 아니었다. 마르크스주의 문예이론을 소개하고 선전하여, 사회주의소설과 사회주의 리얼리즘소설의 탄생을 위한 이론적 토대를 제공해 주었다. 또한 많은 문인들을 발굴, 육성, 排出하였는 바, 30년대 장편소설 작가들의 상당수는 이렇게 배출된 사람들이라고 할 수 있다. 左聯 작가들은 새로운 제재와 주제를 드러내는 데 있어 주저함이 없었다. 그 한 예로서, 농민의 삶과 애환을 다룸에 있어, 단순한 폭로와 비판이 아닌 각성과 투쟁을 묘사하였다. 새로운 인물형상을 많이 소개하였다는 사실 또한 이들 좌련 작가들의 공로라고 하지 않을 수 없었다. 각성하는 농민들의 모습에서부터, 자본가, 도시노동자들의 삶에 이르기까지 그들의 다양한 삶의 모습과 함께 사회의 현실을 총체적으로 담고자 했다. 특히, 사회주의 리얼리즘소설의 소개와 창작은 전적으로 左聯 작가들의 功勞라고 하지 않을 수 없다. 이러한 사실과 관련한 하나의 예로서, 劉綏松 같은 사람은 30년대의 소설의 발전은 기타 문예양식과 마찬가지로, 左聯의 영도와 영향 하에 진행되었다고 규정하면서, 작가들은 중국 전역에서 진행되고 있는 정치투쟁을 가미하고, 신세계, 신생활을 향한 인민대중의 갈망을 표현하면서, 사회주의 리얼리즘의 大道를 향해 일보 매진했다고 했다.[6] 楊義는 다양한 문예지, 문학잡지의 출현과 외국문학에 대한 활발한 번역을 소설발전의 주요 배경으로 거론했다. 그는 이 시기 작가들의 대다수는 雜誌, 副刊, 叢書 중에서 탄생, 성장하였으며, 또한 1935년은 "번역의 해"였는데, 이는 문학의 기백을 涵養하는데 있어 무시할 수 없는 의미를 지닌다고 했다.[7]

---

 6) 劉綏松著, 『中國新文學史初稿』, 1982, p.364.
  劉綏松은 소설발전의 역할에 있어 좌련의 영향과 함께 魯迅의 영향도 언급하였다. 그는 이 시기의 소설이 번영할 수 있었던 요인으로 魯迅의 指導와 影響을 강조하였다.

결론적으로 말해서, 左聯에 참여하거나 左聯의 문학 활동에 영향을 받은 많은 문인들의 헌신적 노력과 성과에 힘입어 장편소설이 탄생하고 발전할 수 있었다. 左聯의 작가들은 문학발전과 창작에 필요한 여러 가지 문학적 이론과 사상, 논리 등을 제공하였을 뿐만 아니라, 창작활동에도 적극 참여하면서, 다양한 형태의 장편소설들을 창작해냈다. 좌련 작가들의 문학에 대한 연구와 사회의식, 문예단체들 사이의 논쟁과 경쟁, 그리고 다양한 문학적 실험과 사회참여의식 등으로 촉발된 관심의 확산은 다양한 형태의 많은 작품을 낳았고, 그 가운데에서도 특히 장편소설의 발전으로 이어졌다고 할 수 있다.

앞서 설명한 바와 같이, 1930년대 중국의 사회현실은 國民黨, 共産黨, 그리고 軍閥 간의 대립과 갈등에서 오는 內戰과 세계경제공황의 餘波와 서구 자본주의의 침탈 등으로 빚어진 屈曲된 경제상황 등으로 정리될 수 있다. 지배권을 놓고 벌이는 國共之間, 軍閥之間의 내전으로 사회는 매우 불안하였고, 국론 또한 심히 대립·분열되어 있었다. 또한 산업화의 과정 속에서 서구자본 및 買辦資本家들의 침탈, 그리고 세계 경제공황의 여파로 인해 일부지역이기는 하나 도시경제, 농촌경제가 붕괴되었고, 이로 인해 대외종속은 가속되면서 노동자, 농민 등 일반 중하층 사람들의 삶은 항상 고통스러울 수밖에 없었던 것이 30년대의 경제적 현실이었다. 이러한 상황 속에서 사회가 어떻게 바뀌고, 흘러가는가에 대한 관심과 더불어, 이에 대한 憂慮는 작가들의 사고의 격식과 방향을 실질적으로 변화시켰다. 다시 말해, "중국사회가 어디로 가고 있는가."에 대한 생각과 우려가 사회의식의 중심이 되었고, 작가들의 의식과 思考, 思惟方式에 있어서도 그것에 상응하는 변화가 발생했다. 이 시기의 소설, 또한 이러한 思惟의 전환과 시대적 흐름에 맞춰 발전하였는데, 특히 장편소설은 강렬한 社會性과 時代的 特徵을 획득하며 탄생·발전하게 되었던 것이라고 할 수 있다. 30년대 중국의 정치, 경제, 사회에서 벌어진 諸 現象들은 도시와 농촌의 급격한 물질적 變化를 초래하였음은 물론, 지식인, 민족자본가에서 노동자, 農民에 이르기까지, 동

---

7) 楊義, 전게서, pp.28-29 참조.
　　楊義는 여러 가지 문예지의 편집장들이 많은 작가들과 개개의 문학사단과 강한 紐帶관계를 맺고 있었을 뿐만 아니라, 문예신인들과 걸작들을 배출해 내는 정원사의 역할을 했다고 말했다. 또한 그는 외국 문학의 번역은 작가들의 세계성에 대한 視野를 넓히는 역할을 했으며, 이 시기 작가들의 세계문학에 대한 視野는 五四시기의 그것보다 더 넓었다고 말했다.

시대 모든 중국인들의 사상과 심리에 거대한 변화를 惹起시켰고, 思考의 大轉換을 이루게 했다. 인간의 개인적 가치와 인생의 의미를 주로 생각하는 사유방식에서 벗어나 사회의 성격과 출로, 발전방향에 대해 探究하였고, 또한 社會의 일부를 생각하는 미시적 사유에서 사회 전체를 수용하는 巨視的 思惟를 갖게 되면서, 사회와 인생 모두를 자신들의 작품 속에 그대로 收容하고 표현하였던 것이다.

1930년대 중국 소설문단의 특징을 한마디로 말한다면, "관심의 다원화 내지 다양화"로 집약될 수 있을 것이다. 작가들의 문학적 관심이 크게 확산되면서 작품의 주제가 다원화, 다양화되었고, 다원화다양화 된 主題에 따라 작품의 제재와 내용 또한 크게 다양화되어 나타났던 것이다. 이 시기에 들어와 다양한 장르의 소설이 출현할 수 있었던 것도 이러한 다원화, 다양화의 결과에 기인한 것이라고 할 수 있는데, 다시 말해 30년대에 들어와 매우 多樣한 유형의 소설들이 등장하였다는 사실과, 以前에는 없었던 장편소설이 본격적으로 탄생하고 발전하였다는 사실 등은 이러한 문학적 現象과 특징을 대변하는 것이라고 할 수 있다.

따라서 30년대의 장편소설은 동시대 농민들의 삶과 고통에 대한 깊은 관심을 담아내며, 그들의 삶을 사회현실과 融合시키고자 했던 소설도 있었고, 서구의 자본 유입과 民族資本의 치열한 각축장이 된 상해를 배경으로 상류사회계층 사람들에 대한 의식과 관념을 표현한 소설도 탄생하였고, 또한 전란과 정치적 混亂과 궁핍의 고통 속에 살아갔던 북경의 下層民들의 삶과 그들 삶이 가지는 사회와의 관계 등이 어떠했는가를 그려낸 소설도 있었다. 또한 몇 十年 前의 역사적 사건을 동시대의 현실에 투영시키고자 했던 소설도 등장하였는가 하면, 일제 침략이 본격화되면서 일제의 침략에 대항하고 투쟁하는 사람들의 삶을 그려 사회저항정신을 고취하고자 소설도 등장하였고, 혼란스럽고 비인간적인 사회현실을 떠나 어느 한 작은 鄕村을 배경으로 그 곳 자연의 환경 속에서 인간존재의 의미를 발견하고자 했던 소설도 등장하였으며, 사회의 현실을 반영하되 현실을 거치며 주인공의 정신과 심리의 변천을 다룬 성장소설도 창작되었다. 뿐만 아니라, 시대와 사회를 하나의 가정 속에 응축시켜 가족과 사회와의 관계를 조명하고자 했던 소설도 등장하였던 것이다. 1930년대 문학적 현실을 한마디로 말한다면, 左聯을 중심으로 하는 여러 가지 이념적 문학단체의 성립과 발전, 문학의 발전방향에 대한 상호 단체 간의 熾熱한 논쟁과 경쟁, 그리고 그러한 결과로서

드러난 다양한 作家群과 文藝誌의 出現 등으로 요약될 수 있을 것이다. 그 가운데에
서도 중국 좌익작가연맹의 역할과 활동은 문예발전, 특히 장편소설의 탄생과 발전에
적지 않은 寄與를 했다고 볼 수 있다. 錢理群 등은 이 시기 문예상황과 관련하여,
무산계급문학과 민주주의·자유주의문학의 발전, 변화 등이 30년대 현대문학발전의
두 가지 기본 토대를 구성하고 있다고 하면서, 문예사상을 두고 이들 團體 사이에
벌어졌던 투쟁, 문학창작상의 상호경쟁 등이 三十年代 현대문학의 발전을 촉진시켰
다고 했다.8) 그러나, 그 가운데에서도 특히 좌익작가연맹 소속 작가들의 활약과 장편
소설의 탄생과 발전은 매우 두드러진 것이었다. 전술한 바와 같이, 左聯은 마르크스
주의 문예이론을 소개하고 선전하여, 사회주의소설과 사회주의 리얼리즘소설의 탄생
을 위한 이론적 토대를 제공해 주었고,9) 사회의 현실을 깊이 있게 분석하고 다양하게
표현할 수 있는 많은 문인들을 발굴, 육성, 排出하였는바, 30년대 장편소설 작가들의
상당수는 바로 이와 같은 부류에 속할 수 있는 작가들이라고 할 수 있다.

　중국 현대소설의 전개과정을 年代別로 나눠 그 특징을 살펴 볼 때, 우선 드러나는
현상 가운데 하나는 1920년대와 1930년대가 각기 短篇小說과 長篇小說이라는 소설
양식에 의해 뚜렷히 구분되어지고 있다는 사실이다. 1920년대가 단편소설의 시대였
다면, 1930년대는 長篇小說이 주도적 소설양식이 되어 커다란 성과를 올리며, 소설
의 발전을 계도했던 시기였다. 1920년대 작가들이 견지했던 作家意識과 작품 속에
반영하고 있는 現實眼은 당대 社會現象의 몇 가지 국면들에 한정된 채, 그 개별적
현상과 국면들만을 설명하는 데에 머물러 있었음에 비해 1930년대의 작가들은 社會
現實과 그 사회를 살아갔던 사람들의 보편적이고 광범위하게 사회·경제적 삶의 양
식을 보다 구체적이고 광범위하게 그려내는 등, 그들의 意識과 現實眼은 사회전체를
眺望하고, 그 사회를 살아갔던 사람들의 전반적인 삶의 양식을 표현하는 데에 이르렀

---

8) 錢理群·吳福輝·溫儒敏·王超冰, 『中國現代文學三十年』, 上海文藝出版社, 1987, p.203.
9) 劉綬松 著, 『中國新文學史初稿』, 人民文學出版社, 1982, p.364.
　이러한 사실과 관련한 하나의 例로서, 劉綬松 같은 사람은 30년대의 소설의 발전은 기타 문예양식과
마찬가지로, 左聯의 領導와 影響 下에 진행되었다고 규정하면서, 작가들은 중국 전역에서 진행되고 있
는 정치투쟁을 가미하고, 신세계, 신생활을 향한 인민대중의 갈망을 표현하면서, 사회주의 리얼리즘의
大道를 향해 일보 매진했다고 했다. 그는 이러한 사실과 함께, 소설이 번영할 수 있었던 또 하나의 요인
으로 魯迅의 지도와 영향을 강조하였다.

던 것이다. 1920년대에는 등장하지 않았던 장편소설이 30년대에 들어와 본격적으로 탄생·발전하기 시작한 데에는 1920년대 短篇小說의 발전이 일정한 토대의 역할을 했다고 하는 사실이외에 시대와 사회적 요청에 부응, 사회와 사회적 삶에 대한 어떤 공식 내지 형상을 발견하여 이를 문학적으로 구체화시키고자 했던 작가의 노력 등을 거론해 볼 수 있다.

　溫儒敏은 현실주의는 신문학의 두 번째 10년의 중기와 후기의 창작의 주류였다고 하면서, 그 주류의 핵심이면서 그 방향을 좌우한 기본적인 작가대오는 左翼作家群 및 '左聯' 이외의 일련의 작가들이었는데, 이들 대부분의 작가들은 사회의 분석을 중시했다고 했다. 그는 魯迅, 茅盾, 葉聖陶, 王統照, 老舍, 李劼人 등의 작가들이 30년대 후반 부단히 새로운 길을 개척하면서 조류에 영향을 주었고, 巴金, 蕭軍, 蕭紅, 端木蕻良 등과 같은 신인작가들은 서로 다른 사실적 경향에서 돌출한 성과를 거두었다고 하면서, 이들 작가들의 대부분은 나름대로의 사실주의 방법으로써 걸출한 장편소설을 창작하여 동시대를 풍미했던 작가라고 주장했다.[10] 左聯의 작가들을 중심으로 한 이들 작가들은 새로운 제재와 주제를 드러내는 데 있어 주저함이 없었다. 그 한 예로서, 농민의 삶과 애환을 다룸에 있어, 단순한 폭로와 비판이 아닌 각성과 투쟁을 묘사하였고, 새로운 인물형상을 많이 소개하였다는 사실 또한 이들 좌련 작가들의 공로라고 하지 않을 수 없었다. 각성하는 농민들의 모습에서부터, 자본가, 소지식인, 도시노동자들의 삶에 이르기까지 그들의 삶을 묘사하면서, 사회의 현실을 총체적으로 담고자 했으니, 그렇게 담겨진 모습이 바로 30년대의 장편소설이었던 것이다.
　다음과 같은 설명은 이 시기 소설계의 현상과 그 흐름의 一端을 말해주는 것이라고 할 수 있다.

　　이 시기의 소설은 20년대의 소설과 비교해 볼 때, 새로운 발전을 이루었다. 작품의 주제가 부단히 심화되면서, 혁명투쟁과 결합하는 自覺性을 표출하였다. 어떤 작가는 토지혁명을 직접 歌頌하며, 무장투쟁을 묘사하기도 하였다. 어떤 작가는 일반 민중들이 수난 당해야 하는 사회의 근원을 깊이 있기 파고들어 가면서, 그들의 혁명적

---

10) 溫儒敏 지음, 김수영 옮김, 『현대 중국의 현실주의 문학사』, 문학과 지성사, 1991, pp.175-178 참조.

각성과정을 표현하였고, 반제반봉건의 주제와 사상을 선명하게 돌출 시키며 시대의 血淚를 그려냈으며, 또한 반항의 怒聲을 그려내기도 했다. 작품의 제재 또한 더욱 풍부해지고 다양해졌다. 농촌을 제재로, 항일운동을 제재로 하는 작품들이 대량 쏟아져 나왔다. 30년대 현실생활의 모든 영역이 작품 속에서 표현되었다. 동시에, 예술 기교에 있어서도 뚜렷한 발전이 있었으니, 이 모든 것은 중국 현대 신소설의 창작이 이미 새로운 발전단계에 접어들었음을 의미하는 것이다.[11]

30년대의 중국사회는 封建과 反封建的 사상과 이념의 대립과 갈등이라고 하는 二元的 구도의 현실세계가 아니었다는 점에 주목할 필요가 있다. 굴절된 近代化의 過程 속에 벌어지는 정치혼란, 군벌의 난립, 國共間의 對立, 여기에다 外勢의 침략까지 더해져 사회의 현실은 말 그대로 複雜多難한 多元的 구도의 현실이었는바, 이러한 현실 속에서 동시대 작가들이 견지했던 現實眼과 意識은 광범위하고도 심화된 것이었다. 광범위하게 확산되고 심화된 그들의 현실안과 의식은 複雜多難한 사회의 현실을 장편소설이라는 문학의 형식을 통해 다양하게 그려냈던 것이다. "장편소설은 30년대, 廣闊한 사회 역사의 내용을 수용하며, 가장 큰 성취를 이룬 문학양식이었다." 는 錢理群 등의 설명이나[12], "장편과 중편소설의 급속한 발전은 사람들의 가장 큰 관심을 받은 30년대의 현상이었다."고 한 楊義의 말[13]은 이러한 사실을 뒷받침한다고 하겠다. 이 시기의 소설, 특히 장편소설은 중국 현대문학사상 그 양과 질에 있어 획기적인 전환점이 될 정도의 높은 수준과 다양성, 그리고 문학적 깊이를 가지고 있다. 장편소설만이 갖는 특유의 양상과 존재 조건 등을 유감없이 발휘하면서, 동시대 사회현실을 광범위하게 수용하고 표현하려는 문학적 시도를 보여주고 있다.

30년대 들어와 본격적으로 탄생하기 시작한 장편소설은 소설장르의 확대를 가져왔고, 중국 現代小說界를 대표했다고 할 수 있는 茅盾, 巴金, 老舍, 沈從文 등의 여러 작가들이 등장한 것도 바로 30년대 이 시기였는데, 이들 주요 작가들은 장르의 확대를 통해 자신들의 현실적 경험공간인 당대의 사회현실에 대한 깊은 관심을 갖고, 이를 총체적으로 파악하는 가운데, 사회현실의 실상과 인간 삶의 모습을 再構하며 형상

---

11) 『小說鑑賞文庫(中國現代卷, 第一卷上)』, 陝西人民出版社, p.7.
12) 錢理群・溫儒敏・吳福・王超冰 著, 『中國現代文學三十年』, 上海文藝出版社, 1987, p.232.
13) 楊義, 『中國現代小說史』, 人民文學出版社, 1991, p.33.

화하고자 노력하였다.

趙遐秋, 曾慶瑞는 30년대 中 長篇小說의 탄생 및 발전과 관련하여 "작가들은 사회를 경험과 동시에 사상의 변화를 겪었고, 이로 인해 문학의 관념에 발전이 있었을 뿐만 아니라, 문학의 수준이 提高되었는바, 그 결과 이 시기의 長篇小說은 가능한 한 큰 容量으로써 광활하고도 복잡한 사회생활을 개괄하는 예술을 창조하였다."[14]고 했는데, 이러한 말은 30년대의 長篇小說은 사회의 反映物로서, 동시대 문학의 그 어느 장르보다 폭 넓게 사회를 담아내고 표현한 문학이었음을 증명하는 것이라고 할 수 있다. 또한 "장편소설은 모든 미완결 상태의 현재(동시대의 현실)와 최대한 접촉을 가지는 장르"라는 미하일 바흐친의 주장[15]과 같이, 1930년대 중국의 장편소설은 동시대 사람들의 삶과 경험인 동시에 작가들이 사회현실에 대해 堅持하고 있던 意識의 복합적인 반응의 結果物이었던 것이다.

거듭 말해서, 이 시기의 長篇小說은 여느 시기의 소설보다 同時代 사회의 현실과 깊은 관련을 맺으며 발전했다고 할 수 있다. 장편소설 특유의 존재조건을 유감없이 발휘하여 단편에서 이루기 어려운 당대 사회상의 진실하게 수용하고 총체적 진실을 추구하며, 동시에 일부 작품에서는 그 극복 방안을 진지하게 摸索하려는 시도를 보여주고 있다. 茅盾, 巴金, 老舍, 등 주요 작가들은 자신들의 현실적 경험공간인 동시대의 사회현실에 대한 깊은 관심을 갖고, 이를 총체적으로 파악하면서, 장르의 확대를 통해 사회현실의 실상과 인간 삶의 모습을 再構하며 形象化하고자 노력하였다. 그 결과, 30년대의 장편소설은 이러한 시대적 흐름에 맞춰 강렬한 社會性과 時代的 特徵을 획득하게 되었고, 형식과 내용 또한 매우 다양화되면서 문학발전에 중대한 寄與를 하게 되었던 것이다.

이와 함께, 리얼리즘이론의 발전과 그것을 폭넓게 수용하려는 작가의 의지, 즉 리얼리즘이론의 발전은 사회에 대한 意識과 想像力의 깊이를 한층 더 심화시켜 長篇小說의 誕生과 發展에 밑거름을 이루었다고 할 수 있다. 리얼리즘을 광범위하게 수용하고 이를 응용하려는 작가의 태도[16]는 社會現實의 변화에 기인하는 것이었지만, 그로

---

14) 趙遐秋·曾慶瑞, 『中國現代小說史』, 中國人民大學出版社, 1985, p.381.

15) 미하일 바흐친 지음, 전승희·서경희·박유미 옮김, 『장편소설과 민중언어』, 창작과 비평사, 1998, p.29.

인해 작가들은 사회현실에 대해 보다 巨視的이고도 深層的인 思考를 하게 하였으니, 결국 이와 같은 리얼리즘의 광범위한 수용과 應用은 문학적 창조력을 심화시키고 상상력의 폭을 확대하면서 장편소설의 탄생과 발전에 기여했다고 말할 수 있는 것이다.

중국의 현대문학사와 현대소설사 등에서 記述된 소설의 유형 및 구분방법은 주로 주제, 인물형상, 작가의 의도, 문학사회학적 방법 등을 援用하여 이루어지고 있음을 볼 수 있다. 1930년대 소설을 중심으로 그 유형에 대해 언급된 논의의 몇 가지 예를 들어보자. 楊義는 이 시기의 長篇小說은 크게 보아 두 가지 기본 주제를 가지고 있다고 했다. 하나는 사회역사적인 것이고, 또 다른 하나는 풍속문화에 대한 것이라고 했는데, 前者가 사회의 현실이 어떻게 전개되어 가고 있는가를 깊이 있게 나타낸 것이라면, 後者는 민족문화의 깊은 정서를 진솔하게, 감동 깊게 표현한 것이라고 했다.[17] 楊義는 短中長篇을 망라하여 30년대 소설을 다음 네 가지 형태로 분류하였다. 그 첫째가 社會寫實小說인데, 이러한 소설류는 말 그대로 "實"字에 무게를 두고 인생에 대해 사실적으로 접근하며 사회를 파악하는 등, 소설의 묘사기능을 발휘하는 데 중점을 둔 소설이라는 것이다. 이러한 부류의 예에 해당되는 장편소설로는 茅盾의 「子夜」와, 蕭軍, 蕭紅의 「八月的鄕村」, 「生死場」 등이 있다고 했다. 두 번째는 世俗諷刺小說인데, 이러한 부류의 소설은 사회의 문제점을 질타하고 諷刺·揶揄하는 기능을 발휘하면서, 喜劇味의 理性的 光輝로써 암흑사회를 비추어주는 역할을 했다고 말했다. 老舍, 張天翼, 沙汀 등이 이런 소설류의 주요 작가이며, 장편소설로는 陳白塵이 쓴 「漩渦」, 「一個狂浪的女子」, 「罪惡的花」, 「歸來」 등의 작품이 여기에 속한다고 했다. 그리고 세 번째 유형의 소설은 抒情 또는 心理小說이라는 것인데, 이러한 유형의 소설을 쓴 작가들은 기교를 중시하였고, 따라서 자연과 심리에 대한 소설의

---

16) 溫儒敏 지음, 김수영 옮김, 『현대중국의 현실주의문학사』 문학과 지성사, 1991, pp.158-175 참조
溫儒敏은 30년대 문학의 성과 가운데 현실주의 수확은 가장 풍부한 것이었다고 하면서 1930년대를 리얼리즘이 번영의 수확기를 거둔 시기로 규정했다. 그는 사회주의 리얼리즘의 유입으로 중국의 리얼리즘은 사회화, 정치화, 이상화의 방향으로 흐르게 되었으며, 이와 아울러 기존의 낭만주의나 이제 막 싹을 피우기 시작한 모더니즘이 리얼리즘에 융합되어 현실주의를 풍부하게 했다고 했다. 낭만주의와 모더니즘이 리얼리즘에 융합되었다는 溫儒敏의 이야기는 낭만주의 작가들이나 모더니즘 작가들이 리얼리즘의 수법을 많이 차용하여 그 경계의 구분을 어렵게 했다는 것이니, 이는 리얼리즘의 광범위한 수용과 응용에 대한 작가들의 태도를 설명하는 것이라고 할 수 있다.

17) 楊義, 『中國現代小說史(第二卷)』, 人民文學出版社, 1991, p.35.

묘사기능을 풍부하게 하였다고 했다. 이 두 종류의 소설은 "京派"와 "上海現代派"작가들의 손을 거쳐 長足의 발전을 이루었다고 하면서, 李健吾의 소설 「心病」이 장편소설로는 이런 소설류에 들어간다고 했다. 끝으로 네 번째 유형의 소설로는 역사신화소설이 있다고 했다.[18] 楊義의 분류는 주인공의 성격과 주제에 따른 분류라고 할 수 있는데, 30년대를 대표하는 巴金과, 老舍, 沈從文의 소설 등에 대해서는 이렇다 할 언급이 없는 것이 하나의 문제로 제기될 수 있을 것이다.

王瑤는 이 시기 소설을 내용과 주제, 그리고 작가의 활동성격 등을 기준으로 일곱 가지로 유형으로 분류하여 설명하였다. 그 첫 번째가 "熱情的 憧憬의 소설"이라는 것인데, 노동자, 농민 등의 저항과 투쟁을 묘사하면서, 투쟁과정을 통해 사회주의 공산주의 혁명 실현을 주제로 한 洪靈菲, 蔣光慈, 錢行村, 胡也頻 등의 소설이 이에 해당된다고 했다. 장편소설로는 蔣光慈의 「流亡」, 華漢의 「地泉」, 胡也瀕의 「到莫斯科去」와 「光明在我們的全面」 등이 있다고 했다. 두 번째로 현실을 透視하는 소설로서 茅盾의 「蝕三部曲」, 「子夜」 등이 이런 소설류에 해당된다고 했다. 셋째, 光明을 追求한 소설로서, 巴金의 「家」를 가장 대표적인 작품으로 거론했다. 넷째, 도시생활의 影像을 그린 소설로서, 老舍의 「趙子曰」, 「駱駝祥子」, 葉紹鈞의 「倪煥之」 등을 언급하였다. 그리고 다섯 번째 유형의 소설로서 파산하는 농촌의 형상을 담은 소설이 있다고 하였는데, 대표적 작품으로 왕통조의 「山雨」를 언급하였다. 王瑤는 또한 여섯 번째 유형의 소설로서 동북작가군의 작품을 예로 들었는데, 그 대표적 작품으로 蕭軍의 「八月的鄕村」이 있다고 했다. 끝으로, 일곱 번째 유형의 소설로서 역사소설을 거론하였다.[19] 王瑤의 분류방법은 비교적 세분된 것일 뿐만 아니라, 30년대에 등장 했던 대부분의 소설들을 언급하였다는 사실에서 그 의미를 찾을 수 있을 것이다.

趙遐秋, 曾慶瑞는 30년대의 中長篇小說을 다음 네 가지 유형으로 분류하여 설명하였다. 첫째, 지식분자와 혁명과의 관계를 深化시킨 소설, 둘째, 農民群衆의 覺醒과 力量을 그린 소설, 셋째, 과거 중국의 廣闊한 생활상을 묘사한 소설, 넷째, 중국인의 항일구국의 烽火에 불을 붙인 소설 등으로 분류하였는데, 葉紹鈞의 「倪煥之」 등을 첫 번째 소설류의 대표적 작품으로, 王統照의 「山雨」 등을 두 번째 소설류의 대표적

18) 楊義, 『中國現代小說史(第二卷)』, 人民文學出版社, 1991, pp.36-42 참조.
19) 王瑤 著, 『中國新文學史稿』, 上海文藝出版社, pp.240-298 참조.

소설로, 沈從文의 「邊城」 등을 세 번째 소설류의 대표적 작품으로, 그리고 중국인의 항일구국의 봉화에 불을 붙인 소설의 대표작으로 蕭軍의 「八月的鄕村」이 있다고 했다.[20] 이들의 분류방법 또한 주제와 인물형상의 사회적 성격 등이 융합되어 이루어져 있음을 알 수 있다. 上述한 例를 통해서도 알 수 있듯이, 30년대 中國小說의 유형적 분류 기준 또한 작품의 주제와 제재, 인물의 형상, 작가의 의도, 사회적 의미 등을 종합적으로 응용하고 적용하여 이루어졌던 것이다.

長篇小說은 인생과 사회를 폭넓게 총체적으로 반영하는 특질을 지닌다. 인생과 사회에 대한 작가의 깊은 식견은 물론, 사회를 전체적으로 조망하여 그것을 큰그릇에 담는 문학형식이다. 그렇기 때문에, 장편소설의 작가라면, 시대와 사회에 대한 의식과 인식세계를 가지고 사회전체를 통찰, 眺望하게 된다. 長篇小說은 "모든 미완결상태의 현재(동시대의 현실)와 최대한 접촉영역을 가지는 장르[21]임을 고려해 볼 때, 장편소설은 문학의 對社會的 기능을 수행할 수 있는 最適의 文學樣式임을 否認할 수 없다. 그렇기 때문에, 문학사회학적 관점에서 뿐만 아니라, 사회 또는 시대와의 관련하여 문학적 의미를 살펴 볼 때, 장편소설의 발전과 유형에 관한 연구는 매우 가치있다고 하지 않을 수 없다. 따라서 1930년대 長篇小說의 전개방식에 類型에 대한 관찰은 중국 현대문학, 현대소설연구에 있어 必須的인 작업이라고 하지 않을 수 없는 것이다.

30년대 문학을 이끌고 또한 장편소설 발전의 선구적 위치에 있던 작가를 꼽는다면 모순을 거론할 수 있다. 모순은 사회현실에 대한 진지하고도 깊이 있는 관찰을 통해 소위 사회분석파의 소설을 선도하는데 큰 역할을 했다. 社會의 현실에 대한 세심한 觀察과 分析을 바탕으로 사회의 諸 樣相을 具體的이고도 진지하게 形象化한 소위 社會分析派의 小說이 登場할 수 있었던 것도 모순과 같은 작가들의 노력에 기인하는 것이라고 할 수 있다. 이러한 사실과 관련해 溫儒敏은 사회 분석을 중시하는 것이 30년대 리얼리즘의 새로운 기풍이 되었다고 했는데,[22] 이와 같이 사회의 분석을 重視하며 리얼리즘의 새로운 氣風, 다시 말해 사회주의 리얼리즘의 새로운 氣風을 振作시

20) 趙遐秋・曾慶瑞, 『中國現代小說史(下册)』, 中國人民大學出版社, 1985, pp.315-380 참조.
21) 미하일 바흐친 지음, 전승희・서경희・박유미 옮김, 『장편소설과 민중언어』, 1998, p.27 참조.
22) 溫儒敏 지음, 김수영 옮김, 「현대 중국의 현실주의문학사」, 文學과 知性社, 1991, p.184.

켜 나간 사람이 바로 茅盾이다. 30년대 의 많은 작가들은 사회 현실의 구석구석을 폭넓고 深度있게 관찰하고, 이를 다시 문학적으로 探求하며 受容하고자 노력하였는데, 茅盾은 바로 이러한 作家들의 선두에 섰던 사람이라고 할 수 있다. 茅盾은 「子夜」, 「農村三部曲」 등의 소설로써 동시대 사회의 현실을 구체적이고도 총체적으로 형상화하면서, 리얼리즘 문학발전의 새로운 지평을 제시하며 소위 "社會分析派" 小說의 발전을 啓導해 나갔다. 「子夜」는 1930년대 초기 上海를 배경으로 민족자본가 吳蓀甫가 자기 나름대로 민족자본을 일으키며 산업을 발전시키려고 하나, 帝國主義세력을 등에 업은 買辦금융자본가 趙伯韜와의 대결에 패해 破産,沒落하여 결국에는 상해를 떠난다는 내용을 기본 플롯으로 하고 있다. 작가 茅盾은 「子夜」를 통해 여전히 半封建的이면서도 半植民地化되다시피한 1930년대 초반 중국의 전반적 사회현실을 드러냄에 있어 上海라고 하는 공간 형식을 빌려 동시대 사회현실에 대해 같은 시기의 그 어느 작품보다도 세밀하고도 탁월하게 관찰하고 있는데, 이와 같은 작가의 광범위하고도 객관적 관찰로 인해, 「子夜」는 작품의 성격이 다소 논리적이라는 인상을 강하게 주고 있기도 하다. 그는 이 작품이 1930년대 초기 上海의 각 계층 사람들의 생활에 대한 진실한 묘사를 통해 중국사회를 과학적으로 해부하면서 예술적으로 이를 재현했고, 또한 중국현대문학사상 처음으로 매우 거대한 규모로써 上海라고 하는 현대화된 도시를 묘사했다고 했다.[23] 이처럼, 「子夜」의 문학적 의미와 가치는 리얼리즘 長篇小說의 秀作으로서 정확하고 예리하게 1930년대 사회현실을 파헤치며, 이를 생동적으로 반영했던 역사 및 사회교과서와도 같은 당대 사회현실에 대한 진실 기록이라는 것으로 특징 지워지고 있다.

「農村三部曲」은 1930년대 초 중국 강남지방의 어느 한 농촌을 배경으로 그 곳에서 펼쳐졌던 농촌의 경제적 파탄 및 이로 인한 농민들의 몰락과 불행, 그리고 현실에 대한 농민들의 저항 등, 동시대 농촌과 농민을 소재로 하여 시대의 가장 핵심적인 쟁점을 매우 예리하고도 생동감 있게 파헤친 농민소설이다. 또한 이 소설은 기존의 농촌, 농민소설과는 다르게 이른바 "豊收成災" 즉 "풍성한 수확을 했음에도 그것이 도리어 재앙이 되는 현실"이라는 비교적 독특하고도 奇異한 소재로써 파탄과 몰락을

---

23) 嚴家炎, 『中國現代小說流派史』, 人民文學出版社, pp.176-178.

거듭하는 농촌의 현실, 농민들의 고통을 폭로하면서도, 한편으로는 이러한 비극적인 농촌현실의 극복을 위한 작가의 代案的 방법까지 제시하고 있다.

중국현대소설사에 있어 기념비적이면서 30년대를 대표할 수 있는 주요 장편소설의 몇 가지 예를 보자면, 沈從文의 「邊城」, 「長河」와 같이, 사회현실과 일정한 거리를 둔 채, 자연과 아름다운 인성의 조화를 그린 서정소설이 있었는가하면, 상술한 바 와 같이, 上海라는 도시공간을 무대로 하여 상류사회계층의 삶의 양식과 그 속의 나타난 병리적 요소를 그린 「子夜」도 있었고, 巴金의 「家」와 같이 한 가족의 역사와 운명을 중국의 역사와 사회적 관점에서 표현하고자 했던 家族史小說이라는 양식의 작품도 등장하였다. 「家」는 어떤 한 가족의 상황이나 운명을 역사적 시간의 지속과 변화의 차원에 놓고 그리면서, 사회의 諸問題를 가정의 틀 속으로 끌어 들여 조명하고, 또한 가족 구성원간의 갈등과 대립이라고 하는 문제를 社會의 問題로 還元 내지 昇華시켰다는 점에서 그리고, 家族의 운명과 삶에 근거하여 가족에 미치는 역사와 사회의 영향력의 문제와 세대의 격차를 수용하면서 중국 근현대사 변천의 한 모습을 띠고 있다는 점에서 문학적으로 매우 중요한 의미가 있다고 할 수 있다. 개인들의 삶을 통한 한 시기의 사회상을 총체적으로 파악하고 묘사하는 것이 리얼리즘 문학의 기본정신이라고 한다면, 「家」는 가족의 역사와 운명을 통해서 시대적 변동과 사회적 변화양상을 드러내 보이면서 중국 현대소설사에 있어서 리얼리즘의 문학정신을 확대, 심화시키는 데 기여했다고 할 수 있다. 그리고 「家」는 개인의 삶보다는 그 개인들의 집합체인 가족의 삶을 다루는 가운데, 개인들의 문제를 단순히 고립시켜서 파악하지 않고, 그것을 개인과 가족, 개인과 민족과의 관계에서 파악하는 사회학적 상상력의 지평을 넓히는 데 공헌했다. 따라서 독자들은 봉건시대의 전통적 가족구조가 근대화 과정에서 어떻게 변화되는가를 보여주는 「家」를 통해 봉건주의적 사상과 관습이 몰락하고 근대화되어 가기 시작하는 격변기에 대한 중국사회의 모습을 보다 근원적으로 접근할 수 있는 토대를 얻게 되었으니, 바로 이와 같은 사실은 前述한 문학적 의미와 구조적 특성과 함께, 중국현대문학사에 있어 소설 「家」만이 갖는 또 하나의 문학적 가치라고 할 수 있다.

李劼人의 「死水微瀾」처럼 세태와 역사를 융합한 작품도 등장하였는데, 이 작품은 清日戰爭에서 의화단사건의 실패에 이르기까지의 혼란스럽고도 부패한 시기를 역사적 배경으로 하여, 義和團을 중심으로 한 민족의 자존심과 전통을 고수하려는 세력과 서구의 기독교세력간의 갈등과 충돌을 그리면서, 이로 인해 야기되는 굴욕적이고도 혼란스러웠던 淸나라 末期 사회의 현실과 함께, 그런 현실 속에서 피어나는 탐욕적이고 기회주의적인 人間群像들의 面貌를 그린 작품이라고 할 것이다. 이 작품은 1900년대 半植民地的, 內憂外患的 현실에 대한 서사적 형상화를 성공적으로 수행한 작품이라고 할 수 있다. 작가는 歷史性과 관련된 주제와 내용을 서술하는 데 있어, 가공적 인물들의 삶과 행동을 제재로 선택하였을 뿐만 아니라, 고도의 상징적 전략과 심리분석 등의 서술기법을 통해 淸末 사회의 一面을 객관적이고도 細密하게 관찰하였기 때문이다. 다시 말해, 작가 李劼人이 작품에서 보여 준 1900년을 전후로 한 중국의 사회현실에 대한 탐색정신과 서술기법은 작품으로 하여금 역사소설과 세태소설이라고 하는 두 가지 문학으로서의 성격과 특징을 갖게 했다는 것이다.

동시대 농촌과 농민들의 현실을 總體的으로 形象化한 소설도 등장하였으니, 그 대표적 작품이 바로 王統照의 長篇小說 「山雨」라고 할 수 있다. 王統照의 「山雨」는 30年代 主要 長篇小說 가운데 하나로서, 관심의 확산과 다양화를 대변하고 있을 뿐만 아니라, 농민과 농촌현실에 대한 올바른 인식을 提高시키는 등, 농민문학에 있어서, 새로운 전기를 마련했다고 할 수 있다. 이 작품이 가지는 특성과 의미라고 한다면, 同時代 어느 장편소설 못지않게 넓은 畵幅으로써 2,30년대 북방 농촌의 현실을 매우 생동감 있게 묘사했다는 것이다. 다시 말해서, 급변하는 同時代 사회적 관점에서 疲弊하고 沒落해가는 농촌과 농민들의 삶을 반영하고, 매우 이를 生動感 있게 描寫했을 뿐만 아니라, 농민들에게 현실타개 내지 극복의 방법을 암시해 주었다는 점에서, 王統照의 「山雨」는 의의를 갖고 바람직한 농민소설의 유형을 제시했다고 할 수 있다. 이와 아울러, 同時代 桎梏과 苦痛의 時代的 狀況을 살아가는 농민의 생활을 정확히 반영하며 농민들에게 현실극복의 논리를 제시해 줄 수 있는 소설이 바람직한 農民小說이라고 할 때, 王統照의 「山雨」는 이러한 면에서 매우 바람직한 농민소설이라고 할 수 있다. 이 작품은 시대적 사회적 현실과 결부된 農村의 現實과 農民의 삶이라고 하는 새로운 題材를 통해 또한 농민의 문제를 동시대의 가장 중요한 사회문제로 표현하고, 농촌사회의 현실을 올곧게 반영하고자 했던, 그리고 그렇게 함으로써 사회적으로 농민과 농촌현실에 대한 올바른 인식을 提高시키고, 사실주의 소설의 새로운 일면을 개척하면서 30년대 문학발전의 새로운 전기를 마련했다는 점이 바로「山雨」
가 이룩해 놓은 큰 성과라고 할 수 있다.

사회와 문학이라고 하는 30년대 문학적 흐름과 다소 벗어 난 채, 人間과 自然의
調和를 追求하는 이른바 人性의 文學을 追求한 작가가 있었는데, 그가 바로 沈從文
이었다. 그가 남긴「邊城」은 매우 독특한 의미와 내용을 가진 동시대의 장편소설이었
다. 이 소설은 사회현실과 일정한 거리를 둔 채, 전원 속에서 살아가는 사람들의 아름
다운 人情美와 삶의 의미, 인생형식을 그리고자 했던 작품이었다.「邊城」에서 작가
가 그려내고자 했던 세계는 現在보다는 過去지향적이었고, 인위적 道德과 規律의 세
계보다는 自由와 自然指向의 人性的 世界였으며, 都市文明的, 社會的 세계보다는 田
園的, 鄕土的 世界였다. 그는 자신만의 이 같은 세계를 통해 近代文明에 의해 汚染되
고 破滅된 人性을 恢復하고, 건강하고 순수한 人間의 心性을 찾고자 했는데,「邊城」
은 이와 같은 그의 文學世界를 가장 잘 보여주는 代表的 作品이라고 할 수 있다.

또한 茅盾의「子夜」와 같이 都市空間을 무대로 하여 상류사회계층의 삶의 양식과
그 속에 나타난 病理的 要素를 批判, 暴露한 소설도 등장하였고, 老舍의「駱駝祥子」
와 같이 도시 노동자의 삶을 통해, 사회 밑바닥 층의 천한 인생과 함께 都市的 世態를
묘사하고자 했던 소설 등의 登場은 모두 이러한 30년대 소설의 흐름의 유형을 提示
했다.「駱駝祥子」는 인력거꾼 祥子라고 하는 하층민의 自意識을 도시의 특성, 도시
적 삶과 관련시켜 탐구하고, 더 나아가 이를 통해 도시공간의 의미를 탐구했다는 점
에서 또 하나의 문학적 가치를 드러내고 있다. 祥子와 같은 노동자 하층민에게 도시
의 삶은 출구가 없는 미로적 삶이요, 미로의 구조임을 밝힘으로써 결국에 있어서 그
것은 사회구조적 모순임을 폭로하였다는 사실에서「駱駝祥子」의 문학적 의미를 찾을
수 있다.

劉吶鷗, 穆時英, 施蟄存 등 소위 현대파의 작가들은 사람들의 심리와 정서에 주목,
인간의 잠재의식과 그러한 의식의 충돌을 묘사하는 등, 이른 바 心理小說을 탄생시켜
모더니즘 문학의 길을 열었다. 1930년대 施蟄存, 穆時英 등을 중심으로 한 소위 新感
覺派의 작가들과 이들이 남긴 小說은 비록 짧은 한 시기를 풍미하는데 그쳤지만, 동
시대 문단에 남긴 문학적 공헌과 영향은 적지 않았다. 이들이 남긴 小說은 서구 모더
니즘의 수용과 일본 新感覺派의 영향 하에 동시대 상해 등을 배경으로 한 중국의 사

회현실과 그에 대한 작가의 의식 등이 융합되어 만들어진 것이다. 다시 말해, 30년대의 신감각파의 小說은 세계의 문학을 수용하고, 이를 중국에 이식하는 과정을 통해 탄생된 것이니, 중국 현대소설의 영역확대와 발전에 새로운 길을 열었던 것이라고 할 수 있다. 이들 新感覺派의 소설은 내용과 형식 등에 있어 前代나 同時代의 소설들과는 크게 다른 모습을 보여 주었다.

2. 세태와 사회 현실의 해부

茅盾의 소설

1) 「子夜」

도시 상류층 사람들의 근대적 삶과 욕망

1930년대 長篇小說을 계도하면서, 이들 소설들의 사회와 관련한 문학적 특성 등을 가장 잘 대변했던 작품으로는 茅盾의 「子夜」를 거론해 볼 수 있다. 茅盾의 대표적 장편소설이기도 한 「子夜」는 1930년대 장편소설의 시대를 선도하면서 1930년대 중국의 장편소설이 보여 준 문학사회학적 특징을 유감없이 발휘했는데, 특히 社會現實에 대한 反映의 强度와 함께 이에 대한 정확하고도 객관적인 묘사라는 측면에 있어 매우 뛰어난 작품으로 평가받고 있다. 따라서 이 작품에 대한 기존의 논의 또한 주로 社會現實에 대한 정확하고도 객관적인 묘사와 反映이라는 측면에 모아져 왔다.

그 몇 가지 예로서 瞿秋白은 "「子夜」는 중국 최초의 성공적 리얼리즘의 장편소설이며, …(중략)… 진정한 사회과학을 응용하여 중국의 사회관계와 계급관계를 문학적으로 표현한 것은 「子夜」의 크나큰 성과라고 말하지 않을 수 없다."[1] 고 했으며. 趙家璧은 이 작품이 中國 민족자본주의의 慘落史이자 쁘띠 부르주아계급의 幻滅始末記라고 평가했다.[2] 또 吳組緗은 아편전쟁이후 외국자본주의 경제적 침탈과 이에 따른 중국 사회의 경제적 蹂躙과 중국민족의 고통 등을 추상적 개념이 아닌 구체적 사실로써 이를 증명했다고 했다.[3] 근래에 들어와 嚴家炎같은 사람은 이 작품을 社會解剖小說

---

1) 瞿秋白, 「"子夜"和國貨年」(原載 1933年 4月 2日 『申報·自由談』)(莊鍾慶 編, 『茅盾研究論集』, 天津人民出版社, 1984, p.156)
2) 造家璧, 「子夜」(載『現代』月刊第3卷第6期, 1933年 10月 1日)(莊鍾慶 編, 上揭書, p.185)

의 대표적 작품으로 분류했다. 그는 이 작품이 1930년대 초기 上海의 각 계층 사람들의 생활에 대한 진실한 묘사를 통해 중국사회를 과학적으로 해부하면서 예술적으로 이를 재현했고, 또한 중국현대문학사상 처음으로 매우 거대한 규모로써 上海라고 하는 현대화된 도시를 묘사했다고 했다.4) 이처럼, 『子夜』의 문학적 의미와 가치는 리얼리즘 長篇小說의 秀作으로서 정확하고 예리하게 1930년대 사회현실을 파헤치며, 이를 생동적으로 반영했던 역사 및 사회교과서와도 같은 당대 사회현실에 대한 진실 기록이라는 것으로 특징 지워지고 있다.

「子夜」는 1930년대 초기 上海를 배경으로 민족자본가 吳蓀甫가 자기 나름대로 민족자본을 일으키며 산업을 발전시키려고 하나, 帝國主義세력을 등에 업은 買辦금융 자본가 趙伯韜와의 대결에 패해 破産,沒落하여 결국에는 상해를 떠난다는 내용을 기본 플롯으로 하고 있다. 작가 茅盾은 『子夜』를 통해 여전히 半封建的이면서도 半植民地化되다시피한 1930년대 초반 중국의 전반적 사회현실을 드러냄에 있어 上海라고 하는 공간 형식을 빌려 동시대 사회현실에 대해 같은 시기의 그 어느 작품보다도 세밀하고도 탁월하게 관찰하고 있는데, 이와 같은 작가의 광범위하고도 객관적 관찰로 인해, 「子夜」는 작품의 성격이 다소 논리적이라는 인상을 강하게 주고 있기도 하다.

「子夜」는 上海를 이야기의 공간으로 해서 전쟁과 그로 인한 이념과 정책의 不在, 그리고 해외열강들의 경제적 침략과 매판 자본가의 술수 때문에 황폐해져가는 당대의 半植民地的 사회현실 속에서 소위 민족 자본가들을 중심으로 한 상류계층사람들의 삶의 양태를 중심으로, 도시에서 농촌에 이르기까지 그리고 주식시장에서 공장 뒷골목에 이르기까지의 드넓은 사회의 면모를 포괄하며 펼쳐 보여 주고 있다. 黃修己의 말 그대로, 이 작품은 중국사회의 폭넓은 화면을 제공하고 있는데, 노동자 파업, 농민폭동, 인민혁명운동의 진압과 파괴, 제국주의 거간꾼의 활동, 公債투기장에서 벌어지는 갖가지 술수, 중소민족공업의 파산과 몰락, 상류계층의 사람들 사이에서 벌어지는 갖가지 행위와 갈등 등을 화려하게 드러내면서 당시 복잡한 사회계층의 갈등을 반영하였다.5)

3) 吳組緗, 「子夜」(『文藝月報』創刊號, 1933年 6月 1日)(莊鍾慶 編, 上揭書, p.176)
4) 嚴家炎, 『中國現代小說流派史』, 人民文學出版社, pp.176-178.

이렇게 볼 때, 이 작품이 드러내는 문학적 의미는 매판제국주의 세력에 의한 민족 자본가들의 몰락, 외국자본주의 세력에 의한 경제적 침탈과 중국사회의 경제적 유린 등으로 보는 데에는 다소 적절치 못하다고 할 수 있다. 작품에 그려지고 있는 민족 자본가들의 몰락과 중국경제의 침탈 등 당대 사회현실에 관한 제 양상은 문학의 사회 반영이라는 측면에 있어서는 妥當性이 있고 긍정적으로 볼 수 있으나, 이는 작품의 주요 題材일 뿐, 작가 茅盾이 이 소설을 쓰고자 했던 궁극적 의도 내지는 목표라고 볼 수 없기 때문이다. 따라서 이 소설은 단순히 吳蓀甫라고 하는 민족기업가의 孤軍 奮鬪하는 모습과 興亡盛衰를 그린 작품이 아닌 다시 말해, 茅盾이 「子夜」를 쓴 궁극 적 목적은 민족 자본가의 파멸에 동정하고 제국주의 세력에 대한 비판한 작품이 아니 라고 할 수 있다. 작품의 기본 구도를 吳蓀甫라고 하는 민족기업인과 趙伯韜라고 하 는 매판 자본가와 대결로 설정한 것은 시간적으로 볼 때, 1930년대 초반은 세계경제 공황이 시작되어 海外列强들이 이를 해결하기 위해 아시아아프리카로 힘을 뻗치던 시기였고, 또 上海라고 하는 도시가 외국자본의 주요 據點地이자 국제상업도시라는 사실을 勘案, 당대 사회현실이 주는 (사회적) 리얼리티를 强化하기 위한 작가의 의도 의 所産일 뿐, 그 이상의 의미를 가지고 있지 않다. 그러니까, 민족자본가 吳蓀甫와 매판 자본가 趙伯韜와의 대결을 작품의 기본 구도 내지는 플롯으로 설정한 이유는 時‧空間的 배경이 1930년대 초반의 上海라고 하는 특수지역이었던 만큼, 사회현실 의 구체적인 흐름 속에서 용해시키고자 하는 작가의 의도의 소산일 뿐, 결코 작품의 이야기의 線, 그 자체만으로 이해되어서는 안 된다는 것이다.

앞서 언급한 바와 같이, 「子夜」는 30년대 중국의 사회 경제적 현실이 안고 있는 여러 가지 문제들을 집요한 리얼리즘의 소설미학으로 형상화시키고 있는 작품이자, 당시 중국 농촌의 경제상황, 중소도시 주민의 의식형태, 혁명역량이 발흥, 발전되고 있는 농촌과 제국주의 열강과 자산계급의 세력이 강대한 도시를 대비시켜 중국혁명 의 전체상을 반영하고자 했던 작품임을 고려해 볼 때, 이 소설은 1930년대 초반 上海 를 중심으로 펼쳐지는 사회현실의 縮圖로서의 역할에 문학적 의의가 있다. 따라서 「子夜」는 어느 한 민족기업가의 흥망과 제국주의적 매판 자본가들의 문제점을 다룬

---

5) 黃修己 著, 『中國現代文學發展史』, 中國靑年出版社, 1996, p.327.

것이라든지, 또는 단순히 사회를 철저하게 해부·분석한 것이라기보다는 사회해부를 통해 동시대 사회현실의 제 양상을 재현하고, 世情, 그러니까 다시 말해서, 그 사회를 살아가는 다양한 인간 군상들의 인간관계와 삶의 모습 등을 매우 사실적으로 보여주는 世態小說의 성격을 드러내고 있는 것이다. 세태소설은 작가가 자신이 살고 있는 동시대 사회현실의 재현을 일차 목적으로 하는 소설, 당대 사회의 물질적 토대라든가 공동체적 삶의 질서를 통제하는 정치적인 구조 등을 포함하여 그러한 집합적인 현실의 諸相과 구조적 양태가 소설 속에 前景化되어 드러난 작품군으로 定義되고 있다.[6] 세태소설의 의미와 관련해, James W. Tuttleton이라는 사람은 세태와 사회적 관습, 민속, 전통, 관례, 그리고 어떤 주어진 시간·공간 속에서 놓인 특정한 사회적 집단의 습속들이 허구적 인물들의 삶 속에서 지배적인 역할을 하고 그들이 사고와 행동을 통제하고, 그리고 그들이 가담하고 있는 행위에 대한 결정요소를 이루고, 이러한 세태와 관습들이 현실적으로 상세하게 그려지는, 그러한 소설을 의미한다고 했다.[7] 世態小說의 기능과 성격이 이렇게 정의 되고 있음을 볼 때, 「子夜」의 장르적 성격을 世態小說로 규정하는 것은 매우 합당하고 자연스러운 일이라고 할 수 있다. 그러나 嚴家炎은 이 작품을 社會解剖派小說로 定義하기도 했는데, 이 작품의 창작의도와 목적, 내용 등을 관찰해 볼 때, 사회해부의 의미는 「子夜」가 수행했던 하나의 문학적 기능 내지는 수단일 뿐, 소설이 궁극적으로 지향했던 문학적 목적 내지는 주제가 되기에는 문제가 많다고 할 수 있다. 사회해부는 작가가 문학을 통해 나타내고자 하는 궁극적 의도와 목표를 이루기 위해 사용하는 하나의 문학적 수단과 방법일 뿐, 목적이 될 수 없기 때문이다. 따라서 작품의 장르적 성격을 단순히 社會解剖派 小說로 규정짓기에는 많은 문제점을 내포할 수밖에 없는 것이다. 「子夜」는 일차적으로는 당대의 사회현실을 해부하였고, 그 다음으로 사회현실의 해부를 통해 얻어진 사회현실

---

6) 金慶洙, 『韓國世態小說研究』, 西江大學校大學院 博士學位論文, 1992, pp.50-51 참조.

7) James W. Tuttleton, 『The Novel of Manners in America』, North Carolina Univ. Press, 1972, p.10.
　　Tuttleton은 세태소설에 대해 다음과 같이 저의 했다. "세태소설이라는 말로써 나는 세태와 사회적 관습, 민속, 전통, 관례, 그리고 어떤 주어진 시간·공간 속에서 놓여진 특정한 사회적 집단의 습속들이 허구적 인물들의 삶 속에서 지배적인 역할을 하고 그들이 사고와 행동을 통제하고, 그리고 그들이 가담하고 있는 행위에 대한 결정요소를 이루는 소설, 그리고 이러한 세태와 관습들이 현실적으로 상세하게 그려지는, 말하자면 그것들의 재현의 정확성에 우선권이 주어지는 그러한 소설을 의미한다."

에 대한 문학적 再現을 바탕으로 그 사회를 살아갔던 다양한 인간계층들의 인간관계와 삶을 나타내고자 했으니, 이 작품은 世態小說로 그 장르적 성격을 규명해 볼 수 있다.

「子夜」가 世態小說임은 작가의 창작의도를 통해서도 알 수 있는데, 茅盾은 이 작품 〈後記〉에 "바로 그 때 나는 중국사회의 현상을 대규모로 묘사해보고자 하는 욕심을 품게 되었다. - 나의 원래 계획은 이것보다 자못 웅대하였다. 예를 들어 농촌의 경제 상황, 중소도시 주민의 의식형태(이것은 일반사람들이 생각하는 것처럼 그렇게 단순한 것은 아니다), 그리고 1930년대의 "新儒林外事를 쓰고자 했다."8)고 했는데, 이러한 창작의 도 또한 「子夜」의 문학적 성격을 결정지어주는 하나의 예라고 하겠다.

儒林外史는 淸代의 소설로 각종 풍자기법을 驅使, 부패한 지식인과 당시 사회의 不條理한 면을 폭로 비판하며 諷刺한 소설이다. 魯迅은 이 작품을 諷刺小說로 분류하고, "작중에는 관리, 유생, 명사, 은자와 더불어 市井의 백성들이 간간히 등장하는데, 간결한 문체로 인물의 언행이 생생하게 묘사되어 있어 世情이 눈앞에 펼쳐지는 것 같다."9)고 평가하였다. 魯迅은 작품이 주는 문학적 의미와 가치가 世情을 풍자하는 데에 있었다고 판단, 풍자적 의미에 보다 무게를 실어 이를 諷刺小說로 보고 있다. 그러나 諷刺란 하나의 문학적 기법일 뿐, 작품이 갖는 문학적 목적이 사회현실과 世情의 폭로·비판에 있었으니, 儒林外史는 일종의 世態小說이라 할 수 있는 것이다. 世態란 세상의 형편, 곧 世相이고, 世態小說은 그 사회의 풍속, 인심, 유행 등을 주제로 통속적인 면을 묘사한 소설이 곧 世態小說이 되는 것이니, 儒林外史는 분명 하나의 世態小說로서 자리 매김 될 수 있는 것이다.

앞서 언급한 바와 같이, 「子夜」는 世態小說로서 일차적으로는 당대의 사회현실을 해부하였고 다시 사회현실의 해부를 통해 이를 문학적으로 재현하면서, 그 사회를 살아갔던 다양한 인간계층들의 삶을 나타내고자 했던 소설이라고 할 때, 이 작품에서 다양한 인간계층들의 삶을 통해 작가가 궁극적으로 나타내고자 했던 것은 무엇이었을까? 이는 바꿔 말해, 해외 列强들의 경제적 침탈에 의한 半植民地的 그리고 半封建的 사회현실에 대한 사회적 진단 위에서 작가가 문학적으로 추적해 들어간 또 다른

---

8) 茅盾 著, 『子夜』, 人民文學出版社, 1992, p.551.
9) 魯迅, 『中國小說史略』(『魯迅全集』第9卷, 人民文學出版社, 1991, 北京, p.221)

사회현실에 대한 比喩의 의미와 구조가 무엇이었느냐에 대한 질문인 것이다. 이 문제에 대한 해답이「子夜」의 주제가 되면서 한편으로는 茅盾이 추구하고자 했던 문학적 의미를 형성하며 小說的 興味를 제공한다고 할 수 있다.

「子夜」에서는 여러 계층의 인물들이 등장하면서, 각기 자신들의 삶의 형태를 드러내고 있다. 吳蓀甫를 중심으로 하는 소위 민족자본가 그룹과 趙伯韜가 대표하는 매판 자본가들, 吳蓀甫의 친인척들, 그리고 노동자, 농민들이 바로 그들이다. 그러나 작품 전체를 통틀어 이러한 등장인물들 가운데 가장 많이 등장하는 중심세력은 단연코 吳蓀甫를 중심으로 하는 민족자본가와 趙伯韜가 대표하는 매판 자본가들, 그리고 吳蓀甫의 친인척들이다. 따라서 작품에서 드러나는 등장인물들의 삶의 형태는 주로 이들 세 그룹에 초점이 맞추어져 있고, 문학적으로 형상화된 이들의 삶과 행태가 바로 當代 사회현실에 대한 문학적 比喩인 것이며, 아울러 이는「子夜」의 문학적 의미이자 주제로서 작품이 드러내는 小說的 興味인 것이다.

결론부터 말하면,「子夜」에는 많은 인물이 등장하고 있는데, 이들 대부분은 각기 유형별로 동시대 사회의 현실과 세태를 반영하고 있으나, 작가에 의해 긍정적으로 묘사되거나 그려지는 사람은 거의 없다는 것이다.「子夜」에서 보여주는 문학적 人物畵는 사회적으로 볼 때, 상충하는 두개의 가치관이 공존하고, 그렇게 함으로써 돈과 이익만을 쫓아다니는 이기적이고 탐욕적인 인간 군상들의 모습이다. 趙伯韜로 대표되는 매판 자본가들은 물론이고, 민족자본가들 조차 利己的이고 貪慾的인 사람들로 그려지고 있는데, 주인공 吳蓀甫 또한 이처럼 이기적이고 탐욕적인 人物畵를 형성하는데 있어서 예외가 아니다.

주인공 吳蓀甫는 一見, 민족자본가로서 민족의 장래와 이익을 생각하는, 그러면서 열심히 노력하는 집념과 과단성이 있는 사람으로 묘사된다. 吳蓀甫는 趙伯韜로 대표되는 매판제국주의 세력과 맞서 싸우며 민족공업을 발전시키려고 노력하는 민족기업인인 것처럼 그려지고 있는 것이다. 그러나 吳蓀甫가 민족자본가로 등장하는 것은 사실이나, 그는 과단성 있고 노력하는 진정한 민족자본가가 아닌, 이기심과 탐욕으로 가득 찬 인물이다. 피상적으로 볼 때, 吳蓀甫는 민족자본가로서 매판 자본가와 투쟁하는 민족기업인으로서 그런대로 긍정적으로 그려지고 있는 듯이 보이나, 이는 앞서 이야기한 바와 같이, 작품의 기본 구도와 플롯이 민족기업가와 반민족적 제국주의 매판 자본가의 대결이라는 구도 속에 놓여있기 때문에 그렇게 보였을 뿐, 실제적으로는 전혀 그렇지 않다.

吳蓀甫가 趙伯韜와의 대결에서 패해 파산·몰락하게 된 것은 사회 현실적 요인이 작용했던 것도 사실이었지만, 그것보다는 그의 이기심과 탐욕에서 비롯되었다. 吳蓀甫는 처음부터 이기심과 탐욕으로 가득 찬 사람이었다. 주인공 吳蓀甫의 아버지가 上海에 오자마자 죽는 것으로 작품은 시작하는데, 吳蓀甫는 喪主임에도 불구하고 죽은 자신의 아버지에 대해서는 조금도 슬퍼하는 기색이 없이 고향에서 발생할지도 모르는 농민폭동과 시장상황에 대해서만 신경을 쓴다. 그의 관심사는 오직 자신의 사업과 이익을 얻는 일에만 집중되어 있을 뿐이다. 그래서 그는 다른 기업인들의 함께 趙伯韜와 손을 잡고 돈을 더 벌어 보겠다고 결심, 사업에 착수한다. 비록 喪中이지만, 이에 개의치 않고 공채투기를 해서라도 더 많은 돈을 벌어보겠다고 결정한 것이다. 그래서 그는 趙伯韜와 처음에는 협잡했고, 나중에는 그와 경쟁을 벌여야 했으며, 결국에는 趙伯韜에게 패해 破産하게 된다. 매판제국주의의 위협에 목숨을 걸고 싸우는 모습은 겉보기에는 애국심이 강한 민족주의자인 것처럼 비춰질 수도 있으나, 이는 돈을 더 벌어보겠다는 利己心과 貪慾의 發露에서 벌인 행동일 뿐이었다.

吳蓀甫의 이기심과 탐욕은 趙伯韜와 대결을 벌이는 것 이외에 다른 몇 가지 사실을 통해 잘 드러나고 있다. 자신의 고향마을 雙橋鎭을 개발하겠다는 의지 뒤에는 돈에 탐욕이 자리잡고 있다. 봉건주의 사회였던 그 곳을 자본주의가 지배하는 사회로 바꿔 보겠다는 욕심이 농민봉기에 의해 좌절되자 그는 농민을 한껏 저주하는데, 이는 농민들이 처한 상황과 그들의 의지는 생각지 않은 자신의 이익만을 생각한 행동이다.

吳蓀甫의 이기심과 탐욕은 공채투기에 참여하고 趙伯韜와의 대결을 벌이는 과정에서 보다 분명히 드러난다. 吳蓀甫는 또 다른 방직공장 사장 朱吟秋가 도와달라고 懇請하자, 그것을 이용해 그의 공장을 집어 삼키려는 야욕을 갖는데, 이는 吳蓀甫의 이기심과 탐욕을 가장 잘 상징하는 하나의 예라 하겠다. 같은 민족기업가로서 상대방의 약점을 이용해 이익을 챙기려고 하는 것이 吳蓀甫의 속셈이었다. 良心과 同族愛를 외면하면서까지 자신의 이익을 위해서라면 수단과 방법을 가리지 않는 그의 모습은 노력하는 민족자본가가 결코 아닌, 趙伯韜와 크게 다를 것이 없는 탐욕의 化身 그대로였다. 吳蓀甫의 이기심과 탐욕은 노동자와의 대립에서도 분명히 드러난다. 吳

蓀甫는 공채시장에서 본 損害와 전쟁으로 인한 被害를 자신의 방직회사인 裕華와 益中회사 노동자들에게 전가시키고자 한다. 그는 노동자들을 감원하고 그들의 임금을 삭감하는데, 노동자이 반항하자 어용노조와 경찰, 깡패를 동원 진압하려고 하는 비양심적이고 비도덕적인 행위를 서슴지 않았던 것이다.

「子夜」는 吳蓀甫 이외에, 수단과 방법을 가리지 않고 자신들의 이익만을 추구하고자 하는 인간 군상들의 모습 역시 잘 드러내고 있다. 기업인들을 중심으로 한 이기적이고 탐욕적 인간군상의 모습은 작품 序頭에서부터 확인된다. 죽은 吳蓀甫의 아버지를 弔問하기 위해 많은 사람들이 모이지만, 이들에게는 死者에 대한 哀悼의 표시라고는 전혀 없고, 오히려 어떻게 하면 돈을 벌고 이익을 남길 수 있을까를 생각하며, 시장상황과 증권에 대한 정보를 탐색하고 교환할 뿐이다. 이후 이들 기업가들은 이익을 위해서라면 명분과 양심은 접어둔 채, 수단과 방법을 가리지 않는데, 이들의 이러한 행태 또한 吳蓀甫의 경우와 같이, 이기심과 탐욕에 빠져 있는 상류계층의 삶을 단적으로 상징하는 좋은 예라 하겠다.

평소 고리대금업으로 자신의 이익을 추구했던 봉건지주 馮云卿은 자본주의 상징인 증권에 빠지면서 기본적 윤리마저 내던지게 된다. 그는 자신의 외동딸을 趙伯韜에게 바치기로 결심하는데, 이는 趙伯韜를 이용해 증권거래소의 정보를 빼 내려고 하는데 그 목적이 있었다. 이익을 위해서라면 기본적인 인간의 윤리마저 내팽개칠 수 있다는 것이다. 杜竹齋는 吳蓀甫의 姊兄이자 吳蓀甫를 趙伯韜에게 연결시켜 吳蓀甫로 하여금 공채투기에 야욕을 갖게 한 사람으로서 그 누구보다도 吳蓀甫와 가깝게 지내며 그를 도와야 할 처지에 있는 사람이었다. 그런데도 杜竹齊는 자신의 이익만을 챙기기 위하여 결정적인 시기에 趙伯韜에게 투자하여, 妻男인 吳蓀甫에게 치명적 손해를 입힌다. 대학교수 李玉亭 또한 다소 개혁적 성격을 가진 良心人이자 吳蓀甫를 돕는 이성적 중재자인 것처럼 활동하지만, 결국에 있어서는 그도 이중적인 인간에 불과했다. 張素素를 좋아했으나 그녀의 아버지가 죽자 그녀로부터 더 이상의 이익을 기대할 수 없게 되었다고 판단, 그녀에 대한 그의 애정은 바로 식어버린다.

이들 상류계층 사람들의 이기심과 탐욕은 여기에서 끝나지 않는다. 기업인들과 吳蓀甫의 친인척들은 性에 대한 탐욕을 갖는다. 여성을 수시로 바꾸는 음탕하기 그지없는 趙伯韜가 李玉亭 앞에서 劉玉英의 나체를 애무하는 장면이나, 자본가들이 사교계

의 여왕 徐曼麗를 성희롱의 상대로 생각하는 모습, 비록 일을 그르치게 되어, 이에
대한 번민과 정신적 갈등에서 유발된 것이라 할지라도 '비밀 사창굴'에 드나들고 자
신의 하녀인 王媽를 강간하는 일까지 서슴지 않는 吳蓀甫의 모습, 아버지 曾滄海의
첩을 범하고자 하는 曾家駒의 패륜적 행동과 농민폭동이 일어 날 때, 錦華洋品店 여
주인을 강간, 살해하는 일 등은 모두 도덕의 붕괴를 드러내고 있으나, 이러한 윤리와
도덕의 붕괴는 모두 이기심과 탐욕적인 마음에서 비롯된 것이라고 할 수 있다.

그것이 自意的인 것이었든, 他意的인 것이었든, 이처럼 기업인을 중심으로 한 사
회의 상류계층의 사람들은 이기심과 탐욕에 빠진 행동과 모습은 작품 전체를 일관하
고 있는 중심 모티프로서의 역할을 하고 있다. 작가 茅盾은 제3장에서 詩人이자 林佩
瑤의 외사촌인 范博文이 내뱉는 '죽음의 춤'으로 이를 비유하고 있다. 范博文이 내뱉
은 '죽음의 춤'은 상류계층의 인간 군상들과 그들의 삶, 그들이 만들어 낸 세태의 본
질에 대한 문학적 비유 내지는 상징으로 대변될 수 있다.

> 이것은 저들의 죽음의 '죽음의 춤이야' 농촌은 갈수록 파산하고 도시의 기형적 발
> 전은 갈수록 맹렬해가지. 금값이 오를수록 쌀값도 오르고 내전의 포화는 더욱 왕성해
> 지고, 농민의 폭정도 더욱 보편화되지. 그러나 저들 돈있는 자들의 '죽음의 춤'은 갈
> 수록 더 미쳐 간다네! 이게 무슨 신기한 일이야.10)

上述한 바와 같이, 기업인을 중심으로 한 利己的이고도 貪慾的인 상류계층사람들
의 모습은 작품 전체에 걸쳐 광범위하고도 다양하며 체계적으로 묘사되고 있다. 작가
는 작품에서 이러한 이기적이고 탐욕적인 인간군상에 대해 작가 나름대로의 문학적
형식을 빌어 체계적으로 비판했는데, 이것이 바로「子夜」의 문학적 주제이자, 茅盾
이 작품을 통해 주장하고자 했던 작가 자신의 궁극적 의도였던 것이다.

작가는 이 소설의 창작의도에 대해 '중국사회 성격논쟁'과도 상당히 관계가 깊다고
하면서 "중국사회는 여전히 반봉건·반식민지의 성격을 띠고 있다. 국민당파시트정
권의 打倒(이 정권은 제국주의, 대지주, 관료·매판자본계급의 이익을 대표한다)가 혁명의 당연
임무이다. 노동자·농민은 혁명의 주체이며, 혁명의 지도권은 반드시 공산당의 수중

---

10) 茅盾 著,『子夜』, 人民文學出版社, 1992, p.69.

에 있어야 한다."[11]는 말로써 창작의도를 대신한 바 있다. 작품의 주제가 작가의 창
작의도를 대변한다고 할 때, 이기적이고 탐욕에 빠진 인간 군상들에 대한 논리적 비
판이라고 하는 주제는 국민당파시스트 정권을 타도하고 공산당이 지도하는 노동자
농민의 사회를 만들고자 했던 작가의 의도를 문학적으로 잘 대변해 준다고 하겠다.
앞서 언급한 바와 같이, 작가는 당대의 사회현실을 이기적이고 탐욕에 빠진 인간 군
상들의 삶에 비유했다. 그런데 현실사회란 다름 아닌 국민당파시스트 정권이 지배하
는 사회이고, 작가는 바로 이러한 국민당정권이 지배하는 사회를 이기적이고 탐욕적
인 인간들의 삶과 같은 것으로 보았기 때문에, 『子夜』를 통해 이를 문학적으로 주장
하면서 국민당정권을 타도하고 공산당이 지도하는 노동자 농민의 사회를 만들고자
했던 것이다.

　「子夜」의 時 空間的 배경이 되고 있는 1930년대 초반 중국의 사회·경제상황은 첫
째, 농업의 구조적 위기를 야기 시켜 농촌에서의 계급적 대립을 격화시켰으며, 둘째,
공업·금융 면에서의 위기를 몰고 와 민족 부르주아의 몰락을 초래함과 동시에 국가
에 유착하는 은행자본을 중심으로 한 이른바 관료자본주의의 기형적 발전의 기초를
만들어냈다는 사실[12]로 간단히 요약해 볼 수 있는데, 이는 작가 茅盾이 느꼈던 1920
년대 제반 상황과 별로 다르지 않다. 茅盾은 전반적인 사회상황에 대한 관념에 대해
첫째, 국민당 내부의 권력투쟁으로 내전이 폭발하게 되었고, 이로 인해, 민중의 고통
은 말로 표현할 수 없을 정도였다고 했고, 歐美의 경제공황이 중국의 경제에까지 영
향을 미쳐 수출을 위주로 하던 경공업은 커다란 타격을 받았으며, 셋째 중국의 부르
주아 계급은 자신의 손해를 만회시키기 위해 노동자에 대한 착취를 더 한층 강화시켰
다. 네째, 가혹한 억압과 착취에 시달리던 농민들은 공산당의 지도를 받아 무장봉기
를 일으켜 그 위세를 떨쳤다고 정리한 바 있다.[13] 작가는 1930년대 초반 上海를 중심
으로 펼쳐지는 이러한 중국의 사회현실을 해부하고, 다시 사회현실에 대한 해부를
통해 얻어진 다양한 인간계층들의 삶에 대한 사실을 바탕으로, 특히 그 가운데에서도
이기적이고 탐욕에 빠진 상류계층의 의식과 삶을 문학적으로 형상화하면서 이를 사

11) 茅盾, 「再來補充幾句」(茅盾 著, 『子夜』, 人民文學出版社, 1992, p.555)
12) 姫田光義, 阿部治平 外, 편집부 옮김, 『中國近現代史』, 일월서각, 1985, pp.258-259.
　13) 茅盾, 「再來補充幾句」, (茅盾 著, 『子夜』, 人民文學出版社, 1992, p.554)

회현실에 비유하고 이를 통해 독자가 얻을 수 있는 小說的 興味로 제시하고 있다.

이처럼, 「子夜」는 사회현실 속에서 자신들의 이익만을 추구하는 인물군의 집합적인 모습을 비판적으로 그림으로써 독자들로 하여금 당대 사회를 엿볼 수 있는 하나의 의미망을 제공하고 있다. 그리고 이것은 그대로 「子夜」가 성취해 낸 文學的 意味이자 小說的 興味라고 할 수 있다. 작품을 통해 독자가 맛볼 수 있는 小說的 興味는 前章에서 언급한 바와 같이, 그 작품이 주는 문학적 의미를 통해서도 발견될 수 있지만, 소설텍스트의 표현적 양상을 통해서도 발견될 수 있다. 다시 말해 소설적 흥미는 작품이 드러내는 문학적 주제와 形象化를 통해서도 찾을 수 있지만, 문학적 주제와 形象化를 드러내기 위해 작품이 엮어내는 이야기의 짜임새라고 할 수 있는 敍事構造를 통해서도 나타날 수 있다는 것이다.

敍事構造란 작품의 이야기와 그 이야기 속에서 벌어지는 사건의 짜임새라고 할 수 있는데, 이야기와 사건의 짜임새란 결국 작품의 이야기의 서술체계와 사건의 배열원리에 대한 樣相의 의미로서, 이는 플롯의 의미로 해석될 수 있다. 플롯의 주된 개념은 서술의 체계로 사건들을 배열하는 원리를 가리킨다. 다시 말해, 작가의 의도와 목표가 효과적으로 전달하기 위한 사건배열의 원리인 것이다. 작가의 의도와 목표란 분리되어 있는 여러 에피소드들을 작가 나름대로의 논리적인 체계 속에서 독자들에게 전달, 독자들의 흥미를 이끌어내기 위한 의도이며 목표이다. 따라서 이러한 서사구조와 플롯의 양상 여하에 따라 작가가 만들고자 하는 이야기의 짜임새, 즉 사건의 배열원리와 서술체계의 여하에 따라 작품이 주는 小說的 興味의 정도와 그 성격이 결정될 수 있다.

서술체계와 플롯 등의 양상을 파악하기에 앞서 「子夜」의 구조적 특성에 대해 파악할 필요가 있는데, 이 작품은 먼저 공간 중심적 소설이라는 점에서 흥미를 던져 주고 있다. 이 소설이 공간중심적 작품임은 "바로 그때, 중국사회의 현상을 대규모로 묘사해보고자 하는 욕심을 품게 되었다."[14]라고 한 작가의 창작의도를 통해서도 어느 정도 추측해 볼 수 있다. 이 소설에 드러나는 공간성은 「子夜」의 구조적 특성으로 작용하면서 小說的 興味를 제공한다.

---

14) 茅盾, 「後記」(茅盾 著, 『子夜』 人民文學出版社, 1992, p.551)

우선, 리얼리즘 계통소설에 나타난 공간은 개인이 그가 처한 공간에 얼마나 철저하게 의지하고 있으며, 또한 그 공간을 철저하게 닮아가고 있는지를 대개는 공간이 지닌 악의성에 의해 얼마나 철저하게 그 인간성이 파괴되어가고 있는지를 확인하게 되는데,[15]「子夜」의 배경 공간 또한 바로 이러한 맥락에서 이해될 수 있다. 전형적 리얼리즘의 장편소설로서「子夜」는 1930년대 초반 上海의 모습을 배경으로 하고 있는데, 上海는 단지 배경으로서만이 아닌, 당대의 인간 군상들에 대한 절대적 영향자로서의 역할을 수행하고 있다. 작품의 序頭부분에서 주인공 吳蓀甫의 아버지가 上海로 오자마자 곧 죽어버린다는 내용이 일부 암시하고 있듯이, 주인공 吳蓀甫를 포함한 대부분의 인물들을 자신의 희생자로 전락시키면서, 인간파괴와 민족세력파괴의 온상으로서의 역할을 하고 있다.

「子夜」는 공간중심의 소설답게 등장인물 또한 空間型의 인물들로서, 이 작품이 공간적 담론의 소설임을 다시 한 번 보여주고 있다. 공간형 인물이란 竝列的 等價性을 전제로 해서, 구성원들 사이에서 상호 대등한 관심과 역할을 부여 받는다. 따라서 계기적인 인과성에 의해 긴장을 유발하며 끊임없이 과거 – 현재 – 미래라는 시간적 흐름에 의해 영향 받는 시간형의 인물과는 전혀 다르다고 할 수 있다.

「子夜」에는 민족자본의 기업가, 매판금융자본가에서 봉건지주, 노동자, 농민, 政客, 군인, 혁명적, 다소 혁명적이면서 낭만적이기도 한 젊은 청년들, 하인에 이르기까지 多樣各色의 사람들 90여 명이 등장한다. 그리고 이들은 모두는 각기 자신들 나름대로 생각하고 살아가는 방식을 가지고 있다. 그러니까, 각각 자신들만의 의식세계와 역할을 가지고 행동을 한다는 것이다. 작품에 등장하는 주요 등장인물은 크게 세 가지로 분류될 수 있는데, 그 첫째가 기업자본가들로 여기에는 민족자본가로서 裕華製絲공장의 사장인 주인공 吳蓀甫, 또 다른 製絲공장의 사장인 朱吟秋, 성냥공장의 사장 周仲偉, 매판 자본가이자 대 투기꾼인 趙伯韜, 지주로서 공채시장에서 투기꾼으로 변신한 馮雲卿, 吳蓀甫의 妹兄이자 은행가인 杜竹齋 등이 있다. 둘째, 吳蓀甫의 친인척들 또한 하나의 인물군을 형성하는데, 여기에는 吳蓀甫의 부인 林佩瑤, 林佩瑤의 여동생 林佩珊, 吳蓀甫의 여동생과 남동생인 吳蕙芳과 吳阿萱, 시인이자

---

15) 한국현대소설연구회 지음, 『현대소설론』, 평민사, 1994, p.191.

林佩珊의 외사촌 范博文, 남경정부군의 참모장교이자 林佩瑤의 옛 애인인 雷鳴 등이 있고, 끝으로 세 번째 부류의 인물로는 錢葆生, 陳月娥, 朱桂英 등이 있는데, 이들은 吳蓀甫의 裕華방직공장의 직공들로 파업을 주도한다.

이들 세 부류의 인물들은 一見, 서로 일정한 관계를 갖고 있어서 상호 영향관계를 맺고 있는 것처럼 보이나, 실제로는 그렇지 않다. 기업자본가들을 제외한 다수의 인물들은 主人公 吳蓀甫의 친인척들이고, 또 吳蓀甫의 공장의 직공들이기 때문에 吳蓀甫를 중심으로 상호 관련을 맺고 있는 것처럼 보이나, 그것은 등장인물로서의 인간관계에 의한 피상적 관계일 뿐, 그들의 행동과 역할은 吳蓀甫와 朱吟秋, 趙伯韜 등을 포함한 기업자본가들의 그것과는 어떤 특별한 관련이나 授受관계를 두고 있지 않다. 다시 말해, 이들의 행동은 吳蓀甫가 趙伯韜와 대결하지만, 결국에 있어서는 패배하고 몰락하는 과정에 있어서 이렇다 할 영향관계가 없는 독립적인 것이라는 것이다.

앞서 언급한 바와 같이, 「子夜」는 민족자본가 吳蓀甫가 자기 나름대로 민족자본을 일으키기고 공업을 발전시키려고 하나, 帝國主義세력을 등에 업은 買辦금융자본가 趙伯韜와의 투쟁과 술수 속에서 마침내 破産, 沒落하여 上海를 떠난다는 내용을 중심 플롯으로 취하고 있다. 그런데 林佩瑤, 林佩珊, 范博文 등, 吳蓀甫의 親姻戚들로서 이들이 家庭 안에서 벌이는 크고 작은 여러 가지 사건들과 특히 젊은이들이 서로 교차적으로 벌이는 戀愛 및 愛情問題 등은 이 작품이 드러내는 이러한 중심적 플롯의 형태에 어떤 역할을 하는 것은 아니다. 그렇다고 吳蓀甫 행동의 보조적인 것도 결코 아니다. 吳蓀甫와 기업자본가들의 행동과는 별개의 것으로서 상호 병렬적이고, 등가적인 성격을 갖는다. 상류계층의 세태적 삶을 보여주는 자신들 나름대로의 역할과 행동을 가지고 있는 것이다. 따라서 이들의 역할과 행동은 시간적 흐름에 의한 계기적이고 인과적 영향으로 맺어진 것이 아님은 물론, 다른 부류의 인물들의 행동과 비교해 상호 병렬적이고 等價的인 성격을 갖는다.

또한 吳蓀甫의 外叔인 曾滄海와 曾滄海의 아들 曾家駒가 벌인 추한 행동 또한 이들의 행동과 아무런 계기적이고 인과적 관련을 맺고 있지 않다. 또 노동자들의 파업은 吳蓀甫의 비열한 마음에서 야기된 만큼 吳蓀甫와 다소 인과적 관계를 드러낸다고 할 수 있으나, 이후 吳蓀甫가 패배하고 몰락하는 것과 특별히 관련성을 갖지 않는다. 궁극적으로 개인의 행동에 맞물려 전개되는 것이 아닌, 세태를 나타내기 위한 一群의 인물들의 독자적 행동에 그 의미가 모아져 있는 것이다.

거듭 말해서, 「子夜」의 등장하는 여러 인물들이 벌이는 행동은 상호 授受關係를 갖지 않으며, 따라서 거기에는 특별히 계기적이고 인과적인 관계가 성립되어 있지 않다. 그들은 각기 자신들에게 주어진 행동과 역할을 가지고 있으니, 그 성격은 당연히 독자적이고 배타적이다. 그리고 등장인물이 갖는 독자적이고 배타적인 역할과 행동은 공간형의 인물이 갖는 특징인 것이다.

「子夜」가 공간중심의 작품임은 이 작품이 드러내는 구성형태를 통해서도 확인할 수 있다. 앞서 언급한 바와 같이, 空間이 주는 同時的 性格에서 그 핵심적 요소를 발견할 수 있다. 시간의 順次性이 因果性과 맺어지듯, 공간의 同時性은 等價性 및 竝列性과 맺어진다고 할 수 있다. 따라서 공간형 플롯의 특징으로는 먼저 別個的 성격을 띤 여러 가지 사건이 동시에 제시되면서, 等價的 성격을 암시하는 竝列性을 거론할 수 있다.16) 그리고 앞서 인물유형을 통해 살펴 본 바와 같이, 플롯이 發端 - 展開 - 終局이라는 일련의 연쇄적, 계기적 특성의 플롯이 아닌 각각의 사건과 관계된 인물들이 독자적인 플롯선plot-line을 유지하며 플롯선 상호간의 重疊性과 複合性을 강조하는 것이 일반적이다. 그리고 또 이러한 플롯선은 뚜렷한 因果關係에 의한 사건의 배열에 의해 전개된다기보다는 '상황의 제시'와 제시된 상황의 연결에 의해 이루어져 나가고 있다.

모두 19章으로 구성된 「子夜」는 吳蓀甫라고 하는 민족기업가가 사업을 확장하며 자본을 육성하기 위해 노력했으나, 결국에는 趙伯韜라고 하는 매판 자본가에게 패해 몰락하고 만다는 내용을 기본 플롯으로 취하고 있는데, 이는 작품의 중심 플롯일 뿐, 世態小說로서의 문학적 형태에 걸 맞는 보다 광범위한 다원적 의미의 구성형태를 나타내고 있다. 이는 前章에서 이미 언급한 바와 같이, 이 소설은 吳蓀甫라고 민족기업가의 孤軍奮鬪와 興亡盛衰을 그린 작품이 아닌, 1930년대 초반 上海를 중심으로 펼쳐지는 사회현실의 縮圖로서의 역할에 문학적 의미가 있는 것과 그 맥을 같이 한다. 작가는 기본적으로 두부류의 자본가간의 투쟁을 그리면서 당대의 사회현실을 파헤치

---

16) 金顯 著, 『현대소설의 담화론적 연구』, 계명문화사, 1995, pp.19-21.

면서 이를 고발, 폭로했다. 작가는 노동자파업, 농민폭동, 제국주의세력을 등에 업은 거간꾼들의 움직임, 중소민족기업들의 몰락, 공채투기장들의 술수, 지주들의 갖가지 이기적 행위, 기업자본가들의 가정 내부의 갈등 등, 30년대 초반 上海를 중심으로 펼쳐지는 세태를 반영했던 것이다. 그러면서 작가는 이러한 세태의 모습을 吳蓀甫와 趙伯韜와의 대결이라는 플롯의 핵심 속에 存置시키면서 각각의 사건과 인물의 행동에 병렬적인 성격을 드러냄과 아울러 등가적 지위와 그 의미를 부여하고 있다.

작품의 줄거리와 전반적 내용은 序頭부분이라고 할 수 있는 제1장에서 제3장에 이르기까지의 내용에서 어느 정도 소개된다. 吳蓀甫의 아버지 吳나으리가 죽자, 弔問하기 위해 많은 사람들이 모이는데, 이들은 뒤이어 전개되는 모든 사건들의 주역으로 활동하게 된다. 이들은 서로서로 어울리며 정치, 경제, 사회문제 등 당대 중국사회가 안고 있는 제반 상황에 대해 이야기 한다. 노동자들의 노동운동·농민들의 봉기, 공채를 둘러싼 암투, 등을 포함해 앞으로 전개될 여러 가지 사건들은 이들의 입을 통해 예시되고 그 윤곽이 그려진다. 吳蓀甫 또한 王和甫, 孫吉人 등과 함께 기업연합을 결정하고 기업 인수계획도 품으면서 공채시장의 참여하기로 결정한다. 이처럼 이들의 입을 통해 흘러나오는 모든 사건들은 각각 소설의 중심 플롯과 함께 여러 가지 부차적 플롯의 틀을 형성하고 이어 전개되는 각각의 장에서 증폭되는 가운데, 중심 플롯을 형성하는 사건들과는 별개의 사건으로서 그리고 각각의 사건들과는 서로 병렬적인 관계에 서서 등가적으로 발전되어 나간다.

「子夜」는 吳蓀甫가 趙伯韜에게 패해 破産·沒落하고 만다는 내용을 작품의 메인 플롯으로 취하고 있으나, 메인(main) 플롯을 구성하는 사건의 줄기와는 별도로 여러 가지 작은 사건들이 존재하면서 일종의 서브(sub) 플롯을 형성하고 있는데, 이러한 사건들은 각기 독립된 채 병렬적이고 등가적인 형태로 전개되어 나가고 있다. 농민 曾滄海와 曾家駒의 사건과 행동, 豊兆공원에서의 林佩珊에 대한 范博文의 求婚사건 등을 포함한 吳蓀甫 가정 내에서의 복잡하게 전개되는 애정문제, 지주 馮雲卿이 자기 딸을 趙伯韜에게 첩으로 보내려고 하는 陰謀, 5.30기념일 되자 시위에 참여하며 정치상황에 대해 이야기하는 모습, 趙伯韜와 그의 첩 劉玉英이 보이는 행동, 그리고 딸을 미끼로 하는 馮雲卿의 공채투기, 노동자들의 파업과 그들 간의 알력, 결국에는 어쩔 수 없이 外商에 공장을 기탁하는 周仲偉의 모습, 그리고 공채시장에서 속수무책으로 손해 보며 어찌 할 바를 모르는 지주와 小 官僚들의 모습 등, 이와 같은 사건들은 吳蓀甫의 패배와 파산을 포함한 그의 모든 행동과 이렇다 할 관련을 맺지 않은 채, 다시 말해 각각의 사건은 작품의 기본 축을 이루는 사건들과 종속되지 않은 채, 각기 等價的인 입장에 서서 사회현실과 세태를 드러내기 위한 나름대로의 작은 줄거리를 형성하며 諸 役割을 하고 있다. 世態小說로서의 문학적 기능과 형태에 걸맞게 병렬적이고 등가적인 사건전개와 함께 보다 광범위한 다원적 형식의 구성형태를 나타내고 있는 것이다.

이와 관련해 金永哲은 「子夜」의 서사구조를 횡적인 다각구조로 설명한 바 있다. 金永哲은 이 작품의 구조는 각 상황에서 벌어지는 사건의 발생과 전개의 '인과성'을 설명할 필요 없이, '상황의 제시'만으로도 독자들이 거부감 없이 받아들일 수 있게 하는 장점을 지니고 있을 뿐만 아니라, 현실의 구조 자체와 유사하면서도 리얼리즘 소설의 세계가 지녀야 하는 인과성을 손쉽게 확보할 수 있는 횡적인 다각구조를 채택함으로써 사회의 전반적인 상황을 포괄할 수 있었다고 했는데,[17] 이처럼 그가 설명한 횡적인 다각구조라는 지적은 이 작품의 서사구조의 특징에 관한 매우 타당한 지적임과 아울러 독립된 사건들의 병렬적이고 등가적인 구성형태를 설명하는데 있어서 매우 도움이 된다고 하겠다.

또한 「子夜」는 중심 플롯에 있어 처음(발단) - 중간(전개) - 마지막(終局)이라는 일련의 연쇄적 계기적 특성이 없는 것은 아니나, 이러한 순서는 上述한 바를 통해서 느낄 수 있듯이, 사건의 진행이 어떤 뚜렷한 시간적 순차성과 인과성에 의한 것이라기보다는 그 사건과 결부된 인물들이 나타내는 각각의 독자적이고 계기적 행동에 의한 '상황의 제시'와 그것의 반복과 중첩을 통해 플롯을 전개되어 가는 특성을 보이고 있다. 이들 사건들은 '구슬이 실로 꿰어져 있는 것과 같은 방식으로 연결되면서 사건의 실마리가 제공되고, 따라서 이러한 연결은 시간적 因果關係로 연결된 것이라고 보기 어려운 것이다. 사건이 시간적 인과성에 의해 연결된 것이 아닌 상황의 제시를 통해 연결된 것은 작품에서의 사건들이 병렬적이고 등가적으로 진행, 전개되었기 때문이다.

---

17) 金永哲, 「茅盾 小說의 構造와 現實의 收容」(『中國語文論叢(第六輯)』, 高大中國語文研究會, 1993, p.411)

이와 같이 「子夜」가 드러내는 플롯양식의 특성을 종합적으로 관찰해 볼 때, 이 소설은 斷續的 플롯과 竝列的 플롯이 혼합된 양상을 드러내고 있다는 결론을 내릴 수 있다. 단속적 플롯의 양상이 강하지만 병렬적 구성양식의 흔적도 함께 드러내면서 공간적 담론양식과 더불어 「子夜」의 소설적 흥미를 제공하는 중요한 단서를 제공한다.

「子夜」는 각기 독립된 여러 사건들이 개별적이고 등가적으로 나열되어 가는 구성방식을 띠고 있어 병렬적 플롯의 양상을 띠기도 하는데, 그것이 중심 플롯으로서의 사건이든, 그렇지 않은 사건이든 함께 어우러져 병렬적 플롯의 양상을 구사해, 上海를 중심으로 펼쳐지는 당대 사회현실과 세태를 하나하나 장별로 나열함으로써 章節的 視覺化를 도모했다고 할 수 있다. 게다가 이 소설은 채택하고는 視點이 전지적이고 다변적인 서술자시점 대신에 객관적인 작가관찰자시점을 채택하고 있는 까닭에 서술자의 말과 설명은 카메라의 눈처럼 각각의 사건과 장면을 잡아 비추는 듯한, 다시 말해 독자가 영화를 보는 것과 같은 시각적인 효과를 주고 있으니, 이는 「子夜」를 통해 작가가 독자들에게 주는 소설적 흥미가 된다고 할 수 있다.

또한 上述한 바와 같이, 「子夜」는 작품이 章節로 나뉘면서 작품의 중심 플롯에 해당되는 하나의 사건과 揷話가 진행되는 도중에 또 다른 사건과 삽화가 끼어들어 앞의 삽화가 일단 거기서 끊어진 듯하다가, 다시 본래의 사건과 삽화로 이어지고, 이것이 되풀이 되어 몇 개의 사건과 삽화가 얽혀 나간다. 그러면서도 일정한 질서를 유지하면서 주제를 향해 진행해 나가는데, 그 관계가 플롯의 진행과 함께 차츰 긴밀도를 더해 감으로써 마침내 몇 개의 삽화가 하나로 합쳐져서 높은 정점에 도달하며 작품의 기본 축을 형성하는 방식을 띤다. 「子夜」의 서사성과 구조적 특징을 통해 소설적 흥미를 찾아 볼 때, 이러한 플롯의 양상은 그 자체만으로도 소설적 흥미의 새로운 느낌을 준다고 볼 수 있다.

2) 「農村三部曲」

농촌 사회의 窮乏과 搾取, 抵抗과 鬪爭의 記錄

앞서 논의한 「子夜」가 上海라는 대도시의 상류층 사람들의 삶을 중심으로 그 곳의 경제사회적 현실을 생생하게 그린 작품이라면, 「農村三部曲」은 동시대 農村의 현실을 파헤친 작품으로서의 의미를 갖는다고 할 수 있다. 그러나 「農村三部曲」의 문학적 의미는 도시와 대칭적 존재였던 농촌의 현실을 고발하고 이를 파헤쳤다는 사실에만 머물러 있는 것이 아니다. 이 작품이 갖는 문학적 의미는 사회주의 이념을 서사의 인식론적 구조의 기저에 두고, 이를 통해 동시대 농촌의 현실과 농촌이 나아갈 방향에 대해 말하고자 했다는 사실에 있다고 할 수 있다.

20년대 후반기에 들어와 茅盾은 마르크스주의를 연구하고, 이를 바탕으로 사회를 관찰하고 사회를 그려냈다고 하는 사실에 注目할 필요가 있다. 茅盾은 5·30운동을 전후하여 "프롤레타리아 예술을 논함(論無産階級藝術/1925)" 등의 글을 발표하였다. 여기서 그는 '프롤레타리아를 위한 예술'을 주장하였는데, 그는 신문학은 반드시 프롤레타리아와 모든 노동자들의 생활과 바람과 요구를 표현해야 하며, 프롤레타리아와 인민대중의 해방 사업을 위해 복무해야 한다고 인식하였다. 이러한 사실은 「農村三部曲」을 집필했던 시기를 전후하여 그의 사상과 이념이 어떠하였다는 것을 보여주고 있다.

黃修己는 소설 창작에 있어 진정으로 마르크스 레닌주의의 지도를 수용하고 이를 표현하는 데 있어 茅盾이 第一人者이었다고 전제하면서, 「春蠶」을 「林家鋪子」와 함께 마르크스·레닌주의 이론이 투시된 작품으로 규정했다.[18] 夏志淸 또한 「春蠶」, 「秋收」 등, 「農村三部曲」은 茅盾의 傑作이자 프롤레타리아 소설의 대표작이라고 했다. 그는 「子夜」, 「秋收」 등의 작품에서 동시대 중국의 문제를 보는 작가의 관점이 마르크스주의 입장에 있었다고 주장하면서 「春蠶」보다는 「秋收」에서 마르크스주의 사상이 더욱 더 强調되어 있다고 했다.[19] 「農村三部曲」이 드러내는 마르크스주의 내지 사회주의 혁명성은 작품의 창작과정을 통해서도 어느 정도 파악될 수 있다. 茅盾은 처음부터 세 작품을 쓰고자 하지 않았다. 농촌의 문제를 다룬 소설은 양잠을 제재로 하는 「春蠶」에서 마무리하고자 하였으나, 「春蠶」에 대한 여러 가지 반응으로 인해

---

18) 黃修己 著, 고대중국어문연구회 譯, 『中國現代文學發展史』, 범우사, 1991, p.357.
19) C.T.HSIA.(夏志淸), 『A history of Modern Chinese Fiction』, Yale Univ. Press, 1971, p.163.
    夏志淸은 작가 茅盾이 「春蠶」의 주제가 모호하다는 평가에 불만을 갖고 속편 「秋收」를 써서 마르크스주의 사상을 강조하였다고 했다.

「秋收」와 「殘冬」을 쓰게 되었다고 했다.[20] 이러한 사실과 관련해 羅浮라는 사람은 「評"春蠶"」이라는 글에서 농민의 계급의식이 매우 희박하고, 미약하며 모호하다고 했고,[21] 朱明이라는 사람 또한 「茅盾的"春蠶"」이라는 글에서 농민의 투쟁모습을 제대로 그리지 못했고, 농민의 형상 또한 단순하고 협소했다고 비판했는데,[22] 이들 두 사람의 공통된 지적은 「春蠶」에서 사회주의 투쟁성, 혁명성이 제대로 드러내지 못했다는 것으로 정리될 수 있다. 茅盾은 이런 지적을 수용하며 「秋收」와 「殘冬」에서는 마르크스 내지 사회주의 혁명을 위해 적극적으로 투쟁하는 농민의 형상을 묘사하였다.

1932년에서 1933년에 이르기까지 茅盾은 다소 특이하고도 이념지향적인 입장에서 동시대 농촌의 현실을 폭로하고 비판한 세편의 소설 「春蠶」, 「秋收」, 「殘冬」 등을 발표하는데, 이들 세 작품을 통합하여 世稱 「農村三部曲」이라고 하였다. 茅盾은 1932년 「現代」誌에 「春蠶」을 발표한 다음, 1933년 「新報月刊」 4,5월호에는 「秋收」를 연재하였고, 이어서 1933년 7월 「文學」誌 창간호에 「殘冬」을 발표하였는데, 이들 세 작품 공히 동일한 배경 하에 동일한 주인공과 주변인물을 등장시켜 농촌 경제의 파탄과 그 결과 수반되는 농민의 고통이라고 하는 주제를 그려내고 있는바, 이런 이유에서 이들 세 작품은 실제적으로 하나의 작품으로 간주되고 있다.

「農村三部曲」은 1930년대 초 중국 강남지방의 어느 한 농촌을 배경으로 그 곳에서 펼쳐졌던 농촌의 경제적 파탄 및 이로 인한 농민들의 몰락과 불행, 그리고 현실에 대한 농민들의 저항 등, 동시대 농촌과 농민을 소재로 하여 시대의 가장 핵심적인 쟁점을 매우 예리하고도 생동감 있게 파헤친 농민소설이다. 또한 이 소설은 기존의 농촌, 농민소설과는 다르게 이른바 "豊收成災" 즉 "풍성한 수확을 했음에도 그것이 도리어 재앙이 되는 현실"이라는 비교적 독특하고도 奇異한 소재로써 파탄과 몰락을 거듭하는 농촌의 현실, 농민들의 고통을 폭로하면서도, 한편으로는 이러한 비극적인 농촌현실의 극복을 위한 작가의 代案的 방법까지 제시하고 있다. 그러면 작품의 개요에 대해 간단히 살펴보자.

첫 번째 작품인 「春蠶」은 누에농사에 모든 희망을 걸고, 열심히 노력하여 풍작을

---

20) 茅盾, 『我走過的道路(中册)』, 三連書店, 1981, p.119.

21) 莊鍾慶 編, 『茅盾研究論集』, 天津人民出版社, 1984, p.277.

22) 莊鍾慶 編, 上揭書, pp.282-283.

이루었으나, 그것이 오히려 재앙이 되는 상황으로 인해 좌절과 고통에 빠지는 通寶노인과 마을 사람들의 모습을 그리고 있다. 通寶노인은 한 때는 비교적 여유 있게 살았던 自作農이었으나, 지금은 입에 풀칠하기 조차 어려운 처지가 되었다. 그는 봄누에에 희망을 걸고 그것을 재기의 기회로 삼고자하였다. 온 가족이 한 달 이상 봄누에양식에 매달려 고생한 끝에 예년에 없던 풍작을 거둘 수 있게 되었다. 온 마을 사람들도 누에풍작을 이루었으나, 통보노인의 누에농사가 그 마을에서 가장 성공적으로 이루어졌다. 그러나 上海 事變의 여파로 고치 수매소가 문을 닫게 되면서, 고치를 하나도 팔 수 없게 된 마을 사람들은 茫然自失하며 경제적 파탄에 빠지게 시작한다. 통보노인은 거룻배를 빌어 밖으로 나가 고치를 팔아 보는 등, 발버둥치면서 혼신의 노력을 다했지만, 고치 값의 폭락으로 뽕잎을 사기 위해 꿔 온 돈조차 제대로 갚지 못하는 상황에 이르게 된다. 마을 사람들의 빚은 갈수록 늘어나고, 또한 뽕밭을 공짜로 날리고도 빚을 삼십 원이나 진 通寶노인은 화병에 걸려 몸져눕게 된다.

通寶노인과 그 가족, 그리고 마을사람들이 겪는 고통은 「秋收」에서도 그대로 이어지고 있다. 누에농사로 인해 큰 손해를 본 마을 사람들은 생계유지를 위해 통보노인의 둘째 아들 多多頭의 인솔 하에 부잣집의 양식을 빼앗아 온다. 阿多의 강탈은 아버지의 욕설과 반대를 무릅쓰고 마을 사람들을 규합하여 이루어진 행동이었다. 농사철이 시작되자 통보노인의 집안과 마을 사람들은 봄누에 농사의 실패를 만회코자 곡물 생산에 열중하며 전력을 쏟는다. 가뭄을 극복하고 혼신의 노력을 다해 마침내 대풍작을 거두었으나, 쌀값이 터무니없이 폭락하는 바람에 통보노인네 가족들과 마을 사람들은 또 다시 실패와 좌절을 경험하게 된다. 추수의 풍작에도 불구하고 결국에 있어서는 모두 실패한 마을 사람들은 다시 한 번 충격 속에 도탄에 빠지고, 급기야 通寶노인은 중병에 걸려 죽게 된다.

「殘冬」에서는 養蠶과 쌀농사의 실패가 동네 농민들에게 가져 다 준 고통과 후유증에 대해 묘사하고 있다. 春蠶과 秋收, 두 가지 실패를 겪은 후, 이들의 삶은 더욱 비참해지면서, 이들 가운데 일부 마을사람들은 허무주의와 미신적 습속에 빠져 들기도 하고, 또 일부는 생존투쟁의 의지를 다져 나가기 시작한다. 이런 상황에서 빚의 수렁에 빠져버린 通寶노인 집안의 큰 아들 阿四는 읍으로 나가 품팔이를 해서 먹고 살 것인가, 아니면 소작농을 할 것인가를 두고 고민한다. 饑餓에 시달리는 마을 사람들은 뽕나무 뿌리를 캐먹으며 연명한다. 阿多를 비롯한 마을의 젊은이들은 마을에서 사라지고 黃道士는 세상을 구원 할 진짜 황제가 강림했다고 떠들어 대는 등, 마을 사람들을 惑世誣民하며 돈을 벌어들인다. 冬至 무렵이 되자 '진짜 황제'가 나타났다는 소문이 퍼지는 가운데 마을 사람들을 보호한다는 美名 아래 마을에 묵고 있던 三甲聯合隊는 코흘리개 '진짜 황제'를 붙잡아 들인다. 소위 '진짜 황제'를 인질로 삼아 약탈할 집을 찾던 그들은 阿多를 비롯한 마을의 젊은이들에게 총을 빼앗기고 마을에서 쫓겨나게 된다.

「春蠶」에서는 외국, 다시 말해서 제국주의 열강의 경제적 침략이라고 하는 외부 敵과의 대립과 저항을 그렸다면, 「秋收」에서는 제국주의의 경제적 침략에 대한 저항과 더불어 농민들이 굶주림을 겪으면서 곡창을 습격하고 식량을 빼앗아 연명하는 상황에서 부패한 관료들 및 지주, 즉 내부의 적들과의 대립 및 저항이 동시에 나타나고 있음을 보여주고 있다. 마지막 편인 「殘冬」은 앞의 두 작품에서 벌어진 연속된 상황을 마무리 짓는 작품으로서, 드디어 타도와 투쟁의 길로 들어서는 농민들의 모습을 묘사하고 있다. 「春蠶」에서는 외국의 경제적 침략에 대항하며 농민들의 저항심이 형성되는 모습이 묘사되었다면, 「秋收」에서는 그들의 저항감이 행동으로 옮겨져 곡창 약탈사건으로 전개되고, 「殘冬」에서는 마침내 그런 저항감이 하나의 조직으로 형성되어 무력 공격의 始發로 이어질 수 있다는 사실을 보여주고 있다.

上述한 바와 같이, 「農村三部曲」의 모티프는 가난과 궁핍에 대한 농민들의 의문으로부터 비롯되고 있다. 농민들은 가난과 궁핍에 대한 나름대로의 穿鑿을 통해, 가난이 얼마나 참혹한 것인가를 핍진하게 보여주고 있을 뿐만 아니라, 그 원인이 어디에 있으며, 그것을 극복하기 위해서는 어떻게 해야 하는가를 모색하고 있다. 한 마디로 이야기해서, 농민들이 가난과 궁핍의 원인을 찾고, 그 문제 대한 나름대로의 해결방법을 추구하는 과정이 텍스트화 되어 나타난 것이 바로 「農村三部曲」이었다.

「農村三部曲」의 서사구조는 서구 제국주의를 상징하는 외국산 물품과 농민, 그리고 지주와 소작 농민들 사이에서 벌어지는 대립과 저항, 투쟁의 과정으로 정리될 수 있다. 외국산 물품과 농민, 그리고 지주와 소작 농민들 사이에서 벌어지는 대립과 저항, 투쟁은 일종의 계급적 갈등 및 계급적 투쟁이라는 사실과 더불어, 계급적 투쟁 과정의 형상화를 통하여 농민들이 계급적 주체로서 자기를 정립할 수 있는 가능성을 모색하며 자신들이 원하는 새로운 세상에 대한 전망을 찾고자 했다는 것, 이것이 바로 「農村三部曲」이 갖는 문학적 특색이자, 작가의 집필 목적이라고 할 수 있다.

「農村三部曲」의 메인 플롯을 형성하며 구조시학의 특징을 이루고 있는 대립과 저항, 투쟁의 과정은 좁게 보아서는 농민들의 생존을 위한 투쟁에 국한시켜 생각할 수 있지만, 擴大해서 해석해 보면, 노동계급 운동의 一環이자, 계급적인 적대감을 고취시키는 사회주의 정치투쟁의 노력으로 보는 것이 적절하다. 이러한 사실은 상술한 기존의 여러 가지 논의를 통해서도 증명되고 있거니와, 특히 「秋收」와 「殘冬」에 걸쳐 나타나는 지주에 대한 적대감과 打倒意識은 노동자, 농민이 주인이 되는 사회주의 실현의 목표와 연계되어 있음을 쉽게 감지할 수 있다. 다시 말해, 작품의 플롯 전개과정의 基底에는 계급투쟁의 논리, 즉 마르크스 레닌주의 내지 사회주의 혁명의 논리가 融解되어 있고, 그 논리는 다시 대립과 저항의 구조로 표출되어 작품의 구조시학으로 작용하고 있다는 것을 찾아 볼 수 있다는 것이다.

「春蠶」과 「秋收」에서는 농민과 외국 자본의 세력, 즉 帝國的 資本主義 세력과의 철저한 대립과 이에 대한 농민의 저항이 작품의 서사구조를 형성하고 있다. 통보노인이 주인공으로 등장하고 있는 「春蠶」과 「秋收」, 이 두 작품은 帝國的 資本主義에 대한 저항으로 일관했던 通寶노인의 삶과 행동을 작품의 메인 플롯으로 취하고 있다. 작품에서 묘사되고 있는 通寶노인의 삶은 중국에 들어 온 외국산 물품, 즉 제국주의 열강들의 상품과의 대결 그 자체라고 해도 틀린 말이 아니다. 다시 말해서, 통보노인의 인생 歷程은 제국주의 열강으로 대표되는 외국산 물품과의 전쟁 그 자체라 해도 과언이 아니라는 것이다.

제목 그대로 봄누에가 작품의 모티프로 등장하는 「春蠶」은 누에농사를 통해 물질적인 삶의 공간을 확보하기 위해 노력하는 通寶노인의 모습을 그리고 있다. 주인공 通寶노인은 외국과 외국의 물건이라면 항상 혐오하며 怨讐로 생각한다. 외국 및 외국산 물품에 대한 그의 혐오증은 그는 자신의 집안이 파산하여 가난하게 된 것이 외국의, 즉 서양의 물품이 들어 온 것과 관련이 있다고 생각하였으며, 따라서 서양의 것이라면 무조건 기피하고 혐오했다.

그의 아버지가 물려준 가산은 점점 줄어들었고, 그러다가 마침내 아주 없어졌으며, 이제 와서는 도리어 빚까지 짊어지게 되었다. 그러니 통보노인이 어찌 외국 놈들을 미워하지 않겠는가! …(중략)… 세상은 갈수록 험악해지기만 한다니까! 이제 몇 해만 더 지나면 저것들이 뽕나무마저 외국종으로 갈아버릴 것이다. 정말이지 세상만사가 귀찮구나.[23]

養蠶 농사에서 대성공을 거두었음에도 불구하고, 자신이 그토록 혐오했던 외국세력의 농간에 의해 누에 수매소가 閉鎖되고, 이로 인해 通寶노인과 그의 마을 사람들은 누에 하나도 팔지 못하는 신세가 되었으니, 외국산 물품과의 대립과 그것에 대한 抵抗에서 通寶노인은 철저하게 패배하였던 것이다.

通寶노인을 비롯한 소작농민들에게 있어 외국산 물품은 서구 자본주의 열강들의 물품으로서, 중국의 농촌에 들어와 농민을 삶을 蹂躪하는 존재였다. 그리고 그것은 일본을 포함한 서구 자본주의 열강들이 만들어 중국의 농촌에 뿌린 물건이었다. 외국산 물품 때문에, 농민들의 땀과 노력은 물거품이 되는 것은 물론이고, 생존마저 빼앗길 위기에 처하게 되었음을 작가는 말하고 있다. 작품에서 외국산 물품은 자본주의자들의 탐욕을 상징하며, 착취라는 계급적인 속성을 드러내는 전형적인 존재로서 인식되고 있는 것이다.

「春蠶」에서의 대립과 저항은 「秋收」에서도 그대로 재현된다. 누에 농사에 실패한 通寶노인은 가을 농사에 성공함으로써 이전의 실패를 만회하고 넉넉한 삶을 가꾸고자 노력한다. 벼농사를 짓는 과정에서 通寶노인이 보여 준 외국과 외국산 물품에 대한 증오와 저항은 거의 병적일 정도로 완강하다. 벼농사를 지으면서 외국산 물품에 대한 저항은 조금도 바뀌지 않았던 것이다. 논에 물대기가 어려워 외국제 수차를 쓰면 될 것을 그것을 절대로 사용하지 않으려고 財神堂 앞에 가서 비가 내리게 기도하는 사람이 바로 通寶노인이다. 외국산 농약을 쓰면 보다 쉽고 빠르게 농사를 지을 수 있기 때문에 유산 암모니아를 사용해야 한다는 자식들의 간절한 요청에도 불구하고 그는 이를 一言之下에 거절한다.

---

23) 『茅盾文集(春蠶)』(제7권), p.283.

뭐 유산 암모니아? 그건 독약이다. 외국 놈들이 사람을 해치는 독약이란 말이다. 나는 조상이 물려 전해 준 콩깻묵이 좋다는 것만 알아! 콩깻묵은 효능이 오래 가지! 유산 암모니아는 그 기운이 다 떨어지고 나면, 그 논은 다시 쓸 수 없게 돼. 올해는 기필코 콩깻묵을 써야겠다.24)

극단적인 혐오감을 가지고 이렇게 까지 완강하게 저항했던 通寶노인은 다시 패배하게 된다. 외국과 외국산 물품에 대한 저항과 투쟁을 자신의 평생의 의무로까지 생각했던 通寶노인은 帝國的 자본주의와의 싸움에서 또 한 번 패배하게 되고, 결국에 있어서는 그 충격으로 인해 생을 마치게 된다.

「秋收」에서는 벌어지는 외국산물품, 帝國的 자본주의에 대한 저항은 뜻하지 않은 결과로 나타나는데, 그것은 마을 사람들의 穀倉을 습격하여 쌀을 약탈하는 사건을 통해 묘사되고 있다.

부자 집을 등치고, 쌀 창고를 턴다? 그는 속이 뒤숭숭해 하면서 놀랍기도 하고 기쁘기도 하였다.25)

그의 집 싸전에는 쌀을 만 수천 근을 쌓아 두고 있으니, 농민들에게는 먹을 쌀이 없지요? 오늘 우리가 외상으로 가져 온 쌀 서 말은 추수 후에 현미 다섯 말로 갚아야 됩니다. 이것도 대단한 면식이 있어야 돼요. 돈 있는 사람은 갈수록 부자가 되고!26)

밥이 있으면 함께 먹어야 돼요. 알겠어요? 밥이 있으면 함께 먹어야 한다는 것을.27)

양가교의 사람들은 남녀노소 할 것 없이 새까맣게 모여 들어 탈곡장을 지나가고 있었다. "나오십시오! 함께 갑시다." 그들이 이렇게 웅성거리고 있는 가운데, 多多頭도 끼어 있었다. 끼어 있을 뿐만 아니라, 앞으로 훌쩍 나서더니, 통보노인 앞으로

---

24) 『茅盾文集(秋收)』(제7권), p.329.
25) 『茅盾文集(秋收)』(제7권), p.315.
26) 『茅盾文集(秋收)』(제7권), p.316.
27) 『茅盾文集(秋收)』(제7권), p.325.

뛰어 왔다. 통보노인은 그만 얼굴이 새빨갛게 변하고 눈에 불을 켜면서 욕설을 퍼부었다. "이 짐승 같은 놈아! 쳐 죽일 놈의 자식아! …" "아버지 목이 잘려도 죽게 되고, 굶어 죽어도 죽게 되는 겁니다. 갑시다! 형님은 어디 있어요? 아주머니는요? 자 다들 함께 갑시다.28)

위의 대목은 계속된 실패와 패배로 인해 饑餓의 궁지에 몰린 농민들이 택할 방법은 무력을 통한 저항과 투쟁 밖에 없다는 것을 보여주고 있다. 다시 말해, 위의 내용은 부자는 착취자일 수밖에 없기 때문에, 피착취자인 농민의 행동과 저항은 항상 정당한 것이 되고, 그렇기 때문에 농민의 행동과 저항도 궁극적으로는 계급타파와 프롤레타리아 사회주의 추구를 위한 무력저항으로 갈 수 밖에 없음을 암시하고 있는 것이다. 아울러 이 부분은 「殘冬」에서 펼쳐지는 농민의 무력저항운동의 前哨的 단계로 작용하고 있다.

通寶노인이 벌인 외국 및 외국산 물품과의 대립이 외부의 적과의 대립이었다면, 通寶노인이 죽고 난 다음, 벌어졌던 사건을 다룬 「殘冬」에서는 내부 적과의 투쟁이 일관되게 펼쳐지고 있다. 자본주의 외국 열강들 못지않게, 농민들을 괴롭히고 착취하는 내부의 존재가 바로 부패한 관료들과 地主들로서, 이들이 「殘冬」에서는 중국 내부의 적으로 登場한다. 먼저, 부패한 관료, 지주(부자)들에 대한 적개심은 곧바로 그들에 대한 저항으로 나타난다.

뒈질 놈의 장깍쟁이, …(중략)… 장깍쟁이 그 놈이야 말로 도적놈이란 말입니다. 그 놈은 앉은 자리에서 훔쳐 온 물건을 나누어 가지거든요. …(중략)… 그런데 관청에서 그걸 모르고 있단 말이야? 아니 국장이요?. 국장도 강도들과 내통하고 있단 말이에요.29)

위의 내용은 부패한 관료들과 지주들의 실체를 파악하기 시작한 농민들의 自覺을 암시하는 대목이다. 근대화와 자본주의화를 추구하는 과정에서 정권세력에 기생해

28) 『茅盾文集(秋收)』(제7권), pp.322-323.
29) 『茅盾文集(殘冬)』(제7권), pp.341-342.

새로운 지배층으로 등장한 관료와 지주들의 부정적 측면 즉, 도덕의 타락, 봉건적 사고방식, 착취계급으로서의 면모를 노골적으로 나타내고 있다. 이후, 阿多는 자신의 형인 阿四에게 다음과 같이 설득하며 새로운 삶을 찾아 나설 것을 권한다.

> 더 망설일 게 없다니까! 지금 논밭을 몽땅 팔아 버리고도 우리는 빚쟁이가 되지 않았소? 이 부서져 가는 삼간집도 이젠 우리 것이 아니란 말이오. 그런데도 여기서 뭘 더 지키고 있을게 있소? 제 생각에는 형님네 두 분은 읍에 가서 남의 집 밥을 잡수시고 아버지가 지신 빚은 제기랄! 모른다고 하세요.30)

위의 내용은 생존마저 불가능해진 상황에서 의식 있는 농민의 저항이 爆發的 段階에 이르고 있음을 보여주는 부분이다. 천직이자 생명의 근간으로 생각했던 농사를 버리는 것은 농민들에게 있어 기존의 세상 내지는 현실을 버리고, 새로운 세상, 새로운 현실을 찾기 위한 마지막 몸부림이었다. 阿多는 가족과 헤어지고 어디론가 사라지는데, 그가 사라지고 난 다음, 마을 부녀자들은 황도사의 술책에 갈팡질팡하고 있는 사이에 三甲聯合隊 출신의 낙오병 세 명이 등장하고, 그들은 소위 眞命天子를 인질로 잡고 못된 짓을 하고 다닌다. 三甲聯合隊 출신의 병사들은 비록 낙오병과 같은 신분으로 작품에 등장하고 있지만, 그들은 동시대 지배 권력으로서 농민의 착취세력 또는 방조자의 역할을 자임했던 국민당 정부군 내지 군벌세력들의 횡포를 대변하고 착취를 상징하는 존재라고 볼 수 있다. 잠시 사라졌던 阿多는 陸福慶 등과 함께 나타나 三甲聯合隊 병사들을 습격하여 그들의 무기를 빼앗고 응징한다. 농민들은 연속된 대립과 저항, 투쟁의 과정을 거치며 마침내 최후의 승리를 얻게 된다. 이는 탐욕적인 자본주의자들의 착취뿐만 아니라, 그러한 착취를 방조했던 봉건적 제도와 그 관행을 타도하였다는 의미를 갖는 것이다.

상술한 바와 같이, 「農村三部曲」은 농민들이 벌이는 두 가지 투쟁, 즉 자본주의와 제국주의를 상징하는 외국산 물품과 농민들과의 대립과 투쟁, 그리고 농민들이 지주 및 부패관료들과 벌이는 대립과 투쟁을 모티프와 주제로 취하고 있다. 그런데, 농민들이 벌였던 저항과 투쟁에는 사회적 典型性과 시대적 總體性이 내포되어 있다.

---

30) 『茅盾文集(殘冬)』(제7권), p.351.

1930년대를 전후한 시기, 중국 농촌사회의 현실을 거의 그대로 반영하고 있을 뿐만 아니라, 농촌의 성격과 문제점, 농민들의 태도와 의식 등을 집약, 이를 대변하는 성질과 요소들이 작품 속에 고스란히 간직되어 있다는 것이다.

1920년대 말부터 중국의 농촌경제는 농업공황의 到來라는 말이 어울릴 정도로 파산의 위기에 빠져들기 시작했다. 중국의 농촌경제의 파산을 가져 온 요인은 크게 두 가지로 나눠 볼 수 있다. 첫째는 농민을 속박하고 있는 각종 봉건적 수탈이었고, 그 다음으로는 제국주의의 경제적 침략, 즉 제국주의에 의한 경제공황의 轉嫁가 그것이었는데, 이 두 자루의 날카로운 칼은 농촌경제를 파산시킨 근본 원인이고 水害와 旱害는 그 도화선에 불과했다.[31] 제국주의로 무장된 해외 열강들의 덤핑, 관세장벽의 설정, 나아가 대량으로 값싼 잉여생산물의 수입으로 중국의 농산물, 특히 원료가격은 하락했다. 농작물 생산의 실패 또는 농작물 값의 폭락으로 인해 생존마저 불투명한 상황 속에서 농민들은 설상가상으로 무거운 소작료, 중앙 내지 지방정부의 가혹한 세금이나 징발의 위협에 맞닥뜨려야 했는데, 이렇게 되자 일부 농민들은 土匪나 병사가 되거나, 정처 없는 유랑의 길을 헤매든가 혹은 여러 가지 형태의 반항이나 반란을 일으키기도 했다.[32] 중국의 농촌이 이처럼 內憂外患의 고통을 겪으며 파산하기 시작했던 시기에, 농촌을 순회방문하며 농촌의 실상과 농민들의 고통을 직접 목도한 모순은 이것을 작품에 그대로 옮겨 놓았다. 다시 말해서, 「農村三部曲」은 농촌 파산의 원인과 과정, 그리고 그 결과를 중심으로, 농촌사회의 성격과 현실, 농민들의 행태를 通寶영감의 가족과 그의 마을 사람들의 삶에 投影시켜 나타내면서, 동시대 농촌사회의 縮圖로서의 역할을 함에 있어 부족함이 없다는 것이다. 「農村三部曲」에서 다루어지는 사건과 이야기는 통보노인의 가정과 그의 마을 사람들에 국한된 개인적인 것이 아닌, 동시대 사회적인 것이었고, 일부 지역의 특수한 현상이 아닌, 전 지역에 걸쳐 진행된 보편적이고도 광범위한 것이었고, 우연적이거나 부차적인 것이 아닌, 필연적이고 본질적인 것이었다. 이 작품에서 다루어지는 대립과 저항, 투쟁의 과정은 사회적 전형성과 시대적 총체성의 의미로서 이와 같은 특징에 기인하는 것이다.

「農村三部曲」이 드러낸 대립과 갈등, 투쟁의 과정은 결국에 있어 착취와 피착취라

---

31) 『中國近現代經濟史』, 편집부 편역, 일월서각, 1986, p.431.
32) 姫田光義・阿部治平 외, 편집부 옮김, 『중국현대사』, 일월서각, 1985, pp.262-263.

고 하는 두 가지 세계로 분화되어 나타난다. 외국산 물품으로 표현되는 서구 자본주의 열강들, 그리고 부패한 관료, 지주들로 대표되는 착취계급과 농민들로 대표되는 피착취계급, 이들 兩者를 두고 벌이는 대립과 저항, 투쟁이 바로 「農村三部曲」의 주제로서 또한 메인 플롯을 형성하며 구조시학의 특징을 이루고 있다. 힘을 가진 착취계급은 그 힘을 가지고 계속해서 세력을 유지하고자 하며, 피착취계급은 착취계급에 저항하고 투쟁하며 기존 질서의 변혁을 꾀하고자 한다. 阿多가 벌인 일련의 행동은 착취계급에 저항하고 투쟁하며 질서의 변혁을 찾는데 그 목적이 있었다. 유달리 약자를 배려하고 그들에게 동정심을 드러내는 모습에서부터 마을 사람들을 인솔하여 읍내로 나아가 곡창을 탈취했던 일, 부자 장깍쟁이의 횡포에 맞서 마을 사람들을 결속시켰던 일, 농민에게 농사를 포기하고 저항의 길을 선택하여 나갈 것을 주창했던 일, 그리고 작품의 결말을 장식하는 부분인 三甲聯合隊의 병사들을 습격하여 무기를 탈취하고 그들을 응징하였던 일에 이르기까지 阿多가 벌인 일련의 활동과 사건들은 一面 대립과 저항의 구도 속에서 농민들의 생존과 권익을 위한 하나의 투쟁이었을 뿐만 아니라, 노동계급 운동의 일환이요, 계급적인 적대감을 고양시키는 정치적인 표현이었다. 특히, 마을 사람들과 함께 읍으로 들어가 곡창을 약탈하고, 심지어 같은 처지에 놓인 阿四의 집에서 식량을 빼앗아 오는 행동, 三甲聯合隊를 습격하는 행동 등, 阿多와 일부 농민들이 보여 준 행위는 노동자, 농민계급, 피착취계급의 연대인 동시에 반동적인 부르주아, 특히 국민당이라고 하는 반동적인 부르주아에 대항하는 계급투쟁의 조직적인 운동을 의미하는 것이다. 사회주의 문학 내지는 프롤레타리아 문학이란 계급적인 敵對感, 부르주아에 대한 폭로, 사회주의 사상에 대한 주장, 결합된 노동자(농민)들의 힘의 표출 등을 지배적인 특성으로 하는 문학의 일반적 형태라고 할 때, 「農村三部曲」은 사회주의 프롤레타리아 문학의 기본적인 요건 등을 모두 갖추고 있다.

프롤레타리아 사회주의 문학은 대립적인 세계관이 첨예하게 나타나는 것이 일반적이다. 로뱅과 같은 사람은 세계의 문화는 부르주아의 반동적인 세계나 문화가 하나이고, 사회주의에 근거하여 세계를 변화시킨다는 진보적 세계관이 또 다른 하나인데, 사회주의 예술이란 자본주의 예술에 맞서면서 세계와 문화의 반동적인 경향에 대응하는 시대의 진보적인 사상과 결합이라고 말하고 있는데,[33] 여기서, 반동적인 경향에 대응하는 진보적인 사상이란 노동대중의 혁명적인 계급투쟁을 바탕으로 한 사상을 말하는 것이다.

溫儒敏은 茅盾이 「農村三部曲」과 같은 脈絡에 서 있는 「子夜」를 창작한 것은 트로츠키派들이 流布한 중국은 이미 자본주의 사회라는 논조에 예술적 형상으로 화답하기 위한 것이라고 했다.[34] 茅盾의 화답에는 두 가지 뜻이 포함되어 있다고 볼 수 있다. 하나는 이미 자본주의 사회가 되었다는 사실에 대한 反駁의 의미가 있는 것이고, 둘째, 서구의 자본주의화가 되어 경제적 파탄을 맞이했지만, 중국은 서구의 자본주의적 사회방식을 타파하고 자본주의 사회에서 벗어나야 한다는 사회적 당위성과 작가의 의지를 보여 주고 있는 것이다. 작가의 이와 같은 의지에서 나온 작품이 바로 「農村三部曲」이었다.

「農村三部曲」은 어느 한 농촌마을의 경제적 파산과 함께 경제적 파산으로 인해 饑餓의 고통까지 겪어야 하는 농민들의 비극적인 모습을 生動感 있게 그리고 있는 典型的인 농민소설이다. 또한 이 작품은 農民小說로서 "豊收成災"라고 하는 다소 특이한 소재를 取擇하였을 뿐만 아니라, 농민농촌 문제의 궁극적 해결책으로서 투쟁과 혁명이라고 하는 방법까지 제시하고 있어 주목을 끌고 있는데, 투쟁과 혁명은 換言하여 표현한다면, 계급적 각성과 일종의 욕망 실현을 위한 하나의 과정이라고 할 수 있다. 다시 말해 「農村三部曲」은 농민들의 계급적 각성과 그 욕망이 어떻게 실현될 수 있는가를 문학적으로 보여 주고 있는 소설이었다.

前 章에서 언급한 바와 같이, 「農村三部曲」에서 강조하고 있는 대립과 저항, 투쟁의 과정은 플롯의 전개과정 그 자체였다. 대립과 저항의 과정을 거치며, 농민들은 각성하면서 자신들의 생존과 권익을 위한 투쟁운동을 벌여 나갔으니, 결국에 있어 대립과 저항은 투쟁의 과정이자, 계급적인 각성과 욕망 실현의 과정이었던 것이다. 작가는 이 작품에서 계급적 각성과 욕망 실현을 위해 奮鬪하는 주인공 阿多를 긍정하며 그의 의지와 행동을 부각시켜 나타내고 있다. 「農村三部曲」에 등장하는 주요 인물군의 욕망 형태는 크게 보아 다음 두 가지 형태로 나누어 볼 수 있다. 첫째, 기존의 지배 현실에 불만을 갖고 이를 파괴하여 새로운 사회를 지향하고자 하는 욕망을 가진

33) Regine Robin, 『Socialist Realism : An Impossible Aesthetic』, Stanford U.P., 1992, p.250.
34) 溫儒敏 지음, 김수영 옮김, 「현대중국의 현실주의문학사」, 문학과 지성사, 1991, p.180.

"긍정적 인물"인 阿多, 둘째, 매우 소극적이고 기회만 엿보는 이중적인 성격을 보였지만, 결국에는 阿多의 계급 해방 욕망이라는 새로운 욕망 실현 운동에 가담하는 阿四, 四多娘, 荷花 등이 있다.

첫 번째 유형의 대표적 인물은 통보영감의 둘째 아들 阿多이다. 阿多는 특별한 교육을 받지도 않았고, 특별한 환경 속에서 자라난 것도 아니었지만, 여느 인물과 다르게 현실에 대한 각성이 제일 빨랐을 정도로 민첩하였을 뿐만 아니라, 과감하게 현실에 저항하며 행동하는 인물이었다. 한마디로 말해서, 현실에 굴하지 않고 투쟁을 벌이며 새로운 세계를 실현하고자 하는 강한 욕망을 가진 농민으로 그려지고 있다.

비교적 낙천적이고 활발한 성격을 가진 阿多는 미신이나 陋俗에 얽매이지 않음은 물론, 어떤 숙명론도 믿지 않았다. 봉건적 미신이나 습속, 농민들이 가졌던 기존의 전통적 사고방식을 수용하지 않았던 그는 농촌파산의 경험을 겪으면서 勤勉 儉素한 태도만 가지고는 결코 잘 살 수 없다는 것을 알게 된다. "올해 누에가 잘 될 것은 틀림없지만, 돈을 번다는 것은 팔자에 없는 노릇이에요" "아무리 부지런히 일하며, 아껴 먹고 아껴 쓰는 것만으로는 허리가 부러진다고 해도 잘 살게 될 수 없다"[35]고 말한다. 그는 자신들의 가난과 고통이 계급적 모순에서 비롯되고 있음을 누구보다도 먼저 인식했던, 다시 말해 현실타파를 위한 계급적 각성과정에 있어 선두주자의 역할을 했던 것이다.

그는 현실에 대한 자각과 의식의 성장이 가장 빠른 사람이었을 뿐만 아니라, 자신의 생각이 정해지면 그것에 맞춰 적극적으로 행동하는 다시 말해, 자신의 꿈과 욕망 실현을 위해 주저 없이 나서는 투사의 모습을 보여주고 있다. 욕망실현을 위해 과감히 나서는 투사의 모습은 농촌의 가난과 경제파탄, 그리고 농민들의 비극과 불행의 원인이 일종의 계급적 矛盾, 사회구조의 矛盾에 있다고 생각한다.

또 땅을 소작내서 부치겠단 말이에요? 등뼈가 끊어지게 일해도 배를 곯아야 돼요! 작황이 좋아서 한마지기에 쌀을 삼백 근씩 거두고 다섯 마지기에서 일천오백 근을 거둔다고 해도 일오는 오, 삼오는 십오 해서 여섯 섬 닷 말을 제외하고 나면 남는 것은 겨우 집에서 먹을 것 밖에 남지 않게 돼요. 그런데 빚에는 이자가 안 붙나요.

---

35) 『茅盾文集(春蠶)』(제7권), p.296.

그리고 비료에는 본전이 안 붙나요. 그런 것들을 다 계산하고 나면, 집에서는 죽도 먹을 수도 없을 정도로 헛수고만 하게 되는 겁니다.[36]

그는 이제는 기존의 농사로써 농민의 문제는 해결할 수 없음을 간파하고 이를 해결하기 위해 과감히 몸을 던져 행동에 나서게 되는데, 그 대표적인 것이 마을 사람들을 이끌고 나가 지주의 곡식 창고를 탈취하는 사건이었다. 지주의 창고탈취 사건은 사회주의의 이념적 관점에서 볼 때, 阿多의 계급의식에서 분출되는 혁신적인 사고방식이라고 할 수 있는데, 자신의 형인 阿四가 외상으로 쌀을 빌려 오자 "형님은 외상 쌀로 구할 구멍이 있지만, 그런 구멍도 없는 사람들은 어떻게 하란 말입니까?"라고 항변하며 마을 사람들을 데리고 창고탈취에 나서게 된다.

마을의 많은 농민들이 饑餓의 위기에 몰릴 때, 아버지 通寶노인의 반대에도 아랑곳하지 않고 마을 사람들을 인솔하여 쌀 창고를 탈취한다. "아버지, 목을 잘려도 죽는 거고, 굶어 죽어도 죽는 겁니다. 갑시다! 형님은 어디에 있어요? 아주머니는요? 자, 다들 함께 갑시다." 阿多가 주도한 지주 의 곡식창고 탈취사건을 통해 농민들은 잠시나마 굶주림에서 벗어 날 수 있었으니, 그것은 분명히 阿多의 욕망이 실현되는 순간일 뿐만 아니라, 계급적 전망의 형상화가 구체적으로 실현되는 순간이기도 한 것이다.

「殘冬」에서 阿多는 진취적인 혁명가의 모습을 어렴풋이 보여주고 있다. 농사의 포기하고 새로운 삶의 길로 나갈 것을 가족들에게 강력하게 요구한 후, 본인 스스로 제일 먼저 가족들을 떠나 어디론가 사라진다. 이후, 그는 불의를 응징하는 무장혁명가로 다시 등장한다. 뒤에 숨어 농민들을 괴롭혀 왔던 三甲聯合隊의 병사들을 습격, 무기를 빼앗고 그들을 처벌하는 무장혁명가의 모습으로 다시 돌아 온 것이다. 작가는 三甲聯合隊 병사들을 습격하여 무기를 빼앗고 그들을 응징하는 阿多의 행동을 통해 농민저항운동의 궁극적 목표와 계급적 전망을 상징적으로 표현하고 있다.

두 번째 유형의 대표적 존재는 통보노인이다. 그의 성격은 동시대 대다수 중국 농민들의 성격을 대변한다고 할 수 있다. 通寶노인은 선량하면서도 근면 검소한 농민으로 등장한다. 과욕을 부리며 엉뚱한 행동을 하거나 또는 잔꾀를 부리며 이기적인 행

---

36) 『茅盾文集(殘冬)』(제7권), p.351.

동을 하는 사람이 아니다. 그는 열심히 일하면서, 가족들과 함께 넉넉하고 여유 있게 살고 싶어 하는 평범하고도 소박한 꿈을 가진 농부에 불과했다. 그러나 억척스러울 정도로 기존의 전통적 관념과 자신의 주장에만 매달려 현실의 흐름을 제대로 파악하지 못하는 등, 합리적이고 현실적인 사고를 하지 못하는 어리석은 모습을 보이고 있다. 나름대로의 실현 기능한 욕망은 가지고 있으나, 사고와 판단력부족, 봉건적 습속에 얽매여 욕망 실현의 기회를 번번이 놓치게 된다. 다시 말해, 행동과 思考가 매우 落後된 모습을 지닌 농민의 形象을 보여준다. 비합리적이고 낙후된 그의 모습은 봉건 미신사상에 대한 집착과 외래문명, 외국산 물품에 대한 맹목적 혐오에서 잘 드러난다. 누에농사의 성패를 점치기 위해 한편으로는 누에 방에 마늘을 걸어 두고, 또 한편으로는 누에농사의 성패를 上帝의 조화로 여기는 사람이 通寶노인이다. 또 하녀 출신 하화가 들어오면 재수 없다고 여기며, 집안에 발도 못 들여 놓게 하고, 財物神에게 부귀를 위해 빌고, 논에 물대기가 어렵다고, 기우제를 지내 비를 내려 달라고 기도하는 사람으로 전통적인 봉건사상과 관념에 매우 집착하는 모습을 보인다., 과거 한 때에는 그런대로 여유 있게 살았으나, 현재에 이르러서는 300원이나 빚을 지고 살아야 하는 가난뱅이가 되어 버린 通寶노인. 通寶노인은 자신이 가난하게 된 원인이 서양물품이 농촌으로 들어 왔기 때문이며, 또한 자신이 갖고 있던 은전도 서양 놈들이 다 빼앗아 갔기 때문에, 자신이 더욱 더 가난해졌다고 생각하였다. 그렇기 때문에, 그는 외래 文明에 대한 깊은 거부감과 憎惡心이 유달리 강할 수밖에 없었다. 그는 디젤 발동선을 증오에 찬 눈길로 바라보며 저주하고, 큰 아들의 간절한 호소에도 아랑곳하지 않고 외국종 누에의 양잠을 끝까지 거부하는 모습을 보일 만큼 일관되고도 억척스럽다. 그러나 그에게는 그저 막연한 거부감과 혐오감만 있을 뿐이지, 서양의 물품이 농촌으로 들어와 어떻게 자신들의 삶을 파고하였는지, 또 서양 놈들이 자신의 재산을 빼앗아 갔다고 하면 왜 어떻게 빼앗겼는지에 대해 생각하고 또 이에 저항해야 함에도 불구하고, 저항은커녕 저항을 하기 위한 생각 조차하지 않는다. 阿多와 같은 젊은 사람들의 현실적이고도 적극적인 생각과 주장을 무시하고, 본인은 정작 소극적이고 나약한 태도로 일관하다가, 죽을 때가 되어서야 아들 阿多에게 "네 말이 옳은 줄은 정말 몰랐구나! 참 이상한 일이다!"[37]라고 말하면서, 현실을 깨닫는 인물이 바로 통보노인이다. 勤勉儉素하고 선량하게 살아가나, 과거의 舊習이나 봉건적 관념에 얽매여 낙후된 思考를 하게 되고, 그것으로 인해 현실을 바로 보지 못하고, 대응도 제대로 하지 못하는 다시 말해 욕망은 가지고 있으되, 그 욕망의 실현을 위해 행동하지 못하는 동시대 농민들의 모습이 바로 통보노인이라고 할 수 있다. 작품에서 통보노인과는 다르나, 때로는 중간적이고 이중적인 태도를 취하며 소극적인 삶을 살아가는 人物群도 있는데, 阿四, 四大娘 등이 그런 인물의 유형에 해당된다. 정직하고 성실하게 살아가는 태도를 가졌으나, 매사 주관을 갖지 못하며 소극적 태도로 일관한다. 동생 阿多가 읍으로 식량을 약탈하러 갔을 때, 동생과 아버지 통보노인의 중간에 서서 아무 일도 못하며 기회만 보는 사람이 阿四이다. 그는 동생의 말을 듣거나 행동을 보게 되면 자신감과 믿음을 갖게 되나, 아버지 通寶노인의 말을 듣게 되면 항상 불안에 떨며 심신이 위축되는 인물의 성격을 보여준다.

　이들은 자신들의 생존문제, 농촌의 문제를 해결하고자 하는 욕망은 가지고 있으나, 몽매한데다가 자신감마저 갖지 못해 항상 소극적이고 때로는 이중적인 모습을 보이는 등, 욕망실현의 가능성을 스스로 무너뜨리는 사람들이었다. 작가는 욕망 실현을 위해 노력했으나, 하나는 성공을 거두고 또 하나는 성공하지 못하는 이들 두 유형의 인물들의 모습을 對比的으로 제시하였는데, 이는 욕망 실현의 궁극적 목표가 무엇인가와 욕망실현의 여부와 관련된 긍정적 인물의 존재가치, 그리고 계급적 전망의 형상화를 강조하는 하나의 수단이 될 수 있다.

　阿多는 작품의 주인공으로 등장하여, 농민들의 무지를 일깨우며 계급의식을 고취시키고 있을 뿐만 아니라, 앞장서서 저항하고 투쟁하면서 노동자 농민을 위한 새로운 세계의 창조를 위해 노력하는 인물로 묘사되고 있다. 사회주의 이념을 적극적으로 실천해 나가는 데 있어, 영웅적 행동을 보여 주었던 인물, 다시 말해, 작가에 의해 가장 肯定되고 이상적인 형상으로 추구되었던 인물이었다.

　그는 현실의 矛盾에 고민하고 갈등하는 차원의 단계를 넘어 과감하고 용기 있게 현실을 타도하고 변혁시키고자 행동하는 인물로 묘사되고 있다. 阿多는 농촌사회에 깊이 뿌리 박혀 있던 봉건적 습속이나 사고를 처음부터 거부하고, 경제의 파탄과 그것으로 인해 생존마저 위협받아야 하는 비극적인 현실의 원인이 어디에 있는가를 가

---

37) 『茅盾文集(秋收)』(제7권), p.338.

장 먼저 깨닫고, 또 현실에 과감하게 저항하며 투쟁하며 욕망을 실현해 나가는 즉 계급적 전망의 形象化를 이루어내는 인물의 창조가 작가의 궁극적 의도라고 할 수 있다. 기존의 지배적 현실은 외적으로는 해외 열강과 내적으로는 지주들에 의한 경제적 지배라고 하는 반식민지 반봉건적 현실이었고, 아울러 그러한 현실 속에서 농민은 항상 박탈되거나 소외되는 등, 계급적 차별화로 인해 억압과 굶주림에 시달려야 했던 바, 앞으로 나타나야 할 새로운 현실은 계급적 모순이 주는 차별이 철폐되고 경제적 수탈, 불평등이 사라진 세상, 계급적 전망이 실현되는 세상이라고 할 수 있는데, 작가는 이러한 세상이 阿多같은 사람에 의해 조금이나마 실현되었음을 말하고 있다.

「農村三部曲」은 30년대 초 제국주의 세력의 경제적 침탈, 軍閥 간의 혼전, 부패한 정권 세력, 봉건지주의 압박과 착취 등에 의해 고통 받는 중국 농촌사회의 現實과 농민이 나아갈 방향 등을 사회주의 관점에서 해석하고자 했던 작품이었다.

먼저, 「農村三部曲」이 갖는 사회적 의미라고 한다면, 그것은 농촌의 현실을 매우 사실적이고도 치밀하게 묘사하였고, 이를 통해 30년대 초, 중국 농촌사회의 현실을 總體的으로 집약하고자 했다고 하는 것이다. 작품의 題材는 通寶노인의 집안과 그 마을에서 벌어졌던 몇 가지 사건에 국한되어 있지만, 작가는 通寶노인과 그의 가족들이 겪는 일련의 사건과 그들의 운명을 통해, 농촌 현실의 실상을 폭로, 비판함과 동시에 그와 같은 농촌의 현실이 동시대 국가의 현실, 사회의 현실과 철저히 連繫되어 있음을 말하고 있다. 다시 말해서, 작가는 작품에서 通寶노인의 가족들과 마을 사람들이 겪어야 했던 경제적 破産과 고통, 불행은 동시대 국가적 현실에서 기인된 사회의 전반적 현실이었음을 강조하면서, 이를 통해 동시대 중국사회의 성격을 총체적으로 말하고 있는 것이다. 그렇기 때문에, 이 소설은 일면 農村과 농민들의 삶에 관한 자료로서의 의미는 물론, 사회의 현실을 집약하면서, 동시대 중국의 사회 역사적 자료로서의 의미를 갖게 되는 것이다.

그러나 「農村三部曲」이 가지는 문학적 가치 내지 문학사적 의미라고 한다면, 마르크스적 세계관과 문예관을 적극 수용하여 동시대 사회주의 내지 좌익문예운동 發興의 先頭的 역할을 했다는 사실이다. 30년대의 소설은 사회에 대한 폭 넓고도 심도 있는 관찰과 함께 左聯의 탄생과 더불어 본격화된 사회주의, 공산주의 이념의 광범위한 수용 등으로 특징 지워 질 수 있다. 「農村三部曲」은 시대의 선두에 서서 30년대 농민소설과 좌익 및 사회주의 소설의 발전을 啓導했다는 점에서 문학적 가치와 의의를 드러내고 있다. 「農村三部曲」이 구조시학의 기본 형태로 취택하였던 대립과 저항, 투쟁의 과정과 각성하며 적극적으로 투쟁해 나가는 농민을 영웅적으로 묘사했던 일 등은 작품의 서사와 형상화에 있어 30년대 프롤레타리아 소설과 사회주의 소설, 그리고 농민소설에 模範的 예를 제시하며, 이들 소설발전에 밑거름을 제공했다고 할 수 있다.

　전술한 바와 같이, 작가는 작품에서 농촌사회의 피폐의 원인이 자본주의적 제국주의의 경제침략과 부패한 관료들 및 지주들의 착취와 수탈에 있음을 지적하였다. 중국의 농촌경제가 몰락하고 농민이 고통 받게 되는 것은 철저하게 資本主義化된 제국주의의 경제침략과 관료들 및 지주계급 등 국내 봉건지배세력의 收奪에 있음에 주목하고, 계급투쟁과 마르크스적 혁명에서 해결방안을 찾고자 하였다. 다시 말해, 농민들은 반자본주의 정신과, 노동자, 농민해방을 위한 사회주의 이념을 가지고, 이들 세력에 대항하며 투쟁을 벌여 나가야 한다는 것이 작가의 주장이자 의도였던 것이다.

　작가의 이와 같은 주장과 의도는 대립과 저항, 계급투쟁이라고 하는 마르크스적 혁명의 논리로 표출되었다. 「農村三部曲」은 매 작품마다 처음부터 끝까지, 첨예한 대립과 저항, 투쟁의 과정을 거치며 스토리가 진행된다. 대립과 저항의 과정 속에서 이루어지는 농민의 각성과정은 社會主義 내지 프롤레타리아 實踐運動의 일환이자 계급적 각성과정이었으며, 또한 작가는 인물 형상화에 있어 긍정적이며 계급적 전망을 실현해 나가는 새로운 農民形象과 구세대의 농민형상을 對比하여 提示함으로써, 마르크스 혁명이론의 當爲性을 강조하고 있다.

　이처럼, 계급투쟁과 마르크스적 혁명의 논리를 통해 대립과 저항, 투쟁의 구도를 설정하고, 각성하는 농민의 모습을 통해 계급적 전망의 형상화를 보여 준 것은 이후 본격적으로 등장하기 시작한 사회주의 지향소설, 프롤레타리아 좌익소설, 농민소설의 발전에 일종의 模範的 형태를 제공하였다. 30년대 문학의 흐름을 주도했던 좌익계열 소설들과 농민소설의 대부분은 대립과 저항의 세계관을 설정하고, 노동자 농민을 각성시키고 투쟁을 이끌며 문제를 해결해 나가는 인물을 형상화하였다. 이들 소설들은 사회주의를 향한 투쟁의 문학, 사회주의적 충동을 불러일으킬 수 있는 현실의 실천적인 반영을 목표로 했던 문학이라 할 수 있는데, 사회주의의 실천적인 반영을 위한 중추적 도구로서의 역할을 담당하는 대립과 저항, 투쟁의 구도는 「農村三部曲」에서 시작되었고, 이러한 구도는 30년대에 들어와 본격적으로 등장하기 시작한 프롤레타리아소설, 사회주의소설 등의 구조시학에 토대를 제공하였다고 할 수 있으니, 이 점이 바로.「農村三部曲」이 갖는 문학사적 의의라고 할 수 있다.

3. 사회현실의 발견과 발견과정으로서의 성장

葉紹鈞의 소설, 「倪煥之」

1928년 발표된 葉紹鈞의 「倪煥之」는 적지 않은 문학적 의미를 지니고 있다. 중국 현대소설의 전개과정에 있어 葉紹鈞의 「倪煥之」가 차지하는 문학적 位相이 결코 작지 않다는 것이다. 「倪煥之」는 장편소설이 본격적으로 등장한 1930년대, 장편소설의 시대를 계도했던 작품이었고, 그런 점에서 볼 때 중국 현대소설사에 있어 명실상부한 최초의 長篇小說로서 기록될 수 있다는 사실에서 먼저 이 소설이 갖는 문학적 위상을 발견할 수 있다. 「倪煥之」는 당대의 현실을 문학적으로 충실히 수용하려고 했던 소설이었다. 주인공의 운명을 격변하는 시대 및 사회와 긴밀히 연계시키고, 한 個人(주인공)의 體驗이 同時代의 사회현실을 응집하고 축도하는 등, 문학의 對 社會的 기능을 매우 탁월하게 수행하며, 30년대 장편소설의 시대를 개척한 작품이라고 할 수 있다.

「倪煥之」는 1928년 連載小說로서 세상에 출현했다. 교육계를 反映할 수 있는 작품을 써 달라고 하는 周子同의 요청을 받은 葉聖陶는 1928년 1월 집필을 시작하여 같은 해 11월 작품을 완성했다.[1] 이렇게 창작된 「倪煥之」는 당시 "教育雜誌"라고 하는 잡지에 12차례에 걸쳐 연재되었고, 1930년 9월에는 開明書店에서 單行本으로 출간되었다. 그런데 葉紹鈞의 「倪煥之」는 이와 같이 중국 현대문학사상 최초의 장편소설로서 그 의미만을 갖는 것이 아니라, 成長小說로서의 가능성을 충분히 胚胎하고 있다는 점에서 또 하나의 문학적 의미를 지난다고 할 수 있다. 「倪煥之」가 작품의 서사가

---

1) 葉紹鈞은 「倪煥之」를 쓰면서 당시의 상황을 다음과 같이 회고한 바 있다.

"내가 교육계에 종사한 경력과 체험이 있었으므로 요청에 응하여 집필을 시작했다. 대략 7, 8일에 한 단락씩을 써서 『教育文藝』에 12회에 걸쳐 연재하였다. 1928년 1월에 착수하여 11월 15일에 집필을 끝마쳤다.

葉紹鈞, 「倪煥之'作者自記」(劉增人 · 馮光廉 編, 『葉聖陶研究資料』, 北京十月文藝出版社, 1988, p.236)

일종의 자아 찾기 내지는 자아실현의 욕망적 구조로 이루어져 있다. 작품의 주인공은 자아 찾기 내지는 자아실현을 목표로 그것을 성취하기 위해 여러 공간을 轉移하며 편력하는 모습을 드러내고 있는데, 이러한 구조적 양상은 소위 成長小說에서 볼 수 있는 그것과 크게 일치하고 있어 주목을 끌고 있는 것이다. 그러니까, 「倪煥之」가 成長小說로서 드러내는 면모, 다시 말해 주인공이 자아를 실현하고 성취하기 위해 욕망을 표출하고 또한 이를 위해 여러 공간을 거치며 편력하는 내용의 소설의 양상은 중국 현대소설의 새로운 一面의 形成이라는 차원을 넘어, 自意識의 문학을 개척했다는 의미에서 또 하나의 문학적 성취라고 할 수 있다.

　成長小說은 주인공의 사회적 성장의 관점에서 주인공의 삶을 다룬 소설인 만큼, 주인공의 성장을 둘러싸고 있는 사회·문화적 樣相을 필수적으로 想定하고 있고, 그렇기 때문에 成長小說은 그것이 胚胎되어 나온 사회 문화적 樣態를 逆으로 해석할 수 있는 사회적 자료가 되기도 한다. 「倪煥之」는 1911년 辛亥革命 이후부터 1927년에 이르기까지 근대화의 격동적 시기를 배경으로, 주인공 倪煥之라고 하는 사람의 삶의 역정과 그를 둘러싼 주위 인물(지식인)들의 사상과 행동, 삶의 모습 등을 그린 작품이다.

　작가로서의 인생을 시작하기 전부터, 葉紹鈞은 상해에서 이미 여러 해 동안 교사생활을 하였을 뿐만 아니라, 현실참여에 뜻을 둔 작가로서 5·30사건, 국공합작 등을 목도하며 사회현실에 깊은 관심과 소망을 가졌다. 그러나 그의 그러한 관심과 소망은 실망과 환멸로 이어졌는데, 사회현실이 주는 실망과 환멸감, 여기에다 교사로서의 그 동안의 체험 등이 보태어져 마침내 어느 정도 自傳的 성격을 띤 소설이라 할 수 있는 「倪煥之」가 탄생되었던 것이다.

　작품이 배경으로 하고 있는 중국현대사의 시기는 辛亥革命 이후부터 1927년 4.12 사건에 이르기까지의 시기를 전후로 하는 기간이다. 이 시기를 전후한 중국사회는 여전히 半封建的인 데다가 군벌이 할거하는 상황이었고, 한편으로는 봉건잔재의 틀을 벗고 근대화된 사회로 나가기 위해 內訌을 겪어야만 했던 격동의 시기였다. 이 시기에 벌어진 주요 정치·사회적 사건으로는 辛亥革命, 5·4운동, 5·30사건, 북벌혁명군의 활동, 4·12사건 등이 있는데, 이러한 사건들은 작품 속에 모두 직·간접적으로 다루어지면서 주인공의 행동과 운명에 깊은 영향을 미치고 있는데, 이러한 시대적 환경과 사건 등은 성장소설로서의 「倪煥之」가 탄생하게 된 사회·문화적 배경을 喚起시킬 뿐만 아니라, 성장소설과 사회와의 관계에 대한 의미를 탐구하고 해석할 수 있는 징후로서의 역할을 담당한다고 하겠다.

葉紹鈞은 본격적인 문예활동을 하기에 앞서 약 10여 년간에 걸쳐 小學校에서 교사생활을 했다. 이러한 교사생활은 그의 문예창작활동에 큰 영향을 주면서 30여 편이 넘는 교육소설 창작의 모티프로 작용했다. 그리고 이렇게 창작된 교육소설은 그에게 교육소설작가라는 독특한 명칭을 부여했고, 그가 남긴 여러 가지 유형의 많은 작품들 가운데 가장 뛰어난 성과를 올린 小說類로 인식되고 있는데,[2] 「倪煥之」는 이러한 교육소설을 대표하는 작품이자, 장편소설로서 여러 사람들에 의해 커다란 관심과 함께 훌륭한 평가를 받아 왔다. 그 가운데 茅盾 같은 사람은 "5·4 이후 卽興小說이 亂舞하는 가운데 작가의 충분한 사려에 의해 의식적으로 쓰이어진 小說"로서 '扛鼎' 과도 같은 작품이라 했고,[3] 夏丏尊은 "이 작품은 작자의 문예생활에 있어서 한 시대의 획을 긋는 작품일 뿐만 아니라, 중국문단에 있어서도 한 시대의 획을 긋는 작품이라 하면서 茅盾의 평가에 동의하고 있다.[4] 작가 葉紹鈞은 후에 「倪煥之」에 대해 스스로 평가하면서 말하기를 "등장인물마다 나는 엄정한 태도로써 사실적으로 묘사했으며, 감히 재간을 피워 보겠다는 마음을 갖지 않았다."[5]고 했는데, 이처럼 엄정한 태도로써 정성을 다하며 자신의 깊은 경험에서 근거하여 집필하고자 했던 작가의 창작태도는 作家的 想像力을 되도록 자제하고 자신이 교사로서 겪었던 실제적인 경험을 있는 그대로 사용하는 가운데, 엄밀하고도 논리적 구성, 정확하고도 섬세한 묘사, 객관적이고 이성적인 문체와 서술 등으로 이어져 작품을 中國 現代小說史上 가장 대표적인 寫實主義 小說의 하나로 만들었던 것이다.

「倪煥之」의 寫實主義 소설로서의 면모는 서술 기법상에 있어서는 약간의 문제를 드러내고 있지만,[6] 작품에 묘사된 주인공 倪煥之의 행동과 삶을 통해 확연히 드러난

2) 曾華鵬·范伯群, 「論葉紹鈞」(劉增人·馮光廉 編, 『葉聖陶硏究資料』, 北京十月文藝出版社, 1988, p.674)
3) 茅盾, 「讀'倪煥之'」(劉增人·馮光廉 編, 上揭書, p.374).
4) 夏丏尊, 「關於'倪煥之'」(劉增人·馮光廉 編, 上揭書, p.369).
5) 葉聖陶, 「'倪煥之'作者自記」(劉增人·馮光廉 編, 上揭書, p.237).
6) 「倪煥之」는 모두 30章으로 구성되어 있는데, 여기에서 내용과 관련하여 구성상의 특성을 간단히 살펴보자. 먼저 그 내용을 교육이라는 측면에서 장별로 살펴보면, 제2장과 제3장으로서 신해혁명 이후 上海

다. 주인공 倪煥之는 중국의 근대화과정에서 발생했던 여러 가지 실제 사건들을 목도하고 경험하며 고달프고 힘든 삶을 살아가는데, 이상적이고 초월적인 세계를 추구하기보다는 현실세계와의 싸움에서 자신을 소외시키는 경향을 조금도 보이지 않고 오히려 현실에 깊이 파고들어 그 현실을 개혁하고자 했던 사람임을 드러내고 있는데, 이는 이 작품이 寫實主義 소설임을 다시 한 번 증명하는 것이라고 하겠다. 작가는 '倪煥之'라는 청년 지식인의 삶과 행동 그리고 교육문제를 사회현실과 깊이 있게 연관시켜 객관적으로 조명함으로써 보다 이성적이고 사실적으로 사회를 비판하는 효과를 거두고 있다. "작가는 주요인물을 중국정치상황의 변화와 긴밀한 연계시켜 表現해냈다."[7]라는 평가와 "葉紹鈞이 객관적으로 현실을 묘사한 작품 중에는 교육계를 제재로 한 것이 가장 큰 비중을 차지하고 있다고 하면서 이들 작품들은 교육방법을 중점적으로 비판하다가 나중에는 교육계와 전체 사회를 연결시켜 문제의 근원이 불합리한 사회에 있음을 드러내 보였다."고[8] 한 黃修己의 이야기 등은 「倪煥之」에 대한 이해는 1920년대 중국 현대소설과 사회와의 관련양상을 파악하는 데 있어 중요한

와 南京 부근의 어떤 지역의 교육상황을 반영하고 있다. 두 번째 부분은 제4장에서 제21장까지로 5·4운동 전후로 한 시기에 어느 한 시골에서 벌어지는 교육상황을 반영하고 있는데, 이 작품의 핵심이 이 부분에 담겨져 있다고 할 것이다. 또 倪煥之 개인의 삶과 행동이라는 관점에서 살펴보면, 제1장에서 제13장에 이르는 부분에서는 교육에 대한 희망과 실망이, 제14장에서 제19장에 이르는 부분에서는 결혼생활에 대한 이상과 실망이, 그리고 제21장에서 마지막 장인 제30장에 이르는 부분에서는 교육을 버린 혁명에 대한 또 한 번의 기대와 절망의 내용으로 전개되고 있다. 그런데 이 작품에는 특징 내지는 결점으로 지적될 수 있는 부분이 존재하고 있다. 그것은 제19장을 중심으로 플롯의 전개라든지 인물 사건묘사에 있어 前章에서 보여준 방식과 비교할 때, 커다란 차이를 드러내고 있다는 사실이다. 플롯의 전개와 인물의 성격발전 묘사 등에 있어 그 이전의 章에서처럼 탄탄하거나 그렇게 치밀한 면모를 보여주고 있지 못하고 있어 작품구성에 있어 균형성과 통일성을 상실했다는 것이다. 茅盾 또한 바로 이러한 사실을 염두 해 두고 제19장을 중심으로 前半部와 後半部로 나누어 그 특성과 문제점을 설명하고 있는 듯하다. 그런데 이 점은 작가 자신도 인정하고 있는 바로서, 제20장 이후의 후반부분이 이렇게 된 이유를 논한다면, 전반부의 내용이 작가의 탄탄한 경험에 근거하여 쓰이어진 반면, 후반 부분은 작가가 자신의 경험을 이탈하여 관념만 가지고 썼기 때문으로 풀이해 볼 수 있을 것이다.

　岡田英樹, 「4·12クーデ"ター"と作家達」(その1), 『大阪外國語大學學報33(言語·文學編)』, 1975, pp.137-139.

　茅盾, 「讀'倪煥之'」(『茅盾論中國現代作家作品』, 北京大學出版社, 1980, p.159)

　葉紹鈞, 「'倪煥之'作家自己」(劉增人, 馮光廉 編, 『葉聖陶研究資料』, 北京, 十月文藝出版社, 1988, p.236-237).

7) (蘇聯)索羅金 著, 理然 譯, 「葉聖陶和他的作品」(劉增人·馮光廉 編, 上揭書, p.788).

8) 黃修己 著, 『中國現代之學發篇史』, 中國靑年出版社, 1996, p.113.

자료가 됨은 물론, 이 작품이 리얼리즘 소설임을 보여주는 중요한 근거로서의 의미를 갖는다고 하겠다.

「倪煥之」의 내용에 대해 한마디로 말한다면, 그것은 辛亥革命으로부터 1927년 4·12사건에 이르기까지의 약 15여 년에 걸친 격동기의 중국사회기를 살았던 젊은 교육자(들)의 삶과 행동을 그린 작품이라 할 것이다. 변혁기에 처해 있던 격동하는 사회공간에서 孤軍奮鬪하며 자신의 이상을 찾고자 했으나, 결국 실패하고 만다는 청년 지식인에 대한 이야기를 통해 그 청년 지식인과 그를 둘러싸고 있었던 여러 지식인들의 삶과 행동, 인간으로서의 價値觀, 思想 등의 갈등과 변화양상을 그리고 있다. 그래서 「倪煥之」에 대한 기존의 평가 또한 등장인물들의 삶과 행동, 사상의 변화라고 하는 관점과 시각에서 주로 이루어져 왔다.

이에 이러한 논의의 몇 가지 예를 보면, 尹雪曼은 「葉紹鈞與‘倪煥之’」에서 "이 작품은 광대한 사건을 제재로 5·4시기를 전후로 해서 국민혁명북벌에 이르는 10여 년간의 중국의 지식인의 사상과 행동의 起伏變遷을 중심으로 다룬 長篇小說"[9]이라 규정했다. 茅盾은 "「倪煥之」는 그의 첫 번째 長篇小說로서 처음으로 廣闊한 세상을 묘사했다. 또 한편의 小說이 갖는 시대적 배경을 근 10여 년의 역사과정으로 한 것도 이 小說이 처음이라 할 수 있다. 그리고 이 작품은 어떤 한 지식인이 어떻게 해서 격동의 십년 세월을 겪으며, 또 어떻게 해서 시골에서 도시로, 교육에 전념하다가 민중운동으로, 자유주의에서 집단주의로 바뀌게 되었는가를 의식적으로 보여주고 있다."[10]고 했다. 그리고 葉至善은 "이 작품은 생동적인 장면, 풍부한 세부묘사 그리고 강렬한 성격대비를 통해 광활한 역사배경 속에서의 인물의 활동과 변화를 보여 주었다."[11]고 했고, "이 小說은 소학교 교사인 倪煥之가 신해혁명을 거쳐 나중에 5·30사건에 이르기까지 십여 년 간의 생활경력과 사상변천을 묘사하고 있는데, 「倪煥之」처럼 주인공의 운명과 시대를 사회와 긴밀히 연계시키면서 表現한 작품은 없었다."[12]라고 설명하기도 했다. 이 작품의 반영대상과 관련하여 周作人은 "소학교 교원 倪煥

9) 尹雪曼, 『鼎盛時期的新小說』, 成文出版社(臺北), 1980, p.21.

10) 茅盾, 「讀‘倪煥之’」(劉增人·馮光廉 編, 前揭書, p.373).

11) 葉至善 編, 『葉聖陶』(中國現代作家選集, 第2版), 三聯書店, 1989, p.256.

12) 馮光廉·朱德發 外 編著, 『中國現代文學史教程』(下冊), 山東敎育出版社, p.54.

之의 경력을 통해 5·4운동으로부터 1927년에 이르는 시기에 이르기까지 어느 小자
산계층의 지식인의 정신과 사상면모를 반영하였다.”13)고 했다. 또 劉綬松은 “이 소설
은 小學校 教師 倪煥之의 경력을 통해서 5·4에서 1927년에 이르는 대혁명 시기의
시대모습과 어떤 小자산계층 지식인의 사상변화를 반영하였다.”14)고 했다. 또한 趙
遐秋, 曾慶瑞는 이 문제와 관련해 “주인공 倪煥之를 통해서 작품이 反映하고자 한
것은 5·4운동 직전에서 5·30사건에 이르기까지 이 기간 동안의 중국사회의 정치상
황과 지식인의 人生進路의 문제였다.”15)고 했고, 金梅는 “작가 葉紹鈞은 倪煥之의
인물형상을 통해 5·4전야부터 1927년 大革命 실패에 이르는 기간 동안의 일반 小자
산계층 지식인의 삶과 사상역정을 사실적으로 묘사해 내었다.”16)라고 평가했으며,
潘懋元은 “사회변혁의 소용돌이 속에서 방황하는 많은 小市民的 지식인들을 반영한
것이다.”17)라고 했는데, 「倪煥之」에 대한 이러한 평가와 해석은 「倪煥之」가 성장소
설임을 보여주는 직접적으로 설명하는 것은 아니라고 할지라도, 成長小說로서의 가
능성을 암시하는 傍證的 說明은 된다고 할 수 있다.

　이처럼 「倪煥之」에 대해 평가한 많은 論者들은 이 작품의 주제와 관련하여 그 특징
을 “지식인의 心理變遷史”라고 정의하고 있는데, 지식인의 心理變遷이라고 하는 것
은 현실에 대한 지식인이 견지했던 정신과 태도 및 이에 따른 행동의 변천을 의미한
다고 할 수 있다. 그리고 그것은 현실을 이해하고 깨달아 가는 과정, 다시 말해서
현실에 대한 自覺과 覺醒의 과정이었다고 할 수 있는데, 현실에 대한 자각과 각성의
과정을 통해 사람들은 정신적으로 성숙해 가고 사회적으로 성장해가는 것이다. 「倪
煥之」의 주인공 倪煥之는 自我實現을 위한 욕망을 추구하며 편력하는 모습을 강하게
드러내고 있다. 주인공은 성장해 가면서 현실에 대해 覺醒하고, 현실에 대해 나름대
로 맞서 대응해 가는 과정을 겪어 나가는 가운데, 자신의 정체성을 찾고 자아실현을
위해 노력하는 욕망의 존재로 등장하고 있다. 다시 말해서, 성장과정을 거치면서 自
我實現을 위한 노력과 그 욕망은 작품에 있어 플롯전개의 기본 명제로 작용하고 있으

13) 周作人 講校, 金喆洙 譯註, 『中國新文學史話』, 同和出版公社, 1983, pp.174-175 참조.
14) 劉綬松, 『中國新文學史初稿』, 人民文學出版社, 1982, p.356.
15) 趙遐秋·曾慶瑞, 『中國現代小說史(下冊)』, 中國人民大學出版社, p.316.
16) 金梅, 「'五四'前後小資產階級知識分子思想歷程的眞實寫照」(劉增人·馮光廉, 上揭書, p.542)
17) 潘懋元, 「從中國現代教育史的角度看'倪煥之'」(劉增人·馮光廉 編, 上揭書, p.523)

며, 그렇기 때문에 주인공의 倪煥之의 成長過程은 자아 찾기 내지는 자아실현의 과
정으로 이해될 수 있는 것이다.

　倪煥之는 중학시절부터 사회에 대한 理想과 꿈을 가지게 되는데, 그것은 기존 舊社
會를 타파하고 사회를 새롭게 변모시켜 어둠과 질곡 속에 빠져 있는 민족을 구해내겠
다는 의지의 표현이었다. 倪煥之는 이런 의지를 통해 自我의 역할을 찾고 自我를 實
現하고자 하였다. 그는 辛亥革命의 물결이 몰려오자, 시대의 요구를 감지하고는 그
러한 의지를 확인하기 시작했다. 革命이 일어났을 때, 그는 혁명의 광경을 目睹하고
다음과 같은 감정을 갖게 된다.

　　　이 날 煥之가 학교를 마치고 돌아왔을 때, 지난날과는 다른 감정을 느꼈는데, 마치
　　신선하고 강렬한 힘이 몸에 파고들어 와 온 몸에 두루 퍼져서 곧 발산되려고 －어떠
　　한 일을 하려고－ 하는 것 같았다. 한 장의 깃발도 좋고, 한 알의 폭탄도 좋고, 한
　　자루의 총도 좋고 무엇이든 손에 들 수 만 있다면 그는 그것을 들고서 앞으로 돌진하
　　고 싶었다.[18] (p.15)

　비록 그 의지와 방법이 具體的이고 상세한 것은 아니었지만, 倪煥之는 고통 받고
있는 민족과 조국을 구제하기 위해 사회로 직접 뛰어 들어 봉건 舊社會를 개혁하여
새로운 사회를 만들고 싶은 소망으로 가득 차 있었으며, 그는 이러한 소망을 이룩하
는 과정을 통해 자아를 찾고 실현하고자 했던 것이다. 그러나 그는 그 소망을 당장
이룰 수 없었다. 가정 형편상 상급학교로 진학할 수도 없었고, 사회로 나간다면 아버
지의 뜻대로 전보통신원이 될 수밖에 없었다. 그래서 그는 自意半 他意半식으로 교장
의 소개를 받아 第六 小學校 敎師가 된다.

　그러나 그 소학교는 陰沈한 사당건물을 학교 건물로 개조해 사용하는 곳이었다.
교장은 학생들을 끌어 모으고, 학교 運營經費를 최소화하는 데에만 신경 쓸 뿐이었
고, 별다른 목적의식 없이 학생들을 가르치는 교사들의 틈바구니 속에서 제대로 된
교육은 물론이고 자신의 뜻을 펼칠 수 없는 다시 말해서 자아실현의 기회를 전혀 가

---

18) 본서에서 대상으로 삼은 작품 「倪煥之」의 텍스트는 人民文學出版社(北京) 1982年 『倪煥之』이다.
　　『倪煥之』, 人民文學出版社(北京), 1982, p.15.

질 수 없었다.

倪煥之는 이렇게 괴로운 나날을 보내다가 중학교 동창 金樹伯을 만나게 되는데, 김수백의 소개를 통해 上海에서 100여리 떨어진 조그만 마을의 어떤 한 학교의 교사로 부임한다. 그 학교의 교장은 蔣冰如라고 하는 사람이었는데, 그는 교육사업에 대단한 열성과 의지를 가진 사람이었다. 倪煥之는 이를 契機로 자신이 그 동안 품어왔던 願望을 교육을 통해 실현하고자 했다. 사회에 직접 참여하는 것은 아니었지만, 교육을 통해 정당한 사람을 양성함으로써 고통 속에 처해 있는 중국을 구제할 수 있다고 믿는 가운데, 자신의 모든 것을 교육에 다 바치고자 하였다.

　　　이는 자연히 각 개인이 어떻게 정당한 사람이 되어야 하는가를 알게된 훗일 것이다. 정당한 사람을 양성하려면 교육 이외에 또 어떤 사업으로 담당할 수 있겠는가? 모든 희망이 교육에 있다.19)

그는 교장 蔣冰如와 함께 학생들을 위한 올바른 교육에 몰두하여 어느 정도 성과를 올린다. 그러나 蔣士鑣의 방해를 무릅쓰고 개간한 농장과 그 밖의 시설을 통해 교육시킨 학생들로부터 이렇다 할 성과를 발견하지 못하게 되자 다시금 실망한다. 그러는 가운데 倪煥之는 결혼을 통해 새로운 힘을 얻어 새로운 삶을 시작하고자 한다. 결혼상대자인 金佩璋은 교육에 관한 생각과 방법이 예환지와 다르지 않았기 때문에, 그녀와의 결혼은 그에게 있어 생활의 동반자를 얻는 것일 뿐만 아니라, 교육의 伴侶者를 얻는 것이었다. 그렇기 때문에, 그 결혼은 그 동안 자신이 정성을 쏟았던 교육에 실망하고 있던 자신에게 새로운 활력을 줄 것으로 믿었고, 이를 통해 자신이 추구하고자 했던 교육이념과 방법을 새롭게 실천하는 등, 自我實現을 위한 새로운 契機로 삼고자 하였다.

　　　생활의 의의는 자신을 충분히 발전시키는 것과 행복을 누리는 것이 아니겠는가? 교육은 현재 종사하고 있고 또 영원히 해나갈 것이니, … 만일 연애하는 데 있어서도 성공한다면 생활 전체가 마치 한 수 의 아름다운 시와 같은 것이니, 그와 같은 행복이

---

19) 『倪煥之』, 人民文學出版社(北京), 1982, p.37.

어찌 쉽사리 얻어지는 것이겠는가? [20)]

그러나 金佩璋과의 결혼생활은 倪煥之에게 힘을 실어 주지 못하였다. 金佩璋은 倪煥之와의 약속을 저버린 채 현실에 너무 안주하였고, 이에 倪煥之는 또 한 번 실망을 느끼지 않을 수 없었다. 이후 5·4운동이 발발하자 倪煥之는 교편을 잡기 시작한 이후, 직접적 관심을 두지 않았던 정치와 사회에 다시 주목하기 시작했다. 그는 일반대중들의 단합된 힘을 보고 "국민이 단결해야 만이 비로소 모두의 의견을 관철시킬 수 있다"고 했고, 사회의식을 갖게 된다.

사회대중을 어떻게 각성시키느냐는 것은 학교를 어떻게 잘 운영하고 학생들을 잘 가르치느냐는 것과 똑같이 중요한 임무이다. [21)]

이 때 그는 학생조직에 가담하고 있던 王樂山을 만나게 되는데, 王樂山은 倪煥之의 교육사업을 無事安逸的 행동이라고 비판하면서 다음과 같은 말을 한다.

사회는 조직으로 구성되어 있네, 자네가 하는 말을 들으면 마치 맨주먹으로 세상을 치려는 것 같은데, 이것은 결국 헛수고로 돌아가게 되네. 사회를 움직이게 하고, 사회를 개조하려면 조직적으로 하지 않으면 안 되네.[22)]

이러한 소리를 듣고, 倪煥之는 자신이 견지해왔던 기존 교육방법이 적절한 것이 아니었음을 깨닫게 된다. 王樂山의 말은 그의 사상에 일대 전환을 가져오게 한다. 그는 혁명에 대해 동경하면서, 사회에 직접 뛰어 들기 위한 준비를 갖추기 시작한다. 기존 自我實現을 위한 욕망이 교육에서 다시 사회로 옮겨가는 轉移의 과정에 있었던 것이다. 다만 다른 것은 그 때에는 막연하고 구체적이지 못한 것이었지만, 지금에 와서는 조금은 실제적이고 구체적인 것으로 바뀌었던 것이다. 5·30사건 이후 그는 시위대열에 참여하면서 민족의 운명과 군중의 역량 및 제국주의에 반항할 필요성에

---

20) 『倪煥之』, 人民文學出版社(北京), 1982, p.152.
21) 『倪煥之』, 人民文學出版社(北京), 1982, p.206.
22) 『倪煥之』, 人民文學出版社(北京), 1982, pp.226-227.

대해 강연을 하고 다녔으며 각종 집회에 참가하여 활동을 한다.

그는 교육의 더욱 심오한 뿌리를 발견하였다. 교육을 위한 교육은 아무런 의미없
는 공허한 말일뿐이다. 현재의 교육은 혁명에서 출발해야 한다. 교육자가 혁명을 알
지 못한다면 모든 노력은 헛된 것이다. 이제부터 혁명적 교육자가 되자. [23]

그러나 王樂山 등을 포함한 소위 혁명 동지들이 죽음을 당하고, 혁명마저 실패로
돌아가자 절망 속에서 술로 나날을 보내다가 장티푸스에 걸려 죽게 되면서 倪煥之는
자아실현의 꿈을 자신의 육신과 함께 땅에 묻고 만다. 조국과 민족을 구제하겠다는
의지를 가졌던 倪煥之는 처음에는 개인적인 차원인 신교육을 통해서 정당한 인간을
양성함으로써 그 뜻을 이루려고 하였으나, 혁명가 王樂山과의 만남을 계기로 해서
그의 사상은 전환되면서, 이후에는 사회적 차원의 혁명을 통해서 이를 실행하려고
한다. 그러나 倪煥之의 願望은 혁명의 좌절로 사라져 버리고, 그는 자아실현을 위한
그 어떤 희망도 찾을 수 없는 절망의 상황을 맞이한다. 그러는 가운데 장티푸스에
걸려 생을 磨勘하게 되는데, 비록 죽음으로 그 소망을 이룰 수는 없었으나, 주인공
倪煥之가 自我實現을 위해 여러 세계를 편력을 하다가 最終的으로 到着한 지점은 바
로 중학시절 꿈꿔왔던 욕망, 즉 사회로 직접 뛰어 들어 사회를 개혁해야 한다는 사실
이었고, 이러한 사실은 작품의 循環的 내지 圓環的 서사구조를 보여주는 좋은 예가
되고 있다.

개인적으로는 중학시절에서 靑壯年層으로 성장하기까지, 사회적으로는 신해혁명
에서 5·30사건에 이르기까지의 20여 년에 걸친 격동의 사회를 살아오는 가운데, 주
인공 倪煥之의 삶은 작은 세계에서 보다 더 큰 세계로 옮겨가는 등, 여러 세계를 遍歷
해가며 자아실현을 위한 노력과 奮鬪의 과정이었고 또한 그것을 이루기 위한 그 慾望
의 과정이었음을 알 수 있다.

앞서 설명한 바와 같이, 주인공 倪煥之는 고통과 질곡 속에 있는 조국과 민족을
구제하겠다는 이상과 꿈을 가진 지식인 청년이었고, 그러한 꿈과 이상을 교육을 통해
실현하고자 하는 과정에서 自我를 찾고 自我를 實現시키고자 했던 사람이었다. 주인

---

23) 『倪煥之』, 人民文學出版社(北京), 1982, p.236.

공의 이러한 자아실현과 그 욕망은 거듭 그 형태를 달리 하면서, 다시 말해 물리적 공간을 바꿔 가면서 새로운 길을 찾아 자아를 새로운 환경 속에 몰아넣고 있다. 작품 「倪煥之」가 보여주는 이러한 구조적 의미와 특성은 遊記小說, 旅行小說의 그것과 같다고는 할 수 없지만, 旅路小說의 구조적 성격을 드러내면서 길의 소설 또는 길 찾기의 소설로 그 성격을 띠게 한다. 따라서 이 작품의 서사상의 구조적 특징은 길 찾기의 의미로 표출되고 있으며, 주인공은 자아실현의 욕망을 이루기 위한 길 찾기의 행위를 벌이고 있는 것이다. 길 찾기의 소설에서는 플롯은 시간의 계기성이나 공간배경의 변화에 따라 전개되기 때문에 마주치게 되는 새로운 사태와 그 만남에 따라 주인공의 변화가 주축을 이루게 되는데, 주인공 倪煥之는 여러 차례 자신의 길 찾기를 시도하였지만 그 결과는 실패로 歸着되고 만다.

黃修己는 이 작품을 두고 幻滅小說이라고 그 성격을 정의하였다. 倪煥之의 삶과 경험은 환멸의 연속이었다고 하면서 倪煥之는 교육개혁의 추구에 환멸을 느꼈으며, 새로운 가정의 추구에도 역시 幻滅을 느꼈다고 했는데,[24] 黃修己의 이러한 主張은 주인공 예환지의 인생실패 길 찾기 실패를 함축해 나타내는 것이라고 할 수 있다. 倪煥之의 일생은 끊임없이 이상을 추구해가며 또한 이상과 현실사이의 충돌 속에서 부단히 전진해가는 일생이었으나, 불행하게도 그것은 실패와 좌절의 연속이었다. 倪煥之는 자신이 추구하는 바에 열정을 가지고 도전하지만, 逆境이 닥치면 쉽게 좌절하였으며, 또 이상을 가득히 품고 있다가도 쉽게 환멸을 느끼는 그런 성격의 사람이었다고 할 수 있다. 倪煥之의 이러한 성격은 바로 그가 처한 격동하는 시대상황과 함께 이루어 진 것으로서 자신이 생각했던 이상과 현실 사이에 커다란 차이가 있음을 깨닫게 되는 과정에서 드러나고 있다.

전술한 바와 같이, 倪煥之는 중학시절 辛亥革命을 경험하면서 사회에 대한 이상과 꿈을 갖게 되고, 꿈과 이상을 통해 자아실현의 의지를 키워 나가게 된다. 그러나 전개된 사회의 모습은 자신의 예상과는 어긋나는 것이었다. 변발이 잘리고, 나라의 힘이 군벌에게 돌아갔을 뿐, 사회에는 이렇다 할 변화가 없었다. 그러나 혁명이후 사회현실에 아무런 변화가 일어나지 않게 되고, 또 자신의 진로까지 막막한 상황에 놓이게

---

24) 黃修己 著, 『中國現代文學發展史』, 中國靑年出版社, 1996, p.269.

되자, 그는 인생의 비애를 느끼고 호수에 投身自殺하려는 생각까지 하였다. 그는 이
처럼 이런 일로 자살충동까지 느낄 정도로 연약한 면을 드러내는 사람이었다.

그는 학교 교장과 아버지의 懇曲한 勸告도 있고 해서 自意半 他意半 式으로 小學校
敎師가 되었다. 사회에 직접 뛰어 들고자 했지만 그럴 수 없었던 倪煥之에게 있어
소학교 교사가 되는 것은 이상실현의 次善的 乃至 代替的 存在가 될 수 있었고, 중학
시절 이루고자 했던 자아실현을 위한 倪煥之의 길 찾기의 序曲 시작되는 것이다. 그
런데 그가 처음으로 부임한 第六小學校의 모습은 倪煥之에게는 실망스럽기 짝이 없
는 것이었다. 그 학교는 음산한 사당을 校舍로 사용하고 있었는데, 그 모습이 학교인
지 창고인지 모를 정도였다. 그런데 雪上加霜으로 이러한 비교육적 상황과 분위기는
비단 학교시설에서 뿐만 아니라, 그 학교의 교사, 학생들 사이에서도 그대로 나타나
고 있었다. 학생들을 끌어 모으고 경비를 최소한으로 줄이기 위해 갖은 방법을 다
쓰는 교장과 별 소명의식 없이 학생들을 가르치는 교사들 틈에서 그는 자신도 어쩔
수 없이 그런 교사들과 같이 학생들을 가르친다. "인간의 고통이며 가장 참기 어려운
처벌은 바로 교사생활이다. 언제쯤이면 여기서 벗어나게 될까?" 하는 것이 그의 현실
이었다. 倪煥之는 교육에 대해 심한 환멸감을 느꼈던 것이다. 이러한 현실 속에서
倪煥之가 꿈꾸던 환상과 희망은 파괴되었고, 이에 그는 술로써 고민을 풀게 된다.
게다가 집안도 점차 쇠퇴하고 생활도 곤궁해져서 2, 3년 전까지만 해도 활기에 차있
던 倪煥之는 실망과 좌절 속에 빠지게 된다.

2년 후에, 倪煥之는 다른 학교로 전근을 가게 되었는데, 거기에는 그는 한 동료교
사가 끈기 있게 학생을 교화시키는 모습에 감명을 받는다. 교육이론을 다시 연구하기
시작하였으며, 이에 따라 그는 우울함에서 벗어나 교육에 깊은 흥미와 새로운 관심을
가지게 된다. 이는 자아실현을 위한 倪煥之에게 있어 환경의 변화와 함께 희망의 빛
을 발견하게 되는 일이었다. 그러던 중 그는 蔣冰如의 초청을 받고 교육에 대한 부푼
꿈을 안고서 蔣冰如의 학교로 부임해 온다. 그 곳에서 '모든 희망을 교육에 걸고서'
소위 '배움과 실천의 합일'이라 할 수 있는 新敎育을 추진하고자 한다. "올바른 사람
을 양성하려면 교육이외에 또 어떤 사업으로 담당할 수 있겠는가?"[25]하면서 또 커다

25) 『倪煥之』, 人民文學出版社版(北京), 1982, p.37.

란 꿈과 희망에 잠기게 된다. 그는 蔣冰如와 함께 교육을 개혁하여 학생들을 올바로 교육시키기에 매진한다. 그가 시행하고자 하는 新敎育은 학생들의 소질을 계발하고 정성껏 그들을 감화시키는 것이며, 배움과 실천을 일치시켜 아동들에게 적절한 환경을 마련해 줌으로써, 그들의 개성을 발전시키는 것이었다. 倪煥之의 길 찾기가 끝나고, 자아실현의 완성을 보는 듯 했다. 이러한 신교육방법은 당시 중국 교육계를 지배하고 있던 봉건적 교육방법에 비해 진보적 의의를 띤 것이라고 할 수 있다.[26]

新敎育을 시행해 나가던 도중, 倪煥之는 마을의 수구 세력 가운데 한 사람인 蔣士鑣 등의 방해를 받는다. 그러나 이를 잘 극복하긴 했으나, 그 방해와 어려움을 무릅쓰고 개간한 농장과 학교시설 등이 학생들의 교육에 별다른 효과를 발휘하지 못하자 그는 또 실망에 빠진다. 자신이 추진한 신교육에 회의를 느끼며 실망하고 있던 煥之에게 金佩璋은 새로운 힘과 희망의 상징으로 다가온다. 그는 金佩璋로부터 慰勞를 받으며 힘을 얻는다. 그는 佩璋과의 결혼해 가정을 꾸미고 그 가정을 통해 교육에 대한 새로운 희망과 活力素를 얻고자 했던 것이다. 金佩璋과의 결혼 또한 새로운 길 찾기의 一環이었다.

그러나 결혼 후 金佩璋은 姙娠하였고, 그녀는 임신을 계기로 크게 변화한다. 임신과 출산으로 인한 그녀의 변신, 변화로 두 사람의 희망과 목표는 어긋나게 되었는데, 倪煥之는 이전에 학생들이 새로운 교육에 대해 권태를 느끼고 경시하는 태도를 발견했을 때 보다 더욱 크게 실망하게 된다. 그는 이제 학교가 아닌 다른 곳에서 희망을 찾기 시작했다. 5·4운동의 영향은 辛亥革命이후 정치에 무관심했던 倪煥之를 각성시켜 그는 학교 안의 일에만 국한되었던 눈을 사회대중에게로 돌리기 시작한다. 이때 그는 학생조직에 가담하고 있던 王樂山을 만나게 되고 "사회는 조직으로 구성되어 있네 … 사회를 움직이게 하고 사회를 개조하려면 조직적으로 하지 않으면 안 되네." 라는 말을 듣고 학교와 가정을 뒤로하고 새로운 희망을 갖고 上海로 온다. 상해에서 5·30사건을 목도하자 그는 단순히 교육자로서가 아닌 사회운동가로서 변모하였으니, 희망의 대상도 학생의 교육이 아닌 사회변혁이었다. 이제 예환지의 관심은 학교와 교육에서 사회로 轉變되기 시작했다.

---

26) 曾華鵬·范伯群, 「葉紹鈞論」(劉增人·馮光廉 編, 上揭書, p.688)

5·30사건 이후 그는 시위대열에 참여하면서 민족의 운명과 군중의 역량 및 제국주의에 반항할 필요성에 대해서 강연을 하고 다녔으며 각종 집회에 참가하여 활동을 그는 광명의 세계가 곧 출현할 것이라고 믿었다. 그러나 倪煥之의 각성과 인식은 단단하고 현실적인 것이 아니었다. 혁명도중 4·12사건이 터지면서 혁명이 좌절되고 그의 정신적 지주였던 王樂山의 죽음을 전해들은 후, 그는 또 한 번의 절망에 빠져 술로 나날을 보내다가 장티푸스에 걸린다. 그는 장티푸스에 걸려 죽기 직전에 "35세도 안된 나이에 하는 일은 조금도 성공하지 못하고 이대로 죽어야 죽을 수 있나? … 취약한 능력과 들 뜬 감정은 조금도 도움이 되지 않는다. … 성공, 그것은 우리들이 받아야 하는 상품이 아니다. 장래에 우리들과 전혀 다른 사람이 나타날 때, 그들에게 받게 해야 하는 것이다."[27]라고 중얼거리며 아무 일도 이루지 못하고 죽게 되는 자신을 자책하며 사망한다. 이제 倪煥之는 더 이상 희망도 절망도 가질 필요가 없게 된 것이다. 그는 겉으로는 강해 보였으나 연약한 성격의 소유자였고, 순수하고 이상주의적 생각을 하면서도, 그 이상이 때로는 현실과 동떨어지기도 했다. 또 사회개혁에 대한 이상과 포부를 갖고 있었으나, 앞날에 대한 인식이 깊지 못했다. 그렇기 때문에 그는 실패할 수밖에 없었다. 결국 倪煥之는 추구하는 일이 좌절되었을 때는 쉽사리 절망하고 좌절 속에 빠져 버리는 연약한 사람이었다. 그는 변화에 쉽게 흥분하여 이상을 추구하고 희망을 거는 일도 빨랐지만, 실패했을 경우 포기도 매우 빨랐던 사람이다. 그래서 그의 삶과 행동은 희망에서 절망과 좌절로, 또 그 절망과 좌절에서 다시 희망으로 그리고 또 다시 절망과 좌절로 반복되는 그래서 다람쥐 쳇바퀴 도는 것과 같은 것이었다. 倪煥之의 형상은 말 그대로 "다분히 환상적이고 충동적이며, 이상을 추구하고 혁명을 동경하면서도 때로는 우울과 고민에 빠지고, 심지어 비관 절망하는 5·4시기의 특정한 知識人의 형상"[28]이었다.

대개 작가들은 등장인물을 내세워 항상 새로운 세계를 향해 나가고자 한다. 그렇기 때문에, 경우에 따라서 소설 텍스트는 일종의 旅程의 의미를 보여주게 되고, 또한 그런 이유에서 소설은 정신의 여행이고 방황의 기록이 되기도 한다. 「倪煥之」는 바로 정신의 여행, 방황의 기록이라는 서사적 특징을 가진 작품으로 주인공 倪煥之의 삶의

27) 『倪煥之』, 人民文學出版社(北京), 1982, p.305.
28) 裴漢康·鄭標明, 「五四前後小資産階級知識分子思想歷程的眞實寫照」(馮光廉·劉增人 編, 上揭書, p.647)

과정은 발전과 성취를 위한 방황과 각성의 과정이라고 하는 일종의 成長旅路의 과정에 비유될 수 있다. 이러한 旅路의 과정에서 倪煥之는 사회의 현실을 발견하였고, 그 때마다 자아를 각성시키며 최선을 다해 길 찾기를 추구했으나, 안타깝게도 항상 실패와 좌절로 끝나고 말았다.

「倪煥之」는 서사구조는 주인공의 자아실현을 위한 욕망이라는 형식에 의해 형성되었음을 볼 수 있다. 주인공 倪煥之는 자아의 존재의미를 자신이 속한 사회와 집단 속에서 자신이 해야 할 역할과 가치에서 찾고자 했고, 이 같은 자아 찾기의 道程을 통해 자아를 실현하고자 했던 사람이었다. 構造의 원리에는 과정과 각성이라는 意味가 부여된 채, 길 찾기의 過程은 또한 주인공 倪煥之에게 사회현실의 발견과 자아 覺醒의 道程이었고, 본질적으로 주인공 자신이 근대화된 국가로 나가기 위해 사회적 현실을 살아가야 하는 지식인의 正體性에 대한 自覺過程이었던 것이다. 자아 찾기와 자아실현이라는 욕망을 추구하고자 했던 주인공은 자아실현을 목표로 그것을 성취하기 위해 공간적 범위를 확대 轉移하며 편력하는 모습을 보여주었다. 이러한 주인공의 모습과 전이와 편력과정을 서사의 특징으로 취하고 작품의 구조적 양상은 이 작품이 成長小說이 될 수 있음을 증명해 주는 단적인 예라고 할 수 있다. 작품에서 自我實現을 위한 욕망은 길 찾기의 행위로 나타났다.

葉紹鈞의「倪煥之」는 自我實現의 과정에 그 궤도를 놓는 성장소설로서의 면모를 제시했다는 의미와 함께, 인간의 理性的인 慾望의 生成, 발전의 과정으로서의 自我問題를 다루었다는 사실만을 가지고 볼 때에도 문학적 의미와 가치를 충분히 지닌 작품이라고 할 수 있다. 다시 말해서, 成長小說로서의 가능성의 제시와 함께, 동물적 욕망이 아닌 인간의 이성적 욕망의 생성과 발전과정을 통해 자아의 문제를 다루었다는 뜻에서 그 가치가 있다고 할 수 있다.

「倪煥之」는 자아성취 내지 자아실현을 위한 편력의 모습은 철저한 사회지향의 의미를 포괄함은 물론, 사회성과 조화되는 自我와 自意識의 문학의 의미를 확증시켜 줄 수 있는 가능성을 내포하고 있는 것이다. 「倪煥之」와 같은 작품은 근대화를 위한 격동기 중국 현대문학에 있어 문학을 통한 자아의 각성 및 자아표현의 면모, 자아의 표현과 탐구의 실체적 이해를 관찰하는 데 있어 중요한 근거를 제시하고 있는 작품이다.

4. 농촌의 현실과 농민 삶의 새로운 표현

王統照와 蕭紅의 소설

1) 王統照의 「山雨」

農村現實의 總體的 形象化 - 農村의 現實과 社會와의 倂合

　　20년대 末부터 밀어닥친 제국주의의 침입과 세계 경제공황은 농업에도 막대한 영향을 주었고, 여기에다 계속된 戰亂, 자연재해는 중국의 농업공황, 즉 농촌경제의 파탄이라는 현실을 惹起시켰다. 산업의 근대화 속에서 농촌의 근대화 또한 진행되었다고 하지만, 오히려 봉건적 지주의 토지집중, 소작료나 이자의 증가, 人身隷屬 등, 전근대적 악습과 行態가 지속되었을 뿐만 아니라, 전란과 자연재해는 농촌경제는 물론, 토지의 황폐화를 가져왔고 토지의 황폐화는 농민들의 생명조차 위협하게 되었다. 이와 같은 농촌의 현실을 비판하고 타개하기 위해 탄생한 것이 농민소설인데, 王統照의 「山雨」는 30년대에 탄생한 농민소설의 대표적 작품이라고 할 수 있다. 이러한 농민소설을 王瑤는 農村破産의 影像을 담은 소설로 분류하였다.[1] 「山雨」는 농촌과 농민들의 삶을 다루고, 또한 그들 농민들의 의식의 成長을 다룬 소설이되, 농촌과 농민의 문제를 時代 및 社會의 그것과 철저하게 결부시켜 나타내고 있음은 물론, 사회변동과 관련된 이념적 차원에서의 농민의식의 성장을 다루었다는 점에서 또 하나의 문학적 의미를 지니고 있다. 同時代 農村의 構造的인 모순을 농촌과 농민의 시각이 아닌, 다시 말해 농민의 궁핍과 고통은 동시대 사회현실의 총체성과 관련된 이데올로기적인 의미를 체계적으로 펼쳐 보이는 등, 사회의 총체적인 시각에서 형상화하였다는

---

1) 王瑤 著, 『中國新文學史稿』, 上海文藝出版社, 1995, pp.290-291.

점에서 또 하나의 의미를 지닌다고 할 수 있다.

이 소설이 지니는 총체성의 의미는 다음과 같은 몇 가지 설명을 통해서 그 一端을 엿볼 수 있다. "작품에서 농민생활의 解剖에 역점을 두고, 微小한 사건을 통해 시대적 暗影의 到來를 나타내고 싶었다."[2]는 작가의 말이나, "사상적인 면에서 농민의 고통을 반영하는 작품의 차원을 넘어, 농민의 문제를 민족의 危亡과 결합시킨 것은, 시대적 현실에 대한 작가의 절실한 느낌과 직접적 관계가 있었기 때문"이라는 설명[3]은 사회적 총체성과 관련하여 작품이 지니는 문학적 의미를 傍證하는 것이라고 할 수 있다.

「山雨」는 작가 王統照 문학의 원숙한 맛을 보여준 力作이면서, 30년대의 대표적 사실주의 소설 가운데 하나라고 할 수 있다. 이 작품은 1933년 開明書店에서 출간되었는데, 출간되자마자 국민당정부에 의해 계급투쟁을 선동하고 있다는 판정을 받고, 판매금지를 당하기도 했다. 작가는 1932년 9월에 쓰기 시작하여 그 해 12월 초순에 이 작품을 탈고하였다. 작가는 1931년 초봄에 동북지방을 여행하였는데, 이것이 契機가 되어 「山雨」의 창작이 시작되었다고 했다. 1931년 초봄, 王統照는 친구인 宋介之의 초청에 따라 東北으로 갔다가 吉林의 四平街에 있는 東北第一交通中學에서 교편을 잡게 되었다. 넉 달 동안 동북지방에 머물면서 보고 느꼈던 바를 다음과 같이 토로하고 있다.

> 그때 나는 일찍이 동북지역의 도시와 벌판과 삼림과 산하를 바라보았는데, 모두가 적의 쇠 발굽 아래 유린당하고 있었다. 자욱한 모래바람과 떨리는 분노가 서로 합쳐져 서글픈 노래를 이루고 있고, 돌아오는 길에서 생겨나는 무한한 느낌들.[4]

농민의 운명에 많은 관심을 가지고 있었던 王統照는, 9·18滿洲事變을 전후한 시기 日帝의 노골적이고도 야만적인 침략행위를 목도하는데, 농민이 경험해야 하는 고통에 대한 느낌을 다음과 같이 술회하고 있다. "백분의 팔십이 舊傳統 下에서 발버둥

2) 王統照, 「銀龍集·序」(『銀龍集』, 文化生活出版社版, 1947)
3) 馮光廉·劉增人, 「《山雨》研究商兌」(山東師大學報, 1982年 第3期, p.15)
4) 王統照, 「王統照短篇小說集·序」, 『王統照文集(第二卷)』, 山東人民出版社, 1981, p.187.

치며 살던 농민이었는데, 그들의 사상과 행동은 결국에 있어서는 이 東方古國의 무시할 수 없는 動力이다. 수십 년 동안의 外侵, 常軌를 벗어난 정치상황, 군벌과 土匪의 戰鬪, (자연)재난까지 이어지는 변화 속에서 자신들의 일을 天命으로 알고 열심히 일하면서도 제대로 대가조차 받지 못했던 무수한 농민들은 마침내 죽거나 떠돌아다니고, 어찌 해 볼 여유조차 없어졌으니, 이미 상황은 지극히 위험하게 되었다."5) 이같은 술회는 작품의 창작의도가 어디에 있고, 모티프가 무엇이었는가를 시사해준다고 하겠다. 그러면 작품의 내용에 관한 간단히 살펴보자.

주인공 奚大有는 自耕農으로서 특별한 욕심 없이 知足安分하며, 그럭저럭 먹고사는 농민이다. 그런데, 어느 날, 채소를 팔러 시장에 나갔다가 군대깡패를 만나 정당한 사유 없이 구타당하고 구금까지 당하게 된다. 이렇게 되자, 그의 아버지 奚二叔은 돈을 써서라도 아들을 구해내기 위해, 그 동안 가지고 있었던 전답을 팔아 치운다. 아들을 구해내기는 했지만, 아버지는 이 사건 때문에 화병에 걸리게 되고, 결국에는 그 화병으로 세상을 떠나게 된다. 여기에 雪上加霜의 格으로 뒤이어, 旱災가 발생하게 된다. 이렇게 되자 마을에서는 불가피하게 祈雨祭를 지내게 되는데, 기우제를 지내다가 土匪와 전쟁을 벌이게 된다. 그 와중에 그는 오른 쪽 다리에 부상을 입는다. 나중에 징집되어 군인으로 끌려갔다가 겨우 도망 나와 목숨을 간신히 부지하는 苦難도 경험하게 된다. 이후, 어떤 군대가 남방으로부터 敗走하여 쫓겨 오다가 그 가운데 한 개의 연대가 陳家莊에 進駐하게 된다. 굶주린 병사들은 5-6일 동안이나 소란을 피우다가 집집마다 살림을 뒤져 食糧, 衣服, 家畜, 家財道具 등을 약탈해 간다. 마지막에 가서는 그 마을의 선비와 촌장들이 그들에게 무릎 꿇고 빌며 애원하고, 거기에다 일만 육천 원의 돈을 끌어 모으고 나서야, 그 부대는 부자동네를 찾아 다른 곳으로 가버린다. 이와 같은 一連의 災難과 고통을 겪은 奚大有는 땅에 대한 믿음과 기대, 연정을 포기하고 만다. 그는 결국에 있어서는 죽을 때까지 땅을 지키며 살아야 한다는 숙명론을 포기한 것이다. 남아 있는 二畝의 토지를 抵當 잡혀 빚을 내고, 그 돈을 가지고 처자와 함께 마을을 떠나게 된다. 그는 삶의 터전을 버리고, T市에서 노동자로 살고 있는 杜烈에게 간다. 杜烈은 그에게 반 칸 짜리 집을 잡아 준다. 곧 30세가

---

5) 王統照, 「銀龍集・序」(『銀龍集』, 文化生活出版社版, 1947)

되는 그의 아들은 철공장에 들어가서 學徒가 되고, 奚大有는 스스로 인력거를 끌며 밥벌이를 한다. 그는 지하혁명 공작자인 杜烈의 여동생 杜英과 祝先生을 만나게 되고, 그들의 지도하에, 奚大有는 줄 곧 그러했던 것처럼 각성의 길을 걷게 된다.

全般的으로 볼 때, 이 소설은 농민 奚大有의 고통스러운 인생역정을 그려낸 어느 한 개인의 人生歷程記 내지는 奚大有를 감싸고 있는 가혹한 사회현실과 世上事를 비판하며 고발하는 世態小說로서의 의미를 드러내는 듯 한 인상을 주고 있다. 이와 아울러 농민들로 하여금 계급투쟁의식을 고취하게 하는 등, 프롤레타리아 소설로서의 의미도 일부 드러내고 있다. 그러나 이 작품이 궁극적으로 지향하고자 했던 바는 20년대, 30년대 농촌의 피폐한 현실과 고통받고 있지만, 그것을 통해 점차 각성하고 깨달아 가는 농민의 형상이었다. 작가가 이 작품에서 궁극적으로 주장하고자 했던 것은 여러 가지 고난과 압박의 현실 앞에서 그 원인을 깨닫고 각성하며 출로를 찾고자 노력하는 농민들의 모습이라고 할 수 있다. 이러한 사실은 작가 자신의 발언을 통해서도 확인되고 있다. 작가 王統照는 작품의 跋文에서 "북방의 농촌이 崩潰되는 여러 가지 원인과 현상, 그리고 농민의 自覺을 그려내는데 意圖가 있었다."[6]고 했는데, 농민소설로서 이 작품이 가지는 문학적 의미는 이와 같이 작가가 그려내고자 했던 현상과 自覺에서 찾아져야 한다. 작가는 현상의 묘사와 自覺에 작품의 목적을 두었는데, 작품의 목적은 「山雨」의 문학적 의미와 함께 농민소설로서의 장르적 특성을 부여하고 있다. 茅盾은 「王統照的山雨」라는 글에서 "지금까지 이처럼 견실한 농촌소설을 이을 만한 소설을 우리는 보지 못하였다. 이 소설은 상상 속의 개념적인 작품이 아니다. 이 작품은 피비린내 나는 삶의 기록이다. 농촌을 묘사한 대부분의 묘사, 곳곳에서 우리는 북방농촌의 두드러진 화면을 볼 수 있다"[7]고 했는데, 茅盾의 이러한 說明은 이 작품의 장르적 성격과 함께, 사실주의 작품으로서 가지는 문학적 의미와 가치를 다시 한 번 확인시켜주는 것이라고 할 수 있다.

그러나 前述한 바와 같이, 농민소설로서 이 작품이 가지는 궁극적 의미는 同時代 農村과 농민의 문제를 농촌, 농민의 시각적 차원을 넘어, 사회의 총체적인 관점에서 형상화하였다는 데에 있다. 이 작품은 사회현실의 총체적인 시각에서 농민의 삶을

---

6) 王統照,「山雨(跋)」,『王統照文集』第三卷, 山東人民出版社, 1981, p.306.

7) 茅盾,『茅盾論創作』, 上海文藝出版社, 1980, p.269.

형상화하였기 때문에, 농촌의 붕괴와 농민의 수탈에 대해 깊이 있는 穿鑿할 수 있었고, 또한 깊이 있게 穿鑿할 수 있었기 때문에, 농촌과 농민의 문제가 매우 심각하고 고통스러운 것일 뿐만 아니라, 그 원인이 무엇이고, 그것의 극복 또한 어떻게 이루어져야 하는지에 대해서도 관찰할 수 있었다. 다시 말해, 「山雨」는 독자들에게 崩壞되어가고 있는 현상을 제시하는데 만족하고 있는 것이 아니라, 붕괴될 수밖에 없는 원인을 농촌이라는 공간에서의 문제가 아닌, 中國 전체의 차원, 다시 말해, 시대와 동시대 사회문제의 근원으로 제시하고 있다는 점에서 文學的 意味를 가지고 있다는 것이다.

작품은 序頭에서부터 농민의 문제를 시대 사회적 문제와 직접적으로 결부시켜 설명하고 있다. 작품은 主 背景인 陳家莊의 토굴에 모인 사람들이 제국주의의 침략이 가져 온 심각한 재난에 대해 토론하는 장면으로 시작하는데, 우선 이 부분에서부터 이 작품이 지니는 사회성 내지 총체성의 의미를 읽을 수 있다. 그들은 몸소 체험을 통해, 제국주의는 그들을 괴롭히는 魔鬼 같은 존재임을 다음과 같이 말하고 있다.

> "특히, 奚二叔, 그는 경험을 통해 陳老人의 말에 찬동하였다. 그것은 수 십 년 동안 그들의 아름다운 생활을 파괴한 마귀 때문이라고 생각하였다. 한 순간, 그와 당시의 젊은 농민들이 독일인의 철로부설에 항거하여 싸웠던 비장한 한 사건을 떠올렸다. 이어 나타난 것이"天理敎","扶淸滅洋"의 움직임이었고, 그 이후로는 철로, 기괴한 기관차, 툭 튀어나온 뱃가죽에 커다란 손을 가진 외국인, 논밭 안에 있는 전신주, 총, 총탄의 위력이었다. 그리고 다시 이어졌던 것이 대홍수, 일본군의 T島에 대한 포격, 土匪, 피, 회색제복을 입은 병사들의 끝없는 왕래였다. … 자질구레한 온갖 물건들이 당초 그들이 막지 못했던 철도를 따라 들어 왔다. 그래서 그는 자신들의 즐거운 곳이 이로 인해 점점 타락해가고 있다고 생각했다. [8]

위의 대목은 중국 농촌이 붕괴되고 농민들이 수탈당할 수밖에 없는 현실의 문제가 바로 제국주의의 침략에서 始發되고 있음을 말하고 있는 것이다. 1920년대 후반기에 들어와 제국주의의 본격적 침입이 시작되면서 제국주의는 봉건지주계급의 주요 지지

---

8) 王統照, 「山雨」, 『王統照文集(第三卷)』, 山東人民出版社, 1981, p.9.

기반이 되고, 봉건지주계급은 제국주의가 중국통치를 도와주는 사회의 주요 기초수
단이 되기 시작했다. 제국주의의 침략으로 인해, 중국의 봉건경제는 파괴되었고, 이
어 나타난 것이 정국의 動蕩이고 兵災의 激化, 土匪의 蜂起, 苛斂誅求의 增多가 나타
났던 것이다. 제국주의의 經濟的 侵略은 군사적 침략으로 이어지는데, 이러한 양상
은 작품의 후반부에서 잘 드러나고 있다. 帝國主義의 경제적 침탈이 중국의 민족경제
를 破壞시키고, 그것은 다시 중국의 농촌과 농민의 삶을 파괴 있다는 현실을 작품에
서는 單刀直入的으로 말하고 있는 것이다.

　이어서, 奚大有 집안의 붕괴와 파멸, 그리고 그런 과정에서 겪어야 했던 奚大有의
수난과 고통이 본격적으로 시작된다. 배추를 팔기 위해 읍내 장터에 나갔던 奚大有가
배추를 팔다가 군대깡패와 시비가 붙고, 그 사건으로 인해 그 깡패에게 잡혀 폭행당
하고 구금까지 당하게 된다. 이를 해결하기 위해 그의 아버지 奚二叔은 마을의 대표
와 관계자들을 만나게 된다.

　　"그들 두 사람의 날카롭고도 엄격한 질문을 받는 가운데, 얼굴이 공포로 가득 찬
　奚二叔은 차가운 금고 위에 앉아 아무 말도 못하고 있었다. 왜냐하면, 그는 자신이
　한 마디도 이야기 할 수 없음을 알았기 때문이다. 또한 그는 長袍를 입은 사람들 옆에
　앉아서는 한 마디도 할 수 없었다. 뿐만 아니라, 그는 등나무 덩굴과 굵은 막대기
　등 形具가 자기 앞에 있었는데, 그 形具에서 아들의 튼튼한 신체에서와 같이, 구타의
　血痕이 솟아 나오는 것 같았다.9)

　奚大有의 아버지 奚二叔이 느끼는 恐怖와 戰慄感에 대한 표현은 民에 대한 관의
횡포와 폭압을 상징한다고 할 수 있다. 奚大有가 겪은 폭행과 구금은 외형상, 우발적
이고 개인적인 사건으로 치부될 수 도 있지만, 법은 있으나 실재 존재하지 않는 無法
時代나 다름없었던 상황 속에서, 농민들을 포함한 힘없는 일반인들에 대한 군벌들의
횡포와 착취가 어떠한 것인지에 대한 一面을 설명한다고 할 수 있다.

　새해 설날이 시작되자, 마을대표 陳노인의 작은 아들이면서, 縣 교육국 학무위원
인 陳葵園이 고향으로 돌아 와 농민대회를 열어, 학교운영모금대회를 개최한다. 陳葵

　9) 王統照, 「山雨」, 『王統照文集(第三卷)』, 山東人民出版社, 1981, p.21.

園은 국민당정부의 일종의 관료라고 할 수 있다. 그와 같이 있던 宋大儍는 陳葵園의 음모를 간파한 후, 陳葵園이 그렇게 모은 돈을 着服하려고 할 지 모른다고 말한다. 陳이 주도하는 기금모금 사건은 국민당관료들에 의해 저질러지는 부패 및 횡령사건들을 상징하고 있다.

奚大有는 "稅金先納"에다가 빚 淸算, 또 거기에다가 학교 운영기금 까지 내게 되고 또 아버지 奚二叔 마저 吐血病에 걸려 죽게 되자 부득이 조상이 물려 준 땅 二畝半을 팔게 되었다. 부패한 관리들의 횡포와 속임수, 협박 등으로 인한 稅金先納, 기부금 등이 강요되는 동시대 농촌사회의 현실을 그리고 있다. 제국주의의 경제적 침략에다가 雪上加霜의 격으로 국민당정권의 부패와 관리와 이들이 펼치는 失政이 복합적으로 가져다 준 중국사회의 총체적 모습이었다.

> 집 안에는 봄을 넘길만한 식량도 모자랐다. 그는 조상이 물려 준 토지를 팔지 않으면 안 되었다. 벌금이 그의 늘어진 어깨를 누르는 것으로 끝나지 않았다. 先納해야 하는 立替金, 小葵가 학교를 운영한다고 거둬들이는 기금, 읍에 내야 하는 지방세금 등이 있었다. 이렇게 작은 마을에서는 어떠한 일도 피해나갈 수 없었다. 평상시에 열심히 일해서 매년 조금씩 저축할 수 있는 자작 농가에게 근 2년 동안은 상황은 종전과는 달리 어려웠고, 하물며 생각지도 못한 지출이 발생했던 것이다. 그는 수 십 년을 열심히 일한 덕에, 몇 畝의 땅을 사서 집안에 보탰으니, 조상에게도 떳떳했고 죽은 후, 후손에게도 모범이 될 수 있을 것이라고 생각했다. 그러나 뜻하지 않게 금년 봄 땅을 팔아야 하는 일이 자기에게 굴러 떨어 졌으니, 이것이야말로, 서양의 도깨비들이 山東을 점령하고 철로를 개설한 이후 겪게 되는 두 번째 중대한 타격이었다.10)

奚大有의 집안이 겪은 고난과 고통은 奚大有의 집안에만 국한되는 것이 아닌, 그의 마을, 그 지역의 농촌, 더 나아가 중국의 농촌에 그대로 적용되고 있었다.

旱害로 인해 농사를 질 수 없게 되자, 祈雨祭를 지내는 동안 土匪들의 습격을 받고 이들과 전투를 벌이는 상황에 이르게 된다.

---

10) 王統照, 「山雨」, 『王統照文集(第三卷)』, 山東人民出版社, 1981, p.60.

이 용감한 농민들은 비록 상처를 입었지만, 억지로 버티며 柵門으로 들어갔다. 奚大有는 자시의 이웃 사람들이 木栓을 당겨 열고 문을 여는 것을 보고는 그들을 안으로 들여보냈다. 그의 마음은 가벼워졌고, 동시에 발걸음도 느긋해졌다. 뒤에서 적들의 추격이 다시 이어 졌다. 그런데 다행히 木柵 바깥은 조그만 길이었고, 길 양쪽에 적지 않은 白楊나무들이 도피자의 천연보호 장치 역할을 해주었기 때문에 적들이 감히 접근해 올 수 없었다. 운이 없었던 奚大有는 숨기 위해 나무 아래에서 몸을 구부리고 있다가 일어서려고 하는데, 오른쪽 대퇴부를 들 수 없었다. 무릎 앞쪽에 조그만 물건이 뚫고 들어갔던 것이다. 그는 앞으로 한 발짝 뛰어 넘다가 그만 넘어지고 말았다.[11]

위의 대목은 농민들이 土匪들의 공격으로부터 자신들을 보호하기 위해 벌이는 전투장면의 일부이다. 군인도 아니어서 변변한 무기와 방어전술, 전투력도 갖지 못한 농민들이 전투에 나서야 하는 치안부재의 시대를 상징하고 있다. 土匪들은 군벌 군대의 落伍兵, 또는 생업인 농사를 포기하고 유랑하다가 강도와 같은 존재가 되어 버린 사람들이라고 할 수 있는데, 土匪가 만들어지는 것은 군벌의 존재와 이로 인해 파생되는 치안의 부재 때문이었으니, 결국에 있어 土匪의 문제는 개인들의 문제가 아닌 군벌제도의 존속이 가져다주는, 즉 봉건제도로 인해 생긴 畸形的 사회의 문제였음을 말하고 있다.

"가장 큰 고통은 많은 핍박받는 노예들이다! 일본 사람, 일본의 힘 있는 것 같이 보이는 병사가 여기에 와서 칼과 총으로 중국의 백성들을 살해하고 있다."[12]

위의 내용은 제국주의자들의 침략과 만행을 이야기하고 있다. 유럽 열강의 침략에 이어 이제는 일본 제국주의자들의 침략과 만행이 시작되고 있는 것이다. 한 마디로 말해서, 奚大有와 奚大有가 사는 마을 陳家莊이 처한 환경은 외적으로는 제국주의의 경제·군사적 침략이 이어지고, 내적으로는 國共 間의 갈등과 軍閥 間의 混戰으로 범벅이 된 內憂外患의 封建社會 末期의 상황이었다. 군벌의 병사들은 사방에서 날뛰고, 굶주리고 유랑하는 사람들은 도처에 넘쳐나고, 거기에다 가혹한 세금까지 내야

---

11) 王統照, 「山雨」, 『王統照文集(第三卷)』, 山東人民出版社, 1981, p.100.
12) 王統照, 「山雨」, 『王統照文集(第三卷)』, 山東人民出版社, 1981, p.247.

하는 일반 국민들의 삶은 고통으로 가득 찬 현실이었다. 따라서 奚大有와 陳家莊이 마주한 고통의 현실은 개인과 한 두 농촌에 국한된 고통이 아닌, 중국의 농민, 중국의 일반 국민들 모두의 문제였고, 그렇기 때문에, 그것은 동시대 중국 사회의 문제, 국가의 문제였던 것이다.

　열강제국들의 판매장으로 전락한 중국의 시장은 그들 나라의 공산품에 의해 농락 당하게 되고, 결국에 있어서 이는 농민의 고통으로 고스란히 전가되었다. 그 뒤를 이은 군사적 침략은 노골적인 약탈, 방화, 살인으로 이어졌으니, 이는 농촌과 농민의 고통을 떠나 동시대 중국인 전체의 고통이었다. 이러한 고통과 재난은 주인공 奚大有를 포함한 그 마을의 농민들에게 잔혹한 고통일 뿐만 아니라, 삶의 뿌리와 터전까지 철저히 파괴하였다. 주인물 奚大有가 경험했던 모든 재난과 고통은 陳家莊의 농민들이 공통적으로 겪었던 災難과 苦痛이었기 때문에, 작가는 奚大有 一家의 몰락과정을 통해 중국의 농촌이 피폐해지고 붕괴되었다.[13]고 설명하였고, 또한 「山雨」는 동시대 다른 작품과는 달리, 중국농촌의 붕괴와 농민파산의 원인을 묘사할 때, 봉건주의의 壓搾에만 초점을 맞춘 것이 아니라, 제국주의의 침략을 강조하면서 그것에도 根本的 原因이 있다고 말했던 것이다.[14]

　결론적으로 말해서, 농촌이 몰락하고 농민들의 삶이 파괴는 단지 농촌과 농민의 문제가 아닌 중국사회, 중국국민 전체의 문제임을 강조하고, 이와 아울러 그러한 문제의 원인을 제공하는 제국주의의 침략과 봉건주의의 遺産의 실체가 무엇인가에 대한 폭로와 고발이 이 작품의 목표였다. 그리고 그것은 일면 "큰 물고기가 작은 물고기를 잡아먹고, 작은 물고기는 새우를 잡아먹는 것"과 같은 약육강식의 논리로 집약될 수 있는바, 약육강식의 논리는 중국사회와 국민들의 삶을 支配하는 論理였고, 또한 이러한 논리는 농민착취 농민수탈의 총체적 논리였음을 이 작품은 말하고 있다.

　農民小說의 문학적 목표는 농촌을 배경으로 하거나 농민을 주인공으로 등장시키는 것으로 끝나는 것이 아니라. 동시대 農村이 안고 있는 구조적 모순이나, 농민의식의 성장을 다룬다는 점에서 농민소설만이 갖는 문학적 특징이 드러나는 것인데,[15] 바로

---

13) 趙遐秋, 曾慶瑞, 『中國現代小說史(下册)』, 中國人民大學出版社, 1985, pp.334-335.

14) 馮光廉, 朱德發 外, 『中國現代文學史敎程(下册)』, 山東敎育出版社, 1984, p.83.

15) 한용환, 『소설학사전』, 고려원, 1992, p.90.

이러한 특징은 작가의 寫作意圖를 통해서도 나타나고 있을 뿐만 아니라, 上述한 바와 같이, 플롯의 전개와 그 按配過程을 통해서도 일관되게 드러나고 있다. 「山雨」는 몇 몇의 농민 형상의 창조를 통해 북방의 농촌이 大變動을 겪게 되는 역사적 趨勢를 예술적으로 드러내고, 아울러 이러한 시각을 통해 "農民의 自覺"을 描寫하였다.[16]고 한 馮光廉 등의 설명이나, "「山雨」는 농민이 출로(탈출구)를 찾기 위해 벌이는 탐색적 행동과 투쟁을 묘사하면서, 일정 부분 농민이 자각해 가는 모습을 反映하고 있다. … 농민의 자각은 주로 奚大有라는 농민청년이 보여주는 思想의 轉變에 모아져 있다."[17]고 한 王立鵬의 이야기는 이 작품이 드러내는 문학적 의도가 무엇인가를 말하는 것이다.

이 소설의 내용은 전체 28장으로 이루어져 있다. 1장에서 21장까지는 奚大有의 가정을 중심으로 하여, 그 곳 마을 사람들의 수난 받는 고통스러운 삶의 모습을 그려져 있고, 22장부터 28장까지는 농촌을 버리고 도시로 이동한 奚大有의 삶과 이를 통해 얻어지는 각성의 과정이 중심 플롯으로 작용하고 있다. 한마디로 말해 각 장에서 펼쳐지는 사건의 흐름과 내용은 모두 자각과 각성의 과정이라고 할 수 있다. 1장부터 21장까지의 수난과 고통의 과정이 현실에 대한 올바른 인식과 자각을 위한 하나의 준비과정이라고 볼 수 있고, 22장부터 마지막장인 28장까지는 본격적인 각성의 과정으로 풀이해 볼 수 있다.

주인물 奚大有의 性格은 여러 가지 수난과 고통을 겪으면서도, 이에 굴하지 않고 새롭게 변화하고 발전해 가는 모습으로 묘사되고 있다. 작가가 작품에서 일관되게 강조한 것이 각성이라고 이러한 사실은 플롯의 전개과정을 통해서도 쉽게 확인될 수 있다. 奚大有를 중심으로 한 마을 사람들이 각성하는 모습은 먼저 거시적인 관점에서 시작되고 있다.

북방의 淸冷한 겨울 밤, 陳家莊의 奚二叔의 토굴에는 사람들이 자리를 잡고 앉아 있었다. 주인물 奚大有와 陳家莊 사람들의 自覺은 그들의 토론으로부터 시작된다.

농민소설은 농촌을 배경으로 하여 농민이 작품의 주인공이나 혹은 주요 인물로 등장하는 소설이기는 하지만, 이것은 단순히 등장인물이나 소재에 의한 분류에 불과한 것이고, 이 보다는 오히려 농촌과 농민을 소재로 하여 그 시대의 가장 핵심적인 쟁점을 농민소설이 문제 삼고 있다고 보아야 한다고 했다.

16) 馮光廉·朱德發 外, 『中國現代文學史敎程(下冊)』, 山東敎育出版社, 1984, p.83.

17) 王立鵬 著, 『王統照的文學道路』, 學林出版社, 1988, p.180.

그들은 자신의 삶이 어려워지고 있는 사실을 외국놈들, 서양의 제국주의자들의 침탈에 있음을 알게 된 것이다. 그들은 비록 서구 열강들의 침탈이 가져오는 정신적 물질적 被害의 정도가 어떤 것이고 또한 어떻게 이에 대비해야 하는가에 대해 알지 못한다. 그러나 적어도 그 원인이 어디에 있는가에 대한 최초의 인식을 보여 주고 있는 것이다.

　陳家莊의 대표인 陳宜齋가 마을에서 돌아 와서는 사람들에게 稅金先納을 이야기하는 부분에서도 농민들의 걱정이 시작되고 있다. 이러한 소식은 소박하고 성실하게 살아가는 마을 사람들의 분노를 자아내게 하였다. 그들은 희미하게나마 사회가 갈수록 감내하기 어려워지고 있으며, 이 모든 것이 외국 놈들의 짓거리라고 생각했다. 稅金先納消息이 전해진 그 다음 날, 하나의 재앙이 奚二叔의 집에 몰아닥치는데, 奚二叔의 아들 奚大有는 이제 직접적인 체험을 통해 현실을 깨닫기 시작한다. 奚二叔의 아들 奚大有는 이른 아침, 아침 채소를 팔러 읍내에 나갔는데, 그곳에 주둔해 있는 병사가 채소를 사고도 그 값을 제대로 지불해주지 않아, 싸움이 벌어졌고, 이로 인해 급기야 그들에게 잡혀가는 일이 발생했던 것이다. 奚二叔은 陳家莊의 대표에게 도와 달라고 부탁했고, 五十元이나 되는 돈을 뇌물로 바치고 나서야 아들을 구해 올 수 있었다. 두 父子가 받은 굴욕감은 차지하고서라도, 五十元은 집안의 一年 値 수입과 거의 맞먹는 액수였다. 奚大有 또한 이전에는 知足安分하며 열심히 노력하는 농부였으나, 이 사건으로 엄청난 굴욕감을 느끼며, 자신의 사회적 위치가 형편없이 낮음을 알게 되었다. 이 사건은 奚大有 개인은 물론, 奚大有의 아버지 奚二淑에게 致命的인 災殃으로 작용했지만, 자각과 각성을 위한 또 하나의 계기가 된다. 봉건세력에 대한 경계심과 함께 階級的 각성의 계기가 된다는 것이다. 굴욕감과 함께, 순진하고 복종적인 삶을 사는 자신과 같은 농민들이 차지하는 사회적 위치를 느끼게 해주었다. "영문 모르게 공격을 받고 난 다음에, 그는 心理上에 약간의 변화가 일어나는 것 같았다. 그는 자기와 같은 사람들은 영원히 다른 사람들의 채찍과 발굽 아래에서 살아가야 한다는 것을 깨닫기 시작했다. 조심하지 않으면, 사고가 생길지도 모르는 일이다. 과거의 경험을 종합해 보면서, 그는 그러한 회색 옷의 兵官이 자신과 마을 사람들의 생활 속에 있다는 것을 암암리에 인정하였다."[18]는 말은 현실에 대한 주인공의 자각이 시작되었음을 의미한다.

그 후, 奚大有는 杜烈을 만나게 된다. 杜烈은 17세에 밖으로 나가 힘든 노동생활을 하며 견문과 지식을 넓힌 사람으로, 奚大有가 알지 못하는 것을 설명해 줄 수 있는 사람이었다. 杜烈은 奚大有를 자기 집으로 데려가 하룻밤을 같이 지내면서 자신이 살고 있는 T島로 데려가려고 했다. "그러나, 杜烈이 무심코 하는 이야기를 들은 후, 奚大有는 모든 일에 대해 적지 않게 알 수 있었다. 지금에 이르러서야 그는 소위 '人上人'이라는 말이 간단한 것이 아님을 알게 되었다. 그래서 그는 杜烈이 자기보다 더 총명하다고 생각했다."[19] 이처럼, 杜烈은 奚大有에게 세상의 현실을 알려주는 전령사의 역할을 하였다. 집으로 돌아 와 보니, 마을의 나이 어린 호걸 宋大傻가 그에게 와서 집에만 누워 있으면 죽게 되고, 사람으로서 어쨌든 총명해져야 한다고 말했다. 이 말을 듣고, 지금까지 자기가 살아 왔던 방식으로는 더 이상 살아 갈 수 없음을 깨닫게 된다. 杜烈과의 만남을 통해 奚大有는 현실을 가장 잘 이해하고 자각할 수 있는 기회를 얻게 되었다.

이후, 설날이 되자, 마을대표의 작은 아들이자 縣 교육국 學務委員인 陳葵園이 고향으로 돌아 와 농민대회를 열고, 학교 운영모금대회를 개최한다. 宋大傻는 陳葵園의 음모를 간파하고 그 돈을 자기 자신이 着服하려고 할 지 모른다고 말한다. 이렇게 되자, 그는 세상이 너무 썩어 노동자생활이나 하며 살다가는 나중에 생계가 어려워질지 모른다고 느꼈다. 奚大有는 이번 기회를 통해 관리들의 탐욕과 腐敗狀을 확인하게 된다. 이제는 부패한 관리들의 실상을 보게 되는 契機를 갖게 된 것이다. 사실, 陳葵園은 간교한 처세술을 가진 사람으로 마을 사람들로부터 걷은 강제기부금을 橫領하여 縣 최고의 부자가 된 사람이었다.

여름이 돌아오자, 旱害가 심해져 농사가 어려워지자 마을 사람들은 祈雨祭를 지내게 된다. 奚大有는 마을 祈雨祭 행사의 경비원으로 나섰다가 土匪들의 습격을 받고 부상당하게 된다. 입원 다음 날, 회색군복을 입은 宋大傻가 그를 만나기 위해 왔다. 이 때, 그는 이미 경비대의 소대장이 되었다. 그는 奚大有의 여러 가지 새로운 이야기를 해 주었다. 남쪽에는 "赤黨"이 생겼고, 그래서 "公妻, 共産"을 요구하고 있고, 縣에서는 이미 회의가 열려 돈을 모금하는데, 그것을 "討赤捐"이라고 했다. 또한 광

18) 王統照, 「山雨」, 『王統照文集(第三卷)』, 山東人民出版社, 1981, pp.36-37.
19) 王統照, 「山雨」, 『王統照文集(第三卷)』, 山東人民出版社, 1981, p.32.

동군은 湖北을 공격했고, 孫軍은 강북에서 버티고 있다는 이야기를 해주었다. 산간지방과 농촌 등을 流浪하며 힘없는 농민들을 괴롭히는 土匪들의 실체를 확인하기 시작했다. 그러면서 "그는 자기가 모든 일에 대해 너무 모른다고 생각했기 때문이다. …(중략)… 자기 자신도 못 느끼는 마음 깊숙한 곳에 감춰진 것은 자기 아이를 힘있는 사람으로 바꿔 사람들의 속임에 당하지 않게 하겠다는 것이다. 그래서 그는 집집마다 근심하며 괴로워하는 계절 가을에 땅을 판 여분의 돈을 가지고, 아이를 읍내 학교에 입학시켰다. 요원한 미래와 사회의 변천에 대해 그는 생각하지 못했고, 생각할 능력도 없었다. 그는 아이들의 성장에 대해서도 마치 밭에 씨만 뿌리면, 어떻게 해서든지 가을에 수확이 있듯이 그럴 것이라고 생각했다.[20] 그러나 이런 사건을 겪고 난 다음의 그의 自覺은 근본적 變革으로서의 자각이 아닌, 改良的 차원의 자각이라고 할 수 있는 것이었다. 그러나 奚大有의 마음이 근본적으로 바뀌기 시작한 것은 국민당 패잔병의 탄약수송과 도로보수공사 등 강제노역에 시달리면서부터이다. 土匪와의 전투 중에 인해 입은 부상으로 아직 채 완쾌하지도 않은 몸을 이끌고 석탄수송을 하기도 했지만, 돌아오는 것은 국민당 패잔병들로부터 받은 수모와 행패였다. 이를 계기로 그는 마침내 농촌과 땅에 미련을 버린다.

> 그는 아직 가보지 못한 큰 곳에서 어떤 사람이 자기를 향해 손짓하고 있으며, 또한 그 곳에 가면, 자기도 모르는 生活이 있고, 또 많은 신선하고 아름다운 것들이 자기를 기다렸다가 눈을 떠 줄 것이라고 생각했다. 깨어 부서지고, 곤궁하고, 병들고 무섭기까지 한 시골에 무슨 依然이 있겠는가? 그래서 새벽바람 속에서 杜烈의 목소리를 다시 들었다. 추위와 기아를 잊고, 하나로 된 마음속에서 미래의 快活을 그려보고 있었다. [21]

연속된 수탈과 재난을 견뎌 낼 수 없었던 奚大有는 故鄕마을을 버리고, 가족들과 함께 T市로 떠난다. 杜烈의 도움으로 도시에서의 새로운 삶을 시작한 奚大有는 닥치는 대로 일을 하고 생계를 유지하면서, 아들을 철공장의 견습공으로 보낸다. 그러는

---

20) 王統照, 「山雨」, 『王統照文集(第三卷)』, 山東人民出版社, 1981, pp.118-119.

21) 王統照, 「山雨」, 『王統照文集(第三卷)』, 山東人民出版社, 1981, p.214.

동안 奚大有는 각성하며 새로운 신념을 가지려고 노력하나, 鄕土에 대한 미련을 버리지 못하는 등, 虛無 속에 벗어나지 못하는데, 이러한 奚大有를 각성시키고 신념을 갖도록 도와 준 사람은 杜烈의 남매였다. 다음과 같은 대목은 杜烈의 남매를 통해 변화된 奚大有 모습의 일부를 보여 주고 있다.

"고향에서 돌아 온 다음, 그는 자신의 천박함과 어리석을 깨달았다. 杜烈과 그의 누이가 전에는 하지 않고자 했던 많은 이야기들 속에서 그는 점점 인식하게 되었다. 일본의 공장이 왜 하루에 만원 남짓의 노임을 들이려고 하는지, 또 왜 자신이 마을이 그토록 몰락하게 되었는지, 외국의 물품에 왜 맞설 수 없는지, 그리고 외국인들이 왜 중국인을 멸시하는지, … 일단 조금씩 설명을 해나가자 奚大有 역시 수긍할 수밖에 없는 사실들이었다. 이러한 사실은 大有가 이전에는 생각해 볼 수 없는 것들이었다."[22]

위의 내용은 농민으로서의 주인공의 각성과 아울러 "농민의 각성"을 표현한다고 하는 작가의 의도를 凝集하여 보여 주고 있다. 「山雨」는 작가의 말 그대로, 농민의 각성과 그 과정을 모티프로 取擇하면서, 평생 땅만 쳐다보고 살면서, 농사 이외에는 아무 것도 모르는 奚大有라고 하는 농민이 현실에 대해 自覺하고 있으며, 또한 自覺해야 할 당위성을 보여 주고 있는 작품이다. 주인공 奚大有가 보여준 자각의 과정은 현실에 대한 인식의 諸過程이라고 할 수 있고, 현실에 대한 認識은 제국주의의 침략과 잔존하는 봉건주의가 남긴 탐욕 및 파괴로 점철된 사회상황에 대한 확인, 그리고 그러한 현실극복을 위한 노력과 투쟁으로 귀결되고 있다. 그런데, 「山雨」에서 작품의 사상과 관련한 한 가지 특징을 논한다면, 작품에서 자각의 주체인 奚大有를 지도하는 사람은 바로 杜烈남매였고, 杜烈남매는 청년노동자로서 일찍이 혁명사상의 영향을 받았을 뿐만 아니라, 이를 실천하고자 하는 사람들로 등장하고 있다는 사실이다. 이들 남매들의 사상 속에는 搾取者, 收奪者의 正體, 그리고 빼앗고 빼앗기는 자와의 상호관계를 때로는 계급적 관점에서 수용하려는 관념이 융해되어 있다. 이들은 전형적인 농민 奚大有를 교화하고 각성시키는 사람이었고, 중국을 불사르고, 더 나아가 세계를 불태우라는 외침을 거침없이 말하는 혁명주의자였으니, 이러한 사실은

22) 王統照, 「山雨」, 『王統照文集(第三卷)』, 山東人民出版社, 1981, pp.293-294.

「山雨」가 드러내는 사회주의적 색채를 일부 엿볼 수 있는 근거를 제공해 준다고 할 수 있다.

農民小說의 구조적 특징 중의 하나라면, 사건이 전개됨에 따라 농민(들)의 現實的 情況이 조금씩 개선되어 나간다고 하는 사실이다. 작품의 출발은 고통과 좌절의 상태에서 출발하지만, 그 결말은 하나의 희망과 가능성이 비춰지는 바람직한 상태로 끝나는 것이 일반적 현상으로 나타난다. 이러한 구조적 양태는 世態小說과 그것과 비교해 正反對의 것이라고 할 수 있다. 世態小說에서는 일반적으로 시간이 부패 내지 沒落의 원리로 작용하고 있는데 비해, 농민소설에서는 적어도 淨化와 改善의 원리로 작용하고 있다. 다시 말해, 세태소설에서 주인공이 성공을 한다거나, 그의 미래가 발전적이고 건설적인 방향으로 흐르지 못하고, 실패한다거나 좌절 내지 몰락의 길을 걷게 되는 것이 일반적인데 반해, 농민소설에서 고난과 좌절, 패배와 좌절의 길을 걷는다고 할지라도, 그런 과정은 각성의 과정이 되기도 하고, 적어도 발전을 위한 하나의 계기가 된다. 奚大有가 걸어 온 艱難의 生活歷程은 곧바로 관념의 변화이자 각성의 과정, 발전의 첫 걸음을 내 딛기 위한 하나의 과정이었다. 농민들 자신의 터전이 청산되지 못한 봉건사회의 유산으로 인해 혼란과 파괴, 약탈이 일반화되는 장소로 전락되고, 외적으로는 제국의 침략 등으로 주권확보도 어려운 이른바 내우외환의 畸形的 사회가 되면서, 그것을 타도, 극복해야 한다는 사실에 대한 깨달음이 바로 奚大有의 自覺이고, 覺醒이었던 것이다. 각성의 결과가 바로 물질적인 면에 있어서는 땅에 대한 憐愍에서 이별로, 정신적인 면에 있어서는 宿命論에 대한 執着에서 開拓論으로의 轉移였다고 할 수 있는데, 그것이 비록 원시적이고 一過性的 이기는 하였지만 프롤레타리아의 혁명적 當爲論에는 이러한 開拓論이 함유되어 있는 것이다. 한 마디로 말해서, 숙명론에서 벗어나 새로운 삶에서 희망을 찾고, 그런 과정을 통해 점차 각성의 길을 걸으며 자신들의 願望을 구하는 것이 바로 농민의 발전이자, 작품에서 궁극적으로 추구하고자 했던 목표였다고 할 수 있다.

「山雨」가 갖는 또 하나의 서사적 特徵은 대립적 世界觀에 立脚한 구도를 취하고 있다는 사실이다. 전술한 바와 같이, 작가는 북방의 농촌이 붕괴되는 여러 가지 원인과 현상, 그리고 농민들의 각성을 그려내는데 이 작품의 의도를 두었다고 하였다.

그런데, 각성이란 현실에 대한 느낌 내지는 어떤 생각과 관념을 갖는 것으로 끝나는 일이 아니라, 자신들이 처한 현실을 정확히 파악하고, 더 나아가 그런 현실을 타도하며 극복해 나갈 수 있는 투쟁의식과 사상을 갖는 일을 의미하는 것이다. 茅盾은 작가의 의도는 본래 순수하기 그지없던 농민의식을 가진 奚大有가 어떻게 점점 轉變하여 프롤레타리아 의식을 갖게 되었는가, 즉 奚大有 (의식)발전의 마지막 단계를 표현하는 데 있다고 했는데,[23] 茅盾의 이러한 언급은 이 작품이 가지는 프롤레타리아 소설 내지는 사회주의 사실주의 소설로서의 가능성을 시사하는 것이라고 할 수 있다.

일반적으로 볼 때, 대립적 세계관에서 오는 대립적 구도는 프로문학의 계급적 적대감antagonism에 대한 표현에서 시작되고 있다. 이에 관해서는 R. Robin로뱅이라는 사람은 계급투쟁을 주제로 하는 傾向小說이 앤태고니즘(Antagonism)의 서사구조를 選好한다고 말했다. 그의 논리에 의하면, 세계의 문화는 두 개의 서로 대립된 것으로 이루어져 있는데, 부르주아의 반동적인 세계나 문화가 그 하나이며, 사회주의에 근거하여 세계를 진보시킨다는 진보적인 세계관이 또 다른 하나라는 것이다. 따라서 사회주의예술이란 자본주의적인 붕괴의 예술에 대항하며, 반동적인 세계와 그 문화에 맞서는 진보적 사상과 결합되어야 한다고 보고 있다. 이러한 사고와 관념은 노동대중의 혁명적인 계급투쟁에 깊은 뿌리를 두고 있음은 물론이다.[24] 그렇기 때문에, 이러한 대립적 세계관 내지는 역사관에 근거하고 있는 프롤레타리아 문학의 구조에서 이원적 대립의 패러디그매틱(paradigmatic)한 체계가 매우 중요한 의미를 갖게 되는 것이다. 「山雨」이 작품은 완전한 조건과 자격을 갖춘 프로문학으로 볼 수 는 없지만, 적어도 프로문학적 소설의 범주에는 충분히 들어 갈 수 있는 작품이라고 할 수 있다. 이러한 사실은 소설이 출판되자, 국민당정부에 의해 계급투쟁을 선동한다는 不穩한 작품으로 烙印찍혀 판매가 금지되었다는 사실만을 가지고도 우선 類推해 볼 수 있으려니와, 플롯의 전개과정과 함께 작품의 결말부분을 통해서도 쉽게 파악될 수 있다.

작품의 모티프가 된다고 할 수 있는 현실과의 투쟁, 현실에 대한 覺醒은 바로 이와

23) 矛盾, 「王統照的山雨」(『文學』 第一卷 六號 1933年 12月)

24) Dmitry Markov, 『Socialist Literature : Problems of Development』, Raduga Publisher, Moscow, 1984, pp.20~22.

같은 對立的 世界觀에 기인하는 것이고, 이에 근거한 대립적 세계관 또한 계급의식과 의 결합을 통해 저항하고 각성하는 인물을 통해서 뚜렷이 표출되고 있다. 周知하다시 피, 이 작품은 농촌붕괴와 이로 인한 민족적 위기 상황에 대한 묘사를 통해, 제국주의 와 봉건세력을 맹렬히 비판했던 작품이다. 서구의 열강 및 日本을 중심으로 한 제국 주의 세력과 군벌, 土匪, 부패한 국민당정부의 관리들을 봉건세력으로 간주한 다음, 이들 제국주의 세력과 봉건세력들을 착취계급으로 規定하고, 이들 세력에 대해 奚大 有와 杜烈 등 피착취계급이 대립하고 저항하는 것을 구조적 특성으로 하고 있다. 작 가는 이들 제국주의 세력과 봉건주의 세력에 대한 분노와 적개심을 일으켜 투쟁을 벌이고, 더 나아가 타도해야 할 것을 주장하고 있다.

작품 序頭에서부터 언급되고 있는 서구의 제국주의 세력은 철저한 加害者로서의 대립적 존재물이었다. 농민들에게 있어 그들은 외국 도깨비, 마귀와 같은 존재일 뿐 이다. "그래 생각나. 이건 다 외국 도깨비들의 장난 짓 때문이라구!""그것은 수십 년 동안, 그들의 아름다운 생활을 망가뜨린 마귀 때문이라고 생각했다."는 대목은 서구 의 열강들이 이제는 對立的 관계의 차원을 넘어 嫌惡의 대상, 怨讐와도 같은 존재가 되었다는 것을 나타내는 것이라고 하겠다. 이후, 봉건제도의 畸形的 産物에 의해 奚 大有의 집안은 물론 陳家莊 마을 사람들은 본격적으로 고통과 몰락의 길을 걷게 된 다. 시장에 채소를 팔러 나간 奚大有는 兵官에 의해 이유 없이 暴行·拘禁당하는데, 자식을 구해내기 위해 아버지 奚二叔은 많은 돈을 써야 했으니, 이로 인해 아버지는 火病이 생기고, 그의 집안은 기울기 시작했던 것이다. 농민들에게 부과되는 세금은 賦稅 뿐만 아니라, 討赤稅 등 종류가 많았다. 심지어, 과일이나 돗자리, 땅콩을 판매 했을 경우에도 세금이 부과된다. 그의 비극은 여기서 끝나지 않는다. 여름이 되어 旱害가 심해지자, 이를 우려한 마을 사람들은 祈雨祭를 지내게 되는데, 이 행사에 경비를 섰던 奚大有는 土匪들에 의해 총상을 입고 병원에 입원하는 수난을 당하게 된다. 다시 계속되는 토비들의 출현과 위협으로 奚大有는 본업인 농사마저 포기하고 土匪 征伐을 위해 兵士아닌 兵士의 몸이 되어 나가 싸워야 하는 현실에 부딪친다. 土匪는 아직 청산되지 못한 봉건주의 제도의 遺物이었다. 이어 奚大有는 국민당정부 의 패잔병들을 위한 탄약수송과 도로수리 등을 위한 강제노역에 시달린다. 게다가 陳家莊에는 패잔병들의 惡意的이고도 貪慾에 찬 약탈이 이어지는데, 마을 사람들은 패잔병의 철수 代價로 16000원의 거금을 헌납하지 않으면 안 되었다. 이처럼, 奚大有의 주위 환경은 처음부터 끝까지 加壓者, 加害者와 같은 대립적 존재였다.

奚大有를 중심으로 한 농민들의 삶을 항상 막아서며 생존을 위협하는 주위의 환경에 대한 憎惡心, 그리고 갈수록 견고해지는 대립의 구도는 작품의 결말부분에 가서 杜烈 男妹의 외침을 통해 다음과 같이 凝縮되어 나타난다. 杜烈 男妹는 "힘이 있다면, 전 중국을 불태워라! 태워라! 온 세계를 불태워라."[25)]라고 외친다. 이러한 부분은 주인공이 견지하고 있는 극단적 양상의 대립적 구도의 일면을 赤裸裸하게 보여 주고 있다. 농촌의 현실이 변혁되지 않으면 농민이 느끼는 세상의 모습은 加害와 搾取, 被害와 被搾取라는 두 가지의 세계로 분화될 수밖에 없다는 것이 농민소설 「山雨」의 주제라고 할 수 있다. 가진 자, 못 가진 자 양자의 관계가 대립으로 일관할 때, 힘을 가진 착취자는 계속하여 착취하고자 하며, 착취로 인해 피해를 받는 입장에서는 이에 저항하고 타도함으로써 그런 상황을 변혁하고자 한다. 주인공 奚大有는 각성의 과정을 통해 두 가지 대립적 현실을 인식하고, 杜烈의 도움으로 사회주의적 계급의식을 갖게 되면서 이를 통해 새로운 세계를 이룩하려는 의지를 조금이나마 느끼게 되는데, 이것이 바로 작가가 주장하는 농민의 자각이라고 할 수 있다.

작품에서는 대립과 투쟁의 과정의 통해 자각하는 농민들의 모습을 묘사했을 뿐, 농촌의 근본적 변혁, 즉 제국주의 세력을 몰아내고 봉건주의 세력을 타도함으로써 농촌혁명을 이룩하고 피착취계급이 승리한다는 모습을 그려내지 않았다. 그렇기 때문에, 「山雨」이 작품은 프로문학 또는 사회주의 사실주의문학으로서의 한계를 갖게 된다. 그러나 작가의 말대로, 이 작품의 목적이 제도적인, 그리고 자연적인 二重, 三重의 災難을 겪으면서, 搾取와 收奪의 苦痛 속에 살아가는 농민이 杜烈이라는 사람에 의해 계급적인 각성의 기회를 얻게 됨으로써 착취와 수탈의 비극적인 상황을 타개하려는 과정을 묘사하는데 있었다면, 또한 그런 과정에서 프롤레타리아의 정치적 이념을 작품의 根底에 깔고 있었다면, 이 작품은 대립과 저항의 구도가 서사의 특징을 이루고 있다고 보아도 무방하다.

「山雨」는 농촌의 현실과 농민의 삶을 다루며, 그들 농민들의 의식의 成長을 다룬

---

25) 王統照, 「山雨」, 『王統照文集(第三卷)』, 山東人民出版社, 1981, p.305.

소설로서, 의식의 성장을 그것과 철저하게 결부시켜 나타내고 있음은 물론, 사회변동과 관련된 이념적 차원에서의 농민의식의 성장을 다루었다는 점에서 문학적으로 매우 의미 있는 작품이다. 농촌이라는 공간적 제한성을 탈피하여 농민소설의 지평을 擴大하였다는 점이 「山雨」의 구조적 특징으로 거론될 수 있다. 「山雨」는 의식의 계급적 성장과 맞물려 농민소설이 농촌이라는 공간과 농민의 문제를 다룬다는 개념의 범위를 뛰어 넘어, 도시와 연관성을 통해 농촌에서 도시로 확산시키고 있다. 이러한 구조적 특징을 가지고 볼 때, 「山雨」는 농민소설이라고 하는 장르가 주는 공간적 측면 즉, 농촌이라는 공간적 폐쇄성 내지 공간적 한계를 벗어났다는 사실을 보여주고 있는바, 이를 통해 「山雨」가 가지는 또 하나의 의미를 찾을 수 있다.

이 작품이 가지는 최고의 문학적 성과와 의미라고 한다면, 그것은 당연히 문학적 총체성의 구현에 있다고 할 것이다. 同時代 農村의 構造的인 矛盾을 농촌과 농민의 시각이 아닌, 다시 말해 농민의 궁핍과 고통은 동시대 사회현실의 총체성과 관련된 이데올로기적인 의미를 체계적으로 펼쳐 보이는 등, 사회의 총체적인 시각에서 形象化하였다는 점에서 최고의 문학적 성과를 보여 주었다고 할 수 있다. 「山雨」는 농촌의 붕괴와 농민수탈의 원인을 비단 농촌사회의 경제적 측면에서 뿐 만 아니라, 정치, 군사적인 측면 등을 두루 망라하여 관찰하고자 했다. 「山雨」는 농촌의 경제가 붕괴되고 농민의 삶이 박탈되는 問題가 外的으로는 西歐의 열강과 일본 제국주의의 경제, 군사적 침략에 있고, 內的으로는 봉건주의의 遺産이 그대로 살아 있는 전근대적인 사회의 矛盾에 기인하고 있음을 밝힘으로써 농촌과 농민의 문제가 시대와 사회의 문제임을 闡明하였으니, 이것이 바로 문학의 총체성을 구현한 것으로 보아야 한다는 것이다. 「山雨」는 농촌과 농민들이 피폐해 질 수밖에 없는 요인을 봉건주의의 遺産에서 오는 억압과 착취, 그리고 제국주의의 침략에서 찾고, 그것을 동시대 사회와 국가가 직면한 문제들과 철저하게 連繫시켜 나가고 있음은 물론, 동시대의 가장 核心的인 爭點으로 問題化하고, 문학적 指向點 으로 하였다는 사실은 총체성 구현의 결과라고 할 수 있다.

2) 蕭紅의 「生死場」
농민소설의 새로운 양식, 공간소설로서의 서사 양식

1919년 五四運動의 시작에서부터 1949년 중국 共産化에 이르기까지 근 30여 년 동안의 중국 현대문학사를 개괄해 볼 때, 나름대로의 문학적 특색과 업적을 남긴 女流作家들이 적지 않게 등장하였음을 볼 수 있는데, 그들 가운데에 특히 蕭紅이라는 女流作家가 소설사에 남긴 흔적은 동시대 다른 문인들이 남긴 그것에 비해 매우 독특하며 異彩로운 것이었다. 같은 문학적 주제를 표현하거나 문학을 통한 동일한 사회적 목표를 실현함에 있어, 이를 자신만의 서사적 논리 내지는 표현방식을 통해 독특하면서도 남다르게 그려내고자 했던 작가가 바로 蕭紅이라고 할 수 있다. 蕭紅 문학의 특색 내지 價値를 한 마디로 이야기한다면, 동시대 社會現實의 一面 내지 저변의 모습을 표현하는 데 있어, 그녀의 문학은 여타 작가의 그것과는 현저히 다른 구성양식과 기법을 사용하였다는 것으로 요약될 수 있다.

蕭紅은 短命한 탓에 많은 작품을 남기지 못했지만, 그녀의 작품은 독특한 서사형식과 필치로써 문단에 새로운 作風을 부여하고, 한 시대 문학의 이정표로서의 역할을 했다고 하기에 손색이 없다고 할 수 있다. 이러한 사실과 관련해, "蕭紅은 심도 있는 관찰과 세밀한 필치를 운용하여 작품의 明麗한 화폭에 사람을 감동시키는 力量을 담아냈다."[26]고 했고, 肖鳳은 "蕭紅의 작품은 기타 작가의 작품과는 구별되는 독특한 풍격을 확실히 가지고 있다. 중국현대문학사상 비교적 깊은 足跡을 남긴 지명도 있는 여류작가 중에 蕭紅이라는 이름이 반드시 포함되어야 한다."[27]고 평가했다. 蕭紅의 남긴 문학 가운데, 자신만의 독특한 풍격을 가장 잘 보여준 첫 번째 작품이 바로 「生死場」이다. 이 작품은 농촌의 生活相, 농민 삶의 顯示라는 주제를 가진 동시대 여타 다른 작품과 비교할 때, 특이하고 이채로운 모습을 보이고 있다. 농민들의 생활상과 삶의 모습 등 그들의 현실을 진솔하고도 심도 있게 그려내면서, 공간 중심의 서사기법과 抒情的 表現의 삽입 등 새로운 서사양식을 통해 그 현실을 표현하고자 하였다. 작품의 특징과 관련해, 散文化, 抒情詩化, 繪畵化는 蕭紅 小說의 뚜렷한 예술적 특성

---

26) 邵明波·莊漢新 主編, 『中國20世紀鄕土小說論評』, 學苑出版社, p.288.
27) 肖鳳, 『現代文學講演集(蕭紅硏究)』, 北京師範大學出版社, 1986, p.215.

이라고 했는데,28) 이러한 평가는 「生死場」이 동시대 여타 작품들과 크게 구별될 뿐만 아니라, 문학적으로 매우 독특한 풍격을 가진 작품임을 示唆하는 것이다. 「生死場」은 내용에 있어서 색다른 모습을 보이고 있을 뿐만 아니라, 구성과 서술기법 등, 형식적인 면에 있어서도 동시대 여느 소설에서 보기 어려운 특징을 가지고 있다. 「生死場」은 艱難辛苦한 농민의 삶의 모습을 제재로 한 작품이나, 같은 제재를 가진 동시대의 여타의 작품과는 다르게 농민의 삶을 표현했던 소설이었다.

「生死場」은 哈爾濱 부근, 어느 한 외진 시골 마을 사람들의 삶을 다룬 작품이다. 1931년 9·18사변을 전후한 시기, 哈爾濱 부근 어느 한 농촌 마을을 배경으로, 그 곳에서 있었던 피눈물로 얼룩진 농민들의 생활상과 죽음 등을 묘사한 작품이다. 「生死場」은 한 폭의 비극적인 農村風俗畵를 펼쳐 놓고 보는 것처럼, 죽음이 너무 일상적인 일이 되어 버린 어느 한 농촌 마을사람들의 일상적인 생활상과 그 과정 등을 적나라하게 그려 내고 있다. 「生死場」은 묘사의 대상을 哈爾濱 부근 어느 농촌마을인 중국일부 지역에 국한하였지만, 동시대 황폐화된 농촌의 현실과 농민들의 생활상을 주된 소재로 하면서, 고통과 죽음으로 가득 찬 그들의 의식세계 등을 그렸다는 점에서, 農民小說로서의 장르적 성격을 갖는다. 비록 동북 지방 일부의 모습이기는 하지만, 동시대 농민들의 억압된 생활상을 구체적으로 제시하고, 그들의 삶과 의식의 영역 등이 깊이 있게 반영되어 있는 문학이라는 점에서, 「生死場」은 농민소설로서의 특성을 잘 드러내고 있다.

魯迅은 이 작품에 대해 "이 작품은 略圖에 불과하나, 敍事와 경물묘사가 인물에 대한 묘사보다 뛰어나다. 그러나 삶에 대한 북방인민의 강인한 모습과 죽음에 대한 몸부림이 오히려 항상 紙背를 澈하고 있다. 여성작가의 세밀한 관찰과 보통을 뛰어 넘는 비범한 필치는 적지 않은 麗明과 신선함을 더욱 증가시킨다. 정신은 건전하다. 설령 문예를 혐오하고 공리만을 추구하는 사람이라고 하더라도 만일 이를 보았으면, 그 사람은 불행하게도 감동을 받지 않을 수 없을 것이다."29)라고 했는데, 이는 이 작품이 농민들의 凄切한 삶의 모습을 銳利하고 的確하게 그려냈음을 지적함과 동시에, 인물 묘사에 있어서도 나름대로 의미를 거둔 인물중심의 작품임을 示唆하는 것이

---

28) 張毓茂, 『新文學論叢(蕭紅論)』 第1期, 1983.

29) 魯迅, 「生死場 序言」(『蕭紅全集』, 哈爾濱出版社, 1991, p.54)

라고 할 수 있다.

「生死場」에는 작품 전체를 일관하는 특별한 사건도 없고, 시간적 순서에 따른 사건의 인과적 전개도 없을 뿐만 아니라, 작품 전체를 통틀어 대표할 만한 주인공도 없이, 苦難한 현실 속에서 펼쳐지는 여러 가지 삶의 진술한 모습들이 각 章節 내지 場面별로 서술되는 형식을 취하고 있다. 「生死場」은 모두 17장으로 이루어져 있는데, 제1장 "麥場"에서 제9장 "傳染病"에 이르기까지는 20년대 후반 9·18만주사변이 발생하기 전 哈爾濱 부근 동북지방 어느 농민들의 困苦한 생활과 몽매한 습속, 그리고 그들의 의식세계에 대해 이야기하고 있다. 11장 "年盤轉動了"에서 부터 17장 "不健全的腿"에 이르는 후반부에서는 9·18만주사변 이후, 농민들의 변화하는 모습과 고난 속에서 투쟁하는 농민들의 모습 등이 묘사되고 있다. 「生死場」에는 20여명에 가까운 사람들이 등장하고 있는데, 그 가운데에서 王婆, 金枝, 英月, 麻面婆 등 네 여인과 二里半, 趙三 등, 몇 명 남자들의 이야기가 가장 대표적이라고 할 수 있고, 대표적 인물로 거론될 수 있는 이들이 바로 「生死場」의 주인공이라고 할 수 있다. 「生死場」에는 시간적 순서에 따른 因果的 사건의 전개 없이, 각 장면 마다 펼쳐지는 마을 사람들의 삶의 모습이 주된 제재로 등장하고 있다. 다시 말해, 플롯의 흐름을 통해 인물의 성격이 묘사되는 것이 아니라, 인물에 대한 묘사를 통해 작품의 이야기가 서술된다는 사실, 즉 플롯 중심의 작품이 아닌, 인물중심 내지 공간중심의 소설이라는 장르적 특징을 드러내고 있다.

따라서 「生死場」이 갖는 두 가지 특성, 즉 농민소설로서의 특성과 공간소설로서의 형식이 텍스트에 어떠한 방식으로 구조화되었는가에 살펴 볼 필요가 있다. 작품의 주제는 서사의 구성 요소들이 상호 복합적으로 연계되며 구조적인 문제와 관련되어 있음을 고려해 볼 때, 작품의 구조 내지 서사방식에 대한 파악은 곧 바로 주제에 대한 이해가 될 수 있기 때문이다.

작품은 麻面婆라는 아낙이 등장하는 것으로부터 시작된다. 빨래하고 밥 짓는 일 등 집안일을 하느라 허리 한 번 제대로 펴지 못하고, 얼굴 한 번 추스르지도 못한 麻面婆는 남편인 二里半으로 부터 잃어버린 염소 때문에 심한 욕설과 타박을 받는다. 麻面婆는 남을 원망할 줄 모르는 사람이다. 남편이 욕을 한다거나 이웃사람들이 시비를 건다거나, 어린 아이들이 그녀를 괴롭힌다거나 할 때에도 그녀는 개의치 않았다.

그녀는 반항하기를 좋아하지 않았고, 다투기를 좋아하지 않았다. 그녀의 마음에는 슬픔이 영원히 간직되어 있는 것 같았다. 그녀의 마음은 시들어 버린 목화송이 같았다."30)고 작가는 麻面婆에 대해 이야기 했다. 그러나 가족을 위해 헌신하는 麻面婆에게 가정은 행복과 안녕을 주는 공간 이 아니라, 속박의 공간이었다. 밖에서는 말할 것도 없고 자신의 가정에서조차 麻面婆는 주부로서 털끝만큼의 대접도 받지 못하고 항상 노예처럼 일하고 순종하며 살아가는 사람이었다. 작가는 이런 麻面婆를 동물의 모습에 비유하는 데 주저하지 않았다.

　　"麻面婆는 마치 한 마리 암컷 곰 같았다. 밀짚을 한 아름 안고 걷는 그녀의 모습은 암컷 곰이 풀을 안고 걸어 들어가는 것 같았다."31) "麻面婆가 말하는 소리를 듣게 되면, 돼지가 말하는 소리를 듣고 있는 것 같았다. 아마도 그녀의 성대는 돼지의 그것과 똑 같은 모양이었다. 그녀는 언제나 돼지 소리를 내고 있었다."32) "밀밭을 지나가는 그녀의 모습은 작은 파충류 같아 보였다."33)

　작가는 麻面婆의 행동거지를 처음에는 곰의 형상에 비유하였다가, 다음에는 돼지에 비유하였다가, 마침내 파충류까지 언급 하였다. 이런 麻面婆에게 가족과 가정은 속박과 파괴의 공간이었고, 이 같은 공간 속에서 麻面婆는 말 그대로 노예이자 가축 동물이었다.

　麻面婆와 이웃하며 사는 王婆도 농촌의 다른 아낙들이 그랬던 것처럼, 남편으로부터 늘 상 욕먹고 구타당하며 살아야 했고, 또 그런 이유 등으로 인해, 당시로선 보기 드물게 세 번이나 결혼해야 했다. 이러한 사실은 王婆에게 있어 家庭은 행복한 삶으로서의 터전이 아닌 속박과 파괴라는 굴레의 과정이었음을 짐작하게 한다. 王婆는 매사 근면하고 성실하게 일할 뿐만 아니라, 사람에게는 물론, 심지어 동물에게도 온정을 갖고 대할 정도로 매우 착한 성격을 가진 여자였다. 그러나 그런 착한 성격과는 달리, 불행하게도 그녀는 대립과 속박의 공간인 가정 속에서 항상 죽음을 맞닥뜨리며

---

30) 『蕭紅小說全集』, 中國致公出版社, 2001, p.193.
31) 『蕭紅小說全集』, 中國致公出版社, 2001, p.191.
32) 『蕭紅小說全集』, 中國致公出版社, 2001, p.192.
33) 『蕭紅小說全集』, 中國致公出版社, 2001, p.193.

살아야 했다. 王婆는 첫 번째 남편과 결혼해서 살 때, 小鐘이라는 딸아이를 두었다. 王婆는 평소 열심히 일한 덕분에 보리수확을 잘 할 수 있었고, 그 덕분에 그녀는 소 한 마리를 더 살 수 있었다. 그렇게 사들인 소에게 여물을 주러 잠깐 자리를 비웠을 때, 그녀의 세 살 먹은 딸아이, 小鐘이 풀 섶 위에서 놀다가 그만 떨어져 쟁기에 찔려 죽고 말았다. 그러나 그녀는 마음이 굳건한 탓인지 아이가 죽었어도 속으로만 슬퍼할 뿐, 겉으로는 눈물 한 방울 흘리지 않았다. 첫 남편이 山東으로 돌아 간 틈을 이용해, 남아 있던 아이 둘을 데리고 姓이 馮氏인 남자에게 改嫁했다. 이후 王婆는 馮씨 남자 와 더 이상 살지 못하고, 현재의 남편인 趙三에게로 다시 改嫁하였다. 그녀에게 있어 改嫁의 과정은 속박에서 벗어나 새로운 공간을 찾는 과정이었다.

王婆의 속박은 계속 이어진다. 어느 날 王婆는 자살을 기도한다. 馮씨에게 改嫁할 때, 데리고 간 아들이 匪賊짓을 했다는 이유로 관가에 잡혀가 총살되었다는 소식을 접하게 되고, 이에 충격 받은 王婆는 음독자살을 시도한 것이다. 가정에서의 속박 때문이 아니라, 착취와 압박의 사회현실로 인해 전혀 예상하지 못했던 고통이 王婆를 음독자살의 시도로 몰고 가게 한 것이다. 그러나 남편 趙三은 죽은 자기 마누라를 보면서, 총살당한 그 아들 때문에 그렇게 되었다며 총살된 아들을 지독하게 원망했 다. 그런데, 관을 묻기 위해 관 뚜껑에 못을 박았을 때, 기적적으로 살아난다. 金枝는 연애하다가 成業의 본능적 욕구로 인해 아이를 임신하게 된다. 金枝는 成業이라는 남자와 서로 사귀다가, 문득 자기도 모르는 사이에 成業의 아이를 임신하게 된다. 金枝는 임신을 뱃속에 딱딱한 것이 생긴 것으로 여길 정도로 순진하고도 어리석은 모습을 보인다. 金枝의 어머니는 딸의 임신 때문에 勞心焦思하다가 金枝를 成業과 결혼시켰다. 딸을 위한 부모로서의 애절한 모습을 보이면서도, 한편으로는 딸보다 채소나 과일을 더 중히 여기는 사람이 金枝의 어머니인데, 그녀의 모습 통해 매우 궁핍했던 당대 농촌의 현실을 알 수 있으나, 인간의 생명과 가치를 채소 과일만도 못하게 생각하는 우매한 농민들의 태도와 사고방식도 읽을 수 있다. 이처럼 金枝에게 그녀의 어머니와 가정은 처음부터 속박의 굴레로 다가갔다. 평소 삶의 의미와 인간의 존재 가치에 대해 생각하지도 못하는 사람들이 지독한 궁핍 때문에 사람 보다 채소나 과일 한포기를 더 중히 여기는 것은 한편으로 볼 때, 자연스러운 현상이 될 수 도 있지만, 이 같은 사실은 가정은 행복의 둥지가 아닌 속박의 공간이었음을 말하는 것이리라. 金枝는 어렵게 成業과 결혼하였으나, 金枝의 결혼생활은 또 하나의 속박이 자 파괴의 공간이었다. 金枝는 애도 낳고 결혼도 하였지만, 成業은 그녀를 아껴주기 는커녕, 학대하기만 한다. 어느 날, 成業은 金枝와 말다툼을 하다가 홧김에 아이를 던져 그만 아이를 죽이고 만다. 이들 두 사람은 죽은 자식을 공동묘지에 던져 버리고 뒤를 향해 하염없이 눈물만 흘린다. 죽은 아이를 공동묘지에 묻고, 사흘 후에 아기를 보러 공동묘지를 찾았으나, 죽은 아기의 시신은 개에 찢겨 아무런 흔적도 찾을 수 없었다. 무능한 남편 成業과의 잦은 불화와 폭력 때문에 갓 나은 아기까지 잃게 되는 金枝에게 있어 가정은 말 그대로 속박과 파괴의 공간이었다. 그러나 金枝의 삶의 고 통은 가정으로 끝나지 않는다. 日帝 침략으로 남편마저 죽게 되자 일자리를 찾아 집 을 떠난다. 金枝는 한 노파의 도움으로 열심히 일해 돈을 좀 모을 수 있었으나, 金枝 가 기거했던 房 주인 여자의 농간에 빠져 애써 번 돈 모두를 빼앗기고 만다. 주인여자 는 자신이 무슨 일을 하고 있는지도 그 일이 얼마나 잘못 된 일인지도 모르는 말 그대 로 人面獸心의 행태를 여과 없이 드러냈다. 어려서부터 현재에 이르기까지 金枝의 삶의 과정은 속박과 파괴 공간의 통과 과정이었다.

이 곳 마을에서 제일 예뻤던 月英은 몸이 썩어 들어가는 중병에 걸렸는데, 남편으 로부터 받는 것은 보호와 관심이 아닌 욕설과 버림이었다. 죽음이 임박해오자 사람들 을 향해 "보세요. 이것은 그 죽일 놈이 내게 갖다 준 벽돌이에요. 내가 곧 죽을 거니까 이불도 필요 없데요! 나는 이제 온 몸에 고기 한 점도 없이 말라 비틀어 졌어요. 그 양심 없는 인간이 나를 학대할 방법을 생각해낸 겁니다."[34]라고 외쳤다. 죽음을 앞두 고 그녀가 할 수 있는 것이라고는 이렇게 자신의 처지를 恨歎하며 소리 한번 지르는 것이 전부였다. 月英에게 가정은 삶의 공간이 아닌 죽음을 앞당기는 속박의 굴레였 고, 이런 속박의 굴레에서 벗어나는 것이 月英에게는 행복이었다.

麻面婆, 月英, 金枝 등을 위시한 이 곳 마을 여자들의 형상은 동시대 중국 농촌 부녀자들의 전형적인 모습이라고 할 수 있다.[35] 이들 부녀자들은 자신들의 남편으

---

34) 『蕭紅小說全集』, 中國致公出版社, 2001, p.193.
35) 黃修己 著, 『中國現代文學發展史』, 中國靑年出版社, 1988, p.429.
   黃修己는 "『生死場』은 하얼빈 부근 어느 시골 마을에서 벌어지는 착취당하고 억압받는 농민들의 빈곤 하고 고통스러운 생활을 묘사하고 있는데, 이 작품에 등장하는 기아, 전염병, 박해 등의 현상들은 아마 도 중국의 다른 농촌의 모습과 결코 다르지 않다."고 했다.

부터 항상 욕먹고 구타당하며 살아왔는데, 각 가정에서의 그들의 모습은 하나의 인격
체로서가 아닌, 노예 내지 家畜 같은 존재에 불과했다. 부녀자들은 오랜 세월 동안
봉건윤리와 그 습속의 지배를 받으며 살았기에, 불합리한 현실에 대해 저항도 할 수
없었음은 물론, 티끌만한 불만도 가질 수 없었다. 또한 한 남자의 부인이기에 앞서,
한 인간으로서 당연히 가져야 할 삶의 가치나 행복이 무엇인지, 그리고 인간으로서의
권리와 尊嚴이 무엇인지도 모른 채, 노예처럼 하나의 울타리 안에서 순종하며 살아
왔는데, 그 모습이 살아서는 주인에게 순종하며 죽어서는 자신의 육신을 바치는 가축
의 삶과 특별히 다를 게 없다는 것이 작가 蕭紅의 주장이었다.

이러한 사실과 관련하여 "여성의 생활과 운명에 대한 蕭紅의 표현은 독보적일 정도
로 매우 독특했으며, 특별할 게 없는 日常生活 속에서의 부녀의 비극적인 운명을 표
현하고, 남존여비의 사회 속에서의 부녀의 불행을 묘사하는데 능숙했다."[36]는 이야
기나 "개인적인 면에서 볼 때, 작가 자신도 여성을 노리개로 삼는 남성중심사회의
피해자였다. … 불쌍한 여성들을 주인공으로 내세워 독자들로 하여금 남성중심의 사
회 속에서 여성들이 차지하고 있는 가련한 밑바닥의 처지가 어떠했는가를 하나하나
깨닫게 했다."[37]는 이야기는 작가의 왜 이 작품을 썼는지, 그리고 작품에서 작가가
말하고자 했던 궁극적인 의미가 무엇이었는지를 쉽게 이해하게 해주는 하나의 傍證
的 자료가 된다고 할 수 있다.

중국의 남성들은 무지몽매하였지만, 오랜 과거에서부터 현대에 이르기까지 중국인
들의 삶을 지배해 왔던 봉건예교사상, 특히 家父長的 논리와 男尊女卑를 강조하는
봉건적 윤리이념과 그 습속만큼은 철저하게 익혀왔고, 그것을 부녀자들에게 유감없
이 발휘하며, 사람이 가축을 다루고 지배하듯이, 그들 여성들을 지배하였다. 철두철
미한 男尊女卑思想을 강조하는 봉건윤리제도와 봉건 습속을 常情처럼 받아들이는 남
성들의 지배에서 한 치도 벗어나지 못한 채, 노예처럼, 가축처럼 살아 온 중국 여성들
의 모습을 이 곳 농촌 마을 부녀자들의 삶 속에서 확인해 볼 수 있다.

麻面婆, 月英, 金枝 등을 위시한 이 곳 마을 사람들의 삶은 거의 누구나 할 것 없이
속박과 파괴의 공간 속에서 수난과 고통으로 점철된 삶의 과정을 겪어야 했다. 작가

---

36) 鄒午容, 「新時期蕭紅研究述評」(『文學評論』 第四期, 1988)
37) 葛浩文, 『蕭紅新傳』, 三聯書店, 1989, pp.158-159.

는 대립과 속박의 과정을 세 가지 공간의 형식으로 설정하였는데, 이 곳 마을 사람들
은 사람마다 한 개 내지 두 개, 또는 세 개의 속박 공간을 거치며 죽음에 이르게 된다.
麻面婆, 月英, 金枝 등 이들 부녀자들에게 있어 極惡的 봉건관습이 지배하는 가정은
동물을 가두어 놓는 우리와 같은 속박과 파괴의 공간이었기에 이들의 삶은 속박의
울타리에서 묵묵히 살아가는 가축과 같다고 작가는 인식했다. 그래서 작가는 이들의
삶을 동물의 삶에 비유하고, 말, 돼지, 강아지, 닭과 같은 家畜 家禽 이상의 존재로서
의 의미를 갖지 않는다고 하였다. 麻面婆, 月英, 金枝, 王婆 등, 이 곳 마을의 아낙들
은 태어나면서부터 비인간적 봉건주의 습속에 젖어 살아 왔기 때문에, 남편들에게
욕먹고 구타당하며 사는 것을 지극히 당연한 일로 생각하였다. 따라서 이들이 가정문
제에 있어 是是非非를 따진다거나, 때로는 남편에게 저항한다든지 하는 것은 거의
불가능한 것이었다. 속박 속에서의 그들의 삶의 모습은 집 안의 가축처럼 오직 순종
하며 살아야 했으니, 그들의 삶은 家畜이나 家禽과 다를 게 없었던 것이다. 작가 소
홍이 볼 때, 부녀자들이 사는 모습이 닭과 같았으니, 그들이 사는 곳은 당연히 닭장일
수밖에 없었고, 그들 삶의 행태가 개나 다를 바 없었으니, 그들이 아이를 낳는 것은
개가 강아지 새끼를 낳는 것과 같은 것이었으니, 이러한 시각적 논리가 바로 작품에
그대로 서술되어 나타났다.

　　"농가들은 닭장과 같았다. 닭장에 불을 집어넣으면, 그 속에 갇힌 닭들이 푸드득푸
　드득 난리법석을 피우는 것과 아주 흡사했다."[38] "집 뒤의 풀 더미 위에선 개가 새끼
　를 낳고 있었다. 어미 개는 사지를 떨며, 온 몸을 뒤 틀고 있었다. 꽤 오랜 시간이
　지난 다음 강아지가 태어났다. 따뜻한 계절이 돌아오자 온 마을이 새끼를 낳느라고
　바빠졌다. 어미돼지는 무리를 이룬 새끼들을 거느리고 느릿느릿 지나갔다. 또 어떤
　어미돼지는 배가 너무 커서 걸어 갈 때, 땅바닥에 닿고 있었다. 그 돼지의 많은 젖통
　에는 젖이 잔뜩 들어 있었다."[39]

　　"4월에는 참새들도 새끼를 낳았다 …(중략)… 농촌에서는 사람과 동물이 다 같이

38) 『蕭紅小說全集』, 中國致公出版社, 2001, p.195.
39) 『蕭紅小說全集』, 中國致公出版社, 2001, p.212.

새끼 낳느라고 바빴고, 죽느라고 바빴다. …(중략)… 기운이 없대요. 早産이라고요! 이씨네 둘째 형수가 곧 죽어요. 王婆는 곧 이로 인해 麻面婆를 버려두고 급히 어촌으로 달려갔다. 다른 산파가 왔을 때, 麻面婆의 아기는 이미 흙바닥에서 울고 있었다. 산파가 막 울게 된 아기를 씻겨 주었다. 王婆가 돌아오는 길에 창밖의 담장 밑에 누구 집 것인지는 모르는 돼지 한 마리도 새끼를 낳고 있었다."40)

개가 새끼를 낳았으니, 개와 다를 바 없는 사람도 아이를 낳은 것이요, 또 사람이 아이를 낳았으니, 사람과 같은 돼지도 새끼를 낳게 된 것이다. 당대 농촌 부녀들의 삶의 모습을 동물적 삶으로 표현한 것은 작가만의 독특한 개성적 표현이라고 할 수 있는데, 작가는 부녀자들의 가련한 삶의 모습을 통해 봉건주의적 삶의 방식과 習俗이 얼마나 고통스럽고 非人間的인 것인가, 또 어떻게 그들을 가축과 다름없는 존재로 만들어 왔는가를 독자들에게 말하고 있다. 이러한 사실과 관련해 王培元은 이들이 드러낸 동물의 모양은 사자 호랑이, 매 같은 걸출하고 웅혼한 동물이 아닌 소, 말, 돼지 같은 동물, 유순하고, 참을성이 많고, 馴化되어 야성과 활력이 결여된 가축과 같은 동물이라고 했다.41) 농촌 아낙들이 처해 있던 속박적 현실을 강조하기 위한 작가의 의도는 것이 작가의 의도였던 것이다.

철저한 家父長的, 男尊女卑的 봉건관습 등이 가정을 속박과 파괴의 공간으로 만들었다면, 이번에는 또 다른 봉건관습이 마을 전체를 또 하나의 束縛과 파괴의 공간으로 만들었다. 마을 전체를 지배하고 있는 전근대적 봉건관습, 즉 계급논리에 따른 착취 내지 억압으로 가득 찬 농촌마을의 현실이 이 곳 마을 사람들에게 또 하나의 속박과 파괴의 공간이 되었던 것이다. 그 대표적인 것이 王婆가 자신의 자식처럼 기르던 말이 마피를 탐내는 지주의 탐욕에 의해 도살되는 사건이다. 그러나 그녀에게 가정이외에도 속박은 또 있었다. 王婆는 馬皮를 갖고 싶어 하는 地主의 압박 때문에 친자식처럼 기른 말 한 필을 도살장으로 보내야 했다. 비록 동물이었지만, 말이 그렇게 죽게 되자 王婆는 사람이 죽은 것 이상의 슬픔을 느낀다. 王婆는 地主의 농간에 무기력하게 허물어지는 모습을 보인다. "단지 한 장의 말가죽 때문에, 주인은 무자비

40) 『蕭紅小說全集』, 中國致公出版社, 2001, pp.213-214.

41) 王培元, 「"生死場"的歷史感和悲劇意識」(『中國現代文學研究叢刊』, 作家出版社, 1989.2., p.138)

하게 그 말을 도살장에 보내고 바로 그 말가죽 한 장의 가치에 해당되는 돈을 지주는
또 王婆의 손에서 빼앗아 갈려고 했다. 王婆의 마음은 이미 허공 속에 매달려 있는
것 같이 느껴졌다. 판자 울타리에 못 박혀 있는 소가죽 한 장을 보자, 그녀는 그 높은
곳에서 떨어 질 것 같았다."42) 가난과 궁핍 때문에, 地主 앞에서 노예처럼 행동할
수밖에 없는 王婆의 심정을 묘사한 이 대목에서 작가는 도살장에 끌려간 말처럼, 또
는 도살되어 가죽 한 장 남겨 놓은 소와 다를 바 없는 농촌 마을 여성들의 삶을 보여
주고 있다. 단지 한 장의 말가죽 때문에, 지주는 무자비하게 그 말을 도살장에 보내
고, 그것도 모자라 말가죽 한 장의 가치에 해당되는 돈마저 또 빼앗아 갈려고 하는
착취의 현실이 농민들의 삶을 고통스럽게 만드는 또 하나의 속박과 파괴의 공간이었
다. 전염병이 마을을 덮쳐 아이들이 죽어가는 데도, 서양의사들의 치료와 예방주사
를 거부한다. 오랜 기간 봉건 구습과 무지 속에서 살다보니 서양의사를 서양귀신으로
간주하며 그들을 기피하는 것이다. 봉건 구습과 무지가 지배하는 공간 속에서의 삶은
또 하나의 속박과 파괴의 공간이었다. 이 같은 속박과 파괴의 공간 속에서 마을 사람
들, 특히 부녀자들은 무지몽매하져 동물처럼 살아 올 수밖에 없게 되었다. 더욱이
雪上加霜의 式으로 이들 부녀자들은 근대화된 도시문명의 영향을 받지 못하는 낙후
된 벽지 농촌에서 살아 온 탓에, 그들의 모습에서는 온전한 인간적 삶의 체취는 전혀
찾을 수 없고, 순종하는 노예 또는 가축처럼 살아 온 삶의 흔적 밖에 보이지 않았다.
이씨네 둘째 형수는 死産을 한다. 다섯째 고모 언니의 아이는 어머니의 고통스러운
몸부림 속에 태어나기는 하나, 바로 죽어버린다. 산파가 산모를 안아 일으켜 세울
때에 아이가 땅바닥으로 떨어져 죽은 것이다. 이렇게 마을 사람들은 애나 어른 구별
할 것 없이, 하나씩 하나씩 허무하게 죽어갔다. 전쟁이나 엄청난 자연재해가 발생한
것도 아닌데, 사람들 이 죽어 나가는 것이 너무 흔한 일이 되다 보니, 마을에는 주검
이 넘쳐난다. 작가는 그 모습을 다음과 같이 묘사하고 있다. 농촌 여성들의 삶의 모습
을 주로 동물 가축에 비유하였다. 家畜的 삶의 모습은 너무나 하찮고 茶飯事처럼 되
어 버린 죽음과 함께 황폐화된 농촌의 모습과 농촌 여성들의 비참한 삶을 상징하고
있다. 家畜的 삶의 현실은 작품의 주제로서 먼저 언급된 "주검으로 얼룩진 대지의

---

42) 『蕭紅小說全集』, 中國致公出版社, 2001, p.203.

형상"과 더불어 황폐화된 당대의 농촌 사회, 농민들의 삶을 표현하는 兩大 상징물로
서 역할을 하고 있다는 것이다.

> "공동묘지에는 시체들이 낭자하게 놓여 있었다. 아무도 파묻지를 않아, 들개들이
> 시체들 사이에서 돌아다니고 있었다. 태양은 피처럼 빨갛게 되었다."43) "사람이 죽
> 어도 곡성을 들을 수 없었다. 짚단으로 시체를 말았거나 또는 관에 넣어 그것을 들고
> 공동묘지로 가는 모습이 계속 이어져 끊이지 않았다. …(중략)… 들개는 먼 곳에서
> 편안하게 뼈를 부숴 씹는 소리를 내고 있었다. 개들은 만족을 느꼈다. 개들은 다시는
> 먹을 것을 찾느라고 미쳐 날뛰지도 않았고, 다시는 살아 있는 사람을 사냥하지도 않
> 았다."44)

그러나 이 곳 부녀자들, 마을 사람들을 죽음으로 내 몰고 간 것은 이 같은 두 개의
속박이 전부가 아니었다. 마을 사람들이 두 개의 속박과 파괴의 공간 속에서 고통스
러운 삶의 여정을 보낸 지 십년의 세월이 흘렀다. 일제의 침략이 시작되고 마을은
이제 일제의 지배라고 하는 새로운 속박과 파괴의 공간으로 들어간다. 외형상 마을의
상황은 십년 전과 똑 같고, 日帝의 침략으로 마을에 일본 국기가 내 걸린 것이 다르다
면 다른 모습이라고 작가는 말한다. 마을 사람들의 삶의 모습에는 아무 것도 달라
진 것이 없었으나, 그들의 의식에는 변화가 있었다. 日帝에 대한 저항 의식이 움트기
시작했다. 그러나 그들의 죽음의 과정은 멈추지 않았다. 9.18 사변 후, 日帝가 동북
지방을 침략하면서, 항일운동을 하던 어린 여학생조차도 일본인에게 희롱당한 후 살
해되어 공동묘지에 아무렇게나 던져지는 참상이 발생한다. 前男便의 마지막 혈육이
었던 王婆의 딸마저도 일본군에 의해 총살당한다. 義勇軍을 조직하여 싸우던 마을
사람들도 저항이 실패로 돌아가고 일본군은 더욱 더 혈안이 되어 사람들을 살해했다.
二里半의 아내 麻面婆의 그의 아들 羅圈腿도 피살되었고, 北村의 한 노파 역시 하나
밖에 없는 외아들이 마을 사람들로 조직된 義勇軍에 가담하였다가 죽게 되자, 이에
충격을 받고 삶의 의욕을 잃어버린 채, 세 살 먹은 손녀의 목을 매달아 죽이고 자기도

---

43) 『蕭紅小說全集』, 中國致公出版社, 2001, p.220.
44) 『蕭紅小說全集』, 中國致公出版社, 2001, p.221.

자살하는 끔찍한 사건도 일어났다. 이 처럼, 마을 사람들의 죽음은 일제의 침략 이전이나 이후에도 아무런 변화가 없다는 듯이 계속 진행되고 있었다. 무자비한 가정과 봉건 구습과 무지라고 하는 두 개의 속박의 공간 가지고는 부족이라도 하다는 듯이, 일제의 침략과 지배라는 또 다른 속박 속에서 이 곳 마을 사람들의 삶의 대부분은 없어지고 마을은 生場이 아닌 완전한 死場으로 변하게 된다.

죽음이 생활 속에서 茶飯事처럼 되어 버린 탓에, 삶이 죽음을 위해 존재하는 것처럼 여겨지는 그런 삶이었다. 다시 말해, 그들의 삶에 있어 무엇이 生이고, 또 무엇이 死였는지 구분이 되지 않을 정도로 죽음은 끊임없이 반복되었다. 그 결과 죽음이 너무 반복되다보니, 사람들에게 죽는 것은 사는 일보다 더 容易한 일이 되었고, 따라서 삶은 더 이상 특별한 일이 아닌 것으로 되어 버린 곳이 바로 죽음의 피로 얼룩진 터전으로서의 '生死場'이었던 것이다. 「生死場」은 제목 그대로 죽음이 없으면 플롯이 존재하지 않는다고 해도 과언이 아닐 정도로, 죽음은 작품에서 모티프 그 이상의 역할을 하고 있다. 작품에서 죽음이 너무나 일상적인 일이 되었기 때문에, 마을 사람들이 살아왔던 삶의 과정은 삶의 이야기라기보다는 죽음의 이야기. 즉 '그들이 어떻게 생활하며 살아왔나'라는 '삶의 과정'에 대한 이야기라기보다는, '어떻게 왜 죽어갔나'라는 '죽음의 과정'을 그린 작품이라고 해도 과언이 아니라는 것이다. 胡風은 이들의 삶을 피 자국으로 얼룩진 대지와 같은 삶이라고 정의했다. 胡風은. "사람을 흥분하게 하는 것은 이 작품이 무지하고 어리석은 남녀들의 슬픔과 기쁨, 고뇌를 그리고 있을 뿐만 아니라, 푸른 하늘 아래 피 자국으로 얼룩져 있는 대지와 그 피 자국으로 얼룩진 대지 위에 흐르고 있는 강철과 같은 무거운 전투의지를 그려냈다고 했다."[45] 胡風의 지적대로 王婆, 金枝, 月英 등을 중심으로 하는 이곳 마을 사람들의 삶은 피 자국으로 얼룩진 대지 위의 삶, 즉 고난과 역경의 삶 그 자체였다고 할 수 있다. 이 곳 마을 사람들의 피 자국으로 얼룩진 대지와 같은 삶을 작가 蕭紅은 공간의 반복과 이동이라는 구도를 통해 묘사하였다.

「生死場」은 농촌의 현실과 농민들의 삶의 모습을 동시대 여느 작품과 비슷하게 支配와 被支配라는 대립과 속박, 내지 속박과 파괴의 구도 속에서 묘사되고 있다. 대립

---

45) 胡風, 「"生死場"讀後記」(『蕭紅全集』, 哈爾濱出版社, 1991, p.146)

과 속박의 구도는 동시대 농민소설에서 흔히 볼 수 있는 일반적 구도의 형태라고 할 수 있다. 그러나 「生死場」에서의 구도는 여타 작품에서와 같이 지배와 피지배의 관계가 나(우리)와 敵이라고 하는 도식적이면서 相爭的 관계에서 시작된 것이 아니라, 夫婦 내지 하나의 家庭이라고 하는 相同的 틀, 또는 共生的 관계 속에서 만들어 졌다고 하는 사실인데, 이러한 관계 설정은 기타 농민소설에서 보기 어려운 「生死場」만의 서사적 논리라고 할 수 있다. 뿐만 아니라, 「生死場」은 공간의 이동이라는 형식을 취하고 있어 공간소설로서의 특징을 여실히 보여주고 있다. 이 곳 마을 사람들은 세 개의 공간 과정, 즉 남성지배하의 자신들의 家庭에서 첫 번째 죽음을 맞이하다가, 봉건 농촌의 無知蒙昧한 삶이 지배하는 자신들 마을의 사회적 환경 속에서 두 번째 죽음을 맞이했다. 그리고 이들은 마침내 日帝가 支配하는 살육의 공간 속에서 세 번째 죽음을 맞이하는데, 이 같은 세 개의 공간과정의 이동을 거치며 이들은 全滅的 죽음에 이르렀던 것이다. 전술한 바와 같이, 「生死場」은 시간적 순서에 따른 因果的 사건의 전개 없이, 각 장면 마다 펼쳐지는 마을 사람들의 삶의 모습을 표현하는데 초점을 맞춘 인물중심 내지 공간중심의 소설이라는 장르적 특징을 나타내고 있다. 작가는 동시대 농민들의 삶을 속박과 파괴로 형식화된 세 가지 공간의 순차적 반복과 이동이라는 서사 형식을 통해, 그리고 속박과 파괴에 의한 철저히 희생되는 삶의 본질을 가축 동물에 대한 이미지와 비유를 통한 强化라는 독특한 표현을 통해 나타내고자 했다. 이 점이 바로 동시대 작품에서 보기 어려운 「生死場」의 문학적 특징 가운데 하나라고 할 수 있다.

「生死場」은 철저한 공간중심의 소설이다. 「生死場」은 공간중심의 소설답게 시간을 空間化하는 同時的 서술기법을 추구하고자 했던 작품이다. 공간소설의 가장 핵심적인 특징은 同時性이라고 할 수 있다. 「生死場」은 한 폭의 커다란 농촌풍속화를 펼쳐 놓은 것처럼, 어느 농촌 마을에서 벌어지는 다양한 사건과 여러 사람들의 다양한 삶의 모습을 동시적으로 묶어 병렬적으로 제시함으로써 同時性을 통한 시간의 空間化를 추구하고자 했던 양상을 강하게 나타내고 있다. 시간의 順次性이 因果性과 연결되듯, 空間性의 同時性은 等質性과 맺어진다. 공간형 플롯의 특징으로는 별개의 사건이 동시에 제시되면서 等價的 의미를 암시하는 竝列的 性格이 거론될 수 있는

데, 「生死場」은 철저한 공간중심의 소설 즉 병렬적 성격의 플롯이 서사의 핵심으로
작용하며 시간을 空間化하는 특징을 보여주고 있다. 작가는 병렬적 플롯, 시간의 공
간화라는 서사의 특성을 통해, 어느 한 농촌 마을 사람들의 동일한 삶의 모습을 共時
的으로 또는 同時的으로 표현하고 있는데, 작가의 이 같은 의도는 매우 독특한 구성
방식으로 평가될 수 있다. 前章에서 언급한 바와 같이, 「生死場」은 인물중심의 작품
인데, 한편으로 시간의 공간화는 「生死場」이 갖는 인물중심의 성격소설로서의 특징
에 기인하기도 한 것이다. 성격소설에서는 시간이 전제가 되고 공간 가운데에서 일
련의 사건이 계속해서 분배되고 개조되는 정적인 패턴으로 나타난다는 것이 대체적
인 특징이라고 할 수 있는데, 46) 한 마디로 말해, 「生死場」이 갖는 서사양식의 제
특성은 철저한 인물중심의 작품 및 공간중심의 작품이라는 사실에서 연유했다고 보
아야 할 것이다.

　앞서 언급한 바와 같이, 「生死場」에는 작품 전체를 아우르는 일관된 사건과 시간적
순서에 따른 사건의 인과적 전개도 없다. 작품 전체를 통틀어 대표할 만한 주인공도
없이, 사건으로서의 농촌 사람들의 갖가지 삶의 모습이 章 別로 또는 場面 別로 나뉘
어져 동시발생의 형태로 서술되고 있다. 이러한 특징을 한마디로 말한다면, 작품의
이야기가 시간적 순서에 의한 그리고 인과적 표현방식이 아닌, 공간적 순서에 의한
나열방식으로 서술되었다는 말로 요약될 수 있을 것이다. 이와 관련해 楊義는 "蕭紅
의 소설은 산문화되었다고 전제하며, 그녀의 中 長篇小說은 모두 建築學上에서 말하
는 구조와 구성 체계 같은 것이 결핍되어 있다."고 했다.47) 아울러 "蕭紅의 고뇌는
천재의 고뇌이고, 그녀의 작품은 하나의 격식에 메어 있지 않고, 진솔하면서도 자연
스럽다. 개성을 드러냄에 있어 전통적 소설학을 바꿔 썼다고 했는데,"48) 소설이 산문
화되어 있고, 구조와 구성체계가 결핍되었다고 하는 것은, 작가가 자신이 이야기하
고자 했던 바를 사건의 總和를 도모하는 전달기법이나 이야기의 因果的 전개방식을
통해 추구하지 않았음을 의미하는 것이다. 蕭紅은 대부분의 기존(전통적인) 소설에서
견지되어 왔던 연대기적, 인과적 질서에 의해 진행되는 時間敍述的 기법이 아닌 空間

46) Edwin Muir, 『The Structure of the Novel』(안동철 역, 『소설의 구조』, 정음사, 1975, pp.71-72)
47) 楊義, 『中國現代小說史』, 人民文學出版社, pp.567-568.
48) 楊義, 『楊義文存第4卷 / 中國現代文學流派』, 人民出版社, 1998, p.185.

敍述的 기법을 이용하여, 다양한 사람들과 그들이 벌이는 서로 다른 삶의 양태를 한데 묶어낼 수 있었고, 또한 그렇게 함으로써, 농촌 마을사람들의 艱難辛苦하고 愚昧했던 삶의 樣態를 총체적으로 드러내 보일 수 있었다.

작가 蕭紅은 哈爾濱 부근 어느 한 농촌마을의 생활상과 사람들의 삶의 모습 등을 시간적 계기성에 의해 敍述하지 않고, 삶의 모습에서 발생하는 각각의 에피소드들을 최대한 동시적으로 형상화시켜 소설 전체를 空間化시켰다. 시간의 공간화를 추구했다거나 또는 동시적 형상화를 추구하였다는 것은 시간의 연속성을 해체하고 행위의 전후를 커트, 倂置시킴으로써 확보되는 同時性을 敍事의 근간으로 삼고 있다는 것인데, 이러한 시간의 공간화 현상은 모자이크 공간 몽타주와 같은 기법의 문학적 표출에 해당되므로 映畵式 서사기법의 援用이라고 할 수 있는 것이다. '몽타주'의 사전적인 뜻은 따로 따로 촬영된 화면을 효과적으로 떼어 붙여서 화면 전체의 유기적인 구성을 이루어내는 영화나 잡지의 편지구성에 있어서의 한 방법을 지칭한다. 몽타주의 주된 기능은 '共存'을 표현하기 위한 하나의 영상에 초점을 맞추어 두고 그 주위를 관련이 있는 영상으로 에워싸서 한 주제에 대해서 다양하거나 복합적인 관점, 즉 내면생활과 외면생활의 동시적 표출이나 삶의 多元性을 보여주기 위한 것이다. 카메라의 촬영방법에 의한 몽타주수법이란 다양한 계층의 다층적인 삶의 양태를 최대한 동시에 形象化하기 위하여, 각각의 에피소드들의 조합적인 배열인 공간 몽타주의 수법과 시점의 이동을 통한 영화의 기법을 일컫는다.[49] 몽타주의 주된 기능은 '공존'을 표현하기 위한 것으로, 하나의 映像에 초점을 맞추어두고 그 주위를 관련이 있는 映像으로 에워싸서 하나의 주제와 관련되어 다양하게 그리고 복합적으로 드러나는 양상, 즉 복잡 다양성을 보여주는 데 있다. 「生死場」에서 蕭紅은 이 같은 몽타주 기법의

---

49) 몽타주 또는 모자이크식 서술기법은 파노라마적, 鳥瞰的, 자유로운 장면 이동, 인물에 의한 모자이크 시점 같은 공간이동의 변화기법을 말한다. 원근법, 몽타주 모자이크 기법 방식은 영화에서 사용되는 撮影技法임을 감안해 볼 때, 이 작품에서 사용된 원근법, 몽타주 기법 등은 映畵式 敍事技法 또는 영화적 표현기법으로서의 의미를 갖는다. '映畵式 敍事技法, 映畵的 表現技法'이라는 것은 영화촬영과 영화편집의 기법에서처럼, 시간의 연속성을 무시하고, 각 장면마다 펼쳐지는 인물행위의 전후를 커트 내지 竝置시킴으로써 동시성과 공간성을 획득하는 표현기법을 말한다. 이러한 기법은 영화가 카메라라는 기계의 자율적 이동에 따라 공간과 공간을 자유로이 전환하여 각 장면과 장면을 커트시켜 이어줌으로써 의미를 만들어 내는 것에서 유추한 것이다.

Susan S. Lancer, 『The Narrative Art』, Princeton Univ. Press, pp.191-198.

援用을 통해 서로 비슷하거나 대조적인 사건과 장면들을 竝置해 보이기도 하고, 카메라의 눈으로 자유롭게 동시적으로 장면을 제시하거나 또는 여러 人物群들의 각양각색의 삶의 모습과 행동들은 물론이려니와 심지어 마을의 景觀과 지리적 환경 등을 모자이크하여 농촌마을 사람들의 삶의 縱橫圖를 특색 있게 그려냈다. 아울러, 이 같이 동시성을 서사의 根幹으로 하는 몽타주의 서술기법은 작품이 주는 풍속도의 이미지를 한층 더 강화시키고 있다. 하나의 큰 화폭에 여러 가지 생활상을 곳곳에 그려 놓은 그림을 보는 것처럼, 「生死場」을 읽는 독자는 한 폭의 비극적인 農村風俗畵를 보는 느낌을 갖게 된다.

앞서 언급한 「生死場」이 전통적 소설학을 바꿔 썼다는 楊義의 이야기는 작가가 時間의 空間化라는 몽타주 서술기법을 사용했다는 사실도 포함된 것으로 해석해 볼 수 있다. 이러한 기법은 소설의 전통적인 창작기법에서는 사용하지 않는 것이기 때문에, 소설 같지 않은 인상을 주는 것이고, 또한 소설 같지 않은 부분으로 인해, 사람들의 관심을 더욱 끌게 되는 것이다. A.하우저는 "영화에서는 공간이 시간 비슷한 성격을 띠고, 시간은 또 어느 정도 공간적인 성격을 갖는다."[50)고 했는데, 「生死場」에 나타난 이 같은 서사기법은 映畵的 특성에서 파생되는 것과 같은 현상으로 이해될 수 있다.

몽타주 기법을 통한 동시적 전개 내지 동시적 제시는 通時性의 共時性화라는 時空性을 구성하고, 일상적 삶의 다양성과 통일성을 함께 포착함으로써 현실을 보다 총체적으로 표현하려는 작가의 의도에서 나온 것이라고 할 수 있다. 다시 말해, 通時性의 共時性化는 통합적 인과적 질서보다 계열적, 내지 병렬적 질서를 우선함으로써, 여러 인물들의 생활상과 삶의 모습들을 서로 비교, 대조할 수 있게 하기 때문에, 여러 사람들의 삶의 방식을 효과적으로 표현하는 기법이 된다. 「生死場」은 困窮하고 고통스러웠던 농민들의 다양한 삶을 동시에 보여주기 위해 몽타주수법을 원용하고 있다. 시간을 공간화시킴으로써 농민들의 다양한 삶의 모습을 동시에 내보이는 몽타주 화

---

50) A.하우저는 "영화와 다른 예술 간의 가장 근본적인 차이는 시간과 공간의 경계가 유동적이라는 점이다. 즉, 영화에서는 공간이 시간 비슷한 성격을 띠고, 시간은 또 어느 정도 공간적인 성격을 갖는다."고 했다.
   A.하우저, 白樂晴·廉武雄 共譯, 『文學과 藝術의 社會史(現代篇)』, 創作과 批評社, 1989, p.242.

면 구성방식의 서술기법을 취하고 있다는 것이다. 통시성의 공시성화, 즉 시간의 공간화 방식은 독자들로 하여금 스토리 위주에 의존했던 기존의 문학적 인식에서 크게 벗어나, 소설 자체를 공간 예술의 일부로 인식케 하면서, 텍스트의 시각화를 얻게 한 획기적이고도 전환적 조치로 평가받을 수 있다.

　蕭紅의「生死場」은 인물의 형상화와 서사기법 등에 있어 동시대 여타 소설과 그것과는 크게 구별되는 독특한 양식을 가진 작품이었다.「生死場」은 철저한 공간 중심의 소설로서, 작품의 기법과 형식 등에 있어 종래의 그것과는 크게 다른 독특한 서사양식을 보여주며 중국 현대소설사에 새로운 이정표를 세운 작품이라고 할 수 있다.

　「生死場」에는 작품 전체를 일관하는 특별한 사건도 없고, 시간적 순서에 따른 사건의 인과적 전개도 없을 뿐만 아니라, 작품 전체를 통틀어 대표할 만한 주인공도 없이, 여러 사람들의 삶의 모습이 章節 별로 또는 場面 별로 각기 서술되고 있을 뿐이다. 다시 말해, 작품 전체를 아우르는 사건과 주인공 없이, 또한 시간적 전이와 인과적 논리에 따른 사건의 전개과정 없이, 마을 사람들의 갖가지 삶의 모습이 각 章節마다 개개의 사건으로 등장하는 서술방식을 취하고 있다. 이 같은 공간 소설로서의 특징은 여타 소설에서는 쉽게 볼 수 없는 획기적이고도 독특한 서사방식이라고 할 수 있다.

　농민소설로서「生死場」은 농촌의 현실과 농민들의 삶의 모습을 동시대 여느 작품과 비슷하게 支配와 被支配라는 대립과 속박, 내지 속박과 파괴의 구도 속에서 그려내고 있으나,「生死場」의 구도는 여타 작품에서와 같이 지배와 피지배의 관계가 나(우리)와 敵이라고 하는 도식적이면서 相爭的 관계에서 시작된 것이 아닌, 夫婦 내지 하나의 家庭이라고 하는 相同的 틀, 또는 共生的 관계 속에서 만들어 졌다. 이러한 관계 설정은 기타 농민소설에서 보기 어려운「生死場」만의 서사적 논리라고 할 수 있다.

　뿐만 아니라,「生死場」은 공간의 반복과 이동이라는 형식을 취하고 있어 공간소설로서의 특징을 여실히 보여주고 있다. 이 곳 마을 사람들은 세 개의 속박과 파괴의 공간과정, 즉 남성지배하의 자신들의 家庭에서 첫 번째 죽음을 맞이하다가, 봉건 농촌의 無知蒙昧한 삶이 지배하는 자신들 마을의 사회적 환경 속에서 두 번째 죽음을 맞이하였고, 마침내 日帝가 支配하는 살육의 공간 속에서 세 번째 죽음을 맞이하였는데, 이 같은 세 개의 속박과 파괴의 공간의 반복과 이동을 거치며 이들은 全滅的 죽음에 이르렀던 것이다. 작가는 동시대 농민들의 삶을 속박과 파괴로 형식화된 세 가지 공간의 순차적 반복과 이동이라는 서사 형식을 통해, 그리고 속박과 파괴의 공간 속에서 철저히 희생되는 삶의 본질을 가축 동물에 대한 이미지와 비유를 통한 强調하는 독특한 표현양식을 통해 나타내고자 했다. 이 점이 바로 동시대 작품에서 보기 어려운 「生死場」의 문학적 특징 가운데 하나라고 할 수 있다.

5. 서민 삶의 시대적 사회적 모습

老舍의 소설, 「駱駝祥子」

　　1930년대의 일부 작가들은 도시공간을 배경으로 都市社會가 내포하고 있는 병리적 諸 要素와 삶의 양식 또는 도시적 세태를 통해 사회문제를 제시하고 관찰하는 등, 자신들의 의식과 관심을 새로운 분야로 확산시켰다. 그들은 混濁하고 非人間的 도시공간에서 돈과 애정으로 인해 발생하는 인간들의 非道德的 乃至 非倫理的 행위, 신분문제, 인간탐욕의 문제, 양심의 문제 등을 직접적으로 노출시키며, 사회현실을 전체적으로 조망, 관찰하고자 노력하였던 것이다. 茅盾의 「子夜」와 老舍의 「駱駝祥子」는 이러한 장르의 확대, 관심의 확산의 대표적 소설로 인식될 수 있다. 茅盾의 「子夜」가 上海를 중심으로 펼쳐지는 상류 사회계층의 風俗圖를 보여 주었다고 한다면, 「駱駝祥子」는 北京을 중심으로 펼쳐지는 하류 서민계층의 삶을 그렸다고 할 수 있는데, 이들 두 소설은 人間群像들의 삶의 양식과 행위양식 및 그 현상을 그렸다고 하는 점에서 世態小說로서의 의미는 물론, 도시민의 생활생태와 世情, 풍속 등을 비교적 세밀하게 관찰하고 묘사했다는 점에서 都市小說로서의 類型的 特徵도 지닌다고 할 수 있다.

　　「駱駝祥子」는 人力車꾼 祥子라는 사람의 삶의 과정에 焦點을 맞춰, 결국에 있어서는 타락과 파멸에 이르는 도시 노동자의 비참한 운명을 그린 소설이다. 「駱駝祥子」는 一次的으로 祥子라는 사회현실에 의해서 좌절당하고, 결국에 있어서는 도덕심마저 상실한 채, 파탄의 구렁텅이 빠져 버리는 인간의 모습을 통해 궁극적으로는 인간운명의 決定素로서 사회현실을 이야기하고 비판했던 작품이었다. 작가는 도시 勞動者의 삶과 운명을 묘사하고, 도시민들의 생활양식, 행위양식과 그 단면, 도시의 풍속 등을 精緻하게 설명하는 가운데, 도시의 풍속이 만들어 가는 현실적 세태와 사회의 위력을 매우 중시하며, 이를 비판하고자 했던 것이다.

「駱駝祥子」는 작가에게 사실주의 작가로서의 명성을 가져다 준 대표적 소설로서 하층민들을 중심으로 한 북경 사람들의 삶의 모습, 세태 등을 올 곧고 정확하게 담아 냈다고 하는 점에서 중국현대소설사상 독특한 문학적 가치를 지닌다고 할 수 있다. 前述한 바와 같이, 이 작품은 어느 한 인력거꾼의 비극적 삶을 그리고 있는데, 20년 대 후반, 그러니까 1927년 가을부터 1931년 가을까지 군벌통치하에 놓여 있던 북경 을 배경으로, 인력거꾼이 자신의 인력거를 가지고 열심히 일해 행복하게 살고자 하는 소박한 꿈을 이루기 위해 孤軍奮鬪했으나, 결국에 있어서는 암흑적인 사회현실 속에 서 연거푸 좌절하고 파멸한다는 비극적인 내용을 플롯으로 하고 있다. 작가 老舍는 친구로부터 어느 두 인력거꾼에 관해 이야기를 듣는데, 이들 두 인력거꾼의 이야기는 「駱駝祥子」의 소재로서 그리고 이들 두 사람의 삶의 역정은 작품의 모티프로 작용하 게 되었던 것이다.[1] 이후 老舍는 그 해 여름에 이르기까지 이러한 이야기를 構想하다 가, 그 다음 해인 1937년에 이르기까지 『宇宙風』이라는 잡지 제25기에서 45기까지 연재하였다.

그러면 이 작품의 내용에 대해 살펴보자. 破産한 농촌출신의 祥子는 북경에서 인력 거를 끌며 생계를 유지한다. 그러다가 자신의 인력거를 갖기로 결심하는데, 자기만 의 인력거가 있어야 속박을 받지 않고 빨리 쉽게 돈을벌 수 있다고 생각하였기 때문 이다. 이에 그는 새인력거를 사기로 결심하고, 열심히 돈을 모으기 시작한다. 祥子는 새 인력거를 사기 위해 남들이 흔히 하는 담배와 도박도 하지 않으며 열심히 돈을 모았다. 이렇게 3년이 지난 뒤에 겨우 인력거 한 대를 살 수 있었다. 그에게 있어 인력거는 희망이었고 삶 그 자체였다. 그러나 군벌들끼리의 전쟁이 시작되었고, 따

---

1) 老舍는 산동대학 교수로 재직하던 1936년 어느 날, 같은 대학에 있던 어느 한 친구와 잡담을 나누던 중에 두 인력거꾼의 이야기를 들었다고 한다. "아마도 民國25년 봄이었을 것이다. 산동대에 있던 한 친구가 나와 잡담을 나누던 중에, 자기가 북경에서 인력거꾼 한명을 고용했었다는 이야기가 나왔다. 이 인력거꾼은 자신이 인력거를 샀다가 팔고 샀다가 팔고하기를 세 번이나 되풀이했으나, 결국은 끝내 가난에 시달렸다고 한다. …(중략)… 어떤 인력거꾼 한명이 군대에 잡혀갔었는데, 화가 복이 될 것을 누가 알았겠는가. 그는 군대가 이동할 때, 몰래 낙타 세 마리를 끌고 돌아 왔다는 이야기를 해 준 것이 다. 이 두 인력거꾼의 성씨가 무엇이고, 어디에 사는 사람인지 물어보지 않았다. 그 때 다만 인력거꾼과 낙타를 기억해 두었고, 이것이 바로 「駱駝祥子」 이야기의 골자가 되었다. 『老舍文集(第15卷)』, 人民文 學出版社, 1995, pp.204-205.

라서 도시 곳곳은 위험해지고, 길거리의 사람들도 뜸해졌다. 그러던 중, 가고 싶은 곳은 아니었지만, 요금을 비싸게 준다고 해서 북경의 외곽인 淸華대학 방향으로 가다가 西直門 밖에서 군벌의 군대들에게 잡혀 인력거를 빼앗기게 된다. 군대에 잡혀 인력거 强奪은 물론이고, 봄부터 여름까지 온갖 부역에 시달린다. 어느 날 밤, 군인들이 잡아 온 낙타를 끌고 탈출을 시도한다. 온갖 고통을 무릅쓰고 필사적으로 탈출한 祥子는 어느 한 큰 마을에 들러 목숨을 건지게 되고, 그 집의 주인에게 35원을 받고 낙타를 팔게 된다. 祥子는 건강과 정신을 어느 정도 회복한 다음, 그 돈을 가지고 再起하겠다는 마음을 먹고 다시 북경으로 돌아간다.

祥子는 西安門大街에 있는 人和廠에 인력거꾼으로 취직한다. 그 곳의 주인인 劉四爺는 나이 70을 바라보는 사람으로서 자신의 이익을 위해서라면 인신매매도 서슴지 않는 악질적인 인물이었다. 그에게는 虎妞라고 하는 외동딸이 있었는데, 그녀는 자신의 아버지를 도와 회사를 실질적으로 관리하고 있었다. 虎妞는 이름처럼 체격이 크고, 우락부락하게 생긴 데다 성격마저 남자 같아 어떤 남자도 그녀를 좋아하지 않았다. 그러나 도리어 그녀는 祥子를 좋아 하였다. 祥子는 낙타 판 돈 30원을 맡기고, 그 곳의 인력거를 끌기 시작하였다. 다시 새 인력거를 사겠다는 일념으로 열심히 일하였다. 어느 날 밤, 11시가 되어 祥子는 회사로 돌아오게 된다. 虎妞는 몸을 治粧하고 있다가 祥子를 보자 자기 방으로 끌고 들어와, 술 한 잔 같이 먹자고 유혹한다. 祥子는 이를 거절하지 못하고 술 몇 잔을 마시게 된 후, 그만 그녀의 방에서 쓰러지고 만다. 그리고 虎妞와 함께 밤을 보내게 된다.

얼마 뒤, 祥子는 옛 주인이었던 曹선생의 집에 다시 고용되어 인력거를 끌게 된다. 曹선생은 학식이 있는 온화한 사람으로서 처와 어린 아들 하나를 두고 있었다. 祥子는 虎妞와의 관계에 대해 羞恥心과 後悔를 느꼈으나, 이제부터 끊어 버리면 된다고 생각하고는 曹선생 집으로 옮겼던 것이다. 그리고 열심히 일하면서 돈을 모았다. 그렇게 여름이 가고 겨울이 돌아 왔다. 그러던 어느 날 밤, 虎妞가 祥子 앞에 갑자기 나타난다. 虎妞가 자신이 祥子의 아이를 임신하게 되었다고 말하자 祥子는 큰 충격을 받게 된다. 虎妞는 자신의 아버지의 생일에 임신사실을 고백하고, 祥子와 결혼하겠다고 말하면 결혼할 수 있을 것이라고 祥子에게 말하고, 지난번에 祥子가 맡겨 놓았던 30원을 돌려주고 돌아갔다. 祥子는 虎妞와 결혼할 생각이 전혀 없었으나, 북경을 떠나지 않는 한, 虎妞의 視野에서 벗어 날 수 없었다. 그는 이러지도 저러지도 못하는 進退兩難 속에서, 자신이 저지른 일이니, 책임을 진다는 뜻에서 그냥 虎妞와 결혼해 버릴까 생각도 한다.

　사람들이 설을 보낼 준비를 하며, 분주한 날을 보내던 어느 날 밤, 9시가 넘어서 祥子는 曹선생을 태우고 귀가하게 된다. 동쪽의 長安街에 접어들면서, 祥子는 어떤 자전거 한 대가 자신들을 미행하고 있음을 알게 된다. 曹선생은 집으로 가지 말고 左선생집으로 가라고 분부한다. 정보부원이 자신들을 미행했던 것이다. 祥子는 조선 생과 헤어지고 난 다음, 택시를 타고 혼자 돌아오게 되었는데, 집 앞에서 초인종을 누르는 순간, 미행해 왔던 정보부원이 祥子를 덮친다. 정보부원은 祥子를 반란당원 曹선생을 도왔다는 이유로 감옥에 보내겠다고 협박하는데, 감옥에 가기 싫으면 돈을 내라고 요구한다. 祥子는 이에 굴복하며 그 동안 모아 왔던 돈을 모두 내주고 만다. 있는 돈을 몽땅 털린 祥子는 할 수 없이 虎妞를 찾아 간다. 祥子는 劉四爺의 마음에 들게 하기 위해 虎妞가 시키는 대로 묵묵히 劉四爺의 일을 도왔다. 그러나 虎妞는 劉四爺로부터 결혼을 절대 허락받을 수 없음을 알고, 祥子와 함께 집을 나와 새 방을 얻고 동거에 들어간다. 동거 첫날밤, 虎妞는 자신은 임신하지 않았고, 결혼을 하기 위한 연극이었다고 말한다. 祥子는 또 한 번 자괴심 속에서 충격을 받는다.

　祥子가 계속 인력거 끌기를 원하자, 虎妞는 마지못해 자신의 돈을 풀어 祥子에게 인력거를 사 준다. 祥子는 기뻤고, 이를 통해 돈을 잘 벌 수 있을 것이라는 희망을 갖는다. 그 사이 劉四爺는 딸의 도움을 받지 못하게 되자, 재산을 정리하고 어디론가 사라져 버리는데, 이를 알게 된 虎妞는 분노와 슬픔 속에 어찌 할 바를 모른다. 이런 虎妞에게는 小福子라고 하는 친구 하나가 생겼는데, 그녀는 돈 때문에 군인장교에게 팔려간 적이 있었다. 小福子는 자신의 생계도 꾸려나가기 어려운 데다가 술주정뱅이 아버지와 어린 동생을 돌봐야 하는 고통스러운 처지에서 虎妞의 도움을 받으며 함께 그럭저럭 살아간다. 그러는 사이 虎妞는 임신을 하게 되나, 出産日이 되어 문제가 생긴다. 아기가 너무 커 難産이 되고, 이 때문에 적지 않은 돈을 들여 秘方을 쓰고 푸닥거리까지 하는 등, 별의 별 짓을 다 해 보았지만, 虎妞는 밤 12시 뱃속에 죽은 아기를 가진 채 숨을 거두고 만다.

　祥子는 인력거를 팔아 虎妞의 장례를 치루었다. 虎妞가 죽은 후, 祥子는 별로 가치

없는 虎妞의 재산을 정리하고, 자신의 후처가 되고 싶어 했던 小福子의 마음을 뒤로 한 채, 그 집을 떠나 버린다. 이후 祥子는 夏선생 집의 인력거꾼이 된다. 夏선생은 조용하고 소심한 사람이었으되, 부인 몰래 첩을 두며 두 집 살림을 하는 사람이었다. 그의 첩은 겉으로는 젊고 아름답게 보였으나, 돈쓰기를 좋아 하는 여자였는데, 祥子는 그 여자를 볼 때마다 죽은 虎妞를 떠 올리며 두 사람을 비교해 보곤 했다. 어느 날, 그녀는 祥子에게 밤을 사오라는 핑계를 대고 祥子를 유혹하여 밤을 보낸다. 다음 날 祥子는 이불 보따리를 걸머쥐고 운수회사로 돌아온다. 이 때문에 祥子는 성병에 걸렸고, 이 사실을 동료들에게 털어 놓는다. 이 일을 계기로 祥子의 생활방식과 태도 는 변하기 시작한다. 그래도 지금까지는 진실하고 성실하게 살아 보겠다는 마음, 나 름대로 순수함을 지키겠다는 마음 등을 던져 버리고, 되는 대로 거침없이 살겠다는 생각을 갖기 시작했던 것이다. 하지만 성실한 성품을 가진 祥子는 다시 열심히 일하 며 성실하게 살겠다는 마음을 먹었다. 그는 曹선생과 小福子에게 의탁하기로 마음먹 고 성실히 살아가기로 결심했다.

祥子는 먼저 曹선생을 찾아 가서 그 동안의 사정을 이야기하고 잘못을 사죄한다. 曹선생은 祥子를 용서하고 다시 자기 집 인력거를 끌도록 허락함은 물론, 小福子를 데리고 와서 함께 살면서 집안일을 돕도록 하였다. 祥子는 매우 기뻐하며 새로운 삶 에 대한 희망에 가득 차 있었다. 祥子는 小福子를 찾아 나섰으나, 그녀는 없었다. 수소문한 끝에 사창가에 있을지 모른다는 것을 듣고 그곳에 가보게 된다. 그 곳까지 가서 알게 된 사실은 小福子는 자신을 떠난 이후, 私娼街로 팔려가 살다가, 몸이 약 해 더 이상 지탱하기가 어려워 그만 자살하고 말았다는 것이었다. 小福子의 죽음이 가져다 준 충격은 祥子의 삶을 완전히 무너뜨렸다. 삶의 희망을 빼앗아 가는 것은 물론, 평범하고 소박한 인간으로 살아가겠다는 기본 의지마저 포기하게 만들었다. 이제 祥子는 인력거와 함께 인간으로서의 정신과 양심을 버리고 도박과 주색잡기 등 에서 낙을 찾는 고기 덩어리로서만 존재하게 된 것이다. 돈이 생긴다면 수단과 방법 을 가리지 않고 행동하는 추저분하고 비열한 존재가 되고 말았다. 祥子는 2,30전을 받고 데모 대열에 끼어 깃발을 휘두르러 다니고, 한 때에는 曹선생의 제자였으나, 이제는 부패하고 변절해 버린 阮明이라는 사람을 60원을 받고 팔아 넘겨 그를 총살 대에 오르게 할 정도로 잔인해졌다. 그 후 祥子는 남의 혼례가 있으면 깃발이나 양산

을 받쳐주고, 장례가 있으면 화환이나 만장을 만들어 주고 동전 몇 닢을 받아먹고
사는 내일이 전혀 없는 사람이 되었다.

「駱駝祥子」는 그 描寫가 매우 纖細하고 生動的이라는 사실에서 문학적 의미와 특
징을 찾을 수 있다. 주인공 祥子에 대해서는 물론이려니와, 虎妞, 劉四爺, 小福子
등 주요 등장인물의 성격과 심리에 대한 묘사가 매우 精緻하고 卓越하였고, 묘사에
쓰였던 언어 역시 소박하고 간결하며, 지방색을 풍부하게 나타내고 있었다. 사실은
이 작품의 문학적 가치를 설명해 주는 것이라고 할 수 있다. 그러나 이 작품에 보다
큰 문학적 의미와 가치를 부여하고 있는 것은 등장인물에 대한 이러한 섬세하고 깊이
있는 묘사, 지방색적인 언어를 통해 당대의 북경 도시민들이 만들어 가는 풍부한 世
情과 世態, 더 나아가 현실사회의 모습을 매우 逼眞하게 그려냈다고 하는 사실이다.

「駱駝祥子」에 대한 기존의 평가는 주인공 祥子의 비극적 운명과 그를 비극적 운명
으로 몰고 간 社會현실에 대한 비판으로 집중되고 있다. 이 작품은 주인공 자신을
둘러싸고 있는 사회현실을 극복하고자 했으나, 결국에 있어서는 현실에 정복당하고,
운명과 싸우다가 운명에 굴복하고 마는 비극적 이야기를 통해 죄악적인 사회현실과
그 제도 등을 비판하는 것으로 집약되고 있다. "작품은 祥子를 중심으로 하여 20년대
사회생활을 다방면으로 묘사하였다. 그 속에는 군벌혼전으로 인한 亂離, 건달과 형
사들의 약탈, 인력거주인의 착취, 속칭 나으리들과 마님들이 하층민들에 가한 능욕
등등이 망라되어 있다. 실로 당시의 현실은 선혈이 낭자하고 어수선하며 잔혹한 인간
지옥이었다. 祥子는 허덕이던 끝에 더 이상 어찌할 수 없이 이 인간지옥에 먹혀 버렸
다"고 평가하기도 했고[2], 黃修己는 "祥子의 운명은 바로 舊中國 都市貧民들의 공통
된 운명이었다. 祥子의 타락은 舊社會에 대한 강력한 고발인 것이다"라고 말함으로
써[3] 이 작품의 窮極的 의미가 무엇인지, 작가 老舍가 이 작품을 통해 근본적으로
밝히고자 했던 것이 무엇인가를 설명하고 있다.

이러한 사실과 관련해, 老舍 또한 스스로 "내가 관찰하고자 하는 것은 인력거꾼의
차림새에서 풍기는 것이라든지 언동과 태도에 나타나는 소소한 일들뿐만 아니라, 그
들 내면의 마음상태에서 지옥이란 도대체 어떤 곳인가를 관찰해 내는 것이다. 인력거

---

2) 권철·김제봉 編著, 『中國現代文學史』, 흔겨레, 1989, p.251.

3) 黃修己 著, 『中國現代文學發展史』, 中國靑年出版社, 1996, p.356.

꾼의 외면상으로 나타나는 것은 모두 그 생명과 생활에 있어 반드시 어떠한 근거를 가지고 있다. 이 근원을 찾아내야만 나는 밑바닥 사회를 그려낼 수 있게 된다."[4]고 했는데, 작가의 이 같은 언급은 보잘 것 없는 都市 인력거꾼 노동자의 정신과 삶을 지옥으로 만드는 존재, 즉 그를 에워싸고 있는 도시 뭇 인간들의 삶의 양식, 행위양식, 사회적 관습 등, 世態와 사회현실을 찾아 이를 드러내고 비판하기 위한 작가의 의도를 보여 주는 것이라고 할 수 있다. 「駱駝祥子」에서 작가가 궁극적으로 나타내고자 한 것이 祥子를 둘러싸고 있는 여러 계층의 사람들이 보여주는 삶의 양식, 행위양식과 그들이 엮어가는 도시적 세태, 그리고 그러한 세태를 통해 표현되는 사회현실에 대한 비판이었다. 이러한 특징과 의미는 世態小說로서의 그것과 일치하고 있다. "소설은 리얼리티의 持續的인 探索이다. 소설의 탐구영역은 항상 사회적 세계이며, 그 분석의 재료는 항상 인간영혼의 방향을 지시해주는 世態라는 것"을[5] 想起해 볼 때, 「駱駝祥子」는 世態小說로서의 특징과 의미를 드러내고 있는 작품이다. 이와 관련해 "작가 老舍는 사회 각 방면과의 접촉을 통해서 서로 다른 계층의 다양한 생활모습, 각기 다른 가정의 다른 운명, 다양한 성격을 지닌 각종 인물의 행위 등을 묶어 한 폭의 입체적인 생활도면을 빚어내어 인물이 활동할 수 있고 성격이 발전해 가는 전형적인 사회현실을 구성하였다."고 했는데,[6] 이러한 설명 또한 世態小說로서 특징과 함께 작품의 서사적 면모와 특징을 드러내는 하나의 傍證이 되고 있다. 이렇게 볼 때, 「駱駝祥子」는 世態小說이라는 小說類型學的 側面에서 그 문학적 特性을 살펴야 할 必要性과 함께 그 當爲性이 제기되는 것이다.

일반적으로 世態小說은 장르적 내지 유형적 성격상, 시간보다 공간이 중시되고, 시간은 공간의 지배를 받게 되며, 공간이 중시된 까닭에 시간적으로 긴박하게 흘러가는 사건은 존재하기 어렵기 마련이다. 이는 世態小說이 드러내는 구조상의 하나의 특징이라고 할 수 있는데, 「駱駝祥子」 또한 시간보다 공간이 중시되는 空間中心의 소설로서, 世態小說의 특징을 드러내는 데 있어 예외가 아니다. 祥子를 에워싸고 있

---

4) 『老舍文集(第15卷)』, 人民文學出版社, 1995, p.206.

5) Lionel Trilling, 『Essays on Literature and Society』, N.Y. Harcourt Brace Jovanovich, 1950, p.199.

6) 朱德發·馮光廉 著, 김태만 옮김, 『中國現當代文學二百題·現代篇』, 열음사, 1993, p.332.

는 공간은 주인공 祥子의 삶을 좌우하고, 또한 그의 희망과 삶을 얼마나 철저하게 파괴하고 있으며, 더 나아가 주인공 祥子가 그러한 공간을 얼마나 철저하게 닮아가고 있는지를 작품은 보여 주고 있다. 다시 말해서, 사실주의 소설에 있어서 주인공이 자신이 처한 공간에 얼마나 철저하게 의지하고 있으며 또한 그 공간을 철저하게 닮아가고 있는지를, 대개는 공간이 지닌 惡意性에 의해 얼마나 철저하게 그 人間性이 破壞되어가고 있는지를 확인하게 되는데,[7] 바로 이러한 사실은 祥子에 의해 작품에서 그대로 구현되고 있다. 「駱駝祥子」는 공간중심의 소설답게 이 작품의 생활공간은 비교적 풍부하고 다양하게 設定되어 있다. 도시민의 생활양식과 행위양식이 리얼하게 묘사되는 과정에서 그들의 여러 가지 삶의 공간이 매우 세밀하게 다루어지고 있다. 군벌의 군대에게 잡혀 수난을 받는 것에서부터 虎妞의 죽음, 小福子의 자살 사건에 이르기 까지 祥子가 지나 간 길과 거쳐 간 공간은 그의 孤軍奮鬪의 과정, 苦痛스러운 삶의 과정, 轉落의 과정이었다. 소설의 플롯은 바로 이러한 공간들을 轉移하는 과정이었던 것이니, 여기서 이 작품이 드러내는 空間轉移의 플롯구조를 볼 수 있다. 고생 끝에 인력거를 장만한 祥子는 군벌들의 군대에게 잡혀 인력거를 강탈당하고 負役에 시달리다 탈출하여 간신히 목숨을 건지는 일, 北京으로 돌아 온 뒤 劉四爺의 인력거 회사에 인력거꾼으로 일하다가 虎妞의 유혹에 빠지는 사건, 그것 때문에 회사를 나와 曹선생집에 다시 고용되어 그 집 인력거꾼이 되는 일, 그러다가 정보형사에게 잡혀 그 동안 모은 돈을 모두 빼앗기게 되는 사건, 모아 놓은 돈을 몽땅 털린 뒤, 劉四爺의 인력거회사로 돌아오고, 虎妞와 결혼, 동거를 시작하는 일, 그러다가 虎妞가 難産 끝에 사망하는 사건, 虎妞사망의 충격 속에 집을 떠나고 다시 夏선생 집에서 인력거꾼으로 일하다가 夏선생의 첩의 유혹에 빠져 그녀와 몸을 섞게 되는 사건, 이 사건으로 그 다음 날 祥子는 夏선생집을 떠나게 되는 일, 그리고 이 모든 사건을 계기로 이제까지의 생활방식을 바꿔 건달과 같은 사람이 되어 살아가게 되는 일, 그러다가 다시 생각을 바꿔 인력거를 끌고 성실하게 살아가고자 마음먹었으나, 小福子가 사창가로 팔려가 끝내는 자살했다는 사실을 알게 되는 일, 이 사건으로 큰 충격을 받아 인력거와 양심, 지금까지 가졌던 삶의 방식 모두를 버리고 인간쓰레기와 같은 존재로

---

7) 이재인·우한용 등 편저, 『현대소설의 이해』, 문학사상사, 1996, p.296.

변해 버리는 과정에 이르기까지, 작품에서 펼쳐지는 이러한 一連의 과정은 플롯의 전개과정이자, 순진하고 성실했던 청년 노동자를 좌절케 하고, 조금씩 서서히 타락과 파멸의 늪으로 몰아넣는 사회현실에 대한 발견의 과정이었다. 이처럼 이 작품은 空間轉移的 형태의 플롯은 시간의 繼起性과 공간배경의 변화에 따라 전개되기 때문에, 사건의 논리적 전개보다도 주인공이 만나는 새로운 사건과 그 사건의 만남에 따라 이루어지는 주인공의 변화가 주축을 이룬다.

주인공의 空間移動, 즉 空間轉移를 통해 이루어지는 변화, 즉 祥子의 변화가 작품의 內的 秩序를 이루고 있는 가운데, 주인공 祥子는 현실과 세태를 발견한 것이었고, 그것을 발견하였을 때에는 돌이킬 수 없는 상황의 공간에 도달하였던 것이다. 이러한 사실과 관련하여 "열려가면서 그는 사회라는 추악한 모습을 배운다. 개방되면 개방될수록 그의 존재는 타락한다. 그러면서 사건은 보다 복잡하게 보다 빠른 템포를 가지고 얽혀 들어온다. 그러면서 祥子는 점점 자기 자신을 감당할 수 없게 된다. 자기의 비극이 자기만의 비극이 아니라, 사회의 비극이라는 엄청난 사실을 깨닫게 된다.[8]"라고 한 金容沃의 설명은 작품의 주제와 함께 작품의 서사구조의 성격을 이해할 수 있는 하나의 단서를 제공하고 있다.

또한 이 작품에서는 사건이 단일하고 단순하게 일직선적으로 흘러가지 않고, 주인공 祥子가 처한 환경적 공간과 그 공간의 轉移에 따라 複合的으로 진행되고 있음을 볼 수 있다. 작가는 주인공 祥子를 중심으로 다양한 인간들의 삶의 空間的 斷面 속에서 인물 상호간의 다양한 관계를 기술함으로써, 그들 사이에 내재하는 葛藤關係를 추적, 서술하고 있음을 볼 수 있는데, 이러한 서술 과정 또한 이 작품의 플롯의 한 특징을 형성하고 있는 것이다. 처음 祥子에게 상처와 좌절을 준 군벌의 군대는 그것 한 번으로 끝나지 않는다. 曹선생집에서 인력거꾼으로 일하는 가운데, 어떤 한 정보부원에게 미행당하다가 결국에는 잡혀 돈을 강탈당하는데, 그 정보부원은 다름 아닌 과거에 祥子를 납치하고 인력거를 빼앗아 간 군벌부대의 소대장이었던 것이다. 군벌의 군대로부터 탈출한 祥子가 재기를 위해 인력거꾼으로 취직한 곳은 劉四爺의 회사였는데, 그 곳에서 祥子는 악랄하고 간악한 劉四爺로부터 시달림을 받는다. 이

---

8) 라오서 지음, 최영애 옮김, 김용옥 풀음, 『루어투어시앙쯔(윗대목)』, 통나무, 1993, p.230.

러한 시달림은 劉四爺 한 사람의 시달림만으로 끝나는 것이 아니었다. 그의 딸 虎妞
또한 祥子에게 있어 그 형태와 정도를 달리 했을 뿐, 祥子를 괴롭히는 커다란 짐과
같은 존재로 작용했다. 더 나아가 예기치 못했던 虎妞의 죽음은 祥子에게 커다란 충
격과 좌절을 가져다주었다. 이어 虎妞 때문에 알게 된 虎妞의 친구 小福子는 사창가
에 팔려가고 난 후, 끝내 자살하는데, 이 사건을 계기로 祥子는 성실하고 소박한 인
력거꾼을 포기하고 건달 양아치가 되어 버린 것이다. 또 마지막에 가서는 阮明을 고
발하여 형장에 보내는데, 祥子는 曹선생과의 인연 때문에 阮明이라는 사람을 이미
알고 있었다.

　새 인력거를 가지고 열심히 일해 돈을 벌어 행복하게 살아 보고자 노력하는 祥子의
길, 즉 자신의 꿈을 실현키 위해 지나가는 길에는 祥子를 좌절하게 하고 타락시키는
존재들만이 이었으니, 이러한 존재들은 自意的이든 非自意的이었든 서로 複合的 병
렬적으로 작용하여 祥子를 좌절과 타락의 길로 몰아갔던 것이다. 이러한 구조는 사건
의 진행이나 변화보다는 그 사건과 결부된 인물들이 각각의 독자적인 플롯 선을 유지
하며, 플롯선 상호간의 중첩성과 복합성을 통해 이야기가 진행되었다는 것을 말하는
것이다. 이는 작가가 사건이 일직선적으로 緊迫하고 急迫하게 돌아가게 만든 것이
아니라, 祥子가 처한 상황, 그러니까 공간적 상황에 따라 겪게 되는 몇 가지 사건의
결합을 통해 祥子를 좌절과 몰락의 길로 빠지게 했음을 의미 하는 것이다.

　작가 老舍는 이러한 구조를 통해서 군벌통치하의 도시 인력거꾼의 노동자의 삶의
전락과정과 함께 그러한 전락과정은 우연이라기보다는 필연이 될 수밖에 없음을 설
명하면서, 질곡된 세태의 흐름을 비판적으로 보여 줄 수 있었다. 이는 同時代의 사회
현실을 集約하고, 나아가 당시의 현실을 문학적으로 수용하여 시대를 증언하며, 진
실을 추구하고자 하는 작가의 의도 내지는 문학적 목표라고 할 수 있다.

　앞서 설명한 바와 같이, 「駱駝祥子」는 어느 한 인력거꾼의 삶을 통해 도시와 도시
적 삶의 양태를 그리는 가운데, 도시적 삶의 양태를 소재적 차원이 아닌 삶의 본질적
문제로 인식하고 있는 소설이다. 도시공간을 배경으로 都市社會가 내포하고 있는 병
리적 諸要素와 삶의 양식 또는 도시적 세태를 통해 사회문제를 관찰하고 제시했던
都市小說9)이라고 할 수 있다. 도시는 그 공간이 주는 이미지 상 서로 異質的인 사람
들과 요소들이 모여 공존하고, 또한 경우에 따라서 그 기능을 위해 구획되어지는 장

소이기 때문에, 도시는 그 도시의 거주자나 그 도시에 살지 않는 이방인이라도 그 도시를 하나의 迷路로 느끼고 경험하게 되며, 또한 하나의 덩어리로서 인식하기 보다는 부분들로 인식한다.[10) 「駱駝祥子」는 도시소설로서 이와 같은 도시공간이 주는 迷路의 이미지를 적극 반영하면서 이러한 迷路 속에서 희망의 출구를 찾아 헤매다가 결국에 있어서는 타락과 파멸의 길로 빠지는 祥子의 삶의 과정을 그리고 있다. 祥子는 인생의 여러 가지 과정을 거치지만, 결국에 있어서는 희망을 성취하기는커녕, 자기 파멸의 구렁텅이에 빠지게 되는 것이다. 생계를 위해 고향을 버리고 찾은 북경은 그에게 희망성취의 기회는 주었지만, 그것을 이룰 수 있는 방법과 길은 가르쳐주지 않았다. 북경이라는 도시공간은 순진하고 고지식한 祥子에게는 처음부터 어울리지 않는 곳이었을지 모른다.

자신의 인력거를 한 대를 갖고 열심히 일하여 돈을 벌어 행복하게 사는 것이 祥子의 인생목표였다. 그는 그런 꿈을 이루기 위해 자기 나름대로의 길을 선택하고 그 길이 목표완성에 이르는 출구라고 생각했으나, 결과는 잘못된 길이었고, 잘못된 공간이었다. 祥子 자신도 그 길, 그 공간을 지나가기 전에는 그것이 잘못된 길임을 예측할 수 없었다. 결국 祥子의 삶은 마치 迷路 속에서 출구를 찾기 위해, 여러 길을 걸어 보았으나, 결국에 있어서는 출구를 찾지 못하고 지쳐 떨어져 죽어 버린 벌레와도 같은 것이었고, 그 과정은 삭막하고 비인간적인 도시공간에서의 미로와 같은 삶의 방법 속에서 꿈을 이루기 위한 길을 찾는 과정이었던 것이다. 주인공 祥子에게 있어 北京이라는 도시공간은 미로의 공간, 미로의 구조였고, 더 나아가 迷路의 공간과 그 構造는 냉혹하고 이기적인 도시 특유의 生活樣式, 행위양식의 틀 속에서 祥子같은

---

9) 도시소설이라는 용어는 도시풍속이나 도시양태, 도시민들의 삶을 소재화, 주제화, 배경화 하는 사실에 근거를 두어 소설유형학적으로 그 장르의 특성을 설명한 언어라고 할 수 있다. 도시생활의 단면을 다룬 소설은 모두 도시소설이 될 수 있다고 하고, 도시 내지는 도시풍 속의 묘사를 목표로 하는 소설을 지칭하기도 한다. 그 정의를 엄밀하고 정확하게 내리기 어렵기 때문에, 경우에 따라서는 광범위하게 편의적으로 사용되기도 한다. 「駱駝祥子」가 드러내는 도시소설로서의 의미와 개념은 도시화, 도시적 삶, 도시현상을 근대성(modernity)을 드러내는 상징 내지 그러한 척도로 보거나 근대성과 동일시하는 가운데, '근대성'이라는 의미 속에서 도시현상, 도시적 삶을 파악하는 것이 아닌, 도시민의 삶과 풍속을 전체적인 사회현실의 구조 속에서 파악, "전형성"의 창조를 통한 당대 사회현실의 객관적 제시에 의미를 둔 그런 도시소설이라고 할 수 있다.

10) Burton Pike, 『The Image of the City in Modern Literature』, Princeton U.P., 1981, p.9.

노동자 하층민이 겪어야 하는 사회현실의 縮圖였던 것이다.

「駱駝祥子」는 인력거꾼 祥子라고 하는 하층민의 自意識을 도시의 특성, 도시적 삶과 관련시켜 탐구하고, 더 나아가 이를 통해 도시공간의 의미를 탐구했다는 점에서 또 하나의 문학적 가치를 드러내고 있다. 祥子와 같은 노동자 하층민에게 도시의 삶은 출구가 없는 迷路的 삶이요, 迷路의 구조임을 밝혀 결국에 있어서는 그것이 사회구조적 모순에 기인했던 것임을 폭로하였던 것이다. 다시 말해, 이는 도시의 생활양식, 도시민의 행동양식에서 인간현실 사회현실의 축도를 발견하려는 작가의 노력이자, 이를 통해 느끼고자 했던 사회현실의 모순과 변동에 대한 작가의 인식이었던 것이다. 작가 老舍가 「駱駝祥子」에서 보여준 이와 같은 작품의 구조는 삶이 하나의 우연이 아닌 필연적인 계기 속에서 이루어져 가는 것을 보여 주는 예술적, 문학적 구조라고 평가할 수 있을 것이다. 작가는 이러한 작품구조를 통해 군벌통치시기하의 인력거꾼과 같은 도시 하층민의 전락과 파멸의 과정을 설명하면서, 그들이 영위해 가고 있는 내일이 없는 고통스러운 삶의 모습은 출구 없는 迷路와도 같은 도시의 세태와 사회현실에 있음을 비판하고자 했던 것이다.

6. 풍속과 역사의 소설화

李劼人의 소설, 「死水微瀾」

　　1936년에 誕生한 李劼人의「死水微瀾」은 同時代의 여느 소설과는 달리, 歷史라는 비교적 독특한 제재로써 문학적 關心의 방향을 垂直的으로 확산시키며, 小說의 多元化에 寄與한 작품으로 평가될 수 있다.「死水微瀾」은 淸日戰爭에서 義和團운동이 실패하기까지의 역사적 시기를 시간적 배경으로 하여, 四川省 成都의 외곽에 있는 어떤 한 조그만 마을에서 벌어지는 哥老會의 사람들과 기독교 교민들과의 갈등과 충돌, 그리고 갈등과 충돌의 渦中 속에서 드러나는 그곳 사람들의 삶의 모습을 비교적 세밀하고 迫進感있게 그려낸 작품이다. 우선 이 小說은 過去의 어느 한 특정한 시기에 벌어졌던 社會的 現象을 素材로 한 작품이었다는 사실에서 文學的 意味를 찾아 볼 수 있다. 다시 말해, 특정한 歷史的 事實을 背景으로, 그 裏面에서 펼쳐지는 인간 삶의 유형을 그려내면서, 문학적 관심의 방향을 垂直化하였고, 또한 그와 같은 垂直化를 통해 장르의 幅을 넓힌 작품으로 認定받을 수 있다는 것이다. 또한「死水微瀾」은 特定한 시기, 특정한 사회를 배경으로 그 사회의 集團들이 공유했던 習俗과 世情 등을 赤裸裸하고도 銳利하게 描寫하는 등, 여러 가지 면에서 世態小說로서의 면모도 유감없이 드러내고 있다.「死水微瀾」은 一面 歷史小說로서의 특성과 함께 世態小說로서의 특성을 드러내고 있다고 할 수 있는데, 한 작품이 보여주고 있는 이와 같은 두 가지 특성은 同時代 餘他小說에서 찾기 어려운 것이라고 하는 점에서, 이 작품만이 가지는 문학적 價値라고 할 수 있다.

　　唐弢는 "「死水微瀾」이 쓰고자 한 것은 成都 부근의 조그만 시골 마을을 배경으로, 그 곳에서 펼쳐지는 哥老會의 首領 羅歪嘴의 부패하고도 문란한 생활을 작품의 플롯으로 삼아, 당시 그 곳의 風土와 人情, 市民階層의 心理狀態와 生活方式을 매우 迫進

感있게 描寫하면서, 썩은 물과도 같은 현실의 暗黑的인 面을 드러내고 있다. 또한 歐美의 물질문명이 침입한 후, 基督敎民과 哥老會 사이에서 벌어지는 상호 갈등과 흥망성쇠, 즉 썩은 물에서 일어나는 잔잔한 물결이 帝國主義의 중국침입과 이로 인한 淸政府의 대외굴욕과 투항의 역사적 상황을 상징하고 있다."[1]라고 함으로써 이 작품이 가지는 두 가지의 문학적 의미를 暗示하였다. 이와 관련해, 楊義 또한 이 소설을 두고 "鄕土小說과 近代史小說의 結合體이자, 歷史小說에 一種의 새로운 藝術的 思惟 方式을 提供하였는 바, 이 작품은 당연히 近代風俗史小說로 불리어야 한다"[2]고 함으로써 歷史小說과 世態小說로서의 복합적 장르의 성격을 賦與하고자 했다.

「死水微瀾」의 작가 李劼人은 同時代 여느 작가 못지않게 풍부한 사회적·문학적 經驗을 가진 작가라고 할 수 있다. 1911년 李劼人은 郭末若 등과 함께, 四川保路同志 會에 참가하면서 辛亥革命의 潮流를 직접 經驗하기도 하였다. 이후, 1914년 1915년에 걸쳐 약 2년 동안 관리로서 일하기도 하였고, 1915년 8월에서 1919년 7월에 이르기까지 成都에서 報館의 主筆과 編輯人으로 일하기도 하였다. 淸末에서 民國初期에 이르기까지 이루어졌던 작가의 이러한 一連의 활동은 자신에게 사회의 現實에 대한 체험과 함께, 그것을 관찰하고 분석할 수 있는 기회를 부여하였다. 작가는 5·4운동 후, 프랑스로 건너가 프랑스문학연구와 번역에 종사하면서, 졸라, 모파상, 플로베르 등 프랑스 작가들의 영향을 받았으니, 이들로부터 받은 영향은 李劼人 문학의 밑거름이 되었다. 한 마디로 말해서, 풍부한 사회경험, 그리고 프랑스에서의 留學生活은 그의 문학의 源泉이었다고 할 수 있다. 그러면 작품의 내용에 대해 간단히 살펴보자.

작품은 成都에서 20여리 떨어진 天回鎭에서 시작된다. 그 마을에는 雜貨店이 하나 있었는데, 그 곳의 주인은 蔡興順이라고 하는 사람이었다. 그는 사람들에게 친절하게 대해서 그런지, 장사가 잘되는 편이었는데, 특히 활달하고 아름다운 마누라를 얻고 난 다음부터는 장사가 더욱 더 잘되었다. 蔡興順의 이종사촌동생인 羅歪嘴는 그 곳에서 아주 이름난 사람이었다. 그는 자신의 情婦인 劉三金을 사주하여 토박이 부자 顧天成을 옭아 맨 다음, 그가 가지고 있던 一千餘兩의 銀을 빼앗고, 그것도 모자라 그를 마구 두들겨 패는 등, 약탈과 폭행을 일삼았다. 元宵節이 되어, 羅歪嘴는 자신

1) 唐弢 主編, 『中國現代文學史』, 人民文學出版社, 1984, pp.277–278.
2) 楊義 著, 『中國現代小說史(第二卷)』, 人民文學出版社, 1993, p.434.

과 근래에 내통하고 있었던 蔡大嫂와 함께 成都에서 꽃구경을 하고 있었는데, 마침 딸을 데리고 등불놀이를 하고 있던 顧天成과 마주 쳤다. 두 사람은 성난 눈으로 서로를 쏘아보며 싸우게 되었다. 이런 와중에 顧天成은 딸까지 잃어 버렸다. 이 일 때문에, 顧天成은 병에 걸려 몸져눕게 되었으나, 다행히 鍾麼嫂가 洋藥을 구해 와 목숨을 구할 수 있게 되었다. 이것이 계기가 되어, 顧天成은 鍾麼嫂의 勸誘에 따라 서양의 기독교를 믿게 되었고, 또한 서양인의 힘에 의존하면 소송을 걸어 이길 수 있을 것이라고 생각했다. 나중에, 義和團과 紅燈照가 서양 사람들과 기독교신자들을 살해했다는 소식이 전해지자, 市內에 사는 信者인 친구의 집에 숨게 된다. 그런 와중에 그의 전답과 農莊, 소, 등은 外人들이 차지해 버린다. 그러나, 상황은 급속하게 변화한다. 8개국의 연합군이 북경으로 진격해 들어오게 되자, 各地에 있던 교당은 보호를 받게 되고, 외국인들이 대접을 받게 된다. 이 때, 三道堰에서 敎堂이 훼손되고 신자가 살해되는 사건이 발생하는데, 이렇게 되자, 省의 관리들은 즉시 派兵하여 범인을 잡으려 했으나, 실패한다. 顧天成은 이 기회를 이용해 교회에 범인은 羅歪嘴라고 誣告하자, 羅는 타향으로 도망하게 된다. 이로 인해, 興順號 가게는 도적을 숨기는 장소가 되고 말았으니, 주인 蔡는 끌려가 拷問 받고, 蔡大嫂 마저 함께 폭행당하는 신세로 전락한다. 顧天成은 蔡興順을 보호해주겠다는 말을 미끼로 하여 蔡大嫂를 차지하려 하고, 蔡大嫂는 이에 동의하며, 마침내 顧天成에게 改嫁한다.

이 소설은 一見, 주인공 羅歪嘴가 蔡大嫂라는 여자를 만나 사랑을 이루고 헤어지는 과정을 그린 작품, 또는 羅歪嘴와 蔡大嫂, 그리고 顧天成 사이의 怨恨과 愛情이 얽힌 삼각관계의 구도를 메인 플롯으로 하는 作品과도 같은 인상을 주고 있다. 따라서 外見을 통해서 드러나는 일차적인 이야기의 軸만을 强調한다면, 이 소설은 남녀지간의 애정과 갈등관계를 주로 다룬 通俗的인 소설로서의 의미를 갖게 된다. 그러나 두 사람의 애정이야기나 세 사람 사이에서의 삼각관계의 구도는 허구적 흥미를 유발시키거나 이야기를 확산시키기 위한 도구에 不過하다고 할 수 있다. 삼각관계의 구도는 이 작품에서 실제 역사적 사건과 현실을 배경으로 하고 있을 뿐만 아니라, 실제적으로도 그것과 밀접하게 結付되어 있기 때문에, 社會的이고도 歷史的인 의미를 함유하고 있다고 할 수 있다.

우선 이 작품은 近代 中國史에 있어, 歷史的으로 轉換期가 될 만한 중요한 시기를 배경으로 하고 있음은 물론, 義和團사건과 같은 實際 事件을 다루고 있다는 점에서 역사소설로서의 面貌를 보여주고 있다. 다시 말해, 이 소설은 1900년 義和團 사건이 發生하면서, 이를 契機로 서구 열강들의 침탈이 絶頂에 이르고, 淸朝의 멸망이 시작되는 역사적 전환기의 상황을 배경으로 하고 있을 뿐만 아니라, 義和團 사건 勃發時 벌어졌던 일들을 직·간접적으로 다루고 있어, 歷史小說로서의 徵候와 의미를 충분히 드러내고 있는 것이다. 이러한 사실과 관련해 작가는 "1925년부터는 한편으로는 교편을 잡고, 또 한편으로는 그전과 같이 몇 편의 단편소설을 쓰면서 어떤 한 생각을 갖게 되었는데, 내가 보기에 그 의의가 重大하고 역사의 轉換點이 될 만한 社會現象을 몇 편의 연속된 장편소설로써 한 단락, 한 단락씩 反映하고자 했다."3)고 했는데, 이러한 언급은 작가의 역사의식에 대한 一面과 함께 이 작품이 역사소설로 자리 매겨질 수 있음을 보여주는 하나의 證據라고 할 수 있다.

前述한 바와 같이, 남녀지간의 삼각관계가 이 작품의 메인 플롯으로 작용하고 있다. 작품의 플롯구성에 있어, 羅歪嘴와 高天成과의 싸움도 중요한 역할을 차지하고 있지만, 무엇보다도 蔡大嫂의 戀愛行脚 중심으로 전개되는 소위 삼각관계의 구도는 작품의 메인 플롯 그 자체라고 할 수 있다. 그런데, 일반적으로 볼 때, 남녀지간의 삼각관계는 通俗的이면서도 日常生活에서 흔히 발생되고 또한 발견되고 있다. 이 작품이 주는 日常的이고도 通俗的인 느낌은 바로 이와 같은 플롯의 展開過程을 통해서도 쉽게 노출되고 있다. 또한 이들은 실존인물이 아닌 작가의 상상력에 의해 허구적으로 창조된 사람들일 뿐만 아니라, 작품의 전반적인 소재 또한 市井의 民衆的 삶 속에서 추구되었다는 사실은 주요 인물들의 삶과 행동이 결국에 있어서는 通俗的이고 日常的인 것이 될 수밖에 없다는 것을 보여 주는 것이라고 할 수 있다.

작품의 내용 또한 통속적이고도 일상적인 삶을 그대로 보여 주고 있다. 主要 인물인 羅歪嘴, 蔡大嫂, 顧天成 등이 살아 온 삶의 방식 또한 지극히 通俗的이고도 日常的인 것으로 드러나고 있다. 물론, 이들의 삶이 어느 정도 突出되고 特異한 것은 事實이었지만, 그렇다고 劃期的이고 非凡한 존재로서 例外的이며, 어떤 特殊한 性格을 지닌 삶은 결코 아니었다. 한 마디로 이야기해서, 平常時에도 그렇지만, 특히 혼란의

---

3) 李劼人 著, 『死水微瀾(中國現代長篇小說叢書)·前記』, 人民文學出版社, 1995, p.1.

渦中에서라면 얼마든지 존재할 수 있는 利己的이고 俗物的 群像의 한 사람이었다고 말할 수 있다. 따라서 이들의 삶은 지극히 俗物的인 것이었고, 그렇기 때문에 日常的인 範疇에서 理解되고 觀察될 수 있는 것이다.

羅歪嘴는 겉보기에는 義俠心이 있고, 正義로운 사람처럼 보이나, 실은 방탕하고, 거칠고, 오만하기 짝이 없는 데에다가, 필요하다면 남의 것까지도 주저 없이 掠奪하는 등, 貪慾的인 行爲를 일삼는 악독한 건달이었다. 羅歪嘴가 하는 짓이라고는 賭博場을 만들고, 阿片을 피우는 등, 향락에 빠져 생활하고, 그러면서 남의 여자를 强占하고, 남의 財産을 빼앗는 것이었으니, 이런 생활이 사실상 그의 생활의 전부라고 해도 과언이 아니었다. 羅歪嘴는 한마디로 이야기해서, 腐敗하고 混亂했던 淸末 時期, 義和團의 勢力에 便乘해 부와 권력을 유지하고자 했던 악질 謀利輩와 같은 사람이었다고 할 수 있다. 羅歪嘴가 악질 건달이자 謀利輩와 같은 사람이 되었던 것은 그가 流浪民 出身이었다고 하는 사실과 哥老會의 수령이었다는 사실에 어느 정도 緣由한다고 볼 수 있다. 哥老會는 義和團의 一派라고 할 수 있는 團體로서, 反 外勢의 旗幟 아래 민족의 自尊心과 전통에 대한 保守를 主唱하면서도, 一面 封建體制의 守護 내지는 維持勢力으로서의 역할을 하기도 하였다. 다시 말해, 哥老會는 傳統的인 儒敎文化나 價値體系를 유지하려는 勢力이나, 다른 한편으로는 封建倫理的 統治體制의 價値觀과 慣行을 적극 방어하고 守護하려는 세력이었던 바, 남의 재산과 여자를 빼앗는 등의 貪慾的인 行動은 哥老會의 首長인 羅歪嘴의 입장에서 볼 때, 평범하고 일상적인 것이라고 할 수 있다. 다시 말해서, 또한 哥老會의 首領이었다고 하는 사실은 남에 대한 支配와 약탈을 當然視할 수 있는 위치에 있음을 나타내는 바, 동시대 사회의 현실에서 볼 때, 그의 삶은 매우 日常的인 것이었음을 보여주는 것이라고 할 수 있다. 사실, 그가 基督敎人들과 衝突하게 된 것은 개인적이고 사적인 욕심과 원한 관계에서 비롯된 것이지, 의화단의 排外的 性質에서 나온 것도 아닐 뿐만 아니라, 羅德生의 자발적인 愛國心에서 시작된 것도 결코 아니었음을 고려해 볼 때, 日常的 삶의 一部라는 想定은 충분한 蓋然性과 妥當性을 갖게 된다.

蔡大嫂는 봉건사회의 풍속과 관습의 운명 속에서 외롭고 어렵게 살아가는 농촌 여자였다. 그러나 그녀는 항상 도시생활을 동경하며, 새로운 삶을 꿈꾸었던 사람이었다. 그녀는 부모의 命令과 주선에 따라 天回鎭의 조그만 가게 주인 蔡興順에게 시집

간다. 蔡興順은 사람 됨됨이가 바보 같을 정도로 우직하며, 하루 종일 장사하고, 장부에 기록하고 밥 먹고 잠잘 줄만 아는 그런 사람이었다. 그녀는 문맹일 정도로 지식은 없었으나, 현실을 읽을 수 있는 능력은 갖춘 사람이었다. 도시생활을 동경하며 항상 자신만의 행복한 생활을 추구하고자 하였다. 이런 가운데, 羅歪嘴가 바로 그녀의 삶 속으로 뛰어 들어 그녀의 남편이 된 것이다. 그녀는 羅歪嘴의 방탕하고 거친 행동, 官府와 서양 사람들을 무시하는 無所不爲的 행위를 新鮮하고도 魅惑的이라고 생각한다. 봉건주의의 우매하고도 나약하기만 했던 蔡興順과 비교해 볼 때, 羅의 行爲는 그녀를 매혹케 하고, 더 나아가 그녀의 운명을 바꾸기에 충분했다. 이후, 義和團의 난이 실패로 돌아가면서 羅가 沒落하고, 顧天成이 새로운 실력자로 등장하자 그녀는 다시 變身하여 高의 여자가 된다. 현실적인 여자의 현실적인 상황에 따른 현실적인 변신은 당연한 것이면서도 일상적인 일이 된다.

 "羅歪嘴, 蔡大嫂 등, 이 두 특정인물이 보여준 행동은 당시 그들의 사상적 수준과 구체적인 生活條件 下에서는 충분히 용납될 수 있는 행동이다."[4]는 말은 이들 두 사람이 보여주는 행동이 어떤 特殊性과 例外性이 있는 것이라기보다는 凡俗的이고 日常的인 것이 될 수 있음을 간접적으로 증명하는 것이라고 할 수 있다. 이처럼, 外見上 이들의 삶은 매우 일상적이고 凡俗的이었던 것이다. 그러나 이들의 삶은 분명 個人的이고 日常的인 삶이라고 할 수 있으나, 그들의 삶 裏面에는 시대적, 사회적 蓋然性과 意味가 담겨있다. 前述한 바와 같이, 작가 李劼人은 作品 序文에서 역사의 轉換點的 狀況에서의 社會現實을 強調하였다. 다시 말해서, 역사와 사회현실과의 관계, 그러니까 허구적 인물이었다고 할지라도 사회를 구성하고 있는 이들 인물들의 행위에 歷史的이고 事實的인 소재와 함께 의미를 賦與하면서, 이들의 삶을 통해 1900년대 轉換期的 상황 속에서 時代的·社會的 象徵의 意味를 강하게 喚起시키고 있다. 羅歪嘴, 蔡大嫂, 顧天成 등, 이 작품의 주요 인물들의 人物畵가 보여 주는 일상적 삶의 모습은 社會的·時代的 삶의 일면을 代辯하고, 또한 한 시대 속에서 明滅했던 역사적 삶의 모습을 드러내고 있다. 그렇기 때문에, 이들 세 사람의 삶과 행동은 모두 社會的·時代的 蓋然性을 確保하면서, 社會的이고 歷史的 意味를 갖게 되는 것이다.

────────────────
 4) 洪鍾, 「有關李劼人創作傾向性的二三問題」, 社會科學研究, 1981年 第8期(『中國現代, 當代文學硏究, 中國人民大學書報資料社)

우선, 羅歪嘴가 보여준 諸般 行爲는 탐욕에 젖은 邪惡한 개인으로서의 그것에 局限되지 않는다. 그는 無能과 腐敗, 墮落 속에 빠져 든 淸末 사회의 관료계급의 일반적 性格을 드러내고 있다. 그는 義和團이 본격적으로 활동하면서 사회의 위협적 존재로 등장하자, 哥老會라는 조직의 수장이 되어 義和團의 가면을 쓰고, 때로는 義和團의 정신을 盜用하면서, 자신의 私腹과 貪慾만을 채우는 데 몰두한다. 羅歪嘴의 이러한 행위는 아울러, 義和團의 난과 맞물린 淸末 사회의 현실이 매우 타락하였고, 혼란스러웠다는 것을 赤裸裸하게 말하고 있는 것이다. 특히, 羅歪嘴가 顧天成을 脅迫해 財産을 强奪하는 장면은 본격적인 사회적 의미를 확보하고, 사회의 현실을 壓縮하여 드러내는 것이라고 할 수 있다. 哥老會는 淸佛戰爭부터 淸日戰爭에 이르기까지, 다시 말해 揚子江 中 下流地域에 걸쳐 활동하였던 조직체로서 反基督敎운동을 주도했다.

작품에서 羅歪嘴가 실제 존재했던 哥老會의 수령으로 등장한다는 사실은 이 작품이 견지하고 있는 사회적 의미와 함께, 역사소설로서의 특징을 드러내는 것이다. 더 나아가 이러한 사실은 그것이 公的이든 私的이든, 利益을 위해서라면 어떠한 행동도 마다하지 않는 일부 봉건세력에 영합하는 사람들의 집합적 삶의 형태를 보여주고 있다. 顧天成 역시, 사회적인 구체성을 띠고 있는 인물이다. 처음에는 羅歪嘴에게 재산을 빼앗기는 등, 일방적으로 당하고 있다가, 훗날 세력을 얻어 보복을 하기 위해 기독교신자가 되고, 의화단이 패배하자 결국에는 보복을 하고 여자까지 빼앗아 올 수 있었다. 기회주의자로서 外部의 세력을 등에 업은 다음, 자신의 이익을 추구하는 것은 당연하면서도 일상적인 일로 置簿되는 것이다. 그러나, 그의 行爲 또한 개인적 차원의 행위로 끝나지 않는다. 서양 제국주의 침략이 기승을 부리며 세력을 확대해 갈 때, 이에 편승하려는 인간상을 집약하며 거간으로서의 象徵的 의미를 담고 있다. 작품의 절정부분에 이르러, 의화단이 교회를 공격하고 西洋人을 죽였다는 소식이 전해지자 天回鎭이 동요하기 시작한다. 어느 쪽이 이기느냐는 곧 羅와 顧 양쪽의 運命이 결정되는 문제의 차원을 넘어, 사회의 주도권을 누가 잡고 지배하느냐의 문제로의 확산이었기 때문이다. 다시 말해서, 의화단을 중심으로 하는 구세력과 서구의 힘과 기독교를 내세운 세력과의 싸움으로서의 사회적 의미를 지닌다는 것이다. 淸朝의 투항 및 의화단의 실패로 평소 교회당을 없애야 한다는 羅歪嘴는 황급히 도망치게 되는

데, 이는 의화단 및 전통·보수 세력의 몰락을 상징하는 것이다. 그러는 사이, 제국주의의 세력이 어느 새 四川의 內地에 들어오게 되자 曾師母 같은 基督敎人의 勢力이 서서히 伸長된다. 顧天成은 원수를 갚기 위해 바로 敎會의 세력으로 들어간다. 처음에는 哥老會와 의화단의 세력에 억눌려 있었지만, 나중에는 서양의 세력에 힘입어 권세를 누린 집단 내지는 기독교 세력 등, 서구의 세력을 이용하려는 집단을 상징하는 의미를 갖는다.

蔡大嫂는 羅德生과 顧天成간의 투쟁을 惹起시켰고, 또한 天回鎭까지 불안에 떨게 했던 사람이다. 작품 전체를 一貫하여 살펴보면, 蔡大嫂는 두 세력이 벌이는 투쟁의 와중에서 어느 한 곳에 치우침이 없이 두 세력의 中間에 서서 선호되고 이익을 챙기는 유형의 사람들이다. 蔡大嫂의 행위, 그러니까 羅歪嘴와 연애하여 결혼 한 후에, 그 삶이 지속되지 못하고 결국에 있어서는 顧天成의 아내가 되는데, 이와 같은 현상은 前近代的인 시대를 살았던 여인의 비극적인 운명으로서의 解釋도 가능하지만, 청말 혼란기 의화단과 서양 기독교세력이 충돌할 때, 一身의 이익을 쫓아 强者에 依存하려는 사람들의 삶을 凝縮하며 代辯한다고 할 수 있다. 蔡大嫂의 變身과 관련하여 黃修己는 "이는 여자의 바람기를 나타내는 것이 아니라, 양쪽 세력의 興亡盛衰를 반영하는 것.5)"이라고 하면서 시대의 역사적 흐름을 강조하고 있다. 또한, 작품의 가장 핵심적인 인물이라고 할 수 있는 蔡大嫂의 행위는 유교적 봉건윤리의 관점에서 볼 때, 용납될 수 없는 파격적인 것이지만, 이제는 그것이 더 이상 非倫理的이고 反道德的이지 않은 상황적 논리를 대변하는 역사적 의미를 갖게 된다. 시대의 상황에 따라 변신하는 그녀의 행위는 봉건 倫常을 거부하고 파괴하는 것으로 볼 수 있는 바, 이는 봉건 倫常을 거부하는 시대의 상황 내지 질서 붕괴의 혼란 상황을 함축하는 역사적 의미를 띠게 된다.

蔡大嫂를 가운데 놓고, 첨예한 투쟁을 벌이는 羅歪嘴와 顧天成은 부지불식중에 이 두 세력의 괴뢰가 되었다. 투쟁 결과, 羅歪嘴는 타향으로 도망가 버렸고, 顧天成은 勝利를 얻게 되었으니, 이는 바로 이 두 세력의 興亡을 반영하는 것이다. 이러한 사실과 관련해, 이들의 행위와 삶에 대해 唐弢는 사회적, 역사적 의미를 賦與하면서,

---

5) 黃修己 著, 『中國現代文學發展史』, 中國靑年出版社, 1993, p.387.

"歐美의 물질문명이 침입하여 들어 온 후, 敎民과 袍哥會(哥老會)라는 兩大 勢力의 상호 충돌과 興亡, 다시 말해 이는 死水에 일어나는 잔잔한 파문과도 같은 것으로, 제국주의의 중국침략, 청나라의 대외굴욕과 항복이라고 하는 역사적 雰圍氣를 象徵하는 것이라고 할 수 있다."6)고 했는데, 이는 이들의 행위가 개인적인 것에서 끝나는 것이 아니라, 시대의 産物로서 역사적인 것이 되는 것이고, 그렇기 때문에 그들의 삶은 외견상 일상적인 삶이었으나, 모두 사회성과 함께 歷史性을 띠게 된다는 것을 말하는 것이다. 작가 李劼人은 작품의 前記부분에서 "내용은 成都市 외곽의 작은 마을을 주요 배경으로 하여, 그 당시 內地社會에 존재하던 두 가지 惡의 세력(基督敎民과 袍哥)의 상호 충돌과 투쟁을 구체적으로 그려내고자 하였다. 이 두 가지 악의 세력의 興亡盛衰는 國際形勢와 結付되어 있고, 帝國主義侵略의 手段은 너무나 지독한 것이다."7)라고 함으로써, 이 작품이 갖는 사회적, 역사적 意味를 설명하고자 하였다.

결론적으로 말해서, 그들이 벌이는 暗鬪는 분명히 女子를 위한 것이었으나, 그 暗鬪의 뒤에는 사회·시대적 背景이 크게 도사리고 있다. 羅는 袍哥會의 사람으로 天回鎭에 있어 중국의 전통적 사회세력 대표인물이고, 顧는 帝國主義의 비호와 지지를 받는 新勢力을 상징하는 사람이다. 이 양자의 투쟁은 실제적으로 20세기 初, 전통문명과 서양문명이 벌이는 투쟁을 代辯하고 상징하는 縮圖로서의 의미를 가진다. 따라서, 羅歪嘴와 顧天成은 의식도, 자각도 못하는 사이에, 양대 세력 투쟁의 괴뢰가 된 것이고, 또한 결과적으로, 이들 두 사람의 투쟁과정은 兩大 勢力의 興亡盛衰를 반영하는 역할을 하게 된다. 작가는 작품에서 축도로서의 개인적 행위와 사회의 竝行性을 보여 주고 있다. 羅는 袍哥會의 首長, 중국의 전통사회의 세력, 다시 말해 前近代的인 봉건세력의 대표적 인물이고, 顧는 교민으로서 제국주의의 庇護者이자 그것을 받드는 사람이다. 이 두 사람의 투쟁은 실제적으로 20世紀初 전통문명과 서양문명과의 투쟁을 縮圖한 것이라고 할 수 있다.

이 작품은 동시대 사람들의 의식과 그 의식 속에 자리 잡고 있는 탐욕과 기회주의적 屬性을 여실히 보여주고 있다. 이들은 비록 실제적 인물이 아닌 虛構的, 架空的 인물이었고, 이들의 행위 또한 작가의 想像力으로 이루어진 것이라고 할지라도, 이

---

6) 각주 1) 참조.
7) 李劼人 著, 『死水微瀾(中國現代長篇小說叢書)』, 人民文學出版社, 1995, p.2.

들의 행위는 社會的이고도 歷史的인 것이 된다. 그러니까, 이들의 삶은 개인적인 것이기도 하지만, 역사의 일면을 그대로 代辯하고 象徵하고 있다는 뜻에서 매우 歷史的인 것이기도 하다. 따라서, 그들의 삶은 그것이 비록 外形的인 면에 있어서는 하나의 일상적 삶이었다고 할 지라도, 그것은 분명 역사적 삶 그 자체였다고 할 수 있던 것이다. 그들의 삶은 역사 속에서의 실존적 인물의 삶은 아니었다고 할지라도, 歷史的인 條件 下에서 빚어진 一群의 기형적 인물들이었다.

비록 이들이 존재와 삶, 행동 등은 비록 허구 내지는 架空的이라 할지라도, 時代的 狀況에 緣由하고 있고, 또한 그렇기 때문에 시대의 흐름을 상징하고 있다는 것이다. 이들이 벌이는 갈등과 투쟁은 개인적이고 일상적인 것일 뿐만 아니라, 동시대 사회의 현실을 압축하며 상징하고 있다는 사실에 이 작품의 의미가 담겨 있는 것이다. 따라서 그들의 삶, 그들의 행위는 개인적 차원의 그것을 넘어 동시대 사회의 흐름과 密接히 連結되어 있고, 그렇기 때문에, 매우 歷史的인 것이 된다. 歷史小說이란 일반적으로 말해서, 역사문학의 한 형태로서 과거 의미 있는 역사적인 시대를 배경으로 특별한 역사적 인물이나 사건을 재현 또는 재창조하기도 하지만, 허구적인 인물을 등장시켜 그 허구적 인물에 역사적이고도 사실적인 소재와 의미를 부여하는 문학이라고 할 때, 「死水微瀾」은 바로 후자에 해당된다고 하겠다. 역사는 이미 있었던 사실을 충실히 기록한 것이라고 한다면, 그것을 다루는 문학은 역사적 사실을 토대로 하고 그 背後에 흐르고 있는 정신의 구조라든지 그러한 사실에 대한 유명 혹은 무명의 인물들의 정서적 현실이라든가 그 사건의 비극성 혹은 희극성의 의미 등을 인물을 통해 그리는 것이 歷史小說이라고 할 때,[8] 「死水微瀾」은 역사적 사실을 토대로 하였음은 물론, 그런 역사적 사실이 빚어 놓은 진실과 삶의 유형을 그려냈다고 하는 점에서 역사소설로서의 장르적 성격을 부여받을 수 있다. 한 마디로 말해서, 이 작품은 주요 등장인물들의 삶과 행동에 역사적이고도 사실적인 소재와 의미를 부여하고, 아울러 그들의 삶의 유형을 통해 역사의 흐름과 시대적 마디를 읽어내고자 했던 소설이기 때문에, 역사소설로서의 성격을 충분히 확보하고 있다고 할 수 있다.

---

8) 金治洙, 『문학과 비평의 구조』, 문학과 지성사, 1984. p.39.

李劼人의「死水微瀾」이 갖는 또 하나의 文學的 特徵이라고 한다면, 그것은 世態小說로서의 의미를 갖는다는 것이다. 일반적으로 볼 때, 주어진 시공간에서의 뭇사람들의 집합적 삶의 양식과 행위양식 등을 細部的으로 그린 소설을 세태소설이라고 할수 있는데, 세태소설에 등장하는 인물들은 모든 시대에 타당한 인간적 진실을 지닌 인물이기보다는 어떤 특정한 시기 특정한 사회적 양상에 타당한 진실을 지닌 인간들이라는 사실을 想定해 볼 수 있다. 이 작품에 등장하는 이들의 삶과 모든 행위는 虛構였지만, 그것은 1900년 의화단 事件 勃發을 전후로 한 역사적 시기를 살았던 사람들의 妥當하고 진솔했던 삶의 樣式이라고 할 수 있고, 그렇기 때문에 이 작품은 一面 世態小說로서의 의미를 지닌다.

郭沫若은 이 작품을 두고 "소설의 근대사"라고 했다. 그는 "작자가 견지했던 스케일의 굉장함은 사람들을 놀라게 하기에 충분하다. 각 시대의 지배세력과 그 지배세력의 변화, 地方의 풍토와 기품, 각개각층 인물들의 생활양식, 심리상태, 語調 등, 그것이 남자의 것이든, 여자의 것이든, 늙은 사람의 것이든, 젊은 사람의 것이든, 모든것이 그에 의해 철저하게 연구되고, 자연스럽게 묘사되고 있다. …(중략)… 옛 사람들은 杜甫의 시를 두고 "詩史"라고 했는데, 나는 李劼人의 소설을 "小說의 近代史"적어도 "소설의 근대『華陽國志』라고 稱頌하고 싶다."9)는 말로 이 작품에 대해 평가한 바 있는데, 郭沫若의 이러한 설명은 인간 삶의 樣式과 世情 등을 風俗史로서 규정하고 세태와 풍속이 보여주는 문학적 의미와 가치를 强調한 것이라고 할 수 있다.

楊義는 이 작품을 일단 近代史 小說이라고 規定하면서 역사소설로서의 장르적 성격을 부여했다. 그러나 楊義는 이 같은 성격부여와 더불어 "老舍가 풍부한 世情과世態를 풍속에 融入시켰을 때, 李劼人은 그 가운데에서도 學問에 融入했다. 그래서그의 風俗에 대한 묘사는 厚實한 가운데 약간의 노련한 티가 다소 있다"10)고 하면서, 史的 存在物로서의 世情과 世態의 意味를 强調하였다. 郭末若, 楊義 모두 이 작품을외형상 역사소설로 그 성격을 규정했으나, 그 이면에서는 史的 構成物로서의 世情, 世態, 風俗 등을 重視하고, 이에 대한 작가의 묘사를 높이 평가하였으니, 이러한 언급은 世態小說로서 이 작품이 드러내는 문학적 성격을 간접적으로 證明하는 것이라

---

9) 郭沫若,「中國左拉之待望」載1937年 7月,『中國文藝』第1卷 第2期 (楊義, 前揭書, p.432에서 再引用)
10) 楊義, 前揭書, p.446.

고 할 수 있다.

세태소설이란 어떤 소설인가에 대해서는 여러 가지 의견과 논리가 제시되고 있다. 랑그란드Elizabeth Langland 같은 사람은 중국 淸代의 대표소설『紅樓夢』을 세태소설의 한 예로 제시하고 있다. 그는 魯迅의 『中國小說史略』에서 언급하고 있는 世情書를 세태소설의 전형적 예로 보고, 그렇게 번역, 표현하고 있다.[11] 미국의 튜틀톤 James W. Tuttleton은 그것이 물질적인 것이든, 정신적인 것이든 사회의 전반적인 풍속, 습속 등이 그것이 미치는 범주 속에 사는 인물들의 행동양식을 어떻게 결정하고 영향을 주는가를 그리는 소설, 즉 "세태, 사회적 관습, 민속, 전통, 관례, 그리고 주어진 시공간 속에서 사회적인 그룹의 습속이 그들의 사고와 행동을 통제하며 그들이 참여하는 행위의 결정적 요소를 구성하는 소설을 의미하며, 그 안에서 이러한 세태와 관습이 사실적이고도 세부적으로 그려지는 소설"[12]을 세태소설이라 규정했고, 프레드릭 그린Frederic Green이란 사람은 18세기 프랑스의 소설 「마리안느의 삶 La vie de Marrianne」을 예로 들면서 "인물들의 일상적인 관습과 환경을 그리며 아울러 外觀에 대한 세부적인 관심을 그린 소설"[13]을 세태소설이라고 했다. 이들의 견해와 논리에 견주어 李劼人의 「死水微瀾」의 문학적 특성과 성격을 찾아본다면, 이 작품 또한 전형적인 세태소설의 한 예가 될 수 있음을 쉽게 감지할 수 있다.

이 소설은 우선 題目 그 자체만으로도 世態小說로서의 色彩 내지 그 可能性을 示唆해준다고 하겠다. 이 소설은 1894년에서 1901년 사이의 중국의 상황을 고인 물, 즉 썩은 물에 서 일어나는 잔잔한 물결과도 같은 形局에 比喩하였다. 6-7년 사이의 同時代 중국사회의 현실이 바로 死水微瀾과도 같은 形狀이라는 것이다. 이러한 比喩는 작품에서 다루는 제재가 비록 일부지역에 국한되어 언급된 것이었다고 할지라도, 작품의 동시대 중국사회의 현실을 胎生的으로 包括하고 반영하는 등, 사회전체의 현실과 밀접히 관련을 맺고 있음을 말하는 것이다. 보다 구체적으로 말하자면, 死水란 巨視的 관점에서는 부패하고 타락한, 그러면서도 여전히 봉건사상의 늪 속에 빠져

---

11) Elizabeth Langland, 『Society in the Novel』, The Univ. of North Carolina Press, 1984. p.212.

12) James W. Tuttleton, 『The Novel of Manners in America』, The Univ. of North Carolina Press. Chapel Bill, 1972.

13) Frederick C. Green, 《French novelists, manners and ideas - From the Renaissance to the Revolution》, N.Y. Frederick Ungar Publishing Co, 1964, p.104.

허우적거리며 변화와 발전의 여지를 보여주지 못했던 淸末의 사회현실을 비유하는 것이 되고, 微視的 관점에서 볼 때에는 四川이라고 하는 특수한 지역만을 지칭하는 것일 수도 있다. 四川은 외부와 隔絶된 자연환경을 가지고 있었던 탓에, 四川만의 固有하고도 特殊한 풍속과 사회규범을 만들어 냈지만, 다소 폐쇄적이고도 고립된 환경이 조성되기도 했다. 그러나 19世紀 末, 20世紀 初에 접어들면서 중대한 전환이 발생한다. 의화단의 난과 기독교를 앞세운 서양세력의 급속한 진입 등을 경험하게 되자, 과거의 생활방식과 사회규범이 崩壞 내지 消滅되고, 새로운 생활방식이 출현하였다. 四川의 각 지역이 新思潮, 新生活方式에 힘입어 변화하는 時期의 사회 모습과 사람들의 삶의 生態를 작가는 「死水微瀾」 등에 담아 표현하였던 것으로 볼 수 있다.[14]

한 마디로 말해서, 이 소설은 역사적 진실과 예술적 진실을, 그리고 시대의 색채와 지방의 색채를 하나로 融合시켜, 역사와 사회를 진지하고 진실하게 反映했던 작품으로서의 문학적 의미를 가진 작품이라고 할 수 있다. 이 소설은 辛亥革命 前, 中國社會의 全體的 狀況에 根據해 四川 地域의 사회풍속, 그러니까, 당시 成都라는 도시와 시골 사람들의 性情, 행동거지, 풍속습관, 건물건축, 복식도구, 음식 등 농도 짙은 지방적 색채와 시대적 色彩를 여실히 드러내고 있음을 볼 수 있다. 다시 말해서, 이 소설은 당시 成都를 중심으로 한 도시와 농촌지역 사람들의 性情, 風俗習慣, 家屋建築, 服飾用品, 음식문화, 행동거지와 말투에 대한 묘사가 모두 농후한 지방적 시대적 색채를 강하게 띠고 있는바, 바로 이러한 몇 가지 사실에서도, 이 작품이 드러내는 世態小說로서의 가능성과 성격을 찾아 낼 수 있다는 것이다.

그러나, 이 소설이 가지는 세태소설로서의 특징은 世情과 風俗 등을 정밀하고 적나라하게 드러낸 것에 국한되지 않는다. 작품의 등장인물이 벌이는 一連의 諸 行爲, 즉 그들의 삶과 運命이 동시대의 사회현실을 集約함과 동시에 사회의 風俗圖로서의 역할을 하고 있다는 것이다. 羅歪嘴, 顧天成, 蔡大嫂 등, 작품의 주요 인물이 벌이는 諸 行爲와 그들의 운명이 동시대 사회의 世態 내지 世情이 어떠한가를 보여주는 사회적 거울과 風俗圖로서의 역할을 하고 있다. 이러한 사실과 관련해, "남녀주인공을 둘러싸고 벌어지는 이야기와 플롯은 모두 虛構이나, 作者가 주시한 것은 보통사람의

---

14) 張頤武, 「二十世紀初葉四川社會的人間喜劇 - 論李劼人的三部曲」(『中國現代文學硏究叢刊』 1985年 第1期, 作家出版社, p.167)

운명이고, 힘써 표현하고자 했던 것은 天回鎭의 오래되고도 신비스러운 전통습속과 시골사람들 고유의 성격적 特性이다."15)라고 했는데, 이러한 말은 장편소설 「死水微瀾」이 가지는 세태소설로서의 특징을 암시하는 것이라고 할 수 있다.

전술한 바와 같이, 이 작품은 1900년 義和團 사건이 發生하자, 이를 契機로 서구 열강들의 침탈이 絶頂에 이르고, 그 결과 淸朝의 멸망이 시작되는 소위 內憂外患의 시대를 살아갔던 사람들의 意識과 삶의 양식을 사실적이고도 치밀하게 보여주고 있는 소설이다. 羅歪嘴, 蔡大嫂, 顧天成 등 이 작품의 주요 인물들의 삶은 탐욕과 기회주의자로서의 일생이었고 운명이었다. 그리고 그들의 運命은 동시대 社會的 現實의 結果物이자 生成者로서의 風俗이었다고 할 수 있다.

羅歪嘴는 한마디로 이야기해서, 腐敗하고 混亂했던 淸末 時期, 義和團의 勢力에 便乘해 부와 권력을 유지하고자 했던 악질 깡패, 謀利輩와 같은 사람이었다고 할 수 있다. 常時로 도박과 아편을 즐기고, 필요하다면 남의 재산, 남의 여자까지도 주저 없이 掠奪하는 악독한 건달이자 貪慾의 化身이었던 것이다. 그런데, 羅歪嘴가 이처럼 탐욕의 化身이자, 그 지역사회의 최고 건달, 깡패로서 활동할 수 있는 것은 그가 가로회의 수장이었기 때문에 가능했다. 哥老會의 수장이라는 직책은 그에게 자신의 지역에서만큼은 無所不爲의 권력을 휘두를 수 있는 기회를 주었고, 羅歪嘴 또한 이러한 기회를 철두철미하게 활용하였다. 마약과 도박에 탐닉하는 것은 물론, 劉三金을 농락하고, 이종사촌 동생 蔡興順의 부인을 빼앗아 보란 듯이 자신의 情婦로 삼는 厚顔無恥의 행위, 顧天成 등의 재산을 빼앗는 약탈행위, 더 나아가 관리와 관청을 자신의 수중에 넣어 무소불위의 권력을 행사하는데, 이러한 그의 운명도 義和團의 난이 실패로 돌아가고 美,英,佛,獨 등 서구세력이 난을 진압하고 새로운 지배세력으로 등장하면서, 顧天成에 의해 끝나게 된다. 탐욕의 화신, 그리고 철저한 기회주의자로서 전성기를 누리다가 제 한목숨 구하기 위해 비겁하게 逃走하여 사회에서 사라지는 것이 羅의 운명이었다. 그의 운명은 羅歪嘴 개인의 운명이 아니라, 동시대 부패관리, 哥老會 사람들, 봉건세력들의 운명이었고, 또한 동시대 사회의 현실이자 그런 현실을 구성하였던 사회의 풍속이었다. 다시 말해, 내우외환의 시기에 무능하고 부

---

15) 劉勇, 「映照"千奇百怪世相"的多棱鏡」(『現代文學硏究總刊』, 1988年 第3期, 作家出版社, p.74)

패한 관리집단, 탐욕에 가득 찬 哥老會와 수구봉건세력 등이 사회를 지배하며 농락하고 있다가 의화단 사건이 실패로 돌아가자 자취는 감추게 된 것이 사회의 현실이자 세태의 모습이었던 바, 羅의 운명은 바로 이러한 사회의 현실과 세태의 모습을 하나의 풍속도로 압축시켜 보여주고 있는 것이다.

顧天成 또한 탐욕스러운 기회주의자로서의 운명적 삶에 있어 예외가 아니다. 小地主 출신이지만, 色을 탐하고 물 쓰듯 돈을 쓰는 사람이다. 羅歪嘴에게 돈도 빼앗기고 구타당하는 수모를 겪는다. 以後, 顧는 몸져눕게 되고, 부인은 病死하게 되며, 자신의 딸은 郝씨네 집으로 팔려가 그 집의 시녀가 되고, 땅과 집은 顧幺伯에게 넘어가는 비극을 당하게 된다. 顧는 一片丹心으로 羅에게 보복할 생각만 한다. 그러던 가운데 鍾幺嫂의 소개로 기독교에 입문하게 된다. 義和團 사건의 실패의 餘波로 관리와 관청의 사람들이 서양 사람을 무서워하게 되자, 顧天成은 이 기회를 이용하면서, 점차 세력가로 등장하기 시작한다. 그는 羅를 사건의 주범으로 몰아붙이고, 羅를 잡아들이도록 官府를 조정한다. 羅는 도망가 버리고 顧天成은 명실상부 勢道家가 된다. 이렇게 되자 사람들은 그에게 밭과 돈, 집을 바치기까지 했는데, 이 기회를 이용해 그는 蔡興順의 妻이자 羅歪嘴의 情婦인 蔡大嫂를 차지한다. 顧天成은 서구기독교 세력에 편승해 원수도 갚고 돈과 여자까지 챙기기까지, 처음에는 羅歪嘴에게 패해 모든 것을 잃었지만 교인이 된 다음, 그리고 의화단 사건이 실패로 돌아 간 후, 제2의 羅歪嘴가 되는 그의 운명은 世態의 변환과정으로서의 사회의 風俗圖와 같은 역할을 하였다. 貪官汚吏, 봉건세력의 橫暴와 壓制로부터의 해방이 서구기독교 세력의 지배로 이어지는 세상사의 모습을 顧의 운명이 집약하였으니, 顧天成의 運命圖는 縮圖로서의 사회변환의 과정, 그리고 사회의 風俗圖였던 것이다.

蔡大嫂는 연결고리의 역할을 하는 핵심적 인물이다. 哥老會, 敎民, 하층민(농민) 등, 모든 계층의 사람들과 관계를 맺으며 갈등과 투쟁의 원인을 제공하였다. 한편으로는 哥老會와 교민이라고 하는 두 악의 세력이 투쟁을 벌이는 와중에서 그녀는 피해자이면서 동시에 자신의 욕망을 만족시키는 최대의 受惠者가 된다. 빈곤한 농촌출신으로 항상 도시생활을 동경하는 재간 있고 영리한 여자였다. 蔡興順과 결혼하였지만, 마음은 항상 다른 곳에 있었다. 그녀는 마침내 哥老會의 수장이자 실력자인 羅歪嘴의 情婦가 된다. 羅가 有識해 보이고, 씩씩하며, 호탕해 보이는 성격에 매혹을 느꼈기 때문이다. 義和團의 亂이 실패로 돌아 간 후, 哥老會가 세력을 상실하고 敎民이 다시 득세하자, 그녀는 羅를 버리고 顧天成의 情婦가 된다. 이때, 그녀가 하는 말은 "기독교를 믿을 정도로 세련되었고, 돈 있고 권세 있는 사람을 왜 싫어하느냐"였다. 蔡大嫂는 교민의 마나님이 된 다음에, 서양 여자를 배우고 흉내내고자 했을 정도로 時流의 변화에 적극적인 기회주의자였다. 철두철미한 기회주의자로서의 蔡大嫂의 삶과 운명 또한 사회의 風俗圖로서 동시대 사회구성원들의 변화를 상징함은 물론, 사회변동으로 인한 사람들의 사고방식, 생활방식의 변화를 대변하며 凝集하고 있음을 알 수 있다. 또한 변신의 상징으로서의 그녀의 운명은 봉건압제에 시달려 온 사람들에게 서구의 물질문명이 어떻게 침투하여 그들의 영혼을 뒤흔들어 놓았는가를 보여주었으니, 그것은 결국 동시대 사람들의 精神의 運命圖였고, 그 結果物로 나타난 것이 바로 사회의 풍속이었던 것이다.

楊義는 이 소설이 19세기 프랑스의 플로베르Flaubert의 소설 『보바리부인Madame Bovary』의 영향을 받았다고 말하면서 이 작품을 플로베르의 작품과 비교하였는데, 이러한 사실은 이 작품이 가지는 세태소설로서의 성격을 확고하게 해준다고 할 수 있다. 주인공 蔡大嫂는 소설 「보바리부인」의 주인공 보바리 부인과 같은 성격의 사람이라고 규정하고 있다. 세 차례에 걸친 蔡大嫂의 변신은 허영심이 발아해서 성장하고 왜곡되는 심리과정인 바, 이러한 심리과정에 대한 해부와 분석은 "死水微瀾"시대의 사회 문화심리에 대한 심도 있는 思考를 구현한 것이라고 했으니,[16] 이는 결국 개인의 運命圖가 사회변화를 담은 사회의 風俗圖임을 설명하는 것이라고 하겠다.

蔡大嫂의 행위와 관련해 작품 플롯 전개에 있어 하나의 특징이 감지된다. 「死水微瀾」의 전반부는 플롯의 遲滯 내지 逸脫적 느낌을 주는 부분이 발견되는데, 그렇기 때문에 독자는 사건의 흐름보다는 세부묘사의 정확성만을 보게 된다. 그러나 후반부에 들어와 플롯의 緊迫感이 생기는데, 이는 蔡大嫂의 運命이 변화하기 시작하고, 또한 사회에 대한 風俗圖가 개인의 운명과 직결되고 있음을 보여주고 있기 때문이다.

끝으로 이 작품이 空間 中心的 소설이라는 사실, 또한 世態小說로서의 요건을 충족시키는 또 하나의 證據가 될 수 있다. 우선, 이 작품은 구성상 서론 내지 도입부라

---

16) 楊義, 『中國現代小說史』, 人民之學出版社, 1991, pp.434-435 참조.

고 할 수 있는 소위 引子를 설치한 것이 하나의 특징이라고 할 수 있다. 序幕이라는 부분을 설정하고, 이를 일인칭서술수법을 사용하여 이야기를 이끌어 나가고 있다. 이렇게 引子를 설치한 것은 첫째, 전체 작품에게 과거의 일에 대한 기억이라고 하는 詩情과 感性色彩를 주기 위해서였고, 둘째, 작품에서 가장 핵심적인 인물로서의 역할을 하고 있는 蔡大嫂를 먼저 소개하기 위한 것이라는 두 가지 이유 때문이라고 했다.[17] 이러한 사실과는 별도로 이 작품은 구조적인 면에 있어 또 하나의 독특한 면을 지니고 있다. 이 작품의 이야기 자체는 그리 복잡한 것은 아니나, 다단계적으로 펼쳐지는 도시, 읍내, 농촌생활의 情景과 풍속 등을 광범위하게 언급하고 있고, 산만할 정도로 쉽게 쓰이어져 있음을 볼 수 있다.

結論的으로 말해서, 羅德生, 顧天成, 蔡大嫂의 諸行爲를 역사적인 사건의 현장에 결부시켜 작품의 사실성을 확보하고 있을 뿐만 아니라, 이를 통해 동시대 사람들과 사회적 집단들의 습속과 삶의 방식과 思考가 어떠하였는가를 보여주고 있다. 이처럼, 이 작품은 그것이 비록 일부이기는 하지만, 淸末 어지러운 世態를 반영하며 시대와 사회의 풍속도로서의 세태반영의 역할을 수행하고 있다는 점에서 세태소설로서의 기능을 충분히 발휘하고 있다. 이와 더불어, 그것이 비록 四川省 成都라고 하는 局限된 地域이었지만, 同時代 사람들의 思考와 行動樣式, 풍속과 문화 등을 두루 망라하면서 이에 대한 묘사가 충실하기 때문에, 이 作品은 비록 일부이긴 하지만 의화단 사건을 전후로 한 특정 시기의 時代史, 社會史, 地方史, 그리고, 그 지방의 風俗史 내지 風俗圖로서의 역할을 충분히 하고 있는 것이다.

淸日戰爭이후 義和團의 운동이 失敗하기까지의 역사적 시기와 사회현실을 배경으로, 四川省 成都 附近의 조그만 도시에서 벌어졌던 哥老會와 基督敎民과의 갈등과 충돌을 묘사하였고, 아울러 이를 통해 당시 死氣沈沈한 淸末 사회의 현실 및 屈辱的인 투항의 歷史, 그리고 그 역사의 裏面 속에서 빚어지는 탐욕적이고 기회주의적인 인간군상의 實際를 그렸기 때문에 歷史小說로서의 性格을 강하게 보여주고 있다. 작품은 역사적 현실을 제재로 하였지만, 실존 인물이 아닌 허구적 인물의 일상적인 삶에 역사적이고도 사실적인 소재와 그 의미를 부과하였다. 작가는 인물들이 보여주는

---

17) 張頤武, 「二十世紀初葉四川社會的人間喜劇 - 論李劼人的三部曲」(『中國現代文學硏究叢刊(1985, 1)』 作家出版社, p.157.

일상적인 삶을 사회현실의 縮圖로서 뿐만 아니라, 歷史的 삶으로서 해석해 내고 있는데, 이 과정에서 그러한 삶을 역사적 현장과 현실에 결부시킴으로써 작품의 사실성과 역사성을 확보하고 있기 때문에, 이 작품은 역사소설서의 특징과 의미를 갖게 되는 것이다. 이 작품이 갖는 또 하나의 문학적 의미는 세태소설로서의 특징이다. 이 작품은 사회의 풍속도로서의 역할을 충실히 수행하고 있는데, 개인적 삶, 개인적 運命을 철저히 사회현실의 결과 내지 구성물로 전입시켜, 일면 사회의 현실을 縮圖하고, 일면 사회현실의 구성적 存在物로서의 風俗圖를 그려내고 있음을 볼 수 있다. 이 소설은 개인의 運命圖를 사회의 風俗圖로 확산시키고, 이를 시대의 삽화로 소화해 냄으로써, 세태소설로서의 역할을 충실히 수행하고 있는 것이다.

　한 마디로 말해서, 이 작품은 30년대의 사회적 현실에서 볼 때, 역사소설의 기능을 수행하고 있고, 1900년대의 사회적 현실의 관점에서 볼 때, 세태소설로서의 성격을 드러내고 있는 양면적 특성의 소설이라 할 수 있다. 이러한 특성을 가진 李劼人의 「死水微瀾」은 역사소설의 양식으로써 문학적 관심을 과거로 회귀시켜 문학의 방향과 격식을 垂直化 하였고, 또한 세태소설의 특징으로써 그 관심을 중심지가 아닌 머나먼 지방 소도시의 사람들의 삶과 풍속으로 확산시켜, 문학적 방향과 관점을 크게 水平化 하였으니, 바로 이 점이 「死水微瀾」만이 갖는 문학적 가치라고 할 수 있다.

7. 가족사소설의 탄생

巴金의 소설, 「家」

巴金의 「家」 또한 30년대 소설의 새로운 유형을 提示함에 있어 예외가 아니었다. 「家」는 3대에 걸쳐 작중인물을 설정하고, 가족 구성원들이 가지고 있는 의식구조나 삶의 방식 등을 중심으로 표출되는 동시대를 사람들의 삶과 현실의식, 가치관 등을 총체적으로 受容하고자 했던 작품이었다. 다시 말해, 「家」는 反封建, 近代化라는 역사·사회의식을 그 바탕에 깔고, 한 가족의 삶과 운명을 중국의 歷史的, 社會的 次元에서 설명하며, 아울러 이러한 과정을 통해 30년대 소설의 새로운 유형을 제시했다고 할 수 있다.

「家」는 신구세대에서 발생하는 갈등의 문제를 가족의 문제에서 동시대 중국의 社會現實의 문제로 승화시키면서, 이를 리얼리즘의 小說美學으로 形象化시킨 秀作이다. 물론, 이전에도 魯迅의 「祝福」과 같이 어떤 한 집안의 家庭事를 배경으로 고통받는 가족 구성원의 삶을 다룬 소설이 있었지만, 그런 소설들은 봉건예교와 관습에 의해 희생되는 청년 지식인 또는 婦女子들의 삶을 다룬 작품들로서 가족 구성원 사이에서 발생하는 문제를 다룬 소설이었지, 한 가족의 역사와 흥망 내지는 세대 간에 겪는 갈등 등을 묘사함으로써 그 가족이 소속된 사회전체의 변화상을 암시하고 묘사하는 가족사소설은 아니었다. 그렇기 때문에, 巴金의 「家」는 중국현대소설사상 최초의 家族史小說로서의 의미를 갖게 되는 것이다.

「家」는 한 가족의 상황이나 운명을 (역사적) 시간의 지속과 변화의 차원에 놓고 설명하는 가운데, 사회의 諸問題를 가정의 틀 속으로 끌어 들여 조명하며, 가족 구성원간의 갈등과 대립을 社會的 문제로 昇華시켰다는 점에서, 또한 家族主義에 근거하여 가족에 미치는 역사와 사회의 영향력의 문제와 세대의 격차를 수용하면서 중국 근대

사의 변천의 한 모습을 띠고 있다는 점에서 문학적으로 매우 중요한 의미가 있다고
할 수 있다. 「家」는 上海의 『時報』에 「激流」라는 제목으로 연재되었다. 이후 「春」,
「秋」라는 제목의 소설과 함께 『激流三部曲』이라는 소설집의 單行本 제1부로 출판되
면서 그 제목이 「家」로 改名되었다. 「家」는 『激流三部曲』을 대표하는 작품임은 물론,
작가의 소설세계를 대표하는 작품으로서 巴金을 30년대 대표적 소설가의 班列에 오
르게 한 秀作이라고 할 수 있다.

　「家」는 5·4를 전후로 어느 한 대가족이 겪는 운명의 질곡과 그 변화를 그리고 있
는 作品이다. 이 작품은 작가의 말 그대로 "바야흐로 붕괴해 가는 한 지주계급의 봉건
大家庭에서 벌어지는 기쁘고 슬픈 온갖 이야기"[1]를 쓴 소설로서 五四前後 四川省의
成都를 배경으로 高氏 집안의 몰락과 붕괴의 과정과 그들의 悲歡離合의 이야기를 그
리고 있다. 이 작품은 작가가 자신의 家庭事를 소재로 하였다는 점에서 독자들로부터
큰 관심과 함께 반향을 일으켰을 뿐만 아니라, 조부-아버지-아들로 이어지는 가족
사의 전개를 통해 각 세대 간의 정신적 갈등과 충돌을 다루면서 몰락해 가는 가족의
운명적인 굴곡과 그러한 운명적 굴곡을 사회적 문제로 昇華시켰다고 점에서 문학적
의미를 갖고 있다.

　작품은 四川省 成都에 있는 어느 한 大 家庭 高氏 집안의 손자인 覺慧, 覺民, 覺
新 등 세 청년들의 삶과 행동이 敍事의 중심을 이루는 가운데, 이들이 벌이는 여러
사건들이 나열되며 플롯을 이끌어 나가는 형식을 띠고 있다. 따라서 작품에 있어 사
건의 전개는 세대 간에서 벌어지는 사건의 시간적 순서의 論理에 의해 펼쳐지고 있
다기 보다는 이들 세 형제들이 겪어 나가는 운명적 상황들의 유기적, 인과적 결합의
논리에 의해 이루어지는 특징을 보여주고 있다. 그렇기 때문에, 이 작품의 기본 줄
거리 또한 이들 세 형제의 삶과 행동에 따라 나눠 설명되는 것이 보다 적절하다고
할 것이다.

　高氏 집안에는 가장인 조부 高老太爺(고씨 영감나으리)를 중심으로 이미 죽은 장남의
가족과 三男 克明, 四男 克安, 五男 克定의 가족들, 그리고 鳴鳳을 위시하여 각 가족
들 사이에 딸려 있는 하인들 수십 명이 살고 있었다. 죽은 장남의 가정에는 三男 一女

---

　1) 巴金, 「和讀者談談"家"」(『巴金選集 第一卷, 家』, 四川人民出版社, 1995. p.393)

가 있었다. 長男인 覺新은 아버지가 일찍 죽었기 때문에 죽은 아버지를 대신해 비교적 어린 나이 때부터 대가정의 繼承者의 역할을 맡을 수밖에 없었다. 그렇기 때문에 思考하고 행동하는 데 있어서 자유롭고 진취적이지 못했다. 항상 조부를 중심으로 한 집안 어른들의 압력과 눈치 속에서 살아 갈 수밖에 없는 다소 柔弱하면서도 소극적 성격의 소유자였다고 할 수 있다. 覺新은 대가정의 長孫이었던 탓에 빨리 자손을 얻어야 한다는 조부의 뜻에 따라 강제로 早婚하게 되었다. 원래 覺新은 이종 사촌인 梅芬과 서로 사랑을 나누었으나, 姨母가 두 사람 간의 팔자가 맞지 않는다고 하여 반대하였다. 결국에 가서는 覺新은 아버지가 제비뽑는 방식에 의해 李瑞珏이라는 낯선 여자와 결혼해야 했다. 覺新은 같은 형제로서 覺慧와 覺民의 의지와 행동을 이해하고 心情的으로 동정하였지만, 그들의 행동을 적극 돕고 함께 실천할 수 있는 인물은 아니었다. 봉건가족제도와 봉건예교주의의 치하에서 조부 高老太爺를 중심으로 하는 집안 어른들의 독선과 전횡으로 정신적 고통을 겪으면서도, 이를 감내하며 묵묵히 살아가는 사람이었다.

그의 두 동생인 覺民과 覺慧는 新式敎育을 받으며, 합리적이고 진보적인 사고를 가진 청년들이었다. 이들은 신식교육과 함께 五四新思潮 등의 영향을 받아 봉건가정의 비합리적이고 비인간적인 체제와 사고방식에 반기를 들며, 봉건 舊家庭에 과감하게 도전하였다. 그들은 학생운동에도 참가하였고, 『黎明周報』를 간행하며 사회개혁운동에도 적극적으로 나서기도 하였다.

覺慧는 覺民보다 더 진보적이고 진취적이었다. 異性과의 사랑에 있어서도 신분계층의 한계를 뛰어 넘으면서까지 집안의 하녀 鳴鳳을 사랑할 정도로 매우 진보적인 사상을 가진 청년이었다. 따라서 覺民과 覺慧, 특히 覺慧는 祖父 高氏 영감을 중심으로 하는 구세대와 항상 葛藤을 겪으며 충돌하지 않을 수 없었다. 覺慧와 祖父와의 직접적인 갈등은 학생데모사건에서 비롯한다. 覺慧의 同學들이 연극도중에 병사들에 의해 不法的으로 구타를 당하게 되는 사건이 발생하는데, 이에 격분한 학생들은 覺慧를 중심으로 항의운동을 벌이게 되고 이를 알게 된 조부는 覺慧를 불러들인 후, 그를 家宅軟禁한다.

이후, 조부 고씨 영감은 자신의 친구이자 孔敎會의 頭目이었던 馮樂山이 妾을 들이려 하자, 하녀 鳴鳳을 그에게 첩으로 보내기로 결정한다. 이를 알게 된 鳴鳳은 이에 저항할 수 없음을 알고 첩으로 팔려나가기 전날 밤, 湖水에 投身自殺하고 만다. 고씨 영감은 鳴鳳이 죽자 아무 거리낌 없이 그 자리를 婉兒로 대체해 버린다. 이러한 일에 충격을 받은 覺慧는 봉건적 사고의 본질이 食人的인 것임을 확인하게 되고, 봉건 구 세대와 정면으로 맞서 싸울 것을 다짐한다. 뒤이어 覺民과 馮樂山의 조카손녀 사이의 혼사가 고씨 영감에 의해 일방적으로 결정되자, 覺慧와 覺民은 할아버지에 대해 다시 한 번 반기를 들기 시작한다. 조부에 의해 이러한 결정이 내려지자 覺慧는 覺民에게 가출할 것을 권한다. 覺民이 가출하자 이에 祖父는 激怒하게 되는데, 조부와 동생들 사이에서 벌어진 대립과 갈등 속에서 覺新만 고통 받게 된다. 그러는 가운데 覺新의 옛 애인 梅芬이 肺病으로 죽게 되자, 그의 고민과 갈등은 더욱 깊어만 간다. 이런 와중에 조부가 총애하던 아들 克安과 克定의 외도가 탄로 나게 된다. 이상적이고 도 덕적인 대가정을 꿈꾸던 조부에게 있어 이 일은 매우 큰 충격이었고, 이 사건으로 인해 조부는 충격을 받아 몸져눕게 된다. 약도 푸닥거리도 소용이 없었는지 병은 날 로 악화되었고, 마침내 조부는 사망하기 전 지금까지 견지해왔던 자신의 완고한 고집 과 집념을 꺾고 覺慧와 화해하고 覺民과 琴의 결혼을 허락하면서 숨을 거둔다.

조부 高氏 영감이 죽은 지 얼마 안 되어 覺新의 妻 瑞珏의 解産日이 다가오게 되었 다. 그러나 집안 어른의 시신이 집안에 머무르는 동안 아이를 낳으면 産婦의 혈광이 시신에 파고 들어가 시신에서 피가 뿜어 나올 수 있다는 迷信的 이유에서였다. 이에 瑞珏은 성 밖 오두막집으로 쫓겨나게 되고, 그 곳에서 아이를 낳다가 죽게 된다. 이 렇게 되자, 세 형제들은 봉건가정의 예교와 관습의 본질이 殺人的인 것임을 다시 한 번 확인하게 되고, 그 동안 우유부단한 태도와 柔弱한 성격을 보여 왔던 覺新마저 집을 떠나 上海로 가겠다는 覺慧를 돕기로 결정한다. 覺慧는 마침내 새로운 사회를 향하여 집을 떠난다.

上述한 내용이 「家」의 줄거리가 되는데, 이처럼 「家」는 한 가족의 운명과 함께 흥 망성쇠의 내력을 주요 제재로 다루고 있어, 家族史小說로서의 문학적 특징과 성격을 드러내고 있다. 家族史小說이란 家族小說Familienroman의 하위 장르에 해당되는 소설형태로서 변화 속에 있는 한 가족집단이 융성하고 소멸하는 운명을 서술하는 소 설을 말한다.[2] 중국계 학자인 이링루 Yi-ling Ru는 가족사소설의 4가지 주요 특성 을 첫째, 가족사소설은 여러 세대를 통한 한 가족의 진화를 사실적으로 다루며, 둘째,

가족적 제의가 중요한 역할을 하고 가족적·공동체적 문맥으로 성실하게 재창조되고, 셋째, 소설의 근원적 주제가 항상 가족의 쇠퇴에 초점을 주며, 넷째, 시대를 통한 수직선에서 가족관계의 수평관계로 짜이어진 특수 서사형태3)라고 정리하기도 했다.

家族史小說은 가족의 계보관계 및 세대 간의 단층 그리고 붕괴와 변동의 문제가 본질적으로 수반되게 되는데, 기존의 정의와 논리를 종합해 家族史小說의 문학적 특징에 대해 열거해 보면, 첫째, 가정을 주된 배경으로 하면서, 한 가족의 흥망성쇠를 다루는 소설이고, 둘째, 가족의 역사를 그리되 그 가족과 사회, 세대교체와 사회변동의 관계 등을 주요 제재로 삼으며, 셋째, 가족의 역사와 운명을 추적하는 가운데, 사회현실을 객관적이고도 총체적으로 재현하는 소설로 정리 요약해 볼 수 있다.

巴金의 「家」는 가정을 주된 배경으로 하여 3대에 걸친 어느 한 봉건 대가족의 운명을 다루는 가운데, 그 가정의 인물들을 통해 드러난 세대 간의 대립과 및 그 이면에 놓여 있는 사회적·민족적 현실의 문제를 조명하며 근대화 과정에 있는 중국사회의 현실과 흐름을 그리고 있다는 점에서 家族史小說로서의 성격을 갖게 된다.

이 작품을 구성하고 있는 등장인물들의 유형은 크게 세 종류로 나누어질 수 있다. 그 첫 번째 유형의 인물들은 고씨 영감과 馮樂山과 같이 봉건예교와 사고방식을 완고히 유지하려고 하는 사람이다. 두 번째 부류의 사람들은 高氏 영감의 아들세대에 해당되는 克明, 克安, 克定들로 이들은 高氏 영감처럼 그렇게 완고하고 비인간적이지는 않지만, 부자 집의 자손으로서 무위도식하거나 방탕을 일삼으며 살아가는 사람들이다. 한마디로 말해서, 高氏 영감의 대를 이어 봉건가정의 틀과 제도 속에서 安住하며 지내는 사람들이다. 세 번째 부류의 사람들은 覺新과 覺民, 覺慧 등, 封建 舊家庭의 예교와 사고방식에 과감히 도전하며 개혁을 외치던 사람들이다.

먼저, 작가는 작가 巴金은 봉건 가정 안에서 벌어지는 억압적이고 비인간적 행태를 각종 박해에 시달리는 인물을 동정하며 강한 고발정신으로 봉건가족제도와 봉건예교주의의 죄악을 폭로하였다. 高氏 영감 및 馮樂山과 같은 사람들의 모습을 통해 封建

---

2) Gero von Wilpert, *Sachworterbuch der Literatur*(Stuttgart, 1972), p.253 참조.(이재선 저, 『한국문학의 원근법(가족사소설과 집의 공간시학)』, 민음사, 1996, p.104에서 재인용)

3) Yi-Ling Ru, *The Family Novel*(Paper lang, 1992), p.2.(이재선 저, 『한국문학의 원근법(가족사소설과 집의 공간시학)』, 민음사, 1996, p.106에서 재인용)

禮敎主義者들의 非人間性을 폭로하고 封建家庭의 罪惡相을 고발하면서, 결국에 있어서는 이들의 비인간적인 태도와 죄악으로 인해 붕괴의 길을 걸을 수밖에 없는 가족의 역사를 설명하고자 하였다.

작가는 高씨 영감이나 馮樂山 등과 같은 사람들의 비인간적이고 잔인한 성격과 함께 高克安이나 高克定 등과 같은 封建殘黨들이 놀아나는 모습 등을 보여 준다. 작가는 또한 封建가정의 예교와 관습에 의해 피해 받는 젊은 여성들의 불행한 모습을 통해 食人 문화와 다름 없는 봉건예교의 본질과 이런 본질을 습관화한 봉건예교주의자 및 봉건통치자들의 행태를 사정없이 폭로하고 고발하였다. 전횡과 冷酷性, 잔인하고도 음탕한 성격이 高氏 집안의 제1세대인 高氏 영감과 馮樂山의 모습을 대표한다면, 물욕과 탐욕에 찌들 린 채, 아편을 피우고 여자와 놀아나는 등 방탕하고 타락한 생활을 하는 사람들의 모습은 제2世代인 高克安이나 高克定을 통해 나타난다. 이들 1세대, 2세대의 사람들은 겉으로는 仁義道德과 名譽를 지키는 척하지만 속으로는 醜惡하고 獨斷的인 性格을 가진 사람들이다. 이런 사람들은 모두 봉건예교주의, 儒敎的 家父長制를 받드는 사람들로서, 이들은 비합리적이고 독단적이며, 비인간적인 사고방식 때문에 종국에 가서는 인간파괴적인 행동을 하게 된다.

그러나 家族史小說로서 이 작품이 갖는 문학적 의미와 기능은 그 동안 어떤 한 대가정을 지배해 온 봉건예교와 봉건적 舊思想에 대한 고발과 비판에 머물러 있지 않는다. 다시 말해, 작품 「家」가 지니는 문학적 의미는 봉건 구가정의 非人間的 성격과 죄악상에 대한 고발과 이에 대한 세 청년의 抵抗意志에 局限되어 있지 않다는 것이다. 「家」는 한 가족 내에서 벌어지는 세대적인 갈등을 모티프로 설정하여 家族의 흥망을 다루고 있으면서도, 그 가족의 흥망에 대한 관심을 넘어서 부류와 집단의 相互關係 및 당대의 사회현실에 대한 확산된 관심을 제시한 소설이다. 작가는 봉건사상, 봉건예교주의 때문에 붕괴되는 가정의 모습을 묘사하고, 또한 봉건예교주의의 문제를 가정에서 시작하여 사회로 확산시키고 있는 가운데, 그 과정의 裏面(봉건 대가정의 붕괴와 봉건 가정의 예교문제가 사회로 확산되는 과정)에서 새로운 사회의 생성의 의미를 발견하고 있다.

家族史小說은 當代의 역사적, 시대적 상황과 결부시켜 이해되지 않으면 안된다. 왜냐하면 가정은 사회를 구성하고 있는 最小單位로서 사회와 결코 분리해 생각할 수 없는 존재이기 때문이다. 가정의 문제가 사회의 문제가 되고, 역으로 사회의 구조적 문제는 그대로 가정에 영향을 주게 된다. 그렇기 때문에, 가족구성원은 사회의 구성원이 되면서 동시에 민족구성원이 되는 것이다. 가정이 붕괴되면 그 여파는 사회로 이어져 사회도 붕괴되거나 변혁될 수 있으며, 이러한 과정을 통해 새로운 사회의 모습이 출현할 수 있다. 또한 그 반대로 사회가 어떤 변혁의 과정을 거치면, 가정 또한 그러한 변혁을 통해 새롭게 변화할 수 있는 가능성을 갖게 된다. 가정과 사회와의 관계와 관련해 작가 巴金도 「關於"家"(十版代序)」에서 "봉건 구가정이 멸망의 길을 걸을 수밖에 없는 것은 必然的인 것이며, 이는 경제관계와 사회 환경에 의해 결정된다."고 말했는데, 작가의 이러한 주장은 가정과 사회와의 밀접한 관계를 설명함과 아울러, 가정문제에 대한 관심을 사회로 확산시키고자 하는 작가의 의지를 암시하는 것이라 하겠다.

이렇게 볼 때, 家族史小說의 文學的 意味와 기능은 단순히 한 가족의 역사에 대한 기술에만 국한되어 있거나, 家系圖的인 家門중심의 가족의 傳記만을 拔萃하는 데에만 머물러 있지 않음을 알 수 있다. 家族史小說의 주된 과제 중의 하나는 가족주의 내지는 부족주의에 근거하여 가족에 미치는 역사와 사회의 영향력과 그(문제)를 수용하며, 역사와 사회의 변천 속에 놓여 있는 가족의 운명과 함께 가족사를 통해 歷史的·社會的 변동의 모습을 면밀하게 포착하는 것이다. 다시 말해, 家族史小說은 한 가족의 歷史, 가족의 융성과 몰락의 운명을 추적하고, 사회의 세대 간의 갈등상 등을 그림으로써 역사와 사회의 변천 속에서의 가족의 운명을 提示하고, 그 가족이 소속된 사회현실을 객관적이고 총체적으로 재현하면서, 사회전체의 변화상을 暗示하는 것을 문학적 목표로 한다. 작품 「家」가 사회적으로 중국 現代史 변천의 한 모습을 나타내면서, 문학적으로 새로운 사회의 생성을 암시하는 매우 중요한 의미를 지니는 것은 이 작품이 바로 家族史小說이기 때문이다. 따라서 「家」에 걸친 인물의 連繫性이 세대 간의 갈등이란 점에 초점이 맞추어져 있는 듯하면서도, 그들의 삶의 태도나 현실인식의 차원이 소설의 배경적 의미 이상의 민족·사회사적 현실에 대응하는 것을 볼 때, 독자들은 소설 전체의 의미가 확대되는 느낌을 받는다.

작가가 봉건의 문제를 가정에서 시작하여 사회로 확산시키고 있다는 점은 신식교육기관인 외국어전문학교의 등장과 여학생의 입학문제, 학생들과 군인들과 충돌, 그리고 군벌세력간의 다툼과 이로 인해 아무런 죄 없이 고통 받는 일반 시민들의 삶 등, 사회문제에 대한 직접적인 언급을 통해 나타나고 있다.

高氏 집안에서 벌어졌던 일련의 사건, 즉 覺慧를 중심으로 조부 고영감과 벌였던 반항과 갈등, 鳴鳳의 자살, 瑞珏의 죽음, 梅芬의 사망 등, 일련의 사건들은 단순히 高氏 집안의 문제로 局限되는 것이 아니다. 覺慧가 학생데모운동에 참가했다고 하여 조부 고씨 영감은 禁足令을 내리고 覺慧를 가택연금 하는데, 이는 젊은 학생세대들에 대해 高氏 영감이 품고 있었던 생각과 태도가 학생데모를 유발시켰던 군벌세력의 그 것과 다르지 않음을 말하고 있는 것이다. 가정의 문제가 된 覺慧의 가택연금은 학생 과 군인간의 충돌에서 시작되었고, 또한 조부 고씨 영감은 군인세력인 군벌을 지지하 는 존재임을 고려해 볼 때, 학생과 군인간의 충돌이 가정과는 무관한 일처럼 보이나, 覺慧와 조부 고영감의 갈등은 당대 사회현실의 一相으로서 家庭事의 차원을 넘어 社 會事의 성격을 띠는 것이다.

鳴鳳의 죽음 또한 외형적으로는 자살이었을지 모르나, 그녀를 자살로 내 몬 것은 非人間的인 봉건예교주의였다. 下女라고 해서 자신의 운명을 하나의 인격체로서 인 정받지 못하고, 마치 家禽과 같은 취급받는 것은 가정의 문제 차원을 넘어 봉건 사회 현실과 관습과 관련된 사회문제인 것이다. 覺新의 부인인 瑞珏의 죽음 또한 鳴鳳의 죽음과 별로 다를 것이 없다. 生者가 死者로 인해 희생되는 봉건예교주의의 본질을 또 한 번 증명하는 것이었다.

작가가 覺新, 覺民, 覺慧, 鳴鳳, 梅, 瑞珏, 祖父 고씨 영감 등 가족구성원들의 삶과 운명을 파악하고자 한 것은 단지 한 개인의 내력과 경험을 이해하기 위한 것이었다기 보다는 가정구성원의 삶을 통해 그 가정을 지배하고 있는 사회의 사상과 관습문제를 설명하고, 이를 극복하는 방법을 찾는데 근본 목적이 있었다고 할 수 있다. 그렇기 때문에, 高氏 一家가 맞이하는 상황은 중국인, 중국사회 전체가 맞이하는 狀況의 한 例證이었고, 그들의 역사는 개인의 체험이기도 하면서 사회와 民族구성원의 體驗이 기도 한 것이었다. 다시 말해서, 작품에서 묘사되고 있는 가족 구성원들의 고통, 즉 봉건예교와 관습으로 인해 가족 구성원이 피해자가 되어야 하는 고통은 가족적 고통 이라기보다는 사회적 고통이고, 붕괴되고 있는 가정의 모습은 붕괴되고 있는 봉건사 회의 모습이었는데, 이처럼 붕괴되는 봉건가정과 봉건사회의 모습을 관찰하고 추적하는 과정을 통해, 작가가 추구하고자 했던 것은 변화하는 시대의 상황과 그 속에서 생성하고 있는 새로운 사회의 징후를 발견하는 것이었다.

주인공 覺慧는 개인이 사회의 어느 지점에 서 있는가를 확인해 나가면서 자신이 어떻게 민족현실의 변모 현장을 체험하고, 새롭게 생성해 가는 사회의 모습을 파악하고자 노력했다. 覺慧는 새로운 사회의 생성을 농촌이 아닌 도시에서 보다 분명하게 확인하고자 하였다.

> 어떤 새로운 감정이 그를 에워쌌으나, 그것이 즐거움인지 슬픔인지 분명히 알 수 없었다. 그러나 집을 떠났다는 사실만은 뚜렷이 깨달을 수 있었다. 눈앞은 넘실넘실한 푸른 물뿐이었다. 그 물은 끊임없이 앞으로 흘러간다. 그것은 미지의 대도시로 그를 실어 나르고 있다. 그 곳에서는 온갖 새로운 것이 자라나고 있다. 그곳에서는 새로운 운동이 일어나고 있다. 그곳에서는 수많은 군중이 있다. 그리고 편지로만 사귄 본 적도 없는 그러나 정열에 불타는 몇몇 청년이 그를 기다리고 있었다.4)

작품의 마지막 章을 장식하는 위의 대목은 작가의 의도와 함께, 이 작품이 추구하고 있는 "새로운 사회의 지향 내지는 새로운 사회의 생성"의 의미를 含蓄해 나타내고 있다. 주인공 覺慧는 '가정으로부터의 탈출'을 '新天地에로의 航海'로 보았는데, 가정으로부터의 탈출은 봉건가정의 붕괴였고, 신천지에로의 항해는 새로운 사회의 추구와 발견, 다시 말해, 새로운 사회의 생성을 의미하는 것이라고 할 수 있다.

작가는 「和讀者談"家"」라는 글에서 "覺慧는 지금까지 살아 있어서 신중국의 사회주의 건설사업을 위해 열정적으로 일 한다."5)고 했는데, 작가의 이러한 이야기는 이 작품의 사회지향성을 설명해주는 하나의 증거가 된다고 할 수 있다. 이와 아울러, "서사시의 주인공은 엄격히 말해서 하나의 개인이 아니다. 서사시의 특징의 하나는 그것의 테마가 개인의 운명이 아니라 공동체의 운명이라는 사실이다."6)라는 루카치

---

4) 본고에서 연구대상으로 삼은 텍스트는 1995년 四川人民出版社版, 『家(巴金選集 第一卷, 中國現代作家選集叢書)』이다. 이하 본고에서 다루어지는 『家』의 작품은 모두 이 책에 실려 있는 것을 기본텍스트로 한다.
   『家』(巴金選集 第一卷, 中國現代作家選集叢書), 1995, p.370.
5) 巴金, 『家(巴金選集 第一卷, 中國現代作家選集叢書)』, p.392.
6) Georg Lukacs, *Die Theorie des Romans*(潘星完 譯, 『소설의 이론』, 심설당, 1989, p.85).

의 설명은 바로 이 작품이 드러내는 문학적 의미가 무엇인가를 설명해 주는 방증적 역할을 한다고 할 수 있다. 미셸 제라파Michel Zeraffa는 제임스의 말을 빌려 社會現象의 자료들을 소설가는 分析하고, 해석하고 후에 작품으로 변모시키기 위해 그것의 본질적 양상들을 결정하고자 애쓴다고 했는데,[7] 작가 巴金은 봉건사회의 그 본질적인 양상들을 봉건제도와 방식에 의해 그 본질을 구성하는 가장 기본적인 단위인 가정에서 발견하고자 노력하였다. 따라서, 「家」는 封建가정의 문제와 잔학성 등을 고발하는 데에만 그 목적을 두고 있는 것이 아니라, 5·4시기를 전후하여 중국사회의 일면을 정확하게 묘사하려는 데서 출발하여 특히, 봉건계층에 속하는 인물들이 몰락해 가는 현장에 초점을 맞추고 그런 몰락이 가져오는 사회적 의미를 부각시키는 데에 역점을 둔 작품이라고 할 수 있다.

앞서 언급한 바와 같이, 「家」는 중국 봉건계급에 대한 5·4운동의 충격을 반영하는 가운데, 어느 한 대가족이 겪는 운명의 질곡과 이를 통해 드러나는 悲歡離合을 그리고 있는 소설이다. 3대에 걸친 고씨 집안의 인물들을 통해 신구세대간의 대립과 그것의 배후에 놓여 있는 갈등의 문제를 조명하는 가운데, 중국의 민족현실의 일면을 정확하게 파헤쳐 보이며, 五四 이후 근대화 과정을 경험하고 있는 중국 사회현실의 한 縮圖를 보여주고 있다.

家族史小說은 한 가족이 경험하는 興亡盛衰의 이야기를 전달하는 소설이다. 그리고 그 興亡盛衰의 이야기는 보통 연대기적 기록의 관점에서 이루어지는 가운데, 累代에 걸친 가족의 역사를 추적하는 형식을 취하는 것이 가족사소설이 갖는 일반적인 서술형태가 된다. 그러나 「家」는 특별히 누대에 걸쳐 가족의 역사를 추적하거나 가족의 흥망성쇠를 연대기적으로 서술하고 있지 않다. 「家」는 가족사의 추적과 가족의 興亡盛衰를 세대적 시간적 흐름에 따라 설명하지 않고, 신구세대간의 葛藤이라고 하는 큰 사건 속에 융합시켜 설명하고 있다. 그리고 이러한 갈등은 단순히 한 가족 내의 갈등으로 끝나는 것이 아니라, 사회적 갈등과 밀접히 연관되어 있어 작품의 구조적 특성과 함께 문학사회학적 특성의 근간을 형성하고 있다. 따라서 주인공 覺慧를 중심으로 등장인물들 상호간에 나타나는 갈등은 어떻게 플롯을 만들어내고 또한 그러한

---

7) Michel Zeraffa, *Roman et Societe*, Paris, P.U.F. 1971.(李東烈 譯, 『小說과 社會』, 文學과 知性社, 1987, p.22)

플롯은 소설 전체에 있어 어떠한 서사구조를 엮어 냈는가에 대해 파악해 볼 필요가 있다. 이에 대한 파악은 家族史小說로서「家」가 지니는 소설 담론의 의미를 파악하고, 문학을 통한 작가의 현실대응과 수용형태를 이해하는 하나의 방법이 된다. 소설에서의 궁극적인 목표가 인물의 창조에 있다고 할 때, 그 인물의 특징은 그가 처한 葛藤을 극복하는 양식을 통해 나타난다. 따라서 갈등은 플롯을 지탱하는 요소이자 원리가 되면서 인물구성 및 세계관이나 가치관의 대립을 형상화하는 데 결정적인 기여를 한다고 할 수 있다.

「家」는 크게 나눠 두 가지 사건의 축을 플롯 구성의 기본 골격으로 하는 복합구성의 형태를 띠고 있다. 그 하나는 縱的인 모습을 띠는 수직적인 것으로서 高氏 가족 내에서 일어나는 신구세대간의 대립과 갈등을 둘러싼 일련의 사건축이고, 다른 하나는 橫的인 것으로서, 같은 세대에 속한다고 할 수 있는 여러 인물들의 간의 대립과 갈등, 다시 말해 사회에서 벌어지는 수평적 갈등을 둘러싼 일련의 사건축이라고 할 수 있다.

縱的인 사건 축에 해당되는 인물은 覺慧와 覺民, 覺新, 琴小姐, 高氏 영감, 馮樂山 영감 및 高氏 영감과 같은 연배의 사람들이다. 그러나 이들 인물들 가운데에서 覺慧와 그의 조부 高氏 영감과의 대립과 갈등이 핵심을 이루면서 신세대와 구세대간의 벌어지는 수직적 갈등을 壓縮해 나타내고 있다.

봉건사상과 봉건예교주의에 반항하며 인간에 대해 따뜻한 정을 표현해 온 대표적 존재가 바로 覺慧이다. 그의 반봉건 사상에는 짙은 인도주의 사상과 자유사상이 깔려 있다. 覺慧의 인도주의, 자유사상은 조부에 대한 반항을 통해 구체적으로 드러나지만, 그것은 이미 그의 유년시절부터 형성되기 시작하였다. 부당한 대우를 받으며 비참하게 살아가는 하인들과 가마꾼들의 고통을 동정하였고, 중학교에 들어가서는 梁啓超의 글을 보고 애국주의와 개량주의 사상을 키워나갔다. 五四운동 이후 그는 가정과 사회현실의 전반에 걸쳐 반항심과 함께 불합리하고 모순된 점을 타파하고 개혁하려는 마음을 갖게 된다. 봉건 가정과 봉건적 사회현실에는 비합리성과 비인간성이 가득 담겨있는 것으로 생각했기 때문이었다.

이에 반해 覺慧의 조부인 高氏 영감은 覺慧와는 완전히 상반되는 전통적인 봉건예교주의자였다. 고씨 영감은 작가 巴金이 자신의 조부를 모델로 하여 형상화한 인물이다.[8] 집안에서 발생하는 비극은 모두 조부 高氏 영감에서 비롯된다고 할 수 있다. 조부는 완고하고 권위적인 성격을 가진, 다시 말해 전형적인 유교적 家父長의 형상을 가진 사람이었다. 조부는 年飯席上에서 四世同堂의 이상이 실현된 것을 보고 기뻐하고, 또한 66세의 생일잔치가 성대하게 이루어지는 것을 흡족해 하기도 하면서, 다른 사람의 의견에는 조금도 귀를 기울이려 하지 않는 전형적인 儒敎的 家父長이었다. 자신의 아들 克定의 외도가 드러나자 이에 충격을 받고 분노하기도 하는데, 이렇게 볼 때, 高氏 영감은 비록 봉건예교주의자였지만, 위선적이고 이중적인 모습을 보여주지는 않는 자신의 원리원칙에 비교적 충실하려고 했던 사람이라고 할 수 있다.

覺慧와 高氏 영감이 겪는 대립과 갈등은 바로 합리주의, 자유주의 대 봉건예교주의, 유교적 가부장적 권위주의, 인간주의 대 비인간주의의 대립과 갈등이라고 할 수 있다. 覺慧와 조부 고영감과의 직접적인 갈등은 禁足令을 통해 구체적으로 나타난다. 청년학생으로서 반드시 해야 할 일을 했음에도 불구하고 조부는 覺慧를 붙잡아 두기 위해 禁足令을 내려 覺慧를 가택연금 시킨 것이다.

> "너희 학생이란 작자들은 종일 공부는 하지 않고 소란만 피우려 하는구나. 요사이 학교는 틀려먹었어. 소란피우는 사람들만 만들어 내니, 내가 본래 너희들에게 학교에 들어가지 말라고 말했건만. 요즘 애들은 일단 학교에 들어갔다 하면 망쳐 버리게 된다니까. 봐라, 네 막내 삼촌은 서양학교에 들어간 적이 없지만은 글을 읽고 쓰는 것이 정확하고 글씨도 너희보다 낫지 않아.[9]

그러나 覺慧는 일시적으로 조부의 명령을 따르기는 하나, 곧바로 이에 반발한다.

> 가정은 무슨 가정! 좁은 감방에 불과하지! 나는 나갈 거야 반드시 나가고 말 거야[10]

覺慧는 마침내 조부의 禁足令을 어기고 외출을 시도한다. 그의 형 覺新이 이를 걱정하자, 覺慧는 다음과 같은 의지를 표명한다.

8) 巴金, 「和讀者談"家"」, 『家(巴金選集 第一卷, 中國現代作家選集叢書)』, 1995, p.394.
9) 『家』(巴金選集 第一卷, 中國現代作家選集叢書), 1995, p.61.
10) 『家』(巴金選集 第一卷, 中國現代作家選集叢書), 1995, p.66.

그럼 할아버지께서 아시면 어떻게 하지? 覺新은 난처한 표정을 짓고는 여전히 머리를 떨군채 주산알을 튕겼다. 나는 이 많은 일에 일일이 신경 쓸 수 없어, 할아버지가 안다고 해도 나는 무섭지 않아. 覺慧는 냉담하게 말했다.[11]

覺慧와 조부 고영감과의 갈등은 覺慧가 좋아 했던 하녀 嗚鳳이 馮樂山의 妾이 되는 것을 거절하고 자살하는 사건이 일어나자, 고씨 영감은 또 다른 하녀였던 婉兒를 馮樂山에게 보내려고 한다. 이렇게 되자, 覺慧는 조부 고씨 영감에 대한 반감과 갈등은 극에 달하게 된다.

그는 감정이 격한 나머지 말을 더 잇지 못했다. 호흡이 거칠어지고 온 몸이 달아올랐다. 화염에 싸여 있는 듯한 느낌조차 들었다. 마음속에는 아직 많은 얘기가 있는 것 같기도 했으나 목구멍이 꼭 막혀서 말이 나오지 않았다. 심장의 動悸가 격렬해지기 시작했다. 그는 覺民의 손을 뿌리치고 자기 가슴을 주먹으로 마구쳤다. …(중략)… "이런 집안에서 나는 더 살 수 없어."[12]

이후 조부는 覺民이 자신이 정해준 婚事를 따르지 않고, 家出한데 대해 激怒한다. 조부의 혼사결정에 복종하지 않는다고 하여 조부가 호통 쳤을 때에도, 覺慧는 조금도 위축되지 않는다.

그는 조금도 무서워하지 않았다. 나는 할아버지로 하여금 반드시 알게 할거야, 나는 할아버지가 우리들이 인간이라는 사실을 깨닫도록 할거야, 우리들은 결코 사람에 의해 임의로 도살당하는 돼지나 양이 아니란 말이야.[13]

覺慧, 覺民과 조부 고씨 영감과의 수직적 갈등은 고씨 영감이 임종하면서 이루어진 화해를 통해 어느 정도 사라지며, 일단락되는 듯하지만, 그들의 갈등은 형수 瑞玉의 죽음을 통해 계속 이어지고, 마침내 覺慧가 집을 떠나 새로운 질서와 문명이 존재하는 上海를 향해 집을 떠남으로써 마무리된다.

---

11) 『家』(巴金選集 第一卷, 中國現代作家選集叢書), 1995, p.88.
12) 『家』(巴金選集 第一卷, 中國現代作家選集叢書), 1995, p.241.
13) 『家』(巴金選集 第一卷, 中國現代作家選集叢書), 1995, pp.281-282.

8. 자연과 인간의 心性, 그리고 융합으로서의 抒情

沈從文의 소설, 「邊城」

　左聯을 中心으로 많은 작가들이 無産階級文學運動의 旗幟 아래 文藝大衆化 運動을 提倡하며, 문학을 통해 활발히 政治·社會鬪爭을 展開해 나갔던 1930년대, 이러한 文學運動과는 相反되게 可及的 문학의 社會性을 排除한 채, 自然과 함께 어우러지는 人間의 삶과 그런 인간들의 心性을 그리며 30년대 소설의 새로운 지평을 열어나간 作家가 있었으니, 그가 바로 沈從文이었다. 沈從文은 人間과 自然의 調和를 追求하는 이른바 人性의 文學을 追求한 작가였다. 따라서 그가 그려내고자 했던 작품의 세계는 現在보다는 過去지향적이었고, 인위적 道德과 規律의 세계보다는 自由와 自然指向의 人性的 世界였으며, 都市文明的, 社會的 세계보다는 田園的, 鄕土的 世界였던 것이다. 그는 이러한 소설세계를 통해 近代文明에 의해 汚染되고 破滅된 人性을 恢復하고, 건강하고 순수한 人間의 心性을 찾고자 했는데, 「邊城」은 이와 같은 그의 文學世界를 가장 잘 보여주는 代表的 作品이라고 할 수 있다.

　「邊城」은 湖南省 근처 湘西 지방의 茶峒이라고 하는 작은 시골마을을 배경으로 펼쳐지는 순박한 사람들의 삶을 그린 작품이다. 작가는 그 곳 사람들의 아름다운 人情과 공동체적인 삶과 더불어 세 남녀가 벌이는 순수한 사랑이야기를 통해 그들의 淳朴하고 아름다운 心靈과 人性을 讚美하였다. 「邊城」은 이처럼 순수한 인간의 본성을 다루고 그것의 아름다움을 추구하는 가운데, 작품 전체에 걸쳐 鄕土的 浪漫的 雰圍氣가 넘치고, 牧歌的 情調가 充滿되어 있어 抒情小說로서의 意味도 드러내고 있다.

　「邊城」은 1934년 1월에서 4월까지 11차례에 걸쳐 『國聞周報』에 발표된 소설이었다. 이 작품은 沈從文의 小說이 習作 期를 마감하고 본격적인 收穫期에 들어섰음을 보여주는 작품이라고 할 수 있다. 그렇기 때문에 「邊城」은 그의 소설세계를 대표하는 작품이 될 수 있는 것이다. 「邊城」의 배경은 湖南省 서쪽에 위치해 있는 湘西 지방의 茶峒이라는 이름을 가진 마을을 배경으로 사공노인의 外孫女 翠翠와 天保, 儺送 등 마을청년을 중심으로 펼쳐지는 애틋하고 感傷的인 사랑이야기와 함께 그 곳 사람들의 평화롭고 閑寂한 생활과 삶을 그리고 있다. 「邊城」에서 작가는 翠翠와 儺送의 감명깊은 사랑이야기를 빌어 湘西사회의 人情美, 愛情, 自然風景 등을 모두 아름답게 形象化하였다.

　작품의 기본 줄거리는 다음과 같이 정리될 수 있다. 邊城의 茶峒에 70세 된 사공(渡船老人)과 15세 된 그의 외손녀 翠翠는 서로 의존하며 세상과 갈등없이, 그리고 욕심없이 평화롭게 살아가고 있었다. 翠翠는 사공의 딸이 당시 그 곳에 주둔해 있던 어떤 한 군인과의 不倫的 관계를 통해 낳은 아이였다. 후에 翠翠는 城中에서 管水碼頭團의 책임자 順順의 둘째 아들 儺送을 좋아했다. 順順의 큰아들 天保 또한 翠翠를 좋아하였고, 공교롭게도 天保가 먼저 그녀에게 구혼하였다. 그러나 翠翠는 마음이 없었다. 이에 두 형제는 밤에 翠翠를 위해 노래 부르기로 하고 회답을 얻는 사람이 승리하는 것으로 약속했다. 天保는 노래를 가지고는 동생 儺送에게 상대가 될 수 없음을 알고, 翠翠를 儺送에게 포기한 채, 집을 떠나게 된다. 그리고 배를 타고 가다가 途中에 물에 빠져 죽게 된다. 이로 인해 順順은 사공노인을 誤解하게 되고, 둘째 아들 儺送을 다른 집 처녀와 혼인을 맺게 하려고 한다. 이러한 사실을 알고 고민하다가 사공노인은 雷雨가 치는 밤에 세상을 떠나고, 儺送 마저 그러한 아버지의 혼인결정에 반대하고 집을 나가 버리고, 翠翠는 홀로 남아 儺送의 歸來를 기다린다.

　이와 같은 사건의 전개과정만을 가지고 볼 때, 「邊城」은 세 명의 男女 사이에서 벌어지는 愛情이야기 내지는 어느 한 시골소녀의 悲劇的 運命을 다룬 작품과 같은 印象을 주고 있다. 그러나 이 작품은 순박한 남녀 사이에서 벌어지는 愛情이야기나 한 소녀의 비극적 운명을 그린 그런 소설이 아니다. 작가는 특별히 이 들 세 사람 사이에서 벌어지는 애정이야기를 통해서도 그러했지만, 사공노인과 翠翠의 自然的이고 순박한 삶을 中心으로 작품 전체를 통해 펼쳐지는 茶峒 사람들의 人情과 함께 그들의 자연융화적이고 공동체적인 삶과 그러한 삶 속에서 우러나오는 인정의 아름다움을 주장하고자 했던 것이다. 모두 21장으로 이루어진 작품의 전체 내용 가운데 이들의 순박하고 평화로운 공동체적 삶에 대한 서술이 거의 절반에 이르고, 湘西지방

의 無垢하고 아름다운 人性이 詳細하게 描寫되고 있다. 이 작품에서 플롯의 중심적
역할을 하고 있는 翠翠와 天保, 儺送 간의 애정과 혼인 문제에 관한 사건은 중반 이후
에 가서야 本格的으로 시작되고 있을 뿐이다. 그리고 愛情과 婚姻問題를 둘러싸고
이렇다 할 갈등이 존재하지 않는다. 天保와 儺送 두 형제들은 翠翠를 둘러싸고 葛藤
을 벌이나, 이 들 두 사람들 사이에는 흔히 있을 법한, 다시 말해 일반 소설에서 쉽게
볼 수 있는 反目과 嫉視 같은 갈등의 樣相을 찾아 볼 수 없다는 것이다. 설령 약간의
갈등이 있었다고 할 지라도 그것은 지금까지 茶峒 사람들이 보여준 아름다운 人性과
조금도 어긋나지 않는다. 天保와 儺送 두 형제가 노래대결을 통해 翠翠의 선택을 받
으려고 하는 일련의 사건을 통해서도 어느 정도 알 수 있듯이, 이들은 갈등을 해결하
는 데 있어 관용과 利他의 태도를 보여주었는데, 이것 또한 茶峒 사람들의 아름다운
人性에 조금도 위배되지 않는 것이었다. 이처럼, 애정은 갈등과 번민, 인물 상호간의
충돌을 야기하는 존재가 아닌 아름다운 人性을 보여주는 매개체였다. 그렇기 때문에,
이 작품은 단순한 애정이야기가 될 수 없고, 따라서, 愛情문제는 작품의 중심적 소재
이자 小說的 興味를 돋구기 위한 하나의 장치로서 이해되어야 한다.
　嚴家炎은 湘西에 사는 작은 소녀가 자주적으로 자신의 운명을 掌握하지 못하는 인
생의 비극을 통해 작가는 민족과 개인의 말 못할 고통을 기탁하고 있다고 했는데[1]
이는 이 작품이 주는 궁극적 의미와 관련하여 볼 때, 적절치 못한 설명이라고 할 수
있다. 嚴家炎의 말대로, 이 소설이 어느 한 소녀의 비극적 운명을 통해 민족과 개인
의 고통을 나타내기 위함이라면, 그것이 개인이 되었든, 사회적 환경이 되었든 간에
翠翠의 運命에 고통을 가하거나 그녀를 비극적 운명으로 몰고 간 인물이나 사회요소
가 존재했어야 한다. 또한 惡意的 행동을 벌인 反面人物과 같은 존재가 設定되었어
야 한다. 그러나 작품에는 그러한 존재가 보이지 않는다. 이렇게 볼 때, 이들 세 사람
사이에서 벌어지고 있는 애정과 혼인에 대한 이야기는 단순한 애정이야기나 어느 한
소녀의 비극적 운명을 그린 것이 아닌, 茶峒 사람들의 순박하고 아름다운 인성과 공
동체적 삶의 한 類型을 보여 주고 있는 것이다.
　「邊城」의 創作動機에 대해 작가 沈從文은 "내가 表現하고자 한 것은 일종의 인생형

　1)　嚴家炎, 『中國現代小說流派史』, 人民文學出版社, 北京, 1995. p.220.

식이며 優美하고 건강하며 자연스럽고 또 人性에 어긋나지 않는 인생형식이다. 나의
생각은 독자를 인도하여 桃源 上流 七百里길 酉水 流域의 小都市 속의 몇몇 평범한
사람들이 하나의 보통사건에 의해 한 곳에 연루되었을 때, 각자가 갖게 되는 哀樂을
빌려 人類사랑이란 말에 꼭 알맞은 설명을 한 번 하고자 하는 것이다."라고 했는데,[2]
이러한 말은 이 작품의 목적이 어떤 한 소녀의 비극적 인생을 통한 사회현실의 고발
이라든지, 남녀지간의 애정을 그린 소설이 아니라는 사실을 증명하는 것이다.

田園과 鄕土 속에서, 純粹人間의 世界를 指向하며 人性을 恢復하고자 했던 「邊城」
에는 當時의 다른 소설에서는 쉽게 찾아 볼 수 없는 하나의 커다란 의미와 상징적
존재가 담겨져 있다. 전개과정과 작가의 창작동기 등을 통해 드러나는 보편적 양식,
다시 말해, 플롯의 패턴 내지는 플롯의 진행과정을 통해 드러나는 문학적 이미지는
男女之間의 愛情문제가 아닌, 自然的 循環過程의 사상 내지는 그것과 관련된 이미지
이다. 그리고 自然的 循環過程은 輪廻過程과도 같은 "죽음과 再生"의 관념으로 나타
나고 있으며, 이것이 바로 작품의 구성원리 내지 플롯의 패턴역할을 하면서 작품의
原型으로 작용하고 있다고 할 수 있다.

다시 말해, 독자들에게 커다란 共感을 줄 수 있는 인류의 普遍的인 經驗의 所産인
原型性이 담겨져 있다는 것이다. 讀者들이 작품을 통해 크게 共感하고 說得될 수 있
는 原因과 토대의 基底에는 공감대로서의 原型的 의미가 存在하고 있기 때문이다.
原型이란 문학에서 발견되는 보편적 양식으로서 플롯의 패턴이나 이미지 등을 통해
드러나는 것이라고 할 수 있다. 원형성이란 이야기문학에 있어서의 작품의 모티프
그리고 등장인물들의 삶과 행동방식을 통해 드러나는 근본적 의미와 기초적 형태,
행동체계 및 전통적 원리, 보편적인 이미지 등으로 해석해 볼 수도 있는데,[3] 이런
것들은 단지 문학의 전통적인 手法이나 道具일 뿐만 아니라, 사람들의 情緒와 心理
속에 깊이 뿌리박고 있기 때문에 論理를 超越하여 독자에게 강한 情緒的 反應을 일으

---

2) 「從文小說習作選代序」(『沈從文文集 第11卷』, 花城出版社, 1995. p.45)

3) S.N.크렙스타인은 원형은 핵심적인 인간 경험의 기본적이고도 오래된 유형이고, 그것은 특수한 정서
적 의미를 가지는 어떤 시(또는 다른 예술)의 근저에 존재한다고 했다. 그는 또 프라이의 말을 인용,
원형비평에서는 모든 문학은 하나의 구조와 형식을 포함하고 있기 때문에, 원형비평은 문학의 모두
다른 퍼스펙티브를 가장 잘 통합하고 조정할 수 있다고 했다.(신동욱 외 지음, 『신화와 비평』, 고려원,
1992. pp.14-21 참조)

키게 된다. 작품의 原型으로서 등장하고 있는 "죽음과 再生"은 여러 번 반복되어 나타나고 있다. 그 첫 번째는 翠翠 生父와 生母의 자살사건으로 시작되고 있다. 翠翠의 生父는 湘西에 駐屯하고 있던 어느 한 兵士였고, 生母는 사공노인의 친딸이었다. 병사는 駐屯軍의 일원으로 상서에 머무르다가 사공의 딸과 서로 노래를 주고받으며 사랑을 나누었고, 그 결과 사공노인의 딸은 아이를 孕胎하게 되었는데, 이것이 문제가 되어 병사는 자살했고, 사공의 딸은 翠翠를 낳은 뒤 병사의 뒤를 따라갔다. 그러나 이들 두 사람의 비극적인 죽음은 죽음으로서만 끝난 것이 아니었다. 비록 그것이 외형상으로는 不倫이었고, 또한 이들 두 사람의 사랑은 행복한 결실을 맺지 못했지만, 翠翠라는 소녀를 탄생시켰다. 이들 두 사람이 서로 사랑을 나누지 않았다면 翠翠는 탄생하지 못했을 것이니, 이들의 생명은 翠翠에게서 다시 復活, 再生하였던 것이다.

翠翠는 할아버지의 손에서 맑고 아름답게 성장하였다. 15세의 아리따운 소녀로 성장하면서 翠翠는 順順의 두 아들 天保와 儺送의 관심과 애정을 한꺼번에 받았다. 이들 두 형제들 모두 翠翠를 戀慕하면서 翠翠와 결혼하고 싶어 했다. 翠翠에게 있어 결혼은 할아버지 사공노인의 보호에서 벗어나 새로운 생활을 시작하는 것이니, 翠翠에게 있어, 이는 인생의 새로운 탄생과 시작을 의미하는 것이다. 두 형제들은 노래로써 누가 翠翠와 결혼할 것인가를 결정하고자 했다. 그러나, 天保는 자신의 노래실력이 동생보다 못할 뿐만 아니라, 翠翠는 內心 儺送을 더 좋아하였다. 天保는 노래를 가지고는 동생 儺送과 대적할 수 없음을 알고, 결국에는 翠翠를 포기하고 茶峒을 떠났는데, 도중에 배를 타고 가다가 강물에 빠져 죽고 만다. 天保는 비록 사랑에 실패하고, 젊은 나이에 비극적인 죽음으로 생을 마쳤지만, 그는 자신을 죽임으로써 儺送과 翠翠가 결혼할 수 있는 기회를 마련해 주었다. 天保가 죽지 않았으면 翠翠는 儺送과 결혼하지 못했다고 할 수 있으니, 결국 天保의 죽음은 翠翠와 儺送의 새로운 탄생을 도운 것이었다. 작품에서는 비록 翠翠와 儺送이 婚姻을 맺지 못한 것으로 되어 있지만, 翠翠는 儺送이 돌아 와 자신과 새로운 삶을 만들어 나갈 것을 기대하고 있다.

사공노인이 죽음 또한 天保의 그것처럼 翠翠에게 새로운 삶을 주었다. 사공노인은 翠翠의 唯一한 家族으로서 翠翠의 부모역할을 했던 사람이었다. 天保가 죽게 되자, 順順은 사공노인을 오해하게 되고, 이로 인해 마음을 바꿔 儺送을 다른 집의 처녀와 결혼시키려고 하였다. 사공노인은 이에 충격을 받고 고민하다가, 暴風雨가 치는 밤

조용히 숨을 거두고 만다. 사공노인이 죽게 되자, 儺送의 아버지 順順은 다시 마음을 바꿔 儺送과 翠翠를 결혼시키기로 결정한다. 할아버지의 죽음은 天保의 죽음에 이어 翠翠에게 儺送과의 새로운 삶의 가능성을 제시하여 주었다. 사공노인이 죽지 않았더라면, 順順의 마음은 다시 변화하지 않았을 것이고, 儺送과 翠翠의 결혼은 불가능할 수도 있었을 것이다. 플롯의 패턴과 플롯의 진행과정 속에서 드러나는 이와 같은 보편적 양식과 관련하여 다음과 같은 내용의 대목은 이 작품의 주제 및 이러한 보편적 양식을 통해 드러나는 이미지의 일면을 함축해 보여 주고 있다.

> … 사공은 가만히 이런 생각을 해본다. 그러나 사람이 바라는 것은 하늘이 결코 허락하지 않는 법! 늙었으면 이젠 마땅히 쉬어야 한다. 선량한 중국의 시골사람이 한평생동안 살면서 겪어야 하는 노고와 불행은 사공도 이미 두루 다 겪어왔다. 만약 또 다른 높은 곳에 上帝가 있어서 그의 한 손으로 모든 것을 지배하고 있다면, 그리고 그의 법이 충분히 공정하다면 사공을 먼저 거두어 가고 다시 그 젊은이들에게 그들이 새로운 생활 속에서 겪어야 할 응분의 몫을 받게 해야 함은 자명한 이치였다.4)

上述한 바와 같이, 그들의 죽음은 죽음 그 자체로서만 끝나는 것이 아니었다. 죽음은 모두 翠翠와 깊은 관련을 맺고 翠翠에게 歸結되면서, 翠翠에게 새로운 생명과 탄생을 부여했다. 다시 말해, 그들의 죽음은 새로운 翠翠라는 하나의 생명이 태어나 아름답게 성장하고, 또 새로운 인생을 가꾸어 나갈 수 있도록 밑거름의 역할을 했던 것이다. 비록 몸은 죽었지만, 그들의 아름다운 마음과 정신은 翠翠를 통해 다시 살아나고 있으니, 이것은 새로운 생명의 탄생이자, 湘西 사람들이 가졌던 아름다운의 人性의 再生이었던 것이다.

이처럼 '죽음과 재생'은 플롯의 패턴이자, 작품의 원형으로 작용하고 있다. 「邊城」에 등장하는 인물들의 行動과 삶 등은 自然의 循環過程인 "죽음과 再生"의 틀 속에서 움직이고 있는 가운데, "죽음과 再生"은 소설 전체의 문학적 의미를 상징하는 이미지의 역할을 하면서, 原型으로 작용하고 있는 것이다. 작가는 이러한 原型의 意味를 통해 아름다운 人性과 그러한 人性의 永遠性을 말하고 있다. 이 작품이 독자들에게

---

4) 「邊城」(『沈從文文集(第六卷)』, 花城出版社, 1995, p.101)

共感을 줄 수 있었던 이유 가운데 그 하나가 바로 이와 같은 공감대로서의 인류의 보편적인 原型이 內在해 있었기 때문이라고 할 수 있다.

일반적으로 말해서, 작가가 작품을 써 나가고자 할 때에는 無意識的것이 되었든 意識的인 것이 되었든, 普遍的이면서도 典型的인, 그리고 社會·文化的으로 公認된 어떤 原理를 이용하기 마련이다. 이는 다시 말해, 작가는 과거의 문학적 유산으로부터 경험한 전통적인 방법, 즉 문학적 관습을 創意的으로 이용한다는 뜻이다. 이러한 원리를 통해 문학작품에서 발견되는 보편적인 양식과 이미지 등은 단지 문학의 전통적 수법과 도구일 뿐만 아니라 인류의 깊은 심리 속에 뿌리박고 있는 것이기 때문에 논리를 초월하여 독자들에게 공감과 함께 강한 情緖的 反應을 일으키기도 하는 것이다.

沈從文은 "아름다운 人性"을 자연의 품속에서, 자연의 원리 속에서 찾고자 했다. 그것은 도시문명의 때가 거의 묻지 않은 湘西지방의 조그만 시골마을 茶峒을 背景으로 삼았다는 사실을 통해서도 일차적으로 드러나고 있는 바이지만, 사건의 전개과정 속에 담겨 있는 普遍的 原理와 또 이를 통해 드러나는 문학적 이미지를 통해서도 알 수 있다. 작가는 인간 고유의 아름다운 人性을 人間과 自然이 同一視되고 融合되는 "自然回歸 내지는 合一思想"에서 찾고자 했으며, 아름다운 인성의 모습은 자연의 순환 과정과도 같은 "죽음과 재생"이라는 이미지 속에서 표현되고 있다. 黃修己는 「邊城」과 같은 부류의 작품들에 대해 "善과 美의 이상세계"를 추구하려고 한 작품들이라고 규정하고, 전통문화와 현대문명에 대해서 모두 실망한 상황에서 沈從文은 제3의 장소에서 민족에게 생기를 회복시켜 줄 '소년적인 血氣'를 찾았다고 했는데,[5] 민족에게 生氣를 회복시켜 준다는 말은 上述한 再生이라는 말로 換言, 解釋될 수 있다. 민족에게 生氣를 회복시켜 주는 方案으로서 沈從文은 奧地의 소수민족 속에서, 다시 말해 文明化되지 않고 都市化되지 않은 自然的 삶 속에서 人性의 아름다움을 발견하고자 했다. 沈從文에게 있어 人性의 아름다움을 발견하는 것은 민족에게 生氣를 회복시켜 주는 하나의 道具였고, 작품에서 작가는 人性의 아름다움을 자연의 循環過程, 그리고 불교의 윤회과정의 논리와도 같은 "죽음과 再生"의 틀 속에서 追求했던 것이다.

上述한 바와 같이, 「邊城」은 두터운 사랑과 人情으로 살아가는 어느 한 작은 시골

---

5) 黃修己 著, 『中國現代文學發展史』, 中國靑年出版社, 北京, 1996, p.417.

마을 사람들의 공동체적인 삶의 모습을 그린 작품이다. 작가는 공동체적인 삶의 모습을 세 남녀가 벌이는 순수한 사랑이야기를 통해 구현하고자 했는데, 淳朴하고 善良한 心靈과 아름다운 人性의 讚美는 그것의 구체적 표현이다. 사공노인, 翠翠, 順順, 天保, 儺送 등 작품에 등장하는 모든 사람들은 物質的, 都市 文明的 이기심과 利益, 葛藤 등을 멀리하고, 맑고 순수한 인간 本然의 心性을 추구하면서, 自然 融和的 삶을 가꾸어 나가고 있다. 또한 「邊城」은 인간과 자연을 화해적이고 융합적인 관계로 설정하는 가운데, 표현기법에 있어서도 자연의 소재들을 다채롭게 활용하고 있어 抒情小說로서의 藝術性과 美學的 成果를 거두고 있다.

작품에서 자연과 人物이 하나로 결합되는 가운데, 自然은 인물의 행동과 삶을 前兆하며, 상징하고 있다. 작품의 중심 소재로 등장하고 있는 自然의 景物들은 단지 하나의 자연적 배경으로서만 그 역할을 끝내는 것이 아니라, 인간의 행동과 운명과 서로 융합하여 中國의 傳統文學에서 追求해 왔던 情景合一의 모습과 비유될 수 있는 형상을 이루어 내면서 수준 높은 抒情美學의 경지를 이룩해 내고 있다. 이처럼 抒情美學의 이미지를 높게 昇華시킬 수 있었던 關鍵의 하나는 素材의 融合이라는 沈從文 나름대로의 獨自的 技法을 들 수 있다. 작가는 아름다운 人性의 표현을 素材와의 情緖的, 運命的 融合을 통해 이루고자 했으니, 이것이 바로 「邊城」에 나타나는 表現技法 上의 特徵이 되었던 것이다.

「邊城」이 그 기법에 있어 이처럼 獨自的인 藝術性을 띠며, 抒情 美學的 成果, 즉 抒情美學의 이미지image를 높게 昇華시킬 수 있었던 이유는 바로 그가 작품에서 활용한 技法 즉, 인물과 素材의 情緖的·運命的 融合에서 찾을 수 있다. 表現技法은 작가의 個別性과 藝術的 獨自性을 論하는데 있어서 하나의 捷徑이 되는 것이라고 할 때, 「邊城」의 抒情的 表現기법에 대한 관찰은 작품의 독자성과 예술성에 대한 탐구는 물론이려니와, 작품에서 추구하는 "아름다운 人性의 追求와 生命意識의 讚美"라고 하는 主題가 어떻게 文學的으로 表現되었는가에 대한 연구의 의미도 갖게 되는 것이다.

「邊城」은 우선 題名이 말해 주듯이, 이 작품은 一種의 邊境으로서 外部와 단절된 이미지, 바꿔 말해서 현대적 도시문명과 斷絶된 세계의 이미지를 나타내고 있다. 따라서 독자들은 「邊城」의 素材처리와 표현기법을 통해 "自然과 人間과의 關係 내지는

結合"이라는 이미지를 떠올릴 수 있다. 작가 沈從文은 "禁止律이 많아질수록 사회는 복잡해지고, 禁止律이 엄해질수록 人性은 그것으로 인해 완전히 喪失된다. 소위 許多한 유명인이란 사실 花園 속의 장식된 화분처럼 世上事에 의해 강제로 곡절되어 각종의 약삭빠른 추악한 형식이 되었을 뿐이다. 일체의 행위와 成就라는 것은 '自然'에 대한 違反의 표시이며, 사회의 졸렬한 形象과 인간의 어리석은 마음을 나타내는 것이다."고 하였는데, 이는 '都市的 文明社會'는 '自然'과 違背되고, 人間本性을 抑壓하는 것이므로, 도시적 문명의 때가 묻지 않은 자연의 田園世界에서만이 人性의 실현이 可能하며, 아울러 人性은 自然과 하나의 共同體라는 뜻인 바, 이를 통해 작가의 자연 친화적 내지는 융합적 사상을 엿볼 수 있다. 이러한 思想과 觀念下에서 作家 沈從文은 自然은 인간과 하나의 運命體임을 强調하며, 자연과 융합하며 살아가는 사람들의 모습을 그리고 있다. 다시 말해서, 산, 나무, 돌 등 자연의 구성물들이 자연의 품속에서 자라나 생명을 다한 후에는 다시 자연으로 돌아가듯이, 인간의 삶 역시 자연의 테두리를 벗어나지 못하며, 그렇기 때문에 인간은 자신들을 둘러싸고 있는 바깥의 자연세계로부터 고립되어 사는 것이 아닌, 완전히 일체가 되어 조화를 이루며 사는 것은 가장 자연스러운 삶이라는 사상과 관념이 표현기법에 드러나 있는 것이다.

「邊城」에서는 작품의 構成要素이자 대표적 자연물로서 물(江)과 달(月), 숲, 그리고 白塔 등이 있는데, 이러한 형상들은 茶峒의 아름다운 風景을 이루고 있는 주요 景物이다. 그런데 이들 자연의 景物들은 등장인물들의 삶과 융합하는 가운데, 그들의 運命을 상징하면서 한편으로는 그들과 운명을 같이 하기도 한다.

우선 물(水)에 대해 살펴보자. 물은 모든 생명을 잉태하면서 生命活動을 상징한다. 물에는 변화나 정지가 아닌, 언제나 쉬지 않는 변함없는 흐름을 상징하며, 또한 변함없는 흐름이란 생명의 連續性을 상징하기도 한다. 「邊城」에서 물은 주로 江이라는 形象으로 登場하고 있다. 湘西 사람들의 삶이 강을 배경으로 펼쳐지고 있다는 사실을 통해서도 알 수 있듯이, 작가는 이러한 물이 가지는 상징의 意味로써 이 작품의 主題와 모티프를 강하게 暗示하고 있다.

먼저, 강물은 湘西사람들의 調和롭고 生動하는 삶의 모습을 보여주고 있다. 江위에서 펼쳐지는 龍船競技와 오리잡기놀이 등이 그것이다. 龍船競技와 오리잡기놀이는 湘西사람들로 하여금 共同體的 삶과 공동체적인 삶 속에서 솟아 나오는 人性을

確認시켜 주고 있다. 이러한 경기와 놀이는 강물의 흐름과 함께 湘西사람들의 인성을 실고 영원히 흘러가며 독자들에게 생명감과 생명의 再生의식을 暗示해 준다.

그러나 이러한 강물은 때로는 湘西 世界의 生命을 빼앗아 가는 破壞者의 모습을 띤다. 또 제2장에서 河街의 마을을 파괴하는 洪水의 모습으로, 제16장에서는 翠翠와의 失戀으로 인해 茶峒을 떠나는 天保를 죽음으로 몰고 가는 소용돌이의 모습으로, 그리고 제20장에 이르러서는 과거 湘西세계의 人情味와 사공노인을 象徵하는 나룻배를 휩쓸어 가는 暴風雨의 모습으로 變化하여 나타난다. 그러나 강물은 쉼 없이 흐르듯, 茶峒 사람들의 아름다운 人性을 간직한 채, 새로운 생명을 잉태하며 再生의 象徵으로서 존재한다.

「邊城」에는 달의 모습도 등장한다. 달은 물과 비, 豊饒, 肥沃함을 상징한다. 반대로 달의 消滅은 인간의 죽음을 상징한다. 「邊城」에서 나타나는 달은 달빛과 보름달의 두 가지 모습으로 등장하는데, 달빛과 보름달의 출현은 생명과 풍요를, 소멸은 죽음을 나타낸다. 제13장에서 달빛을 받으며 등장하는 翠翠는 죽은 어머니에 대한 절실한 그리움을 느낀다. 제15장에서는 翠翠가 부드러운 달빛 속에서 儺送과의 사랑을 그리워하는 모습을 보여 주고 있는데, 이처럼 달빛은 인간애와 새로운 생명의식의 탄생을 상징한다. 그리고 보름달의 모습은 湘西世界 전체의 아름다움을 反映한다. 보름달의 모습은 湘西사람들의 생명과 건강한 공동체적인 삶을 유지시켜주고 있다. 그러나 仲秋節에 보름달이 뜨지 않았을 때, 湘西 사람들의 삶은 例年과는 달리 지극히 平凡했으며 활기를 띠지 못했다. 과거 湘西의 세계에서는 단오날 저녁 보름달이 뜨게 되면, 달밤을 이용하여 자신들이 사랑하는 戀人을 찾아 함께 노래 부르며 애정을 표현하는 풍속이 전해 오고 있다. 죽은 翠翠의 부모도 이러한 보름달을 배경으로 사랑을 이루었다. 이후 이러한 보름달의 모습은 사라지고, 翠翠가 成長하여 과거 湘西의 전통적인 모습을 恢復할 때까지 오랜 세월 湘西세계에서 그 모습을 감추게 된다. 따라서 달의 존재는 작품에서 곧 再生을 의미하는 것이고, 消滅은 죽음을 象徵하는 역할을 한다.

숲의 象徵的 意味는 複雜하다. 그러나 어느 경우에나 女性 원리 혹은 위대한 어머니가 보여주는 象徵的 意味와 관련된다. 숲은 식물이 번창하며 화려하게 개화하고 어떤 규제나 경작에도 자유로울 수 있는 공간이다. 「邊城」에서 추구하고 있는 숲 역시 이러한 성격을 가진 공간이다. 숲은 일종의 어머니의 역할이라고 할 수 있는 孕胎의 役割을 擔當한다. 翠翠의 이름은 대나무 숲을 본 떠서 만들어 진 것이다. 이후 翠翠는 儺送에 대해 戀情을 품게 되고, 제17장에서 나물을 캐기 위해 숲으로 들어간 翠翠는 우연히 儺送이 자신에 대해 행하는 愛情告白을 엿듣게 된다. 翠翠와 儺送의 愛情을 연결해주는 中繼者로서의 역할을 하고 있는 것이다.

나룻배 역시 사공노인의 삶과 運命 그 自體였다. '그의 유일한 벗인 한 척의 나룻배'라는 표현에서도 알 수 있듯이, 나룻배는 사공노인의 分身이었다. 그러나 사공노인이 폭풍우 치는 밤, 生을 마칠 적에 나룻배는 사라지고 만다. 지난 50여 년 동안, 나룻배와 함께 茶峒의 나루터를 지키며 평화롭고 성실한 인생을 살아 온 사공노인의 죽음은 폭우에 의해 떠내려가는 나룻배의 모습과 同一視되고 있는 것이다. 이후 폭우로 인해 사라진 나룻배를 대신하기 위해 대나무를 이용한 임시 나룻배가 등장한다. 사공노인이 생을 마치기 때문에, 나룻배도 사라지는 것이고, 또 나룻배가 사라졌기 때문에 사공노인의 존재 역시 필요치 않게 된 것이다.

白塔 또한 사공노인과 운명을 함께 한다는 뜻에서 나룻배와 그 역할이 같다고 할 수 있다. 白塔은 작게 보아서 사공노인의 운명을, 크게 보아서는 湘西의 운명을 代辯하고 있다. 塔은 上昇을 象徵한다. 작품에서 白塔의 登場은 그리 많지 않지만, 白塔의 상징적 의미는 매우 크다. 白塔은 작품의 서두부분에서 마을의 모습을 설명하기 위해 한 번 등장하고, 結末部分에 가서 뱃사공의 죽음과 함께 무너진 뒤, 마을 사람들의 再建이라는 모습을 통해 또 한 번 등장한다. 白塔이 暴雨에 의해 무너지는 것은 사공노인의 죽음이었고, 再建은 翠翠를 통한 사공노인이 재생을 의미한다고 할 수 있다. 白塔의 再建은 翠翠가 새로운 환경에서 거듭나는 새로운 생명의 탄생이다. 다시 말해, 白塔의 再建設은 翠翠의 새로운 탄생과 함께 湘西世界의 선량하고 아름다운 人性을 지닌 사람들의 품성의 재건과 함께 새롭게 復活될 것임을 暗示하고 있다. 自然秩序와의 調和와 함께 생명과 人性의 永遠性과 復活을 말하는 것이다.

이상에서 살펴 본 바와 같이, 「邊城」의 背景을 이루는 주요 自然物들은 단순히 自然的 背景으로서만 끝나는 것이 아니라, 登場人物들의 行動 및 삶과 밀접히 連結된 채, 때로는 그들의 운명을 前兆하고 象徵하면서 運命的 素材로서의 역할을 擔當하고 있다. 자연물을 人間과 同一視하며 運命體的 공동체로서 수용하는 것은 인간과 自然

과의 融合이라고 할 수 있는데, 이는 自然物에 대한 작가의 感情移入을 통해 만들어진 다시 말해, 객관적 소재인 自然物을 인간의 운명상징의 차원으로 승화시킨 '情緒的·運命的 融合'의 표현으로서 「邊城」만이 갖는 문학적 표현기법이라고 할 수 있다. 작가는 자연물을 작품창작에 있어 부분적 필요에 부수되는 상징으로서의 그런 자연물이 아닌, 인간과의 情緒的 運命的 融合体와 같은 존재임을 드러냄과 동시에, 그 효과를 플롯과 주제에까지 파급시켜 抒情美學의 成果를 거두었던 것이다.

전통적으로 인간의 性情에 대한 탐구를 목표로 하는 문학은 그 想像의 樣式을 現實世界가 아닌 自然世界에서 類推해 내고 있다. 그것은 時時刻刻 변모하는 社會相을 永久히 保存하려는 것이 아니라, 變化는 社會 속에서도 변하지 않는 인간의 本性을 찾고, 인간을 자연의 一部로 보고 자연과 동일한 모습을 찾고자 노력한 것으로 표현되고 있는데, 沈從文의 「邊城」은 바로 이러한 성격의 문학을 가장 잘 대표하는 작품이라고 할 수 있다.

9. 모더니즘 소설의 등장과 전개

　1930년대 중반 劉吶鷗를 필두로 穆時英, 施蟄存 등 몇몇 작가들은 이른 바 新感覺派 내지 現代派라는 流派를 형성하여, 동시대 소설문단에 새로운 양식의 소설을 소개하며 30년대 소설의 다양화 一助하였다. 이들이 만든 新感覺派의 소설은 중국현대소설의 내용과 형식의 표현영역에 새로운 길을 열었으며, 동시에 중국문학과 세계문학이 교류하고 융합하는데 큰 역할을 하였다[1]고 한 평가는 이들의 小說이 30년대 중국소설의 다양화에 크게 기여하였음을 증명하는 것이라고 할 수 있다. 신감각파소설은 서구의 모더니즘 소설과 일본의 신감각파 소설의 영향을 받아 탄생된 소설이다. 따라서 新感覺派 또는 現代派라고 불리었던 이들의 소설이 내용과 형식 등에 있어 前代나 同時代의 소설들과는 크게 다른 모습을 보여 주었다는 것은 당연한 것이라고 할 수 있다. 이와 같은 신감각파의 소설이 탄생할 수 있었던 것은 전술한 바와 같이, 서구의 모더니즘과 일본 신감각파 소설의 영향을 우선적으로 꼽아 볼 수 있겠지만, 그들 신감각파 작가들에게는 사회적 현실이나 이념, 세태, 또는 가족사 등 동시대 대다수 작가들이 가졌던 보편적 관심의 궤도에서 벗어나 인간세계의 내향적인 관심, 즉 인간의 내면세계에 대한 지대한 관심과 함께 그것을 표현하기 위한 욕망이 있었기 때문으로 풀이해 볼 수 있다.

　전술한 바와 같이, 新感覺派의 小說은 인간의 내면세계 내지 내면생활을 색다르게 표현한 소설이다. 작가가 인간의 내면생활을 소설적 제재로 취할 경우 前代나 동시대의 소설과는 다른 새로운 소설형식, 새로운 기법을 요구하는 것은 당연하다는 것이다. 신감각파의 소설은 형식적 특성상, 사건이나 중심인물의 외면적인 행동의 재현

---

1) 張毓茂 主編, 『二十世紀中國兩岸文學史』, 遼寧大學出版社, 1988, p.445.

보다는 그 인물의 내면적인 의식의 재현에 관심을 기울였다. 사건과 작중인물의 행동을 일정한 법칙에 따라 결합하는 플롯 및 동기화의 논리를 살펴볼 때, 신감각파의 小說은 명백하게 외면적으로 드러나는 연대기적이고 인과적인 동기화보다는 내면의식에 잠재된 것처럼 보이는 심층적 동기, 즉 암시된 인과관계로 이루어지는 이념적 이야기의 동기화를 사용하는 장르이다. 그렇기 때문에, 작중인물의 외적 행동이나 언술, 감정, 태도와 같은 표층적으로 재현되는 현상들을 엄밀히 관찰하여 그 이면에 숨겨진 어떤 공통된 원리를 도출해내는 것이 필요하다. 이를 위해 본서에서는 외면적인 행위와 사건을 내면적인 의식의 흐름으로 대체하는 것이 작품의 일반적 특징이라는 사실에 착안, 작중인물의 내면의식의 제시와 그러한 내면의식의 흐름이 플롯과 어떤 관계에 있는가를 밝히기 위해 Paul Paul Ricoeur 리꿰르의 플롯 논의2)를 참고했다.

1) 葛藤解決의 失敗와 循環的 플롯구성(循環的 兩分性의 논리)

• 施蟄存의 小說

施蟄存은 적지 않은 小說을 남겼다. 그는 모두 8편의 단편 소설집을 남겼는데, 그 가운데 가장 유명하면서도 施蟄存의 소설을 대표할 수 있는 작품집으로는 「將軍底頭」(1932년 1월), 「梅雨之夕」(1933년 3월), 「善女人行品」(1933년 11월) 등 세 작품집을 거론할 수 있다. 施蟄存이 남긴 小說은 이들 세 작품집에는 들어 있는 26편의 작품과 「上元燈」(1929년 10월)이라고 하는 작품집에 실려 있는 「周夫人」, 그리고 현실주의 작품집으로 평가받는 『小珍集』에 실려 있는 「鳩」를 합치면 모두 28편이라고 볼 수 있다. 본서에서

---

2) Paul Ricoeur, 『Time and Narrative vol.2』 trans by Kathleen McLaughin and David Pellauer, Univ. of Chicago Press, 1985, p.10.

리꿰르에 의하면 확대된 의미로서의 행위란 주인공들의 외양이라는 것은, 그들이 처한 상황이나 운명에서의 가시적 변화를 보이는 주인공들의 행동 이상의 것뿐만 아니라, 작중 인물들의 도덕적 변화, 그들의 성장과 교육, 도덕적, 감정적 존재로서의 그들의 입사, 더 나아가서 감각과 감정의 시각적 진행에 영향을 미치고 궁극적으로는 자기 분석이 도달할 수 있는 최소한의 조직되어지고 의식적인 층위에로 나아가는 순수한 내면적 변화들까지 포함된다고 하였다.

는 28편의 작품 가운데, 대표적인 작품으로 가장 많이 언급되고 있는 「魔道」, 「梅雨之夕」, 「春陽」 등 3편의 작품을 관찰의 대상으로 삼고자 한다.

施蟄存의 小說에는 兩分的인 태도가 강하게 드러나고 있다. 양분적 태도는 세계와 자아간의 관계를 대립적으로 파악하고, 그 사이에서 끊임없이 분열하고 갈등하는 자의식을 焦點化하는 것으로 나타나는데, 施蟄存의 小說에서는 이와 같은 양분적 태도가 순환하고 전위되면서 작품의 구성 원리로 작용하고 있음을 볼 수 있다. 다시 말해, 작품의 動機化[3] 내지 구성 원리가 "男 對 女", "自我 對 現實", "肉體 對 精神", "現實 對 幻覺", "속임 對 속음"이라고 하는 二項的 대립구도로 짜여 있고, 이와 같은 二項的 대립구도는 轉位的으로 순환하면서, 施蟄存 小說의 플롯을 형성하고 있음을 볼 수 있다는 것이다.

먼저 「魔道」에 대해 살펴보자. 「魔道」, 이 작품은 제재와 주제를 형성하는 제 요소가 幻覺 내지 幻影의 형식 속에서 이루어지고 있다. 다시 말해, 이 작품은 환각 또는 환영의 연속된 과정 그 자체라고 해도 과언이 아닐 만큼, 연거푸 계속되는 환영 내지 환각 속에서 노파와 대립하는 自意識의 흐름이 작품의 플롯을 형성하고 있음을 쉽게 찾아 볼 수 있다.

작품은 원예가이자 곤충학자인 주인공 '나'가 친구의 초청을 받아 X州로 가기 위해 상해에서 기차를 타는 것으로 시작된다. 기차 안에서 어떤 검은 옷을 입은 노파가 '나'의 앞자리에 앉게 되고, 주인공 '나'는 그 노파의 얼굴에 가득 들어 있는 사악한 기운을 느끼게 된다. 그 노파의 얼굴을 보면서 '나'는 환상 속으로 빠져 들게 된다. 그 노파는 서양의 魔女를 연상시키며 '나'를 공포에 떨게 한다. 주인공은 환상 속에서 마녀로 둔갑하는 노파를 두려워하며 대립하기 시작하였던 것이다. 주인공 '나'는 환각 속에서 노파의 변신한 모습에 항상 긴장하며, 억압받고 있다. 그렇기 때문에 '나'

---

3) 한용환, 『소설학사전』, 고려원, 1993, pp.121-122.
　　동기화란 사건들 간의 인과관계와 작중인물의 다양한 행동논리를 통어함은 물론, 플롯의 전체적인 틀을 결정한다는 점에서 플롯과 긴밀한 상호관계를 맺고 있는 소설의 구성요소이다. 따라서 그것을 통해 작가의 소설 내적 세계관 즉 소설적 형상화의 논리를 추출하는 데 매우 유용하기 때문이다. 요컨대, 어떤 작품이 어떤 동기화의 논리를 통해 그 플롯이 짜여 지고 있는가를 분석해보면 그 작품의 내적인 이데올로기는 물론 작가의 세계관이나 문법까지 유추해낼 수 있다. 간단히 말해서, 동기화란 모티프들에 내적 동일성을 부여하는 과정으로 지나간 사건들과 잇달아 일어나는 사건들의 합리적 연결의 토대 위에서 서로 그럴 듯하게 만드는 결합방식을 의미한다고 할 수 있다.

라고 하는 현실은 마녀로 둔갑한 노파라고 하는 환상과 항상 갈등을 겪으며 대립하는
것이다.

이와 같은 二項的이고 양분된 형태의 대립구도는 연거푸 반복되어 나타나고 있다.
잠시 후, 주인공 '나'는 기차 창밖으로 스쳐지나가는 언덕을 보게 된다. '나'는 그 언
덕을 왕릉으로 생각하며 그 왕릉의 무덤 속에 잠들어 있는 아름다운 왕비의 미이라를
연상하게 되는데, 그 왕비의 미이라는 갑자기 '나'의 눈에 노파의 얼굴로 바뀌어 나타
난다. 현실의 '나'는 환각 속에서 빠져 그 노파와 또 한 번 대립하며, 현실 대 환각의
대립이라고 하는 구도가 반복을 거듭하게 된다.

목적지에 도착한 '나'는 친구 집에 초대되어 친구 내외와 함께 저녁식사를 하게 된
다. 저녁식사를 하며 '나'는 불현듯 친구의 부인인 陳夫人에게 欲情을 느끼게 되고,
그녀와 키스하는 환상에 빠진다. 그러나 다음 날 아침 고양이를 안고 있는 陳夫人을
보고 陳夫人의 몸을 그 노파가 점령하고 있다고 생각하게 된다. 陳夫人에 대한 관심
과 욕정이라고 하는 현실이 陳夫人으로 변신한 노파에 의해 시달리며 환상 속에서
노파와 또 한 번 대립하며 갈등을 겪는다.

오후에 上海로 올라와 영화관에 가게 되는데, '나'는 그 곳에서도 검은 옷을 입은
노파를 또 만나게 된다. 이 후 어떤 카페에 들어간 '나'는 흑맥주를 마신다. 전부터
알았던 종업원 아가씨와 키스하다가 차가운 입술 때문에 또 다시 왕비 미이라를 생각
하게 되고, 왕비 미이라를 생각하다가 다시 늙은 노파를 떠올리게 된다. 이와 같은
혼란한 의식 속에서 주인공 '나'는 이상한 소리를 듣게 되는데, 그것은 익숙한 목소리
의 누군가가 내뱉은 '네가 아니야'라는 소리였다. "너가 아니야. 누가 내가 아니라고
말하는 것이지? 이 목소리는 아주 익숙한데! 나는 눈을 뜨고 보지 않으면 안된다.
… 모든 것이 그대로다."4) 이 대목은 계속된 대립으로 마침내 주인공인 '나'가 패배하
며 이성과 정체성을 상실하게 되었음을 알리고 있다. 그리고 '나'는 집에 돌아 와 세
살 먹은 딸이 죽었다는 전보를 받게 되는데, 그 순간 검은 옷을 입은 노파가 골목
안에 들어가는 것을 보게 된다. 자신의 딸이 죽게 됨으로써 연속된 갈등과 패배는
최후의 마침표를 찍게 되었던 것이다. 이처럼 주인공 '나'는 노파와의 연속된 대립에

---

4) 「魔道」(『石秀之戀』, 人民文學出版社, 1991, 北京, p.283)

서 항상 패배하였고, 그 패배는 결국 현실 속의 자아가 환각 속의 마녀에게 패배하였음을 의미한다. 계속되는 대립 과정은 노파와의 계속된 갈등 과정이었지만, 주인공 '나'는 그와 같은 대립적 갈등과정에서 한 번도 승리하지 못했다. 상술한 바와 같이, 「魔道」는 연거푸 거듭되는 환각의 과정을 플롯의 전개과정으로 삼고 있고, 연속된 환각의 諸 過程은 모두 주인공 '나'의 自意識과 마녀로 변신하는 노파와의 관계라고 하는 양분되고 대립된 관계의 諸 過程이었다.

한편 「魔道」에서의 대립구도는 精神 對 肉體의 대립적 의미로도 나타난다. 주인공 '나'는 여성에 대한 욕정을 드러낸다. 여성에 대한 욕정은 육체에 대한 욕구로서, 그 욕구가 실현되지 못할 경우, 그 욕정은 "정신 대 육체"의 대립이라는 결과를 가져온다. 왕비 미이라와의 입맞춤을 상상하였지만, 그 입맞춤은 혐오하는 노파의 출현으로 이어졌다. 또 친구 집에서 식사를 하다가 부인에게 이끌려 부인과의 입맞춤을 상상하였지만, 그 입맞춤은 노파의 모습으로 이어졌고, 또 다시 커피숍 아가씨와의 입맞춤을 상상하였지만, 그 입맞춤 또한 노파의 모습으로 나타났다. 주인공 '나'의 입맞춤에 대한 욕정은 나의 세계와 현실의 세계 사이의 균형이 깨짐으로 해서, 다시 말해 현실의 세계가 환각의 세계에 의해 파괴됨으로써 야기된 주인공 '나'의 방향상실감이 막연한 욕정으로 代置된 것으로 풀이해 볼 수 있다. 입맞춤의 욕정이 지속되어 정신 대 육체의 대립으로 해석될 수 있는 입맞춤은 다시 노파로 변환되기 때문에, 정신 대 육체라는 대립구도에서 정신은 결국 패배로 끝나게 되었으니, 주인공 '나'의 갈등은 연거푸 계속되는 양분된 대립구도의 흐름 속에서 항상 실패로 귀결되고 있는 것이다. 한마디로 말해서, 「魔道」의 서사구조는 현실 대 환상의 대립이라고 하는 거시적 구도 속에서 "주인공 '나' 對 노파", "精神 對 肉體"라는 부차적 대립 구도가 轉位, 循環하는 構成樣式을 가진 작품이라고 할 수 있다.

「梅雨之夕」은 비가 오면 우산을 쓰고 산책을 즐길 줄 아는 낭만적인 사람인 주인공 '나'가 집으로 돌아가는 길에 겪은 이야기를 내적 독백으로 서술한 작품이다. 이 작품에서는 「魔道」에서 볼 수 있는 것과 같은 긴장되고 대립적인 관계는 찾기 어렵고, 플롯의 전개도 특별히 緊張的 관계에 바탕을 둔 채 이루어지고 있지 않다. 주인공이 퇴근하다가 빗길에서 우연히 만난 어떤 한 소녀를 우산을 씌어 주면서 잠시 옛 추억에 잠긴다는 것이 이 작품의 전체적인 내용이다. 「梅雨之夕」에는 一見, 양분되고 대립된 긴장관계가 없는 것처럼 보이기도 하나, 사실은 처음부터 끝까지 양분적이고 대립된 과정의 순환으로 이루어져 있고, 또한 그러한 과정이 작품의 플롯으로 작용하고 있음을 알 수 있다.

이 작품은 주인공 '나'가 비 오는 날, 우산을 받쳐 들고 길거리를 걷다가 우연히 어떤 한 소녀를 만나는 것에서 시작된다. 비가 내리고 있던 날, 나는 사무실에서 나와 길거리를 걷고 있었는데, 때 마침 내 앞으로 전차 한 대가 정차하였고, 그 전차에서 마지막으로 내리는 어떤 소녀를 보게 된다. 그녀는 우산도 雨衣도 없었고, 건물 처마 밑으로 가서 비를 피하고자 했다. 나는 그녀에게 다가가 우산을 함께 쓰고 같이 갈 것을 제의했고, 그녀는 웃음으로 동의했다. 나는 그 소녀가 과거 나의 첫사랑의 여자라고 갑자기 느껴졌다. 길을 걷다가 나는 우연히 길옆을 한 번 바라보았는데, 가게 계산대에 기대고 있던 어떤 한 여자가 우울한 눈빛으로 나를 바라보고 있었다. 그 여자가 마치 나의 妻인 것 같아서 나의 마음은 이상해졌다. 비가 그치자 그 소녀는 고맙다는 말을 하고는 밤의 어둠 속으로 사라졌다. 나는 집으로 돌아왔고, 나의 처는 왜 늦었냐고 물었지만, 나는 그냥 거짓말로 얼버무렸다.

이 작품의 줄거리는 이렇게 요약될 수 있는데, 이 줄거리를 바탕으로 주인공 '나'의 행동과 행동에 따른 심리적 변화의 과정을 다음과 같이 다시 정리해 볼 수 있다. 우연히 우산도 없이 버스에서 내리는 어떤 한 아가씨를 보게 된다. → 우산을 씌어준다 → 그녀의 옆모습을 바라보며 첫사랑의 소녀를 떠올린다. → 그녀가 바로 자신의 첫사랑이었던 그 소녀라고 확신한다. → 첫사랑의 소녀에 대한 여러 가지 생각과 함께 아내의 얼굴이 떠오른다. → 아가씨가 자신의 첫사랑의 여인과 닮지 않았다는 것을 깨닫게 된다. → 비는 그치고 주인공 '나'는 아내가 있는 집으로 돌아온다. 이 작품에서 양분적 대립과정은 다음 세 가지 면에서 나타나고 있다. 첫 번째 과정은 주인공 '나'가 처음 보는 소녀에게 우산을 씌어주면서, 그 소녀가 자신이 젊었을 때 사귀며 좋아했던 여자 친구라고 생각하는 데서 나타났고, 두 번째 과정은 어떤 상점의 계산대에 기대어서 우울한 눈빛으로 자신을 바라보고 있는 여자를 보게 되는데, 그 여자가 자신의 아내일지도 모른다고 생각하는 데서 나타났다. 세 번째 과정은 집으로 돌아와 아내에게 아무 일도 없었다고 말하는 것으로 끝나는데, 이와 같은 일련의 과정은 "현실 대 이상"이라고 하는 二項的이고 양분된 과정 속에서의 대립과 갈등이었다.

　주인공 '나'는 우산이 없어 비를 피하고 있는 소녀에게 자신의 우산을 씌어 주면서, 불현듯 그녀의 옆모습에서 7년 전에 사랑했던 첫사랑의 여자를 떠 올린다. 서로 이야기를 나누다가 우산 속 자신의 옆에 있는 그 소녀가 蘇州 출신이라는 것을 알게 되자, 주인공은 그 소녀가 자신의 첫사랑의 여인이었다고 확신해 버리려는 마음을 갖게 된다. 그러나 주인공 '나'의 가슴 속에 첫사랑에 대한 그리움이 번져가고, 확신이 더해갈수록, 마음속에는 불안감과 우울함이 생겨난다. 두 개의 마음이 갈등하며 대립하기 시작한 것이다. 유부남으로서 아내를 항상 의식해야 한다는 사실이 現實이라고 한다면, 아내에 대한 불만으로 인해, 우연히 만난 소녀를 첫사랑의 여자라고 생각하며 사랑에 빠지고 싶어 하는 욕망이 바로 주인공 '나'에게는 理想이었다. 소녀에게 우산을 씌어 주는 동안 주인공이 불안감과 우울한 마음을 갖게 된 것은 아내에 대한 불만과 미안함이라고 하는 현실감에서 나온 것이지만, 실제로는 現實感과 理想感, 이 두 개의 마음이 서로 교차하는 가운데 생겨난 것이라고 보아야 한다. 한 마디로 말해, 주인공 '나'의 마음이 현실과 이상의 대립 속에서 갈등하고 있음을 말하는 것이다.

　아내에 대한 의식 때문으로 인한 심적 갈등은 두 번째 과정에서 더욱 확고하게 드러난다. 주인공 '나'는 그 소녀와 함께 가게 계산대에 기대서 있는 여자를 보고, 그 여자가 자신의 아내일지도 모른다고 생각한다. 주인공이 그 여자의 눈 속에 질투와 우울함이 있는 것처럼 느끼며, 그 여자가 자신의 아내였다고 생각하는 것은 주인공 '나'의 마음이 현실과 이상 속에서 계속적으로 갈등을 겪고 있음을 말하는 것이다. 여자의 우울한 눈빛이 주인공 '나'에게 아내의 우울한 눈빛으로 바뀌어 보일 정도로 주인공은 아내를 의식하고 있는 것이다. 주인공 '나'는 우산 속의 소녀가 몸을 돌려 눈을 감고 불어오는 미풍을 막는 모습에서 일본화가의 그림을 떠올리고 주위의 사람들이 자신을 그녀의 남편이나 애인으로 생각할 수 있다는 생각에 스스로 만족하기도 한다. 그러나 '나'는 다시 소녀의 粉 향기에서 아내의 향기를 느끼며 일본화가의 그림이 오히려 아내를 닮았다고 생각한다. 이 때 주인공 '나'는 갑자기 편안함을 느끼게 된다. 편안함을 느끼게 되었다는 사실은 주인공 '나'가 그래도 아내를 생각하며 사랑하고 있다는 마음을 나타내는 것이고, 따라서 이는 지금까지 가졌던 아내에 대한 미안한 마음에서 조금 벗어날 수 있었음을 의미하는 것이 된다.

　上述한 바와 같은 "現實 대 理想"의 대립구도는 "속임 대 속음"이라는 대립구도로

轉置될 수 있다. 비속에서 어느 한 소녀를 보고, 과거 자신의 첫사랑의 여자로 착각하는 것은 실제로 주인공 '나'가 자신의 아내를 속이는 것, 즉 속임의 과정이었다. 아내에 대한 불만 때문에 아내를 속였고, 아내를 속였기 때문에, 주인공은 불안해하며 우울한 마음을 가졌던 것이다.

> "나는 고개를 돌려 뒤쪽을 힐끔 보았다. 가게 안에 있는 많은 사람들이 일을 잠시 놓고 나 또는 우리를 보고 있는 것이었다. 비가 막 내리는 사이에 두고, 나는 의심스럽게 바라보는 그들의 얼굴빛을 보았다. 나는 놀랬고, 내가 아는 사람이 있을까? 아니면 이 소녀를 아는 사람이 있는 걸까? 다시 그녀를 바라보았더니 그녀는 고개를 떨구고 있었다. … 나의 코가 그 소녀의 머리털에 가까이 가자 향내가 들어 왔다.[5]

아내에 대한 불만에서 시작된 離脫, 즉 아내를 속이는 일은 아내에 대한 죄의식으로 이어졌다. 이름도 모르는 어떤 소녀에게 우산을 씌워주는 것을 누가 볼까봐 걱정하는 주인공 '나'의 심리는 아내에 대한 미안함 마음 내지 죄의식으로부터 나온 것이지만, 그 심리는 또한 자기위장의 심리로 간주될 수 있다. 아내에 대한 불만이라고 하는 현실로부터 벗어나 새로운 존재를 찾고자 하는 心理的 기제로서 自欺僞裝을 생각하게 되었기 때문에, 다른 사람들이 소녀에게 우산을 씌워주고 있는 모습을 볼까봐 두려워했던 것이다. 한마디로 말해서, 주인공의 행동은 자신의 아내를 속이는 것은 물론, 자기 자신도 속이는 것이었다. 아내는 물론 자기 자신까지 속이는 자기위장은 對自的 기만의 결과라고 할 수 있는데, 이러한 과정을 통해 "속임 대 '속음"의 대립적 구도가 성립되고 있음을 볼 수 있다.

그런데, '속임'의 과정은 다시 '속음의 과정'으로 轉位된다. 주인공은 상점 계산대에 서 있는 어느 한 여성을 자신의 아내라고 생각한 것은 착각이었지만, 그것은 일종의 '속임'을 당하는 것과 같은 일이었다. 그 여자를 자신의 아내라고 생각했다는 사실은 외견상 주인공이 그 여성에 의해 속임을 당하는 것처럼 보이지만, 결국은 주인공 자신이 자신에 의해 속임을 당하는 것을 의미한다. 그 여자가 실제 아내였는지, 아니

---

5) 「梅雨之夕」(嚴家炎 選編, 『中國現代各流派小說選(第二册)』, 北京大學出版社, 北京, 1988, pp.424-425)

면 주인공의 착각이었는지 모르나, 중요한 것은 주인공이 그것을 아내의 얼굴로 간주했다는 사실이다. 아내에 대한 생각과 의식은 주인공으로 하여금 우울하고 미안한 마음을 갖게 했고, 그런 마음 때문에 주인공 '나'는 스스로 속임을 당하게 되었던 것이다. 주인공 '나'는 처음에는 자신과 아내를 속였으나, 그 다음에는 다시 자기 자신과 아내에 의해 속임을 당하게 되니, 속임과 속음은 이처럼, 서로 전위되며 「梅雨之夕」의 플롯을 형성해가고 있다. 「梅雨之夕」 이 작품은 "男 對 女", "현실 대 이상", 또는 "속임 대 속음"이라는 대립구도가 循環, 轉位되고 있고, 주인공은 이와 같이 二項的이고 양분화된 대립의 과정 속에서 끊임없이 갈등하면서, 그 갈등은 항상 실패로 귀결되고 있는 모습을 연출하고 있는 소설이다.

　「春陽」은 嬋阿姨라고 하는 30대 과부의 일상적 심리를 묘사한 작품이다. 따라서 다루어지는 제재 역시 아닌 일상에서 볼 수 있는 감정과 관련된 小瑣한 일들이다. 이 작품 역시 긴장과 양분적 논리가 뚜렷하게 드러나지 않는 것 같이 보이나, 양분적이고 대립적인 논리는 한 사람의 잠재의식에서 느끼는 욕망과 갈등으로 나타나고 있다. 주인공 嬋阿姨는 미혼의 과부이다. 결혼 할 남자가 결혼식을 하기 전에 죽는 바람에 영혼결혼식을 올리고 십 몇 년을 미혼의 과부로 살아왔지만, 죽은 남편이 많은 재산을 남긴 덕에 그 재산에 의존해 살 수 있었다. 어느 날, 嬋阿姨는 昆山에서 上海에 있는 은행에 가서 이자 돈을 찾기 위해 길을 나선다. 봄볕이 비추는 어느 봄 날 南京路를 걸으며 그 동안 마음속에 감추어져 왔던 열정이 살아나기 시작한다. 봄날의 햇볕, 젊은이들의 명랑한 표정, 어느 식당에서 본 세 식구 가정의 단란한 모습 등을 느끼면서 행복과 사랑을 갈망한다. 그리고 남자 은행직원의 상냥한 모습을 대하면서 자신도 매력적인 여자라고 생각한다. 그녀가 원하는 異性은 봄볕과 같은 미소를 지닌 젊은 남자였다. 그러나 그녀의 꿈은 은행원의 무관심한 태도에 의해 사라지고 만다. 조금 전 자신에 보인 상냥하고 태도는 은행원으로서 고객에게 보인 상투적인 것이었음을 깨닫게 된 그녀는 자신의 꿈이 헛된 것임을 알게 되고 평상시 자신의 모습인 돈을 관리하는 자신의 현실로 되돌아온다. 이 작품 역시 양분된 대립의 구도가 顚倒 또는 轉位되는 양상을 드러내고 있다. "현실 대 이상"이라고 이항적인 대립의 구도의 전개가 바로 그것이다. 嬋阿姨는 비록 많은 재산은 얻었지만, 돈 이외에는 자신이 원했던 어떤 행복도 갖지 못한 채 살아가는 사람이었다. 많은 재산을 얻었지만, 그것은 자신의 젊음과 청춘을 희생시킴으로써 얻은 것이었다. 처음에는 그 재산도 시부모가 관리하였는데, 시부모가 죽자 비로소 자신의 소유가 되었지만, 주위의 친인척들은 그 재산을 차지하려고 虎視耽耽 기회만 노리고 있었고, 嬋阿姨는 재산을 지키기 위해 그들에 맞서 항상 긴장하며 살아갈 수밖에 없는 것이 바로 嬋阿姨의 현실이었다. 嬋阿姨가 예치해 놓은 돈의 이자를 찾기 위해 上海에 있는 은행을 찾아온다. 봄 햇살을 받으며 은행을 향해 길을 걷다가 그녀는 화창한 봄 날씨, 길거리 사람들의 명랑한 얼굴색 등, 주위의 분위기에 빠져 그 동안 현실 속에 묻혀 졌던 애정과 사랑, 결혼과 같은 행복을 떠 올렸고, 이것은 지금까지 자신이 살아오는 동안 가져보지 못한 하나의 理想이었다. 嬋阿姨는 자신의 理想을 實現하는 방법은 젊은 남자, 봄볕과 같은 미소를 지닌 젊은 남자를 만나 사귀는 것이라고 생각했다. 주인공 嬋阿姨는 현실에서 벗어나 理想을 펼치고자 했다. "현실 대 이상"의 치열한 다툼이 그녀의 마음 속에서 움직였다.

> 무엇이 그녀에게 이렇게 중요한 변화를 가져다 준 것일까? 의심할 것 없이 봄날의 태양이다. 봄날의 햇살은 그녀의 체질을 바꾸었을 뿐만 아니라, 곧바로 그녀의 생각까지 바꿔 버렸다. 정말, 자신에 대한 치솟는 반항심이 갑자기 그녀의 마음속에서 끓어 올라왔다.[6]

> 있을 법하지 않은 용기가 솟구쳐 올라오는 경우라면, 그녀는 생각할 수 있다. 이 재산을 버리고 결혼해버리는 일을. 그러나 겨울을 손에 쥐고 누렇게 말라빠져 버린 얼굴을 들여다보거나, 집 안 사람들의 비웃음과 조롱이 날아들 것을 생각하면, 그녀는 다시 침울해졌다.[7]

위의 대목에서 現實과 理想 사이에서 치열하게 갈등을 겪고 있는 嬋阿姨의 심정이 묘사되고 있다. "현실 대 이상"이라고 하는 양분된 대립 구도 속에서, 이상이 현실을 누르는 듯 했으나, 곧바로 상황은 현실로 복귀하기 시작한다. 현실에서 벗어나 이상

---

6) 「春陽」(『霧, 鷗 流星』, 人民文學出版社, 1991, p.59)
7) 「春陽」(『霧, 鷗 流星』, 人民文學出版社, 1991, p.61)

을 실현하고자 했던 마음은 한 순간의 해프닝으로 끝나고 만 것이다. 큰 재산을 가지고 있는 부자이면서도 식당에서 몇 푼 되지 않는 음식 값가지고 고민하며 갈등해야 하고, 理想을 찾고자 다시 은행에 가서 은행원과 이야기하면서도 돈의 안전을 걱정하고, 돈에 대한 걱정 때문에 금고문을 잠그지 않았다고 확신하는 등, 몸 속 깊이 스며든 깊은 現實執着에서 벗어나지 못하는 모습을 주인공 嬋阿姨은 보여 주고 있다. 한마디로 말해서, "현실 대 이상"의 대립구도에서 理想이 순간 솟구쳐 오르는 것 같았으나, 그 이상은 곧바로 현실에 의해 다시 무너지기 시작하는 것이 바로 주인공 嬋阿姨의 실제 모습이었다. 이 작품에서 보여주고 있는 "현실 대 이상"의 대립과정은 "봄햇살, 젊은이의 밝은 얼굴 모습 → 젊음과 가정의 소중함 등 행복추구에 대한 의식의 발산 → 이미 흘러간 시간, 그로 인해 잃어버린 행복에 대한 반항의식의 발산 → 음식값으로 갈등을 겪고, 은행직원의 행동에 대한 실망 → 과거와 같은 재산관리자로의 복귀"라는 순서로 정리될 수 있다.

　상술한 "現實 對 理想"의 대립구도는 「梅雨之夕」에서와 같은 "속임 대 속음"의 대립구도로 전환될 수 있다. 嬋阿姨는 30대 중반의 부인이다. 그녀는 봄날의 햇살을 맞으며 길을 걷다가, 그 동안의 桎梏된 생활에서 벗어나 결혼과 행복이라는 이상을 추구하고 싶은 생각을 문득 갖게 된다. 그리고 그런 생각은 현재 중년이 되어 버린 자기 자신을 과거의 젊은 嬋阿姨라는 착각 속에 빠지게 한다. 이는 봉건 습속이라는 世波에 찌들어 얼굴이 누렇게 들뜬 중년의 嬋阿姨를 미혼의 젊고 아름다운 嬋阿姨로 만든 것이니, 자신이 자신을 속인 自己欺瞞 내지 自己僞證이 되는 것이다. 한 마디로 말해서, 자신이 자신을 속임으로써 만들어진 순간의 현상이었다. 그녀는 자신을 속임으로써 이상을 추구하는 계기를 만들 수 있었다. 그러나 스스로를 속여 얻은 착각은 자신의 마음 깊숙이 자리 잡고 있는 현실에 의해 다시 속임을 당하게 된다. 자신을 아직도 아름다운 여자라고 생각하게 만들며 理想追求의 마음을 갖게 한 것은 친절했던 남자은행원의 언행이었다. 시간이 지난 후, 嬋阿姨는 그 은행원을 다시 만났으나, 그 남자는 자신과의 이야기 도중에 또 다른 여자고객이 나타나자 급히 그 여자에게 다가가 인사하고 친절을 베풀고, 자신을 아줌마라고 부르는 것이었다. 상냥하고 멋있어 보였던 젊은 남자 은행원의 친절과 미소는 어디까지나 직업의식의 所産이었을 뿐이다. 이를 통해 嬋阿姨는 자신은 핏기 없는 누런 얼굴을 가진 30대의 아줌마에 불과하다는 현실을 확인할 수 있었다. 현실을 속인 嬋阿姨는 현실에 의해 속임을 당하며 다시 현실의 세계로 돌아온다. 嬋阿姨의 꿈과 理想은 사라지고 결국에 있어서는 갈등을 겪었지만 실패로 끝나게 된다.

상술한 바와 같이, 이상이 현실을 누른 것처럼 보였던 상황, 자신을 속이고 현실을 속이는데 성공한 것 같은 상황은 곧바로 反轉되며 현실의 승리로 끝나고, 속임은 결국 속음의 구도로 轉位되는 것을 볼 때, 「春陽」의 서사적 성격과 플롯의 전개과정도 「梅雨之夕」과 그것과 별로 다르지 않음을 알 수 있다.

施蟄存 소설의 특징 가운데 하나가 등장인물의 이중인격을 묘사하는데 집중했다고 하는 사실인데[8], 그의 작품이 이중인격을 집중적으로 표현했다고 하는 사실은 통상적으로 한 인물이 갖는 서로 상반된 두 개의 성격 내지 행동을 작품의 제재로 삼았음을 의미하는 것이다. 심리학적으로 볼 때, 이중인격이란 어떤 사람이 어떤 사건을 계기로 이전과 완전히 다른 별개의 인격으로 돌변하는 것을 말하는데, 돌변의 과정에서 두 개의 인격은 서로 갈등하며 대립하는 모습을 보이기도 한다. 施蟄存의 소설이 이와 같은 이중인격을 묘사하는데 집중했다고 하는 사실은 한 사람의 성격과 행동이 상황에 따라 양분되어 서로 대립하며 갈등을 겪는 모습을 주로 묘사했다는 것을 말하는 것이다. 상술한 세편의 작품을 포함한 대다수 施蟄存의 소설이 二項的이고 양분된 대립구도의 순환을 메인 플롯으로 취택되고 있는 것은 바로 이런 이중인격의 표현과 밀접한 관련을 맺고 있다.

2) 葛藤解決의 성공과 排他的 플롯구성(排他的 다양성의 논리)

• 穆時英의 小說

穆時英은 1929년부터 소설을 쓰기 시작하였고, 1932년에는 그 동안 쓴 소설을 모아 최초의 소설집 『南北極』이라는 소설집을 출판하기도 했다. 이후 그는 일본의 新感覺派 등 모더니즘파의 소설기법을 공부하는데 전념했는데, 이를 통해 그는 자기만의

---

8) 譚楚良 著, 『中國現代派文學史論』, 學林出版社, 上海, 1996, p.95.

독특한 소설풍격을 이루어낼 수 있었다. 그의 소설 風格은 중국에 처음으로 일본의
新感覺派를 소개한 劉吶鷗의 소설의 그것과 비슷한 면모를 보이고 있다. 다시 말해
穆時英의 소설은 인물과 제재 등에 있어 劉吶鷗의 그것과 비슷하다고 할 수 있는데,
작품에 따라서는 劉吶鷗의 소설보다 新感覺派的 특성을 더욱 강하게 드러내고 있다.
본서에서는 「夜總會裏的五個人」, 「上海的孤步舞」, 「街景」 등, 세편의 작품을 다루고
자 한다. 이들 작품은 의식의 흐름이나 공간기법의 활용, 심리분석 등 心理小說의
諸 技法이 두루 사용되고 있는 소설로서 穆時英의 心理小說을 대표하는 작품이라고
할 수 있다. 서사적 측면에 있어 이들 작품들의 특징이라고 한다면, 인과적 논리나
순서에 의한 플롯이 존재하지 않는다는 것이고, 상호 간의 관계없는 배타적 사건과
배타적 인물들의 행위가 병렬조합적 방식에 의해 나열되어 있다는 것이다. 穆時英의
소설이 보여주는 敍事의 면모는 施蟄存의 직품과 비교해 볼 때, 매우 對照的이며 특
이한 것이라고 할 수 있다.

먼저, 「上海的獨步舞」에 대해 살펴보자. 이 작품은 『現代』 잡지 1932년 11월 제2
권 제1호에 실린 작품이다. 이 작품에는 여러 사건이 등장하고, 많은 인물이 등장하
지만, 人物之間과 事件之間 등에 있어 인과적 고리나 연관적 관계는 거의 존재하지
않는다. 마치 병풍 속에 등장하는 각각의 그림처럼, 행동과 사건들은 상호 아무 관계
없이 독립적으로 존재하고, 병렬적으로 나열되며 등장하고 있을 뿐이다.

이 작품은 12개의 이야기가 불규칙하게 조합된 채 나열되어 있다. 그러면 12개의
장면을 등장하는 순서대로 간략히 살펴보자 첫 번째 장면에서는 어떤 한 사람이 검은
비단장삼을 입은 세 사람에 의해 살해된다는 이야기가 등장한다. 두 번째 장면에서는
막 기차역에서 집으로 돌아 온 劉有德이라는 사람에게 후처인 현재 부인과 전처소생
의 아들이 달려들어 돈을 달라고 요구하고, 劉有德은 그들에게 많은 돈을 주는 이야
기가 묘사되고 있다. 세 번째 장면에서는 돈을 집어 들었던 劉有德의 후처와 전처소
생의 아들이 곧바로 무도장으로 달려가는 모습이 나타난다. 네 번째 장면에서는 후처
인 엄마와 前妻 所生의 아이는 광란의 무도장에 와서 후처인 엄마는 엄마대로, 아들
은 아들대로 자기만의 즐거움을 추구하며 환락에 빠진다는 이야기가 등장한다. 다섯
번째 장면에서는 사람과 차로 버글거리는 길거리의 모습이 묘사된다. 여서 번째 장면
에서는 건축공사장에서 나무기둥을 들고 있던 인부가 그 나무에 깔려 죽는다는 이야

기가 그려지고 있다. 일곱 번째 장면에서는 古銅色의 아편냄새가 진동하고, 麻雀牌가 왔다 갔다 하는 모습, 또한 古龍香水와 淫慾味가 풍겨지는 가운데, 흰 옷을 입은 侍者들이 돌아다니고, 娼妓가 손님을 둘러업은 모습 등 華東호텔의 내부에서 벌어지는 풍경 이 묘사된다. 본능과 욕정에 휩싸인 호텔 내부의 정경을 서술함으로써 서구의 이기적이고 타락한 자본주의와 이에 놀아나는 동시대 上海의 일면을 드러내고 있는 것이다. 여덟 번째 장면은 娼妓가 손님을 끌어 들이는 길거리의 어두운 모습을 그리고 있다. 아홉 번째 장면은 도시의 검은 구석을 생각하며 소나타를 검열하는 작가가 어떤 노파에 의해 끌려가서 그 노파의 며느리와 함께 동침하는 내용을 담고 있다. 열 번째 장면은 劉有德의 부인이 무도장에서 알게 된 벨기에 보석상이 華懋호텔로 가서 그 호텔의 방으로 들어가는 장면이 묘사된다. 열한 번째 장면에서는 술 취한 선원이 인력거를 타고 가는 모습이 나타나고 있다. 열두 번째 장면에서는 실연당한 어떤 한 청년이 황포강변을 거닐고 있는 모습이 묘사된다.

상술한 바와 같이, 「上海的孤步舞」는 바로 이러한 12개의 이야기가 특별한 순서 없이 나열되어 있는 작품이다. 12개의 이야기가 병풍의 그림처럼 병렬식으로 조합 나열되어 「上海的孤步舞」라는 작품을 구성하고 있다. 그렇기 때문에 이 작품은 이른바 병렬조합방식의 構造를 만들고 있다고 할 수 있는 것이다. 물론, 이 작품에 등장하는 인물과 사건들 모두 예외 없이 인과관계를 갖지 않는 것은 아니다. 劉有德의 가족을 중심으로 그들이 벌이는 일련의 행동에는 시간적 흐름과 함께 그런 흐름에 따른 어느 정도의 인과적 논리가 존재한다. 작품의 내용 가운데, 가장 많이 등장하면서, 큰 부분을 차지하는 인물이 劉有德과 그의 가족이라고 할 수 있다. 劉有德이라고 하는 부유한 남편을 둔 부인(후처)이 남편에게 돈을 받아서는 전처의 아들과 함께 무도장으로 달려가 환락을 추구한다. 전처의 아들과 후처는 따로 따로 무도장에서 자기만의 즐거움을 추구하고, 이와 동시에 남편이자 아버지 劉有德은 호화로운 어떤 호텔에 가서 도박을 하고 기녀를 부른다. 작가는 劉有德의 생활을 통해 부자의 윤리와 도덕이 붕괴되는 모습, 즉 사회와 가정의 타락한 모습을 그리고 있다. 劉有德과 그의 가족 이야기를 비교적 자세하고 중복되게 다룬 것은 가정의 타락상을 강조해 표현하고자 했던 작가의 의도로 볼 수 있다.

이 작품에 등장하는 인물들의 행동과 관련하여 나타나는 하나의 특징이라고 한다면, 크게 갈등을 겪는 사람이 별로 없고, 갈등을 겪었다고 하더라도, 갈등의 대분이 해결된다고 하는 사실이다. 이는 작가가 삶과 현실을 고민하며 갈등을 겪는 사람들의 모습보다는 欲情的 본능을 추구하고 쫓아 가며 살아가는, 즉 본능적 욕구대로 살다가 그 욕구를 풀어가는 사람들의 삶의 과정을 그렸기 때문으로 풀이된다.

먼저 구성 원리 내지 플롯의 형태와 관련하여 이 소설의 특성을 논한다면, 배타적 플롯 양식의 작품으로 그 특성을 말할 수 있다. 이 소설의 가장 큰 특색은 시간상으로는 서로 연결되어 있지 않고, 내용상으로는 상호 병렬되어 있다는 것이며, 인물이 인물, 배경, 공간과 서로 격리된 채 각자 독립되고 폐쇄된 의미로 존재하고 있다는 이야기는[9] 바로 이 작품이 갖는 배타적 플롯 구성의 원리를 증명하는 것이라고 할 수 있다. 작품 전체를 아우르는 일관된 이야기도 없고, 따라서 작품을 일관성 있게 엮어내는 플롯도 존재하지 않는다. 각각의 장면 속에 등장하는 인물들은 이렇다 할 상호 교류나 인식, 상호 관계를 맺지 않고 있음은 물론, 이들이 벌이는 諸 사건 사이에서도 인과적 관계나 인과적 고리가 존재하지 않는다. 그렇기 때문에 이들의 관계는 배타적 관계라고 명명할 수 있고, 이러한 배타적 관계에 근거한 사건과 인물행위의 집합 내지 나열이 말 그대로 작품의 플롯을 형성하기 때문에 이작품의 서사적 성격을 배타적 플롯구성이라고 할 수 있는 것이다. 작가는 이와 같은 서술기법을 통해 독자들로 하여금 같은 시간 속에서 다양한 계층의 도시 사람들이 벌이는 행동과 아울러 그들 사이에서 발생하는 사건들을 한 눈에 볼 수 있게 하고 있다. 한 마디로 말해서, 작가는 어둡고 타락한 사회의 현실을 서로 다른 12개의 이야기로 나눈 다음, 그 이야기들을 다시 12개의 장면에 실어 독자들에게 전달하는데, 독자들이 이런 12개의 이야기를 한 눈에 볼 수 있는 것은 「上海的孤步舞」가 갖는 배타적 플롯구성의 원리를 통해 드러나는 병렬적 구성 양식이 있었기 때문이다.

「夜總會裏的五個人」 또한 서사구조에 있어 매우 독특한 면을 드러내고 있다. 내용뿐만 아니라 서사구조에 있어서도 독특한 면을 드러내고 있어, 이 작품은 중국 心理小說의 가장 대표적인 작품으로 평가받고 있다.[10] 이 작품은 一見, 나름대로의 일관

---

9) 夏元文, 「論穆時英小說結構模式的創新」(『中國現代文學研究叢刊』, 1990.1期, 作家出版社, p.162)
10) 楊義, 『中國現代小說史(第二卷)』, 人民文學出版社, 1993, p.698.
　　楊義는 이 작품이 穆時英 뿐만 아니라, 現代派를 대표하는 성격을 갖는다고 했다.

된 스토리나 시간적 순서와 인물 사이의 인과적 관계가 존재하는 것 같이 보이나, 실은 그렇지 않다. 이 작품도 구조적인 면에 있어 「上海的孤步舞」와 비슷한 형태를 유지하고 있다. 작가는 이 작품에서 다섯 사람을 등장시켜 이들의 행동과 운명을 심리흐름의 양태를 통해 설명하고 있다. 첫 번째 사람은 금괴상인 胡均益으로 자신의 재산을 금괴교역을 하다 날려 버렸다. 두 번째는 대학생 鄭萍으로 실연의 충격에 빠져 버린 사람이다. 세 번째는 사교계의 꽃 黃黛茜이라는 여인이다. 네 번째 사람은 항상 의심 속에 빠져 사는 季洁이라는 사람이다. 끝으로 다섯 번째 사람은 직장에서 해고당해 충격에 빠진 시청 일등 서기 繆宗旦이라는 사람이다. 작가는 이 작품을 네 개의 부분으로 나누고, 나누어진 각 부분마다 標題를 붙여 자신이 말하고자 하는 스토리의 내용을 독자들에게 암시하고 있다. 앞서 말한 바와 같이, 이 작품은 失意에 빠져 절망하는 다섯 명의 사람이 벌이는 행동을 다룬 소설이다. 제1부에는 "五個從生活裏跌下來的人"이라는 제목이 걸려 있다. 이와 같은 제목을 통해서 알 수 있듯이, 작가는 이 부분에서 이들 다섯 사람들의 몰락 이유와 함께 그들이 겪는 고민과 갈등이 무엇인가를 설명하고 있다. 작가는 이들의 성격을 설명하는 데 소위 同時多發的 수법을 사용하고 있다. 다섯 사람은 비록 각기 다른 장소, 즉 자신만의 장소에서 움직이고 있지만, 행동이 벌어지는 시간은 공히 一九三二年 四月 六日 토요일 오후이다. 그들의 행동은 동시에 발생하고 있지만, 어떤 상호관련도, 어떠한 상관관계도 없는 것으로 흡사 병풍의 그림을 연상케 한다. 금괴를 거래하는 商人인 胡均益은 금괴 값이 폭락하자 망연자실하며 이성을 잃게 된다. 금값은 계속 하락하고 계속된 하락으로 마침내 자신의 재산 八十萬元을 잃게 되자 그의 마음은 무너져 버린다. 같은 날 같은 시간에 대학생 鄭萍은 교정 연못가에 앉아 있다. 여자친구 林妮娜를 기다리고 있는 중인데, 뜻밖에도 林妮娜는 롱다리 汪과 함께 왔고, 더욱이 林妮娜는 鄭萍을 못 본체 했다. 이에 충격을 받은 鄭萍의 머리털은 백발로 변했다. 같은 날 같은 시간에 霞飛路라는 길거리를 걷고 있던 黃黛茜은 어떤 두 사람과 마주친다. 자신의 얼굴을 본 두 사람이 5년 전의 黃黛茜이 아니라고 속삭이는 소리를 엿듣게 된다. 그 소리를 듣자, 그녀는 자신이 지난 5년 동안 청춘을 잃어버렸다고 여기고, 마음이 뱀에게 먹힌 것과 같은 충격에 빠진다. 같은 날 같은 시간, 季洁은 자신의 서재에 있다. 서재의 책꽂이에는 여러 나라의 말로 번역된 각종 판본의 셰익스피어의 Hamlet 책으로 가득 차있다. 季洁이 담배를 피우다가 갑자기 전 우주가 피어오르는 연기로 변하고 있다고 생각하는 그 때 각종 판본의 Hamlet이 입을 벌리고 季洁에게 말하는 것이었다. "너는 뭐야? 나는 뭐야? 무엇이 너야? 무엇이 나야?[11] 각종 판본의 Hamlet은 웃고, 季洁의 집은 연기로 변해 위로 올라가고 있었다. 같은 날 같은 시간, 시정부에서 일등서기로 일 해 온 繆宗旦은 시장으로부터 해직통지서를 받는다. 그 동안 줄곧 열심히 일해왔던 자신의 입장에서 볼 때, 해고는 청천벽력이었고, 곧 지구의 종말이 다가오는 것같이 느껴졌다. 회계과 주임이 그에게 마지막 월급을 보내 왔다.

두 번째 부분의 제목은 "星期六晩上"이다. 작가는 이 부분에서 도시 주말에서 벌어지는 광란과 타락을 그리고 있다. 토요일 저녁은 이성이 없는 날이고, 법관도 범죄를 행하는 날이고, 상제가 지옥에 가는 날이라고 말한다.

세 번째 부분의 제목은 "五個快樂的人"이다. 이 부분은 「夜總會裏的五個人」에서 가장 중요한 역할을 하는 부분이다. 胡均益과 黃黛茜은 함께 들어온다. 술 취한 鄭萍은 林妮娜를 찾으러 온다. 繆宗旦은 어떤 여자와 손을 잡고 들어온다. 몰락한 다섯 사람은 순서대로 나이트클럽에 들어와 광란의 음악 속에서 미친 듯이 춤을 춘다. 각자 슬픈 얼굴 위에 쾌락의 가면을 쓰고, "이 밤이 다하도록, 나이트클럽이 문을 닫을 때까지"를 외치며 광란의 춤을 춘다. 그런데 하나의 작은 목소리가 은밀하게 다섯 사람의 귓가에서 "No one can help" 하며 외친다. 잠시 후, 胡均益은 나이트클럽 문 밖에서 자살을 한다.

네 번째 부분은 "四個送殯的人"이란 제목이 붙어 있다. 자살한 胡均益을 제외한 네 사람이 만국공원에 나타나 자살한 胡均益을 葬送한다. 사람들은 그것을 遼遠한 여정이라고 생각한다.

주인공으로서 이 작품에 등장하는 하는 사람은 상술한 바와 같이, 다섯 명의 사람이다. 이들 다섯 사람 모두 자신의 뜻을 이루지 못해 심한 정신적 압박과 함께 갈등을 겪게 되었다. 사실, 이 작품은 이들이 왜 갈등을 겪어야 하며 그 갈등을 어떻게 해결해 나가는가에 대한 과정의 기록이라 해도 무방하다. 이들이 겪는 갈등의 諸 양상과 해결과정에 대한 묘사가 비록 일부 사람들의 모습에 지나지 않는 것이라고 할지라도,

---

11) 「夜總會裏的五個人」(嚴家炎 選編, 『中國現代各流派小說選(第二册)』, 北京大學出版社, 1988, p.282)

上海라고 하는 대도시 사람들의 삶의 모습을 반영하며, 上海의 社會的 縮圖로서의 역할을 하고 있다. 작품에서 다섯 사람 모두 뜻하지 못했던 실패 내지 몰락으로 인해 심각한 갈등을 느꼈다. 그러나 이들 모두 나이트클럽에 모여 공통된 방법으로 갈등을 해결하였다. 이들이 심각한 갈등을 겪으며 나이트클럽에 모여 그것을 해결하기까지 의 전 과정이 바로 이 작품이 取擇하고 있는 플롯의 전체적인 전개과정이라고 할 수 있다.

「夜總會裏的五個人」의 敍事의 전 과정인 제1장에서 제4장에 이르기까지, 이 작품을 구성하고 있는 각각의 장은 상호 인과적 관계의 성격을 띠기보다는 각기 독립된 장으로서의 성격을 보여주고 있다. 각 장 사이의 관계가 시간적 순서 내지 인과적 성격으로 긴밀히 연결되어 있지 않기 때문이다. 「夜總會裏的五個人」, 이 작품은 「上海的孤獨舞」와 비교할 때, 상당히 유사하다는 것을 느낄 수 있는데, 그것은 비록 부분적이기는 하지만 이 작품 또한 병렬조합구조의 양상을 띠고 있기 때문이다. 제1장은 철저하게 병렬조합식구조로 이루어져 있다. 작가는 제1장에서 다섯 개의 장면을 설정하고, 이를 다섯 명의 주인공들에게 각각 하나씩 배당한 후, 순서대로 하나의 장면에 주인공 한 명씩을 소개해 나가는 방식을 취하고 있다. 다시 말해, 胡均益, 鄭萍, 黃黛茜, 季洁, 繆宗旦 등, 이들 다섯 명의 행동이 묘사된 다섯 개의 장면이 순서대로 나열되고 있음을 볼 수 있다는 것인데, 제1장은 이처럼 다섯 개의 장면이 병렬되어 나타나는 병렬조합적 구조로 이루어져 있다. 아울러 다섯 주인공의 행동과 삶의 모습을 소개하는 각각의 장면은 상호 아무런 연관 관계를 갖지 않고, 독립적이고 배타적으로 작용하고 있는데, 이로 인해 「夜總會裏的五個人」는 배타적 플롯의 構成原理를 갖게 되는 것이다. 제2장 또한 작가의 주관적 설명과 나열로 엮어지면서 병렬적 형식의 서술 형태를 띠고 있음을 볼 수 있다. 작가는 제2장에서 토요일 오후, 욕망과 물질에 사로 잡혀있는 대도시 上海의 모습, 이 곳 저 곳을 카메라를 촬영하듯이 나열하며 주관적으로 설명해 가고 있다. 이처럼 카메라에 의해 촬영된 것과 같이 나열되고 묘사된 諸 장면은 작품에서 병렬조합식의 형태를 띠며 상호 배타적으로 나타나고 있다. 이에 반해, 제3장에서 제4장에 이르기까지의 각 장의 구성방식은 제1장, 제2장에서의 그것처럼 병렬식으로 이루어져 있지 않다. 제3장의 내용은 인물과 사건이 서로 상호 融合되고 있음을 볼 때, 이 작품은 제1장과 제2장은 배타적이고 병렬방식적인 서술체로서 하나의 단위를 이루고, 제3장과 제4장 또한 상호 비슷한 플롯을 가진 서술체로서의 구성적 단위를 갖는다고 할 수 있다. 제1장과 제2장은 합쳐져 하나의 서술적 단위를 이루고, 제3장과 제4장을 또 하나의 서술체로 묶을 수 있다는 것을 고려해볼 때, 「夜總會裏的五個人」이 작품은 제1,2장 對 제3,4장이라는 연관성을 갖지 않은 상호 배타적 관계와 병렬조합식의 구조가 성립된다고 할 수 있다. 이와 같은 특징과 관련해, 병렬조합식의 구조와 쇠사슬식 구조가 함께 융합되어 하나의 구조를 이룬 것이 이 작품의 특색이라고 말하고 있다.[12] 결론적으로 말해서 「夜總會裏的五個人」는 두 개의 서사양식으로 구성된 작품이기에 보다 중요한 서사적 의미와 특징을 가진 소설이라고 말할 수 있다.

「街景」, 이 소설도 상호 배타적인 관계 속의 인물과 사건들이 병렬적으로 나열되고 조합되는 이른 바 배타적인 플롯구성의 원리로써 이루어진 작품이다. 소설은 上海의 오후, 경쾌한 가을 분위기가 피어오르는 길거리에서 벌어지는 다섯 개의 사건을 그려내고 있다. 그 다섯 개의 사건을 정리해보면 다음과 같다. 첫 번째 장면에서는 세 명의 수녀가 등장한다. 그들은 금발위에 흰 모자를 쓰고, 검은 옷을 채로 천천히 걷고 있다. "또 가을이 왔군. 가을이 오면 나는 조국의 경치가 생각나. 지중해 옆에는 따뜻한 태양이 빛나고 있는데. 여기 북극과 같은, 고동색의 추은 중국에 온지 벌써 칠년이 되었어."라고 말한다. 두 번째 장면에서는 작고 긴, 사과 색처럼 푸르른 스포츠 자동차 한대가 나타난다. 한 쌍의 남녀를 태운 이 자동차는 과자, 빵, 육포, 사이다 등 각종 먹을 것과 카메라, 유리잔, 지팡이, Cap 등 각종 도구들을 잔득 실은 채 야외 파티장으로 가고 있다. 세 번째 장면에서는 길거리 모퉁이, 아무도 지나가지 않는 곳에 애꾸눈의 한 늙은 거지가 등장한다. 그 거지는 양피두루마기를 벗어 팽개치고 태양 빛에 뱃살을 말리고 있다. 어렵게, 어렵게 연명하며 지금까지 살아 왔으나, 삶의 희망을 잃은 탓인지, 집에 돌아가고 싶어 한다. 그는 돌아가겠다는 것 이외에는 아무 생각도 하지 않았다. 그는 기차역을 향한다. 역무원들과 순경이 그의 진입을 막고자 했으나, 그는 병든 몸을 부추기고 악착같이 역으로 들어가 들어오는 기차에 맹렬하게 몸을 던진다. 그러나 그는 기차바퀴에 깔리고 만다. 네 번째 장면에서는

---

12) 夏元文, 「論穆時英小說結構模式的創新」(『中國現代文學研究叢刊』, 1990.1期, 作家出版社, p.165)

사무실에서 막 나온 여자 타이피스트가 상점 진열대에 놓여 있는 희색 무늬가 들어 있는 검은 장갑을 보고 있는 모습이 그려진다. 그녀는 옆에 있던 남자 친구에게 내일이 자기 생일이니 선물로 그것을 사달라고 요구한다. 남자 친구가 사주겠다고 하니 연속해서 허리띠, 모자까지 사달라고 요구한다. 남자는 눈살을 찌푸리고 판매원은 즐거워하고 있다. 다섯 번째 장면에서는 방과 후 책가방을 매고 깡충깡충 뛰며 집으로 돌아가는 一群의 초등학생들이 등장한다. 아이들은 "오늘 수업이 다 끝났어, 모두 집으로 가자" 하며 노래를 부른다. 또 아이들은 커피 점에서 나오는 수증기가 귀신의 얼굴 같다며, 박수치고 깔깔거리며 웃는다.

이 다섯 개의 장면 사이에는 표면적인 어떤 연관성도 없을 뿐만 아니라, 각각의 장면에 등장하는 세 명의 수녀, 스포츠카를 운전하는 한 쌍의 남녀, 늙은 걸인, 사무실의 여직원, 초등학교 어린이들, 이들 다섯 부류의 사람들 서로 간에도 아무런 연관 관계가 존재하지 않는다. 작가가 작품에서 말하고자 한 것은 어떤 인물이나 사건의 움직임이라기보다는 제목 그대로 다섯 장면이 조합되어 이루어내는 경쾌한 가을의 분위기가 떠다니는, 그러나 황혼의 구름 빛이 스며드는 해질녘의 거리 풍경이었다.

「街景」은 「上海的孤步舞」의 축소판이라고 해도 과언이 아닐 정도로, 두 작품은 플롯의 전개과정과 구성 원리 등에 있어 매우 유사한 면을 드러내고 있다. 「上海的孤步舞」에서는 12개의 장면이 竝列되어 나타나고 있지만, 「街景」에서는 5개의 장면이 병렬되어 등장하고 있다. 작가는 상호 아무 관계없는 다섯 개의 장면을 통해 上海의 길거리, 경쾌한 가을의 기운이 넘쳐나는 오후 길거리의 풍경을 이야기하고 있다. 다만 한 가지 다른 면이 있다면, 「街景」에서 작가는 지극히 상반되고 대조적인 모습을 보여줌으로써, 또 다른 방법으로 上海라는 대도시의 일면을 드러내고 있다는 것이다. 도덕적으로 타락하고 정신적으로 기형화된 사람들의 모습만을 파노라마식으로 나열한 「夜總會裏的五個人」, 「上海的孤步舞」와는 달리, 「街景」에서는 선량하면서도 활기차게 살아가는 사람들의 모습, 늙은 거지의 비참한 삶의 모습, 욕망을 쫓는 젊은이의 모습 등 상반되고 대조적인 양면을 묘사하는 이른바 對比的 수법을 사용해 사회를 비판하는 異彩的 모습을 보이고 있다.

上述한 바와 같이, 穆時英은 자신의 소설에서 도시사회의 기형적인 모습, 도시민의 정신적 병폐 등을 많이 다룸으로써, 동시대 사회의 현실을 비판하고 있다. 이처럼,

비교적 강하게 드러나는 사회비판, 현실비판의 모습이 施蟄存의 소설과 비교해 드러나는 차이점이라고 할 수 있다. 穆時英의 소설은 도시생활의 병폐적인 모습, 추악한 모습을 들추어냄으로써 동시대 사회현실을 비판하는데 있어 다른 사람과 구별되는 자신만의 독특한 서술기법을 사용하였다. 도시민들의 왜곡되고 기형화된 정서, 타락한 행동양식을 표현하는 여러 사건들을 카메라의 눈으로 자유롭게 장면을 제시하고 竝置해 보이며, 이를 통해 여러 인물들의 행동과 그 모습을 모자이크하여 30년대 도시 사람들의 삶을 독특하게 그려냈다는 것이 穆時英 心理小說의 업적이자 특색이라고 할 수 있다.

穆時英의 소설 창작은 新感覺派 소설의 새로운 영역을 개척했다. 그의 작품 속에 등장하는 인물들은 도시의 병태적인 사회와 깊은 관계를 맺고 있고, 또한 인물 대부분에 작가 자신의 주관적 感受가 들어 있다는 평가13)와 穆時英 소설의 빠른 리듬, 뛰는 구조는 영화카메라 렌즈의 예술수법을 대량으로 활용했다는 이야기14)는 모두 「夜總會裏的五個人」, 「上海的孤獨舞」, 「街景」 등에서 드러나는 穆時英 소설의 면모와 특색을 압축하여 설명하는 것이라고 할 수 있다.

1930년대 施蟄存, 穆時英 등을 중심으로 한 소위 新感覺派의 작가들과 이들이 남긴 小說은 비록 짧은 한 시기를 풍미하는데 그쳤지만, 동시대 문단에 남긴 문학적 공헌과 영향은 적지 않았다. 전술한 바와 같이, 新感覺派 작가들의 小說은 중국 최초의 모더니즘 소설이었고, 이들은 모더니즘 소설의 창작을 통해, 동서양의 문학이 융합된 새로운 문학의 형태를 제시하였다. 이들이 남긴 小說은 서구 모더니즘의 수용과 일본 新感覺派의 영향 하에 동시대 上海 등을 배경으로 한 중국의 사회현실과 그에 대한 작가의 의식 등이 융합되어 만들어진 것이다. 다시 말해, 30년대의 신감각파의 小說은 세계의 문학을 수용하고, 이를 중국에 이식하는 과정을 통해 탄생된 것이니, 중국 현대소설의 영역확대와 발전에 새로운 길을 열었던 것이라고 할 수 있다.

이들 新感覺派의 소설은 내용과 형식 등에 있어 前代나 同時代의 소설들과는 크게 다른 모습을 보여 주었다. 그 다른 모습은 인간의 내면세계, 잠재의식, 무의식 등에

---

13) 邵伯周 著, 『中國現代文學思潮硏究』, 學林出版社, 上海, 1993, p.411.
14) 譚楚良 著, 『中國現代派文學史論』, 學林出版社, 上海, 1993, p.106.

관한 각종 심리이론을 문학적으로 활용하며, 표현한 데서 우선적으로 나타나는데. 이로 인해 신감각파의 小說은 중국현대문학사상 첫 번째 모더니즘 소설로서 기록될 수 있었다. 이들의 小說은 기존에는 없었던 새로운 제재, 새로운 요소인 도시인들의 잠재의식, 은폐 의식, 이중인격, 性에 대한 욕구 등, 도시 사람들의 본능적, 세속적 심리에 관한 여러 가지 이론을 적극 활용하였다. 그 결과 나타난 것이 茅盾의 그것과 는 다른 또 하나의 都市文學이었다.[15] 施蟄存, 穆時英 등 新感覺派의 小說은 도시사 회의 타락과 병폐적인 모습, 도시사람들의 왜곡된 가치관과 기형화된 정서 내지 심리 등이 기탄없이 드러내고 있어, 기존의 도시적 삶의 문화 내지 문명, 도시의 풍속을 다루었던 기존의 도시문학과는 다른 새로운 도시문학을 창출하였다고 하는 것이다.

그 동안 心理小說에 대한 평가와 연구는 원활하게 이루어지지 못했다고 할 수 있 다. 心理小說에 대한 부정적인 입장이 지속되었기 때문이다. 다시 말해, 心理小說은 그 주제가 非社會的인 데에다가 내용 또한 비현실적이고 불건전한 문학이라는 인식 이 있었기 때문이다. 지식인 내지 도시인들의 무기력하고 퇴폐적인 自意識의 표출하 거나, 현실에서 벗어나 자신들만의 내면세계로 逃避하고자 했던 모습을 그려내는 소 설이라는 생각이 기존 心理小說에 대한 인식이었다. 그러나 여기서 指摘되어야 할 점은 어떤 하나의 기준에 맞춰 특정 장르의 소설을 평가할 경우, 그 소설만이 가지는 변별적 특성과 위상을 제대로 밝혀낼 수 없다는 것이다. 특히 사회적 관점, 즉 사회의 현실과 이념 내지 시대상황의 반영이라는 논리와 잣대에 근거하여 心理小說을 평가 하는 것은 心理小說의 특성과 가치에 대한 올바른 이해를 어렵게 함은 물론, 심지어 心理小說 연구에 있어 저해요인이 되었다고 할 수 있다.

心理小說은 논자에 따라 "의식의 흐름"의 소설, 內省小說, "內的 獨白"의 소설 등으 로 불리기도 한다.[16] 따라서 心理小說 관찰에 있어 의식의 흐름과 내적 독백 등의 유무 내지 그 양상에 대한 논의는 心理小說의 올바른 이해를 위한 필수적인 작업이 될 수는 있으나, 그것만 가지고는 心理小說의 특성과 성격을 제대로 파악하기 어렵

---

15) 錢理群·吳福輝·溫儒敏·王超冰, 『中國現代文學三十年』, 上海文藝出版社, 上海, p.327.
   이들은 心理小說의 독특한 점으로서 현대자본주의하의 도시에서 벌어지는 죄악 가운데에서 美를 발견
   했고, 茅盾과는 별도로 또 하나의 도시문학을 만들어 냈다고 했다.
16) 레온 에델, 이종호 역, 『現代心理小說研究』, 형설출판사, 1983, p.10.

다. 다시 말해 心理小說이란 범주에 속하는 작품들의 내재적 측면, 즉 형식론적이고 시학적 측면에서의 연구 또한 心理小說의 특성을 파악하기 위한 또 하나의 필수적인 작업인 것이다. 30년대 중국의 心理小說에 대한 기존의 평가나 연구는 동시대 암울한 현실을 배경으로 하여 지식인의 現實 否定的이고 逃避的인 自意識의 표출이었다고 공식화한 것이 대부분이었고, 이와 함께 작품의 제재와 내용의 틀 안에서 당대의 특수한 사회적 현실을 대입시키려는 반영적 또는 외재적 연구가 주류를 이루었다. 이로 인해 心理小說이란 범주에 속하는 작품들의 내재적 측면, 즉 形式論的이고 詩學的인 측면에서의 연구가 본격적으로 이루어지지 못했으며, 그 결과 心理小說만이 갖는 문학적 특징 내지 가치 등이 제대로 파악되지 못했다. 心理小說이 비현실적 비사회적인 내용을 다룬 소수문학이었고, 또한 지속적으로 발전하지 못한 것도 사실이었지만, 그렇다고 하여 心理小說을 白眼視하거나 경시해서는 안 된다. 心理小說은 30년대 중국소설의 多樣化, 多變化라는 측면에서 볼 때, 그 역할이 결코 적지 않았던 장르였을 뿐만 아니라, 동시대의 새로운 문학으로서의 특성과 가치가 엄연히 존재했던 문학이었기 때문이다.

Ⅲ. 1940년대의 소설

문학과 정치의 융합, 그리고 투쟁의 도구화

1. 1940년대 중국의 현실과 문학

1) 1940년대 중국의 사회 상황

소위 만주사변을 일으켜 만주 동북지방을 점령하고 있던 일본은 1937년 7월 7일 북경 근교에서 蘆溝橋事變을 조작한 후, 이를 평계로 다시 한 번 중국 본토에 대한 전면적인 공격을 개시했다. 일제의 再侵이 시작 되자 내전을 중지하고 항일전선 결성에 동의했던 국민당 정부군과 공산당은 蘆山에서 회담을 열고 양측의 군대를 재편하여 일본군의 공격에 대항하기로 합의하였다. 일제의 2차 침략 즉, 中日戰爭은 國民黨의 입장에서는 재앙과 같은 것이었고, 絕滅의 위기에 빠져 있던 중국 공산당에게는 자신들을 살려 준 최고의 선물이자 축복이었다.

중국 공산당은 中日戰爭이 발발하기 이전에 이미 蔣介石의 國民黨軍에 의해 거의 궤멸될 위기에 처해 있었다. 국민당 정부는 공산당을 拔本塞源하기 위해 1934년 10월부터 제5차 대규모 공격을 감행하였다. 공산당은 국민당 군의 공격에 파멸될 위기에 놓이자, 국민당 정부군을 피해 소위 2만5천리의 大長征이라고 하는 大脫走를 시작하는데, 1년여에 가까운 大脫走 끝에 공산당은 1935년 10월 陝西省 북부의 延安이라는 곳에 이르게 된다. 이후 공산당은 그 곳에 고립된 채, 명맥만 유지하며 후일을 도모해야 하는 상황에 놓이게 된다. 공산당의 섬멸을 눈앞에 둔 국민당의 蔣介石은 전혀 예기치 못한 사건에 직면하게 되는데, 그것은 바로 張學良이 벌인 蔣介石 幽閉事件이었다. 張學良은 蔣介石을 西安으로 초대한 후, 蔣介石을 만난 자리에서 공산당에 대한 공격을 포기하고, 國共이 서로 협력하여 일본에 대항할 것을 종용하였다. 蔣介石이 이를 거부하자 張學良은 蔣介石을 감금해버리는데, 이 사건을 일컬어 西安事變이라고 한다. 이 유폐사건으로 인해 공산당 토벌작전이 멈춰지게 되자 중국 공산당은 잠시 숨을 돌리며 부활의 희망을 보게 되었고, 이어 발발한 중일전쟁을 통해 결정적인 기사회생의 기회를 얻게 된다. 중일전쟁이 발발하자 일제의 침략에 맞서 조국을 지켜야한다는 취지 아래 1937년 9월 2차 국공합작이 성립되었다. 국공합작의 정신에 따라 국민당과 공산당은 항일전쟁에 공동 참여하였고, 그 결과 공산당은 당분간 국민당 정부군으로부터 공격을 받거나 또는 전투를 벌여 피해를 당해야 할 일이 없어졌던 것이다.

이미 중국의 동북 지방을 점령하고 있던 日帝는 1937년 7월 7일 蘆溝橋 사건을 빌미로 北京을 공격하며 전면적인 침략전쟁을 단행하였다. 일방적인 공격으로 北京과 天津을 단숨에 점령한 일본군은 그 여세를 몰아 남진을 계속하여 上海를 공격하였다. 일본군의 침략에 맞서기 위해 급조된 국공연합군은 이에 대항하였으나, 일본군의 공격을 제대로 방어해내지 못했다. 일본군은 11월에 上海를 점령하였고, 12월에는 그 동안 국민당 정부의 首都 역할을 했던 南京을 공격하였다. 이에 국민당 정부는 수도를 重慶으로 또 다시 옮겼는데, 남경을 공격하면서 일제는 수십만 명의 민간인과 군인을 잡아 도륙하는 소위 "南京 大虐殺"이라는 만행을 저지른다.

전쟁이 발발하고 국민당 정부군은 막강한 일본군의 전력과 공세에 압도되어 제대로 된 반격전은 펼치지 못한 채 퇴각하면서 소극적인 방어 전략으로 일관했다. 이렇게 된 데에는 제2차 국공합작의 성공으로 비록 항일민족통일전선이 형성되고 전국적인 항일투쟁의 결의가 이루어졌으나, 대립된 國共 두 세력은 國難 抗戰을 이용하여 최후의 승리를 획득하려는데 있었기 때문[1]으로 해석해 볼 수 있다. 蔣介石과 국민당은 抗日戰爭의 와중에서도 공산당의 세력억제와 함께 훗날 있을지도 모를 공산당과의 결전에 대비하기 위해 군사력 비축을 念頭해 두어야 했기 때문에 일제와의 전투에서 적극적이고도 효과적인 전략을 보여 주기 어려웠다. 공산당은 항일전을 통해 자신들의 생존과 세력 확장을 도모하였다. 공산당은 자신들의 근거지와 山西省, 河北省 등지에 항일근거지를 확보하고 유격전과 같은 전술로 일본군에게 대항하며 자신들의 세력을 구축하였고, 한편으로는 선전과 선동으로써 농민들을 회유하여 공산군에 편입시키는 방법 등을 통해 농촌 지역에서 자신의 세력을 회복해 나가기 시작했다. 공

---

1) 辛勝夏 著, 『中國現代史』, 大明出版社, 1993, p.367.

산당에 대한 농민, 노동자들의 신망이 두터워지기 시작하면서 문인과 지식인들, 심지어 학생들까지 공산당의 근거지인 延安을 찾기 시작했고, 농민과 지식인 등 이들의 마음도 공산당을 향해 움직이기 시작하면서 공산당의 통치구역도 점차 확대되기 시작했다.

공산당은 항일전쟁을 치루는 동안, 중화소비에트정부를 해산하고 그 대신 자신들이 근거지로 삼고 있었던 陝西省, 甘肅省, 寧夏省 등 3개성을 특별자치구로 삼으며 陝甘寧邊區를 설치하였다. 紅軍 3만 명을 국민혁명군 第八路軍의 3개 사단으로, 중남부 지역 유격대를 新四軍으로 개편하였다. 그들은 國民黨軍이 등한시하거나 철수해버린 농촌지역에 침투하여 유격 항일활동을 벌여 나갔는데, 특히 華北 지역에서 농민을 동원하고 또 부대로 조직하여 후방지역과 철도시설 등을 공격하며 세력을 확대시켜 나갔다. 궤멸의 위기에 놓였던 1936년 초에는 1만여 명에 불과했던 공산군은 1945년에는 100만에 이르렀고, 4만 명이었던 당원의 수도 120만 명으로 늘어났고 지배영역 또한 크게 확대되었다. 공산당의 이 같은 발전과 세력 확장에 크게 놀란 蔣介石과 국민당은 전쟁의 와중에서도 공산군의 일부인 新四軍을 공격 섬멸하기까지 했다. 이와 반대로 공산당은 毛澤東의 "지구전론"에 기초하여 장기전에 준비하면서 농민을 동원하고 장악하기 위해 몰두하였다.[2]

1945년 일제의 패망으로 중일전쟁은 종결되었으나, 중국에 남겨진 것은 엄청난 물질적 피해와 혼란, 그 동안 국민당 관리들에 의해 자행되었던 강압과 약탈, 부정과 비리의 만연, 도시의 실업, 농촌의 饑餓뿐이었다. 이 같은 상황 속에서 민심의 이탈, 국민당에 대한 반감은 날로 심화되어 가고 있었다. 이에 반해 공산당은 전쟁이 끝날 무렵 자신의 점령지역을 19개로 확대하였는데, 이 같은 확대를 통해 공산당은 이 곳에 사는 농민, 노동자들에게 마르크스 레닌주의와 毛澤東의 사상을 가르치고 주입하여 따르게 하는 등, 지역민들의 생각과 행동까지 관리 통제하였다.

국민당과 공산당은 1945년 10월 10일 雙十協定을 맺었는데, 이 협정에 의해 잠시 평화가 지속되기는 했으나, 1946년 2월 蔣介石이 공산당 지역에 대한 군사공격을 감행하였고, 이러한 군사공격은 국공간의 전면적인 내전으로 발전하였다. 1946년 6

2) 박한제·김형종·김병준·이근명·이준갑 지음, 『아틀라스 중국사』, 사계절, 2007, p.201.

월, 국민당 정부군은 160만명을 동원하여 공산당 점령지역상당수의 해방구지역을 공격 점령함으로써 그 결과 國共간의 전면 내전으로 확대되기 시작하였던 것이다. 공산당을 공격하기 한 달 전, 국민당은 5월 수도를 重慶에서 南京으로 옮기고 11월에는 국민대회를 열어 중화민국헌법을 제정하고 다음 해 蔣介石은 정식으로 총통에 취임했다. 국민당군의 압도적 공격에 눌린 공산당은 처음에는 자신들의 점령지역 일부를 포기하는 등 잠시 위기에 몰리기도 했지만, 공산당 특유의 게릴라전과 유격전으로 맞서 대항하였다. 공산당은 군사상의 압도적인 열세에도 불구하고 이를 극복하기 위해 유격전과 같은 전술과 갖가지 전략을 펼쳐 효과적으로 대응하였다. 그들은 다양한 煽動 宣傳방식을 이용해 자신들의 사상과 이념 전파하였고, 이를 통해 농민 노동자들을 회유하는 등 많은 사람들로부터 환심과 지지를 얻어 내면서 勝機를 잡아 가기 시작하였다. 毛澤東과 공산당은 이 같은 전술 전략을 지속적으로 운영하면서 국민당 정부군을 무너뜨리며 점차적으로 여러 지역들을 장악해 나갔다. 공산당은 1946년 지주의 토지를 몰수하여 농민에게 분배하는 등, 토지분배정책을 실시하여 농민들의 환심을 산 후 그들을 軍兵으로 흡수하여 도시를 포위하여 공격하는 유격전을 펼쳐 나갔다. 그 결과 한 때 자신들의 세력근거지였던 연안지방이 국민당 정부에의 수중에 떨어지기도 하였지만, 47년부터 전력을 회복하기 시작하여 戰勢를 반전시키기 시작했다.

그러나 국민당은 막대한 재정지출 부정비리 등으로 국민들의 불만을 가중시킨 반면에 국민당이 지도층과 군부 내에서 발생하는 갈등과 반목, 암투, 부정 비리 등으로 인해 리더쉽과 국민들의 신뢰를 상실하였다. 뿐만 아니라, 국민당은 공산당의 핵심적 무기 중의 하나였던 선전과 홍보 같은 心理戰에 대한 대항에 있어서도 완패하였다. 無事安逸的 사고와 부정부패의 만연, 이렇다 할 전략조차 갖추지 못했던 蔣介石과 국민당 정부군의 패배는 그렇게 이상한 일이 아니었다. 군사력, 경제력에 있어 절대 우위를 차지한 국민당과 국민당 정부군은 전략의 부재, 부정부패 무능 등으로 민심을 잃어버린 데에다가 구성원끼리의 단합된 힘마저 갖지 못해 결국에 있어서는 허무하게 무너지며 대만으로 敗走할 수밖에 없었다. 전략과 전쟁 모두에서 승리하며 蔣介石과 國民黨을 臺灣으로 쫓아 낸 毛澤東과 그의 집단인 중국 공산당은 마침내 1949년 10월 1일 북경의 천안문 광장 앞에서 중화인민공화국의 건국을 선포하였다.

2) 1940년대의 문단의 흐름과 소설

1940년대(1937-1949)라는 12년의 기간은 보통 두 개의 시기로 나눠지고 있다. 中日 戰爭이 발발한 1937년부터 1945년 일제의 패전으로 終戰되기까지의 抗戰期를 前期 로, 다시 1946년에서 1949년 중국대륙이 완전히 共産化되기까지 國共內戰이 벌어졌 던 시기를 後期로 나눠 시기별 성격을 파악하고 있다. 또한 1940년대는 중일전쟁이 벌어지고 국민당 공산당 이라는 두 개의 정치세력이 치열하게 세력 각축을 벌인 시기 였기 때문에, 문학 또한 抗日戰時狀況과 國共 內戰 등에 따른 정치 및 사회현실의 변화에 따라 지역별로 나뉘어 탄생과 흐름을 이어나갔다.

공산당 중심의 관점에서는 이 시기를 민족해방전쟁에서 문학의 성장 시기[3]라고 규정하기도 하고, 또는 문학의 工 農 兵 방향[4]으로 평가하고 있고, 이념적 편견이나 관점 없이 중간적 입장에서 볼 때, 이 시기를 "항전시기의 문학" 또는 "제3차 국내혁 명전쟁시기의 문학"[5] 또는 "항전시기와 그 이후"[6] 등으로 그 성격을 평가하고 있다. 그러나 反社會主義 反共産主義的 입장에서는 이 시기를 "混亂期"[7] 또는 "凋零期(쇠잔 또는 사망기)"[8]라고 규정하고 있다. 이처럼 1940년대 중국의 정치 사회적 상황이 항일 전쟁과 국공내전이라고 하는 國難과 긴밀히 연결되어 있다 보니, 문학 또한 자연스럽 게 戰時 상황에 따른 지역적 구분이라는 특징을 갖게 되면서, 지역별로 철저하게 나 뉘어져 발전하였음을 알 수 있다.

항일전쟁과 국공내전이라는 戰時的 狀況 하에서 문예활동은 크게 3개 내지 4개 지역으로 나뉘어 진행되었는데, 延安을 중심으로 共産黨勢力의 手中으로 넘어간 지 역을 共産黨 統治區域(약칭 共統區), 日帝의 침략으로 일본군의 점령지가 되었던 지역 은 일본 占領區, 그리고 이들 두 지역을 제외한 지역으로서 국민당 정부의 統治區域 이었던 國統區가 그 代表的 지역에 해당된다. 먼저 국민당 통치지역에의 문학에 대해

3) 錢理群・吳福輝・溫儒敏・王超冰, 『中國現代文學三十年』, 上海文藝出版社, 1987, p.431.
4) 王瑤, 『中國新文學史稿(下册)』, 開明書店, 1951.
5) 劉綬松, 『中國新文學史初稿』, 人民文學出版社, 1979.
6) C.T.HSIA, 『A History of Modern CHINESE FICTION』, Yale Univ. Press, 1971.
7) 周錦, 『中國新文學史』, 臺北, 長歌出版社, 1976.
8) 司馬長風, 『中國新文學史』, 傳記文學社印行, 民國八十年, p.1.

살펴보자. 延安을 중심으로 한 공산당통치구역과 일제가 침략하며 점령한 일부지역을 제외하면 모든 지역이 국민당통치지역이라고 할 수 있다.

1938년 廣州와 武漢이 일제의 수중으로 넘어 간 뒤 국민당정부는 重慶, 昆明, 桂林, 貴陽 등지를 중심으로 항전을 계속하며 자신들의 통치구역을 유지하였는데, 이곳에서 탄생된 문학을 國統區의 문학이라고 한다. 國統區 지역의 文學은 戰時의 상황변화 만큼이나 多樣하다고 할 수 있다.

중일전쟁이 발발하자 각지의 여러 문인들이 함께 모여 抗日문예단체를 만들고 항일문예활동을 벌이기 시작했는데, 이런 모든 활동이 국민당지역에서 벌어졌다. 중일전쟁의 발발로 중국의 많은 문인들은 항일전선에 앞 다투어 뛰어 들었는데, 이 같은 대열의 선두에 선 것은 上海의 戲劇界였다. 최초의 항일문학운동은 戲劇界에서 부터 시작되었다는 것이다. 夏衍, 阿英, 鄭伯奇 등 16인은 抗戰을 소재로 「保衛蘆溝橋」라는 3막극을 창작하여 성황을 이루기도 했다. 이후 上海가 일본에 점령되자 각지에 퍼져 있던 문인들은 10월에 武漢에 모여 中華全國戲劇界抗敵協會를 창립하였는데, 이는 항전시기 최초의 전국적인 규모의 항일문예단체가 탄생으로 기록되고 있다.

이후 제2차 국공합작이 성립된 이후 1938년 3월에는 마침내 武漢에서 공산당계열의 작가들이 중심이 되고 국민당지지의 우익작가까지 가세하여 이루어진 좌우익이 망라되어 中華全國文藝界抗敵協會(이하 文協으로 稱함)가 창립되었다. 文協에는 500여 명의 작가들이 참여하였는데, 이로써 文協은 우익인사들도 참여하는 명실 공히 좌우익을 아우르는 전국규모의 문예단체가 되었다. 文協은 "문장을 농촌으로 문장을 전선으로"(文章下鄕, 文章入伍)라는 구호를 주창하면서, 작가들로 하여금 민간과 戰線으로 들어가 항전의 현실을 체험하고, 이를 사람들에게 알리게 함으로써 애국심을 고양하고 항전의 의지를 고무시켜 나가는 운동을 전개하였다. 文協은 『抗戰文藝』를 비롯하여 『文藝陣地』, 『靑年文藝』, 『七月』, 『希望』, 『群衆』 등 여러 가지 문예잡지들이 출간하였다. 특히 『抗戰文藝』는 1946년까지 발간되었는데, 이는 항전시기 가장 오랜 기간 발간된 잡지로 기록되고 있다.

中日戰爭 발발 후 중국의 문인들은 항일구국이라는 목표 아래 비교적 단합된 모습을 보여 주었다. 그러나 시간이 지나면서, 1941년 1월에는 공산군의 일부인 新四軍이 국민당정부군에게 살해당하는 소위 皖南 事件이 발생하자, 국민당정책에 배신감을

느낀 많은 문인들은 國民黨을 비판하며 反國民黨 투쟁을 벌이기 시작했으며, 일부 문인들은 자신의 이상을 찾아 공산당 통치구역으로 가기도 했다. 또 이와 반대로 4월 공산당이 믿고 의지해 왔던 소련이 돌연 일본과 '蘇日友好協定'을 맺는 사태가 발생하자, 중국 국민들과 공산당은 배신감을 느끼게 되었고, 국민당과 공산당 사이에 돌이킬 수 없는 불신이 생기게 되었다. 이러한 사태는 中華全國文藝界抗敵協會에 영향을 주었고, 이로 인해 文協은 유명무실한 단체로 전락해버리고 활동 또한 흐지부지되기 시작했다. 이렇게 되자 문인들은 다시 좌우로 나뉜 채, 자신들의 문학적 이념과 목표에 맞춰 문예활동을 전개해 나갔다.

1940년대 國統區의 문예는 그 어느 시기보다 고통스러웠던 내우외환의 환경 속에서 그 흐름을 이어나갔고 할 수 있다. 앞서 언급한 바와 같이, 항전초기에는 國統區 지역의 많은 문인들이 항전문예단체를 설립하고, 문예를 통해 항일운동을 펼쳐 나갔다. 이 시기 항일문학의 대표적 작가는 丘東平이었다. 丘東平은 소위 七月派의 문학을 이끌었던 작가로도 활약했는데, 중일전쟁이 발발하자 그는 종군하여 몸소 전쟁을 경험하며 항일을 고취하는 작품을 남겼는데, 그의 항일문예의 대표적 작품으로는 「第七連」이 있다. 이 작품은 상해 근교에서 벌어졌던 항일전투에 참여 했던 작가의 회고와 경험이 진솔하게 서술되어 있으며, 일종의 報告文學的 형태를 띠고 있는 소설이라고 할 수 있다. 이 작품은 전쟁문학으로서 항일운동을 고취하는데 목적을 두었으나, 국민당 정부군 내부의 항일정서와 軍 指導部層의 不正腐敗에 대해서도 묘사하였다. 「一個連長的戰鬪遭遇」는 국민당 군의 애국정신과 용맹스러운 행동, 戰勝에 대해 이야기하면서 국민당군 간부의 부패와 잔혹한 행위 등에 대해서도 서술한 작품이다. 丘東平을 비롯한 항일 작가들의 작품들은 항일과 애국을 노래하면서도, 그 속에서 국민당과 국민당 군을 비판하는 일을 빼 놓지 않았다는 사실에 유념할 필요가 있다.

姚雪垠은 1938년 「差半車麥稭」이라는 소설을 발표했다. 작품의 제목인 "差半車麥稭(반수레도 못되는 보리짚)"는 아무것도 모른 채 항일 유격대에 참전한 주인공인 무지한 농민의 별명이다. 그는 일본군을 북군이라고 하고 아군을 남군이라고 부르는 등 항일전과 국공 내전도 잘 구별하지 못하는 명칭이었지만, 우연한 기회에 유격대에 들어오게 되었다. 그는 열심히 노력하여 군대에 적응하고 군인다운 정신력도 갖게 되면서 마침내 훌륭한 투사가 된다는 내용을 담고 있다.

중일전쟁 중반기에 들어서면서부터 國統區 지역에서는 항일과 애국심을 고취하는 작품보다는 蔣介石과 국민당 정권을 비판하고, 사회의 어두운 현실을 들춰내면서 이를 풍자하는 작품들이 본격적으로 등장하기 시작하였다. 이전의 작품들 속에서도 장개석 정권과 국민당의 통치 행태 등을 직간접적으로 비판하는 내용이 심심치 않게 나타나기도 하였지만, 전쟁 중반기에 들어서면서부터 노골적으로 국민당을 비판 풍자하는 내용이 본격적으로 등장하게 되었던 것이다. 문학을 통해 국민당을 비판 풍자하며 조롱하는 데 있어 선구적 역할을 한 작품이 바로 張天翼의 「華威先生」이다. 이 작품은 항일전선에 뛰어 들었지만, 전선의 내부를 교란하는 국민당 간부 華威의 탐욕과 이중성 그리고 그릇된 정치욕망을 풍자하고 있는 작품이다. 30년대 「啼笑因緣」을 썼던 張恨水도 풍자 비판에 있어 예외가 아니었다. 그는 일본군의 만행을 다룬 「大江東去」(1942), 「巷戰之夜」 같은 작품도 썼지만, 국민당을 비판 공격하는 「五子登科」를 쓰기도 했다. 중경에서 벌인 국민당 관료의 不正 腐敗한 행각과 북경을 수복한 뒤 그 곳에서 벌어지는 매국노들의 협잡과 갈취 같은 추악한 행등이 노골적으로 묘사되고 있다. 이들 작가들과 더불어 2,30년대부터 집필활동을 벌인 유명 작가들도 국통구 지역에서 꾸준한 창작활동을 이어 나갔다. 茅盾의 「腐蝕」, 老舍의 「四世同堂」, 巴金의 「寒夜」 沈從文의 「長河」 같은 작품들이 대표적 예에 해당된다. 이들 작가들은 30년대부터 활약했던 작가들로서 이후 40년대 전시상황 속에서도 國統區 지역에 머물며 작품을 집필하였다. 巴金과 沈從文이 대표적 예에 해당된다고 할 수 있다. 茅盾의 「腐蝕」은 皖南 사변을 전후한 시기, 국민당의 임시 수도 중경에서 벌어지는 국민당 정치 행태를 비판한 작품이다. 국민당의 정치가 학생을 탄압하고 汪精衛의 정보원들과 결탁해 벌이는 행위 등을 폭로하고 비판한 작품이다.

國統區의 소설은 폭로와 풍자를 작품의 목표로 하였고, 共統區의 소설은 공산주의 사회주의를 찬양하고 지향하는 것을 작품의 주된 내용으로 삼았다. 國統區 地域에서 탄생된 문학작품의 특징은 비판과 풍자였다. 國統區 지역의 작가들은 자신들이 그렇게 증오했던 蔣介石과 국민당을 과감하게 비판하고 풍자할 수 있었기에 그나마 시대를 대표할 수 있고, 문학적으로 의미 있는 작품을 남길 수 있었다. 반면 共統區 지역의 작가들에게는 자신들이 숭배하고 추종하고자 했던 毛澤東과 공산당에 대한 추호의 비판도 허락되지 않았고, 그 결과 그들의 문학은 이념과 정치의 도구가 될 수밖에 없었다. 國統區 지역에서 활동했던 작가들은 蔣介石 정권과 국민당을 혐오하면서 비판 풍자하는 데 있어 주저함이 없었는데, 아이러니컬하게도 그들은 蔣介石의 국민당 정권이 보여준 문학에 대한 방임적이고도 관대한 태도와 사상·심리전의 실패 등에 힘입어 비판과 풍자가 잘 융합된 의미 있는 작품을 만들어 낼 수 있었다. 그들이 그토록 혐오했던 국민당의 蔣介石 정권의 비리와 부정, 그리고 허술하고도 불철저한 문예 정책 등으로 인해 그들은 사상과 표현의 자유를 얻을 수 있었고, 그 결과 그들은 국민당 정권을 자유롭게 비판하고 풍자할 수 있었던 것이다. 國統區 지역에서 탄생된 소설이 없었다면, 40년대 중국의 모든 문학 특히 소설계는 황무지나 다름없었을 것이다. 國統區에서 탄생된 장편소설, 예를 들어 老舍의 「四世同堂」 沙汀의 「淘金記」, 巴金의 「寒夜」와 같은 소설이 보여준 시대와 사회적 삶에 대한 천착과 묘사, 개별적 삶을 통한 총체성의 추구는 30년대의 장편소설과 비교해 손색이 없음을 알 수 있다. 한마디로 말해, 國統區 地域에서 나온 이들의 장편소설이 없었으면, 40년대의 소설은 정치와 이념의 도구로 완전히 전락해 버리다시피 했을 것이다.

　蔣介石과 國民黨 정권을 비판을 최우선시 했던 대표적 작가로 沙汀과 路翎을 들 수 있다. 沙汀의 「困獸記」는 주인공 田疇와 吳楣의 愛憎문제와 관련된 상호간의 인간관계와 심리변화를 통해 드러나는 지식인들의 비생산적인 욕구와 욕망을 그린 작품이라고 할 수 있다. 현실에 대한 몰지각으로 인해 그들은 나태하고 방황할 수 밖에 없었는데, 이 같은 나태와 방황 속에서 비생산적인 욕구와 욕망으로 가득 찬 이들의 모습이 사천 國統區 지역 지식인들의 삶이 모습이자 그들의 내면풍경의 진솔한 표현이었다는 것이 작가의 지적이다. 이와 아울러 지식인들의 비생산적인 욕구와 욕망으로 인해 이들이 활동했던 국민당 통치구역은 자연스럽게 우울하고 정체된 지역이 될 수밖에 없음을 말하고 있는 작품이다. 沙汀의 또 하나의 대표작 「淘金記」는 금광을 빼앗기 위해 그 지역의 정치건달, 土豪세력, 부패한 관료세력들이 추악한 싸움을 벌였던 北斗鎭이라고 하는 國統區 지역 四川의 어느 한 지방의 세태와 현실을 그린 작품이었다. 이 작품에서 거론된 정치건달, 토호세력, 부패한 관료들 대부분은 蔣介石의 국민당 정권과 결탁된 국민당 정권의 후원자이자 수혜자였음을 이 작품에서 폭로하였다.

　이들 작품 이외에 1940년대 國統區 지역을 대표할 수 있는 작품으로 「四世同堂」,

「寒夜」, 「呼蘭河傳」 등을 거론해 볼 수 있다. 「四世同堂」은 작자인 老舍의 개인적인 입장에서도 그렇겠지만, 중국 현대문학사의 입장에서 볼 때에도 매우 의미 있고 가치 있는 작품이라고 하지 않을 수 있다. 「四世同堂」은 작가의 마지막 장편소설로서 자신의 소설세계를 실질적으로 마무리한 작품이라는 의미를 가지고 있을 뿐만 아니라, 동시대 탄생한 수많은 장편소설 가운데 가장 방대한 양의 내용을 가진 소설이라는 사실 또한 문학사적으로 볼 때, 주목할 만한 것이라고 할 수 있다. 장편소설임을 감안해도, 「四世同堂」의 내용이 百萬 餘 字에 이르고 있다는 사실은 작가가 이 작품에 얼마나 많은 것을 담아내고자 노력했는가를 보여주는 하나의 예라 할 수 있다. 「四世同堂」에는 동시대 여타 장편소설에서 보기 어려울 정도의 많은 내용이 담겨져 있다. 작가 老舍는 원대한 의욕과 야심, 의도를 가지고 이 작품을 집필했다. 하나의 작품 속에 가족사와 시대사를 융합하며, 전통과 현실, 그리고 교훈, 다시 말해, 과거와 현재, 미래의 의미와 가치를 모두 다 담고자 노력했던 것이다. 「四世同堂」은 가족사와 시대사의 융합을 통해 식민지 시기라는 특수한 역사적 상황을 문학적으로 어떻게 표현했는가를 보여 준 작품으로서의 의미뿐만 아니라, 가족사를 통해서 중국의 과거와 현재, 그리고 미래까지 모두 다 담아낸 작품으로서의 의의를 가지고 있는 작품이었다.

「寒夜」는 사회현실에 대한 냉철한 판단을 가지고 주인공의 비극적 삶과 몰락을 통해 사회현실이 인성을 파괴하는 實相을 비판하였을 뿐만 아니라, 주인공이 비극적 운명을 겪게 되는 원인을 深度있게 묘사하는 등, 이를 통해 國統區 地域의 부패하고도 暗黑的인 社會現實의 실상을 폭로하고 비판하면서 외부 사실에 대한 정확하고도 세밀한 재현을 기한 작품으로 평가받을 수 있다. 「寒夜」는 「家」를 繼承한 작품이자, 名實 共히 작가의 후기문학을 대표하는 소설이다. 이 작품은 작가 巴金의 후기문학의 사상과 예술적 풍모를 集約하였는데, 小知識人의 일상생활과 심리에 대한 섬세하고도 객관적인 묘사와 서술을 통해 동시대 國統區 지역의 사회현실의 면모를 매우 정확하고도 예리하게 파헤친 소설이었다. 「寒夜」는 작가의 철두철미한 사실적 관찰을 基軸으로 하고, 객관적 묘사, 다시 말해, 사실적으로 바라보고 객관적으로 드러내기의 유기적 구조가 추호의 흔들림 없이 확고하게 자리 잡은 작품이라고 할 수 있다.

蕭紅이라는 여성작가는 「呼蘭河傳」이라는 작품을 남겼는데, 이 작품은 계급타도, 농민혁명이라는 기존의 공산주의의 이념적 관점에서 쓰이어진 농민소설이 아니다.

延安에 있는 문인들을 소집하여 좌담회를 개최하였는데, 이를 延安文藝座談會라고 한다. 이 좌담회는 5월 23일 개최된 회의를 마지막으로 모두 3차례에 걸쳐 열렸는데, 공산당통치구역에서 탄생된 문학작품은 모두 좌담회의 지침에 따라 창작되었다. 文學은 인민대중, 특히. 勞農兵을 위하고 봉사해야한다는 前提와 當爲 속에서 시작되어야 한다는 것이 「延安文藝講話」의 핵심이다. 그 내용은 첫째, 文學예술가는 小資産 계급이 아닌, 無産階級의 입장에 서야 하고, 둘째, 문예창작의 소재는 사회생활이어야 하며, 셋째, 인민군중을 위해서 암흑세력을 폭로하고 인민군중의 혁명투쟁을 歌頌해야하고, 넷째, 문예는 勞農兵으로 보급되어야 하고, 勞農兵으로부터 提高되어야 하며, 다섯째, 문예비평의 기준은 정치가 우선이고 예술은 그 다음이어야 한다는 것으로 요약될 수 있다. 한마디로 말해서 문학은 勞農兵을 위하는 것이어야 하고, 문예는 인민대중을 위해 봉사하되 인민대중이 무지하므로 그들이 문화를 알게 해야 하며, 또한 문학예술은 정치에 예속되어야하고, 정치에 복종되도록 해야 한다는 것이다.

毛澤東의 이러한 요구는 1943년 魯迅 死去 7주년을 기념하여 『解放日報』에 「延安文藝講話」라는 제목으로 발표되었다. 공산당통치구에서 만들어진 모든 문학작품은 이러한 지침과 강령의 틀 속에서 쓰이어졌다. 毛澤東의 「延安文藝講話」는 共統區 문학의 실천이념이자 지침이었고, 始發點이자 歸結點이었다. 한 마디로 말해, 문학을 정치와 이념에 종속시켜 공산주의를 위한 선전과 선동의 도구로 쓰는 것, 이것이 바로 毛澤東의 「延安文藝講話」의 핵심이자 목표였다. 「延安文藝講話」의 결과, 文學은 대중의 실제생활로 깊이 파고 들어가 노동자, 농민, 병사들과 결합하게 되었고, 이에 따라 새로운 주제와 새로운 인물, 새로운 형식을 도입하여 하층민들도 쉽게 즐길 수 있는 작품들이 많이 등장했다. 「延安文藝講話」에는 中國現代文學발전에 기여했다고 하는 긍정적인 측면도 일부 있었던 것이 사실이다. 그러나 그들의 문학은 정치와 이념의 도구였기 때문에, 文學 고유의 특성과 의미 등은 모두 무시될 수밖에 없었다.

공산당통치구역에서 탄생된 소설의 내용은 거의 예외 없이 자본주의를 착취의 도구이기 때문에 이를 타파하고, 또한 자본주의를 조장한 국민당정부와 蔣介石 정권을 타도해야 하며, 이와 아울러 노동자 농민의 단합과 투쟁을 통해 공산주의가 궁극적으로 승리해야 하는 것을 귀결점으로 삼고 있다. 趙樹理의 「小二黑的結婚」, 「李有才板話」, 「李家莊的變遷」, 周立波의 「暴風驟雨」丁玲의 「太陽照在桑乾河上」 등의 직품이 공통구 지역의 대표적 소설이라고 할 수 있다. 趙樹理, 周立波, 丁玲 등이 견지했던 文學의 목적과 이념, 의식 등은 바로 毛澤東이 共統區에서 문인들에게 제시한 소위「延安文藝講話」에서 출발하였을 뿐만 아니라, 그는 동시대 그 어느 작가보다도「延安文藝講話」의 정신을 가장 정직하고 성실하게 구현해 내고자 했던 작가였다. 국통구의 소설이 저항을 핵심으로 하는 비판과 풍자의 문학이었다면, 공통구의 문학은 철저한 이념 추구와 공산당 順從의 문학이었던 것이다.

趙樹理는 변신하는 중국 농민의 모습을 최초로 文學에 담은 작가였다. 그는 생동하는 농민들의 생활상에 대한 묘사를 통해, 중국 現代小說의 人物畫廊에 혁신적인 해방농민의 형상을 첨가하였을 뿐만 아니라, 중국의 전통적인 평서를 現代小說로 개조하여 平敍體의 小說을 창조하고, 농민의 구어, 다시 말해 농민들의 생활용어를 文學 작품에 과감하게 끌어 들여, 비교적 독특한 언어형식의 小說을 창조하여, 農民小說의 새로운 里程標를 제시하였다. 그러므로 소설과 관련한 문예의 대중화라는 측면에서 그의 小說이 남긴 가치와 업적 등은 결코 적은 것이 아니었다. 趙樹理의 창작의식은 毛澤東의 문예이념에서 출발하였는데, 毛澤東의 문예이념은 공산주의 정치와 이념 속에 文學을 종속시키는 것이었으니, 결국에 있어 이것은 문학발전의 퇴보를 가져왔다. 앞서 이야기한 대로, 趙樹理의 小說은 농민을 대상으로 공산주의의 이념을 고취, 선양하는 것을 목적으로 하였고, 따라서 대상으로서의 독자와 소재, 그리고 작품의 사회적 목적성만을 지나치게 강조하였기 때문에, 사실주의 작품이 유지해야 할 논리성, 치밀한 응집력, 통일성, 일관성 등, 플롯전개와 관련한 小說 텍스트의 구조적 요건이 제대로 갖추어지기 어려울 수밖에 없었다. 거듭 말해서, 趙樹理의 소설은 文學의 정치, 사회적 효율성과 대중성에만 집착한 나머지 文學이 정치에 철저히 종속된 결과, 사실주의 現代小說로서 갖추어야 할 문학성, 요건 등을 소홀히 했던 것으로 풀이할 수 있다.

丁玲의「太陽照在桑乾河上」은 毛澤東의 소위 延安文藝講話의 정신과 그 강령을 문학적으로 실현한 작품이었다. 이 작품은 일부 악덕 지주들에 의해 자행되는 농민착취 등 왜곡된 資本主義의 病弊를 폭로하고, 그런 악덕 지주들을 打倒한다는 내용을 그렸는데, 당시 착취와 수탈로 얼룩 지워진 일부 농촌의 현실을 소재로 하여, 현실 타도라고 하는 사회주의 이념의 실현에 一助했다는 점에서 이 소설은 문학사적 의미를 지니기도 한다. 이 작품이 거둔 중요한 성과라고 한다면, 우선 사회주의 문학의 公的 내지는 敎示的 기능을 충실히 이행하였다는 점이다. 이 소설은 사회주의 리얼리즘을 구현을 최우선 목적으로 했던 일종의 목적소설로서 공산주의 입장에서 사회현실을 반영하면서 아울러 이를 통해 농민들에게 사회주의 이념을 충실하게 보급하고자 했던 문학이었다.

　1940년대의 문학 가운데에서 國統區 지역과 共産黨 지역이 아닌, 上海와 같은 租界地를 중심으로 펼쳐진 문학 활동 또한 하나의 특색을 형성하고 있다. 錢鍾書의「圍城」은 1930년대 후반기 上流 知識人 사회의 비열한 생활상에 대한 묘사를 통해, 사회의 일면, 그러니까 항전시기를 전후로 한 상류계층에 속하는 지식인들의 行動樣態에 대한 묘사를 통해 暗黑的이고도 歪曲된 당대 사회의 모습을 재현하고자 했던 작품이다. 半封建, 半植民地라는 動蕩的 사회현실 속에 놓여 있던 중국 지식인들의 畸形的이고도 非理性的인 정신상태를 遺憾 없이 묘사하고, 아울러 이들 지식인들이 펼쳐 내는 畸形的인 행동과 기형적인 사회현실의 모습을 前景化하여 그려낸 작품이다.「圍城」은 동시대 그 어느 작품보다 많은 문학적 특성과 의미를 가지고 있다.「圍城」이 보여준 풍자예술은 당대의 어떤 작품에서도 찾기 어려울 정도로 매우 걸출한 것이었다. 또한「圍城」은 동시대 사회의 현실을 반영하고, 이를 形象化하는 데 있어서도 개인의 의식은 물론이려니와, 애정과 결혼, 그리고 학교라는 사회적 관계를 두루 網羅했는데, 이러한 사실은「圍城」만이가지는 하나의 문학적 특성이라고 간주될 수 있다.

　張愛玲의「傳奇」또한 1940년대 홍콩과 上海라는 대도시 사회 속에서의 삶의 일면을 매우 사실적으로 나타내면서도, 이를 전통적인 소설, 특히 사실주의 소설의 이야기 형식과는 여러 가지 면에서 다른 방식으로 보여주었다는 점에서 가치를 지닌다.「傳奇」는 1940년대 도시인들의 삶을 餘他 기존의 대다수의 소설이 취해 온 외향적 관점에서가 아닌, 사람들의 내면풍경이라고 하는 내향적 관점의 방향에서 찾고자 한 작품이라는 것이다. 작가는 총체성을 반영하는 인물들의 삶이 아닌, 사회적 현실과 매개되지 않은 개인의 일상사 내지 개별적인 삶을 통해, 비록 일부이긴 하지만, 40년대 도시 사회의 各樣을 그려 보였다. 도시 사회의 各樣을 그들이 벌이는 행동과 사건을 통해서 직접적으로 드러나는 개별적 존재로서가 아닌, 그들의 내면세계와 심적 경험 속에 간접적으로 드러난 융합된 존재로서 나타내 보였던 것이다. 張愛玲의「傳

奇」가 중국 현대소설사에 남긴 문학적 업적 내지 공헌이라고 한다면, 그것은 다양한 서술 형태와 기법의 탐구를 통해, 즉 모더니즘적 논리와 기법을 사용하여 중국 현대소설의 영역을 확대 심화시켰다고 하는 사실로 마무리될 수 있을 것이다.

1940년대는 항일전쟁과 국공간의 내전 등으로 점철된 말 그대로 내우외환의 시기였다. 이 시기에 들어와, 문학은 사회적 역할 내지 사회적 기능이 지나치게 강조된 탓에, 정치와 투쟁의 이념, 사회현실 등에 지나치게 종속되거나, 구호와 선전, 정치 투쟁의 도구가 되어, 문학성이 많이 결여되거나, 문학이 사회의 현실 속에 지나치게 매몰되어 문학의 비판과 풍자가 지나치게 고양되었던 것이다.

40년대의 중국소설의 특징을 한마디로 표현한다면, 이념의 실현과 투쟁의 실천을 위한 문학의 도구화와 함께 동시대 사회의 현실을 철저하게 비판 풍자하기 위한 문학의 사회화라고 할 수 있다. 1940년대는 中日戰爭과 國共內戰으로 이어지는 內憂外患의 시기였다. 1940년대의 문학이 전쟁과 정치 및 이념투쟁의 도구가 될 수밖에 없었던 데에는 문학은 사회현실의 반영물이라고 하는 소위 반영의 논리가 시대적 상황의 흐름에 따라 자연스럽게 작용한 면도 무시할 수 없었지만, 40년대 활동했던 대다수 작가들이 국민당 정권을 매우 혐오하는 등, 反政府, 反國民黨 투쟁에 지나치게 몰두해 있었다는 사실과 여러 작가들이 이념과 사상, 특히 공산주의의 사상과 그 이념에 크게 傾倒되어 있었다는 사실을 유념하지 않을 수 없다. 다시 말해 민족과 민중의 이념적 自尊을 항상 앞에 내 걸었던 공산주의적 이념을 크게 선호하고 공산주의 투쟁 방식을 찬동하였다는 사실이 보다 크게 작용하였다는 사실과 함께 현실의 문제를 타개하기 위한 하나의 방안으로 毛澤東의 사상과 공산당의 이념을 선호하였기 때문이다. 한 마디로 말해서, 1940년대는 전쟁과 내전으로 이어지는 內憂外患의 와중에서 문학이 정치와 이념에 종속되거나, 사회현실에 지나치게 예민해지는 바람에 獨自性과 固有의 美를 제대로 갖춘 많은 작품들이 탄생하기 어려웠던 시기라고 할 수 있다. 문학이 정치와 이념에 도구화되거나, 정치적 사회적 부패와 불합리, 혼란 등으로 인해 작가들이 사회현실에 지나치게 민감해져 비판과 풍자에 경도될 수밖에 없었고, 그러한 이유에서 40년대의 소설은 30년대처럼 다양하고 다채로운 형태의 문학이 탄생하지 못했다고 할 수 있다. 따라서 40년대에는 문학이 크게 발전하지 못하고, 다소 退行했다는 평가를 받을 수밖에 없었던 것이다.

2. 抗日戰과 內戰 시기의 혼란 및 부정의 형상화
국민당 통치 지역의 소설들

1) 抗戰期 전후 중국 사회의 총체적 분석

•路翎의 소설, 「財主的女兒們」

　　1937년 9월 『七月』이라는 문학잡지가 上海에서 창간되었는데, 胡風이라는 사람이 편집장을 맡았다. 이 잡지는 1941년 정간되기까지 수차례에 걸쳐 폐간과 복간을 반복한 잡지였다. 『七月』은 詩와 報告文學 작품을 게재한 것 이외에 새로운 소설작가들을 발굴하고 육성하는 일에도 주력하였다. 丘東平, 彭白山, 路翎 등과 같은 작가는 『七月』에 작품을 발표하며 이름을 알린 작가였다. 이러한 칠월파의 작가 가운데 소설로써 가장 큰 성과를 올린 작가가 바로 路翎이라는 작가였는데, 「財主的女兒們」은 七月派의 대표 작가였던 路翎을 대표하는 작품이었다.

　　「財主的女兒們」은 중국 현대문학사상 하나의 중대한 사건이었다고 해도 과언이 아닐 정도로, 방대한 내용과 규모를 가진 작품이었다. 이 작품은 1932년 1.28 상해사변에서 1941년 獨蘇戰이 발발하기 까지, 10년간의 시기를 시간적 배경으로 그리고 蘇州, 上海, 南京, 武漢, 重慶 등 중국 남방 각 주요 도시를 공간적 배경으로 하고 있을 뿐만 아니라, 작품에서 묘사하고 있는 등장인물만 해도 칠십 명이 넘는다. 蔣씨 집안의 사람들 및 그 친척들 이외에 사병, 군관, 연극단원들은 물론이고 실존인물이었던 陳獨秀와 汪精衛까지 등장하고 있다.

　　「財主底兒女們」는 크게 볼 때, 두 가지 사건의 축을 플롯 구성의 기본 골격으로 하는 복합구성의 형태를 띠고 있다. 蔣氏 가족 내에서 일어나는 가족 구성원 간의 갈등을 둘러싼 일련의 사건축이고, 다른 하나는 동시대 사회에서 벌어지는 갈등을 둘러싼 일련의 사건축이라고 할 수 있다. 이러한 二重的 복합구성의 형태는 중국현대소설사에 있어 새로운 면모를 보여 준 것으로 주목될 만한 것이다. 이것은 한 시대를 살아가는 여러 세대의 다양한 의식과 가치관 등을 한 작품 속에서 수용하려는 의지에서 창출된 것으로서, 사회에 대한 작가의 문학적 수용의 한 방식을 보여주고 있다. 그렇기 때문에 「財主底兒女們」는 1940년대 문학에 있어 장편소설의 시대를 주도하였을 뿐만 아니라, 구성상에 있어서도 새로운 면모를 보여 준 주목할 만 한 작품으로서의 평가를 받을 수 있다.

　「財主的女兒們」은 크게 上 下 두 부분으로 나뉜다. 上卷은 1945년 출판되었고, 下卷은 1948년에 출간되었다. 작품은 강남의 옛 도시인 蘇州의 대지주 대자본가 집안의 흥망과 구성원들의 이합집산에 대한 묘사를 통해 1.28 이후 10년간의 중국 사회의 모습을 그려냈고, 이와 함께 중일전쟁을 겪어야 하는 격동기에 청년지식인의 행동과 삶의 방향이 어떠했는가에 대해 이야기하였다. 「財主的女兒們」은 그 내용과 규모에 있어 방대하고 복잡하기 때문에, 여러 가지 장르적 특징을 드러낸다. 중일전쟁을 전후한 시기 國統區 지역을 배경으로 그 곳에서 벌어지는 여러 가지 상황 속에서 나타나는 지식인의 행동과 심리변화 등을 통해 지식인의 삶이 어떠했고, 또한 어떠해야 했는가에 대해 설파한 작품이었기 때문에 지식인소설로서 의미를 갖는다고 할 수 있다. 이렇게 볼 때, 「財主的女兒們」은 두 가지 차원에서 의미를 가지는 작품이었다. 하나는 작품의 上卷에 해당되는 부분으로 蔣捷三의 첫째 아들과 둘째 아들 부부가 이끌어가는 퇴폐적이고 불합리한 부르주아 가정에 대한 비판이며, 다른 하나는 작품의 下卷에 대한 부분으로 셋째 아들 蔣純祖의 삶을 통해 묘사되는 각성하는 지식인의 진정한 삶의 모습에 대한 추구이다. 「財主的女兒們」는 家族史를 통해 한 시대 한 사회를 살아갔던 사람들의 삶의 모습, 그러니까 1930,40년대 중국 사회의 모습과 사람들의 삶의 모습 등 모든 것을 담아낸 작품이라는 차원에서 가족사소설 내지 연대기소설 또는 세태소설로서의 성격을 갖게 된다는 것이다. 한마디로 말해서 이 작품은 그 내용이 매우 방대하고 등장인물의 성격 또한 복잡하게 전개되기 때문에 가족사소설, 연대기소설, 지식인소설 등 다양한 의미와 성격을 드러내고 있는 것이다.

　모두 15장으로 구성되어 있는 上卷에서는 上海事變이라고 하는 1.28사변에서부터 중일전쟁의 발발이전까지의 상황을 시간적 배경으로 하여 蘇州의 최고부자 蔣捷三 家門의 몰락 과정과 사회적 사건 등을 서술하였다. 蘇州의 부호 蔣捷三의 집안은 걸출한 가문에다 상해의 방직공장에 많은 투자를 하고 있고, 南京에도 부동산을 가지고 있었으며, 昆山, 鎭江 등 넓은 땅에서 소작료를 거둬들이는 등, 말 그대로 많은 재산을 축적하고 있는 재벌이었다. 그는 비교적 많은 자녀를 두었으며, 그의 식솔과 친척 및 그와 교류하는 사람들 가운데에는 상류사회의 정치, 군사, 실업계, 문화 등 다방면에 걸쳐 요직을 차지하고 있는 사람들이 많이 있었다. 蔣捷三의 첫째 아들 蔣蔚祖는 무능한 사람이었다. 그는 자신의 처 金素痕과 함께 부모를 모시고 사는 것처럼 보였으나, 실질적으로 金素痕은 시부모와 함께 산 것은 아니었다. 金素痕은 법률학을 공부한다는 이유로 南京에 있는 자신의 집에 주로 머물러 있었던 것이다. 사실 법률학을 공부한다는 것은 핑계일 뿐 실은 자신의 情夫가 남경에 살고 있었기 때문이었다. 蔣蔚祖는 누명을 쓰게 된 다음, 분노의 충격 속에 정신병에 걸리게 되고 그 여파로 인해 길거리에서 구걸까지 하게 된다. 그는 아버지에 의해 蘇州로 끌려 와 자신이 살 던 옛 집에 감금당하게 되지만 나중에 다시 남경으로 도망가는데 남경에 도망가서는 부인 金素痕에게 잡혀 幽閉당하고 만다. 이렇게 피하고 도망하기를 몇 차례 하다가 마침내 실종당하고 만다. 아버지 蔣捷三은 아들을 찾기 위해 노심초사하다가 그만 병을 얻게 되면서 곧 바로 사망한다. 金素痕은 소주로 와서 시아버지의 장례를 치루면서도 한편으로는 부동산계약서, 가보, 골동품 등을 빼돌려 차에 싣고 남경으로 옮긴다. 장례를 치루고 난후, 金素痕은 자신의 남편 蔣蔚祖가 죽었다고 생각하고는 어느 한 청년 변호사와 결혼해 버린다. 蔣蔚祖는 자신의 처가 다른 남자에게 시집갔다는 소식을 알게 되고 밤에 자신이 체류했던 곳에 불을 지르고 投身 自殺해 버린다. 蔣捷三의 둘째 아들 蔣少祖는 고급 지식인이었다. 비교적 일찍부터 가정에서 벗어나 항일활동에 참여하였다. 그러나 그의 정신은 공허했고, 쾌락을 찾아 자신의 누이 남편인 王定和의 여동생 王桂英과 부적절한 관계를 통해 私生兒를 낳기도 했다. 그는 평소 책을 써 자신의 정치적 견해와 입장 등을 발표하기도 하였는데, 그것은 시대의 현실에 크게 부합되지 않는 것이었다. 그는 무엇이든 富者의 입장에서 벗어나 생각을 해 본 적이 없었다. 그는 여유로운 생활에 너무 익숙한 탓인지 전형적인 도련님의 형상에서 벗어나지 못했다. 그가 주창했던 사회운동 항일운동 등은 이름과 말뿐이었고, 오직 상류층 인사의 반열에 올라 그런 집단에서 활동하는 것 만 생각한다. 이 즈음에 중일전쟁이 발발하고 남경에서 고등학교에 다니고 있던 蔣純祖는 항일 구국운동에 참여한다.

　下卷은 모두 16장으로 구성된다. 7·7사변 후 蔣捷三의 셋째 아들 蔣純祖가 어떻게 살다가 죽게 되었는가, 즉 蔣純祖가 걸어 왔던 험난하고도 고통스러웠던 인생의 경로가 작품의 플롯을 형성하고 있다. 그는 도중에 추위와 굶주림에 시달리며, 가짜 헌병 노릇을 했던 朱谷良, 건달병사 출신의 石華貴, 패잔병 丁興旺 등을 만나게 된다. 이들 병사들은 강을 따라 움직이면서 사람들의 물건을 약탈하고, 强姦하며, 심지어는 서로간의 살상도 마다하지 않는다. 이들이 벌인 사건은 나이가 어려 세상물정을 모르는 蔣純祖에게 엄청난 충격을 주었다. 九江에 이르러 그는 자신의 둘째 매형인 王卓淪을 만나는데, 王卓淪은 심하게 부상을 당한 탓에 병원에서 치료받다가 죽게 된다. 武漢에 이르러 蔣純祖는 형네 집에 머물며 사는 것을 원치 않고 항일 演劇隊에 참여한다. 그런데 그 연극대의 지도자가 입으로만 원칙을 떠들 뿐 실제 비열한 위선자임을 알고 떠나 다시 중경에 이르러 또 다른 연극단체에 참여한다. 그런데 여기서 그는 여자 연극단원과 高韻을 너무 좋아한 나머지 방탕한 생활을 하게 되었으나, 어느 날 그녀는 잘 아는 극작가의 사랑을 받고는 그 사람과 함께 달아나 버린다. 蔣純祖는 매우 괴로운 시간을 보내다가 친구의 소개를 받아 重慶에서 二百里 떨어져 있는 石橋場이라고 하는 농촌마을에 있는 小學校 교원으로 부임하였다. 후에 교장이 되었고, 지방의 악질세력인 鄕長등과의 관계가 대립될 수밖에 없었다. 그는 또 직장 동료 萬同華와 연애하게 되었다. 두 사람의 애정은 뜨거워졌고, 萬同華는 자신의 모든 것을 蔣純祖에게 주었다. 그러나 蔣純祖가 폐병을 치료하기 위해 중경에 간 사이에 만동화의 오빠는 강제로 그녀를 현 정부의 과장과 결혼시켜 버린다. 蔣純祖는 아픈 몸을 이끌고 다시 石橋場으로 돌아 와서 萬同華와 만나고자 한다. 그는 어느 한 옛 사당에 머무르게 된다. 그는 萬同華가 다른 남자의 처가 되었다는 사실을 알고 충격을 받고 忿怒와 冤痛 속에 생을 마감하게 된다.

　작품의 上卷이 蘇州지방의 부호 집안인 蔣捷三의 가족 구성원들 사이에서 벌어지는 갈등과 다툼, 그리고 그들의 이합집산 등 집안이 몰락하기까지의 家族史를 다룬 가족사소설로서의 성격을 지녔다면, 작품의 下卷에서 지식인 蔣純祖는 항전시기를 거치며 다양한 종류의 사람과 遭遇하고 그런 遭遇로써 이루어진 갖가지 형태의 경험을 통해, 희망과 슬픔, 좌절 등 정신적으로 크게 성장하고 성숙해지는 과정을 체험한다. 그렇기 때문에 下卷은 지식인의 成長과 覺醒의 과정을 다룬 지식인소설 내지 성장소설로서의 의미를 갖는다고 할 수 있다. 다시 말해, 下卷은 蔣씨 가문의 三男인 지식인 蔣純祖가 집을 나와 생을 마칠 때까지 세상 사람들과 접촉하는 인생 편력을 통해 그들의 삶을 인식하고 체험해가는 각성과 성장의 과정을 다루었기 때문에, 成長小說로서의 성격을 지닌다고 할 수 있다.

앞서 이야기한대로, 「財主的女兒們」의 上卷은 蔣捷三의 가족 구성원들의 삶에 대한 이야기이다. 蔣捷三의 첫째, 둘째 아들, 며느리들이 작품의 주인공으로서 등장하는데, 이들 아들들과 며느리들의 호화 사치스러운 생활모습을 중심으로, 이들이 어떤 마음과 의지를 가지고, 어떻게 활동하며 살아가고 있는가에 대한 묘사가 작품의 핵심을 이루고 있다. 이들은 큰 부자의 아들 딸 며느리였지만, 부자의 격에 맞는 품위와 명예를 가지고 살아가는 사람들이 전혀 아니었다. 이들의 삶은 可謂 거짓과 탐욕으로 가득 차 있다고 해도 과언이 아닐 정도로 매우 타락되어 있었고, 상황에 따라서는 탐욕에 굶주린 야수적인 모습까지 드러내기도 했다.

蔣捷三의 집안은 가족 구성원간의 불신과 거짓, 그리고 탐욕에 의해 무너졌다고 보는 것이 적절하다. 집안의 파탄과 몰락을 가져 온 일차적 원인은 장남 蔣蔚祖와 그의 부인 金素痕에게 있다. 큰 아들 蔣蔚祖는 집안의 기둥으로서 의지와 소신이라고는 찾아 볼 수 없는, 우유부단하고 무능한 모습만을 드러낸다. 그의 妻인 金素痕은 남편의 무능을 철저하게 이용하면서 자신의 탐욕을 채우는데 몰두한다. 집안의 재산, 골동품등을 몰래 빼 돌려 가족 간의 불화와 불신을 일으키고, 심지어는 외간 남자까지 끌어 들이며, 남편을 죽음으로 몰아가는 등, 자신의 이익과 안락을 위해서라면 무슨 짓이라도 서슴지 않는 탐욕과 부정의 化身이라고 할 수 있다. 둘째 아들, 蔣少祖 또한 자신만의 의지와 소신을 가지고 있으나, 현실을 제대로 판단하는 능력이 결여된 채, 자신의 입지와 명예만을 추구하는데 골몰하는 이중적인 모습을 보일 뿐이다. 蔣捷三 집안에 벌어지는 가족 구성원간의 갈등과 불화, 불신, 그리고 극도의 탐욕적 행동은 집안 몰락의 원인이었다. 楊義는 "蔣捷三 집안의 몰락과 붕괴의 비극은 紅樓夢을 연상시킨다. 蔣捷三 집안은 二十世紀 三十年代 민족적 위기와 사회풍조에 의해 흔들렸는데, 그 모습이 騷動이 끊이지 않고 지리멸렬했던 「紅樓夢」 그것과 같다."고 했다.[1] 楊義의 이 같은 언급은 蔣捷三 가족의 흥망이 사회의 현실과 밀접히 관련되어 있음을 시사하고 있는 것이다. 우선 蔣捷三 집안과 사회현실과의 관련성, 즉 가정과 사회의 병행적 성격은 부자로서의 蔣捷三 집안의 외형적 특징을 통해서도 쉽게 파악될 수 있다. 蔣介石 정권의 특징적인 정책 중의 하나는 부르주아적 경제정책의 추구였다. 그것은 蔣介石 정권의 성립기반의 하나인 江浙재벌을 중심으로 上海자본가의 요구임과 동시에 蔣介石 정권 자체의 强化策이라고 할 수 있는데,[2] 蔣捷三 집안은 江浙재벌의 전형적인 모습을 띠고 있다. 따라서 재벌 蔣捷三 가문은 蔣介石 정권의 경제정책에 힘입어 만들어진 일종의 수혜자와 같은 존재라고 할 수 있다.

蔣捷三 일가는 上海의 방직공장에 많은 투자를 하고 있고, 南京에도 부동산을 가지고 있었으며, 昆山, 鎭江 등 넓은 땅에서 소작료를 거둬들이는 등, 말 그대로 많은 재산을 축적하고 있다. 재벌로서의 蔣捷三의 집안의 특징을 고려해 볼 때, 작품에서 묘사되고 있는 蔣捷三의 집안은 蔣介石 정권의 후원 하에 탄생한 江浙 재벌의 전형적인 모습으로, 이는 蔣捷三 집안과 국민당 정권의 相關性, 다시 말해 蔣捷三의 집안이 어떤 형태로든 동시대 사회의 현실과 긴밀히 관련될 수밖에 없다는 사실을 시사하고 있다. 따라서 蔣捷三 집안에서 벌어지는 혼란과 갈등, 이들 가족들의 삶의 모습은 어느 한 집안에서의 그것을 넘어 국민당통치 지역에 사는 상류층 사람들의 삶의 행태 내지 국민당 정권의 후원 하에 탄생된 江浙 재벌들의 생활모습을 응집, 대변하는 것이라고 보아도 큰 문제가 없다고 할 수 있다.

「財主的女兒們」의 蔣氏 남매들의 모습은 동시대 지식인의 형상 내지 상류사회 사람들의 유형을 모두 모아 놓았다고 해도 무방하다고 할 정도로, 동시대 지식인들의 그것과 함께 상류사회 사람들의 성격과 행동을 반영하고 있다. 蘇州의 전통적 대가정의 자손들인 蔣氏 남매들과 그 가족들의 삶은 동시대를 살았던 인물들의 삶을 모두 집합시켜 놓았다고 해도 과언이 아닐 정도로 이들의 삶은 동시대를 살아갔던 모든 사람들의 삶을 집약, 대변하고 있다. 그들에게는 자신들의 이익과 안락, 그리고 쾌락만을 추구하는 탐욕만이 존재하였다고 해도 과언이 아니다. 그들은 이익과 안락을

1) 楊義 著, 『中國現代小說史(第三卷)』, 人民文學出版社, 1991, p.176.
2) 姬田光義, 阿部治平 외 편집부 옮김, 『中國近現代史』, 일월서각, 1985, p.275.

얻고, 재물을 더 많이 차지하기 위해 서로를 견제하는 것은 물론 속이기도 한다. 쾌락을 얻기 위해 성적 외도를 벌이며 무질서하게 생활하는 정도는 이들에게 있어 큰 문제가 되지 않는다. 자신의 이익과 안락을 위해서라면 최소한의 人倫조차 버리는 큰 며느리 金素痕의 악질적인 행동 등이 문제라면 문제가 될 정도로, 갈등과 불화, 무질서와 타락은 이들 가족들의 공통적인 분모가 되었고, 이들의 이 같은 모습은 생동적이고 사실적 묘사되고 있다.

金素痕의 탐욕과 악행은 일종의 傍助에서 시작된 것이라고 할 수 있다. 金素痕의 非倫理 非道德을 뛰어 넘는 파렴치한 범죄행위는 수단과 방법을 가리지 않고 착취와 술수 등을 통해 돈을 벌고자 했던 江浙 지방 일부 매판 자본가들의 행태를 그대로 모방한 것이나 다름없고, 이를 통해 작가는 이런 매판 자본가들을 방조 후원하기도 했던 세력이 국민당 정권이었음을 상기시키고 있다. 한편으로 이들의 이 같은 행동과 삶의 방식, 즉 착취계급의 가정의 붕괴와 그 가정의 자식들이 보여주었던 삐뚤어진 행동은 역설적으로 동시대 중국에서 진행되었던 반제반봉건의 혁명이 필요하고 절박한 것임을 증명하는 것이라고 할 수 있다. 이렇게 볼 때, 「財主的女兒們」은 '시정소설(市井小說)' 또는 '풍속소설(風俗小說)'로서의 성격을 지닌다. 그 대상이 비록 소주 재벌 蔣氏 집안의 사정과 현실에 국한되어있기는 하지만, 이를 통해 30년대 江浙 재벌들의 삶의 모습을 엿볼 수 있는 하나의 의미망을 제공했다는 점에서 이 작품은 문학사적으로 매우 의미 있는 작품이 될 수 있다.

작품의 후반부에서 蔣秀菊의 결혼식 장면이 등장한다. 1936년 12월 12일 蔣捷三의 넷째 딸 蔣秀菊이 결혼식을 치루는 날 식장에는 이른 바 西安事變이 발생했다는 사실과 蔣介石이 蔣學良에게 구금되었다는 소식이 전해지는데, 이런 소식을 듣게 된 蔣秀菊은 마음이 불안해지기 시작한다. 蔣純祖는 동생의 결혼식에 이유 없이 참석하지 않았는데, 蔣純祖의 불참은 집안에 대한 증오이자 결별이면서, 동시대 정치 사회 현실에 대한 증오와 결별을 의미하는 것이다. 이런 와중에 결혼 피로연이 일종의 시국 토론회와 같은 모임으로 바뀌어 버린다. 토론회가 시작되자 張學良을 비난 성토하고, 延安을 폭격해야 한다고 말하는 등, 결혼 피로연은 졸지에 격렬하고 험악하기 그지없는 정치의 장으로 변질하고 만다. 蔣介石의 구금과 국민당 정권의 위기와 위축은 蔣捷三 집안의 본격적인 몰락의 시작을 의미한다. 蔣介石 구금 사건이 발생하고 난 그 다음 해에 蔣淑媛 등 蔣捷三의 자식들은 하나하나 세상을 뜨고 집안을 몰락의 길목으로 접어든다. 蔣捷三 집안의 몰락이 국민당 정권의 쇠퇴 내지 몰락의 시작을 前兆하고 있다는 것을 말하고 싶어 하는 작가의 마음을 읽어 볼 수 있다. 「財主的女兒們」 제1부는 중일전쟁이 발발하기 전까지 30년대 國統區의 정치 사회의 현실을 蘇州 재벌 대가정의 현실과 그 모습을 取擇해 그 비유로써 시대의 상황을 드러내고자 했던 작품이라고 평가해 볼 수 있다. 작가는 가정의 모습을 동시대 사회 내지 사회의 현실과 연계하여 드러내고 이를 강조하기 위해, 다시 말해 가정과 사회의 병행적 성격을 드러내기 위해 의도적으로 역사적 사실을 과감하게 삽입하기 까지 하였다.

「財主底兒女們」의 上卷은 앞서 이야기한 바와 같이, 蔣捷三 집안의 현실과 운명을 동시대 사회의 현실 및 그 변화와 관련해 이야기하고 있다. 「財主底兒女們」는 가정의 諸 問題를 사회의 틀 속으로 끌어 들여 조명하고, 또한 가족 구성원간의 갈등과 대립을 社會的 문제로 昇華시켰다는 점에서, 그리고 그 결과 1930,40년대 중국 역사의 한 측면을 사실 그대로 보여주었다는 점에서 문학적으로 매우 중요한 의미가 있다고 할 수 있다. 따라서 家族史小說로서 「財主底兒女們」가 갖는 문학적 의미는 어느 한 재벌가정의 파탄과 몰락에 대한 비판으로 끝나는 것이 아니라, 파탄과 몰락을 가져온 가족 구성원의 타락과 탐욕 등 가족 구성원들의 문제를 동시대 사회 및 사회현실의 문제와 철저하게 관련시켜 나타내며, 가정과 사회와의 병행성과 함께 사회현실의 축도로서의 개연성을 제시해 보이고 있다는 것이다. 작가 路翎은 蔣捷三 일가의 파산과 몰락을 그림으로써 蔣介石 정권의 통치가 조장하고 있는 삶의 현실이 蔣捷三의 집안의 삶처럼 타락과 혼란으로 점철되었다는 사실과 함께 蔣介石 정권의 운명과 국통구 지역의 삶은 蔣捷三 집안의 삶처럼 탐욕과 타락의 길을 걷게 되어 몰락할 수밖에 없음을 말하고 있다. 「財主底兒女們」은 가정과 사회를 동일시하고, 가족 구성원들의 삶과 행동을 사회의 현실과 그 모습으로 융합 시켰다는 점에서, 동시대 사회의 축도로서의 역할을 하고 있다.

사실 蔣捷三의 집안의 가세와 부는 한편으로는 불완전한 新革命의 결과이면서도 蔣介石 정권의 후원 내지 영향 하에 만들어진 것이기 때문에, 新革命의 실패와 蔣介石 정권의 불안정성이기 때문에 蔣捷三 집안의 몰락은 가정의 몰락의 차원을 넘어 사회의 몰락이라는 개연성을 갖게 된다. 따라서 이 작품에 있어 蔣捷三의 집안은 동시대 사회의 축도이고, 동시대 사회는 가정의 확대 공간으로서의 의미를 갖는다. 이 같은 서술을 통해 볼 때, 蔣捷三의 집안의 파산과 몰락이 시대적 사회적 개연성을 갖는 것은 지극히 타당하다고 할 수 있다. 이들 가족들의 삶의 방식과 행동 등은 1930년대 생해와 그 주변 도시들에서 활동했던 江浙 재벌 내지 상류사회 사람들의 의식의 단면을 보여주고 있기 때문이다.

이들 蔣氏 집안의 남매 가운데, 특히 蔣蔚祖, 蔣少祖, 蔣純祖 삼형제는 五四 이후 동시대에 이르기까지 중국 지식인의 형상과 성격을 집약해 보여주고 있다. 이들 삼형제의 삶과 행동은 동시대 사회의 현실을 반영하고 있음은 물론, 이들의 삶과 행동은 동시대 지식인들의 思考와 행동을 응집, 대변하면서 당대 지식인이 유형을 만들어냈다. 이 같은 사실과 관련해, 胡風은 「財主的女兒們」에서 작가 路翎이 추구한 것은 청년 지식인을 輻射의 중심점으로 하는 현대중국역사의 動態였다"[3]고 했는데, 胡風의 이 같은 언급이나 "「財主的女兒們」은 五四 이래 중국 지식인의 감정과 의지의 百科全書"[4]라고 했던 魯芋의 평가는 蔣捷三의 자식들 부자의 자녀들이 동시대 江浙 재벌들을 중심으로 한 상류계층 사람들의 의식과 삶의 모습을 보여주고 있다는 것을 의미하는 것으로 이 작품이 갖는 사회와 並行性 내지 사회의 縮圖로서의 기능을 말하고 있는 것이다.

첫째 아들, 蔣蔚祖는 집안의 富를 유지할 만한 자격과 능력을 전혀 갖추지 못한 사람이다. 작가는 그의 형상을 통해 추악한 사회현실에 대한 울분을 드러내며 빼앗는 자에 대한 견책과 증오를 표현했다. 그는 무능과 질타의 위협 속에 휘둘리며 살다가 마침내 정신이상자가 되어 생을 마감하는데, 그는 역할도 없이 물질적 안락 속에 안주하는 國統區 지역 일부 부르주아 지식인들의 표본이었다. 둘째 아들 蔣少祖는 사회의 현실을 이해하고, 앞을 향해 걷고자 했던 지식인의 유형을 보여주었던 사람이었다. 작가가 蔣少祖의 형상을 묘사하는데 있어 적지 않은 부분을 할애한 것은 지식인의 시대 사회적 역할을 정직과 일관성과 함께 을 요구하였기 때문이다. 둘째 아들,

---

3) 胡風, 「財主底兒女們 序」(張環·魏麟·李志遠·楊義 編, 『路翎硏究資料』, 北京十月文藝出版社, 1993, p.69)

4) 魯芋, 「蔣純祖的勝利-"財主底兒女們"讀後」(張環·魏麟·李志遠·楊義 編, 『路翎硏究資料』, 北京十月文藝出版社, 1993, p.118)

蔣少祖는 처음에는 집안의 이단자적 역할을 하게 된다. 그는 5·4신문화운동에 감화된 사람으로서 봉건전통에서 과감히 벗어나려는 果斷性과 용기를 드러내기도 한다. 그러나 좌절을 거듭하는 불완전한 新革命을 통해 그가 얻은 것은 환멸뿐이었고, 그 결과 그는 신문화를 경멸하고, 과거의 전통을 다시 수용하는 타협적 행동을 보여준다. 동시대 사상과 이념에 있어 우왕좌왕하며 기회주의적 속성을 드러냈던 新革命에 대한 환멸은 결국 자신의 집안을 만들어 준 국민당과 국민당 지배의 사회 현실에 대한 환멸이었던 바, 그러한 환멸로 인해 자신의 집안은 파탄 몰락하게 되었던 것이다.

셋째 아들 蔣純祖는 자신의 형 蔣少祖보다 더 진보적이면서도 果斷性 있는 성격을 보여준다. 작가는 蔣純祖의 행동과 역할에 많은 비중을 할애한다. 셋째 아들 蔣純祖는 忠厚하고 선량하며 정의감과 애국심을 가진 사람이었다. 그는 자신이 마주하고 있는 현실을 증오하고 사악한 세력에 대해 반항하였다. 그가 자신의 집을 박차고 나왔다는 것은 봉건적이며 국민당이 지배하는 사회현실에 대한 하나의 저항이었다.

작품의 下卷에서는 蔣捷三의 셋째 아들 蔣純祖의 방황과 여정이 작품의 플롯을 형성한다. 집안을 박차고 나온 蔣純祖는 가는 곳에서 여러 가지 유형의 사람을 만나고 갖가지 경험을 하게 된다. 주인공 蔣純祖가 여러 사람들과의 만남, 그리고 만남을 통해 얻은 경험은 사회현실에 대한 새로운 발견이자 깨달음이었다. 下卷의 줄거리는 크게 세 가지로 부분으로 나눠질 수 있다. 주인공 蔣純祖가 황야에서 낙오병, 가짜 군인 등 여러 사람과 만나 그들과 같이 행동하며 전쟁과 관련하여 발생한 사건을 체험을 그린 부분이 첫 번째에 해당된다면, 두 번째는 주인공의 예술 활동과 연애 사건을 서술한 부분이 되며, 세 번째는 주인공의 농촌 생활과 죽음을 묘사한 부분이 된다. 작가는 주인공 蔣純祖를 산량하고 忠厚하며 정의감과 애국심이 풍부한 사람으로 묘사되고 있다. 路上(道程)에서의 겪게 되는 직간접적인 전쟁 체험은 주인공 蔣純祖가 자신의 가정 모습으로 축약된 기존의 사회현실에서 벗어나 희망 섞인 새로운 사회로의 진입과 자아의식에 눈을 뜨는 과정에 해당된다. 抗日 戰爭이 발발하자 중국 사회는 커다란 동요와 함께 새로운 세계로의 변화를 맞이하게 되는데, 바로 이 때, 주인공 蔣純祖는 가정의 울타리를 벗어나 미지의 混沌的 세계로 나아가게 된다. 중일전쟁으로 중국의 정치 현실은 그 동안 공고하게 유지되어 왔던 蔣介石 정권의 분열적 조짐이 나타나는 상황으로 바뀌고, 민중의 우국적 각성과 애국심이 점진적으로 발양되는 등, 새로운 상황에 접어든다. 이처럼 중일전쟁을 통해 중국의 정치 사회적 현실이 새로운 전환점에 들어서게 되자, 蔣捷三의 집안은 몰락하게 되었고, 몰락한 집안에서의 탈출은 蔣純祖에게 새로운 사회, 새로운 인생의 발견을 위한 전환점이 되었다.

上海가 함락되어 남경으로 피난 가다가 만난 徐道明이라는 패잔병, 石華貴에서 萬同華에 이르기까지 그가 만난 사람들의 대부분은 고통 속에서 항전시기를 견디며 살아 왔던 일반 민중들이었다. 중일전쟁이 벌어지는 동안 일반 민중들의 삶이 어떠했고, 또한 전쟁이 벌어지고 있는 사회 이면에는 무엇이 있었는가를 주인공 蔣純祖는 깨닫게 된 것이다. 魯芋는 蔣純祖의 일생은 어느 한 특정 시대 속에서 어느 한 특정인의 인격 단련 과정이라고 하면서, 주인공 蔣순조의 인격 단련과정을 다음 몇 가지로 분류하여 나타냈다. 그것은 첫째, 蔣捷三의 구슬픈 소주에서 돌이 킬 수 없는 과거의 영광의 유적을 느꼈고, 朱谷良과 石華貴이 흘리는 피의 생명에서 인간의 너절함과 나약함을 뛰어 넘는 영웅적 기개를 느꼈으며, 汪卓倫의 묵묵한 헌신 및 그의 충실한 記事冊에서 평범과 위대함 사이의 미묘한 거리를 느꼈으며, 王定和와 傅蒲生 이 두 사람이 벌이는 아귀다툼에서 물질주의자들의 부질없는 알력을 인식했고, 蔡淑媛, 蔣秀菊의 호화로운 생활과 몽상에서 소시민들의 의미 없고 우스꽝스러운 허영을 느꼈으며, 汪精衛와 陳獨秀와의 만남에서 중국지식인들의 躊躇하게 만든 어려움을 인식했다고 했다.[5] 이렇게 볼 때, 이 작품은 주인공 蔣純祖가 사람들과의 만남 및 그 만남을 통해 발생하는 사건의 체험을 통해 항전기 민중들의 삶의 처지와 그 상황, 그리고 사회 현실의 실제적 모습에 대해 하나하나 체득하고 깨달아나가는 旅程의 과정을 플롯으로 취하고 있음을 알 수 있다.

다시 말해 「財主的女兒們」의 下卷은 바로 주인공정신의 여행, 방황의 기록이라는 서사적 특징을 가진 작품으로 주인공 蔣純祖의 삶의 과정은 자기발견의 과정이라고 하는 일종의 成長旅路의 과정에 비유될 수 있다는 것이다. 蔣純祖가 만났던 사람들은 동시대를 살았던 다양한 형태의 인물 군상들의 모습이자 표본이었고, 蔣純祖가 경험한 사건들은 동시대 발생 가능한 사회적 蓋然性을 충분히 확보하고 있는 것이었던 바, 따라서 항전기 시대적 사회적 상징성과 그 의미를 환기시키는데 있어 부족함

5) 魯芋, 「蔣純祖的勝利-"財主底兒女們"讀後」(張環·魏麟·李志遠·楊義 編, 『路翎研究資料』, 北京十月文藝出版社, 1993, p.119)

이 없다고 할 수 있다. 蔣純祖가 걸었던 旅程의 과정은 자신이 알지 못했던 미지의 세계에 대한 발견이자, 현실에 대한 각성의 과정이었다. 이러한 旅路의 과정에서 蔣純祖는 사회의 현실을 직접 발견하고 깨달아 나갔으나, 안타깝게도 발견과 깨달음을 완성하지 못하고 갑작스러운 죽음으로 인해 그 과정은 중도에서 끝나고 말았다. 이같은 사실과 관련해, 賈植芳은 "5·4시대 인텔리들이 문화혁명으로 세상을 변혁하던 패기와 이상은 일찍이 꿈처럼 사라졌으니, 있다고 하다라도 그저 한 가닥 떠도는 망령일 뿐이다. 그것은 또한 형편없는 몰골이었으며 언제나 따라다니는 것은 벗어 날 수 없는 재난과 공포였다. 항전이후 성장한 인텔리 더러운 진흙탕 속에서 허우적거릴 수밖에 없었으며, 탁수 속에서 몸부림치며 포연과 탄알 속에서 생명의 의미를 느끼고 감옥과 형장 속에서 자유를 갈망하였던 것이다 ⋯ 路翎의 불후의 서사시 「財主的女兒們」속에서 주인공들의 고난과 여정은 바로 이 시대의 축소판이었다."[6]라고 했다. 청년 지식인이 겪어야 했던 고통과 좌절 등 개인의 삶의 모습이 바로 동시대 사회의 모습 그대로라는 것이다.

작가는 작품에서 주인공 蔣純祖의 경험이 동시대 사회의 현실 그 자체라는 개인의 경험과 사회 현실과의 竝行性을 강조하기 위해, 동시대를 살았던 실존 인물 汪精衛와 陳獨秀를 직접 만나 대화하는 장면을 설정하고 묘사하였는데, 이를 통해 작가는 작품의 社會性과 逼眞性을 강조하면서 아울러 주인공의 개인적 경험이 동시대 사회의 실제 현실이자 경험이었을 강조하고 있는 것이다. 작품의 上卷에서 蔣捷三의 막내딸의 결혼식을 거행하는 날, 延安事變이라고 하는 실제 존재했던 역사적인 사건을 삽입시켜 작품의 핍진성과 역사성을 강화시키고 있다. 작가는 하권에서도 汪精衛, 陳獨秀라는 실제 인물을 등장시키고 있는데, 이를 통해 작품의 사회적 핍진성과 진실성을 한층 강화시키고 있다.

결과적으로 볼 때, 주인공 蔣純祖는 자신의 존재의미와 가치를 자신이 속한 사회와 집단에서 찾고자 했던 것이고, 이 같은 찾기의 道程을 통해 사회현실의 실제 의미를 파악할 수 있게 되었다. 주인공 장순조의 이 같은 행동과 관련하여 드러난 구조적 양상은 이 작품이 지식인의 자각과 성장을 다룬 지식인소설, 성장소설로서의 성격을

---

6) 賈植芳, 『獄裏獄外』, 遠東出版社, 1995, pp.1-2.

증명하는 하나의 근거가 되고 있다. 작품의 下卷이 프랑스 작가 R.롤랑의 대표적인
장편소설 「장 크리스토퍼」와 내용과 취지 등에 있어 비교되는 것도 바로 이러한 이유
에서이다.[7] 작품은 주인공 크리스토프의 소년시절과 청년시절, 장년기의 파리 생활
과 그 환경, 그리고 생애의 완성기의 3장으로 되어있는데, 어떤 역경에도 기가 꺾이
지 않고 인간 완성을 목표로 하여 악전고투하는 일종의 영혼의 모습과 그 과정을 그
린 작품인데, 주인공의 모습이 蔣純祖의 그것과 비교해, 유사한 면을 드러내고 있다.
이런 이유에서 胡風은 이 작품을 두고 "「財主的女兒們」은 한 편의 靑春詩인데, 이
한편의 시에서 시대의 환락과 고통, 사람들의 잠재력과 추구, 청년작가 자신의 고통
과 소리 높여 부르는 노래가 출렁거리고 있다."[8]고 했는데, 胡風의 이 같은 평가는
이 작품의 문학적 의미와 함께 장르적 성격을 시사하고 있는 것이다.

　작품의 上卷이 동시대 상류사회 사람들의 성격에 대한 발견의 의미를 갖는다면,
下卷은 항전기를 겪으며 살아 온 일반 민중들의 삶을 중심으로 각계각층에 속하는
여러 가지 유형의 사람들의 삶에 대한 발견이자 체험으로서의 의미를 갖는다. 상술한
바와 같이, 「財主的女兒們」은 두 가지 차원에서 의미를 가지는 작품이었다. 하나는
蔣捷三의 첫째 아들과 둘째 아들 부부의 삶을 통해 나타나는 퇴폐적이고 불합리한
부르주아 가정에 대한 비판과 함께 부르주아 가정과 국민당 정권이 지배하는 사회와
의 竝行性을 나타냈다면, 다른 하나는 셋째 아들 蔣純祖의 삶을 통해 나타나는 각성
하는 지식인의 진정한 삶의 추구 과정과 그런 진정한 삶과 병행하는 일반 민중들의
진솔한 삶의 모습을 드러내는 것이었다. 胡風은 「財主的女兒們」에 대해 "「財主的女
兒們」의 출판은 중국신문학사상 하나의 중대한 사건이다. 전쟁이후 뿐만 아니라, 신
문학 운동 이후 그 규모가 가장 컸던, 그리고 화려하고 당당하게 史詩의 명칭을 쓸
수 있다고 했다.[9] 이 작품이 史詩가 될 수 있었던 것은 30, 40년대의 중국의 역사와

---

7) 「財主的女兒們」의 내용과 R.롤랑의 대표적인 장편소설 「장 크리스토퍼」 내용과의 유사성은 胡風과
　　路翎이 1942년 10월에 서로 주고받은 서신에서 처음 언급된 부분이다. 曉風, 『胡風路翎文學書簡』, 安
　　徽文藝出版社, 1994, pp.62-62 참조.

8) 胡風, 「財主底兒女們 序」(張環·魏麟·李志遠·楊義 編, 『路翎硏究資料』, 北京十月文藝出版社, 1993,
　　p.74)

9) 胡風, 「財主底兒女們 序」(張環·魏麟·李志遠·楊義 編, 『路翎硏究資料』, 北京十月文藝出版社, 1993,
　　p.69)

사회의 현실을 반영하고 이를 응집하였기 때문이다. 楊義도 「財主的女兒們」에 대해 "路翎은 톨스토이의 전쟁과 평화의 서사시적 기백을 본받았고, 3,40년대 중국정치 사건의 편년사책을 흥미진진하게 조사하였으며, 長江 三角洲에서 四川도시들에 이르기까지 그 곳에 사는 사람들이 드러내는 각양각색의 인생의 장면을 과감하게 들어냈다."고 했다.10)

---

10) 楊義, 『二十世紀中國小說與文化』, 業强出版社, 臺北, 1993, p.271.

3. 국민당 통치 지역의 현실 폭로와 풍자

沙汀의 소설, 「困獸記」, 「淘金記」

1) 「困獸記」
혼돈과 방황 속의 國統區 지역 지식인들의 內面風景

沙汀(原名 楊朝熙) 四川 安縣 사람이다. 1935년부터 자신이 태어나 성장해 너무나 익숙한 四川지방의 농촌을 제재로 글을 쓰기 시작해 단편소설「在其香居茶館裏」, 「淘金記」, 「困獸記」 등 발표하였다.

「困獸記」는 1944년 5월에 완성 출판된 작품이다. 이 작품은 四川의 어느 한 시골 마을을 배경으로 固陋하고도 진부한 현실 속에서 정체된 삶을 살아가는 일부 지식인들의 모습을 그린 작품이다. 沙汀의 親知가 벌였던 어리석은 행동이 「困獸記」의 모티프이자 출발점이 되었다고 알려져 있다. 작가는 1942년 늦가을에 자신의 妻兄이었던 黃章甫라는 사람의 연애도피 행각사건을 목격하게 되는데, 이 사건은 작가에게 강한 충격을 주었다고 했다. 당시 黃章甫라는 사람은 소학교 교원으로서 항전 후, 연극활동을 하였던 사람인데, 어느 여자와 바람을 피우고, 그 여자에게 빠진 나머지 자신의 처자식과 등지게 되는 그런 사건이었는데, 黃章甫의 사건은 작가에게 지식인의 삶과 자기 자신의 마음을 되돌아보게 하는 기회를 주었다는 것이다.[1] 이러한 사실을 가지고 작품의 성격을 추론해 볼 때, 「困獸記」는 동시대 사천의 어느 한 시골마을의 사회적 풍경과 함께 그 곳의 일부 지식인들의 사고방식과 행동이었다는 것을 가늠해 볼 수 있다.

---

1) 吳福輝, 『沙汀傳(中國現代作家傳記叢書)』, 北京十月文藝出版社, 1990, pp.296-297.

「困獸記」의 背景은 抗日戰爭이 持續되고 있었던 1940년 여름, 國民黨 統治區域이면서 後方地域인 四川의 어느 한 농촌 소도시이다. 이 마을 소학교 교사들은 戰線에서 일시 귀향한 옛 동료 章桐을 맞이하는 환영행사를 벌이게 된다. 章桐은 戰線인 晋南이라는 곳에서 고향마을로 막 돌아 왔다. 그 곳의 소학교 교사들은 章桐을 위해 歡迎 酒席을 마련하였는데, 酒席에서 章桐은 그 동안의 군대에서의 자신의 경험과 과거 연극 활동에 대해 이야기한다. 또한 章桐은 소학교 교사들의 생활이 너무 정체되고 무미건조하다고 판단하였는지 그들의 생활에 활기를 넣어 주기 위해 항전초기 연극 활동을 회상하며 사람들에게 다시 연극 활동을 시도해 볼 것을 권한다. 이 때, 침체된 농촌에서의 어렵게 교사생활을 하며, 항상 우울함을 느끼고 있던 주인공 田疇 또한 章桐의 권유에 적극 호응하며 항일연극공연을 통해 새로운 인생을 시작하려는 의지를 갖기 시작한다. 그러는 사이에 과거 田疇와 함께 연극 활동을 했던 吳楣가 들어와 지주의 첩으로 살며 겪는 자신의 고충에 대해 이야기하였고, 이런 말을 들은 田疇는 안타까운 심정을 드러낸다.

이후 章桐 田疇 등이 계획하고 준비하였던 연극공연 활동은 국민당 당국에 의해 제지된다. 縣의 黨 간부가 章桐에게 비밀리에 소식을 보내며 방해한다. 절차와 과정을 밟고 준비하라느니, 극본을 심사하겠다느니 하면서 공연을 못하게 방해공작을 벌인다. 결국에 있어 국민당 지방정부의 직간접적인 압력과 교사들의 소극적 태도로 인해 공연연극은 성사되지 못한다. 연극 활동 계획은 중간에 흐지부지 중지되면서 田疇와 그의 처 孟瑜, 吳楣 등 대부분의 사람들은 점점 관심과 의욕을 잃게 되고, 무의미하고도 답답한 일상생활 속에 갇히게 된다. 연극공연계획이 흐지부지해지는 과정을 겪으며, 田疇는 아내의 친구이자 연극 공연을 같이 하고자 했던 吳楣에게 은밀한 관심과 함께 戀情까지 느끼게 된다. 吳楣 또한 집안의 문제로 곤경에 처하면서 田疇에게 막연한 기대감과 의타심을 갖게 된다.

田疇는 吳楣가 이 마을 地主 李守謙의 첩이라는 사실에 항상 안타까움을 느끼고, 吳楣를 도와주기 위해 노력하면서 그녀에 대한 戀情을 드러낸다. 그런 노력의 일환으로 田疇는 자신의 부담을 덜고 또 吳楣가 권태로운 생활에서 벗어나기를 기대하며 자신의 다섯째 아이를 吳楣에게 입양시키고자 한다. 그러나 吳楣의 남편 李守謙에 의해 거부당하게 되고, 이 사건 등으로 인해 吳楣의 가정에는 혼란과 진통이 발생하게 되었고, 吳楣의 가정생활 또한 심각한 고통을 겪게 된다. 한편으로 章桐은 연극공연을 시도하기 위해 당 간부에게 편지를 쓰는 등 모든 노력을 다 기울여 보지만, 번번이 미루어지며 성사될 가능성이 없어지기 되자, 그는 마지막으로 사람들을 규합해 대항하려고 한다. 田疇는 吳楣에게 함께 투쟁에 나서자고 제의하지만 그녀의 남편은 그 사실을 알게 되고, 급기야 吳楣의 문밖출입을 봉쇄해 버린다. 어느 날 남편의 감시를 무릅쓰고 밖으로 나온 吳楣는 田疇를 찾아가 자신의 마음을 이야기하고, 자신의 장래를 어떻게 꾸려갈 것인가에 대한 決定的 의지를 굳히게 된다. 吳楣와 田疇가 서로 만나 이야기하면서 애정의 감정이 솟아올라 포옹하려고 할 때, 田疇의 처 孟瑜가 나타나면서 그들의 만남은 모두 끝나게 된다. 연극공연 계획 또한 수포로 돌아가게 되었음을 확인한 章桐은 다시 戰線으로 복귀할 결심을 하게 된다.

상술한 바와 같이, 「困獸記」는 「淘金記」, 「還鄕記」에서 느낄 수 있는 플롯의 긴장감과 더불어 등장 인물간의 격렬한 충돌 내지 심각한 갈등의 양상을 크게 드러내고 있지 않다. 田疇, 吳楣, 孟瑜 등 주요 인물들이 애정관계를 두고 벌이는 갈등과 번민 등이 집중적으로 드러나고 있을 뿐이다. 인물 간의 애정과 갈등 속에서 펼쳐지는 평범하면서도 일상적인 생활의 양상 그리고 그와 관련된 여러 가지 사건들이 자세하게 나타나고 있다.

「困獸記」는 모두 28장으로 이루어진 작품이다. 上述한 바와 같이, 이 작품은 두 개의 사건을 축으로 플롯이 전개되고 있다. 章桐과 田疇 등이 항일연극을 준비하고 이를 실현시키기 위해 노력했지만 실패하기까지의 일련의 과정이 하나의 사건이라면, 주인공 田疇와 吳楣 사이에서 발생하는 일종의 戀情과 愛憎을 중심으로 한 두 사람 간의 인간관계, 그리고 이들 두 사람과 田疇의 妻 孟瑜를 포함한 세 사람 사이에서 발생하는 삼각관계 등이 또 하나의 사건을 이루고 있다. 연극공연을 준비했으나 실패하기까지의 과정은 작품의 중요 요소로 작용하며 하나의 사건 축을 형성하고 있는 것은 사실이나, 작품에서 메인 플롯을 형성하고 있다고 보기는 어렵다. 또한 작품에서는 縣의 黨 간부가 벌이는 연극 활동 방해공작에 대한 직접적인 서술도 없을 뿐만 아니라, 그것과 관련되어 나타나는 사건의 실질적인 묘사나 전개과정도 나타나지 않는다. 다시 말해 연극 활동을 금지하는 국민당 縣黨 부서기장의 행동이나 모습도 직접적으로 묘사되지 않고 있으며, 章桐이라는 인물이 그 문제와 관련해 답신을 하거나 이야기하는 정도에 머무르고 있을 뿐이다. 오직 드러나는 것은 이와 관련해 몇몇 교사들이 벌인 몇 차례의 회합일 뿐, 이 같은 관련 회합만이 서술되어 나타난다는 것이다. 여기서 항일 연극공연 준비과정을 축으로 하는 사건은 시대 상황을 허구적 사건과 유기적으로 연결키기 위한 의도, 다시 말해 작가가 작품을 집필할 당시 실제 정치 역사적 사건과 결부시킴으로써 작품의 사실성을 확보하기 위한 하나의 방편으로 이해 될 수 있다. 따라서 작품에서 언급되고 있는 항전 구국연극 활동계획은 항일전쟁초기 실제 다각적으로 펼쳐졌던 항전 연극 활동을 직접 반영한 것이기 때문에, 작품의 현실성과 함께 역사적 사실성을 크게 진작시키는 역할을 한다고 할 수 있다.

　한편으로는 이를 작가가 연극 활동을 언급한 것은 국민당 정권을 비판하기 위해 만든 하나의 의도로 해석해 볼 수 있다. 작품에서 연극 활동은 나라를 구하고 국민들의 애국심을 고취하기 위한 항일연극이었음에도 국민당의 방해와 제지로 인해 이루어지지 못했다는 사실은 국민당정부의 잘못된 행태를 비판, 고발하기 위한 하나의 장치였음을 상정해 볼 수 있다. 작품에서 연극공연의 실행을 방해하는 존재는 바로 국민당 정부의 縣 黨 간부였다고 말하고 있다. 이는 한 마디로 말해 蔣介石의 국민당 정권이 국민들의 애국심과 항일의지를 꺾어버렸고, 그렇게 함으로써 국민당은 나라를 망치는 사회의 암흑세력이라는 것을 암시하고 있는 것이다. 이 같은 암시와 함께 작가는 연극공연의 좌절이 외부의 압력 때문만이 아니라, 참가자들의 소극적이고도 無事安逸的 태도, 자기 방어적 태도에 기인한다는 사실을 암암리에 지적하고 있다. 작가는 연극 활동의 실패는 외적으로는 국민당의 방해도 있었겠지만 내부적으로는 연극에 관심을 가지고 공연하고자 했던 사람들의 의지가 너무 미약했고, 제대로 된 노력 또한 기울이지 않았다는 사실을 지적하고 있는 것이다. 연극공연이 실패하게 된 직접적인 원인이 縣黨의 不許와 방해에 있음에도 불구하고 그것을 강조하거나 부각시키지 않고, 오히려 연극을 준비하기 위해 모인 사람들의 무성의와 무관심 때문에 그렇게 된 것처럼 말하고 있다. 작품에서 중점적으로 묘사되고 있는 부분인 田疇와 吳楣의 관계 등에 관한 이야기는 한편으로는 연극 활동을 실패할 수밖에 없는가를 부연설명하고 있는 것이나 다름없다.

　작가 沙汀은 1945년에 쓴 「困獸記 題記」에서 이 소설을 쓰게 된 동기에 대해 다음과 같이 말한 적이 있다. "내가 이 작품을 쓰게 된 동기는 멀리 5년전 이었다. 그 때 나는 막 전선에서 돌아 왔는데, 시골 소학교에서 느끼는 憂鬱感, 厭症 등은 나를 크게 놀라게 했다. 칠칠사건 이후와 비교할 수 없었을 뿐만 아니라, 武漢에서의 對戰時 왕성하게 움직였던 상황과는 너무나 거리가 있었다. 그러나 물가는 계속 올랐기 때문에, 생활여건은 갈수록 어려워졌고, 일 년이 지난 후, 내가 內地를 향해 갔을 때, 상황은 더욱 더 나빠졌다. 어떤 사람은 압박을 받기 시작했고, 어떤 사람은 교직을 그만두기도 했다. 일반적으로 열심히 노력하며 버티고 있었지만, 우울함이 더해만 갔고, 자신의 직업을 일종의 어찌 할 수 없는 고역으로 간주하기도 하였다."[2]

작가의 이 같은 술회는 작품의 주제가 어디에 있는가를 암시해주는 대목이다. 어느 한 농촌 소학교 교사의 정체된 삶의 모습과 함께 그의 주변 현실에서 벌어지는 지식인들의 비생산적인 행동, 그리고 비생산적 활동만을 일삼던 이들이 만들어 갔던 우울하고 답답하기만 했던 농촌 사회의 현실이 이 작품의 주제가 될 수 있다. 작품의 주제와 관련하여 李慶信은 「困獸記」는 지식인들의 내면적 고민 그리고 인물과 환경과의 갈등 양상에 초점을 맞춰 상황이 전변하여 가는 國統區 지역의 침체된 분위기를 나타내고 있는 작품이라고 했는데,[3] 지식인들이 겪는 내면적 고민, 그리고 인물 상호간 및 주변 환경과의 갈등은 주로 田疇, 吳楣 孟瑜 등, 이 세 사람의 행동에 집약되어 나타나 있다. 앞서 이야기한 바와 같이, 주인공 田疇와 吳楣 사이에서 발생하는 일종의 戀情과 愛憎을 중심으로 한 두 사람 간의 인간관계, 그리고 이들 두 사람과 田疇의 妻 孟瑜를 포함한 세 사람 사이의 삼각관계 등이 또 하나의 사건을 이루고 있는데, 이들이 벌이는 사건은 四川 國統區 지역 지식인들의 나태와 정신적 혼란과 그리고 정체된 사회현실의 모습을 그대로 반영하고 있는 것이다.

이 작품은 國統區 지역 사회적 모순과 현실에 대한 비판과 함께 그런 사회의 주요 구성원으로서 나름대로의 역할을 통해 사회를 이끌어 나가야 하는 지식인들의 행동에 대한 비판을 우선적으로 드러낸 작품이라고 할 수 있다. 그리고 이와 같은 사회적 현실이 생성될 수밖에 만든 것이 바로 이들 지식인들의 행동이라는 것을 이 작품은 지적하고 있는 것이다. 「困獸記」가 반영하는 것은 皖南사변 전후 국통구의 사회현실이다. 당시 항일전쟁은 이미 대치국면에 접어 든 시기였다. 국민당의 일부 세력은

---

2) 沙汀, 「《困獸記》題記」(金葵 編, 『沙汀研究專集』, 浙江文藝出版社, 1983, p.19)
3) 李慶信, 「《困獸記》散論」(『抗戰文藝研究』 1983年, pp.62-63)

일본과의 전쟁에 소극적이었고, 일부 세력은 지속적으로 반공운동을 전개해 나갔는데, 상황이 이렇게 轉變되기 시작하자, 중국 정치와 사회의 중심이 항일전쟁에서 일종의 內戰的 상황으로 옮겨 가기 시작했다. 國統區 地域에서 부패의 만연과 함께 강압적 통치의 강화 등으로 인해 사람들의 항일의지는 쇠락하였다. 이러한 사회적 분위기를 배경으로「困獸記」는 사회를 이끌어 나가야 할 사람들이 과연 어떤 행동을 하고 있는가에 대해 관찰하였고, 이를 비판하였던 작품이었다.

주인공 田疇는 일관성 없이 항상 우왕좌왕하며, 때로는 낭만적인 생각과 행동을 보여주는 사람이었다. 그는 몰락한 관료의 아들로 태어났다. 그의 아버지는 淸朝의 하급관리였으며 어머니는 湖南의 명문귀족 출신이었다. 전쟁으로 집안이 몰락하고 부친이 사망하게 되자 부친의 친구 집에 의탁하며 살게 되었는데, 그 곳에서 아버지 친구의 조카 딸 孟瑜를 알게 되었고 그 인연으로 결혼까지 하였다. 그런데 孟瑜와의 결혼은 순조롭게 이루어진 것이 아니었다. 孟瑜의 집안에서 결혼에 극력 반대하자 田疇는 孟瑜를 데리고 도망을 나와 함께 살아 왔던 것이다. 그 후 십몇 년 간 교사생활을 하며 근근이 생계를 유지하였다. 그 사이 그는 孟瑜의 친구였던 吳楣를 알게 되었고 이것이 계기가 되어 吳楣에 대한 관심과 애정을 갖게 되고, 계속되는 아이들의 출산으로 인해 경제적 고통이 가중되자 급기야 친구 吳楣에게 자식 한 명을 입양시키려고 하였다. 그런데 입양마저 실패하게 되자, 그의 생활은 더욱 무기력해지고 자신의 妻 孟瑜와의 부부관계까지 흔들리게 된다. 또한 그렇지 않아도 생활이 어려운데에다가 자식을 많이 낳게 되어 키우기 어렵다는 이유로, 게다가 吳楣가 이들을 못낳았다고 하는 이유로 자신의 아들 하나를 吳楣에게 입양시키려고 하나 뜻을 이루지 못해 크게 실망하기도 한다. 자신의 뜻대로 일이 이루어지지 않게 되자, 田疇는 戰線을 자신의 탈출구로 인식하면서 동시에 고통스러운 현실의 위안처로 여기는 일면 낭만적이면서도 우매한 생각을 드러낸다. 그는 전선의 상황이 자신이 살고 있는 사천 시골 마을보다 더 참혹하고 고통스럽다는 것을 알지 못했다. 또한 항일연극 활동에 관심을 갖고자 했던 것은 나라를 지키는 군인이 되지 못한 데 대한 욕구와 단조롭고 지루한 현실에 대한 불만의 표시였다. 또한 일이 자신의 뜻대로 되지 않는다고 하여 자신의 아이를 발로 걷어차기도 하는 무책임한 성향을 그대로 보여주기도 한다. 田疇가 보여주는 즉흥적이고 감성적인 언행은 지식인으로서 사회적 욕구를 충족시키지 못한데서 오는 것일 수도 있다. 그는 자신이 교사가 된 것에 대해 무척이나 후회하였다. 자신은 군인이 되고 싶어 했고, 또 엔지니어가 되는 꿈도 꾸었는데, 결국에는 교사되는 바람에 뜻을 못 이루게 되었고 그래서 너무 억울하다고 말했다. 田疇의 이 같은 언행은 이 작품의 주제가 어디에 있는가를 시사하고 있다.

그는 사회현실을 올바로 인식하고 행동하는데 있어 철저하지 못했을 뿐만 아니라 때로는 냉혹한 현실을 낭만적으로 인식하는 사람이었다. 그는 지식인으로서 사회적 욕구를 충족시키지 못해 항상 갈등을 겪는 모습을 드러냈다. 따라서 작품에서 田疇의 역할은 理想과 현실 사이에서 항상 갈등을 겪으며 전전하는 것이었다. 처음에는 자신이 원하는 직업을 갖지 못하고 원치 않는 교사되었다는 불만 속에서 전전하다가 다음에는 戀人的 존재와 같은 吳楣와의 愛情과 자신의 妻 孟瑜와의 현실적 삶 속에서 전전하는 모습을 보여 주었다. 이 같은 전전하는 삶의 모습은 항상 탈출구를 찾는 것으로 이어졌다. 아버지 친구의 집이 첫 번째 탈출구였다면, 孟瑜와의 결혼이 두 번째 탈출구이고, 자신이 원하는 직업을 갖지 못하게 되자 생계를 위해 교사생활을 시작한 것이 세 번째 탈출구였다면, 吳楣와의 애정을 통해 새로운 분위기를 얻으려고 하는 것이 네 번째 탈출구라고 할 수 있다. 이처럼 田疇는 여러 번 탈출구를 찾아 희망을 얻고자 노력하였으나, 결과적으로는 그 어떤 탈출구를 통해서도 희망을 얻지 못했다.

吳楣는 선량하고 친절한 마음씨를 가진 사람으로서 진지하고도 자유로운 삶을 갈망하지만, 연약하고 우유부단한 성격 탓에 비극적인 운명의 틀에서 벗어나지 못하는 사람의 모습을 보여준다. 田疇의 妻 孟瑜와 절친한 친구로서 田疇 孟瑜 두 사람으로부터 배우고 도움을 받아 왔다. 그녀는 부모의 헛된 욕심으로 인해 지주 李守謙이라는 사람에게 첩으로 팔려오게 되었다. 地主 李守謙의 첩이라는 부끄러움과 굴욕감을 느꼈기 때문인지 자신의 운명을 변화시키기 위해 갈망하였다. 그녀가 이 같은 굴욕감을 느끼게 되는 것은 일면 봉건 관념, 봉건사상에 얽매어 있기 때문으로 풀이해 볼 수 있다. 그러나 그녀는 자신의 자존감을 지키고 李守謙의 울타리에서 벗어나려 하지만, 한편으로는 물질적 편안함의 운명에 갇혀 있어 이를 숙명으로 받아들이는 두 개의 마음을 드러낸다. 첩으로서 살아가는 자신의 운명을 탓하고 괴로워하면서도 그런 생활에 항상 안주하며 만족하는 모습을 보이기까지 하였던 것이다. 그러나 그녀는 첩으로서의 자신의 운명을 바꾸어 보기 위해 田疇와 긴밀히 협조하며 애정관계를 유지하고자 했다. 그것이 자기의 운명을 변화시키는 방편이라고 믿었기 때문이다. 또한 그녀는 장동, 田疇가 추진하고자 했던 연극 활동을 통해 가정에서의 무미건조한 생활에서 벗어나고 싶어 했으나, 연극 활동이 끝내 이루어지지 못하자 크게 실망한다. 무엇보다도 그녀를 크게 좌절시킨 것은 田疇와의 애정관계에 있어서 실패와 함께 실패에 대한 환멸이었다. 애정에 대한 환멸이 너무 컸던 나머지 그녀는 저수지에 투신하게 되는데, 국민 대다수가 수난 속에서 살아야 했던 격동의 항전기에 애정이 실패했다는 이유로 목숨을 버린 吳楣는 비생산적 지식인이 전형적인 모습을 보여주었다.

孟瑜는 田疇의 妻로 田疇가 한 때 의탁하였던 집안의 조카딸이다. 중학교를 중퇴하고 교사생활을 하였으나 생활고와 아이 양육 등으로 인해 가사에만 전념하였다. 孟瑜는 집안의 반대를 무릅쓰고 田疇와의 애정과 결혼을 위해 집을 뛰쳐나왔고, 남편인 田疇를 위한 봉사와 희생 또한 마다하지 않을 정도로 용기 있고 인내심을 가진 사람이다. 한 마디로 말한다면 賢母良妻의 전형적인 모습을 보여주고 있는 사람이다. 결혼한 후, 多産과 자식 양육에 대한 부담, 남편 田疇의 무능과 자신에 대한 무관심 속에서 생활고로 인한 압박에 시달리며 우울하고 무미한 현실 속에 갇혀 버리게 된다. 田疇와 갈등을 겪고 다투기도 하지만, 끝까지 田疇를 도와주고 신뢰하며 인내심으로써 자신의 인생을 지키고자 한다. 그러나 이렇게 담대한 용기와 인내심을 가진 孟瑜도 현재 자신의 삶과 인생에 만족하지 못하면서도, 자신의 인생을 바꾸기 위해 용기 있는 적극적인 행동을 보이지 못한다. 자신의 처지에 불만과 괴로움을 느끼면서도 그것을 적극적으로 해결하기 위한 노력보다도 자신의 인내와 희생으로써 기꺼이 받아들이고, 한편으로는 이를 자신의 긍지로 삼으려고 하기 때문이다. 孟瑜는 田疇와 吳楣가 서로 포용하는 모습을 보고도 아무렇지도 않다는 표정을 지으며 인내하고, 또한 그렇게 인내하는 모습을 긍지로 삼는 듯한 모습을 보이는데, 이는 일종의 가식과 위선이 될 수 있다. 가식적이고 위선적이지만 인내심을 보임으로써 가정의 평화와 안녕을 지키려는 전형적인 현모양처의 모습을 드러내고 있다.

「困獸記」는 주인공 田疇와 吳楣의 愛憎문제와 관련된 상호간의 인간관계와 심리변화를 통해 드러나는 지식인들의 비생산적인 욕구와 욕망을 그린 작품이라고 할 수 있다. 현실에 대한 몰지각으로 인해 그들은 나태하고 방황할 수밖에 없었으며, 이 같은 나태와 방황 속에서 비생산적인 욕구와 욕망으로 가득 찬 삶의 모습이 사천 國

統區 지역 지식인들의 삶의 형태이면서 그들의 내면풍경의 진술한 표현이었다는 것이 작가의 지적이다. 이와 아울러 지식인들의 비생산적인 욕구와 욕망으로 인해 이들이 활동했던 국민당 통치구역은 자연스럽게 우울하고 정체된 지역이 될 수밖에 없음을 말하고 있는 작품이다.

中日戰爭이 對峙 小康상태에 놓이게 되자, 국민당은 반공정책을 강화하면서 공산당 타도 정책을 병행하였다. 이 같은 상황 속에서 항일 애국적 정신은 점차 사라지고, 국공간의 내전으로 인해 분열과 혼란만이 심화되는 國統區 지역의 사회적 분위기와 현실을 「困獸記」는 지식인들의 삶과 행동을 통해 나타내고자 했다. 따라서 「困獸記」는 國統區 지역의 억압된 현실에 대한 비판과 폭로를 목적으로 하는 작품이다. 이와 더불어 이 작품은 국통구지역의 현실 비판에 앞서 사회의 현실과 함께 주인공 지식인의 내면 문제 내지 사회현실 속에서의 지식인의 의식 세계와 그 한계에 대한 성찰의 의미를 요구한 작품으로서의 성격을 강하게 드러내는 소설이다. 이 작품이 國統區 지역에 대한 비판이라고 할 때, 이는 지식인의 삶과 행동의 모습에 대한 비판을 통해 동시대 國統區 지역의 현실에 대한 비판의 의미를 갖는다.

「困獸記」가 성공할 수 있었던 것은 작가가 동시대 지식인들이 공통적으로 겪어야 하는 우울, 분노, 고민, 추구를 드러냈기 때문이다. 따라서 소학교 교사인 田疇, 吳楣, 孟瑜를 중심으로 한 일부 지식인들의 삶과 행동은 바로 국통구의 사회현실을 대변하고 있는 것이다. 작가가 묘사한 것은 비록 어느 한 시골마을이었으나, 그것은 하나의 시골 마을이 아닌, 後方에서 벌어진 지식인들의 생활의 축도였다.[4]는 말은 바로 이 같은 사실을 방증하는 것이라고 할 수 있다. 작품의 제목 困獸記의 표면적인 뜻은 궁지에 몰린 짐승들의 이야기라는 의미를 나타낸다. 黃修己는 이들의 형상을 갇힌 짐승의 최후의 발악처럼 싸우기도 하고 이리저리 마구 부딪치나 결과적으로 아무 것도 얻지 못하는 것에 비유하였다.[5] 궁지에 몰려 있기 때문에, 제대로 활동하지 못하는 동물처럼, 田疇, 吳楣, 孟瑜와 같은 동시대 지식인들의 삶은 궁지에 몰려 제대로 활동하지 못하는 짐승처럼, 자신들의 사회적 본분 내지 의무를 이행하지 못한 채, 안락과 이익, 생존만을 도모하는 모양새가 흡사 잡혀 갇혀 있는 짐승의 모습과

  4) 芦焚, 「沙汀的"困獸記"」(金葵 編, 『沙汀研究專集』, 浙江文藝出版社, 1983, pp.246-247)
  5) 黃修己 著, 『中國現代文學發展史』, 中國靑年出版社, 1996, p.598.

다르지 않다는 것이 작가의 주장이다. 國統區 지역 지식인들의 內面風景의 모습이
바로 우리에 갇힌 짐승의 모습이었고, 따라서 잡혀서 제대로 활동도 못하는 짐승의
모습 속에서 이들 지식인들의 모습, 지식인들의 내면풍경의 모습을 발견할 수 있는
것이다.

2) 「淘金記」
혼돈과 약탈 속의 國統區 지역 사람들의 外面 風景

沙汀(1904-)은 1931년부터 창작생활을 시작하였으며, 1932년에는 左聯에 참여하였
다. 抗日戰爭이 발발한 후에는 延安에 머물며 문예활동을 하였고, 1938년에는 晋北
기중 지역에 머물기도 하였으며, 1940년부터는 자신의 고향과 중경에서 창작생활을
하였는데, 「淘金記」는 고향에서의 경험과 함께 그 곳에서 목도한 여러 가지 사실을
小說化한 작품으로 알려져 있다. 작가는 작품의 집필 동기에 대해 "지방의 토호들이
금값이 오르자 앞 다투어 금광에 달려들었고, 심지어 직업이 있는 젊은이들조차 항전
과는 관계없이 자신의 이익을 위하여 금광에 몰려드는 현상이 일시적인 우연한 현상
이 아니라, 보편적인 현상이며 이러한 현상이 더욱 심화되는 것을 보고 작품을 쓰게
되었다고 했다."[6]고 함으로써 현실에 대한 고발이 창작의 목적이었음을 분명히 했다.
「淘金記」는 작가 沙汀이 항일전선에서 사천으로 돌아 온 후인 1041년에서 1942년
에 쓴 작품이었다. 四川의 어느 한 농촌지역 北斗鎭에서 金鑛을 차지하기 위해 싸움
을 벌였던 탐욕집단들의 추악한 모습을 통해 항전기 후방의 어느 한 지역의 세태를
드러내면서 동시에 동시대 國統區 지역의 사회현실과 함께 蔣介石의 국민당 정권을
통렬히 비판했던 작품이라고 할 수 있다. 「淘金記」 이 작품은 사실주의 소설로서 30
년대 흥성했던 茅盾의 「子夜」와 같이 사회분석의 맥을 이어 온 社會分析派 계열의 소
설로 분류될 수 있다. 객관적이고도 치밀한 묘사, 풍자적 성격, 四川지방의 향토적
색채까지 가미된 작품이기 때문이다.

---

6) 沙汀, 「沙汀的近況及其新作《淘金記》的」內容(『文壇』 1942年 第五期)

먼저 작품의 개요에 대해 살펴보자. 작품은 1939년 겨울 四川의 어느 한 농촌 작은 마을인 北斗鎭을 배경으로 그곳에서 벌어지는 일상생활로부터 시작된다. 四川의 북서지역 北斗鎭에서 사금을 캐기 시작한 역사는 아주 오래되었다. 그런데 何氏 과부의 선산에 금맥이 있다는 소문이 돌면서 금광을 차지해 금을 캐려고 하는 다툼이 시작되었다. 금광을 노리고 탈취하고자 했던 두 개의 무리가 있었는데, 한 무리는 在野派 哥老會의 정치두목이었던 林幺長子를 우두머리로 하는 집단이었다. 또 하나의 무리의 수장은 그 근처 지방의 상류층세력을 등에 업고 행동하는 白醬丹이었다. 鄕紳이자 袍哥의 우두머리인 白醬丹은 何寡婦의 문중산인 宵箕背에 질 좋은 금이 풍부하다는 사실을 알고 눈독을 들이기 시작한다. 이 들 두 세력은 宵箕背의 채굴권은 何氏 집안의 母子와 내통할 수 있어야 가능하다는 것을 알고 있었다.

그런데 白醬丹에게는 어려움이 하나 있었다. 그것은 자신의 집안 재산을 일찍이 탕진하는 바람에 돈이 없었다는 것이었다. 그는 다른 사람과 연합한 후, 그 사람의 돈을 끌어 들여 채굴권을 가져 올 수밖에 없었다. 그래서 그는 먼저 돈이 많은 彭尊三과 彭胖을 끌어 들이고, 그 다음 권세를 누리고 있었던 聯保主任이자 袍哥會의 우두머리 龍哥를 끌어 들여 이들과의 결탁을 통해 채굴권을 차지하기로 생각했다. 何氏 과부는 명문집안 출신으로 영리하고 능력이 있는 편이어서 지금까지 홀로 집안을 지켜왔다. 그녀에게는 何宝元이라는 외아들이 있었는데 별명은 何人種으로 나이는 29세였고 유약하면서도 꽤나 체면을 중히 여겼다. 林幺長子와 白醬丹은 앞 다퉈 여러 가지 감언이설과 기만적 수단을 동원해 何人種을 부추기면서 함께 宵箕背를 채굴하자고 했다. 그러나 何氏 과부는 대답하지 않고 그저 울기만 할 뿐, 사람들이 와서 자신의 조상 묘를 파헤치고, 자신을 생매장할지 모른다고 하소연하며 괴로워했다. 이 두 무리의 악당들은 이에 아랑 곳 없이 何氏 집안을 따돌리고 금을 캐기 시작했다. 이렇게 해도 何氏 과부에게는 자신을 지켜 줄 어떤 후원세력이 없을 것이라는 것을 알고 있었기 때문이다. 나중에 何氏 과부는 哥老會의 힘을 빌렸고, 그들에게 한 몫의 돈을 떼어주고 나서야 이 두 악당들의 행동을 막아 낼 수 있었다. 그러나 이것도 잠시 일 뿐, 白醬丹은 聯保主任 龍哥의 도움을 받아 국민당 중앙 정부법령의 支持 하에 縣政府에서 채굴할 것을 입안하고 何氏寡婦를 그 조합에 강제 편입시키는 방법을 써서 마침내 채굴권을 약탈해 가게 된다. 白醬丹이 득의양양해 하며 채굴에 손대기 시작할 때, 갑자기 쌀값이 폭등하기 시작하자 白醬丹과 함께 채굴에 가담했던 사람들은 마치 언제 그랬느냐는 듯이 곧 바로 금광을 떠나버린다. 상황이 이렇게 변하게 되자, 白醬丹 마저 분노와 허탈 속에서 금광을 버리는 것으로 작품은 막을 내린다.

「淘金記」는 沙汀의 대표작인데, 만일 모순의 「腐蝕」이 도시생활의 암흑면을 폭로한 작품이라면 沙汀의 「淘金記」는 향촌의 암흑을 폭로한 작품[7]이라고 했는데, 향촌의 암흑은 금광을 빼앗기 위해 그 지역의 정치건달, 土豪세력, 부패한 관료세력들이 추악한 싸움을 벌였던 北斗鎭이라고 하는 國統區 지역 四川의 어느 한 지방의 세태와 현실이었던 것이다.

「淘金記」는 금광을 빼앗기 위해 그 지역의 정치건달, 土豪세력, 부패한 관료세력들이 추악한 싸움을 벌였던 북두진이라고 하는 四川의 어느 한 지방의 세태와 현실을 고발한 작품이다. 작품에서 말하고 있는 北斗鎭의 세태와 현실은 금광 채굴권을 놓고 각축을 벌이며 싸우는 두 세력의 추악하고도 야비한 행태, 그리고 이에 대항하며 자신의 이익을 지키기 위해 투쟁했던 何寡婦의 모습을 통해서도 확연히 전달되고 있음을 쉽게 느낄 수 있다.

작가는 이 작품을 집필하게 된 동기와 관련해 실제 자신이 목격하고 경험한 사건에서 시작되었음을 분명히 했다. 작가는 「《淘金記》重版書後」라는 글에서 작품을 쓰게 된 동기기와 관련해 "1938년 여름, 나는 成都에서 延安으로 갔다. 그 해 겨울, 먼저 晉西北에 있었는데 주로 河北의 敵 後方에서 시간을 보냈고, 그리고 난 다음 다시 延安으로 돌아와 교편을 잡았고, 1939년 겨울에는 重慶에서 일했다. 이 때, 나는 1937년 고향에 머무르면서 횡포한 지방 유지들이 금을 채취하려고 서로 다투는 일을 목격하게 되었는데, 그 사건은 갈수록 분명하게 나타났다. 四大家族(蔣介石, 宋子文, 孔祥熙, 陳立夫의 가문)의 선도 하에 국통구지역의 도시 농촌의 크고 작은 거물 유력자들 사이에서는 소위 전쟁 중의 나라의 혼란을 이용해 돈을 벌어들이는 짓거리가 이미 한 시기의 풍조가 되었다. 이 같은 짓거리가 금 채취로 끝나는 것이 아니었는데, 나는 이러한 현실을 폭로해야할 필요성을 더욱더 느끼게 되었다."[8]고 말했다. 작가의 이 같은 술회를 통해 알 수 있듯이, 「淘金記」는 四川省의 어느 한 지역에서 벌어지는

7) 趙遐秋, 曾慶瑞, 『中國現代小說史』, 人民大學出版社, 1987, p.599.
8) 沙汀, 「《淘金記》重版書後」(金葵 編, 『沙汀研究專集』, 浙江文藝出版社, 1983, pp.31-32)

그 곳 사람들의 삶과 世態의 일면을 통해 국민당 정권이 지배하는 소위 국민당 통치 지역의 사회현실을 비판하고 고발하는데 창작의 목적을 둔 작품이었다.

작품에는 40여 명의 인물이 등장하는데, 그 가운데 작가의 의해 집중 묘사되며 인상을 남기는 인물은 7,8명 정도에 이르고 있다. 이들은 계급적 신분을 이용한 착취 내지 약탈로써 財富를 거둬들이는 등 끝없이 탐욕을 부리며 공생해 나가는 존재들이다. 이들 7,8명의 성격을 유형별로 나눠 살펴보면 다음 세 가지 형태로 분류될 수 있다.

이들 세 세력 가운데 하나는 꿈老會라고 하는 단체 소속 政治謀利輩인 林幺長子를 중심으로 하는 사람들이고, 또 다른 하나는 국민당 관료들과 결탁해 지방의 상층세력을 형성하고 있는 白醬丹이라는 사람의 세력이었다. 林幺長子와 白醬丹 두 세력은 四川省 國統區의 농촌지역을 지배하며 수단과 방법을 가리지 않고 자신들의 이익만을 추구하는 흉악한 사람들로 묘사되고 있다. 그리고 세 번째 세력은 앞의 두 세력에 맞서 싸우고자 했던 何氏 寡婦라는 여자였다. 작가는 먼저 이들 세 부류의 존재들의 면모와 그 성격을 독자들에게 확고하게 드러내려는 의도를 드러내고 있다. 작가는 주요 등장인물의 면모와 성격을 하나하나씩 단계적으로 설명하는 방식을 선택했다. 陳厚誠은 이를 가리켜 「淘金記」의 구조적 특색은 플롯의 발전에 따라 주요 인물이 魚貫式으로 앞뒤로 출현하며 나오는 것이라고 지적했다. 그는 작자가 마치 안내하는 사람처럼, 독자를 北斗鎭으로 데려다 놓고 순서대로 유명인의 집에 탐방하게 하는 것 같으니, 작품 제 1장에서 涌泉居茶館에 들어가게 되면서 林幺長子를 알게 되고, 제2장에서는 금광의 대들보 위에서 白醬丹을 만나게 되고, 계속해서 제3장에서는 彭胖을 제4장에서는 何人種과 何寡婦의 身世와 사람 됨됨이를 알게 된다고 이야기했다.[9] 魚貫式 수법은 여러 개의 이야기를 차례로 연속시키는 배열 방식인 사슬식 배열, 다시 말해 즉 여러 개의 고리를 이어 한 줄의 사슬을 만들듯이 이야기들을 한 줄로 이어서 작품을 꾸미는 방식과 유사한 것이라고 할 수 있다. 이 같은 사슬식 배열 방식은 인간의 삶과 그 관계 양상을 다양하게 조명할 수 있게 하는 장점이 있다. 작가는 이들이 누구이고 또한 어떤 사람인가를 차례차례 하나하나 독자들에게 알려주며

9) 陳厚誠, 「沙汀長篇小說的結構藝術」(金葵 編, 『沙汀硏究專集』, 浙江文藝出版社, 1983, p.218)

흥미를 유발시키기 위한 의도에서 이 같은 魚貫式 수법을 사용한 것으로 추정해 볼 수 있다.

누구보다도 먼저 하과부의 금광을 노렸던 林幺長子는 원기 왕성한 노인으로 키가 크고 마른 체격에 짙은 팔자수염을 기르고 있다. 젊은 시절에는 林幺長子로 불렸으나, 현재는 임주둥이로 불리고 있다. 그는 일찍이 哥老會의 우두머리를 하기도 했다. 北斗鎭에서는 세력을 상실한 채, 하는 일 없이 지내고 있지만, 항상 야심을 품고 기회를 노리며 살아 왔다. 그는 탐욕스럽고, 악독한 사람이었지만, 자신의 표정을 겉으로 드러내지 않는 사람이다. 이익을 얻을 수 있는 기회를 보면 수단과 방법을 가리지 않고 재빠르게 낚아채는 사람이다. 그가 하는 말의 대부분은 모두 거짓말이었고, 그 가운데 어떤 것은 虛張聲勢로써 사람들을 속이는데 목적을 두었다. 何寡婦의 아들 何人種을 설득해 금광 채굴권을 가지려 했으나 결국에 있어서는 白醬丹의 무리에게 빼앗기고 만다. 음흉하고 악독하며 탐욕적인 면에 있어서는 白醬丹과 비교해 모자랄 것이 없었으나, 전략과 방법을 찾고 세력을 동원하는데 있어 白醬丹에 밀려 결국에 있어서는 하과부의 금광을 빼앗기고 만다. 林幺長子는 자신의 이익을 위해서라면 사람들을 탄압하고 착취하기까지 했던 동시대 소위 地方 有志 내지 土豪세력의 한 유형이라고 할 수 있다.

林幺長子에 맞서 하과부의 금광을 빼앗으려고 했던 세력으로 白醬丹이라는 사람이 등장한다. 白醬丹은 몰락한 鄕紳출신이다. 겉으로는 점잖고 친절한 척하지만, 간교하고 악독하기 그지없는 사람이다. 그에게는 돈과 권력, 지위가 없었지만, 자신을 알아주는 지체 높은 사람들 내지는 자신이 가입한 여러 단체에 의지하며 행세하는 등, 갖은 수단과 방법을 동원하여 이익을 圖謀하고자 한다. 白醬丹은 돈이 없기 때문에 동업자를 끌어 들이려고 한다. 그러나 그는 北斗鎭에서 鄕紳과는 동업할 수 없는 상황에 처해 있었다. 그 이유는 鄕紳들이 백을 신뢰하지 않고 싫어하기 때문이다. 결국 白은 재력가인 彭胖을 끌어 들여 그를 財源의 공급처로 활용한다. 뿐만 아니라, 白醬丹은 聯保主任 龍哥라는 사람의 절대적인 도움을 받게 된다. 龍哥는 北斗鎭 哥老會의 최고 실력자였는데, 龍哥는 白醬丹을 자신의 친구이자 스승과 같은 사람으로 간주하였기 때문인지, 이들 두 사람은 지역 사람들로부터 경외심을 받았다. 龍哥는 土匪 출신이지만, 투항하여 사면을 받은 후 主任이 되었다. 뿐만 아니라, 그는 국민당 농촌 지역을 장악한 권력자였다. 龍哥는 실질적으로 北斗鎭을 지배하고 있다고 해도 과언이 아니었는데, 이 같은 이유와 더불어 동시대 국민당 정권의 행태를 대변하고 상징하는 인물로 등장하기 때문에, 작품에서 龍哥의 성격과 행동이 집중적으로 묘사되고 있다.

白醬丹은 彭胖 등과 연합하여 강력한 조직을 만들어 내면서, 한편으로는 土豪세력과 袍哥會 등을 대표하는 龍哥의 전폭적 지원에 힘입어 결국에는 林幺長子를 물리치고 금광 채굴권을 빼앗을 수 있었다. 白醬丹, 彭胖, 龍哥 등 이들 세력은 宵箕背의 금광 채굴권을 장악하기 위해 몇 가지 전략을 세웠다. 첫째는 何寡婦가 租稅를 걷기 위해 집을 비운 사이를 이용해 그녀의 아들 何人種을 기만하여 금광 채굴권을 승인을 기정사실화한 후에 何寡婦를 압박하여 채굴권을 획득한다는 것이다. 두 번째 전략은 첫 번째 전략이 실패할 경우, 林夭長子를 비롯한 건달, 노름꾼 들을 끌어 들여 이들과 연합한 다음 하과부를 무시하고 밀어 부치는 것이었다. 만일 이 일이 발각되어 문제가 되면 聯保主任 용가가 나서서 분쟁을 조정한 후 何寡婦를 압박해 채굴하기 위해 들어간 비용을 보상하게 하는 것이었다. 세 번째 전략은 白醬丹이 何寡婦의 조카 邱娃子를 납치한 후, 何氏 집안의 후예의 명의를 이용하여 宵箕背의 권리를 가져가겠다는 것이다. 네 번째 전략은 縣 政府와 縣의 상류층 인물의 지지를 이용한 立案의 형식을 통해 宵箕背의 鑛産을 점령해버린다는 것이다. 白醬丹과 龍哥가 이 같은 치밀한 계획을 세워 실행하여 성공할 수 있었던 것은 국민당 지방 정권의 묵인 내지 후원이 있었기 때문에 가능한 것이었다. 北斗鎭을 중심으로 하는 사천지방의 이 같은 현실과 세태를 만들어 낸 책임은 바로 국민당 정권에게 있음을 작가 沙汀은 지적하고 있는 것이다.

작자는 작품에서 북두진에서 행세하는 여러 유형의 사람들을 등장시키면 이들의 성격과 행동에 대해 이야기하고 있다. 소송대리인(변호사), 聯保主任, 지주, 지방의 토착 유지세력 등은 모두 자신의 계급적 지위를 이용하거나 부정한 방법을 통해 다른 사람들의 재물을 탈취하면서 지위와 권력을 지탱해나가는 사람들이다. 그들은 중일 전쟁의 國難을 이용해 돈을 벌었는데, 이들은 서로 결탁하기도 하고 내분을 일으키기도 하는 등, 이들은 자신들의 이익을 위해서라면 어떠한 수단도 마다하지 않았는데, 이들의 頂點에 서있는 사람이 바로 白醬丹과 龍哥라고 할 수 있다. 이 두 사람은 입으로는 거짓과 협박만을 일삼는 등, 국민당 지방 정권의 앞잡이 노릇을 하였다. 특히 龍哥는 지방 정권을 조종하고 있었고, 그로 인해 宵箕背에서 금광 채굴을 위한 싸움의 주도권을 결정할 수 있을 정도의 권력을 쥘 수 있었다. 그런데 龍哥는 土匪출신이었음에도 불구하고 聯保主任의 자리에까지 오를 수 있었고 또한 무력을 사용하면서까지 자신의 권력을 유지하면서 北斗鎭에서 최고 권력자와 같은 존재가 되어 그 지역을 좌지우지할 수 있는 인물이 되었는데, 이는 국민당의 부패한 지방정권세력과의 밀접한 관계, 다시 말해서 국민당의 비호와 후원 없이는 불가능한 것이었다. 따라서 白醬丹과 龍哥가 벌이는 非行과 犯行은 국민당의 비행이자 범행이라는 것이 작가의 이야기인 것이다.

黃曼君은 이 작품이 드러내는 정치 사회적 성격과 관련해, "「淘金記」는 현실정치의 환경을 폭로하고 국통구의 현존제도를 비판하였을 뿐만 아니라, 역사의 底邊까지 언급하였는데, 北斗鎭 사람들 사이의 인간관계에 대한 해부를 통해 국민당 통치가 사천사회에서의 어떻게 시작되었고, 또 정치건달들이 어떻게 형성되었는가에 대한 역사적 배경에 대해서도 이야기하였다"[10]고 했다. 지방군벌의 통치가 국민당 세력이 사천에 들어 온 30년대 중기 保甲制度가 실시되고 암흑적 부패세력이 탄생되면서 四川 건달정치의 지배세력이 만들어 졌는데, 이 같은 사실이 「淘金記」에서 뚜렷하게 묘사되고 있다. 그 가운데 哥老會라고 불렸던 조직단체는 四川 西北 농촌에서 특수세력을 형성하였다. 哥老會는 辛亥革命 이후, 그 지역을 지배했던 정권세력과의 지속적인 연합을 통해 하나의 거대세력을 유지하였고, 권세와 폭력을 통해 착취와 약탈을 일삼으며 이익을 도모하는 이른바 건달정치를 행하였다. 白醬丹, 龍哥 등이 보여주었던 악랄한 행태는 건달정치의 한 표본이었고, 또한 그것은 국민당 지방 정권의 묵인 내지는 후원 하에 이루어졌기 때문에, 이들의 행위는 곧 국민당의 건달정치가 되는 것이었다. 작가는 작품에서 먼저 가정 추악하고 비열했던 林ㅁ長子 一派와 白醬丹 一派, 이들 두 세력의 악행을 비판하고 폭로하고, 이를 통해 이들의 惡行을 助長하고 후원하기까지 하였던 국민당 지방정권의 소행, 그리고 이 같은 諸 惡行 등이 응집 결합되어 만들어지는 국민당 통치구역의 현실에 대해 이야기하고자 했던 것이

---

10) 黃曼君, 「試論《淘金記》的思想和藝術」(『中國現代文學研究叢刊』(1982.1), 北京出版社, p.234)

다. 그렇다면 국민당 통치구역에서 행해지는 건달정치의 핵심, 즉 이들이 벌이는 악행의 본질은 무엇인가? 작가는 작품에서 다음과 같이 말했다.

北斗鎭의 풍습에 대해 말하자면, 자기 땅 심지어 자기 마누라까지 나쁜 놈들에게 빼앗긴다고 하더라도 현재의 조건 하에서라면, 억울함을 하소연하거나 고소를 해도 통하지 않았다. 公理가 약탈자 한 쪽에게만 있었기 때문이다. 11)

이는 이들 건달정치의 결과가 어떻다는 사실과 함께 北斗鎭의 세태와 현실의 본질적 문제가 어디에 있는가를 단적으로 보여주는 부분이라고 할 있다. 뿐만 아니라, 이는 國統區 지역 사천지역의 현실을 파악할 수 있는 의미망을 제공하고 있다. 公理가 없는 사회, 있어도 그 公理가 왜곡된 채 잘 못 사용되는 사회, 이것이 바로 北斗鎭 뿐만 아니라, 국통구 지역의 사회현실이라는 것이 작가의 주장이었던 것이다. 卞之琳은 "「淘金記」에서 언급된 곳은 비록 四川의 어느 한 시골 마을이지만, 場面은 오히려 작지 않다."12)고 했는데, 이 말은 국민당 정권에 의해 악행이 곳곳에서 벌어지고 있고, 또 그러한 악행이 행해지는 곳은 모두 국민당 통치구역이 될 수 있다는 것을 示唆하고 있다.

林幺長子, 白醬丹, 彭胖, 龍哥 등은 정치 모리배들이자 건달정치의 대명사적인 인물이었고, 이들 정치 모리배와 정치건달 등 惡漢 들이 만들어 내는 현실이 北斗鎭의 세태였고, 이렇게 드러난 세태는 抗戰時 국민당 통치지역 후방의 현실이자 세태의 본질이었다는 것이 작가의 주장이었다. 따라서 北斗鎭은 抗戰時 국민당 통치구 後方 지역의 縮圖라고 할 수 있다. 작가는 작품에서 전국의 유명한 靑邦의 두목들이 상해에서 重慶으로 몰려드는 장면을 묘사하였고, 또한 蔣介石이 나서서 袍哥會를 움직이고 관리하는 것에 대해서도 이야기하였는데, 이 같은 묘사는 자신들의 통치구역에서는 국민당정부가 위아래를 가리지 않고 단체와 결사 등을 이용하여 정권을 공고히 하였다는 사실을 폭로하기 위한 작가의 의도에서 나온 것이다.

소설 「淘金記」의 또 하나의 특징이라고 한다면, 國統區 後方인 四川地方 北斗鎭의

---

11) 沙汀, 「淘金記」(『沙汀文集 第二卷』, 上海文藝出版社, 1986, p.353)
12) 卞之琳, 「讀沙汀《淘金記》」(金葵 編, 『沙汀硏究專集』, 浙江文藝出版社, 1983, p.224)

현실과 그 곳 사람들의 삶의 현장 등, 北斗鎭의 세태의 양상을 穿鑿하듯 그려내기 위해 北斗鎭의 환경에 대해 정밀하게 묘사하였다는 사실이다. 작가는 四川 농촌의 역사와 문화적 특색, 三敎九流 인물의 심리상태와 지방풍속에 대한 세밀한 설명과 묘사에서부터 袍哥會, 茶館, 술집, 금광광채굴기업의 행태 및 抗戰 政令 등, 北斗鎭의 현실과 함께 그 곳 사람들의 삶과 관련된 모든 것을 다 담아 나타내고자 했던 의지를 드러냈다. 또한 작품에서 北斗鎭의 대중이 모이는 공개 장소인 有暢和軒, 涌泉居, 郭金娃館 등이 자세하게 묘사되고 있음을 볼 수 있는데, 이런 장소들은 北斗鎭을 좌지우지 하는 林幺長子, 白醬丹, 彭胖, 龍哥 등과 같은 세칭 北斗鎭의 세력가들이 모여 자신들의 세력을 과시하며 음모를 꾸미는 곳이었다. 이들은 이곳에 모여 차를 마시고, 도박을 하고 그러면서 정보를 교환하고 상호 이익을 주고받으며, 음모를 꾸미고 악행을 저지를 계획을 준비하였다. 작품에서 묘사되고 있는 특정 환경은 그 시대의 사회 현실과 풍조에 대한 직접적 반영이라고 할 수 있다. 이 같은 묘사를 시도한 작가의 태도는 北斗鎭의 사람들의 삶의 모습에 대한 철저한 탐구와 그것에 대한 표현 의지에서 비롯된 것이면서, 동시에 四川지방의 향토색 짙은 분위기와 특색 등이 담긴 세태소설로서의 의미와 특징을 강조하기 위한 하나의 장치로서 이해될 수 있다. 작가의 이 같은 남다른 묘사 등으로 인해 沙汀의 「淘金記」가 보여준 한 시대, 한 사회의 풍속화로서 특징이 사람을 놀라게 할 정도의 경이적 수준에 이르렀다는 평가를 받고 있다.

4. 家族史와 時代史의 融合的 試圖

老舍의 소설, 「四世同堂」

「駱駝祥子」라는 소설로써 문학적 위업과 명성을 이룬 老舍는 1943년부터 1947년에 이르기까지 약 5년에 걸쳐 「四世同堂」이라는 주목할 만한 장편 연작소설을 내 놓는다. 작품이 완성되기까지 5년여라고 하는 비교적 오랜 시간이 소요되었고, 작품의 내용과 量 또한 동시대에 발표된 여느 장편소설과 그것과 비교해 매우 방대하다는 사실만으로도 「四世同堂」은 주목받을 수 있으나, 이 작품이 주목의 대상이 되어야 할 근본적 이유는 병들고 억압된 식민지 사회의 총체성을 四代로 구성된 어느 한 집안의 生能的 모습으로 압축시켜 나타냈다는 사실, 다시 말해, 식민지 사회 속에서의 억압과 비극의 양상은 물론이려니와, 그 속에서 벌어지는 사람들의 삶과 행동양태의 실상을 심도 있게 드러내는 데 있어 커다란 성과를 거두었다는 사실에 있다.

1940년대는 항일전쟁과 국공간의 내전 등으로 점철된 말 그대로 내우외환의 시기였다. 이 시기에 들어와, 문학은 사회적 역할 내지 사회적 기능이 지나치게 강조된 탓에, 정치와 투쟁의 이념, 사회현실 등에 지나치게 종속되거나, 구호와 선전, 정치투쟁의 도구가 된 탓에, 문학성이 많이 결여되거나, 문학적 독자성 내지 고유성을 찾기가 비교적 어려웠다. 이와 같은 40년대의 사회, 문학적 상황 속에서 老舍의 「四世同堂」은 가족적 삶의 이야기를 통한 시대사의 재구라는 문학적 논리로써 社會現實의 직접적 반영과 비판이라는 시대의 요구에 적극적으로 부흥했음은 물론, 어느 작품 못지않게 문학적 가치와 흥미를 진작시킨 동시대 몇 안 되는 秀作이었다.

「四世同堂」은 1937년 7·7사변에서 1945년 일본이 항복하기 까지 8년여에 걸쳐 이어졌던 민족의 수난을 북경 시내의 어느 한 작은 골목 마을의 사람들의 삶에 代入시켜 나타내고자 했던 의미 있는 작품이라고 할 수 있다. 黃修己는 "항전시기 일본 점령구에 갇혀 살던 사람들의 생활을 묘사한 가장 중요한 작품이고, 또한 老舍의「駱駝祥子」의 뒤를 이어 북경 사람들의 생활을 묘사한 걸작으로 북경 사람들의 생활을 다룬 일련의 소설 가운데 高峰의 작품"이라고「四世同堂」의 문학적 가치를 평가했고[1], 楊義는 "민족과 작가의 피로써 이루어진 痛史와 憤史 같은 것"이라고 했다.[2] 그러나 이러한 평가와는 매우 상반되게 夏志淸 C.T.HSIA은 "「四世同堂」은 높은 기대를 받기에는 상당히 미달되었고, 커다란 실망을 주는 작품으로 평가되어야 한다고 하면서, 작가 老舍는 시종 애국주의적 선동의 약물에서 깨어나지 못했다."고 혹평하기도 했다.[3] 이 작품에 대한 기존의 주요 평가가 긍정적이었든 부정적이었든 이와 같은 평가는 이 작품의 특성과 성격을 규명하는 데 있어 중요한 단서를 제공하고 있다.

「四世同堂」은 상술한 바와 같이, 1937년 7·7사변에서 1945년 일본이 敗亡하여 물러가기까지, 8년여에 걸친 중일전쟁 기간 동안 日帝에 의해 점령된 북경 시내 小羊圈이라고 하는 골목 마을을 배경으로 祁氏 집안의 가족들을 중심으로 한 그 곳 골목 사람들이 日帝의 지배를 겪으며 어떻게 행동하고, 생활하였는가를 매우 사실적으로 그린 작품이다.「四世同堂」은 모두 三部作으로 구성된 연작 소설로서 첫 번째 작품인「惶惑」은 1944년 11월에서 다음 해 9월 까지『掃蕩報』라는 잡지에 연재되었고, 두 번째 작품인「偸生」은 1945년 5월에서 같은 해 12월까지『世界日報』에 연재되었으며, 세 번째 작품인「饑荒」은 그 일부가 1947년부터 1949년에 이르기까지 3년여 걸친 작가의 미국 체류기간에 쓰이어졌는데, 前20章(68장에서 87장까지)은 1950년 5월부터 1951년 1월『小說月刊』에 연재되었다.「四世同堂」완성되기까지 국외에 체류하면서도 붓을 놓지 않고자 했던 작가의 굳은 의지와 함께 6여년이란 짧지 않은 시간을 필요로 했던 작품이었다.

「四世同堂」은 외형적인 면에서 몇 가지 특이할 만한 사실을 보이고 있다. 첫째는「四世同堂」은 내용에 있어 매우 방대한 분량을 가지고 있다는 것인데, 장편소설이기 때문에 당연히 분량이 많을 수밖에 없다는 사실을 감안해도, 百萬餘字에 달하는「四世同堂」의 분량은 동시대 여타 장편소설의 그것과 비교할 때, 독보적일 정도로 월등

---

1) 黃修己 著,『中國現代文學發展史』, 中國靑年出版社, 1993, p.604.
2) 楊義,『中國現代小說史』, 人民文學出版社, 1993, p.205.
3) C.T.HSIA,『A History of MODERN CHINESE FICTION』, Yale Univ. Press, 1971, p.369.

히 많은 것이다. 둘째, 상술한 바와 같이, 작품이 완성되어 세상에 나오기까지 6년이
라고 하는 비교적 오랜 시간이 소요되었다고 하는 사실이다. 작가는 병마로 인한 육
체적 고통을 안고 중일전쟁 및 國共內戰이 지속되는 지극히 불안한 時局 속에서 제1
부인『惶惑』와 제2부인『偸生』를 집필했고, 제3부인『饑荒』은 타국 미국에 체류하면
서 완성했다고 한다. 시작에서 완성에 이르기까지, 병마의 고통, 전쟁으로 인한 피난
살이와 해외체류생활 등을 거치며 6년여라는 긴 세월을 가지고 탄생한 것이「四世同
堂」인데, 이러한 사실은 작가의 지극한 노력과 정성, 그리고 사회에 대한 관심과 인
식의 폭, 그리고 관찰의지가 얼마나 컸는가를 보여 주는 것이라고 하겠다.

　「四世同堂」은 작품에 백여 명이 넘을 정도의 상당히 많은 인물들이 등장하고 있는
데에다가 인물들 간의 상호 미묘하게 얽힌 관계를 서술한 탓에, 일견 그 내용이 매우
複雜하고 방대해 보이는 것이 사실이나, 작가가 작품에서 다루고자 했던 내용의 핵심
은 비교적 간단명료하며 하나의 틀로 집약될 수 있는 어떤 한 가족의 이야기, 즉 四代
가 한 가족인 祁氏 집안의 가족이야기였던 것이다. 四世同堂이라고 하는 제목이 말하
고 있는 바와 같이, 이 소설은 四代로 구성된 大家族 祁氏 집안의 가족사이야기인데,
이러한 사실은, 이 작품의 기본적인 성격과 장르적 특성이 무엇인가를 직접적으로
示唆하는 것이라고 하겠다. 한마디로 말해서, 이 작품은 祁氏 집안의 가족이야기를
역사적 시간의 지속과 변화의 차원에 놓고 그린 家族史小說로 상정해 볼 수 있다.
그러면, 먼저 祁氏 집안의 가족에 대해 살펴보자.

　祁씨 집안은 四代가 함께 사는 大家族 집안이다. 이 집안은 최고 어른인 祁氏 노인
을 중심으로 그의 아들 祁天佑, 그의 첫째 손자, 祁瑞宣, 둘째 손자 祁瑞豊, 셋째
손자 祁瑞全, 그리고 증손자 小順子와 妞兒 등로 구성되어 있다. 작품의 제목「四世
同堂」은 바로 祁씨 집안을 지칭하는 바, 이에 걸맞게 祁氏 집안의 가족들은 작품에서
가장 핵심적인 역할을 하고 있다.

　집안의 최고 어른인 祁氏 노인은 몇 십 년을 어렵게 일해 小羊圈의 작은 골목에
집 한 채 마련해 놓았다. 그는 오직 자신과 자신집안의 안녕과 행복만을 念頭하며
살아가는, 그리고 세상이 어떻게 돌아가는지 제대로 알지 못하고, 또한 굳이 알려고
도 하지 않은 사람이었다. 祁代 노인이 이렇게 살아 올 수 있었던 것은 淸末 이후
중일전쟁시기에 이르기까지 內憂外亂의 50여년의 세월을 겪어 오면서 익힌, 나름대

로의 처세방식의 덕분이었다. 그는 세 달치 양식과 짠지만 있으며, 설령 하늘이 무너져 내려도 자신의 집안은 버틸 수 있다고 생각했다. 그는 日帝가 자신의 생활에 장애만 되지 않는다면 특별히 문제될 것이 없다고 생각했다. 그는 옆집에 사는 錢黙吟이 일본 경찰에 끌려가는 것을 보고도 약간의 불안감을 가지기는 하였지만, 자신은 일본에 대해 잘 못한 것이 없기 때문에 자신과는 관계없는 것이라고 여겼던 사람이었다. 祁氏 노인은 집안의 최고 어른이었지만, 아무 역할도 하지 못한 채, 몰락하는 가족의 역사만을 지켜볼 수밖에 없었다.

祁氏 노인의 아들이자 이 집안의 두 번째 세대인 祁天佑는 포목점을 운영하며 四世同堂의 실질적 생계를 책임지는 사람이었다. 그는 기존의 법도와 질서를 지켜가며 장사를 했던 구식 상인에 불과했지만, 자신의 아버지 祁氏 노인과는 전혀 다른 성격을 가진 사람이었다. 그에게 힘은 없었지만, 悲憤慷慨한 의지만큼은 살아 있었다. 祁天佑는 日帝 침략자들이 벌이는 중국인들에 대한 학대와 모욕을 참을 수 없다고 생각한 나머지 강물에 몸을 던져 스스로 목숨을 끊었다. 祁天佑에게는 祁瑞宣, 祁瑞豊, 祁瑞全이라고 하는 세 아들이 있었다. 큰 아들 祁瑞宣은 작품에서 가장 크게 또한 가장 비중 있게 다루어지고 있다. 그는 日帝 식민지 치하에서 항상 번민하며 갈등을 겪는 나약한 지식인으로 등장하고 있다. 祁瑞宣은 중국문학과 서양문학 두 가지다 공부한 경험이 있어 중국과 서구문화에 상당한 지식을 가진 학교 교사였다. 또한 그는 장자로서 자신의 부인과 함께 조부, 어머니 아버지를 모시며 사는 효성스럽고 예의바른 사람이었다. 효심도 있고 아울러 집안을 책임져야 한다는 강한 부담감 때문에 그는 현실 참여에 있어서는 항상 주저하거나 포기하는 모습을 보였다. 그는 日帝에 저항하며 용감하게 행동하는 인물이 될 수 없었다. 밖으로는 항일을 위해 나서서 투쟁하는 것과 안으로는 가족을 보살피고 지키는 것, 이 두 가지 생각과 목표 사이에서서 그는 항상 고민하며 갈등한다. 그는 日帝 식민세력의 만행을 보며 울분을 느끼고 행동에 나서고자 했으나, 가족에 대한 연민과 걱정 때문에 이렇다 할 행동 한번 하지 못하고, 결국에는 이로 인해 항상 죄책감을 느끼며 살아가는 사람이었다. 자신의 동생 瑞全이 항일운동에 나서려고 하자 "너는 가서 국가에 충성하고 나는 남아서 효도를 다하겠다."고 말하는데, 이 말은 그의 인품과 성격이 어떠했다는 것을 압축해 나타낸 것이라고 할 수 있다. 온건하고 나약한 瑞宣은 밖으로 향한 행동을 포기하는

데 익숙해지고, 그럴 때마다 스스로 그 이유를 만들 자신을 합리화하곤 했다. 그러나 그의 둘째 동생 祁瑞全은 결심이 서면 행동하고자 했던 애국 청년이었다. 그는 日帝의 압제가 심해지자 북경을 떠나 독립저항군에 가담한다. 이에 반해 서전의 형이자 서선의 첫째 동생 祁瑞豊은 철저하게 일신의 이익만을 추구하는 그런 사람이었다. 日帝 치하에서 이익을 얻기 위해서는 일본군을 돕는 漢奸이 되어도 좋다고 생각하며 집을 나와 반민족 역적 단체 가담하였고, 일본군의 앞잡이 노릇을 하다가 결국에 가서는 일본군에 의해 살해된다. 祁氏 노인의 증손녀 妞兒는 日帝의 가혹한 착취 속에서 餓死하게 되는데, 祁氏 노인의 四代 한 가족은 日帝침략의 수난 속에서 가족 세 사람이 죽는 등, 몰락의 과정을 겪게 된다. 祁氏 노인의 가족들의 삶 속에는 淸末에서 중일전쟁에 이르기까지의 50여년에 걸친 중국 사회의 역사가 담겨져 있다. 이들 세 형제의 삶을 애국자, 중간자, 반역자 등 크게 세 가지 유형으로 분류하여 식민지 被支配民으로서 한 시대를 살았던 청년세대들의 의식과 삶이 어떠했는가를 문학적으로 조명하면서, 동시대의 사회적 삶을 반영하고자 했던 작가의 의도를 읽어 볼 수 있다.

「四世同堂」에서 가족이야기 내지 가족사에 대한 언급은 祁氏 한 집안의 가족에만 국한되지 않는다. 錢氏, 冠氏 집안의 가족에 대한 이야기 또한 祁씨 집안의 그것만큼 자세히 설명되고 있다. 따라서 작품의 주요 제재의 범위를 조금 확대해 보자면, 「四世同堂」은 祁씨의 가족을 중심으로 한 錢씨, 冠씨 가족 등 세 가정의 이야기이자, 가족사라고 할 수 있다. 작품에서 祁씨, 錢씨, 그리고 冠씨 가족들의 이야기가 내용의 양, 즉 篇幅에 있어 거의 전부를 차지하고 있다고 해도 과언이 아닐 정도로 절대적 부분을 차지하고 있고, 플롯의 전개과정 또한 이들 세 집안 가족 구성원들의 삶과 운명의 이야기로 일관되어 있기 때문이다. 이들 세 가족의 삶과 운명의 이야기는 「四世同堂」의 메인 플롯을 형성하고 있고, 작가는 이들 세 가족의 이야기, 즉 세 가정의 가족사를 통해 식민지 치하 동시대 사람들의 의식과 삶을 깊이 있고도 광범위하게 그려내고 있음을 찾아 볼 수 있다.

한 마디로 말해서, 「四世同堂」은 日帝 식민지 시대라는 특수한 역사적 상황 속에서 세 집안의 가족 구성원들의 삶과 운명을 집중적으로 묘사한 작품이고, 또한 이들 세 가족의 삶과 운명이 작품의 핵심 제재로서 메인 플롯을 구성하는 소설이라고 할 수 있다. 따라서 이 작품은 플롯의 전개과정이라는 관점에서 볼 때, 역사나 사회적인 변천 속에서 가족의 운명 내지 가족집단이 융성하거나 쇠퇴 소멸하는 운명을 그린 家族史小說[4])로서의 성격을 갖는다고 할 수 있다.

물론, 이 작품에는 세 가족 이외에 기타 수많은 인물이 등장하여 자신들 고유의 행동을 통해 일정한 역할을 수행하고 있다. 그러나 이들의 행동과 역할은 세 가족의 가족사 이야기와 다른 별도의 이야기를 구성하거나, 별도의 플롯을 형성하고 있는 것이 아니라, 세 가족 구성원들의 삶과 밀접히 연관된 채, 세 가족의 이야기를 보충, 부연하거나 객관적으로 확인하는 역할을 하는 데 국한되어 있다. 따라서「四世同堂」의 장르적 성격은 플롯의 전개과정이라는 관점에서 볼 때, 가족사소설로 우선 자리매김해 볼 수 있다.

祁氏 집안과 매우 가까웠던 錢氏 집안은 투철한 애국심과 사회정의감으로 뭉쳐진 가족이었다. 시인이자 학자이기도 한 錢黙吟은 평소 隱者와 같은 삶을 살았고, 그의 집 대문은 좀처럼 열려 있는 적이 없었다. 문이 열리는 것은 오직 祁氏 노인만이 가끔 그의 집을 방문했을 때 뿐 이었다. 그에게는 두 아들이 있었는데, 장남은 결혼을 했고, 차남은 버스운전수를 하면서 생계를 유지했다. 그러던 중, 운전사인 둘째 아들이 30명이나 되는 일본 군인들을 태운 트럭을 몰고 가다가 개울로 돌진하여 일분군인들을 몰살시키는 사건을 일으키게 되는데, 이 사건으로 그는 일본군에 끌려가 모진 고문을 당하게 되고 그 일로 결국에는 장애인이 되고 만다. 자신의 동생이 모진 고문을 받고 폐인이 되었다는 사실은 병을 앓고 있던 장남을 충격에 빠트려 죽게 만드는데, 이에 크게 충격을 받고 낙담한 장남의 아내는 남편의 관에 머리를 박고 자살하며 남편의 뒤를 따르게 된다. 자신도 애국운동을 하던 王俳長을 숨겨주었다가 감옥살이를 한 데에다가 이 같은 일련의 과정을 지켜 본 錢黙吟은 마침내 운둔에서 벗어나 본격적인 항일투사의 길을 걷는다.

이에 비해 冠曉荷와 그의 부인 大赤包는 자신의 이익을 위해서라면, 무슨 짓이든 못하는 것이 없는 전형적인 漢奸 내지 謀利輩의 집안으로 등장한다. 冠曉荷는 북경이 日帝에 점령당하기 전에는 세무국장을 한 적이 있었는데, 日帝가 들어오자 다시

---

4) 한용환 지음, 『소설학사전』, 고려원, 1992, p.13.

관직을 얻기 위해 錢黙吟을 밀고하기도 했고, 심지어 자신의 아내 大赤包가 일본인에 의해 감옥에서 비참하게 죽었음에도 日帝에 원한을 품기는 커녕 오히려 日帝에 아부하며 빌붙고자 했던 그런 사람이었다. 그의 부인 大赤包 역시 破廉恥한 漢奸 노릇을 하는데 있어서는 夫唱婦隨였다. 이러한 冠氏 집안은 부부 모두 살해됨으로써 붕괴된다.

상술한 바와 같이, 작품에서 작가는 祁氏 집안사람들을 중심으로 錢氏, 冠氏 등, 이들 세 집안의 가족들이 日帝 식민지시대라는 암흑적인 상황에서 어떤 의식을 가지고 어떻게 살아 왔는가를 집중적으로 묘사하고 있다. 따라서「四世同堂」은 작게는 四世同堂의 祁氏 집안, 넓게는 祁氏, 錢氏, 冠氏 등 이들 세 가족의 이야기 그 자체라고 해도 무방하다고 할 수 있다.

祁氏, 錢氏, 冠氏 등 세 가족의 이야기는 한 마디로 말해 붕괴의 가족사라고 규정해 볼 수 있다. 세 가족 모두의 삶과 운명이 불행과 몰락으로 점철되었기 때문에, 붕괴의 가족사로 命名해 볼 수 있다는 것이다. 이들은 日帝 식민지 치하에서 온갖 시련과 고초를 당하며 온전했던 가정의 몰락과 가족의 붕괴를 경험한다. 祁氏 집안은 아들과 손자, 그리고 증손녀인 祁天佑, 祁瑞豊, 妞兒가 죽음으로써 가족 구성원의 절반이 사라지는 아픔을 겪었고, 錢氏 집안은 큰 아들 錢仲石과 큰 며느리가 죽고, 둘째 아들 錢孟石은 불구가 되는 등 큰 불행을 겪었으나, 간신히 가족의 명맥만은 유지할 수 있었으며, 冠氏 집안은 冠曉荷와 그의 부인 大赤包 모두가 죽음으로써 滅門의 화를 당한다. 작가는 日帝 맞서 용감히 싸운 사람만이 불행을 겪거나 죽은 것이 아님을 말하고 있다. 작품에서는 日帝의 漢奸이 되어 못된 짓을 한 사람도 결국에 있어서는 고통 속에서 몰락하는 것으로 묘사되고 있다. 漢奸 내지 협잡꾼과 같은 부끄럽고 부정한 짓을 하면 응징 받는 다는 것을 분명히 알리고자 했던 작가의 의도를 읽을 수 있다.

祁氏 집안의 祁天佑, 祁瑞全 錢氏 집안의 錢黙吟, 그의 둘째 아들 錢孟石 같은 사람들은 정의와 민족적 자존심을 위해 목숨을 초개처럼 버리는 인물을 대표했다고 한다면, 祁瑞豊, 冠氏 집안의 冠曉荷, 大赤包 같은 사람들은 자신들의 안락과 이익만을 위해 日帝에 빌붙었던 간악한 사람들을 대변했다고 할 수 있다. 작가는 이들 두 부류의 사람들이 받아야 했던 고통과 죽음을 서술하며, 식민지 시대의 삶이 얼마나 고통

스럽고 처참한 것인가를 표현하고 있다. 日帝에 맞서 투쟁한 사람은 비록 정의로웠지
만, 투쟁과 저항에 대한 대가로 고통을 받거나 죽어야 했고, 일신상의 이익과 안락을
위해 日帝의 漢奸이 사람들은 자신들이 저지른 죄의 대가로 고통을 받거나 죽어야
했다. 작가 老舍는 이들의 가족사를 통해 日帝 침략시대 被支配人, 被植民地人으로
서 살아간다는 것이 얼마나 슬프고 고통스러웠던 것인가를 말하면서, 식민지의 현실
이라고 하는 시대적이며 사회적인 의미와 상징적 성격을 환기시켜 보이고 있다.

祁氏, 錢氏, 冠氏 등 이들 세 가족은 小羊圈 골목 마을 사람들의 삶을 대표하고
있다. 따라서 대표하는 것만큼, 小羊圈이라는 골목 마을 사람들의 의식과 삶은 祁氏
집안의 가족사도에 융해되어 있음은 물론, 錢氏, 冠氏 등을 포함한 세 가족의 구성원
들의 삶의 과정에 고스란히 응축되어 나타나 있다. 바꿔 말하면, 이들 세 가족의 삶의
과정과 세 가족의 家族史는 小羊圈 골목 마을에 사는 모든 사람들의 삶의 과정이자,
삶의 역사가 되는 것이니, 小羊圈 골목 마을 사람들의 삶의 과정과 역사는 세 가정의
가족사의 연장선에 놓여 있다고 말할 수 있는 것이다. 이와 관련해, "작가는 하나의
작은 세포와도 같은, 기록에도 남지 않았던 함락당한 작은 골목 마을을 해부하였을
뿐이지만, 이 작은 골목 마을을 통해 민족과 국가의 명운을 보았다."는 이야기는[5]
小羊圈 골목 마을 사람들의 삶과 운명이 日帝가 점령하여 식민지화한 지역에 살았던
모든 중국인들을 상징하고 있음과 아울러 그들의 운명과 삶을 縮圖하고 있다는 것을
의미하는 것이다.

老舍는 日帝 침략전쟁 시기 四世同堂의 祁氏 집안을 중심으로 세 가족 구성원들의
삶과 운명, 그리고 小羊圈 골목 마을 사람들의 삶의 변화를 추적하고 있지만, 여기서
작가가 궁극적으로 추구하고자 했던 것은 몇 몇 가족 내지 골목 마을 사람들이 경험
해야 했던 특수한 상황이 아니라, 어떤 한 시대의 역사와 사회의 모습을 제시하는
것이었다. 小洋圈 골목 마을 사람들이 日帝의 점령지 식민지가 되어 겪었던 불행과
고통의 삶에는 동시대 식민치하를 경험했던 모든 중국인들의 불행과 고통을 기록한
日帝 침략시대의 社會의 歷史가 들어 있고, 祁氏, 錢氏, 冠氏 등 세 가정의 家族史에
는 小羊圈 골목 마을 사람들의 삶의 역사가 담겨져 있으니, 이들 세 가정의 가족사는

---

5) 胡潔青·舒乙, 「破鏡重圓」(老舍, 『四世同堂』, 北京十月文藝出版社, 1995, p.10)

동시대 일제에 의해 점령되어 식민지가 되어버린 사회의 역사가 되는 것이고, 그런 역사는 다시 이들 가족들의 가족사로 압축되어 나타나고 있는 것이다.

아울러, 이 작품은 북경에 사는 四世同堂의 祁씨 가족의 이야기를 다루면서, 日帝 치하의 생활을 묘사하고, 중국인들이 日帝의 식민지지배에 어떻게 대응했는가를 보여주는 역사적인 소설이었다는 이야기는6) 「四世同堂」이 갖는 사회적 의미, 즉 가정이 동시대 사회의 현실을 그대로 담아내는 사회의 축도로서의 역할을 정확하게 지적한 것이라고 할 수 있다. 祁氏, 錢氏, 冠氏, 등 이들 세 집안의 가족들의 삶과 행동은 日帝의 被支配人이 되어 암흑적인 현실 속에 놓여 있던 중국인들이 어떤 생각을 가지고 어떻게 행동하며 살아갔는가를 짐작케 해주는 하나의 指標라고 할 수 있으니, 이를 통해 이들의 가족사는 동시대 社會史였고, 아울러 동시대 社會史는 이들의 家族史와 다름이 없었음을 상정해 볼 수 있다.

식민지 현실에 대한 정확한 판단과 인식을 갖지 못한 채, 오직 가정의 안일과 번영만을 생각했던 사람들, 식민지 현실에 대해 크게 분개하며 이에 과감히 저항하는 사람들, 식민지 현실에 대한 의식은 있으나 행동하지 못하며 내적으로 방황, 갈등하는 사람들, 자신만의 이익과 안락을 위해 파렴치하고 악한 짓도 마다하지 않는 사람들, 이들 세 가정의 가족사는 바로 이런 사람들이 만들었던 것이고, 아울러 동시대 식민지 사회의 역사는 이런 사람들의 행동과 삶을 통해 이루어지고 있다고 작가는 주장하고 있다.

따라서 「四世同堂」에 있어서 가정과 가족사는 곧 同時代 同社會의 縮圖이며, 동시대 사회는 가정의 확대된 공간으로서의 의미를 갖게 된다. 老舍는 四世同堂인 祁氏 집안의 가족사를 필두로 錢氏, 冠氏 등 이들 세 집안의 가족사를 통해 한 시대의 사회사를 再構하고자 했으니, 이것이 바로 「四世同堂」이 갖는 주요 문학적 특징 가운데 하나라고 할 수 있다.

전술한 바와 같이, 「四世同堂」은 일차적으로 세 가족의 역사를 서술한 소설, 즉 세 가족 구성원들의 삶과 운명을 역사적 시간의 지속과 변화의 차원에서 묘사한 가족사소설로서의 성격을 드러내고 있으나, 이 작품이 갖는 문학적 특성과 성격은 가족사

6) Ranbir Vohra, 『LAO AND THE CHINESE REVOLUTION』, Harvard University Press Cambridge, Mass., 1974, p.140.

소설로서의 그것에만 국한되지 않는다. 다시 말해, 플롯의 전개과정이라는 관점에서 볼 때, 「四世同堂」은 가족사소설로서의 성격을 갖게 되나, 주제나 작가의 作意라는 측면에서 살펴 볼 경우, 이 작품은 또 다른 장르적 성격을 갖게 된다는 것이다.

「四世同堂」은 四代에 걸친 祁氏, 그리고 錢氏, 冠氏 등 세 집안사람들의 삶의 과정과 그 이야기를 메인 플롯으로 取擇하면서도, 사회 현실에 대한 광범위하고도 심도 있는 관찰을 통해 식민지 사람들의 삶의 실상, 즉 세태를 구체적으로 묘사하였고, 동시에 그러한 현실을 극복하기 위해서는 궁극적으로 개인과 집단의 삶이 어떠해야 하는가를 설파하고자 했던, 매우 교훈적인 성격을 가진 작품이라고 할 수 있다. 한 마디로 말해서, 플롯의 전개과정이라는 관점이 아닌, 주제와 작가의 작의, 또는 독자들이 받는 문학적 교훈이라는 측면에서 볼 때, 「四世同堂」은 世態小說로서의 성격과 함께 일부 歷史小說로서의 의미도 갖는다는 것이다.

老舍는 북경과 북경사람들의 삶에 많은 관심을 가지고 있었는데, 이러한 관심에 대한 문학적 표현물로 나타난 것이 바로 「四世同堂」이다. 이 작품은 세 가족들의 삶과 그들의 이야기를 통해 식민지 사회에서의 인간의 삶을 표현한 구성양식을 띠고 있지만, 작가는 처음부터 가족의 이야기 내지 몇 몇 가정의 가족사를 통해 식민지 사회의 삶을 보고자 했던 의도를 가졌던 것은 아니었다. 항전시기 식민지로 전락한 북경 사회의 현실과 그 지역에 살았던 사람들의 삶의 모습, 즉 세태에 깊은 관심을 가졌는바, 작가는 자칫 산만하면서도 복잡하게 그려지기 쉬운 이와 같은 세태를 일목요연하고 짜임새 있게 나타내기 위해 가족적 삶의 이야기 또는 가족사 이야기를 플롯의 핵심으로 취택해 서술하는 방법을 사용한 것으로 생각해 볼 수 있다.

식민지 치하의 북경 사회의 현실과 세태에 대한 깊은 관심은 老舍의 부인 胡潔靑의 다음과 같은 술회를 통해 자세하게 나타나 있다. 胡潔靑은 이 소설의 창작동기와 관련하여 다음과 같이 술회한 바 있다.

"2,3개월의 시간 동안 나는 4,5년간 보고 듣고 한 것, 그리고 나의 느낌과 분한 감정을 떼로 몰려와 나를 찾아 왔던 친구들에게 반복적으로 여러 차례 말해 주었다. 친구들은 이런 나의 이야기를 듣고, 말을 많이 안했으나, 老舍는 오히려 바빠지기 시작했다. 그는 일본 침략자들이 북경에서 저지른 행동, 이에 대한 시민들의 反應如

何를 자세하게 물었고, 북경의 親友와 잘 아는 모든 사람들의 상세한 상황에 대해 나와 하나하나씩 이야기 했다. 내가 어떤 집에서 사람이 죽게 되니까 모두들 나서서 열심히 도왔다고 말하자, 그는 곧바로 그 집이 장례를 치루는 세부적인 모습을 아주 그럴 듯하게 보충해 냈다. 내가 어떤 사람이 漢奸이 되었다고 하자, 그는 그런 사람은 무엇을 먹고, 무엇을 입고, 또 사람을 보면 어떤 안색으로 말하는 가 등등을 하나하나 나에게 행동으로 표현해 나타냈는데, 그 모습이 마치 식민지 북경 지역에 4,5년 정도 살았던 것 같았다. 나는 그가 북경과 북경 사람들에 대한 이해가 그렇게 깊고, 그렇게 자세하고 그렇게 眞實된 것인지를 알고 감탄해 마지않았다.[7]

상술한 내용은 그것이 비록 특정 시기, 특정 지역에 국한되었던 것이기는 하지만, 동시대 사람들의 삶의 모습, 즉 世態를 그려보고자 했던 작가의 의도를 분명하게 보여주는 것이라고 할 수 있다. 작가의 이러한 의도는 抗戰期와 被植民地 時代라고 하는 사회적 변혁기에 있어서 사람들의 삶의 양태를 총체적으로 그리고자 했음을 말하는 것으로서 「四世同堂」이 갖는 세태소설로서의 가능성을 뒷받침해준다고 볼 수 있다. 세태소설은 어떤 특정한 시기의 변모의 양상과 특정사회에 한하여 대표되는 타당한 진실을 지닌 인간들을 묘사하는 소설이라고 할 때,[8] 小羊圈이라고 하는 골목 마을 사람들의 삶의 양태를 그린 「四世同堂」은 세태소설로서의 또 하나의 특징을 갖기에 부족함이 없다고 할 것이다. "이야기의 핵심은 祁氏 집안의 운명인데, 이들의 운명에서 시작하여 전체 골목 마을에 이르기까지 그리고 당시 북경 사회의 여러 사람들에 이르기까지, 광활하고 또 복잡한 역사를 배경으로 항일전쟁시기 被占領地 사회의 모습을 반영하고, 혼란스럽고 고통스러우며 복잡했던 역사시대 생활의 그림을 펼쳐 보이고 있다."는 이야기[9]는 작품의 주제와 함께 이 소설이 갖는 세태소설로서의 의

---

7) 胡潔靑, 「老舍夫人談老舍」(王惠雲·蘇慶昌 著, 『老舍評傳』, 花山文藝出版社, 1985, pp.227-228에서 재인용)

8) 『문학비평용어사전(하)』, 국학자료원, 2005, p.1080 참조.
   James W. Tuttleton, 『The Novel of Manners in America』, North Carolina U.P., 1972, p.10.
   James W. Tuttleton은 세태와 사회적 관습, 민속, 전통, 관례, 그리고 어떤 주어진 시 공간 속에서 지배적인 역할을 하고 그들의 사고와 행동을 통제하고 그리고 그들이 가담하고 있는 행위에 대한 결정 요소를 이루는 소설, 그리고 이러한 세태와 관습들이 현실적으로 상세하게 그려지는, 다시 말해서 그것들의 재현의 정확성에 우선권이 주어지는 그러한 소설을 의미한다고 했다.

9) 王惠雲·蘇慶昌 著, 『老舍評傳』, 花山文藝出版社, 1985, p.230.

미를 다시 한 번 설명해 주고 있다.

동시대 사회의 현실과 세태에 대한 광범위한 수용 내지 관찰의 징표는 동시대 餘他 작품에서 보기 어려울 정도로 상당히 많은 인물들이 등장하고 있다는 사실을 통해서 우선 파악될 수 있다. 대략이나마 언급되고 있는 등장인물의 수가 대략 130명 정도이고, 家庭의 수만 해도 17, 18여개에 이르고 있다. 이름과 姓이 분명히 언급되면서, 최소한의 역할을 담당하고 있는 사람의 수도 60여명에 이르고 있을 뿐만 아니라, 등장하는 인물의 직업형태와 외모도 실로 다양하다. 중학교 교사, 늙은 시인, 인력거꾼, 천막을 쳐 놓고 사자춤을 추는 광대, 교수, 배우, 직물장수, 고물장수, 식당 더부살이, 목 삐뚤이, 순경, 세무국장, 이발사, 유랑민, 기생, 모리배, 늙은 과부, 영국외교관, 묘지기, 특무요원 등, 매우 다양한 각양각색의 사람들이 등장하고 있는데, 이런 사람들이 日帝 치하의 암흑적인 상황 속에서 어떻게 행동하며 살았는가를 보여주었던 작품이 바로 「四世同堂」이다. 비록 이 소설이 가족의 이야기 내지 가족사에 플롯의 중심을 둔 가족사소설과 같은 작품이라고 할지라도, 多數 인물의 등장은 광범위하게 사회의 현실을 수용하며, 폭 넓게 인간 삶의 양태를 관찰하고자 했던 작가의 의도를 나타내는 것이라고 할 수 있다. 다시 말해서, 이러한 사실은 가족적 삶을 통한 이야기의 차원을 넘어, 사회의 현실과 세태에 대한 깊은 관심과 함께 그 관심을 폭 넓게 작품에 담아내고자 했던 작가의 의도를 보여주는 하나의 징표가 된다고 할 수 있다. 사실 老舍는 사람들이 세상 살아가는 삶의 모습과 생활의 풍속 등에 그 어느 작가보다 많은 관심을 가지고 있었다.10) 그래서 일부 논자는 그를 風俗 文化型의 작가로 분류하여 그의 문학을 논하기도 했다.11) 이러한 사실은 老舍의 상당수 작품이 장르적 관점에서 볼 때, 세태소설이 될 수 작품이 될 수밖에 없음을 示唆하고 있다.

전술한 바와 같이, 작가는 항일전쟁을 겪고 피식민지민이 되어 살아야 했던 동시대 사람들의 삶의 양태를 일차적으로 祁氏, 錢氏, 冠氏 등 세 가족 구성원들의 삶 속에 압축시켜 나타내고 있다. 그러나 小羊圈 골목 마을의 일은 북경 일본점령구의 축소판

---

10) 甘海嵐, 『老舍與北京文化』, 中國婦女出版社, 1993, p.41.
　　甘海嵐은 老舍는 현실 생활 속에서의 민속 문화를 문학의 심미적 대상으로 제고시켰고, 이는 그의 작품을 풍부한 민속 문화의 내용을 갖추게 하면서 중국의 풍속화로 불리게 된 중요 원인이 되었다고 했다.

11) 楊義 著, 『二十世紀中國小說與文化』, 業强出版社, 1993, p.159.

이라고 한 한 이야기한 黃修己의 말[12] 그대로 小羊圈 골목 마을 사람들의 운명은 日帝 침략으로 식민지화된 지역에 살았던 중국인들 모두의 삶을 압축시켜 나타낸다고 할 수 있다. 세 가족이외의 다수 등장인물의 삶과 운명은 세 가족과의 그것과 별로 다를 바 없지만, 작가는 이들에게 일정한 역할을 주어 동시대 被占領地 식민지 사람들의 삶의 양태를 거의 빠짐없이 고스란히 철저하게 드러내 보이며, 역사적 사실과 관련한 작품의 리얼리티를 한층 강화시키고 있다. 다시 말해, 日帝의 침략과 관련하여 세 집안사람들의 삶과 운명에 관한 이야기와 별도로 被占領地 사회에서 실제 있었던 현실에 대한 광범위한 언급은 사회적 리얼리티를 확고하게 구축하고, 아울러 日帝의 極惡無道했던 만행과 범죄행위를 고발하기 위한 작가의 의도로 풀이해 볼 수 있다는 것이다.

祁天佑, 祁瑞豊, 妞兒, 錢孟石과 그의 부인, 그리고 冠曉荷와 大赤包, 모두 그 이유와 원인이 어디에 있었던 간에 日帝의 점령과 식민통치로 인해 목숨을 잃었다. 이들 이외에 日帝의 혹독한 탄압으로 목숨을 빼앗긴 小羊圈 골목 마을 사람들이 또 있다. 인력거꾼 小崔는 목이 잘려 죽게 되고, 이발사 孫七은 생매장 당해 죽게 되고, 小文부부와 常二爺 또한 비참하게 살해당한다. 小羊圈 골목 마을 사람들의 삶의 양태는 바로 죽음으로 집약된다. 전쟁 속의 북경은 輓歌로 가득 찬 죽음의 땅이자, 하나의 커다란 棺이라고 한 것은 바로 죽음으로 대변되는 삶의 양태를 두고 한 말이다. 그렇기 때문에 「四世同堂」은 痛史가 되는 것이다.

> 나라를 빼앗겼을 때, 죽음은 가장 쉽게 만나게 되는 일이다. 錢氏 집안의 비참한 모습은 눈을 통해 사람들의 가슴 속으로 들어 왔고, 가슴 속으로 그들은 자신들의 안전을 되새겼다. 주권을 잃어버린 땅에서 살아간다는 것에서 죽음이 그들에게 가장 가까이 서있었다.[13]

그러나 작가는 小羊圈 사람들의 삶의 모습을 죽음으로만 규명하지 않았다. 각성하며 저항하는 사람들의 면모도 동시에 보여주었다. 老舍는 낙후되고 우매하며 생각이

---

12) 黃修己 著, 중국어문연구회 譯, 『中國現代文學發展史』, 범우사, 1992, p.652.
13) 老舍, 『四世同堂(惶惑)』(『老舍文集』 第四卷 人民文學出版社, 1995, p.190)

마비된 사람들의 모습을 그리는 데 인색하지 않았으면서도, 동시에 日帝의 暴壓에 저항하며 각성하는 사람들에 대한 묘사에 있어서도 주저하지 않았다. 祁氏 집안의 셋째 손자 祁瑞全, 그리고 첫째 손자 祁瑞宣, 그의 며느리 韻梅, 대표적인 애국자이자 저항 운동가인 錢氏 집안의 三父子를 필두로, 장의사이자 짐꾼 노릇을 한 李四爺, 인력거꾼 小崔, 고물장수 長順, 사자춤꾼 劉師傅, 이발사 孫七 등에 이르기까지, 이들은 힘없는 민초에 불과하여 때로는 세력자에게 순종하는 듯이 살아가지만, 日帝의 침입과 압제에 분노하며 저항하는 사람들이다. 작가는 이러한 유형의 사람들의 삶과 행동을 섬세하게 묘사하였다.

각성하는 인물의 전형적인 모습을 보인 瑞宣의 형상은 국난 속에서의 희망을 상징하는 것이다. 그렇기 때문에 각성하며 日帝에 항거하는 모습은「四世同堂」으로 하여금 憤史로서의 역할을 하게 한다. 다음 대목은 瑞宣의 사고변화를 통해 각성하는 청년의 모습을 보여주고 있다.

이처럼 국난 속에서 그녀는 그를 도와 집안의 청렴과 결백을 지키게 했다. 그가 보기에는 비록 소극적이기는 했지만, 그것 또한 적에게 항거하는 것이었다. 그녀는 하나의 여자에 불과한 것이 아니라, 중국역사상 나라가 기울고 집안이 망했던 때에, 남자를 따라 고난을 겪고, 남편을 따라 절개를 위해 목숨을 버리고, 나라를 위해 몸을 희생하는 사람이었다.14)

작가는 祁氏 집안의 四代 가족이 겪었던 삶의 유형을 포함해, 日帝 식민지 治下 小羊圈 골목 마을 사람들의 삶의 유형을 크게 세 가지 분류하여 말하고 있다. 첫째, 日帝 식민지 치하에서 우왕좌왕 고민하며 괴로워하다가 점차 각성의 과정을 걸으며 마침내 투쟁과 애국의 의의를 깨닫는 사람들, 둘째, 목숨을 버릴 각오를 하면서 日帝의 폭압에 적극 맞서 투쟁을 벌이는 사람들, 셋째 일신상의 이익과 안락함을 위해 日帝에 밀착하며 협조했던 漢奸과 같은 사람들 등으로 나누어 설명하고 있다. 그러나 작가는 궁극적으로 첫 번째 유형의 사람들과 두 번째 유형의 사람들을 거의 동일시하여 다루기 때문에, 실제적으로는 양심적인 애국자 부류와 사악한 매국노, 즉 漢奸

14) 老舍, 『四世同堂(饑荒)』(『老舍文集』 第六卷 人民文學出版社, 1995, pp.127-128)

부류로 양분하고 있다는 것이 정확하다고 할 수 있다.

被占領地 사람들의 삶의 諸 樣相에 대한 관찰을 통해 작가가 강조하고 싶었던 것은 다음 두 가지로 요약해 볼 수 있다. 첫째, "憤"의 의지로 애국심과 민족의 자존심을 高揚하는 것이었고, 둘째, "痛"의 심정으로써 日帝의 점령지가 되어 죽음의 도시가 된 북경과 북경사람들의 실상을 알리는 것이었다. 평소 애국심이 강했고, 북경에 대한 애정과 관심이 남달랐던 작가가 日帝에 의해 죽음의 도시로 바뀐 북경의 실상을 드러내 독자들에게 그 진실을 알리며 애국심을 호소하는 것은 당연한 일이었다. 吳小美는 "북경의 보통 사람들이 받은 처절한 고통과 곡절 많은 각성과정이 소설이 표현하고자 한 것이었고, 이는 이 시기의 역사와 사람들의 삶에 대한 탐구이자 개괄이었다."[15]고 했는데, 이렇게 볼 때, 처절한 고통은 痛史的 의미로 받아 들 일 수 있고, 곡절 많은 각성과정은 憤史的 의미로 해석해 볼 수 있다.

이 작품은 점령되어 식민지로 전락된 지역의 세태를 해부함으로써 憤史 내지 痛史로서 역할을 했던 소설임에 틀림없으나, 老舍가 作意를 지나치게 드러냄으로써, 다시 말해 작가의 목적의식이 필요이상으로 강하게 드러나고, 그 의식이 작품에 과도하게 개입됨으로써 도식적이고 인위적이며 진실성이 부족한 작품이 되었다는 평가가 나오고 있다. 이와 관련해 馬森은 인물의 개념화, 도식화를 지적하며 작가가 개인적인 감정에 치우친 나머지 객관성을 상실하여 인물의 진실성을 훼손시켰으며 작품을 통속물로 전락시켰다고 했다.[16] 앞서 언급한 바와 같이, 夏志淸은 이 작품에 대해 "「四世同堂」은 높은 기대를 받기에는 상당히 미달되었고, 커다란 실망을 주는 작품으로 평가되어야 한다고 하면서, 老舍는 시종 애국주의적 선동의 약물에서 깨어나지 못했다."[17]고 혹평하기도 했는데, 이는 작가가 애국주의와 교훈적 성격을 너무 의식하는 바람에 작품이 지나치게 도식화, 규격화되어 작품의 문학적 가치가 떨어졌음을 지적하는 것이라고 할 수 있다.

작가 老舍는 확고한 목적의식을 가지고 이 작품을 집필한 듯하다. 먼저 老舍가 이

15) 吳小美, 「一部優秀的現實主義作品-評老舍的『四世同堂』」(『文學評論』 第6期, 1981, p.90)

16) 馬森, 「論(老舍的小說)」(『明報月刊』 第69期 1971, 9) (김의진, 『老舍小說연구』, 서울대학교대학원 박사논문, 1996, p.161에서 재인용)

17) C.T.HSIA, 『A History of MODERN CHINESE FICTION』, Yale Univ. Press, 1971, p.369.

작품을 왜 썼는가에 대해, 그러니까 집필목적에 대해 살펴 볼 필요가 있다. Ranbir Vohra는 老舍가 「四世同堂」을 쓴 이유를 첫째, 『火葬』의 서문에서 밝혔듯이 『火葬』이라는 작품에서 日帝 치하에서 중국인들의 삶을 제대로 다루지 못한 데 대한 後悔 내지 自責感이 작용했고, 둘째, 평소 누구보다도 북경을 잘 알고 있었고 관심이 많았던 문인으로서 日帝 치하에서 혹독한 고통을 받았던 북경과 북경사람들의 삶을 그려 내고자 했던 욕구가 크게 작용한 것으로 정리한 바 있다.[18] 한마디로 말해서, 애국심과 작가로서의 文學的 使命感, 그리고 북경에 대한 남다른 애정과 관심이 「四世同堂」을 탄생시켰다고 할 수 있다.

老舍는 『火葬』의 서문에서 작가라면 抗戰의 문제를 다루는 데에 있어 적극 참여할 것을 요구하였다. 그는 抗戰을 다루는 것은 전쟁을 소멸시키고, 평화를 건설하기 위함이라고 주장하고, 그렇기 때문에 현실과 진실에 정면으로 대응하는 용기가 필요하다고 했다. 老舍는 또 오늘 날의 세계는 극명하게 양분되어 있다고 주장했다. 그 가운데 하나는 침략, 즉 패도이고, 또 다른 하나는 저항, 즉 민주라고 보았다. 침략의 편에 있는 그들은 힘의 논리를 떠들어 대고 있기 때문에, 폭력에 저항하고 민주정치를 건설해야 하는 편에서는 반드시 온 힘으로써 전쟁을 하여 침략을 타도해야 한다. 그리고 침략자들은 자신들의 전쟁목적을 그럴 듯하게 선전하고 다닐 것이니, 침략자들의 거짓과 우롱을 물리쳐야 한다고 했다.[19] 작품 『火葬』의 서문의 내용을 한 마디로 요약해 본다면, 작가로서의 현실적 사명감과 함께 애국심의 표현이라고 할 수 있다. 작가는 『火葬』이라는 작품에서는 정작 서문에서 밝힌 자신의 의지와 철학을 충분히 구현하지 못했다. 작가는 이 점을 매우 아쉬워하였는데, 이후 발표된 『四世同堂』에서는 이와 같은 자신의 현실의식과 세계관을 그대로 담아냈다고 한다.

日帝의 침략에 맞서 싸워 이겨 평화를 지키는 것을 최대 과제로 삼은 老舍는 작품에서 이러한 과제를 실천하는 것을 문학적 사명으로 여겼다. 다시 말해서, 日帝의 침략을 무찔러 국가와 민족을 지켜서 평화를 이루고 民主를 달성하는 일을 자신의 문학적 목표로 삼았던 것이다. 日帝와 벌이는 전쟁에서, 그리고 북경과 같은 日帝

18) Ranbir Vohra, 『LAO AND THE CHINESE REVOLUTION』, Harvard University Press Cambridge, Mass, 1974, p.140.
19) 老舍, 『火·葬·序』(『老舍文集』 第三卷 人民文學出版社, 1995, p.341)

점령지에서, 즉 日帝 치하의 위기에서 日帝를 돕거나 日帝의 편에 서는 사람은 日帝와 다를 게 없다는 것이 작가의 기본 인식이었다. 그렇기 때문에, 日帝 항전기를 전후한 시기에 탄생한 작품의 경우, 인물 구성방식에 있어 이분법적이고 도식적인 개념이 기본구도로 설정되었던 것은 당연하고도 자연스러운 일이라고 할 수 있다.

전술한 바와 같이 「四世同堂」은 「惶惑」, 「偸生」, 「饑荒」으로 이루어진 三部作이다. 작가 老舍는 「惶惑」에서, 「偸生」에서 그리고 「饑荒」에서도 지극히 대조적인 두 부류의 人物群의 모습을 일관되게 묘사하면서, 처음부터 끝까지 이들 두 부류 인물군의 변함없는 총체적인 모습을 독자 앞에 보여주고자 노력하였다. 다시 말해, 「惶惑」, 「偸生」, 「饑荒」 등 이들 세 작품 공히 처음부터 끝까지 이들 두 부류의 人物群이 보여주는 상반된 모습, 즉 가정환경, 사고방식, 가치관, 현실인식, 행동양태 그리고 최종적인 운명 등 모든 면에 있어서 이들의 대비된 묘사로 일관되어 있는데, 작가는 이와 같은 일관된 묘사를 통해 日帝 치하의 사회현실과 세태를 말하고 자신의 궁극적인 作意를 독자에게 호소하였다. 이들 두 부류의 人物群 가운데 한 부류는 소위 애국주의자들로 祁天佑와 祁瑞全, 錢黙吟과 그의 두 아들 錢仲石, 錢孟石 등이 애국주의자들의 대표적인 사람들이다. 이들은 일신상의 안위를 돌보지 않은 채, 日帝에 맞서 싸우는 사람들이었으며, 정의롭고 애국적이었던 이들의 행동은 처음부터 끝까지 변화가 없다. 나머지 한 부류의 人物群은 祁瑞豊과 冠曉荷, 大赤包, 藍東洋 등으로 대표되는 소위 매국주의자 내지 漢奸들이다. 이들은 오직 자신들의 출세와 이익을 위해서 日帝에 협력하는 앞잡이 노릇을 할 뿐만 아니라, 다른 사람을 음해모략 하는 일도 마다하지 않았는데, 이들의 성격과 행동 또한 처음부터 끝까지 시종일관 지속된다. 작가의 前者가 善이라면, 後者는 惡이요, 前者가 是라면, 後者는 非요, 前者가 正이라면 後者는 邪요, 前者가 原則主義, 利他主義라면, 後者는 機會主義, 利己主義인 것이 작가의 일관된 주장이다.

이들 두 부류의 人物群이 벌이는 대립과 갈등, 그리고 이런 과정 속에서 드러나는 두 부류의 사람들의 삶의 樣式과 행동 樣態 등이 「四世同堂」의 중심 제재로서 플롯 전개과정에 있어서 핵심적 역할을 하고 있다. 그렇기 때문에, 이 작품은 善과 惡, 是와 非, 正과 邪, 愛國과 賣國, 원칙주의와 기회주의, 正道와 非道 사이에서 벌어지는 대립과 갈등의 이야기, 투쟁의 이야기, 그 자체라고 해도 과언이 아니다. 이 작품은 이처럼 고정된 양자 사이의 대립과 갈등이 서사 구도에서 일관적으로 작용하고 있기 때문에 작품이 규격화, 정형화되어 있을 뿐만 아니라, 핍진성 내지 진실성이 부족하고 도식적이며 이분법적인 작품이라는 비난을 받고 있는 것이다.

「四世同堂」은 철저한 공간중심의 소설이다. 작품의 공간적 배경을 북경의 어느 한 작은 골목마을에 국한시켜, 그 공간 속에서 벌어지는 마을 사람들의 삶의 이야기를 다룬 공간중심의 소설이다. 공간 또는 환경의 전이에 따라 변화하는 인물의 형상을 묘사하기 어려웠고, 그 결과 인물의 형태와 구성이 도식적인 것으로 되기 쉬웠다는 이유가 존재할 수 있으나, 이런 현상이 만들어진 보다 중요한 원인은 작가의 의도에 있었다고 할 수 있다.

이 작품은 日帝와의 항전시기와 식민지나 다름없는 日帝의 점령지를 시공간적 배경으로 하였다고 하지만, 정작 전쟁에 대한 묘사도 없고, 日帝의 폭압적이고도 잔악한 행위 등은 정면으로 서술되지도 않았으며, 또한 직접적으로 다루어지지도 않았음을 볼 수 있다. 뿐만 아니라, 애국주의자들이 벌이는 日帝에 대한 저항과 투쟁의 양상 내지 과정에 대한 사실적 묘사도 거의 생략되어 있는데, 이는 상술한 바와 같이, 이 작품이 정의로운 愛國者와 사악한 漢奸이라고 하는 두 부류 사이의 대립과 갈등, 그리고 이들 두 부류의 삶과 행동양식은 각각 어떠했는가에만 서술의 초점을 맞추었기 때문이다.

작가는 日帝의 점령지, 식민지로 전락한 지역의 사회적 현실과 세태를 논하면서 이를 통해 善惡, 是非, 正邪, 애국과 매국, 正道와 非道가 무엇인지를 독자들에게 교훈으로 남기고 싶어 했다. 이는 작가에게 있어 하나의 역사의식이었다고 할 수 있는데, 그렇기 때문에, 이 작품은 권선징악의 정신과 그 논리가 자연스럽게 융해되어 나타날 수밖에 없었다. 勸善懲惡이란 말은 뜻 그대로 "선을 권장하고 악을 懲戒한다."는 의미를 가지고 있으며, 일반적으로 볼 때 고전소설에서 많이 나타나는 주제의 유형이다. 권선징악을 주제로 삼는 소설들은 올바르고 선량한 인물이 온갖 시련과 난관에 봉착하지만, 결국 행복에 도달한다는 이야기의 구조를 나타낸다. 즉 선인과 악인이라는 정형화된 대조적 인물을 등장시켜, 결국 선이 악을 이기고 승리하는 과정을 보여주는데, 「四世同堂」 또한 이와 비슷한 구조를 가지고 있다. 일신의 출세와 이익을 위해 日帝의 走狗짓도 마다하지 않는 漢奸들은 모조리 응징되고 있음을 찾아 볼 수 있는데, 응징에 집착한 나머지 응징의 예가 자연스럽지 못한 경우도 등장한다. 藍東陽의 죽음이 여기에 해당되는데, 藍東陽은 鐵路學校의 교장 자리를 차지하기 위해, 십여 명의 학생들과 교사들에게 간첩의 누명을 씌어 총살형을 당하게 하는 간악하기 짝이 없는 인물이다. 이런 사람이 일본의 전세가 불리해지자 일본으로 피신했다가 미국의 원폭투하로 죽게 된다는 식의 서술은 권선징악의 논리를 실현키 위한 작가의 의도로 보인다.

상술한 바와 같이, 「四世同堂」에 나타난 인물의 구성방식과 그 구도는 상당히 도식적이고 권선징악의 논리 그 자체라 해도 무방할 만큼 二分法 化되어 있는데, 이것은 작가의 지나칠 정도의 강한 애국심에서 비롯되었다고 할 수 있다. 馬森은 개인적 감정에서, 夏志淸은 日帝의 침략적 죄악과 반역자 집단들의 범죄에 대한 지나친 의식에서 연유한 것으로 설명하기도 하였으나,[20] 작가 老舍의 순진하면서도 철저했던 애국심의 역할에서 찾는 것이 더 적확할 것이다. "「四世同堂」은 일본군국주의의 범행을 폭로하고 고발한 책이다. 「四世同堂」은 중국인민의 애국주의를 표현하고 찬양한 책이다."[21]라고 했는데, 이러한 언급은 작가의 애국심이 작품 속에 얼마나 많이 드러나 있는가를 보여주는 단적인 예라 하겠다.

老舍의 애국심은 인물 구성의 도식화, 이분법화의 과정을 통해 日帝에 저항하며 투쟁하는 사람들은 역사에 의해 긍정되는 승리자이고, 日帝의 走狗와 漢奸들은 역사에 의해 부정되는 패배자라는 논리, 다시 말해 이분법적이고 권선징악적인 관념과 그 논리를 독자들에게 의식적으로 심어주고 있다. 따라서 작가에게 있어 애국심은 일종의 역사의식의 發露라고 할 수 있다. 이러한 사실과 관련하여 「四世同堂」은 부분적이나마 역사소설로서의 의미를 드러내기도 한다.

작품이 역사의식을 보였다고 해서 역사소설이 되는 것은 아니다. 「四世同堂」이 역사소설로서의 의미를 갖는 것은 이와 같은 역사의식을 표현했다는 사실 때문만은 아니다. 시대적 내지 시간적 배경과 사건을 실제 역사에서 가져오되, 중요 인물은 그 시대에 살았음직한 가상의 인물만을 내세워도 그 작품은 역사소설로서의 성격을 구비하게 된다고 할 수 있는데, 이와 더불어 역사소설은 역사를 재구축하고, 그것을

20) C.T.HSIA, 『A History of MODERN CHINESE FICTION』, Yale Univ. Press, 1971, p.375.
21) 胡潔靑, 舒乙, 「破鏡重圓」(老舍, 『四世同堂』, 北京十月文藝出版社, 1995, p.13)

상상적으로 재창조하는 것, 즉 과거를 통해 현재의 삶을 비춰볼 것을 요구한다. 「四世同堂」은 실존했던 유명한 역사적 인물이 등장시키고 있지도 않고, 단지 이름 없는 작은 골목 마을에 사는 民草들의 이야기, 그것도 불과 몇 년 전의 이야기에 불과했던 과거의 사건을 다루었지만, 작품이 취택했던 시간적 배경과 사건 모두 日帝의 침략과 日帝의 蠻行이라는 실제역사의 일면이었고, 이와 함께 과거를 통해 현재의 삶을 조명하고, 또 이를 통해 역사의 교훈과 그 의미를 독자들에게 보여주었던 작품이었다. 그렇기 때문에, 「四世同堂」은 역사소설로서의 성격과 특징을 충분히 갖추고 있음을 상정해 볼 수 있는 것이다. 전술한 바와 같이, 여러 論者들이 「四世同堂」을 두고 痛史 내지 慣史와도 같은 작품이라고 말한 것은 작품이 비록 몇 몇 가족들의 삶의 이야기를 다루었지만, 이를 역사적 사건으로 재구축하면서, 아울러 재구축의 과정을 통해 살아 있는 역사의 교훈을 심도 있게 새겨 놓았기 때문으로 풀이해 볼 수 있다.

　「四世同堂」은 작자인 老舍의 개인적인 입장에서도 그렇겠지만, 중국 현대문학사의 입장에서 볼 때에도 매우 의미 있고 가치 있는 작품이라고 하지 않을 수 있다. 「四世同堂」은 작가의 마지막 장편소설로서 자신의 소설세계를 실질적으로 마무리한 작품이라는 의미를 가지고 있을 뿐만 아니라, 동시대 탄생한 수많은 장편소설 가운데 가장 방대한 양의 내용을 가진 소설이라는 사실 또한 문학사적으로 볼 때, 주목할 만한 것이라고 할 수 있다. 장편소설임을 감안해도, 「四世同堂」의 내용이 百萬餘字에 이르고 있다는 사실은 작가가 이 작품에 얼마나 많은 것을 담아내고자 노력했는가를 보여주는 하나의 예라 할 수 있다. 「四世同堂」에는 동시대 여타 장편소설에서 보기 어려울 정도의 많은 내용이 담겨있는데, 이는 작가 老舍는 원대한 의욕과 야심, 의도를 가지고 이 작품을 집필했기 때문이었다. 하나의 작품 속에 가족사와 시대사를 융합하며, 전통과 현실, 그리고 교훈, 다시 말해, 과거와 현재, 미래의 의미와 가치를 모두 다 담고자 노력했던 것이다.

　「四世同堂」은 제목이 예시하고 있는 바와 같이, 四代에 걸친 가족의 이야기 내지 가족의 역사가 바로 작품의 핵심 제재이자 플롯의 중심으로 자리하고 있는 소설이다. 작게 보아서는 四世同堂, 즉 四代로 구성된 祁氏 가정의 이야기를 중심으로, 크게 보아서는 祁氏 錢氏, 冠氏 등 세가정의 이야기를 통해 日帝의 식민지가 된 사회의 현실을 再構하고, 그런 현실 속에서 고통스러운 세월을 보내야 했던 사람들의 삶의 제 양상을 표현하고 있는 작품이다. 이처럼, 가족사를 통한 시대사의 再構가 「四世同堂」이 갖는 주요 문학적 특징 중의 하나라고 할 수 있다.

유교적 가족윤리에 바탕을 둔 四世同堂과 四世同堂의 家族史는 중국의 전통적 조직문화를 상징하는 하나의 징표였다. 전통적으로 중국인들은 四世同堂을 가장 이상적인 가족의 형태로 생각하고 있는데, 작가가 이러한 이상적인 가족형태와 그 구성원들의 삶을 중심제재로 선택했다는 것은 중국의 전통문화에 대한 지극한 관심과 애정을 표시하고, 중국인들의 정신적 일체감을 보여주는 데 목적이 있었을 것이다. 祁氏 노인의 집안은 四代로 구성된 하나의 평범한 집안에 불과하지만, 전통성, 즉 봉건적 관습과 근대성이 교차 내지 공존하는 전통적인 중국의 대가족주의 제도를 表象하면서 신해혁명을 전후한 시기에서부터 중일전쟁시기에 이르기까지의 중국의 역사를 凝集하고 있다. 다시 말해, 祁氏 노인의 四世同堂에는 그것이 긍정적으로 작용했든 부정적으로 작용했든 과거에서 현재에 이르기까지 면면히 내려오는 그들의 숨결과 각 세대들의 문화가 담겨 있음을 볼 때, 四世同堂은 중국의 전통, 즉 과거의 가치와 의미를 내포한다고 할 수 있으며, 작가는 작품에서 이러한 가치를 적극 긍정하고 있다. 뿐만 아니라, 强忍不屈의 전형적인 애국자 錢黙吟이 書畫에 능한 사람으로 등장하는 것 또한 중국의 고급 전통문화에 대한 작가의 긍지 내지 애착심을 대변하는 것이라고 할 수 있다. 이처럼, 老舍는 四代로 구성된 가족의 이야기와 그 가족사에 중국의 전통문화와 그 정신을 고스란히 담아내면서, 과거의 가치와 의미를 현재와 미래의 그것으로 연결시켜 놓고 있다.

「四世同堂」은 이처럼 가족사를 작품의 메인 플롯으로 취하고 있는 가족사소설이지만, 문학적 성격은 가족사소설이라는 한 가지 성격에만 국한되지 않는다. 작가는 日帝 식민지치하에서 살았던 동시대 사람들의 삶과 사회의 현실을 가족사를 통해서만 보여주는 것이 아니다. 비록 작품의 주된 공간이 小羊圈이라고 하는 작은 골목 마을에 국한되어 있지만, 小羊圈 골목 마을 사람들의 삶은 日帝의 점령지가 되어 식민지로 전락한 지역에 살았던 중국인들 모두의 일반적이고도 총체적인 삶의 모습이었다. 祁氏, 錢氏, 冠氏 집안의 사람들과 小羊圈 골목 마을 사람들의 삶의 양태는 日帝의 식민통치로 인한 수난 속에서 고통 받으며 살아야 했던 중국인들의 삶을 代辯하는 것이었다. 이처럼, 「四世同堂」은 日帝에 대한 항전시기, 비록 몇 년에 불과한 시기였지만, 일제의 점령지로 전락된 곳에서 살았던 사람들의 삶의 타당한 진실과 그들의 집합적 삶의 양태를 총체적으로 그려냈던 소설이었기에, 세태소설로서의 성격을 갖는다.

항전기 日帝의 점령지가 되어 식민지로 전락한 지역 사람들의 辛苦하면서도 분열된 삶의 모습이 「四世同堂」이 묘사한 세태의 모습이었다. 온전했던 삶의 터전이 日帝의 점령지가 되어 식민지민으로서 겪어야 할 수난과 파멸의 현실의 속에서, 정의로운 애국적 삶과, 사악한 매국적 삶이 뒤섞여 대립하는 세태, 이것이 바로 抗戰期 時代의 사람들의 세태이자 時代史이며, 삶의 現在的 의미인 것이다. 이 작품은 이러한 삶의 現在的 의미를 철저히 부각시키고 있다. 小羊圈이라는 골목 마을 사람들이 겪어야 했던 고통과 수난, 그리고 고통과 수난의 와중 속에서 日帝에 저항하며 투쟁하는 정의롭고 애국적인 삶과 日帝의 走狗가 되어 漢奸질하는 매국적인 삶이 서로 교차하며 뒤섞인 채, 대립하는 모습은 일부 어떤 지역, 어떤 마을의 세태로서 끝나는 것이 아니라, 日帝의 점령지였던 북경지역의 사람들, 더 나아가 비록 한 때라고 하더라도 日帝의 잔혹한 통치를 받았던 동시대 중국인들의 삶의 모습을 대변하는 것이라고 할 수 있다. 그렇기 때문에, 「四世同堂」은 憤史 내지 痛史로서, 또 동시대의 세태이자 時代史로서, 현재적 삶의 의미가 무엇이었고 또 어떠했는가를 말한 작품이 되었던 것이다.

이와 아울러 「四世同堂」은 사회 현실에 대한 광범위하고도 심도 있는 관찰을 통해 식민지 사람들의 삶의 실상, 즉 세태를 구체적으로 묘사하였고, 동시에 그러한 현실을 극복하기 위해서는 궁극적으로 개인과 집단의 삶이 어떠해야 하는가를 설파하고자 했던 매우 교훈적인 성격을 가진 작품이었다. 작가의 강한 애국심은 작품 속에 강한 역사적 교훈을 담았고, 그 결과 역사적 교훈은 다시 작품에게 역사소설로서의 장르적 성격을 부여했다. 역사는 미래를 위한 거울이 될 수 있는데, 「四世同堂」은 중국인과 중국사회의 미래를 이야기하지는 않았지만, 勸善懲惡的인 논리와도 같은 역사적 교훈을 통해 앞으로 펼쳐질 중국 사회의 모습과 중국인들의 행동과 삶, 의식 세계 어떠해야 한다는 것을 강하게 암시했다. 현재의 상황이 앞으로 재현된다고 하더라도, 그런 상황에서의 사람들의 삶, 또한 그런 사회의 모습은 현재의 그것과는 달라야 한다고 작가는 말하고 있다. 이것이 바로 「四世同堂」에 나타난 미래의 의미라고 할 수 있다.

　「四世同堂」은 가족사와 시대사의 융합을 통해 식민지 시기라는 특수한 역사적 상황을 문학적으로 어떻게 표현했는가를 보여 준 작품으로서의 의미뿐만 아니라, 가족사를 통해서 중국의 과거와 현재, 그리고 미래를 이야기하며, 이것을 모두 다 담아낸 작품으로서의 의의를 가지고 있는 바, 「四世同堂」의 문학사적 특징과 의미는 바로 과거와 현재 미래를 모두 담아내고자 했던 작가의 의지에서 찾아야 할 것이다.

5. 사회와 가정, 그리고 현실의 발견

巴金의 소설, 「寒夜」

    1930년대에 들어와, 문학은 제 방면에 걸쳐 비약적인 발전을 이루게 된다. 이 시기의 소설 또한 장편소설의 탄생과 함께 다양한 類型의 작품이 등장하면서 30년대 문학발전에 있어 견인차의 역할을 하게 된다. 이러한 변화와 현상은 작가들의 문학적 관심과 수준이 크게 향상되고 확대되었다는 사실에 기인하는 것이었는데, 바로 이러한 시기에 「家」라고 하는 새로운 유형의 장편소설로써 소설발전과 문학적 지평의 확대에 크게 寄與한 작가가 바로 巴金이었다. 巴金은 가족의 삶 내지 가족의 운명 등을 작품의 모티프로 취하는 家族史小說로써 30, 40년대 소설의 영역과 지평을 확산시킨 작가라고 할 수 있다.

    가족의 삶과 운명은 巴金 소설의 일관된 제재 내지는 모티프로서 巴金 소설 그 자체라고 해도 과언이 아니다. 가족의 삶과 운명은 어느 한 시기, 몇몇 작품에 一二回 程度 局限되어 등장한 것이 아니라, 40년대의 작품에 이르기까지 巴金 소설의 일관된 테마이자 방향이었다. 대표작은 물론, 그의 대부분의 소설에서 가족의 삶과 운명은 작품의 주된 모티프로 작용하였는데, 작가는 이러한 모티프의 광범위한 應用을 통해 동시대 사회의 현실을 暴露하며 批判하고자 했다. 「家」와 「寒夜」, 이 두 작품은 巴金의 소설세계를 대표하는 작품이라고 할 수 있는데, 「家」가 巴金의 초기문학을 대표하는 소설이자 최초의 장편소설이었다 고 한다면, 「寒夜」는 1946년 末에 완성된 巴金의 생애 최후의 장편소설로서, 그의 후기문학의 성격과 그 수준을 대표하는 力作이라고 할 수 있다. 이 작품은 항일전쟁시기 임시수도였던 重慶을 배경으로 그 곳에서 苦難한 삶을 살다가 生을 마친 어느 평범한 公務員 가정의 비극적 삶을 그리고

있다. 작가의 술회에 의하면, 작가는 국민당정부가 피난하여 왔던 重慶에 머물면서
이 작품을 구상하였다고 한다. 당시의 重慶의 정치 사회적 상황은 대다수 일반 서민
들과 지식인들에게 심각한 고통과 좌절감을 안겨 주었다. 戰時的 상황에서 오는 경제
적 고통뿐만 아니라, 국민당정부의 실책과 부패가 겹쳐 서민들은 물론, 지식인, 문인
들은 虛無感과 함께 국민당 정권이 주도하는 정치현실, 사회현실에 대해 극도의 증오
심을 갖게 되었는데, 작가 巴金은 당시 重慶에 머물면 몸소 체험한 사실과 사회현실
에 대한 所懷, 감정 등을 고스란히 이 작품에 담아 놓았다. 「寒夜」의 내용은 다음과
같이 개괄적으로 정리될 수 있다.

　이야기는 항전후기 重慶에 사는 어느 한 평범한 소지식인의 가정에서 벌어지는 시
어머니와 며느리 사이의 갈등에서 시작된다. 남자 주인공 汪文宣은 어느 한 작은 출
판사에서 교열작업을 담당하는 직원으로 근무한다. 그의 부인이자 그 집안의 유일한
며느리 曾樹生은 남편 汪文宣과 함께 상해의 謀 大學에서 교육학을 공부한 사람이었
다. 항일전쟁 이전에는 교육계에 몸담았던 두 사람은 항일전쟁이 발발하자 重慶으로
避難을 오게 된다. 重慶에서 汪文宣은 출판사의 교정직원으로, 曾樹生은 대천은행에
서 社內 "꽃병"과도 같은 역할을 하는 직원으로 일하게 된다. 부부 두 사람이 함께
직장생활을 하며 돈을 버는데도, 집안은 항상 곤궁하고 和睦하지 못했다. 戰時에서
의 사회적 불안, 경제적 고통, 비리와 부패로 가득 찬 국민당 지배 지역의 환경 하에
서 汪文宣 一家 네 식구의 생활은 갈수록 어려워졌고, 그렇지 않아도 좋지 않았던
시어머니 며느리 사이의 관계는 사회불안과 경제적 곤궁으로 인해 더욱 악화되기도
하였다. 汪文宣의 어머니는 전통적인 관습과 思考에 집착하는 비교적 완고한 성격의
사람이었다. 社內 꽃병역할이나 하는 며느리의 직장생활, 外向的인 태도 등을 매우
못마땅하게 생각했다. 曾樹生 또한 시어머니의 이런 태도를 싫어했고, 따라서 그들
사이의 갈등은 날로 더해 갔다. 汪文宣은 어머니에게 孝順하고 부인을 절실히 사랑하
는 선량하고도 유약한 성격을 가진 사람이었다. 따라서, 시어머니 며느리 사이의 갈
등과 불화를 과감하게 해결하지 못하고, 항상 자기 스스로 바보가 되고 바람막이가
되면서 두 사람 사이의 불화를 잠재우려고 노력하였다. 그러나, 장기간에 걸친 전쟁
과 국민당 정권의 부패와 비리로 점철된 정치, 사회적 현실은 汪文宣을 더욱 더 無能
한 사람으로 만들고, 그 결과 집안의 상황은 더욱 어렵게 되면서, 그 동안 汪文宣이

쏟아 부은 눈물어린 정성과 노력은 모두 물거품이 되고 만다. 평소부터 누적되어 온 시어머니의 反目과 嫉視로 인해 며느리의 갈등이 갈수록 심해지고, 여기에다 전쟁이 급박해지고 외부의 유혹까지 겹치게 되자 曾樹生은 내외적으로 계속된 갈등을 겪게 되면서, 마침내 汪文宣을 버리고 그의 곁을 떠나게 된다. 건강을 이유로 원하지 않는 辭職을 해야 했고, 아내와의 이혼으로 심한 충격과 회한 속에서, 지병인 폐병이 악화 되면서 心的 肉體的 고통에 시달리다가 汪文宣은 항일전쟁의 승리를 자축하며 길거 리에서 사람들이 요란스럽게 환호하는 그 시각에 마침내 고단했던 생을 마친다. 汪文 宣이 죽은 지 二個月이 지난 어느 날 밤, 曾樹生은 重慶의 옛 집에 돌아온다. 그녀는 남편은 이미 사망하였다는 사실을 접하게 되고, 또한 시어머니와 아들조차 어디로 이사 갔는지 알 수 없게 되자, 그녀는 깊은 슬픔 속에 빠지며 茫然自失해 한다.

이 작품은 一見, 戰亂의 苦難 속에서 비극적인 생을 마감한 어느 한 소지식인의 일생과 그 가족들의 삶을 그린 작품으로 인식될 수 있다. 그러나 이러한 인식은 일차 적 또는 외형적 평가에 있어 적확한 것이라고 할 수 있다. 그러나 이 소설은 작가 자신이 작품의 서문에서 밝힌 바와 같이, 어느 한 개인의 삶 내지 가족의 운명에 대한 묘사에 앞서 暗黑的이고도 非人間的인 사회를 폭로하고 비판하는데 일차적 목적을 둔, 다시 말해 社會性이 매우 强調된 작품이다.

작가 巴金은 「關於"寒夜"」라는 글에서 "내가 「寒夜」를 쓰고 「激流」를 쓰는데 약간 의 다른 점이 있었다면, 그것은 汪文宣이나 다른 사람을 꾸짖기 위해서가 아니라, 불합리한 사회제도, 하루하루 부패해 가면서 선량한 사람들을 고통 받게 하는 제도를 비판하는 것이다."[1]라고 했는데, 작가의 이런 이야기와 함께 "내가 汪文宣을 묘사하 고, 「寒夜」를 쓴 것은 지식인을 대신해 말을 하고, 지식인을 대신해 억울함을 호소하 고 괴로움을 알리고자 하는 것이다. 당시 重慶과 기타 國統區에서 지식인들이 처한 입장은 매우 어렵고, 생활은 매우 고통스러웠다."[2]는 작가의 呼訴와 같은 이야기는 이 작품의 궁극적 의도와 목적이 어디에 있는가를 설명하고 있다. 작가 자신이 궁극 적으로 그려내고자 했던 것은 어느 한 작은 가정이 겪어야 하는 家庭的 시련 내지는 파탄이 아닌, 사회의 현실, 즉 國統區 지역에서의 냉혹하고도 暗黑的인 사회현실의

1) 「關於寒夜」(巴金 著, 『寒夜』中國現代長篇小說叢書, 人民文學出版社, 1995, p.273)
2) 「關於寒夜」(巴金 著, 『寒夜』中國現代長篇小說叢書, 人民文學出版社, 1995, p.273)

고발이었다. 욕심 없이 항상 인내하면서, 평범하고 소박하게 살고자 했던 사람조차 견뎌낼 수 없는 비인간적이고도 파괴적인 사회현실에 대한 비판이 바로 작가의 創作 意圖였다.

이 작품이 드러내는 사회성 내지 사회현실에 대한 비판의 의식은 우선 작품의 제목을 통해서 쉽게 感知될 수 있다. "寒夜", "추운 밤"이 주는 감정적 이미지를 통해서도 알 수 있듯이, 제목은 작품 전체 분위기와 이미지를 확고하게 前兆하며 상징하고 있다. 추운 밤이라고 하는 어휘의 이미지는 사람들을 감싸고 있는 냉혹하고 암흑적인 환경, 그렇기 때문에 결국에 있어서는 사람들에게 비극과 죽음을 줄 수밖에 없는 社會環境 내지 사회현실로서의 이미지를 확고하게 전달해 주고 있다. 이러한 사실과 관련해, 錢理群 등은 "작품 전체를 감싸고 있는 '寒夜', 이 말이 상징하는 분위기는 작품의 문장을 만들어 내고, 작품의 정서를 凄凉하게 하는 등, 비극적인 효과를 강조하면서, 아울러 작품이 폭로하고자 하는 暗黑的이고 冷酷한 사회를 아주 자연스럽게 聯想시키고 있다"고 했다.3) 이 말은 한 마디로 이야기해서, 寒夜는 사회의 현실 그 자체라는 것이다. 사회의 현실은 비인간적이고 냉혹할 뿐만 아니라, 어둡거나 캄캄하여 털끝 같은 희망과 방향조차 찾을 수 없어 결국에 있어서는 죽을 수밖에 없는 공간이라는 것이다. 작가는 제목에서도 나타나는 바와 같이, 밤의 이미지를 매우 강조하고 있다. 전체 30장으로 구성된 작품에서 반이 넘는 17장에서 밤이 그 장면의 주된 배경이 되고 있다. 「寒夜」를 읽는 독자라면 어둠이라고 하는 지속적이고도 일관된 이미지를 느낄 수 있을 정도로 밤은 실제적으로 작품의 주된 장면 내지 배경으로서의 역할을 하고 있다. 이 소설은 모두 30장과 尾聲(에필로그)로 구성되어 있다. 낮을 배경으로 하는 장면은 6장 정도(3, 4, 5, 9, 17, 25장)에 局限되어 있고, 낮과 밤이 함께 나오는 장면은 모두 8장(11, 12, 13, 14, 20, 26, 27, 29장)이다. 그 이외의 나머지 대다수의 장에서의 장면은 밤을 배경으로 진행되고 있다. 이와 같이 밤의 장면을 주요 배경으로 하였다는 사실은 작가의 창작의도 내지는 그 목적을 설명하는 것이다. 어둠과 절망의 이미지는 작품의 제1장 序頭에서부터 시작된다.

3) 錢理群·吳福輝·溫儒敏·王超冰, 『中國現代文學三十年』, 上海文藝出版社, 1987, p.290.

"하늘은 마치 퇴색한 검정 천같이 어둡고 침침하여 맞은편에 높이 솟은 건물의 짙은 그림자 외에는 아무것도 보이지 않았다. … 시간은 고의로 그를 약 올리듯 아주 천천히 흘러갔고, 그래서 심지어 그는 이미 시간이 멈추어버린 것처럼 느껴졌다.[4]

그런데, 제1장에서 느껴지고 있는 분위기는 尾聲(에필로그)부분에서 그대로 재현되어 나타나고 있다.

그 날은 발전소를 수리하는 관계로 전 도시가 정전이었다. 아침에 한바탕 비가 오더니 오후에는 찬 기운이 썰렁했고, 도시에 찬바람이 불어 와 길거리의 손님들을 모두 쫓아냈다. 카바이드 등불의 냄새가 바람에 따라 사방으로 펴져 갔고, 불빛은 외롭게 추위 속에서 떨고 있었다.[5]

上述한 대목과 그 내용은 춥고 暗鬱하기만 했던 사회의 현실을 암시하고, 또한 그러한 현실을 재차 확인하기 위한 작가의 확고한 의도를 보여주고 있다.

이 소설은 汪文宣의 어머니와 며느리 曾樹生 사이에서 벌어지는 不和와 갈등을 메인main 플롯으로 하고, 曾樹生이 다른 남자와 겪게 되는 갈등, 그리고 汪文宣이 자신의 회사에서 겪어야 되는 갈등 등을 서브sub 플롯으로 하고 있다. 그런데, 이들 구성원들 사이에서 벌어지는 갈등의 주된 원인은 가정 내부에 있는 것이 아니라, 사회의 현실에 존재하는, 다시 말해 가정의 내부에서 생겨나는 가정의 문제라기보다는 가정 바깥의 사회의 문제에 있었다. 汪文宣이 회사에서 겪어야 하는 갈등, 曾樹生이 다른 남자와 겪어야 하는 갈등은 말할 것도 없고, 汪文宣의 가족 구성원들 사이에서 벌어지는 갈등조차 왜곡된 사회의 현실에서 기인하고 있다. 다시 말해, 주인공 汪文宣과 그의 어머니, 그리고 曾樹生 등 이들 세 사람 사이에서 벌어지는 갈등과 불화는 흡사 가족 구성원들 사이에서 벌어지는 개인적 차원의 문제인 것처럼 보일 수 있지만, 실제로는 암흑적인 사회의 현실이 가져다주는 구조적 모순과 재앙에서 연유하고

---

4) 본고에서 작품의 내용 인용과 함께 연구대상으로 삼은 텍스트는 1995年 人民文學出版社版 『寒夜』이다. 이하 본고에서 다루어지는 작품의 인용문은 모두 이 작품집에 실려 있는 작품을 기본텍스트로 한다. p.1.

5) 巴金 著, 『寒夜』, 人民文學出版社, 1995, p.294.

있는 것이다.

汪文宣 집안이 겪는 갈등과 비극의 원인은 크게 볼 때 두 가지 면에서 관찰될 수 있다. 그 하나가 가정 외부에서 들어오는 것으로 소위 外的 要因이라고 할 수 있다. 또 다른 하나는 외부에서 주는 영향과는 상관없이 가정 내부에서 발생하는 문제가 원인으로 일종의 內的 要因으로 지적될 수 있다. 巴金은 汪文宣 집안의 갈등과 비극을 불러일으킨 주된 원인을 가정 내부의 문제가 아닌, 외적 요인 즉, 냉혹하고도 암흑적인 사회현실에서 찾고 있다. 전쟁으로 인해 치솟는 물가, 턱없이 부족한 물품, 실업위기 그리고 평균 생활수준에도 못 미치는 너무도 보잘 것 없는 월급은 공무원 가정에 심각한 압박을 주었다. 雪上加霜의 격으로 이런 상황 속에서 국민당 관리의 부정부패는 일반 사람들의 삶을 더욱 어렵게 만들었다. 이런 와중에 극소수의 국민당의 관리들은 호위호식하며 살았다.[6]는 汪應果의 說明은 汪文宣 가족이 겪어야 하는 갈등과 비극이 어디에서 시작되고 있는가를 단적으로 증명하고 있다.

抗戰時期에 그의 집안은 上海에서 重慶으로 이사 왔다. 戰時가 아니었더라면, 汪文宣, 曾樹生 그들 두 사람은 상해에서 교편을 잡고 보람되게 생활을 할 수 있었을 것이다. 重慶이라는 객지로 피난 온 그들은 생계를 위해 자신들의 뜻과 적성에도 맞지 않은 곳에서 일해야 했다. 그러나 두 사람이 악착같이 힘껏 일을 해도 어머니, 자식을 포함한 네 식구의 생활은 항상 쪼들렸고, 고통스러웠다. 姑婦 간의 불화와 갈등 이외에도 汪文宣 가족이 겪어야 하는 고통과 비극은 바로 객지에서의 불안과 경제적 고통에서 시작된다.

"이것도 저것도 못하고, 그저 제 몸 하나 예쁘게 꾸미는 것 밖에 모르지, 아이를 돌보지도 않고 대학 졸업생이라고, 고등교육을 받았다고, 은행에서 체면이 있다고, 흥, 그 년이 돈 한푼 집에 가져오는 꼴을 못 봤다. 그것은 그 년이 초래한 일이야. 그 아이는 소선을 그런 귀족 학교에 보내야만 한다고 하지 않느냐? 급우들은 모두 부자집 자제들인데, 소선만이 가난한 집 아이이니, 모든 점에서 다른 아이들과 비교할 수 도 없다.[7]

6) 汪應果 著, 『巴金論』, 上海文藝出版社, 1985, pp.277-278.
7) 巴金 著, 『寒夜』, 人民文學出版社, 1995, p.33.

이 대목은 汪文宣의 어머니와 曾樹生 사이에서 벌어지는 갈등과 반목의 일부 모습을 묘사한 부분이다. 이들 사이에서의 갈등과 반목의 원인에는 세대간의 認識과 思考의 차이에서 연유하는 부분도 어느 정도 포함되어 있지만, 國統區 地域인 重慶의 世態와 경제적 苦痛이 家庭不和와 葛藤의 直接的 原因이 되고 있음을 暗示하고 있다. 그런데 이들 고부간의 갈등도 집안의 문제이지만, 보다 큰 문제는 자식이자 남편인 汪文宣의 無能과 無力이다. 家長으로서 汪文宣은 고부간의 갈등을 조정하고 해결해야 할 의무와 책임이 있는 사람이나, 자신의 역할을 제대로 수행하지 못하고 있다는 데에서 집안의 본질적인 문제가 발생하는 것이다.

고부간의 갈등 등을 포함하여, 汪文宣 집안 문제의 불씨는 바로 돈에서 시작되었다. 돈이 부족하기 때문에, 부인인 曾樹生 마저 회사에서의 꽃병 노릇을 하며 돈을 벌어야 했다. 汪文宣의 어머니는 며느리의 직장생활을 싫어했으나, 生活苦 때문에 이를 막을 수 없었는데, 이후 이로 인해 고부간의 갈등이 본격적으로 시작되었다. 부부 두 사람이 버는 데도 생활이 나아지지 않았으니, 이는 汪文宣이 제대로 돈을 벌어 오지 못했기 때문이었다. 돈을 벌어서 가족을 제대로 부양할 수 있었으면, 아내가 직장에 나갈 필요도 없었고, 또 아내가 직장생활을 한다고 하더라도, 아내와 어머니 앞에 믿음직하고도 당당하게 家長노릇을 할 수 있었을 것이다. 그런데, 重慶의 사회현실은 성실하게 열심히 일하는 汪文宣의 家長役割조차 허락하지 않았다. 그를 에워싸고 있는 사회의 현실은 汪文宣의 心身을 捕縛하여 지식인으로서의 사회적 役割은 말할 것도 없고, 家長으로서의 기본적인 역할마저 어렵게 하면서, 그를 무능하기 짝이 없는 사람으로 만들어 놓았다. 무능하고 무력한 汪文宣은 자신의 어머니와 자신의 妻 曾樹生 사이에서 벌어지는 갈등을 조정하고 해결할 수도 없었고, 하나밖에 없는 자식의 敎育費마저 제대로 대어 줄 수 없었다. 汪文宣을 無能과 無力은 자기 자신의 과오에서 비롯된 것이 아닌, 國統區 지역이 汪文宣과 같이 평범하고 선량한 사람들에게 가져다 준 재앙이었다.

避難地 重慶에서 汪文宣이 겪는 경제적 궁핍과 고통은 戰時 상황에서 일부 기인된 것이기도 하지만, 실제로는 그 지역을 지배하고 있는 國民黨 政權의 억압과 부정부패가 만들어 놓은 비정상적이고도 비인간적인 현실과 환경에 起因한 것으로서, 이로 인해 勤勉誠實하게 일하는 서민, 하급공무원, 소지식인 등, 대다수 선량한 사람들은

최소한 기본적으로 누려야 할 행복의 권리마저 빼앗겼던 것이다.

> 내가 어찌해야 하겠나? 다시 결혼하고 아이를 기르고, 다시 사람을 죽여야 하겠
> 나? 그런 일은 할 수 없네. 나는 자신을 망치고 싶네. 이 세상은 나 같은 종류의 사람
> 들 것이 아니네. 우리는 법을 지키고 규칙을 준수하지만, 다른 사람들은 출세하고,
> 돈을 벌고… "그래서 우리는 죽자하고 술을 마시지"8)

위의 내용은 주인공 汪文宣이 술집에서 동창을 만나 이야기하는 가운데 동창이 하
는 말의 일부이다. 평범하고도 선량한 지식인들은 적응하여 살아 나갈 수 없는 사회
의 현실을 보여주는 것으로, 부패와 비리로 얼룩진 國統區 地域 重慶의 사회현실을
응집하여 보여주고 있다.

또한 汪文宣 자신의 가정이 사회현실의 희생물임을 보여주는 대목은 여러 곳에서
발견되고 있다.

> 그는 문장을 고칠 권리는 없었고, 그저 글자를 교정할 뿐이었다. 한 시간 정도 앉
> 아있자 등에서 식은 땀이 났다. 그는 상관하지 않았다. "몇 푼의 돈을 위해서야! 그는
> 고통을 참으며 중얼거렸다. …(중략)…" 벌써 이만원이나 보냈는데, 또 돈을 내라니,
> 돈이 어디 있나! "그가 나지막이 화를 냈지만, 아무도 그를 주목하지 않았다." 학교가
> 상점인가. 그저 돈만 받고 있으니, 무슨 꼴이야, 중국은 이런 놈들에게 교육을 맡기
> 고 있으니, 이런 꼴이지. …(중략)… 하늘이시여! 내가 어찌해서 이런 인간이 되었습
> 니까! 저는 모든 것을 참았습니다. 누군가가 저를 속이고 있습니다! 제 생명을 이
> 뒤 엉켜 알 수도 없는 글자 속에서 사라져야 합니까? 이 형편없는 돈을 위해 제가
> 이 지경에까지 떨어져야 합니까?9)

위의 내용은 선량한 소지식인이 받는 경제적 압박과 고통으로 인해 괴로워하는 삶
의 모습을 여실히 그려 놓고 있는데, 사실 위의 서술은 이 소설의 주제 그 차체라고
해도 과언이 아니다. 작가 巴金은 汪文宣 일가의 몰락과 汪文宣의 비극적 삶의 과정

---

8) 巴金著, 『寒夜』, 人民文學出版社, 1995, p.38.
9) 巴金, 『寒夜』, 人民文學出版社, 1995, pp.63-64.

을 서술함으로써, 국민당 정권이 통치하는 사회의 현실 속에서 서민의 삶의 모습이 이처럼 고통스럽고 비인간적일 수밖에 없다는 것을 이야기하고 있다. 거듭 말해서, 汪文宣과 같은 이들 小知識人들이 당해야 하는 경제적 압박과 고통은 개인적인 무능과 나태로 인해 생긴 것이 아닌, 사회의 불안과 부패, 비리 등 동시대의 사회의 구조적 모순에 의해 발생한, 말 그대로 사회적 재앙이었다. 이후, 주인공 汪文宣은 폐병을 얻게 되고, 이로 인해 직장에서 원치 않는 辭職을 하게 된다. 죽기 直前, 汪文宣은 남편의 무능과 시어머니의 냉대로부터 자유로워지고 싶어 하는 曾樹生으로부터 버림을 받는 수모를 겪게 되는데, 그는 빈곤에 시달리다가 돈이 없어 제때에 제대로 치료를 받지 못하는 방치 상태에 놓여 있다가 결국에는 목숨을 잃게 된다. "눈이 반쯤 감기고, 눈동자가 뒤집히더니, 입이 벌어졌다. 마치 누구에게 인가 '공평'을 요구하듯이."[10] "자넨 그래도 낫네. 안 간다니. 사천에서 몇 달 동안 밥도 못 먹고, 나는 다음 달에도 갈 수 없을 것 같아. 굶어 죽겠군. 물건을 팔아 보았자 다 먹어 치우니, 항전에 승리하면 곧 돌아 갈 줄 알았는데, 승리는 그들의 승리이지, 우리들의 승리인가."[11] 이 두 가지 대목은 重慶을 지배하였던 국민당 정권이 자신들의 부패와 실정으로 인해 국민이 얼마나 고통을 받고 있고, 따라서 國民黨 政權이 얼마나 反民衆的이고 反國民的인 행태를 보였는가에 대한 역사적 사실을 압축하여 나타내고 있다. 한 집안의 학비 조달조차 제대로 못하는 것에서부터 고부지간의 갈등조정 실패, 자신의 건강조차 돌볼 수 없어 회사에서 퇴직 당하게 되고, 또한 자신의 무능 때문에 원치 않는 이혼까지 하게 되고, 돈이 없어 제대로 치료조차 받지 못하다가 마침내 사망하기까지 重慶에서 汪文宣이 보낸 삶은 일부 자신의 무능과 문제에 기인하는 것이기도 하지만, 대부분의 모든 것은 전쟁과 부패가 가져다 준 非人間的이고도 暗黑的인 사회현실이 惹起하거나 助長한 것이었다.

작가는 부패와 비리로 점철된 암흑적인 사회현실을 강렬하게 비판하면서도 그런 사회에 대한 직접적이고도 세부적인 비판은 자제하는 모습을 보여주고 있다. 그 대신, 작가는 汪文宣과 그의 가족들이 겪어야 하는 고통과 비극적 삶에 대한 직접적이고도 일관된 묘사를 통해, 사회현실을 폭로 비판하면서, 汪文宣과 그의 가족들이 겪

---

10) 巴金, 『寒夜』, 人民文學出版社, 1995, p.248.
11) 巴金, 『寒夜』, 人民文學出版社, 1995, p.255.

은 비극적인 삶은 동시대 암흑적인 사회현실이 만들어 낸 産生物 내지 結果物이었다는 것을 주장하고 있다. 작가 자신도 작품의 후기 또는 부록 부분에서 이미 밝혔듯이, 이 작품의 창작목적은 40년대 國統區 지역의 사회현실과 그러한 현실을 助長한 국민당정권의 부패와 억압을 폭로하고 비판하는 데에 있었다.

　이러한 주제와 관련해「寒夜」가 갖는 서사적 구도의 특징을 거론한다면, 이 작품은 사회현실에 의해 희생되는 어느 한 가족의 운명과 비극적 삶을 다루었으니, 사회 속의 가정, 다시 말해 가정의 현실을 통해 사회의 현실을 그린 작품으로서의 특징을 갖게 되는 것이다. 譚興國은 "「寒夜」에서의 가정파멸은 응당 그 죄가 사회로 귀속된다. 작가 巴金은 일상생활에서 생기는 여러 가지 병폐를 폭로하고, 몇몇 소인물(보통사람)의 암담한 생활, 비참한 운명을 통해 동시대 사회의 암흑과 그런 사회제도의 不合理性을 사람들에게 보여주고 있다"[12]고 했는데, 이러한 설명은 작품의 주제가 암흑적인 사회현실에 의해 야기되는 가정의 비극을 모습을 통해 드러나고 있음을 말하는 것이라고 할 수 있다. 이와 관련하여, 楊義는 "「激流」와「憩園」이 두 작품이 大家庭이 시대의 전환 속에서 붕괴되는 것을 그렸다면,「寒夜」는 小家庭이 사회의 고난 속에서, 파괴되어 가는 모습을 그린 작품이라고 했는데,[13] 이는「家」와「憩園」이 두 작품이 가정 속에 사회가 담겨 있음을 말하는 것이라면,「寒夜」에서는 가정이 사회의 격랑 속에 묻혀 파괴되고 있음을 말하는 것이다. 다시 말해, 이 말은 그 이전의 작품에서는 가정 속에 사회의 현실이 融解되어 나타났다고 한다면,「寒夜」에서는 사회의 현실에 家庭이 融解되어 나타났다는 것을 傍證하는 것이다.「家」에 나타난 그들 가족은 삶은 사회의 현실을 응집해낸 하나의 縮圖라고 할 때,「寒夜」에 나타난 가족의 삶은 社會現實의 擴散的 존재로서의 도구적 역할을 했다고 할 수 있다.「家」가 가정 속에서 붕괴되어 가는 사회의 모습을 발견 하고자 했던 작가의 의도를 나타냈다고 한다면,「寒夜」는 사회 속에서 또는 사회에 의해 붕괴되어 가는 가정을 찾고자 했던 작가의 의도가 나타난 작품이었다고 할 수 있으니, 이는 작가의 사회현실에 대한 작가의식의 확대라고 할 수 있다.

　「寒夜」와「家」이 두 작품은 확연히 對比되는 特性을 가지고 있다. 寒夜」와「家」

12) 譚興國 著,『巴金的生平和創作』, 四川文藝出版社, 1988, p.209.
13) 楊義 著,『中國現代小說史』, 二中國人民文學出版社, 1993, p.166.

주인공의 유형에 있어서도 뚜렷한 차이를 드러내 있어, 또 하나의 對比的 특성을 보여준다. 이들 작품은 현실의 역경을 헤쳐 나가야 하는 두 지식인의 삶을 다루고 있다고 하는 점에서 나름대로의 공통점도 있지만, 「家」, 「寒夜」 이 두 작품에 나타나는 주인공들은 동시대 사회현실을 보다 실감 있게 체험하며, 시대와 사회에 맞서 자신을 발견해냈던 인물이라고 할 수 있다. 그러나 사회의 현실을 적극 체험하였지만, 한 사람은 소극적인 삶을 살다가 자신의 개성적 역할을 발견하지 못한 채, 생을 마감했고, 또 한 사람은 자신의 역할을 찾고, 자신의 이상을 어느 정도 이루었다고 하는 사실에서, 이 두 작품은 대비적 특성을 드러내고 있다.

「寒夜」의 汪文宣은 자아실현, 자기발견에 완전히 실패한 인물이고, 「家」에서의 주인공 覺慧는 자아실현, 자기발견에 성공한 사람으로 특징 지워질 수 있다. 이들 두 사람은 가정이라는 곳을 原點으로 역경을 해쳐가려고 열심히 노력하였으나, 한 사람인 汪文宣은 가정과 사회의 격랑 속에서 서서히 몰락해 가면 마침내 죽음으로써 沒落의 終止符를 찍고, 또 다른 한 사람인 覺慧는 그런 격랑을 헤치고 나가면서 봉건이 파괴되는 새로운 사회의 希望을 찾고자 했다.

「寒夜」의 汪文宣은 대학에서 교육학을 공부한 사람으로서 자기 나름대로 이상과 열정을 가진 사람이었고, 반항정신도 갖춘 사람이었다. 그는 어머니의 반대에도 무릅쓰고, 同學이었던 曾樹生이라는 여자와 결혼했다. 그 후, "敎育救國"이라는 고상한 이념을 가지고 사회에 들어간다. 그러나 그 사회에서 자신의 기량에 의지해 활로를 뚫고 나아가는 것이 불가능했다. 그가 처한 환경은 말 그대로 사방이 벽이었다. 작품 서두에서부터 그는 이미 동시대 젊은이로서의 銳氣를 잃고, 세상사의 흐름에 너무 휩싸여 버려, 분수에 만족하고 치욕을 참으면서도 또 한편으로는 安逸에 젖어 버린 평범한 準하급 공무원으로 등장한다. 처음에 그는 일본이 물러나면 방법이 있을 것으로 생각했다. 그는 정직하고 순수하게 생활하고자 노력하면서, 어떤 곤란이 있어도 상사직원에게는 마음에도 없는 아부, 아첨 따위는 하지 않겠다고 했다. 그래서 상사의 생일연회에 가서도 상사에게 술 한 잔 따르는 행동조차 하지 않았다. 그는 상사의 기분을 맞춰주고 받드는 일에 너무 익숙하지 못했다. 회사에서는 조금도 문제가 될 수 없고 필요한 것이라고 해도, 그것이 자신의 생각에 조금이라도 어긋나면, 항상 자신을 책망하고 부끄러워했다. 그의 正直性과 善良한 마음은 자신의 어머니, 부인 자식, 친구 등에게도 그대로 이어지고 있다. 그는 자신이 아무리 어려워도 친구의 어려움을 외면치 않고 도와주고 싶어 했다. 친구 唐柏靑을 술집에서 만나 그가 어려움에 빠져있음을 알고 기꺼이 그를 도왔고, 친구 鍾老가 죽어 갈 때, 진심으로 슬퍼하면서 그 사람을 위해 기도하였고, 죽은 후에는 자신도 중병에 걸려있었음에도 불구하고 이에 아랑곳하지 않고 비를 맞아 가면서 무덤에까지 찾아가는 사람이었다. 심지어 그는 자신과 아무 관계없는 사람들에게 조차 동정심을 베풀기도 했다. 자신의 부인 曾樹生이 집안을 벗어나기 위해 난주로 轉勤가는 것을 잘 알면서도, 그녀를 걱정해 주었고, 심지어 이혼을 요구했을 때에도 자신의 무능을 책망했고, 돈이 없어 치료 한번 제대로 못해 죽게 되었을 때에도, 그것을 자신의 기구한 운명으로 기꺼이 받아들이는 사람이었다.

　그는 모든 면에 있어 자신이 뜻한 바를 하나도 성취 하지 못했고 실현하지도 못했다. 교육에 투신하고 싶었으나, 戰時로 인해 좌절되었고, 重慶으로 피난 온 후에는, 家長으로서, 아버지로서, 남편으로서, 자식으로서, 더 나아가 사회의 직장인으로서 무엇 하나 자신의 뜻대로 이루어 놓거나 그 구성원들을 만족시키지 못했다. 그렇기 때문에 汪文宣은 자기실현에 있어 완전한 실패자였던 것이다. 汪文宣이 자신의 직장에서 그리고 가족과 친구에게 베풀고 보여준 고도의 忍耐力과 관용적 행위에는 교육학을 공부하고 교육사업에 투신하고자 했던 교육자로서의 역할과 의미를 찾아 볼 수 있으나, 다시 말해 학교에서가 아닌, 학교 바깥에서의 이룬 다른 형태의 교육사업이 있었다는 폭 넓은 해석이 가능하나, 어떤 보람이나 성과를 전혀 거두지 못했음은 물론, 그로 인해 결국에 있어서는 자신을 해치고 가족마저 와해시키는 불행의 결과를 가져왔기 때문에, 자기실현의 의미를 一切 찾을 수 없다고 보아야 한다. 사회의 현실 속에서 여러 가지 冷待를 당하면서도 아무런 불평 없이 어떤 불공평한 대우도 참고 지냈다. 종일토록 열심히 일했으나, 한 가족마저 먹여 살릴 수 없는 형편이 되었다.” 라는 汪文宣의 말은 실패자의 인생을 여실히 보여주고 있는 대목이다.

　汪文宣의 인간형을 한마디로 말한다면, 凝集型의 인물이자 지극히 內向的인 인물이었다고 규정지을 수밖에 없다. 자신의 바깥에서 생긴 모든 것을 수용하면서, 그 내용을 자신의 내면으로 응집하여 끌어들이는 사람이다. 汪文宣은 외부 세계에서 발

생하는 제반 사건과 문제들을 경험하면서 내적으로 고통과 갈등을 겪으며 번민해야
했다. 그러나 외부에서의 모든 문제를 그는 외부에서 해결하면서 정신적 심리적 고통
을 외부로 발산하지 못했다. 외부 세상에 순응도 못하고, 그렇다고 어떤 저항이나
반항도 하지 못하면서, 그 과정에서 생긴 마음 속에서의 번민과 고통을 자신의 내면
세계에 밀어 넣고, 이를 소멸시키고자 노력하는 사람이었다. 사실, 그것은 汪文宣이
내향적인 성격의 사람이었기 때문에 가능한 것이기도 하였지만, 매사 자기를 책망하
고 자기를 학대하는 식의 苦肉策으로써 해결하고자 했던 사람이었다. 「寒夜」의 주인
공 汪文宣이 외부의 세계를 광범위하게 수용해 그 내용을 자신의 내면세계로 응집시
키는 凝集型의 人物이었다면, 「家」에서의 覺慧의 모습은 역동적인 發散型의 인물이
었다고 할 수 있다. 또한 「寒夜」의 汪文宣이 내성적이며 주관적 성격의 사람이라면,
「家」의 覺慧는 객관적이고도 외향적 성격을 가진 사람이었고, 汪文宣이 역경을 이겨
내지 못하고 비극적인 삶을 살다가 생을 마감하며, 자기발견에 실패한 사람이라면,
覺慧는 적극적으로 현실과 맞서 싸우며 자기발견에 성공한 사람이었다고 할 수 있다.
　작가 巴金의 사실주의 창작정신은 후기에 들어와 더 한층 명확해지고 분명해졌는
데, 「寒夜」가 바로 작가의 진보되고 정확해진 사실주의 기법을 구현하고 있다. 사회
의 현실에 대한 예리하고도 냉철한 관찰을 기축으로 하여 잘 짜이어진 사실주의 정신
과 기법이 인물의 행동과 심리묘사로써 더한 층 분명하게 나타나고 있는 것이다. 전
술한 바와 같이, 「寒夜」의 주인공 汪文宣은 외부에서의 모든 충격과 고통을 자신의
내면으로 끌어들이는 사람이다. 그렇기 때문에 凝集型적에다 내향적 성격을 가진 사
람이라고 할 수 있는 것이다. 이와 같은 응집형 내지 내면형의 인물은 동시대 사회의
현실을 더욱 더 객관적이고도 사실적으로 표현하려는 작가의 의도라고 해석해야 한
다. 동시대 國統區 지역의 일반서민, 하급 공무원들, 小知識人들은 전쟁의 불안, 당
통치 그 경제적 고통, 國統區 地域에서 부당하게 겪어야 하는 울분과 고통 등을 외부
로 한번 제대로 吐해내면서 저항할 수 없었다. 울분과 고통을 자신들 스스로 甘受하
고 견뎌내야 했다. 「寒夜」는 그 모든 고통과 울분을 스스로 감내하며 살아가는 소지
식인들의 마음과 심리를 가감 없이 있는 그대로 매우 精緻하고도 的確하게 그려낸
작품이다.
　巴金 최초의 장편소설 「家」에서 마지막 장편소설 「寒夜」에 이르기까지의 작가의

문학적 思考와 認識은 지속적으로 轉變의 과정을 밟아 왔는데, 작가의 現實眼과 사회의식이 보다 확대되고 直線化되었을 뿐만 아니라, 작가 자신이 문단 데뷔이후 줄곧 견지해 왔던 寫實主義가 보다 深化되고 精緻化되었다는 사실로써 그러한 轉變의 의미를 요약해 볼 수 있다. 이러한 사실과 관련해 楊義는 巴金의 변화과정을 낭만적인 격정이 충만한 巴金이 냉엄하게 사실을 묘사하는 巴金으로 발전되었다고 했는데,[14] 이러한 指摘은 매우 적확한 평가라고 할 수 있다. 이렇게 볼 때, 「家」에서 「寒夜」에 이르기까지의 과정은 보다 堅固해진 사실주의 소설의 실현과정이자 轉變과정이었다고 할 수 있다. 가족사 내지 가족의 삶과 운명을 모티프로 시작된 사실주의 소설의 본격적인 시발점에 놓여있는 작품이 秀作으로서 「家」였다면, 「寒夜」는 이러한 사실주의 소설의 원숙한 종착점에 놓여있었던 작품이라고 말할 수 있다.

---

14) 楊義 著, 『中國現代小說史』, 人民文學出版社, 1993, p.178.

6. 낙후된 농촌적 삶의 體系的 展示

蕭紅의 소설, 「呼蘭河傳」

　　1940년대의 중국 문학의 특징을 한마디로 표현한다면, 그것은 이념의 실현과 투쟁의 실천을 위한 문학의 정치화, 도구화라고 할 수 있다. 1940년대는 中日戰爭과 國共內戰으로 이어지는 內憂外患의 시기였다. 1940년대의 문학이 전쟁과 정치 및 이념투쟁의 도구가 될 수밖에 없었던 데에는 문학은 사회현실의 반영물이라고 하는 소위 반영의 논리가 작용한 면도 무시할 수 없었지만, 40년대 대다수 작가들이 이념, 특히 공산주의의 이념과 투쟁에 크게 傾倒되어 있었거나, 지나치게 몰두해 있었다는 사실이 보다 크게 작용하였다고 할 수 있다. 바로 이러한 문학적 현실 속에서 蕭紅의 「呼蘭河傳」은 내용과 형식 등에 있어 동시대 문학의 주된 특징 내지는 흐름과 크게 遊離되어 있어 注目을 끌고 있다. 더욱이, 「呼蘭河傳」은 작가 蕭紅의 마지막 작품으로서, 작가가 남긴 이전의 여러 작품들과 비교해 볼 때, 크게 구별되는 독특한 면을 가지고 있어, 이 작품이 가지는 문학적 의미는 실로 各別하다고 하지 않을 수 없다.

　　「呼蘭河傳」은 동시대의 대부분의 문학이 추구하고자 했던 항일투쟁이라든지 사회현실에 대한 폭로 내지 비판이라는 指向點과 일정한 거리를 두었던 작품이었는데, 이로 인해 「呼蘭河傳」은 출간 이후에도 문학적 가치와 특징 등이 제대로 인정받지 못했음은 물론, 비판과 폄하의 대상이 되었다. 국민당이 지배하고 통치했던 지역의 문제와 사회현실을 비판하는 부분도 별로 드러나 있지 않을 뿐만 아니라, 共産革命 또는 社會主義혁명을 지향하는 내용도 보이지 않는 등, 한마디로 말해서 이 소설은 동시대 탄생한 여느 소설과 비교해 그 내용과 격식에 있어 많은 차이점을 드러내고 있는 소설이다. 肯鳳은 "蕭紅의 작품은 기타 작가의 작품과는 구별되는 독특한 풍격을 확실히 가지고 있다."[1]고 평가했는데, 이는 「呼蘭河傳」이 동시대 작품들과 크게 구별될 뿐만 아니라, 문학적으로 매우 가치 있는 작품임을 示唆하는 말이라고 할 수 있다. 특히 이 작품은 내용에 있어서 색다른 모습을 보이고 있을 뿐만 아니라, 구성과 서술기법 등, 형식적인 면에 있어서도 동시대 여느 소설에서 보기 어려운 특징을 가지고 있다. 「呼蘭河傳」은 철저한 공간 중심의 세태소설로서, 기법 등에 있어 종래의 양식과는 크게 다른 독특한 서술기법과 구성양식을 보여주며 중국 현대소설의 발전 과정에서 하나의 이정표를 세운 작품이라고 할 수 있다.

「呼蘭河傳」은 작가의 마지막 작품답게 비교적 오랜 시간과 정성이 들어간 소설이었다. 이 작품은 1937년 12월부터 집필되기 시작하여 1940년 12월에 완성되었다. 이 작품이 세상에 나오기 위해 소요된 시간만 해도 3년여의 짧지 않은 기간이었다. 특히 이 기간은 작가가 肺病과 死産의 病苦를 겪었을 뿐만 아니라, 전쟁으로 인한 피난 생활까지 감수해야 했던 시기였는데, 이러한 상황 속에서 이 소설이 집필 되었다고 하는 사실은 작가가 이 작품에 얼마나 많은 정성을 쏟고 애정을 가지고 있었는가를 代辯해 주는 것이다. 「呼蘭河傳」은 작품의 제목 그대로 呼蘭河에 관한 이야기를 그린 장편소설이다. 소설의 공간적 배경이자, 작품구성의 핵심적 요소로 작용하고 있는 呼蘭河는 중국 東部地方의 어느 한 僻地 마을로 작가의 고향이었다. 呼蘭河라고 하는 곳은 여타 중국의 농촌마을과 비교해 볼 때, 남다른 면이 있었다거나, 아니면 이렇다 할 특징이 있는 장소도 아니었음은 물론, 일반 사람들이 기억하거나 관심을 가질만한 특별한 사건이 발생한 적도 없는 지극히 평범한 시골 마을이었는데, 이런 마을에서 태어나 어린 시절을 보낸 작가는 이 작품에 자신의 고향 마을 呼蘭河의 生活相과 풍속 등을 담아냈다.

「呼蘭河傳」의 문학적 성격은 우선 작품의 제목을 통해서도 쉽게 가늠해 볼 수 있다. 작품의 제목이 豫示하고 있듯이, 이 소설은 呼蘭河라는 地域의 傳記, 즉 呼蘭河 사람들의 삶의 이야기를 적은 작품임을 想定해 볼 수 있다. 다시 말해서, 「呼蘭河傳」은 개인의 삶과 행동을 서술한 작품이라기보다는 어떤 한 특정 지역의 이야기로서 그 지역의 情景 내지는 그 곳에 사는 사람들의 이야기와 삶의 모습 등이 그려진 소설이라는 사실을 쉽게 推論해 볼 수 있다는 것이다.

---

1) 肖鳳, 『現代文學講演集(蕭紅硏究)』, 北京師範大學出版社, 1986, p.215.

「呼蘭河傳」은 시간적 순서에 따르거나, 인과적 계기에 의한 특별한 사건을 다룬 작품도 아니고, 어떤 특별한 사람의 삶과 행동 등을 그린 작품도 아니다. 이 소설은 파노라마식 分章의 형태로 이루어져 있어 구성양식에 있어서도 물론이려니와 스토리의 전개과정 등, 내용양식에 있어서도 독특한 면모를 보이고 있다. 우선, 특별히 주목을 끌만한 사건의 발생도 없고, 이렇다 할 주인공의 모습도 찾기 어려울 뿐만 아니라, 呼蘭河라고 하는 한정된 공간을 무대로 하여 그 곳 사람들의 생활모습과 삶의 이야기가 여러 개의 장으로 나뉘어 섬세하고도 眞率하게 묘사되고 있을 뿐이다.

이 작품은 모두 7장으로 구성되어 있는데, 제1장에서 제7장에 이르기까지 各 章마다 呼蘭河 사람들의 생활상과 풍속, 삶의 양태가 단계별로 나눠져 펼쳐지고 있다. 呼蘭河 사람들의 평범하고도 일상적인 삶을 그려내고자 했던 작가의 의도는 章別의 형식을 통해 단계적으로 표현되고 있다. 序頭에 해당되는 부분인 제1장에서는 呼蘭河 마을의 거리 풍경, 길거리를 따라 펼쳐진 마을의 시설 등, 마을의 외적 환경에 대한 설명이 길게 이어지고, 설명에 뒤이어 마을 사람들이 지금까지 견지해 왔던 삶에 대한 인식, 삶에 방식 내지는 태도 등이 언급되고 있다.

제1장에서 작가가 소개하는 呼蘭河 사람들의 삶의 방식을 살펴보자. 작가는 "어두워지면 잠자고, 날이 밝으면 일어나는 일을 한다. 일 년 사계는 봄에는 따뜻해져 꽃이 피고, 가을에는 비가 오며, 겨울에는 눈이 내리고, 또한 계절에 따라 면 옷을 입고, 홑옷을 벗으며 그렇게 살아간다."[2]고 하였다. 또 "하루아침이나 삼일 정도 울고 난 다음에, 성 밖에다 구덩이 하나를 파서 묻으면 그 뿐이었다. 묻은 후에는 살아 있는 사람들은 예전 그대로 생활을 한다. 밥은 먹어야 하니 먹고, 잠은 자야하니 자는 것이다."[3]라고 언급하면서 그들의 모습이 木石과 크게 다를 게 없다는 사실을 암시하고 있다. 숙주를 파는 과부의 외아들이 강물에 놀러 갔다가 빠져 죽은 일이나 종이 만드는 집의 '사생아가 굶어 죽은 일 등은 呼蘭河 사람들에게 잠시 동안 이야기 거리가 되지만, 죽은 아이들의 부모들은 그 사실을 금방 잊어버리고, 아무렇지 않은 듯 그

---

2) 본고에서 대상으로 삼은 텍스트는 1990年版 中國新文學大系(1937-1949, 제8집 上海文藝出版社)이다. 이하 본고에서 인용되는 「呼蘭河傳」의 내용은 이 책을 기본 텍스트로 한다.
「呼蘭河傳」, 『中國新文學大系(1937-1949) 第八輯』, 上海文藝出版社, 1990, p.247.
3) 「呼蘭河傳」, 『中國新文學大系(1937-1949) 第八輯』, 上海文藝出版社, 1990, p.433.

전과 똑 같이 살아간다고 작가는 말하고 있다. 呼蘭河 사람들은 사람의 삶이란 문제에 대해 "사람이 사는 것은 밥 먹고, 옷을 입기 위한 것"[4] 이며, "죽으면 모든 것이 끝난다."[5]고 대답한다.

一見, 自然順應的이고, 自然循環的인 삶을 사는 것처럼 보이지만, 실제로는 삶에 대한 뚜렷한 의지나 방향 없이, 木石처럼, 허수아비처럼 살아가는 사람들이 바로 呼蘭河 사람들이라고 작가는 보고 있는 것이다. 삶도 특별할 것이 없고, 죽음도 특별할 것이 없다고 생각하는 것이 呼蘭河 마을 사람들이 견지하고 있는 삶의 태도였다. '생로병사가 아무런 소리 없이 처리되는 것'이었고, '견디는 사람은 살아가고, 견디지 못하는 사람은 죽는 말 그대로 自然淘汰의 이론에 따라가는 것', 이것이 바로 呼蘭河 사람들의 삶과 생활 속에 깔려 있는 인생관이라고 작가는 말하고 있다.

> 그 의사네 집 문 앞에는 커다란 간판이 하나 걸려 있었고, 그 간판에는 특별히 큰 쌀 됫박만큼 큰 치아 모양의 것 한 줄이 그려져 있었다. 이 광고는 이 작은 읍내에서 너무나 어울리지 않았고. 사람들은 도대체 저것이 뭐하는 물건인지 몰랐다. …(중략)… 시골에서 내려 온 사람들은 그 큰 치아를 보고 기이하도 느꼈다. 그래서 그 간판 앞에 많은 사람들이 서서 그것을 보았으나, 그것이 무엇을 말하는지 알지 못했다. 그들은 이가 아파도 절대로 서양식 방법으로 이를 뽑지 않고, 이영춘의 약방에 가서 깽깽이 풀뿌리를 두 냥 사다가 입에 물고 있는 것으로 끝냈다. 그 간판 위에 있는 이빨이 너무 커서 이유도 없이 공포심만을 주었던 것이다. 후에 그 여자치과 의사는 생활을 유지할 수 없었던지 산파를 겸하게 되었다.[6]

> 어찌되었든, 이 진흙 구덩이는 마을 사람들에게 두 가지 이로움을 주었다. 첫째, 항상 마차나 말에 채찍질을 하고, 닭이나 오리가 빠져 죽는 시끄럽고 소란스러운 일이 생기나, 오히려 이것이 마을 사람들로 하여금 이것저것 이야기하게 하면서 消日할 수 있게 해 주었던 것이다. 두 번째는 바로, 전염병에 걸린 돼지고기의 문제이다. 만일, 이 진흙 구덩이가 없었다면, 어떻게 전염병에 걸려 죽은 돼지고기를 먹을 수

---

4) 「呼蘭河傳」, 『中國新文學大系(1937-1949) 第八輯』, 上海文藝出版社, 1990, 人活着是爲吃飯穿衣, p.433.

5) 「呼蘭河傳」, 『中國新文學大系(1937-1949) 第八輯』, 上海文藝出版社, 1990, p.434.

6) 「呼蘭河傳」, 『中國新文學大系(1937-1949) 第八輯』, 上海文藝出版社, 1990, p.419.

있겠는가? 이 구덩이가 있었기에 전염병에 걸려 죽은 돼지를 구덩이에 빠져 죽은 돼지로 바꿀 수 있었던 것이다. 주민들이 고기를 사는 데 있어서, 첫째가 비싼 것이냐, 싼 것이냐 이었지, 두 번째로 그것이 무슨 비위생적인 것인가 아닌가는 따지지 않았다.[7]

위의 두 대목은 呼蘭河 사람들의 생활의 一面과 더불어 삶의 방식이 어떠했는가를 보여주는 부분이다. 그들은 자신들의 뜻대로 삶을 추구해 나가고자 하는 의식이나 의지 없이, 오직 전통적인 방식에만 의존하며, 생각 없이 기계처럼 살아가는 사람들이었다. 그들의 삶은 항상 은둔적이고 폐쇄적이었을 뿐만 아니라, 기본적인 理致나 是非를 가리려는 의지도 없고, 합리성조차 결여 된 채, 살아가는 것이었다. 한마디로 말해서, 한편으로는 때가 되면 떨어져 나뒹구는 낙엽처럼 受動的으로, 또 한편으로는 木石이나 허수아비처럼 아무 생각이나 느낌, 판단 없이 동물처럼 살아가는 사람들의 모습이 바로 呼蘭河 사람들의 모습이었다고 할 수 있다.

제1장의 내용이 呼蘭河 마을의 위치, 사철의 변화, 풍경 등 자연 지리적 환경과 더불어 呼蘭河 사람들의 삶과 생활에 대한 기본 태도와 방식 등을 설명한 것이었다면, 제2장에서는 여러 가지 마을 행사를 통해 드러나는 그들만의 정신세계, 生死에 대한 觀念, 삶에 대한 의식 등이 그려지고 있다. 마을에서 벌어지는 여러 가지 전통적 풍습과 행사는 呼蘭河 마을 사람들의 정신세계, 삶에 대한 의식 등을 보다 구체적으로 드러내고 있을 뿐만 아니라, 제1장에서 언급되고 있는 삶의 방식에 대한 배경과 이유를 설명해 줄 수 있는 근거를 제공한다.

마을에서 공동으로 벌이는 여러 가지 전통적 행사와 풍습은 사실상 마을 사람들의 생활을 지배하고 있다. 무당굿은 환자를 치료하기 위한 것으로서 북과 피리소리, 무당의 화려한 옷차림, 슬픈 노래 소리로 온 동네 사람들의 밤잠을 빼앗는다. 그러나 그렇게 많은 돈을 쏟아 붓는 이 굿을 치루고 환자가 병을 고쳤다는 소리를 듣지 못했다고 작가는 말하고 있다. 7월 15일에 열리는 강물에 등불 띄우기 행사는 주민 전체가 기다리는 행사였다. 마을 사람들은 날이 채 어두워지기 전부터 구경할 준비를 한다. 구천을 떠도는 원혼을 달래기 위한 이 행사는 산 자가 죽은 자를 잊지 않고 있음

「呼蘭河傳」, 『中國新文學大系(1937-1949) 第八輯』, 上海文藝出版社, 1990, p.427.

을 보여주는 행사로서 주민들은 어두운 강물을 밝히며 떠내려가는 수천 수 만개의 등불이 만들어 내는 절경에 등불 놓기 행사를 기다린다. 그러나 이 때 태어난 여자 아이는 鬼神이 씌었다고 하여 생일을 고치기 전에는 시집을 갈 수 없었다. 그러나 남자인 경우에는 문제가 되지 않았고, 여자라고 하더라도 부잣집 외동딸인 경우에는 상관이 없었다고 작가는 이야기하고 있다.

추수 후에 거행되는 야외 창극대회 역시 주민들이 기다리는 즐거운 행사인데, 풍년이 들면 천지에 감사의 뜻으로, 가뭄이 들면 祈雨의 뜻으로 치러진다. 4월 18일에 열리는 삼신할머니대회(娘娘廟大會) 역시 남녀노소 모두 參與하지만, 이는 주로 아녀자들을 위한 행사였다. 아이를 갖고자 하는 아낙이나 갖지 못하는 아낙들은 삼신할머니 사당에 가서 절을 하고 향을 사르면서 집안의 부귀와 자손을 祈求한다. 삼신할머니가 유난히 온순한 것은 본래 항상 매를 맞았기 때문이라고 한다. 그러므로 온순함 역시 별로 훌륭한 천성이 아니라, 매 맞은 결과이며, 때로는 오히려 그것이 매를 부르는 요인이 된다는 것을 작가는 지적하고 있다.

神과 死者를 위한 전통적인 풍습과 慣行이 살아 있는 사람들의 모든 생활과 철저히 연계되어 그들의 삶을 지배하고 있는 곳이 呼蘭河이었다. 呼蘭河 마을의 전통적인 행사와 풍습은 實生活에 도움이 못되고 있을 뿐만 아니라, 경우에 따라서는 옥죄며 害惡만을 가져다주는 존재에 불과했다. 뿌리 깊은 남존여비사상, 죽음에 대한 의식 내지 태도, 삶에 대한 진지함과 애착의 결여 등은 마을의 오랜 풍습에서 연유했다는 것이 작가의 주장이다. 현실성과 실용성, 합리성 그 어느 하나도 갖추지 못하고, 봉건적 인습에 얽매여 사는 呼蘭河 사람들의 모습을 작가는 들추어내고 고발하고 있는 것이다. "살아 있는 사람이 아닌, 죽은 귀신을 위해 만들어 진 것"8)이라는 말은 마을 풍습의 본질과 존재 목적이 어디에 있었는가를 암시하는 것이다.

제1장, 제2장의 내용이 呼蘭河의 자연적 지리적 환경과 사람들의 생활방식, 양태 그리고 전통적인 풍습과 행사 등을 소개하며, 呼蘭河 사람들의 精神과 삶의 방식을 총체적으로 규정한 이른바 總論으로서 역할을 수행했다면, 제3장에서 제7장까지의 내용은 各論에 해당된다고 할 수 있다. 이 各論과 같은 부분에서 작가는 마을 사람들

8) 「呼蘭河傳」, 『中國新文學大系(1937-1949) 第八輯』, 上海文藝出版社, 1990, p.461.

의 삶의 구체적이고도 細部的인 모습, 다시 말해 마을 사람들의 개별적이고도 구체적인 삶의 방식과 그 모습을 그리고 있다.

작가는 各論을 통해 呼蘭河 마을 사람들의 삶의 모습을 구체적이고도 생생하게 전달하고자 했다. 제3장에 이르러서는 작가 蕭紅 자신이라고 보아도 무방한 일인칭 話者 '나'가 등장한다. 화자 '나'는 자신의 집안 식구를 이야기하면서도, 祖父와 '나'인 손녀 사이에 있었던 따뜻한 이야기를 펼쳐 보이고 있다. 아버지는 나에게 항상 냉담했고, 어머니는 항상 악담이나 퍼부었는데, 아버지 어머니의 그런 행동을 극복할 수 있었던 것은 모두 조부의 사랑이 있었기 때문이었다. 祖父는 처음으로 '나'에게 글을 가르쳐주었을 뿐만 아니라, 항상 냉담하고 무관심하게 대했던 다른 가족들과는 달리 '나'를 극진히 아껴주었으므로 '나'는 언제나 조부의 곁을 떠나지 않았다고 했다. 이러한 이야기는 一面 조부와 손녀 사이에 오가는 따뜻한 家族愛를 느끼게 하고 있지만, 한편으로는 뿌리 깊은 남존여비의 사상에 얽매여 사는 중국인들의 사고방식을 보여주는 부분이기도 하다. 중국의 坊坊曲曲 그 어느 곳에서도 흔히 볼 있는 男尊女卑의 사상과 그 전통이 예외 없이 이 마을에도 살아 있음을 보여주는 부분이라 할 수 있다. 삶에 대한 큰 집착이나 미련 없이 자연의 흐름처럼 생각하는 마을 사람들이었지만, 男尊女卑의 관습을 철통같이 지키고 사는 사람들의 모습을 읽어 볼 수 있다.

제4장은 '나'의 집에 貰들어 사는 돼지치기, 국수장수, 마차부 등 가난한 이웃사람들과의 이야기로 구성되어 있다. 이들은 너무 허름하고도 누추한 집에서 그것도 끼니를 걱정하며 살아야 하는 사람들이었다. 하루 종일 중노동에 시달리며 빈곤하게 사는 사람들이었지만, 항상 웃음을 잃지 않고 열심히 살고자 하는 사람들이었다. "돼지 치는 집안의 몇몇 일 없는 사람들은 함께 모여 秦腔을 부르거나, 胡琴을 연주하였다."9) "그 노래 소리에는 일을 하면서 얻은 즐거움이 있는 것이 아니라, 눈물이 머금어져 있는 것 같았다."10)는 작가의 말은 이들의 삶에는 두 가지 의미가 함축되어 있음을 시사하고 있다. 첫째, 이들은 逆境이나 고통 속에서도 자신들 본래의 모습, 즉 순수하고도 선량한 性情을 잃지 않으려는 의지가 있는 사람이었다는 것과 둘째, 그들은 고통을 운명으로 받아들이나, 왜 그렇게 살아야 하는지 또 어떻게 행동하고 노

---

9) 「呼蘭河傳」, 『中國新文學大系(1937-1949) 第八輯』, 上海文藝出版社, 1990, p.493.
10) 「呼蘭河傳」, 『中國新文學大系(1937-1949) 第八輯』, 上海文藝出版社, 1990, p.490.

력해야 그런 고통에서 벗어날 수 하는가에 대해 思考를 하지 않았기 때문에, 미래에 대한 어떠한 희망도 갖지 못한다는 것을 말하고 있다.

제5장에서는 '나'의 집에 세 들어 사는 마차부 胡氏 三代와 새로 들어 온 민며느리의 이야기로 구성된다. 이들은 화목한 가정을 이루고 근면하게 살아가나, 굿을 좋아하는 것이 흠이라면 흠이었다. 어느 날 이 집에 민며느리가 들어오자, 동네 사람들은 관심을 갖게 되었다. 그런데 하는 행동이 사내 같아 마을 사람들을 실망시켰고 시어머니는 이를 이상하게 보기 시작했다. 시어머니는 남과 다른 행동을 하는 민며느리를 이상하게 보기 시작했다. 시어머니는 민며느리가 이상하게 보이는 것은 귀신에 씌었기 때문이라고 믿고, 무당의 말에 따라 갖가지 잔혹행위를 저지른다. 세속적인 일을 하면서도 세속적이고도 현실적인 판단 없이 오직 무당의 말에 따라 행동하는 사람들의 적나라한 모습을 그리고 있다. 작가는 민며느리의 시어머니와 시어머니를 부추긴 이웃 사람들의 어리석은 행동을 질타하고 있다. 결국에 있어서는 시어머니와 이웃사람들이 멀쩡한 민며느리를 죽였지만, 그들은 결코 나쁜 사람이 아니었다. 어리석기 때문에, 또 전통적 관습에 조금도 벗어나지 못했기 때문에 살인이라는 비극적 결과를 초래했다는 것이 작가의 주장이었다.

제6장에서는 蕭紅 집안의 長期 고용이자 친척이었던 有二伯이라는 사람에 대해 이야기한다. 有二伯은 善良해 보이지만, 항상 남다른 언행을 일삼고, 나쁜 행동을 하고서도 부끄러움이나 미안함 없이, 자신의 행동을 합리화하는 사람이다. 有二伯은 왜곡된 심리구조를 가진 사람이다. 작가는 어릴 때부터 중노동에 시달리고 핍박받아 그렇게 되었다고 보고 있다. 원래는 선량했으나, 오랜 세월 가난과 억압으로 인해 性情마저 뒤틀려져 항상 모순되고 변태적인 행동을 하는 有二伯의 모습은 농촌 사회 구성원의 적지 않은 모습이다.

제7장에서는 입 삐뚤이 鍊磨工 馮씨가 등장한다. 그는 이 작품에 등장하는 인물들과 비교해 비교적 긍정적으로 묘사되고 있다. 그는 강인한 생명력과 낙천적인 성격을 지닌 인물이다. 그러나 그의 생명력을 시험이나 하듯이, 하늘은 그에게 악조건만을 내려 주었으나, 그는 이를 잘 극복해 나갔다. 작가는 제1장에서 6장에 이르기까지 긍정적인 인물을 한번도 제시하지 않고 있다가 마지막 장인 7장에 가서 인정 많고 성실하며 강인한 생명력을 가진 입 삐뚤이 馮씨의 이야기를 언급하였다. 馮氏는 작가

에 의해 긍정되는 인물이었다고 할 수 있다. 작가는 馮씨의 이야기를 하면서도 呼蘭河 사람들의 비정하고도 沒常識的인 세태에 대한 언급을 놓치지 않았다. "呼蘭河에서는 사람이 우물이나 강물에 뛰어 들거나 목을 매달게 되면, 구경꾼들이 특히 많이 몰려들었다. 중국의 다른 곳에서도 이런지 아닌지 나는 모르겠지만, 나의 고향은 확실히 그러했다. 강물에 여자가 빠져 죽으면, 꺼내 올려 바로 매장하지도 않고, 또한 바로 장례를 행하지도 않았다. 하루 이틀 그냥 놓아 둔 채, 사람들로 하여금 구경하게 했던 것이다."[11]

上述한 바와 같이, 제1장에서 제7장에 이르기까지 작품에서 다루고 있는 것은 呼蘭河 사람들의 일상세계, 생활상, 운명적인 삶에 대한 총괄적이고도 세부적인 묘사의 연속 그 자체였다. 제1장과 제2장에서는 呼蘭河의 사람들이 전통적으로 추구해 왔던 삶의 방식과 생활모습, 그리고 그들의 일상생활과 삶에 절대적인 영향을 미치고 있는 풍습과 전통적인 관례 등에 관한 여러 가지 사실과 현상들을 포괄적으로 설명하였고, 제3장에서부터 마지막 장인 제7장에 이르기까지 呼蘭河 사람들의 집합체적 사고방식과 의식이 개인의 구체적 삶의 형태 속에서 어떻게 나타나고 있는가에 대해 설명하고 있는데, 이는 삶의 방식과 모습에 대한 일종의 巨視的이고도 微視的인 관찰의 병행이라고 해석해 볼 수 있다.

작가는 작품의 尾聲 부분에서 "이상 내가 썼던 것은 어떤 아름다운 이야기가 아니다. 단지 그 이야기에는 나의 어린 시절 기억으로 가득 차 있고, 잊고자 해도 잊을 수 없어, 여기에 적은 놓았다."[12]라고 했는데, 작가의 이 같은 술회는 어린 시절의 경험적 사실을 문학적으로 재현했다는 사실과 동시에, 작품의 장르적 성격을 암시하는 이야기라고 할 수 있다. 이 작품은 처음부터 끝까지 呼蘭河에 살고 있는 사람들의 생활모습과 삶의 방식, 풍속 등에 대해 진솔하고도 객관적으로 묘사하고 있다. 비록 그 배경이 呼蘭河라고 하는 한정된 공간에 국한되어 있었지만, 이 소설은 동시대 중국 농민들의 삶의 모습을 재현하며 농촌사회의 風俗圖로서의 역할을 하는데 있어 부족함이 없었다. 茅盾은 이 작품을 두고 "한편의 서사시, 한 폭의 다채로운 風俗畵, 悽挽한 가요"라고 평가한 바 있고,[13] 楊義 또한 「呼蘭河傳」 또한 한 폭의 생동감 있

---

11) 「呼蘭河傳」, 『中國新文學大系(1937-1949) 第八輯』, 上海文藝出版社, 1990, p.567.

12) 「呼蘭河傳"尾聲"」, 『中國新文學大系(1937-1949) 第八輯』, 上海文藝出版社, 1990, p.576.

는, 색채 있는, 聲調 있는 世俗畵, 風俗誌라고 규정했는데,[14] 이러한 평가는 「呼蘭河傳」의 문학적 특성과 기능, 내지 장르적 성격이 어떠했는가를 설명하는 하나의 傍證이 될 수 있다. 이들의 평가는 「呼蘭河傳」이 呼蘭河 사람들의 생활 모습과 삶의 방식, 그리고 생활과 삶의 양식에서 우러나오는 그들만의 世情, 世態 등을 한 폭의 풍속화를 그리듯이 묘사했다는 뜻으로 해석될 수 있다. 한마디로 말해서, 「呼蘭河傳」은 주어진 呼蘭河傳라고 하는 空間 속에서 살아가는 뭇 사람들의 생활상과 삶의 방식과 양태 등을 客觀的이고 세부적으로 묘사하면서, 이를 통해 동시대 농촌 사람들의 가치관과 의식, 世情 등을 그려 낸 소설로서의 성격을 갖기 때문에, 따라서 「呼蘭河傳」의 장르적 성격은 世態小說[15]로 규정해 볼 수 있다.

또한, 전술한 바와 같이, 「呼蘭河傳」에는 주인공이라고 할 만한 어떤 인물도 등장하지 않고 있고, 이렇다 할 특별한 사건도 발생하지 않을 뿐만 아니라, 처음부터 끝까지 일관되게 전개되고 있는 스토리조차 없이, 呼蘭河 사람들의 일상적인 삶과 풍습, 세정 등이 여러 개의 장, 여러 개의 공간으로 나뉘어 세밀하게 묘사되고 있을 뿐인데, 구성상에 있어서 이와 같은 특징은 또한 이 작품의 문학적 성격과 특성 등을 결정짓는 중요한 요소로 작용하고 있다. 이러한 특징은 이 작품이 공간중심의 소설이라는 것을 증명하는 것인데, 「呼蘭河傳」은 이와 같은 특징을 통해, 同時代 그 어느 소설에서도 보기 어려울 정도로 확고한 공간중심체제의 구조를 구축하며, 세태소설로서의 특성과 의미를 한층 더 강하게 드러내고 있다.

---

13) 茅盾, 「呼蘭河傳 序」(『茅盾文集 第十卷』, 人民文學出版社, 1963, p.97)

14) 楊義, 『中國現代小說史』, 人民文學出版社, 1993, p.566.

15) 튜틀톤은 세태소설에 대해 다음과 같은 정의를 내린 바 있다.
　세태소설이라는 말로써 나는 세태와 사회적 관습, 민속, 전통, 관례 그리고 어떤 주어진 시 공간 속에서 지배적인 역할을 하고 그들의 사고와 행동을 통제하고 그리고 그들이 가담하고 있는 행위에 대한 결정요소를 이루는 소설, 그리고 이러한 세태와 관습들이 현실적으로 상세하게 그려지는, 말하자면 그것들의 재현의 정확성에 우선권이 주어지는 그러한 소설을 의미한다.
　James W. Tuttleton, 『The Novel of Manners in America』, North Carolina U.P., 1972, p.10.
　"세태소설은 동시대 사회현실의 재현을 일차적인 목적으로 하는 소설이다. 이와 더불어 가족관계를 비롯한 동시대 사람들 사이의 인간관계를 예시하고 설명할 수 있는 윤리적 규준들과 생활양식의 累積분으로서의 전통과 사회적 관습들, 그리고 더 나아가 그러한 사회적 관습들의 형성에 영향을 미치고 그것을 설명해주는 당대 사회의 물적 토대라든가 공통체적인 삶의 질서를 표현하는 소설이다."
　김경수, 『한국세태소설연구』, 서강대 대학원 박사논문, 1992, pp.50-51 참조.

　　작가 蕭紅에게 있어 呼蘭河 사람들의 생활과 삶의 모습은 자신의 기억 속에 그대로 살아 있는, 따라서 망각될 수 없는 그런 존재였음에 틀림없었다. 그러나 작가 자신이 친히 目睹하고 경험했던 呼蘭河 사람들의 삶과 생활 등은 잊을 수 없는 아름다운 존재로서의 추억이 아닌, 止揚되거나 소멸되어야 존재로서의 슬픈 추억이었다. 여전히 봉건적인, 전근대적인 의식과 가치관을 가지고 구태의연하게 살아가는 呼蘭河 사람들의 삶의 모습은 슬픈 추억이었고, 작가는 이 작품에서 忘却할 수 없는 그런 슬픈 추억을 그리고자 했던 것이다. 따라서 「呼蘭河傳」의 주제는 呼蘭河 사람들의 생활상, 삶의 양태에 대한 露呈을 통해 농촌사람들의 가치관과 의식, 사고방식을 비판하는 것이었다. 이런 맥락에서 볼 때, 蕭紅이 「呼蘭河傳」에서 주장하고자 것은 "覺醒하기 전, 반항하기 전, 중국인들은 대로로 어떤 인생을 살아 왔는가? 생활과 운명에 대한 그들의 각성은 어떠했는가? 그들의 정신 상태와 병적인 심리는 어떻게 형성되었는가? 어떻게 치료해야 중국 국민들이 인간적인 생활을 할 수 있는가?"[16] 등의 내용으로 정리될 수 있는데, 이러한 비판적 내용은 「呼蘭河傳」의 주제 그 자체라고 해도 과언이 아니다.

　　이렇게 볼 때, 「呼蘭河傳」에서 다룬 내용은 비록 呼蘭河라고 하는 중국 동북지방 어느 한 지역에 局限된 지역 사람들의 삶과 生活相이었지만, 그들의 삶과 생활은 동시대 대다수 농민들의 삶과 생활을 집약한 것이었고, 그들이 견지했던 의식과 가치관 등은 동시대 대다수 農村民들의 그것을 상징했다는 사실을 이 작품을 통해 상정해 볼 수 있다.

　　「呼蘭河傳」에는 매우 다양한 여러 가지 類型의 인물들이 등장하고 있다. 작게는 '나'의 祖父와 가족들, 有二伯, 馮歪嘴子, 胡氏 三代와 그 집안의 민며느리에서부터 크게는 呼蘭河 마을 사람들 모두에 이르기까지 비교적 많은 인물들이 등장하고 있다. 사실, 呼蘭河에 살고 있는 모든 주민들이 작품에 등장하고 있다고 해도 과언이 아닌데, 이처럼 많은 인물이 다양한 장면과 공간에 걸쳐 배치되고 설정되어 있다고 하는 사실은 다수 인물의 형상과 더불어 이들의 행동양식이 갖는 보편성과 일반성, 그리고 집합적 성격 강조하는 것이라고 할 수 있다.

---

16) 韓文敏, 「"呼蘭河傳"我見」, 『中國現當代文學研究』, 1982, p.29.

그들의 집합적 삶의 모습은 동시대 농촌 사회 일부의 모습을 나름대로 집약하고 대표할 수 있는 것이었던 바, 이런 의미에서, 이 작품에서 보다 중요하게 고찰되어야 할 점은 이와 같은 인물의 配置가 특정한 공간을 배경으로 동시대 농촌적 삶의 縮圖를 보이고자 했던 작가의 의도 내지 목적이다. 呼蘭河는 비록 중국 농촌의 한 지역, 한 공간에 불과하였지만, 그 공간에 속한 사람들의 전체적 삶의 모습을 통해 순박하고도 몽매했던 농민들의 삶 내지 농촌적 삶의 縮圖를 그려내고자 한 작가의 의도를 읽어 볼 수 있다. 다시 말해서, 이 소설에 등장하는 갖가지 인물들이 서로 교차하면서 엮어냈던 삶과 생활은 동시대 모든 중국 농민들의 삶을 표상하는 것은 아니겠지만, 아직도 봉건적인 사고방식과 관습 속에서 무지몽매한 채, 척박하게 살아 갈 수밖에 없는 대다수 농촌 서민들의 삶과 생활을 집약하는 것이라고 할 수 있다. 이렇게 볼 때, 「呼蘭河傳」은 동시대 삶의 모자이크 혹은 그런 삶에 관한 한 장의 縮圖를 그려내고 있는 것이다.

농촌사회의 風俗圖라는 평가와 더불어, 「呼蘭河傳」은 "抒情的 散文과 같은 소설"이라는 평가도 받고 있는데, 이러한 평가 또한 「呼蘭河傳」의 문학적 특성 내지 형식상의 面貌를 이해하는 데 있어 도움을 주고 있다. 이 작품이 '서정적 산문과도 같은 소설'이라는 평가가 나온 데에는 첫째, 특별히 주인공이라 할 만한 인물도 없고, 일관된 사건의 전개도 없는 등, 일반적인 소설의 양식에서 벗어난 독특한 형식을 가지고 있는 데에다가 둘째, 그 내용이 작가의 어린 시절 경험이 토대가 된 回憶的 글이었고, 따라서 작품 전체에 感傷, 沈鬱, 凄凉의 曲調가 맴돌고 있는 느낌을 주고 있다는 사실[17] 等을 거론해 볼 수 있는데, 이와 같은 여러 가지 특성이 복합적으로 작용하면서 한 편의 산문과도 같은 作品이라는 평가가 나오고 있다. 이와 같은 평가는 소설의 내용, 즉 呼蘭河라는 마을 사람들의 삶과 풍속을 한 편의 수필, 한 편의 산문에서의 그것처럼 표현했다는 말과 같은 것으로 정리해 볼 수 있다.[18] 그러나 이러한 사실과 더불어, 소설을 한 편의 산문처럼 엮어 낼 수 있었던 것은 서사에 있어 小說的 樣式,

17) 黃修己 著, 고대 중국어문연구회 역, 『중국현대문학발전사』, 범우사, 1993, p.511.
18) 杜秀華는 이 소설은 깊이 있는 사상이 담긴 한편의 우수한 산문과 같으며, "형태는 흐트러진 듯하지만, 정신은 흐트러짐이 없는 산문의 두드러진 특징을 보여준다."고 했다.
　杜秀華, 「一部以背景爲主角的小說(中國現代文學硏究叢刊)」, 作家出版社, p.141.

다시 말해 사건의 총화를 도모하는 전달기법이나 이야기의 因果的 전개방식을 추구
하지 않았기 때문에 가능하였고, 사건의 總和를 도모하거나 이야기의 인과성을 추구
하지 않고도, 한 편의 完整한 장편소설로 탄생할 수 있었던 것은 사람들의 삶의 모습,
생활상, 풍속 등을 分章과 分節의 형식을 통한 동시적 서술, 즉 시간의 공간화를 통
해 진술하게 표현하였기에 가능한 것이었다고 할 수 있다.

　한 마디로 말해서, 이 작품은 대부분의 기존(전통적인) 소설에서 견지되어 왔던 연대
기적, 인과적 질서에 의해 진행되는 時間 敍述的 기법이 아닌 空間 敍述的 기법을
이용하여, 다양한 인간군상과 그들이 벌이는 서로 다른 삶의 양태를 한 데 묶어낼
수 있었고, 그렇게 함으로써, 농촌사회의 생태를 생생하고도 총체적으로 드러내 보
일 수 있었다. 결과적으로 볼 때, 작품이 "산문과도 같은 소설"이라는 특성을 갖게
된 것은 철저한 공간중심의 소설이 갖는 특징에 기인하는 바가 크다고 할 것이다.

　「呼蘭河傳」에서 다루어지고 있는 呼蘭河 사람들의 생활상, 삶의 방식, 풍속, 농촌
의 생태는 새롭고도 독특한 방식으로 묘사되고 있다. 이 작품에서 사용되고 있는 새
롭고도 독특한 방식이란 바로 이러한 원근법, 몽타주 모자이크 기법의 援用이라고
할 수 있다. 원근법, 몽타주 모자이크 기법 방식은 영화에서 사용되는 撮影技法임을
감안해 볼 때, 이 작품에서 사용된 원근법, 몽타주 기법 등은 映畵式 敍事技法 또는
영화적 표현기법으로서의 의미를 갖는다. 「呼蘭河傳」은 이러한 기법의 원용을 통해
서로 비슷하거나 대조적인 사건과 장면들을 竝置해 보이기도 하고, 카메라의 눈으로
자유롭게 동시적으로 장면을 제시하거나 또는 여러 人物群들의 다양한 삶과 呼蘭河
의 경관과 지리적 환경 등을 모자이크하여 농촌마을 서민들의 삶의 縱橫圖를 흥미
있게 그려냈다.

　'映畵式 敍事技法, 映畵的 表現技法'이라는 것은 영화촬영과 영화편집의 기법에서
처럼, 시간의 연속성을 무시하고, 각 장면마다 펼쳐지는 인물행위의 전후를 커트 내
지 竝置시킴으로써 동시성과 공간성을 획득하는 표현기법을 말한다. 이러한 기법은
영화가 카메라라는 기계의 자율적 이동에 따라 공간과 공간을 자유로이 전환하여 각
장면과 장면을 커트시켜 이어줌으로써 의미를 만들어 내는 것에서 유추한 것이다.

　茅盾은 이 작품을 두고 "「呼蘭河傳」은 엄격한 의미에서 소설 같지 않다. 그런데,

"이 소설 같지 않은 것 이외의 다른 것들, 즉 이런 것들이 소설 같은 것보다 더욱 사람들을 끌어당기는 것들이 된다."[19]고 하였다. 이는 이 작품이 갖는 구성양식의 특성 내지 意外性을 지칭하는 말이라고 할 수 있는데, 특성과 의외성은 바로 時間의 空間化, 영화적 기법 등을 원용했다는 사실에서 찾아야 할 것이다. 이러한 기법은 기존의 전통적인 소설에서는 사용되지 않고 있기 때문에, 소설 같지 않은 인상을 주는 것이고, 그리고 소설 같지 않은 부분으로 인해, 더욱 사람들의 관심을 끌었다고 할 수 있다. A.하우저는 "영화에서는 공간이 시간 비슷한 성격을 띠고, 시간은 또 어느 정도 공간적인 성격을 갖는다."[20]고 했는데, 「呼蘭河傳」 또한 공간이 시간적 성격을 띠고, 시간이 공간적 성격을 띠고 있는 소설임을 고려해 볼 때, 意外性은 바로 이 같은 映畵的 특성에서 파생되었던 것으로 풀이해 볼 수 있다.

앞서 언급한 바와 같이, 「呼蘭河傳」은 공간중심의 소설답게 시간을 空間化하는 동시적 서술기법을 보여주고 있다. 呼蘭河라고 하는 농촌에서 이루어지는 다양한 생활상과 삶의 방식들을 시간적 계기성에 의해 敍述하지 않고, 각각의 에피소드들을 최대한 동시적으로 형상화시켜 소설 전체를 空間化시키고 있는 것이다. 시간의 공간화를 추구했다거나 또는 동시적 형상화를 추구하였다는 것은 시간의 연속성을 해체하고 행위의 전후를 커트, 倂置시킴으로써 확보되는 同時性을 敍事의 근간으로 삼고 있다는 것인데, 이러한 시간의 공간화 현상은 모자이크 공간 몽타주와 같은 기법의 문학적 표출로서 映畵式 서사기법의 援用이라고 할 수 있다.

몽타주'의 사전적인 뜻은 따로 따로 촬영된 화면을 효과적으로 떼어 붙여서 화면 전체의 유기적인 구성을 이루어내는 영화나 잡지의 편지구성의 한 방법을 지칭하는 것이다. 몽타주의 주된 기능은 '共存'을 표현하기 위한 하나의 영상에 초점을 맞추어 두고 그 주위를 관련이 있는 영상으로 에워싸서 한 주제에 대해서 다양하거나 복합적인 관점, 즉 내면생활과 외면생활의 동시적 표출이나 삶의 多元性을 보여주는 데에 있다. 다시 말해, 카메라의 촬영방법에 의한 몽타주 수법이란 다양한 계층들의 다층

---

19) 茅盾, 「呼蘭河傳 序」(『茅盾文集(第十卷)』, 人民文學出版社, 1963, pp.96-97)

20) A.하우저는 "영화와 다른 예술 간의 가장 근본적인 차이는 시간과 공간의 경계가 유동적이라는 점이다. 즉, 영화에서는 공간이 시간 비슷한 성격을 띠고, 시간은 또 어느 정도 공간적인 성격을 갖는다."고 했다.

  A.하우저, 白樂晴·廉武雄 共譯, 『文學과 藝術의 社會史(現代篇)』, 創作과 批評社, 1989, p.242.

적인 삶의 양태를 최대한 동시에 形象化하기 위하여 각각의 에피소드들의 조합적인 배열인 공간 몽타주의 수법이나 시점의 이동을 통한 영화의 기법을 나타내는 것이다.[21] 몽타주의 주된 기능은 '공존'을 표현하기 위한한 것으로 하나의 영상에 초점을 맞추어두고 그 주위를 관련이 있는 영상으로 에워싸서 한 주제에 대해 다양하거나 복합적인 양상, 즉 삶의 다양성을 보여주는 데 있다.

「呼蘭河傳」은 呼蘭河 사람들의 다양한 삶을 동시에 보여주기 위해 몽타주수법을 援用하고 있다. 시간을 공간화 함으로써 呼蘭河의 다양한 모습을 동시에 내보이는 몽타주 화면 구성방식의 서술기법을 취하고 있다는 것이다. 제1장, 제2장은 전술한 바와 같이, 呼蘭河의 지리적 환경과 사람들의 삶의 방식, 생활양태, 그리고 전통적인 풍습과 행사 등을 소개하고 있다. 제1장 제2장에서 呼蘭河의 여러 공간에서 벌어지는 사건과 사람들의 생활양태 등을 동시적으로 드러내 보이기 위해, 작가는 사건과 삶의 양태가 벌어지는 공간을 연상이 아닌, 인접성의 논리에 의해 배열하고, 그것을 관찰하는 서술방식을 취하고 있다.

작가의 서술기법을 보면, 처음에는 呼蘭河에서 제일 유명하다고 할 수 있는 十字路를 말하고 있다. 그 십자로에는 呼蘭河에서 가장 중요한 시설이 집중되어 있다고 하면서 그곳에 있는 각종 가게와 약방, 의원에서 벌어지는 삶의 모습을 설명했다. 十字거리의 이야기에 이어, 東二 거리에 대해 언급하였는데, 작가는 그 곳에 있는 동력제 분소와 두 개의 학교에서 벌어지는 삶의 야야기를 서술하였고, 다시 이어서 西二 거리를 이야기 했다. 뒤이어 작가는 東二 거리에 있는 커다란 진흙 웅덩이에 대해 이야기했다. 진흙웅덩이를 둘러싸고 벌어지는 여러 에피소드를 통해 사람들의 삶의 모습을 진솔하게 나타냈던 것이다. 웅덩이 이야기를 마무리하고, 뒤이어 작가는 東二 거리에 있는 몇몇 장식품가게를 이야기하면서 그것과 관련되어 드러나는 사람들의 생활모습을 보여주었다. 이어 작가는 작은 골목거리의 풍경을 묘사하며 골목길에서 벌어지는 呼蘭河 사람들의 삶의 희비양상을 사실적으로 묘사하고 있다. 이를 도표로 그려보면 다음과 같이 표시될 수 있다.

---

21) 몽타주 또는 모자이크식 서술기법은 파노라마적, 鳥瞰的, 자유로운 장면 이동, 인물에 의한 모자이크 시점 같은 공간이동의 변화기법을 말한다.
  Susan S. Lancer, 『The Narrative Art』, Princeton Univ. Press, pp.191-198.

작가가 1장 2장에서 취택한 서술기법의 특징을 요약 정리해 보면, 길거리 안의 어떤 특정 지점, 그리고 골목거리 형태로 등장하는 각각의 공간은 영화에서처럼 여러 장면이 환기되면서 장소가 제시되는 장면적 특성을 지니고 있으며, 각 장면과 장면의 전환은 시간적인 인과관계에 따라 연속되는 것이 아니라, 동시적인 공간과 공간의 단편들로 배열된 채, 그리고 각각의 공간 위의 펼쳐지는 에피소드들은 독자적인 역할을 지닌 채, 병렬적으로 제시되어 나타나고 있는 것으로 설명할 수 있다.

1,2장에서 설명되고 있는 呼蘭河 사람들의 삶과 생활양태, 그리고 諸 事件들은 呼蘭河의 크고 작은 여러 거리와 장소에서 진행되었으나, 분명히 그것은 呼蘭河라는 하나의 큰 공간 속에서 동시에 진행되고 펼쳐졌다. 이처럼 呼蘭河라고 하는 공간에서 평행하게 펼쳐졌던 사건들과 사람들의 생활양태를 여러 개의 공간으로 나눠 동시적으로 묘사하는 것, 이것이 바로 시간의 공간화이자, 영화적 공간 구성방식의 몽타주 기법의 구현이라고 할 수 있는 것이다.

제3장에서 제7장에서 다루어지는 내용은 작가와 함께 또는 작가의 집주변에 살았던 呼蘭河의 일부 몇몇 사람의 이야기이다. 제3장은 작가의 조부에 대한 이야기이고, 제4장에서 다루어지는 것은 돼지치기, 국수장수, 마차부 등 貧寒한 사람들의 슬픈 삶의 이야기이며, 제5장에서는 학대받는 민며느리의 불행한 삶을 다루고 있고, 제6장의 내용은 有二伯이라는 왜곡된 性情을 가진 사람에 대한 묘사로 이루어지고 있으며, 제7장은 강인한 생명력을 가지고 올바르게 살아가고자 했던 馮歪嘴子라는 사람의 이야기를 담고 있다. 각 장의 내용은 작가의 어린 시절 작가의 주변에 살면서 時空間을 함께한 사람들의 이야기였고, 각 장을 구성하는 공간과 그 공간 위의 에피소드들은 독자적인 역할을 가지고 병렬적으로 제시되면서 텍스트를 空間化시키고 있다. 그것은 주로 3장의 주인공으로 등장한 話者의 조부가 5장 6장 7장에 걸쳐 등장하는

것으로 구체화되고 있다.

제3장의 주인공인 조부는 제4장에도 등장하고 있다. "그들은 다 먹고 나면, 항상 큰 그릇을 두 손으로 받쳐 들고 할아버지께 보내드렸다. 코 삐뚤어지고 눈 동그랗게 뜬 아이가 오면 할아버지는 곧 바로"이거는 먹는 게 아니야. 독 있는 거 먹으면, 죽어"라고 말씀하셨다.[22) 조부는 제5장의 민며느리의 이야기에도 등장한다. 제5장에서 화자인 '나'와 조부는 고통 받는 민며느리의 생활을 함께 관찰하며 관심을 갖는다. 민며느리의 울음소리가 들려오자 話者인 '나'는 "민며느리가 울고 있는 건가요? 할아버지는 내가 두려워하는 게 걱정이 되었는지, 아니다. 뜰 밖의 사람소리다. 그러면 내가 밤새도록 왜 울지요? 하고 묻자, 할아버지는 상관마라 시나 읽어 보라고 하셨다"[23)

조부는 제6장 有二伯의 이야기에도 등장한다. "나는 항상 이 문제를 할아버지에게 물어 보았다. 저 초롱이 왜 공중에서 떨어지느냐, 거기에 영원히 머물러 있지, 왜 땅으로 떨어졌느냐고, 그러면 할아버지는 이 문제에 대해 대답하지 못했다. 그러나 나는 묻지 않으면 안 되었기 때문에, 할아버지 또한 대답하지 않으면 안 되었다."[24) 조부는 제7장 馮歪嘴子의 이야기에도 등장한다. "나는 몸을 돌려 집으로 뛰어갔다. 할아버지에게 馮歪嘴子의 온돌 위에서 알 수 없는 어떤 여자가 자고 있고, 그 여자의 이불 안에 머리가 붉은 어떤 아이가 함께 있다고 말하니, 할아버지는 내 말을 듣고 답답함을 느끼시며, 나에게 그냥 빨리 찰떡이나 먹으라고 하셨다."[25) "할아버지는 너 馮歪嘴子의 눈물이 흘러내리는 거 보지 못했니? 馮歪嘴子가 부끄러워서 그러는 거다. 나는 무슨 부끄러운 것이 있을 것이라고 생각은 했으나, 알지는 못했다.[26)

이와 같이 연속된 조부의 등장은 돼지치기, 국수장수, 민며느리, 有二伯, 馮歪嘴子 등의 이야기는 話者 '나'가 어린 시절 조부가 함께 시간을 보냈던 이야기 속에서의 그 공간 그 시간, 즉 할아버지와의 이야기가 진행되었던 실제 동일한 공간에서 동시적이고 평행적으로 펼쳐졌던 것임을 증명하는 것이다. 이러한 서술기법은 시간의 공

---

22) 「呼蘭河傳」, 『中國新文學大系(1937-1949) 第八輯』, 上海文藝出版社, 1990, p.490.

23) 「呼蘭河傳」, 『中國新文學大系(1937-1949) 第八輯』, 上海文藝出版社, 1990, pp.503-504.

24) 「呼蘭河傳」, 『中國新文學大系(1937-1949) 第八輯』, 上海文藝出版社, 1990, p.534.

25) 「呼蘭河傳」, 『中國新文學大系(1937-1949) 第八輯』, 上海文藝出版社, 1990, p.557.

26) 「呼蘭河傳」, 『中國新文學大系(1937-1949) 第八輯』, 上海文藝出版社, 1990, p.559.

간화, 평행하는 사건들의 동시성, 또는 서로 비교되고 대비되는 행동들의 동시성을 묘사하는 것으로서, 영화적 공간 구성방식인 몽타주 기법의 전형적인 구현이다.

몽타주 기법을 통한 동시적 전개 내지 동시적 제시는 通時性의 空時性化라는 時空性을 구성하는데, 通時性의 空時性化는 일상적 삶의 다양성과 통일성을 함께 포착함으로써 현실에 대한 총체적 표현을 달성하려는 세태소설의 목적에 적극 부합된다. 다시 말해, 通時性의 空時性化는 통합적 인과적 질서보다 계열적, 내지 병렬적 질서를 우선함으로써, 여러 인물들의 생활상과 삶의 모습들을 서로 비교, 대조할 수 있게 해 주기 때문에 다양한 사람들의 삶의 방식을 효과적으로 표현하는 기법이 되는 것이다.

「呼蘭河傳」에서 쓰이고 있는 영화적 공간서술방식은 사람들의 삶과 생활상을 유형별로 나눠 횡적이고도 체계적인 모습으로 그리기 위한 작가의 의도에서 緣由한 것이라고 생각해 볼 수 있다. 뭇사람들의 집합적인 삶의 양식, 삶의 방식을 종류별 내지 유형별로 나누어, 이를 사전적 서술방법을 통해 體系的으로 그리고자 했던 작가의 意圖를 보여주는 것이다.

이 작품이 가지는 또 하나의 특징은 카메라에 의한 촬영기법과 같은 서술양식의 援用에 있다. 카메라의 촬영방법과 같은 敍述技法은 쉽게 말해서, 呼蘭河 마을 사람들이 살아가는 삶의 양태와 방식을 마치 카메라의 눈[27]에 비치는 대로 촬영해 놓은 것처럼 서술해 놓았다는 것을 의미한다. 작품의 尾聲부분에서 작가 스스로 밝혔듯이. 「呼蘭河傳」은 작가의 어린 시절 고향마을에서의 경험과 추억이 서술된 소설이었는데, 蕭紅은 작품에서 자신의 경험과 기억을 마치 카메라의 눈으로써 하나하나 훑어가듯이 되 내여 보이듯 서술하고 있는 것이다. 다시 말해, 작가는 작품에서 다루어지고 있는 呼蘭河 사람들의 생활과 삶, 풍속, 그리고 그곳에서 벌어지는 여러 가지 사건들을 마치 영화에서 카메라로 촬영[28]해 나가듯, 서술해 놓았다는 것인데, 눈에 비치는

27) 카메라의 렌즈가 피사체를 포착하듯 주관이 극도로 배제된 냉정한 관찰자의 시각을 가리키는 개념을 가리킨다. 가능한 한 작가의 주관을 최대한으로 배제하고 현실을 그대로 옮기는 수법이 리얼리즘의 주요 창작원리로 인식되고 있는 데에다가, 카메라의 눈은 현실을 객관적으로 보여준다는 점 때문에, 리얼리즘에서의 현실의 재현, 轉寫이론과 관계가 깊다고 했다.
한용환 지음, 『소설학사전』, 고려원, 1992, pp.416-418 참조.

대로 촬영한 것처럼 서술했다고 하는 사실은 소위 '카메라의 눈' 技法의 활용이라고 할 수 있고, 그것은 名稱이 연상하듯, 영화적 기법의 문학적 활용이 되는 것이다.

따라서 「呼蘭河傳」의 서술형태를 영화적 기법의 용어를 빌려 표현한다면, 제1장, 제2장은 '遠景撮影(遠寫 long shot)'의 형태가 된다고 할 수 있고, 제3장에서부터 제7장에 이르기까지의 내용은 近接撮影(接寫 close up, close shot)의 형태에 해당된다고 할 수 있다. 물론, 이 말은 제1장과 제2장이 처음부터 끝까지 遠景撮影的 方式에 의해 서술되었고, 제3장에서 제7장에 이르기까지 빠짐없이 모두 近接撮影的 方式에 의해 서술되었다는 것을 뜻하는 것은 아니다. 제 1, 2장에도 근접촬영적 서술기법이 등장하고 있고, 3,4,5,6,7장의 서술에 있어서도 일부 원경촬영적 기법이 등장하고 있다. 그러나 전체적으로 볼 때, 1,2장에서는 서술의 상당부분이 원경촬영적 서술기법으로 채워져 있고, 3장에서 7장에 이르기까지는 근접촬영적 서술기법이 중심을 이루고 있기 때문에, 장별로 나눠 유형에 따라 이와 같이 규정하여 그 특성을 관찰하는 데 있어 무리가 없다는 것이다.

제1장과 제2장의 내용이 呼蘭河 마을 사람들의 삶에 대해 종합적으로 설명하는 등, 巨視的인 관점에서 이른 바 眺望的인 보여주기式 서술태도로 일관하였는데, 이와 같은 眺望的인 보여주기 式 서술태도는 원경 촬영적 서술기법으로 구체화되고 있다. 그리고 祖父, 馮嘴歪子 등 呼蘭河 사람들의 삶의 구체적인 모습이 생동적으로 그려진 제3장에서 제7장까지의 내용은 微視的인 관점에서 觀察者的인 서술태도를 취하고 있는데, 이는 근접 촬영적 서술기법을 통해 한층 더 두드러지게 나타난다. 이렇게 兩分되는 서술기법에 따라 시점 또한 양분되어 나타나면서, 촬영 기법의 의미를 강화시켜 주고 있다. 제1장과 제2장은 三人稱 외부視點으로 되어 있고, 제3장에서부터 제7장에 이르기까지 다섯 장의 내용은 모두 일인칭 내부시점인 일인칭 서술양식을 취하고 있다.

---

28) Leon Edel은 현대의 소설가들은 영화가 보여주는 현실 재현의 정확성으로 인해 카메라가 되고자 시도하여 왔다고 전제하면서, 이런 이유로 해서 19세기 이후, 소설가들은 카메라의 눈과 카메라 이동 수법과 같은 기법을 개발하여 자신들의 작품에서 카메라의 숏(카메라의 위치, 각도, 회전 또는 회전과 이동으로 인해 만들어지는 여러 가지 시야의 화상)을 만들고자 시도하였으며, 자신의 언어에서 정서를 추방하고 카메라의 시각을 통하여 현실을 객관적으로 재현해 내려고 하였다고 하였다.

Leon Edel, 『The Theory of the Novel(Novel and Camera)』, Oxford Univ. Press, 1974, p.177.

단지 두개의 대로가 있는데, 하나는 남에서 북으로 또 다른 하나는 동에서 서로 뻗어 있었다. 제일 유명한 것이 십자로였다. 십자로에는 이 도시의 핵심적인 것들이 다 모여 있었다. 십자로에는 금은품 장식점, 포목점, 기름과 소금 파는 가게, 차를 파는 가게, 약방, 서양치과 등이 있었다.[29]

嚴冬이 大地를 봉쇄할 때, 대지는 여기저기 갈라 터졌다. 남에서 북으로, 동에서 서로 그 길이가 몇 척씩 일장씩, 또는 몇 장씩 방향도 없이, 때와 장소를 가리지 않고, 嚴冬이 들이 닥치면, 대지는 갈라 터졌다.[30]

대지가 추운계절을 만나면 모든 것이 변한다. 하늘은 회색으로 변하는데, 큰 바람이 불고 난 다음, 혼돈한 날씨가 드러나는 것 같이, 하루 종일 맑은 눈이 내렸다. 사람들의 발걸음은 빨라졌고, 입가의 호흡은 혹한을 만났을 때처럼 연기를 뿜어내는 것 같았다.[31]

상술한 예문은 특히 영화에 있어서 설정화면으로서의 역할을 하고 있다고 볼 수 있다. 설정화면이란 이야기 세계의 장소와 시간을 설정하고 뒤따르는 장면에 대한, 나아가 작품 전체의 분위기와 주제에 대한 전체적인 정보를 제공하는 영화의 주요 기법이다. 이렇게 서술된 작품의 초기 장면을 통해 독자들은 작품의 이미지와 주제를 先感할 수 있는데, 이러한 서술 장면은 원경촬영의 대표적인 형태이자 또한 영화적 설정화면으로서의 성격을 갖는다고 해도 무방하다고 할 수 있다.

작은 골목길 안에는 더욱이 아무 것도 없었다. 전병과 꽈배기를 파는 가게도 별로 없었다. 심지어 홍록색의 눈깔사탕을 파는 노점도 큰 길에나 있었지 이 작은 골목 안에는 거의 없었다. 작은 거리에 사는 사람들은 아침부터 저녁까지 많든 적든 한가하게 돌아다니는 사람을 볼 수 없었다. 듣고, 볼 게 비교적 적었다. 그렇기 때문에, 하루 종일 적막했고, 문을 닫고 생활했던 것이다.[32]

두부를 파는 사람이 장사를 끝내면, 하루의 일이 모두 끝나게 된다. 집집마다 저녁

29)「呼蘭河傳」,『中國新文學大系(1937-1949) 第八輯』, 上海文藝出版社, 1990, p.419.
30)「呼蘭河傳」,『中國新文學大系(1937-1949) 第八輯』, 上海文藝出版社, 1990, p.417.
31)「呼蘭河傳」,『中國新文學大系(1937-1949) 第八輯』, 上海文藝出版社, 1990, p.418.
32)「呼蘭河傳」,『中國新文學大系(1937-1949) 第八輯』, 上海文藝出版社, 1990, p.434.

식사가 끝나면, 저녁노을을 보는 사람은 저녁노을 보고, 저녁노을을 보지 않는 사람은 온돌에 누워 자기도 했다. 이곳의 저녁놀은 매우 아름다웠다. 어떤 사람은 이를 두고 불타는 구름이라고 불렀는데, 저녁놀이라고 하면 사람들은 알아듣질 못했다. 만일, 불타는 구름이라고 말하면, 세살 먹은 아이라도 '와'소리를 내면서 서쪽 하늘을 손으로 가리켜 보여주었을 것이다. 저녁식사가 끝나면, 곧바로 저녁놀은 올라오기 시작하였다. 아이들의 얼굴을 빨개질 정도로 비추었다. 커다란 백구는 붉게 변했다. 붉은 색의 수탉은 노랗게 변하였다. 검은 색의 어미닭은 紫檀색으로 바뀌었다.[33)]

강물위에 燈 놓기는 여기서 몇 리 길이 되는 상류에서 시작하는데, 아주 오랫동안 흘러와야 이곳을 지나오게 되고, 다시 또 한참 흘러야 이곳을 지나가게 된다. 이 과정 중에 어떤 것은 흐르다 도중에 없어지게 되고, 또 어떤 것은 강가에 부딪쳐 그곳에서 자라는 야생초와 섞여 묶여버리게 된다. 또 어떤 것은 쭉 흘러 하류에 이르기도 하는데, 그럴 때마다 어떤 아일들이 지팡이로 그것을 끌어다 가져가기도 하고, 어선에서 한 두 개씩 집어가기도 해서 갈수록 적어졌다.[34)]

위의 例文은 제1장 제2장 내용의 일부에 불과하나, 1,2장의 서술양식을 대표함에 있어 부족함이 없다고 할 수 있다. 실제 1,2장을 구성하는 절대 다수의 문장은 상술한 예문과 같은 서술양식으로 구성되어 있기 때문이다.

위의 예문을 보면, 어떤 한 旅行者가 비교적 먼 거리에 서서 카메라를 가지고 촬영하며 그 풍경을 말하고 있는 듯 하는 느낌을 주고 있다. 다시 말해서, 화자는 거리를 둔 채 眺望的인 태도를 취하면서, 呼蘭河의 풍경과 그 곳 사람들의 삶의 모습을 설명하고 있는데, 이것이 흡사 외지에서 온 여행자가 먼발치에서 카메라로 사진을 찍고 있는 것과 같은 느낌을 주고 있는 것이다. 이와 더불어, 묘사의 범위가 비교적 넓게 이루어지고 있음을 느낄 수 있는데, 이는 넓은 시야가 확보되었음을 의미하는 것이다. 실제로 먼 거리에서 넓은 시야를 확보하며 被寫體를 촬영할 수 있다는 것은 원경 촬영의 특징이다. 카메라 촬영에 있어 넓은 시야의 확보는 바로 거리의 확보에 달려 있는데, 상술한 예문에서 볼 수 있는 바와 같이, 독자들이 넓은 시야와 距離감을 느

---

33)「呼蘭河傳」,『中國新文學大系(1937-1949) 第八輯』, 上海文藝出版社, 1990, pp.438-439.
34)「呼蘭河傳」,『中國新文學大系(1937-1949) 第八輯』, 上海文藝出版社, 1990, p.447.

낄 수 있는 것은 작가가 일관되게 원경 촬영적 서술기법을 구사하였기 때문이다.

　원경 촬영적 서술기법은 무엇보다도 대상과 일정한 거리를 유지하면서 객관적으로 대상을 바라보려는 의도와 노력에서 이루어진다. 제1장, 제2장에서 話者는 이야기 밖에서 사건이나 인물과 일정한 거리를 유지하면서 이야기를 이끌어 나간다. 독자와 작품과의 거리가 일정하게 유지된 채, 呼蘭河의 풍경과 사람들의 삶의 모습은 냉정하고 객관적으로 그려지고 있는데, 이는 3인칭 서술방식을 통해서 다시 한 번 확인되고 있다. 3인칭 서술기법에는 대상과 일정한 거리를 유지하면서 객관적으로 대상을 바라보려는 작가의 의도가 내재되어 있다. 또한 3인칭 시점의 소설양식은 객관적인 작가에 의하여 서술되고 사건이 제시되기 때문에 관찰의 범위가 무한하고 동시에 매우 자유롭다[35]는 특징을 갖고 있는데, 이는 대상과 충분한 거리를 두고, 그것을 관찰할 수 있었기 때문에 가능한 것이다. 앞서 말했듯이, 거리두기는 원경 촬영적 서술기법의 핵심 요소가 된다. 작가는 呼蘭河의 情景과 그 곳 사람들의 일반적이고도 개괄적인 삶의 모습을 담아내기 위해 철저히 거리를 유지하며 묘사하는 서술방법이 필요했고, 이를 구현해 낼 수 있는 방식은 바로 3인칭 외부시점의 서술양식이었던 것이다.

　제1장, 제2장과는 다르게, 제3장부터 마지막 장인 제7장까지는 한 인물, 한 인물씩을 택해 서술자의 눈으로 그 행적을 정밀하게 관찰한다. 말 그대로 근접촬영이 시작된다고 할 수 있다. 話者인 ‘나’는 묘사의 대상인 인물의 말과 행동을 관찰하며 기록하고 있는데, 그것이 흡사 被寫되는 대상에 대한 섬세한 촬영, 다시 말해 接寫촬영방식과 같은 방법으로 이루어지고 있는 것이다.

　　할아버지의 눈은 웃음을 함빡 머금고 있었고, 할아버지의 웃음은 항상 아이의 그것과 같았다. 할아버지는 키가 크고, 몸이 아주 건강하며, 손에 지팡이 쥐는 것을 좋아하셨다. 입에는 항상 입담배 파이프를 물고 계셨으며, 어린 아이들을 볼 때마다, 농담하시는 것을 좋아 하셨다. 한번은 “하늘에 참새가 날아다니는 것 좀 봐라” 하셨다. 할아버지는 아이들이 하늘을 바라보는 동안 손을 뻗어 아이들이 쓰고 있는 모자를 슬쩍 벗겨 내렸는데, 어떤 때에는 그것을 長衫 아래에 놓기도 하고, 또 어떤 때에는 소매 안에 넣기도 했는데, 그러면서 할아버지는 “참새가 너의 모자를 집어 갔어.”

35) F. Stanzel, 안삼환 역, 『소설형식의 기본유형』, 탐구당, 1982, p.84.

라고 하셨다. …(중략)… 내가 걷지 못했을 때, 할아버지는 나를 안아 주셨다. 내가 걸을 때에는 나를 데리고 다니셨다. 하루 종일, 문 안이건 문 밖이건 거의 떨어져 있지 않았다. 할아버지는 거의 後園에 계셨고, 그래서 나도 후원에 있었다. 36)

그들은 한편으로는 분을 바르면서, 한편으로는 노래를 불렀다. 분이 마를 때까지 그 사이 그들은 분을 넣어두면서, 한편으로는 노래를 불렀다. 그들의 노래는 일을 하며 얻은 즐거움이 아니라, 흡사 눈물을 머금으며 웃는 것과도 같은 그런 것이었다.37)

"민며느리가 옷을 벗지 않으려 하자 시어머니가 꽉 붙들고 몇몇 사람들에게 도움을 청하고 한꺼번에 달려들어 민며느리의 옷을 잡아 뜯었다. …(중략)… 순식간에 며느리는 커다란 항아리 속에 집어 던져 졌다. 항아리에는 끓는 물이 가득 들어 펄펄 끓고 있었다. 며느리가 항아리 안에서, 비명을 지르고 팔딱거리는 것이 마치 살려 달라고 애원하는 것 같았다. 옆에 서 있던 서너 사람이 항아리에서 뜨거운 물을 떠서 그녀의 머리 위에 끼얹었다. 잠시 후 며느리는 얼굴이 온통 빨개지더니 더 이상 몸부림을 못하고 가만히 큰 독 속에 서 있었다. 그녀는 다시는 밖으로 나오지 못했고, 나오려 해도 나올 수 없다는 것을 느꼈을 것이다. 그 큰 항아리 속에서 그녀는 머리만 간신히 내 놓은 채 서 있었다. 나는 한참 동안 그것을 보고 있었는데, 결국에 가서는 그녀는 움직이지도, 울지도 웃지도 못하는 신세가 되고 말았다. 38)

有二伯은 정말 이상했다. 한번은 길을 걸어 가다가 길거리에 있는 벽돌조각 하나를 걷어찼다가, 자신의 다리만 아프게 만들었다. 그는 아주 조심스럽게 허리를 굽혀 그 벽돌조각을 집어 들고 세심하게 그 벽돌조각을 보고, 그것이 넓적한지 아니면 가는지, 모양이 잘 생겼는지 아닌지 관찰하고 난 다음, 그는 벽돌조각에게 말을 건네는 것이었다. 39)

有二伯은 그렇게 누워있었는데, 그렇게 오래 누워있다 보니, 두 마리 오리가 곡식을 쪼면서 有二伯의 주변에 피를 흩뜨리고 있었다. 40)

---

36) 「呼蘭河傳」, 『中國新文學大系(1937-1949) 第八輯』, 上海文藝出版社, 1990, pp.464-465.
37) 「呼蘭河傳」, 『中國新文學大系(1937-1949) 第八輯』, 上海文藝出版社, 1990, p.490.
38) 「呼蘭河傳」, 『中國新文學大系(1937-1949) 第八輯』, 上海文藝出版社, 1990, p.525.
39) 「呼蘭河傳」, 『中國新文學大系(1937-1949) 第八輯』, 上海文藝出版社, 1990, p.535.
40) 「呼蘭河傳」, 『中國新文學大系(1937-1949) 第八輯』, 上海文藝出版社, 1990, p.549.

　이상에서 살펴본 바와 같이, 제3장부터는 제7장까지는 화자 '나'의 조부, 민며느리, 有二伯, 馮歪嘴子 등 개별적인 인물들에 대한 이야기가 서술되는데, 비록 呼蘭河 마을 사람들의 일부이기는 하지만, 그들의 다양한 삶의 양식들이 구체적으로 서술되고 있다. 그런데, 작가는 화자인 '나'를 통해 서술대상에 매우 가깝게 접근하거나 밀착하여 그들의 행동을 자세하게 묘사하고 있음을 볼 수 있다. 다시 말해, 촬영하는 사람이 카메라를 인물에게 가까이 들이 대고, 그들의 외모와 행동을 하나하나 친밀감 있게 촬영하는 것처럼, 작가는 그들에게 가까이 접근하거나 밀착하여 그들의 일거수 일투족을 기록해 나가고 있다. 이와 같은 서술기법을 두고 近景 내지 近接 撮影的 서술기법이라고 할 수 있는데, 근접 촬영적 서술기법의 특징은 독자들에게 거리의 단축과 더불어 친밀감을 느끼게 하는 데 있다. 그런데, 이와 관련해, 제3장에서 제7장에 이르기까지의 모든 내용이 1인칭 내부시점, 즉 1인칭 주변시점의 서술양식으로 쓰이어져 있어 근접 촬영적 서술기법의 의미를 강화시켜주고 있다.

　1인칭 서술양식은 작중인물의 내면적 진실과 심리묘사를 추구하는데 있어 가장 적합한 양식이라고 할 수 있다. 주인공이 생각하고 느끼는 모든 것을 특별하게 구애받음이 없이 진술해 나갈 수 있을 뿐만 아니라, 서술자가 작중 현실에서 좀 더 상세한 시각적, 공간적 좌표에 고정됨으로써 被敍述세계의 윤곽이 보다 선명하게 드러나게 된다고 할 수 있다.[41] 더욱이 작가가 1인칭 주변적 시점을 사용할 때, 화자는 중심인물을 직접 묘사하고 그의 행동에 대해 해설을 가할 수 있는 장점이 있는데, 이러한 특징으로 인해 특히, 1인칭 주변적 서술양식은 근접 촬영적 서술기법을 구사하는 데 있어 그 어느 기법보다 훨씬 더 유용하고 적절하게 쓰이곤 한다. 제3장에서 제7장에 이르기까지 화자는 被敍述體에 항상 가깝게 접근하여 진술하고 있다. 작중 인물과 독자와의 거리는 크게 단축되고, 또 거리의 단축으로 인해 독자들은 상당한 親密感을 느낄 수 있게 되는데, 이는 작가가 일관되게 근접 촬영적 서술기법을 사용하였기에 가능한 것이었고, 일인칭 주변적 시점은 이러한 근접 촬영적 서술기법의 토대가 되고 있다.

　「呼蘭河傳」은 소설의 이야기를 독특한 방식을 통해 전달하고, 독특한 전달방식을

---

41) Stanzel, 안삼환 역, 『소설형식의 기본유형』, 탐구당, 1982, pp.60~61.

통해 이야기된 소설양식의 새로운 모습을 제시하였다. 통시성의 공시성화, 즉 시간의 공간화 방식은 독자들로 하여금 스토리 위주에 의존했던 기존의 문학적 인식에서 크게 벗어나, 소설 자체를 공간 예술의 일부로 인식케 하면서, 텍스트의 시각화를 얻게 한 획기적이고도 전환적인 조치로 평가받을 수 있다. 同時性과 倂置로 대표되는 몽타주기법과 원근법은 영화적 기법의 원용이라고 할 수 있는데, 이 같은 영화적 기법의 원용은 기존의 여타 소설에서 보기 어려운 매우 실험적인 것으로서 중국 현대소설이 새롭게 변모할 수 있는 하나의 계기를 마련해 주었다고 할 수 있다. 몽타주 방식과 近遠景 撮影方式的 서술기법의 적절한 융합을 꾀함으로써, 작가는 다양한 인간군상과 그들이 벌이는 갖가지 삶의 양태를 한 데 묶어, 생동적으로 표현해 낼 수 있었고, 또 그렇게 함으로써 20-30년대 중국 농촌사회의 생태를 체계적이고 總攬的으로 그려낼 수 있었다.

「呼蘭河傳」은 1940년대 소설의 영역을 확대하면서, 문학 발전의 새로운 가능성을 제시하는 데 큰 기여를 한 작품이었다. 시간의 공간화라는 다소 낯설면서도 새로운 기법, 다시 말해 사건의 동시성과 현재적 시간을 강조하는 공간몽타주, 카메라의 눈과 같은 서술기법을 통해 몽매하고도 낙후된 농촌 삶의 縱橫圖를 객관적으로 형상화한 것은 서술기법 상에 있어 획기적인 성과였을 뿐만 아니라, 40년대 중국 소설의 영역을 확대하고 문학발전의 새로운 가능성을 제시하는 데 있어 中樞的 역할을 했다고 할 수 있다.

蕭紅의 「呼蘭河傳」은 여러 가지 면에서 의의와 가치를 지닌 작품이라고 할 수 있다. 개인 蕭紅의 마지막작품으로서의 의미뿐만 아니라, 서술양식 등 구조적 면에 있어 동시대 여타 소설과 크게 구별되는 독특한 양식을 가진 가치 있는 작품이었다. 그럼에도 불구하고, 사회현실에 대한 올 곧은 반영과 비판적 성격이 직접 드러나지 않았다는 이유로 인해 이 소설은 가치에 걸 맞는 합당한 평가를 받지 못했음은 물론, 비판과 폄하의 대상이 되었다. 「呼蘭河傳」은 사회 현실에 반영과 비판성이 결여된 작품이 결코 아니다. 사회반영과 비판을 여타의 작품에서 볼 수 없는 독특하고도 새로운 기법을 통해 독자들에게 보여준, 문학적으로 매우 가치 있는 작품이었다. 작가는 여전히 낙후되고 봉건적인 농촌사회의 현실에 대해 고발하고, 農村民들의 잘못된 가치관과 무지몽매한 삶의 방식에 대해 비판하였다. "覺醒하기 전, 중국인들은 대대로 어떤 인생을 살아왔는가? 자신들의 생활과 운명에 대한 자신들의 인식과 思考는 어떠했나? 그들의 정신상태와 병적인 심리는 어떻게 형성된 것인가? 등이 이 작품에서 작가가 궁극적으로 전달하고자 했던 주제라고 할 수 있다. 작가는 이러한 주제를 呼蘭河 사람들의 삶의 모습과 생활양태와 풍습 등, 그 곳 사람들의 世情과 世態에 대한 세밀하고도 객관적인 관찰을 통해 표현하였다. 인생과 현실에 대한 합리적인 목표나 의식 없이 무지몽매한 채, 고통스럽게 살아갔던 농민들의 삶의 모습, 생활양태는 객관적이고도 세밀하게 묘사되는 가운데, 기존의 작품에서는 볼 수 없는 획기적이고도 독특한 구성양식, 서술방식 등을 통해 표현되었던 것이다.

작가의 기억 속에 드리워져 있는 呼蘭河 사람들의 삶의 모습과 그것에 대한 비판은 객관적이고도 냉정한 서술태도와 양식을 통해 구현되고 있다. 작가는 매우 객관적이고도 중립적인 자세와 태도로써 呼蘭河 사람들의 삶을 描寫하였다. 작가는 그들이 어떻게 해서 또 어떤 이유에서 그렇게 살아야 하는가에 대해 주관적 판단이나 감정적 비판을 자제하였고, 또 그것을 묘사의 주된 대상으로 삼지 않았다. 작가는 그들의 삶에 대해 감정적 개입이나 평가 없이 오직 中立的이고 客觀的인 姿勢로써 그들의 삶을 세밀하고 逼眞하게 묘사하였을 뿐이다. 그러나 이 작품이 가지는 구성양식, 서술방식의 獨特性 내지 문학적 가치는 중립적이고 객관적인 서술태도로써 끝나지 않는다.

「呼蘭河傳」의 문학적 특성은 이 작품이 시간의 공간화를 추구한 철저한 공간중심의 소설이라는 사실에서 시작되고 있다. 기존의 대부분의 소설, 특히 장편소설에서는 작품에 등장하는 크고 작은 모든 사건이 상호 因果關係를 가지면서 메인플롯을 구성하는 하나의 큰 사건의 전말에 수렴되고 있는 것이 보통이나, 「呼蘭河傳」은 이와 같은 전통적이고도 일반적인 소설의 양식과 큰 거리를 두고 있다. 이 작품에서는 일정한 서사적 사건의 순차적인 계기가 중시되지 않는다. 呼蘭河라는 공간에서 영위되는 다양한 삶에 관한 이야기가 인과적 시간적 계기성에 의하여 서술되는 것이 아니라, 동시적으로 서술되고 형상화되면서, 소설 전체가 空間化되고 있다.

작가는 呼蘭河라고 하는 일정한 공간에서 벌어지는 여러 가지 일과 여러 사람들의 多樣하고도 多層的인 삶의 모습을 동시적 시간대에 묶어 竝列的으로 提示함으로써

同時性을 통한 공간화를 추구하였다. 동시성을 통한 공간화의 추구의 현상은 영화에서 쓰이는 모자이크 공간 몽타주 기법의 문학적 원용 내지 적용 예라고 할 수 있고, 몽타주 기법과 더불어, 영화의 近遠景 촬영방식을 연상케 하는 視點의 이동과 변환은 작품이 지니는 공시성 내지 철저한 공간성을 뒷받침하고 있다.

7. 정치와 이념의 도구로서의 문학

공산당 점령지역의 소설

1) 共産主義 理念의 實踐과 勝利

•丁玲의 소설, 「太陽照在桑乾河上」

1937년 日本의 侵略戰爭인 7·7事變이 勃發하자, 중국의 문학은 새롭게 전개되기 시작한다. 戰時的 狀況 아래에서 중국은 몇 가지 지역으로 나뉘는데, 延安을 중심으로 共産黨勢力의 手中으로 넘어간 지역인 共統區, 일본군의 점령지역인 일본 점령구, 그리고 이들 두 지역을 제외한 지역으로서 국민당 정부의 통치 구역이었던 國統區가 그 代表的 지역에 해당된다. 1940년대 문학은 바로 이러한 지역의 정치 사회적 상황과 특성에 따라 전개되었다. 일본군 점령지역에서의 문학은 일제의 혹독한 감시와 탄압 속에 있었던 탓에, 주목할 만한 뚜렷한 성과가 없었다. 國統區 지역의 文學은 상황만큼이나 多樣하다고 할 수 있다. 初期에는 抗日전쟁의 시작과 함께, 抗日鬪爭에 모아졌다. 작가들은 中華全國文藝界抗敵協會를 만들어 抗日運動文學을 展開하였다. 그러나 武漢이 陷落되고, 또한 皖南事件이 발생하자 국민당정책에 배신감을 느낀 많은 문인들은 國民黨을 비판하며 反國民黨 투쟁을 벌이기 시작했다. 共統區 지역은 1935년 10월 毛澤東 一派가 소위 大長征을 거쳐 陝北에 도착한 이후, 그곳을 자신들의 根據地로 構築하면서 형성되었는데, 여러 문인들이 이들과 합류하면서 이 지역의 문학은 이루어졌다. 共統區의 문학은 1942년 毛澤東이 주도한 文藝整風運動을 거치면서 그 성격을 確固히 하였다. "프롤레타리아 혁명문학, 勞農兵의 文學"이 바로 문예정풍운동의 목표였고, 공통구 문학은 이러한 문예정풍운동의 목표에 따라 그 性格을 決定지어 나갔다.

餘他 사회주의, 공산주의 문학이 그렇듯이, 중국의 共統區에서 탄생한 文學 또한 주제와 思想, 構造 등에 있어 대개 하나로 歸結되고 있는데, 이러한 歸結點을 가장 잘 보여 주고 있는 작품이 바로 丁玲의 「太陽照在桑乾河上」이라고 할 수 있다. 이 소설은 중국 공산당이 1946년 「5 · 4指示」를 발표한 때로부터 1947년 〈中國土地法大綱〉을 公表한 때까지 河北 농촌에서 일어난 토지개혁운동의 과정을 小說化했던 작품 이다. 이 작품이 거둔 커다란 成果라고 한다면, 토지개혁이라고 하는 사회변혁의 거 대한 흐름을 담아 독자들의 광범위한 呼應을 받았을 뿐만 아니라, 대외적으로 사회주 의 리얼리즘의 걸작으로서 스탈린 문학상을 受賞하며 중국의 신문학계에 세계적인 명성을 안겨 주었다고 것인데, 바로 이러한 사실에서 이 작품이 지니는 價値와 位相 을 찾을 수 있을 것이다. 따라서 이 작품의 특성을 分析, 把握한다는 것은 1940년대 共統區文學은 물론, 社會主義 文學의 全般的 特性을 硏究하는 일이 되는 것이다.

丁玲의 「太陽照在桑乾河上」은 사회주의이념에 근거를 둔 目的意識이 아주 분명한 소설이다. 이는 다름 아닌 작가 자신의 개성적인 문학창작의식보다는 黨의 문학으로 서 사회주의사실주의의 이념과 그 이념에 따르는 정치적 목적성에 의해 만들어진 작 품이었다는 뜻이다. 다시 말해, 프롤레타리아의 계급투쟁을 골격으로 한 사회주의 리얼리즘의 문학관 및 毛澤東의 문예이론에 입각, 階級的인 敵對感을 高揚하고, 프 롤레타리아의 승리를 謳歌하는 階級鬪爭의 觀點에서 사실을 再構한 작품이었다는 것 이다. 馮雪峰은 이 작품을 두고 "社會主義 리얼리즘의 偉大한 勝利"로 評價[1]한 바 있는데, 사회주의 리얼리즘은 社會主義 黨이 規定한 일종의 藝術方法으로서, 사회주 의 寫實主義 문학은 이른바 반동적인 부르주아 예술에 對應하여 노동자의 혁명적인 連帶性을 강화하면서, 그들과의 連帶 속에서 사회주의 이데올로기의 중요성의 高揚 을 特性으로 하는 문학이다. 사회주의 리얼리즘의 문학은 사회주의, 공산주의의 위 업을 위해 봉사하는 勞動階級의 혁명적 문학예술의 창작방법으로서, 그 내용은 혁명 적이고 계급적인 것이 되어야 하는 것이다. 따라서 "共産主義 思想性", "人民性", "階 級性", "黨派性" 등의 特性을 核心的 課題로 하기 마련이고, 그렇기 때문에, 이와 같 은 특성 등이 문학적으로 어떻게 融解되고 表現되고 있는가에 대해 觀察한다는 것은

---

1) 馮雪峰, 「"太陽照在桑乾河上"在我們文學發展上的意義」(『馮雪峰論文集(中)』, 人民文學出版社, 1981, pp.468 -469 참조.)

사회주의 문학의 의미와 樣式을 파악하는 일이 되는 것이다.

1946년 5월 4일 共産黨 中央이 5·4指示를 발표하자, 丁玲도 이에 呼應하여 晉察冀 중앙국이 組織한 토지개혁공작대에 참가하였는데, 이때의 체험을 바탕으로 쓴 것이 바로 이 작품이다. 1946년 5·4지시가 발표되자, 丁玲은 농촌에 들어가고자 했던 그 동안의 희망을 실현할 수 있게 되었다. 丁玲은 晉察冀中央局에서 조직한 토지 개혁단에 참가하여 河北 회래현, 涿鹿縣 일대에 들어가 농촌 토지개혁의 전개과정을 지켜볼 수 있는 기회를 얻었는데, 여기에서 얻은 경험과 관찰은 丁玲에게 「太陽照在桑乾河上」의 모티프와 소재를 제공해 주었던 것이다. 그러면 작품의 기본 줄거리부터 간단히 살펴보자.

華北地方의 暖水屯이라고 하는 마을에 土地改革運動이 전개되기 시작하자, 대지주 錢文貴는 일치감치 형세가 불리함을 알아채고, 아들을 인민해방군에 참여시키고, 딸을 마을 치안위원 張正典에게 시집보낸다. 뿐만 아니라, 또 자기의 姪女를 農會主任 程仁과 연애하게 하는 등, 여러 가지 계책을 만들어 暖水屯의 토지개혁투쟁을 복잡하고 미묘하게 만든다. 그 마을에 文采, 楊亮 등으로 구성된 土地改革工作組가 들어온다. 그러나 생각지도 못한 장벽에 부딪치고 만다. 錢文貴는 자신에게 의존하고 있는 사람들을 이용하여 곳곳에서 유언비어를 퍼뜨려 사람들을 현혹시키고 간부들을 매수하여 자기편으로 끌어들인다. 마을에서 가난한 소작농들의 각오는 높지 못했다. 그들에게는 비록 여러 해 동안 지주들에게 누적되어 왔던 분노도 있었지만, 그 보다 먼저 해결해야 할 여러 가지 걱정거리가 있었다. 마을 간부들의 의견이 크게 분열되어 있었던 것이다. 마을 지부장 張裕民은 가난한 사람들의 신뢰를 받았으나, 工作組長 文采는 경험이 없었던 데다 일하는 태도 또한 결점이 많아, 제때에 악덕지주 錢文貴와 투쟁을 벌일 수 없었고, 따라서 과감하게 군중을 동원할 수도 없었다. 그리하여 모든 투쟁은 헛수고로 돌아가게 된다. 후에, 공작대의 楊亮이라는 사람이 사람들 속으로 들어가게 되었는데, 그는 일부 빈농들의 집을 방문하여 그들의 마음을 움직였다. 일련의 노력을 거쳐 이루어진 공작대와 마을 간부들 간의 상호협력을 통해 처음으로 투쟁의 승리를 얻게 된다. 그리고 縣委員會 선전부장인 章品이라는 사람이 이 마을에 와서 그동안의 상황을 파악하고, 마을 사람들을 규합시키며, 전열을 다시 가다듬기 시작한다. 章品의 노력으로 마침내 錢文貴를 구금하기로 결정하자 토지개혁운동이 아주 **빠르게** 전개되고 마침내 승리의 결과를 맛보게 된다.

　이상에서 살펴 본 바와 같이, 이 작품에서 드러내고자 하는 바는 빈곤한 농민이 공산당의 領導 下에 단결하여 토지개혁운동을 벌이면서 지주계급을 몰아낸다고 하는 것이다. 조상 대대로 소나 말처럼 일했음에도 불구하고, 가난하고 고통 받던 농민들이 奮起하여 지주의 손아귀에서 자기들이 일군 노동의 열매를 탈환하고, 代代孫孫 농민의 머리 위에 걸터앉아 華北 지방을 제멋대로 주무르던 지주들을 공산당 간부들의 도움을 받아 打倒한다는 것이 이 작품의 주제이다.

　餘他 대다수의 사회주의 리얼리즘의 작품들에서처럼, 이 소설에서도 주제가 주는 의미와 형태를 통해 작품 構造 上의 主要 特性을 발견할 수 있는데, 그 특성은 바로 "對立과 打倒"의 過程이 사건전개 및 구성원리의 핵심요소로서 작용하고 있다는 사실이다. 다시 말해, 대립과 타도의 과정이 바로 서술의 체계로서 사건을 이끌어 나가고 배열하는 원리의 核心的 要素가 된다는 것이다.

　이러한 구성원리는 주요 인물들이 겪는 갈등의 양상을 통해서도 確然히 드러나고 있다. 小說은 인간의 모습을 드러내기 위해 意圖的으로 만들어 놓은 言語의 敍事構造이기에 作中人物들이 겪는 葛藤의 양상과 그 構造가 중요한 역할을 한다. 따라서 인물들이 겪는 갈등의 양상을 통해 그 작품이 드러내는 敍事構造의 기본양식을 찾아 볼 수 있는데, 이러한 논리로써, 이 소설의 基本樣式을 살펴 볼 때, 對立과 打倒는 이 작품의 서사구조를 특징짓는 하나의 構圖가 되고 있음을 쉽게 파악해 볼 수 있다. 공산당과 농민들을 중심으로 하는 革命派와 地主들을 중심으로 하는 反 革命派라고 하는 두 개의 세력이 서로 對立鬪爭을 벌이다가, 革命派의 세력이 反 革命派의 세력을 打倒하고 勝利를 거둔다는 것이 바로 이 작품의 서사구조를 특징짓는 하나의 構圖이자, 텍스트의 중심 플롯인 것이다.

　그러나 이 작품은 시종일관 농민들과 惡德地主들과의 갈등과 對立만을 다루고 있는 것은 아니다. 다시 말해서, 이 작품에서 드러내는 갈등과 대립의 樣相은 지주와 농민 사이의 그것으로 局限되지 않는다는 것이다. 이 作品은 농민과 지주계급간의 갈등과 대립을 드러내고 있고, 또 그것을 하나의 주된 內的 秩序로 삼고 있지만, 이와 함께 각계 각층의 여러 인물들이 겪었던 다양한 갈등과 대립 등을 비교적 細部的으로 描寫하였다.

이 작품이 드러내는 葛藤과 對立의 樣相은 실로 多樣하다고 할 수 있다. 相異한 두 계급, 貧苦農들이 악덕지주 錢文貴와 벌이는 투쟁을 전 작품을 일관하는 中心 플롯으로 삼는 同時에, 이러한 갈등과 대립을 둘러싸고 같은 부류의(같은 계급에 속하는) 사람들 사이에서 벌어지는 여러 가지 갈등을 描寫하는 데 吝嗇하거나 躊躇함이 없었다.

우선 土地改革을 옹호하고 이를 推進하고자 하는 혁명파의 사람이라고 하더라도 이들은 일단은 모두 지주와의 투쟁에 찬성하고 있지만, 인식의 차이로 투쟁방법에 있어 異見을 드러내며 갈등을 빚는다. 暖水屯의 最高黨員이며, 마을 당 지부서기를 맡고 있는 張裕民은 孤兒출신에다가 한 때는 李子俊의 長工노릇까지 하는 등, 어려운 人生歷程을 겪어 온 사람이었다. 그런 그가 일본군 패망이후, 마을의 指導者가 되어 두 차례에 걸쳐 청산운동을 主導해 나가자 마을사람들은 그를 信賴하고 支持한다. 그러나 같은 革命派에 屬하지만, 농민의 현실을 잘 알지 못하는 토지개혁공작조의 文采라는 사람과 摩擦을 빚게 된다. 文采는 張裕民을 두고 "膽力이 작고 哥老會의 작풍이 있다"고 批判한다. 이러한 내부적 갈등과 대립은 지주들 사이에서도 나타나고 있다. 타도의 대상인 지주들도 合心하여 토지개혁의 도전을 막아내는 것이 아니라, 자기만 살기 위한 계략을 세우다가, 모두 錢文貴의 계책에 휘말리고 만다. 또한 公會主任 老董, 부녀주임 董桂花, 촌장 趙德祿, 조직위원 趙全功 등은 모두 이기심으로 인해 적극적으로 투쟁하지 못할 뿐만 아니라, 어느 경우에는 개인적인 이익 때문에 서로 충돌하기도 한다.

인간 상호간의 갈등과 대립이 이와 같이 비교적 구체적이고도 자세하게 서술되었다는 사실은 토지개혁운동이 마을 전체 구성원들의 관심사적 차원을 넘어 철저한 이해관계와 生存이 걸린 사건임을 나타내는 것으로서, 토지개혁 작업의 複雜性, 艱苦性, 그리고 尨大함을 說明하기 위한 작가의 意圖이자, 이를 표현하기 위한 文學的 裝置라고 할 수 있다.

이러한 복잡한 갈등관계는 이미 작품 첫머리에서부터 출현하고 있다. 작품 제1장이 시작되자마자 顧湧이라는 사람이 登場한다. 顧湧은 인간관계, 對人關係가 상당히 복잡한 사람이다. 그의 큰딸의 시댁은 富農이었고, 작은 딸은 지주의 며느리였으며, 큰아들은 인민해방군의 병사로 참가하였다. 그런가 하면, 며느리는 빈농의 자식이었고, 작은 아들은 마을의 靑聯주임이었다. 顧湧이 가지고 있는 얽히고설킨 人間關係

의 複雜性은 이 작품이 가지고 있는 복잡성과 함께 토지개혁문제가 얼마나 복잡한 것인가를 암시하는 伏線의 역할을 하고 있다. 바로 이러한 점이, 「暴風驟雨」와 같이 토지개혁을 다룬 다른 작품과 비교할 때, 「太陽照在桑乾河上」가 갖는 特性 내지는 長點이라고 할 수 있다.

그러나 작가가 이 소설을 寫作한 목적은 階層간의 葛藤과 對立을 드러내는 데 있지 않다. 이 작품이 窮極的으로 드러내고자 하는 바는 같은 부류의, 같은 계층의 사람들끼리 겪어야 하는 葛藤과 對立이 아닌, 地主階級의 打倒이다. 한 마디로 말해서, 지주계급을 타도하는 것이 이 작품의 핵심요소인 것이다. 같은 부류, 같은 계층들 사이에서 시작되는 갈등과 대립은 갈수록 심화되나, 결국 이러한 葛藤과 對立을 마무리지어주는 것이 바로 지주계급의 打倒였다. 텍스트에서 打倒가 없었다면, 이 작품은 사회주의 리얼리즘의 소설이 될 수 없었을 것이고, 또한 完整한 플롯을 갖추기도 어려웠을 것이다.

이른 바 "對立과 打倒"는 사회주의 階級文學의 命題 내지는 屬性이라고 할 수 있다. 그렇기 때문에, 프로문학의 구조에서는 "대립과 타도"의 類型的 體系가 매우 중요한 특성을 갖게 된다. 공산주의에서는 인간사회를 유산계급과 무산계급, 또는 搾取階級과 被搾取階級의 대립적인 양극의 관계로 規定하고, 이를 타도하기 위해서는 사회주의적인 전술의 원리인 계급투쟁을 고양시키고 있다. 마르크스, 레닌주의에 의한 사회주의 사회의 특징은 생산수단의 사회적 소유(국가나 집단의 소유), 이러한 소유관계에 근거를 둔 국민경제의 계획적 관리, 착취계급의 제거와 적대적인 계급관계의 소멸이다. 따라서 사회주의 리얼리즘의 基本은 소유의 다과에 의한 부르주아와 프롤레타리아들의 계급투쟁의 革命過程에서 人民大衆을 思想的으로 武裝시켜야 하는 예술가들의 服務姿勢에 기준을 둔 창작이론을 확립하는데 그 목적을 두게 되는 것이고, 그렇기 때문에, 소유제적 세계의 파괴와 사회주의 승리를 위한 투쟁이 곧 사회주의 리얼리즘의 명제로서 또한 마르크스의 미학원리의 지도이념이 되는 것이다. 이와 관련해, 로뱅 Robin은 傾向小說이 앤터거니즘antagonism의 敍事構造에 偏向되어 있다고 지적하고 있다. 그에 따르면, 세계와 문화는 두 개의 서로 대립된 것으로 이루어져 있는데, 부르주아의 반동적 세계나 문화가 그 하나이며, 사회주의에 근거하여 세계를 변화시킨다는 진보적 세계관이 그 다른 하나이다. 따라서 사회주의 예술이란 자본주의적 붕괴의 예술에 맞서면서 세계와 문화의 반동적인 경향에 대응하는 시대의 진보적 사상과 결합되어 있다고 보고 있다.[2] 따라서, 이러한 세계관 내지는 역사관에 근거하고 있는 프로문학의 구조에서는 이원적 대립의 체계가 매우 중요한 의미를 갖게 되는 것이고, 이러한 이원적 대립의 체계는 바로 사회주의리얼리즘문학이 드러내는 특성 중의 하나인 "階級性"[3]에 起因하고 있다.

丁玲의 「太陽照在桑乾河上」 또한 "對立과 打倒"의 과정을 문학의 구조적 특징으로 하고 있다. 이러한 구조적 특징은 우선 작가의 집필의도를 통해서도 쉽게 알 수 있다. 丁玲은 "토지개혁사업의 진행단계에 따라 3부로 나눠 쓰기로 마음먹었는데, 제1부는 '투쟁' 부분으로 농민들이 공작대의 격려에 힘입어 계급의식을 지주와의 투쟁을 시작한다는 것이고, 제2부는 '토지분배' 부분으로 토지문제가 투쟁의 출발점이자 終結點이 된다는 것이며, 제3부는 '參戰'의 부분으로 해방된 農民들이 총을 들고 자신들이 획득한 승리를 지켜나간다는 내용을 그리고자 했는데, 제1부만 완성했다"고[4] 했는데, 이러한 말은 이 작품의 구조적 원리가 바로 "대립과 타도"의 詩學에 있었음을 보여주는 하나의 證據라고 할 수 있다.

작품에서 所謂 革命派에 속하는 인물들은 모두 공산당원 내지는 貧苦農 출신으로 토지를 갈망하며 토지개혁을 옹호하고자 하는 인물들이고, 反革命派의 사람들은 이에 반대하는 大地主 내지 官僚출신들의 사람들이다. 다시 말해, 대립구조의 한 축은 대지주 내지 관료를 중심으로 하는 反革命派 사람들이고, 또 다른 한 軸은 공산당원과 농민들을 중심으로 하는 革命派의 사람들로 구성되어 있다. 革命派에 속하는 인물들은 또한 그 대부분이 비교적 정의롭고 人間美 넘치는 사람들로 설정되어 있다. 張裕民(支部書記), 趙得錄(부촌장), 程仁(農會主任), 張正國(民兵隊長), 李昌(支部선전원), 趙全功(지부조직원), 任天華(合作社主任), 錢文虎(工會主任), 張步高(農會조직원), 董桂花(婦聯會主任) 등이 이에 해당된다. 전술한 바와 같이 이들은 모두 지주에 의해 搾取당한 貧顧農이기에, 그만큼 지주에 대한 怨恨이 깊고, 따라서, 이들은 지주와의 투쟁에

---

2) Regine Robin, 『Socialist Realism(An Impossible Aesthrtic)』, Stanford Univ. Press, 1992, p.250 참조.

3) 陳繼法 著, 叢成義 譯, 「사회주의예술론」, 1992, pp.243-244 참조.

4) 丁玲, 「序"太陽照桑乾河上"」(『丁玲文集(第六卷)』, 湖南文藝出版社, 1983, p.59)

積極 찬성하며, 同參하고자 하는 사람들이다. 이에 반해 反革命派에 속하는 사람들은 처음부터 끝까지 否定的으로 描寫되고 있다. 陰險하고 狡猾하며, 욕심으로 가득찬 사람들의 像으로 제시되고 있다. 작품의 배경이 되는 暖水村에는 원래 8명의 地主가 있었으나, 重點的으로 묘사된 사람들은 錢文貴를 중심으로 李子俊, 候殿魁, 江世榮 등 4명인데, 이들은 하수인과 농민의 수탈을 이용하여 마을을 장악하고 있다. 錢文貴는 이러한 지주들의 대표적 인물이다. 그는 매우 음험하고 악독하며, 계산이 빠른 지주계급의 대표자로서 토지개혁운동에 가장 먼저 對抗하는 사람이다. 錢文貴는 자신의 딸, 大妮와 마을 치안원 張正典과의 결혼을 통해서 마을 간부의 장인이 되었고, 아들 전의를 팔로군에 入隊시켜 항일 군인가족(抗屬)이란 美名을 얻게 되고, 조카딸 黑妮와 農會主任 程仁의 애정관계를 이용하여 農民의 대열을 분열시키고자 획책하기도 한다.

앞서 설명한 바와 같이, 이 소설은 지주로 상징되는 반혁명파의 사람들과, 빈농출신의 사회주의 사상으로 무장된 비교적 양심적인 마을 간부 및 공산당원으로 대표되는 혁명파 사람들의 대결을 벌여, 혁명파의 사람들이 반혁명파의 사람들을 타도하여 사회주의적 정의를 쟁취하는 내용을 그리고 있다. 그런데, 革命派와 反革命派가 대립하게 된 데에는 근본적 이유가 있는데, 그것은 바로 革命派에 속하는 사람들이 反革命派에 의해 支配 때문에 겪어야 하는 가난과 궁핍이다. "對立과 打倒"의 과정으로 표현되는 敍事的 사건의 모든 인과관계가 바로 가난과 궁핍을 始發로 만들어지는 것이니, 가난과 窮乏은 "葛藤과 對立, 打倒"의 과정을 가져오는 원인이라고 할 수 있다. 農民들의 가난과 빈곤, 그리고 이로 인해 惹起되는 不幸은 바로 부르주아로 대변되는 지주들의 搾取와 抑壓에 그 原因이 있다고 본 것이다. 결국 가난은 사회계급간의 二元的인 葛藤을 銳角化시키고 있고, 이러한 銳角化의 결과가 바로 對立化로 이어져 나타난 것이다. 그러나 작품에서는 농민들이 겪는 고통과 가난의 정도가 구체적이고도 세부적으로 나열되어 있지 않고, 貧苦農과 부유한 지주를 對比하여 설명하거나, 지주들의 非道德性, 非人間性, 비열하기 짝이 없을 정도의 기회주의적 속성만을 자세히 설명하면서, 이를 통해 토지개혁의 當爲性을 찾고자 하는 논리만을 드러내고 있다. 이는 토지개혁의 원인이나, 필요성보다는 토지개혁운동이 벌어지는 과정과 그 과정 속에서 벌어지는 갈등과 대립의 양상의 묘사에 더 큰 무게를 두었기 때문으로 풀이해 볼 수 있는데, 계급타파, 사회평등을 주제와 목표로 한 문학이라면, 원인과 필요성에 대한 묘사가 치밀하게 이루어졌어야 한다. 다시 말해, 일반 대다수 농민들이 토지개혁을 하지 않고서는 생존이 불가능했다고 하는 사실을 구체적이고도 자세하게 묘사했어야 한다는 것이다. 이들이 忍苦해야 했던 가난과 궁핍의 문제를 제대로 설명하고 있지 않으면서, 지주들의 문제점만을 나열하고 그렇게 함으로써 土地改革의 當爲性만을 강조한 것은 缺陷으로 지적될 수 있다.

前述한 바와 같이, 이 작품은 농민들과 당 간부들이 一致團結하여, 그 마을을 지배하여 왔던 악덕지주 錢文貴를 타도하고, 그 동안 겪어 왔던 고통의 질곡에서 벗어나 해방을 구가한다는 내용을 주된 플롯으로 하고 있다. 따라서 해방을 쟁취하고 구가하기 위한 일련의 과정이 이 소설의 구성적 基底라고 할 수 있는데, 이는 농민대중이 어떻게 인습적 멍에를 떨쳐 버리고 투쟁하여 자신들을 鍛鍊, 成長시키며, 아울러 자신들의 단결된 역량을 인식하였는가에 대한 과정[5]이라고 할 수 있다.

농민들인 마을 사람들은 처음에는 토지개혁에 관한 문제가 구체적으로 어떤 것이고, 또 그런 문제들이 어떻게 해야 解決될 수 있는지 알지 못했다. 顧湧이라고 하는 富者가 타이어바퀴가 달린 수레를 가져 올 때, 이를 눈치 채고 그 이유를 알았던 사람은 아무도 없었다. 마을의 간부들이 모여 회의를 하는 것을 보거나, 또한 간부들이 일반 마을사람들을 만나고 하면서 그들은 그 이유를 알았고, 또한 토지개혁운동에 점차 눈을 뜨게 되었던 것이다. 그런데, 이러한 無知와 沒認識은 단순히 일반 농민들에게만 해당되는 것이 아니었다. 토지개혁운동을 주도했던 마을 간부, 당의 간부들조차 토지개혁에 관한 이해가 부족했다. 그런데다가 여러 가지 얽히고설킨 인간관계 때문에, 제대로 일을 추진해 나갈 수 없었다. 그들은 개인적인 문제 등으로 인해 토지개혁과 그 방법에 대해 서로 다른 관념을 가지고 있었고, 따라서 실천방법을 두고 심한 異見과 충돌을 겪을 수밖에 없었다.

그러나 갈등과 대립을 겪는 과정은 또한 覺醒의 과정이었다고 할 수 있다. 갈등과 대립은 토지개혁운동이 매우 험난한 것임을 사람들에게 일깨워 주었고, 따라서 그것에 대해 진지하게 고민하고 노력·투쟁해야 만이 성취할 수 있다는 것을 인식시켰으

---

5) 張炯, 王淑秧 主編, 『丁玲(名家析名著叢書)』, 中國平和出版社, p.259.

니, 각성의 기회를 제공해 준 것과 다음없는 것이다. 결국에는 章品이라는 당 간부가 마을에 들어 와서야 최종적인 승리를 謳歌할 수 있었다. 이들은 章品의 도움으로 그동안의 문제점을 인식, 반성하고 새롭게 투쟁을 시작하여, 마침내 錢文貴와 그 일당을 타도할 수 있었던 것이니, 章品의 도움은 그들에게 있어서 성취와 각성의 마무리 과정이었다.

한 마디로 말해서, 이 작품의 핵심적 모티프라고 할 수 있는 "打倒"는 농민들과 공작조 간부들이 이루어 가는 각성의 결과였다. 작가는 각성의 의미를 작품의 목적과 관련시켜 다음과 같이 말했다.

> "나는 중국의 변화에 관한 소설을 쓰고 싶다. 중국의 변화를 쓰려면 농민의 변화와 농촌의 변화를 쓰는 것이 매우 중요한 방면이다. 당시 나에게는 이렇게 명확한 사상이 있었다. 그래서 창작할 때, 하나의 중심사상 … 농민의 變天思想을 중심에 놓았다. 바로 이러한 사상으로 제재를 결정하고 인물을 결정하게 된 것이다"[6]

이처럼, 작가는 寫作意圖를 말하면서, 그 의도의 핵심을 變天이라는 말로 表現했는데, 여기서 變天이라는 것은 세상이 변화이다. 그간의 正體 및 制度 등이 달라지는 것을 의미하는 것으로, 지주들이 지배해 왔던 기존의 농촌질서를 그들을 타도함으로써, 농민이 주인이 되는 세상으로 바꾸는 것이었다. 한 마디로 말해서, 變天은 철저하게 변화된 농민들의 모습이었고, 그 변화된 모습은 각성하며 노력·투쟁하는 농민들의 행동이 전제되어 있었다. 그렇기 때문에, 變天은 농민의 변화이고, 농민의 변화는 농민의 각성과정이었던 것이다.

작가 丁玲은 「太陽照在桑乾河上"重印前言」이라는 글에서 "내가 농민, 농촌투쟁을 주체로 하여 장편소설을 창작한 것은 이 작품이 처음이다. …(중략)… 나는 張裕民을 결점이 없는 영웅으로 그려내기를 원치 않았고, 또한 程仁을 뛰어난 農會의 主席으로 그려내고자 하지 않았다. 그들은 차츰 차츰 뛰어난 인물이 되었지, 눈 깜박할 사이에 영웅이 된 것이 아니다. 그러나 그들은 확실히 토지개혁 운동 초기에서부터 최전선에 뛰어든 사람이었는데, 그들은 그 때 분명히 보기 드문 사람이었다."라고 했는데,[7]

---

6) 丁玲, 「生活, 思想與人物」(『丁玲文集(第六卷)』, 湖南文藝出版社, 1983, pp.221-222 참조)

그녀의 이 같은 술회는 이 작품이 드러내는 농민소설로서의 성격과 함께, "농민들의 각성과 각성을 향한 忍苦의 과정"에 이 작품의 指向點이 있음을 설명하는 것이라고 하겠다.

작가는 여러 가지 다양한 성격의 사람들을 등장시켜, 투쟁을 통해 각성하고 발전하여 가는 인물들을 그려내고자 했다. 다시 말해, 작가는 이들을 주요 인물로 묘사하면서 투쟁을 구가하는 동시에 투쟁 속에서 점차 각성해 가는 인물들을 描寫하였다. 그런 인물들 가운데 程仁과 張裕民은 農民의 대표적 인물이다. 苦農 출신으로서 農會主任職을 맡고 있는 程仁은 비교적 일찍 覺醒한 인물이었다. 당연히 그는 지주계급에 대해 깊은 원한을 갖고 있었지만, 지주 錢文貴의 질녀와 가졌던 愛情關係로 인하여, 투쟁에 선뜻 나서지 못하였다. 그 후, 黨의 교육을 받고, 사상투쟁을 거치고 난 다음, 貧苦農 속으로 들어와 다시 투쟁의 전열에 나서기 시작했다. 張裕民도 한 때, 이런저런 이유로 망설였으나, 그 이후 펼쳐지는 투쟁에 적극적으로 투쟁에 나선다. 그리하여 그는 대중으로부터는 신임을 받고, 간부들 사이에서는 호소력을 가진 중요한 인물이 되었던 것이다.

이 작품은 소작농들은 地主들에게 착취당할 수밖에 없었던 구조적 현실 속에서, 또한 이러한 구조적 현실을 當然視하고 宿命的인 것으로 받아들이기만 했던 농민들이 비극의 원인이 바로 사회의 階級的인 矛盾에 있음을 깨닫게 된 후, 이러한 모순을 타도해 가는 과정을 묘사하고 있는 小說이다.

이 작품이 드러내고 있는 또 하나의 특징이라고 한다면, 이른 바 영웅적 인물이 등장하고 있다는 사실이다. 다시 말해, 인물을 形象化함에 있어 전형적 성격으로서 英雄的인 인물을 設定하고, 그의 역할과 活躍相을 매우 重視하고 있다는 것이다. 그동안 악덕지주를 몰아내기 위해 공작조 간부들과 마을 간부들은 나름대로 노력을 쏟아 왔으나, 목적을 이룰 수 없었다. 결국에 있어서 악덕지주 錢文貴를 打倒하기 위해 마을 간부 張裕民은 縣 宣傳部長인 章品을 暖水屯에 파견해 달라고 要請하는데, 이 때 처음 등장한 章品은 그 역할을 충실히 수행한다. 章品은 暖水屯의 實情을 살피고,

7) 丁玲, 「"太陽照在桑乾河上"重印前言」(『丁玲選集(第三卷)』, 四川人民出版社, 1984, pp.751-752)

당원대회를 개최하며, 마을 간부 공작대원 등을 糾合해 토지개혁운동을 성공으로 이
끈다.

이 작품에서 章品은 惡德地主 錢文貴를 打倒하여 토지개혁운동을 종결시키고, 농
민들에게 해방의 승리를 가져다주는 완결된 인물로서의 역할을 한다. 章品은 張裕民,
程仁 같은 마을 간부나 文采 같이, 개인적인 이유나 경험부족으로 인해 右往左往하
거나 실수를 범하지 않는다. 개인적으로나 사회적으로 그 어떤 문제점이나 결함을
드러내지 않고, 신속히 토지개혁투쟁을 완결하여 농민들에게 해방과 사회주의 정의
의 실현이라고 하는 선물을 주었다.

작가는 작품에서 章品으로 대표되는 黨의 指導者의 領導가 없었다면, 暖水屯의 토
지개혁투쟁에서 승리할 수 없었음을 말하고 있다. 이는 다른 말로 해서, 영웅이 아니
면 할 수 없는 일을 했던 章品이라고 하는 共産黨 간부의 영웅적 행동을 찬양하고
있는 것이다. 작가는 다음과 같이 말했다.

> "일을 하면서 나는 매우 심각한 문제를 느낄 수 있었다. 나는 농민이 自覺하여 함
> 께 단결하고, 공산당과 함께 용감히 앞으로 나아가는 일이 쉬운 일이 아니고, 선전만
> 한다고 해서 될 수 있는 일이 아니라고 생각하였다. 특별히 당시의 환경, 전쟁의 화염
> 은 가까이 다가 왔고, 어떻게 해서든 농민을 투쟁에 끌어 들여 그들로 하여금 투쟁
> 속에서 교훈을 얻게 하고, 鍛鍊되게 한 다음, 더욱 많은 사람들을 선도하여 혁명의
> 길을 걷게 하고, 군중들의 隊伍가 날마다 커지고 강해지게 하는 것인데, 이는 細部的
> 이고도 具體的이며, 과감하게 일할 수 있는 方式과 군중들을 서로 믿고 영도할 수
> 있는 방법을 필요로 한다. 그리고 바로 과감하게 일할 수 있는 방식과 군중들을 서로
> 믿고 영도할 수 있는 방법은 바로 영웅적인 공산당간부로부터 나온다는 것이다."[8]

이처럼, 作家는 英雄의 設定을 매우 의식하며, 그 역할을 强調하였다. 실제로 작가
는 자신의 말에 걸맞게 작품에서 社會主義的 世界觀에 立脚하여 모순된 현실을 타파
할 수 있는 人物로서 英雄的 性格의 主人公을 등장시키고 있음은 물론, 영웅적 존재
의 힘과 지도력을 통해 사회주의 정신의 승리를 찬양하였다.

---

8) 丁玲, 「一點經驗」(『丁玲文集(第五卷)』, 湖南文藝出版社, 1983, pp.390-391)

일반적으로, 리얼리즘의 소설에서는 反英雄的 주인공들이 보편적인 주인공의 유형으로 자리 잡고 있다. 리얼리즘의 소설에서는 전통적인 가치규범의 상실과 함께, 일상에서의 구체적이고도 경험적 현실을 소설 속으로 끌어들이고, 개개인의 세속적이고 일상화된 경험적 현실을 중시하기 때문에, 反英雄的 주인공들의 등장은 매우 보편적인 것이 된다. 그런데, 이 작품은 개인의 행동을 많이 묘사하였지만, 궁극적으로는 개인의 문제를 다룬 것이 아닌, 농민대중들의 集團的 현실을 그린 소설이다. 자본주의의 진행과 더불어 개인주의적 시민사회가 자리를 잡아가면서 집단의 운명보다 개인적의 삶의 굴곡이 사회구성원들의 주요한 관심의 영역이 되었으나, 이 작품은 리얼리즘 작품이 드러내는 이러한 性向과 완전히 반대되게, 공동체적 이념이 구현을 목표로 하는 사회주의 소설로서 집단의 운명을 강조한 작품이라고 할 수 있다. 이렇게 볼 때, 英雄의 誕生은 오히려 자연스러운 일이라고 할 수 있다.

사회주의 리얼리즘의 작품에서는 영웅적 인물로서 共産黨 政策의 先鋒者를 우선시한다. 1934년 蘇聯의 소비에트작가 동맹규약에서는 "소비에트의 예술문학 및 문학비평의 기본적 방법"을 규정하였는데, 그 내용은 현실을 혁명적 방법에 맞추어 올바르게 역사적으로, 구체적으로 묘사할 것, 근로인민을 사회주의로 지향하도록 사상적으로 개조하고, 교육하는 과제에 예술창조를 결부할 것 등을 요구하였다. 이에 따라 인민의 생활과 전통에 깊이 파고들어 가, 그 가운데에서 낡은 것에 대한 새로운 것의 勝利를 묘사하고, 그 승리를 실현하는 새로운 영웅을 창조하는 것이 작가의 필수적 의무가 되었다. 그렇기 때문에, 사회주의 리얼리즘의 소설에서는 인민의 관심과 一致를 추구하고, 부르주아 지주사회의 근거를 날카롭게 비판하며, 또한 그러한 情緖에 대항하여 싸우는 革命論者의 像을 제시하고자 노력하였는데, 바로 이런 점에서 英雄主義의 提示는 사회주의 사실주의의 필수적 과제이자 특징이 되었던 것이다.

章品은 工作組, 마을 간부는 함께 잘못된 점을 검사하고, 그 동안의 경험적 교훈을 총결하며, 인식을 통일하고자 하였다. 그는 악덕지주 錢文貴를 잡아 가두고, 그 다음에 투쟁을 전개해 나가는 방식을 취하였다. 이것은 사태를 관망하고 있던 농민들에게 힘을 실어 주는 것이었으니, 이에 농민들은 재빨리 행동에 나서기 시작했다. 黨委員會가 끝난 후, 錢文貴의 노모는 땅문서를 가지고 程仁을 매수하였고, 黑妮를 그에게 시집보내게 되면, 한 가족이 된다고 말하였다. 程仁은 이에 속지 않고, 그녀를 당장

내 쫓아 버렸다. 程仁의 정신적인 부담에서 마침내 벗어나 사람들의 이해를 얻기 시작했다. 그리고 張正典은 자기의 입장을 바꿔 錢文貴를 擁護하다가 마을 治安員으로서의 직무를 빼앗겨 버리기까지 하였다. 이러한 복잡한 관계 때문에, 暖水屯의 토지개혁투쟁이 지체되고 있고, 심지어는 토지개혁 공작대의 초대 책임자인 文采도 현실적 困難에 빠져 일을 제대로 하고 있지 못할 때, 강한 黨性과 훌륭한 인품을 가지고 있을 뿐만 아니라, 정책을 꿰뚫어 볼 줄 알고, 대중과도 친밀한 縣委의 선전부장 章品이 오고 난 다음에야 비로서 문제가 해결될 수 있었다. 다시 말해 章品의 등장 이후에야 비로서 여러 가지 障碍物이 제거되고 難局이 打開될 수 있었다.

溫儒民은 이 작품을 "英雄敍事詩"로 규정한 바 있는데,[9] 영웅을 설정하고 찬미했다는 뜻에서 이 작품은 서사시적 의미를 갖추었다고 할 수 있다. 일반적으로 敍事詩라는 것은 장중한 문체로 심각한 주제를 다루는 장편의 이야기詩로서, 국가와 민족의 운명과 직결되어 있는 한 위대한 영웅의 행위가 중심적 내용을 이룬다. 그러나 전통적으로 볼 때, 敍事詩의 경우 主人公은 개인의 운명이 아닌, 공동체의 운명을 體現하는 인물이다. 따라서 주인공들의 운명은 집단의 운명과 긴밀하게 연결되어 있는 가운데, 그들은 그들이 속한 사회의 보편적인 가치규범을 保證하고, 그 價値規範에 대해 위협적인 모든 세력들과 싸워야하는 존재들인 것이다. 이 소설에서 작가가 나타내고자 하는 바는 革命派 사람들의 개인적인 삶의 이야기가 아니라, 농민들의 공동체적인 삶의 이야기이다. 작품에서 농민들에게 새로운 삶을 가져다주는 존재, 특히 농민들 자신들을 포함해, 어느 그 누구도 하지 못하는 것을 章品이라는 인물은 해냈던 것이다. 지주들을 제거하여 농민들의 소원을 이루어주며, 사회주의 정의를 실현하는 사람은 농민들에게는 실로 救世主와도 같은 존재인 것이니, 바로 구세주로서의 역할을 遺憾없이 발휘한 사람이 바로 章品이었다.

일반적으로 말해서, 사회주의 문학과 다른 문학을 구별 짓는 것은 새로운 인간성의 개념이라고 할 수 있는데, 이 개념은 사회주의 관점에 따른 삶의 지각과 그 재현인

---

9) 溫儒民은 "敍事詩的 작품에 대한 해방구 작가들의 추구는 주로 복잡한 서사관계를 반영하고 치열한 계급투쟁의 場面을 전시하며 중대한 사건에 대한 묘사 속에서 영웅적 품위를 표현하려고 한다."고 하면서, 例를 들어, 丁玲의 「太陽照在桑乾河上」등의 소설은 농촌대변혁의 艱苦하고 복잡한 路程을 진실하게 반영하였을 뿐만 아니라 素朴하고 明朗하고 힘 있는 영웅서사시이다"라고 했다.
온유민 지음, 김수영 옮김, 『현대중국의 현실주의문학사』, 문학과지성사, 1991. p.252.

것이다. 사회주의 이상의 매개인 이런 영웅적 인물의 출현은 인간성격의 제시라는 측면에서 볼 때, 새로운 원리의 발견이라고도 볼 수도 있는데, 루카치G. Lukacs가 말하는 완결된 인물[10]로서 章品이라고 英雄의 출현은 사회주의 문학원리의 이상적인 발견이라고도 할 수 있다.

丁玲의 「太陽照在桑乾河上」은 毛澤東의 소위 延安文藝講話의 정신을 문학적으로 실현한 작품이었다. 이 작품은 일부 악덕 지주들에 의해 자행되는 농민착취 등 왜곡된 資本主義의 病弊를 폭로하고, 그런 악덕 지주들을 打倒한다는 내용을 그렸는데, 당시 착취와 수탈로 얼룩 지워진 일부 농촌의 현실을 소재로 하여, 왜곡된 현실 타도라고 하는 사회주의 이념의 실현에 一助했다는 점에서 이 소설은 문학사적 의미를 지니기도 한다.

이 작품이 거둔 중요한 성과라고 한다면, 우선 문학의 公的 내지는 敎示的 기능을 충실히 이행하였다는 점이다. 이는 이 소설이 일종의 목적소설이었다고 하는 사실에 기인하는 것이기도 하지만, 이런 사실로 인해, 이 소설은 농민에게 이념을 의식시키고 사회현실의 올곧게 반영하는 등, 문학의 사회적 기능을 충실하게 이행하였던 것이다.

이 작품은 당시 농촌생활의 복잡한 사회관계와 계급모순을 진실하게 描寫해냄으로써 土地改革運動의 複雜性, 難苦性과 尨大함, 그리고 階級鬪爭에서 프롤레타리아 政黨이 발휘하는 지도적 역할의 중요성을 의미 깊게 제시하였다. 문학의 公的 기능이 사회현실을 고발하는 것이고, 사회현실의 諸問題는 公平하고 正義스러운 방향에서 해결되어야 한다고 할 때, 이 작품은 階級的 모순과 불평등이야말로 社會葛藤의 근본적인 원인이라고 자각하고, 문학적 實踐을 통해 이런 문제를 해결하는 데에 一助했던 문학이었다.

國共의 대립으로 인해, 벌어지는 內戰的 狀況과 농촌에서 벌어졌던 수탈과 농민들의 궁핍한 삶을 폭로하고 비판하는 것에서부터 한 걸음 더 나아가, 농촌현실의 고통과 질곡이 지주와 소작농과의 대립이라고 하는 사회자체의 모순에서 비롯됨을 드러

---

10) "완결된 인물"이라는 용어는 G. Lucas가 처음 말한 것이다. 완결된 인물은 대개 민중혁명가 내지 공산당원의 신분으로 등장하여, 소설의 총체적 형상화작업에 필수불가결한 긍정적 역할을 수행한다.

　　G. Lucas, 조정환 역, 『변혁기 러시아의 리얼리즘문학』, 동녘, 1986, pp.304-305.

내면서, 아울러 그러한 문제를 어떻게 극복해야 하는가를 말하고자 했던 작품이라는 뜻에서 사회적 의미가 있다고 하겠다. 이 작품은 문학의 이념 실현이라고 하는 사회적 기능만을 충실히 이행하는데 그치지 않고, 이를 審美的으로 용해시켜 허구화함으로써 경직되기 쉬운 사회주의 소설의 문학적 위상과 가치를 높여 주었다고 할 수 있다. 審美的이라는 것은 독자의 독서열정을 高揚하고, 적극적 흥미를 惹起시킬 수 있도록 하는 문학적 장치라고 할 수 있는데, 이 소설은 이러한 심미성을 드러내는 데 있어 또 하나의 성과를 올렸다. 그것은 첫째, 다양한 계층과 부류의 인물들의 심리를 매우 섬세하고 치밀하게 묘사하여, 그들의 형상을 생동적으로 그려냈다고 하는 것이다. 작품에 등장하는 여러 인물들의 심리적 양상과 행동의 면모는 作爲的이거나 人爲的인 면이 가급적 排除된 채, 작가의 체험이 철저하게 동반된 리얼리즘적 전형화의 원리에 의해 표현되었던 것이다. 둘째, 작가는 언어사용에 있어서도 농민대중들이 즐겨 쓰는 구어를 적극적으로 활용하였으니, 이는 독자의 흥미와 능동적 반응을 이끌어 낼 수 있는 획기적인 성과였다고 할 수 있다.

그러나 이 작품이 지니고 있는 뚜렷한 한계 내지는 문제점으로 지적될 수 있는 점은 작품의 서사방식이 농민(被搾取者)과 지주(搾取者)의 계층적, 계급적 대립구조의 형식에 지나치게 귀속되어 있어, 너무 기계적이고 유형적인 패턴으로 흐르는 듯 한 느낌을 주고 있다는 사실이다. 물론 이러한 현상은 二元論的 階級鬪爭을 모티프로 하는 사회주의 소설이 갖는 문학적 屬性에서 기인되는 것이고, 또한 대다수의 사회주의 리얼리즘의 작품들이 이와 같은 서사적 특성을 가지고 있는 것이 사실이지만, 기계적이고 유형적인 패턴에서 파생되는 서사구조의 定式性은 플롯전개의 偏向 내지는 불균형으로 이어져 작품의 逼眞感을 감소시키는 결과를 가져오게 되었던 것이다.

그 결과, 「太陽照在桑乾河上」은 발단과 전개, 그리고 결말의 부분이 갈등과 투쟁을 다룬 위기, 절정의 부분에 비해 너무 간략할 뿐만 아니라, 플롯의 흐름이 다소 作爲的인 느낌을 주고 있는데, 이는 바로 서사구조의 定式性에서 나온 결과였다. 定式性에 대한 지나친 관념은 작가로 하여금 주인공 章品의 영웅적 행위를 과도하게 장식하게 하였다. 그 결과, 작가는 마을간부, 공작대 간부들에 대한 묘사방식과는 다르게 행동전시적 방향에서 주인공의 행동을 묘사하였고, 더 나아가 영웅적 행위로써 결말지어 독자들에게 敬意感을 주었던 것이다. 그렇기 때문에, 플롯전개상 다소의 불균형과 작위성이 나타나게 되었다. 한 마디로 말해서, 영웅적 인물의 행위와 그 역할, 그리고 그런 역할을 통해 독자들에게 어떤 劇的 놀라움을 던져 주겠다는 작가의 의도는 도리어 플롯 전개에 있어 逼眞感을 감소시켰다고 할 수 있다.

2) 趙樹理의 小說,
共産主義 文學의 民衆化, 大衆化 趙樹理의 小說

趙樹理는 小說로써 1940년대 共統區 文學의 특징을 가장 잘 대변한 작가였다. 共統區란 1935년 이후 중국공산당이 항일전쟁과 내전을 겪으며 자신들의 생존을 위해 점령 내지 확보한 자신들만의 근거지를 의미하는 것으로 共統區의 文學이란 바로 이러한 지역에서 産生된 文學을 말하는 것이다. 共統區文學은 毛澤東이 제시한 문예이론 및 실천강령에 입각, 노동자, 농민 등을 위한다는 목적 하에 탄생된 文學으로서 그 특성을 크게 나눠 볼 때, 내용면에서는 勞農兵의 계급이 사회를 영도하며 영웅이 되는 모습을 그리는 것이었고, 형식면에서는 勞農兵계급의 文學的 전통 즉 철저한 대중적 형식을 수용하는 일이었는데, 共統區 文學의 이러한 특성을 小說로써 가장 잘 대변한 사람이 趙樹理였다.

趙樹理는 中國現代小說의 人物畵廊에 있어 기존의 小說에서 그려진 농민의 모습과는 다른 혁신적인 농민의 모습을 그렸으며, 또한 작품의 구성과 형식에 있어 농민과 일반대중이 좋아하는 전통적인 民間文學의 기법을 채용하는 등, 中國 現代小說의 새로운 일면을 개척하였다. 이에 대해 黃修己는 그의 익숙하고 풍부한 농촌생활의 경험과 농민에 대한 두터운 정감, 그리고 능숙하고도 정통한 민간문예의 기교와 농민의 구어에 대한 이해와 구사는 문예대중화를 실행하는 데 있어서 유리하게 작용하여 文學의 민족화와 대중화에 기여했다고 했고[11], 또 楊義는 趙樹理의 小說을 5·4시기 問題小說과는 완전히 다른 양식의 問題小說로 규정하면서, 趙樹理는 問題小說로써 견실한 현실주의의 기점을 세웠다고 했다.[12] 이처럼 趙樹理의 小說에 대한 기존의

---

11) 黃修己 著, 『中國現代文學發展史』, 中國靑年出版社, 1996, p.515.
12) 楊義, 『中國現代小說史』, 人民文學出版社, 1995, p.546.

평가는 리얼리즘의 수작으로서 民衆文學의 전형을 세웠다고 하는 사실에 모아지고 있다.

趙樹理는 毛澤東의 「延安文藝講話」라고 하는 文學창작의 이념과 그 실천 강령을 매우 충실하게 실천한 작가였다. 趙樹理가 견지했던 文學의 목적과 이념, 의식 등은 바로 毛澤東이 共統區에서 문인들에게 제시한 소위 「延安文藝講話」에서 출발하였고, 그는 동시대 그 어느 작가보다도 「延安文藝講話」의 정신을 가장 정직하고 성실하게 구현해 냈던 작가였다. 「延安文藝講話」는 文學은 인민대중, 특히 勞農兵(노동자, 농민, 병사)을 위하고 봉사해야한다는 전제와 당위 속에서 시작되고 있다. 그 내용은 첫째, 文學예술가는 小資産 계급이 아닌, 無産階級의 입장에 서야 한다는 것이고, 둘째, 문예창작의 소재는 사회생활이어야 하며, 셋째, 인민군중을 위해서 암흑세력을 폭로하고 인민군중의 혁명투쟁을 歌頌해야하고, 넷째, 문예는 勞農兵으로 보급되어야 하고, 勞農兵으로부터 提高되어야 한다는 것 등으로 요약될 수 있다.

이처럼, 문예의 목적을 계급의 정치를 위한 봉사, 대중을 위한 봉사라는 두 가지 기능에 고정시킨 것이 바로 毛澤東의 문예이론이자, 「延安文藝講話」의 기본 내용이었는데, 이러한 이론의 핵심과 목표는 文學을 정치, 사회이념에 종속시키면서 도구화하는데 있었다. 「延安文藝講話」운동의 결과, 文學은 대중의 실제생활로 깊이 파고들어가 노동자, 농민, 병사들과 결합하게 되었고, 이에 따라 새로운 주제와 새로운 인물, 새로운 형식을 도입하여 하층민들도 쉽게 즐길 수 있는 작품들이 많이 등장했기 때문에, 「延安文藝講話」는 중국 현대문학 발전에 기여했다는 긍정적인 측면이 있는 것이 사실이다. 그러나 이러한 이론에서는 文學의 정치적, 사회적 효용성만이 중시했지, 구조적 형상화를 필요로 하며 언어예술의 형식체라고 하는 文學 자체의 가치와 의미 등은 모두 무시될 수밖에 없었다. 「延安文藝講話」의 목적과 방향은 趙樹理의 文學의 토대이자, 창작의 기본 지침으로 확고하게 자리잡게 된다.

趙樹理는 「和淸年作者談創作/在全國靑年文學創作者會議上的發言」(『長江文藝』1956 年 5월호)에서 자신의 문예창작에 관해 말한 적이 있다. 그는 이 글에서 문예의 목적에 대해 말하기를, 문예란 어떤 형상을 통해 사람들을 감동시켜야 하고, 감동시키고 난 다음에 사상과 의식에 있어서 어떤 변화를 발생시켜야 하는데, 이것이 작가가 작품을 구체적으로 계획하기 전에 고려해야 할 일이라고 했다. 그리고 趙樹理는 작가가 경험한 실제활동(경험)과 창작과의 결합문제에 대해 이야기했는데, 실제 활동과 경험은 창작에 큰 도움을 준다고 하면서, 자신이 경험하지 않은 것은 쓰지 않았다고 말할 정도로 자신의 창작활동을 실제 경험과 관련시켰다.[13] 결국 이러한 그의 주장은 문학의 사실주의와 함께 작품의 목정성을 매우 강조하며 중시한 것으로 해석해 볼 수 있다.

趙樹理는 또한 완전히 내용을 위주로 해야 한다고 했다. 일반대중은 문화의 정도에 있어 한계가 있기 때문에 형식의 完整性 여부를 이야기하지 말고, 창조성의 여부를 따지지 말 것을 주장하기도 했는데, 이러한 趙樹理의 주장은 毛澤東의 延安文藝講話의 이론과 함께, 그의 文學사상과 創作論理의 토대를 형성하고 있다. 그의 小說은 모두 이러한 주장과 이론에 근거하고 있고, 따라서 이러한 주장과 이론은 그의 小說의 성격을 분석, 파악하는 데에 있어서 절대적인 역할을 한다고 할 수 있다. 文學은 정치와 사회의 도구가 되어 勞農兵을 위해 봉사해야 하며, 또한 문학은 실제 활동과 경험을 중시해야 한다는 그의 사상과 이념은 그의 작품에 그대로 반영되었다. 그 결과 文學을 통한 민중화, 대중화, 民族化에는 성공했으나, 文學 고유의 가치로서의 예술성과 기법 등은 모두 경시되거나, 부차적 요소로 전락되어 서사와 구성양식상에 있어서는 적지 않은 문제를 남겼던 것이다.

「延安文藝講話」의 문학정신을 구현한 최초의 短篇小說인 「小二黑的結婚」은 어떤 한 농촌에서 도교적 점술에 빠진 아버지와 무당인 어머니를 둔 한 쌍의 청춘남녀가 부모들의 봉건적 관습에 대항하고, 자신들을 괴롭히는 같은 마을의 불량배의 술책에 맞서 싸우면서 혼인의 자유를 성취한다는 내용의 플롯을 밟고 있다.

그 내용을 간단히 살펴보자. 二黑의 아버지 二諸葛은 미신을 믿었기에, 二黑과 小芹은 서로 어울릴 수 없다고 생각하며, 그들의 결혼을 반대했다. 小芹의 모친 三仙姑는 돈에만 욕심을 내면서, 小芹을 퇴직한 군관에게 시집보내고자 했다. 그 마을의 불량배 金王은 小芹을 좋아했으나, 小芹이 자신을 거부하자, 이에 앙심을 품고 보복하기로 마음을 먹는다. 그는 간통하는 것을 잡는다는 명목 하에 二黑과 小芹을 잡아

---

13) 趙樹理, 『趙樹理論創作(和靑年作者談創作)』, 上海文藝出版社, pp.146-155 참조.

區公所로 보낸다. 그러나 區長은 그들의 행위 등을 조사하면서, 金王에게 속지 않고 공평하게 법을 집행하여 金王형제를 잡아 가둔다. 뿐만 아니라, 二黑과 小芹의 결혼을 지지하고, 二諸葛과 三仙姑가 벌여던 그 동안의 행동을 비판하면서, 그들 부부를 새롭게 교육시킨다는 것이 이 작품의 주요 내용이다.

작가는 이 작품에서 단순히 혼인의 자유만을 찬양한 것이 아니라, 현명한 黨幹部와 당의 領導 하에서 이루어지는 봉건세력에 대한 농민대중의 승리를 강하게 나타내고 있다. 작자는 아울러 이 작품을 통해 봉건적 미신사상에 빠져 있는 농촌문화의 낙후성과 이로 인해 그렇게 변질되어 버린 농촌사회 혼인제도의 실상을 폭로, 고발하고 있다.

「小二黑的結婚」은 짧은 이야기들을 줄줄이 엮어서 小說을 구성한 작품으로 모두 12장으로 구성되어있다. 따라서 이 小說의 구조와 플롯은 짧은 이야기들의 결합과정이 그 순서가 된다. 그런데 이 小說은 두 가지 방식으로써 플롯을 전개시키고 있어 주목을 끌고 있다. 작품을 구성하는 각 장의 제목을 통해서도 쉽게 알 수 있듯이, 작품의 전반부는 철저하게 인물중심으로 플롯이 전개되는 데에 반해, 작품의 후반부에 해당되는 부분이라고 할 수 있는 절정, 또는 결말부분에 가서는 사건중심으로 전환되면서 플롯의 전개가 보다 빠르게 진행되고 있다. 다시 말해, 작품의 초, 중반부에는 인물의 행위에 대한 섬세한 묘사를 통해 興味性을 증가시켰다고 한다면, 후반부에 들어 와서는 사건이 비교적 빠르게 전개되면서, 또 다른 흥미를 유발시키고 있다. 이는 독자들의 흥미를 일깨운 다음, 작가의 창작목적 내지는 작품의 주제를 독자들에게 비교적 빨리 전달하고자 했던 작가의 의도적 방법으로 해석할 수 있다.

그런데, 이러한 사실은 趙樹理 小說의 특징이 될 수 있으나, 이로 인해 작품 구조상의 完整性이 떨어지고 一貫性 또한 없어지고 있다. 뿐만 아니라, 후반부에 들어와, 플롯의 전개가 비교적 빨라지는 가운데, 작가는 의도전달에만 급급했던 나머지 사건 전개의 緻密性에 있어 소홀함을 드러내고 있다. 그 대표적인 예가 바로 反面人物인 金王과 興王의 행동에 대한 묘사이다. 앞서 이야기한 대로 이 小說은 청춘남녀가 부모들이 받들어 왔던 封建, 迷信的 사상에 대항하고, 자신들을 괴롭히는 같은 마을의 불량배의 술책에 맞서 싸우면서 혼인의 자유를 성취한다는 것이 주된 내용이다. 따라서 작품에 있어 金王과 興王이라는 불량배 또한 당시 사회현실을 상징·대변하는 함축적 존재로서 그 역할이 결코 무시될 수 없는 존재였다. 金王은 村政委員이었고, 興王은 公安委員會 주임이었으며, 심지어 金王의 부인까지도 婦救會 주석이었을 정도로 金王과 興王은 무소불위의 권력을 휘두르는 사실상 그 마을의 지배자나 마찬가지였다. 그런데, 지금까지 마을의 실질적 지배자였고, 또한 그 성격이 간교하고 기회주의적이어서 결코 쉽사리 당할 것 같지 않은 金王과 興王이 갑자기 역적으로 몰려 잡히는 것은 쉽게 납득될 수 없는 플롯의 論理的 비약이 될 수 있다. 民兵隊를 자기 멋대로 부리며, 區武委會로 小二黑과 小芹을 연행해 가는 등, 기세등등했던 사람들이 區에 가서는 못된 놈들이라고 비판받고 도리어 구금된다는 것은 쉽게 납득할 수 없는 일이다. 작자는 이들 두 사람이 못된 놈들이라고 비판받아 구금되었다는 설명이외에는 이에 관한 배경과 이유, 설명을 붙이지 않았다.

> "區에서 아버지와 于福씨 아주머니에게 알리라고 했어요. 가십시오. 아무 일도 없어요! 二黑과 小芹 두 사람은 구에 가자마자 곧 풀려났어요. 구에서는 벌써부터 興王과 金王 두 사람이 못된 놈들이라는 소리를 듣고는 이미 그 둘을 구금했어요. 게다가 보조원을 우리 마을에 파견시켜 회의를 열어, 그들이 저지른 흉악무도한 행위에 대한 증거를 조사하게 했어요. 저는 그 곳 사람들에게 빨리 가서 묻기만 하면 된대요. 듣자하니 구에서 二黑과 小芹의 결혼을 허락한 대요."[14]

이러한 내용은 사실주의 小說로서 독자들이 응당 느껴야 할 逼眞性 내지는 사실주의 관념을 감소시킨다. 다시 말해, 이와 같은 급작스러운 반전은 매우 즉흥적인 것으로서 逼眞性을 주기 어려울 뿐만 아니라, 작품의 사실주의적 성격을 강화시키기는커녕, 오히려 반감시키는 효과를 준다는 것이다.

反面人物로서 金王과 興王은 분명 선량한 백성들을 괴롭히는 악랄하고 비열하기 짝이 없는 인물이다. 작가는 이들에 관해 처음부터 그런 인물로서 설정했고, 打倒되어야 할 대상으로 묘사하였다. 金王과 興王의 행위는 작품의 모티프를 형성할 뿐만 아니라, 이들의 몰락은 또한 주제를 구현하는 주요 수단이 된다. 그러나 이들의 몰락은 사실주의소설이 보여 주었어야 할 逼眞性을 약화시키고 있다. 사실주의적 서사물

---

14) 『中國新文學大系(1937-1949), 小二黑的結婚』 卷5, 上海文藝出版社, 1990, p.160.

의 경우 그것이 허구임에도 불구하고 독자들이 그것을 사실적인 것으로 받아들이는 것은 독자들이 그러한 서사유형에 관습적으로 익숙해져 있기 때문이다. 비록 작가가 작품 속에서 이 이야기가 허구라고 밝힌다고 해도 그것 때문에 작품의 逼眞性은 손상받지 않는다. 왜냐하면 文學의 逼眞性은 그 이야기가 허구인가 아닌가라는 명시적인 확인에 의해서가 아니라 그 이야기를 자연화해서 독자들에게 믿을 만한 것으로 받아들이게 하는 관습화된 文學的 장치들에 의해 이루어지는 것이기 때문이다.

관습화된 文學的 장치들 가운데 하나가 一貫性이라고 할 수 있는데, 독자들에게 사실성을 줄 수 있는 것은 바로 이 一貫性이 있기 때문이다. 인물들이 벌이는 행동이 그들의 성격에 따라 전개되고, 또한 그것이 보편적인 상식적인 논리와 격식을 가질 때에, 작중 인물들은 행위에 있어 핍진성을 확보할 수 있는 것이다. 다시 말해, 어떤 한 이야기가 그럴 듯하다고 말하는 것은 그것이 사진과 같이 인생을 模寫했기 때문만이 아니라, 경험과 상식의 일관성을 갖기 때문이고, 따라서 그것은 앞뒤가 서로 들어맞는 설득력이 있기 때문인 것이다. 결국 金王과 興王의 몰락은 一貫性이 결여된, 설득력이 없는 것으로 받아들여질 수밖에 없다. 이렇게 볼 때, 이들의 몰락은 내용상의 결함으로만 끝나는 것이 아니라, 구성상에 있어서의 결함이자 문제로서 남게 되는 것이다.

長篇小說「李家莊的變遷」은 어느 한 빈농출신의 주인공 鐵鎖가 지주와 군벌의 지배 하에서 고난을 겪다가 외지 출신의 공산당원을 만나게 되고, 그 공산당원의 교육과 도움으로 地主, 土豪와 투쟁을 벌이다가 八路軍에 참여하여 공산당원들과 함께 李家莊의 농민을 領導하고, 그렇게 함으로써, 마침내 지주, 토호 등을 무찌르며 그들을 해방시킨다는 내용을 담은 작품이다. 1929년에서 1945년에 이르기까지 山西省의 李家莊이라는 마을을 중심으로 펼쳐지는 농촌의 현실과 아울러 山西省 여러 곳에서 항일전쟁기간에 일어난 중요 사건들을 폭넓게 개괄하였다는 것도 이 소설의 특성이 될 수 있으나, 무엇보다도 중국의 농민들이 당의 영도 하에 일깨워지고 조직화되면서 마침내 지주, 토호의 세력에서 해방된다는 것이 궁극적인 주제이자 특성으로 인식되고 있다.

小說의 주인공 張鐵鎖의 便所가 지주 李如珍의 조카 春喜에 의해 점거되고, 이로 인해 春喜와 소송을 벌였으나 결과는 패배하고 파산하여 太原으로 반강제적으로 쫓겨 간다. 그런데, 그는 太原에서 李如珍의 또 다른 조카인 小喜가 閻錫山 부대의 군관이 된 사실과, 또 지주와 군벌이 서로 결탁하는 현실을 목격하게 된다. 이어서 그는 공산당원인 小常을 알게 되고 점차로 공산주의 혁명이론을 이해하게 된다. 7·7사변 후 小常은 마을로 와서 '犧盟會'의 특파원 노릇을 하게 되고, 鐵鎖를 도와 李家莊의 사람들을 조직화한다. 또한 減租減息을 통해, 李如珍과 小喜의 세력을 공격하고 抗日機構를 세운다. 곧이어 李如珍의 叔侄은 매국노가 되어 維持會를 만들어 이에 계속해서 저항하나, 八路軍은 마을을 수복한 후, 李如珍의 세력을 소탕한다. 이어 중앙군이 다시 들어오게 되자, 小喜와 春喜는 다시 변신하여 '精建委員', '突擊隊'의 이름을 가지고 李家莊으로 돌아오고, 小常은 이들에 의해 生埋葬 당하여 죽게 된다. 鐵鎖는 유격대를 조직하고 八路軍에 참여한다. 八路軍은 다시 돌아 와, 李如珍을 제압한다. 이후, 국민당군대가 해방구로 진격하여 오자, 마을사람들은 이에 맞서 참전을 요구하며 죽음으로써 싸우기를 결의하는데, 이 같은 내용이 바로 이 작품의 줄거리이다.

작자 趙樹理는 이 작품에서 다루고 있는 20여 년의 역사를 몇 부분으로 나누어 서술하였다. 이를 장별 내용에 따라 살펴보면 다음과 같이 정리될 수 있다. 1장과 2장에서는 1928년 李家蔣의 상황이 묘사되는 가운데, 春喜가 鐵鎖의 집을 강탈하는 내용을 중심으로 지주가 농민을 잔혹하게 수탈하는 것을 다루었다. 3, 4장은 1930년의 中原大戰 중의 太原의 상황을 서술하는 가운데, 鐵鎖의 눈에 비친 봉건 통치자의 탐욕과 몰염치, 鄙劣性, 이로 인해 야기되는 혼란 등을 묘사하였다. 동시에 농촌의 수탈에서 벗어나 도시로 간 빈농의 삶을 묘사하고, 小常의 形象을 그려냈다. 5, 6장에서는 다시 李家莊으로 돌아가는 鐵鎖가 처음으로 사회현실과 공산주의 이념에 눈뜨고, 그로 인해 체포되는 것을 묘사하는 등, 실제적으로 이미 정치투쟁이 시작되는 상황을 그려내고 있다. 7장 이후에는 항전시기의 상황에 대한 이야기를 썼으며, 10장에 이르기까지의 내용에서는 마을에서 벌어지는 두 가지 노선의 투쟁을 묘사했다. 10장 이후의 부분에서는 이야기가 복잡하기 때문에 사건의 전개가 쉽게 처리되지 못하고 해이해진 것처럼 보이는데, 묘사는 매우 적고 오히려 서술이 너무 많아 전반부처럼 생동적이지 못하다.

이 작품 역시 「小二黑的結婚」과 비슷한 양상을 드러내고 있다. 1장에서 9장에 이르기까지 전반부에서는 인물의 성격과 행동에 대한 직접적 묘사와 서술이 중심이 되고,

그것을 통해 플롯이 전개되고 있다. 그러나 이와는 대비적으로, 10장 이후 후반부의 내용에서는 철저하게 사건 중심으로 플롯이 진행되고 있고, 사건의 전개 속도 또한 매우 빠르게 움직이는 듯한 느낌을 주고 있다. 뿐만 아니라, 인물의 제반 행위가 플롯을 이끌어 가는 것이 아니라, 사건에 철저히 종속되어 이루어지고 있는 듯한 인상을 주고 있다. 이와 같은 양상은 일면 플롯의 完整性과 논리성을 저해시켜 하나의 결함으로 지적될 수 있는데, 한편으로는 「小二黑的結婚」에서처럼 독자들의 興味를 증가시키면서, 작가의 창작의도와 목적 등을 보다 빠르게 독자들에게 전달하기 위한 하나의 장치로 이해될 수도 있다.

작가는 正面人物인 무산계급 출신자 鐵鎖와 小常을 내세워 악랄하고 비열한 유산계급 출신자 小喜와 春喜, 李如珍을 打倒하는 것을 기본구도로 설정, 플롯을 전개해 나가고 있다. 따라서 이 작품의 초점과 小說的 興味는 鐵鎖, 小常과 小喜, 春喜, 李如珍과의 투쟁에 모아지고 있다. 그리고, 閻錫山과 犧盟會 등, 당시 실제 인물과 사건 등이 등장하는 것은 작품의 현실감과 박진감을 더해주기 위한 하나의 장치이지, 文學的 의미에서 다루고자 했던 사항은 아니라고 보는 것이 타당하다. 小喜와 春喜, 李如珍 등은 이러한 기본 구도 속에서 反面人物로 등장하고 있고, 처음부터 비열하고 악독한 기회주의적 인물로 묘사된다. 그러나 이들은 주인공은 아닐지라도 부수적 인물이거나 보조적 인물내지 一回性 인물이 결코 아니다. 이들의 행위는 당시 왜곡되고 어두웠던 사회현실을 상징하고 설명해 주는 대변자로서 뿐만 아니라, 작품의 모티프를 제공하고, 서사구도의 한 軸을 이루며 작품의 주제를 실현하는 데 있어 주인공 鐵鎖의 그것만큼이나 매우 중요한 역할을 한다고 할 수 있다. 그렇기 때문에 그들의 행동을 서술하고 묘사하는 데 있어서도 緻密性과 論理性이 있어야 한다. 더욱이 그 작품이 사실주의를 표방하고 있는 작품이라면 더 말할 나위가 없다.

또한 이들 反面人物의 행위에 있어서 偶然의 一致가 비교적 많이 발생하고, 행동의 전후 논리에도 정확성이 떨어지고 있다. 특히 각 장마다 펼쳐지는 행동에 있어, 論理的 連繫가 잘 이루어지고 있지 않다. 다시 말해, 鐵鎖, 小喜, 春喜가 보여주는 일련의 행위에는 논리적 緻密性과 一貫性이 부족하여, 독자들의 일반적이고도 상식적인 예견에서 벗어나고 있으니, 그 결과 그들의 행동은 작품의 사실성을 減少시키고 있음을 볼 수 있다. 그러면 여기서 그 몇가지 예를 들어 보자.

　제3장에서 鐵鎖는 다섯째 나으리의 관사에 갔다가 春喜를 만난다. 작가는 春喜가 大同의 세무총국에 있다가 비서장의 부름을 받고 대동에서 태원으로 왔다고 말했으나 제4장에서 鐵鎖는 어느 날 마을 회관에서, 春喜를 만나게 되는데, 그는 閻錫山과 함께 도망쳐 나온 것으로 되어 있었으니, 이는 앞의 내용과 비교할 때, 쉽게 납득되기 어려운 점이라고 할 수 있다.

　제5장에서 鐵鎖는 고향에 돌아가기 전에 잠시 들른 마을회관에서 돈상자를 싣고 떠나는 春喜를 또 만나게 된다. 고향으로 돌아가는 도중 "崔店"이라는 곳에서 小喜를 만나게 되는데, 수레꾼에게 행하는 비도덕적인 행위를 보고 분노를 느끼며 혼자 돌아온다. 3장에서부터 5장에 이르기까지 鐵鎖와 小喜, 春喜와의 만남에는 다소 偶然의 一致的인 요소가 들어 있다. 제6장에서 春喜는 公道團團長, 小喜는 防共保衛團團長이 되어 마을 사람들을 훈련시키고 있으나, 그들이 어떻게 해서 그런 지위를 차지하게 되었는가에 대한 기본적인 설명조차 없다. 새로운 배경과 상황을 만들기 위한 작가의 즉흥적, 자의적 행동이라고 할 수 있다.

　제8장에서 鐵鎖는 小常에게 王同志가 온 후, 小毛가 마을에서 犧盟會를 조직하였음을 말하면서 小毛를 내쫓아야 한다고 주장하는데, 小喜가 이를 엿듣게 된다. 6장에서 처럼 小喜는 또 한 번 鐵鎖의 이야기를 엿듣게 되는데, 이는 偶然의 一致的 행위로 봐야 한다. 小喜는 그의 직분상 鐵鎖의 주변에서 그것을 훔쳐 듣기에는 적절치 않은 인물이었고, 또한 한 사람이 두 번씩이나 그런 일을 하게 되는 것이 쉬운 일이 아니기 때문이다. 9장에서 小喜는 犧盟會를 견제하기 위한 시도가 小常에 의해 실패하자, 곧바로 閻錫山이 만든 遊擊隊, 즉 田支隊에 참가한다. 갑작스러운 田支隊의 참가가 자연스럽게 보이지 않는 것은 작가가 閻錫山의 유격대를 비판하고, 독자들의 흥미를 강화하기 위해 급작스럽게 만든 것이기 때문이다. 이후 10장에서 田支隊에 참여했다고 하던 小喜가 白龍廟에 머물면서, 갑자기 孫殿英의 參謀長이 되어 패잔병을 이끌고 약탈행위를 한다. 이에 마을의 자위대는 小喜가 데리고 있던 패잔병 10명을 체포하고, 달아난 小喜는 城으로 달려가 뚱보 衛氏를 찾아 維持會의 走狗 노릇을 한다. 그러는 가운데, 일본군을 마을로 데리고 와 소란을 피운다. 田支隊에는 참여하지 않고, 고작 後大隊에 며칠 머물렀던 사람이 孫殿英의 참모장이 되어 마을을 지배하는 사실은 분명 상식이 결여된 논리의 비약이다.

小喜, 春喜 등 이들의 행동을 생각할 때, 어떤 행동이고 그러한 행동에는 합당하고 충분한 이유와 함께 배경이 존재해야 한다. 존재하지 않거나, 또는 충분치 않을 때, 偶然의 一致가 濫發하게 되는 것이고, 플롯전개에 있어 논리성과 一貫性이 없어지는 것이다. 이렇게 볼 때, 작가는 논리성 있고 일관성이 있는 서술방식으로서가 아닌, 이야기의 결과만을 가지고 독자들에게 흥미와 감동을 주려고 한 것으로 설명해 볼 수 있다.

上述한 바와 같이, 이 작품은 구성방식과 플롯에 있어 먼저 문제점이 제기될 수 있다. 小說의 플롯은 무엇보다도 통일과 일관성의 효과를 나타내야하고, 또 통일과 일관성을 이루기 위해서는 사건의 전개는 논리성과 리얼리티에 어긋나지 않게 자연스럽고 필연적인 스토리의 구성으로 이루어져야 하는 것이다. 그리고 사건의 비약이나 돌발적인 행동이 불가피할 경우에는 그것을 합리화시키기 위해서는 복선을 사용함으로써 리얼리티에 어긋나지 않도록 하여야 한다. 다시 말해, 인물의 행위와 관련하여 인과관계에 어긋나지 않는 논리성과 일관성, 리얼리티가 확보되는 액션의 배열이 되어야 하는데, 이 작품은 바로 이런한 면에 있어서 결함이 나타나고 있다는 것이다.

작가는 각 장의 끝부분에서 특히 反面人物의 새로운 변신의 모습 내지는 새로운 상황을 묘사한다. 이는 그 장의 다음 장에서 다루게 될 내용을 어느 정도 예시해주는 것이라고 할 수 있다. 이는 각 장의 내용을 체계적이면서도 논리적으로 연결하기 위한 작가의 의도라고 볼 수 있으나, 그 내용이 앞의 내용에 대한 묘사와는 달리, 작가의 일방적이고도 단편적인 설명에 불과하고, 또한 그 내용이 지극히 간략할 뿐만 아니라, 그 앞의 내용과 비교해 매우 급변적인 양상을 나타내고 있다. 이는 바꿔 말해서, 작가가 인물의 성격과 행위를 상황적 필요성에 의해 서술했음을 뜻하는 것이다. 그렇게 때문에 그들의 행동은 그 때 그 때 마다의 상황적 필요에 의해 급작스럽게 변환되었고, 그들 또한 상황적 필요에 의해 그렇게 등장하였던 것이다. 결국에 있어 이는 작가의 치밀하지 못하고 논리적이지도 못한 구상과 구도에 기인한다고 할 수 있다.

결론적으로 말해서, 各 章마다 등장하는 이들의 행위에는 偶然의 一致的인 것이 비교적 많았다고 말할 수 있다. 일련의 사건들 사이에 인과적 관계나 필연적인 상관성이 없이, 사건의 양상과 인물들의 행위가 결정되고, 변화되도록 하는 이야기의 전개방식, 즉 관련성이 없는 사건들이 동시에 발생한다든가, 단순히 흥미를 위주로 한 이야기 진술방식의 편의를 도모한다든가, 이야기의 통속적인 얽어 짜기를 위해 인물들이 일관성 없이 어떤 장소에서 어떤 특정한 시간에 서로 만나게 된다든가 하는 것이 그 예이다. 따라서 偶然의 一致는 이야기의 논리성과 긴밀한 구성을 추구하는 小說에서는 환영받지 못하는 서술 장치이다. 그러나 이 방법은 치밀한 논리성이 없어도 사건을 꾸미는데 편리하기 때문에 작가들에 의해 종종 자의적으로 사용되기도 한다. 흔히 說話나 古典小說에서 흔히 볼 수 있는 현상이다. 偶然의 一致는 사건들 사이의 필연적 인과성과 일관성을 무시하는 작가의 자의성이 지나치게 플롯을 지배하기 때문에 발생하는 것이며, 그렇기 때문에 우연의 일치는 이야기의 핍진성과 사실성을 파괴하는 요소로 간주된다. 따라서 小說文學의 이론과 그 발전적 입장에서 볼 때, 이는 문학의 발전을 후퇴시키거나 퇴보시키는 존재가 되기도 한다. 偶然의 一致가 濫發하고 인과성이 잘 지켜지지 못하게 된 결과, 그로 인해 나타나는 일관성 등의 결여는 바로 작가의 자의성에서 비롯되었으니, 결국에 있어 작가의 이와 같은 자의성은 텍스트의 缺陷을 가져 오게 되었던 것이다.

　인물들은 플롯의 副産物이며 이들의 위치는 기능적인 것으로 간주될 수 있다. 단순히 하나의 사람이라기 보다는 참여자이며 행위자이기 때문이다. 아리스토텔레스와 형식주의자들, 그리고 몇 몇 구조주의자들은 인물을 플롯의 下位에 두며, 이야기의 연대기적 논리의 파생물이 아닌 플롯의 한 기능으로 생각한다. 인물을 이야기의 목적으로보다는 수단으로 간주하기 때문이다. 흔히들 인물을 기능적 측면과 주제적 측면으로 나눠 생각하기도 하는데, 기능적 측면은 플롯과 관련된 이론으로서 '어떤 인물인가', '무엇을 뜻하는 인물인가'라는 사실에 주안점을 둔다. 결론적으로 말해서, 小說 속에서의 인물은 현실을 반영하고, 현실을 상징적으로 허구화하면서, 플롯과 대등하게 그 역할을 부여받은 존재이다. 그러므로 인물에게는 환경이 있고, 그를 따라 다니는 상황과 그가 관련되는 사건이 있어야 한다. 리얼리즘에서 최고의 덕목으로 요구되는 전형성 같은 것이 바로 이러한 사실에 있다. 인물을 플롯의 한 기능으로 볼 때, 趙樹理의 작품이 드러내는 反面人物의 행동에 대한 주먹구구식 행동묘사는 핍진성과 사실성의 효과를 감소시킴은 물론, 플롯의 기능마저 半減시키는 결과를 만들어 냈던 것이다.

趙樹理는 변신하는 중국 농민의 모습을 최초로 文學에 담은 작가였다. 그는 생동하는 농민들의 생활상에 대한 묘사를 통해, 중국 現代小說의 人物畵廊에 혁신적인 해방농민의 형상을 첨가하였을 뿐만 아니라, 중국의 전통적인 平敍를 現代小說로 개조하여 平敍體의 小說을 창조하고, 농민의 구어, 다시 말해 농민들의 생활용어를 文學 작품에 과감하게 끌어 들여, 비교적 독특한 언어형식의 小說을 창조하여, 農民小說의 새로운 里程標를 제시하였다. 그러므로 소설과 관련한 문예의 대중화라는 측면에서 그의 小說이 남긴 가치와 업적 등은 결코 적은 것이 아니었다.

그러나 그의 小說은 이와 같은 장점과 가치를 가지고 있음에도 불구하고, 그 裏面에는 現代小說, 특히 리얼리즘 소설로서 응당 갖추어야 할 조건을 간과하는 등, 몇 가지 결함과 문제점을 드러내고 있다. 그의 小說의 문제점은 플롯을 중심으로 한 구성형식에서 주로 발견되고 있다. 먼저 그의 小說은 매우 圖式的이고 이분법적이어서, 플롯은 판에 박은 듯한 양상을 드러내고 있다. 흔히 정치적 선전만을 도모하는 폐쇄적 사회 체제 하에서의 文學이 그러한 경향을 드러내고 있듯이, 작품의 첫 장을 보면 이미 결말을 알 수 있다. 소위 "正面人物"과 "反面人物"을 등장시킨 다음, 正面人物(피압박노동자, 농민)이 反面人物(자산계급경영자, 지주)로부터 온갖 압박과 수모를 받으나, 이러한 역경을 극복하고 결국에는 反面人物을 打倒하여 행복을 찾는다는 내용이 바로 그것이다. 근래 논자들은 이 점을 크게 지적하고 있는데, 그의 長篇小說「李家莊的變遷」이 그 대표적 예가 된다고 하겠다. 그러나 문제는 여기에만 局限되지 않는다.

趙樹理의 小說은 작품 전체의 통일성과 完整性을 기하지 못했다. 그의 작품은 "등장인물의 행위와 사건과의 전개양상이라는 플롯에 있어 논리적 緻密性, 일관성을 제대로 갖추지 못하고 있다. 이러한 사실은 反面人物의 행위와 그들이 벌이는 사건을 통해 보다 구체적으로 드러난다. 그들의 행위는 偶然의 一致的인 양상을 자주 드러내고 있을 뿐만 아니라, 그 때 그 때, 상황의 필요에 의해 급조되는 느낌을 주고 있어, 독자들에게 플롯전개의 논리적 통일성과 一貫性 등을 제대로 보여주지 못하고 있다. 「小二黑的結婚」에서 갑작스럽게 변화하는 金旺兄弟의 행동과 「李家莊的變遷」에 등장하는 春喜, 小喜 등의 행동에 있어 偶然의 一致가 비교적 자주 등장하고 있다는 사실을 통해서도 알 수 있듯이, 작가는 각 장마다의 펼쳐지는 그 때 그 때의 상황에 따른 즉흥적 논리와 흥미성만을 생각하며 자의적으로 대처했을 뿐, 文學이론의 논리를 통한 통일성과 一貫性을 보여주지 못했던 것이다. 이는 사실주의 小說이 가져야할 텍스트구성에 있어서 결코 바람직하다고 할 수 없다.

결론적으로 말해서, 작가 趙樹理는 사회현실에 대한 객관적 인식은 있었지만, 이를 위한 문학적 논리와 이를 바탕으로 한 문학적 구성력을 보여주지 못했다. 작가는 사실성을 강화하기 위해 실제 역사적인 사건과 인물을 등장시키고, 자신의 풍부한 생활경험을 바탕으로 짜여진 농민들의 실제적 삶을 그려내는 데에만 몰두했지, 플롯 전개의 치밀한 논리성과 구성력을 보여주지 못했다. 플롯의 논리성과 일관성 확보의 실패는 우연의 일치의 남발, 인과성과 일관성 등의 결여로 나타나, 리얼리즘 소설로서 응당 갖춰야 할 사실성과 逼眞性을 드러내는 데에 있어 저해하는 역할을 하였을 뿐이다.

趙樹理의 창작의식은 毛澤東의 문예이념에서 출발하였는데, 毛澤東의 문예이념은 공산주의 정치와 이념 속에 文學을 종속시키는 것이었으니, 결국에 있어 이것은 문학 발전의 퇴보를 가져왔다. 앞서 이야기한 대로, 趙樹理의 小說은 농민을 대상으로 공산주의의 이념을 고취, 선양하는 것을 목적으로 하였고, 따라서 대상으로서의 독자와 소재, 그리고 작품의 사회적 목적성만을 지나치게 강조하였기 때문에, 사실주의 작품이 유지해야 할 논리성, 치밀한 응집력, 통일성, 일관성 등, 플롯전개와 관련한 小說텍스트의 구조적 요건이 제대로 갖추어지기 어려울 수밖에 없었다. 거듭 말해서, 趙樹理의 소설은 文學의 정치, 사회적 효율성과 대중성에만 집착한 나머지 文學이 정치에 철저히 종속된 결과, 사실주의 現代小說로서 갖추어야 할 문학성, 요건 등을 소홀히 했던 것으로 풀이할 수 있다.

8. 上海 등, 租界地의 소설

1) 관찰로서의 旅情과 諷刺
錢鍾書의 「圍城」

　　문학의 정치의 도구로 전락되었던 1940년대, 錢鍾書의 「圍城」과 같은 작품은 문학의 모범적 형태로써 문학의 機能과 力量 등을 유감없이 발휘하며, 문학의 시대적 위상을 한층 더 높이기도 하였다. 楊義는 「圍城」이 1940년대 중국소설문단에서 壓卷的 位置를 차지했다고 評價하기도 하였다.[1] 楊義의 이러한 평가는 「圍城」이 문학만의 고유한 기능과 역량을 유감없이 발휘했다는 것으로 해석해 볼 수 있는데, 여기에는 同時代 다른 작품들 가운데에서는 찾기 어려운 즉, "戰時 속에서의 混沌과 分裂"이라고 하는 時代를 살아가는 지식인의 삶을 한 개인의 의식을 통해서는 물론이려니와, 결혼을 媒介로 이어지는 친족과 동료관계, 그리고 사회적 관계를 두루 網羅하여 그려냈다고 하는 사실이 應當 包含되어야 할 것이다. 「圍城」은 抗戰期, 半植民地 時代의 혼란스럽고 桎梏된 사회현실에 대한 형상화를 매우 성공적으로 이루어낸 작품이다. 다시 말해, 「圍城」은 長篇小說로서 동시대 사회로부터 생성되는 현실에 대한 문학적 對應力 내지 문화적 應戰力을 탁월한 풍자와 비유의 필치, 독특한 언어적 構成方式을 통해 成功的으로 형상화한 작품이라고 할 수 있다. 「圍城」의 문학적 가치와 의미는 전쟁과 이념의 투쟁에서 오는 정치·사회적 혼란으로 침울하고 적막하기만 했던 1940년대, "현실의 醜를 문학의 美"로 轉換시켜 중국현대소설사에 있어 리얼리즘문학의 새로운 지평을 열었다고 하는 사실에서 찾아 볼 수 있는데, 이는 諷刺와 비유의

---

1) 楊義 著, 『中國現代小說史(第三卷)』, 人民文學出版社, 1991, p.485.

筆法을 광범위하게 사용했고, 새로운 구조의 유형적 실험이 있었기 때문에 가능한
것이었다.

「圍城」은 1946년 『文藝復興』이라는 잡지에 연재되었고, 1947에 상해 晨光출판사
에 의해 單行本으로 출간되었다. 錢鍾書에게는 학자와 작가라는 두 가지 명칭이 따라
다녔는데, 「圍城」은 그에게 일약 1940년대 대표 작가라는 명칭을 부여한 작품이었
다. 「圍城」은 1937년 여름에서부터 1939년 겨울에 이르기까지의 홍콩과 上海 그리고
湖南省의 산간 벽지 등, 중국의 일부 지방에서 벌어지는 사건과 이러한 사건들을 엮
어 가는 一群의 지식인들의 모습을 그리고 있는 작품이다. 그러면, 작품의 줄거리부
터 간단하게 살펴보자.

작품은 주인공인 方鴻漸의 船上旅行에서부터 시작한다. 方鴻漸은 항일전쟁이 발
발하던 그 해 여름, 배를 타고 프랑스에서 상해로 돌아오는 것으로 시작한다. 方은
홍콩으로 가는 선상에서 혼혈여자 鮑小姐를 만나 사랑하게 된다. 피부도 검고 못생긴
鮑여인은 상해에 情夫를 두고 있었는데, 선상에서 또 하나의 남자 方鴻漸을 유혹하였
던 것이다. 두 사람이 선상에서 매우 친밀해졌는데, 이렇게 되자, 같은 배를 타고
귀국하던 方鴻漸의 옛친구 蘇文紈은 이를 알고 매우 질투하게 된다. 蘇文紈은 대가
집 규수로서 미녀인데다 프랑스에 유학하여 박사를 받은 인텔리 여성이었다. 方鴻漸
을 은밀히 매우 좋아하였으나, 方은 그녀를 좋아하지 않았다. 배가 홍콩에 도착하자,
鮑여인은 그녀를 맞이하러 나온 情夫에게로 뛰어가고, 方鴻漸은 그제 서야 자기가
속았다는 것을 알고 매우 괴로워했다. 方鴻漸이 난간에 기대어 멍하게 있을 때, 등
뒤에서 蘇文紈의 부드러운 음성이 들려 왔다. 그녀는 따뜻한 마음으로 方鴻漸을 감싸
주었다. 그러나 蘇文紈의 가식과 애교는 오히려 方을 위축시켰다. 上海에 도착하자
蘇文紈은 환영 나온 오빠에게 方鴻漸을 소개해 주었고, 또 주소를 써 주면서 놀러
오라고 했다. 얼마 후, 전쟁이 발생했다. 方鴻漸은 생활이 너무 따분하다고 느꼈는
데, 여자친구가 없어서 그러하다고 생각되었는지, 蘇紋文의 집을 찾아간다. 蘇文紈
은 方에게 자신의 아버지는 이미 정부를 따라 四川省으로 갔고, 오빠는 홍콩으로 일
하러 갔으며, 자신도 內地로 가고 싶다고 말했다. 그리고 그녀는 사촌누이 唐曉芙를
그에게 소개해 주었다. 唐曉芙는 예쁘고 용모 단정한 아가씨였는데, 方鴻漸은 그녀
를 사랑하게 되었고, 따라서 蘇文紈은 方鴻漸의 마음에서 조금씩 멀어지게 되었다.

그러나 蘇文紈은 일심으로 그를 좋아하였다. 이들 주위에는 시인 趙元郎과 정치학자인 趙辛楣라는 사람이 있었는데, 趙辛楣의 아버지는 蘇文紈의 아버지와 옛날부터 친구였고, 그래서 두 사람은 어려서부터 함께 자랐다. 趙辛楣는 方鴻漸에 대해 비록 嫉妒心은 느꼈지만, 그렇다고 怨讐로서의 감정을 느끼지 않았다. 趙元郎은 蘇文紈을 열렬히 사랑했고, 따라서 그녀에게 매우 順從的이었다. 方鴻漸이 자신의 사촌언니 唐曉芙를 사랑한다는 것을 알고는 蘇文紈은 매우 실망했고, 곧 바로 趙辛楣도 거부하고 결국에는 趙元郎에게 시집가기로 결정한다. 唐曉芙는 方鴻漸을 사랑했으나, 사촌언니의 말을 과신한 나머지 方鴻漸의 無責任하고 卽興的인 態度를 질책하게 되고, 결국에 있어서는 두 사람은 헤어지게 되었다. 이후부터, 趙辛楣는 方鴻漸에 대한 적의를 없애고, 서로 친구가 되었다. 趙辛楣의 추천을 통해, 두 사람은 똑같이 후방에 있는 三閭大學의 초빙원서를 받고, 상해를 떠난다. 그들은 상해를 떠나 內地로 향하면서 많은 고통을 겪어야 했다. 평시에는 보기 어려웠던 戰時旅程의 특이한 현상들을 목격하고 경험해야 했다. 三閭大學에서 方鴻漸, 趙辛楣는 우정을 돈독히 하고, 意氣投合하며 열심히 일하고자 하였다. 그러나, 이는 다른 교수들로부터의 배척과 질시를 불러 왔고, 따라서 이들과 항상 갈등과 충돌을 겪어야 했다. 이 학교는 교장에서부터 교수, 직원, 학생에 이르기까지 파벌을 만들고 상호 비방과 음모만을 일삼는 그런 곳이었다. 이런 가운데, 趙辛楣가 불륜의 의심의 받고 학교를 떠나게 되고, 이어서 方鴻漸마저 「공산주의론」이라는 책이 그의 방에서 발견되었다는 이유로 사상적인 의심을 받고 재임용에 탈락되어 학교를 떠난다. 해직된 方鴻漸은 그 동안 잘 알고 지냈던 孫柔嘉라는 여자를 同伴하고 上海로 향했다. 이들 두 사람은 上海로 향하던 중, 홍콩에서 趙辛楣의 권유로, 준비 없이 양가부모들의 허락도 없이 부랴부랴 결혼식을 올린다. 그런데, 이들 부부의 생활은 순탄치 못했다. 孫柔嘉는 方鴻漸이 과거에 蘇文紈과 가졌던 관계를 의심하기 시작하였고, 이로부터 촉발된 상호 불신감으로 그들 부부는 안정되고 행복한 결혼생활을 할 수 없었다. 또한 양쪽 집안의 가풍과 사고방식이 철저하게 달라, 집안간의 갈등과 충돌 또한 깊어만 갔고, 여기에다 직장과 월급 문제에서 오는 方鴻漸의 무능과 열등감, 이에 대한 孫柔嘉의 비판과 우월 의식 등은 마침내 그들의 결혼생활을 파탄에 이르게 한다.

上述한 줄거리의 관점에서 작품의 내용을 살펴보면, 이 소설은 남녀지간의 戀愛와

結婚문제를 다룬 愛情小說과도 같은 인상을 주고 있다. 一群의 남녀 지식인들이 벌이는 三角 내지 五角關係의 愛情이야기, 또는 이와 관련된 어느 한 지식인의 人生歷程을 말하는 것 같은 느낌을 주고 있다. 그러나, 이 작품에서 애정과 결혼이야기는 주인공의 행동을 이해하는 하나의 보조적 수단 내지는 작품의 모티프로서 일부 역할을 할 뿐, 주제로서의 의미를 갖지 못한다. 이는 다음과 같은 작가의 진술을 통해서도 쉽게 알 수 있다. 작가는 序言에서, 이 작품의 창작목적과 의도에 대해 다음과 같이 말했다.

　　"이 소설에서 나는 현대 중국의 어떤 一群의 사회, 어떤 一群의 사람들을 그리고 싶었다. 이러한 사람들을 그리면서, 나는 그들이 사람들임을 잊지 않았다. 털 없는 두 다리를 가진 동물의 근성을 가진 사람들이라는 것을 잊어버리지 않았다."2)

　이 말은 이 작품이 궁극적으로 지향하며, 추구하고자 했던 바가 무엇이었는가를 暗示하고 있을 뿐만 아니라, 이 소설의 장르적 성격이 무엇인가를 말해주는 하나의 단서를 제공하는 것이라고 하겠다. 전반적으로 볼 때, 이 작품에 대한 기존의 평가는 광범위하고도 뛰어난 풍자와 비유 등으로써 풍자소설의 眞髓를 보여주었다고 하는 것과, 전란기 또는 암흑기의 지식인들과 모습과 그들이 엮어 가는 사회의 모습을 충실하고 심도 있게 묘사한 작품이라고 하는 것, 이 두 가지로 집약되고 있다.

　「圍城」이 보여 주는 주도면밀하고 변화무쌍한 풍자의 기법과 필치, 그리고 그러한 기법과 필치를 통해 드러나는 기묘하고 다채로운 比喩는 암흑기 풍자소설로서의 특성과 가치를 유감없이 보여 주었다. 이와 아울러, 1930년대 後半 抗戰期를 배경으로 상류계층에 속하는 지식인들의 行動樣態에 대한 묘사를 통해 當代 暗黑的이고도 歪曲된 사회의 면모를 성공적으로 그려냈다고 하는 사실, 다시 말해, 抗戰期이었음에도 불구하고 半植民地的, 半封建的 수준의 상태에 놓여 있는 중국 지식인들의 정신적인 면모를 遺憾 없이 드러냈고, 이를 통해 醜惡한 인물군상과 이들이 펼쳐 내는 畸形的인 현상과 畸形的인 社會의 모습을 매우 심도 있게 보여주었다고 하는 사실은 「圍城」에 나타난 또 하나의 문학적 특성이라고 할 수 있다. 이러한 평가는 비록 묘사

2) 錢鍾書, 「圍城(序)」(『圍城』, 人民文學出版社, 1997, p.4)

의 대상이 중국 전체가 아닌 일부 제한된 부분이라고 할지라도, 동시대 중국의 社會現實을 그리는데 이 소설의 寫作目的이 있었다고 말하는 작가의 發言과 一致하는 데다가, 이 작품이 世態小說로서의 문학적 특성과 의미를 가질 수 있다는 사실을 反證하는 것이어서 더욱 더 주목의 대상이 된다고 하겠다.

上述한 바와 같이, 「圍城」은 1930년대 후반기를 시간적 배경으로 그 시기를 살아 갔던 여러 인물의 유형을 형상화하고, 또한 그 형상화를 통해 사회의 風俗圖로서의 역할을 충분히 해냈다는 점에서 세태소설로서의 유형적 의미를 가진다고 할 수 있다. 작가 자신이 살고 있는 동시대 사회현실의 재현 내지는 그 모방을 목적으로 하면서, 그러한 사회현실의 諸 樣相과 이를 통해 드러나는 구조적 樣態를 소설 속에 직접 前景化시켜 드러낸 소설을 세태소설이라고 할 때,[3] 또한 "어떤 주어진 時空間 속에 놓여 진 특정한 사회적 집단의 쩝俗들이 허구적인 인물들의 삶 속에서 지배적인 역할을 하고, 그들의 사고와 행동을 統制하면서, 그들이 가담하고 있는 행위에 대한 결정요소를 이루는 소설, 그리고 이러한 세태와 관습들이 현실적으로 詳細하게 그려지고, 그것들의 재현의 정확성에 우선권이 주어지는 소설[4]을 세태소설이라고 규정해 볼 때, 錢鍾書의 「圍城」은 世態小說로서의 장르적 성격을 충분히 내포하고 있는 것이다.

이와 같이, 「圍城」이 갖는 또 하나의 장르적 성격으로서의 그 유형을 세태소설로 想定해 볼 때, 작가가 「圍城」에서 나타내고자 했던 세태에 대한 認識을 찾아 볼 필요가 있다. 다시 말해, 現實眼으로서의 작가의 세태에 대한 인식은 무엇이었는가에 대한 규명이 필요하다는 것이다. 그것은 일단 작품의 제목인 '圍城'이라는 말을 통해 나타나고 있다. '圍城', 즉 "包圍된 都市"라고 하는 제목에서부터 알 수 있듯이, 圍城이라는 意味의 隱喻를 통한 사회현실에 대한 인식은 작가 錢鍾書가 堅持하고 있는

---

3) 김경수, 『한국세태소설연구』, 서강대학교 대학원 박사학위논문, 1992, pp.50-52 참조.
4) "세태소설이라는 말로써 나는 세태와 사회적 관습, 민속, 전통 관례, 그리고 어떤 주어진 時空間 속에 놓여진 특정한 사회적 집단의 쩝俗들이 허구적인 인물들의 삶 속에서 지배적인 역할을 하고, 그들의 사고와 행동을 統制하고, 그리고 그들이 가담하고 있는 행위에 대한 결정요소를 이루는 소설, 그리고 이러한 세태와 관습들이 현실적으로 詳細하게 그려지는 말하자면 그것들의 재현의 정확성에 우선권이 주어지는 소설이라고 할 수 있다."
   James W. Tuttleton, 『The Novel of Manners in America』, North Carolina Univ. Press, 1972, p.10.

사회인식의 주된 骨格이 되고 있음을 알 수 있다. 字意的 의미에서 볼 때, 圍城은 그 어떤 존재에 의해 둘러 싸여 있는 도시를 뜻하는 말로서, 외부 또는 그것과 구별되는 다른 세계와는 隔離되어 있거나 매우 相異한 장소로서의 이미지를 나타낸다고 할 수 있다. 따라서 그것은 상식적이고 일반적인 생활의 터전과는 달리, 이상과 낭만, 희망이 지배하는 유토피아일수도 있고, 고통과 환멸로 가득 찬 지옥과 같은 곳일 수도 있기 때문에, 바깥에서는 알 수 없고, 그 안으로 들어가 보아야 만 알 수 있는 곳이 되는 것이다. 작품에서 圍城 즉, "포위된 도시"라는 것은 크게 볼 때, 동시대 중국의 사회현실, 비록 그것이 사회현실의 일부일지언정, 사회현실을 빗대어 표현한 것으로 생각해 볼 수 있다. 작품에서 등장인물 蘇文紈의 말을 빌려 표현된 "城 안에 있는 사람은 城 밖으로 나오고 싶어 하고, 城 밖에 있는 사람들은 城 안으로 들어가고 싶어 한다. 결혼도 그렇고, 직업도 그렇고 인생의 願望도 모두 이와 같다"5)는 이야기는 동시대 중국의 사회에 대한 작가의 世態認識을 적확하게 드러내는 것이라고 할 수 있다. 상식적이고 일반적인 곳이 아닌, 그렇기 때문에 안으로 들어가 보아야만 알 수 있는 곳이 바로 중국의 사회현실이라는 것이 작가가 견지했던 現實眼으로서의 세태인식의 본질이다.

밖에서 볼 때에는 들어가고 싶은 충동을 주기도 하는 곳이지만, 안에 있을 때는 당장 밖으로 나오고 싶어 하는 그런 곳을 바로 중국의 사회현실로 작가는 보고 있는 것이다. 그렇기 때문에, 중국의 사회현실 속에서 일어나는 모든 행위와 사건, 그리고 행위와 사건이 벌어지는 공간, 다시 말해 愛情과 직업 찾기, 결혼 등으로 이어지는 일련의 행위와 사건, 그리고 그런 행위와 사건이 벌어지는 홍콩과 상해, 三閭大學이 있는 湖南省의 內地 등이 모두 圍城인 것이다. 따라서, 「圍城」은 그것이 비록 지식인 사회의 일부라고 할지라도, 당대 중국의 지식인들이 드러냈던 總體的 삶의 양식과 그 터전을 일종의 포위된 도시의 그것으로 規定짓고, 이것으로부터의 脫出 내지는 이것의 消滅을 위한 그 근거를 제시하고 있는 작품이 되는 것이다.

圍城, 즉 포위된 도시라고 하는 의미에서 분명하게 드러난 暗黑期 半植民地的 사회현실에 대한 사회적 진단 위에서 작가가 언어적으로 추적해 들어간 또 하나의 社會

5) 錢鍾書, 「圍城」(『圍城』, 人民文學出版社, 1997, p.96)

的 狀況의 比喩, 그러니까 작가의 문학적 해석과정과 形象化를 통해 나타나는 세태의 의미는 무엇인가? 結論的으로 말해서,「圍城」에 등장하는 대부분의 사람들은 서로 矛盾되고 相沖하는 두 개 또는 그 이상의 가치관을 가지고 있고, 그렇기 때문에 인간적, 사회적 차원에서 양심과 합리성, 정체성을 갖지 못한 인물들이 벌이는 질시와 반목, 속임, 그리고 그것 때문에 당연히 발생하는 파행과 沒人間的, 沒理性的 行動樣式이라고 할 수 있다. 이러한 사실은 전개과정에서 반복적으로 되풀이되어 나타나는 일련의 삽화 속에서 쉽게 찾아 볼 수 있다.

그들의 행동양식은 작품의 시작점인 船上에서의 方鴻漸, 鮑小姐, 蘇文紈 등 세 사람의 遭遇와 그들의 애정행각을 통해 우선 드러나고 있다. 鮑小姐는 주인공 方鴻漸을 유혹하여 일시적으로 자신의 욕망을 채우며 즐기다가, 홍콩에 도착하자 方鴻漸을 버리고 늙은 약혼자의 품으로 달려가는 여자이다. 그러나, 이 여자는 유럽에서 유학생활을 하였던 서구적 사고방식을 가진 自由奔放한 성격의 여자였던 것이다. "절인 생선을 파는 가게는 고약한 냄새가 난다. 따라서 그녀의 성은 鮑이다."[6]라는 楊絳의 설명은 鮑가 어떤 여자임을 매우 適切하게 설명한 것이라고 할 수 있다. 方鴻漸의 두 번째 여인 蘇文紈은 方鴻漸을 유혹하기 위해 온갖 방법을 다 동원한다. 자신을 짝사랑하는 趙辛楣를 끌어 들여 方鴻漸과 경쟁시켜 자신을 사랑하도록 유도하기도 하고, 자기가 쓴 시를 가지고 사랑하는 사람으로부터 받은 구애편지라고 말하면서 사람들을 속이기까지 한다. 그녀는 결국 曹元郞이라고 하는 사람과 결혼하는데, 結婚 후에는 남편과 함께 마약밀매를 하다 적발되어 인생을 망치게 된다.

주인공 方鴻漸의 두 번째 직장인 三閭大學은 말 그대로 이중적이고 간교한, 그리고 貪慾에 가득 찬 사람들의 집합소 그 자체였다. 이 대학의 교장인 高松年과 중문학과 교수인 汪處厚는 정치인의 속성을 가진 典型的인 기회주의자였다. 高松年은 겉으로는 道德君子인 척하지만, 교활하고 권모술수에 능한 사람이다. 자신에게 복종할 수 있는 사람들을 고용하고, 그런 다음 이들을 자신의 목적에 이용하는 등, 학교를 정치의 장으로 생각하며, 권력을 잡기 위해서라면 무엇이든 하는 사람이다. 汪處厚는 전직 관리였으나, 彈劾을 받아 쫓겨났던 사람으로, 지금은 중문학과 교수가 된 사람이

---

6) 楊絳, 「錢鍾書寫圍城」(『錢鍾書傳』, 江蘇文藝出版社, 1992, p.122)

다. 관료출신답게 학교를 정치의 場, 適者生存의 場으로 보고, 부단히 출세만을 꿈꾼다. 이 대학의 중문학과 주임인 李梅亭은 表裏不同의 典型性을 보여 주는 사람이다. 西歐風을 따른다는 뜻에서인지, 여름인데도 검은 외투를 입고 선글라스를 쓴 사람이다. 겉으로는 학문에 뜻이 있는 척하지만, 속으로는 色慾에 젖어 사는 사람으로 그가 즐겨 쓰는 선글라스는 음흉성과 無恥함을 가리려는 二重的 작태의 한 예라 할 것이다. 韓學愈는 역사학과 주임교수로 외형은 소박해 보이나, 李梅亭과 다를 바 없이 음흉하고 매우 二重的이다. 거기에다 학력까지 위조하고, 그것도 모자라 자신의 아내의 출신성분까지 조작하며 詐欺치는 데, 같은 가짜 학위를 가진 方鴻漸까지 무안하게 만드는 철저한 사기꾼이다. 이들 네 사람은 자리를 지키고 탐욕을 위해, 때로는 서로 도와 가면서 학교의 지배세력으로서 대학을 이끌어 나간다.

학교를 떠난 方鴻漸은 孫柔嘉와 결혼을 하는데, 그의 결혼생활 또한 평탄하지 못했다. 가정파탄의 원인 제공자가 바로 孫柔嘉라고 해도 과언이 아닐 정도로, 그녀 또한 매우 교만하고 이중적이다. 결혼 전에는 유순하고, 사려 깊은 사람인 것처럼 보였지만, 결혼 후에는 方을 제어하고 조종하려는 의도를 숨김없이 드러낸다. 方, 孫 兩家의 집안 사람들 또한 사욕과 이기심이 가득 찬 사람들이다. 그 한 예가 손보다 먼저 결혼한 방씨 집안의 두 며느리가 그것도 손위 형님으로서 동서가 될 孫柔嘉를 의심하고, 사진을 보며 험담을 늘어놓는 모습인데, 이는 모두 이익만을 쫓는 猜忌心과 嫉妬心에서 나오는 것이다. 결혼 후, 方의 집안은 孫柔嘉를, 孫의 집안은 方鴻漸을 트집 잡고 비판하며, 더 나아가 두 집안은 서로의 家風을 싸잡아 비난하는 추태를 드러내는데, 이는 두 가족 구성원들이 공유했던 이기적이고 탐욕적인 사고에서 비롯된 갈등과 충돌이었다.

이처럼, 「圍城」에 登場하는 대부분의 사람들은 이기심과 탐욕적 본능에만 젖어 사회적 존재로서의 도리와 양심과 합리성 등, 이성적 정체성을 갖지 못한 채, 질시와 비난, 속임과 속음의 굴레 속에서 살고 있고 사람들이다. 이들의 삶을 통해 이 작품은 동시대 사람들의 부패하고 추악한 沒人間的 行動樣式을 보여주고 있다. 결론적으로 말해서, 애정과 결혼, 그리고 대학 등, 당대 중국의 사회현실 속에 자리 잡고 있던 存在物은 그것이 물질적인 것이었든, 비물질적인 것이었든, 그것으로부터 생성되는 구성적 존재는 밖에 있는 사람들이 볼 때에는 매력이 있는 듯하여 들어가고 싶은 충동을 주지만, 들어가서 그 실체를 보면 환멸과 고통만이 있는 곳이었다. 그렇기 때문에, 그 곳은 圍城이라는 이름으로 포장된 공허하고 추악한 영혼을 가진 사람들의 集合所이자 展示場이었던 것이다.

비인간적인 사람들의 사고와 행동양식을 주제로 삼고 이를 문학적으로 반영한 「圍城」은 一面 사회적 축도로서의 의미와 그 개연성을 잘 드러내고 있어 문학적 가치를 한층 더 높여 주고 있다. 이 작품이 그리고 있는 비열하고 추악한 인간 군상의 행위와 사건들의 저변 속에는 시대적 개연성이 표출되어 있다. 다시 말해서, 「圍城」에는 여러 가지 空間에서 벌어지는 행위와 사건들 속에는 이 작품이 갖는 사회적 의미를 틀 지우는 하나의 구성요소를 찾아 볼 수 있다는 것인데, 그것은 이기심과 탐욕의 추악성으로 얼룩진 다수의 등장인물들의 행동과 맞물려 나타나는 서구문화와 그 風潮의 誤用 내지는 濫用되는 狀況으로서의 사회현실인 것이다. 주인공 方鴻漸이 鮑小姐, 蘇文紈과 벌였던 戀愛行脚, 三閭大學에서 경험했던 일련의 사건, 그리고 孫柔嘉와의 결혼과 그 파산 등에는 時代的, 社會的 蓋然性이 충분히 내포되어 있다. 다시 말해서, 시대와 사회의 조류와 풍속 등이 이들이 벌이는 사건과 이들의 행위 속에 그대로 융해되어 나타나고 있다는 것이다. 먼저 작품 제 1장에서 敍述者는 주인공 方鴻漸의 心理와 狀況을 紹介하면서, 다음과 같은 논평을 가한다.

> 국문학을 공부한 사람들이 서양에 나가 "깊이 연구한다는 것"은 어느 정도 滑稽가 있는 것으로 들린다. 사실상, 중국문학만을 공부한 사람은 외국에 유학하지 않으면 안 된다. 왜냐하면, 모든 다른 과목, 수학, 물리, 철학, 심리학, 경제, 법률 등등은 모두 외국에서 흘러들어 온 것이어서 일찍부터 서양냄새가 코를 찔렀지만, 오직 국문학은 國貨土産이다보니, 외국의 간판이 필요했고, 그래야 만이 지위를 유지할 수 있었기 때문이었다. 이는 마치 중국의 관리, 상인들이 본국에서 긁어모은 돈을 외국돈으로 바꿔 놓아야 만이 그 돈의 가치를 유지할 수 있다는 것과 같은 것이다.[7]

敍述者의 입을 빌어 표현된 이러한 대목은 비록 그것이 方鴻漸의 面貌를 설명하기 위한 하나의 비유적 표현이었지만, 당대 사회를 살아갔던 사람들, 특히 지식인들의

---

7) 錢鍾書, 「圍城」(『圍城』, 人民文學出版社, 1997, p.9)

意識과 價值觀, 그리고 思考方式 등이 어떠했는가를 보여주는 예라고 할 수 있다. 자신들의 立地와 利益을 위해서라면, 수단과 방법을 가리지 않는 태도와, 아울러 그것을 위한 하나의 방편으로서 崇洋的, 事大的 태도, 그리고 그런 태도로 인해 자연스럽게 나타나는 正體性과 이성을 喪失한 사람들의 面貌를 읽어 볼 수 있다. 위의 대목과 함께, 작품 제4장에서 方鴻漸은 자신이 좋아했던 여자 唐曉芙에게 다음과 같은 말을 건넨다.

> 지금 留學한다는 것은 옛날 청나라 때, 과거에 급제하여 이름을 날리는 것과 같다. 내 아버지께서 항상 말하시기를, 옛날 사람들은 과거에 급제하지 못하면, 설령 나중에 아무리 높은 관직을 지냈더라도 죽을 때까지 한을 품고 살았다고 했어요. 유학을 하는 것도 이러한 자기비하의 심리를 벗어나기 위해 그러는 것이지, 학문을 높고 깊게 하기 위해 그러는 것이 결코 아닙니다. 서양에 나갔다 오는 것을 홍역과 마마처럼 한번은 걸려야 되는 병이라고 비유됩니다. 어린아이들이 홍역이나 마마를 한 번 앓고 나면, 안전하게 성장할 수 있고, 이후에 이러한 병이 돌더라도 전염될 걱정이 없습니다. 우리가 서양에 유학하는 것을 하나의 염원처럼 생각하는 것은 영혼이 건전해져서 박사석사들과 같은 미생물을 만나도 저항력이 생겨 스스로 보호할 수 있는 것이지요.[8]

주인공 方鴻漸의 말을 빌어 표현된 위의 내용은 同時代 사람들의 의식과 가치관, 그리고 이를 통해 드러나는 사회의 풍속이 어떠할 수밖에 없는가를 보여주는 하나의 예가 된다. 서구문화의 受容的 환경 속에서 허위와 위선을 넘어, 歪曲되고 奇形化된 意識과 價値觀이 지배하는 同時代 사람들의 사고방식, 특히 지식인들의 삶과 행동 그리고 이들이 만들어 가는 사회의 존재양상이 어떠한가를 보여 주는 하나의 徵候的 意味를 나타낸다고 할 수 있다.

주인공 方鴻漸은 물론, 그를 스쳐 지나간 모든 사람들, 鮑小姐, 蘇文紈, 三閭大學을 구성하는 주요 인물들은 이러한 의식과 가치관을 철두철미하게 행동으로 옮기는 사람들이다. 따라서, 이들의 삶과 행동, 그리고 이들이 엮어 가는 一連의 사건들은 개인적 내지는 개별적인 것이 아닌, 사회의 풍속과 현상을 집약하고 상징하는 것이

---

8) 錢鍾書, 「圍城」(『圍城』, 人民文學出版社, 1997, p.81)

된다. 이 작품이 드러내는 사회적 축도로서의 본질적 의미는 서구의 것에 대한 맹목적 모방과 의존 속에서, 자기 스스로의 정체성과 가치관은 물론, 이성적 道理마저 상실한 사회의 諸樣相과 그 결과라는 의미를 담고 있다.

우선 方, 鮑, 蘇 이 세 사람은 모두 유럽에서 공부를 하고 돌아온 유학생출신이라는 점이다. 方鴻漸은 비록 돈 내고 가짜 박사학위를 사들고 들어 왔지만, 유학생으로서 서구의 문화와 사고를 체험한 사람이다. 鮑小姐 또한 마카오 출신으로 영국에서 의학을 공부한 사람이었고, 蘇文紈 역시 프랑스에 유학해 박사학위를 받은 여성이다. 이들 세 사람은 서구적 사고와 문화를 자기중심적이고 자기 편의적으로 해석하면서, 이익과 쾌락을 위해서라면 비이성적 비합리적인 것이라고 할지라도 이를 당연한 것으로 받아들이는 사람들이다. 그 결과 그들은 개성적이고 자유분방한 것처럼 보이나, 실은 음험하고 이기적이며 이중적인 사고를 하는 추악한 인간들로 머물러 있을 뿐이다. 이러한 사람들의 행동과 삶의 양태는 서구문화와 풍조가 이미 파고들어 와서 기존의 문화와 混淆하던 시기, 거기에다가 중일전쟁, 國共鬪爭이 시작되는 外憂內患의 시기에 사회 문화적 정체성과 이성적 감각을 잃고 오직 이익과 쾌락만을 추구하는 추악한 사람들의 일면을 보여 주고 있다. 이들은 자신들의 이익과 편의만을 내세우며 필요할 경우, 서구의 자유방임적 사상과 가치를 주장하는 일부 지식인들을 象徵하는 것인데, 특히 上海와 같은 租借地域에서 흔히 볼 수 있는 인간군상들의 응축된 모습이라고 할 수 있다.

三閭大學의 현실 또한 社會的 縮圖로서의 의미를 유감 없이 드러내고 있다. 먼저 方鴻漸이 三閭大學을 떠나게 된 결정적 이유는 方鴻漸의 경쟁자였던 陸子瀟가 그의 방에 들어와 "공산주의론"이라는 책을 발견했기 때문이었다. 陸은 곧바로 方鴻漸을 고발하고, 이로 인해 方鴻漸의 재임용이 취소된다는 내용은 동시대 정치적 상황, 즉 국민당과 공산당간에 벌어졌던 투쟁과 內戰을 암시하며, 학교가 정치현실과 다름이 없다는 사실을 나타내고 있다. 그러나 縮圖로서의 사회적 의미는 지도교수제(導師制) 사건을 통해 더욱 더 분명하게 드러난다. 국비지원을 받아 유럽을 시찰하고 온 교육부의 어느 한 고관은 서양학제의 도입을 추진하고자 하고, 三閭大學의 高松年은 맹목적으로 이를 따르고자 한다.

오늘 오신 그 고명하신 시찰관께서 지도교수제 전문가라고 합니다. 작년에 정부지
원으로 영국에 가서 지도 교수제를 연구하고 왔는데, 옥스퍼드대학과 캠브리지대학
에 있었다고 합니다. …(중략)… 지도교수제는 교육부의 새로운 방침이라 각 대학에
서 실시하라고 통지했는데 반응이 그다지 좋지 않습니다. 그런데, 우리 고교장께서
는 매우 열심히 하십니다. … 참 깜박했군 안경잽이 이매정이 지도교수장이 됐어.
어, 자네도 알고 있었어 … 이 교육부 시찰관이 온 김에 지도를 하겠다는 거겠지.9)

지도교수제에 대한 토론회에서 교육부 시찰관은 10분 남짓 장황한 설명만 늘어놓
으면서 1분마다 "제가 영국에 있었을 때"라는 말을 했다. 그가 말을 마치고 손목시계
를 한 번 보더니, 바로 단상에서 내려 왔다. 청중들은 목구멍 안에 눌러 참고 있었던
잔기침 소리를 연달아 한꺼 번에 쏟아냈다.10)

이들은 지도교수제가 좋은 것인지, 三閭大學에 맞는 것인지에 대한 현실적 熟考없
이, 무조건적으로 이를 받아들이려고 하는 사람들이다. 지도교수제의 도입을 적극
추진하고자 하는 교육부의 관리와 이를 맹목적으로 따르고자 하는 교장 高松年의 행
동은 서구의 것이라면 무조건적으로 받아들이려는 당대 일부 지식인들의 행동을 여
실히 보여주고 있다.

高松年이 나에게 영문으로 글을 써서 외국잡지에 발표하여 서양 사람들로 하여금
우리도 옥스퍼드와 캠임브리지 학풍이 있다는 것을 알게 하라고 했어. 어찌된 영문인
지, 외국의 좋은 것들이 중국에 들어오기만 하면 망가지지 않는 게 없어. 趙辛楣는
탄식하며, 중국이 정말 한심하다고 생각했다. 외국의 것이 들어오기만 하면 모두 망
가져 버리는 데 있어 따라 올 적수가 없으니까.11)

작품에서 지도 교수제는 機會主義的이고 이중적인 三閭대학의 구성원들과 학생들
과의 불신과 갈등을 유발케 하고, 더 나아가 대학을 한층 더 불신과 부패와 나락으로

---

9) 錢鍾書, 「圍城」(『圍城』, 人民文學出版社, 1997, p.221)
10) 錢鍾書, 「圍城」(『圍城』, 人民文學出版社, 1997, p.225)
11) 錢鍾書, 「圍城」(『圍城』, 人民文學出版社, 1997, p.223)

몰아넣는 결과를 만들어 냈는데, 그 결과에 대한 문제를 두고 그 책임을 중국으로 돌리고, 비판하는 趙辛楣의 태도 또한 主體性과 정체성을 상실한 동시대 崇洋主義的 지식인들의 정신을 함축적으로 나타내고 있다. 작가는 지도 교수제 사건을 통해 서구의 것이 아무리 이상적이고 합리적인 것이라고 할지라도, 그것을 적용하거나, 수용할 수 없는 상황이라면, 그것은 도리어 害惡만을 가져다 줄 뿐이라는 사실과 아울러 그러한 상황이 벌어지고 있는 것이 동시대 사회의 현실임을 주장하고 있다.

결론적으로 말해서, 지도 교수제 사건은 서구화가 근대화의 과정에서 중심을 차지하는 요소가 되는 것이라고 할지라도, 서구제도의 수용과정이 합리적이지 못하거나, 또는 그것을 수용할 수 없는 환경이라면, 그 결과가 어떠하다는 것을 사회적 현실로써 말하는 것임과 아울러, 同時代 西歐文化에 대한 盲目的 모방과 의존 내지, 그것의 强制的 移植으로 인해 惹起되는 혼란과 갈등이 어떠하다는 것을 방증하는 것이라고 할 수 있다. "三閭大學은 後方의 축소판이며 매판문화와 관료정치의 검은 구름이 뒤덮었다. 교육부의 시찰로 지도 교수제를 시행하며, 李梅亭은 신생활운동의 관철을 강행하였다. 이것은 국민당 문화의 전제주의를 투영한 것이다. 三閭大學 당국은 수단을 가리지 않고 자리를 다투며 권력을 휘두르고, 교직원은 자기편을 만들어 파벌을 만들고, 서로 속이고 마작이나 도박을 하며, 질투하고 다투고 유언비어를 터뜨려 사건을 일으켜 이간질하였는데, 이 같은 행동 등 바로 소설에서 지적한 것과 같다. 학교는 정치판과 같고, 정치암투가 충만하였다"[12]고 齊裕焜, 陳惠琴은 지적하였다. 이들의 이러한 지적은 이 작품이 갖는 사회적 의미와 함께 사회의 縮圖로서의 학교의 모습을 매우 정확하게 지적하는 것이라고 하겠다.

方鴻漸과 孫柔嘉의 결혼 또한 사회의 축도로서의 의미를 단적으로 보여주고 있다. 결혼생활에 환멸을 느낀 주인공 方鴻漸이 "이런 일은 결혼을 하지 않은 남자는 모를 거야. 결혼을 해보아야 만이 눈이 뜨이는 거지. 나는 가끔 생각하는데, 가정도 三閭대학과 마찬가지로 비리의 소굴이야. 만일 내가 결혼하고 몇 년 후에 三閭大學에 갔으면, 아마 훈련도 받았고, 감각이 좀 靈敏해져서 사람들에게 당하지는 않았을 거야"[13]라고 내뱉은 이 말은 家庭 또한 비리의 소굴이고 사회적 축도인 三閭大學과 같

---

12) 齊裕焜 · 陳惠琴, 『中國諷刺小說史』, 遼寧人民出版社, 1993. p.404.
13) 錢鍾書, 「圍城」(『圍城』, 人民文學出版社, 1997. p.334)

은 존재이자 사회의 모습을 縮約, 再現하는 존재로서의 意味를 분명하게 보여주고 있다.

結婚은 方鴻漸으로 하여금 결혼과 가정의 본질이 무엇이고, 또 그 본질은 사회의 본질과 조금도 다르지 않음을 느끼게 하고 있다. 方鴻漸은 먼저 두 집안간의 갈등으로 많은 精神的 고통을 받아야 했다. 이러한 고통은 方, 孫 兩家 구성원들 사이의 인간적 불신, 문화적 차이 때문에 생긴 것으로 그 결과 方鴻漸의 가정은 파탄의 길을 걸어야 했다.

두 집안은 서로 인사하고, 초대하고 왕래하면서도 마음속으로는 상호 嫉視만을 교환했을 뿐, 서로간의 그 누구에게도 만족하지 못했다. 方씨 집안은 손씨 집안이 사돈 접대를 잘 하지 못한다고 했고, 손씨 집안은 方씨 집안이 너무 진부하다고 싫어했다. 쌍방의 집안이 뒤에서 서로 부유하지 못하다고 비난했다.14)

方, 孫 이들 두 사람의 결혼생활이 破綻으로 끝난 것은 중국사회가 당면했던 기존의 전통관습과 서구 풍조와의 葛藤대립을 상징하는 것이라고 하겠다. 保守的인 方鴻漸의 집안과 개방적이고 자유로운 家風을 가진 孫柔嘉 집안과의 갈등은 단순히 두 집안과의 갈등만을 의미하는 것은 아니다. 그들의 결혼생활이 파멸로 끝난 데에는 그들의 이기심과 인간적 불신과 불화가 있었지만, 불신과 불화는 동양적 사고와 서구의 문화 및 그 문화적 풍조와의 충돌 속에서 생성된 갈등이라고 할 수 있다. 다시 말해서, 두 집안의 葛藤과 反目은 一次的으로 가족 구성원들 간의 이중적 성격과 탐욕, 비인간성 등에 기인하고 있지만, 두 집안의 상호 이질적인 문화습관의 차이, 그리고 상호 이를 인정치 않으려는 태도에서 확산되고 있다. 이는 신해혁명, 5·4운동 이후 국가와 사회적 차원에서 계속적으로 밀어닥치는 서구의 문물과 문화가 특히, 식민지와 다름없는 租界地가 여전히 常存하는 상황에서, 기존의 지배문화와 충돌할 수밖에 없는 사회적 현실을 凝縮시켜 나타내고 있는 것이다. 결혼 후에 생기기 시작한 갈등과 충돌의 양상은 內憂外患의 시대적 상황과 전통과 서구문화가 올바로 鼎立되거나 융합되지 못하는 상황 속에서 빚어지는 갈등과 충돌, 그리고 그로 인한 혼란

14) 錢鍾書, 「圍城」(『圍城』, 人民文學出版社, 1997, p.321)

으로 특징 지워지는 사회현실을 압축하여 나타내고 있는 것이다. 기존의 전통적 문화와 그로부터 생성되는 행동과 사유의 양식에 대한 올바른 이해와 정립 없이, 일그러진 서구문화를 자의적으로 왜곡해석·수용하고, 이를 오용 내지 남용하는 사회적 분위기 속에서 정체성을 잃고 방황하는 군상들의 모습이 이들 兩家 집안의 사람들의 모습이다.

> 바닷길이 열린 지 몇 백 년이 되었지만, 오직 서양 건물 가운데, 두 가지만이 중국 사회에서 오래도록 없어지지 않고 있을 뿐입니다. 하나는 아편이고 다른 하나는 매독입니다. 이것들은 모두 명조가 받아들이는 서양문명입니다.[15]
> 의심할 것도 없이 선박을 통해 들어온 서양물건입니다. 쇼펜하우어는 일찍이 근대 유럽문명의 특징 중 첫째가 매독이라고 말한 적이 있습니다. …명조 정덕(正德) 이후에, 서양인들이 이 병을 가지고 들어 왔습니다. 이 두 가지는 당연히 그 독을 끊임없이 이 세상에 퍼뜨리고 있지만, 그렇다고 해서 일시에 말살할 수 도 없습니다. 아편은 많은 문학작품을 탄생시키는 계기를 만들었습니다. 고대 시인들은 술에서 영감을 얻었는데, 근대 구미의 시인들은 모두 아편을 통해서 영감을 얻고 있습니다. 매독은 유전적으로 백치와 정신병자, 신체장애자를 낳을 확률이 높습니다만, 듣자하니 천재도 만들 수도 있다고 합니다.[16]
> 그가 하는 말에는 결코 중국어로 표현하기 곤란한 새로운 뜻이 있는 것이 아니었지만, 굳이 영어를 빌어다 쓰곤 했으므로, 그의 말에 박혀 있는 영어는 입 속에 박혀 있는 금니는커녕 고기찌꺼기만도 못했다. 금이빨이라면 장식효과도 있을 뿐만 아니라, 쓸모라도 있지만, 이빨 틈새에 박힌 고기 찌꺼기는 음식을 잘 먹었다는 것을 보여주는 것 이외에는 아무 쓸모가 없다.[17]

이 작품이 배경으로 삼고 있는 1937년을 전후한 시기는 그러니까 1930년대 후반부터 40년대는 상술한 바와 같이, 半植民地와도 같은 상황 속에서 중일전쟁과 국공내전 등이 발발했던 암흑기라고 할 수 있다. 이 시기에 거세게 밀어닥친 서구의 자유주

15) 錢鍾書, 「圍城」(『圍城』, 人民文學出版社, 1997, p.37)
16) 錢鍾書, 「圍城」(『圍城』, 人民文學出版社, 1997, p.38)
17) 錢鍾書, 「圍城」(『圍城』, 人民文學出版社, 1997, p.42)

의, 자본주의를 대체 또는 융합할 수 있는 새로운 사회적, 문화적 패러다임을 창출해 내지 못한 것은 당연한 일이었다고 할 수 있다. 작가는 이로 인해 나타나는 동시대 사회현실에 대한 하나의 비유로서, "결국에 있어서는 서구에서 들어 온 매독 때문에 만들어 질 수 있는 백치, 정신병자, 신체장애자와 같은 존재 내지는 이빨 틈새에 박힌 고기찌꺼기 같은 인간만을 만들어 냈다"고 주장하고 있다.

錢鍾書의 「圍城」은 제 역할을 하지 못하는 기존의 전통문화와 자유방임주의 내지 자본주의로 대표되는 서구의 문화 및 그 樣式이 混在하는 사회적 상황 속에서, 서구 의 문화와 양식에 대한 思慮와 비판 없이, 이를 무작정 수용하고 적용하는 가운데 발생하는 사회구성원의 탐욕과 이기심, 비인간성 등이 난무하는 현실을 애정과 결혼, 학교라는 비교적 작은 범주 속에 그대로 응축하여 그려낸 작품이었으니, 바로 이런 의미에서 이 소설은 사회의 축도로서의 문학적 의미를 갖게 되는 것이다.

夏志清은 錢鍾書의 「圍城」을 두고, 피카레스크 소설에서 느끼는 探險的 興趣를 주 고 있다고 했다. 夏志清은 「圍城」이 18세기의 일부 영국소설과 유사한 것은 우연히 아니라고 말하였다. 그는 작품에서 戰時동안, 주인공인 지식인들이 처음으로 내지를 돌아다니면서 길거리에서 또는 여관에서 여러 가지 재난과 고통을 겪게 되는데, 이는 18세기 영국소설에서 영국의 신사들이 London이나 Bath를 떠나면서 겪은 것과 똑 같은 것이라고 하면서, 전시 또는 전후에 나온 소설 가운데, 「圍城」이 旅路의 즐거움 과 苦難을 가장 잘 捕捉한 작품"이라고 했다.[18] 夏志清의 이 같은 지적은 이 작품이 갖는 서사구조상의 특징이 무엇인가를 암시하는 것이어서 주목의 대상이 된다고 하 겠다. 「圍城」은 완전한 형태의 피카레스크 소설이라고 볼 수 없으나, 적어도 기본적 인 구조에 있어서만큼은 피카레스크적 특성[19]을 가지고 있는 것이 사실이다. 溫儒敏 은 주인공 方鴻漸의 行爲가 "進城 → 出城 → 進城 → 出城"이라는 영원히 반복되는

[18) C.T.HSIA, 『A History of MODERN CHINESE FICTION』, Yale Univ. Press, 1971, p.445.
19) 삽화병렬적 구성을 두고 피카레스크적 구성이라고 하는데, 이 구성은 단순하거나 복잡하게 전개되는 인과관계에 의한 사건의 진행이라기보다는 산만하게 사건이 전개되는 방법이다. 이러한 구성형태를 가 진 소설은 그 양식에 있어서는 사실주의적이고, 구조에 있어서는 삽화식으로 몇 개의 하나 하나 독립된 스토리를 가지는 소설이 되는데, 여러 개의 스토리가 그것을 종합적으로 이어 놓은 하나의 플롯 위에 배열되게 된다.
   R. Stanton, 『An Introduction to Fiction』 BY HOLT, RINEHART AND WINSTON, INC. p.66.

구조로 이루어져 있다고 설명한 바 있는데,[20] 이러한 사실을 통해 類推해볼 수 있는 것은 여러 가지 공간의 이동을 통해, 그 공간에서 개별적으로 이루어지는 사건들의 집합을 소설의 기본 형식으로 취하고 있다는 사실이다.

작품이 시작되는 歸國船에서의 상황에서부터 결혼의 파탄을 에 이르기까지 주인공 方鴻漸의 파란많은 행동은 다음과 같은 각 상황과 단계의 轉移로써 정리될 수 있다.

① 귀국선에서의 상황 – 유학을 마치고 귀국하는 배에서 鮑小姐, 蘇文紈 등과 만난 애정행각을 벌인다.
② 상해에서의 생활 – 유명무실한 點金銀行에 임시로 취직함. 그리고 중학교에서의 강연활동을 벌임
③ 三閭大學으로 가는 과정 – 식당과 여관 등을 거치며 일반 민초들의 생활상을 목격함
④ 湖南省 平成에 있는 삼려대학의 생활. – 그 대학에서 벌어지는 정체성과 이성을 상실한 사람들이 벌이는 갖가지 비리와 음모의 현장을 목격, 경험한다. 이후 재임용에 실패하여 실직하게 됨.
⑤ 三閭大學을 떠나 홍콩을 거쳐 上海로 돌아오는 과정 – 오는 도중에 趙辛楣의 권유로 孫柔嘉와 결혼하게 된다.
⑥ 上海에서 孫柔嘉와 결혼생활 – 그런 가운데, 趙辛楣가 소개한 華美新聞社에 취직하였으나, 명분도 없는 단체행동에 동참는 바람에 실직당함.
⑦ 결혼생활의 破局

이를 다시 주인공의 거취를 지명에 따라 분류해 보면, 船上 → 香港 → 上海 → 寧波 → 金華 → 鷹潭 → 吉安 → 湖南의 三閭大學 → 桂林 → 香港 → 上海 같이 정리될 수 있다.

以上에서 정리한 바와 같이, 주인공의 행위는 일곱 단계의 空間을 거치며 이루어지고 있음을 알 수 있는데, 이와 같이 공간의 단계적 전이를 통해 이루어지는 행위의 양상은 「圍城」의 敍事的 특성이 무엇인가를 보여 주고 있다.

---

20) 溫儒敏, 「"圍城"的三層意識」(『中國現代文學研究叢刊』 1期, 1989)

이 작품의 敍事構造의 특성을 한마디로 이야기한다면, 그것은 旅路 내지는 旅程의 過程이었다. 다시 말해 그것은 1930년대 후반의 租借地, 內地 등을 이동하며, 움직였던 다양한 공간에서 벌어지는 사건을 통해 사회현실을 확인하고 체험하는 과정으로서의 敍事構造였던 것이다. 「圍城」이 보여 주고 있는 旅路型의 플롯은 時間的 順序에 따라 또는 공간적 배경의 변화에 따라 전개되기 때문에, 에피소드 사이의 논리적인 관계보다는 당면하는 새로운 사태와 그 만남에 따라 주인공의 변화가 주축을 이루게 되고, 새로운 세계의 실상에 대한 주인공의 대응이 그 特徵的 要素가 된다. 따라서, 이러한 유형의 플롯을 가진 작품을 읽을 때에는, 공간적 배경의 의미와 그곳에서 일어나는 사태, 그리고 그 사태에 대한 인물들의 반응에 관심을 가질 필요가 있다. 왜냐하면, 인물들의 반응과 관심의 유기적 결합이 작품의 주제를 형성함과 아울러 플롯전개 내지는 구성원리로서의 문학적 특성을 만들어 나가기 때문이다. 「圍城」 역시 공간 이동에 따른 주인공의 대응이 작품의 주제를 형성해 나가고 있다.

上述한 내용을 통해 알 수 있듯이, 「圍城」은 方鴻漸이라는 사람을 주인공으로 하여, 그의 인생역정을 旅程의 過程이라는 형식을 통해 처리해 나간다. 그러나 주인공의 旅程의 과정은 단순한 기행이라고 하는 순차적 진행과정이거나, 주인공의 눈에 비친 암흑기 반식민지를 살아가는 지식인의 눈에 비친 당대 사회현실의 나열 내지는 관찰의 기록에 머물러 있는 것이 아니다. 주인공은 그를 에워 싼 주위의 사람들과 사건 속에 뒤엉켜 있고, 그러다보니, 언제나 그의 행동과 운명은 항상 사건의 흐름에 의해 결정된다. 다시 말해, 주인공의 삶과 행동은 처음부터 끝가지 사회의 현실적 논리와 흐름에 지배되고 從屬된 채, 그것과 일치되어 나타난다는 것이다. 그렇기 때문에, 그의 旅程은 단순한 紀行이나, 관찰자로서의 그것이 아니라, 內憂外患의 暗黑的이고 半植民地的 사회로 틀 지워지는 사회현실에 대한 체험적 발견과 함께 주인공 자신에 대한 발견, 그리고 사회현실과의 융합과정이라는 특징을 갖게 된다.

우선, 「圍城」은 主人物이 여러 인물들과 공유했던 관계, 즉 鮑小姐와 蘇文紈과 벌였던 애정행각, 三閭대학에서의 부패와 타락, 그리고 결혼생활과 그 파탄에 이르기까지 자신을 둘러싸고 있던 세계를 발견, 確認하는 구조로서의 특징을 지닌다. 方鴻漸은 戀愛에서 직장선택, 결혼, 그리고 그 결혼이 파탄에 이르기까지, 그가 경험한 사건, 그 어느 것에 대해서도 어느 정도 미리 예견했다거나, 상황에 대한 정보나 지식을 갖지 못했다. 每番 空間과 상황을 거치면서 그 본질을 파악했으니, 旅程을 통한 空間轉移의 과정은 주인공에게 있어 항상 발견의 과정이었던 셈이다.

주인공 方鴻漸이 프랑스를 떠나 上海에 이르고, 다시 上海를 떠나 산골 오지 三閭大學에 이르고, 또 그 대학을 떠나 桂林과 홍콩을 거쳐 上海에 이르러 결혼생활을 하다가 결혼생활마저 파탄에 이르기까지의 旅程의 전 과정동안 보고 겪었던 동시대 지식인들의 삶의 양태는 포위된 도시의 삶의 樣態이자, 매사 이기심과 오만, 속임으로 일관한 비열하고 추잡한 인간들의 세상이라고 하는 사실에 대한 발견이었다. 船上에서 우연히 만난 鮑小姐는 方鴻漸을 매우 사랑하는 듯한 모습을 보여 주었으나, 方鴻漸은 그녀의 속셈을 모르고 있다가 버림받자, 그것이 鮑小姐 자신의 일시적 욕망을 채우기 위한 이기적 행동에 불과했음을 알게 되었다. 뒤이어 方鴻漸을 좋아했던 여자 蘇文紈 또한 方에 대한 愛慾 실현을 위한 방편으로 趙辛楣와 사촌 여동생 唐曉芙를 이용하는 등, 이기적이고, 奸巧한 행동을 하는 데 주저함이 없었으나, 方鴻漸은 이러한 사실을 경험하고 나서야 알게 되었다. 이후 三閭大學에서는 校長, 중문학과 주임 교수에 이르기까지 모든 사람들은 이성과 良心은 접어둔 채, 이기심과 탐욕에만 젖어 있었던 사람이었으나, 사전에 이에 대한 어떠한 지식과 인식을 갖지 못하고, 경험을 통해 깨달아 갔을 뿐이었다. 또한 方鴻漸은 결혼하고 나서야 결혼의 의미와, 孫柔嘉의 면모를 알게 되었으니, 方鴻漸의 행동과 경험은 사회와 그 사회를 살아갔던 지식인 群像의 현실에 대한 발견이었다.

그러나 발견으로서의 의미는 良心的이거나 합리적인 인품을 가진 사람의 관찰과 체험으로서의 그것이 아니다. 이후 펼쳐지는 상황 속에서 능동적으로 대처하지 못하고 항상 이용당하는 처지에 있기 때문에, 한편으로 그는 비교적 양심적이고 온건해 보이는 인상을 주고 있지만, 실제로는 그렇게 인식될 수 없는 인물이다. 우선 체면과 신뢰 상실을 우려해 그렇게 했던 것이라고 할지라도, 그는 돈을 내고 가짜 박사학위를 만들고, 귀국해서는 박사행세를 하는 사람이었다. 거기에다 그는 더 나아가 가짜 박사학위를 팔아먹는 아일랜드사람을 역으로 이용하는, 즉 그 사람을 역으로 사기치는 대담성과 간교함을 보이는 사람이었다.

方鴻漸은 답신을 보내며 말하기기를, "자세하게 조사해 보니, 미국에는 이런 학교가 없으므로 학위증서는 휴지나 마찬가지이다. 초범인 것을 고려하여 더 이상 추궁하지 않을 것이니, 잘못을 뉘우치고, 새 길을 찾기 바란다. 10달러를 송금하니, 마음을 고쳐 먹고 새 길을 찾는 비용에 충당하시오"라고 했다. 이에 아일랜드인은 화가 나서, 끊임없이 욕을 퍼붓더니, 술을 퍼마시고 취하자 뻘건 눈으로 중국인을 찾아다니며, 한바탕 싸우려고 하였다.[21]

여기에는 다음 두 가지의 의미가 포함되어 있다. 첫째는 거짓을 진실로 만드는 僞善자로서의 破廉恥한 행위이고, 둘째는 자신의 이익을 위한 것이라면 수단과 방법을 가리지 않는다는 비양심적인 행위이다. 주인공 方鴻漸 또한 다른 인물과 비교해서 조금은 덜 이기적이고 더 양심적인 사람이라고 할 수 있으나, 근본적인 관점에서 볼 때, 그들과 다르지 않았다. 歸國船에서의 애정행각과 배신행위, 上海에서 蘇文執이 만들어냈던 三角 내지 五角 관계, 三閭大學에서 경험했던 모함과 아귀다툼, 그리고 결혼생활에서까지 이익을 얻기 위해 펼쳐지는 몰염치하고 저질적인 행위, 다시 말해 극도의 이기심과 탐욕, 지배욕 때문에 생기는 시기질투와 속고 속이는 행위, 아귀다툼적인 행동 등은 주인공 方鴻漸의 이중적이고도 위선적인 행위에서 시작되고 있으며, 이런 속성의 발전이 바로 方鴻漸의 주위 인물에게서 재현되고 있는 것이다. 그렇기 때문에, 그것은 바로 같은 부류의 사람이 "포위된 도시" 속에서 필연적으로 겪는 과정이자, 자기발견이었던 것이다. 또한 그러한 성격적 의미의 발견은 사회현실과 자기의 발견임과 동시에 자신도 그런 현실과 서로 어우러지며 나타나는 融合의 過程이었다고 할 수 있다. 주인공 方鴻漸은 자신도 그들과 다를 바가 없다고 생각했기 때문이었는지, 자기가 거쳐 갔던 그 어느 상황, 그 어느 공간에서도 한 번이라도 현실을 변화시키거나, 스스로 변화하려는 의지를 보여 주지 않았다. 더욱이 方鴻漸은 자신이 거쳐 간 그 어느 공간, 그 어느 상황도 자신의 의지로써 선택하거나, 포기한 적이 없었다. 유럽으로 유학 가서 공부를 마치고 귀국하는 일에서부터 鮑小姐와 벌였던 애정행각, 한 때나마 唐曉芙를 좋아하며 사랑했던 일, 三閭大學의 교수로 부임한 일, 그리고 孫柔嘉와 맺게 된 결혼 등, 方鴻漸이 사건을 겪으며 거쳐 갔던 모든 상황

---

21) 錢鍾書, 「圍城」(『圍城』, 人民文學出版社, 1997, p.12)

과 그 공간들을 모두 자신의 의지와 관계없이 맞닥뜨렸고, 또 자신의 의지와 상관없이 벗어나기도 하였다. 오히려 현실은 어느 한 공간에 安住하며 융합하고 싶어 하는 그를 바깥으로 내몰며, 새로운 공간과 상황의 선택을 강요했다. 그리고 그렇게 해서 새롭게 선택된 공간에서 方鴻漸은 또 다시 他意에 의해 離脫하는 등, 그의 행위는 진입과 일탈의 반복으로 구성되어 있다. 이러한 사실은 그는 현실과 그를 둘러 싼 인간군상의 필요에 의해 선택되었다가 버림받는 존재, 다시 말해, 현실과 인간 군상들과의 융합체로서, 그리고 融合體이기 때문에 하나의 部品的 존재로서 그 역할을 하였다는 것을 의미하는 것이다. 희망 찬 귀국생활의 시작점이었던 上海가 결국에 있어서 귀국생활의 파탄 장소라는 사실로 드러나는 原點回歸의 敍事的 특징은 바로 이러한 사실에서 연유한다.

上海에서 시작된 圍城 進入이 결국에 있어서 종착점 내지 복귀 지점이 된 것은 그것과의 융합으로 생긴 하나의 結果였던 것이다. 결국 그것은 자아와 세계 사이에 감추어진 현실을 들추어내고, 드러난 현실이 자신의 屬性, 그 자체였기 때문에, 삶은 세상 속에서 자신과 같은 사람을 만나며 합쳐 가는 다시 말해 세상과 合一되어 가는 과정이라고 하겠다. 그렇기 때문에 발견과 합일의 과정은 삶이 偶然이 아니라, 필연적인 관계임을 보여 주게 되는 것이며, 아울러, 발견을 통한 合一은 한 시대, 한 사회에서 止揚되어야 할 것이 무엇이고, 그것이 또 어떻게 극복되어야 하는가를 독자들에게 시사하고 있다. 결론적으로 이야기해서, 「圍城」의 구조는 주인공 方鴻漸이 공간 이동의 行路를 거치면서 지금까지 몰랐던 사회현실의 實相을 발견하고, 아울러 그것과 융합해 가는 과정이었다. 주인공이 공간 이동을 거치며 겪는 경험의 전 과정은 旅程의 과정이었을 뿐만 아니라, 동시대 중국의 사회현실에 눈뜨는 발견의 과정이자, 지식인사회를 중심으로 펼쳐지는 인간들의 이중적, 이기적, 탐욕적 삶 속에 자기 자신이 존재하고 있음을 확인하는 융합의 과정이었던 것이다. 그렇기 때문에, 「圍城」은 구조적 의미에 있어, "여로의 구조, 그리고 사회의 발견과 융합으로서의 구조"라는 서사적 특징을 갖게 되는 것이다.

「圍城」은 內憂外患의 암흑기, 반식민지 상황의 사회현실을 서사공간의 이동과 축도로서의 공간적 이미지를 활용하여 표현하고자 했다. 「圍城」은 개인적이고 사사로울 것만 같은 남녀지간의 애정과 결혼, 그리고 학교라는 공간을 대상으로 사회현실을 올곧게 반영하고, 아울러 그러한 반영 과정을 통해 허구적이고도 개인적인 이야기를 시대적, 사회적 사건과 결부시키며, 이를 응집하고 총체화하는 사회의 축도로서의 역할을 통해 작품의 리얼리티를 구현해 낸 작품이었으니, 바로 이러한 사실에서 「圍城」이 갖는 문학적 의미를 찾을 수 있다. 이와 함께 「圍城」이 가지는 또 하나의 문학적 특성은 旅程의 과정을 통해, 동시대 사회현실을 인식하고 발견하는 서사체였다는 것인데, 旅程의 過程은 이 작품의 構成原理였고, 「圍城」은 이러한 "旅程의 過程"이라는 구성원리를 통해 同時代 사회를 객관적으로 관찰하고 주제를 드러내는 작업을 동시대 그 어느 작품보다 的確하고 卓越하게 修行하였다. 한 마디로 말해서, 「圍城」이 그렇게 많은 사회의 면면을 언급하지 않았으면서도, 당대 중국 사회의 현실과 사람들의 삶의 총체성을 담을 수 있었던 것은 현실의 일부라도 이를 사회적 차원에서 응축하여 축도로서의 역할을 하였기 때문이다. 그리고 여정의 과정에서 드러난 몇 개의 공간이 비록 동시대 중국의 사회현실의 전체 모습을 제시하고 있는 것은 아닐지라도, 일련의 공간은 단편적인 點描의 집합이 아니라, 서로 연계되어 하나의 삶 속에 작용하고 있는 지식인 여러 계층의 모습을 유기적으로 보여 주었다. 이것이 바로 이 작품이 가지는 구조적 장점이라고 할 수 있다. 또한 「圍城」은 이러한 구조적 장점을 통해 또 하나의 사실을 보여 주었는데, 그것은 작중 사건의 모든 문제가 처음에는 개인의 문제, 개인의 사건에서 출발하여 사회적인 문제로 확대되었다고 하는 점, 사회적, 시대적 인간의 모습이 적어도 어떻게 지향되어야 하는가를 분명히 지적했다는 점일 것이다. 골드만의 말대로, 문학에 있어 진정한 가치라는 것은 비평가나 독자들이 진정한 것이라고 평가하는 가치를 의미하는 것이 아니라, 소설 속에 명백하게 제시되지 않으면서도 내재적인 양태로 소설세계의 전체를 구성하는 그런 가치를 의미하는 것이라고 할 때,[22] 「圍城」의 진정한 가치는 바로 이러한 구조적 특성에서 찾아져야 한다.

---

22) Lucien Goldman, 『TOWARDS A SOCIOLOGY OF THE NOVEL』(조경숙 역, 『소설사회학을 위하여』, 청하, 1992, p.12)

2) 통속소설의 새로운 미학
張愛玲의 소설, 「傳奇」

1944년, 張愛玲이라는 중국의 女流作家는 「傾城之戀」, 「金鎖記」, 「紅玫瑰與白玫瑰」, 「沈香屑 第一爐香」, 「茉莉香片」, 「封鎖」, 「心經」 등 10편의 작품을 묶어 「傳奇」라는 소설집을 세상에 내놓는데, 「傳奇」는 여러 가지 면에서 문학적으로 매우 주목할 만한 의미와 가치를 지니고 있었다. 우선 「傳奇」에 등장하는 대부분의 작품들은 작가의 처녀작 내지 초기작품들이었지만, 실질적으로 張愛玲의 문학을 대표하는 작품이라는 사실에서 첫 번째 의의를 찾아 볼 수 있다. 「傳奇」에 담긴 작품들은 1943년에서부터 1945년에 이르기까지 40년대에 발표된 작품들이었는데, 40년대는 抗日戰爭과 國共內戰이라고 하는 內憂外患의 상황 속에서 문학이 사회참여와 이념투쟁을 위한 도구로서의 역할이 강조되며 우선시 되었던 시기였다. 張愛玲의 「傳奇」는 40년대 문학의 주된 목표와 경향에서 완전히 벗어나, 작가 자신만의 필치와 논리로써 인간을 탐구하고 자아를 표현한 문학이었다는 사실이 두 번째 의의가 될 수 있다. 끝으로, 張愛玲의 「傳奇」는 동시대의 문학에서는 찾기 어려운 새로운 유형의 소설을 창출하면서, 명실 공히 중국의 모더니즘 소설을 대표할 수 있는 작품이라는 점이 또 하나의 문학적 의의라고 할 수 있다.

張愛玲의 「傳奇」는 가족관계, 남녀관계, 애정과 결혼이라는 비교적 통속적인 제재를 통해, 인간의 여러 가지 심리적 욕구와 욕망의 문제를 다루고 있는 작품이라고 할 수 있다. 그 내용에 있어서는 다소 통속적인 면을 드러내고 있기는 하지만, 「傳奇」는 40년대는 물론 그 이전에 등장한 기존의 여러 소설과 비교해 볼 때, 독특하고도 매우 이채로운 성격을 가진 작품이었다. 「傳奇」는 이와 같은 성격으로 인해 현대소설사에 있어 새로운 里程標가 될 수 있는 작품으로 간주되고 있다. 楊義는 張愛玲의 「傳奇」에 대해 "옛 날과 지금의 정취가 서로 서로 섞이고, 중국과 서양의 경지가 서로 서로 섞이는 곳에서 그것들을 조화시켜 처량함과 불안이 가득한 한 폭의 上海의 여인 풍속도를 만들어 냈다고 했다."[23] 이는 이 작품이 동서양 문학의 특징을 융합하고

---

23) 楊義, 『中國現代小說史(第三卷)』, 人民文學出版社, 1995, p.473.

있고, 또한 이와 같은 융합적 성격으로 인해 문학적으로 매우 의미 있는 작품임을 암시하는 것이라고 할 수 있다. 陳炳良은 "張愛玲은 중국 現代派 소설의 선구이다. 그녀의 창작제재가 협소하다는 데에는 의심할 바가 없지만, 심리묘사나 기교의 운용 등에 있어 중국문단에서 그녀와 싸워 이길만한 사람은 없다."고[24] 함으로써 張愛玲의 소설이 갖는 장르적 성격과 특성을 강조하였다. 또한 嚴家炎은 張愛玲의 「傳奇」는 모더니즘을 집대성하였다고 했다.[25] 이와 관련해, 唐文標는 "그녀의 소설은 외부세계의 영향을 받지 않았고, 선천적으로 역사적 시간을 거절하였을 뿐만 아니라, 지리적 환경 요인을 넘어섰으며, 인물의 발전을 제한하고 심지어는 일종의 비정상적인 중국인의 세계에 도달하였다고 했다.[26]

이와 같은 이들의 평가는 "張愛玲의 소설은 시대와 사회에 대한 새로운 인식과 사고를 바탕으로 그에 걸 맞는 예술방식과 표현기법을 모색함으로써 이전의 시기에서는 보기 어려웠던 비교적 새로운 형태의 모더니즘 소설을 창출할 수 있었고, 또 그렇게 함으로써 小說史의 한 획을 그었음을 방증하는 것"으로 풀이될 수 있다.

張愛玲의 「傳奇」는 중국의 모더니즘 문학을 대표하는 작품이다. 모더니즘은 종래의 사고체계나 현실을 비판하고, 그 질서를 파괴하려는 속성을 지향하는 운동이면서, 이성 중심주의에 대한 비판과 함께, 동시에 새로움을 하나의 목적으로 추구하며 주장하는 思潮라고 할 수 있다. 일반적으로 모더니즘은 실제 작품에 있어서는 주지주의, 이미니즘, 초현실주의, 심리주의, 신감각파 등 잡다한 경향을 포괄하고 있으면서도 대체로 문학적 대상에 대한 인식의 전환을 통하여 미적 가공기술의 혁신과 언어의 세련성을 추구하는 문학이론이라는 자체의 논리를 갖고 있다고 했다.[27] 그렇기 때문에, 모더니즘을 연구하는 데 있어서 기법이나 형식이 중요하게 부각된다. 모더니즘은 사람들의 삶을 표현하는 방식에 있어 전통적인 문학과 비교해 그 태도를 달리하고 있고, 모더니즘 문학은 전통적인 문학과는 달리 그 형식을 외적인 질서나 통일성보다는 내적인 그것에서 찾기 때문에[28], 다시 말해서, 내용이 아닌 형식에 몰두하였기

---

24) 陳炳良 著, 『張愛玲短篇小說論集』, 臺北 遠景出版社, 1983, p.1.
25) 嚴家炎, 「張愛玲和新感覺派小說」(『中國現代文學研究叢刊』, 1989. 3期, 作家出版社, p.139)
26) 唐文標 編著, 『張愛玲研究』, 臺北 聯經出版社, 1995, p.58.
27) 서준섭, 「한국문학에서의 모더니즘」(김윤식·정호웅 엮음, 『한국문학의 리얼리즘과 모더니즘』, 민음사, 1989, p.32)

때문에, 형식을 담는 '언어'가 자연스럽게 중시되곤 했다. 이렇게 볼 때, 「傳奇」의 표현기법이나 서사과정에 대해 관찰하는 것은 「傳奇」가 갖는 모더니즘 문학의 一面에 대한 탐구로 자연스럽게 이어지게 된다.

전술한 바와 같이, 항전과 투쟁의 도구로서 문학의 기능이 강조되었던 시기에 張愛玲은 자신만의 필치와 문학적 논리로써 인간의 심리적 욕구와 性情을 표현하였는데, 그런 문학을 탄생시킬 수 있었던 그 이면에는 작가만의 독특한 文學觀 내지 세계관으로 해석될 수 있는 창작목표와 의도가 있었음을 알 수 있다. 그것을 먼저 한마디로 요약해 표현한다면, 日常性 내지 日常事라고 할 수 있다. 張愛玲은 보편적이고 日常的인 삶 속에서 나타나는 개별적이고도 독특한 삶의 모습을 작품의 제재로 삼고자 했다. 張愛玲은 "시대의 기념비적인 작품을 나는 써 낼 수 없고, 또한 해 보려고 할 생각도 없다. … 나는 심지어 남녀 간의 사사로운 일만을 쓸 뿐, 나의 작품 속에는 전쟁도 없고 혁명도 없다. 나는 연애를 할 때가 전쟁을 하거나 혁명을 할 때보다 훨씬 소박하고 자유롭다고 생각하기 때문이다."[29]라고 했는데, 이처럼 張愛玲이 작품에서 取擇하고자 했던 것은 사회적이고 역사적인 삶의 현장의 아닌, 일상적이고 통속적인 삶의 모습이었다. 일반적인 가정에서 벌어지는 남녀지간의 관계, 가족지간의 관계, 그리고 그 관계 속에서 벌어지는 사건과 갈등 등, 한마디로 말해서 사람들의 日常과 日常에서 표출되는 日常性이 「傳奇」의 핵심 제재로 등장하고 있다. 日常이란 매일매일 반복되는 삶의 모습이고, 삶의 모습 속에서 벌어지는 사건이 바로 日常事라고 할 수 있다. 日常性은 이와 같은 日常事를 통해 나타나고 있고, 그렇기 때문에 日常性은 일상적 생활 속에서의 인간 본연의 자세 내지 現實的 存在로서의 本然的 모습이라고 할 수 있는 것이다.

張愛玲은 작품집 「傳奇」의 序文에서 "책 이름을 傳奇라고 한 것은 傳奇 속에서 평범한 사람을 찾고, 평범한 사람 속에서 傳奇를 찾기 위한 것"이라고 말했다. 이러한 언급 또한 上述한 부분을 압축하여 드러낸 것이라고 할 수 있는데, 普遍과 平凡 속에

---

28) 李善榮 編, 『문예사조사』, 民音社, 1992, pp.149-151 참조.
29) 張愛玲, 「自己的文章」(『張愛玲文集』第四卷, 安徽文藝出版社, 1995, p.174) 본고에서 대상으로 삼은 텍스트는 1995년 安徽文藝出版社版 『張愛玲文集』이다. 이하 본고에서 거론되며 인용되는 작품은 모두 이 전집을 기본 텍스트로 한다.

서 特殊와 非凡을 찾겠다고 하는 작가의 의지, 다시 말해서, 일상적인 삶 속에서 드러나는 인간 삶의 독특한 성격과 주관적 행위를 담아내겠다고 한 작가의 의지를 피력한 것이라고 할 수 있다. 또한 張愛玲은 자신의 자서전적인 수필집 「流言」에서 창작태도와 관련하여 자신의 입장을 다음과 같이 밝힌 바 있다.

> "제재가 그렇게 전문적이지 않은 것, 예를 들어 연애, 결혼, 생로병사와 같이 이런 종류의 보편적인 현상이라면, 수 없이 각기 다른 관점에서 쓸 수 있으며, 한 평생을 써도 다 쓰지 못할 것이다. 만일 어느 날, 이러한 제재가 이미 쓸 것이 없게 되었다면, 작가가 쓸 수 있는 것이 없게 되었다고 생각해야 한다. 비록 참신한 제재를 찾았다고 할지라도 여전히 판에 박힌 글을 쓰게 될 것이다."[30]

이 말은 가급적 색다르게 글을 쓰고자 했던 작가의 의지, 日常의 平凡함 속에서 非凡함을 추구하고, 일상의 普遍 속에서 特殊를 추구하고자 했던 작가의 의지를 확인시켜 주고 있다. 작가의 이와 같은 언급은 平凡과 普遍 속에는 항상 非凡과 特殊가 존재하기 마련이고, 작가라면, 평범 속에서 비범함과 특수함을 찾을 수 있어야 한다는 사실을 강조하는 것으로 생각해 볼 수 있다. 張愛玲은 일반 가정에서 벌어지는 남녀관계, 가족관계 등, 평범한 일상사에서 주요 제재를 찾았지만, 일상사에서 벌어지는 그들 관계의 이면에 존재하는 非凡 내지 特殊를 찾아 표현하고자 노력했는데, 非凡 내지 特殊는 日常과 自我의 의식에서 발생하는 일종의 욕망의 문제와도 같은 것으로 설명될 수 있다.

일상성은 근대문학을 규정짓는 매우 중요한 요인으로 작용하고 있다. 근대문학에 있어서 일상성은 그 이전의 문학에서 찾아 볼 수 없었던 동시대 사람들의 사회적 인식과 개인의 경험 및 삶의 모습을 직접적으로 표출시키고 있기 때문이다. 일상은 '매일 반복되는 생활'이라는 사전적 의미로 사용되고 있는데, 日常性은 사람들의 개별적인 삶을 지배하고 관리하는 기제 또는 그런 시간의 총체적 흐름으로 볼 수 있다. 日常이란 인간 개개인의 삶을 규정하고 양식화하는 개념으로서 자본주의적 근대 문명주의 일상에 대해 한정적으로 쓰이기도 하지만, 모더니즘 소설의 핵심이 되는 공간성과

---

30) 張愛玲, 「寫甚麼」(『張愛玲文集』 第四卷, 安徽文藝出版社, 1995, p.134)

관련된 개념으로서 작품의 공간적 배경과 현대적 일상의 기호들이 주체의 내면에 영향을 미치고 있다.

「傳奇」에 등장하는 인물들은 이러한 일상에 낯설어하고, 고민하며 때로는 괴로워하기도 한다. 평범한 일상에 대해 낯설어 하고 고민하며 괴로워한다는 것은 매우 흥미로운 현상이라고 볼 수 있다. 르페브르 같은 사람은 現代性과 日常性의 밀접한 관계를 주장하면서, 日常性은 근대적 시간에 있어 반복의 지배를 뜻하고, 이 반복의 지배가 바로 생활양식으로 굳어지며, 현대인의 소외를 야기한다고 말했다. 31) 日常性의 본질은 현실에 대한 인간의 인식 내지 일상성에 반응하는 사람들의 태도와 가치 등을 통해 그 성격이 규명될 수 있다. 그렇기 때문에, 日常性에 탐구는 사람들의 개별적인 삶에 대한 다양한 인식론적 고찰로 이어지고, 또한 그러한 고찰은 인간의 내면적 소외와 불안을 탐구하는 모더니즘 소설의 주제와 밀접한 관련 양상을 드러내게 된다.

「傳奇」의 주요 작품의 배경으로 등장하는 40년대 초 홍콩이라고 하는 곳의 日常性은 矛盾과 不和의 성격을 드러낸다. 홍콩의 日常性은 중국 도시거주민들의 근대적인 생활을 의미하기도 하지만, 다른 한편으로는 封建的 전통과 서구식 자유주의, 자본주의적 思考가 혼합된 현실, 다시 말해 전통과 변혁, 과거와 현대, 자유와 속박, 억압과 욕망 등이 서로 錯綜하는 시공간으로서의 不自然스러움를 환기시켜주기 때문이다. 이러한 日常性에 대한 인물의 인식과 반응 내지 그 대응에 대한 諸過程을 관찰하는 것이 바로 작품의 서사적 탐구가 될 수 있다.

日常性 속에서의 인물의 인식과 반응과정을 중심으로 「傳奇」에 실린 대다수 작품들의 서사적 성격을 살펴 볼 때, '대립'과 '편력'의 순환적 반복과정이 서사의 근간을 이루고 있음을 알 수 있다. 먼저 「茉莉香片」에 대해 살펴보자. 「茉莉香片」은 일상에 적응하지 못했던 어느 한 청년의 정신적 고뇌를 그리고 있는 작품이다. 「茉莉香片」의 주인공 聶傳慶은 가냘프고 약한 얼굴을 가진 데에다가 완전히 발육하지 못한 모습을

---

31) 르페르그는 일상성의 특성을 크게 네 가지, 첫째, 순환적인 시간과 리듬에 의해 지배되고, 둘째, 시간과 공간이 제한되어 있으며, 셋째, 사람과 사람들 사이의 관계는 상징들을 중심으로 싸여 있고, 넷째, 순환적인 시간과 사회적인 공간은 가장 기본적인 제 욕구의 충족과 과제들의 해결로 채워져 있는 것으로 파악하고 있다.

앙리 르페르그, 박정자 역, 『현대세계의 일상성』, 세계일보사, 1995, p.58 참조.

가진 나이 스무 살 남짓 된 청년이다. 聶傳慶의 집안은 부유해 물질적 부족함은 없었으나, 친어머니를 일찍 여윈 탓에 마음은 연약했고, 성격은 수동적이며 매사 소극적이었다. 聶傳慶은 외로움과 소외감 속에서 나날을 보냈다. 그는 따뜻한 가정에서 자신의 존재 가치와 의미를 찾고자 했으며, 소외감을 극복하고자 했다. 그러나 아버지 聶介臣은 그런 아들을 위로하고 힘이 되어주기는커녕, 계모와 함께 평소 傳慶을 구박하고 학대하는 등, 傳慶에게는 증오와 기피의 대상이 되고 만다. 聶傳慶의 劣等感과 自愧心, 그리고 환경에 적응치 못하는 異常性格은 바로 아버지와 계모에 의해 형성되었다. 聶傳慶은 자기 자신이 증오의 대상이 된 아버지의 얼굴 윤곽과 사지 오관뿐만 아니라, 걷는 모습과 사소한 행동까지 모두 닮았다는 것을 알고, 아버지와 자신 간의 운명적 굴레를 절감하며 더욱 괴로워한다.

아버지, 계모와의 불화와 대립으로 인해 聶傳慶의 마음은 자신의 학교 스승 言子夜에게로 편력하게 된다. 아버지와 계모와의 대립, 가정에서의 불화로 聶傳慶은 言子夜를 통해 위안을 얻고자 한다. 더욱이 言子夜가 죽은 자신의 어머니와 결혼할 수도 있었던 관계였음을 알게 된 후, 言子夜가 자신의 아버지가 될 수 도 있었다는 생각을 하면서, 그는 言子夜를 이상적인 인물로 마음속에 그리게 된다. 평소 아버지를 증오했던 聶傳慶은 만일 자신의 엄마가 言子夜와 결혼을 했더라면 어떻게 되었을까 상상하면서, 言子夜와 결혼하지 못한 어머니의 욕망까지 생각하게 된다. 그러던 어느 날 아버지라고 생각하며 따르고 싶어 했던 聶傳慶을 言子夜는 수업 중에 호되게 꾸짖는다. 수업시간에 좀 늦게 온 데에다가 평소 철모르는 어린 애 같다는 이유 때문이었다. 뜻하지 않게 聶傳慶은 言子夜로부터 수업시간에 수모를 당하게 되자, 마침내 그는 모든 것이 끝났다고 하는 좌절감과 상실감을 느낀다. 그리고 그러한 상실감은 言子夜의 딸이자 자신의 동기생인 言丹朱에 대한 증오심과 보복심으로 변하고 만다. 믿고 의지해 왔던 친구가 증오의 대상이 되면서 감정의 편력이 다시 또 이루어졌던 것이다. 그는 모든 이들이 부러워하는 言丹朱의 자리가 자신의 자리가 되었을 것이라고 여기며, 言丹朱가 자신의 행복을 빼앗아갔다고 생각한다. 聶傳慶은 言丹朱에게 극단적인 열등감과 복수심을 내비치며, 이를 행동으로. 옮기게 되고, 그 결과 聶傳慶은 모든 것을 잃게 되면서 고독과 고립이라고 하는 원래의 상태로 돌아간다. 자신의 가정에서 소외되고, 이어 학교 스승에 의해 또 한 번 소외되고, 마침내 친구에게 마저 버림받은 주인공 聶傳慶이 밟아 온 삶의 과정은 대립의 연속이면서, 한편으로는 대립을 피해 자신의 依支處를 찾고자 했던 遍歷의 과정이었음을 확인해 볼 수 있다.

「紅玫瑰與白玫瑰」는 주인공 佟振保라는 사람의 여성편력이 작품의 주된 제재로 다루어지고 있다. 「紅玫瑰與白玫瑰」의 주인공 佟振保는 '이상적인 중국의 현대적 인물'로 등장하는 것처럼 보인다. 佟振保는 그 출신이 변변치 못하지만, 나름대로의 능력을 가지고 자신의 길을 개척하려는 사람이다. 그는 남들의 눈에는 바른 생활을 하는 志操있고 성실한 인격을 가진 사람으로 인식되었는데, 자신 또한 그러한 인식에 맞게 자연스러운 욕구라도 억제하고 초인적인 결심으로 훌륭히 대처해 왔다고 자부했다. 그는 자신이 그렇게 함으로써 이른바 '올바른 세계'가 만들어진다고 생각했고, 또 그런 '올바른 세계'를 만들어 가는 데에서 삶의 가치와 자신의 존재 의미를 찾고자 했다. 작품은 그의 유학시절에 대한 언급에서부터 시작된다. 그는 유학시절 두 명의 여자와 인연을 맺는다. 첫 번째는 파리의 기녀였다. 佟振保가 영국에서 유학생활을 하다가 유럽 여행 중 파리에 잠깐 들릴 기회가 있었는데, 우연히 어떤 한 기녀를 만나 사랑을 나눈다. 그러나 佟振保는 파리의 기녀에게 혐오감을 갖는다. 그녀의 몸에서 냄새가 난다는 이유 때문이었지만, 그의 의식 한 구석에 숨어있었던 우월감과 체면의식 등이 작용하였기 때문이다. 우월감과 체면의식 때문에, 佟振保는 그 기녀를 혐오스러운 존재로 생각하며, 그녀와 가졌던 첫 관계까지 매우 모욕적인 것으로 생각했다. 겉으로 볼 때, 佟振保는 파리의 기녀와 대립하는 것 같았지만, 실제로 그것은 佟振保의 성욕과 우월의식 사이에서 벌어진 대립이었다. 이후, 佟振保는 영국에서 장미(玫瑰)라고 하는 한 아가씨를 알게 된다. 장미는 영국인 아버지와 화교 어머니를 둔 혼혈인이었으나, 振保는 장미가 자신의 첫사랑이라고 할 만큼, 그리고 장미라는 여자와의 만남으로 인해 이후에 만난 여인들을 장미에 비교할 만큼, 장미에게 매력을 느끼고 사랑하게 되었다. 장미 또한 振保를 사랑하였으나, 振保는 놀랄만한 자제력을 발휘하면서 자신의 욕구를 억제한다. 그의 자제력은 상당히 가식적이고 위선적인 것이었지만, 그것은 일종의 도덕군자처럼 자신의 이성을 지키고 흐트러지지 않겠다는 의식과 더불어, 뭇 여성들의 유혹에 쉽게 무너지지 않겠다는 의식에서 나온 것임에 틀림없었다. 장미라는 여자를 대하는 佟振保의 마음은 異性에 대한 욕구와 도덕군자처럼 보이고 싶어 하는 자존적 권위의식 내지 체면의식 사이에서 벌어지는 대립과 싸움의 한 가운데에 놓여 있었지만, 결국에 있어서 체면의식이 욕정을 눌러 이겼던 것이다. 영국 유학에서 돌아 온 振保는 친구의 집에 거처를 정한다. 거기서 그는 자신의 첫사랑보다도 매혹적인 친구의 아내 王嬌蕊를 만난다. 그녀는 자신의 남편이 출장을 가 있는 동안 남편의 친구인 佟振保를 유혹하였다. 佟振保는 그녀의 유혹에 쉽게 넘어 가지 않았지만, 그 과정이 반복될수록 그녀에 의해 점점 끌리게 된다. 王嬌蕊는 振保에게 사랑을 고백하고, 자신을 받아줄 것을 구걸하나, 振保는 이를 거부한다. 영국에서 장미라는 여자를 대했을 때와 비슷한 심리가 발동했던 것이다. 王嬌蕊에 대한 약간의 멸시감과 함께 함부로 자기 몸을 놀릴 수 없다는 자존심이 작용하였기 때문이다. 佟振保가 유학 시절 자신을 열렬히 좋아했던 '장미'를 거부하고, 이후 친구의 아내였던 嬌蕊와의 불륜관계도 과감하게 끊어버릴 수 있었던 것도 불륜을 타파하고 올바른 도덕 세계를 만들어가는 가운데 자신의 존재가치를 찾았다고 생각했기 때문이다.

王嬌蕊를 거부한 후, 佟振保는 孟烟鸝라는 여자를 만나 결혼을 한다. 그러나 그는 얼마 가지 않아 결혼생활에 권태를 느끼고 外道를 자행한다. 자신이 보기에 그래도 이상적인 여자라고 생각되어 결혼한 王嬌蕊에게서 더 이상 흥미를 얻지 못하게 되고, 결혼생활이 무미건조한 것처럼 느껴지자, 佟振保는 지체 없이 외도의 길을 택했다. 자신이 그 동안 열심히 지켰다고 자부해 왔던 道德君子로서의 자존심과 명예를 조금씩 스스로 무너뜨리기 시작했던 것이다. 佟振保는 이를 계기로 거짓 도덕군자로서의 가식과 위선을 벗어버리고, 자신의 욕구 충족을 위해 과감하게 행동하는 사람으로서의 모습을 보여준다. 佟振保는 어느 날 우연히 헤어 진 王嬌蕊를 다시 만나게 된다. 王嬌蕊는 자신이 버렸을 때의 그런 모습이 아닌 진정한 사랑을 찾은 정숙한 여인의 모습을 하고 있었다. 새롭게 변한 그녀의 모습을 보게 된 그의 마음은 요동치기 시작했다. 불순한 여자라고 생각되어, 냉정하게 포기했던 그녀가 정숙한 여인의 모습으로 돌아 온 것이다. 그의 마음은 크게 흔들리며, 분열되면서 위선적인 명예와 체면을 지키다가 추구하는 것이라는 관념이 무너지며, 정신적으로 고립 상태에 놓이게 된다. 그러던 어느 날, 振保는 밖으로 나갔다가 갑작스럽게 내리는 비 때문에, 웃옷이라도 걸치기 위해 집에 들렀다가 부인이 불륜을 저지른 흔적을 발견하게 된다. 振保는 자신의 처 孟烟鸝가 재봉사와 불륜을 저질렀다고 생각하고는 심한 상실감에 빠져 버린

다. 붉은 색의 情婦라고 생각했던 王嬌蕊는 흰 색의 정숙한 여인이 되었고, 흰색의
정숙한 여자라고 믿었던 그녀의 부인 孟烟鸝은 어떤 남자의 붉은 情婦가 되어버렸다.

이처럼, 佟振保가 보여준 삶의 궤적은 시간의 흐름에 따라 새로운 여자를 만나는
여성편력의 과정이었다. 그러나 그 과정은 주인공 佟振保의 내면적 갈등, 즉 僞善과
虛威意識으로 인해 발생된 대립의 과정이었다. 그는 편견과 오만, 위선적 도덕의식
때문에, 어떤 여성에게서도 만족이나 행복을 느껴 보지 못했고, 그렇기 때문에 항상
대립하였고, 또한 그 대립은 새로운 여성에 대한 기대감을 갖게 하는 단서가 되면서
계속된 여성편력을 만들어 냈다. 명예와 자존심을 지켜야 한다는 義務的 欲求와 남자
로서의 本能的 欲求 사이에서 갈등하는 이중적 심리가 작품의 제재를 이루고 있는데,
작가는 사회적 관습과 습속 등에 얽매어 자신의 의지를 표출하지 못하며, 표리부동한
모습을 보여주는 한 어느 한 남자의 심리와 행동을 다각적으로 보여주고 있다.

이와 같은 대립과 편력의 과정은 「金鎖記」에서도 그대로 나타나 있다. 「金鎖記」는
자신의 존재가치를 인정받지 못한 어느 한 여인의 恨 서린 슬픈 人生歷程을 그리고
있다. 주인공 曹七巧는 참기름 집 딸에 불과했지만, 부잣집의 아들과 결혼을 하게
된다. 부잣집 아들이 불구자인 탓에, 제대로 된 결혼을 할 수 없었기 때문에, 천한
집안 출신의 曹七巧가 그 부잣집 며느리로 들어간 것이다. 그러나 남편의 사랑도
없고, 불구인 남편을 둔 탓에 제대로 된 부부생활도 갖지 못함은 물론, 시댁 식구들은
천한 집 출신의 여자라고 曹七巧를 멸시하며 냉대한다. 소외와 냉대로 시작된 曹七巧
의 결혼생활은 처음부터 불화와 대립이 동반될 수밖에 없었다.

曹七巧에게는 한 아낙네로서 남편으로부터 사랑 받고, 며느리로서 시댁식구들로
부터 인정받는 것이 집안에서 자신의 존재가치를 찾는 일이자 행복이었다. 한 집안의
며느리로서 또한 한 남자의 부인으로서의 기본적인 욕구조차 충족시킬 수 없었던 曹
七巧의 생활은 집안 가족들로부터의 소외와 대립의 연속이었다. 이러한 현실 속에서
曹七巧는 시동생 姜季澤에게 애정의 추파를 던진다. 이는 소외와 대립에서 벗어나
일종의 정신적 안식처를 찾기 위한 遍歷이었다. 한 사람으로서 인간적인 정을 찾기
위한 행동이자, 또한 한 여성으로서 남성으로부터 자신의 존재를 확인하기 위한 하나
의 행동이었으나, 시동생에 의해 천박하다는 이유로 거부당하고 만다. 냉대와 편견
속에서 기본적인 욕구마저 철저하게 거부당하는 삶을 살아야 했던 曹七巧는 마침내

財物에서 위안을 얻기 시작한다. 그 동안의 소외에서 벗어나게 해주고 대립에서 오는 불안을 없애줄 수 있는 것은 돈 밖에 없음을 알게 된 曹七巧는 시어머니가 죽자 악착같이 유산을 챙기고 분가한다. 정과 사랑을 얻는데 실패한 曹七巧의 마음이 돈으로 옮겨가며, 재물에 대한 편력으로 이어진다.

남편과 시어머니가 죽자, 적지 않은 유산을 챙긴 다음, 아들과 딸을 데리고 분가해 살게 된 曹七巧는 주위의 사람들이 자신의 재산을 노리고 있다며 경계한다. 曹七巧는 물욕의 성취를 통해 자신의 존재 의미를 찾고자 생각하며, 자아의 존재 욕구를 물질에 대한 욕구와 동일시하게 된 것이다. 백영길은 曹七巧가 물질욕에 비정상적일 정도로 집착하는 것은 자아의 정체성 확인을 위한 기형적이기는 하나 일종의 강인한 생명력의 표출이라고 해석하기도 했는데,[32] 曹七巧의 입장에서 볼 때, 물질이 자신을 만족시켜주었기 때문에, 존재 가치를 부여해 준 것만은 확실하다. 그러나 曹七巧의 물질욕은 주위의 모든 사람들로부터 스스로 자신을 고립시키는 등 새로운 굴레에 자신을 묶어 버리며, 결국에 있어 자신은 물론 자식까지 파멸의 구렁텅이에 몰아넣는다. 대립과 소외에서 벗어나기 위해 찾아 낸 것은 돈이었고, 돈을 끝으로 자신의 편력을 마무리했지만, 결국에 있어서는 그 돈 때문에 그녀는 돌이킬 수 없고 피해 나올 수도 없는 소외와 고립의 세계에 빠져 들었던 것이다.

「沈香屑 第一爐香」의 주인공 葛薇龍도 편력의 삶을 사는데 있어 예외가 아니다. 葛薇龍은 홍콩에서 2년 동안 유학생활을 한 여학생이다. 薇龍은 집안이 어려워져 남은 학기를 채우지 못하고 上海로 돌아가야 할 위기에 처하게 된다. 그래서 그녀는 학업을 마치기 위해 그 동안 연락조차 하지 않고 지냈던 고모 梁부인의 집을 찾아가 도움을 간청한다. 薇龍의 편력적 삶은 바로 경제적 궁핍으로 인해 잘 알지도 못했던 고모 梁부인의 집에 체류하는 것에서부터 시작한다. 고모 梁부인은 집안의 반대에도 불구하고 돈을 얻기 위해 70살이 넘은 노인과 결혼하고, 그 노인이 죽기만을 바라는 철저한 물질주의자였다. 현재 노인은 죽었고, 梁부인은 젊은 남자, 부유한 남자들을 끌어 들여 그들에게 의존해 살아가고 있었다. 그렇게 살아가는 梁부인은 조카 葛薇龍에게 숙소를 제공하고 학비도 보태 주는 등 큰 도움을 주었다. 경제적 궁핍에서 벗어

32) 백영길, 『中國抗戰期 리얼리즘 文學論爭研究』, 고려대학교출판부, 1998, p.255.

나 물질적 안락을 얻게 된 薇龍은 고모 집에서의 생활에 만족해한다. 물질적 편의와 안락은 일시적이나마 그녀에게 욕구 충족감을 주었기 때문이다. 그러나 梁부인이 薇龍에게 경제적 도움을 준 것은 조카를 불쌍히 여겨서가 아니라, 薇龍을 이용해 자신의 부족함을 보충하고, 남자들을 유혹하여 돈을 벌기 위함이었다. 고모 梁부인은 젊고 아름다운 薇龍을 앞세워 남성들을 유혹하고자 했던 것이다. 시간이 지나면서 葛薇龍은 고모 梁부인은 뱀과 같은 존재라는 것을 알게 된다. 먹이를 잡으면 먹이가 도망가지 못하게 몸으로 돌돌 말아 질식시켜 죽인 다음 삼켜 버리는 뱀과 같은 존재였고, 고모의 집은 뱀이 사는 소굴과 같은 곳이었다. 그녀는 "눈을 들어 피아노 위를 보니, 짙푸른 자기 접시 속의 선인장 하나가 마침 꽃망울을 터뜨리려 하였다. 그 짙푸른 두꺼운 잎이 사방으로 머리를 디밀고 있는 것이 마치 푸른 뱀 같았고, 가지 끝에 빨갛게 꼬여 있는 것이 쑥 나온 뱀의 혀 같았다."[33]고 葛薇龍은 생각했다. 葛薇龍 자신도 본의 아니게 스스로 물욕이라는 미끼에 걸려들었다는 생각을 한다. 삼 개 월간 체류하다보니 그녀는 고모 집의 생활에 염증을 느끼게 되었고, 이와 아울러 그 곳을 벗어나기 위해서는 유복한 사람을 찾아 그 사람에게 시집가는 것이라고 생각한다. "薇龍은 한 숨을 쉬었다. 삼 개월의 시간 동안 그녀는 이곳 생활에 이미 중독이 되어 버렸다. 그녀가 이곳을 떠나려면, 유복한 사람을 찾아 그에게 시집가는 수밖에 없다. 돈많고 동시에 마음에 드는 남편을 찾는 것은 거의 불가능하다. 돈만 있는 사람을 찾겠다면 梁부인이 바로 견본이다."[34]라는 말은 葛薇龍의 심정을 그대로 대변하고 있다. 葛薇龍은 고모 梁부인의 깊은 관계를 가지며 그 집을 자주 드나들었던 喬琪喬라는 남자에게 관심을 갖고, 그 남자와 결혼하는 것이 바로 梁부인의 魔手에서 벗어나는 것이라고 생각하며, 그에게 求愛한다. 그러나 葛薇龍은 고모의 주변 남자 喬琪喬를 만나 교제를 하나, 실제로 喬琪喬이라는 사람도 고모와 다를 바 없는 방탕한 바람둥이 인간일 뿐이라는 것을 알게 된다. 그러나 그녀가 할 수 있는 것이라고는 喬琪喬와 결혼하는 것 이외에 아무것도 없었다. 홍콩에서의 葛薇龍의 삶은 경제적 궁핍 → 고모 梁부인 집에서의 체류와 생활 → 고모 집에서의 볼모 생활에 대한 염증 → 喬琪喬와의 교제 → 喬琪喬와의 억지 결혼으로 이어지는 대립과 편력의 삶이었음을 알 수

33) 張愛玲, 「沈香屑 第一爐香」(『張愛玲文集』 第二卷, 安徽文藝出版社, 1995, p.8)
34) 張愛玲, 「沈香屑 第一爐香」(『張愛玲文集』 第二卷, 安徽文藝出版社, 1995, p.31)

있다.

「傾城之戀」은 28살의 白流蘇라는 이혼녀와 32살의 바람둥이 남자 范柳原, 이 두 사람 간의 迂餘曲折한 결혼이야기를 다루고 있다. 白流蘇가 이혼을 한 후, 자신의 친정집 白公館으로 돌아 살아 온 지 7,8년이 되었다. 그 동안 이혼 위자료로 받은 돈을 다 소비하게 되자, 그녀는 가치 없는 白公館의 애물단지로 전락해 버린다. 白公館은 白流蘇에게 안식처로서가 아니라, 자괴감, 무력감, 모멸감만을 주는 감옥과 같은 장소로 변하게 된다. 어느 날, 徐씨 부인이 白公館에 나타나면서 白流蘇에게 새로운 기회가 찾아온다. 徐씨 부인은 白流蘇의 이복동생의 혼사를 주선하러 왔으나, 결혼 당사자인 范柳原이 白流蘇에 호감을 갖는다. 이를 계기로 白流蘇가 이복동생의 남편감 范柳原을 차지하게 되었으니, 결과적으로 그녀가 혼사의 주인공이 된 것이다. 이는 불화와 대립을 피해 새로운 안식처를 찾던 白流蘇에게 새로운 편력의 기회이자, 행복을 찾을 수 있는 기회가 되었다. 白流蘇에게는 새 남자를 만나 결혼하여, 白公館에서 벗어나는 것이 자신의 존재와 삶의 의미를 찾는 일이 되었다. 결혼은 白流蘇가 당당하게 白公館에서 벗어 날 수 있는 명분을 만들어 주고 그 동안 자신을 항상 무시해왔던 가족 구성원들에게 자신의 존재와 가치를 일깨워주는 것이 되었기 때문이다. 그녀는 그렇게 만난 范柳源을 따라 홍콩으로 떠난다. 홍콩은 그녀에게 안식과 함께 살아 있다는 존재의 의미를 부여해 주는 신천지나 다름없는 곳처럼 보였다. 그러나 첫 번째 홍콩행에서는 范柳源이 보인 이중적 태도와 결혼에 대한 부담감 등으로 자신의 꿈을 이룰 수 없었다. 이들 두 사람은 서로 사랑하고 결혼하기 위해 노력하는 모습을 보였지만, 실제 이들은 행동하는 바가 달랐고, 결혼에 대한 생각도 같지 않았다. 급기야 范柳原이 자신을 놔두고, 다른 여자들을 만나기까지 하는 모습을 보이자, 白流蘇는 불안과 절망감 속에서 白公館이 있는 上海로 돌아온다. 白公館에서 예전처럼 고통스러운 시간을 보내는 동안, 范柳原은 白流蘇에게 다시 홍콩으로 돌아 와 달라고 전보를 보내고, 이에 그녀는 두 번째 홍콩행을 결정한다. 불안과 긴장 속에서 홍콩을 다시 찾은 白流蘇는 范柳原과 당장 결혼식을 올리는 것보다 일단 동거를 선택한다. 范柳原은 일 년 반 후에 다시 돌아오겠다며, 영국으로 떠나는데, 떠나기 전에 白流蘇에게 머물 집을 마련해 준다. 그 집은 그녀가 처음으로 맛보는 자신만의 공간이었다. 그 공간은 上海의 白公館과는 너무 다른 곳이었다. 白公館이 지옥과도 같은 곳이었다면, 그 공간은 자유와 안락이 있는 천국과도 같은 곳이었다. 이렇게 잠시 헤어지지만, 뜻 밖에 태평양 전쟁이 발발하고 영국으로 떠났던 范柳源이 홍콩으로 돌아 와 마침내 결혼식을 올리게 된다. 전쟁을 계기로 范柳源은 돌아 왔고, 두 사람은 서로의 사랑을 확인하고 부부의 연을 갖게 된다. 이 작품의 敍事는 주인공 白流蘇의 편력을 중심으로 한 반복과 순환의 제 과정으로 이루어져 있다. 이혼 후 白公館에서 7,8년간의 체류 → 范柳原을 알게 됨 → 范柳原과 함께 홍콩으로 감 → 홍콩에서 不和 → 白公館으로 다시 돌아 옴 → 홍콩으로 다시 돌아 감 → 范柳原과 다시 결합이라는 틀의 형식을 통해 알 수 있듯이, 白流蘇가 결혼을 위해 벌이는 일련의 과정과 그 시간은 소외와 고립에서 벗어나 자신의 존재를 찾아가는 편력의 旅程이었다.

상술한 작품의 내용을 통해 알 수 있듯이, 「傳奇」에 등장하는 대다수 작품에서는 不和로 인한 대립과 대립을 피하고 욕구를 만족시키기 위한 공간으로의 전이과정, 즉 편력의 반복적 구성원리가 서사의 근간을 이루고 있다. 소외로 인한 대립하게 되고, 대립을 피하고 욕구를 만족시키기 위한 공간으로의 전이과정, 즉 편력의 과정이 서사의 근간을 이루고 있는 것이다. 「金鎖記」의 曹七巧, 「茉莉香片」의 聶傳慶, 「沈香屑 第一爐香」의 葛薇龍, 「紅玫瑰與白玫瑰」의 佟振保, 「傾城之戀」의 白流蘇와 范柳原 등 이들의 삶은 소외와 대립을 경험하며, 자신의 욕구를 충족시키기 위해 새로운 환경 새로운 사람을 찾아 편력하는 모습을 보여주었다. 이들 모두는 평범한 일상적인 삶을 살아가며 자신들의 욕망에 따라 움직이는 사람들이다. 번민하고 갈등을 겪으며, 이중적으로 행동하면서, 때로는 복수의 감정을 휘두르기까지 하는 등, 때로는 온전한 사고와 행동을 보여주지 못하기도 했다. 그러나 이들의 괴팍스럽고도 이중적인 심리의 이면 내지 그 배경에는 현대인이 느끼는 疏外와 孤立의 문제가 常存하고 있음을 볼 수 있고, 이들의 행동에는 소외와 대립에서 벗어나 자신들의 안식처를 찾기 위한 노력이 담겨 있음을 느낄 수 있는데, 그 노력의 과정으로 나타난 것이 바로 편력이었다. 이들의 삶은 평범한 일상적 삶이었다. 그런데 앞서 언급한 바와 같이, 日常性은 반복과 순환의 특징을 갖게 되는데, 대립과 편력의 반복적 순환이라는 구성원리가 작품의 서사전략으로 작용하고 있음을 볼 때, 일상 속에서의 이들의 삶이 日常性의 특징 내지 성격이라고 할 수 있는 반복과 순환을 그대로 닮아 있다는 사실은 모더니즘적 특징으로서 하나의 興味 거리를 제공한다.

　전술한 바와 같이, 「傳奇」에 등장하는 대다수 작품은 홍콩이라고 하는 40년대 도시적 삶의 모습, 즉 도시의 日常이 前景化되어 나타나고 있다. 張愛玲은 「傳奇」에서 都市人들이 느꼈던 '소외'의 문제를 중요한 주제로 다루었는데, 「傳奇」에서 사람들에게 '소외와 고립'의 굴레를 가져다 준 것은 홍콩이라고 하는 도시사회의 日常이라고 할 수 있었는데, 홍콩은 봉건적 관습과 자본주의적 사고가 서로 뒤엉켜 존재하는 사회, 그런 환경에서 파생된 남성 중심적 지배질서의 사회였다. 이러한 사실과 관련해, 趙園은 봉건사회에 물질 중심의 자본주의를 추가시켜 "張愛玲 소설에서 기본 갈등을 만들어 내는 것은 자본주의와 봉건성이라고 했는데"[35] 이는 「傳奇」에 나타난 前景化된 일상의 성격, 즉 일상의 시대적 내지 사회적 성격이 어떠한가를 정확히 지적하고 있는 것이라고 할 수 있다. 작가 또한 작품이 갖는 사회적 의미를 부인하지 않는다. 작품에 등장하는 대부분의 인물들은 일반 가정에서 흔히 볼 수 있는 평범한 사람들이었지만, 그들의 삶과 행동 그리고 역할에는 그것이 비록 개인적이고 일상적인 것이라 할지라도 나름대로의 사회적 의미가 내포되어 있음을 작가는 말하고 있다.

　　　나의 소설에 있어, 「金鎖記」의 曹七巧 이외에는 모두 철저하지 못한 인물이다. 그들은 영웅이 아니다. 그러나 그들은 이 시대의 광대한 짐을 진 사람들이다. 왜냐하면, 그들은 철저하지 못하지만, 궁극적으로는 진실하였기 때문이다. 그들은 비록 연약한 보통 사람에 불과하고 힘을 가진 영웅에는 미치지 못하지만, 보통 사람들은 영웅들보다 이 시대의 무게를 대신할 수 있다.[36]

　夏志淸 또한 「傳奇」에 등장하는 인물 모두 놀라울 정도로 진짜 살아 있는 중국인들이며, 그들 대다수는 작가와 동시대 사람들로 그들은 중국의 舊文化에서 벗어났을 뿐만 아니라, 막히고 닫힌 폐쇄된 사회에서 탈출한 사람들이라고 말함으로써,[37] 위의 논리를 뒷받침하고 있다.

35) 趙園, 「開向滬, 港 "洋場社會"的窓口」(『中國現代文學硏究叢刊』, 1983, 第三期, 北京出版社, p.207)
36) 張愛玲, 「自己的文章」(『張愛玲文集』 第四卷, 安徽文藝出版社, 1995, p.173)
37) 夏志淸 著, 劉紹銘 編譯, 『中國現代小說史』, 臺北 傳記文學出版社印行, 1985, pp.404-405 참조.

「傳奇」에 前景化되어 나타난 일상이 바로 홍콩이라고 하는 동시대 사회의 현실이었다고 할 수 있는데, 이를 두고 리얼리즘에서는 현실이라고 하지만, 모더니즘에서는 이를 日常이라는 말로 표현한다. 모더니즘은 일차대전 이후, 문학과 예술에 나타난 개념, 감각, 형식 등에 있어 가장 현격한 요소를 정의하기 위해 흔히 사용되는 말로서, 이 말이 의미하는 특성은 사용하는 사람들에 따라 일정치 않으나, 대부분의 비평가들은 모더니즘이 서구 문화나 서구 예술의 전통적 토대로부터의 탈피 내지는 결별을 의미한다는 데에 있어서 의견을 같이 하고 있다. 38) 따라서, 모더니즘은 우주나 자연, 혹은 실재를 보는 입장에 있어 사실주의와는 전혀 다른 입장을 취하고 있다. 사실주의는 우주나 자연 혹은 실재를 객관적이고 確固 不變한 것으로 파악하는 반면, 모더니즘에서는 주관적이고 변화무쌍한 것으로 파악한다.39) 작가 張愛玲이 40년대 초 홍콩이라고 하는 도시의 시공간적 현실을 주관적으로 표현한 것이 바로 일상이고, 또한 그러한 일상 속에 동시대의 욕구와 욕망을 담아내고자 했다. 그렇기 때문에, 대립의 반복 원리, 편력의 반복원리는 「傳奇」의 서사전략으로서 뿐만 아니라, 홍콩이라는 도시공간에 대해 가지고 있었던 張愛玲의 인식의 표현이 되는 것이다. 동시대 도시공간의 역사적 현실을 일상성에 담아내고, 그런 일상성을 소외와 대립, 편력의 반복적 과정으로 표현한 것, 이것이 바로 모더니즘적 인식이고, 모더니즘적 표현이라고 할 수 있다.

일반적으로, 모더니즘적 사고 내지 표현은 종종 작가의 自意識과 관련되어 설명될 수 있다. 張愛玲은 남다른 自意識을 가진 작가였다. 「傳奇」를 집필할 당시 張愛玲의 뇌리에는 문화 내지 생활방식에 대한 두 개의 감정을 가지고 있었다. 중국의 전통적 생활방식과 사고에 대한 강한 저항감과 서구의 문화 및 서구적 생활방식에 대한 동경감이 바로 그것이라고 할 수 있는데, 이런 두 개의 감정은 張愛玲으로 하여금 문학적 自意識을 갖게 했다고 할 수 있다. 다시 말해, 그녀의 저항감과 동경심은 모더니즘 문학 창작의 밑거름으로 작용하였다는 것이다. 淸末 봉건적인 명문 가정에서 태어나 성장하면서 봉건 문화의 기형적인 생활 방식을 경험하였고, 香港, 上海 등지에서 학교를 다니며 서구식 제도와 문화를 체험한 張愛玲의 입장에서 볼 때, 전통적인 봉건

---

38) M.H. 아브람스 지음, 최상규 옮김, 『문학용어사전』, 보성출판사, 1999, p.171.
39) 李善榮 編, 『문예사조사』, 民音社, 1992, p.135.

문화에 대해 저항감과 서구문화에 대한 憧憬은 「傳奇」에 등장하는 대다수 인물들의
모습에 그대로 융해되어 나타나고 있다.

   여전히 잔존하고 있었던 중국의 구문화, 즉 봉건문화에 대한 저항과 함께 서구문화
에 대한 일종의 동경심이 문학적 내지 예술적 自意識을 크게 형성하였다고 할 수 있
다. 예술적 自意識이란 작품과 실재 사이의 관계를 탐색하기 위하여 인공품으로서의
작품의 위치를 체계적으로 드러내는 현상을 말한다. 이러한 예술적 자의식이 극한점
에 달한 것은 모더니즘에 이르러서인데, 모더니즘 예술가들은 자신들이 창조하는 작
품 앞에서 어느 누구보다도 첨예한 자의식을 느끼는 것이 일반적이다.[40] 張愛玲은
自意識이 매우 강한 작가였다. 그녀의 자의식은 비교적 어린 시절부터 그녀의 남동생
張子靜은 「我的姊姊張愛玲」이라는 글에서 "누나는 어머니인 湖南여자의 강렬하고
용감한 유전자를 물려받았고, 이로 인해 그녀의 정신은 자아폐쇄, 즉 自衛的이고,
이기적이며, 자아탐닉이라고 하는 자아폐쇄의 세계를 일찍부터 구축하였다."[41]고 했
다. 또 그녀의 첫 번째 연인이자 남편이었던 胡蘭成은 「今生今世」라는 글에서, "그녀
의 이기적 성격은 개인이 화창한 날 큰 무대에 서는 것처럼, 자신의 존재를 두드러지
게 나타낸다."[42]고 했는데, 이 같은 증언과 所懷는 張愛玲이 얼마나 강한 자의식을
가진 작가임을 반증하는 것이라고 할 수 있다. 張愛玲이 견지했던 강한 自意識은 「傳
奇」와 같은 작품을 만드는데 토대가 되었다.

   모더니즘 소설로서의 「傳奇」의 특징은 무엇보다도 표현기법과 방식 등, 형식적인
면에서 발견된다. 어떤 의미에서 모더니즘은 형식상에 있어서의 혁명이라 해도 틀린
말이 아닐 정도로 형식상의 특징은 모더니즘의 성격을 규정하는 데 있어 가장 중요한
역할을 차지한다. 기존의 것과 전혀 다른 새로운 의식과 시간관을 보이는 모더니즘
작가들은 시간의 集積的 효과와 복합적 의식에 대한 심층 분석을 통한 새로운 기법에
관심을 갖는다는 것이다.[43] 모더니즘 문학은 전통적인 문학과는 달리, 형식을 외적
인 질서나 통일성 보다는 내적 질서, 내적 통일성에서 찾기 때문이다. 전통적인 형식

---

40) 김욱동 지음, 『모더니즘과 포스트모더니즘』, 현암사, 1996, p.72 참조.
41) 張子靜·季季 著, 『我的姊姊張愛玲』, 時報文化出版社, 臺北, 1996, p.167.
42) 胡蘭成, 『今生今世(上)』, 三三書坊 臺北, 1990, p.279.
43) 김욱동, 『문학이란 무엇인가』, 문예출판사, 1998, p.360.

으로는 현대의 복잡하고 다양한 경험을 제대로 드러낼 수 없다고 생각한 모더니즘 작가들은 전통적인 형식에 얽매이지 않고, 형식의 혁명을 추구했던 것이다.

이처럼, 전통적 형식을 거부하는 모더니즘 문학의 특징은 張愛玲의 「傳奇」에서도 잘 드러난다. 嚴家炎은 張愛玲의 소설은 양성심리 즉 이중심리를 묘사하는 데 있어 이전의 작품에서는 볼 수 없을 정도의 깊이를 갖추고 있다고 하면서, 특히 『傳奇』는 上海나 香港을 배경으로 그 곳 사람들의 이중심리, 특히 여성심리를 중점적으로 표현하고 있다고 했다.[44] 「傳奇」는 인간의 의식, 무의식을 포함한 정신적인 경험의 세계를 다루고 있을 뿐만 아니라, 작중 인물의 심적 경험이 사실적이고 구체적으로 제시되는 등, 개인의 주관적 의식과 내면세계, 심적 경험의 諸 樣相을 작품의 주된 제재로 삼고 있다는 점에서 심리소설로서의 면모를 확고하게 보여주고 있다. 심리소설로서 「傳奇」가 보여준 심리현상과 심적 경험의 흐름에 대한 묘사 등은 물론이려니와 시간의 역전 현상이라든지 二重話者의 등장은 모더니즘 소설로서의 면모를 형성하는 데 큰 역할을 하고 있다. 다시 말해서, 기존의 전통적인 사실주의 소설에서 볼 수 없었던 독특한 서사와 표현 기법을 「傳奇」가 보여주면서, 모더니즘 문학의 특징을 형성하고 있음에 주목할 필요가 있는데, 이러한 특징 또한 일상성이 주요 제재로 다루어지고 있다는 사실에 기인하는 바가 크다고 할 수 있다.

日常性은 반복과 순환의 특징을 갖는다. 그런데, 이와 같은 반복, 순환의 특징을 갖는 일상의 시간개념은 현대 예술의 대명사인 영화에 의해 가장 잘 표현된다. 19세기 소설, 특히 사실주의 소설에 있어서 시간적 순서와 과정이 중심이 되는 시간 지향적 경향을 띠어 왔다. 시간의 흐름에 따라 인물이 발전 내지 몰락하는 생성의 이론인데, 현대에 이르러 일상성이 강조됨으로써 시간은 해체와 파괴 변화 극복이 아니라, 지속을 의미하게 되는데, 이러한 지속이 잘 드러나게 되는 소설이 바로 심리소설이다. 심리소설과 같은 작품에는 과거가 현대 속에 살아 있고, 또 그것은 미래 속으로 침투해 들어가기도 한다. 다시 말해, 시간의 개념이 동시성, 시공성의 개념으로 발전되는데, 이것을 가장 잘 드러내고 있는 것이 바로 영화이다. 영화는 시간과 공간 사이의 경계선이 모호하다. 영화는 시간적으로 조화된 공간이라고 할 수 있는데, 다른

---

44) 嚴家炎, 『中國現代小說流派史』, 人民文學出版社, 1989, pp.167-168 참조.

공간을 보여줌으로써 시간이 다르다는 것을 표현하며 공간배열을 잘 함으로써 사영되는 시간을 풍부하게 해준다. 심리소설의 의식의 흐름 기법이 영화의 몽타주 기법에 비견되는 것도 현대 예술로서의 양자의 공통점을 말해주는 것이다.

인간의 심리와 심리적 흐름 등이 작품의 핵심적 제재로 등장하는 모더니즘 소설은 플롯의 진행에 있어서 非年代記的이고 객관적인 서술방법을 배격하는 것이 일반적이다. 플롯의 진행에 있어서 공간적 형식을 주로 사용하는 것이 일반적이라는 것이다45). 인간의 의식과 심적 경험, 내면세계 등에 대한 표현은 속성상 시간의 제약을 크게 받지 않기 때문이다. 따라서 심리소설에서는 순차적 시간기법에 의한 서술이 아닌, 역전, 정지, 현재와 과거의 자유로운 이동 등 다양한 시간서술기법이 자주 등장하곤 한다. 이같이 자유로운 시간 의식을 통한 서술은 관념세계, 내면세계의 성찰과 묘사를 가능하게 하였다. 쥬네트는 이와 같은 이야기 시간과 서술 시간의 불일치를 '서술상의 시간 모순(anchronies)'으로 파악하고, 여기에는 전통적으로 플래시 백(flash back) 또는 회상(retrospection), 예시(foreshadowing), 예견(anticipation)의 방법을 사용한다고 했는데,46) 시공간의 불일치, 허구시간과 서술시간의 불일치 등은 「傳奇」에서 쉽게 볼 수 있는 서술형태 가운데 하나라고 할 수 있다.

張愛玲의 「傳奇」에는 인과적 서술이 아닌 비인과적 서술이 나타나기도 하고, 현재 속에 과거가 노출되기도 하며, 빈번한 시간 역전 현상이 등장하기도 하는데, 이는 작품의 제재가 바로 일상성이라는 사실에 기인하는 바가 크다. 그러면 먼저 「沈香屑第一爐香」의 예를 보자.

> 벽에 걸려 있던 미녀 달력, 미녀의 팔위에, 어머니는 연필로 짙게 재봉질을 하셨다. 중개인, 된장, 외숙모, 셋째 이모의 전화번호 … 그녀는 손으로 침대보를 잡아당기며, 돌아가겠다는 생각만 하였다. 돌아 가겠다. 돌아 가겠다. … 마음이 다급할수록 병은 더욱 천천히 나았다. 병이 나아지는 기미가 보일 때가 되자 장마가 계속되던 홍콩의 여름이 끝나고 상쾌한 가을이 되었다.47)

---

45) 김욱동, 『모더니즘과 포스트모더니즘』, 현암사, 1992, p.82.
46) Gennard Genette, 『Narrative Discourse』, trans. by Jane E Lewin, Cornell Univ. Press, 1980, pp.35-47 참조.
47) 張愛玲, 「沈香屑第一爐香」(『張愛玲文集』 第二卷, 安徽文藝出版社, p.41)

「沈香屑第一爐香」은 주인공 葛薇龍이 자신의 고모 梁부인의 집에 머물렀던 약 삼 개 월 동안 그 주변에서 벌어지는 사건을 다루고 있으나, 작품에서 실제 묘사되고 다루어지는 사건의 시일은 약 칠일 정도에 불과하다. 시간의 단축 내지 축약 현상을 나타나고 있는데, 위의 장면은 바로 시간 뛰어넘기의 한 예를 보여주고 있다. 주인공 葛薇龍이 梁부인의 저택에 머물기 시작한 날부터 가든파티가 열리기까지와 폐렴에 걸려 앓아누웠다가, 다시 배표를 사러 나가는 날 사이에는 2-3개월의 시간이 흘렀지 만, 서술 상에 있어서는 한 두 마디의 언급으로 뛰어 넘어갔다. "허구의 시간"과 "서 술의 시간"과의 間隙을 보여주는 부분이다.[48] 그런데 이러한 간극 내지 차이는 여러 작품에서 등장하고 있다.

> 멈추어져 죽어간 고기 덩이 냄새, 그녀는 눈썹을 찌푸렸다. 침대에서 자고 있는 그녀의 남편, 그 생명 없는 육체 … 바람이 창문에서 들어 와 맞은편에 걸려 있는 回자 문양으로 조각된 옻칠한 긴 거울을 흔들더니 달그락 거리며 벽에 부딪치게 했 다. 七巧는 두 손으로 거울을 잡았다. 거울 속에 비친 대나무 발과 金綠色 산수 족자 가 여전히 바람 속에서 왔다 갔다 출렁이고 있었다. 한참을 바라보았더니, 배 멀미하 는 것 같은 느낌이 들었다. 다시 똑바로 바라보니 대나무 발은 이미 퇴색해 버렸고, 金綠色 산수 족자는 그녀 남편의 영정사진으로 바뀌었다. 거울 속의 사람도 10년은 늙어 버렸다.[49]

하인이 고기를 다듬는 도마 위에서 풍기는 냄새로 七巧가 자신의 남편을 떠올리는 장면이다. 그녀가 남편의 모습을 떠올리는 공간 속에서 시간은 순간 역전되면서 10년 전의 모습으로 돌아간다. 남편이 죽었을 때의 모습을 작가는 金綠色의 산수 족자의 사진으로 옮겨 놓았던 것이다.

---

48) 리카르도우, 「서술의 시간과 허구의 시간」(김병욱 편·최상규 역, 『현대소설의 이론』, 예림기획, 1997, pp.653-664 참조) 리카르도우는 언어와 구성이 대치하게 되는 것은 서술의 축에 의한 것이며, 허구는 이러한 대치관계를 해결하기 위한 매개물에 지나지 않는다고 말하면서, 허구는 서술에 의해 길러지는 것이 되며, 서술의 드라마가 되는 것이라고 했다.
49) 張愛玲, 「金鎖記」(『張愛玲文集』第二卷, 安徽文藝出版社, p.99)

薇龍이 벽장을 열자, 자연스레 기억이 금년 봄으로 돌아갔다. 그녀가 처음 왔던 그날 밤, 그녀는 남몰래 새 옷을 입어 보았다. 그 때의 긴장된 마음은 순식간에 삼 개월이 흘러갔다. 입을 것도 입어 보았고, 먹을 것도 먹어 보았고, 놀 것도 놀아 보고 하니, 사교계에서도, 조금씩 이름도 알려졌다. 보통의 일반적인 여자 아이들이 동경 하는 모든 것을 다 해보았다. 세상에 이렇게 달콤한 일이 있을까? 이렇게 보면, 오늘 과 같은 이런 종류의 일은 피할 수 없다.[50]

 학업을 계속하기 위한 방편을 찾고자 아버지를 속이고 고모 梁부인의 집에 머물러 있던 葛薇龍이 약 3개월 동안 체류한 후, 문득 그 동안의 자신의 생활을 돌아보는 장면을 묘사하고 있다. 3개월의 시간이 역전되는 회상장면을 통해 현재가 과거와 교 차되는 것을 보여주고 있다.

 앞서 설명한 바와 같이, 張愛玲은 개별화된 인물의 일상과 그런 일상을 통해 드러 난 사람의 내면세계를 묘사하는데 주력하였다. 이를 위해 작가는 순차적 시간 기법이 아닌 여러 가지 특이한 형태의 시간 기법, 즉 생략, 장면, 요약의 수법, 역전, 정지 등[51]을 사용하였는데, 이와 같은 서술기법은 관념 세계, 내면세계에 대한 성찰과 묘 사를 가능하게 하였다고 할 수 있다. 위의 예문은 그런 기법의 일부를 보여주고 있다. 이처럼 시간과 인간 의식을 표현하는 서술 기법은 모더니즘 문학에서 추구했던 혁명 적 기법이라고 할 수 있다. 이러한 기법은 인간이 바로 자신의 기억 그 자체라는 점, 인간의 현재는 자신의 과거의 총화라는 점, 그리고 인간의식의 한 측면에 대한 관찰 만을 가지고도 그 사람에 대한 모든 사실을 알 수 있다는 특징을 주고 있어 모더니즘 소설에서 흔히 사용되고 있는 기법이라고 할 수 있는데, 이는 일상성을 강조함으로써 파생된 기법이라고 보는 것이 적절하다. 전술한 바와 같이, 「傳奇」는 작품의 주된 제재로서 일상성이 크게 강조된 소설이다. 그런데, 일상의 의미는 반복이라고 할 수

---

50) 張愛玲, 「沈香屑第一爐香」(『張愛玲文集』 第二卷, 安徽文藝出版社, 1995, p.30)

51) Gennard Genette, 『Narrative Discourse』, trans. by Jane E Lewin, Cornell Univ. Press, 1980, pp.130-144 참조.
  생략은 서술시간이 거의 0에 가까운데, 이야기의 시간은 아주 많이 경과하는 것을 말하고, 정지는 시간이 계속 흐르고 있지만, 이야기의 시간은 멈추어 있는 것을 말하며, 장면은 서술의 시간과 이야기 의 시간이 거의 같은 것을 말한다. 그리고 요약은 서술의 시간은 짧지만, 이야기의 시간은 매우 많이 흘러간 것을 의미한다.

있고, 따라서 반복의 시간은 해체와 파괴가 아니라, 지속을 의미하게 된다. 그렇게 때문에, 과거가 현재 속에 살아 있고, 또 그것은 미래 속으로 침투될 수 있다고 보기도 한다. 특히 심리소설에 있어 시간의 개념은 同時性, 時空性의 개념으로 발전하게 되는데, 上述한「沈香屑第一爐香」와「金鎖記」등에서의 예문은 이를 표현하기 위한 방편으로서의 기법이라고 할 수 있다.

「傳奇」에 나타나는 모더니즘 기법은 二重 話者의 사용과 焦點化의 양상에서도 드러난다. 주인공의 의식이 焦點化의 대상인 동시에 주체가 되는, 다시 말해 초점의 주체에 변화가 수시로 발생하고 있다.

> 상황을 알아보니 오늘은 희망이 없다. 여기에 눌러 앉아서 다른 사람을 귀찮게 할 필요가 있을까? 오늘 멀리 산에 올라 왔다고 거짓말을 하고, 학교에 휴가를 내서, 내일 또 공부를 하루 빼 먹어도 안 될 거 없지 않은가? 하지만 내일 고모가 집에 있을지 없을지 분명치 않잖아. 이 일은 또한 전화로 만날 약속을 해서 될 일이 아니다!52)

위의 예문은 「沈香屑第一爐香」의 일부 내용이다. 이 작품은 삼인칭 서술시점의 소설이나, 위의 예문에서 보듯 갑자기 일인칭 시점의 서술 형태가 등장하고 있다. 話者가 이야기 세계의 밖에서 존재하며 인물과 거리를 유지하다가 인물의 내면으로 들어오면서, 話者와 인물은 거의 일치된 상태에 있음을 보여주고 있다. 다시 말해 중립적인 관찰의 시점으로 서술하고 있는 것처럼 보이지만, 서술자는 삼인칭의 인물 뒤에 숨어 자신의 생각, 감정을 투사시키고 있기 때문에, 이러한 서술방법은 假裝의 삼인칭 시점이 된다.

> 고모는 바깥에서의 명성이 그리 좋지는 않지만, 나는 쓸 데 없는 말을 만드는 사람들이 고의로 과부를 모욕하는 것이라고 생각했을 뿐이야. 게다가 梁季騰이 홍콩에서 첫째 둘째가는 부자인데, 그가 생전에 고모를 마음에 들어 했었지. 그리고 유언으로 부동산 이외에도 큰 현금을 받았으니 시샘내는 사람이 많아 더욱 좋지 않은 말을 하

---

52) 張愛玲,「沈香屑第一爐香」(『張愛玲文集』, 安徽文藝出版社, 1995, p.4)

는 거라고 생각했어. 그렇지만 지금 상황을 보니 정말 사실이야. 내가 공연히 더러운 물을 휘저었어. 계집애가 황하에 뛰어들어도 깨끗이 씻지 못하게 되었어! 나는 계획을 완전히 바꿔도 다시 한 번 생각을 해볼거야. 그렇지만 오늘 이런 모욕을 받은 것은 정말 정당하지 않아![53]

위의 例文 또한 「沈香屑第一爐香」의 일부 내용인데, 이 例文 또한 독자들로 하여금 서술대상에 초점을 맞추는 초점의 주체가 이야기의 외부세계에 존재하는 話者라기보다는 내부에 존재하고 있는 인물 자신임을 느끼게 해준다. 삼인칭 視點의 작품에서 일인칭 視點의 작품에서나 등장할 수 있는 '나는' 이라는 말을 사용하는 등, 삼인칭 話者가 객관적 거리를 무시하고, 인물의 내면을 묘사하고 있어 의식의 주체가 마치 話者인 것 같은 인상을 주고 있다.

七巧는 고개를 숙이고 광채 속에 몸을 담그고 있었다. 희미한 음악, 희미한 환희, … 요 몇 년간 그녀는 그 남자와 숨박꼭질을 하는 듯 했다. 몸을 가까이 할 수 없었을 뿐, 그래도 오늘은 있다. 그렇다. 인생의 반은 이미 끝났다. 꽃 같은 나이는 이미 지나가 버렸다. 인생이란 이렇게 꼬이고 복잡하여 이치로는 설명할 수 없다. 당초 그녀가 왜 姜씨 집으로 시집을 왔던가? 돈 때문에? 아니다. 季澤을 만나기 위해서이다. 그녀가 운명적으로 季澤과 사랑하기 위해서이다. 그녀는 조금씩 얼굴을 들었다. 季澤이 그녀 앞에 서서, 두 손을 그녀의 부채 위에 모으고, 이마를 그녀의 부채에 대고 있었다. 그 역시 10년 늙었지만 사람은 여전히 그 사람이다! 그가 설마 그녀를 속이고 있는 것인가? 그가 그녀의 돈을 생각하고 있을까? 그녀가 자신을 일생을 팔아 바꾼 몇 푼의 돈을? 이런 생각만 해도 그녀는 분노가 치밀어 오르기 시작했다. 설령 그녀가 그를 오해하는 것일지도 모르지만. 그녀 때문에 그가 당한 고통이 그로 인해 그녀가 당한 고통에 상응할 수 있을까?[54]

위의 예문은 「金鎖記」의 내용 일부로서 주인공 曹七巧의 내적 독백을 적은 것이다. 이 작품도 전형적인 삼인칭 소설이나, 내적 독백 과 같은 부분에서 話者는 삼인칭

53) 張愛玲, 「沈香屑第一爐香」(『張愛玲文集』 第二卷, 安徽文藝出版社, 1995, p.7)
54) 張愛玲, 「傾城之戀」(『張愛玲文集』 第二卷, 安徽文藝出版社, 1995, p.103)

話者로서의 존재가 아닌 일인칭 話者의 역할을 하고 있음을 보여주고 있다. 인물에 대한 거리를 거의 무시한 채, 초점의 대상을 七巧의 내부세계에 맞추고 있어 흡사 일인칭 화자가 자신의 이야기를 하고 있는 것과 같은 느낌을 주고 있다. 다시 말해, 서술자의 생각과 사고가 조칠교의 그것과 융합된 채, 겉으로 드러나면서, 假裝의 삼인칭 서술 형식을 사용하고 있음을 보여주고 있다.

　일반적으로 삼인칭 소설은 이야기 세계 외부의 화자가 이야기 세계 내부의 서술대상에 대해 서술하게 된다. 삼인칭 화자는 인물, 인물의 행동, 내면심리, 행동의 대상이 되는 또 다른 인물, 배경, 환경 등에 대해 서술을 하거나 주석을 붙일 수 있는 것이 일반적이다. 화자는 이야기세계 밖에 위치함으로써 내부에 존재하는 서술대상으로부터 객관적인 거리를 유지하게 된다. 이처럼 서술대상을 바라보는 초점의 주체가 이야기 세계 외부에 존재하는 경우를 外的 焦點化라고 부른다. 이에 반해, 서술대상을 바라보는 초점의 주체가 이야기 세계 내부에 존재하는 경우를 內的 焦點化라고 부른다.[55] 內的 焦點化에서는 대개 작중인물 중의 한 사람이 焦點話者가 됨으로써 서술대상으로부터의 객관적인 거리가 사라지게 된다. 위의 예문을 통해서 볼 수 있듯이, 外的 焦點化를 채택하면서도 이와 같은 內的 焦點化의 양상이 빈번하게 등장하는 이유는 인물의 외적 행동보다 내면의식과 내면세계를 묘사하는 데 주력하고자 했던 작가의 의도가 있었기 때문이다. 한마디로 말해, 「傳奇」에 나타난 人稱의 交替 내지 초점화의 변화, 그리고 그것에 상응된 다채로운 서술양식의 사용은 모더니즘 문학의 특징을 보여주는 것이다.

　끝으로, 「傳奇」의 일부 작품들은 額字小說의 형태를 띠고 있어 서술기법 상에 있어서의 또 하나의 특징을 보여주고 있다. 마치 액자 속에 들어 있는 그림처럼 이야기 속에 또 다른 이야기가 들어 있어 액자소설이라고 한다.

---

55) S.리몬 케넌(Shlomith Rimmon Kenan), 최상규 역, 『소설의 시학』, 문학과 지성사, 1985, pp.109-117 참조. 리몬 캐넌은 Barthes와 Genette의 이론을 인용하여, 외적 초점화인가 내적 초점화인가를 구분할 수 있는 한 가지 테스트는 주어진 분절을 일인칭으로 고쳐 쓸 수 있느냐 없느냐 하는 것이며, 만일 이것이 가능하다면 그 분절은 내적으로 초점화가 되어 있는 것이고, 그렇지 못하다면 외적으로 초점화가 되어 있는 것이라고 했다.

집에 전해 내려오는 녹 슨 구리향로를 찾아 내 침향조각을 태우며, 내가 하는 전쟁 전 홍콩이야기 하나를 들어주기 바랍니다. 그 침향 조각이 다 타고 나면 저의 이야기 도 끝이 날 것입니다.

이야기는 葛薇龍이라는 지극히 평범한 상하이 아가씨가 산 중턱에 있는 큰 저택의 복도에 서서 저 멀리 화원을 바라보고 있는 것으로 시작된다. 薇龍이 홍콩에 온지 2년이 되었지만 산 위에 있는 호화로운 난간 밖은 황폐한 산이다. 이 정원은 어지러 운 산 속에 공허하게 떠 있는 금색으로 칠을 한 쟁반 같다. 56)

그는 자유로운 손으로 담배갑과 라이터를 더듬어 꺼내 담배를 입 안에 물고 불을 켰다. 불빛이 밝아지자 살을 베는 듯한 추운 겨울밤에 그의 입술에서 붉은 꽃이 피어 난 것 같았다. 꽃은 곧 떨어지고 다시 차가움과 어두움이…

이 홍콩 이야기는 여기서 끝난다. … 薇龍의 화로 향 역시 곧 타버릴 것이다. 57)

위의 두 단락은 「沈香屑第一爐香」의 처음과 끝의 내용을 보여주는 부분이다. 일인 칭 話者가 등장하여 독자들에게 마치 자신의 이야기를 고백하는 것처럼 이야기를 시 작하고, 마지막 부분에 가서 다시 일인칭 話者가 독자들에게 이야기를 마무리하면서, 하나의 이야기가 만들어간다. 그런데 일인칭 話者가 만들어낸 이야기 속에 삼인칭 話者가 등장하여 또 하나의 이야기를 이끌어 나가고 있어 주목을 끌고 있다. 마치 하나의 이야기 속에 다른 이야기가 액자 속의 사진처럼 끼워져 있는 것이다.

30년 전의 상하이, 어느 달 밝은 밤. … 우리들은 아마 30년 전의 달을 따라가 보지는 않았을 것이다. 젊은 사람들은 30년 전의 달은 동전 크기의 빨갛고 누런 눅눅 한 달덩어리로서. 마치 朶雲軒 편지지에 눈물이 한 방울 떨어진 것처럼 진부하고 모 호한 것이라고 생각한다. 노인들이 기억하는 30년 전의 달은 유쾌하고 눈앞의 달보 다 크고 둥글고 하얗다. 그러나 30년 전의 고생길을 뒤로 하고 돌이켜보면 아무리 예쁜 달빛도 역시 처량함을 지니지 않을 수 없다. 달빛이 姜씨 집으로 시집 온 셋째 마님을 따라 온 계집종 鳳簫의 베개 옆을 비춘다.58)

56) 張愛玲, 「沈香屑第一爐香」(『張愛玲文集』 第二卷, 安徽文藝出版社, 1995, p.1)
57) 張愛玲, 「沈香屑第一爐香」(『張愛玲文集』 第二卷, 安徽文藝出版社, 1995, p.47)
58) 張愛玲, 「金鎖記」(『張愛玲文集』 第二卷, 安徽文藝出版社, 1995, p.85)

삼십 년 전의 달빛은 이미 사그라졌고, 삼십 년 전의 사람도 죽었다. 그러나 삼십 년 전의 이야기는 아직 끝나지 않았다. 끝날 수 없는 것이다.59)

위의 문장 또한 한 작품에 성격이 전혀 다른 두 개의 이야기가 공존하는 모습을 보이고 있다. 삼인칭 話者로 이루어진 핵심적인 내부 이야기의 전후에 사진을 넣는 額字와도 같이, 틀을 짜서 이루고 있는 모습을 보이고 있다. 이야기의 외측에 또 하나의 서술자를 인정함으로써 일인칭 '나'와 삼인칭 '그'라는 이중의 인물시점의 서술 방법을 채택한 것이다.

이와 같은 액자 형식은 현대소설에서만 발견되는 것은 아니다. 과거 민담이나 설화를 전달하면서 화자가 듣는 사람들에게 신빙성이나 신뢰감을 주기 위해서 이런 형식을 사용하기도 했다. 액자 형식은 소설과 逸話를 연결하는 일종의 교량적 역할을 위해, 옛 소설에서도 종종 채택되기도 했던 양식이었는데, 고전문학에 큰 識見을 가지고 있었던 張愛玲이 이러한 액자소설의 형식을 자신의 작품에 사용한 것은 자연스러운 일이었다고 할 수 있다. 액자소설 형식을 이용하여 서술시점을 다르게 배치하면, 이야기를 다양하게 전개할 수 있고, 소설의 蓋然性을 증대시키는 예술적 효과를 거둘 수 있다. 이러한 액자소설의 구성방식은 서술의 신뢰성을 확보, 유지하는 데 도움이 된다. 내부의 이야기를 보다 사실감 있게 독자들에게 전달하고 서술의 신뢰성을 지원하며, 내부의 이야기를 보다 핍진적인 사실담으로 굳히려는 작가의 의도에 액자 양식의 궁극적 목표가 있기 때문이다. 張愛玲은 독자들에게 보다 핍진적인 느낌을 주기 위해 이와 같은 액자형식을 사용했다고 할 수 있다. 이미 시간의 역전 기법이나 이중 화자의 사용을 통해 독자들에게 커다란 흥미를 느끼게 한 작가가 이야기의 신뢰성을 한층 강화하기 위해 채택한 기법이 바로 액자소설의 양식이었다.

張愛玲의 「傳奇」는 중국 현대 심리소설의 발전에 큰 영향을 주었을 뿐만 아니라, 모더니즘 문학이 갖는 여러 가지 문학적 특성과 면모를 통해 현대소설 발전의 새로운 유형을 제시했다는 점에서 문학적으로 매우 의미 있는 작품이다. 「傳奇」는 개별화된 인물의 내면의식과 내면세계를 강하게 표출하는 데 주력한 심리소설이라고 할 수 있는데. 「傳奇」가 갖는 모더니즘 소설로서의 특징은 바로 이러한 내면의식, 내면세계

---

59) 張愛玲, 「金鎖記」(『張愛玲文集』 第二卷, 安徽文藝出版社, 1995, p.124)

의 표출로부터 시작된다. 모더니즘 문학은 인간의 변화하는 의식에 초점을 맞추고 인간 내부에 대한 탐구에 초점을 맞추는 장르인데, 걸출한 모더니즘 문학으로서 「傳奇」 또한 인물들의 자아의식과 심적 경험 등, 내면세계에 대한 심도 있는 탐구를 통해 중국 현대소설사에 있어 새로운 이정표를 제시했다. 「傳奇」에 나타난 모더니즘적 특징은 의식의 흐름과 심적 경험 등에 대한 표현에 따른 소설형식상의 새로움이나 기법상의 변화에만 머물러 있지 않다. 「傳奇」가 갖는 또 하나의 모더니즘적 특성은 日常 내지 日常性에 대한 작가의 穿鑿과 문학적 표출에 있다고 할 수 있는데, 이는 다른 모더니즘 소설에서 찾기 어려운 「傳奇」만이 갖는 문학적 특징으로 간주될 수 있다.

「傳奇」는 홍콩이라고 하는 곳의 40년대 도시적 삶의 모습을 日常으로 표현해 내고 있다. 작품마다 前景化되어 나타나는 日常性을 제재로 하여, 그런 일상성에 대응하는 인물들의 행동방식에 초점을 맞추고 있다. 일상성 속에서의 인물의 인식과 반응과정을 중심으로 「傳奇」에 등장한 대다수 작품들의 서사적 성격을 살펴 볼 때, '대립'과 '편력'의 순환적 반복과정이 서사의 근간을 이루고 있음을 알 수 있다. 불화와 소외로 인해 대립하게 되고, 대립을 피하고 욕구를 만족시키기 위한 공간으로의 전이과정, 즉 편력의 반복적 과정이 서사의 근간을 이루고 있는 것이다. 「金鎖記」의 曹七巧, 「茉莉香片」의 聶傳慶, 「沈香屑 第一爐香」의 葛薇龍, 「紅玫瑰與白玫瑰」의 佟振保, 「傾城之戀」의 白流蘇와 范柳原 등 이들의 삶은 소외와 대립을 경험하며, 자신의 욕구를 충족시키기 위해 새로운 환경 새로운 사람을 찾아 편력하는 모습을 보여주었다.

모더니즘 문학은 기호가 지시 대상과 분리되면서 언어가 객관적 현실을 투명하게 드러낼 수 없을 때, 나타난다. 그렇기 때문에, 언어적 유희가 발생하고 그 의미는 다의적으로 표출되곤 한다. 모더니즘은 인식의 내용을 직접적으로 재현하지 못하고 그것을 무의식의 형태 내지 억압된 채로 드러내게 되는데, 「傳奇」는 日常性을 대립과 편력의 반복적 구성으로 표출해내고 있고 이것이 바로 「傳奇」가 취한 모더니즘 소설로서의 서사전략이었다. 모더니즘은 형식상의 혁명 내지 혁신이라 해도 과언이 아닐 정도로 형식은 모더니즘 문학에 있어 매우 중요한 역할을 담당한다. 張愛玲의 「傳奇」는 기존의 일반적인 소설 내지 전통적인 소설에서 볼 수 없는 혁신적이고도 자유로운 서술기법을 제시하였다. 「傳奇」는 복잡하고도 流動的인 의식과 心的 經驗에 대한 묘사와 또 그것에 대한 탐구에 초점을 맞추었기 때문에, 이에 맞는 破格的이고 다양한 서술기법을 보여주었던 것이다. 시간과 공간의 착오현상, 서술시간과 허구시간의 불일치, 가장의 삼인칭 서술방식을 차용한 二重話者, 二重 焦點化의 현상 등이 특징으로 나타나고 있는데, 이와 같은 서술상의 특징은 내면의 모습, 심리세계의 표출이 우선시되어야 하는 심리소설의 應當的인 현상이자, 모더니즘 문학 특징의 귀결이라고 할 수 있다. 因果的이고 順次的인 서술이 아닌 비인과적인 서술이 나타나기도 하고, 현재 속에 과거가 이중적으로 노출되기도 하며, 시간의 역전 현상도 드러나기도 한다. 개별화된 인물의 일상을 통한 내면세계, 心的 經驗을 묘사하고 그것에 맞는 시간 구조를 취택했기 때문이다. 또한 삼인칭 話者가 객관적 거리를 상실하고 인물의 내면세계에 자신을 일치시키는 이른 바 외적 焦點化에서 內的 焦點化로 轉換하는 話者의 轉換도 끊임없이 변화하는 인간의 의식과 심리를 역동적으로 묘사하기 위해 탄생된 것이라고 할 수 있다. 모더니즘 소설로서 작가의 상상력을 크게 증폭시키고, 문학적 관심을 인간의 외부에서 내부로 옮겨 표현함으로써 소설 형식의 영역을 확대하였다는 점은 「傳奇」의 또 다른 소설사적 공헌이라고 할 수 있다.

張愛玲의 「傳奇」가 갖는 문학사적 의미라고 한다면, 1940년대 홍콩과 上海라는 대도시 사회의 삶의 일면을 매우 사실적으로 나타내면서도, 이를 전통적인 소설, 특히 사실주의 소설의 이야기 형식과는 여러 가지 면에서 다른 방식으로 보여주었다는 것이다. 「傳奇」는 1940년대 도시인들의 삶을 餘他 기존의 대다수의 소설이 취해 온 외향적 관점에서가 아닌, 사람들의 내면풍경이라고 하는 내향적 관점의 방향에서 찾고자 한 작품이었다. 작가는 총체성을 반영하는 인물들의 삶이 아닌, 사회적 현실과 매개되지 않은 개인의 일상사 내지 개별적인 삶을 통해, 비록 일부이긴 하지만, 40년대 도시 사회의 各樣을 그려 보였다. 도시 사회의 各樣을 그들이 벌이는 행동과 사건을 통해서 직접적으로 드러나는 개별적 존재로서가 아닌, 그들의 내면세계와 심적 경험 속에 간접적으로 드러난 융합된 존재로서 나타내 보였던 것이다. 결론적으로, 張愛玲의 「傳奇」가 중국 현대소설사에 남긴 문학적 업적 내지 공헌이라고 한다면, 그것은 다양한 서술 형태와 기법의 탐구를 통해, 즉 모더니즘적 논리와 기법을 사용하여 중국 현대소설의 영역을 확대 심화시켰다고 하는 사실로 마무리될 수 있을 것이다.

ㅂ

▌박재범

충청북도 괴산 출생으로 성균관대학교 중문학과를 졸업하였다. 이후 고려대학교 대학원 중문학과 박사과정에 진학하면서 공부의 방향을 중국현대문학으로 바꿔 중국현대소설을 전공하며 문학박사 학위를 받았다. 박사과정 수료 후, 중국 북경사범대학에서 연구학자 과정을 거쳤고, 2000년부터 한중대학교(구 동해대학교) 중어중문학과, 외국어학부 등에서 교수로 재직하여 왔다. 현재에는 한중대 국제관광문화학과 교수로 재직하면서 중국의 역사 문화와 그리고, 그것과 관련된 중국, 중국인의 성격과 특성에 대한 탐구에 관심을 갖고 그 분야 대한 연구를 병행하고 있다.

저서로는 『중국현대소설의 전개(보고사)』 등이 있고 譯書로는 『墨子(홍익출판사)』, 『중국당대문학사(공역/ 고려원)』 등이 있고, 「魯迅의 抒情小說 試論」, 「郁達夫의 「沈淪」, 모방문학으로서의 양상과 의미 – 佐藤春夫의 「田園の憂鬱」과의 對比를 중심으로」, 「張愛玲의 『傳奇』 모더니즘 소설로서의 서사적 성격」 등 다수의 논문이 있다.

중국 현대 소설사

2015년 10월 29일 초판 1쇄 펴냄

지은이 박재범
펴낸이 김흥국
펴낸곳 도서출판 보고사

책임편집 이경민
표지디자인 이준기

등록 1990년 12월 13일 제6-0429호
주소 경기도 파주시 회동길 337-15 보고사 2층
전화 031-955-9797(대표)
      02-922-5120~1(편집), 02-922-2246(영업)
팩스 02-922-6990
메일 kanapub3@naver.com / bogosabooks@naver.com
http://www.bogosabooks.co.kr

ISBN 979-11-5516-477-8 93820

이 도서의 국립중앙도서관 출판예정도서목록(CIP)은 서지정보유통지원시스템 홈페이지 (http://seoji.nl.go.kr)와 국가자료공동목록시스템(http://www.nl.go.kr/kolisnet)에서 이용하실 수 있습니다. (CIP제어번호 : CIP2015027716)